»Weil in jeder Familiengeschichte alles Wichtige der Weltgeschichte steckt«, hat Miljenko Jergović sich auf die Spuren seiner Familie begeben. Als seine Mutter, zu der er kein einfaches Verhältnis hat, im Sterben liegt, reist er nach Sarajevo und bringt sie zum Erzählen über die Vorfahren. Dort, wo jede Straße ihn in die Vergangenheit seiner traumatisierten Heimat führt, setzt er sich in einem schmerzlichen Prozess mit ihrem Erbe auseinander: Kinder des einstigen Habsburgerreichs, waren sie als Eisenbahner Zugereiste, und jeder Krieg stellte ihre Identitäten und Loyalitäten neu auf die Probe.

Das Gefühl von Fremdheit ist dem großen europäischen Erzähler Miljenko Jergović geblieben, auch wenn er sich an den Konflikten der Gegenwart auf seine Weise reibt. Fakten mit Fiktion vermischend und in konzentrischen Kreisen erzählend, zeigt er in diesem großen Weltentwurf, was das Leben in einem Vielvölkerstaat für den Einzelnen bedeutet, vor allem wenn er nicht zur Mehrheit gehört, sondern zu den »Anderen«.

Miljenko Jergović, geboren 1966 in Sarajevo, lebt in Zagreb. Er arbeitet als Schriftsteller und politischer Kolumnist und ist einer der großen europäischen Gegenwartsautoren. Seine Bücher sind in zahlreiche Sprachen übersetzt und vielfach ausgezeichnet worden.

Miljenko Jergović

Die unerhörte Geschichte meiner Familie

Roman

Aus dem Kroatischen von Brigitte Döbert

btb

Da, wo andere Menschen wohnen
Vortrag

Vater, zwei Onkel und ich haben dasselbe Sarajever Gymnasium besucht.

Vor dem Zweiten Weltkrieg, in deren Schulzeit, hieß es umgangssprachlich Großes Gymnasium und offiziell Erstes Knaben-Real-Gymnasium, nach dem Krieg und der Abschaffung von Mädchen- und Knabenschulen schlicht Erstes Gymnasium. 1984, kurz vor meiner Matura, wurde es ein drittes Mal umbenannt und hieß fortan Helden und Revolutionäre des Ersten Gymnasiums. Während der Belagerung bekam es den alten Namen zurück, heißt seither wieder Erstes Gymnasium.

Der ältere meiner Onkel wechselte 1934, fast fünfzig Jahre vor mir, auf die weiterführende Schule, aber die Möbel blieben dieselben. Das fiel meiner Großmutter auf, die bei ihm wie bei mir die Elternabende besuchte. Der jüngere Onkel und mein Vater, die fünf, sechs Jahre später eingeschult wurden, hatten beim gleichen Lehrer Kunstgeschichte wie ich. Er starb, als ich in die sechste Klasse kam; wir drei waren gemeinsam bei der Beerdigung.

Gegründet wurde das Erste Gymnasium in den achtziger Jahren des 19. Jahrhunderts als Eliteschule. Auch Ivo Andrić, der bosnische Schriftsteller und Nobelpreisträger, machte hier seinen Abschluss, allerdings mit großer Mühe und Pein, er selbst erzählt mit Abscheu und einem gewissen Ekel davon. Wahrscheinlich deswegen fiel sein Name nie bei feierlichen Anlässen, wenn der Direktor sämtliche berühmten Absolventen aufzählte. In meiner Schulzeit waren kommunistische Revolutionäre sowie die Attentäter auf den österreichisch-ungarischen Thronfolger die größten Berühmtheiten. Gavrilo Princip, der die Kugeln auf Franz Ferdinand und dessen schwangere Frau abfeuerte, ging in Belgrad zur Schule, also nicht aufs Erste Gymnasium, wohl aber einige aus dem engsten Kreis um ihn herum.

Die Lehrer sagten oft, wir sollten uns an diesen leuchtenden Vorbildern ein Beispiel nehmen. In unserer sozialistischen Gesellschaft gab man viel auf leuchtende Vorbilder. Dazu zählten unter anderem opferbereite, heldenhafte Eltern, Onkel und Tanten.

Mein Vater zum Beispiel war ein ausgezeichneter Schüler, einer der besseren seines Jahrgangs, ebenso der jüngere Onkel mütterlicherseits, Repräsentant der jugoslawischen Metallbranche in der Sowjetunion, ein Mann von Welt. Beide wurden mir oft als Vorbilder genannt. Der Name des älteren Onkels fiel nie, er war trotz noch besserer Schulnoten kein leuchtendes Vorbild. Über solche wie ihn wurde nicht geredet, es gab sie in fast allen bürgerlichen Familien Jugoslawiens. Wie im Märchen: Einer von drei Söhnen ist kein leuchtendes Vorbild.

Der ältere Onkel hatte ausschließlich Einsen, korrespondierte mit ausländischen Freunden auf Lateinisch, löste unlösbare mathematische Aufgaben, spielte Gitarre und verfasste einen Essay über Paul Valéry. Blond und blauäugig, schlank und feingliedrig, sieht er auf Fotos wie ein junger Aristokrat in Thomas-Mann-Romanen aus, der kurz vor Ende des Buches stirbt, an Meningitis oder weil sich eine Kaverne in der Lunge öffnet, und dessen Tod für das Schicksal einer ganzen Familie oder Generation steht. Bitte sehr – so sah mein älterer Onkel mütterlicherseits aus, ansonsten hat er nichts mit einer Figur von Thomas Mann gemein, außer dass ich ihm gern auf den Stein seines vermutlich längst abgeräumten Grabes die Worte gravieren lassen würde, mit denen Serenus Zeitblom seinen Freund, den Tonsetzer Adrian Leverkühn, verabschiedet: *Ein einsamer alter Mann faltet seine Hände und spricht: Gott sei eurer armen Seele gnädig, mein Freund, mein Vaterland.*

Wobei ich nicht mit letzter Sicherheit wissen kann, was Vaterland meinem älteren Onkel bedeutete. Ich weiß nur, dass ich selbst kein Vaterland habe. Also letztlich weiß ich nicht recht, was der Spruch auf einem abgeräumten Grab soll.

Folgendes dürfte für seinen Begriff von Vaterland konstitutiv gewesen sein: Geboren in Usora, einer Kleinstadt in Zentralbosnien, wo sein Vater, mein Großvater, einige Jahre als Bahnhofsvorsteher arbeitete, aufgewachsen entlang österreichisch-ungarischer Gleise, mehrfach umgezogen, immer wieder neue Freunde; vom Vater, einem gebürtigen Slowenen, lernte er Slowenisch, von der Mutter Kroatisch, aber seine ersten Worte waren deutsch, denn sein Großvater, mein Urgroßvater, war ein Banater Schwabe aus einem Nest, das heute in Rumänien liegt. Auch er, ein hoher Eisenbahnbeamter, verbrachte nach Schule und Ausbildung in Vršac, Budapest und Wien sein gesamtes Berufsleben entlang bosnischer Gleise.

Damit dürfte eins klar geworden sein: Mein älterer Onkel mütterlicherseits – auch sein Name sei genannt: Mladen, denn wenn wir ohne Namen weitermachen, wird es konfus – lebte in einer schwer durchschaubaren und sprachlich vielschichtigen Umgebung. Wie verworren und schicksalhaft, wird sich noch zeigen. Mladens Großvater, Karlo, war ein nationalbewusster Deutscher, der bis zu seinem Tod mit seinen vier Kindern ausschließlich Deutsch redete. Niemals richtete er ein kroatisches Wort an sie. Mit den Schwiegersöhnen, zwei Kroaten sowie Mladens slowenischem Vater, die alle drei perfekt Deutsch konnten, sprach er Kroatisch, mit den Enkeln Kroatisch oder Deutsch, aber sie mussten ihn zunächst auf Deutsch anreden. Begrüßten sie ihn auf Kroatisch, stellte sich Opapa taub.

Den Erzählungen nach muten die sonntäglichen Mittagessen, bei denen die Großfamilie zusammenkam, seltsam an. Eine derart strenge Sprachregelung existiert heute vermutlich nur noch in den Gremien der Europäischen Union, aber damals hat sie keiner hinterfragt. Urgroßvater Karlo legte überaus großen Wert auf sein Deutschtum und seine Auserwähltheit als Deutscher, dem mussten sich alle fügen. Aber keiner, er am wenigsten, verbot ihnen zu sein, was sie waren, untereinander konnten sie reden, wie sie wollten. Urgroßvater liebte seine Schwiegersöhne, war, vornehmlich wegen ihrer Berufe, stolz auf sie und störte sich kein bisschen daran, dass sie keine Deutschen waren. Die Eisenbahnerzunft war wie ein Geheimbund oder eine Freimaurerloge, wer ihr angehörte, sah die Welt sowie die eigene Rolle in der Welt anders als gewöhnliche Zeitgenossen. Der deutsche Eisenbahner war dem kroatischen Eisenbahner brüderlich und damit enger als einem Landsmann verbunden. Urgroßvater Karlo stand politisch links, wurde Anfang der zwanziger Jahre des 20. Jahrhunderts inhaftiert und außer Dienst gestellt, weil er einen Eisenbahnerstreik unterstützt hatte – was niemanden gestört hätte, wäre er nicht der deutsche Bahnhofsvorsteher unter den wilden Slawen gewesen. So aber bestrafte ihn die königliche Verwaltung hart: Er hatte seiner Volks- und Kastenzugehörigkeit zuwider gehandelt.

Zu Hause wurde nicht über ideologische Fragen geredet. Es sei denn, man würde das familiäre Erziehungsideal, dass alle Menschen unabhängig von Glauben und Vermögensstand gleiche Rechte haben, ideologisch nennen. Bosnien, in jenen zwanziger und dreißiger Jahren des vergangenen Jahrhunderts ein armes Land mit neunzig Prozent Analphabeten, in dem eine Typhus- oder Choleraepidemie die nächste jagte und die endemische Syphilis ohne Unterlass wütete, dieses Bosnien war für Urgroßvater Karlo und die Seinen ein guter Ort zum Leben. Nie äußerte er den Wunsch, zurück ins Banat zu ziehen, nach Wien oder Deutschland. Obwohl Deutscher, war ihm Deutschland fremd. Dort könne er nicht leben, sagte er: Die Leute sind anders. Ich persönlich wüsste keine genauere Definition von dem, was nicht Heimat ist.

Onkel Mladen hing an seinem Opa mehr als die anderen Enkel, obwohl er ihm nicht ähnlich sah. Der alte Karlo war ein kleiner, stämmiger Mann mit dunklem Haarschopf und langem grauen Bart, glich eher einem rumänischen Rabbiner als einem Deutschen. Mladen schlug mit seinen nordisch-blauen Augen, seiner hoch aufgeschossenen Statur nicht der deutschen, mütterlichen, sondern der väterlichen Linie nach, slowenische Bauern aus der Gegend um Tolmin. Ich betrachte Opa und Enkel auf vergilbten Schwarzweißfotos und versuche mir vorzustellen, wie ihr Leben verlaufen wäre, hätte sich Mladen mit dem Deutschlernen schwergetan, das großväterliche Geigenspiel abgelehnt oder während der sonntäglichen Mittagessen nicht direkt neben ihm gesessen. Was wäre gewesen, hätte der Alte den Enkel wenigstens ein bisschen als Slawen verachtet? Ich wüsste es zu gern.

Hinter dem Haus, in das wir Anfang der dreißiger Jahre einzogen, stand die aschkenasische Synagoge, die von allen, nicht nur von den Gemeindemitgliedern, Tempel genannt wurde. Dort beteten Juden, die unter Kaiser und König Franz Joseph nach Sarajevo versetzt wurden und sich in unserer Stadt dauerhaft niederließen. Früher, unter den Osmanen, lebten hier nur Sepharden, spanische Juden, die waren meistens bettelarm, trauten der neuen Besatzungsmacht nicht über den Weg und verweigerten den aschkenasischen Neuankömmlingen den Zutritt zu ihren Gebetsräumen. Das waren für sie keine richtigen Juden, sie warfen alle Deutschen in einen Topf und nannten sie unterschiedslos Schwaben. Und so blieb nichts anderes übrig, als eine zweite, aschkenasische oder deutsche Synagoge zu bauen, eben den Tempel.

Unmittelbar nach dem Einmarsch der Deutschen, ein paar Tage, bevor die Ustascha, die kroatischen Faschisten, Sarajevo erreichten, drang der Pöbel in die Synagoge ein und schlug alles kurz und klein. Die Randalierer trugen keine Uniformen, es waren ganz normale Bürger, ausschließlich Zivilisten: Stadtstreicher und feine Herren, Schlägertypen und kleine Angestellte, aber auch Roma, die ein paar Tage später zusammen mit den Sarajever Juden in die Konzentrationslager deportiert wurden.

Mein slowenischer Großvater – er hieß Franjo, ich sagte Nonno zu ihm – sah von der Küche aus zu, wie seine Mitbürger den Tempel zerstörten. Seine Frau Olga, meine Nonna, wollte ihn vom Fenster wegziehen, damit ihn keiner entdeckte, aber er blieb unerschrocken stehen. Das war das Maß seines Mutes. Er betrachtete die Menschen, unter denen er lebte, in den Stunden ihrer Wandlung: von der Sachbeschädigung zum Mord und zum Märtyrertum. Am Ende sahen sich alle als Opfer.

Als die Synagoge verwüstet wurde, ging Mladen, Franjos Sohn, in die siebte Gymnasialklasse. Vater und Großvater lehrten den Jungen, dass nicht in Ordnung war, was da vor sich ging, Pavelić sei ein Barbar, Hitler ein Verrückter, der den Krieg am Ende verlieren würde. Beide waren von dem überzeugt, was aus heutiger Sicht vernünftig und richtig ist. Aber natürlich bläuten sie dem Jungen auch ein, derlei auf keinen Fall laut zu sagen und sich mit niemandem einzulassen, der etwas gegen die Ustascha unternahm. Meine Großeltern und deren Eltern, die ganze Sippschaft lehnte sich grundsätzlich nicht gegen die Obrigkeit auf. Gegen den Staat ist man machtlos. Das ist nicht unser Bier, das bringt einen nur ins Gefängnis, sonst nichts.

Sie rieten Mladen von der Jugendorganisation der Ustascha ab, er sollte deren Veranstaltungen oder Versammlungen meiden und sich als Deutscher bezeichnen, nicht als Kroate. Wer weiß, ob er je zu diesem Mittel griff, um den Folgen zu entgehen, die Kroate zu sein mit sich brachte, aber natürlich, er sprach Deutsch, er beherrschte lauter schöne Fertigkeiten, mit denen die germanische Rasse gemeinhin glänzt, etwa Florettfechten und Geigenspiel, und das förderte sicher sein Empfinden, kein Kroate und insofern auch kein Ustascha zu sein.

Ein Jahr später hatte Mladen die Reifeprüfung bestanden und wollte in Zagreb oder Wien Forstwirtschaft studieren (mein Urgroßvater fand, Bosnien und Wald gehörten zusammen). In Wien hatten wir recht wohlhabende Verwandte, die ihn beherbergt hätten; in Zagreb wäre es etwas schwieriger geworden.

Stattdessen kam der Einberufungsbefehl, zweisprachig in Deutsch und Kroatisch, nach den Regeln eines vereinten Europa. Die Einheit, zu der Mladen im Frühsommer 1942 eingezogen wurde, war Teil von Hitlers Armee, nicht der Kroatischen Streitkräfte, eine Eliteeinheit für die besten jungen Männer aus deutschen und österreichischen Familien.

In dieser Situation gab es zwei Möglichkeiten: Mladen konnte sich bei der Einheit melden und in den Krieg ziehen oder zu den Partisanen überlaufen. Seine Eltern, Franjo und Olga, also mein Nonno und meine Nonna, hatten nicht die leisesten Zweifel, dass Hitler den Krieg verlieren und Pavelić am Galgen enden würde. Ich sagte es bereits, muss es aber noch dutzendfach wiederholen: Nicht eine Sekunde lang kam Franjo in den Sinn, die Seite, die den Tempel zerstört und unsere jüdischen Nachbarn abtransportiert hatte, könnte gewinnen. Auch wenn er nicht an Gott glaubte, es kam nicht infrage, dass am Ende das Böse triumphierte. Er selbst war kein Linker, wohl aber sein Schwiegervater, Urgroßvater Karlo, die Partisanen waren Kommunisten: Mladen hätte angesichts der deutschen Einberufung zu ihnen gehen sollen. Es wäre die in jeder Hinsicht richtige Seite gewesen.

Das war beiden klar, trotzdem schickten sie ihren Sohn und Enkel nicht zu den Partisanen, sondern zur SS, rechneten sich dort größere Überlebenschancen für ihn aus. Noch vor Ende der Grundausbildung hätte Hitler den Krieg verloren. Die Rechnung ging nicht auf, vierzehn Monate später fiel mein älterer Onkel mütterlicherseits im Kampf gegen die Partisanen. Es war der erste Kampfeinsatz seiner Einheit, und er war ihr erster und letzter Gefallener. Wenige Tage später lief sie geschlossen einschließlich ihres Kommandanten zu den Partisanen über. Im Sommer 1945, nach Kriegsende, besuchten vier von Mladens Kameraden seine Eltern. Sie gehörten zur Befreiungsarmee, Franjo und Olga waren Eltern eines Feindsoldaten. Nach dem Tod ihres Sohnes ging meine Großmutter nie mehr zur Messe, bekreuzigte sich nie mehr, feierte nie mehr Weihnachten und Ostern. Als ich sie mit fünf Jahren fragte, ob es einen Gott gibt, antwortete sie: Für die einen ja, für andere nicht.

Gibt es einen für dich?

Nein.

Gibt es einen für mich?

Das musst du selbst herausfinden.

Während sein Enkel für die Deutschen kämpfte, lebte Urgroßvater Karlo in seinem Haus in Ilidža, einem Vorort südlich von Sarajevo, in dem nachts häufig diverse, meist besoffene Truppenteile Razzien veranstalteten. Rückten Ustascha zu ihren nächtlichen Feldzügen aus, um in serbischen Häusern zu plündern und zu morden, versteckte Karlo seine Nachbarn bei sich. Das waren bis zu fünfzig Personen. Klopften die Ustascha dann bei ihm an und wollte das Haus durchsuchen, empfing er sie, grimmig und bärtig, wie er war, auf der Türschwelle und sagte auf Kroatisch: Das ist ein deutsches Haus, hier kommt ihr nicht herein!

Und wenn sie noch so besoffen waren, sie machten auf dem Absatz kehrt und trollten sich wortlos. Ihm stand der Hass ins Gesicht geschrieben, ein Blick, der seine Physiognomie völlig veränderte, so sehr, dass er wie ausgewechselt wirkte. Ein schrecklicher Mensch. Einer hat mal gesagt, diesen Blick hätte ich von ihm geerbt.

Im April 1945 wurde Sarajevo befreit. Ein oder zwei Monate danach wurde Urgroßvater Karlo abgeholt und sollte ins Lager kommen, von dem aus er wie alle seine Landsleute nach Deutschland deportiert werden sollte. Bis zum Bahnhof in Ilidža waren es ungefähr eineinhalb Kilometer Fußmarsch. Er ging zwischen zwei Partisanen, ein Dritter drückte ihm den ganzen Weg lang den Gewehrlauf in den Rücken. Der kannte ihn aus der Zeit vor dem Krieg und wusste sehr genau, wen er da vor sich hatte, es machte ihm Spaß, Urgroßvater Karlo ein bisschen zu misshandeln. So ist das eben. Du weißt nie, wer dich warum ins Konzentrationslager abführt; die meisten Leute denken lieber nicht darüber nach, dass sie selbst zu den Abgeführten gehören könnten.

Am Bahnhof versammelten sich unterdes Urgroßvaters serbische Nachbarn vor den Viehwaggons, mit denen die Partisanen ihre Opfer in die Lager schafften. Vier Jahre lang habe er sie vor den Ustascha gerettet, sagten sie, und wenn er hundert Mal Deutscher sei, sie würden Genossen Karlo niemals im Stich lassen, eher mit ihm dahin gehen, wo er hingebracht werden sollte. Die Partisanen wollten die Versammlung auflösen, schwangen Gewehrkolben, es gab blutige Köpfe, aber je härter sie zuschlugen, desto sturer wurden die Männer.

Sie brachten Opapa Karlo an diesem Tag zurück nach Hause, und er wurde kein zweites Mal abgeholt, obwohl er Deutscher und ihm eigentlich zugedacht war, wie die anderen Jugoslawiendeutschen nach Deutschland zu gehen. Es ist fraglich, ob er dort lebend angekommen wäre; man kann also davon ausgehen, dass ihm die, die er vor dem Tod bewahrt hatte, das Leben retteten. Damit war wie in einem pädagogisch wertvollen Märchen Gutes mit Gutem vergolten. Urgroßvater starb einige Jahre später, mehr als ein Jahrzehnt vor meiner Geburt.

Seine Töchter galten in Jugoslawien nicht als Deutsche, weil sie mit Slawen verheiratet waren, aber auch sein einziger Sohn, Rudolf, den alle Nano riefen, bis auf die Familie und seine Liebste, für die er der Rudi war, wurde weder als Deutscher betrachtet noch ins Lager abtransportiert. Welche Gesichtspunkte leiteten die jugoslawischen Kommunisten, als sie nach dem Krieg die Deutschen in Lager schickten, was war aus ihrer Sicht notwendig, damit jemand als Deutscher galt? Bis heute habe ich keine Antwort auf diese Frage gefunden. Unser Nano sah nämlich deutscher aus als sein Vater, er behielt dessen Nachnamen und kroatisierte ihn nicht, passte ihn nicht einmal der Gepflogenheit an, Namen so zu schreiben, wie sie gesprochen werden, er besaß Schränke voll deutscher Bücher, besuchte Konzerte für klassische Musik, sprach mit Freunden Deutsch, flanierte mit der Wiener Verwandtschaft und deren hübschen Freundinnen, allesamt Österreicherinnen, durch die Altstadt, und trotzdem war er für die Partisanen kein Deutscher. Warum? Wahrscheinlich haben sie mit ihrem siebten Polizeisinn gespürt, dass das Deutschtum unserer Familie bei Urgroßvater Karlo endete und

Rudolf kein Verhältnis zu seiner Herkunft hatte. Ihnen genügte das, um einem Menschen das Lager zu ersparen, und in diesem Sinn sind die kommunistischen Konzentrationslager nicht mit den deutschen oder denen der Ustascha vergleichbar.

Der jüngere Onkel mütterlicherseits, Dragan, und mein Vater wurden zur Befreiung Sarajevos von den Partisanen mobilisiert und gegen Kriegsende bei Karlovac in einer der blutigsten Schlachten eingesetzt. Sie zogen als Gymnasiasten in den Krieg und legten das Abitur als demobilisierte Partisanen ab. Danach studierte der Onkel Metallurgie, Vater Medizin. Beide wurden in ihrem Fach erfolgreiche, angesehene Mitglieder der Gesellschaft. Und beide waren in ihren Herzen und Köpfen und auch durch ihre Namen, in ihrer jeweiligen Polizeiakte, durch die Familie stigmatisiert. Der Onkel durch seinen Bruder, der als deutscher Soldat gefallen war, der Vater durch die Mutter, die wie zwei ihrer Schwestern in der Ustascha-Jugend aktiv war und nach dem Krieg zu einer Haftstrafe verurteilt wurde, während ihre Schwestern nach Argentinien emigrierten.

Beide wurden Mitglieder des Bundes der Kommunisten und blieben es bis zum Zerfall Jugoslawiens. Auch meine Mutter, die gerade einmal ein Jahr alt war, als ihr Bruder fiel, trat der KPJ bei. Trotzdem konnte man sie bei Bedarf daran erinnern, dass ihr älterer Bruder im Krieg auf der falschen Seite gekämpft hatte – sie fühlte sich schuldig. Ebenso ihr jüngerer Bruder. Und ihr künftiger Mann, mein Vater, fühlte sich wegen seiner Mutter und deren Schwestern schuldig.

Schuld prägte ihr Leben und war wichtiger Bestandteil ihrer Identität. Schuld ist Bestandteil auch meiner Identität, obwohl ich sie nie fühlte, so wenig wie das Deutschtum meines Urgroßvaters, Opapa Karlo, oder das Slowenentum meines Großvaters Franjo. Mein Fall ist, wie ich heute weiß, etwas komplizierter, denn meine Identität setzt sich überwiegend aus dem zusammen, was ich *nicht* bin.

Als ich im Sommer 1993 Sarajevo verließ, und zwar, weil es damals von den Panzern und Granatwerfern der Verbrecher

Mladić und Karadžić eingeschlossen war, in einem Transportflugzeug der US-Armee, das humanitäre Hilfe in die Stadt brachte und auf dem Rückweg einheimische wie ausländische Journalisten nach Split ausflog, traf mich der Gedanke ins Mark, dass ich vielleicht für immer ging. Meine nackte Haut hatte ich gerettet, nichts darüber hinaus. Mutter und Vater waren, jeder für sich, weil schon lange geschieden, noch in der Stadt, ich sah sie vielleicht nie wieder. Ich immerhin kam nach siebzehn Monaten Krieg und Belagerung mit dem Leben davon. Mir gelang, was meinem älteren Onkel mütterlicherseits nicht vergönnt war: die Flucht aus meinem Krieg.

Mein Ziel war klar, Zagreb, die Hauptstadt von Kroatien. Aber obwohl dort meine Sprache gesprochen wird, obwohl ich Kroate bin, erging es mir, wie es Opapa Karlo in Deutschland ergangen wäre. Das war mir damals nicht klar. Wenn man den Kopf aus der Schlinge zieht, denkt man nicht darüber nach, ob in Kroatien andere Leute wohnen, unter denen ich so fremd bin, wie es der Urgroßvater in Deutschland gewesen wäre. Sein Deutschtum war von der Art, dass es die, die keine Deutschen waren, als Spiegel brauchte, den täglichen Kontakt mit anderen, sein Deutschtum bestand in komischen Sprachritualen beim sonntäglichen Mittagessen, im arroganten Ton gegenüber kroatischen Faschisten, die sein Haus durchsuchen wollten. Mein Kroatentum war bosnisch, schlimmer noch, *kuferaško*. Kuferasche, Kofferkinder, nannte man die, die unter Franz Joseph aus anderen Teilen der Monarchie nach Bosnien kamen, Leute, die vermeintlich aus dem Koffer lebten. Sie schufen mit ihren Kulturen und Sprachen eine Identität jenseits der Nationalität, das kulturelle Substrat war stärker als die nationale Zugehörigkeit. In meinem Fall oder vielmehr dem meiner Familie bedeutet das, dass wir bosnische Kroaten sind, in deren Identität Slawen, Deutsche, Italiener und einige weitere Völker der Donaumonarchie Spuren hinterlassen haben. Ohne Österreich-Ungarn gäbe es mich nicht, weil meine Eltern nie geboren worden wären, weil deren Eltern nie geboren worden wären und sich die Eltern ihrer Eltern nie getroffen hätten ... In diesem Sinn war meine Geburt ein politisches Projekt.

Nach einiger Zeit in Kroatien, im Land »der anderen Leute«, begriff ich, dass ich dort mein Leben leben und glücklich werden konnte, aber nie einer von ihnen sein würde. Wenn ich »wir« sage, ist das meist ein verlogenes Wir, ein Wir, für das man sich ein bisschen schämt. Deswegen werde ich häufiger als das Wir die Personalpronomen ich oder sie verwenden. Von mir werde ich hauptsächlich das erzählen, was die Leute nicht gern hören und ich selbst niemals erzählen würde, wenn ich mit meinem Umfeld eins wäre. Ob man sich im positiven oder negativen Sinn abhebt, ist gleichviel, allein dass man sich abhebt, von der Masse unterscheidet, provoziert Abwehr.

Als ich nach Kroatien kam, war es ein ethnisch weitgehend homogenes Land mit neunzig Prozent Kroaten, das heißt Katholiken, und die Mehrheit dieser Mehrheit war allen spinnefeind, die einer Minderheit angehörten. Die Feindseligkeit hatte überwiegend ideologische Gründe, war der Staatsraison, aber auch der Tatsache geschuldet, dass im Land Krieg herrschte und ein Drittel seines Territoriums besetzt war. Die Rolle des Besatzers spielte die ehemalige Jugoslawische Volksarmee, die Rolle des einheimischen Verräters übernahmen Angehörige der serbischen Minderheit. Auch die kroatischen Muslime wurden als Feinde wahrgenommen; im Herbst 1993 ordnete die kroatische Regierung Militäraktionen auf muslimischem Gebiet in Bosnien-Herzegowina an. Jenseits der nationalen Kodierung, auf gesellschaftlicher Ebene, wurden zudem Atheisten ausgegrenzt, erinnerten sie die Bürger doch an vierzig Jahre Kommunismus und vermutlich auch an die eigene Heuchelei. Solange der Atheismus die erwünschte gesellschaftliche Norm war, lehnten die meisten Religion strikt ab, nun hatte sich der Wind gedreht und die Leute rannten genauso eilfertig in die Kirche.

Und die Menschen schwelgten in ihrem Hass, genossen ihre Feindseligkeit. Das ist nichts Neues: Nur der Hass ist so umfassend und verdrängt derart gründlich alles andere, kein anderes

Gefühl kann aus dem Privaten herausspringen und zur gesellschaftlichen Emotion mutieren. Kroatien war in den neunziger Jahren unter Präsident Franjo Tuđman das Land des Hasses. Der Hass richtete sich im Wesentlichen nicht nach außen, sondern nach innen, gegen Teile der eigenen Gesellschaft, der eigenen Kultur, Geschichte, Identität, Sprache ... Der Hass richtete sich sogar gegen Worte, die nicht kroatisch genug klangen. Aber der Klang täuscht oft, vielleicht gab es auch nicht ausreichend viele Hassobjekte, jedenfalls behalfen sich die Leute mit dem Hass auf Dinge, die mit Minderheiten und fremden Identitäten nichts zu tun hatten.

Der Einzelne kann sich eine Reihe von Gründen zurechtlegen, warum er sich in solchen Zeiten an die Mehrheit hält. Schon gar, wenn er aus einer belagerten Stadt kommt, auf sich gestellt ist, materielle Sorgen hat, zur Untermiete wohnt, zum intellektuellen Proletariat zählt ... Schließlich wurde Sarajevo von Angehörigen der Nationalität belagert und beschossen, die in Kroatien am hingebungsvollsten gehasst wurde. Spricht nicht alles dafür, sich einem solchen Hass anheimzugeben, sich zu assimilieren und gesellschaftlich einzugliedern, nach einer Übergangsphase den Vertriebenenstatus abzulegen und einen Platz in der neuen Gemeinschaft zu akzeptieren? Lassen wir einmal moralische Gegenargumente beiseite, die immer problematisch sind, wenn sich einer auf sie beruft, der gegen den Strom schwimmt, sehen wir weiterhin davon ab, dass auch der Hass eine gewisse intellektuelle und psychische Anstrengung voraussetzt (die manchen Menschen durchaus schwerfällt), dann bleibt wirklich kaum ein Grund übrig, warum sich einer, der 1993 aus Sarajevo floh, der herrschenden Stimmung in dem Land, das ihn aufnimmt, widersetzen sollte. Ich bin nicht so eitel, dass ich um jeden Preis aus dem Rahmen fallen muss. Und das Leben macht man sich mit solchen Widerständen auch nicht leichter.

Der Grund also, jedes meiner Wir auf ein Ich zu reduzieren, in der langen Zeit des Hasses die Ausnahme sein zu wollen, obwohl mir das überhaupt keinen Spaß machte, mir nicht einmal moralisch ein gutes Gefühl verschaffte, liegt in meiner Identität, die untrennbar auch das enthält, was ich nicht bin. Mein Urgroßvater war Banatschwabe, wohnhaft in Sarajevo, er sprach ein mit türkischen Wörtern durchsetztes Kroatisch, wie es für die bosnischen Muslime typisch ist. Er versteckte seine serbischen Nachbarn nicht deshalb vor der Ustascha, weil er so ein guter, aufopferungsbereiter Mensch war, wenigstens nicht in erster Linie deshalb, sondern weil sie ein wichtiger Teil seiner Welt waren, wie hätte er ohne Serben Deutscher sein können? Er konnte sich wahrscheinlich überhaupt nicht vorstellen, wie man da, wo es keine Serben (Kroaten, Bosnier, Muslime, Juden ...) gibt, Deutscher sein kann. Für ihn war jeder Hass in einem Vielvölkerland einfach nur Hass, und ich sehe es genauso. Deswegen unterschied sich mein Kroatentum substanziell von dem Kroatentum der Menschen, unter die ich mit meiner Ankunft in Zagreb geriet. Sogar von dem meiner Freunde und Bekannten. Denn diese lehnten den Hass aus intellektuellen und moralischen Gründen ab oder einfach weil sie zu Hause eine gute Erziehung genossen hatten, ich lehnte ihn ab, weil er mich bedrohte. Obwohl ich Kroate bin, bedrohte er den Serben und Bosniaken (Muslim) in mir.

Mein jüngerer Onkel mütterlicherseits, Dragan, später ein gefeierter Metallurg, der die bosnische Schwerindustrie in der Sowjetunion vertrat, wurde in Kakanj geboren, noch so einem Städtchen, in dem Großvater Franjo Bahnhofsvorsteher war. Dort stellten Muslime die Bevölkerungsmehrheit, als Dragan eingeschult wurde, war er der einzige Christ in der Klasse. In den dreißiger Jahren gehörte Religionsunterricht an allen Schulen des Königreichs Jugoslawien zu den Pflichtfächern; mein Onkel lernte den Stoff als kleiner Junge unter ungewöhnlichen Bedingungen. In der ersten Stunde gingen alle anderen Kinder in die nahe gelegene Moschee zum islamischen Geistlichen, und Dragan saß allein im Klassenzimmer, denn es gab keinen katholischen Religionslehrer, und der örtliche Pfarrer, der bei Bedarf dessen Rolle übernehmen sollte, wusste nicht, dass in der Schule ein getauftes Schäfchen auf ihn wartete. Ganz allein zwischen vier weißen Wänden, vor der Wandtafel und dem Bild von König Alexander Karađorđević, bekam mein Onkel die mörderische Einsamkeit zu spüren, an der man irre werden kann und die selbst Erwachsene fliehen, also aus Städten und Staaten, in denen sie zur Minderheit gehören, in Städte und Staaten ziehen, in denen sie zur Mehrheit gehören.

Doch statt mit der Familie umzuziehen oder darauf zu bestehen, dass der hiesige Pfarrer den Sohn unterrichtet, während seine Freunde den Glauben beim Hodscha lernen, erklärte Franjo, Dragans Vater, mein Großvater, dem Lehrer, er wünsche nicht, dass sein Kind von den anderen getrennt werde, es möge bitteschön zusammen mit den anderen zum islamischen Religionsunterricht gehen. Eine solche Forderung seitens der Eltern war ungewöhnlich, aber weder widerrechtlich, noch hatte irgendwer was dagegen.

So kam es, dass Dragan vier Jahre in der Mekteb die Grundlagen des islamischen Glaubens aus erster Hand lernte und, obwohl katholisch getauft, von Kindesbeinen an die Regeln des muslimischen Gebets kannte. Deswegen war er nicht weniger das, was er seiner religiösen und nationalen Herkunft nach war, aber es unterschied ihn natürlich von den meisten anderen mit seiner Religion und nationalen Herkunft. Das Entscheidende ist dabei nicht so sehr, dass er die islamische Grundschule beendete, wichtig ist, dass er in einer Familie aufwuchs, die bereit war, ihr Kind in die Mekteb zu geben, damit es nicht allein im Klassenzimmer hockt und um das gebracht wird, was an dieser Schule und in diesem Ort allen Schülern gemein war.

Der Unterschied ist aber nicht der einer gemischt-nationalen Gesellschaft zu einer national homogenen Gesellschaft. Der Unterschied liegt im Umgang mit Verschiedenheit. Wir können im Hass schwelgen und aus ihm unsere Identität ziehen, wir kommen aber auch ohne diese Schwelgerei aus. Wenn wir nicht hassen, spiegeln wir uns zwangsläufig im anderen, und dann wird der andere zwangsläufig Teil unserer Identität. Urgroßvater Karlo wusste das, deswegen zog es ihn nicht nach Deutschland, weil dort andere Deutsche lebten. Wie hätte er mit ihnen in Kontakt kommen können, wie sich mit ihnen verständigen, wie kann ein solcher Deutscher anders in Deutschland leben als gegen Widerstände und voller Konflikte?

Vom Urgroßvater, dem Banatschwaben, und seiner Familie, vom Onkel, der als Soldat der feindlichen Armee fiel, von Nonno und Nonna, die ihren Sohn in diese Armee schickten, von anderen Haupt- und Nebenfiguren, mit deren Schicksalen ich aufwuchs, handeln meine Romane und Erzählungen. Ich vermischte Wirklichkeit und Fiktion, versetzte sie in erfundene Lebenslagen, hauchte ihnen Leben ein und verlängerte es. Mehrfach und in verschiedenen Formen und Genres habe ich ihre Schicksale erzählt. Auch die Geschichte, die ich hier erzähle und in der sich Ausschmückungen und Veränderungen leider verbieten, habe ich schon mehrfach erzählt. Ich komme nicht von ihr los, ich kann meinen Onkel, dessen Grab auf einem Dorffriedhof irgendwo in Slawonien längst vom Gestrüpp überwuchert ist, nicht zwischen Millionen anderen Soldaten Hitlers ruhen lassen. Er ist Teil meiner Identität, der Gewissensbisse, die von Generation zu Generation weitergereicht wurden, der Implikationen, die sie für mein nationales Selbstverständnis haben. Denn ich bin nicht nur die und die Person, ich bin auch der und der Kroate. Oft umfasst die nominale Definition, der Name, nicht die ganze kollektive, nationale und religiöse Identität. Oft widerspricht das Katholischsein dem allgemein anerkannten Begriff und Selbstverständnis eines Katholiken.

Ich hatte gedacht, nach dem Tod von Franjo Tuđman und der Demontage der nationalistischen Oligarchie in Kroatien würden die Unterschiede zwischen uns mit der Zeit verblassen und mein schlechter Ruf bei der nationalen Elite irgendwann der Vergangenheit angehören, sich auflösen, so wie sich mit Kriegsende der Hass aufzulösen begann. Schließlich fing die Nation damals an, die Dissidenten der neunziger Jahre wieder an ihren mütterlichen Busen zu drücken, verlieh ihnen Nationalpreise und lobte ihre mustergültige patriotische Haltung. Das nationalistische Pathos wandelte sich zu einem Pathos der allgemeinen, kollektiven Europäisierung, das einem genauso auf die Nerven gehen kann, mit dem sich aber leichter leben lässt. Jetzt knattert neben der kroatischen Flagge die der Europäischen Union im Wind. Drückt sich darin nun koloniale Gefolgschaft einer zermürbten, schizophrenen Identität aus, oder bietet es sich einfach nur an, alle drei Fahnenmasten, die vor jedem öffentlichen Gebäude stehen, zu nutzen? Die Fahnenmasten stammen nämlich noch aus der Zeit, als in der Mitte die jugoslawische Fahne wehte, flankiert von der kroatischen und der der Partei. Heute hängt neben der kroatischen und europäischen meist eine Fantasieflagge für Stadt oder Gespanschaft …

Aber Flaggen entscheiden nicht über unser Leben. Was gestern noch Hassobjekt war, kann heute schon Symbol der Freiheit sein. Und umgekehrt. Man denke nur daran, wie radikal die Bush-Administration die Bedeutung des Sternenbanners veränderte. Auf einer Postkarte schrieb mein älterer Onkel der Tante in Sarajevo: Es ist Sonntag, ein freier Tag, das Feldlager liegt verlassen da, die deutsche Fahne flattert. Wir haben unsere verkauft. Wenn auch verklausuliert, ist es seine einzige politische Äußerung. Die Worte trösteten die überlebenden Familienmitglieder nach dem Krieg, aber im Grunde sagen sie nicht viel. Denn wir wissen eigentlich nicht, welche Fahne die unsere ist. Die es wussten, wussten auch, dass es sich mit einer Fahne gut hassen lässt. Daher ihre überragende Rolle bei Pokalspielen und während der Olympiade. Unsere Fahne demütigt eher die Verlierer, als dass sie den Sieger ehrt. Der bekannteste kroatische Fan-Song geht so: Neka pati koga smeta, Hrvatska je prvak svijeta! – Wen's stört, mag leiden, Kroatien ist Weltmeister. Warum sollte jemand leiden, weil Kroatien Weltmeister ist? Wer so was fragt, ist wahrscheinlich kein echter Kroate.

Ein Jahr nach der Abwahl der nationalistischen Regierung,

auf die eine Koalition unter Führung des Sozialdemokraten Ivica Račan folgte, dessen Europäertum ganz Europa und vor allem die unmittelbaren Nachbarn Kroatiens aufatmen ließ, war ich bei einem Filmfestival in einem uralten istrischen Städtchen auf einer Bergkuppe, wo früher überwiegend Italiener gelebt hatten. Als Istrien zu Jugoslawien kam, stellten die Kommunisten die Einwohner vor die Wahl, nach Italien zu gehen oder Jugoslawen zu werden, und die meisten schnürten ihr Bündel und zogen fort, lebten jahrelang in italienischen Flüchtlingslagern, und ihre Häuser wurden konfisziert. Ein Filmfestival in dem Städtchen war wegen dieser Vergangenheit in gewisser Weise die Manifestation eines neuen, antinationalistischen Kroatiens und als solches nicht nur ein kulturelles, sondern auch ein politisch-gesellschaftliches Ereignis. Natürlich ließ es sich der neue Kulturminister nicht nehmen, auf dem Festival zu erscheinen; seine Anhänger und Unterstützer nannten ihn den kroatischen Malraux, was er sich gern gefallen ließ, zumal es in Kroatien wie auch im gesamten ehemaligen Jugoslawien und auf dem Balkan üblich und erwünscht ist, hervorragende Persönlichkeiten nach ausländischen Größen zu titulieren, ob nach Franz Beckenbauer, Kaiser Haile Selassie oder Shakespeare ist dann eigentlich egal. Dieser unser Minister, dieser kroatische Malraux, hatte sich davor mit Lexikografie beschäftigt, also im Wesentlichen auf der faulen Haut gelegen, also nach Durchsicht der zwei, drei Einträge, die ihm pro Arbeitstag auf den Schreibtisch flatterten, in Kneipen intellektuelle Debatten ausgefochten. Mir widerstrebte die Art, wie er das Ministerium leitete, und ich habe darüber einen im Vergleich zu meinen Philippiken gegen Tuđmans Nationalisten ziemlich zahmen Zeitungsartikel geschrieben.

Den hatte ich schon vergessen, aber als ich nachmittags an einer riesigen Linde, dem heiligen Baum der Slawen, vorbeikam, fiel er mir wieder ein. Im Schatten der Linde stand ein Wirtshaustisch, an dem saßen Regisseure, Produzenten und freischaffende Intellektuelle mit Minister Malraux beisammen.

Ich kannte die Leute persönlich, natürlich auch den Minister, und wollte sie begrüßen.

Hau ab, du bosnisches Stück Scheiße, geh dahin zurück, woher du gekommen bist, sonst übernehmen wir das!, schrie Malraux.

Ich ärgerte mich nicht zu sehr, die vorangegangene Nacht war arbeitsreich und anstrengend gewesen, der Minister bis in den Nachmittag hinein verkatert. Aber ich blieb stehen und sah einen Regisseur an, der zu Tuđmans Zeiten auf der Schwarzen Liste stand und seine Filme nicht im Fernsehen zeigen durfte, ein aufrechter Dissident, fast so aufrecht wie Kundera, wenn nicht aufrechter. Er senkte den Blick und schwieg, nahm Rücksicht auf den ministeriellen Kater, er plante einen neuen Film, und das geht in Kroatien nicht ohne Staatsgelder. Auch der Produzent senkte den Blick, ein vielversprechender junger Mann, der jeden Nationalismus bekämpfte und internationale Liebe predigte, sämtliche aufrechten Dissidenten der Tuđman-Ära senkten einer nach dem anderen den Blick. Nachdem ich viel zu lange so gestanden und gewartet hatte, drehte ich mich um und ging unter dem Gekeife des kroatischen Malraux diesen istrischen Hügel hinunter.

Ich ging und gehe als glücklicher Mann, denn im Gegensatz zu Opapa Karlo werde ich nicht von zwei Kerlen abgeführt, während mir ein Dritter den Gewehrlauf in die Nieren stößt. Das ist der entscheidende Unterschied zwischen unseren Identitäten, deretwegen wir dort leben, wo wir leben, obwohl wir nicht der Mehrheit angehören. Das Glück hält uns am Ort, das Glück, davon bin ich überzeugt, hat uns oft das Leben gekostet. Versöhnt mit dem, was wir sind, tragen wir in uns, was wir nicht sind, leben Identitäten, die sich nicht mit einem Wort, einem Pass, dem Personalausweis, einer Genehmigung belegen lassen. Der Mob weiß, welches Wappen, welche Fahne, welcher Name ihm gehört, und brüllt es frei heraus, wir hingegen sehen uns zu langen, umständlichen Erklärungen, Romanen, Filmen, fiktiven und wahren Geschichten gezwungen, haben das Bedürfnis, ein Dorf im rumänischen Banat zu besuchen, in dem keine Deutschen mehr sind, der Horizont aber ist noch wie zu Urgroßvaters Karlos Kindheit, uns bleiben öde Kleinstädte in Bulgarien, der Ukraine oder Polen, in denen Menschen lebten, die sich in Rauch auflösten, uns bleiben verschwommene Erinnerungen, das Gefühl, heute dies und morgen das zu sein, Hymnen und Staatsgrenzen kommen uns ständig abhanden, uns bleiben die Reue und lang anhaltende, schmerzliche Gewissensbisse, weil einer, mit dem wir verwandt sind, als Feindsoldat lebte und starb, wir sind gewissermaßen selbst der Feind, uns bleibt der Glaube an das, was wir unter der Zunge verstecken, unsere Heimat gibt es nicht mehr, gab es vielleicht nie, weil uns jede Handbreit Erde fremd ist.

DIE STUBLERS

Roman

Kennen Sie Regina Dragnev?

Karlo Stubler, mein Urgroßvater, ließ bei seinem Umzug vom Banat nach Bosnien in Bosowitsch einen älteren Bruder zurück. Dessen Name ist dem familiären Gedächtnis entfallen, nicht aber der seiner Tochter: Regina. Karlo gab ihn einer seiner Töchter, der Zweitgeborenen, später hieß seine Urenkelin so, meine Cousine. Meine Mutter wurde auf die Namen Regina Javorka getauft, weil Javorka allein im Mai 1942 weder im Standesamt noch in der Kirche anerkannt wurde, und hieß so, bis ihr dasselbe Standesamt zwanzig Jahre später vorschrieb, sich für einen von beiden zu entscheiden, weil unsere sozialistische Gesellschaft Doppelnamen ebenso wenig dulde wie Doppeldeutigkeiten, und für sie mache man da keine Ausnahme. Sie entschied sich für Javorka, damit das Schicksal sie nicht mit einer der Reginas in der Verwandtschaft verwechselte.

Uns ist auch bekannt, nach welcher Regina sie alle benannt waren.

Nach der Mutter von Urgroßvater Karlo und seinem Bruder, dessen Namen keiner mehr weiß. Was diese Frau auszeichnete, ist nicht überliefert, nur, dass sie zwei Söhne gebar und ihr Name heute noch lebt. Dass wir nicht wissen, wodurch die erste Regina Stubler groß und bedeutend war, dieses Nichtwissen, das familiäre und historische Vergessen, trägt vermutlich zu ihrer Größe und Bedeutung bei.

Die Tochter von Urgroßvater Karlos Bruder wurde etliche Jahre vor ihren bosnischen Cousinen und Cousins geboren und war ihnen ein fernes Vorbild, das sie nie persönlich kennenlernten. Als Spross wohlhabender deutscher Bauern besuchte sie das Gymnasium in Temeswar und studierte danach während und trotz der Balkankriege – in denen das erwachende Jugoslawentum sein serbisches Blut vergoss und an Tuberkuloseschüben und der Schönheit seiner kroatischen Träume verreckte – in Sofia Medizin. Dass ein Mädchen vom Dorf in die ferne Stadt zog und Ärztin wurde, das war selbst bei den Banatschwaben selten, selbst in Rumänien, auch Französischer Balkan genannt.

Aber vielleicht war Sofia damals gar nicht so weit weg von Bosowitsch. In Bulgarien lebten viele Deutsche, gut möglich, dass die Stublers in der Hauptstadt Verwandte oder Freunde hatten, bei denen Regina unterschlüpfen konnte.

Kurz vor Ende des Ersten Weltkriegs schloss sie die Ausbildung ab, fand Arbeit und heiratete einen Bulgaren, über den wir ebenfalls nichts wissen, nur den Nachnamen: Dragnev.

Karlo Stubler, mein Urgroßvater, wurde 1920 einschließlich Familie aus Dubrovnik gejagt, weil er als hoher Eisenbahnbeamter einen Streik unterstützt hatte. Er verlor seinen Posten und landete mit seiner Frau und dreien der vier Kinder in Sarajevo. In den Jahren danach sorgte die Gewerkschaft für ihr Überleben. Zwei oder drei Gewerkschafter, Eisenbahnarbeiter, Heizer oder Lokführer, gaben Karlo und den Seinen einen Teil ihres Lohns ab, bis Karlos Kinder die Ausbildung abgeschlossen hatten. So war es in frühkapitalistischen Zeiten auf dem Balkan Brauch, dafür waren Gewerkschaften da.

Dabei berücksichtigte man, dass Karlo Deutscher und ein gebildeter Mann war, dass seine Kinder musizierten und ihnen ein besseres Leben vorgezeichnet war als den Kindern der Heizer und Lokführer. Dass er sich für die Sache der Arbeiter einsetzte und dafür in Dubrovnik geschasst wurde, sollte seine Familie nicht in Armut stürzen, auch nicht um den Preis, dass das Kind eines Weichenwärters wegen der Fürsorgepflicht gegenüber meinem Urgroßvater die Schule abbrechen musste. Oder ist der Gedanke eine Übertreibung? Belassen wir es bei der Aussage, dass Glaube und Ideale damals etwas galten.

Eine von Karlos Töchtern, ebenjene Regina, heiratete Vilko Novak, den Sohn eines der für die Stublers sorgenden Gewerkschafters. Aus der Ehe ging meine Tante Nevenka hervor, die wiederum meine Cousine Regina zur Welt bringen sollte.

Vor dem Ersten Weltkrieg, als junger, fescher Eisenbahner, besuchte Karlo Stubler den Bruder in Bosowitsch noch. Nachdem er seine Stelle, und zwar, wie er befürchtete, bis ans Ende seiner Tage verloren hatte, fuhr er nie wieder in die Gegend, aus der er stammte. Die gesamte Kommunikation mit dem Bruder und den anderen Verwandten lief über einen teils sehr lebendigen, dynamischen und in gewisser Weise ergiebigen Briefwechsel. Wie die Juden von Amerika ihren Angehörigen in heute namenlosen galizischen Schtetl Briefe oder Päckchen mit Fotografien und anderen Memorabilien schickten, so hielten es auch Karlo und die Seinen mit den Verwandten im Banat. Der Briefwechsel zwischen Ilidža und Bosowitsch – wobei leider unklar bleibt, welcher der beiden Orte für Amerika und welcher für Galizien steht und ob die Ilidžer ins Banat oder die Banater nach Ilidža fahren wollten – war rege, über Jahrzehnte plante man Treffen, aber es kam nie dazu.

Regina Novak und ihr Bruder, Rudolf Stubler, der Nano meiner Kindheit, korrespondierten mit der Cousine in Sofia. Geschrieben in deutscher Sprache, wechselten Episteln alle zwei Wochen hin und her, zu Weihnachten und Ostern schickte man sich zusätzliche Grüße, und dieser Austausch zog sich durch die zwanziger und dreißiger bis in die vierziger Jahre, dann verstummte die Korrespondenz vor den Schrecken des Krieges.

Zwischen den Resten des familiären Briefarchivs in der Kasindolska, im Ilidžer Haus der Familie Novak-Cezner, wo der größte Teil des Stubler-Nachlasses liegt, gab und gibt es vielleicht immer noch, man sollte mal nachschauen, Bilder der Regina aus Sofia. Adrett und würdevoll lächelnd, wie es sich gehört, wenn man sich für die Verwandtschaft fotografieren lässt, schaut uns Frau Doktor Dragnev an.

Der familiäre Zusammenhalt, das, was uns als Familie konstituierte, gründete wie jede kulturelle, verwandtschaftliche oder häusliche Gemeinschaft auf einer Illusion. Unsere Cousine in Sofia, die uns eines Tages besuchen wird oder zu der wir auf

Besuch fahren werden, war Teil dieser Illusion. Wir haben sie nie in die Arme geschlossen, mit Küsschen links und Küsschen rechts begrüßt oder ihr die Hand geschüttelt.

Keiner außer Karlo Stubler hatte je persönlich-unmittelbaren Kontakt zu Regina Dragnev. Als junger Eisenbahner spielte er mit dem kleinen Mädchen vor unserem Haus in Bosowitsch (ebenfalls eine Illusion, wir haben es nicht selbst gesehen), spielte Hoppe, hoppe Reiter mit ihr.

Seine Knie waren das Pferd, auf dem Regina fortritt.

Bald nach Kriegsende, Ende 1945, lebte das triste Herbeirufen von Menschen und Illusionen wieder auf, und so suchte Rudolf Stubler über das Rote Kreuz nach unserer Cousine Regina Dragnev, geborene Stubler, Ärztin in Sofia.

Zwanzig Jahre lang suchte er sie, über verschiedene Organisationen, unsere wie ausländische, nutzte jede Chance, sie aufzuspüren, ließ ihren Namen über jeden Radiosender verkünden, der sich an der Vermisstensuche mit wunderlichen Genre-Transformationen der Wünsch-dir-was- und Grußsendungen oder Matrosenabende beteiligte. Er fand sie nie, erfuhr nichts über ihr Schicksal. Regina Dragnev war wie vom Erdboden verschluckt, hatte sich in Schall und Rauch aufgelöst, und die Idee, dass die ganze Geschichte letztlich erfunden ist und weder die Gesuchte noch die Suchenden je existierten, drängt sich förmlich auf.

Derartige Suchen haben mindestens drei Schriftsteller thematisiert: Amos Oz, David Grossman und Ivan Lovrenović. Oz und Grossman schrieben über die Suche nach Verwandten, deren Schicksal vom Holocaust verfinstert wurde, Lovrenović über Väter und Onkel, die als Soldaten einer besiegten Armee parallel zu den Feiern der Sieger in Vergeltungsaktionen spurlos verschwanden. Etwas haben die Gesuchten von Oz, Grossman und Lovrenović gemein: Die Suchenden konnten den mit der Suche Beauftragten sagen, ob die Gesuchten Opfer waren oder, wie das früher bei uns hieß, dem Aggressor dienten.

Regina Dragnevs Cousin Rudi, mein lieber Nano, suchte mit einer doppelten Angst nach ihr. Die eine teilte er mit Millionen

Europäern: Lebte sie, und wenn ja, wo? Wenn nein, wo lag sie begraben? Die andere gehörte ihm und uns allein, der Familie: Wie war Regina Dragnev aus Sicht der Sieger, Rechthaber und Antifaschisten einzuordnen? Denn so oft über zwei Jahrzehnte lang Briefe hin- und hergegangen waren, weder Rudi noch die Ilidžer Regina kannten Regina Dragnevs politische Einstellung. Unsere Cousine hatte einen Mann und zwei Kinder, arbeitete im Krankenhaus, sorgte für ihre Patienten, berichtete ihren fernen Verwandten manchmal von ihnen, ging ins Theater, las dieselben Bücher wie sie, erinnerte sich an Bosowitsch, erkundigte sich nach lebenden und toten Angehörigen, erwähnte aber mit keinem Wort Hitler und den deutschen Vormarsch im Osten, Kommunismus und Faschismus, und ihre Verwandten in Sarajevo hielten es genauso: Die Korrespondenz schweigt sich über Themen aus, die uns heute brennend interessieren würden.

Auf welcher Seite stand sie, was hat unsere Cousine Regina Dragnev 1941 bis 1945 gemacht? Hat die mit einem Bulgaren verheiratete Banatschwäbin mit dem Feind kollaboriert? Die Frage bereitete meinem Nano Bauchschmerzen, trotzdem suchte er nach ihr. Er war kein Held, hatte Fracksausen, es könnte eines Tages an seine Tür wummern und er verhört werden, warum er die Frau suche, ob er am Ende eine Konterrevolution anzetteln wolle?, aber er konnte nicht anders, die Suche war unverzichtbarer Teil seiner und unserer familiären Identität geworden. Er musste seine Cousine finden, und wir hätten gern erfahren, wer Regina Dragnev wirklich war. Die Ungewissheit bleibt uns bis ans Lebensende erhalten. Erst danach wird der Zweite Weltkrieg zu Ende sein.

Karlo Stubler, mein Urgroßvater, suchte seinen Bruder nicht. Der wurde 1945 aus Bosowitsch abgeführt und nicht mehr zurückgebracht. Karlo wurde in Ilidža von seinen serbischen Nachbarn gerettet, weil er sie vor der Ustascha gerettet hatte. Er versteckte sie in seinem Haus und schickte die kroatischen Soldaten von der Schwelle aus weg, Feiglinge, die sich nicht ins Haus eines Deutschen trauten, und sei der noch so klapprig.

Karlo fragte nicht nach den Bosowitscher Verwandten. Es war keiner mehr dort: Sie zerstreuten sich 1945, verwandelten sich in einen inhaltsleeren, wortlosen und verlassenen Gedanken, in etwas, worüber man zu Karlos Lebzeiten und noch lange danach nicht redete. Im Unterschied zu jüdischen Schicksalen sind deutsche unaussprechlich. Das ist so und durfte für meinen Urgroßvater auch gar nicht anders sein. Mit den Seinen sprach er Deutsch, über die Deutschen wurde geschwiegen. Aus Schweigen mauerte er ein Denkmal, einen kleinen Turm zu Babel.

Sein Sohn reiste viel durch Europa, fuhr aber nie nach Bosowitsch. Wo immer Rudolf Stubler hinkam, er trat in die nächstbeste Telefonzelle und blätterte die dicken, angeketteten Telefonbücher durch. Das mache ihm Spaß, sagten die einen. Der Nachname Stubler sei selten genug, deswegen sei es lustig, nach Stublers zu suchen. Sagten die andern.

Meiner Meinung nach suchte er in den Telefonbüchern von Wien, Paris, Berlin, Rom, Leningrad, Moskau, Budapest, Amsterdam oder Madrid nur Regina Dragnev. Aber das durfte er nicht zugeben: Keiner hätte den Sinn der nach so vielen Jahren fortgesetzten Suche noch verstanden.

So sahen wir am ersten Kriegstag aus

Als Karlo Stubler Dubrovnik 1920 verlassen musste, weigerte sich die älteste Tochter, mit der Familie ins Exil zu gehen. Sie war volljährig, hatte die Handelsschule abgeschlossen und sich gegen König und Königreich nichts zuschulden kommen lassen, warum also sollte sie nach Bosnien?, und so blieb sie, entschlossen, auf eigenen Füßen zu stehen und ihr Leben Eisenbahn und Gewerkschaft zum Trotz selbst in die Hand zu nehmen. Töchter handelten normalerweise nicht gegen den väterlichen Willen, Karlo blieb jedoch keine Wahl, er musste seine Älteste freigeben, die nach ihm Karla hieß, aber Lukre oder Lola gerufen wurde. Schon als kleines Mädchen lehnte sie den Männernamen ab, genauer, den Namen, der für sie ein Männer- und Papaname war, suchte sich stattdessen Lukrecija aus und behielt das ein Leben lang bei. Erst im Sommer 1974 kehrte sie zu ihrem Taufnamen zurück, als sie sich wie jeden Tag nach dem Mittagessen ein wenig hinlegte und nicht mehr aufstand, ruhig und regungslos im Schlaf starb. Ein Aneurysma, hieß es. Anderntags meldete die Tageszeitung den Tod von Karla Ćurlin, geborene Stubler.

Nach dem Wegzug der Familie war Lola, die unangepasste Tochter von Kuferaschen, in Dubrovnik auf sich gestellt, ohne Freunde, dickköpfig, mit allen über Kreuz. Sie wusste sich zu helfen, umgarnte einen achtzehn Jahre älteren, begüterten Finanzbeamten aus Pelješac, Andrija Ćurlin. Onkel Andrija, für uns Dundo Andrija, gehörte zu jenen altmodischen Männern, die reiflich überlegen, geeignete Heiratskandidatinnen in Augenschein nehmen, ihre Wahl treffen und sich wieder umentscheiden, und irgendwann merken sie, dass ihnen die Zeit davonläuft. Dann erfasst sie Torschlusspanik, als Hagestolz wollen sie nicht enden, und so freien sie eine Hals über Kopf, in der Regel die Falsche, eine wie unsere Tante Lola, die ihre eigene Familie durch Vertreibung, politische Umstürze oder Naturkatastrophen verlor.

Tante Lola war nicht berechnend, das wäre zu hart ausgedrückt. Sie suchte einen Anker, eine Schulter zum Anlehnen, war überzeugt, ihr Leben würde leichter, wenn ein Mann ihr die Entscheidungen abnahm. Aber schon am Tag nach der Hochzeit wollte sie doch lieber selber entscheiden und stieß ihren Mann weg, so wie sie schon den eigenen Vater weggestoßen hatte. Der arme Dundo Andrija war darauf nicht vorbereitet, bei ihm zu Hause in Kuna Pelješka oder unter Dubrovniker Patriziertöchtern gab es keine Frauen wie Karla, Lukrecija, Lukre …

Sie liebte ihn nicht. Weil man Liebe nicht lernen kann, weil sie von ihrem Mann enttäuscht oder zu selbstverliebt war, um lieben zu können? Die zuletzt genannte Option dürfte der Wahrheit am nächsten kommen.

Sie gebar zwei Kinder, erst Željko, fünf, sechs Jahre später dann Branka.

Das änderte nichts. Wie mütterlich eine Frau ist, sieht man, bevor sie niederkommt. Es ist ein weit verbreiteter Irrglaube, eigene Kinder würden ein egoistisches Naturell erweichen, eine hartherzige Frau von Grund auf ändern. Tante Lola änderte sich nicht, sie wurde keine gute Mutter.

Wenn das Leben oder Dundo Andrija sie langweilten, ließ sie ihn mit den Kindern allein und verschwand, ohne ein Wort zu verlieren. Zehn, fünfzehn Tage später kam sie wieder nach Hause und giftete vom Eingang aus: Da bin ich!

Mehr nicht. Sie gab keine Erklärungen ab, und er fragte nicht nach. Niemand wusste, wo sich Tante Lola herumtrieb. Dubrovnik war damals ein Nest, jeder wurde durchgehechelt, man konnte nichts verstecken, höchstens wurde einem was angedichtet, falsche Gerüchte in die Welt gesetzt, aber Lukre Ćurlins Eskapaden machten nicht die Runde, wurden nicht an die große Glocke gehängt. Selbst die engere Familie, Schwestern, Nichten und Neffen, war ahnungslos, und bis zu ihrem Tod traute sich keiner zu fragen. Allen bekannt und wieder und wieder halb scherzhaft, halb verzweifelt kolportiert wurde nur dieses: Da bin ich!

Branka war zu klein, aber Željko dürften die mütterlichen Ausflüge heftig mitgenommen haben. Er wurde so schnell wie möglich erwachsen und verließ das Elternhaus früh. Nach der Matura lernte er bei der Luftwaffe fliegen und wurde Pilot der Nišer Fliegerstaffel, deren Mitglieder sich 1941 je nach familiärer Herkunft, nationaler Zugehörigkeit und vermutetem Kriegsverlauf auf die verschiedenen Armeen verteilten. Željko Ćurlin schlug sich zunächst zur Luftwaffe des Unabhängigen Staats Kroatien, diente unter Leutnant Franjo Džal, lief aber bald zu den Engländern über und flog bis Kriegsende für die Royal Air Force.

Unterdessen lebten Tante Lola und Onkel Andrija ihr ödes, unzeitgemäßes Eheleben weiter. Branka wuchs heran, der Onkel arbeitete fleißig, und Tante Lola amüsierte sich, obwohl schon über vierzig, wie eine junge Frau, führte ein Leben, wie es Ende des 20. Jahrhunderts für viele Frauen weltweit normal und üblich werden sollte. Tante Lola war gewissermaßen die Speerspitze des späteren Remmi-Demmi-Dubrovnik. Dass Željko hoch oben über den Wolken eine Uniform gegen die andere tauschte, bekümmerte sie nicht weiter. Überzeugte Atheistin, die zu keinem Zeitpunkt an Gott glaubte, sich von einem solchen auch nichts erhoffte, war der Tod für sie stets das endgültige Ende.

Am Sonntag, dem 6. April 1941, der Tag, an dem Jugoslawien in den Krieg hineingezogen wurde, spazierte Tante Lola euphorisch – ihre übliche Ausgehstimmung – mit einer Freundin durch Dubrovnik. Damals wie noch bis in die siebziger Jahre hinein lichteten Fotografen unaufgefordert Einheimische oder zahlungskräftig wirkende Ausländer ab und boten ihnen die Aufnahmen zum Kauf an. Waren die Kunden einverstanden, mussten sie sofort bezahlen und bekamen die entwickelten Bilder per Post geschickt. Erst Anfang der achtziger Jahre stand das Gewerbe vor dem Aus, weil jeder Tourist einen eigenen Apparat besaß und sich für ausreichend geschickt hielt, die Welt um sich herum einzufangen.

Am ersten Kriegstag also bannte ein Dubrovniker Fotograf (Foto Berner) Tante Lola und ihre Freundin auf Zelluloid. Wir können es nicht beweisen, nehmen aber stark an, dass er an jenem Tag keine weiteren Bilder verkaufte: Die ganze Stadt versammelte sich um Radioapparate und verfolgte die Meldungen von der Bombardierung Belgrads und der Mobilmachung. Lukre indes scherte sich einen feuchten Kehricht um die Logik des historischen Augenblicks, stur wie schon einundzwanzig Jahre zuvor, als sie sich dem Umzug ins Exil verweigerte.

Die Aufnahme gefiel ihr so gut, dass sie sie den Schwestern in Sarajevo schickte, mit der Erklärung auf der Rückseite: So wie wir am ersten Kriegstag aussahen, hat sich sogar ein Fotograf gefunden, um uns aufzunehmen. Noch empfanden die Schwestern Lolas Flausen als tröstlich, als könnte deren Verrücktheit sie vor dem Unglück schützen, das absehbar auf sie zurollte und ihren weiteren Lebensweg bestimmen würde.

Im Hause Ćurlin lebte man ruhig und sicher, auch in Kriegszeiten wohlhabend. Dundo Andrija, ein angesehener, unnahbarer Herr, ließ sich mit den Machthabern gerade so weit ein wie unbedingt erforderlich, also wenig bis gar nicht, denn er wurde wegen seines Sachverstandes in finanziellen und kaufmännischen Dingen hofiert. Sie waren eine der wenigen Familien, die zu Hause ein Telefon hatten. Der Name steht im Fernsprechverzeichnis für das Jahr 1942 auf S. 396, einer von nur sechs Anschlüssen in Dubrovnik unter den Anfangsbuchstaben Č/Ć: Ćurlin, Sekretär der Handelskammer, Bunićeva poljana 1. Die Adresse war bis zu Tante Lolas Tod eine der wenigen unverrückbaren Tatsachen in der Geschichte der Stublers. Alles andere hat sich mehrfach geändert, ging verloren, wurde getilgt oder verschwand. Andrija Ćurlins Telefonnummer lautete 640.

Wir wählten sie im Herbst 1943, meldeten, Mladen, der Sohn

von Lolas jüngerer Schwester Olga, meiner Nonna, sei im Kampf gegen die Partisanen gefallen.

Eine schreckliche Nachricht. Lola ahnte, dass es damit nicht sein Bewenden haben würde, dass es nur der Anfang von etwas war, was selbst heute, nachdem sie alle tot sind, noch nicht zu Ende ist. Die letzten Stublers waren geboren, nun konnte man zusehen, wer wann starb und wer wegen wem Gewissensbisse hatte.

Im Frieden nach dem Krieg, beim Wiedersehen der drei Schwestern und des Bruders, sollte man zum ersten Mal Unterschiede in Aussprache, Betonung und Sprachmelodie hören. Lukre redete wie eine aus Dubrovnik, den anderen hörte man die Bosnier an. Nur das Deutsch klang bei allen gleich. Die Familiensprache, die Sprache des Vaters.

Der Krieg war schon aus, da wechselte Željko, das Fliegerass der Familie, noch einmal die Uniform: Aus dem Piloten der altehrwürdigen Royal Air Force wurde ein Mitglied von Titos junger Armee. Eines Tages besoff er sich sinnlos, startete vom Militärflughafen Borongaj in Zagreb und stürzte in den Tod. Warum ist das passiert? Hat sich Željko umgebracht?

Von seinem Schicksal und Charakter, davon, dass er im Frühjahr 1945 bei der Bombardierung Sarajevos dabei war und hinterher seinen Tanten Olga und Regina erzählte, er hätte ihre Häuser geschont, handelt mein Roman *Gloria in excelsis.* Darin ist praktisch alles erfunden, damit ich Željko so wahrhaftig wie möglich schildern konnte.

Zwischen zweien der Stubler-Schwestern und ihren Männern standen nach dem Krieg die toten Söhne.

Von der schleichenden Erosion, der Reue, den stummen, unausgesprochenen wechselseitigen Vorwürfen lässt sich kaum erzählen. Mein Nonno Franjo und Dundo Andrija haben ihre Söhne weder in den Tod geschickt noch Heldentaten von ihnen erwartet. Weder meine Nonna Olga noch Tante Lola haben getan, was ihre Männer von ihnen erwarteten, damit die Söhne am Leben blieben. Das blieb bis zuletzt spürbar. Beide Mütter waren zu ihrem eigenen und Željkos und Mladens Unglück stärker als die Väter. Sie haben die Entscheidungen getroffen, Druck gemacht, mal zum Wohl der Söhne, mal zum eigenen Vorteil, gemäß dem eigenen Temperament, der eigenen Hysterie; wenn sie schon die eigenen Ehemänner nie ganz akzeptieren und lieben konnten, wollten sie wenigstens gute Söhne haben. Und die sind dann umgekommen.

Tante Lola erschütterte Željkos Tod mehr als die mütterlichste Mutter. Sie tobte durch die Wohnung und durch Dubrovnik, sie tobt bis heute durch die Briefe der Familie und deren ewig unsichere Erinnerungen, inzwischen aus dritter Hand, überliefert von Personen, die Tante Lola nicht persönlich kannten.

Es war, als wäre Željkos Schatten auf ihre ungebärdige Freiheit gefallen. Was hat sie nicht unternommen, um ihm zu entgehen: Sie musste unbedingt mit Dundo Andrija nach Peru (wovon eine Erzählung in *Mama Leone* handelt) und wenig später zurück nach Dubrovnik ziehen – Lima sei einfach zu weit über Normalnull, war ihre Begründung. Dann adoptierten sie einen Jungen, Šiško; den brauchte sie, um Željko zu vergessen. Ihr neuer Sohn. Aber er erfüllte die Erwartungen nicht, er war eben nicht Željko, dessen Klugheit und Herzensgüte inzwischen unfassbare Dimensionen angenommen hatte.

Sobald er alt genug war, fuhr Šiško zur See, kam einmal pro Jahr nach Hause. Ich war drei Jahre alt, als ich ihn kennenlernte. Dundo Andrija war längst gestorben, wir besuchten Tante Lola in ihrer schönen großen Wohnung an der Piazza. Šiško nahm mich mit zum Hafen, zeigte mir Schiffe und fotografierte mich auf einem gewaltigen Metallpoller. Ich hatte wahnsinnige Angst, ins Wasser zu fallen.

In demselben Sommer zerstritt er sich mit der Pflegemutter. Ich weiß nicht, worum es ging oder was sie ihm an den Kopf warf; wir sahen ihn nie wieder. Richtig zur Familie gehörte er nie, so wenig wie Tante Lola, aber das lag an ihr. Wir wissen nicht, ob er noch lebt, wenn ja, besucht er Dubrovnik vielleicht immer noch, während von uns keiner mehr dort lebt, weder dort noch anderswo, einer nach dem anderen ist abgetreten. Falls Šiško lebt, möge er in Frieden leben.

Branka, meine Tante, Lolas Tochter, wuchs zu einer markanten, aufrechten Frau heran, studierte Medizin und wurde Anästhesistin. Vom Vater hatte sie das sanfte, reine Naturell geerbt, von der Mutter die Neigung zum ungebundenen Leben. Sie arbeitete in Zagreb, im Krankenhaus der Barmherzigen Schwestern, und ehelichte den Schauspieler Jovan Ličin. Ihre große, ungetrübte Liebe versiegte, sie ließen sich scheiden, und Branka heiratete nach Deutschland, gebar mit weit über vierzig Tochter Katarina und starb bald darauf im Schlaf. Ein Aneurysma, hieß es. Sie wurde fünf Jahre älter als Tante Lola.

Karla, Lukrecija, Lukre, Lola Ćurlin, geborene Stubler, liegt in Boninovo begraben, zusammen mit Dundo Andrija, Željko und Branka. Ganz schön viele Särge für ein einziges Grab. Bei Brankas Beisetzung sah es so aus, als wäre für ihren kein Platz mehr. Dann schlug einer der Totengräber mit dem Spaten auf Tante Lolas Sarg, und der Sarg zerfiel zu Staub. Um uns die Strapaze zu ersparen, die die Suche nach einem neuen Grab mit sich gebracht hätte, schob er Lolas Gebeine zur Seite, so passte der vierte Sarg, aus Deutschland eingeflogen, noch hinein. Wer weiß, was wir ohne den Totengräber mit Brankas Leichnam gemacht hätten. So ist es gut. Sehr gut. In Dubrovnik haben wir keinen mehr, nur ein überfülltes Grab, das wir nie besuchen und zwischen den vielen fremden Gräbern bestimmt nicht wiederfinden.

Josip Sigmund möge euch auf der Seele liegen

Schade, dass unser Nano keine Kinder bekam. Seine Gene zerstoben im Wind, der Zweig verdorrte, der Nachname Stubler erlosch, weil Karlos einziger männlicher Nachfahre nicht heiratete und keinen rechtmäßigen Erben hinterließ.

Und das hatte äußerst sentimentale Gründe. Auch wenn Rudolf Stubler, oberflächlich betrachtet, ein fauler Hund gewesen zu sein scheint – erst mit über vierzig trat er seine erste Stelle an –, er hatte ein gebrochenes Herz.

Von klein auf ein Ass mit akkurat-schnörkeliger Handschrift, Matura mit Auszeichnung bestanden, belesen, begabt in sämtlichen schönen Künsten, der geborene Mathematiker (aus allen Ecken Bosniens und Dalmatiens pilgerten Schüler nach Dubrovnik, um den siebenjährigen Rudi zu sehen, wie er die kompliziertesten arithmetischen und geometrischen Aufgaben löste), als sei er mit dem ganzen Wissen bereits auf die Welt gekommen, verstand es sich von selbst, dass Rudi die Hochschule besuchte, natürlich in Wien. Fraglich war allein die Fachrichtung und in welchem Gebiet er unserer Epoche seinen Stempel aufdrücken würde.

Der Erste Weltkrieg war eben zu Ende, Deutschland für alle Zeiten zahnlos, dachte man, und seiner imperialen Ambitionen beraubt, dachte man, im Osten verschlang die lodernde Morgenröte des Kommunismus Russland, vom Habsburgerreich war nichts geblieben außer dem überdimensionierten Wien voll kleiner Genies von den Rändern des zusammengebrochenen Imperiums, wild entschlossen, das große Jahrhundert Europas mitzugestalten. Die meisten waren Deutsche oder Juden, dazu kam der eine oder andere Serbe, Kroate, Slowene, Tscheche …

Wien lockte begabte junge Maler und Musiker an, abseitige, vom Ehrgeiz und gelegentlichen düsteren Ahnungen zerfressene, gequälte Seelen, die jenseits der Metropolen zum Untergang verdammt gewesen wären.

Rudolf Stubler war ein Kind des neuen Jahrhunderts. Hätte es vielmehr sein können, hätte er einen Funken Ehrgeiz und Angst gehabt. So aber wurde er zum Tagedieb.

Als Student der Polytechnik schickte er regelmäßig ebenso ausführliche wie gefällige Briefe nach Hause, in denen er wie ein guter Zeitungsreporter vom Leben in der Hauptstadt, Begegnungen mit unserer Wiener Verwandtschaft, Theateraufführungen, Opern und Konzerten berichtete. Über sein Studium schrieb er, er verbringe seine Tage in Hörsälen und sehe angesichts der Stofffülle vor lauter Lernen kaum die Sonne. Ein, zwei Sätze, um den alten Karlo zu beruhigen.

Es dauerte, bis der Vater begriff, womit sich der Sohn tatsächlich beschäftigte. Oder er hat es gleich begriffen, aber gehofft, Rudi würde nach ein, zwei verschluderten Jahren Vernunft annehmen und ernsthaft studieren.

Doch Rudi nahm weder nach zwei noch nach fünf noch nach zehn Jahren Vernunft an, er schloss das Studium nie ab.

Der Vater duldete es, schickte ihm trotz der ärmlichen Verhältnisse von der Gewerkschaftsstütze ein Taschengeld nach Wien und Graz, bis die Kunde von einem gewaltigen Skandal Ilidža erreichte.

Rudi war verliebt. In eine Wienerin, in Dora Dusl, eine Cousine ersten Grades.

Mit dieser frohgemut-inzestuösen Affäre überspannte Rudi den Bogen. Karlo Stubler zitierte ihn mit einem knappen, scharf formulierten Schreiben nach Hause. Der Sohn parierte, als hätte er keine Wahl. Waren die Zeiten einfach so, oder genoss der alte Stubler derart viel Autorität? Rudi fiel nicht im Traum ein, sich dem Familienpatriarchen zu widersetzen und eigener Wege zu gehen. Er brach mit Dora, die bis zuletzt und über den Tod hinaus unsere liebe Wiener Cousine blieb. Sie besuchte uns in

Sarajevo, in den fünfziger Jahren machten wir mit ihr einen Ausflug nach Vrelo Bosne, luden sie im ärmlich-sozialistischen Zeitalter zu üppigen Familienfeiern ein und schwiegen tot, was zwischen ihr und Rudi vorgefallen war.

Die zwei saßen nebeneinander am Esstisch in Ilidža und redeten über alles, worüber Verwandte, die sich lange nicht gesehen haben, eben reden. Alle lebten damals mit ihren Geheimnissen, und ihre Geheimnisse waren allen bekannt, und man redete miteinander, als hätte keiner Geheimnisse.

Zurück in Sarajevo nahm Rudi sein altes Leben wieder auf. Als hätte er nie die Wiener Cafés und Varietés frequentiert, löste er mathematische Aufgaben, spielte Préférence und ging ins Theater.

Jahrelang spielte er vor und während der Vorführung in verschiedenen Lichtspielhäusern Geige.

Der Tonfilm setzte sich in Sarajevo nur mühsam und allmählich durch, sodass er immer Arbeit fand. Die Kinobesitzer waren ihm dankbar. Seit Rudis Rückkehr aus Wien war das Pianino entbehrlich, konnte aus dem Saal geräumt werden. Die Leute sagten: Rudis Geige verzaubert das Geschehen auf der Leinwand, da kommt kein Klavier mit.

Karlo Stubler ging nie ins Kino. Dem Sohn war er nicht gram. Es war sein Leben, wenn er seine Begabungen verschleudern wollte, war das seine Sache. Ein bisschen traurig war Karlo schon.

Nach dem Skandal mit Cousine Dora verliebte sich unser Rudi noch einmal.

Einige Jahre nach der Rückkehr aus Wien begegnete er in Mostar einer jungen Frau, deren Name vergessen ist. Wir wissen nur, sie war Muslimin und die Romanze kurz und heftig. Ihre Familie wäre lieber in den Tod gegangen, als die Tochter einem jungen Mann zu geben, der aus Sarajevo und einer anderen Religion kam.

Die Schärfe, mit der sie auftraten, verwunderte und ängstigte die Stublers.

Warum hassen die uns so?, fragte der alte Karlo, und der Ausspruch blieb dank seiner Naivität im Familiengedächtnis haften und wurde stets als Kontrapunkt zu den Verhältnissen im Land, Kriegen, Nachbarschaftskonflikten und Massakern zitiert, vielleicht, um eine Zeit heraufzubeschwören, die wir nicht selbst erlebt haben, eine Zeit, in der Fragen à la: Warum hassen die uns so? Sinn hatten, eine Frage, die Opapa Karlo sich selbst, nicht der Tischgesellschaft stellte, aus Angst, aber auch aus Überheblichkeit. Überheblich war, dass er sich für etwas Besseres hielt, weil er niemanden hasste. Interessanter indes ist seine Angst. Er, der Deutsche aus Bosowitsch, hatte Angst, weil er als Ausländer in Bosnien ewig der Ausländer bleiben würde, ein Ahasver, dem sie die Tochter nicht zur Schwiegertochter geben würden, und wenn die ganze Welt über ihrem Haupt zusammenbräche.

Karlo Stubler glaubte nicht an Gott, seinen Unglauben hat er nie in Zweifel gezogen. Gott war in seinem Leben dauerhaft abwesend. Was heute geschieht, geschieht für immer. Aber das bedeutete nicht, dass er den Unterschied im Verhältnis zu den Muslimen nicht empfunden hätte. Jesus Christus, so abwesend er sein mochte, Jehova, Vater, Sohn und Heiliger Geist gehörten in ihrer Nichtexistenz zu ihm, während Allah, deren Gott, etwas anderes war. Ob es Allah gab oder nicht, darüber nachzudenken war nicht seine Sache.

Die Frage nach dem Hass stellte er, weil er in Bosnien ein Fremder war, nicht etwa, weil er selbst kein Problem gehabt hätte, seine Tochter einem Andersgläubigen zu geben. Wäre er in Bosowitsch geblieben und hätte sich Rudi durch ein Wunder im Banat eine Muslimin ausgesucht, wäre es ihm womöglich auch nicht recht gewesen.

Unser Nano hätte, so erzählt man es sich in der Familie, alles getan, um seine Auserwählte zu behalten, sie notfalls entführt, sich jeder Bedingung ihrer Eltern gefügt. Er wäre mit ihr durchgebrannt oder hätte sich erniedrigt, nur um sie zu heiraten.

Vergebens. Er verliebte sich nie wieder, fuhr nicht mehr nach

Mostar, blieb im Zug sitzen, wenn er durchfahren musste. Dreißig Jahre ging das so, er verwand die Sache nie.

Bis zu seinem Tod – Nano starb im Dezember 1976 – machten wir uns einen Spaß daraus, ihm eine Braut zu suchen. Anfangs wollten ihn die Schwestern noch ernsthaft verheiraten, stellten ihm Arbeitskolleginnen vor, hübsche, ledige Frauen, Französischlehrerinnen und Hotelangestellte, und er entschuldigte sich, er müsse kurz austreten, floh durch den Garten und über den Hof der Nachbarn und kam spätabends zurück, wenn er sicher sein konnte, dass wieder eine Anwärterin fortgegangen und abgeschreckt war. Das wurde dann weitererzählt, daraus entstanden Familienanekdoten, Legenden, die so lange kolportiert wurden, bis alles nur noch ein Witz war. Sein Liebesleben wurde zum Gespött, das Liebesleben von Hagestolzen und Mauerblümchen lädt ja zum Spotten ein.

Zu jener Zeit blieb Junggeselle, wer zu wählerisch, ein Sonderling, Miesepeter oder Eigenbrötler war, plus die, welche, in der Regel platonisch und nie ausgelebt, Männer liebten. Unser Nano blieb Junggeselle, weil ihm die Schöne aus Mostar das Herz brach. Oder vielmehr ihre Familie, die dem Christen die Hand der Tochter verweigerte.

Soweit bekannt, verdiente Rudi sein Geld bis zum Krieg als Geiger in Lichtspielhäusern, lebte ansonsten in den Tag hinein, beschäftigte sich mit den Schönen Künsten und dem Lösen von Mathematikaufgaben, wurde vierzig und hatte immer noch keine feste Anstellung. Das war damals nicht so selten, betraf gehäuft Söhne von Kuferaschen, also Familien, die in Sarajevo nicht verwurzelt waren, sondern sich seit der Annexion Bosniens durch Österreich-Ungarn ein Gefühl der Vorläufigkeit bewahrt hatten, sie lebten gleichsam wie aus dem Koffer, wie kurz vor dem Wegzug, und so fiel den Vätern gar nicht auf, dass ihre Söhne die Zeit verbummelten und über diese Bummelei in die reifen Jahre gekommen waren. Das geht eh alles demnächst zum Teufel, dachten sie, die jagen uns alle zusammen sowieso bald fort, und das Land bleibt öd und leer zurück.

Kurz nach Kriegsbeginn wurde Rudolf Stubler eingezogen.

Der ideale Rekrut: Ohne Anstellung, hoch gebildet und obendrein deutscher Abstammung. Er wurde zum Oberleutnant ernannt, obwohl er nie zuvor gedient hatte, und nach Bijeljina geschickt, wo er monatelang lebte, halbtot vor Todesangst, Tag für Tag mit Heulen und Zähneklappern. Er war von Natur aus ein Feigling, der einzige Junge zwischen lauter Schwestern, Heldentum war den Stublers generell nicht in die Wiege gelegt, und Rudi fand sich zwischen Männern wieder, mit denen er wenig gemein hatte. Er hielt sich an Recht und Gesetz, ein Bürgerlicher, der weiß, was sich gehört, Klassenbester, um nichts in der Welt hätte er sich der Obrigkeit widersetzt, egal, in welchem Staat, hätte sich aber auch gern dem Krieg entzogen und wollte weder das eigene noch fremdes Blut im Namen egal welcher Staatsräson vergießen.

Nach der Niederlage in Stalingrad und dem Hungerwinter blieben die meisten Offensiven von Deutschen und Ustaschas erfolglos. Die Partisanen griffen überraschend aus dem Hinterhalt an, überfielen oft unbedeutende Garnisonen der Heimatwehr in der tiefsten Provinz, irgendwann auch die Semberija und die größte Stadt der Region, Bijeljina. Dabei zerschlugen sie die Einheit meines Onkels. Rudi überlebte das Gefecht, weil er sich in aussichtsloser Lage in eine flache Mulde warf, aus der nur sein Hintern herausschaute, den Kopf mit den Armen schützte, wartete, bis das Trommelfeuer aufhörte – sein Anblick müsse, das erzählte er später selbst, sogar die hartgesottenen Kanoniere der Partisanen gedauert haben –, und entging mit einem Sprint durchs Maisfeld der Gefangennahme. Sobald er sicher sein konnte, dass ihm keiner auf den Fersen war, riss er alle Rangabzeichen von der Uniform und wollte sich zu Fuß nach Sarajevo durchschlagen, zusammen mit einem Kameraden, der offenbar ähnlich gestrickt war. Sie streiften durch Wald und Feld, ernährten sich von den paar essbaren Waldfrüchten, die sie als Stadtkinder kannten, und liefen nach ein paar Tagen in der Nähe von Kladanj halb verhungert einer Partisanenpatrouille in die Arme.

Die beiden wurden dem Kommissar vorgeführt, einem vornehmen Herrn, der ihnen einen Platz anbot, sich höflich mit ihnen unterhielt und zu dem richtigen Schluss kam, man könne Rudi als Gegner nicht ernst nehmen.

Wollen Sie sich uns anschließen, Herr Stubler? Es wird Ihnen nicht schlecht ergehen, wir brauchen Übersetzer. Und Sie würden für die richtige Sache kämpfen.

Muss ich bleiben?

Der Kampf für die Freiheit ist freiwillig, der Kommissar runzelte die Stirn, man kann keinen zur Freiheit zwingen.

Wenn das so ist, möchte ich lieber nach Hause, sagte Rudi kleinlaut.

Wie Sie wollen. Nur merken Sie sich eins: Genosse Josip Sigmund war wie Sie Deutscher, hat aber sein Leben diesem Volk geopfert. Sie werden die Befreiung erleben, solche wie Sie kommen immer durch, und dann möge Ihnen Josip Sigmund auf der Seele liegen, falls Sie eine haben.

Sprach's und händigte Rudi einen Passierschein aus, mit dem er durch Partisanengebiet bis Sarajevo kam.

Es klingelte an der Tür zu unserer Wohnung.

Was willst du?, fragte meine Nonna, Rudis Schwester Olga, den zerlumpten Kerl mit den Augen eines Irren und weinerlicher Grimasse, der eine Schuhschachtel unter den Arm geklemmt hielt und entsetzlich stank.

Aber ich bin's doch ..., flüsterte der Mann und wich ein Stück zurück.

Hätte ihm Olga die Tür vor der Nase zugeschlagen, nicht noch einmal genauer hingeschaut und ihn dann doch erkannt, wer weiß, was aus unserem Nano geworden wäre.

Sie suchte ihn auf Läuse und Flöhe ab, während seine Hände die Schuhschachtel umklammerten.

Was hast du da? Sie schnappte sich die Schachtel.

Sie war leer, es war nichts darin. Später antwortete Nano auf unsere Frage, warum er die Schachtel mitschleppte: Ich hatte den Verstand verloren!

Die Erklärung habe ich nie geglaubt.

In den rund vierzig Jahren, seit ich die Geschichte zum ersten Mal hörte, habe ich immer wieder darüber nachgedacht. Ich wuchs heran, sah Filme, las Bücher über Kriege und Geisteskrankheiten, überlebte einen Krieg und wurde selbst eine Art Kofferkind, einer, der nirgends richtig daheim ist, Zagreb und Kroatien sind so etwas wie meine ureigenste Fremde, aber was Oberleutnant Rudolf Stubler in seiner leeren Schuhschachtel trug, kann ich mir bis heute nicht vorstellen. Es muss etwas Wichtiges gewesen sein. Mit leeren Händen gehen fällt schwer. Insbesondere wenn man zerlumpt und halb verhungert ist. Insbesondere wenn man in Sarajever Lichtspielhäusern Geige spielte.

Mir reicht's mit deinem arbeitsscheuen Bruder. Die Zeiten sind zu ernst!, sagte mein Großvater, der hohe Eisenbahnbeamte Franjo Rejc, und besorgte Rudi eine Stelle, damit sie ihn nicht wieder in den Krieg schickten.

Das war der krasseste und zugleich einzige Fall von Protektion in der jüngeren Geschichte der Stublers.

Es war eine Stelle im Heizwerk der Eisenbahn und Rudi dreiundvierzig Jahre alt. Nach dem Krieg galt er als fleißiger und geschätzter Mitarbeiter, der niemals krank war und nie auch nur fünf Minuten zu spät kam. Ein waschechter Deutscher, sagten sie, und er übernahm regelwidrig und gegen jede Gepflogenheit zusätzlich Aufgaben in Buchhaltung und Rechnungswesen. Als Junggeselle stand ihm keine Wohnung zu, sodass er bis zuletzt bei der Schwester in Ilidža in einem Zimmer zu ebener Erde hauste.

Am Werkstor hing eine Gedenkplatte für Genosse Josip Sigmund Pepe, Skifahrer, Bergsteiger, Vorkriegskommunist und – Maschinenschlosser im Heizwerk der Eisenbahn, der im Untergrund für die Partisanen arbeitete, bis ihn Ustaschas enttarnten.

Unter den Füßen leuchten sonnengelbe Dielen

Karlos jüngstes Kind, Olga, meine Nonna, wurde 1905 in Konjic geboren, einem Städtchen an der Neretva, wo er damals Bahnhofsvorsteher war. Aufgewachsen ist sie in Dubrovnik, besuchte dort die Grundschule, danach das italienische Gymnasium. Sie war sechzehn, als ihr Vater fortgejagt wurde. Aus Dubrovnik nahm sie einige Wörter, einen leichten Akzent und eine winzige Narbe am Unterschenkel vom Baden an der Porporela mit. Die Wunde war nicht tief gewesen, doch das Meersalz fraß im Sommer 1916 oder 1917 eine kleine Mondsichel in die Haut, ein kaum zentimeterbreites Andenken, das sie gern herzeigte und dabei jedes Mal erzählte, seit wann sie es hatte und wie es dazu gekommen war. Ein Kriegssommer im hungernden, fast menschenleeren Dubrovnik, sie tollte mit Freundinnen im Schwimmbad neben der Hafeneinfahrt herum, während die Erwachsenen an den Nachrichten von der Ostfront verzweifelten und seit Monaten auf Briefe von Soldaten warteten …

Im Juni 1986 lupfte ich in der Uniklinik in Sarajevo die Bettdecke: Die Narbe war noch da. Das beruhigte mich. Solange die Narbe da war, war alles gut. Wenig später wurde es zappenduster, und die Narbe war weg.

Olga war Karlos klügstes, für Literatur und Kunst aufgeschlossenstes Kind. Und sein unglücklichstes, wie wir jetzt, da das letzte Jahrhundert vorüber ist, mit Bestimmtheit sagen können.

Spuren ihres Unglücks sind bis auf mich gekommen und leben in mir weiter, haben aus mir weit vor der Zeit einen Hundertjährigen gemacht.

Kaum in Bosnien, verliebte sich Olga in einen hübschen Kerl, einen gertenschlanken Eisenbahner, der wenige Monate zuvor nach fast vier Jahren aus italienischer Gefangenschaft zurückgekehrt war, meinen künftigen Nonno, Franjo Rejc.

Ob Franjo seine Olga in aller Eile entehrte oder sich die gerade mal Siebzehnjährige schwer versündigte und schwanger wurde oder ob wir es mit einer stürmischen, aber reinen Liebe zu tun haben, die beide lebenslänglich füreinander entflammen sollte, bleibt im Dunkeln, alle wichtigen Daten sind verloren (oder wurden absichtlich verschusselt), wir wissen auch nicht, wie viele Monate zwischen Hochzeit und der Geburt des ersten Kindes, Mladen, verstrichen.

Wir wissen nur, dass Olga ihren Vater in aller Form um Erlaubnis bat; wir warteten vor der Tür, gespannt, wie sie aus dem Zimmer herauskäme, nachdem sie dem Vater eröffnet hatte, sie sei verliebt in einen jungen Eisenbahner, einen Slowenen, und wolle heiraten. Ich war besonders nervös, schließlich hing meine Geburt davon ab.

Es gab vieles, woran sich Karlo gestört haben dürfte. Olga ging noch zur Schule, war minderjährig, in einem Alter, in dem höchstens Zigeunerinnen heirateten, in der Maienzeit, in der junge Hündinnen zum ersten Mal läufig werden, das geziemte einer Stubler nicht. Karla, seine Älteste, war schon in Dubrovnik geblieben, wollte nicht in den Orient, und wenige Monate später wollte die Nächste unter die Haube. Der Alte muss mitbekommen haben, wie es um sein liebstes, begabtestes Kind stand, so herrlich, wie sie die Zither spielte, das herzzerreißende Junggeselleninstrument, das er aus Bosowitsch mitgebracht hatte …

Er schwieg lange und starrte sie ausdruckslos an, dann fiel der Satz, der heute noch eher nach Verdammnis denn nach väterlichem Segen klingt: Nun gut, deine Entscheidung. Nur merk dir eins: Es gibt kein Zurück.

Die Familie wohnte zur Miete, war auf die Unterstützung von Menschen angewiesen, die ärmer waren als sie selbst, er war gedemütigt, ohne Aussicht auf Besserung. Und dann plötzlich erbarmte man sich seiner – oder hatte die Polizei seine Akte verschlampt? –, jedenfalls bekam er eine Stelle am größten Eisenbahnknoten Bosniens und zog vorübergehend nach Doboj. Was blieb ihm anderes übrig, als Olga den Erstbesten heiraten zu lassen, in den sie sich verguckte?

Hätte er ihr den Wunsch abgeschlagen, wäre Olga womöglich mit Franjo durchgebrannt oder in den Tod gesprungen, hätte Essigessenz getrunken oder auf andere Art Selbstmord begangen. Sicher ist nur eins: Damals bekam man keine unehelichen Kinder.

Hätte Karlo die Entscheidung nicht seiner jüngsten Tochter überlassen, hätte er vielleicht viel Unglück verhindert. Die Geschichte der Stublers, hätte sich denn einer gefunden, der sie erzählt, wäre Fiktion geblieben. Hätte sich meine Nonna damals umgebracht, müsste ein anderer die Geschichte aufschreiben, sie müsste zu meinem Leidwesen ohne mich erzählt werden. Wobei ich auch etwas gewönne: Ich wäre eine Erzählung. Aufrechnen lässt sich das nicht gegeneinander, unentschieden bleibt, was besser ist: Erzähler oder Erzählung sein.

1923 entband sie meinen älteren Onkel in Usora bei Doboj, wo Franjo Rejc als Bahnhofsvorsteher arbeitete; das nächste Krankenhaus war weit, weit weg. Eine Hausgeburt voller Blut und im Schweiße ihres Angesichts mitten im neblig-grünen, verrußten Bosnien, ein zumindest in den Augen der Tochter eines Deutschen armes, letztlich hässliches Land, deprimierend zumindest in den Augen einer jungen Frau aus Dubrovnik, die ihre Mitbürger in glücklicheren Tagen mit Köppern vom alten Anleger vor der Stadtmauer, der Porporela, unterhielt.

Mladen war ein Kind der Liebe.

Was Olga nicht daran hinderte, mit einem Lehrer anzubandeln, dessen Namen wir, obwohl er unsere Fantasie seit neunzig Jahren bewegt, nie ermitteln konnten. War er Tscheche, Pole, Österreicher, Kroate? Oder gar – ein Geschöpf Gottes wie alle anderen – ein charmanter Serbe mit Errol-Flynn-Bärtchen, welcher zur Belehrung und Besserung der Söhne und Töchter des kleineren, unzuverlässigen, dem lateinischen Schisma ergebenen jugoslawischen Stammes ins katholische Usora geschickt wurde? Einige waren mit der Wut von hintergangenen, vernachlässigten Kindern sauer auf Olgas ersten Liebhaber, ich hingegen bin ihm herzlich zugetan, schließlich hat sich meine Nonna als ganz junge Mutter in ihn verguckt und rumgehurt, während uns Künftigen, ob geboren oder ungeboren, das Herz für eine solche Liebe fehlt.

Franjo war damals oft unterwegs und sehr beschäftigt. Dienstreisen. Familienbesuche in Tolmin. Hatte in Sarajevo bei der Generaldirektion zu tun, lernte Fremdsprachen, beschaffte sich Bücher über Imkerei, las patriotische slowenische Zeitungen, Anton Aškerc und France Prešeren, korrespondierte mit Verwandten. Ob er von dem Lehrer wusste, wissen wir nicht. Vielleicht nicht, obwohl eigentlich alle davon wussten; falls er es wusste, stellte er sich unwissend. Beides ist möglich. Vielleicht hat er sich seinerseits eine hübsche Lehrerin angelacht. Oder in die Nonne verguckt, die ihm im Krankenhaus von Zenica den Verband bei schmerzhaften Abszessen am Steißbein wechselte, eine Schwachstelle, die ihm sein Leben lang Probleme bereitete.

Drei Jahre nach Mladen entband sie in Kakanj Dragan; Franjo war als Bahnhofsvorsteher dorthin versetzt worden.

Kakanj war die letzte Station der beiden vor Sarajevo, Mitte der dreißiger Jahre wechselte Franjo zur Generaldirektion und krönte seine Laufbahn mit dem verantwortungsvollen Posten eines Fahrplankonstrukteurs.

Die Kakanjer Jahre sollten als die glücklichsten der ein halbes Jahrhundert währenden Ehe von Olga und Franjo in Erinnerung bleiben. In der kleinen, von den Habsburgern gegründeten Bergbau- und Industriestadt mit ihrem winzigen, orientalischen Zentrum lebten mehrheitlich Muslime, dazu ein paar Katholiken aus den umliegenden Dörfern, die in grauer Vorzeit zum Königreich Bosna gehört hatten, und Zugereiste, Kuferaschen, aus allen Teilen der ehemaligen Franz-Josephs-Monarchie. Ingenieure, Schmiede, Werkzeugmacher und Schlosser, Eisenbahn- und Postbeamte, der eine oder andere Botaniker, Klavierlehrer, Geologen und Geometer ließen sich in Kakanj nieder und übernahmen mit unerwarteter Leichtigkeit Lebensrhythmus und Sitten der einheimischen Muslime. Die standen ihnen seltsamerweise näher als die Katholiken aus den umliegenden Bergen, sie waren städtischer, meist wohlhabend mit entsprechend breiter gefächerten kulturellen und gesellschaftlichen Interessen.

Wir wissen nicht, ob sich Olga auch in Kakanj einen Liebhaber zulegte. Mit zwei Kindern am Rockzipfel wohl eher nicht, außerdem war das gesellschaftliche Leben reger als in Usora und ließ keinen Raum für Intimität. Man veranstaltete Ausflüge in die umliegenden Berge und an die Bosna oder besuchte die Rejcer Verwandtschaft – ich benutze den Ausdruck, den wir mehr als ein halbes Jahrhundert verwendeten, um ihn nicht zu vergessen –, und die Rejcer Verwandtschaft kam nach Kakanj und Zenica, so oft, dass wir damals, Anfang der Dreißiger, zum letzten Mal der Illusion nachhingen, wir seien eine vielköpfige, weitverzweigte Familie, deren Zusammenhalt uns vor jedem Übel bewahrt.

Olga fand in Kakanj eine ihrer besten, wenn nicht die beste Freundin. Die Namen der Freundinnen in Dubrovnik und Sarajevo sind längst gründlich vergessen, schöne, junge Frauen, die wir in unseren Familienalben bewundern können, ohne mehr von ihnen zu wissen, als dass sie mit Nonna befreundet waren. Im Unterschied zu ihnen war Zehra eine einfache Frau, die weder lesen noch schreiben konnte.

In Wirklichkeit war sie alles andere als schlicht, aber wie soll man das glaubhaft vermitteln? Ihr Mann arbeitete wie die meisten Kakanjer im Bergwerk. Sie wohnten in einem äußerst bescheidenen Haus, das jedoch einen ganz und gar überraschenden Komfort aufwies: Statt des in Bergarbeiter- und Eisenbahnerhäusern üblichen gestampften Lehms hatte Zehra einen Dielenboden aus Tannenholz. Der war stets so sauber, dass man davon essen konnte, und glänzte so gelb wie die Sonne. Als Zehra längst nicht mehr war, Kakanj lange zurücklag und meiner Nonna nur noch der Tod bevorstand, erzählte sie, Zehras Dielenboden sei das Reinlichste, Glänzendste gewesen, was sie ihr Lebtag gesehen habe. Hätte Gott meine Nonna nicht wie die meisten Stublers mit Atheismus geschlagen, ihr Paradies hätte einen Fußboden aus hellem, warmem Tannenholz gehabt.

Zehra glaubte an Gott. In ihrer Welt war die Frage, ob er existiert, undenkbar und sinnlos, weil ohne Gott nichts und niemand existiert. Was kann schon ohne Gott sein? Zehra fastete, betete und tat auch sonst alles, was man von einer sittenstrengen Muslimin erwartete. Nichts in ihrem Leben glich demjenigen, das Olga führte. Aber sie verstand offensichtlich alles, und falls meine Nonna je ihr Herz ausgeschüttet haben sollte, falls sie je erzählt hat, warum sie und Franjo Rejc geheiratet hatten, dann Zehra. Die Freundschaft der beiden währte ein Leben lang, sie waren einander tief verbunden, aber worüber sie redeten, bleibt ein Rätsel. Wir ahnen, was Zehra für Olga bedeutete und warum sie sich bis zuletzt wehmütig an deren schimmernden Dielenboden erinnerte, aber was Olga für Zehra war, warum sie der Städterin, die ihr in vieler Hinsicht fremd bleiben musste, ein Leben lang zugetan blieb, das vermögen wir uns nicht vorstellen. Haben sich die beiden über Gott unterhalten? Auf jeden Fall hat keiner sonst, davon bin ich überzeugt, so viel mit Gott über meine Nonna gesprochen wie Zehra.

Karlo Stubler bekam von der Familie aus Bosowitsch etwas mit, das jede Erinnerung überleben und sich auch dann noch weitervererben wird, wenn wir unsere deutsche Sprache längst vergessen haben: Migräne. An den heftigen, anfallartigen Kopfschmerzen, begleitet von gestörten Helligkeits- und Geschmacksempfindungen, sollte die Mehrzahl seiner Kinder und Kindeskinder leiden, und die Stubler'sche Migräne, allerdings weniger schlimm und mit den Jahren immer seltener, wurde auch mir mitgegeben.

Wenn Franjo arbeiten ging und Olga mit ihrer Migräne und

den Söhnen allein zurückblieb, zwei zeitweilig ungebärdigen Kindern, schloss sie sich im abgedunkelten Zimmer ein und ließ sie toben, Hauptsache, sie kamen nicht herein.

Und wenn sie das Geschirr zerschlagen, ich schimpfe nicht!

Das konnte Tage dauern. Sie stöhnte leise und ahnte zum Glück nicht, dass es einschließlich der Migränetage, -wochen und -monate die schönsten Jahre ihres Lebens waren.

Durch die Tür drang das Geschrei der Brüder.

Kacka-Kakanjer!, warf Mladen Dragan an den Kopf.

Du alter Pisspusorer ...

Da musste Nonna lachen und bekam noch stechendere Kopfschmerzen.

Ivo Baškarad und der ewige Mujo

Im Hause Stubler wurde Weihnachten und Ostern gefeiert, aber Opapa Karlo glaubte nicht an Gott. Er war areligiös wie andere Menschen unmusikalisch sind. Sein Verstand sagte ihm, dass es einen Gott geben müsste, und weder widerstrebte ihm der mal mehr, mal weniger tiefe Glaube seiner Angehörigen, noch hatte er etwas gegen Kirche und Priester. Tief in der Seele überzeugt von der Idee der Gleichheit und der Gerechtigkeit, war und blieb er Gewerkschafter, hatte in dieser Richtung viel gelesen, auch Marx und Engels waren ihm untergekommen, aber seine Gottlosigkeit hing nicht damit zusammen. Karlo Stubler sah Religion nicht als Opium für das Volk, sondern als müßiges Geplänkel, tröstliche Folklore und festliche Unterhaltung für die einfachen Leute, gegen die er nichts hatte. Karlo konnte sich nicht vorstellen, wie man an Gott glauben kann, wenn man weiß, wie Blitz und Donner entstehen, dass die Erde rund ist und sich um die Sonne dreht oder Ebbe und Flut mit der Anziehungskraft des Mondes zusammenhängen. Nur dank der westlichen Kultur, so erklärte er sich das Phänomen, taten Menschen, Völker und Nationen so, als glaubten sie an Gott. Es ärgerte ihn nicht, er hätte sich niemals über Kirche, Glauben und Aberglauben empört. Er nahm es einfach nicht ernst, und das ist vielleicht der Grund, warum Karlo Stubler niemals Kommunist wurde.

Noch nach dem Zweiten Weltkrieg, pensioniert und hoch betagt, hatte er wiederholt Absenzen. Während er Siesta hielt, unter dem dichten Blätterdach des Walnussbaums saß, Passanten auf der Kasindolska beobachtete, sich unterhielt oder aus Langeweile Nussholzspäne schnitzte und daraus Pillendöschen bastelte, erstarrte er unvermittelt, wie abgeschaltet, und alle hielten die Luft an und warteten.

Zwei Züge haben sich ineinander verkeilt …

Oder: Ein Güterzug stürzte in die Neretva …

Oder: Ein Waggon ist aus den Schienen gesprungen …

Wir mussten nur den Radioapparat einschalten, warten, bis dessen grünes Auge leuchtete, um die Einzelheiten des Unglücks zu erfahren. Urgroßvater irrte nie. In dreißig Jahren Bosnien seit der Ausweisung aus Dubrovnik verstummte Karlo fünf, sechs Mal, klinkte sich aus, es wirkte wie ein leichter epileptischer Anfall, und jedes Mal kehrte er mit einer Schreckensmeldung zurück, die jedes Mal, wirklich jedes Mal von den Nachrichten bestätigt wurde. Karlo Stubler sah Zugunglücke, die sich Hunderte von Kilometern entfernt ereigneten.

Es war ihm jedes Mal peinlich, denn er glaubte nicht an Hellseherei.

Zigeunerinnen lasen für kleines Geld aus der Hand, Frauen prophezeiten sich wechselseitig ihr Schicksal aus dem Satz der morgendlichen Tasse Kaffee, alte Omas warfen bei Kriegsausbruch und -ende Bohnen auf grob gehobelte Tischplatten und wollten wissen, ob vermisste Brüder oder Söhne zurückkehren würden, und eine Russin, Gerüchten zufolge ehemals Gesellschafterin am Hof der Romanows – die eine Hälfte der Ilidžer nahm an, Hofdame sei ein höfliches Synonym für Mätresse, während die gebildete, kulturbeflissene Hälfte, die verächtlich auf die Banausen der ersten Hälfte herabschaute, sie für Gräfinnen hielt –, legte den heldenhaften Ilidžern die Karten, eine Art Skatblatt oder Rommèspiel, nur waren statt der Buben und Könige Gehängte, Hofnarren und der Tod mit einer rostigen Sense abgebildet. Jedem, der seinen Mut zusammennahm und sie bezahlte, weissagte Ludmila unfehlbar, wann und an welcher Krankheit er sterben würde. Kurz nach dem Krieg, so wurde erzählt, habe sie ein gewisser Ivo Baškarad recht ordentlich entlohnt, damit er ihr eins verrate: Wo es ihm beschieden sei zu sterben? In Ilidža, weissagte die Russin. In Ilidža also? Ja, in Ilidža.

Noch am selben Tag packte Ivo Baškarad das Nötigste, sagte

der Familie Adieu und zog nach Sarajevo, um nie wieder einen Fuß nach Ilidža zu setzen. Daraus entstand offenbar der Witz: Fragt Mujo eine Hellseherin, wo er sterben wird, und die will wissen, warum er das wissen will, und Mujo antwortet: Damit ich da nicht hingehe. Der Witz wurde so oft wiederholt, dass er einem zum Hals heraushing, vielleicht war er schon schal, als man den lebendigen Ivo durch die Witzfigur Mujo ersetzte.

Keiner weiß, wann und woran Ivo Baškarad starb, es ist nicht einmal bekannt, ob er starb; am Leben kann er nicht mehr sein, denn dann wäre er über 130 Jahre alt.

Wurde solches Zeug erzählt, schmunzelte Karlo Stubler gutmütig und ging gelassen darüber hinweg, glaubte weder der Zigeunerin noch Ludmila noch dem Kaffeesatz, und wir führten seine Unerschütterlichkeit auf Opapas Deutschtum zurück. Die Deutschen sind ja bekanntlich rationale Leute, die ohne stichhaltige Beweise nicht einmal sich selbst glauben und sich nicht mit müßigen Fragen abgeben, nur mit Tatsachen. Gewiss, wir stammen von ihm ab und sind also auch Deutsche, aber uns hat es erwischt, wir haben uns mit Bosnien angesteckt und sind behaftet mit Bosnischem und glauben den anderen alles. Deutsch sind wir nur, wenn man uns unter die Nase reibt, dass wir nicht wie die anderen sind.

Wie brachte Karlo Stubler nun seine Gottlosigkeit und strikte Ablehung jeder Form von Aberglauben mit seinen Absenzen zusammen, in denen er Zugunglücke sah, und zwar genau in dem Augenblick, in dem sie sich ereigneten?

Kam es vom niedrigen Blutdruck? Knabberte er immer noch daran, dass man ihn vor langer Zeit geschasst hatte, wo ihm sein Beruf doch alles bedeutete? Sah er deshalb bis ans Lebensende Zugunglücke, so wie sie der Zugabfertiger sehen sollte, dessen Unaufmerksamkeit das Unglück verursachte? Er erwog die eine wie die andere Option. Wir sagten, ja, das könne schon am Blutdruck liegen, wir nickten, ja, er sei und bleibe Eisenbahner, auch wenn er inzwischen über achtzig war, woraufhin sich Opapa langsam beruhigte und es wie wir alle, ob geboren oder ungeboren, auf eine geringfügige, ja unbedeutende physiologische Störung zurückführte.

Über das, was Karlo Stubler am meisten beunruhigte, redeten wir nicht: Die Züge waren wirklich ineinander gekracht, und zwar genau in dem Moment und genau so, wie er es in dem Moment gesehen hatte, als ihm wegen des niedrigen Blutdrucks schwarz vor Augen wurde.

Opapa Karlo war hellsichtig. Aber seine Hellseherei bezog sich ausschließlich auf die Eisenbahn. Unsere Zukunft konnte er nicht weissagen, ebenso wenig, was aus seinen Töchtern und den Söhnen und Töchtern seiner Töchter würde. Schon gar nicht sah er den nicht so fernen Tag, an dem es in Sarajevo und Bosnien keinen Stubler und Stubler-Nachfahren mehr gab, weil sich die letzten Zweige seines Stamms in alle Winde zerstreuten und, unter anderen Nachnamen versteckt, in fremden Schicksalen und Identitäten aufgingen.

Er sah auch das Schicksal seiner Verwandten im Banat nicht, weder das seines Bruders noch das der ganzen sang- und klanglos untergegangenen Welt, aus der die Stublers gekommen waren und über die nicht geredet wurde. Das Schweigen war ihr Grab. Noch bevor sie verschwanden, träumte und sah er sie nicht mehr. Und war felsenfest überzeugt, dass man nicht sieht, was es nicht gibt, und niemandem Herkunft und Zukunft ansieht.

Dabei standen ihm Zugunglücke klarer und präziser vor Augen als Ludmila, der Russin, Ivo Baškarads Tod. Karlo Stubler hätte in seinem langen Leben vieles sein können, aber er war vor allem Eisenbahner. Gleise, Lokomotiven, Waggons und Fahrpläne berührten ihn tiefer als Karla, Rudi, Regina und Olga, tiefer als seine gottesfürchtige Frau, unsere Urgroßmutter, über deren lebenslänglichen Herzfehler wir gleich berichten. Karlo Stublers Lebensweg – und damit auch unserer, die wir uns hinter ihm aufreihen – scheint von seinem ewigen Deutschtum und der vermeintlichen Vorläufigkeit des Wohnorts geprägt gewesen zu sein, aber es gab etwas, das war größer und dauerhafter.

Die längste Zeit seines Lebens hatte er keine Anstellung, wurde erst von der Gewerkschaft und dann von seinen Kindern unterstützt, dennoch: Mehr als alles andere prägte ihn das Eisenbahnerwesen. Väter schrecken nachts aus dem Schlaf hoch. Schauen nach, ob Söhne und Töchter noch atmen. Zugabfertiger träumen bis zum Tod von Zügen, die durch ihren Fehler zur gleichen Zeit auf demselben Gleis aufeinander zurasen. Gut, Karlo war Bahnhofsvorsteher, trotzdem.

Wir sagten es schon: Überheblichkeit bestraft Gott mit Atheismus. Karlo Stubler hat er mit Hellseherei geschlagen und gab ihm so zu verstehen, dass er eben doch existiert. Witzig, nicht? Und dass ihm piepegal ist, wie man ihn nennt. Jahwe oder niedriger Blutdruck, darauf kommt es nicht an.

Gemäß den Gepflogenheiten seiner Zeit, im Einklang mit seiner gesellschaftlichen Stellung und Herkunft trug Karlo Stubler einen Vollbart. Alle paar Jahre rasierte er ihn ab, ließ aber den Schnurrbart stehen. Auf den Bildern, die ihn nur mit Schnauzer zeigen, sieht er am ehesten wie ein Deutscher, aber am wenigsten wie er selbst aus. Der echte Opapa trug Vollbart. Das war ihm vermutlich selbst klar, er rasierte sich immer nur einmal Kinn und Wangen, dann ließ er die Haare wieder wachsen, und alles war in Ordnung. In unserer Erinnerung, auf Fotografien, in den Familienmythen oder den Anekdoten der Nachbarn aus der Kasindolska – Karlo Stubler trägt Vollbart, bis er vergessen sein wird. Aber keiner seiner Nachkommen …

Dann, Anfang der Fünfziger, als wir noch sehr arm und die Regale in den Geschäften leer waren, als wir uns mit Kernseife aus Talg und Aschenlauge wuschen, bekam Karlo Stubler einen ekligen Ausschlag im Gesicht. Er ging zum Doktor, der ihm eröffnete, einzig das Ausreißen sämtlicher Haare an Wangen und Kinn könne Abhilfe schaffen.

Über Tage und Wochen stand mein Urgroßvater jeden Morgen mit der Pinzette vor dem Spiegel und zupfte den Bart aus. Das tat so weh, dass er heulte. Er weinte nie, das war nicht seine Art, nur beim Ausreißen der kräftigen Barthaare aus der zarten

Gesichtshaut liefen ihm Tränen über die Wangen. Nicht Opapa, nur seine Augen weinten.

Sobald die anderen aus den Federn krochen, beendete er die Prozedur für diesen Tag, und ihm schien, als stünden sie jeden Tag ein bisschen später auf. Arbeitsscheu waren die jungen Leute! Rühren keinen Finger und schlafen bis in die Puppen! Kam ihm je der Gedanke, dass uns seine Schmerzensschreie weckten? Hat ein Haar, eins von Tausenden, Karlo Stublers Gottlosigkeit erschüttert, oder war Gott so ungnädig, sich ihm in keinem einzigen zu zeigen?

Omama Johannas Herzfehler

Nach der vierten Niederkunft wurde bei Urgroßmutter ein schlimmer Herzfehler diagnostiziert. Die Ärzte in Dubrovnik und später in Sarajevo gaben die junge Frau unisono auf. Ein Wunder, dass sie noch lebe! Jede ihrer Geburten ein medizinisch unerklärbarer *casus*: Als gläubiger Katholik haben Sie sicher eine Erklärung dafür, sagte ein Doktor zu Karlo Stubler. Der kämpfte mit kosmischen Spannungen in der Brust und sollte nun auch noch so tun, als sei er gläubig und der *casus* sonnenklar.

Johanna Skedel, verheiratete Stubler, ist in Lokve bei Škofja Loka geboren. Das ist unsere einzige verlässliche Information über ihre Herkunft. Vielleicht hieß sie nicht Johanna Skedel, sondern Ivana Škedelj. Beide Schreibweisen, beide Identitäten wechseln sich recht monoton in ihren Ausweispapieren und den Dokumenten ab. Unter dem einen wurde sie eingeschult, unter dem anderen hat sie geheiratet, im Personalausweis heißt sie so, im Reisepass so. Als Johanna war sie Deutsche, als Ivana Slowenin und später Kroatin. Alles hatte seine Logik, die uns heute absurd anmutet, aber in Urgroßmutters Kindheit und Jugend konnte man einer solchen Logik folgen. Nicht alle lebten danach, manche waren bereit, für deren Beseitigung zu sterben, die zettelten für den in der Geburtsurkunde eingetragenen Namen Aufstände an und landeten im Knast für das Recht, sich so und so zu nennen. Omama war es gleichviel, und da es ihr gleichviel war, war es gemäß Zeitgeist und Benimmregeln im Hause Stubler uns allen gleichviel. 1910, als die Südslawen mit dem Gemauschel um die Staatsgründung anfingen, bereit, sich gegen unseren guten alten Kaiser und König zu erheben, ebenso wie 1918, als sie sich verblüffenderweise tatsächlich in einem Staat zusammenschlossen, oder 1920, als Urgroßvater aus Dubrovnik geschasst wurde, oder 1933 oder 1941 oder 1945. Urgroßmutter hieß mal Ivana Škedelj, mal Johanna Skedel, und wir fragten nicht, ob sie sich als Slowenin oder Deutsche fühle.

Urgroßmutter hatte zwei Schwestern. Die älteste heiratete nach Wien, die mittlere nach Loznica in Serbien. Johanna war die jüngste und zog mit den Eltern nach Slavonski Brod, wo der Tischler Martin Skedel bei der Eisenbahn Arbeit gefunden hatte. Auf der anderen Seite der Save, in Bosanski Brod, arbeitete Karlo Stubler. So lernten sie sich kennen und lieben und heirateten in den letzten Jahren des 19. Jahrhunderts. Martin Skedel, Johannas Vater, wurde nicht alt, Mutter Josefina, geborene Patat, wohnte nach seinem Tod bei Tochter und Schwiegersohn, zog mit ihnen von Bahnhof zu Bahnhof, immer entlang des bosnischen Streckennetzes, und lernte so das düstere, ferne Land kennen, das ihr so exotisch vorgekommen sein dürfte wie mir heute Bangladesch.

Josefina Patat, verheiratete Skedel, meine Ururgroßmutter, die Mutter meiner Urgroßmutter Johanna Skedel, verheiratete Stubler, und Großmutter meiner Großmutter Olga Stubler, verheiratete Rejc, kam in Udine zur Welt und war waschechte Italienerin.

Das hätten wir also auch geklärt: Omama war mütterlicherseits Italienerin; ob sie väterlicherseits Slowenin oder Deutsche war, lässt sich nicht mehr ermitteln, würde auch nichts an der Geschichte der Stublers ändern, der langen Historie ihres Verschwindens, und mir ist es herzlich egal, ob in meinen Adern ein paar Tropfen mehr deutsches oder slowenisches Blut fließen; für das Jahrhundert der Stublers wichtig ist nur die nationale Ambivalenz der Urgroßmutter oder vielmehr ihre nationale Gleichgültigkeit.

Gemäß Geist und Logik der Sprache – was bei Nachnamen gewaltig in die Irre führen kann – hieß Urgroßmutter eher Ivana Škedelj als Johanna Skedel, denn Skedel ist die germanisierte Form von Škedelj. Allerdings trugen viele Deutsche oder

Österreicher slowenische und viele Slowenen deutsche Nachnamen.

Eine Klärung bahnte sich 1920 in Doboj an, eine Klärung, die rasch in eine Vervielfachung der Zweifel umschlagen konnte: Olga, die jüngste Tochter stellte ihren Eltern den jungen, flotten Eisenbahner Franjo vor, ihren künftigen Schwiegersohn, nach Herkunft und kultureller Zugehörigkeit ein Slowene. Er hatte schon gehört, dass die künftige Schwiegermutter aus Škofja Loka stammte, und wollte sich beliebt machen, indem er sie auf Slowenisch anredete.

Seitdem wissen wir, dass Omama kein Slowenisch verstand.

Sie sprach Deutsch, ihr Serbokroatisch war von der gedehnten, altertümelnden mittelbosnischen Betonung und Sprachmelodie gefärbt, sie beherrschte etwas Italienisch, aber kein Slowenisch. Kein Wort. Sie spielte uns nichts vor, wozu auch, sie konnte es wirklich nicht. Zu jener Zeit hieß das nun keineswegs, dass sie keine Slowenin war. Vielleicht hatte sich Tischler Martin Škedelj gedacht, die Tochter hätte ein besseres Leben, wenn sie zu Hause Deutsch sprachen, wenn sie Deutsche wäre. Das 19. Jahrhundert war eine Zeit, in der man es sich aussuchen konnte, welche Nationalität einem behagte und in welcher Sprache man zu Gott betete. Damals, als die Kuferaschen nach Bosnien kamen, standen einem alle Glaubensrichtungen offen, leider ließen wir die Gelegenheit ungenutzt verstreichen, blieben katholisch und verloren vielleicht deswegen unseren Glauben. Gott ließ uns fallen, weil wir ihn anödeten.

Im Unterschied zu Urgroßvater war Urgroßmutter religiös, ging sonntags in die Kirche, betete vorm Schlafengehen und lebte nach dem Katechismus. Sie gehörte indes nicht zu den bigotten Weibern, die darauf drängen, dass die Enkel die Sakramente empfangen und Religionsunterricht beim Pfarrer kriegen. Sie missionierte nicht in der Familie, der Glaube war ihr wahrscheinlich einziger Halt, seit die Ärzte erst in Dubrovnik und dann in Sarajevo behaupteten, ihr Herz sei unter allen ihnen bekannten schlagenden Herzen das schwächste überhaupt und würde demnächst stehen bleiben. Urgroßmutter spürte nichts von ihrer Krankheit, so sehr sie sich ihrer bewusst war. Erkrankungen des Herzens sind oft blanke Metaphysik, haben mit anderen Krankheiten nichts zu tun, man bekämpft sie entweder oder findet sich mit ihnen ab und tröstet sich mit einer anderen Metaphysik. Zu jener Zeit war der Glaube Nitroglyzerin für schwache Herzmuskel.

Karlos Umzug nach Doboj wurde wie ein Wunder erwartet.

Bis zum allerletzten Augenblick, ja, noch während der Zugfahrt von Alipašin Most in Sarajevo über Kakanj, Zenica und so weiter bis Doboj, beladen mit Bettwäsche, Geschirr und ein paar Möbeln, die wir aus Dubrovnik mitgebracht hatten, hofften wir, während ein Bahnhof nach dem anderen am Fenster vorüberglitt, dass sich das Ganze nicht als derber Scherz entpuppte, den sich jemand mit Opapa Karlo und uns erlaubte. Wir hofften inständig, dass keiner im letzten Moment in Karlos Akte schaute, die *Charaktermerkmale* las und Zeter und Mordio schrie.

Damals konnten wir, die dank Freifahrschein für Eisenbahnerfamilien erster Klasse reisten, nicht ahnen, wie schicksalhaft der Umzug war, dass er die Voraussetzungen für unsere Existenz schuf: Wäre Karlo Stubler nicht von Dubrovnik nach Bosnien zurückgeschickt worden, hätte sich nicht zwei Jahre später das Wunder seiner Versetzung nach Doboj ereignet, hätte Franjo Rejc nicht dort seine erste Stelle bei der Eisenbahn angetreten, dann hätte er Olga nicht getroffen, so aber hat er ihr gefallen, war wohl auch nicht der Schlappschwanz, als den sie ihn zwanzig Jahre später ihren Freundinnen schilderte, und ich kam meiner Geburt ein gutes Stück näher.

Urgroßmutter sah darin Gottes Wille. Wenn das stimmt, hat Er Sinn für Humor.

Als er wieder Geld verdiente, beschloss Karlo Stubler, Johanna solle sich auskurieren oder wenigstens länger zu leben haben. Das Paar wohnte bei seinen Kindern, Karlo verstetigte damit den vorübergehenden Abschied von Bosowitsch in alle

Ewigkeit, baute kein eigenes Haus, vermutlich, weil ein großer Teil seines Lohns für Johannas Bädertouren draufging. Immerhin blieb ihm, nachdem er Rudi ein Taschengeld nach Graz oder Wien und Johanna in einen deutschen Kurort geschickt hatte, genug für ein normales bürgerliches Leben übrig. (Damals standen wir uns, was Entgelt und persönliche Bezüge betrifft, recht gut: Lokführer, Bahnhofsvorsteher und Zugabfertiger wurden ungefähr so bezahlt wie heutzutage Piloten und Fluglotsen.)

Zweimal jährlich, im Frühjahr und im Herbst, verabschiedeten wir die Urgroßmutter zur Kur in Deutschland und wussten nie, ob sie wiederkam. Wir standen winkend am Bahnsteig, trugen sie mit dem letzten Blick, dem ihr Taschentuch samt offenem Zugfenster entschwand, zu Grabe und feierten jede Rückkehr wie ein kleines Wunder. Sie erstand nach jeder Kur gleichsam von den Toten auf. Deutschland hat viele Kurorte, wenn sie jeden einmal besucht hatte, musste ihr Herz gesund und stark sein wie bei den Brüdern Grimm und dem Riesen Rübezahl.

Johanna Stubler fuhr bald zwei Jahrzehnte lang zur Kur. Wie es ihr in Deutschland erging, wen sie dort kennenlernte, ob sie Freunde hatte, ob ihr an den Deutschen etwas auffiel, ob sie Veränderungen bemerkte, die nichts Gutes verhießen, wie sie das Land im Herbst und Frühjahr 1931, 1932 und 1933 erlebte, ob sich die Stimmung merklich wandelte, was Herzkranke und Rheumatiker über Hitler und Hindenburg redeten, über all das wissen wir nichts. Entweder hat es uns nicht interessiert, sodass wir Urgroßmutter keine Fragen stellten, oder sie hatte keine Lust, darüber zu reden.

Wahrscheinlich tendieren Neubürger ganz allgemein dazu, die Augen vor dem Unglück ihrer Zeit zu verschließen. Die Stublers jedenfalls, wie die Juden Fremde auf Zeit oder für immer, verschwiegen sich schlechte Nachrichten.

Außerdem waren die guten Nachrichten so gut, dass für die schlechten kein Raum blieb. Als Hitler Reichskanzler wurde, hatte Urgroßmutter alle medizinischen Prognosen überlebt, und wir schrieben es den deutschen Kurorten zu. Ihr Herz war nach wie vor schwach, schlug ganz leise, ein kaum hörbares Flüstern tief im dunklen Brustraum. Johanna Stubler erwachte jeden Morgen mit der Gewissheit, den Abend nicht mehr zu erleben. Darum beglich sie jede Rechnung sofort, blieb ihren Nächsten nichts schuldig, fing mit keinem Streit an, erwartete den Tod wie einen lang angekündigten, gern gesehenen Gast.

Darüber könnte ich einen ganzen Roman schreiben, wenn mal Ruhe einkehrte und ich mein Leben so befrieden könnte, wie es ihr gelang. Einen Roman über Kuren im Deutschland der zwanziger und dreißiger Jahre, Abschiede am Bahnhof in Alipašin Most und den Tod, der müßig durchs Haus der Stublers streicht und Omama die Angst nimmt. Obwohl sie mit Gott nicht über den Tod sprach, nur mit deutschen Ärzten.

Wenn sie nicht kurte, las sie Bücher auf Deutsch und Kroatisch: Schmachtfetzen, Abenteuergeschichten und leichte Sachen, aber auch anspruchsvolle Literatur, sie hörte Radio oder unterhielt sich leise mit den Kindern. Weder kochte oder putzte sie, noch empfing sie Gäste. Omama trug nichts, was schwerer als ein Kaffeelöffel gewesen wäre. Wäre zu schwer gewesen für ihr Herz.

Sie war eine gute, heitere Frau, die andere nicht mit ihren Problemen behelligte und gern und viel lachte. Beim Lachen legte sie eine Hand aufs Herz. So wäre sie wohl gern gestorben: Lachend. Wir gönnten ihr alles, nur das Lachen nicht. Sollten wir sie etwa zum Lachen bringen, um sie umzubringen? Das wäre doch zu ungeheuerlich gewesen, wenn wir Kinder, Enkel, Urenkel und Ururenkel Johanna Stubler zum Lachen gebracht und dem alten Karlo Geld gespart hätten, von dem er ein eigenes Haus hätte bauen und uns verwurzeln können.

Im Alter fing sie dann doch an zu zittern. Vermutlich eine Art Parkinson. Aber dann lachte sie wieder.

Omama überlebte Opapa und starb kurz vor ihrem neunzigsten Geburtstag. Friedlich, ohne lange Krankheit, halt die typische Herzpatientin.

Ein paar Jahre vorher fragte sie ihre erwachsene Enkelin, die gerade dem Bund der Kommunisten Jugoslawiens beigetreten war, ziemlich resigniert: Bekreuzigst du dich überhaupt noch, mein Kind?

Iss, sonst versohl ich dir den Hintern

Sonntagsessen im Hause Stubler. Rinderbrühe, Suppenfleisch mit Bratkartoffeln und Meerrettich, zum Abschluss Buchteln. So ein Mahl ist Kindern ein Graus: Wir müssen erwachsen werden, ein gewisses Alter erreichen, bevor uns die schwere deutsche Brühe mit selbstgemachten Fadennudeln und großen Fettaugen im Meer familiärer Harmonie und Ruhe schmeckt, und nach der Suppe kommt auch noch das Suppenfleisch auf den Tisch, voller Sehnen und Knorpel und nicht entbeint. Opapa und Nano zuzelten geräuschvoll das Mark aus dem Knochen, hielten es für das Beste am ganzen Essen und wollten jeden Sonntag Rinderbrühe haben. Für uns Kinder war es der blanke Horror, denn wir mussten den Teller leer essen, durften Knorpel, Sehnen, Häutchen, faseriges Fleisch, Glibber, eitergelbe Fettklumpen und was einem sonst noch aufgetan wurde, nicht liegen lassen. Aber wonach sich Erwachsene die Lippen lecken, quält kleine Menschen mit unkontrollierbaren Fantasieschüben. Und dann blökte einer der Erwachsenen: Stocher nicht auf dem Teller herum, sonst versohl ich dir den Hintern!

Opapa sagte nie so etwas Gemeines. Gutmütig saß er am Kopfende und staunte über die Unveränderlichkeit der Welt: Zu allen Zeiten schieben die Kinder Sehnen und andere Stücke an den Tellerrand und werden von Erwachsenen zum Aufessen gezwungen.

Wer nicht aufaß, kriegte keine Buchteln.

Die kamen im Hause Stubler häufig auf den Tisch, es war der übliche Nachtisch. Zu Ostern und Weihnachten, Geburts-und Namenstagen, Hochzeiten und anderen Festen buk man Torten, die nicht immer gelangen, weil sie so selten gemacht wurden, davon redete man noch lange nachher: An Torten erinnerte man sich, sie waren fest mit einem bestimmten Ereignis verbunden, Anekdoten aus dem Leben längst verstorbener Tanten, Muhmen und Urgroßmütter, die ganz woanders als wir gewohnt hatten, von Oheimen und Onkeln, die auf weit entfernten europäischen Schlachtfeldern verblutet waren; fast schien es, als würden Torten nur deshalb zu feierlichen Anlässen aufgetragen, damit die Erwachsenen etwas noch einmal ganz von vorn erzählen konnten, was schon unzählige Male erzählt worden war.

Buchteln haben kein Anekdotenpotenzial. Sie wurden jeden Sonntagmorgen gebacken, unsere Geschichte steckte darin und verschwand im Rachen. Die Geschichte der Stublers ist gegessen. Denke ich an sie, ist mein Kopf leer.

Eine Welt ohne Buchteln am Sonntag ist unvorstellbar.

Aber in Wirklichkeit bin ich einigermaßen fassungslos, weil meine Nonna von der Zeit meiner Geburt bis zum jungen Erwachsenenalter insgesamt nur zwei, drei Mal in einem Anfall von Stubler-Nostalgie Buchteln gebacken hat. Das ist genauso bizarr, wie dass ich kein Deutsch kann, obwohl im Hause Stubler bis in die sozialistischen fünfziger Jahre hinein Deutsch gesprochen wurde, nur auf Deutsch kann man so etwas Widerwärtiges sagen wie: Iss, sonst versohl ich dir den Hintern!

Bei den Stublers kochte Karlos mittlere Tochter, Regina, Tante Rika, die sanftmütigste der drei Stubler-Schwestern. Gottesfürchtig befolgte sie sämtliche überlieferten Lebensregeln und war eine gute Christin. Von Natur aus arglos und friedfertig, entwickelte sie nur in diesem einen Punkt einen gewissen Fundamentalismus: Der Teller wurde leer gegessen! Selbst wenn sich ein Kind so ekelte, dass es der Erpressung widerstand und lieber auf den Nachtisch verzichtete – wer nicht aufisst, kriegt keine Buchteln! –, bekam es von Tante Rika kaltherzig zu hören: Keiner zwingt dich zu Buchteln, aber in diesem Hause wird der Teller leer gegessen!

Daran war nicht zu rütteln. Die Formel in diesem Hause duldete keinen Widerspruch, was von ihr begleitet wurde, war Gesetz, hinter dem eine höhere Autorität stand. Man konnte jedem widersprechen, Mutter, Vater, Tante, Onkel, nicht jedoch Opapa Karlo. Er schrie und drohte nicht, befahl nichts, und nur einmal rutschte ihm die Hand aus, was ein halbes Jahrhundert lang als Beweis herhalten musste, wie wütend Opapa damals gewesen war und wie ungeheuerlich das Vergehen, für das er dem Sünder im Affekt eine scheuerte. Nichts wies darauf hin, dass er hinter der keinen Widerspruch duldenden Regel stand, derzufolge nur Knochen auf dem Teller liegen bleiben durften. Trotzdem: Wer nicht aufaß, versündigte sich an Karlo Stubler und seinem Haus. Auch wenn es nicht ihm, sondern Tante Rika und Onkel Vilko gehörte.

Nach dem Mittagessen mussten Kinder Mittagsschlaf halten, wurden in den ersten Stock gebracht und auf die Betten verteilt. Die im Haus lebenden Kinder waren an die Regel gewöhnt, aber die, die nur zu Gast waren, empfanden den Mittagsschlaf als besonders fiese Erniedrigung.

Die Erwachsenen schwatzten unterdessen im Erdgeschoss. Die Frauen machten sich in der Küche zu schaffen, erledigten den Abwasch, notierten sich auf Schmierpapier Kuchenrezepte, die sie zu Hause in Schulhefte voller Fettflecke übertrugen. Die Männer redeten am Esstisch weiter über Politik, während sich Brotkrümel an ihre Ellbogen und Pulloverbündchen hefteten.

Opapa war ein neugieriger Mensch, der viel wusste und zu vielem eine Meinung hatte, aber nicht um jeden Preis das große Wort schwingen musste. Im September 1939 war herrliches Wetter, Altweibersommer bis Anfang November, der Garten vor dem Haus in Ilidža voller Düfte, Farben und Töne. Die Vögel zankten sich hoch oben in der Trauerweide, die Urgroßvater beim Einzug angepflanzt hatte und die bis zur Jahrtausendwende, als es uns schon fast nicht mehr gab, zu einem Baumriesen mit gewaltiger Krone und struppigem Geäst heranwuchs und von ferne wie ein grüner Rastafari ausschaute. Im Hasenstall trommelten die Hasen mit ihren Pfoten auf den Boden, die Hennen streckten Flügel und Beine und rannten dem kleinen, hyperaktiven Hahn davon, und ringsum brauste, raschelte und knarzte es. Alles gedieh prächtig und reifte, ein üppiges, ertragreiches Jahr, und allen war zum Heulen zumute, weil sie annahmen, dass sie sich von einem Leben, das glücklich hätte sein können, verabschieden mussten.

Der Idiot wird den Krieg letztlich verlieren! Die Frage ist nur, wie lang es dauert und wo wir dabei bleiben.

So sprach Karlo Stubler, während die Wehrmacht Polen eroberte, das bald darauf von der Landkarte verschwand, aufgeteilt zwischen Deutschland und der Sowjetunion, was bei leichtgläubigen Menschen die Hoffnung weckte, Hitler würde es damit gut sein lassen. Sie waren bereit, die vormalige Existenz des polnischen Staates zu vergessen, wenn nur dieser Altweibersommer nie aufhörte und wir Jugoslawen aus drei gleichgeborenen Stämmen weiterhin in Frieden und Harmonie lebten. Im Hause Stubler wusste man nur zu gut, dass Hitler es nicht gut sein lassen konnte und wollte.

Der Idiot wird den Krieg letztlich verlieren! Das werden wir zitieren, wenn alles vorbei ist und es Opapa und uns nicht mehr gibt, und werden dabei Idiot mit seinem deutschen Akzent aussprechen, was wir sonst niemals tun.

Im Frühjahr 1945, als Hitler den Krieg endlich verloren hatte, holten drei Partisanen Karlo Stubler ab und eskortierten ihn zum Bahnhof, wo Viehwaggons mit unbekanntem Zielbahnhof und Fahrplan bereitstanden. Opapa war ihnen als Deutscher bekannt, die Partisanen hatten ihre Listen, aber warum haben sie keinen der anderen abgeführt, das Haus war doch voller Stublers? War ihnen unser deutsches Blut und die deutsche Schuld in unseren Adern schon zu verwässert, galten wir deshalb als Kroaten, die mit unseren Nationen und Nationalitäten in Brüderlichkeit und Einheit leben konnten? Opapa Karlo sollte unsere Sünden auf sich nehmen, deportiert werden, im Lager sterben, und wir sollten nie davon erfahren, sowenig wie Tante Doležal erfuhr, was aus ihrem Mann im norwegischen Arbeitslager geworden war, in das ihn die Deutschen zur Umerziehung gesteckt hatten. Er sollte uns, den Kroaten, bitter wie

Bittermandeln auf der Seele liegen, unser deutscher Urgroßvater.

Doch es kam anders. Die Ustascha-Soldateska hat Opapa gewissermaßen das Leben gerettet, weil sie sich vier Jahre lang spätnachts, vor allem freitags und samstags, besoff und gewohnheitsmäßig grölend aus Heimatliebe, Jux und Dollerei Serben aus ihren Häusern zerrte und abschlachtete. Karlo Stubler holte, sobald er hörte, dass wieder einmal Schwarzlegionäre auf der Kasindolska anrückten – die veranstalteten einen Lärm wie beim Jahrmarktsumzug einschließlich Salutschüssen –, alle serbischen Nachbarn in sein Haus, die Frauen trugen die schlafenden Kinder auf dem Arm, und Karlo verteilte sie wie uns nach dem Sonntagsessen auf die Betten.

Als die Partisanen den alten Stubler abführten, gingen unsere orthodoxen Nachbarn auf die Barrikaden. Männer wie Frauen rannten zum Bahnhof, die Männer halb rasiert, an der Wange noch Seifenschaum, die Frauen mit den wachen Kinder an der Hand, allesamt quasi aus dem Bett gefallen, damit die Partisanen Karlo Stubler in Ruhe ließen – wer sonst in der Kasindolska würde sie retten, falls die Ustascha eines Tages zurückkäme? Das haben sie so natürlich nicht gesagt, aber uns hat sich der Eindruck aufgedrängt. Vielleicht hätte ich die Rettungsaktionen meines Urgroßvaters, des Banatschwaben Karlo Stubler, längst vergessen, wäre mir nicht so präsent gewesen, was er den Schwarzen von der Schwelle aus zurief: *Ne moschete utchi! Owo je njematschka kutcha!* – Hier kommt ihr nicht rein! Das ist ein deutsches Haus!

Ich würde das wahnsinnig gern selbst einmal bei passender Gelegenheit anbringen. Oder vielmehr: Ich wünschte, ich hätte den Mut, der dazu gehört.

Oft habe ich mich gefragt, warum Karlo Stubler den Briefwechsel mit den Bosowitscher Verwandten nach dem Krieg nicht fortführte, sich nur halbherzig nach dem Schicksal seines Bruders erkundigte, Rudis Suche nach unserer Cousine Regina Dragnev ohne Interesse, beinah stumpf, verfolgte und uns gegenüber kein Wort über all das verlor. Nach 1945 verkroch er sich wie die Schnecke in ihr Haus ins Schweigen. Warum? An manchen Tagen, ganze Wochen, jahrelang denke ich, er hat vor der neuen Zeit, dem jugoslawischen Staat und der Rechthaberei der Sieger kapituliert. Aber vielleicht ist das Quatsch, vielleicht können wir uns mit unserem Scheitern nicht ewig als Opfer in der Wahrheit einnisten.

Vielleicht wollte Karlo Stubler nur nicht riskieren, in die Niederlage und Verbrechen seiner Verwandten hineingezogen zu werden. Er hatte für den Idioten kein Verständnis gehabt, die anderen eventuell schon. Eventuell auch nicht, aber sein Leben neigte sich dem Ende zu, die Zeit lief ihm davon. Deutscher blieb er bis zum Schluss, aber nach 1945 teilte er sein Deutschtum nicht mehr mit uns.

Rudolf Stubler, unser Nano, besorgte den Totenschein für den Vater, musste die Nationalität des Verstorbenen eintragen und bekam es mit der Angst zu tun.

Kroate, schrieb er.

Der lange Brief des Michail Fleginski

Ob ihn Gewissensbisse plagten oder einfach aus Langeweile, wahrscheinlich hat er es selbst nicht genau gewusst, jedenfalls schrieb sich Rudolf Stubler nach der – von seinem Vater erzwungenen – Rückkehr aus Wien in Zagreb als Externer für Maschinenbau ein. Er fuhr mit dem Zug zu Prüfungen und Vorlesungen, was den Alten nichts kostete, weil wir damals als Angehörige eines Eisenbahners umsonst Zug fahren konnten. Nach zwei, drei Tagen oder einer Woche kehrte Rudi nach Hause zurück und nährte so die Illusion, er studiere noch. Dann spielte er wieder in den Lichtspielhäusern Sarajevos Geige und verdiente das Geld für die nächste Reise. Oder die nächste Sause in Zagreb.

Das ging ein oder zwei Jahre so, dann stellte er die Fahrten nach Zagreb ein und erwähnte das Studium nicht mehr, ohne dass es aufgefallen wäre. Höchstens Opapa, ihm lag schließlich am meisten an Rudis Ausbildung, aber uns ist es entgangen. So erloschen in aller Stille die letzten akademischen Ambitionen Rudolf Stublers.

Die Ausflüge nach Zagreb wären, so wie alles andere, längst vergessen, gäbe es nicht ein paar Fotos. Nano im Kino Tuškanac, im Spätherbst oder Winter, während es schneit. Auf der Ilica kurz vor dem Jelačić-Platz, in die Kamera lachend. Im Park unterhalb des Kaptols mit einer Unbekannten, hinter ihnen sieht man den Turm der Stadtmauer.

Michail Fleginski ist nicht auf diesen Bildern, dennoch erinnert uns seine Geschichte stärker als die Fotos an Rudis Reisen nach Zagreb. Wir haben ihn nie kennengelernt, wissen aber alles von ihm, weil er Anfang der siebziger Jahre, lange nach dem Tod von Opapa und Omama, mit einem ausführlichen Brief in unser Leben trat. Wir haben über ihn nachgedacht, das hat unser Bild von uns verändert, uns die Zerbrechlichkeit und Schwachheit des menschlichen Leibes gezeigt und wie schnell einer vergessen wird. Einige Jahre später erreichte uns dann eine knappe Mitteilung seines Sohnes: Michail Fleginski sei verstorben, der Papa habe Herrn Stublers Namen auf die Liste der zu Benachrichtigenden gesetzt, seine sterblichen Überreste ruhten auf dem XY-Friedhof in Z ... Als würden wir eine Kerze auf Fleginskis Grab anzünden. Das werden wir niemals tun. Warum, wird noch erklärt ...

Michail Fleginski zog von Jagodina nach Zagreb, um zu studieren. Die Familie – Vater, Mutter und er, damals bereits volljährig – war 1919 aus Russland emigriert und in der zentralserbischen Kleinstadt gelandet. An der Universität schrieb er sich sieben, acht Jahre später ein. Da hatten sie sich gut in Jagodina eingelebt und wollten dort bleiben. Vielleicht hatte Fleginski in Sankt Petersburg ein Studium begonnen und wollte es in Zagreb fortsetzen, das wissen wir nicht und haben auch keine Möglichkeit, es herauszufinden. Jedenfalls wurde er ordnungsgemäß innerhalb der vorgesehenen Frist Maschinenbau-Ingenieur und kehrte nach Jagodina zurück, fand eine gute Stelle und heiratete eine Frau, ebenfalls eine Russin, deren Namen wir vergessen haben.

Bis zum Krieg korrespondierte Rudi regelmäßig mit Michail Fleginski – offenbar lag allen in der Familie viel an Briefen, Billets und Ansichtskarten, man wurde unruhig, wenn einmal zwei, drei Tage verstrichen, ohne dass Post eintrudelte – und vermutlich haben sie sich dank Rudis kostenlosen Zugfahrten auch persönlich getroffen. Durch den Krieg lebten sie plötzlich in verschiedenen Ländern. Rudi wurde einberufen, bekam einen Offiziersrang und überlebte knapp. Falls er an Michail Fleginski gedacht haben sollte, war der Gedanke so dünn wie ein Kuvert, das man adressiert und frankiert, aber irrtümlich leer eingeworfen hat.

Als die Ängste ausgestanden waren und die familiären Katastrophen langsam nachließen – die Stublers hatten Mladen in deutscher Uniform und Željko in der Uniform der jugoslawischen Luftwaffe verloren –, zählte Michail Fleginski zu denen, die im Lauf der Zeit verloren, verschütt, vergessen gehen und dann entweder irgendwann aus der Versenkung auftauchen oder komplett aus dem Blickfeld verschwinden. Wie viele wir vergessen haben, weiß keiner mehr. Wie auch, wo wir sie doch vergessen haben. Die Liste ist lang, es hat Jahre gedauert, bevor die Vergessenen durch neue Bekannte ersetzt wurden.

Hat Rudi zwischendurch an Michail Fleginski gedacht? Auf jeden Fall hat er nicht damit gerechnet, dass sich der Freund aus Jagodina bei ihm meldet.

Es mochte 1971 oder 1972 gewesen sein, da wurde in der Kasindolska ein Umschlag mit Lenin-Marke abgegeben, die kyrillisch geschriebene Adresse mit der Hausnummer von vor dem Krieg so akkurat hingemalt, wie es nur ein Ingenieur fertigbringt. Der Brief war von Michail Fleginski.

Nano brauchte Tage, bevor er ihn uns zeigte. Er hatte nah am Wasser gebaut, vieles konnte ihn zu Tränen rühren: melodramatische Filme, der Schluss von Thomas Manns *Doktor Faustus*, Schumanns *Träumerei*, sofern gut gespielt, der Haushund, welcher hochbetagt das Zeitliche gesegnet hat und hinter den Bienenstöcken im Garten verscharrt wird, aber diesmal war es anders. Er war nicht bloß ergriffen, konnte die Sache nicht einfach ausheulen.

Mit engen, schnurgeraden Zeilen in einer winzigen Schnörkelschrift schilderte Michail Fleginski auf acht beidseitig beschriebenen Blättern, wie es ihm seit Kriegsausbruch ergangen war. Mit der Akribie eines Ingenieurs reihte er ein Ereignis ans nächste, verband sie zu einem übergeordneten Ganzen, wie man einen Ottomotor, eine Turbine, eine elektrische Kaffeemühle zusammenbaut, losgelöst von seiner Person, kein Wort über Gefühle, nur einmal beschloss er einen Absatz mit der Bemerkung, seine Frau habe es kaum ertragen.

Den ganzen Krieg über war Michail Fleginski in Jagodina. Man ließ ihn in Ruhe, und er hielt sich aus allem heraus, arbeitete weiter, Ingenieure werden in Krieg und Frieden gleichermaßen geachtet. Maschinen gehen kaputt, Apparate versagen ihren Dienst, man braucht immer jemanden, der sie repariert. Am 17. Oktober 1944, nach mehrtägigen schweren Kämpfen gegen die ss-Division Prinz Eugen, rückten unter dem Oberbefehl von Marschall Fjodor Iwanowitsch Tolbuchin Einheiten, die sich aus Roter Armee und Jugoslawischer Volksbefreiungsarmee zusammensetzten, in Jagodina ein.

Nachdem die erste Euphorie über die Befreiung verflogen, der Sieg gefeiert und die Erschießung von Kollaborateuren erledigt war, holten Rotarmisten Michail Fleginski und seine Familie – er wusste nicht warum und würde es auch nie erfahren –, brachten sie zum Bahnhof und steckten sie in einen Zug. Dreieinhalb Monate irrten sie über die verbliebenen Gleise des europäischen Schienennetzes Richtung Russland, reisten in Personenzügen erster, zweiter, dritter Klasse, in Viehwaggons, auf dem Tender, in offenen Waggons, stets vor den entsicherten Gewehren und Pistolen junger Rotarmisten, Polizisten und Zivilisten, streckenweise auch zu Fuß, wenn Brücken gesprengt oder Gleise zerbombt waren, mit wechselnden Reisegefährten, anderen Familien, deutschen Kriegsgefangenen, entwaffneten Deserteuren, russischen Emigranten, die man wie sie aus dem Schlaf gerissen hatte und jetzt nach Russland oder ans Ende der Welt schaffte.

Nach 111 Reisetagen blieb der Zug stehen, und Michail Fleginski wurde gesagt, er habe eine halbe Stunde, um sich von seiner Frau und dem dreijährigen Sohn zu verabschieden. Wieder erfuhr er nicht, wohin es ging, was sie mit ihm vorhatten und ob es ein Abschied für Tage, Jahre oder immer würde. Dieser Absatz endet mit der Bemerkung, seine Frau habe es kaum ertragen.

Die Fahrt nach Sibirien war kurz. Michail Fleginski beschrieb das Lagerleben ungeschönt, offenbar ohne Angst, der Brief könne abgefangen und er zur Strafe für den Inhalt ins Lager zurückgeschickt werden. Er klagte nicht, schrieb weder von Hunger noch von Durst noch von Kälte, kein Wort über Gefühle; vielleicht dachte er, sie könnten ihm deswegen nichts anhaben. Zwölf Jahre Straflager, acht weitere in Verbannung, in Magadan, wo er ein gut geheiztes Zimmer für sich hatte, in einer Werkstatt arbeitete, Pakete empfangen und unbegrenzt nach Hause schreiben, sogar mit Frau und Sohn telefonieren konnte, wenn er durchkam.

Sibirien schilderte er ohne Selbstmitleid. Ein paar Sätze über die Züge, die ihn nach Sibirien brachten, über die Landschaft, den Bahnhof, an dem er von Frau und Sohn getrennt wurde, auf zwei Blättern nur nackte Zahlen. Soundso viele Menschen im Lager, soundso lang der Winter, soundso lang der Sommer, praktisch kein Frühling und kein Herbst. Meteorologische Daten, aus der Erinnerung, auch nach Notizen, Zahl der ausgefallenen Zähne (laut Lagerarzt Parodontose), dazwischen, dass die Nachricht vom Tod Stalins sie Monate später erreichte und nie laut ausgesprochen wurde, dann wieder meteorologische Beobachtungen: Winter, ein paar Tage Frühling, Sommer, ein paar Tage Herbst, der erste Schnee, gerade als wollte Rudi in Kürze nach Sibirien fahren und über das Wetter Bescheid wissen.

Bald danach wurde im Hause Stubler Karl Steiners *7000 Tage in Sibirien* gelesen. Und andere Bücher, die in den siebziger Jahren aus dem Russischen, Englischen, Deutschen und allen lebenden und toten Sprachen der russischen Emigration übersetzt wurden, alle waren voll ausführlicher Beschreibungen. Das tröstete uns, Nano und alle, die Michail Fleginskis Brief selbst gelesen oder sich von Nano hatten vorlesen lassen.

Nach Rudolf Stublers Tod – der letzte von uns mit Karlos Nachnamen, der letzte, auf dessen Grabstein Stubler eingemeißelt ist – im Dezember 1976 ging Michail Fleginskis langer Brief verloren und verschwand, der Brief, der mit der Feststellung schließt, seine Frau habe es kaum ertragen und zwanzig Jahre auf ihn gewartet.

Vielleicht ist es besser so, vielleicht müsste ich, könnte ich es nachlesen, meine Erinnerung korrigieren, vielleicht hat Fleginski Sibirien doch beschrieben, vielleicht war seine Handschrift nicht so winzig, vielleicht waren die Zeilen nicht so peinlich genau waagerecht, wie es einem Ingenieur geziemt, vielleicht wäre ich um ein Idealbild ärmer: Leid, das mit keinem Wort beschrieben wird, aber so wahrhaftig aufscheint, wie es keine Beschreibung des Leids vermag. Was im literarischen Text nicht ausgesprochen wird, lassen gute Schriftsteller durch Abwesenheit sprechen, durch weiße Flecken, sie schreiben um die Leerstelle herum. Michail Fleginski verschwieg alles, um dem Freund zu berichten, wie es ihm ergangen war.

Rudolf Stubler beantwortete den langen Brief. Wie, wissen wir nicht: Wahrscheinlich rhetorisch geschliffen – Nano war nicht ohne literarisches Talent – und pathetisch. Wie auch sonst? Bestimmt kam Trost in Gott vor. Nano war religiös, glaubte, wie Kinder an den Schutzengel glauben. Michail Fleginski schrieb höflich und knapp zurück, Nano reagierte ausführlicher, Fleginski wieder sehr knapp. Was er zu sagen hatte, hatte er im ersten Brief gesagt. Keine Fortsetzung. Aus und vorbei.

Michail Fleginski kam nicht nach Jagodina zurück, auch nicht zu Besuch nach Jugoslawien. Damals war Leonid Iljitsch Breschnew an der Macht. Bekam Fleginski keinen Pass, hatte er kein Geld oder keine Lust zu verreisen?

Dem Sohn hinterließ er eine Liste von Personen, die über seinen Tod unterrichtet werden sollten. Hat er ihm auch aufgetragen, die Stadt und den Namen des Friedhofs zu nennen, wo er begraben lag? Wir haben beides vergessen.

Hast du über Boras nachgedacht?

Und dann war die Befreiung vorbei, Gras wuchs über die Gräber, die Rächer hatten Rache genommen und waren gegangen. Karlo Stubler ließen sie in Ruhe, und es schien, als sei der Frieden da. Aber dann kam Marko Bašić aus Dubrovnik, ein alter Freund von Karlo, Gewerkschafter wie er. Er war jünger als Opapa, aber auch schon ziemlich alt. Genau genommen wäre er ein Greis gewesen, hätte die Revolution das Altern nicht für eine gewisse Zeit hinausgeschoben. Zu jener Zeit glaubten die Menschen, dass eines Tages der Wohlstand käme, ganz bestimmt, man wusste nur nicht, wann, und so verstrich die Zeit langsamer im Warten auf den Reichtum. Wem Zweifel kamen, der alterte über Nacht. Wer bis zuletzt glaubte, blieb ewig jung. So erklärt sich das Phänomen, dass man noch in den letzten Tages des Kommunismus jugendliche Hundertjährige treffen konnten, Helden, kleiner als ihr Gewehr.

Nicht so die Stublers. Wir gingen mit den Jahren und den Familientragödien dahin, eilten unaufhaltsam dem Abgang entgegen. Marko Bašić war ein alter Freund der Familie, seine Jugendlichkeit hat uns allerdings ein wenig irritiert. Er vertilgte Unmengen, redete laut, hatte große Pläne für die Zukunft, lud uns zu sich nach Brgat ein, wir sollten uns ganz bald in Dubrovnik treffen.

Nach dem Mittagessen unterhielten sich Marko und Karlo.

Karlo befürchtete, dass sie gemeinsame Erinnerungen ausgraben würden, das hätte ihm nicht geschmeckt, so wenig wie türkische Halva aus Mehl, Wasser und Zucker, Arme-Leute-Halva. Aber die Sorge war unbegründet, der Gast ganz und gar der Zukunft zugewandt.

Hast du über Boras nachgedacht?, fragte er.

Nein, was ist mit dem?

Der wohnt in Gruž, er lebt.
Schön …
Und, was denkst du?
Was soll ich schon denken? Nichts!
Was wirst du tun?
Was soll ich denn tun?
Weiß ich nicht. Der Augenblick ist da. Dein Augenblick!
Für was?
Es ihm heimzuzahlen!
Also weißt du, mein lieber Bašić, egal, was ich mache, es bringt mir mein Leben nicht zurück, die Jahre, die ich wegen ihm verloren habe. Ich finde, man macht am besten nichts. Das ist am praktischsten.
Du bist so deutsch!, sagte Marko Bašić und lachte.
Vielleicht war es ihm peinlich und er überspielte es mit Lachen, oder er hielt Stubler für doof und lachte ihn aus. Der Name Boras fiel nicht mehr, weder an diesem und den beiden folgenden Tagen, die Bašić noch in Sarajevo und bei uns in Ilidža verbrachte, noch bei späteren Besuchen, bei denen er aus Dubrovnik in jenen Jahren hochwillkommene Geschenke aus dem Süden mitbrachte: Orangen, Johannisbrot und getrocknete Feigen.
Er kam zu Opapas Beerdigung.
Dann, beim Leichenschmaus, bei der Totenwache oder der ausgedehnten bosnischen Feier, die auf das Begräbnis folgte, bei der jeder wie nebenbei, scherzhaft und in Anekdoten verpackt, damit keiner weinen muss, Gutes von Karlo Stubler erzählte, da sagte Marko Bašić, Karlo hätte auf Rache verzichtet, als er sich hätte rächen können.
Und fing an zu heulen.
Inzwischen war er ein Greis, seine Jugend hatte ihn verlassen, und es tröstete ihn, dass Karlo Stubler es Boras nicht heimgezahlt hatte. Aber was?
Im Hause Stubler wurde viel erzählt, manche Geschichten unzählige Male wiederholt, umgebaut und ausgeschmückt –

einige sollten eines Tages sogar aufgeschrieben werden –, und der alte Karlo hat sich gern und ausgiebig daran beteiligt. Wenn der erzwungene Umzug nach Bosnien ein Positives hatte, dann dass er viel Stoff für dieses leidenschaftliche, alltägliche Nacherzählen lieferte. In anderem blieb Karlo wohl ein Deutscher, aber im Erzählen, in dem Bedürfnis, Geschichten zu wiederholen, war er Bosnier.

Er hat nicht alles erzählt.

Wer war Boras? Ich weiß es nicht, keiner wird es je erfahren. Marko Bašić erwähnte den Namen beim ersten Wiedersehen nach dem Krieg, nahm ihn wohl auch beim Leichenschmaus in den Mund, verriet aber nichts Konkretes. Wir haben auch nicht nachgefragt, damals nicht daran gedacht. Oder uns nicht getraut.

Unseres Wissens nahm Opapa den Namen nicht in den Mund; im Gespräch mit Marko sagte er kein einziges Mal Boras. Vielleicht Zufall. Als Rudi sich einmal nach Boras erkundigte, legte Karlo Stubler die Stirn in Falten, warf ihm einen vernichtenden Blick zu und erwiderte schließlich: Niemand.

Er redete nicht darüber. Boras war und blieb ein Nitko, ein Niemand.

Untereinander, wenn er nicht dabei war, sprachen wir darüber, ließen unsere Fantasie spielen: Wer mochte das sein? Was hatte dieser Boras getan, dass Opapa sich noch 1945, ein Vierteljahrhundert nachdem er aus Dubrovnik geschasst worden war, dafür hätte rächen können?

Rudi fragte Lola. Sie oder Onkel Andrija hätten es wissen müssen, sie wohnten in Dubrovnik. Die Stadt ist klein, alles sprach sich herum. Aber sie wussten es nicht. Der Name Boras ist in Dubrovnik häufig, allein in Gruž leben zig Boras', und selbst wenn man nach so langer Zeit noch herausfände, welcher Boras gemeint war, wüsste man immer noch nicht, was er getan hatte.

Sei es Opapas Autorität, sei es die allen Stublers gemeinsame Angst vor dem, was Nachfragen zutage fördern könnten, etwas hinderte uns, Erkundigungen einzuziehen. Boras' Rolle in unserem Leben blieb unklar.

Der Name kommt, kroatischen Verzeichnissen zufolge, aus Klobuk bei Ljubuški. Anfang des 21. Jahrhunderts ist er mit rund 800 Personen dieses Namens der 749. häufigste in Kroatien. Wann immer ich von einem Boras höre, zucke ich leicht zusammen und weiß nicht, warum.

Warum wollte Karlo Stubler nicht, dass seine Kinder und Kindeskinder etwas über Boras erfuhren? Konnte er nur so damit umgehen?

Er war sehr gesprächig, redete auch über Sachen, die in anderen Familien tabu waren, aber über einen, der ihm – wie, wissen wir nicht – Jahre seines Lebens vergällt hatte, schwieg er sich aus. Boras muss eine entscheidende Rolle bei der Vertreibung aus Dubrovnik gespielt haben, mehr erfuhren wir nicht. Und wüssten nicht einmal das, wenn es nach Opapa gegangen wäre.

Auch zu den Bosowitschern brach Karlo 1945 den Kontakt ab. Wohl erzählte er weiterhin gern Schnurren aus Kindheit und Jugend, vom Elternhaus und dem Dorf, das wir nie in Augenschein nahmen – bis zum heutigen Tage war keiner von uns Karlo-Nachfahren in Bosowitsch –, überging auch die Zeit zwischen den Weltkriegen nicht. Aber er erzählte nie weiter als bis 1938/39, es war, als hätte die Jahreszahl Verwandte und Heimat verschlungen, als wären sie durch die Kringel der Ziffern 8 oder 9 oder in ein schwarzes Loch gefallen.

Hatte beides denselben Grund? Waren Opapas Erinnerungen an Boras und die Bosowitscher zu bitter, als dass er darüber hätte reden mögen? Wir wissen es nicht. Nicht nur, dass er nicht darüber redete, er runzelte die Stirn, wenn wir nachfragten, wurde böse, sobald er merkte, dass es uns beschäftigte, er wollte partout nicht, dass wir uns dafür interessierten. Wie wenn man Kindern eine hinter die Löffel gibt, weil sie klammheimlich im Anatomieatlas blättern.

Die drei Töchter und der Sohn nahmen denn auch an, dass er in ihnen immer noch Kinder sah, und Kindern erzählt man nicht alles, manches ist nur für die Ohren von Erwachsenen bestimmt, *kad dorasteš … kaz'ce ti se samo!*, wenn du groß bist, erfährst du es, hat Jovan Jovanović Zmaj gedichtet.

Damit lagen sie falsch.

Nein, Karlo Stubler wollte seine deutsche Drangsal für sich behalten. Wollte nicht den Kindern aufhalsen, was ihn im Zusammenhang mit den Bosowitschern umtrieb. Wer hatte überlebt? Wo waren sie gelandet? Hatte man sie ermordet, nach Deutschland deportiert? Aber auch: Wie hatten sie sich während der Besatzung verhalten, hatten sie kollaboriert? Der Idee angehangen, das Banat gehöre den Deutschen, andere hätten dort nichts verloren? Hatten sie gemordet?

Karlo blieb nach 1945 Deutscher, sagte sich nicht von seinem Deutschtum los, aber er teilte es nicht mehr mit seinen leiblichen Kindern. Er gab ihnen den Auftrag, einem anderen Volk anzugehören, statt deutscher Ängste die Ängste ihrer bosnischen Heimat auszustehen, es sollte ihnen besser gehen als ihm, sie wären dann weniger allein.

Dass er sein Deutschsein für seine eigene Angelegenheit hielt, hat ihm zwei Mal das Leben gerettet. Das erste Mal 1941, weil er nichts mit Landsleuten zu tun haben wollte, die mit dem Unabhängigen Staat Kroatien in die Stadt kamen. Weder mochte er sich ihnen anschließen noch gegen sie aufbegehren: In beiden Fällen wäre er ein toter Mann gewesen. Das zweite Mal bei den wilden Ustascha-Razzien, als er serbische Nachbarn in seinem Haus versteckte, das eigentlich Schwiegersohn Vilko und Tochter Rika gehörte. Wäre er weniger mutig gewesen, er hätte sein Leben allein in einem Internierungslager oder, mit viel Glück, in Deutschland beschlossen, und wir hätten nicht einmal gewusst, wo er begraben liegt.

Karlo Stubler wollte seinen Nachkommen derlei ersparen.

Er wusste, dass sie keine Deutschen waren, und war darüber glücklich; es ist schwer und anstrengend, der einzige Deutsche zu sein, und bringt nichts als Unglück. Seine Kinder sollten weder das tun, was er vermutlich den Bosowitschern unterstellte, noch sich selbst in Gefahr bringen müssen, weil sie Nachbarn retteten. Das eine wie das andere ist sehr deutsch, ähnelt sich, freilich mit umgekehrten Vorzeichen: Zwischen deutscher Niedertracht und deutschem Heldenmut besteht, emotional gesehen, kein großer Unterschied. Die Verbrecher unter ihnen begingen ihre Verbrechen aus dem Gefühl heraus, mehr wert, etwas Besseres zu sein; Opapa stellte sich mit letztlich demselben Stolz Luburićs besoffener Ustascha in den Weg. Sie mochten bewaffnet sein und hohe Rangabzeichen tragen, Karlo Stubler hielt sie für Gesocks. Und sie gaben ihm recht, indem sie auf dem Absatz kehrtmachten.

Ob Deutsche Nachbarn ermordeten oder vor Mord bewahrten, hing allein von ihrer Moral ab. Und die lag in der Welt eines Karlo Stubler wie überhaupt jedes Menschen des 20. wie überhaupt jedes Jahrhunderts nicht auf der Hand, sie war anfällig für die Schimären und Luftschlösser der menschlichen Vernunft, und darin unterschied sich Karlo nicht so sehr von den Verwandten in Bosowitsch.

Er hat uns das nicht gewünscht. Wir durften uns unsere Volksgenossen aussuchen, und er hoffte, wir würden uns gegen die Einsamkeit entscheiden. Kann sein, dass er darin irrte.

Wir können uns also nicht über Boras aufregen, auch wenn er das Schicksal der Familie entscheidend mitbestimmte; wir zucken nur zusammen, wenn uns einer mit diesem Nachnamen vorgestellt wird. Dann vergessen wir es und schütteln ihm gleichmütig die Hand.

Unsere geliebten Bienen

Auch wenn er selbst kein Haus besaß, war Karlo Stubler ein häuslicher Mensch. Mehrere Kleinmöbel hat er selbst gemacht, mit altertümlichen, aus Wien mitgebrachten Werkzeugen beispielsweise das Arzneischränkchen neben der Eingangstür geschreinert: Falls sich jemand beim Arbeiten in Hof oder Garten verletzte, sollten Verbandszeug und Pflaster schnell zur Hand sein, Wundsalbe, Jod und Alkohol zum Desinfizieren, Aspirin, Aktivkohle, Klistier ... Außerdem einen Küchenstuhl, einige Fußschemel, Hocker, hölzerne Kassetten für Unterlagen und Dokumente.

Wichtiger noch waren seine Aktivitäten rund um Onkel Vilkos und Tante Rikas Haus, in dem die Urgroßeltern bis zu ihrem Tod mitwohnten. Die Maurer hatten das Fundament noch nicht richtig gelegt, da setzte Karlo Stubler in zwanzig Schritt Entfernung einen Trauerweidenreis. Der war nicht höher als eine Rute, mit der man böse Kinder züchtigt, und er sah auch so aus: ein dünnes, schlankes Zweiglein. Während der Bauarbeiten passte Opapa wie ein Schießhund auf, dass keiner den Schössling umtrampelte oder Kalk für den Mörtel darauf kippte. Heute ist das ein stattlicher Baum, der mächtigste in der Kasindolska, viel höher als das Haus, in dem einst die Stublers wohnten, man sieht ihn beim Landeanflug auf Butmir vom Flugzeug aus.

Noch mal zehn Schritt weiter zimmerte er sich eine kleine Werkstatt, davor einen Hasenstall und neben dem Hasenstall einen Hühnerstall. Hinter der Werkstatt begann der Garten. Im vorderen Teil, zum Haus hin, waren Beete mit Erdbeeren, Tomaten, grünem Salat, Erbsen und Bohnen, in Reih und Glied wie Turnerriegen wuchsen die Pflänzchen. Hier haben wir täglich gegossen und gejätet und strengstens darauf geachtet, dass kein Unkraut hochkam, weder Brennnesseln noch gefräßige

Raupen eindrangen, und Urgroßvater dirigierte uns an der langen Leine, wohlig zufrieden, wenn der Nutzgarten nach der natürlichen Ordnung der Dinge austrieb, grünte und blühte und Früchte trug, fern der historischen Ereignisse und dem Blei zum Trotz, das von den Titelseiten der Tageszeitungen troff und darauf wartete, umgegossen zu werden zu Gewehrkugeln, Granathülsen, Brandbomben …

Auf die Beete folgten Himbeersträucher, rote und schwarze Ribiseln, aus denen Tante Rika unter Aufsicht ihrer Mutter Säfte und Kompott für den Winter einweckte. Dahinter wuchsen Rosen, knallrote, rosarote, blutrote und weiße. Ab hier wurde das Gesumm der Bienen immer lauter und einige Schritte weiter so durchdringend, als dengelten Tausende Blechflügelchen gleichzeitig an die Regenrinne; man hörte nichts anderes mehr. Die menschliche Stimme war natürlich lauter, aber jeder dämpfte die seine bei diesem Klang und flüsterte, um die Bienen nicht zu stören.

Urgroßvater hat ein Bienenhaus mit sechs Beuten gezimmert, neben denen noch Gartengeräte und die sorgfältig in einer Ecke verstauten Imkerutensilien Platz fanden. An einem Nagel hing der geheimnisvolle Schutzanzug, der die Kinder erst erschreckte und später neugierig werden ließ auf die Arbeit mit den Bienen. In den weiten Hosen, den Handschuhen, mit Hut und dem Schleier vorm Gesicht sah Opapa wie einer vom Ku-Klux-Klan aus, aber das wissen wir erst, seit das Fernsehen bei uns Einzug hielt; vor dem Zeitalter der Television erschien er uns mit seinem rauchenden Kännchen wie ein Zauberer oder Alchemist, der aus der überbevölkerten Beute wie ein Backblech aus dem Ofen Rahmen mit Waben zog, auf denen sich Hunderte äußerst geschäftiger Bienen drängten, was den Eindruck einer großen Fabrik aufkommen ließ oder an eine Avenue in New York gemahnte, über die die Menschheit auf dem Höhepunkt ihrer Geschichte schlenderte. Gottgleich, in festlicher Montur, das Menschengesicht verhüllt, assistierte Karlo Stubler Jahr für Jahr den Höhepunkten der Bienengeschichte.

Aber so war es nur in unserer Fantasie, denn in den vierziger und fünfziger Jahren, zu einer Zeit, als die Stublers besonders zahlreich waren, unser gesellschaftliches Leben den Siedepunkt erreichte und wir niemals geglaubt hätten, wie schnell wir auf unser Ende zurasten, nutzten weder Karlo Stubler noch sein Sohn Rudolf den Schutzanzug. Die Bienen kannten sie, kannten ihren Körpergeruch – es heißt, Bienen reagierten empfindlich auf Schweiß, der mache sie nervös und sei der Grund, warum sie stechen –, und Opapa und Nano hatten umgekehrt die Angst vor Stichen verloren, wenn sie je welche gehabt haben sollten. Mit bloßen Händen, in kurzärmeligen Hemden näherten sie sich den Beuten, zogen die Waben heraus, wischten die Bienen mit der Faust herunter, führten all die komplizierten, uns unbekannten Handlungen aus, die in dicken Wälzern aus Opapas Besitz auf Deutsch und in gebrochener Schrift beschrieben sind. Die Bienen ließen es sich gutmütig gefallen, sie waren an deren Besuche gewöhnt, vielleicht sahen sie in Nano und Opapa bereits ihre Bienengötter, die sie vor allem Übel bewahrten, vor Hunger, Krankheit und Feuersbrünsten. Vor all dem, was auch Menschen im Sinn haben, wenn sie zu ihrem Gott beten.

Eins der zärtlichsten Bilder aus meiner Kindheit – ich war unfähig, es zu beschreiben, es blieb ungenutzt und ungeschrieben, verzweigte sich nicht wie ein Flussdelta, mündete nicht in einer Reihe von Erzählungen oder einen Roman – datiert auf den Sommer 1974, 1975 oder 1976. In Ilidža, in dem längst zugewachsenen, versteckten deutschen Blumen-, Obst- und Käferreich, sitzt Nano auf einem Klappstuhl und zeigt mir und Ladislav Cezner, dem Enkel von Tante Rika und Onkel Vilko, eine Biene. Er hat sie auf der Hand, spielt mit ihr, stupst sie, so sieht es für uns aus, mit dem Finger an, vielleicht hat er sie sogar richtig geschubst, doch die Biene tut ihm nichts. Das ist Freundschaft.

Wenn sie aus Angst oder zur Verteidigung Menschen sticht, verliert die Biene mit ihrem Stachel die Eingeweide, ihre Gedärme hängen heraus, und das bedeutet ihr Ende. Gestochen werden gehörte für Nano und Opapa zum Leben, es sei gut gegen Rheuma, sagten sie. Und ein trauriger Moment: Noch ein unnützer Tod in der langen Reihe von Toten bei den Stublers. Noch ein nicht wiedergutzumachendes Missverständnis.

Das Handwerk mit den Bienen hat Karlo Stubler wohl aus Bosowitsch mitgebracht. Dann bestellte er Bücher via Rudi aus Wien oder ließ sie sich mit der Post schicken, in denen das gesamte Wissen der Menschheit über die Bienen und die Imkerei stand. Auf Handbücher zur Imkerei über Fehler im traditionellen Umgang mit Bienen, über den Aufbau und die Architektur von Bienenstöcken, den Einfluss von Tracht, Wetterschwankungen und Jahreszeiten auf Häufigkeit und Art der Eingriffe seitens des Imkers folgten Ratgeber zu Bienenkrankheiten und deren Verbreitung, Möglichkeiten, diese zu bekämpfen, einschließlich kurzer Überblicke zu den größten Epidemien mit den höchsten Opferzahlen. Krankheit und Tod stehen am Eingangstor zu jeder Metaphysik. Und zu jeder Kultur- und Sozialgeschichte. Ruhig und gesammelt, spätabends und im Winter entwickelte Karlo seine Metaphysik der Bienen und dachte ehrfürchtig über ihre Geschichte nach, die sich, nicht anders als die der Menschheit, auf die Geschichte von Pest und Cholera reduziert. Der Unterschied besteht darin, dass Bienen ihre Kultur zu höchster Vollkommenheit entwickelt haben, dass sie ordentlich, beharrlich und ausdauernd daran festhalten, dass sie seit Tausenden von Jahren die immer gleichen, architektonisch ausgereiften Waben bauen; ihr Honig verändert sich ebenso wenig wie ihr Tagesablauf, und so kann ihre Geschichtsschreibung nur von Tod und Verderben berichten. Menschen dürfen den Bienen nichts abschauen, weil Menschen nicht vollkommen sind. Nehmen sie sich trotzdem an ihnen ein Vorbild, werden sie zu Nazis.

Rudi hatte die Liebe des Vaters zu den Bienen geerbt.

Franjo Rejc, mein Großvater, interessierte sich dafür und erlernte das Handwerk, kurz nachdem er durch die Hochzeit mit Olga Familienmitglied geworden war. Da er damals noch, je nachdem, wohin er versetzt wurde, kreuz und quer durch Bosnien zog, besaß er kein eigenes Land – er sollte auch nie welches erwerben – und ließ seine ersten Völker gegen ein paar Honiggläser auf einer fremden Wiese fliegen, nahe beim Želećer Bahnhof, an der Strecke Nemila-Zavidovići. An arbeitsfreien Tagen fuhr er mit dem Zug zu seinen Bienen, beschäftigte sich mit ihnen, bereitete sie für den Winter vor, schleuderte Honig, schützte sie vor Krankheiten und entrann dem ihn bedrückenden Familienalltag. Anders als bei Rudi und Karlo Stubler waren die Bienen für Franjo eine Zuflucht, und da er seine Passionen noch gründlicher und literarischer anging und mehr Sprachen beherrschte, bezog er Bücher aus allen Ecken der Welt sowie mehrere Fachzeitschriften und übernahm für den Sarajever Imkerverband Aufgaben im Bereich Weiterbildung.

Die Imkerei begleitete Franjo Rejc über lange Jahre seines Lebens. Er litt unter Herzasthma, ein nervöser, vom Leben und den Wechselfällen des Lebens gebrochener Mann, der ohne die Bienen wahrscheinlich früher gestorben wäre. Sie verlängerten sein Leben, schenkten ihm Gesundheit sowie das Gefühl von Sinnhaftigkeit, und wahrscheinlich verdanke ich ihnen, dass ich meinen Nonno noch kennenlernte und er mir einige wichtige Fragen beantworten konnte. Obwohl ich vor Bienen Angst habe, nicht gestochen werden will und dieser Angst nicht Herr werde, sind sie für mich so etwas wie enge Verwandte der Stublers. Wir haben in sie eingeheiratet und sind dann untergangen.

Nonno hielt bis 1966, meinem Geburtsjahr, in dem er das siebzigste Lebensjahr vollendete, mehrere Bienenvölker. Im Frühjahr verkaufte er seine Beuten an einen befreundeten Imker, dessen Namen wir vergessen haben. Sie standen bei Drežnica und in der Nähe des Bahnhofs von Gornja Grabovica an der bosnisch-herzegowinischen Grenze. Siebenundzwanzig Jahre später, im neuen Krieg, wurde das ganze Dorf ermordet. Die Nachfahren von Nonnos Bienen flogen um die offenen Augen und Nasenlöcher von Menschen, die keine Hand hoben, um sie zu verscheuchen.

In Ilidža begann hinter dem Bienenhaus der Obstgarten, Äpfel, ein paar bescheidene Birnbäume und so weiter, bis zur Grundstücksgrenze. Karlo nutzte jeden Handbreit Boden, den er von Schwiegersohn und Tochter geliehen hatte, alles diente einem Zweck, war mit Sinn und Verstand angelegt. Erst nach beinah einem Menschenleben sollte die Erde ihn und seine Entscheidungen, wo was wachsen sollte, gänzlich vergessen.

Maria Brana und Wassilj Nikolajewitsch

Maria Brana und Wassilj Nikolajewitsch bewohnten ein ebenerdiges Häuschen mit zwei Zimmern in Sarajevsko Polje.

Er hieß eigentlich Wassili, Nikolajewitsch war der Vatersname, *otschestwo*, sicher hatte er noch einen Nachnamen, aber in Ilidža war er Wassilj Nikolajewitsch. Das Übrige hatte sich verloren, so lange lebten sie nun schon im Exil.

Sie hatten einen Sohn gehabt, doch der war gestorben.

Es gibt noch eine Version der Geschichte, aber die Stublers glauben sie nicht: Der Sohn schloss sich den Sowjets an, weder Vater noch Mutter haben je wieder von ihm gehört. Die Version ist schlimmer.

Maria Brana, die in Russland auch anders geheißen hatte, war in jungen Jahren erkrankt. Schon vor dem Krieg versagten ihre Hüften, deswegen saß sie den ganzen Tag auf dem Sofa. Sie war nie draußen. Wer sich ihrer erinnert, sieht sie bis heute mit verschmitzter Miene wie ein schräg gewachsenes Stiefmütterchen auf dem Sofa sitzen. Maria Brana war eine ausgesprochen liebenswürdige Frau. Ihre Art zu reden zauberte uns stets das Bild vor Augen, dass sie auf dem Bahnsteig steht und gleich in den Zug nach Leningrad einsteigt. Die Reise wird erst enden, wenn wir alle tot sind. Ein paar Worte des Abschieds, dann klettert sie in den Waggon.

In Russland war Wassilj Nikolajewitsch Offizier in der zaristischen Armee gewesen. So sah er auch aus: schmales, aristokratisches Gesicht, den Bart nach der Mode am Zarenhof um die Jahrundertwende gestutzt. Seine Stiefelschäfte reichten bis unters Knie, ganz wie bei den deutschen Offizieren im bald ausbrechenden Krieg. War er in diesen Stiefeln aus Russland gekommen? Wir wissen es nicht, vermuten es aber stark, denn solche Stiefel kannten wir damals, Ende der dreißiger Jahre, nur aus dem Theater, russischen oder französischen Herzschmerzfilmen und einer Zinkografie in einem von Opapas Lexika, die Graf Tolstoi darstellte.

Wassilj Nikolajewitschs Schuhwerk lässt ihn unwirklich erscheinen. Die Kinder träumen oft von ihm, und im Traum ist er mal gut, mal böse. Im Wachen fürchten sich Kinder ein bisschen vor ihm und rennen weg, denn Wassilj Nikolajewitsch redet komisch. Er hat das eine Wort noch nicht richtig beendet, da drängelt schon das nächste aus seinem Mund. So reden Russen, die unsere Sprache nicht richtig gelernt haben. Kein Russe hat je unsere Sprache richtig gelernt.

Montags zieht Wassilj Nikolajewitsch Halbschuhe an und geht zur Arbeit. Er ist ein kleiner Beamter in der Eisenbahnverwaltung. Eine andere Stelle kriegt er nicht, Offiziere der zaristischen Armee werden nicht gebraucht. Das Zarenreich ist untergegangen, andere Staaten haben keine Verwendung für dessen militärischen Kenntnisse. In unseren Ohren klingt das logisch.

Goldmünzen hatten Maria Brana und Wassilj Nikolajewitsch aus Russland nicht mitgebracht, denn sie besaßen keine. Trotzdem kamen sie nicht mit leeren Händen: Sie hatten Tischdecken, Kissenbezüge, Wandlinge und einen Kelim dabei. Wandlinge kannten wir nicht. In ihrem Häuschen war jedes freie Fleckchen der weiß gekalkten Wände mit einem Wandling bedeckt.

Die beiden hatten für die Dinger ein russisches Wort, das wir uns nicht merken konnten. Wir versuchten es erst gar nicht, wir sind ja nicht in Russland, bei uns musste jedes Ding unsere Bezeichnung haben. Und etwas, was an der Wand hängt, kann nur Wandling heißen.

Wir Kinder sagten Maria Brana und Wassilj Nikolajewitsch, an ihren Wänden hingen Wandlinge.

Wassilj Nikolajewitsch lachte sich kringelig, am nächsten Tag benutzte er das Wort selbst.

Später hörten wir sie Wandling sagen, wenn sie miteinander Russisch redeten. Vielleicht hatten sie vergessen, wie die Dinger auf Russisch hießen.

Wenn wir die Wandlinge in der Stadt, in der Schule oder auf der Straße erwähnten, wenn wir erzählten, dass Maria Brana und Wassilj Nikolajewitsch damit die Wände bedeckten, damit ihr Häuschen nicht so stark auskühlt, hieß es, was wir uns da wieder für einen Blödsinn ausgedacht hätten. Die Leute glauben halt nur, was sie mit eigenen Augen gesehen haben.

Der Krieg kam und ging vorbei.

Weder Deutsche noch Ustascha noch Partisanen taten den beiden etwas an. Die Rote Armee kam nicht bis Sarajevo, um sie abzuführen, wie sie Michail Fleginski aus Jagodina abgeführt hatte, aber selbst wenn Marschall Tolbuchin Sarajevo befreit hätte, hätte man sie in Ruhe gelassen. Menschen haben Angst vor Unglück und Armut.

Du musst nur unglücklich oder arm genug sein, dann hat man Angst vor dir, und du bist dein Leben lang gut geschützt, weil die Leute einen großen Bogen um dich machen. Es ist die Art Unglück, über das man nicht redet, von dem man nichts erzählt, weil es keinen Inhalt hat, das blanke Unglück, gehegt und gepflegt wie ein englischer Rasen, und es ist gerade darum schrecklich, weil man nicht darüber reden kann.

Bekannt war nur, dass ihr Sohn kurz nach der Flucht ins Königreich der Serben, Kroaten und Slowenen gestorben war. Niemand wusste Genaueres. Wassilj Nikolajewitsch zuckte mit den Achseln, sagte etwas wie Gott hat ihn zurück. Maria Brana lächelte ihr Stiefmütterchenlächeln und sagte nichts.

Von solchem Unglück hält sich jede Armee der Welt fern, denn Menschen halten Unglück für ansteckend, so wie sie an vergiftete Brunnen glauben. Jeder ließ die beiden in Ruhe, jeder übersah Maria Brana und Wassilj Nikolajewitsch, nur Kinder und die Stublers nicht.

Schwer zu sagen, worauf die Freundschaft gründete. Die beiden waren Emigranten und Ausländer, auch wir waren in diesem Land (wie in jedem anderen) Ausländer – ein guter Grund, sich zu kennen.

Wassilj Nikolajewitsch besuchte die Stublers in der Kasindolska, wurde auf den besten Platz am Tisch gesetzt, mit Kaffee und Kuchen, oder was eben zu der jeweiligen Tageszeit geboten war, bewirtet und dann mehr oder weniger vergessen. Man sprach über ein Ereignis, das sich an dem Tag oder im vorigen Jahrhundert zugetragen hatte, Opapa sagte, was er dazu zu sagen hatte, Omama steuerte zwei, drei Sätze bei, dann fielen sich die anderen gegenseitig ins Wort, keiner konnte seinen Gedanken zu Ende führen, der Lärmpegel stieg, es ging hoch her, und das hörte überhaupt nicht mehr auf. Außer wenn einer Streit vom Zaun brach. Oder die anderen mit einer Neuigkeit schockierte. In der Regel einer Todesnachricht.

Und die ganze Zeit saß Wassilj Nikolajewitsch auf seinem Platz, aß und trank, was man ihm hingestellte hatte, und sagte keinen Ton. Er schwieg, lauschte höflich und geistesabwesend, ein kleiner Gott, Schöpfer einer kleinen Welt, der er längst entsagt hat. Wassilj hatte dem Leben entsagt, er lebte weiter, weil es sich so gehört. Wenn jeder Mensch einen Mangel in der Welt ausgliche und nur wegen dieses Mangels existierte, dann glich Wassilj Nikolajewitsch den Mangel an Liebenswürdigkeit auf der Welt aus.

Warum kam er zu uns, um sich auszuschweigen?

Kaum etwas ist wichtiger als diese Frage, und doch wird sie keiner von uns beantworten. Der eine nicht, weil sie sich ihm nur stellte, solange Wassilj Nikolajewitsch lebte. Der andere nicht aus Furcht vor dem Unglück, das hinter allem lauert, was mit Wassilj Nikolajewitsch und Maria Brana zusammenhängt. Und wieder ein anderer, weil ihm die Frage nicht bewusst wird.

Mich, der ich sechs, sieben Jahre nach Wassilj Nikolajewitschs Tod geboren bin, bewegt die Frage, wenn ich mit dem Zug von West- nach Ostdeutschland oder durch Polen fahre, von Warschau nach Krakau, Katowice oder Wrocław. Oder mit dem Auto im Zagreber Feierabendverkehr stecke und weder vor noch zurück kann. Dann wird die Frage so groß, dass ich das Autoradio ausschalten und nachdenken muss:

Warum besuchte Wassilj Nikolajewitsch die Stublers, setzte

sich mit den Männern und Frauen und Kindern an den Tisch und redete dann nicht mit ihnen?

Wenn ich mich langweile, nichts habe, worüber ich nachdenken kann, wenn ich verzweifelt bin und nicht weiterweiß – so wie ich gerade am Schreiben des Stubler-Romans verzweifle, dessen Ende von Anfang an klar ist, der ein Roman jenseits und doch in der Zeit ist, der nicht aufhört, wenn er zu Ende ist, aber bereits mit dem ersten Satz – Karlo Stubler, mein Urgroßvater, ließ bei seinem Umzug vom Banat nach Bosnien in Bosowitsch einen älteren Bruder zurück – am Ende ist, dann denke ich darüber nach, warum Wassilj Nikolajewitsch uns besuchte.

Die Frage, deren Unbeantwortbarkeit ich mir erhalten will und deshalb wie eine Bonsai-Eiche heranziehe, zeitigt eine Reihe ebenso unzuverlässiger Antworten, die jeweils dem literarischen Genre, Stilideal oder Blickwinkel entsprechen, aus dem die im Kern unveränderliche Frage gestellt wird.

Im Genre des Familien- oder Historienromans, das uns am nächsten liegt, um persönliche Erinnerungen und Fotos im Familienalbum zu ordnen, besuchte uns der schweigende Wassilj Nikolajewitsch, weil wir ihm die Illusion boten, eine Familie zu haben, eine Heimat, irgendwo dazuzugehören. Das alles hatte er mit der Flucht aus Russland verloren. Er glich einem beidseitig gelähmten Fußballfan im Rollstuhl am Rand des Spielfelds, auf dem soeben das Finale um den Weltmeistertitel ausgetragen wird. Doch manchmal strahlte Wassilj Nikolajewitsch vor Glück, weil er keine Familie hatte: wenn einer aus unserer Familie starb. Er war dabei, als die amtliche Mitteilung von Mladens Tod eintraf, er war dabei, als uns ein Anruf aus Zagreb über Željkos Absturz in Kenntnis setzte, drückte jeden von uns an sich, tröstete uns, weinte mit uns und war froh, dass er nur Maria Brana verlieren konnte.

Aber lassen wir Familien- oder Historienroman, kommen wir zurück zu uns.

Unsere Gottlosigkeit: Das ist der leere Himmel. Das Gefühl, dass unter und über uns nichts ist. Das nichts von uns bleibt.

Die Unfähigkeit zu glauben, etwas Höheres könnte Einfluss auf uns haben. Ich kann mir nicht vorstellen, wie es sich mit einem Gott lebt, einem bevölkerten Himmel, einer Fantasie, die mit Geschichten von der Erschaffung der Welt, Evas Apfel und der unbefleckten Empfängnis vollgestellt ist.

Falls es Gott gibt, falls seine Anwesenheit denkbar ist, dann erscheint er in verschiedenen Verkleidungen, nimmt Menschen- oder Tiergestalt an. Gott ist ein Mime, der im Rollenspiel herausfinden will, welches Verhältnis der Mensch zu ihm und zu sich selbst hat. Er ist das Negativ einer Porträtaufnahme. Uns erschien Gott in der schweigenden Präsenz Wassilj Nikolajewitschs, der Jahre und Jahrzehnte des 20. Jahrhunderts an unserem Esstisch saß.

War das so? Nein, es stimmt ebenso wenig, wie ein Familien- oder Historienroman mit den Tatsachen übereinstimmt. Die Wahrheit liegt in wechselnden Antworten auf eine unmögliche Frage.

Maria Brana starb Ende der vierziger Jahre.

Sie war schon krank, als sie in Ilidža ankam. Ihre Hüften versagten, sie saß verschmitzt auf dem Sofa wie ein schräg gewachsenes Stiefmütterchen, hätte bis zum Jüngsten Tag so sitzen können. Wir beerdigten sie in Stup, dem Friedhof, durch den rund vierzig Jahre später eine der vier Ausfallstraßen Sarajevos quer über das Gelände ins Tal hinunter gebaut wurde, die ungefähr auf Höhe der Stubler-Gräber in eine vierspurige Avenue Richtung Innenstadt mündet. Wo Maria Brana und Wassilj Nikolajewitsch begraben liegen, weiß ich nicht. Vertraute Fremdheit der russischen Schrift.

Wassilj Nikolajewitsch besuchte uns nach ihrem Tod weiterhin, wurde womöglich etwas gesprächiger, blieb gutherzig, genügsam und zuvorkommend, ein Ruheständler mit äußerst schmaler Beamtenpension, ein zaristischer Muschik und Biedermann.

Sarajevo war voll russischer Emigranten. Manche hatten Geld, waren Professoren, Ärzte und Forstingenieure, Theaterleute und Wissenschaftler, Gastwirte und Kellner, andere nicht, verarmte Grafen und Arbeiter, Säufer und Versager, Einbrecher und Spezialisten für diverse Schließmechanismen, sehr verschiedene Menschen, aber die russischen Emigranten gingen sich eher aus dem Weg. Wassilj Nikolajewitsch wurde geschnitten. Wenn er verreckt, verreckt er eben, jeder lebt so lange, wie ihm beschieden ist! Und wir taten erstaunt, dabei hätte uns nichts mehr wundern sollen.

Wassilj Nikolajewitsch starb Anfang der Sechziger.

Sein Tod war gut vorbereitet. Niemand war da, um seine Todesanzeige drucken zu lassen, kein Bruder, kein Cousin. Damals wurden Todesfälle mit einer Todesanzeige bekannt gegeben, einem Blatt, das mit Reißnägeln an Telegrafenmasten und Bäume geheftet wurde. Wassilj Nikolajewitsch indes war ganz allein auf der Welt. Allein wie Gott.

Den Stublers vermachte er Maria Branas Wandlinge. Über die fielen in den Jahren innerer Verwerfungen, Turbulenzen und Verluste die Motten her. Und er hinterließ uns die dienstliche Taschenuhr eines zaristischen Offiziers. Die ist auch verschwunden.

Pilzgebet oder Vom Nutzen des Wissens

Schon in Dubrovnik schwor Opapa Karlo auf Lexika. Vom ersten lauen Frühlingslüftchen bis zum ersten Herbstregen studierte er, im Liegestuhl ausgestreckt oder am Gartentisch sitzend, den Eintrag, der ihm vom Fluss der Zeit vor die Füße gespült wurde. Mahatma Gandhi war gestorben. Urgroßvater las alles, was er in deutschen und jugoslawischen Enzyklopädien, Lexika und Handbüchern unter dem Stichwort fand. Dort stieß er auf neue Begriffe und schlug sie nach: Indien, Hinduismus, Buddhismus. Und am nächsten Morgen ergab sich aus dem Alltag ein neues Stichwort, und er beschäftigte sich während der nachmittäglichen Siesta beispielsweise mit hydraulischen Pumpen, Hochöfen oder dem Salpeterabbau in Chile.

Und kam von da zu Dingen, die sich ihm im Zusammenhang mit hydraulischen Pumpen, Hochöfen oder chilenischem Salpeter aufdrängten. Er erweiterte ständig sein Wissen und nutzte es nie, mal abgesehen davon, dass Lernen beim Denken hilft.

An seine Kinder und Enkelkinder gab Karlo die Überzeugung weiter, Lesen an und für sich sei nützlich.

Sommer 1947, Sonntagnachmittag, Opapa am Gartentisch, die fünfjährige Enkelin lernt ein Gedicht auswendig. Fünfundsechzig Jahre später, schwer krank, verwirrt, eine alte Frau, hat sie keine Zeile vergessen:

Birkenporling Frühjahrslorchel
Hallimasch Steinpilz Morchel
Parasol und Herbsttrompete
schickten dem lieben Gott Gebete:
Herr, lass es regnen auf Erden,
damit wir viele werden.

Nur den Titel wusste sie nicht mehr. Nennen wir es Pilzgebet. Pilze sind die rätselhafteste Form des Lebens. Sie gedeihen in feuchten Wäldern, im Schatten von Laubbäumen. Hat je ein Mensch beobachtet, wie Pilze aus dem Boden schießen?

Opapa Karlo glaubte nicht an Gott, propagierte den Unglauben aber nicht und gab ihn nicht an die Seinen weiter. Schon gar nicht an die Kinder. Es ist gut, wenn Kinder an den kleinen Jesus glauben, an Schutzengel, an den lieben Gott und alles andere. Nicht glauben macht nicht glücklich. Es ist eine Sache der Vernunft.

Wo Opapa das Pilzgebet aufgestöbert hatte, wissen wir nicht, auch nicht, wie das Buch hieß oder wer es geschrieben hat. Aber ganz sicher findet sich im Hause Stubler an der Ilidžer Kasindolska Cesta unter dem Sedimentgestein der Zeit, zwischen fossilierten Tageszeitungen, abgetragener Kleidung, Dokumenten, Maria Branas mottenzerfressenen Wandlingen, Fotoalben, ärztlichen Befunden, verblassten Röntgenaufnahmen einer Lunge, alten Gartenzeitschriften und Musikmagazinen, verkramt und versteinert, das Buch mit dem Pilzgebet, das einen anderen Titel trägt, einen stinknormalen Kinderliedtitel.

Die häusliche Unordnung ergibt sich aus der Unordentlichkeit menschlicher Lebensläufe, wie sie verflochten und verbunden und verquickt sind. Das Beste wäre, wenn nach dem Tod des Vaters alle ausziehen, sich eine neue Bleibe suchen und dort ihr Leben fortsetzen, neue Schränke, Psychen und Nachttische anschaffen könnten. So jedoch übernehmen die Lebenden das Leben der Toten, sie räumen die Schränke nie richtig aus und legen auf die Hemden des Toten, die keiner mehr trägt, die Hemden der Lebenden, und so wird ein Haus mit jedem Toten mehr zum Grab, die Träume der Toten, deren Ängste suchen die Lebenden heim, und irgendwann klebt der bittersüßsalzige Geschmack auseinanderbrechender Biografien an ihrem Gaumen.

Die Unordnung im Hause Stubler ergibt sich aus fünfzig, vielleicht auch mehr, gelebten und ungelebten Leben im Umkreis von Karlo Stubler, unserem gutmütigen Patriarchen. Das

Haus wurde nie aufgeräumt und grundgereinigt. Jeder Hausputz, jedes Staubwischen, jedes Entrümpeln heißt, Menschen und deren Leben Gewalt anzutun. Saubermachen heißt mit der eigenen Biografie oder den Biografien von Angehörigen abzurechnen. Die Stunde unseres Todes und Mahnung, dass nichts ewig währt und alles vergessen sein wird.

Man braucht Mut oder darf kein Herz haben, um Staub zu wischen.

Unordnung ist darüber hinaus eine großartige Metapher für Karlo Stublers Wissensdurst und Interessen, und meine Familie, die weiter in dem Haus wohnte, unbelebte Gegenstände und Schicksal von ihm übernahm, war unfähig zu einem Befreiungsschlag. Das Haus in der Kasindolska gehört mir nicht, doch seine Unordnung ist meine Unordnung. Wenn sie sich ordnen ließe und ich die Zeit, Kraft und Lust dazu hätte, schriebe ich einen Roman, in dem kein einziger Name, Handelnder oder Vorfall erfunden wäre. Im Mittelpunkt stünde Karlo Stubler, Kapitel für Kapitel gesellten sich alle anderen Stublers dazu, von denen ich weiß oder noch erfahre, alle, die mit ihm lebten oder ihn, obwohl nach seinem Tod geboren, gut kannten. Dann wäre der Plot in konzentrischen Kreisen auf Freunde und Nachbarn zu erweitern, auf Menschen, die an der Kasindolska wohnten, einer langen Ausfallstraße parallel zur Brache vor dem neuen Flughafen in Butmir, Menschen, die Karlo Stubler und die Seinen gut kannten, ihre Lebenswege, die sich mit seinem verflochten, und das Schicksal ihrer Nachkommen bis zum heutigen Tag.

Ein solches Buch, wenn es denn möglich wäre, würde mit der Unordnung im Haus an der Kasindolska picobello aufräumen, mit der Unordnung in unseren Seelen, die auf ein Zuviel an Erinnerungen zurückgeht und den Staub, den wir nicht gewischt haben. Und dann schaute alles wieder wie neu aus.

Wenn er nicht in Lexika blätterte und netzartig von Stichwort zu Stichwort Assoziationen und nutzloses Wissen verknüpfte, las Karlo Stubler Fachbücher. Über Bienen, das Anlegen von Gärten, Obstbau und Agronomie, Dampf-, Diesel- und Rangierloks, Streckenbau und was sonst noch mit der Eisenbahn zusammenhing, Fachbücher zu allem, was ihn interessierte. Und ihn interessierte alles, was er mit seinen Händen anfertigen, reparieren oder bearbeiten konnte. Mechanische Apparate, elektrische Geräte, Autos, Lastwagen, Flugzeuge interessierten ihn so sehr, dass er mit allergrößter Aufmerksamkeit extrem spezifische Monografien oder wissenschaftliche Abhandlungen mit einem Genuss studierte, als lese er einen superspannenden Krimi.

Wenn die Männer an einem warmen Sommerabend im Schatten Préférence spielten und die Frauen den Garten genossen oder auf einen Kaffee bei einer Nachbarin vorbeischauten, lag er im Liegestuhl und eignete sich an, wie eine Hydrophore funktioniert oder Beton im Brückenbau verwendet wird. Er gab mit dem angelesenen Wissen nicht an, wenn man ihn etwas fragte, antwortete er schamhaft, dafür sei er kein Fachmann. Das viele Wissen sammelte sich in seinem Kopf an und wurde nie praktisch genutzt. Aber ist Nützlichkeit der einzige Maßstab? Karlo Stubler las Fachbücher über Beton und Motoren, wie andere *Krieg und Frieden* lesen. Keiner liest Tolstoi, um ein großer General oder ein guter Liebhaber zu werden.

Kartenspielen ließ ihn kalt. Andere sollten ruhig daran Spaß haben, aber er kannte nicht einmal die Regeln. Es sei denn, er hat sie sich aus einem Ratgeber oder Lehrbuch angeeignet. Ohne den Ehrgeiz, das Wissen zu nutzen.

In den dreißiger, vierziger, fünfziger Jahren waren Kartenspiele ein beliebter Zeitvertreib, der jedoch allgemein als geschmacklos und kulturell minderwertig galt und eher den unteren Gesellschaftsschichten zugeschrieben wurde. Viele spielten deswegen heimlich. Karlo Stubler teilte dieses zeitgenössische Vorurteil nicht. Ihm war egal, ob wir Karten droschen. Vielleicht freute es ihn, wir hatten was zu lachen und was, woran wir uns erinnern konnten … Er hatte schlicht keine Meinung zu Kartenspielen. Sie langweilten ihn, mehr nicht.

Karlo Stubler spielte auch nicht Schach. Er war überhaupt kein Freund von Gesellschaftsspielen, sondern gern für sich, andere Menschen brauchte er nur zum Reden. Er erzählte und lauschte den Erzählungen anderer, bemüht, nichts zu verdrehen, zu verfälschen oder gar umzudeuten. Auch hier mochte er nicht spielen.

Ihm war wichtig, dass die Kinder ein paar wichtige Dinge lernten und sich fürs Leben merkten. So wie das Pilzgebet.

Balijans Sommerhaus

Beim Einzug der Stublers in die Kasindolska stand auf der gegenüberliegenden Straßenseite, ein Stück die Straße runter Richtung künftige Straßenbahnhaltestelle, das luxuriöse Sommerhaus der Familie Balijan, das der mit Tochter Marija verheiratete Ingenieur Moravec für Schwiegereltern und Schwager geplant hat. Der alte Balijan – sein Vorname ist vergessen – war Armenier, Jermen sagt man in Sarajevo, und dabei bleiben wir im Fortgang unserer Geschichte. Er war ein Jermen aus Istanbul, wo es ihm gutgegangen sein muss, bis 1915 schlechte Zeiten anbrachen und das große Volk der Osmanen beschloss, sich als etwas kleinere türkische Nation neu zu erfinden. Damals setzte sich Balijan, um nicht Kopf und Kragen zu riskieren, in den Westen ab. Und da er rechtzeitig flüchtete, rettete er sein Vermögen, kaufte sich in der neuen Heimat ein Haus und lebte weiterhin recht behaglich. Tochter Marija ließ er in Zagreb Medizin studieren und in Ilidža gemäß den aus Konstantinopel mitgebrachten Gepflogenheiten – von der dort üblichen Sommerfrische erfuhren wir erst aus Orhan Pamuks *Istanbul* – ein Sommerhaus bauen, in dem die Familie vom Frühjahr bis zum Herbst wohnte. Sie kamen, sobald die Bäume grün waren, und blieben bis zum ersten Frost. Im bergigen Bosnien heißt das, Balijans Sommerhaus wurde Anfang April hergerichtet, Mitte Oktober zogen sie zurück nach Sarajevo.

Im goldenen Zeitalter von Titos Sozialismus, als in Sarajevo von dem vielen Geld, das große Staatsunternehmen in Libyen und den Ländern des Nahen Ostens verdienten, viele Hochhäuser gebaut wurden, so viele, dass sie irgendwann auch Stup und Otes erreichten, wuchs die Stadt mit Ilidža zusammen. Heute liegt die Kasindolska am Stadtrand von Sarajevo. Doch zu der Zeit, als der alte Balijan sein Sommerhaus plante, in den dreißiger Jahren des letzten Jahrhunderts, reiste man mit dem Zug nach Ilidža.

Die Balijans versammelten sich mit Reisetaschen, Koffern und Proviant für die nächsten paar Monate am Bahnhof in Marijin Dvor, kletterten eine halbe Stunde später an der Haltstation Ilidža aus der Schmalspurbahn, und das letzte Stück der Strecke legten sie zu Fuß oder, wenn das Gepäck zu schwer war, mit dem Ochsenkarren eines ortsansässigen Bauern zurück.

In Sarajevo fiel dieser Lebensrhythmus aus dem Rahmen. Die Leute wunderten sich über die Familie und ihre Gewohnheiten – Sarajlis wundern sich gern über jeden, der anders ist als sie –, weil sie die Kultur der Sommerfrische nicht kannten. Diejenigen, die Sommerhäuser am Stojčevac oder der Bosnaquelle besessen hatten, ob Osmane oder Österreicher, waren längst ihrer Wege gegangen, und die Hiergebliebenen hatten deren Sitten nicht angenommen. Oder wieder abgelegt, aus Angst, mit den missliebigen geschassten Besatzern in einen Topf geworfen zu werden.

Der alte Balijan hatte mit derlei historischen Altlasten und kulturellen Normen nichts am Hut. Er kam nach Sarajevo, weil er sein Leben so fortsetzen wollte, wie er es in Istanbul gelebt hätte. Hier war alles kleiner, näher beisammen und praktischer, zur vollständigen Zufriedenheit fehlte ihm einzig und allein das Meer. Sarajevo war wie Istanbul in einer Kristallkugel, nur ohne Meer; das Meer passt schlecht in eine Kristallkugel. Statt wie andere vertriebene Armenier, deren Kinder später berühmte Sänger, Schauspieler oder Schriftsteller werden und ihre Nachnamen vorsichtig neuen Sprachen und Kulturen anpassen sollten, weit weg zu gehen, sich in Frankreich, Italien, Deutschland oder Amerika niederzulassen, ging der alte Balijan an den Ort, der ihm damals, in den zwanziger und dreißiger Jahren, dem untergegangenen osmanischen Konstantinopel am ähnlichsten schien, in dessen Gassen alle Sprachen des Reichs widergehallt und selbst Kleinkinder jedes dieser Idiome verstanden hatten. Auch zu Gott beteten sie dort auf unzählige einander entgegengesetzte Weisen, sodass in Konstantinopel wie in Sarajevo jeder jedem ein Ungläubiger und Gottloser war und sich trotzdem alle verstanden.

Vielleicht war der alte Balijan aufgrund einer Verkettung von Zufällen in Sarajevo gelandet, vielleicht hatte er die Stadt bewusst gewählt. Das wissen wir nicht und werden es niemals erfahren.

Frau Balijan sah wie eine vornehme Europäerin aus. Auch er war ein feiner Herr, hatte aber Gesichtszüge wie der Bösewicht im Volksepos und erinnerte uns an einen ranghohen osmanischen Militär, einen Serasker. Wir fürchteten uns erst vor ihm, dann gewöhnten wir uns an ihn. Als wir an ihn gewöhnt waren, rannten wir die Kasindolska hinunter, klammerten uns an seine Beine, und unsere Feinde, ältere Jungs, Zigeuner, wer auch immer stärker war als wir, stoben in alle Richtungen, aus Angst vor dem alten Balijan. Er war klein wie jeder Jermen, nicht besonders stark, hat einem niemals gedroht, aber er sah bedrohlich aus. Später hatten sich dann alle an ihn gewöhnt, sodass uns seine schreckliche Erscheinung nicht länger vor Feinden schützte.

Neben Tochter Marija, gerufen Mica, hatten die Balijans einen Sohn, Ivica, der, weniger gescheit und ehrgeizig als seine Schwester, ein Handwerk erlernte und in der Kasindolska genauso beliebt war wie sein Vater. Sonst schlug er nicht dem Vater nach, hatte nichts Armenisches an sich, auch nichts von Konstantinopel, glich eher den Sarajlis seiner Generation, leichtsinnigen jungen Leuten, die sich, gegen Ende des Ersten Weltkriegs geboren, den osmanischen Hang zu einem behäbigen Leben voll kleiner Freuden bewahrt hatten, aus dem sich im Verbund mit Habsburger Provinzbeamtenmoden das geistreiche Bummelantentum entwickelte, das sich noch bis in die achtziger Jahre des 20. Jahrhunderts in Sarajevo hielt.

Ivica Balijan verliebte sich in Štefica Reš, die eigentlich Stephanie Resch hieß, und sie wurde seine Frau, mit der er zwei Kinder bekam, Alfred, Ferdi gerufen, und Jasminka. Die Kinder wurden beide im Krieg geboren, was vermuten lässt, dass Ivica und Stephanie glimpflich davonkamen. Erst im Sommer 1945 brach das Unglück über sie herein. Stephanie Resch stammte aus der Vojvodina, eine Donauschwäbin oder Volksdeutsche, wie man in Jugoslawien sagte, was im Hause Balijan und schon gar für den ausgebürgerten Armenier Ivica kein Thema war – vermutlich war es zu hoch für sein Welterleben und seine Prioritäten, sonst hätte er gewusst, dass man von einem solchen Wissen nicht leben, aber sehr wohl den Tod finden kann.

Im Sommer 1945 riss der Kontakt zwischen Stephanie und ihrer Familie ab. Ihre Angehörigen waren wie vom Erdboden verschluckt. Sie schrieb den Nachbarn Briefe, die wussten aber nichts. Als in der Kasindolska die Geschichte umging, wie Karlo Stubler abgeführt und von seinen serbischen Nachbarn, angeführt von Aleksa Božić, einem angesehenen, einflussreichen Mann, der im Krieg für die Partisanen gearbeitet hatte, gerettet worden war, zählte die arme Štefica eins und eins zusammen. Bei der Deportation ihrer Angehörigen war keiner zum Bahnhof gerannt, um sie zu retten.

Sie hatte sich gerade damit abgefunden, dass sie die Familie nie wiedersehen würde, da meldete sich ihre Mutter. Der Vater war im Lager gestorben, die Mutter hatte überlebt, wenn man das noch leben nennen kann: Die Ärmste war nicht mehr bei Trost, dem Wahnsinn verfallen und verloren. Sie konnte sich nicht klar ausdrücken und berichten, was sie durchgemacht hatte. Man hoffte, es würde sich wieder einrenken, aber es hat sich nie mehr eingerenkt. Jahrelang lief sie die Kasindolska auf und ab, führte Selbstgespräche, staunte Himmel und Wolken an, immer die lange Straße hoch und runter, immer entlang der Linie, die 1992 zur Frontlinie werden sollte, die Schlinge, die Sarajevo würgte, sie trug die Tracht der Donauschwaben, was hier, am Stadtrand von Sarajevo, wo die Felder begannen, tief in Bosnien, befremdlich wirkte, so befremdlich wie ihr Leid. Der Krieg war aus, die Leute waren arm, für Nahrungsmittel und Seife brauchte man Bezugsscheine, aber überall keimte der Glaube an eine bessere Zukunft, in der sie keinen Platz hatte.

Was hat Karlo Stubler gedacht, wenn er sie vom Hof aus vorbeigehen sah?

Moravec, der Architekt, hatte das Sommerhaus der Balijans im Glauben an ein langes 20. Jahrhundert geplant. Vor dem Haus gab es ein Schwimmbecken, wunderbar eingepasst und diskret, da konnten die Kinder im Sommer planschen. Anders als moderne Bassins war es nicht von allen Seiten einsehbar und störte auch nicht mit grellblauen Kacheln die Harmonie von Pflanzengrün und dem in Erdfarben gestrichenen Haus. Vom Frühjahr bis in den Herbst war die Kasindolska, einem abstrakten Gemälde von Ljubomir Perčinlić ähnlich, in Grünbraun getaucht, und das Sommerhaus versammelte mit seinem Schwimmbecken alle Farben und Nuancen der Kasindolska in sich. Wir Stublers haben es als das schönste Haus unseres Viertels in Erinnerung, und trotz seiner Fremdheit zeichneten sich unsere Biografien, unser Stammbaum darauf besser ab als auf den Fassaden unserer Häuser und Höfe, alles, was wir waren, aber auch alles, was wir hätten sein können, hätten uns Schicksal und Vertreibung nicht in alle Winde zerstreut.

Auf den Einband des historischen Familienromans mit dem Titel *Die Stublers*, der in konzentrischen Kreisen (wie wenn man Steinchen in einen stillen Teich wirft) sämtliche Bewohner der Kasindolska einbezöge, was jahrelange Nachforschungen, Interviews und Streifzüge durch die heutige Kasindolska, Recherchen in Gemeinde- und Polizeiarchiven, Besuche bei den in alle Welt zerstreuten ehemaligen Bewohnern, bergeweise abgetippte Aussagen und Erinnerungen, fotokopierte Ausweise und Schulzeugnisse und aus Familienalben gerissene Fotografien verlangen würde, sodass er, auf etliche tausend Seiten angeschwollen, in fünf, sechs Bänden erscheinen müsste, auf den Einband dieses Romans gehörte eine Fotografie von Balijans Sommerhaus, wie es vor dem Verkauf aussah. Doch dieses Foto wurde entweder nie geknipst oder ist für immer verloren, und der Roman wird sowieso nie geschrieben. Auf den komme ich nicht deshalb zurück, weil ich unser Vergessen anklagen oder das Unkraut auf unseren Gräbern jäten will, sondern weil ich solche Romane liebe.

Frau Doktor Marija und Herr Ingenieur Moravec beschlossen Ende der fünfziger Jahre, nach Zagreb zu ziehen. Damals beschlossen viele der inzwischen als Kroaten wiedergeborenen Kuferaschen aus Sarajevo – Tschechen, Slowaken, Deutsche, Slowenen und eben auch Armenier der zweiten, dritten Generation –, nach Zagreb zu ziehen. Jeder hatte gute Gründe dafür, alle kamen zeitgleich zu diesen Gründen, denn dort wurde das Leben allmählich besser, Grundnahrungsmittel waren in Zagreb ohne Bezugsschein zu haben, auf den Märkten erschienen die ersten ausländischen Erzeugnisse, die ersten Pässe wurden ausgestellt, die Leute hatten mehr Geld, der Immobilienmarkt – wie man heute sagen würde – lebte auf.

Es wurde Zeit, das Sommerhaus zu verkaufen. Später dann für sein Verschwinden.

Frau Balijan war fünf Jahre älter als ihr Mann, 1879 geboren, und ist auch vor ihm gestorben, 1956. Er starb 1962 und erlebte Verkauf und Umbau noch. Wir wissen nicht, ob es ihn getroffen hat – eher nicht, wie gewonnen, so zerronnen, sagt man –, Familie Balijan war in der Kasindolska Geschichte, Ingenieur Moravec mit Gattin in Zagreb. Die beiden hatten zwei Töchter, Višnja und Ubavka. Ubavka starb jung, da existierte das Sommerhaus längst nicht mehr.

Ivica und Štefica zogen nach dem Tod ihrer Mutter mit den beiden Kindern Ferdi und Jasminka nach Sarajevo. Ivica starb 1982, rechtzeitig vor dem endgültigen Aus. Stephanie nahm auch das noch mit: Sie starb im Jahr 2000.

Tochter Jasminka wohnte in Dobrinje. Sie hatte ebenfalls zwei Kinder: Stela und Nikola. 1993 oder 1994, als es wie die meiste Zeit im Krieg weder fließendes Wasser noch Strom gab, holte Jasminka mit ihrer Tochter, Ivicas und Šteficas Enkelin,

Wasser. Am Hydranten traf sie, wie es in den kitschigen Turbofolk-Epen von der Belagerung Sarajevos besungen wird, eine serbische Granate.

Die hat beide umgebracht.

Enkelin und Urenkelin eines Armeniers, der den türkischen Genozid überlebte, Enkelin und Urenkelin einer Deutschen, an der sich die Sieger des Krieges in einer Art Kontra-Genozid rächten, starben in einem Genozid, den Radovan Karadžić an einem Volk verüben wollte, dem Jasminka und Stela, wie es das zynische Schicksal will, nicht angehörten.

Aber da war Balijans Sommerhaus längst verschwunden.

Gekauft haben es Leute, die kein Sommerhaus brauchten, sondern ein Haus, in dem sie als fleißige, ehrbare Bauern leben konnten. Sie brauchten auch nicht die Architektur von Ingenieur Moravec, sondern Räume, in denen sie sich und ihr Hab und Gut vor Regen, Kälte, Hitze und Sonne schützen konnten. Das Sommerhaus wurde umgebaut und um Anbauten erweitert, sodass es rasch seine Besonderheit verlor und sich nicht mehr von anderen nie fertiggestellten Häusern unterscheidet, die allenthalben die Peripherie unserer Großstädte verschandeln. Nichts erinnert mehr an die Balijans, sie sind im Orkus verschwunden, Alzheimer hat den Ort verwüstet, die herrschaftlichen Sommerallüren des Ingenieurs Moravec haben sich nur als Angst im Auge des Betrachters erhalten, das sieht, aber nichts wiedererkennt.

In *Istanbul* beschreibt Orhan Pamuk, wie in seiner Kindheit die aufgegebenen, aus Holz gebauten Sommersitze der Konstantinopler Oberschicht einer nach dem anderen Raub der Flammen wurden. Die ersten Feuer brachen zufällig aus, gingen auf zündelnde Obdachlose zurück, dann brannten Menschen, die Wohnraum für sich selbst suchten, die Häuser systematisch nieder und errichteten auf den Grundstücken ihr eigenes Reich mit eigenen Erinnerungen und Ausblicken. Das Sommerhaus vom alten Balijan ist nicht abgebrannt, aber sonst ist es genauso gelaufen. Indem Pamuk über bestimmte Menschen und deren

Schicksale schrieb, verwob er sie mit fremden Schicksalen, mit Menschen, die er nicht kannte, nie getroffen hat, und trotzdem sind sie in seinem Werk präsent.

Die Beichte vor dem Sakrament der Ehe

In der Kurzbiografie von Olga Rejc, geborene Stubler, stünde, dass sie drei Kinder gebar, zwei Söhne und eine Tochter. Als der Älteste starb, war sie achtunddreißig Jahre. Die Tochter hatte sie sechzehn Monate zuvor entbunden. Die Geschichte von den Umständen, unter denen Mladen zu Tode kam, verschieben wir auf später – es ist das wichtigste Ereignis im Zusammenhang mit dem Verschwinden der Stublers und hat unsere Lebenswege bestimmt. Aber darüber wurde nicht gesprochen, Mladens Name nicht erwähnt, auch wenn er oder vielmehr unsere Gedanken an ihn über allem schwebte, was wir taten, solange Nonna noch lebte.

Wo ich aufwuchs, gab es keine Fotografien von meinem Onkel. Über die Jahre hat Nonna fast alle vernichtet. Fiel ihr ein Bild von Mladen in die Hände, riss sie es in klitzekleine Fitzelchen oder verbrannte es im Küchenherd. Fast vierzig Jahre ging das so. Die Bilder waren überall verstreut, in Schuhschachteln mit zweitrangigen Dokumenten, altertümlichen Familienalben, Briefumschlägen, dicken, auf der oberen Schnittfläche stark eingestaubten Büchern, Innentaschen von Nonnos Mänteln und Jacketts, Schubladen, aus denen einem alte Rezepte, Diagnosen und Atteste entgegenquollen, überall kamen diese Bilder zum Vorschein, und Nonna zerstörte sie, wenn wir sie nicht beobachteten. Wie wenn es unanständig wäre, sie pinkeln würde, auf der Kloschüssel säße, so zerstörte sie die Bilder ihres Erstgeborenen, und die ganze Mühe schien umsonst, weil immer neue Fotos aus irgendetwas herausfielen.

Das letzte fand ich 1983 in Stanojevićs Vorkriegsenzyklopädie. Ich wusste nicht, dass mein Onkel Mladen auf dem Bild ist: Es zeigt eine Schulklasse während des Unterrichts. Zwei Knaben sitzen in der Bank und lachen. Es ist ein hysterisches Lachen, hormonell bedingt, ihre Gesichter sind seltsam entstellt. Hinter ihrem Rücken sitzt in der Tiefe des Raums ein dritter Knabe. Mit Mona-Lisa-Lächeln schaut er versonnen ins Objektiv. Als bekäme er nicht mit, was um ihn herum geschieht. Das war Mladen.

Das Foto maß vier mal drei Zentimeter, wahrscheinlich hatte es deswegen so lange überlebt.

Es lag auf dem Schreibtisch in meiner Ecke vom Wohnzimmer, und am nächsten Tag war es weg. So erfuhr ich, dass Mladen auf dem Bild war. Er konnte keiner der beiden mit den verzerrten Mienen, musste der Stille im Hintergrund sein. Das Gesicht hat sich mir eingeprägt.

Nonna vernichtete Mladens Zeugnisse, Geburts- und Sterbeurkunde, Briefe und Hausarbeiten. Bei uns existierte kein einziges Blatt Papier, auf dem sein Name stand.

Auf dem Schrankboden, unter den Wintersachen, bewahrte Nonna eine Schachtel mit Erde auf. Einige Monate vor ihrem Tod verstreute sie die Erde im Garten. Danach sammelte sich Kleinkram in der Schachtel: Postkarten, Stromrechnungen, Gebührenbescheide, Briefmarken. An der gummierten Rückseite klebten Erdkrümel. Das war die letzten Spur von Mladen bei uns: Erde von seinem Grab in Slawonien, in Donji Andrijevci; das Grab existiert nicht mehr.

Es gibt noch Papiere, Fotografien und Briefe in den Sedimentschichten der Unordnung im Hause Stubler in der Kasindolska. An die kam sie nicht dran.

Wir wissen, dass Olga Rejc mindestens eine Schwangerschaft abbrach.

Im Winter 1945, kurz vor der Befreiung, als Luburić im Keller der Villa an der Skenderija lebende Menschen in kochendes Wasser stieß und der Unabhängige Staat Kroatien mit dem Segen unseres Erzbischofs Ivan Šarić, genannt der Evangelist, jeden liquidierte, der nicht Jesus Christus und Ante Pavelić nachfolgte, ließ sich meine Nonna – wo und wie das in Sarajevo damals gemacht wurde, wissen wir nicht – zum letzten Mal ein

Kind wegmachen. Wäre sie erwischt worden, hätte sie mit allen am Eingriff Beteiligten an einem Laternenmast in den Alleen von Marijin Dvor gebaumelt. Der unabhängige kroatische Staat lag in den letzten Zügen und hatte keine Zeit, Schwangerschaftsabbrecherinnen nach Jasenovac zu schicken. Und Nonna hatte nicht die Zeit, länger zu warten, ein oder zwei Monate später wäre die Frucht zu groß gewesen. Im letzten Augenblick also wurde die Geburt einer Tante oder eines weiteren Onkels vereitelt.

Als Tante Jela, Olgas Schwägerin, einmal fragte: Du meine Güte, hätte Franjo nicht ein bisschen aufpassen können?, brach es aus Nonna heraus: Franjo ist so ein Schlappschwanz!

Die unfreiwillige Komik war so umwerfend, dass der Spruch trotz allem Respekt vor Intimitäten und bei aller Diskretion – die bei Stublers sehr ausgeprägt war und gerade deshalb häufig versagte – zur Anekdote wurde, jahrelang bei Familientreffen nacherzählt, selbst wenn Olga, die keinerlei Anspielungen auf Sexuelles duldete, daneben saß.

So haben wir mitbekommen, dass Franjo Rejc ab der Geburt des zweiten Sohnes Präservative benutzte. Aber die waren zu schlecht – die Technologie steckte noch in den Kinderschuhen – und blieben nicht da, wo sie hingehörten, oder rissen im entscheidenden Moment. Die Tochter, geboren am 10. Mai 1942, sechzehn Monate vor Mladens Tod, wurde trotz Präservativ gezeugt.

Und weil es meine Mutter ist, die da gezeugt wurde, könnte sich meine Existenz der unzulänglichen Qualitätskontrolle des Zagreber Unternehmens verdanken, das die delikaten Gummiprodukte herstellte.

Aber vielleicht gab ein anderer Umstand den Ausschlag.

Der Unabhängige Staat Kroatien war in vielerlei Hinsicht, von der Idee über die Ideale bis hin zur politischen Praxis, der Vorläufer des Staates, der, flächenmäßig kleiner, ein halbes Jahrhundert später entstehen sollte. In Tuđmans Kroatien war die Vermehrung der Kroaten vom ersten Tag an politisch gewollt und ein Kristallisationspunkt für nationale Gefühle, sie öffnete zudem der Kirche Tür und Tor, um in die Intimsphäre der säkularen Gesellschaft einzubrechen; im Unabhängigen Staat Kroatien, der die damals nicht mehr neue prokreationistische Strategie der Nationalsozialisten übernahm, war Bevölkerungswachstum eine ebenso präsente, wichtige Frage.

Auf Abort stand – mit dem Beifall der Kirchenväter, denen damals wie heute das ungeborene Leben wichtiger war und ist als das Leben der Geborenen – die Todesstrafe, und Präservative waren Mangelware, jede neue Lieferung an die Apotheken der Stadt sofort ausverkauft.

Daraus entstanden Alltagsmythen, Tratsch und Gerüchte, falsche Informationen wurden in die Welt gesetzt – was mit der Deportation nach Jasenovac enden konnte –, und unter anderem erzählte man sich halb im Scherz, halb zur Warnung, einige Geistliche pieksten in Absprache mit den Apothekern, ja womöglich im Auftrag der Obrigkeit mit allerdünnsten Nadeln Löcher in Präservative.

Das Gerücht geisterte seit Herbst 1941 durch Sarajevo. Es ist wahrscheinlich frei erfunden, war vielleicht als Witz gemeint oder um jemanden in der Kneipe zu verarschen; wo es genau herkam, lässt sich nicht mehr eruieren, aber es wurde so lange ausgeschmückt und erweitert, bis es absolut authentisch klang. Zu authentisch. So authentisch, dass es auf keinen Fall wahr sein konnte. Selbst wenn jemand darin ein Körnchen Wahrheit fand, hätte er es für unter seiner Würde gehalten, es für bare Münze zu nehmen.

Das fand auch Franjo Rejc, mein Großvater, als er über Beziehungen Kondome ergatterte, in der Apotheke an der Hauptstraße, die damals, im Herbst 1941, weder nach Pavelić noch nach Hitler benannt war, weil die kroatische Führung in Zagreb noch diskutierte, ob die Hauptstraße kroatischer Städte nach dem hiesigen Führer, dem Poglavnik, also Ante Pavelić, oder nach Adolf Hitler benannt werden sollte. Franjo verachtete beide, trotzdem konnte er sich nicht vorstellen, dass gottesfürchtige Priester zu nachtschlafender Zeit in Apotheken klammheimlich Präservative durchstechen, damit mehr Kinder geboren werden. So wie sich ein Sünder auf dem Weg ins Himmelreich durch ein Nadelöhr quetschen muss, so musste sich der gläubige Kroate, ob Katholik oder Muslim, in der schlimmsten und gottlosesten Zeit durch ein Löchlein im Gummi quetschen, um zur Welt zu kommen, in dieses Tal der Tränen.

Neun Monate später, am 10. Mai 1942, wurde in der Klinik beim Koševo-Park ein Säugling mit knapp zwei Kilo Geburtsgewicht entbunden.

Vielleicht ist das Kondom abgerutscht, vielleicht ist es geplatzt, Nonno konnte sich an keinen Unfall im fraglichen Zeitraum erinnern. Vielleicht hat er es verdrängt, obwohl ein Mann, der keine weiteren Kinder haben will, so was nicht leicht vergisst.

Aus meiner Sicht sind in diesen Anfang vom Ende der Familie Stubler und der Erinnerungen an sie neben weiteren geheimnisumwitterten, unheilvollen Zufällen folgende Umstände dem Mysterium meiner Geburt eingeschrieben:

- die unzulängliche Qualität der Präservative aus Zagreb,
- ein katholischer Hirte, der sich fürs nächste Frühjahr möglichst viele Lämmer wünschte.

Meine Nonna redete über all das nicht gern, auch nicht, nachdem viel Zeit verstrichen und es für Geborene wie Ungeborene ohnehin gleichgültig war. Sie packte der Zorn, das sei alles der übliche Mist, sagte sie, und nur alte Dummschwätzer wie Franjos Kumpel würden sich darüber das Maul zerreißen.

Ansonsten war sie eher liberal, was Lebensweise, Politik oder intellektuelle Fragen anging. Sie war viel freier, als es in der Gesellschaft, in der ihre Nachfahren ein Vierteljahrhundert später leben sollten, die Norm war. Aber was Sex betraf und alles, was aus Sex folgte, war sie unnachgiebig und verschlossen wie eine Nonne oder wie jemand, der ein schreckliches Geheimnis hütet.

Gewöhnlich bringt man ihr Unglück mit Mladen und dessen Tod in Verbindung.

Ihr jüngstes Kind, das kleine, am 10. Mai 1942 geborene Mädchen, hat sie nie, wirklich nie, zur Gänze angenommen und lieb gewonnen. Vielleicht hat sie es instinktiv abgelehnt.

Unbewusst, wie eine Wölfin, verknüpfte sie die Geburt der Tochter mit dem Tod des ältesten Welpen. Sie hat ihr nie verziehen. Sie konnte dem Mädchen nicht verzeihen, dass es zur Welt kam, sonst wäre sie verrückt geworden, sonst hätte sie ihr schlechtes Gewissen wegen Mladens Tod in tausend Stücke zerrissen.

Sie trug die Schuld an diesem Tod.

Die lebende Tochter erinnerte sie daran.

Alles, was vom Herbst 1943 bis zum Frühjahr 1986 geschah, von Mladens Todestag bis zum Todestag seiner Mutter, meiner Nonna, war von diesem schlechten Gewissen bestimmt, und ihre Schuld ist für mich weit tiefer und schrecklicher als jede andere kroatische oder persönliche Schuld. Nicht sie hat Mladen getötet, aber der unsterblichen Überzeugung ihres Herzens zufolge, die sich von Generation zu Generation überträgt – der einen lebenslänglich Wunden schlug, der anderen das eigene Gewissen erschloss –, etwas getan, was Mord gleichkommt, vielleicht schlimmer ist: Sie hat sich in sein Leben eingemischt und ihn zu seinen Mördern geschickt. Mladen hätte überlebt, hätte sie seine Entscheidung respektiert.

Vom Sex über Geburt bis zum Tod zog sich in Olgas Fall eine klare, durchgehende Linie.

Hätte es nicht diese trüben Tage oder Nächte in Doboj gegeben, hätte Franjo Rejc sie nicht als Sechzehnjährige besprungen und besamt, hätte Karlo Stubler, wenn auch widerwillig, die Ehe nicht abgesegnet, hätte sie nicht einige Monate später Mladen geboren, dann wäre er nicht gefallen, dann trüge sie keine Schuld.

So mag es sich ihr oder ihren Dämonen dargestellt haben.

Erst in einigen sehr persönlichen, poststublerschen Gesprächen im Krankenhaus, in der am Lebensende wild wuchernden Verzweiflung von Olgas jüngstem Kind, wurde neben der Geschichte von Mladen eine weitere erzählt, die sich mit der vorhergehenden verflocht und ihr etwas weit Abstruseres, Schwerwiegenderes hinzufügte, als es, egal ob wahr oder erfunden, schriftliche oder mündliche Erzählungen könnten, was in Biografien jedoch, vor allem aus der Friedhofsperspektive betrachtet, gar nicht selten ist.

Vor der kirchlichen Trauung – eine andere gab es damals nicht – musste Olga Stubler in Doboj oder Usora beichten.

Wir kennen weder den Namen der Kirche noch den des Beichtvaters, wissen nur, dass ihr das Sündenbekenntnis vor Gott oder vielmehr vor dessen Stellvertreter viel schwerer fiel als der Schwangerschaftsabbruch. Sie weinte an diesem und den folgenden Tagen viel. Keiner weiß, ob sie jemandem die Gründe erzählt hat. Wenn ja, behielt der es für sich. Damals, im Beichtstuhl eines schäbigen, vom Aberglauben besiedelten bosnischen Kirchleins, zerfiel Olgas geistige Welt.

In ihrer Dubrovniker Kindheit und Jugend war sie sehr religiös. Kinder mit einer lebhaften Fantasie, die sich alles, also auch den lieben Gott anders als allgemein geschildert ausmalen, haben ja häufig ein üppig blühendes Innenleben voller Engel, Märtyrer und heiliger Szenen. Das hatte sie weder vom Vater noch von der Mutter (Johanna Stubler war prosaisch und autoritär); einiges stammt wohl vom älteren Bruder, dem bis an sein Lebensende tief gläubigen Rudi, aber das meiste dürfte Olgas überschießender Vorstellungskraft zuzuschreiben sein, mit der sie ihren eigenen Gott in einen sehr turbulenten Himmel versetzte, in dem es zuging wie auf den russisch-französischen Schlachtfeldern in Romanen von Tolstoi und Flora und Fauna prächtig wie in den Urwäldern des Amazonas gediehen.

Was der Beichtvater sagte und was er ihr für die Absolution aufbrummte, wissen wir nicht. Aber wenn wir schon eigenen wie familiären Erinnerungen mit detektivischem Spürsinn nachgehen, wenn wir unbedingt wissen wollen, was wirklich passiert ist, wer wen auf dem Gewissen hat und was neben dem Lauf der Geschichte, dem Leben in der Fremde und anstößigen

Liebschaften zum Aussterben der Stublers führte, dann versuchen wir uns doch vorzustellen, was ein bosnischer Geistlicher, ein Franziskanermönch oder ein Diözesanpastor von Erzbischof Stadler einer Sechzehnjährigen, die der Aussprache nach aus Dubrovnik kam, Anfang der zwanziger Jahre im Beichtstuhl gesagt haben könnte.

Wir wissen nicht genau, ob Olga bei der Hochzeit in anderen Umständen war. Aber es kann eigentlich nicht anders gewesen sein.

Noch als alte Frau war sie aufrichtig, erleichterte nicht einmal ihren Alltag mit kleinen Lügen. Meine Nonna hat nie geschwindelt und wurde, nicht anders als bei Erwachsenen, richtig böse, wenn ich als kleiner Junge nicht ganz bei der Wahrheit blieb. Sie log nicht und mochte nicht angelogen werden, auch nicht von mir. (Damit hat sie mir einen Bärendienst erwiesen. Wenn ich lüge, leide ich und muss mir daher weismachen, meine Lüge sei die Wahrheit.)

Sie verschwieg dem Beichtvater nicht den Grund für die Hochzeit.

Ihr Bauch, der, ohne dass man es schon gesehen hätte, wuchs. Die große, gewaltige, unbegreifliche Sünde, die dem vorhergegangen sein muss. Sie verschwieg es nicht, weil sie erstens nicht log und zweitens an Gott glaubte, nicht aus Angst, sondern im Vertrauen auf den Bund mit Gott. Hätte sie Gott gefürchtet, wäre sie nicht vom Glauben abgefallen. Den Bund hat sie aufgekündigt, als der Gott, an den sie glaubte, Mladens Tod zuließ.

Was wird ein Beichtvater tief in Bosnien, das noch immer sein orientalisches Schicksal lebte, Anfang der zwanziger Jahre einer jugendlichen Schwangeren gesagt haben, die bei ihm beichtete?

1878, mit dem Abzug der Osmanen und der Eingliederung in den Westen, begann eine Zeit der freien Liebe. Die Österreicher führten Veranstaltungen mit Paartänzen, elektrisches Licht, Offiziersbälle, Post, Eisenbahn und Telegrafenämter ein, alles begann sich zu drehen wie ein Karussell, und das Leben, das sich bis dahin geschützt hinter Hofmauern und im Haus abgespielt hatte, wurde – freilich nur für christliche Töchter und Söhne – öffentlich, denn unter den neuen Herren wurden freizügigere Sitten nicht nur nicht sanktioniert, sondern geradezu gefordert, ein Mindestmaß an Geselligkeit und Offenheit verlangt, welches fleischliche Verfehlungen gegenüber früher erheblich vereinfachte.

Damals gab es keine Statistiken, schon gar nicht zu solchen Fragen, aber wenn wir alte Zeitungen durchblättern, Romane und Erzählungen zeitgenössischer Schriftsteller lesen und vor allem hören, was innerhalb der Familie weitergegeben wird, gewinnen wir den Eindruck, dass in jedem bosnischen Kaff und jeder christlichen Familie tragische Geschichten über junge Mädchen erzählt werden, die herumtändelten, schwanger wurden und es mit ihrem Leben bezahlten. Entweder bekamen sie einen Bankert, wurden wie im Alten Testament von ihrer Familie verstoßen und waren nicht mehr gesellschaftsfähig, oder sie retteten sich mit einem Sprung in die Tiefe oder einen reißenden Fluss oder indem sie Essigessenz tranken, oder sie hatten das Glück – wenn das denn ein Glück ist –, dass eine Eheschließung sie vor der Schande bewahrte.

Was hat der Beichtvater in solchen Fällen gesagt?

Wahrscheinlich war er nicht so gnädig gestimmt wie der künftige Ehemann.

Der Beichtvater – dessen Identität wir feststellen könnten, hätten wir die Zeit und die Muße, uns in Doboj und Usora die Kirchenbücher vorlegen zu lassen und nachzuforschen, welche Geistlichen dort 1921 und 1922 die Beichte abnahmen – gab dem Leben und Schicksal von Olga Rejc, geborene Stubler, eine neue Richtung.

Sie wurde aus ihrer pastoralen Fantasiewelt voller Geisterwesen und Geschichten vertrieben und fand sich zwischen kalten grauen Kirchenwänden wieder. Ihr Gott wurde schlagartig christianisiert, katholisiert und normalisiert, wurde zum Gott der Glaubenslehre, den der Priester seiner kleinen Herde predigte, den viele bosnische Priester ihren kleinen Herden predigten. Wenn Gott verallgemeinert und genormt wird, mag er den kirchlichen Institutionen allmächtig und besonders wirksam erscheinen, aber ein solcher Gott ist müde, ausgelaugt und leer, ein Greis, der bald abtreten wird.

Sie blieb trotzdem der Kirche treu, bis Mladen starb.

Nonna sprach nicht über Sex, war in dem Punkt total verschlossen und so abweisend, dass ihr letztes lebendes Kind in Phasen zerstörerischer Resignation behauptete, die Mutter habe sich vor Sex geekelt; aber als Sechzehnjährige schlief sie mit einem acht Jahre älteren Eisenbahner.

Eisenbahner wurden gut bezahlt, und Franjo hat ihr bestimmt imponiert. Er war ein schlanker, hübscher Kerl mit einem hübschen Gesicht, klug und zuvorkommend. In Doboj wird es nicht viele gut aussehende, gebildete Eisenbahner gegeben haben; mit ihrer angeborenen Würde, ihren deutschen Wurzeln, der Kindheit in Dubrovnik, wo sie das italienische Gymnasium besucht, wenn auch nicht abgeschlossen hatte – sie musste doch genau so jemanden suchen.

Sie hat's wirklich nicht anbrennen lassen – wo und wie haben sie es konkret gemacht?

Nach zwei Töchtern und einem Sohn war Olga Karlos viertes und jüngstes Kind. Er hatte auf einen zweiten Sohn gehofft, aber es wurde halt ein Mädchen. Sehr klug, begabt, lebhaft, körperlich wie geistig beweglich.

Er war stolz auf sie, mehr als auf die anderen beiden Töchter. Sohn Rudi war der Prinz, aber von zarter Statur. Schmächtiger als die Schwestern. Olga war muskulös und stark, gelenkig wie eine Ballerina. Wäre sie in Berlin oder Paris zur Welt gekommen, sie hätte sich bestimmt den Suffragetten angeschlossen. In Dubrovnik ist sie geschwommen, was vor, während und nach dem Ersten Weltkrieg nicht üblich war. Mädchen trieben damals keinen Sport. Sie aber schwamm, und der Vater war stolz darauf.

Im Sommer 1919, dem letzten in Dubrovnik vor Karlo Stublers Ausweisung, holte Olga vierzehnjährig Bronze beim Wettschwimmen im Hafen Gruž. Der Vater war außer sich vor Freude. Bis zum Lebensende erzählte Opapa von dem großen Tag, als nichts mehr so war, wie es im Sommer 1919 hätte sein sollen.

Sie trat gegen Jungs an, die älter waren als sie, die einzige Schwimmerin unter lauter Schwimmern.

Die Dubrovniker fanden es leicht anrüchig, aber die Stublers waren Deutsche, denen gestand man andere Sitten zu.

Als meine Mutter ihre Mutter im Zorn für eigene Versäumnisse haftbar machte, hängte sie ihr die Neigung zu anderen Frauen an, eine Neigung, die sie sich selbst nicht eingestanden, geschweige denn ausgelebt hätte. Damit erklärte sich meine Mutter Nonnas Weigerung, über Sex zu reden, und der Wettkampf im Hafen Gruž war eher Filmszene oder Romanepisode denn Argument, aber mit solchen Geschichten wird auch im echten Leben oft etwas bewiesen, was man nicht beweisen kann.

Und der Lehrer in Usora, mit dem sie Franjo betrog?

Mit dem hätte sie sich nur selbst bewiesen, dass ihr Sex mit Männern widerlich war.

War das so? Keine Ahnung. Ich gehe detektivisch vor, seziere Vergangenheit und Erinnerungen und habe außer den Stublers nichts Reales in der Hand. Und selbst die sind nicht real, es wird immer schwieriger, ihre einstige Existenz zu beweisen. Wir stammen von Fantomen und Gespenstern ab.

Meine Mutter, Olgas Tochter, meinte wohl, sie könnte mich schocken, wenn sie Nonna zur verkappten Lesbe erklärte. Meinte oder hoffte, es würde mich abstoßen und runterziehen, so wie es sie, Olgas Tochter, meine Mutter, abstieß und runterzog, und dann wäre sie nicht mehr allein mit ihrer Krankheit und den abgebrochenen, den, das wusste ich längst, nicht besonders guten Beziehungen zu Vater und Mutter.

Und wie ich ihr, meiner Mutter, so zuhöre, denke ich daran, dass Menschen unabgeschlossene oder nie ausgesprochene Konflikte mit den längst verstorbenen Eltern abschließen wollen, wenn sie hochbetagt oder krank das nahe Ende fühlen. So tritt man wohl den Weg auf die andere Seite an.

Aber vielleicht will sie sich nur rächen: Sie weiß, dass Nonna für mich wichtiger war als sie. Meine Großmutter hat mich geprägt, den Grundstein zu meiner Identität gelegt; das Wir, aus dem ich komme, dem ich mich sprachlich und kulturell zurechne, meine Heimat, mein Zuhause ist nur in einem Punkt verlässlich und gewiss: Ich bin ihr Enkel. Bei allem anderen stehe ich auf schwankendem Boden, der sich ständig verändert.

Zahlt mir Mutter das heim, indem sie Nonna als Lesbe hinstellt?

Vielleicht, aber das ist nur eine Zuschreibung. Oder Zuempfindung. Aneinanderreihung von Erinnerungen, von lebendigen oder konstruierten, imaginierten, verfälschten, spukenden Erinnerungen, mit denen man die Leere füllt, die immer größer wird und früher oder später jeden von uns verschlingt. Der Tod ist ein schwarzes Loch im Weltall.

Ich habe meine neuerdings lesbische Nonna letztlich genauso lieb. In ihrem Unglück und Leid ist sie nicht nur lauter, sie beglaubigt in Erzählung oder Wirklichkeit meine vollkommene Einsamkeit, ein Stein vor dem Fenster, aus dem man die umfassende, alles durchdringende Fremdheit sah.

Und die Vorstellung, sie sei lesbisch gewesen, wirkt vor dem Hintergrund von Mladens Tod tröstlich. Was der einzige Grund wäre, an ihr zu zweifeln. Es gibt keinen Trost.

Deutsche in Sarajevo

In dem Barackenlager, das auf einer schlammigen Baulücke zwischen der zerstörten Synagoge, dem neuen sephardischen Tempel und dem Ersten Gymnasium stand, rechts und links überragt von der Bebauung der Straße der Jugoslawischen Volksarmee und der nach dem ehemaligen Kriegsminister Stepanović benannten Uferpromenade, wohnten Deutsche, die als Helfer der Besatzungsmacht und verhasste Volksgruppe bei Säuberungsaktionen aus der Vojvodina und Slawonien vertrieben worden waren. Direkt nach Kriegsende waren sie von den Partisanen in Lager interniert worden, die sich, was die Lebensbedingungen, Kälte, Hunger, Seuchen betrifft, kaum von den Konzentrationslagern der Nazis unterschieden, und sollten nach Deutschland deportiert werden, aber das scheiterte zunächst. Dem Erdboden gleichgemacht und von den Alliierten besetzt, konnte Deutschland nicht einmal für die eigenen ausgebombten Bürger sorgen, an der Grenze wurden waggonweise Menschenladungen zurückgeschickt, und so wurden die Transporte ins unselige Vaterland gestoppt. Von der Heimat ins Vaterland – im Kroatischen ist beides ein Wort, *domovina*, aber der Bedeutungsunterschied im Deutschen war für Millionen Vertriebene schicksalhaft.

Um nicht weitere Lager einrichten zu müssen und wohl auch, weil ihnen die unrühmliche Nähe zu den KZs selbst bewusst war, verteilten die Partisanen die Donauschwaben bis auf Weiteres auf Barackensiedlungen und verlassene Flüchtlingscamps überall in Jugoslawien. Die endgültige Vertreibung ließ Jahre auf sich warten; bis Deutschland wiederaufgebaut war, starben die Leute an Elend, Verzweiflung und Alter, zahlten für eigene und fremde Schuld, und dann fuhren sie in ein Land, in dem sie lebenslang Fremde blieben; nur die Kinder kamen in Deutschland wirklich an und opferten auf dem Altar der Kollektivschuld die familären Erinnerungen.

Diese Geschichte setzt im Spätsommer 1946 ein, als die Donauschwaben am alten Bahnhof von Marijin Dvor in Viehwaggons angeliefert und von bewaffneten Soldaten zur Synagoge im Stadtzentrum eskortiert wurden, zu den verlassenen Baracken, von deren vorheriger Verwendung wir keine Kenntnis haben.

Am darauffolgenden Tag stieg (der Aufzug funktionierte schon lange nicht mehr) der Vorsitzende des zuständigen Komitees in den fünften Stock des höchsten Gebäudes an der Straße der Jugoslawischen Volksarmee, direkt neben der Synagoge, klingelte an der Tür von Franjo Rejc und verlangte *Genossin* Olga.

Das bin ich, sagte sie.

Darf ich eintreten?

Und schon stand er im Flur, aber sie regte sich nicht auf. Es ist schon komisch: Wir haben uns im Lauf der Stubler-Vergangenheit nie gefürchtet, wenn Vertreter der Staatsmacht an unsere Tür hämmerten, wir haben das einfach nicht in unseren Schädel gekriegt, die Angst hinkte immer hinterher, kam, wenn der Typ schon in der Wohnung war; da erst tauschten wir fragende Blicke: Was will der hier? Wirklich nur das, was er sagt? Die wollten immer mehr, als sie sagten, der Bürger musste helle genug sein, die Anliegen der Vertreter der Obrigkeit zu erraten.

Dem Vorsitzenden des städtischen Komitees war bekannt, dass Olga Deutsch sprach, mehr noch, er wusste, dass sie sehr gut Deutsch sprach, so gut, dass es unter anderen Umständen verdächtig gewesen wäre; wegen ihrer Sprachkenntnisse bot er ihr die Zuständigkeit für die Verteilung der Lebensmittelkarten im Viertel an. Geld bekomme sie keins dafür, stattdessen werde die Familie in eine höhere Versorgungsklasse eingeteilt und erhalte amerikanische Konserven sowie mehr Mehl, Öl, Seife und Milchpulver.

Damit hatte meine Nonna, die bis dahin nur als Hausfrau

und Mutter gearbeitet hatte, ihre erste Stelle und wurde zur wichtigsten, wenn nicht einzigen Verbindung zwischen den Donauschwaben in den Baracken und der Außenwelt. Die Leute bekamen Panik, wenn sich ihnen jemand näherte, per Zufall oder im Auftrag in ihre Siedlung verirrte, sie pflegten keinerlei Umgang mit den Sarajevern, trauten keiner noch so beiläufigen oder unverbindlichen Freundlichkeit.

Als wollten sie ihren Fuß keinesfalls auf Sarajever Asphalt setzen, ja nicht in die Stadtchronik eingehen. Nichts bezeugt ihren Aufenthalt in Sarajevo, kein Zeitungsartikel, kein zeitgenössischer Vermerk, kein Dokument, kein historischer oder literarischer Text. Siebzig Jahre danach lässt sich die deutsche Barackensiedlung nicht mehr belegen. Die Menschen hat es nie gegeben.

Zeitgleich mit den unfreiwillig angesiedelten Volksdeutschen zogen deutsche Facharbeiter mit ihren Familien in die Stadt, Ingenieure, Mechaniker, Elektriker, Statiker, Architekten, Männer mit Universitätsabschluss oder Meisterbrief. Sie kamen aus ganz Deutschland, Ost wie West, aus zerstörten, verwüsteten Industriestädten, die ersten Gastarbeiter Europas, kamen nach Sarajevo, um zu arbeiten und Geld zu verdienen, um zu überleben, bis ihr Land wiederaufgebaut wäre, wieder auf eigenen Füßen stünde und ihre Fähigkeiten dort wieder gebraucht würden.

Man brachte sie im Hotel Pošta in der Kulovića unter. Dort wohnten sie, aßen und ließen es sich gutgehen. Nach dem Krieg, den Luftangriffen der Alliierten, zwölf Jahren Hitler – ob und was man durchgemacht, ob und inwiefern sich mit Schuld beladen hat, musste jeder selbst wissen –, dürfte von diesen Deutschen bei der Ankunft in Jugoslawien und in Sarajevo physisch wie psychisch eine schwere Last abgefallen sein. Die Männer, die in der Regel arbeiteten, während sich die Frauen um die Kinder kümmerten, passten sich schnell an die hiesigen Gepflogenheiten am Arbeitsplatz an und lernten nach und nach die Sprache. Von allen Deutschen in Sarajevo, und die Stadt hat seit 1878 etliche von ihnen erlebt, waren sie die wohl offensten und leutseligsten. Sie freuten sich über jeden, der Deutsch sprach, und so war unsere Wohnung in der Straße der Jugoslawischen Volksarmee, der früheren Tašlihanska, voller Deutscher. Olga und Franjo hatten keinerlei Vorbehalte, man traf sich, besuchte sich gegenseitig – Jahre später, als Rentner, führte Franjo auf Honorarbasis die Buchhaltung des Hotels Pošta, da waren die Deutschen längst wieder fort – und belastete sich nicht mit Erinnerungen an die Kriegsjahre. Die Frage, ob einer der Herren in der Ukraine oder Weißrussland gemordet oder die Gaskammern in Auschwitz geplant hatte, wurde ausgeblendet. Zweifel hätten sie nur an ihre eigene Pein erinnert, schließlich war Mladen in deutscher Uniform gefallen.

Hotel Pošta und Synagoge sind keine hundert Schritt voneinander entfernt. Zwischen den einen und den anderen Deutschen gab es weder Mauern noch sichtbare Schranken. Die Obrigkeit hat bestimmt nicht nachgeforscht, ob vertriebene Donauschwaben mit den deutschen Ingenieuren und Handwerkern im Hotel Pošta Kontakt hatten. Es war nicht nötig, Glück und Unglück zwischen beiden Gruppen offensichtlich verteilt, eine Vermischung undenkbar. Obwohl sie dieselbe Sprache sprachen und zu einem Volk gehörten, war der Abstand zwischen ihnen größer als zu Juden, Serben oder Kroaten.

In Sarajevo gab es eine dritte Gruppe Deutsche, Einheimische, die sich während des Krieges nicht kompromittiert hatten und nach 1945 normal weiterlebten. Im Unterschied zu Karlo Stubler, der in Ilidža wohnte, am Stadtrand, fast schon auf dem Dorf, und den sie ins Lager gesteckt hätten, hätten ihn nicht Aleksa Božić und die Serben aus der Kasindolska davor bewahrt, ließ man die Deutschen und Österreicher in den Wohnblocks im Stadtzentrum in Ruhe. Natürlich war bekannt, was einer zwischen April 1941 und April 1945 getan hatte, nichts wurde verziehen. Aber wer sich nicht schuldig gemacht hatte, wurde nicht behelligt. In den Jahren nach 1945 hörte man auf der nach Tito benannten Hauptstraße und in den Kaffeehäusern der Stadt Deutsch. Es war ihre Sprache, sie redeten genauso laut wie die Sarajlis, so laut, dass sich Ausländern der Eindruck aufdrängen mochte, die Bürger der Stadt seien halb taub.

Wie Olga und Franjo pflegten sie Umgang mit den Facharbeitern im Hotel Pošta, während die in den Baracken vor ihnen wie vor jedem Sarajli Reißaus nahmen, der sich in ihr Viertel verirrte.

Zu Frühlingsanfang 1947 standen Herr und Frau Püframent mit Reisetaschen und Pappkoffer vor dem Hotel Pošta. Er, Herr Heinrich!, groß und blond, ein Bilderbuchdeutscher, sollte fünfzehn Jahre später in seinem Opel Olympia an die Adria fahren, sie – ihr Vorname ist uns nach so langer Zeit entfallen – war eine attraktive, quirlige Person, so rotwangig wie gesund, und versuchte, die beiden Kinder zur Ordnung zu rufen, wenigstens bis die Formalitäten an der Rezeption erledigt waren, danach war es nicht mehr so wichtig …

Maschinenbauer Heinrich Klaus Püframent hatte eine Stelle bei der Eisenbahn, er sollte in der Werkstatt die Reparatur der Dampf- und Rangierlokomotiven überwachen, damit der Maschinenpark nach jahrelanger Vernachlässigung und Sabotageakten von Untergrundkämpfern der Partisanen – Lokführern, Handwerkern, Weichenstellern – endlich wieder in Ordnung kam. Die wenigsten waren aufgeflogen, die Partisanen konnten innerhalb der Eisenbahn selbst in den Wochen von Luburićs Schreckensherrschaft unentdeckt agieren, ihr Netz bestand 1947 immer noch, und so gehörte es zu Ingenieur Püframents Aufgaben, Handwerker zum Wohle des Volkes zur Reparatur der Maschinen anzuhalten, die sie im Krieg, ebenfalls zum Wohle des Volkes, zerstört hatten.

Der deutsche Ingenieur wurde willkommen geheißen, nahm die Arbeit auf und knüpfte am Arbeitsplatz gesellschaftliche Kontakte. So lernte er Franjo Rejc kennen – damals bereits für Fahrpläne zuständig, ein hoher Beamter in gepflegten, ordentlich gebügelten Anzügen, wie sie in den Aufbaujahren mit ihren

Arbeitsaktionen nicht eben häufig getragen wurden – und hielt ihn, weil er zur Überraschung des Ingenieurs (der sich gerade an die eigentümlich verderbte Sarajever Variante des Wienerischen gewöhnt hatte) Hochdeutsch sprach, für einen Deutschen.

Nein, ich bin kein Deutscher, ich bin Slowene. Mein Schwiegervater ist Deutscher.

Püframent staunte, dass einer wegen eines deutschen Schwiegervaters wie Thomas Mann redete, stellte aber keine Fragen. Schließlich war er im Gastland Angehöriger einer Besatzungsmacht, an die sich sehr unangenehme Erinnerungen knüpften. Aber er nahm Franjo die Geschichte nicht ab. Später räumte er lachend ein, er habe *Kamerad* Rejc anfangs für einen Sowjet gehalten, der die jugoslawische Kooperation mit deutschen Fachleuten überwachen solle.

Bald schon besuchten uns die Püframents jeden Freitag. Frau Püframent leistete Nonna in der Küche bei der Zubereitung des ärmlichen Gastmahls Gesellschaft, und während die Kartoffeln in der Röhre garten, tauschten sie Rezepte für Schmorbraten, Schokotorte und Hase nach Jägerart aus, wahrscheinlich ohne jegliche Hoffnung, sie jemals nachzukochen oder noch einmal Dinge zu essen, die man von früher kannte. Nonna erinnerte sich an die Zeit vor dem Krieg, die Püframent nicht. Oder sie wollte nicht über das reden, woran sie sich erinnerte.

Unterdessen unterhielten sich Franjo und der Ingenieur über Weltpolitik oder die Zukunft der Eisenbahn. Hinterher lobte jeder gegenüber seiner Frau die Kultiviertheit und Klugheit des jeweils anderen, aber sie haben einander nie gefragt, was sie im Krieg gemacht hatten. Die Püframents wussten, dass Olgas und Franjos Sohn gefallen war, doch sie fragten nicht nach den näheren Umständen oder für welche Seite er gekämpft hatte. Und Olga und Franjo fragten die Püframents nicht, wo und wie diese gelebt und was sie getan hatten.

Die Kinder tobten derweil durch die Wohnung.

Das Mädchen hieß Wiebke, sie war im gleichen Alter wie die

Tochter der Stublers. Uwe, der jüngere Bruder, war ein lebhaftes – damals sagte man ungezogenes – Kind, das überall hochkletterte, Sachen zerdepperte und sich sicher einmal den Hals brechen würde.

Die Mädchen rannten hinter ihm her: Nein, Uwe, lass das!, genau wie die Püframent, er hörte auf die beiden genauso wenig wie auf die Mutter und kletterte einfach weiter, klomm höher, kroch an der Wand entlang, widerstand der Erdanziehung, die beiden neunmalklugen Mädchen straften ihn mit Haue auf den Hosenboden, aber Uwe widerstand den Schlägen, sie konnten ihn verhauen, so viel sie wollten, er entwand sich ihren Händen und kletterte wieder. Kletterte, klomm höher, kroch an der Wand entlang und sauste über die Decke – Uwe, lass das, du erschlägst uns noch! –, der Junge hörte auch nicht auf den Vater.

Und so tobte Uwe jeden Freitag durch unsere Wohnung, und keiner regte sich darüber auf. Das Mädchen freute sich, denn er brachte Leben in das düstere Haus, ein paar Stunden lang dachte keiner an Dinge, die sich unwiederholbar ereignet hatten, keiner wies keinem Schuld zu, alle waren lieb und wurden geliebt.

Wäre Uwe Püframent kein lebhafter Junge gewesen, sondern eine Metapher, er wäre eine deutsche Metapher. Aber reale Personen können keine Metaphern sein, nicht einmal als kleine Kinder.

Die Lebensmittelmarken wurden Samstagmorgens ausgeteilt: Einmal im Monat, alle vierzehn Tage, manchmal wöchentlich. Das hing von unregelmäßigen, undurchschaubaren Rhythmen und bürokratischen Regeln ab, die wir nicht hinterfragen durften.

Olga Stubler oder vielmehr Genossin Rejc nahm das Mädchen mit. Von der Wohnung im vierten Stock, der eigentlich der fünfte war, weil der erste aus unerfindlichen Gründen Hochparterre hieß, mussten sie mehr Stufen als Schritte von der Haustür zur ersten Baracke laufen.

Sobald sie der beiden ansichtig wurden, huschten sie in ihre Stuben, versteckten sich und machten sich unsichtbar. Die

Donauschwaben führten sich wie Eingeborene in einem unerforschten afrikanischen Land voller Kruditäten auf. Weiße Eingeborene.

Umsonst nahm Olga ihre Jüngste mit, um ihnen die Angst zu nehmen und über das Kind Kontakt aufzunehmen. Er kam nie zustande.

In der Siedlung gab es praktisch keine erwachsenen Männer. Einige Greise, ein Krüppel, noch einer ohne Arm, und zwei, denen man nicht ansah, ob ihnen etwas fehlte.

Die Frauen trugen samt und sonders Tracht, völlig unangepasst mit weiten, eingekräuselten Röcken, dunklen Blusen und Kopftüchern. Wie literarische Figuren, die durch einen Setzer- und Druckerfehler ins falsche Buch geraten und jetzt darin eingesperrt sind.

Die Mädchen trugen die gleichen Röcke, Blusen und Kopftücher in Klein.

Die Männer konnten unsere Sprache, die Frauen nicht. Entweder taten sie so, als ob sie nichts verstünden, oder sie verstanden tatsächlich kein Wort. Ungewöhnlich nur, dass man den Alten den Ausländer nicht anhörte, wenn sie Serbokroatisch sprachen, sie zogen die Wörter in die Länge wie alle aus der Vojvodina, die Satzmelodie war uns sehr vertraut. Wir konnten nicht fassen, dass da Deutsche redeten. Wenn sie unsere Sprache schon sprechen, dachten wir, dann bitte hässlicher und gröber. So wie die Leute aus Kalesija bei Tuzla oder der Romanija, aber doch nicht so. Man könnte ja glatt daran zweifeln, dass sie Deutsche waren, meinen, dass denen, die sie aus ihren Häusern vertrieben hatten, ein grässlicher Fehler unterlaufen war, dass sie eigentlich zu uns Befreiten gehörten.

Im September 1949 herrschte Hunger, weil Jugoslawien von den Volksdemokratien wegen Titos Revisionismus und vom Westen wegen des sozialistischen Weges geächtet wurde. Die Kinder der vertriebenen Deutschen besuchten dieselbe Klasse wie Franjos und Olgas Tochter.

Michail, aus dem, falls er überlebte, Michael werden sollte, war äußerst aggressiv. Man musste ihn nur schräg anschauen, schon schlug er zu. Ohne jedwede kindliche Berechnung, ohne das geringste Bedürfnis, jemandem zu gefallen, dreckig und übersät mit blauen Flecken, kämpfte Michail wie ein Tier um sein Leben. Bei aller Verzweiflung in der langen Geschichte der Stublers, seine Verzweiflung ist größer. Den Nachnamen haben wir uns nicht gemerkt.

Laura und Maria trugen wie ihre Mütter Kräuselröcke, aber kein Kopftuch – der einzige Hinweis, dass sie die Schule besuchten.

Laura redete mit niemandem und weinte ständig. In der großen und der kleinen Pause, wenn die anderen Kinder in den Hof stürmten, blieb Laura im Klassenzimmer und heulte. Anfangs heulte sie aus Trauer und über ihr Unglück, später aus Gewohnheit und weil sie sonst nichts mit sich anfangen konnte. Sie heulte aus denselben Gründen, aus denen Michail zuschlug, mit dem Unterschied, dass sie sich damit abgefunden hatte, zu verschwinden. Falls sie überlebt hat, lebt Laura heute als Siebzigjährige in Deutschland von der Rente. Mit ein bisschen Glück hat sie alles vergessen.

Maria war die stärkste der drei. Wenn ihr ein anderes Mädchen was tat, zog sie die Schuldige wie ein Henker am Pferdeschwanz oder an den Zöpfen. Sie war laut und vorlaut, fiel sogar der Lehrerin ins Wort, meldete sich wie eine Wilde, wenn sie im Mathe- oder Serbokroatischunterricht die Antwort auf eine schwierige Frage wusste. Hätte man nicht gewusst, woher sie kam, hätte sie nicht Maria (Betonung auf dem i), sondern Marija (Betonung auf dem ersten a) geheißen, hätten wir eine typische Göre aus Sarajevo in ihr gesehen, gescheit und berechnend, sie wäre wenig später Gruppenführerin bei der Jugendarbeitsaktion Autoput '59 gewesen, dann Funktionärin im Jugendverband und Mitglied des Bundes der Kommunisten Jugoslawiens, fleißig und rührig im Arbeitskollektiv …

Aber Maria sollte ausgewiesen werden.

Die Lehrerin behandelte die kleinen Deutschen nicht anders

als die anderen Schüler. Streng und gerecht, in entbehrungsreicher Zeit und gemäß der Ausrufung des proletarischen Internationalismus und den altertümlichen pädagogischen Regeln, denen zufolge gute Schüler öffentlich gelobt und schlechte ebenfalls öffentlich beschämt wurden. Allerdings wusste sie nicht, wie sie mit Lauras Heulerei umgehen sollte, die überhaupt nicht in die allgemeine Aufbruchstimmung passte und sich überdies schwer auf ihr Erwachsenengewissen legte.

Die Lehrerin ging zu dem Mädchen und streichelte sie über den Kopf. Dann konnten wir alle beobachten, wie Lauras Schultern zuckten. Die Lehrerin zog die Hand zurück, als hätte sie sie auf eine heiße Herdplatte gelegt. Ein paar Tage später hatte sie es vergessen, streichelte Laura erneut, und alles ging von vorn los …

Im Frühjahr 1952 kamen Michail, Maria und Laura nicht mehr in die Schule. Die Lehrerin sagte zu Anfang der ersten Stunde, sie seien fortgezogen. Wohin, fragte einer. Nach Deutschland, antwortete sie gelassen. Sechzig Jahre lang wurde darüber kein weiteres Wort verloren. Keinem fiel auf, dass die Frauen mit den Kräuselröcken, die unsere Sprache nicht konnten, zusammen mit Vätern und Großvätern, die unsere Wörter gutmütig wie alle aus der Vojvodina in die Länge zogen, verschwunden waren.

Dann verschwanden die Baracken, Wiederaufbau und Stadterneuerung waren in vollem Gang, die Tage der Schlammwüste mitten im Zentrum gezählt, und auch die Synagoge wurde renoviert. Die Sarajever Juden schenkten sie der Stadt, die sie zum Konzertsaal mit der besten Akustik in Bosnien-Herzegowina umbaute. Um ihn zwischen den Konzerten zu nutzen, wurden dort in den sechziger und siebziger Jahren täglich Kinofilme gezeigt, meist Action und Thriller. Selbst mitten in der Juli- und Augusthitze war es drinnen angenehm kühl, und so kamen die Obdach- und Arbeitslosen Sarajevos für ein Nickerchen in die Vorstellungen am Vormittag und frühen Nachmittag.

Fünf, sechs Jahre lebten Donauschwaben in Sarajevo und

haben in Zeitungen, Archiven und Chroniken keine Spuren hinterlassen und auch nicht in der Literatur. Wie ein sommerlicher Platzregen, der rasch wegtrocknet, zogen sie traurig und eingeschüchtert durch die Stadt. Am nächsten Tag waren sie vergessen. Die Klassenkameraden haben ein wenig länger an Michail, Maria und Laura gedacht, deren Seiten die Lehrerin im Klassenbuch durchstrich, indem sie mit Lineal und Füllfederhalter sorgsam von oben links nach unten rechts einen Strich zog und mit Schönschrift in der Mitte, quer über die Noten in Natur- und Gesellschaftskunde, Mathematik und Serbokroatisch, die keinen mehr interessierten, den Vermerk: Verzogen anbrachte.

Die Bürokratensprache verhindert Gefühle für Menschen, die weg sind, der vorsichtige Kanzleigeist tut alles, um gefährliche, überflüssige Emotionen auszuschließen.

Als die Donauschwaben ausgesiedelt wurden, wohnte Ingenieur Püframent mit Frau und Kindern noch im Hotel Pošta. Die Familie besuchte uns weiterhin jeden Freitag. Uwe und Wiebke gingen zur Schule, sprachen Serbokroatisch wie wir, und alles war wie immer. Nur der Kaffee war nicht mehr aus Zichorie oder gebrannter Gerste, sondern richtiger Kaffee aus äthiopischen Bohnen.

Franjo und Olga waren auch mit Ingenieur Petstotnik und dessen Frau befreundet, ebenfalls Deutsche, die im Hotel Pošta wohnten, aber 1949 überstürzt nach Deutschland zurückfahren mussten. Am Freitagmorgen kam der Befehl, dass sie Montagmorgen zu nachtschlafender Zeit einen Sonderzug über Ungarn nach Dresden – eine Stadt, die es seit vier Jahren nicht mehr gab – besteigen sollten. Die Petstotniks waren ebenso wie ihre Eltern gebürtige Dresdner. 1945, gegen Ende des Winters, kurz vor Frühlingsbeginn, heulten die Sirenen, beide gingen diszipliniert wie die Deutschen eben sind in den Schutzkeller. Als sie wieder herauskamen, war Dresden verschwunden. Weder Freunde noch Verwandte hatten überlebt, sie hatten nichts und niemanden mehr in der Stadt. Sie spürten keine Angst, betrauerten den Verlust nicht, alles war so plötzlich und gründlich zerstört worden, dass keine Zeit blieb für normale Gefühle. Letztlich ist Angst auch nur ein Gefühl.

Nur eins war in jener und in der folgenden Nacht und dem Tag dazwischen passiert: Die Petstotnik konnte nicht mehr schwanger werden. Das Ehepaar konnte den ursächlichen Zusammenhang nicht belegen, nicht erklären, wie sich die britischen Bomben auf die Gravidität auswirken konnten, aber Nonno und vor allem Nonna glaubten ihnen aufs Wort.

Der Befehl, nach Dresden zurückzukehren, stürzte die Petstotnik in tiefe Trauer. Sie war in Tränen aufgelöst, als sie sich am Sonntagmorgen von Olga und Franjo verabschiedeten. Er redete ernst von der bevorstehenden Reise wie von etwas, das zum Beruf gehört. Das Schicksal als reparaturbedürftiger Motor.

Was sie in der Eile nicht mitnehmen konnten, brachten sie uns: ein Teeservice und zwei Silberlöffel mit Monogramm. In den folgenden fünfzig Jahren wurde das Porzellanservice in aller Beiläufigkeit nach und nach zerschlagen – was ich im Roman *Psi na jezeru* (Hunde am See) fiktional verarbeitet habe –, und ein Löffel ging verloren, aber der andere ist noch da, handfester Beweis, dass die Petstotniks einst in Sarajevo lebten.

Olga und Franjo lag es an jenem Sonntag im Februar 1949 auf der Zunge, die beiden zum Bleiben zu überreden, aber sie sprachen es nicht aus. Das Ehepaar mochte weder Stalin noch Ulbricht, in Dresden stand kein Stein auf dem anderen, die beiden waren in den zwei, drei Jahren Sarajevo aufgelebt, hatten Freunde gewonnen und die Sprache gelernt; es gab keinen Grund, sich am Montag auf die Fahrt nach Ostdeutschland zu begeben, dessen Einheitspartei den Revisionismus der jugoslawischen Genossen entschieden ablehnte, als Verrat an der proletarischen Internationale brandmarkte und die historischen Eskapaden von Marschall Tito aufs Schärfste verurteilte.

Olga begleitete sie zum Bahnhof. Es war noch dunkel, als der Zug mit den Petstotniks aus der Halle fuhr. Wir haben nie wieder etwas von ihnen gehört. Obwohl sie versprachen, sich zu melden, kamen keine Briefe. So blieb ein eigenartiger Beigeschmack, begleitet von leichten, aber lebenslänglichen Gewissensbissen: Vermutlich wären sie geblieben, wäre Franjo oder Olga die Aufforderung dazu über die Lippen gegangen.

Aber die Stublers mischten sich oft nicht einmal in ihr eigenes Schicksal ein, geschweige denn in das anderer Menschen.

Maria Püframent wurde in Sarajevo zum dritten Mal schwanger.

Der Ingenieur und sie freuten sich darüber sehr. Wiebke und Uwe waren glücklich, weil sie ein Geschwisterchen bekommen sollten. Das Schwesterchen oder Brüderchen würde im Unterschied zu ihnen in Sarajevo geboren und eine echte Jugoslawin, und damit wären auch sie beide etwas weniger deutsch und etwas mehr Hiesige. Man ließ sie nicht spüren, dass sie Deutsche waren, aber trotzdem wollten Wiebke und Uwe durch und durch Jugoslawen sein.

Eines Tages stand Maria, im sechsten Monat, für Brot an. Der schlimmste Nachkriegshunger und -mangel war vorbei, aber die Schlangen blieben, sie sollten bis zum Ende der Geschichte Jugoslawiens bleiben, nur die Artikel, wegen der man anstand, wurden luxuriöser.

Frau Püframent stand indes noch für Brot an, und die Erinnerungen an den Krieg waren sehr frisch. Zwar brüstete sich Sarajevo damals schon wie auch fünfzig Jahre später damit, dass hier keiner keinen nach seinem Glauben und der nationalen Zugehörigkeit fragte, was nicht zuletzt den Deutschen im Hotel Pošta ermöglichte, sich derart rasch und mühelos an die hiesigen Bräuche und die Mentalität anzupassen. Und so, getäuscht von einer ihr fremden Freundlichkeit oder selbst schon halbe Bosnierin, beschimpfte *gospođa* Maria eine Zicke aus der Altstadt, ob Muslimin oder Christin, spielt in dem Fall keine Rolle, die sich angeblich oder tatsächlich vordrängelte. Wer von beiden recht hatte, lässt sich nicht mehr feststellen und spielt auch keine Rolle.

Nur: Als die am Akzent hörte, dass sie es mit einer Deutschen zu tun hatte, trat sie Frau Maria mit aller Kraft in den Bauch.

Im Lauf des Nachmittags verloren die Püframents ein kleines Kind, dessen Geschlecht und Gesichtszüge bereits gut zu erkennen waren. Wir haben nicht gefragt, ob es ein Mädchen oder ein Junge geworden wäre.

Frau Maria berichtete Olga den gesamten Hergang, wie es zu dem Streit gekommen war. Haarklein.

Der war es peinlich, beinah fühlte sie sich mitschuldig, und sie äußerte sich abfällig über eine Frau, die es über sich brachte, einer Schwangeren in den Bauch zu treten. Sie redete schlecht von deren Religion oder Herkunft oder ganz allgemein von Bosnien, das solche Frauen hervorbrachte.

Nicht doch, sagte die Püframent, wer weiß, was sie durchgemacht hat!

Sie sagte es nicht, wie es mir überliefert wurde, auf Serbokroatisch, denn die beiden redeten miteinander deutsch, aber so *(Nemojte tako, tko zna kakva je nju muka u životu sastavila!)* wurde die Geschichte in den Häusern Rejc und Stubler weitergegeben, mit dieser sehr volkstümlichen Wendung, die man nicht ins Deutsche übersetzen kann: *Tko zna kakva je nju muka u životu sastavila.* Wer weiß, welche Qualen ihr im Leben bereitet wurden.

Kam das Gespräch auf den Vorfall und was die Püframent zu Nonna gesagt hatte, blendeten wir den Hintergrund aus. Vielleicht war er uns nicht bewusst, als noch Deutsche, darunter auch die Püframents, im Hotel Pošta lebten. Die Zeit war nicht reif für eine historische Aufarbeitung; abgesehen davon stand immer etwas zwischen uns und ihnen, über das nicht gesprochen wurde, was man unterschlug oder das sich nicht in Worte fassen ließ.

Dieses Etwas wurde hinterher zum Grund, Geschichten zu erzählen und Literatur zu schreiben. Wäre ein Schriftsteller zugegen gewesen, hätte er Zeit und Talent gehabt, eine Saga, ein Romanfresko, ein Bewusstseinsstrom-Roman, eine infantile mehrbändige Chronik, eine Ich-Erzählung, ein Bericht aus der Perspektive mehrerer Kinder, ein quasidokumentarischer Roman, eine Detektivgeschichte mit den Zeitebenen 1952, 1972 und 2012 hätte entstehen können …

Wir können es nicht beweisen, die Idee kam uns auch ziemlich spät, rund sechzig Jahre danach, doch unserem Eindruck nach haben Olga Rejc, geborene Stubler, und Maria Püframent, deren Mädchennamen wir nicht kennen, in diesem Gespräch die Rollen getauscht.

Olga zwackte das Gewissen für etwas, was in ihrem Namen getan wurde, in ihrer Stadt, ihrer Heimat, und Maria bewies die Großherzigkeit, ohne die das Leben nach 1945 in Europa nicht hätte weitergehen können. Der Preis dafür war das Leben eines Ungeborenen.

Ein, zwei Jahre später kehrte auch Familie Püframent nach Deutschland zurück. Der Ingenieur hatte alle Aufgaben erledigt, verabschiedete sich von den Kollegen, und alles nahm seinen gewohnten Gang. Wer weiß, wie es gekommen wäre, hätten sie in Sarajevo ein drittes Kind bekommen.

1955 verließen die letzten deutschen Fachleute und Handwerker das Hotel Pošta, das weitere zwanzig Jahre betrieben wurde. Dann gab es nur noch das Café, nach dem letzten Krieg verschwand auch das. Nur das Gebäude blieb: Wände, Fenster und Dachrinnen.

Leben und Mieter der Frau Emilia Heim

Frühlingsbeginn, die Gipfel des Trebević schneebedeckt, da kamen Soldaten, um Frau Marija Peserles Wohnung auszuräumen. Wortlos trugen sie Kleinmöbel hinaus, leerten Schränke, klapperten mit Töpfen und Tellern. Sie warfen alles in den Gang und das Treppenhaus, die Mieter kamen nur mit Mühe daran vorbei. Wer vorbeiging, hörte Dragica, Frau Peserles Schwägerin, die, fast selbst ein weggeworfener Gegenstand, im Treppenhaus stand und in einem fort: Oje, mein Gott, oje, mein Gott, oje, mein Gott ... sagte.

Wie ein Metronom übte Dragica Hoffnungslosigkeit und Trauer. Anders wusste sich die alte Jungfer nicht zu helfen, die Schwester von Ivan Peserle, einem berühmten Journalisten und Eigentümer mehrerer kroatischer und deutscher Blätter der Belle Époque. Dragica war nicht dumm, aber für sie war die Zeit in dem Sommer stehen geblieben, in dem Gavrilo Princip Franz Ferdinand erschoss, und nichts konnte sie wieder in Gang setzen. Wenn die Zeit steht, häuft sich das Unglück an wie das Zeug im Treppenhaus, das jeden Wert verliert, sobald man es aus den Schränken, Schubladen und Regalen in Marija Peserles großbürgerlicher Wohnung holt. Und Dragicas Leben vielleicht gleich mit.

Marija Peserle war zum Glück eine vernünftige, kluge Frau. Über ihr und Dragicas weiteres Schicksal redete sie distanziert, fast von oben herab, wie eine nachmittägliche Teegesellschaft in gehobenen Wiener Kreisen die Frage diskutiert, ob eine unordentliche Zugehfrau entlassen werden sollte. Während ihre Schwägerin im Treppenhaus stand – oje, mein Gott, oje, mein Gott –, saß sie bei uns und trank Muckefuck ohne Zucker.

Was machen Sie jetzt?, fragte Nonna die Schwester unserer einstigen Vermieterin, der verstorbenen Emilia Heim.

Ich weiß es nicht, sagte die alte Peserle und zögerte. Dann meinte sie so unaufgeregt, als rede sie über den nächsten Wochenendausflug: Am besten wäre wohl das Altenheim in Turbe. Frau Hoffstädter schrieb, das sei gut.

Und die Sachen?

Die lasse sie hier. Frau Peserle hatte für sich und ihre unzurechnungsfähige Schwägerin die beiden großen Koffer gepackt, mit denen sie und Ivan vor dem Großen Krieg nach Opatija in die Sommerfrische gefahren waren, und Frau Matić aus dem dritten Stock, weil sie den größten Keller hatte, gebeten, den Rest bei sich unterzustellen, aber erst, nachdem sie ihn – und zwar, um »Irritationen« und »Indiskretionen« zu vermeiden, gemeinsam – mit den Damen Rejc, Doležal und Bilić, allesamt langjährigen, vor dem Krieg eingezogenen Mieterinnen, durchgeschaut und jede sich ohne jede Zurückhaltung genommen habe, was sie schön oder nützlich finde. Weder sie noch Dragica hätten für den Kram noch Verwendung.

Die alte Peserle sagte wortwörtlich Kram.

So von oben herab betrachtete sie ihr Schicksal. Wären wir aus solcher Höhe abgestürzt, es hätte uns das Genick gebrochen.

Anderntags eilte sie, Dragica im Schlepptau – oje, mein Gott, oje, mein Gott –, hocherhobenen Hauptes, mit bodenlangem blauen Kleid und einem Wagenrad von Hut ausstaffiert nach der Mode von 1901, in Begleitung von zwei Herren, Uraltmietern, zum Bahnhof, die vorsintflutlichen Koffer in der Obhut zweier alteingesessener Zigeuner, und drehte sich kein einziges Mal um.

Wenige Tage später bezog ein Oberst mit Familie, deren Vor- und Nachnamen wir vergaßen, Marija Peserles Wohnung im zweiten Stock des Hauses hinter der Synagoge in der Straße der Jugoslawischen Volksarmee. Er kam aus der Krajina, wusste, was sich gehört, grüßte vom ersten Tag an, hielt die Tür auf, trug Nachbarinnen die Einkaufstaschen hoch, half, hütete, machte …

Seine Frau war eine Städterin, auch sie herzensgut, anständig und diskret, wie man selten jemanden findet. Die beiden hatten einen Sohn, Brane, der ging in die zweite Klasse, den hörte man nie. Andere Kinder rannten polternd die Treppen hinunter oder veranstalteten sonstwie Lärm, was natürlich insbesondere während der Mittagsruhe im Haus Unmut hervorrief, aber von Brane hörte man keinen Mucks. Der lief wohl auf Zehenspitzen, rücksichtsvoll, wohlerzogen, stets höflich grüßend.

Anfangs versuchten die Nachbarn, Distanz zu wahren. Das wäre schon gegangen, der Oberst und seine Frau drängten sich niemandem auf, aber allmählich setzte sich die Einsicht durch, dass man die Familie ja nicht dafür verantwortlich machen konnte, nicht der Oberst hatte die Peserle aus ihrer Wohnung gejagt, das waren andere gewesen. Obwohl, die Soldaten konnten auch nichts dafür – was wissen die schon, die führen nur Befehle aus und zählen die Tage bis zur Entlassung –, und denen vom Regionalkomitee oder der Heeresleitung schob man die Schuld besser auch nicht in die Schuhe, eher ganz allgemein dem Schicksal, Hitler, Stalin, der Ungerechtigkeit der Welt, Geschichte und Geografie, die uns ausgerechnet diesen Geburtsort und diese Lebenszeit bescherten, schwere Zeiten, schwierige Umgebung. Das war die Wahrheit, an die man sich hielt: Schuld waren Hitler, Stalin und die schlimmen historischen Umstände, nicht der Oberst, der Frau Marija Peserles Wohnung übernommen hatte.

Aber damit sollte es nicht sein Bewenden haben.

Einige Jahre später gingen der Oberst und seine Frau von Tür zu Tür und verabschiedeten sich, sie zogen aus, der Oberst war nach Zagreb abkommandiert worden. Und alle sagten, wie schade, und wahrscheinlich logen sie. Und kaum fiel die Tür zu ihrer Wohnung wieder ins Schloss, kaum blieb ihr Blick im Spiegel neben den Kleiderbügeln für die Mäntel hängen, begriffen sie zu ihrem Erstaunen, dass sie nicht hätten lügen müssen, es tat ihnen wirklich leid, dass so gute Nachbarn auszogen.

Der Oberst war kaum weg, da wurde die geräumige Vierzimmerwohnung des verstorbenen Ivan Peserle, die er mit Frau und Schwester bewohnt hatte, in vier Apartments geteilt. In drei der so entstandenen Behausungen zogen deklassierte Bürgerliche, Familie Resch, Sarajever Deutsche, die sich während der Besatzung kompromittiert hatten, ein schweigsamer Beamter mit Frau und rachitischem Sohn, ein Heizer mit Frau und zwei Kindern, und das vierte und immerhin größte Zimmer wurde Frau Marija Peserle zurückerstattet.

Sie kehrte vornehm, aufrecht und unerschütterlich wie eh und je aus Turbe zurück, überzeugt, dass es im Leben Wichtigeres als materiellen Wohlstand, Geld und Besitztümer gebe. Die Zeit im Altenheim war spurlos an ihr vorübergegangen, sie hatte dort auch nichts gelernt, was sie nicht zuvor schon gewusst hätte. Nur Dragica war nicht mehr. Sie war in Turbe gestorben, und die Peserles hatte sie im monumentalen Familiengrab der Heims und Peserle auf St. Joseph beerdigen lassen, dem alten katholischen Friedhof im Stadtteil Koševo. Es liegt heute direkt neben den Arkaden am Haupteingang.

Anfang der siebziger Jahre hat Nonna mich, den kleinen Jungen, zwei, drei Mal mit auf den katholischen Friedhof genommen. Ungläubig und gottlos, wie sie war, verharrte sie einen Augenblick hinter dem Haupteingang an der Grabstätte zweier Schwestern und deren Männern, dann verließen wir das Gelände und gingen weiter, den Koševo hinunter oder hinauf. Ich fragte nicht, warum wir das Grab besuchten, wer da lag und in welcher Beziehung die Toten zu uns standen, an die ich mich später lebhaft erinnerte, weil wir auch sonst oft Friedhöfe besuchten, obwohl alle dort Jahre vor meiner Geburt gestorben waren. In manchen der Gräber lagen unsere Angehörigen, in anderen nicht; mir ist, als sei ich mit Gräbern aufgewachsen, ohne Angst vor Tod, Trauer und Leid, unter den einzigen Menschen, davon werde ich überzeugt sein, die meine angestammte Welt bilden. Im Sarajevo von heute – heute ist der 30. Oktober 2012 – fühle ich mich nur einigen Gräbern heimatlich verbunden.

Die Bewohner einer aufgeteilten Wohnung nannten sich Parteien. Bürokratisch gesprochen, ist eine Partei Träger eines zeitlich uneingeschränkten Mitwohnrechts. Wohnungstür, Flur, Toilette, Bad wurden gemeinsam genutzt; neben dem Eingang stand, wie oft man für wen klingeln sollte. Man verabredete Zeiten, wann den einzelnen Familien das Bad zur Verfügung stand – der Stundenplan hing häufig im Flur –, und selbst unter friedfertigen, umgänglichen Zeitgenossen (die ohnehin selten sind) schwelten Dauerkonflikte um nicht weggeputzte Haare in der Badewanne und darum, wer mit dem Kloschüsselreinigen an der Reihe war.

Mit dem System der Parteien, vermutlich erdacht in der Sowjetunion der Stalin-Ära und auf unsere Städte übertragen, wurden zwei »brennende« Probleme gelöst: Wohnraummangel und -überschuss. Nun mag mancher denken, das sei ein und dasselbe Problem, betrachtet aus verschiedenen Blickwinkeln. Doch zu Unrecht: Hier prallen zwei Kulturen aufeinander, deren eine der Vergangenheit angehörte und an chronischem Wohnraumüberschuss krankte, während die andere auf die Zukunft abonniert war, aber nirgends unterkam. Beide standen sich lange, jahrzehntelang, unversöhnlich gegenüber, gleichermaßen unglücklich, bis die einen wie die anderen in der Versenkung verschwanden, Vergangenheit und Zukunft zusammenbrachen und den Bürgern statt Kommunismus anderes versprochen wurde: Kriegsende, Himmelreich, ökonomischer Aufschwung …

Bekam eine Partei von dem Betrieb, in dem sie beschäftigt war, eine eigene Wohnung oder verwirkte sie ihr Mitwohnrecht durch Ableben, frohlockten die anderen, denn die übrigen Parteien dehnten sich auf den frei gewordenen Wohnraum aus. Ein Zimmer mehr galt zwar weiterhin als Wohnraumüberschuss, trotzdem wurden verstorbene Parteien nicht durch neue ersetzt.

Maria Peserle starb 1959, und das ist der Schlusspunkt hinter der Geschichte des Hauses hinter der sephardischen Synagoge, erbaut Anfang des Jahrhunderts vom Kapital ihrer Schwester Emilia Heim und deren Gatten, einem Gastwirt und Hotelier aus Sarajevo.

In dem fünf-(offiziell vier-)stöckigen Gebäude mit Hochparterre bewohnte ursprünglich Frau Emilia Heim den gesamten ersten Stock, eine Vierzimmerwohnung mit hohen Decken. Im zweiten Stock waren Maria Peserle mit Schwägerin Dragica untergebracht, in Erdgeschoss, Hochparterre, drittem und viertem Obergeschoss schöne, geräumige Zweizimmerwohnungen zur Vermietung vorgesehen. Emilia Heim vermietete nur an bessergestellte Post- und Eisenbahnbeamte, Lehrer und feine Leute. Sie wollte ihre Ruhe haben, die anderen sollten sich auch wohlfühlen. Im Übrigen war sie der Ansicht, mit seinesgleichen käme man besser aus; Bürgerliche mit Bürgerlichen, Arbeiter mit Arbeitern, Plebs mit Plebs, das war ihre Formel für gesellschaftliche Harmonie. Revolutionen und Revolutionäre interessierten sie nicht, die gingen sie nichts an, sie hatte nichts gegen Kommunisten, so wenig wie gegen Frömmler oder Juden – an die sie gerne vermietete, wusste sie doch, das sind ordentliche Leute, selbst wenn sie nicht sonderlich vermögend sind –, doch im Rahmen ihrer beschränkten Möglichkeiten tat sie alles, um Revolutionen jeglicher Couleur zu verhindern, keiner soll gegen seinen Wunsch und Willen Schaden erleiden, nur weil er ist, was er ist. Und tatsächlich, bis zum April 1941 hatten wir den Eindruck, dass Emilia Heims historisches Projekt glücken und ihr Haus eine Oase des Friedens im kriegsgeschüttelten Europa bleiben könnte.

Vor und selbst im Krieg war das Treppenhaus blitzsauber, vom Erdgeschoss bis in den obersten Stock zog sich ein leuchtend roter Teppich, ähnlich denen, die in Hollywood ausgerollt werden, Hausmeister und Putzfrau kümmerten sich, und die Wände waren jederzeit ordentlich geweißt. Das Treppenhaus erinnerte, genau genommen, an die hell erleuchteten Gänge europäischer Vier-Sterne-Hotels.

In einem solchen Haus also mieteten sich Franjo und Olga

Rejc, geborene Stubler, ein, als sie nach Sarajevo zogen. Die Wohnung im vierten (fünften) Stock, darüber der Dachboden, war eigentlich zu klein für ein Ehepaar mit zwei Söhnen, von denen einer bereits das Gymnasium besucht, aber sie bevorzugten eben eine kleinere, dafür ordentliche und elegante Wohnung, statt viel Platz, aber auch Dreck, Lärm und seltsame Nachbarn zu haben. Diese bürgerliche Vorsicht ist typisch für die Stublers, vielleicht hat Franjo sie von ihnen übernommen, aber sie erscheint jedem, der um beider und insbesondere Olgas soziale Anpassungsfähigkeit und Aufgeschlossenheit gegenüber armen Leuten, Andersgläubigen und Ausländern weiß, paradox. Wahrscheinlich haben sie wegen diesem Paradox niemals ein Vermögen und ein eigenes Haus aufgebaut. Karlo bezahlte Urgroßmutter teure Kuren in deutschen Bädern, teils aus Angst, ihr Herz würde in den nächsten Monaten stehen bleiben, teils aus seiner Hochachtung vor der ordentlichen, ernsthaften, im *Zauberberg* Thomas Manns beschriebenen Welt, zu der er selbst nicht gehörte. Rudi brachte das mit viel Fleiß verdiente eigene Geld wie das seines Vaters für Reisen, Konzerte und Besuche in Wiener Kaffeehäusern durch, und Olga und Franjo wollten eben in dem schönen, vornehmen Haus der Emilia Heim wohnen.

Emilia war die ältere, unternehmenslustigere der Schwestern. Ihr Mann starb recht jung, wir erinnern uns nicht an ihn, wir haben ihn nicht kennengelernt. Als wir die Zweizimmerwohnung im vierten Stock bezogen, waren die Vermieterin Witwe und die beiden Töchter bereits verheiratet.

Eine der frühesten Erinnerungen von Olgas und Franjos Tochter, sechzehn Monate vor Mladens Tod geboren, bezieht sich auf Frau Emilia.

Vorfrühling 1945, der nächtliche Fliegerangriff der Alliierten, bei dem unser Željko mitflog, der Sohn von Olgas Schwester Karla Ćurlin, geborene Stubler, die von allen Tante Lola genannt wurde. Željko sagte später zu Olga: Tante, ich habe aufgepasst, dass ich euer Haus nicht treffe! Aber uns war klar, dass er in der Dunkelheit unmöglich aufgepasst haben konnte und das eher die Ausflucht eines wohlerzogenen Kindes denn der Satz eines erwachsenen Mannes war.

Und während Željko also aufpasste, saßen wir im Keller, die Hauseigentümerin Emilia Heim, ihre Schwester Maria Peserle, deren Schwägerin, die verwirrte Dragica, Tante Doležal, Herr Matić mit Frau, deren Nachbarn, die Bilićs – sie alle wohnten 1941 bereits im Haus – sowie Frau Rojnik, die mit Mann und Tochter Damjana später eingezogen war.

Im Keller war es finster, man hörte die Flugzeuge brummen, Bomben fielen, keiner konnte einschätzen, wie weit weg sie einschlugen, ob das Haus über uns noch stand. Ab und zu flammte die Kerze in der Hand von Frau Heim auf, oder Herr Matić zündete ein Streichholz an, um auf die Uhr zu schauen, ein schwaches Licht, in dem die kleine, noch nicht einmal dreijährige Tochter von Olga und Franjo die Gesichter von allen Anwesenden sah und ihr Leben lang nicht mehr vergaß.

Über diese Nacht im Keller des Hauses von Frau Emilia Heim schrieb ich einen ganzen Roman, *Gloria in excelsis*. In ein paar Minuten, einer halben, höchstens einer ganzen Stunde – ich weiß nicht mehr, wie lang es gedauert hat – dachte ich mir Figuren aus und deren Schicksal, möglichst weit weg von den Menschen, die damals im Keller saßen. Denn auf meinen Keller sollte die Bombe fallen, aber kein realer Mensch in meiner Geschichte dafür sterben. Die Opfer habe ich erfunden, nicht aber den, der die Bombe abwarf, meinen toten Cousin, der im Roman seinen richtigen Namen trägt: Željko Čurlin.

Nach der Bombennacht, im Morgengrauen, daran erinnert sich, inzwischen selbst eine alte Frau, Olgas und Franjos Tochter, erklomm Emilia Heim, wegen ihrer kaputten Hüften auf einen Stock gestützt, die Treppe zum Ausgang des Schutzraums.

Die Mieter verharren so lange auf ihren Plätzen. Die Kinder schlafen, die Erwachsenen beobachten Frau Heim. Das zweijährige Mädchen ist wach und sieht zu.

Es ist ihre früheste Erinnerung:

Emilia Heim, gestützt auf den Stock, großgewachsen, aufrecht, steht in der Tür zum Schutzraum und schaut hinaus. Vor ihr die Wände der zerbombten sephardischen Synagoge, über ihr blauer Himmel. Draußen ist es still, kein Flugzeugmotor brummt, vielleicht zwitschert ein Vogel, vielleicht auch nicht …

So steht Emilia Heim da, im Blick der Zweijährigen, in ihrer Erinnerung, der Erinnerung einer Siebzigjährigen. Am Anfang und Ende ihres Lebens steht Emilia Heim.

Im April 1941 wohnte eine Jüdin im Erdgeschoss von Frau Heims Haus. Ihren Namen haben wir uns nicht gemerkt. Sie war verwitwet und sehr still. Statt im Vorübergehen zu grüßen, lächelte sie einem nur zu, wie wenn sie permanent Halsweh hätte oder unbedingt verhindern wollte, dass man den Klang ihrer Stimme kennt.

Die Bewohner des Hauses hinter der Synagoge kennen nur ihr Schreien.

Frühmorgens im Mai haben sie die Frau geholt. Ustascha oder Ordnungshüter oder Männer vom Heimatschutz. Jedenfalls keine Deutschen, die haben im April 1941 noch keine Juden in Sarajevo interniert und deportiert.

Wir haben uns die Uniform nicht gemerkt, auch nicht die Abzeichen an den Kappen und nicht einmal, ob sie überhaupt Uniform und Kappe trugen. Konnten wir nicht merken, weil wir uns im Bett umdrehten und die Decke über den Kopf zogen, während Stimmen durchs Treppenhaus hallten.

Eigentlich nur eine Stimme, vielfach variiert.

Sie bettelte mit der Inbrunst eines Bettlers.

Sie bot ihnen Gold, wollte sich freikaufen, obwohl sie kein Gold besaß.

Sie sagte: Ich fahre zur Schwester in Krakau und hole welches für euch.

Sie schrie, als sie nicht darauf eingingen.

Sie brüllte.

Sie brüllte lange, aber keiner hörte zu.

Den Juden Sarajevos war noch nichts passiert, das Schicksal der polnischen, tschechischen und österreichischen Juden noch nicht bekannt, vielleicht, weil es niemand wissen wollte, aber unsere Nachbarin, deren Name wir uns nicht gemerkt haben, wusste alles. Deswegen schrie sie, eine Unschuldige, die man vom Sessel in ihrem Wohnzimmer direkt zum Galgen schleppt.

Wir sahen sie nie wieder und wollten sie vergessen, beschämt von unserer weichen, weißen Zudecke.

Das geschah an einem Montag.

Am Dienstag zog in die Wohnung der Jüdin, der stillen, alten, stets lächelnden Frau, die sich nur mit ihren Schreien, nicht mit ihrem Namen in die Erinnerung der Rejcens und Stublers einschrieb, ein hoher Ustascha-Mann ein, Stanko Rojnik, mit Frau und Kind. Die Rojniks landeten in den Ausdünstungen der alten Jüdin, nicht anders als Menschen, die im Mittelalter durch ein Wunder oder die Gnade Gottes eine Pestepidemie überlebten und in Häuser von Verstorbenen zogen, deren Angst- und Schweißgeruch noch in den Räumen hing.

Haben sich Herr und Frau Rojnik über die alte Jüdin unterhalten, in deren Bett sie zumindest die ersten Wochen schliefen? Wahrscheinlich ja, nur: Was sie redeten, kann keine Literatur der Welt wiedergeben, kein Schriftsteller sich ausdenken; dabei würde nichts die Zustände treffender charakterisieren, die 1941 in Sarajevo herrschten, Krieg und Holocaust, als das vermutlich harmlose, sorgenvolle und manchmal erotische Bettgeflüster von Stanko Rojnik und Gattin.

Er wirkte finster und unnahbar, hatte meist einen billigen, schlecht sitzenden Vorkriegsanzug an und eine lederne Aktentasche dabei, die fast von allein auseinanderfiel. Meine Onkel vermuteten amtliche Schriftstücke darin, Mladen, 1941 Obersekundaner, ebenso wie der drei Jahre jüngere Dragan. Beide fürchteten Rojnik und seine Aktentasche, brachten sie dank ihrer jugendlichen, noch nicht abgestumpften Fantasie mit Todesurteilen, Leichen, Erschießungskommandos, Galgen, KZs,

Standgerichten und Exekutionen in Verbindung, verknüpften sie mit allem, was sie in der Stadt sahen, wovon sie die Eltern reden hörten, vor allem aber mit dem, worüber geschwiegen wurde und was jeder für sich behielt. In Stanko Rojniks Aktentasche hauste der Tod. Bis ans Lebensende versetzte eine abgewetzte, zerschlissene Aktentasche Mladen und Dragan in Todesangst.

Die Rojnik war anders, eine gute, anständige Frau. Ihr kann nicht entgangen sein, dass sie von den Nachbarn geschnitten wurde, vielleicht hat sie es der Tatsache zugeschrieben, dass sie und ihr Mann Slowenen waren. Das verwirrt am Zeugenbericht über Stanko Rojnik: ein hohes Tier bei der Ustascha – aus Slowenien? Das wollte dem Eisenbahner Franjo Rejc, meinem Nonno, einfach nicht in den Kopf. Franjos Slowenentum war sehr verklärt und kindlich, eine in Bezug auf nationale Zugehörigkeit und Identität explosive Mischung, die einen unmerklich in Gefahr bringen und ruckzuck den Kopf kosten kann.

Franjo lief frühmorgens im feinen Anzug, an der Hand eine ordentliche Aktentasche, die Treppen hinunter und begegnete an der Haustür Stanko Rojnik mit seinem hässlichen, billigen Anzug, der immer nach Zigarettenrauch stank, und der zerfledderten, alten Aktentasche.

Franjo grüßte Rojnik einen Hauch herzlicher als die anderen Hausbewohner, sah ihm dabei wie jedem anderen in die Augen, und nicht auf den Boden, wie man es bei Polizisten tut.

Es fiel Rojnik auf, jedenfalls lächelte er Franjo beinah an.

Oder hatte sich Rejc das nur eingebildet? Nachmittags sagte er zu Olga: Heute Morgen habe ich Rojnik getroffen.

Wer weiß, wo der herkam, sagte sie. Nicht gerade ermutigend.

Und Franjo Rejc stellte sich vor, was der Slowene Stanko Rojnik nächtens tat. Nett waren die Bilder nicht.

Den ganzen Krieg über wohnten die Rojniks in der Erdgeschosswohnung, aus der unsere jüdische Nachbarin in den Tod geschickt worden war. 1943, in der schlimmsten Zeit, kurz bevor Mladen fiel, bekamen sie ein Mädchen. Sie gaben ihr einen sehr ungewöhnlichen Namen – Damjana. Vor dem Krieg hatte es in Slowenien Damjanas gegeben, aber in unserem schönen Lande, im Unabhängigen Staate Kroatien, wiederauferstanden dank der Güte und Weisheit unseres Führers, des Poglavnik Ante Pavelić, sowie der Unterstützung seitens des großen Freundes und Beschützers der Kroaten, des Führers des Deutschen Reiches, Adolf Hitler, war nun wirklich noch kein einziges Kind auf den Namen Damjana getauft worden.

Dank Damjana gingen Franjo und mit ihm auch Olga noch einen Schritt auf Stanko Rojnik zu. Franjo erzählte ihm, der erste Name seiner Tochter stehe nicht in kroatischen Kirchenbüchern und habe den misstrauischen Geistlichen von Erzbischof Ivan Šarić, genannt der Evangelist, zu serbisch geklungen, obwohl er sich doch von einem Baum herleite, der in Serbien wie in Kroatien wachse, deswegen hätten sie dem Mädchen einen zweiten Namen geben müssen und es nicht nur nach dem Baum, sondern auch nach Olgas Schwester Regina genannt. Als Regina sei das Mädchen dann katholisch getauft worden.

Er erzählte es Rojnik in der Hoffnung, der werde Gleiches mit Gleichem vergelten. Was er nicht tat. Der Ustascha nickte höflich, sagte aber kein Wort. Und nachzuhaken traute Franjo sich nicht, außerdem fiel ihm siedend heiß ein, Rojnik könnte meinen, er, Franjo, wolle ihn mit der Andeutung beleidigen, Damjana sei ein serbischer Name.

War Damjana auf diesen Namen getauft? Einem Stanko Rojnik konnte der Priester schlechterdings die Taufe der Tochter abschlagen.

Dann schickte der Poglavnik Vjekoslav Maks Luburić, damit er in Sarajevo aufräumt. Der Krieg war fast vorbei und absehbar, wer siegen würde, in der Stadt herrschte Chaos, zivile wie militärische Verwaltung brachen zusammen, nicht zuletzt, weil die Deutschen, gedrückt von eigenen Sorgen und Niederlagen an allen Fronten, das Interesse an Sarajevo verloren. Sie bereiteten den Rückzug hinter neue Verteidigungslinien vor, über deren Verlauf sie ihre Verbündeten nicht in Kenntnis setzten; nicht einmal der Poglavnik wusste, wie weit sich Hitlers Soldaten zurückziehen würden. In Sarajevo blühten Korruption und Schwarzhandel, die Preise schossen ins Unermessliche, und die Partisanen spazierten frech durch die Straßen, zogen sich, bevor sie Kopfsteinpflaster und Asphalt betraten, nur rasch um, wenig später dann bestellten sie im Wirtshaus Weinschorle und Lammbraten. Meinten die Ustascha.

Lubirićs Ankunft ermutigte sie sehr. Nach ihm war alles anders, die kroatische Geschichte Sarajevos wird nie mehr dieselbe sein wie vor ihm. Immer und ewig wird man sich daran erinnern, was in den wenigen Wochen, den eineinhalb Monaten seiner Schreckensherrschaft geschah. Täglich wurden im Untergeschoss einer beschlagnahmten Villa an der Skenderija Gefangene gefoltert, Frauen wie Männer, Gymnasiasten, Handwerker, Postbeamte, Menschen, die angeblich Beziehungen zu Partisanen, Engländern, Kommunisten, Stalin, schwarzen, gelben und roten Teufeln unterhielten ... Manche warfen sie bei lebendigem Leib in Kessel voll kochendem Wasser, anderen zogen sie bei lebendigem Leib die Haut ab, rissen ihnen Finger- und Fußnägel aus, schnitten Frauen die Brüste ab, Maks Luburić und seine perversen Handlanger, Sprösslinge vornehmer muslimischer Familien, Syphilitiker, Früchte des Inzests, Bankerte städtischer Dienstmädchen mit Vorstadtpriestern, Schulabbrecher, unlängst zugezogene Landeier, gottesfürchtige Söhne herzegowinischer Tabakschmuggler, abenteuerlustige Jungs aus Trešnjevka, Veteranen, Versager, Strolche, gläubige Katholiken und Muslime folterten in Maksens Namen Menschen so lange, bis sie alles zugaben und weitere Namen nannten.

Die meisten hatten nichts, was sie zugeben konnten, sie konnten keine Namen nennen. Aber es genügte, alles zuzugeben und einen Unglücklichen zu nennen, der jemanden kennt, der etwas weiß. Davon gab es reichlich, jeder konnte in jedem Wohnhaus, Café, Büro, in jedem Geschäft der Sarajever Altstadt mindestens drei Sympathisanten der Kommunisten, zwei Partisanen und einen Saboteur bei Post, Eisenbahn oder Polizei anführen.

Es war ein offenes Geheimnis, wer für wen arbeitete und bei wem man vorstellig werden musste, um zu den Partisanen überzulaufen, und das nutzte Maks Luburić – Gründer der Konzentrationslager im Unabhängigen Staat Kroatien, Lagerleiter in Jasenovac, einer der blutrünstigsten Schlächter Europas im Zweiten Weltkrieg – gnadenlos aus und enttarnte sämtliche Illegalen in städtischen und staatlichen Institutionen, Fabriken und Kaufläden, Nachrichtendiensten und Zeitungen, und für die Volksbefreiungsbewegung arbeiteten durchaus auch ganz normale, scheinbar unpolitische Bürger. Damals zahlte Sarajevo den höchsten Preis für seine Mentalität: Die Leute wissen alles voneinander, jeder schaut jedem in Wohnzimmer, Küche und Magen, das gegenseitige Ausspionieren ersetzt ihnen die Freiheit, sie wissen gar nicht, was Freiheit ist, Freisein widerstrebt ihrem Naturell.

Eines Tages also holten sie zur Überraschung der Mieter im Haus hinter der Synagoge den ranghohen Mitarbeiter der Polizeiabteilung der Sarajever Ustascha. Sie führten Stanko Rojnik ab, er kam nie zurück. Rojnik war kommunistischer Untergrundkämpfer, von den Partisanen im Frühjahr 1941 bei der Ustascha eingeschleust, ein Kuckucksei im kroatischen Nest im schönen Sarajevo. Von Natur aus pedantisch – man sagt den Slowenen ganz allgemein Pedanterie nach –, spielte er in unserem Haus die Rolle des mürrischen Unsympathen, des Ustascha-Bürokraten, der in seiner Aktentasche von der Arbeit den Tod in allen Formen und Ausprägungen mitbringt. So kann man sich irren: Stanko Rojnik schmuggelte in dem zerfledderten Ding konspiratives Material und Geheimdokumente, ganz wie in der Serie *Otpisani* (Abgeschrieben) oder dem Partisanenfilm *Valter brani Sarajevo* (Walter verteidigt Sarajevo); Rojnik brachte uns die Freiheit, die wir bis zum nächsten Krieg feiern.

Als sie von den Ereignissen erfuhr, tat Olga etwas Unverständliches.

So wie ihr Vater Serben im Haus versteckte, wofür sich diese zu gegebener Zeit erkenntlich zeigten, so eilte sie, das Töchterchen im Schlepptau, ins Erdgeschoss, um der Rojnik beizustehen.

Sie haben ihn geholt! Die Rojnik verriet Olga, was alle längst wussten.

Und dann saßen die beiden stundenlang im Wohnzimmer zwischen den Möbeln der namenlosen Jüdin und den paar Sachen, die den Rojniks gehörten, worüber sie redeten, kann man sich leicht denken.

Olga wollte die Rojnik sicher behutsam trösten. Sie sagte: Er kommt bestimmt zurück, Stanko trifft keine Schuld! Worauf die Rojnik wohl nichts zu erwidern wusste. Sie dürfte für sich behalten haben, was zu sagen gewesen wäre. Aus Angst und um sich zu schützen, denn wie ihr Mann arbeitete sie im Widerstand und wusste sehr gut, was er für wen tat und warum er Polizist blieb, als die Ustascha im Mai 1941 die Ordnungsmacht übernahm, im Gegensatz zu serbischen Kollegen sowie dem einen oder anderen Kroaten und Muslim, die ihre nationale Zugehörigkeit misstrauisch verschwiegen und von denen sich die meisten nach Belgrad oder in den Wald zu den Partisanen absetzten, um den Fängen der neuen Herren zu entgehen. Wie hätte sie, selbst Slowenin, nicht wissen sollen, warum Stanko zwischen den Kroaten ausharrte und sich an der Säuberung der Stadt von Juden, Serben und Kommunisten beteiligte?

Sie muss es gewusst haben, natürlich wusste sie es, und Luburić wusste, dass sie es wusste.

An der Wohnungstür schellte es.

Ob die Rojnik erschrak, wissen wir nicht; Olga erzählte, sie sei vor Angst fast gestorben. Ihr erster Gedanke sei gewesen: Warum habe ich das Kind mitgenommen? Die Kleine hätte oben bei Dragan bleiben können, der sich auf unserem Dachboden vor der Einberufung versteckte. Sie liebte sie nicht mit der sprichwörtlichen Mutterliebe, liebte ihre Tochter vielleicht überhaupt nicht, das entzieht sich unserer Kenntnis, aber als es schellte, fühlte sie sich der Tochter gegenüber schuldig. Es muss ein Selbstschutz von Müttern und Vätern sein: Sie wehren Todesangst mit der Angst ab, dem Kind könne etwas zustoßen. Vielleicht werden deshalb so viele Kinder geboren.

In der Tür stand ein einzelner Polizist in Zivil.

Er zeigte der Rojnik seinen Ausweis. Entschuldigen Sie die Störung, man hat mich beauftragt, den Radioapparat zu holen!

Er legte eine Quittung für den Volksempfänger hin, bedankte und verneigte sich zum Abschied. Er war außerordentlich höflich. So höflich, dass die Rojnik in Tränen ausbrach. Sollte sie bis zu diesem Moment noch einen Funken Hoffnung gehabt haben, jetzt war klar, dass sie Stanko nie wieder lebend zu Gesicht bekommen würde.

In der Aprilnacht, in der sich die Ustascha aus Sarajevo zurückzog – Luburić war schon über alle Berge, angeblich in den Wäldern um Konjic –, knüpften sie vorher noch schnell in Marijin Dvor kommunistische Widerständler, Sympathisanten der Partisanen, englische Spione oder wen sie dafür hielten an Straßenbäumen auf. An diesen zur Unzeit weihnachtlich geschmückten Platanen, ein letzter Gruß katholischer und muslimischer Kroaten, baumelte auch Stanko Rojnik.

Einige Monate nach Kriegsende zog die Witwe nach Slowenien. Sie hatte niemanden in Sarajevo, brauchte aber jemanden, der sich mit ihr in diesen Hungerszeiten um Damjana kümmerte. Man mag auch nicht in einer Stadt bleiben, die einem erst Angst einjagt und dann zeigt, dass die Angst berechtigt war.

Stanko Rojnik oder vielmehr sein Name lebte eine Weile im Gedächtnis der Bewohner des Hauses hinter der Synagoge fort. Ungefähr bis 1969. In dem Jahr wurde auf dem Nachbargrundstück das Energo-Invest-Hochhaus gebaut, und die meisten zogen aus. Der Mann ist vergessen, sein Name steht in einigen alten Büchern im Stadtarchiv, in den Listen zu Opfern des faschistischen Terrors. Nichts wurde nach ihm benannt. Nichts wird nach ihm benannt werden. Wofür er kämpfte und starb, existiert nicht mehr.

Rund zehn Jahre nach der Befreiung traf im Haus hinter der Synagoge die Nachricht ein, Damjana sei gestorben. Nicht wie, woran und warum, nur dass.

Alle Mieter hatten Stanko Rojnik verabscheut, alle außer Franjo Rejc, dem romantischen, naiven Slowenen.

Vor Herrn Bilić, Oberst der Heimatwehr, und der gnädigen Frau Bilić hatte keiner Angst. Als Stabsoffizier verbrachte er die Kriegsjahre, von kurzen Ausflügen in die Kampfgebiete der Romanija und Ostbosniens abgesehen, in Sarajevo, kehrte aber nicht das hohe Tier heraus und war auch nicht so diensteifrig, wie man es von einem Angehörigen der damaligen kroatischen Streitkräfte erwarten würde. Er hatte eher was von einem englischen Faulpelz, der nach Indien strafversetzt wird und sich dort möglichst behaglich einrichtet. Sarajevo war, von Zagreb aus gesehen – der Oberst kam zwar nicht aus Zagreb, sah die Dinge aber aus Zagreber Perspektive –, so weit weg wie Indien. Die Bilićs wollten ihr Leben genießen, sie duldeten nichts, was dabei störte. Oberflächliche Leute, weltläufiger Abschaum.

Oberst Bilić war königlicher Offizier gewesen.

Als der Wind drehte und das Königreich unterging, wechselte er zur Heimatwehr. Dank geschliffener Manieren und guter Kinderstube kam er prima mit den Deutschen aus. Tochter Jolanda, 1941 zwölf Jahre alt, war in Smederevo geboren. Beim Einzug in unser Haus diente Bilić noch dem König. Seine politische Kehrtwende war allgemein bekannt, darüber wurde im Haus nicht geredet. Vor Bilić hatten wir keine Angst. Über Bilić haben wir nicht nachgedacht.

Mladen fiel im Herst 1943, Dragan schloss im Frühjahr 1944 das Gymnasium ab und musste mit der Einberufung rechnen. Wir versteckten ihn auf dem Dachboden, ein toter Sohn reicht. Haben Nonno und Nonna je überlegt, Bilić um Protektion zu ersuchen? Hätten sie ihn um eine Empfehlung bitten können, als Mladen zur Wehrmacht eingezogen wurde, damit der Junge zur Heimatwehr und in den Schreibdienst hätte wechseln können? Als Dragan die Einberufung zum kroatischen Heer drohte (die Deutschen zogen die Söhne und Enkel von Deutschen in Sarajevo zu diesem Zeitpunkt nicht mehr ein, außerdem beherrschte Dragan die Sprache des Großvaters nicht so gut wie Mladen)? Wohl kaum. Für Oberst Bilić waren sie Inder.

Bilić feierte gern, und die Gelage in seiner Wohnung dauerten bis tief in die Nacht. Schlechte Nachrichten von den Schlachtfeldern kümmerten ihn offenbar wenig: Ob 1942, 1943 oder 1944, er nutzte jeden Anlass, kirchliche und staatliche Feiertage, Geburts- und Namenstage oder auch einfach nur, um die Kampfmoral zu heben, für Feste, für Einladungen an die Herren Heimatwehr-Offiziere, und die kamen mit Blumen und Pralinenschachteln zu ihm nach Hause wie mitten im Frieden, wie in eine baumumstandene Wiener oder Zagreber Villa, und amüsierten sich bei Klaviermusik oder spielten die neuesten Schallplatten, die mit Diplomatenpost aus Paris und Berlin eintrafen, auf dem Grammofon ab.

Dummerweise wohnten Bilićs direkt unter uns, der Lärm raubte uns oft den Schlaf, schon gar nach Mladens Tod, als Olga und Franjo schlecht schliefen, weil sie, was sie den ganzen Tag über umtrieb, auch im Traum heimsuchte. Einmal, im Frühjahr 1944, vielleicht war es die Nacht vom 10. auf den 11. April, war der Tumult vollkommen unerträglich oder Nonna nervöser als sonst, jedenfalls nahm sie den Besen, lehnte sich aus dem Fenster und klopfte mit dem Stiel ans Fenster der Bilićs, ob sie nicht ein bisschen leiser sein könnten.

Und wie das nächtens schnell passiert ist, weil man die eigene Kraft leichter unterschätzt, klopfte sie zu dolle und schlug die Scheibe ein.

Franjo, Olga und Dragan wurden starr vor Angst.

Der Lärm verstummte. Das Lied verklang, Grammofon und Klaviermusik erstarben, alles wartet, was jetzt passiert. Dragan floh auf den Dachboden, Nonna rang die Hände: Bei allen Heiligen, Franjo, was machen wir bloß?, Franjo zischte wütend: Was fragst du mich das jetzt? Was wir machen, jetzt fragst du mich das?, und beide rannten auf und ab, als wenn das helfen würde.

Volle fünfzehn Minuten währte die Stille, dann nahm die Feier wieder an Fahrt auf. Man hörte den Lärm besser, weil in der Wohnung der Bilićs ein Fenster offen war. Nie haben wir uns mehr über Krach gefreut.

Oberst und Gattin sprachen uns nie auf die zerbrochene Glasscheibe an. Entweder waren sie so besoffen, dass sie den Besen nicht gesehen hatten, oder die zerbrochene Fensterscheibe war für sie eine Lappalie, zu geringfügig, als dass sie deswegen mit Leuten geredet hätten, deren Verzweiflung ihnen Angst machte oder auch nur auf die Nerven ging. Sie müssen gewusst haben, dass Rejcens einen Sohn verloren hatten, dass er in Slawonien und noch dazu als Soldat der Wehrmacht gefallen war, ohne Not setzten sie sich deren Leid nicht aus. Unglückliche Menschen ziehen ihre Mitmenschen wie ein Magnet, wie ein Abgrund an und verschlingen sie …

Den ersten Kriegswinter spürten Emilia Heims Mieter kaum: Es gab für Pavelićs Kuna genug zu kaufen, Essen und Heizmaterial waren nicht knapp. Der Winter 1942/43, als Stalingrad fiel und sich bereits abzeichnete, wer den Krieg gewinnen würde, und der Winter 1943/44 waren eisig kalt, und die Leute hungerten. Man unternahm Hamsterfahrten nach Slawonien, tauschte bei habgierigen, selbstsüchtigen Bauern, die für Gottes Gaben das Gesetz von Angebot und Nachfrage ausreizten, Goldstücke oder Familienschmuck gegen Mehl oder ein Ei, das der Erzeuger wertmäßig mit einem Werk von Fabergé, Hofjuwelier in Sankt Petersburg, gleichsetzte und dabei unterschlug, dass es von einer schäbigen slawonischen Henne gelegt worden war. Die Zugfahrt nach Slawonien führte durch das umkämpfte Bosnien, Hinterhalte der Partisanen, an Tschetniks und Banditen und hundsgewöhnlichen, unpolitischen Wegelagerern vorbei. Wie sehr man sich auch fürchtete – man hatte keine Wahl, wenn man überleben wollte. Also unternahm Franjo wie alle anderen Hamsterfahrten.

Jede Wohnung im Haus der Emilia Heim verfügte, das war

um die Jahrhundertwende üblich, über eine Speisekammer. Vor der Erfindung des Kühlschranks wurden Obst und Gemüse in jedem bürgerlichen Haushalt für den Winter eingeweckt, dafür brauchte man Lagerraum, und im Frühjahr erforderten es die steigenden Temperaturen, Nahrungsmittel vor dem Vergammeln, Verfaulen, Vertrocknen, Stinken und Austreiben zu bewahren, deswegen war die Speisekammer eine Art physikalisch-chemisches Labor und jede Hausfrau eine Madame Curie. Während der Hungerjahre des Krieges wirkten die Speisekammern der Emilia Heim großzügiger als die Wohnzimmer.

Nur eine war gestopft voll.

Unsere Nachbarin im vierten oder vielmehr, wenn wir das Hochparterre ignorieren, fünften Stock, Vilma Doležal, nennen wir bis zum heutigen Tag und bis zum Ende der Geschichte der Stublers nur Tante Doležal. Ihr Mann war Gefängniswärter, arbeitete für die Partisanen und flog noch in der Zeit vor Luburić auf. Er kam, darum kümmerten sich nicht Kroaten, sondern die Gestapo, nach Norwegen in ein Arbeitslager und kehrte auch nicht mehr zurück.

Von Tante Doležals Schlafzimmerfenster aus blickte man dank des Lichthofs, einem Schacht in der Mitte des Hauses, in das sogenannte Dienstbotenzimmer der Bilićs.

Eines Tages im eisigen Winter 1943 klopfte es an der Tür.

Dragan huschte auf den Dachboden, Nonna richtete sich gewohnheitsmäßig das Haar, während sie langsam, damit der Sohn genug Zeit zum Verstecken hatte, Richtung Eingang schritt und, so unschuldig sie konnte, fragte: Wer ist da? Jeder bessere Ordnungshüter hätte sofort Verdacht geschöpft.

Ich bin's, Frau Rejc, Vilma!

Ach, Sie sind's, warum erschrecken Sie mich so?, sagte Olga ungehalten und öffnete. (Die beiden blieben bis zum Lebensende beim Sie, obwohl sie sich sehr nahestanden. Aber das Siezen passte gut zu Tante Doležals konventionellem Gehabe und ihrem unbändigen Sinn für Humor, der sie trotz allem, was sie mitgemacht hat, nie im Stich ließ. Der Tod des eigenen Mannes, der Krieg und einiges mehr hätten die meisten Menschen verbittert und noch den stärksten Charakter gebrochen.)

Kommen Sie doch bitte mit, ich muss Ihnen was zeigen!

Sie führte Olga zu dem Fenster, von dem aus man ins Dienstbotenzimmer der Bilićs sah.

Die Rollläden waren hochgezogen, dünne, durchsichtige Vorhänge gaben den Blick auf einen Tisch frei, auf dem eine weiße Damasttischdecke lag, und auf der wiederum sonnte sich faul ein frisch geschlachtetes Ferkel. Das arme Schweinchen war keine drei Monate alt geworden, wahrscheinlich sollte es an Weihnachten in der Röhre gebraten werden, und so mausetot es war, es wirkte irgendwie lebendig.

Olga rutschte heraus: Warum stellen die ein Ferkel ins Dienstbotenzimmer?

Meine liebe Frau Rejc, ich glaube, es hat einfach nicht mehr in die Speisekammer gepasst.

Ab da besuchte Olga Tante Doležal regelmäßig und sah sich an, was beim Oberst auf den Tisch kam. Und schärfte der Nachbarin ein, sie solle bloß nicht ohne sie gucken gehen, das sei nur der halbe Spaß, das müssten sie gemeinsam genießen.

Tante Doležal schwor, ohne Olga würde sie keinen einzigen Blick riskieren. Wer weiß, vielleicht sagte sie sogar die Wahrheit. Der Luxus, der sich im Dienstbotenzimmer der Bilićs offenbarte, brannte sich dem Gedächtnis tiefer ein als alles andere. Ferkel, Hähnchen, Schinken, Äpfel, Birnen, Säcke mit Weizen- oder Maismehl, Truthähne, Gänse und lange slawonische Würste, körbeweise Eier und Walnüsse in der Schale, ja, lebende Karpfen in einer Wanne voll Wasser – wahrscheinlich blieben das Ehepaar Bilić und ihre Tochter nur wegen dieser Opulenz und der himmelschreienden Ungerechtigkeit in Erinnerung. Das hat sie unsterblich gemacht.

Oberst Bilić war weder leichtfertig noch dumm, aber er überließ sich nicht der Verzweiflung, wusste er doch im Unterschied zu vielen anderen, ob schuldig oder unschuldig, Verbrecher oder Opfer, Mörder oder Märtyrer, was was kostet und wie viel menschliches Leid wert ist. Soweit wir wissen, war er nicht rachsüchtig veranlagt, er hat keinem im Haus auch nur das Geringste getan, weder im Bösen noch im Guten, doch er wusste, die Vergeltung der Sieger würde schrecklich werden.

Keiner hat seine Flucht beobachtet, keiner weiß, wann er abgehauen ist. Er türmte beizeiten, man kam noch mit dem Automobil – für das die faschistisch-kroatische Wortprägung *samovoz*, Selbstfahrer, existiert – bis Zagreb und weiter. Wir wissen nicht, wie es dem Oberst erging, sind aber überzeugt, dass er überlebte. Das würde zumindest zu ihm passen.

Frau Bilić blieb mit Jolanda in der schönen, geräumigen Wohnung. Die Befreiung nahte, das Dienstbotenzimmer leerte sich, vielleicht waren auch nur die Rollläden unten, daran konnten sich weder Nonna noch Tante Doležal erinnern. Zwei, drei Jahre später bestand Jolanda die Reifeprüfung, und die beiden zogen in aller Ruhe nach Zagreb.

Keiner weinte ihnen eine Träne nach. Man hatte weder gute noch schlechte Erinnerungen an sie, denn die drei waren weder gut noch böse. Sie waren, wie die Zeit damals war, sie haben nichts Eigenes hinzugefügt. Vielleicht ist es besser so. Ihre hohlen Seelen, mit Helium befüllt wie ein Luftballon, flogen nach Zagreb, Richtung Westen. Immerhin haben sie uns das zerschlagene Fenster nachgesehen.

Aber damit ist die Geschichte nicht zu Ende.

Ihnen gegenüber wohnten Matićs. Đuro Matić, ein Serbe, arbeitete vor dem Krieg als Rechtsanwalt in einer Behörde. Seine Frau, wir nannten sie nur die Matić, kannten ihren Vornamen nicht, stammte aus Zagreb. Obwohl sie ihr halbes Leben in Sarajevo verbracht hatte, sprach sie immer noch so, als käme sie eben vom Jelačić-Platz.

Sie hatten zwei Kinder: Seka und Sinek.

Die beiden hatten natürlich richtige Taufnamen, bürgerliche Vornamen für die Schule, aber im Haus hießen sie nur Seka und Sinek.

Seka war ein gepflegtes Fräulein, sie passte in ihre Zeit, unterschied sich durch nichts von anderen Mädchen aus gutem Haus ihrer Generation. Weder schön noch hässlich, nicht besonders klug, aber keinesfalls dumm, wuchs sie ordentlich heran und fiel keinem zur Last. Im Unterschied zu Sinek musste Seka nicht weiter erzogen werden.

Seit die Matićs eingezogen waren, fiel er im Haus durch Gebrüll und Geschrei auf. Als kleiner Junge plärrte er wegen jeder Kleinigkeit im Treppenhaus wie am Spieß. Wir hörten, wie er in den Stimmbruch kam, wir hörten ihn als Halbstarken schimpfen und fluchen, Hauptsache, er bekam Aufmerksamkeit. Und als Erwachsener machte er unten an der Haustür mit Weibern rum und ließ uns wieder keine Ruhe.

Kurzum, Sinek war genauso typisch wie Seka.

Nachkomme von Kuferaschen, Mamasöhnchen, nach Strich und Faden verzogen, als würde sich die ganze Welt um ihn drehen. Die Mama, die Matić, die Zagreberin, die sich nie mit der hiesigen orientalischen Mentalität anfreundete und die bosnisch-balkanische Herzlichkeit ablehnte, wo jeder mit jedem, der Bettler mit dem Bürger, der Taschendieb mit dem Herrn Professor, der Patient mit dem Arzt per Du ist, sie trichterte Sinek von klein auf ein, er sei etwas Besseres, klug, begabt, allen überlegen, aus gutem Hause, schließlich stand ihr Elternhaus am Jelačić-Platz. Allein dank einer unseligen Verkettung merkwürdiger Umstände wüchse Sinek in Sarajevo auf und nicht dort, wo er der Natur der Dinge und göttlichen wie menschlichen Gesetzen nach hingehöre.

Der Knabe war nicht übertrieben intelligent, konnte es unter diesen Umständen wohl auch nicht werden, aber Sinek war nicht nur nicht intelligent, er war ein richtiger Idiot (mit deutscher Betonung des Wortes).

Bei Kriegsbeginn im Sommer 1941 tat Sinek etwas Ungewöhnliches: Er ging zu den Tschetniks. Wie sich das herumgesprochen hat, lässt sich kaum rekonstruieren. Wahrscheinlich so, wie sich alles in Sarajevo herumspricht. Oder die Matić hat, das sähe ihr ähnlich, allen ihr Leid geklagt, und die ganze Stadt, nicht nur unser Haus, wusste, dass Sinek in der Romanija, in Vučja Luka war, bei den Königstreuen, dass er eine Šubara mit Kokarde und am Gürtel ein langes Messer trug.

Đuro Matić dürfte vor Angst gestorben sein, erstens: Was würden die Leute sagen?, zweitens: Wann hämmert die Ustascha an ihre Tür und macht ihn in Vraca kalt, Schuld hin oder her? Er, das war allgemein bekannt, hatte mit Sineks Erziehung nichts zu schaffen. Es war die Mutter, die den Jungen verhätschelt hatte, er war ihr ganzer Stolz; Đuro kümmerte sich um die Tochter. So ordentlich, ernsthaft und schweigsam, wie sie war, war sie sein Kind. Sinek schlug der Frau Mama nach, und dass er sich den Tschetniks anschloss, lag an ihr, nicht an ihm. Đuro war Jurist und achtete den Staat, jeden Staat, auch den Unabhängigen Staat Kroatien, und ansonsten regelte er seine eigenen Angelegenheiten.

Natürlich wussten die Bilićs, wo Sinek steckte. Sie müssen es gewusst haben, selbst wenn sie ihre Nachbarn links liegen ließen und ihren Festivitäten, Spanferkeln und Vergnügungen frönten. Zumal Jolanda ungefähr in Sineks Alter war, die Matić gelegentlich nach ihm fragte und wahrheitsgemäß Auskunft bekam.

Vier Kriegsjahre lebten Bilićs und Matićs friedlich Tür an Tür. Sie begegneten sich im Treppenhaus, gingen manchmal gleichzeitig hinunter, und kein böses Wort fiel zwischen ihnen. Auch kein freundliches, wenn man das von der Höflichkeit gebotene Grüßen abzieht.

Einem fiktiven Text würde man nicht abnehmen, wie es im wirklichen Leben tatsächlich war: Bilić ließ Sineks Entscheidung für die Tschetniks auf sich beruhen. Gewundert hat man sich darüber allerdings erst nach dem Krieg.

Dem Oberst war alles egal. Ihn interessierte nicht, dass Sinek ein Tschetnik war, dass die Nachbarin die Fressalien im Dienstbotenzimmer begaffte. Ein böser Mensch oder ein kroatischer Nationalist hätte Đuro angezeigt, weil sein Sohn bei den Tschetniks mitkämpfte. Bilić war weder böse noch Nationalist. Es scherte ihn einen Dreck, dass Matić Serbe war. Wohl beugte er sich politischem Druck, er passte sich dem Zeitgeist an, dem Lauf der Geschichte, aber deswegen änderte er noch lange nicht seine Überzeugungen. Er hatte keine Überzeugungen, solange er keine brauchte. Und wenn er welche brauchte, vertrat er sie sehr gemäßigt.

Von dieser Mäßigung lebt das Böse unserer Zeit.

Im Frühjahr 1945 saß die Bilić mit ihrer Tochter in der einen Wohnung, und in der Wohnung gegenüber bibberten Đuro Matić und Frau um ihren Sinek.

Wenig später hörten sie von ihm.

Die Partisanen hatten ihn, verdreckt und voller Läuse, in der Romanija gefangen genommen und in Sarajevo vors Volksgericht gestellt. Wir haben vergessen oder nie gewusst, zu wievielen Jahren Sinek verurteilt wurde, gut drei Jahre hat er abgesessen, wurde entlassen, kehrte zurück ins Haus hinter der Synagoge, das Leben ging seinen gewohnten Gang, Sinek war älter, ruhiger und misstrauischer geworden, aber sonst ganz der Alte. Man hörte ihn nur noch, wenn er gesoffen hatte.

Bei seiner Entlassung wohnte die Bilić mit der Tochter bereits in Zagreb. Jolanda wanderte erst nach Australien und dann nach Deutschland aus. Noch in Zagreb veröffentlichte sie einen Gedichtband, den wir nicht gelesen haben, obwohl er in Sarajevo in den Schaufenstern der Buchhandlungen stand. Er war beim damals renommierten Zagreber Verlagshaus Zora erschienen, der auch die gesammelten Werke Miroslav Krležas publizierte.

Emilia Heim starb, alt und krank, 1952. Wir waren bei ihrer Beisetzung auf dem Josephsfriedhof, haben sie im monumentalen Familiengrab allein zurückgelassen, zwischen weißem und schwarzem Mamor, in den Kranjčevićs Verse mit deutschen gebrochenen Lettern eingraviert sind, schwer wie der erste Novemberschnee, wie ein Wintereinbruch im Morgengrauen nach einem ungewöhnlich lauen Abend, durch dessen Wärme die ganze Stadt süßlich-stickig nach Kanalisation roch und wieder einer zu der Überzeugung gelangte, der Winter käme nie und der Tod sei eine Mär.

Das ist rote Tanne

Der 4. April 1945, früher Nachmittag, ringsum ist es sonderbar still. Es gibt schon lange keinen Strom mehr, jemand klopft bei Tante Doležal.

Frau Emilia Heim, begleitet von zwei deutschen Soldaten in voller Montur.

Frau Vilma, die Heim ringt nach Luft, Frau Vilma …

Vilma Doležal bittet sie ins Wohnzimmer, bietet der Vermieterin einen Stuhl an, nimmt ihr den Stock ab, die Soldaten bleiben mit ihren Waffen und Helmen verunsichert stehen.

Setzen Sie sich doch, meine Herren!, sagt Tante Doležal schließlich auf Deutsch, und die beiden strahlen sie an, die Wand zwischen den Welten ist eingerissen, ihre Hände krampfen sich nicht mehr um die Lederriemen ihrer Sturmgewehre.

Wir haben den Auftrag, den Trebević zu observieren, sagt der eine, und den sieht man von Ihrem Fenster aus am besten!

Und so hatte Tante Doležal – die noch nichts von ihrer Witwenschaft, von der Ermordung ihres Mann in einem deutschen Arbeitslager in Norwegen wusste – zwei verzweifelte junge deutsche Rekruten in der Wohnung.

Am nächsten Morgen verabschiedeten sie sich mit kindlich schlichten Worten. Als sie schon auf der Treppe waren, fiel Tante Doležal auf, dass sie ihre Namen nicht wusste. Wenn sie namenlos gingen, waren sie für immer weg. Selbst mit Namen würde sie sie höchstwahrscheinlich nie wiedersehen, aber wenigstens wäre der Moment ihres endgültigen Verschwindens hinausgeschoben.

Erst wollte sie ihnen hinterherrennen und sie fragen, besann sich dann aber.

Wer weiß, was die beiden und die Leute gedacht hätten, wenn

sie kurz vor Kriegsende deutsche Soldaten nach ihrem Namen fragt. Das braucht nun wirklich niemand. Weg ist weg.

Doch kehren wir zu dem Augenblick zurück, als die beiden ins Wohnzimmer treten und Frau Heim sich hinsetzt, einen Schluck Wasser trinkt und nach Luft ringt.

Da ist noch jemand im Zimmer.

Sitzt auf dem Boden, vor sich eine rote Blechkanne, in die die Tante Erbsen geschüttet hat, mit denen klappert sie jetzt, die kleine zweieinhalbjährige Tochter von Olga und Franjo.

Sie schüttelt ihr Spielzeug, gefüllt mit trockenen kleinen Erbsen aus einem der Hungerjahre, schlägt gegen das Blech, das scheppert jedem Erwachsenen in den Ohren. Deswegen hat sie Tante Doležal zu sich geholt, ihr Kanne und Erbsen gegeben; Tante Doležal kann, wenn nötig, ziemlich kindisch sein. In ihrem Alter ist das hohe Kunst.

Während die Kleine also mit der Kanne spielt, schaut sie zu den Soldaten und plappert: Rote Tanne, rote Tanne, rote Tanne …

Die Soldaten schauen ratlos, verstehen nicht, was sie sagt, sie können die Sprache nicht, haben sie in vier Kriegsjahren nicht gelernt. Das Mädchen ist blass, hat blondes, fast weißes Haar, graue Augen und schaut sie selig an, als wären sie ihr Ein und Alles. Das ist rote Tanne!, sagt sie und streckt ihnen die rote Kanne hin, da verziehen beide gleichzeitig das Gesicht zu einem breiten Grinsen.

Der Vorfall ist dank Tante Doležal überliefert, der es in keiner Weise recht gewesen sein kann, deutsche Soldaten in ihrer Wohnung zu haben. Zwei oder drei Jahre vorher, ob 1942 oder 1943 haben wir vergessen, wurde Tante Doležal mehrere Tage lang von der Gestapo verhört, ihren Mann, unseren Nachbarn Pepi, haben sie im Viehwaggon in den hohen Norden, nach Norwegen, verschleppt.

Josip Doležal, genannt Pepi, war von Beruf Gefängniswärter und arbeitete in der Beledija. Das ist ein steinalter Knast in Sarajevo, gebaut unter den Osmanen und unter österreich-ungarischer Herrschaft berühmt geworden: Hier saßen die Mitglieder der Mlada Bosna und die Attentäter auf Thronfolger Franz Ferdinand ein. Aber da war Pepi noch ein Kind und hatte nichts mit Haftanstalten zu tun, sondern wollte das Gymnasium schaffen, fiel aber immer wieder durch, musste eine Klasse nach der anderen wiederholen. Er war nicht dumm, aber der größte Faulpelz, der je aufs Erste Gymnasium ging. Seine legendäre Faulheit bestimmte seinen Werdegang: Als Gefängniswärter musste er nur die Schlüssel bewachen.

Nicht einmal das hat er geschafft.

Neben seiner Faulheit hatte Pepi eine zweite Leidenschaft: Schnaps. Er war ein notorischer Säufer, ständig blau, blieb aber trotz Suff ein guter Mensch. Oder wurde es mit entsprechendem Pegel. Tante Doležal nahm ihn, wie er war, ständig blau, und außer der Fahne störte sie nichts. Ihre Ehe war auf ganz eigene, ungewöhnliche Art harmonisch.

Sie gebar ihm eine Tochter, die nach Pepis Willen auf den Namen der Mutter, Vilma, getauft wurde. Im Krieg war Vilma schon groß, besuchte die Mittelschule.

Im Königreich Jugoslawien hatte Pepi auf der Arbeit kein Problem wegen seines Alkoholkonsums. Gefängniswärter sind oft finstere Typen, die menschlich einen Makel haben, Sadisten, Psychopathen, verkappte Selbstmörder, gescheiterte Polizeikommissare oder Generäle … Er war nur Trinker. Zu den Gefangenen nie grob, Kollegen gegenüber stets freundlich, bereit, jederzeit die Folgen ihrer abseitigen Neigungen zu decken. Die Trunksucht machte ihn blind und taub für das meiste, was in der Beledija vorging.

Anfangs blieb trotz Ustascha und deutscher Besatzung alles beim Alten. Pepi Doležal trank weiter, vielleicht bekam er nicht einmal den Augenblick mit, die Stunde, den Tag, an dem das Gefängnis zur Folterstätte wurde. Aber vielleicht tut man ihm damit auch Unrecht und er war gar nicht so abgestumpft.

Man wird nie erfahren, ob der Gefängniswärter Josip Pepi Doležal der Kommunistin Olga Humo aus Überzeugung zur

Flucht aus Beledija verhalf oder weil er besoffen war. Tatsache ist, dass die Humo freikam und Partisanengebiet erreichte, ihr Retter hingegen der Gestapo in die Hände fiel. Sie schloss sich den Befreiern an, er starb weit weg von zu Hause, hoch im Norden, an Erschöpfung oder vor Kälte. Tante Doležal erreichten verzweifelte Briefe. Gab es in norwegischen Lagern keinen Zensor, oder sollte der Inhalt dieser Briefe sie mitbestrafen?

Ihr war bald klar, dass Pepi nicht zurückkommen würde. Das konnte er nicht überleben. Das hätte nicht mal einer überlebt, der weit stärker, kräftiger und nüchterner war. Nach dem Krieg gaben die Partisanen Tante Doležal für Pepis Martyrium eine Gedenkmedaille, aber sie war bis zum Schluss nicht sicher, ob die selbstmörderische Tat Pepis Haltung oder seiner Trunksucht zuzuschreiben war. Sie schwankte täglich zwischen beiden Annahmen und machte sich selbst darüber lustig, als sei das Leben bis hin zum Tod im KZ ein einziger Witz.

Olga Humo lebte nach dem Krieg glücklich und zufrieden mit Mann Avdo in Sarajevo, ihre Tochter wurde im selben Jahr wie das Mädchen mit der roten Blechkanne geboren. Gebildet und hoch angesehen, Spross der berühmten Belgrader Familie Ninčić, unterrichtete sie am Gymnasium Englisch und wechselte später an die eben eröffnete Philosophische Fakultät. Genossin Olga Humo weihte ihr Leben dem proletarischen Internationalismus und der Aufklärung, eine Idealistin, die ihr vernachlässigtes, ungebildetes Volk auf eine höhere Stufe heben wollte, aber an die Witwe ihres Retters erinnerte sie sich nicht, sie erkundigte sich nie nach ihr. 1956 zogen die Humos nach Belgrad, Avdo mischte in der Bundespolitik mit, Olga wurde Professorin am Lehrstuhl für Anglistik.

So kreuzten sich in einem historisch unwichtigen Augenblick die Wege der Telegrafistin Vilma Doležal und der jugoslawischen Vorzeigerevolutionärin Olga Humo, einmal und nie wieder bis ans Ende aller Zeiten.

Noch fünfzehn Jahre lebte Tante Doležal im fünften Stock des Hauses der Emilia Heim, dann tauschte sie mit Vladimir

Nagel, einer der seltenen deutschstämmigen Protestanten Sarajevos und ihr Schwiegersohn, die Wohnung und zog nach Marijin Dvor. Die großzügige Wohnung der Nagels war infolge der Wohnraumrationalisierung in zwei kleinere Einheiten mit gemeinsam genutztem Bad und WC unter- und die zweite Einheit Familie Šlehta zugeteilt worden, die Nagels mussten sich vom Platz her einschränken und wohl oder übel mit der anderen Partei arrangieren, meistens übel, und das ging so, bis eine der beiden Parteien auszog oder verstarb, woraufhin sich die verbliebene Partei wieder in der ganzen Wohnung ausbreiten konnte.

Vlado Nagel löste sein Problem mit den Šlehtas, unangenehmen, böswilligen, hartherzigen Leuten, indem er ihnen die Schwiegermutter vor die Nase setzte. Und die ertrug die Partei mit ihrem gewohnten Sinn für Humor und einer beinah oberflächlichen Friedfertigkeit, nach dem Motto, es kann eigentlich nur noch schlimmer kommen, aber davon lasse ich mir doch die gute Laune nicht verderben.

Ende der Sechziger, als wegen der Energo-Invest-Baustelle das Haus der Emilia Heim geräumt wurde, ziehen die Nagels nach Rijeka. Einige Jahre später stirbt dort Tante Doležals Tochter Vilma. Ab da ist Tante Doležal, längst verwitwet, allein auf der Welt, sitzt in Marijin Dvor in einem Raum mit hohen Decken, belagert von Šlehtas und Motten und Staub, und hat keinen mehr, der mit ihr lacht.

Dann wird das Mädchen, das gerade den deutschen Soldaten ihre rote Blechkanne entgegenstreckt und rote Tanne, rote Tanne! sagt, ihre Kinderschulden begleichen, sie besuchen, ihr Essen bringen, die Bettlägerige neu lagern und betreuen und schließlich auf den neuen Friedhof von Sarajevo, Bare, hinausbegleiten. Telegrafistin im Ruhestand, Trägerin der Partisanenmedaille 1941, stirbt Vilma Doležal Ende der Siebziger. Die Šlehtas nehmen die ganze Wohnung der Nagels in Beschlag, und die Geschichte ist aus.

Aber so weit sind wir noch lange nicht.

Wir haben den 4. April 1945, das Mädchen sagt: Das ist rote Tanne!, und die jungen Soldaten grinsen breit.

Das wäre doch ein schönes Kriegsende.

Einige Stunden später, entnervt von schweren, harten Tritten über ihr, so hart, dass der Kronleuchter schaukelt und klirrt, steigt die Matić, die Zagreberin, Đuros Gattin und Sineks Mutter, nach oben, um nach dem Rechten zu sehen, und hört Vilma und Olga auf dem Dachboden reden.

Seid ihr närrisch, was macht ihr hier?, fragt sie mit gespielter Wut.

Gar nichts, liebe Frau Matić, wir haben nur zwei Wehrmachtssoldaten!, antwortet Vilma, darüber haben sie fünfzig Jahre lang gelacht, und dann sind sie gestorben.

Die Deutschen verbrachten die Nacht in Vilmas Wohnung und auf dem Dachboden. Mit Ferngläsern beobachteten sie den Trebević, stellten sie auf winzige Gestalten scharf, die sich Zeit ließen, ihnen konnte keiner mehr was anhaben, sie hatten weder Scharfschützen noch deren Gewehre zu fürchten und schon gar nicht zwei junge Kerle, die sie aus der noch nicht befreiten Stadt beobachteten. Die winzigen Gestalten hatten keine Angst, es war vorbei, der Krieg war aus, bald bricht die neue Zeit an, in der man nicht mehr auf Feinde trifft, weil die Feinde tot sind oder als Touristen verkleidet Dalmatien besuchen, als Ingenieure oder Handwerker Gastarbeiter werden oder Ärzte und Krankenschwestern, in deren Händen man vielleicht einmal stirbt, wenn man in Deutschland Heilung von einer unheilbaren Krankheit sucht. Aber bevor die neue Zeit anbricht, ist kurz Pause, eine Zwischenzeit, ein Intermezzo, während dem es keiner eilig hat und alle ihr vorheriges Leben weiterleben, nur leiser und langsamer, wie wenn man stirbt.

Zwei namenlose Wehrmachtssoldaten beobachten also von Tante Doležals Dachfenster aus mit Ferngläsern die Bewegungen der Partisanen, Gestalten, die über die Hänge des Trebević laufen, Grüppchen bilden oder, an einem Grashalm kauend, die

Stadt im Talkessel beobachten. Die beiden schauen durch Ferngläser, notieren sich ihre Beobachtungen in schwarze Hefte und wissen selbst, dass sie niemandem mehr berichten werden und keiner ihre Notizen braucht.

Tante Doležal will ihnen Schnaps einschenken, den Pflaumenbrand, den auszutrinken Pepi nicht mehr geschafft hat, bevor ihn die Gestapo verschleppte.

Sie lehnen ab, deutsche Soldaten trinken keinen Alkohol, schon gar nicht im Dienst. Das meinen sie bierernst, als wäre der Krieg keineswegs aus.

Tante Doležal trägt ein Tablett zu ihnen, auf dem Tablett zwei Tassen, in den Tassen Kaffee. Kein richtiger Kaffee, sondern gebrannte Gerste, Muckefuck, mit einem bisschen echten Kaffee. Auf neun Löffel Gerstenmalz ein Löffel Bohnenkaffee. Das wenigstens hat Hasan, der Vorkriegsladenbesitzer, von der Schachtel Muckefuck behauptet, die er ihr gegen einen goldenen Ring eintauschte, aber vielleicht hat Hasan gelogen und der Muckefuck enthält keinen echten Kaffee. Auch gut, Hauptsache, man glaubt daran, dass der Gerste echter Kaffee beigemischt ist oder Kaffee generell aus gebrannter Gerste besteht und die Geschichte von äthiopischen oder brasilianischen Kaffeebäumen frei erfunden ist.

Die Deutschen kriegen leuchtende Augen, der Kaffee freut sie, sie danken für die *Ehre*, und die Tante fragt sie wie wir dreißig Jahre später deutsche Touristen: Habt ihr ein bisschen Serbokroatisch gelernt?

Eure haben wir nicht gelernt und unsere vergessen, antwortet der eine düster. Das ist nicht witzig, trotzdem vergessen wir es nicht. Nicht, solange einer lebt.

Am Morgen sehen sie noch jünger aus als am Abend, oder als sie tatsächlich sind, sie gehen, und Tante Doležal hat sie nicht einmal nach ihren Namen gefragt. Sie macht ein, zwei Schritte, um die Scharte auszuwetzen, und bleibt dann stehen, was sollen die Leute denken.

Und wieder rappeln die Erbsen in der roten Blechkanne, das

Mädchen ist glücklich, weil sich die Tante an dem Krach nicht stört – ihre Mutter erträgt ihn nämlich nicht –, und plappert ihr Mantra: Rote Tanne, rote Tanne, rote Tanne …

Das Grab in Donji Andrijevci

Klirrender Frost, aber kein Schnee. Der Bus schleicht Richtung Slavonski Brod. Rechts und links der Straße stehen Häuser mit Satteldächern, in vielen der Höfe davor hängen, kopfüber aufgespannt, Schweine, die herausgeschnittenen Innereien, Gedärm, Leber und Herz, dampfen, der Dampf hüllt die Tiere in Nebel, sie wirken lebendig, oder als würden ihre Seelen nach dem Grauen der Schlachtung in den Himmel ziehen. Es ist der 29. November, Tag der Republik 1970, Javorka Rejc – zum ersten Mal erwähnen wir sie mit Vor- und Zunamen –, das Mädchen, das unlängst noch mit Erbsen in einer roten Blechkanne rappelte und Rote Tanne! Rote Tanne! plapperte, fährt mit dem Bus nach Slawonien, nach Donji Andrijevci, einem Dorf bei Kopanica. Seit zwei Jahren arbeitet sie beim SDK, einer jugoslawischen Behörde für internationalen Zahlungsverkehr, ihre erste Stelle. Wenn sie siebenunddreißig Jahre später in Ruhestand geht, wird sie beim bosnischen Nationalmuseum, in der Stomatologie, an der pädagogischen Fakultät sowie der Akademie der darstellenden Künste gearbeitet haben, aber das weiß sie noch nicht, während sie im Bus in der zweiten Reihe hinter dem Fahrer sitzt, aus dem Fenster schaut und die Innereien geschlachteter Schweine im klirrend kalten November dampfen sieht. Sie ist achtundzwanzig, geschieden, hat einen vierjährigen Sohn, aber das Leben liegt ja eigentlich noch vor ihr. Sie empfindet das nicht so, ist unzufrieden und unglücklich. Sie hat ein paar schreckliche Dinge erlebt, die wir vielleicht später erzählen, und angefangen hat der Schrecken im Spätherbst 1943, als Mladen starb, ihr neunzehn Jahre älterer Bruder, zu dessen Grab sie unterwegs ist.

Die Geschichte seines Todes verschieben wir an den Schluss, obwohl er lang zurückliegt und, eingeschrieben in die Chronologie der Stublers, die Familiengeschichte in der Zukunft wie in der Vergangenheit prägt. Sein Tod hat alles verändert, das, was davor geschah, ebenso wie das, was danach geschah: Er leitet das Ende unserer Geschichte ein. Es war nicht sofort mit uns vorbei, sein Tod wirkt wie ein schleichendes Gift, der Rest ist Agonie, passend zur Biografie kleiner Leute, die Chronologie muss uns nicht kümmern, wir dürfen die Abfolge korrigieren, Zeitläufte und Chronologien zurechtrücken und behaupten, Javorka habe nach ihrem eigenen und dem Tod ihrer Familie gelebt.

Es ist früher Nachmittag, Javorka, eine hübsche Blondine, eine junge Frau, sitzt im Bus nach Slavonski Brod, und keiner der Mitreisenden hätte vermutet, dass sie eine Scheidung hinter sich und ein Kind geboren hat. Sie trägt hässliche Lackstiefel, die waren damals Mode, einen fast knielangen Rock, der Rollkragenpulli ist aus Schurwolle, den Lammfellmantel nannte man damals aus unerfindlichen Gründen Hunter. Solche Mäntel trägt man noch heute, aber die Bezeichnung kennt keiner mehr. Auf den Knien hält sie eine Handtasche, die sie keinen Augenblick loslässt, weil ihr Portemonnaie drin ist und in dem Portemonnaie ihr ganzes Geld. Oben im Gepäcknetz liegt die kleine Reisetasche aus schwarzem Skai, im Frühjahr in Stuttgart gekauft, die am Sepetarevac 23 in verschiedenen Rollen auftreten wird, bis auch sie mit Kriegsbeginn Frühjahr 1992 untergeht.

In Slavonski Brod steigt sie um, ein klappriger Omnibus bringt sie nach Andrijevci. Der Bus ist leer, die Leute sind zu Hause, schlachten Schweine, feiern den Tag der Republik und verkosten den diesjährigen Selbstgebrannten. Am Abend sind dann die Würste fertig, die Fleischstücke durch den Wolf gedreht und in die breiten, geschmeidigen Schweinedärme gefüllt, Grieben kühlen gesalzen auf großen Blechen in den Sommerküchen aus, Katzen fressen im Hof Schweinemilz und die Innereien, die Menschen nicht hinunterkriegen, und alle sind hackedicht, singen patriotische Lieder von Velebita, der Fee, und Ban

Jelačić, und wenn ihnen der Schnaps den letzten Rest Verstand geraubt hat, grölen sie Lobeshymnen auf Jure und Boban und den Poglavnik Pavelić, und kein Polizist, kein Spitzel und keiner aus dem Dorf wird sie verpfeifen, denn die haben auch geschlachtet und sind genauso hinüber, singen andere oder dieselben patriotischen Lieder. Denn wir haben das Jahr 1970, Kroatien erwacht, man jubelt Savka und Tripal zu, bald wird der Kroatische Frühling Heldentum, Mut und Nationalbewusstsein erblühen lassen. Die Leute sind dagegen, dass ihr Geld in die jugoslawische Hauptstadt geht: Kroatien schuftet, Belgrad duftet, sie wollen sauber auseinandergerechnet haben, wem was gehört, wer wie viel in unserer sozialistischen Gesellschaft bezahlt. Sie sind voller Freude, voller Ärger, sie singen aus vollem Hals, schreien lauthals heraus, was sie bis gestern nicht einmal zu denken wagten. Spurlos verschwundene Väter und Onkel erheben sich aus ihren Gruben, die Regimenter vor Stalingrad und Dravograd marschieren in Zweier- und Viererreihen auf flache Massengräber zu, es ist nicht gelungen, sie unter sozialistischem Asphalt und Beton verschwinden zu lassen, angstschlotternde Heimatwehr-Soldaten, die posthum zu Helden stilisiert wurden, stehen wieder auf, fallen in den Gesang der Söhne und Enkel ein, die Schlächter von Jasenovac erheben sich, die kroatischen Märtyrer, die 1942 brandschatzend, vergewaltigend und mordend durchs Kozara-Gebirge zogen, sie nehmen 1970 am großen kroatischen Schlachtfest teil, am Tag der Republik, der an den 29. November 1943 erinnert, an dem unsere Völker und Volksgruppen in Jajce ewige Brüderschaft gelobten.

Sie jedoch fährt mit einem uralten Mercedes-Bus nach Andrijevci, starrt auf den schmutzigen Überzug der Kopflehne vor ihr, ihr Magen revoltiert gegen die Gerüche im Fahrgastraum: Schweiß, Kinderkotze, Diesel, Zigarettenrauch und angekokeltes Plastik, die Mischung ist typisch für Überlandbusse. Sie versucht, nicht daran zu denken, atmet tief ein und aus, bloß nicht durch die Nase. Sie ist allein im Bus wie im Leben, fühlt sich einsam, sehnt sich, überwältigt von Selbstmitleid, nach Einsamkeit, sie hat mit dem Leben abgeschlossen, sieht sich chancenlos, hält sich für verraten und verkauft. Schuld sind immer die anderen, die Mutter, der Ex-Mann, die Schwiegermutter, schuld ist auch ihr Sohn, sie liebt ihn, er ist ihr Kind, trotzdem ist er schuld, dass ihr Leben vorbei ist, bevor es richtig begonnen hat.

Es war aus, als sie kaum achtzehn Monate alt war und die Nachricht von Mladens Tod eintraf.

In Donji Andrijevci wartet Ivan Latić am Friedhof auf sie, ein Bauer aus dem Dorf, den Angehörige der hier begrabenen Soldaten zum Friedhofswärter machten, indem sie ihm bei jedem Besuch am Grab etwas zustecken, sich erkenntlich zeigen, wenn er die Gräber ihrer Brüder und Söhne pflegt, die für die falsche Seite gefallen waren. Es sind nicht viele, fünf, sechs Gräber, fünf von der kroatischen Heimatwehr, das sechste deutsch, ein ss-Mann, Mladen. Genug, um den Eindruck einer verantwortungsvollen Aufgabe zu erwecken.

Latićs Gehöft liegt direkt neben dem Friedhof. Ein schmuckes Haus, der Hof ist gepflegt, in ihm wird soeben ein kapitaler Keiler mit kochendem Wasser übergossen, um die Haare zu entfernen. Das Blut ist längst aus der durchgeschnittenen Kehle gelaufen, es riecht nach Zimt und Nelken, die Hausfrau brät frische Blutwurst, die Stimmung ist fast feierlich, wie in der Kirche oder auf dem Friedhof. Ivan Latić ist kein typischer Bauer. Er trinkt nicht, hat nie getrunken, er mag es nicht, hat Angst davor, sein Vater habe getrunken, sagt er, er wisse, welche Verheerungen der Suff anrichtet, der Schnaps warte nur darauf, einen ins Verderben zu stürzen, gut, wer säuft, ist selbst schuld, aber er zieht ja Frau und Kinder, geborene wie ungeborene, mit hinein, erklärt Latić, und Javorka nickt.

Er führt sie zu Mladens Grab, obwohl sie auch allein hingefunden hätte. Sie war schon mindestens zehn Mal hier. Als kleines Mädchen mit der Mutter, dann, immer noch als Kind, mit dem Vater, dann allein, weil Olga Rejc, geborene Stubler, in dem Jahr, in dem Javorka einen Sohn bekam – mich, der ich im

Dezember 2012, zehn Tage nach Mutters Tod, diese Zeilen in den Rechner tippe –, das Interesse an der Fahrt nach Andrijevci zu Mladens Grab verlor. Seit 1966 ist Javorka zum fünften Mal da, einmal jährlich, weniger aus einem Bedürfnis heraus als aus Angst, das Grab eines Soldaten der Okkupatoren könnte von amtlicher Seite kassiert werden, wenn keiner kommt. Ivan Latić kannte sie schon als jungen Mann, der sich nicht hätte träumen lassen, einmal als Friedhofswärter zu arbeiten, damals verachtete er die Angehörigen, die Blumen aufs Grab legten und Kerzen anzündeten, mit dem Älterwerden besann er sich dann auf typisch kroatische Weise, wurde einer, der keinen Schnaps braucht, um Lieder zu singen, die man besser nicht singt.

Sie übernachtet bei Latić, wie immer. Es gibt keine Pension in der Nähe, und außerdem hat man damals für so was kein Geld. Hotels waren was für Touristen und reiche Pinkel, Direktoren mit Chauffeur, nicht für Angehörige, die von weither das Grab des Bruders besuchen. Ihre Mutter hat meistens bei Latić übernachtet, einmal auch Vater …

Nachdem Latić sie ans Grab gebracht hat, zu dem schmiedeeisernen Kreuz mit Emailleplatte, auf der Vor- und Nachname, Geburts- und Todesjahr stehen, rupft er erfrorene Pflanzenstengel am Kopfende des Grabes aus, wohl um zu demonstrieren, wie viel ihm daran liegt.

Sie fischt eine weiße, altertümliche Kerze aus der Handtasche, hockt sich hin, um sie aufs Grab zu stellen, und bekommt sie mit dem ersten Streichholz an. Es ist absolut windstill, die Flamme brennt ruhig. Und jetzt? Sie richtet sich wieder auf und wartet, kann nicht sofort wieder gehen. Muss so lange ausharren, wie ein Gebet dauert, das Gedenken an den Verstorbenen, das Wachrufen von Erinnerungen. Aber sie erinnert sich nicht an Mladen und glaubt nicht an Gott. Ihr reiner, unerschütterlicher Unglaube ist fast so naiv wie anderer Leute Glauben. Gott hat noch keins ihrer Probleme gelöst, sie kann nichts mit ihm anfangen. Sie kann sich aber auch nicht verstellen oder lügen, sie kann nicht mit Lügen leben. Nach ihrem Tod schickte mir Frater Ivo Marković eine Beileidsmail: Ich habe sie persönlich als aufrechte Frau gekannt, von einer Aufrichtigkeit, die man sonst nur bei Kindern erlebt, und das hat mich tief beeindruckt. Sie ruhe in Frieden. Seit dieser Mail weiß ich es: Meine Mutter konnte nicht lügen, wie Erwachsene es tun. Das war nur einer ihrer kindlichen Züge.

Sie weiß nichts mit sich anzufangen, an Mladens Grab, steht einfach da, etwas genervt, weil Latić sie nicht allein lässt: Sonst wäre sie gleich wieder gegangen.

Ivan Latić versteht ihr Problem nicht, seine Lippen bewegen sich, er flüstert wohl ein Gebet und bekreuzigt sich am Ende als geübter Katholik.

Als sie gemeinsam den Friedhof verlassen, sagt er etwas, was er ohne die Aufbruchstimmung vor dem Kroatischen Frühling wohl niemals gesagt hätte: Der Mann, der Ihren Bruder erschossen hat, lebt in Andrijevci, Sie haben ihn heute bestimmt schon gesehen. Soll ich Ihnen den zeigen?

Nein!, ruft sie, als wolle sie ihm zuvorkommen, als hebe Ivan Latić bereits die Hand, um ihre Aufmerksamkeit auf jemanden zu lenken, dabei ist weit und breit niemand zu sehen.

Die ganze Nacht lag Mladens Schwester, meine Mutter Javorka, im Bauernbett unter dem dicken Plumeau, in dem man, wenn man sich damit nicht auskennt, leicht absäuft, wach und dachte an den Mann, der den Bruder getötet und ihrem Leben die entscheidende Wendung gegeben hatte. Erst gegen Morgen schlief sie ein.

Tage, Monate, Jahre dachte sie an ihn, irgendwann verlor er an Bedeutung. Mladens Grab besuchte sie nur einmal noch, 1975, wieder im November, Vesna und Andrija heirateten in Kopanica, von dort fuhr sie am Sonntag nach der Hochzeit, als die Mehrheit der Gäste ihren Rausch ausschlief, die paar Kilometer nach Donji Andrijevci. Ivan Latić war an dem Tag schweigsam und zurückhaltend, wie plötzlich gealtert, trumpfte nicht mehr als Friedhofswärter auf, nahm das Geld kommentarlos an. Wir haben ihn nie wiedergesehen.

Unzählige Male rief sie sich jedes Männergesicht ins Gedächtnis, das sie am Tag der Republik 1970 in Andrijevci gesehen hatte, bevor sie mit Latić zu Mladens Grab ging. Junge Kerle, Bauern in den besten Jahren, alte Männer, fast ausnahmslos sturzbesoffen, in schäbigen weißen Hemden voller Blutspritzer vom Schlachten und schweren Wintermänteln. Einige hatte sie sich gemerkt, bildete es sich zumindest ein, andere waren blanke Fantasie. Es war eine der seltenen bewussten Entscheidungen meiner Mutter, die sie nie korrigiert oder bereut hat: Den Mann, der ihren Bruder getötet hat, wollte sie nicht sehen.

Erst wenige Wochen vor ihrem Tod hat sie überhaupt davon erzählt. Vater und Mutter durfte sie es nicht sagen, auch dem Bruder nicht, Dragan hätte es wohl nicht verstanden. Oder hätte es verstanden und wäre zu Ivan Latić marschiert, um sich den Mann zeigen zu lassen, der im September 1943 einen SS-Mann erschoss und seelenruhig in Andrijevci weiterlebt. Kurz vor ihrem Tod war es ihr nur noch als Geschichte wichtig, Hauptsache, es lenkte sie davon ab, dass sie im Sterben lag.

KUMPEL, SCHMIEDE, TRINKER UND DEREN FRAUEN

Quartette

Tante Jela und Kljujić Šumonjas Nachfahren

I

Marko Kljujić Šumonja war ein Hüne und sehr fleißig. Er versetzte lieber mit bloßen Händen Berge, als untätig herumzusitzen. In der Oberen Kolonie baute er ein Haus und am Berg oberhalb der Siedlung fasste er eine Quelle. Beides tat er nicht für sich. Er tat es für alle, zur gemeinschaftlichen Nutzung, jeder durfte »Am Born«, wie es später genannt wurde, Wasser holen. Was er da gebaut hatte, sollte ihn lange überdauern, hatte bis in die siebziger, achtziger Jahre Bestand, selbst nachdem Kakanj an die öffentliche Wasserversorgung angeschlossen war. Schon immer bauten Agas und Wesire, Herzöge, reiche und bedeutende Herren in Bosnien öffentliche Brunnen oder ließen Quellen fassen, weil sie hofften, man würde sie nach ihrem Ableben nicht vergessen. Marko Kljujić Šumonja hatte das nicht im Sinn gehabt und war auch kein wichtiger Mann gewesen, dessen Namen man in Büchern findet, trotzdem hieß die Quelle noch Šumonja-Quelle, als keiner mehr Marko kannte und Kljujić Šumonja vergessen war.

Marko Kljujić Šumonja hatte zwei Söhne. Der glücklose Mato heiratete und ließ sich scheiden. Damals ließ man sich nicht scheiden. Für den Rest seines Lebens blieb er allein. Der andere Sohn, der Vorname ist vergessen, fiel in der Uniform der Ustascha, wo und wie, ist vergessen, vergessen auch, was für einer er war. Man weiß nur, er war Ustascha und hatte vier Töchter: Tante Ruža, Tante Mara, Tante Luca und unsere Jela.

Tante Jela war mit Karlo verheiratet. Onkel Karlo war der Bruder von Franjo Rejc. Von Tante Jela und Onkel Karlo erzähle ich später.

Tante Ruža hatte eine Tochter, Manka. Wie sie richtig hieß, ist vergessen, weil jeder sie Manka rief. Sie gebar kurz vor dem Zweiten Weltkrieg einen Sohn, Ivica. Ob der ein uneheliches Kind oder Manka der Mann weggelaufen war, ist vergessen und nicht mehr wichtig. In Bergarbeitersiedlungen war man einiges gewohnt, uneheliche Kinder und getürmte Väter, das ging alles irgendwie durch.

Ivica schaffte mit Ach und Krach die ersten beiden Grundschuljahre und blieb dann weg. Der Lehrer sagte, Ivica sei dumm. Der Pfarrer war ein bisschen netter und meinte, Ivica sei nicht klug. Es muss auch solche geben, nicht wahr?

Ivica hatte einen großen Wunsch: Er wollte Schornsteinfeger werden.

Damals, direkt nach dem Krieg, brauchte man dafür keine höhere Schulbildung. Nur Geschick, den Mut, aufs Dach zu gehen, schwarze Kleidung und eine Bürste.

Nicht doch, so hoch oben!, sagte seine Mutter.

Ivica gehorchte und ging nicht zu den Schornsteinfegern, die hoch oben arbeiten, sondern zu den Bergleuten, die tief unten arbeiten.

Kaum sechs Monate später starb Ivica bei einem ganz kleinen Grubenunglück. Er war das einzige Opfer. Ein Felsbrocken hatte sich gelöst und ihm den Schädel zertrümmert. Ein dummer Zufall. Da hätte selbst dem Klügsten sein ganzer Verstand nichts genützt. Es spielte keine Rolle, dass Ivica keinen hatte.

Das war Anfang der Fünfziger.

Ivicas Unfall, der Tod von Mankas Sohn, Tante Ružas einzigem Enkel, des bärenstarken Marko Kljujić Šumonjas Urenkel, reduziert sein Leben im Gedächtnis der anderen auf Mitleid.

Wer an Ivica denkt, hat Mitleid.

II

Tante Luca war eine gute Frau. Sie half jedem, der in Not geriet. Verheiratet war sie mit Segat, der saß nach dem Krieg drei Jahre im Zuchthaus. Keiner fragte, nach welchem Paragraphen und für welches Kriegsverbrechen. Viele saßen im Zuchthaus, man fragte besser nicht.

Die Bewohner von Kakanj nutzten nach Kriegsende jede Gelegenheit für Ausflüge ins Grüne. Sobald es warm und trocken war, ging es hinaus. Kumpel, Eisenbahner, Beamte, Männlein wie Weiblein, einfach alle, man nahm was zum Essen mit, eine Thermoskanne mit Kaffee und Tässchen, Schnapsflasche und Stamperl, suchte sich ein schönes Fleckchen, meist am Ufer der Bosna, aß, trank und redete über Gott und die Welt. Gelegentlich bis tief in die Nacht, dann lief man im Dunkeln zur Kolonie zurück.

So saß man einmal mit Segat und Tante Luca im Grünen. Franjo und Olga waren aus Sarajevo gekommen, hatten ihre Tochter mitgebracht, damals wohl fünf, sechs Jahre alt. Alt genug, um sich alles für den Rest ihres Lebens zu merken.

Segat hatte getrunken und wurde redselig.

Sonst redete er nicht viel. Ein stiller, finsterer Mann, alle dachten, es sei wegen der Zeit im Zuchthaus.

Je mehr er redete, je lauter er wurde, desto mehr zogen wir die Köpfe ein. Männlein wie Weiblein. Mit eingezogenen Köpfen wie Schildkröten warteten wir, dass er wieder Vernunft annahm. Aber Segat fand kein Ende, redete und redete, alles brach aus ihm heraus, als wäre der Damm gebrochen, der die Worte so lange zurückgehalten hatte. Jedes Mal, wenn wir dachten, jetzt hört er auf, das kann er doch nicht erzählen, so unchristlich kann er nicht sein, redete er weiter, und was er erzählte, wurde immer schlimmer. Vom bloßen Zuhören fühlte man sich schuldig, so schlimm war das, was er erzählte, als hätte man dieselben Verbrechen begangen wie der, der redete.

Das muss 1949 oder 1950 gewesen sein, bei Kakanj, der Bergbaustadt, auf einer Wiese am Ufer der Bosna.

Als er begriff, dass keiner Segat Einhalt gebieten würde, stand Franjo auf, nahm die Tochter an die Hand, Olga hakte sich bei ihm unter, und sie gingen wortlos fort. Die anderen hielten sie nicht zurück.

Schreiend erzählte Segat im Vollrausch von seinem Dienst in Jasenovac und wie sie einmal bei Tagesanbruch Zigeuner ermordeten.

Jahrelang fragte man sich zu Hause, ob er die Jasenovac-Geschichte erfunden hatte, um damit anzugeben.

Es war das letzte Mal, dass man nach Kakanj ins Grüne fuhr. Segat sah man nur noch selten, nur bei Beerdigungen. Dann starb auch er. Wann und woran, ist vergessen.

III

Es gab Bauern, die im Bergwerk arbeiteten. Entweder hatten sie ihr Land aufgegeben oder nie welches gehabt, also arbeiteten sie unter Tage, um ihre Familie zu ernähren. Sie wurden nicht alt. Entweder von Gesteinsbrocken erschlagen, oder sie bekamen es mit der Lunge oder gingen am Alkohol zugrunde.

Ein dicker Bauer lief jeden Morgen durch die Kolonie nach Kakanj hinein und sang auf die Melodie eines Reigens immer dasselbe Lied: Ach, deine kleinen Brüste, die sind so wunderschön, die wecken meine Lüste, dass ich vor Sehnsucht könnt vergehn ... Ob Sonne, ob Schnee, ob mutterseelenallein oder mitten im Pulk, er sang sein Liedchen. Die Leute hatten sich daran gewöhnt.

Und so sang er einmal: Ach, deine kleinen Brüste, die sind so wunderschön ...

Da kam ihm eine ältere Frau aus dem Tal entgegen, in Tracht: Danke dem Herrn, mein Kind!

Ewiglich!, erwiderte der Bauern-Bergmann höflich und sang weiter: die wecken meine Lüste, dass ich vor Sehnsucht könnt vergehn ...

Das ging über Jahre. Immer das Gleiche, bis zu dem großen Grubenunglück, nach dem es viele Beerdigungen gab und Delegationen aus Zenica und Sarajevo anreisten.

IV

Zu Hause hatte Tante Jela die Hosen an.

Nicht weil sie es so wollte, sondern weil es nicht anders ging. Onkel Karlo war Handwerker beim Bergbauunternehmen, ein ruhiger, gut gelaunter Mann, aber er traf keine Entscheidungen. So war sein Charakter. Er konnte ranklotzen, mochte aber nichts bestimmen.

Er trank viel, trank täglich und war doch kein Säufer.

Tante Jela starb 1970. Onkel Karlo fünf Jahre später.

Er hatte es nicht leicht mit sich.

Eine kurze Geschichte der Familie Karivan

I

Das erste Haus direkt neben dem Franziskanerkloster in Kreševo gehörte den Karivans. Die Nachbarn nannten es Karivans Haus, als wohnte nur einer drin und nicht eine ganze Familie.

An der Stelle, wo nach dem Zweiten Weltkrieg das große staatliche Schmiedewerk gebaut werden sollte, stand Karivans Mejdan, die alte Schmiede, in der jahrhundertelang mit mittelalterlichen Verfahren Eisen geschmiedet wurde.

Der Staat enteignete die Familie, riss die alte Schmiede ab und baute seine eigene hin.

Von Entschädigung keine Rede. Nach 1990, als enteigneter Grundbesitz rückerstattet werden sollte, begann der Krieg. Und danach war es zu spät. Die Nachfahren der Karivans hatten sich in alle Welt verstreut, kaum einer erinnerte sich noch an die Schmiede, sie beantragten keine Entschädigung.

Dafür hätten sich alle Erben treffen und gemeinsam handeln müssen. Die Leute wollten vielleicht nichts voneinander wissen.

Neben Schmieden gab es in der Familie Bergleute. Über etliche Generationen, solange sie in Kreševo lebten, drehte sich ihr Leben um Erz, Kohle und Eisen.

Man erzählte sich, ein Karivan habe einen Türken umgebracht und untertauchen müssen, deswegen seien sie nach Sarajevsko Polje abgewandert.

Aber das kann nicht stimmen.

Sarajevsko Polje bot nach dem Mord an einem Türken keinen Schutz, da musste man schon an die Küste gehen, wo die Osmanen nicht hingekommen sind und die osmanischen Gesetze nicht galten.

Wahrscheinlich haben sie leichtere Arbeit gesucht. Nicht jeder eignet sich zum Kumpel oder Schmied.

Wenn die einen gehen, gehen die anderen mit, das wird so erwartet. Und so zogen die Karivans mit jeder Generation weiter, nach Otes, Hadžići und Tarčin. Schließlich nach Sarajevo.

Ihr Stamm war nicht kräftig, sie bekamen kaum Söhne, waren glücklos, wer weiß, woran es lag, jedenfalls ist der Nachname Karivan selten.

II

Ihr Haus war nicht groß, die Familie nicht reich.

Die Wände bestanden aus Lehm, aus ungebranntem Ton, nicht aus Stein oder Ziegeln, und so zerfiel Karivans Haus, das erste neben dem Kloster, nach ihrem Weggang schnell.

Auch der Hof verschwand, überwuchert vom Gras, verwandelte er sich in eine Wiese.

Nur der große Nussbaum vor dem Haus blieb stehen.

Der hieß Karivans Walnuss.

Vor dem Haus, das weg ist, im Hof, der weg ist, wächst Karivans Walnuss in Kreševo.

III

Von Kreševo nach Otes ist es nach heutigen Maßstäben nicht weit.

Wäre die Straße nicht so schlecht, bräuchte man eine halbe Stunde mit dem Auto. Aber die Straße ist schlecht.

Der Teil der Familie, der nach Otes zog, trug nicht mehr die Tracht von Kreševo, sondern die von Sarajevsko Polje.

Und so sahen die Karivan-Frauen aus Kreševo in ihren schwarzen Pluderhosen mit bunt gewebten Gürteln, weißen Hemden und schwarzen Leibchen und die Karivan-Frauen aus

Otes mit schwarzen Röcken und anders geschnittenen weißen Hemden einander schweigend an, während zwischen ihnen die Fremdheit wuchs. Die einen hielten Schwiegertöchter, Töchter und Schwägerinnen für treulos, die anderen bedauerten Schwiegermütter, Mütter und Schwägerinnen in ihrer Armut.

Die räumliche Distanz konnten sie zu Fuß überwinden.

Trotzdem war die Entfernung genauso groß wie später, als sich Gebirgszüge zwischen ihnen auftürmten, Ozeane mit Wasser vollliefen, fremde Sprachen über ihre Lippen flossen. Es war in dem Moment vorbei, als eine Karivan in Pluderhosen eine Karivan im Rock erblickte.

Die Fremdheit überwucherte und verschluckte sie.

IV

Onkel Mato Karivan kaufte ein Haus im katholischen Viertel von Bistrik, einem Stadtteil von Sarajevo.

Das wurde auch verstaatlicht und abgerissen.

Nur der windschiefe Holzschuppen blieb stehen, der für Werkzeug und unnützen Kram gedacht war. Dinge, die keinem gehörten.

Die Nachbarn nannten ihn Karivans Schuppen.

Fünfzig Jahre, so lange brauchte der Schuppen, um einzustürzen.

Oder die Nachbarn haben ihn in den Kriegswintern verheizt.

Mit Karivans Schuppen verschwand der Sarajever Zweig der Karivans.

Mutter, scher dich zum Teufel

I

Tante Mara Kljujić heiratete Kvesa, einen Bergmann aus Raspotočje.

Wenn er nicht in die Grube fuhr, machte Kvesa Kinder. Neun Kinder hat Tante Mara geboren.

Sie war ganz für sie da, kümmerte sich um Erziehung und Bildung, und die Kinder waren, wie Kinder eben sind – lebhaft. Stellte ein Sohn oder eine Tochter mit Worten, Taten oder Unterlassungen Unsinn an, bekamen sie nicht geschimpft, Tante Mara merkte es sich.

Samstags nach dem Baden nahm sie sich alle neune vor und legte sie der Reihe nach übers Knie, bestrafte sie mit Schlägen, je nachdem, wie schwer und wie häufig sie sich an Gott versündigt hatten.

Sie schlug sie, damit sie rein in den Tag des Herrn gingen.

Tante Mara Kljujić war praktisch veranlagt, wer sonst würde in der Woche Buch führen über sämtliche Verfehlungen von neun Söhnen und Töchtern? Sie hatte ein gutes Gedächtnis und merkte sich alles. Es wäre ungerecht gewesen, etwas zu übersehen oder zu vergessen, damit hätte sie die anderen doppelt bestraft.

Mara Kljujić war eine Bergarbeitermutter wie aus dem Alten Testament.

Eines Samstags schlug sie ihren lebhaftesten, klügsten Sohn so fest, dass der rief: Mutter, scher dich zum Teufel, es reicht!

II

Einmal verheiratet, trugen die Frauen Trauer.

Sie trugen schwarze Pluderhosen und banden sich schwarze Kopftücher um, und die Trauerkleidung galt, so glaubten die Gebildeten, der letzten Königin Bosniens, Katarina.

Aus Wien und Zagreb angereiste, unrettbar in die bosnische Landschaft und das ganze Elend dort verliebte Ethnologen und Sammler von Liedern und anderem Volksgut, Veduten und Fotografien glaubten die hübsche romantische Geschichte.

Vielleicht haben sie recht, vielleicht galt die Trauer aus alter Anhänglichkeit, die von Generation zu Generation bis auf unsere Tage weitergegeben wurde, der letzten Königin.

Bis auf Tante Jela nannte jede von Marko Kljujić Šumonjas Töchtern eine ihrer Töchter Katarina.

Um sie auseinanderhalten zu können oder weil es bereits Unterschiede gab, die sich in leichten Verschiebungen bei der Aussprache von Vokalen und Konsonanten äußerten, wurde jede Katarina anders gerufen.

Tante Ruža rief ihre Katarina Katina.

Die Katarina von Tante Mara hieß einfach Kata.

III

Markos drei Töchter konnten lesen und schreiben.

Es reichte fürs Brevier während der Sonntagsmesse.

Sie unterschrieben mit ungelenker, schwerer Hand, die jeden Buchstaben in der Form zu Papier brachte, wie sie ihn aus der Schulfibel kannten; ihre Handschrift blieb bis ans Lebensende die von siebenjährigen Mädchen.

Sie konnten die Telegramme lesen, die sie über den Tod von Angehörigen im Ausland unterrichteten, und die Todesanzeigen ihrer Männer.

Dafür hatten sie lesen und schreiben gelernt.

IV

Tante Jelas Kinder waren schwere Brocken.

Drago und Vlado brachten bei der Geburt jeweils über vier Kilo auf die Waage. 1944 wurde sie von Reza entbunden, wieder über vier Kilo.

Nachdem Franjos Olga im Mai 1942 niedergekommen war, setzte sich Jela in den Zug und fuhr nach Sarajevo, um der Wöchnerin einen Besuch abzustatten.

Vielen mag die Fahrt von Kakanj nach Sarajevo läppisch erscheinen, aber für die Männer und Frauen der Kolonie, die sich ihr Leben ganz und gar in Kakanj eingerichtet hatten und höchstens, wenn es sich gar nicht vermeiden ließ, nach Zenica fuhren, glich die Reise nach Sarajevo, einer Großstadt, in der sie nichts verloren hatten, dem Aufbruch ans Ende der Welt.

Noch dazu herrschten Krieg, Hunger und Not, es waren unsichere Zeiten.

Aber Tante Jela mochte Olga, die beiden verstanden sich gut, sie waren mehr als nur Schwägerinnen, waren Freundinnen, Tante Jela begab sich also nach Sarajevo.

Onkel Karlo fiel es im Traum nicht ein, mitzukommen. Außerdem musste er arbeiten. Während des Kriegs wurde im Bergwerk mit Volldampf produziert. Onkel Karlo war Schlosser in der Scheideanstalt.

Olga hatte eine Tochter geboren.

Sie hatte sie im Krankenhaus geboren, sehr zu Tante Jelas Verblüffung.

Das Mädchen war winzig, wog kaum zwei Kilo.

Und hatte nach der Geburt auch noch hundert Gramm abgenommen.

Also Olga, schäm dich, so was in die Welt zu setzen!, sagte sie, als sie den Säugling im Schoß der Schwägerin sah.

Noch heute, über siebzig Jahre später, wird in Kakanj über diesen Ausspruch gelacht.

Tante Jela war klug, sie wusste, wann ein Witz angebracht ist. Das wissen nicht viele.

Der Witz hält die Anekdote im Gedächtnis, wegen ihm wird sie weitererzählt.

Meistens im Haus eines Verstorbenen, der schon beerdigt ist, während der Trauer.

Dann lachen sie erleichtert. Glücklich, weil sie noch leben.

Stric oder Amidža

I

Das gesellschaftliche Leben der Kolonie spielte sich in der Kirche ab.

Man ging zur Messe, ob man glaubte oder nicht, um andere zu treffen, für Gott und wegen Hochwürden Divić.

Er war schön, die jungen Frauen himmelten ihn an, der schönste Mann, der je nach Kakanj gezogen war. *Löwenstark.* Das war ihr Wort – *löwenstark.* Das schätzten die Bergarbeiter über alles.

Den Mutigen erkennt man am Wort, und feige Leute fahren nicht in die Grube ein. Die Männer, denen Gott nichts anderes übrig gelassen hatte, als mutig zu sein, rechneten es dem Geistlichen hoch an, dass er die Wahl gehabt und sich so entschieden hatte.

Divićs Priestersoutane war aus demselben schwarzen Stoff geschneidert wie die Montur der Bergleute.

Während des Krieges segnete Hochwürden die Gläubigen und forderte sie auf, die Fürbitten für Bekannte und Unbekannte und die eigene Familie zu sprechen. Und fügte jedes Mal hinzu: Gott, wir bitten dich für die da oben … Eine Handbewegung, und alle wussten, er wies Richtung Wald, in dem sich der kollektiven Fantasie zufolge die Partisanen versteckt hielten.

Hochwürden Divić forderte es heraus. Die Leute wussten es, und sie wussten auch, warum er es herausforderte.

Weder in Kakanj noch in den Dörfern ringsum oder im Bergwerk gab es viele Orthodoxe. Aber es gab eine orthodoxe Kirche und Pope Miloš.

Entsprechend ihrer gesellschaftlichen Stellung, ihren geistigen Interessen und persönlichen Bedürfnissen und wahrscheinlich nicht zuletzt aufgrund einer gewissen Seelenverwandtschaft freundeten sich Hochwürden Divić und Pope Miloš an. Divić war jeden Sonntag beim Ehepaar Miloš zum Mittagessen eingeladen, gab deren Kindern Nachhilfeunterricht in Griechisch und Latein; die beiden Geistlichen waren einander in dem abgelegenen, traurigen Städtchen eng verbunden.

Die erste Tat der Ustascha nach Einnahme von Kakanj war der Mord an Pope Miloš.

Hochwürden Divić konnte ihn nicht retten. Milošs Tod lag ihm schwer auf der Seele. Deswegen forderte er es heraus.

Vielleicht war es sein Verdienst, dass die Bergleute von Kakanj nicht zur Ustascha gingen. Der eine oder andere Bauer, der in die Grube fuhr, schon, aber keiner aus der Kolonie. Die sprachen die Fürbitten für alle Bekannten und Unbekannten, für ihre Angehörigen und für die da oben.

Aber als die aus den Bergen herunterkamen und Kakanj befreiten, *brüllte der Löwe* wieder. Hochwürden Divić hatte ziemlich viel an den Kommunisten auszusetzen, das führte er seinen Schäfchen in jeder Predigt vor Augen und überließ es ihnen, sich einen Reim darauf zu machen.

Nicht lange, und er wurde verhaftet.

Ein, zwei oder drei Monate saß er in Zenica ein, dann ließen sie ihn laufen.

Hochwürden kam zurück und machte weiter wie bisher.

So vergingen Jahre, die einen glaubten an Gott, die anderen nicht, aber er hielt die Predigt. Die jungen Frauen himmelten ihn an. Die Kolonie hat keinen schöneren Mann gesehen.

II

Ertönte die Sirene, schaute jeder sofort nach dem Vater, Mann, Bruder, Schwiegersohn …

Die Menschen liefen zusammen.

Die Männer ließen den Löffel in den Teller fallen und sprangen auf. Wortlos rannten sie hinaus, Richtung Bergwerk, und es dauerte seine Zeit, bis die Luft zwischen ihnen wieder ruhig wurde, die Leute stehen blieben und die ersten Worte fielen.

Wo ist das Unglück passiert?

Welcher Stollen?

Wie viele sind verschüttet?

III

Onkel Rudos Frau, Tante Anica, war getaufte Jüdin.

Geboren in Zenica, Mädchenname Jungwirth.

Ihre Familie war aus Österreich nach Bosnien gekommen.

In Zenica gab es keine Synagoge und kaum Juden. Um der Isolation zu entgehen oder aus Angst davor, konvertierten die Jungwirths zum Katholizismus.

Tante Anica sah aus wie von Chagall gemalt, ob als junges Mädchen, erwachsene Frau oder als Greisin war sie wie aus einem Chagall-Gemälde gestiegen. Jeder deutsche oder kroatische Nazi hätte sie in Sarajevo oder Zagreb auf der Straße sofort als Jüdin erkannt.

Aber Juden in Kakanj, da kam keiner drauf.

Onkel Rudo hat sie nie danach gefragt. Tischler von Beruf, waren ihm Familie und Herkunft einerlei. Er hobelte Bretter, und in der Freizeit schreinerte er hübschen Hausrat. Alle wertvolleren Vollholzmöbel in Franjo Rejcens Wohnung hatte Onkel Rudo eigenhändig gebaut.

Von den anderen hat auch keiner Tante Anica zu ihrer Herkunft befragt.

Entweder sie genierten sich, oder es war damals noch kein Gesprächsthema.

Tješa war der Mutter wie aus dem Gesicht geschnitten.

Aus den groben bosnischen Zügen und durch die helle Haut der Rejcens leuchtete etwas, das von ganz weit her kam.

Man mochte Tješa gern lange ansehen.

IV

Franjo Rejc hatte drei Brüder: Karlo, Rudo und Edo.

Franjos und Rudos Kinder riefen Karlo Amidža Karlo.

Franjos und Karlos Kinder riefen Rudo Amidža Rudo.

Karlos und Rudos Kinder riefen Franjo Amidža Franjo.

Edo riefen Franjos, Rudos und Karlos Kinder Stric Edo.

Und Edos Kinder bezeichneten ihre drei Onkel als Stric.

Bei Familientreffen wussten die Kinder immer ganz genau, wer wie bezeichnet wurde, sie verwechselten Stric und Amidža nie.

Erst der Krieg in den Neunzigern brachte mit sich, dass die Rejc-Kinder und -Enkel den Unterschied begriffen.

Tante Marica, die Frau von Stric Edo, die wunderbar kochte, eine einfache Frau mit großem Herz und stürmischem Temperament, kam aus Vitez.

Da sagt man Stric für Onkel.

Aber nur bei den Katholiken.

Verräterische Erzählungen

I

Damals fiel der Ramadan in die Sommermonate.

Die Tage waren lang, und je länger der Tag, desto länger das Fasten.

Die Avdaga fastete und kämpfte mit dem Haushalt und fünf kleinen Kindern. Sie hatte so schon schwache Nerven, war jähzornig und konnte sich nur schwer beherrschen.

Alle naselang prügelte sie die Kinder.

Prügelt sie vor lauter Anspannung halb tot.

Olga riet ihr im Guten: Lern entweder, dich zu beherrschen, oder hör mit dem Fasten auf, das gibt noch ein Unglück!

Die Avdaga schaut sie an. Und wenn schon!, sagt sie.

II

Jedes Dorf hatte einen Beg und eine Begovica, das war so üblich.

In einem der Dörfer entlang der Bahnstrecke freundete sich die Begovica mit Olga an.

Sie waren so eng befreundet, dass sie bei Olga zu Hause Gesichts- und Ganzkörperschleier ablegte. Als sei Franjo ihr Bruder. Als wäre sie keine Frau. Dabei war sie nicht verwitwet.

So groß war ihre Freundschaft, und in Kakanj wussten alle davon.

III

Die Frauen verhüllten sich auch vor Frauen, wenn diese Christinnen waren.

Sie hatten Angst, die Christinnen würden ihren Männern berichten, wie angenehm sie anzuschauen seien, würden ihren Männern ihr Aussehen so treulich schildern, dass die Männer sie kannten, als hätten sie sie mit eigenen Augen gesehen. Sie hatten Angst, die Christinnen würden sie, vielleicht ohne es zu wollen, nach den eigenen, christlichen Maßstäben behandeln und damit zutiefst beschämen.

Es ist eine Schande, wenn ein fremder Mann weiß, wie du ausschaust.

Ob Muslim oder Ungläubiger.

In der Angst, ein Mann könnte sie aufgrund von Erzählungen oder Beschreibungen entkleiden und beschämen, steckt etwas sehr Erotisches.

In dieser Angst steckt das abgrundtiefe Vertrauen der Menschen ins Erzählen und der Glaube an die Literatur.

IV

Nach kurzer Zeit zog Olga Pluderhosen und Kopftuch an, wenn sie durch die muslimischen Dörfer rings um Kakanj ging. Sie fand es bequem. Vor allem im Frühling. In Pluderhosen fällt einer jungen Frau das Rennen leichter. Denn damals, Ende der Zwanziger, wollte jede vor lauter Lebensfreude losrennen. Zumindest im Sommer in den Dörfern rings um Kakanj.

Später wurde eine nach der anderen müde und schwerer.

Auch die Zeiten wurden schwerer.

Olga wunderte sich über den Glauben dieser Frauen.

Da war Besima, die hatte zwei Töchter.

Eine Tochter starb im Frühjahr.

Im Sommer starb die andere.

Olga besuchte Besima, wie sie es von zu Hause kannte, um zu kondolieren. Muslime kennen den Brauch nicht. Und wissen nicht, wie man sich Kondolenzbesuche höflich verbittet.

So saßen beide auf dem Boden, während das Sofa leer blieb, und schauten sich an.

Besima gefasst, Olga tränenüberströmt.

Weine, Besima, das hilft!, sagte sie.

Gott hat's gegeben, Gott hat's genommen, antwortete Besima ruhig.

Und so trauerten die beiden.

Wir sind Gott sei Dank Katholiken

I

Mato Karivan hat zwei Mal geheiratet.

Beide Frauen waren albanischer Herkunft. Keiner glaubte ihm, dass er keineswegs bewusst nach einer Albanerin suchte, als er sich nach dem Tod seiner ersten Frau wieder verheiraten wollte.

Die erste Frau war eine gute Hausfrau und hochanständig. Sie ging öfter in die Kirche als unsere Frauen. Darüber haben sich die Leute gewundert. Eine hetzte hinter ihrem Rücken, die Albanerin hätte wohl ziemlich viele Sünden abzubüßen, wenn sie täglich in die Kirche renne.

Der Tod seiner ersten Frau nahm Onkel Mato sehr mit.

Aber er suchte keine zweite Albanerin. Das war entweder Zufall oder Schicksal.

Gott sei Dank sind wir Katholiken!, sagte die Zweite einmal.

Das fanden alle lächerlich.

Als sähen sie in ihr keine Katholikin. Oder hielten sie für sehr sündig.

II

Um halb acht, acht läutete das Ave Maria.

Da rannten alle nach Hause. Es ist spät geworden, sagte man. Draußen kann viel passieren. Nach dem Ave Maria legte sich die Dunkelheit über Kreševo, und das Leben richtete sich nicht mehr nach der Heiligen Schrift. Missgestalten und Teufel trieben ihr Unwesen, Untote spazierten durch die Straßen, der

Aberglaube blühte. Die Menschen fielen sich gegenseitig in Albträumen an.

Das ging bis fünf Uhr morgens.

Da wachten alle auf, sommers wie winters. Im Winter ist es um fünf Uhr morgens noch stockfinster. Aber es ist nicht mehr die Dunkelheit, sondern unsere biblische Dunkelheit.

III

Bakšić war Angestellter im Bergwerk.

Seine Frau eine Muslimin alten Schlages, verschleiert.

Sie gebar zwei Töchter.

Die Ältere starb als Kind.

Fünfzig Jahre später wird die Jüngere Olgas und Franjos Tochter auf der Straße treffen, umarmen und sagen: Ich freue mich so dich zu sehen, du bist für mich wie eine Schwester!

IV

Als der Schleier gesetzlich verboten wurde, beschwerte sich Zehra: Olga, ich fühle mich wie nackt!

Olga empfand Zehras Nacktheit wie ihre eigene.

Die Revolution hatte kein Verständnis für menschliches Schamgefühl.

Die Revolution in Kakanj und Kreševo war schamlos.

Schlachttag in der Kolonie

I

Wir schreiben das Jahr 1956.

Frühmorgens, noch im Dunkeln, gehen die drei zum Bahnhof.

Der Zug nach Kakanj ist voll.

Morgendliches Gehüstel, müdes Gemurmel und das Ratschen, mit dem der Schaffner ein Loch in unsere grün-rosa Fahrkarten stanzt. Drei Zentimeter lang, eineinhalb Zentimeter breit, ein Rechteck aus festem Karton.

Visoko. Podlugovi. Čatići. Der Zug hält an jedem Bahnhof, die Bremsen kreischen, Metall auf Metall, ein albanischer Straßenhändler preist näselnd Getränke an.

Denen in Kakanj Geschenke mitzubringen ist nicht üblich. Es hätte in Sarajevo auch nichts gegeben, was man hätte mitbringen können. Überall Mangel, leere Schaufenster, Grau in Grau, Novembernebel.

Man hütet die Zunge, hütet sich vor jedem, der schimpft.

II

In der zweiten und dritten Bergarbeiterkolonie hat jedes Haus einen Hof und einen winzigen Obstgarten.

Im Hof der Schweinestall, im Schweinestall eine Sau mit Ferkeln.

Im November vor dem Tag der Republik schlachten die Bergarbeiter die Ferkel.

Samstagnachmittag, bis in die Stadtmitte hört man das Geschrei der unreinen Tiere.

Es gibt kaum Muslime in der Kolonie, also auch keinen Protest.

So war es damals eben auch. Man muckt nicht auf, wenn sich die anderen bedeckt halten.

Abends läuft die Sau verwirrt und leise grunzend durch den Schweinestall, während ihre Kinder mit herausgeschnittenen Innereien kopfüber unterm Dach hängen.

Das Feuer spiegelt sich auf den Gesichtern der Rejcens. Über dem Feuer schmurgeln die Grieben, alle sind betüddelt und friedlich.

In einer höher gelegenen Kolonien ruft eine Mutter besorgt nach ihrem Kind, das trotz der späten Stunde fehlt. Wenn es heimkommt, kriegt es was hinter die Löffel.

III

Ein paar Tage vorher ist Schnaps gebrannt worden.

Die Nachbarn versammeln sich um den Kessel.

Das Gespräch dreht sich um Grubenunglücke.

Um Brüder und Söhne, die nicht zurückgekommen sind, auf die man seit Mitte 1945 Abend für Abend am Radio wartet.

Um einen Mann, der geschimpft hat und fünf Jahre in Zenica gekriegt hat.

Um die, die im Lauf des Jahres gestorben sind. Man zählt die Namen auf.

So betrinken sie sich, ohne auch nur am Schnaps genippt zu haben. Sie atmen die Alkoholdämpfe ein, und die Geister schlüpfen in die Bergarbeiter. Das macht sie manchmal verrückt, und die Frauen kriegen es ab, sobald sie was fragen.

Man hat immer eine Flasche auf Vorrat, für die, auf die man wartet.

IV

Mit dem Nachtzug geht es zurück nach Sarajevo.

Čatići. Podlugovi. Visoko.

Es ist nicht so voll wie am Morgen, es gibt freie Sitzplätze. Aus den hölzernen Gepäckablagen tropft Blut, nur ganz vereinzelt, aber die Jungs lauern darauf, dass ihrem Vater was in den Nacken tropft.

Man schleppt Würste und Grieben und ein ganzes Ferkel aus Kakanj nach Sarajevo, die Augen fallen zu, es ist spät, die Kinder sollten längst im Bett sein.

Wir schreiben das Jahr 1956, Mangel herrscht, die Frauen im Zug schweigen, passen auf die Kinder auf, die am Einschlafen sind, die Männer passen auf, was sie verfluchen.

Im Einkaufsbeutel eine Flasche weichen Bergarbeiterpflaumenbrand. Für Weihnachten oder falls einer kommt.

MAMA IONESCO

Reportage

2. Dezember 2012, Pula, Forum

Zweiter Stock, Steintreppen mit ausgetretenen Stufen dank hundertfünfzig Jahren Abnutzung durch unzählige Füße. Eine Bedienstetenkammer, umgebaut zur Ferienwohnung. Schwindelerregend hohe Decken, weiße Wände, weiße Möbel, Bett, heller Dielenboden. Am Schrank ein Poster von Modesty Blaise.

Auf dem Nachttisch vibriert mein Handy. Das Display zeigt ihre Nummer, aber sie selbst kann es nicht sein. Eine Männerstimme sagt: Mein Beileid!, gedankenverlorene Pause, dann: Mama ist tot.

Was fällt dem ein, schießt mir durch den Kopf.

Ich sage, was in solchen Momenten zu sagen ist, bin ruhig und gefasst, bespreche organisatorische Fragen – die Beerdigung ist für Dienstag, halb zwölf angesetzt –, und gleichzeitig denke ich: Der hat kein Recht, sie Mama zu nennen.

24. Dezember 2011, Hotel Majestic, Zimmer Nummer 600, Belgrad. Das Handy vibriert, auf dem Display ihr Name, ich gehe dran, leicht gereizt, weil sie mich in Belgrad nicht anrufen soll, Roaming ist teuer. Sie ist schlecht gelaunt, redet belangloses Zeug, was, habe ich vergessen, nach mehreren Minuten erwähnt sie einen Knoten, den sie ertastet hätte. Wo? An der Innenseite des linken Beines, kurz unterhalb der Leistenbeuge. Das wird schon nichts sein, sage ich, bestimmt nicht, aber ich spüre, diesmal ist es ernst. Sie hatte dauernd etwas, meistens Lappalien, um die sie ein Riesentamtam veranstaltete, dies und das ertastet, Auffälligkeiten im Blutbild, Grenzwerte erreicht … Das Kreisen um sich und die Unzulänglichkeiten ihres Körpers gehörte zu ihr. Ich habe auch ständig Angst, im nächsten Moment unheilbar krank zu werden. Wohl geerbt wie die Augenfarbe.

Weihnachten, Neujahr, da geht man nur in ganz dringenden Fällen zum Arzt. Wir halten den Knoten nicht für dringend.

Tut er weh?, frage ich.

Nein, er fühlt sich wie ein Stück Holz an, als wäre das nicht ich, dieser Knoten.

Silvester bin ich wieder in Zagreb, wir können länger reden. Der 1., 2., 3. Januar, kaum jemand arbeitet, viele sind Skifahren in Österreich oder auf der Jahorina oder der Bjelašnica. Ich spreche das Thema Winterurlaub an, es bleibt beim Versuch. Eine Sarajever Zeitung schrieb, ich sei ein unverbesserlicher Tschetnik. Auch darauf springt sie nicht an, regt sich nicht auf, es ist ihr egal. Sie will über den Knoten reden, über den es wenig zu sagen gibt.

Wieder und wieder dieselben Sätze, dieselben Worte …

Du meinst, das ist nichts Schlimmes?

Bestimmt nicht!, sage ich.

Ein paar Minuten später stellt sie die Frage erneut, und ich antworte wie zuvor.

Der Anfang eines Jahres voller Endlostelefonate.

Seit jeher hatte sie das unaufschiebbare Bedürfnis, über Dinge zu reden, über die sich wenig sagen lässt, sie wiederholte sich, wiederholte Fragen, und ich antwortete.

Vor dem orthodoxen Weihnachtsfest ging sie zum Arzt, ein Serbe, eigentlich unwichtig, außer eben an Weihnachten, aber auch da ist es letztlich unerheblich. Trotzdem redeten wir endlos darüber, wechselten Worte, die in anderen Gesprächen kaum Sinn gehabt hätten. Viel später dämmerte es mir: wie Figuren von Ionesco. Gut möglich, dass ich nie wieder Ionesco lese und das Theater meide, wenn seine Stücke aufgeführt werden. Mama Ionesco.

Er hat ihn ertastet, erzählt sie, den Knoten, aber er kann vom bloßen Tasten nichts sagen. Ich habe für nach Weihnachten einen Termin.

Am 14. Januar 2012, einem Freitag, vibriert das Handy.

Ich gehe dran, am Morgen war die Untersuchung, eine Gewebeprobe wurde entnommen. Fröhlich erzählt sie, wie wenn nichts wäre, wen sie getroffen hat und mit wem sie nach der Biopsie Kaffee trinken war. Den Befund erfährt sie am Montag. Und der Knoten, wächst er? Nein, der ist gleich geblieben. Vielleicht ein klitzekleines bisschen gewachsen.

Draußen liegt viel Schnee. Übers Wochenende igele ich mich zu Hause ein, verkrieche mich in einer Stahlkugel ohne Ausgang. Ein Gedanke hat von mir Besitz ergriffen, spukt in meinem Kopf herum, vom morgendlichen Aufwachen bis zum abendlichen Einschlafen wankt und weicht er nicht, bis zum 2. Dezember, bis zu dem Moment, als mein Handy in dem weißen Zimmer in Pula vibriert, ihr Name auf dem Display, aber sie selbst kann es nicht sein. Ein Gedanke, der mich direkt oder indirekt nonstop verfolgt.

Montagmorgen um neun Uhr rufe ich sie wegen des Befunds an, ihre Stimme ist kalt, sehr distanziert, als wäre sie in die Schule bestellt worden, weil ich ihr eine Sechs in Mathe verheimlichte: Ich kann es dir nicht ersparen. Es ist ganz schlimm!

Das Wort Knoten nahm sie nicht mehr in den Mund, es wurde von dem Fremdwort Lymphom abgelöst. Mit dem verwuchs sie ganz und gar, eine Chiffre für ihren Allgemeinzustand.

Zweieinhalb Jahre zuvor war sie bei der Vorsorgeuntersuchung gewesen, es gab Auffälligkeiten, aber der Arzt, dessen Name ich inzwischen mit einem Zorn ausspreche, dass meine sämtlichen Gelenke knacken, meine sämtlichen Knochen auseinanderstreben, meinte, das sei nichts. Vorschriftsmäßig schnitt er das Nichts heraus, schickte es ein, und das Ergebnis bestätigte seine Meinung. Aber wer auch immer durchs Okular geschaut hat, unter dem die Vorboten des Todes deutlich sichtbar zwischen den chaotischen Zeichen des Lebens lagen, hat nicht richtig hingeschaut oder nicht gewusst, worauf er achten muss, hat jedenfalls übersehen, was damals schon zu sehen war. Es war nicht nichts, sondern etwas. Und damals hätte man es noch sehr gut heilen können …

War es ihre Art, die schlimmen Neuigkeiten abzuwehren? Oder stimmte es?

Es stimmte.

Wieder und wieder erzählte sie mir die Geschichte, von der meine Knochen auseinanderstreben, bis die Gelenke knacken: die Geschichte vom gewissenlosen Arzt. Alkoholkrank. Du solltest das Krankenhaus verklagen, Schadenersatz verlangen, sagte sie, die Behandlung wird teuer. Sehr teuer. Du musst jemanden anrufen und damit drohen, dass du in kroatischen und europäischen Zeitungen darüber schreibst.

Plötzlich sah sie in mir einen einflussreichen Mann, vor dessen Schreiben die Welt zittert. Vergeblich erwähnte ich in den immer länger werdenden Telefonaten, dass ich in einer Sarajever Tageszeitung als unverbesserlicher Tschetnik beschimpft würde, es drang nicht mehr zu ihr durch. Der Teil der Wirklichkeit war mit dem Skalpell entfernt, musste aber nicht eingeschickt und histologisch untersucht werden. Es war gemein von mir, solche Themen anzuschneiden: Sie hatte nicht mehr den Spielraum, um über die Anwürfe aus Sarajevo nachzudenken. Es hätte ihr den Verstand, womöglich den letzten Lebensmut geraubt, ahnte sie doch, dass ihr nicht mehr zu helfen war.

Damals sah ich das natürlich anders, wollte sie ablenken, mir ihre unmöglichen, idiotisch destruktiven Forderungen vom Leib halten; ich begriff nicht oder wollte nicht begreifen, dass sie sich wie eine Ertrinkende an mich klammerte und wir beide abgesoffen wären, wenn ich nicht achtgegeben hätte.

Ich hätte jemanden in Sarajevo anrufen sollen, erzählen, wie es um Mutter stand, Hilfe erbitten von einem, der vor Ort wohnt. I. hätte meine Sorgen sofort verstanden, bei ihm hätte ich meinen Kummer abladen können, aber nicht mal das konnte ich: Kummer abladen. Als wär' ich allein auf weiter Flur …

Und am nächsten Tag ging es von vorn los: Ich solle jemanden anrufen, mit der Presse drohen, Rechtsanwälte beauftragen, Prozesse anstrengen, hinausposaunen, was ein Arzt an der

Mutter eines berühmten Schriftstellers verbrochen hat und die Gesundheitsbürokratie jetzt vertuschen will. Der Arzt, der Arzt, der Arzt ... Sie redete über ihn, wiederholte bis ins letzte Detail die Ereignisse von vor zweieinhalb Jahren, als noch Zeit war, ich hörte zu, sagte: Das hast du mir schon erzählt!, aber sie überhörte den Einwurf oder patzte zurück: Ja und? Weißt du, was der Mann mir angetan hat?

Und fing noch einmal ganz von vorn an, als könnte die Wiederholung sie retten.

Geboren wurde sie am 10. Mai 1942. Der ältere Bruder, Mladen, der um diese Zeit als ethnischer Deutscher zur SS eingezogen wurde, wünschte sich für sein Schwesterchen den Namen Javorka, und weil der weder im Standesamt noch von der Kirche akzeptiert wurde, bekam sie zusätzlich den bei den Stublers häufigen Namen Regina.

Sechzehn Monate war sie alt, als Mladen fiel.

Sein Tod prägte ihr Leben: Sie wurde nicht geliebt. Zu schwer lasteten Gewissensbisse auf der Mutter, die den Sohn in den Tod geschickt hatte, weil der sich wegen ihres Einspruchs weder den Partisanen anschloss noch desertierte. Sie glaubte, in deutscher Uniform hätte er die besten Überlebenschancen, eine idiotische Annahme, aber die Diskussion ist heute so müßig, wie sie es in all den Tagen, Monaten und Jahren gewesen wäre, die seit Mladens Tod verstrichen.

Die Diskussion fand nicht statt, man schwieg sich aus. Meine Mutter wurde mit Schweigen groß.

Ihre Mutter, Olga Rejc, geborene Stubler, war eine kluge, künstlerisch veranlagte Frau, die Gitarre, Zither und ein bisschen Geige spielte. Nach Mladens Tod hat sie nie mehr gesungen, aber viel gelesen, überwiegend Romane, täglich, hat eine ganze Bibliothek auf Serbokroatisch und Deutsch verschlungen, konzentriert und wissbegierig. Sie las überall: In der Küche, während sie in Töpfen rührte, das eben gespülte Geschirr abtropfen ließ, den Kuchen in der Röhre beaufsichtigte. Sie las, um nicht leben oder übers Leben nachdenken zu müssen. Ihre

Gedanken und Sätze wurden Literatur, ohne dass sie selbst schreiben musste. Mit Literatur betäubte sie ihre Gewissensbisse. Ohne Erfolg.

Das kleine Mädchen besetzte Mladens Platz. Beerbte seine Protokollnummer, sein Schicksal, seinen Odem. Olga hielt das nicht aus, verschloss sich gegen die Tochter, warf sie aus ihrem Leben und Herzen und beinah auch aus unserer Wohnung. Wahrscheinlich unbewusst.

Die Zeit verging, heilte aber keine Wunden, tröstete nicht durch die Gnade des Vergessens, im Gegenteil: Der gefallene Sohn besetzte bei uns wie in der weiteren Verwandtschaft immer mehr Raum. Javorka erinnerte mit ihrer bloßen Existenz an ihn, war das Gesicht von Mladens Tod, Olgas loderndes, untröstliches Gewissen. Sie wird sie schon geliebt haben, wie jede Mutter ihr Kind liebt. Gleichzeitig hasste sie sie mit einem unmenschlichen, unbeschreiblichen, unaussprechlichen Hass, der leider in keinem Roman vorkam, den sie las. Einen solchen Hass kannte die Literatur nicht.

Meine ersten Bücher waren veröffentlicht, ich wusste, auf welches Ende unsere Familiengeschichte zusteuerte, wenn auch nicht genau wie, da streifte mich der Gedanke, was den Lebensweg meiner Mutter hätte ändern können: Wenn ein großer Romancier, einer von Olgas Lieblingsautoren – Pirandello, Dostojewski, Andrić, Gorki, Tolstoi, Pearl S. Buck, Flaubert, Bunin, Hamsun, Crnjanski, Bora Stanković, Émile Zola, Thomas Mann … – eine Mutter beschrieben hätte, die ihrer kleinen Tochter die Schuld am Tod des Sohnes im Feld zuschiebt. Hätte es einen solchen Roman gegeben, das Leben meiner Mutter, das meiner Großmutter und auch mein eigenes wäre sicher anders verlaufen, das Finale der Stubler-Saga vielleicht anders ausgefallen und die Geschichte von Karlo Stubler aus Bosowitsch wohl nie erzählt worden.

Javorka war eine gute Schülerin, 1961 Jahrgangsbeste des Zweiten Gymnasiums, lernte in der Musikschule Klavier, trat beizeiten, mehr um zur gesellschaftlichen Elite zu gehören denn aus politischer Überzeugung, dem SKJ, dem Bund der Kommunisten Jugoslawiens bei. Begann ein Medizinstudium, führte es aber nicht zu Ende, brach im ersten Jahr ab, wofür sie zwanzig Jahre später, wenn die Wut sie packte, die Eltern beschimpfte, die hätten ihr nicht gestattet, Ärztin zu werden. Vielleicht stimmt es, ich kann es nicht beurteilen, aber Mutter schob mit solchen Erklärungen jede Verantwortung von sich, bis sie am Ende allein lebte und in einem Zimmer starb, von dessen Fenster man einst den Trebević sah und heute auf die weiße Wand eines Neubaus starrt. Sie stilisierte sich zur Märtyrerin, sodass ihr Sterben – fast hätte sie gesagt: Es musste ja so kommen! – zum Finale einer eintönigen, unabwendbar traurigen Erzählung geriet, deren Richtung in dem Moment feststand, als Mladen in einen Hinterhalt der Partisanen geriet und aus der Deckung des einen in die eines anderen Heuschobers rannte, weil er hinter seinem Heuschober allein hockte und seine Kameraden hinter dem anderen. Er wurde abgeknallt wie ein Hase, und die weitere Geschichte nahm, penetrant wie Zahnweh, bis zu Mutters Tod oder vielmehr bis zu dem Moment, in dem die Geschichte von ihrem Tod zu Ende erzählt ist, unwiderruflich ihren Lauf.

Gegen Ende des ersten Studienjahres verliebte sie sich und lief von zu Hause weg. Die Geschichte hat sie mir ziemlich spät und niemals zur Gänze erzählt. In einen Politiker, einen von der kommunistischen Jugendorganisation, wahrscheinlich bei einer Konferenz oder Tagung anlässlich des Jahrestages der Revolution im Zelengora-Gebirge oder so kennengelernt und die Chance gewittert, alles abzuschütteln, was sie niederdrückte, was ihr für ihr unglückliches Leben aufgebürdet worden war. Natürlich hat sie sich geirrt.

Für diesen Mann empfand sie nichts, während sie allen anderen Freunden und Liebhabern leidenschaftlich zugetan war. Das kam durch, sobald sie von ihnen erzählte, die gemeinsamen Erlebnisse waren ihr so präsent, als wäre es gestern gewesen. Sie redete von ihnen, als könnten sie jeden Moment hereinkommen und die Geschichte ginge da weiter, wo sie einst abbrach, als empfände sie für jeden Einzelnen noch dasselbe wie damals. Nur nicht für den ersten Mann ihres Lebens.

Einige Jahre vor dem Krieg, ich war längst erwachsen, hat sie mir gestanden, sie habe vor meinem Vater schon einen anderen gehabt. Mir hat es imponiert. Aber meine Mutter schämte sich. Dabei hatte sie keinerlei Grund dazu.

Ihre Flucht vertiefte den Hass zu Hause.

Olga war sauer, und die Dinge wiederholten sich: Sie selbst war nicht abgehauen, hatte aber mit siebzehn ihrem Vater keine Wahl gelassen, er musste sie ziehen und einen Fremden heiraten lassen. Karlo zahlte es ihr heim: Es gibt kein Zurück, und wenn er Holz auf dir hackt, bei uns kannst du nicht mehr wohnen, sagte er. Das tat weh, es hat sie geprägt. Olga wollte nie zurück, hatte keinen Grund dafür, vergaß ihm diese Worte aber nie. Zumal sie damals wahrscheinlich schwanger war und selbst keine Wahl hatte.

Javorka indes kam nach etwas über einem Jahr zurück. Nicht so, wie sie gegangen war, also aus freien Stücken, sondern weil sie nicht wusste, wohin. Was sie zu Hause erwartete, beschrieb sie mit Leidensmiene, unglaubwürdig, weil überzeugt, die Mutter eines gefallenen Soldaten gefalle sich in ihrer Rolle, und auch wenn sie damit vermutlich recht hatte: Ihre Gefühle waren nicht echt, die Geschichten von daher unerträglich. Die Mutter war schuld, alle waren schuld.

Dass Javorka erst wegrannte und dann zurückkam, weckte in Olga mehr Zorn, als man für möglich halten sollte. Vermutlich spielte Selbstmitleid hinein, weil ihr seinerzeit der Rückweg versperrt war, und wenn Franjo Holz auf ihr gehackt hätte. Was er natürlich nie getan hätte – zu Hause hatte sie die Hosen an –, aber als junge Frau machte ihr die Tatsache, nicht mehr zu den Stublers zu gehören, schwer zu schaffen. Sie fühlte sich verstoßen, nur weil sie ein Kind bekam, vielleicht musste sie auch gar nicht heiraten und wollte es nur; das Gefühl hat sie nie verwunden. Auch nicht, als die Eltern alt und hilflos waren und schließlich starben: Für Olga gab es kein Zurück.

Sie hatte eine lebhafte, literarische Fantasie, ersann andere Lebensläufe, hatte immer mindestens eine Möglichkeit im Sinn, wie sie auch hätte leben können, besser, glücklicher als in Wirklichkeit. Bestimmt hat sie sich vorgestellt, wie ihr Leben hätte sein können, hätte sie in Doboj nicht den jungen Eisenbahner getroffen, hätte sie sich nicht in ihn verliebt, hätte sie sich nicht mit ihm zusammengetan, hätte sie ein weiteres Jahr zu Hause als Papas Liebling gewohnt, hätte sie nicht so jung ein Kind bekommen – ein anderes Leben, das ihren Neigungen vielleicht besser entsprochen hätte. Auch wenn Olga mit Unsterblichkeit wahrscheinlich wenig anzufangen gewusst hätte: Ein zweiter Versuch, die Chance, innerhalb eines Menschenlebens verschiedene Möglichkeiten auszuprobieren, andere Wege zu gehen, das dürfte ihrem Traum vom ewigen Leben noch am nächsten gekommen sein.

Doch statt der zweiten Chance nistete sich ihre unverschämte Tochter, die abgehauen war, so wie sie selbst sich einem Eisenbahner an den Hals geworfen hatte, wieder zu Hause ein, und sie selbst hatte das nicht gedurft.

Meine Mutter war damals zweiundzwanzig.

Ihre Mutter, meine Nonna, gerade siebenundfünfzig geworden.

Javorka suchte Arbeit, fand aber keine, schrieb sich für Ökonomie ein. Von einer Fortsetzung des Medizinstudiums war keine Rede. Wer so was tut, darf nicht Doktor werden. Zu Ärzten muss man Vertrauen haben, das hatte sie verspielt. Ein sicherer Arbeitsplatz hinterm Schalter war für eine wie sie, die bald auch noch eine Geschiedene sein sollte, genau das Richtige.

So stellte sich das der zornigen Olga dar. Oder hat sich Javorka das nur so zurecht- und damit den Grundstein für ihr Selbstmitleid gelegt? Später, Anfang der Achtziger, war Nonna kränklich, meine Mutter stand, obwohl erst Anfang vierzig, vor dem Scherbenhaufen ihrer letzten ernsthaften Liebesbeziehung, und warf der Mutter in hysterischen Anfällen, die sie meistens am frühen Sonntagnachmittag einholten, jedes Mal vor, ihr das Medizinstudium verboten zu haben. Nonna schwieg und wartete, bis sich die Tochter wieder beruhigte. Zimmertüren krachten ins Schloss, meine Mutter warf sich wie ein kleines Kind auf den Boden und raufte sich die Haare, und ich hielt unausgesprochen zur Nonna.

1964 begegnete Javorka meinem Vater. Wo und bei welcher Gelegenheit, weiß ich nicht, hab ich vergessen zu fragen. Das fiel mir ein, als wir nach der Beerdigung wieder in Pula waren.

Und zwar in der Ulica Sergijevaca, bei der Treppe, die zur Galerie des Heiligen Herzens hochführt, ich weiß noch genau die Stelle, ich habe das Gefühl noch präsent: Wie wenn einem einfällt, dass man den Schlüssel zu Hause vergessen hat, zurückgehen und ihn holen muss. Nur dass es kein Zurück gab, die Frage war nicht nachzuholen. Noch vor ein paar Tagen, bevor sie Morphium bekam, waren die Antworten da, ihr Leben und ein paar Leben drumherum, ich konnte sie alles fragen – aus und vorbei, nichts war geblieben. Keiner mehr da, der mir sagen konnte, wo sich Mutter und Vater kennenlernten.

Ich kann das Gefühl damals in Pula, in der Ulica Sergijevaca, nicht beschreiben, den Augenblick, der den Schlusspunkt hinter die Geschichte setzte. Es war so stark, dass ich mir Ort und Zeit, Stimmung und Witterung gemerkt habe, als mir bewusst wurde, dass ich keine Antworten mehr bekommen konnte.

Vater war vierzehn Jahre älter als sie, damals um die dreißig, Junggeselle, Einzelkind, eine Schreckschraube von Mutter, eine abscheuliche Familiengeschichte. Vaterlos und bettelarm aufgewachsen in einer winzigen Dachwohnung, Gemeinschaftstoilette im Flur, in der Nemanjina Čikma, keinen Kilometer vom Sepetarevac entfernt, wo ich in meiner Sarajever Zeit wohnte. Er ging aufs Erste Gymnasium, war ein exzellenter Schüler, legte das Examen an der medizinischen Fakultät vorzeitig ab, fand Stellen als Dozent und Assistent, arbeitete im Krankenhaus, betreute Patienten in der Romanija auf Honorarbasis, spezialisierte sich, promovierte … Alles mit einer durchgeknallten, aggressiven Mutter, Gemeinschaftstoilette im Flur, in einer Dachwohnung ohne Badezimmer.

Vater wurde, bevor er Mutter kennenlernte, als Held der sozialistischen Arbeit ausgezeichnet. Ein mustergültiger junger Arzt, dessen Beispiel zeigte, wie weit man es im Leben bringen kann. Seine Erfolge haben allesamt mit Medizin zu tun. Ansonsten steckte er nur Niederlagen ein, lauter traurige Sachen, selten Glück, viel Angst, Scham, Kummer und etliche Versuche, alles abzuschütteln und das Gefühl von Leere und Verlust durch Hingabe an den Beruf wettzumachen.

So war er schon, als er sie traf.

Ich habe sie während der fünfunddreißig Jahre, die wir über Vater gesprochen haben, mehrmals, in verschiedenen Stimmungen und Umständen gefragt, ob sie ihn geliebt habe. Sie sagte ja. Ich nehme es ihr nicht ganz ab. Was hätte sie sonst sagen können, als dass sie ihn geliebt und er sie verraten, in den Wahnsinn getrieben, enttäuscht hat? Da wäre sie in ihren eigenen Augen mir gegenüber schuld gewesen. Schuld sein wollte sie auf keinen Fall.

Die Liebe währte kurz. Sie sind nie zusammengezogen, trafen sich in der Stadt, gingen ins Kino, unternahmen gelegentlich Ausflüge nach Pale oder auf den Sokolac, wo er dienstags und donnerstags in der Ambulanz Dienst hatte. Sie fuhren mit dem Bus, weil er kein Auto besaß – den Führerschein machte er erst 1975 –, und kehrten spätabends nach Sarajevo zurück. Auf einem dieser Ausflüge im Juni 1965 haben sie mich im Hotel Panorama in Pale gezeugt. Statt nach Dienstschluss heimzufahren, haben sie dort übernachtet.

Bei meiner Geburt waren sie schon auseinander. Die Ehe, die sie im Frühjahr 1965 überstürzt eingingen, war zerrüttet, der Zeitpunkt der Scheidung eine rein organisatorische Frage.

Geboren bin ich in der Frauenklinik Jezero, die Geburt verlief normal, nur blieb ein Stück der Plazenta in der Gebärmutter und entzündete sich einige Tage später so heftig, dass meine Mutter nur knapp überlebte. Sie gab den Ärzten und Vater die

Schuld, der hätte seine Kollegen zusammenstauchen müssen, fand sie, und ich wurde in meiner ersten Lebenswoche von der Mutter getrennt. Im Krankenhaus gab mir eine fremde Frau die Brust, eine Muslimin, die mich neben ihrer neugeborenen Tochter säugte. Den Umstand, dass meine Amme Muslimin war, haben Mutter und ich in den neunziger Jahren oft kolportiert, mit närrischem Stolz. Als manifestiere sich darin unsere politische Haltung während des Krieges zwischen Kroaten und Bosniaken.

Ich kenne die Frau nicht. Sie starb vor einigen Jahren.

Einmal von der Mutter getrennt, in der ein Stück des Mutterkuchens zurückgeblieben war, über den sie mich neun Monate lang ernährt hat, fand ich nie zu ihr zurück. Nonna holte mich aus dem Krankenhaus, nahm mich mit nach Hause und kümmerte sich um mich. Bis zu ihrem Tod. Olga hat sich mit der Tochter nicht ausgesöhnt, wies sie eiskalt ab, hatte auch zum jüngeren Sohn kein warmherziges Verhältnis, Dragan konnte ihr Mladen nie ersetzen, aber durch den Enkel im Haus fühlte sie sich wie neu geboren. Sie kümmerte sich um mich, zog mich groß und beschützte mich auf ihre Art vor der Entropie, die sich in unseren vier Wänden, erst im Haus der Emilia Heim, ab Sommer 1969 dann am Sepetarevac, einnistete und wucherte und an der sie mit ihrer Unfähigkeit, den Tod des Sohnes zu verwinden und ihr Gewissen zu beruhigen, wahrscheinlich den größten Anteil hatte. Ich war ausgenommen von der Kälte, die sie um sich verbreitete, und mir wurde erst vor und während des Krieges und zuletzt mit aller Wucht in den Monaten vor dem Tod meiner Mutter klar, wovor mich Nonna bewahrt hat.

Javorka brauchte lange, um gesund zu werden. Die ersten beiden Monate konnte sie sich nicht um mich kümmern, danach suchte und fand sie Gründe, es nicht zu tun. Krankheit, Stress, Stellensuche, Prüfungen fürs berufsbegleitende Studium, Kräche mit Vater – alles Gründe, mich in Nonnas Obhut zu belassen. Mit sechs Monaten zeigte ich mit für mein Alter überraschender Deutlichkeit, wie eng die Bindung an die Großeltern war. Beim Kaffee erzählten sie sich gern: Das wird einmal ein ganz Schlauer!, und die Besucher, die den Erstgeborenen sehen wollten, lachten befremdet über das hässliche Baby, das sich wie ein Erwachsener aufführte, aber nicht sprechen, nicht sagen konnte, was es wollte, sondern seine Ärmchen nur in eine Richtung streckte: Richtung Nonna.

Ich habe sehr frühe Erinnerungen, sie setzen wiederum ein halbes Jahr später ein: Wie mir Tante Mirjana in Drvenik das Laufen beibringt, wie ich mich an einem Stück Schwarzbrot verschlucke und mir die Luft wegbleibt, wie Nonno mit mir auf dem Arm über eine Brücke geht, und ich flenne vor Angst, in die Miljacka zu fallen. Aber warum ich mich so verzweifelt an meine Nonna klammerte und was mich von meiner Mutter wegtrieb, weiß ich nicht.

Vierzig Jahre später, ich war auf Kurzbesuch in Sarajevo und abends ausgegangen, passte sie mich nachts ab, um mir zu sagen, wie weh es ihr getan habe, dass ich jedes Mal weinte, sobald ich sie sah, ich hätte immer nur zur Nonna hingeschaut.

Sechs Monate alte Babys sehen noch nicht richtig, widersprach ich, es kann gar nicht sein, dass ich zur Nonna schaute.

Doch, doch, erwiderte sie, du warst völlig auf sie fixiert.

Das war nicht meine Schuld.

Ende November 1966, ich war sieben Monate alt, nahmen mich Nonno und Nonna mit nach Drvenik. In den Wintermonaten erstickte Sarajevo in Smog und Nebel, Nonno bekam Atemnot. Er litt unter Herzasthma, *asthma cardiale,* wachte nachts auf, rang nach Luft, röchelte, japste, hatte das Gefühl zu ersticken ... Schrecklich war seine Krankheit, sehr angstbesetzt; die Angst übertrug er in den sechs Jahren, die wir Opa und Enkel waren, auf mich. Er hat mich das Fürchten gelehrt, zur Angst erzogen, mir beigebracht, dass es im Leben kein größeres Geschenk gibt, als die nächtlich reine Luft zu atmen.

Sein *asthma cardiale* war Folge einer Herzschwäche, vielleicht angeboren, vielleicht erworben. Das war damals, in den sechziger Jahren, nicht erforscht, und selbst wenn, rückblickend hätte man den Lebensweg von Franjos Herzen kaum nachvollziehen können: von Mladens Tod und Franjos gesammelten Ängsten während des Zweiten Weltkriegs wegen seiner Nähe zum slowenischen TIGR und seines losen Mundwerks, das gegen Hitler und Pavelić wetterte, und er starb hinterher tausend Tode vor Angst, verpfiffen zu werden, über die Jahre am Piave, der blutigsten Front im Ersten Weltkrieg, wo ihn die italienische Gefangenschaft vor dem Schlimmsten bewahrte, bis zur chaotischen, bettelarmen Kindheit in Bosnien mit einem Trinker als Vater, wegen dem seine beiden Schwestern nicht alt wurden – die eine tötete sich selbst, die andere starb jung – warum auch immer, jedenfalls war sein Herz zu schwach, um das Blut durch den Körper zu pumpen, die linke Herzkammer bekam die Venen der Lunge nicht mehr frei, und Nonno rang nach Luft.

Mein Vater behandelte ihn, mit größter Aufmerksamkeit. Es war das Einzige, was ihm meine Mutter zugutehielt: der Umgang mit Kranken, unter anderem ihrem Vater. Trotz der ungleichen Rollenverteilung verstanden sich die beiden gut. Als Arzt war Vater für Nonno eine Autorität, aber beide waren in ihrer Ehe, jeder auf seine Art, der schwächere Part. Vater kapitulierte vor Mutters Schuldzuweisungen, zog sich von ihr zurück und schob jede Verantwortung von sich, er war, wie Frauen sich ausdrücken, ein Waschlappen. Nonno setzte sich nicht gegen Nonna durch und ließ zu, dass Mladen der Einberufung Folge leistete, er suchte nicht nach einer Kontaktperson, was damals nicht so schwer war, die den Sohn zu den Partisanen in die Wälder gebracht hätte, Nonno ließ es geschehen, dass Mladen seinen Plan, zu desertieren und in einem vielleicht wahnwitzigen Abenteuer über Dubrovnik zu den Engländern überzulaufen, wegen Nonna aufgab. Franjo war schwach, deswegen war sein Sohn gefallen. Ein starker Mann überlässt nicht seiner Frau die Entscheidung. Wenn er die Nerven verlor, warf er seiner Frau an den Kopf, sie habe Mladen in den Tod geschickt. Das erleichterte sein Gewissen nicht, ließ sie jedoch mit ihrem Gewissen vor den Menschen und Mladens Tod allein.

Mein Vater und der Vater meiner Mutter haben sich gut verstanden. Deswegen spielten sie miteinander Préférence. Nonno ließ Vater manchmal gewinnen, weil es sonst zu langweilig wurde. Nonno war beim Kartenspiel praktisch unschlagbar, ohne Zugeständnisse konnte er nur mit drei, vier ehemaligen Arbeitskollegen spielen, pensionierten Juden und Deutschen aus der Generaldirektion. Sein bester Freund, Matija Sokolovski, spielte so schlecht, dass ihn sogar mein Vater ab und zu schlug.

Mutter hatte einen anderen Blickwinkel als ich. Mich verzaubern Geschichten, ich könnte von Nonnos Préférence erzählen, obwohl ich damals, als ich mucksmäuschenstill zuschaute, erst drei, vier und fünf Jahre alt war. Stumm, ohne einen Laut von mir zu geben, sonst hätten sie mich fortgeschickt, fieberte ich für Nonno, was er wahrscheinlich spürte und sich mehr als sonst anstrengte, sich merkte, was schon gefallen war, mitrechnete und am Schluss, ohne nachzuzählen, wusste, welche Stiche ihm waren. Wenn ich dabei war, hat er immer gewonnen. Ich brächte ihm Glück, sagten sie, mit mir wäre er weltbester Préférence-Spieler geworden. Echtes Glück sieht anders aus. Das Glück im Spiel überdeckte nur seine Charakterschwäche und die Verluste im Leben. Er hatte nicht die Kraft, um sich zu wehren, spielte aber gut genug Karten, um bei Bedarf zu siegen. Schade, dass Préférence im richtigen Leben nicht zählt.

Mutter interessierte sich nicht für Kartenspiele. Sie hasste Préférence. Ihr Vater behandelte sie im Gegensatz zu ihrer Mutter nicht kalt und abweisend, nur wenn er Karten spielte, war sie abgemeldet. Er redete dann nicht mit ihr. Mit mir schon. Vielleicht war sie deswegen beleidigt. Vielleicht war sie eifersüchtig. Sie verbot ihm, mir das Spiel beizubringen. Mein Kind soll kein Versager werden, sagte sie. Préférence ist kein Spiel für Versager, erwiderte er lachend. Versager haben weder den Grips noch die Geduld für Préférence. Sie wollte nichts davon hören. Ich heulte und bettelte, er solle es mir beibringen, obwohl ich viel zu jung war.

Wenn er länger gelebt hätte, hätte er es mir beigebracht.

Obwohl ich mathematisch unterbelichtet bin und mir die praktische Intelligenz abgeht, die für Spiele und Kombinatorik notwendig ist, hätte ich mich ins Zeug gelegt, um ihn nicht zu enttäuschen. Aber Nonno starb, ich habe weder Préférence noch andere anspruchsvolle Kartenspiele gelernt.

Den ersten Winter in Drvenik verbrachte ich in einem dalmatinischen Steinhaus, das mit einem Gasofen geheizt wurde. Kleine Kinder sollten es wohl eher warm haben. Mir war damals bestimmt nicht warm. Die Winter in Dalmatien sind kalt und windig, es hat mir nicht geschadet. Auch die schwierige Beziehung zwischen den beiden schadete mir nicht, vielleicht war sie, seit ich da war, nicht mehr ganz so schwierig. Friedensstifter, nach Jahren voller Leid und Gewissensbisse wegen Mladens Tod ein Geschenk Gottes … (Na ja, beide glaubten nicht an Gott und blieben sich darin bis zuletzt treu, insofern ist das mit dem Geschenk ein sentimentaler Fehlgriff, mit dem ich mir wohl, ganz die Mutter, eigene Verluste schönreden will.)

Mutter kam jedes zweite Wochenende zu Besuch, fuhr mit dem Zug bis Ploče und dann weiter mit dem Überlandbus. 1966 war, wenn mich nicht alles täuscht, das erste Jahr, in dem die Strecke Sarajevo–Ploče wieder regulär bedient wurde. Vorher verkehrte nur eine Schmalspurbahn, was bis zu zwölf Stunden dauerte. 1966 brauchte die Bahn dreieinhalb, plus eine halbe Stunde im Bus.

Sie schaute mir beim Wachsen zu. Ein Kleinkind ist nach vierzehn Tagen sichtbar größer. Anfang Juni 1967, kurz nach meinem ersten Geburtstag, kehrten wir nach Sarajevo zurück. Drei Wochen vorher hatte ich laufen gelernt. Ich erinnere mich daran. Oder vielmehr an meine Erinnerung an die Erinnerung, wie ich mich mit hochgereckten Ärmchen an unserer Drveniker Nachbarin festhalte, Tante Mirjana aus Belgrad, die mit ihrem Mann, Onkel Momčilo, jedes Jahr mehrere Monate im Ferienhaus verbrachte. Ihr Enkel Momir musste erst noch geboren werden; ihn und die beiden habe ich einigermaßen leichtfertig und dämlich in *Mama Leone* beschrieben.

Tante Mirjana war in meiner frühesten Kindheit wichtig: Sie hat mich laufen gelehrt.

Ich weiß nicht, ob sie noch lebt. Wenn ja, wäre sie jetzt, im Frühjahr 2013, neunzig Jahre alt. Wie meine Amme hat sie keine weiteren Spuren in meinem Leben hinterlassen.

Ich schlief bei Nonna, Nonno blieb im Erdgeschoss, damit er ungestört husten, jammern und in Todesangst seine Erstickungsanfälle ausleben konnte. Über meinem Bett hing eine kleine, gerahmte Reproduktion von dem Mädchen mit dem Perlenohrring. Als ich anfing zu sprechen, deutete ich mit dem Finger darauf und sagte: Mama, Mama, Mama …

Die junge Frau auf dem berühmten Bild von Vermeer erinnerte mich offenbar an meine Mutter. Nein, sie erinnerte mich nicht an sie, sie war es, die Reproduktion war getreuer als jede Fotografie. Und schaute von der Wand auf mich herunter wie die Muttergottes auf gläubige Katholiken.

Nonna war gerührt. Noch fünfzehn Jahre später erzählte sie davon mit derselben Ergriffenheit, und während sie erzählte, liebte sie ihr Kind plötzlich, weil es mich, der ich in Vermeers Bild meine Mutter sah und mich durch nichts davon abbringen ließ, geboren hatte.

Nonna erzählte mir, beim ersten Mal hätte sie ein Foto von Javorka geholt: Schau, das ist die Mama!

Ich nickte, ja, das war Mama, dann hob ich den Kopf und sah ein besseres Bild von ihr.

Damals war Mutter fünfundzwanzig. Sie war blass und hatte graue Augen, ansonsten glich sie dem Mädchen auf Vermeers Gemälde nicht. Nur ich sah die Ähnlichkeit, sah sie auch noch als Drei- und Vierjähriger. Ein sehr stilles, friedliches Bild meiner Mutter. Meine Mutter im Paradies, so hätte es ein Erwachsener vielleicht formuliert, das Paradies verstanden als Ort, an dem Menschen und Gegenstände so aussehen, wie sie aussehen müssten, wenn es mit rechten Dingen zuginge. Noch als erwachsener Mann sah ich, ob unter dem Einfluss dieser Anekdoten oder aus Gründen, an die ich nicht herankomme, die Ähnlichkeit zwischen Fotos der jungen Javorka und dem Vermeer-Bild, jenen Fotos, auf denen sie so aussieht wie in den Wintermonaten, als sie uns jedes zweite Wochenende besuchte. Für mich sah sie so aus, wenn sie ins Haus trat, in Drvenik durch die Hintertür kam, die dichten Vorhänge gegen die kalte Winterluft draußen teilte …

Im Frühjahr 1998 wünschte ich mir das Mädchen mit dem Perlenohrring von Johannes Vermeer auf dem Einband von *Mama Leone*. Kurz vor Drucklegung entschied ich mich dann doch für ein Foto, auf dem ich als Dreijähriger in einem Pappkarton selbstvergessen Autofahren spiele. Ein Jahr später wurde der Film mit Scarlett Johansson in der Hauptrolle gedreht. Da verlor das Bild seine Aura.

Die Wochenenden, an denen Javorka aus Sarajevo zu Besuch kam, verliefen ruhig und harmonisch. Kein Streit, keine bösen Worte, keiner machte keinem Vorhaltungen. Meine Mutter flatterte herein, egal, ob der Wind aus Nord oder Süd pfiff, leicht wie Vermeers Mädchen. Manchmal kämpfte sich der Zug durch Schneeverwehungen und brauchte Stunden, einmal hatte er so viel Verspätung, dass der letzte Bus nach Makarska schon weg war und ihr eine einsame Nacht im beheizten Wartesaal des Bahnhofs bevorstand, da nahm sie einer mit, der auf dem Weg von Tuzla nach Split am Pločer Bahnhofskiosk Zigaretten kaufte und sich der jungen Frau erbarmte, die schon einen Sohn hatte, den sie besuchen wollte – sie stellte ihm ihre Lage mit einigen Übertreibungen, aber ohne die spätere Wehleidigkeit recht anschaulich dar. Wahrscheinlich hat sie ihm auch gefallen. Er brachte sie bis zur Tür, ich war drei Jahre alt, rannte trotz Februar barfuß über den gefliesten Küchenboden und umklammerte ihre Knie. Der Mann blieb – auf Nonnos Einladung hin – auf eine Tasse Kaffee. Und ein Schnäpschen? Aber nur eins, ich muss ja noch fahren. Dann fuhr er weiter, Richtung Split. Keine Ahnung, wie er hieß, wen er besuchte, was für ein Auto er fuhr.

Als ich sie im Sommer 2012 besuchte – die Geschichte von den Stublers und ihrer Jugend hatten wir noch nicht angefangen –, erkundigte ich mich, worüber sie mit dem Mann aus Tuzla während der halbstündigen Fahrt von Ploče nach Drvenik im Februar 1970 gesprochen habe. Der Mann war ihr entfallen: Tuzla? Ich kannte keinen aus Tuzla, also erklärte ich: Das war der, als sie am Kiosk auf den Bus wartete, der nicht kam, und sie hatte einen Gummihasen unterm Arm, der nicht in die Reisetasche passte, und die Tüte, in der sie ihn transportierte, war gerissen. Da fiel es ihr wieder ein: Meine Güte, du erinnerst dich aber auch wirklich an alles!

Ich habe es ihr nicht verraten, so wie ich ihr gegenüber alles Negative für mich behielt, seit ich Sarajevo im Spätfrühling 1993 verließ und nicht mehr zurückkehrte und sie trotz Granaten und Scharfschützen wie durch ein Wunder überlebte, aber ich erinnere mich keineswegs an alles. Ich würde nur zu gern das Jahr 2012 vergessen, das Jahr ihres Sterbens und meiner Gewissensbisse, weil ich ihr nicht half, sie aber anlog, ich würde ihr helfen und alles würde wieder gut. Ihr war nicht zu helfen. Sie hätte sich an mich geklammert und unter Wasser gezogen, mit in den Tod gerissen, mich an der Ferse gepackt und ins Grab gezerrt, lieber das als allein bleiben, sie ertrug es nicht, dass abgesehen von dem gewissenlosen, alkoholkranken Arzt, dem nichts mehr nachzuweisen war, keiner an ihrer Krankheit schuld war und keiner etwas dagegen tun konnte und nur ein Wunder den fortschreitenden Verfall hätte aufhalten können. Sie hätte mich mitgerissen, ertränkt, umgebracht, denn sie verhielt sich mir, ihrem erwachsenen Sohn, dem angesehenen Schriftsteller gegenüber wie ein Kind. Das war nicht neu, aber die Krankheit verstärkte diesen Zug, sie wurde immer infantiler, starb wie ein altkluges Kind, das durch die Krankheit keineswegs zum Engel wird – das kriegt nur Thomas Mann in seinen Romanen hin –, sondern verbittert und die Welt verwünscht, die zu verlassen es im Begriff ist.

Ihr konnte ich es nicht sagen, jetzt sage ich es, ich denke, sie hört es nicht mehr: 2012, während ihrer Krankheit und unserer endlosen Telefonate, begriff ich, wie wichtig und segensreich das Vergessen fürs Leben ist. Vorher hielt ich, dumm und überheblich genug, den für glücklich, der nichts vergisst. Der sich jeden gelebten Augenblick merkt, jeden Umstand, jedes Gefühl, alles, was er von der Geburt bis zu dem fernen Tag des Todes erlebt. Dann währte ein Leben subjektiv Tausende von Jahren, es wäre letztlich ewig. Sie wurde siebzig, eine Ewigkeit, hätte sie nicht das meiste vergessen. Das habe ich wirklich geglaubt, und dann zeigte mir ihr Sterben, es wäre die Hölle. Nichts vergessen, alles behalten, das ist die Hölle. Ein glücklicher, ausgeglichener Mensch ist nur, wer vergisst. Oder die Erinnerung in einen Text gießt, eine literarische Fiktion, die wirklicher sein kann als Wirklichkeit und Erinnerung zusammen, aber einem im Gegensatz zur Erinnerung nicht in den Knochen steckt.

Was sie in meinen ersten beiden Lebensjahren, also bevor sie im September 1968 die Stelle beim SDK antrat, unter der Woche getan habe? Ich fragte mehrmals nach und bekam keine Antwort. Das letzte Mal im Herbst 2012, am Telefon.

Wozu willst du das wissen?, fragte sie erbost zurück.

Im Herbst 2012 schaffte sie es nicht mehr allein auf die Toilette. Zwei Frauen pflegten sie rund um die Uhr. (Von ihnen werde ich nicht erzählen: Sie bleiben Schatten in der Reportage über Javorka und ihr letztes Jahr. Beide leben und haben ein Recht darauf, nicht von der Literatur vereinnahmt zu werden. Sie kommen hier höchstens als Beistrich und Brücke über Mutters Erzählungen vor. Starke Frauenschultern, kräftige Unterarme, an denen sich Mutter für die sieben, acht Schritte zwischen Bett und Klosett krampfhaft festhielt …) Hilfsbedürftig, wie sie war, glaubte sie immer noch an ihre Gesundung. Und ich bestärkte sie darin, bestätigte sie in ihren kindlichen Illusionen und Träumen, egoistisch bestrebt, möglichst selten in Sarajevo zu sein, bei ihr und dem Weg aufs Klo und zurück.

Ihre Stimme war noch sehr lange, bis kurz vor Schluss, hell und kräftig, die Stimme meiner Mutter war, seit sie mir jedes zweite Wochenende unter dem Vermeer-Bild einen Gutenachtkuss gab, unverändert. Ich habe sie vergessen, kann mir keine ähnliche Stimme in Erinnerung rufen, weiß nur noch: Sie war hoch, immer ein bisschen zu laut, wie wenn sie gleich hysterisch loslacht, ein schöner, voller Sopran. Im Bad, wenn sie etwas von Hand durchwusch, sang sie Lieder wie *Bethlehem ist nicht weit*, *Terezinka*, *Na planincah*, *Tamo daleko*, *U tem Somboru*. Mehr fallen mir nicht ein. Aber Mutters Stimme ist weg, die Stimme eines Menschen vergessen wir als Erstes. Ich dachte daran, als die Totengräber ihren Sarg mit zwei Seilen in die Grube hinabließen, die sie im graugelben Lehmboden Sarajevos ausgehoben hatten. Da hatte ich ihre Stimme noch im Ohr und dachte daran, wie schnell ich die wohl vergessen würde.

Wozu willst du das wissen?, fuhr sie mich an, als ich nachfragte, was sie in den ersten beiden Wintern meines Lebens in Sarajevo gemacht habe, in unserer Wohnung hinter der Synagoge oder wo immer sie sich aufhielt, wenn sie nicht bei mir war.

Hätte sie geahnt, wie sehr sie damit genau das sagte, was sie verheimlichen wollte, hätte sie ihren Zorn gemäßigt oder sich etwas ausgedacht.

Ich habe sehr früh laufen gelernt und wurde danach nicht mehr auf dem Arm getragen. Der Kinderwagen wurde an Leute verschenkt, die gerade ein Baby bekommen hatten. Sowie ich laufen konnte, lief ich an der Hand von Nonno und Nonna mit. Bald schon die drei, vier Kilometer bis Zaostrog und Donja Vala. Nonno konnte mich wegen seines Asthmas nicht heben, Nonna hätte die Kraft gehabt, lehnte es aber aus Prinzip ab. Die Kakanjer und Zenicer Verwandtschaft oder Onkel Dragan und Tante Viola, die damals in Russland wohnten und zu Besuch kamen, stemmten mich mit ausgestreckten Armen über ihren Kopf, schleppten mich durchs Erdgeschoss oder den Hof vor dem Haus. Ich erinnere mich sehr gut an das Gefühl: Da oben war es hübsch, aber nach einiger Zeit wollte ich runter, fand es unnatürlich, verstand den Sinn nicht, und vorher gefragt hat mich auch keiner ...

Ob mich Mutter je hochhob, weiß ich nicht.

Vermutlich ja, aber ich erinnere mich nicht daran. Alle zwei, drei Monate, ein- oder zweimal pro Winter kam sie mit Vater. Die beiden lebten nicht zusammen, irgendwie war mir von Anfang an klar, dass sie getrennt waren, trotzdem kamen sie gemeinsam, schliefen in einem Bett. Er warf mich in die Luft oder drückte mich so fest, dass mir die Luft wegblieb und seine unrasierte Wange wie Schmirgelpapier über mein Gesicht schrappte. Ein schönes Gefühl, obwohl er es mit dem Drücken wirklich übertrieb.

Mutter und Vater behandelten mich wie ein Kind. Nonno und Nonna redeten mit mir wie mit einem Erwachsenen. Nicht aus Prinzip, es hat sich so entwickelt. Ich war nicht ihr Kind, war nicht geplant, sie hatten sich nicht vorher überlegt, wie sie mit mir umgehen wollten. Die Zeit mit beiden zusammen war kurz, Nonno starb bereits im Herbst 1972. Durch mich haben sie ein wenig Frieden gefunden, Ruhepausen in ihrer ewigen wechselseitigen Piesackerei, mal laut, mal leise, das hörte bis zum Schluss nicht auf. Trotz Asthma, trotz der Angst, zu ersticken, obwohl er nächtelang durchs Erdgeschoss oder bei schönem Wetter durch den Hof tigerte, weil ihn Atemnot quälte, sobald er sich hinlegte, waren die sechs Jahre, in denen wir einander Opa und Enkel waren, für ihn und für Nonna friedlicher und schöner. Ich stand zwischen beiden, frisch hinzugekommen, gehörte zu ihnen, hatte aber nichts mit ihrem Unglück zu tun. War es so gewesen?

Es ist mir ein Rätsel, warum Mutter damals Vater mitbrachte. Ich weiß, was sie auf eine entsprechende Frage geantwortet hätte: Um mich in der Illusion zu wiegen, ich hätte beide Elternteile. Ein Opfer, weil sie ihn verabscheute und er sie psychisch misshandelte. Das hätte sie gesagt, aber es stimmt einfach nicht. Angeblich brachte sie fortlaufend Opfer, aber eigentlich war sie dazu nicht bereit. Sonst hätte sie mich wohl kaum mit sieben Monaten im kalten Drveniker Haus bei Oma und Opa gelassen. Der wahre Grund muss etwas mit dem Verhältnis von Mutter und Vater zu tun haben, das keiner mir je erklärte und sich mir nie erschloss, nicht einmal in ihren letzten Monaten, als ich sie ausfragte und wir neben den Stubler-, Karivan- und Rejc-Geschichten auch über ihr Leben redeten.

Einmal wollte sie mir erzählen, was Vater gesagt hatte, als er mich, noch in der Geburtsstation, zum ersten Mal sah. Erschrocken sei er, fing sie an, aber ich fiel ihr ins Wort. Kalter Kaffee, sagte ich, Vater sei tot, die Geschichte könne ich nicht mal literarisch verwerten. Da hatte ich ihr schon von dem Projekt *Die Stublers* mit dem Untertitel *Roman* erzählt. Bei meinem allerletzten Besuch gab ich ihr das erste Kapitel zu lesen: Kennen Sie Regina Dragnev? Bücher konnte sie nicht mehr halten, aber die ausgedruckten Blätter waren leicht genug. Sie war zufrieden und erwähnte Vater nicht mehr, auch nicht, wie erschrocken er war, als er mich als Neugeborenen sah.

Die Geschichte sollte mich davon überzeugen, wie sehr sie in dieser nie geführten Ehe im Recht war, wie sehr sie sich geopfert hatte. Eigentlich steckte sie mir damit, er habe mich nicht geliebt. Das war ihr ungeheuer wichtig. Sie konnte selbst keine Liebe zeigen, hatte kein Bedürfnis, Liebe zu geben, aber in ihren letzten Tagen, Wochen und Monaten wollte sie den Unterschied zu ihm klar und deutlich herausstreichen, wollte mir vor Augen führen, wer von ihnen für mich da war und wer nicht. Dabei war mir das längst gleichgültig, zum letzten Mal hat es mich wohl mit zwölf Jahren interessiert. Trotzdem erzählte sie mir ständig Dinge dieser Art, wiederholte sich dabei oft, wissentlich: Sie wusste, dass sie es mir schon erzählt hatte.

Ich verwahrte mich dagegen, und das nicht eben feinfühlig. Mein Interesse sei literarischer Natur, behauptete ich, um sie zu beleidigen, weil sie mich beleidigt hatte, und um meine Fragen auf den utilitaristischen Zweck eines geplanten Buches zu reduzieren. Aber es beleidigte sie nicht, ihr war es egal, wozu ich ihre Geschichten verwendete, die Geschichten wurden für sie wichtiger als alles andere: Weil sie im Erzählen ihren kranken Körper vergaß, sich aus ihm hinausfantasierte, weil sie im Erzählen lebte.

Es macht mich glücklich, wenn ich dir was erzähle. Aber ich habe nichts mehr zum Erzählen, heulte sie eine Woche vor der ersten Morphiumspritze.

Doch, hast du …, sagte ich und schob wohl noch etwas Unflätiges hinterher, damit ich nicht aus der Rolle fiel, damit sie nicht dachte, ich wäre nett zu ihr, weil sie im Sterben lag. Das ließ ich ihr gegenüber nie durchblicken.

Damals in Drvenik nahm sie mich ab und zu bei der Hand und wollte mit mir nach Zaostrog oder Donja Vala gehen. Nicht lange, und sie wurde nervös, kehrte vorzeitig um, weil sie nichts mit mir anfangen konnte. Ich antwortete auf ihre Fragen, stellte vielleicht selber welche, aber wir hatten keine gemeinsame Basis. Wir redeten wie zwei Fremde. Ich war drei, vier Jahre alt, sie sprach mich wie einen Drei- oder Vierjährigen an, aber das funktionierte nicht, weil ich es nicht kannte. Die Einzigen, zu denen ich engen Kontakt hatte, Nonno und Nonna, redeten nicht so, ich verstand nicht, was meine Mutter von mir wollte.

Sie fühlte sich ausgebootet.

So ein kleiner Kerl, und schon so durchtrieben.

Es machte sie traurig, und wahrscheinlich erklärte sie es sich damit, dass Olga mich gegen sie aufhetze. Oder ihre Gewissensbisse unbewusst auf mich übertrug.

Wie auch immer, der schönste Augenblick war, wenn Mutter nachmittags eintraf oder, falls sich der Zug aus Sarajevo verspätete, abends unverhofft hereinplatzte.

Einmal kam sie so spät, dass ich schon schlief, sie sich an mein Bett schlich und mich auf die Wange küsste. Ein ungewohntes, schönes Gefühl. Kannte ich bis dahin nicht. Kam auch nicht wieder vor.

Wenn der Sommer und mit ihm die ersten deutschen Touristen kam, packten wir zusammen. Die anderen fuhren ans Meer, wir fuhren weg. Ich fand das ungerecht. Mit unserem Gepäck standen wir an der Landstraße und warteten auf den Bus aus Makarska. Dann warteten wir in der angenehm kühlen Bahnhofshalle auf den Zug nach Sarajevo. Nonno studierte eingehend den Fahrplan, wollte wissen, was geändert worden war, seit er ihn nicht mehr zusammenstellte.

Die Sommer in Sarajevo waren unangenehm heiß. Die Miljacka stank nach Kanalisation. Ich hasste die Stadt aus ganzem Herzen, solange wir nur im Sommer dort wohnten, bis zu Nonnos Tod.

Mutter versuchte sich um mich zu kümmern. Vater kam einmal pro Woche. Im Sommer fuhren wir jeden Sonntag auf den Trebević. Anfangs mit der Seilbahn bis zum Altersheim, später, als er dort ein Stück Land kaufte und ein Wochenendhaus baute, mit dem Auto nach Mala Čelina. Mutter bekam in der Höhe Kopfweh und Migräne. Ich wurde montags krank, bekam Fieber, es war schnell wieder weg.

Unter der Woche besuchten wir Mutter oft auf der Arbeit in Novo Sarajevo, im SDK, einem modernen Neubau. Wir fuhren mit der Straßenbahn hin. Dort angekommen, setzten wir uns einen Moment. Ein recht beleibter Arbeitskollege, er hieß Novica, stellte mir Papier, Stempel und Stempelkissen hin und ließ mich stempeln. Novica war wohl heimlich in Mutter verknallt. Oder offen und abgewiesen worden. Er hatte ihr nichts getan, aber sie konnte ihn nicht ausstehen. Sie fand es auch nicht richtig, dass ich mit Amtsstempel und Papier spielte. Das gehöre sich nicht, sagte sie, dazu sei die Sache zu ernst. Ich drückte aus Anstand, um Novica nicht zu kränken, Stempel auf weiße Blätter, die wir hinterher, sicher ist sicher, vernichteten. Damit keiner die amtlichen Stempel missbrauchte. So war das damals. So war sie.

Noch keine dreißig. Sie war dreißig, als Nonno starb.

Damals wurden Beerdigungen in Sarajevo von bestellten Fotografen begleitet. Irgendwo zwischen den Unterlagen in der Wohnung am Sepetarevac wird wohl noch ein Bündel mit rund hundert Schwarzweißfotos von Nonnos Beerdigung im Format zehn mal sechs Zentimeter existieren. Mutter, blond, hochgesteckte Haare, eine in den siebziger Jahren todschicke Frisur, später von den The B-52's-Sängerinnen getragen, heult hemmungslos vor dem noch leeren Grab. Nonna steht neben ihr im schwarzen Mantel mit schwarzem Fuchskragen und einem großen russischen Schal, den sie bis über die Nase gezogen hat, damit er die Bronchien vor der kalten Luft bewahrt. Im Winter trug sie immer einen Schal vor Mund und Nase, gewöhnlich ein weißes Halstuch, und auch auf den Bildern steht sie vor der Grube, schaut hinein und beugt einer Erkältung vor. Oder will nicht zeigen, was sie fühlt. Ich weiß nicht, was sie fühlte. Sie verbarg es immer. Ich weiß nicht, ob ich es ihr abgeschaut habe oder ob es ein Charakterzug ist, jedenfalls verstecke ich meine Gefühle auch. Als ich sie, die auf den Schwarzweißfotos, blond und in aller Öffentlichkeit schluchzend, an demselben offenen Grab steht, in das sie vierzig Jahre und zwei Monate später selbst gelegt werden sollte, beerdigte, sollte man mir nichts anmerken.

Vater hatte den Fotografen bestellt und steht untergehakt neben ihr, obwohl sie längst nicht mehr Mann und Frau waren. Wenn sie es je gewesen sind. Alle Trauergäste wussten, dass sie getrennt waren. Trotzdem gingen sie – sollte ich der Grund gewesen sein? – als Paar zur Beerdigung ihres Vaters. Die Bilder von Nonnos Beerdigung sind die innigsten Aufnahmen meiner Eltern. Es gibt andere Aufnahmen – eine entstand im Zoo von Sarajevo, die andere, mit einem Eselchen, in Drvenik –, aber die sind nicht so innig. Außerdem gibt es kaum ein Bild der beiden, auf dem ich nicht mit drauf wäre. Einzige Ausnahme sind die Bilder von Nonnos Beerdigung. Sie wollten mich schonen, mich nicht so jung mit dem Tod konfrontieren, also blieb ich in Drvenik mit Tante Lola als Kindermädchen. Die hielt mich für zu dick, ich durfte mich nicht satt essen. Der Teller wurde weggezogen, als es am besten schmeckte. Nonna sagte, zurück aus Sarajevo: Huch, bist du dünn geworden!

Solange Tante Lola dabei war, konnte ich nichts sagen, aber dann erzählte ich: Ich bin zu dick, hat sie gesagt, sie hat mir den Teller weggezogen, bevor ich satt war. Später lachten alle darüber. Da blieb kein Groll zurück, es ist eine nette Anekdote. Wir alle mochten Tante Lola, und alle, einschließlich Nonna, hielten sie für nicht ganz dicht.

Es muss ja nicht jeder ganz dicht sein.

Nonna und Mutter waren verstimmt, weil Vater einen Fotografen bestellt hatte.

Das ist primitiv, sagte Nonna.

Was Mutter sagte, weiß ich nicht, sie störte sich an etwas anderem. Sie hatte Angst vor dem Tod, schob ihn so weit wie möglich von sich. Drei Wochen vor dem Ende, zwei, bevor sie Morphiumspritzen bekam, sagte sie mit tieftrauriger Stimme, die Krankheit habe sie körperlich zerrüttet: Wenn ich durchkomme, habe ich höchstens noch zehn Jahre!

Das sagte sie, und ich erwiderte, so was könne man nie wissen. Ich tat so, als läge sie nicht im Sterben. Ich spielte ihr Spiel mit, gaukelte ihr was vor. Damals wie heute hätte ich mich dem lieber verweigert. In der Art der Täuschung – dass sie nicht stirbt, dass die Krankheit nicht schlimm ist, dass es Wunder gibt und wir darauf abonniert sind – steckt für mich die Grausamkeit ihres Todes. Von der ich mich nicht mehr erholen werde und die mich um Jahrzehnte altern ließ. Es ist die Art von Täuschung, die Eltern ihrem sterbenden Kind vorgaukeln. Sie glauben, Kinder wüssten nicht, was Sterben ist, und begleiten sie mit guten Feen und Zauberern wie im Finale eines Disney-Films in den Tod. Mutter glaubte, sie sei die große Ausnahme und würde trotz ihres immer schlechteren Zustandes überleben. Leiden ja, fast kein Schmerz, den sie nicht am eigenen Leib erlebte, aber sterben, sie? Niemals. Sie hatte Nonno in demselben Zimmer in den Tod begleitet, in dem sie selbst sterben sollte, ihr Blick vom Bett ging auf dasselbe Fenster und denselben Sims voll gurrender Tauben, nur dass er auf den Trebević schaute und sie auf die weiße Wand des Neubaus nebenan, trotzdem war sie das Kind, das von den Erwachsenen einfordert, sie sollten gefälligst ein Wunder vollbringen.

Sie war sauer auf mich, weil ich kein Wunder vollbrachte. Weil ich mich nicht sofort ins Auto schwang und aus Zagreb mit einem Wunder anrauschte und es ihr, der es dreckig ging, der Leidenden, überreichte. Und ich habe sie getäuscht und ihr Humbug erzählt wie einem kleinen Kind.

Ich habe vergessen, wann ich die Fotos von Nonnos Beerdigung zum letzten Mal sah, es war auf jeden Fall nach dem Krieg. Ich habe sie oberflächlich durchgeschaut, fühlte mich so indiskret, als hätten sich Familienmitglieder in allen Posen des Kamasutra ablichten lassen, dann klopfte ich den Stapel auf dem Tisch wieder ordentlich zusammen und machte das Gummiband drum.

Warum haben Nonna und Mutter die Bilder nicht weggeworfen, wenn sie sie so schrecklich fanden?

Sehr einfach: Man wirft nicht weg, was teuer war. Das ist die schlimmste Variante unseres balkanischen Geizes. Man wirft nichts weg, was noch einen Wert hat und nicht ganz offensichtlich auf den Müll gehört. Auch wenn man Familienfotos nicht verkaufen kann und kaum noch einer lebt, der mit den Abgebildeten und dem, der da beerdigt wurde, etwas anfangen könnte.

Und Vater? Der hatte nicht nachgedacht, man machte das eben so, er wollte galant sein. Ich glaube nicht, dass er Fotos für sich behielt, obwohl es die einzigen authentischen Ehebilder mit meiner Mutter waren.

Nonnos Sterben zog sich nicht lange hin. Und er ist nicht erstickt. Manchen Herzkranken sieht man den Tod an, eine Woche, einen Tag zuvor. Im August war klar, dass es aufs Ende zuging. Aber Vater kämpfte weiter, glaubte, er könne noch etwas ausrichten, obwohl Nonnos Beine dick geschwollen waren, das Wasser Richtung Lunge und Herz stieg und das Herz so schwach war, dass Vater keine Worte fand, um es zu beschreiben.

So war dieses arme Herz!, und er zerknüllte ein Taschentuch und warf es auf den Tisch.

Nonnos Herz als verdrücktes, popeliges Taschentuch. Erschrocken sah ich zu Boden und hoffte, dass keiner meine Anwesenheit bemerkte. Vierzig Jahre später ist es eine bloße Metapher. Ein Standbild aus dem Familienfilm.

Ich wurde im September eingeschult, Vater entschied, Nonna und ich sollten allein nach Drvenik, wo ich die erste Klasse besuchen sollte, und er wollte Nonno im Krankenhaus und dem Altersheim am Trebević gesund machen. Die reine Gebirgsluft könnte helfen, sagte er und hoffte auf ein Wunder.

Auf der Terrasse vor dem Altersheim wurde das letzte Bild von Nonno aufgenommen, mit Nonna, Mutter und Onkel Dragan. Geknipst von Vater.

Man sieht ihm die Krankheit nicht an, er trägt unter dem Anzug ein sauberes weißes Hemd mit Krawatte. Sein Blick geht am Objektiv vorbei, er posiert.

Sie hat ihn mehr geliebt als die Mutter. Eigentlich: Sie hat ihn geliebt, die Mutter nicht. Nonnos Tod erschütterte sie, sie erzählte, was er kurz vorher zu ihr gesagt habe: Die anderen sind alle Verbrecher, jetzt gibt es nur noch uns beide! Mittel- und Zeigefinger der linken Hand, die aus dem Bett hing, seien gekrümmt und aneinandergepresst gewesen, als hielte er eine Zigarette dazwischen.

Trotz seines Asthmas hat er bis kurz vor seinem Tod geraucht. Nach seiner Beerdigung drückte Nonna ihre letzte Kippe aus, nach fünfzig Jahren als Raucherin. Javorka hörte nach der zweiten Operation auf zu rauchen, da blieben ihr noch vier Monate zu leben.

Nach Nonnos Tod habe ich noch die erste Klasse in Donja Vala abgeschlossen, dann sind wir nach Sarajevo zurückgekehrt. Für immer, hätte ich fast geschrieben. Nach meinem Weggang aus der Stadt begann eine neue Zeitrechnung, die gilt nicht für das, was davor war, die begann erst nach dem für immer.

Von dem Tag an, ich war sieben Jahre alt, wohnten wir zusammen. Eine lange Zeit des Kennenlernens begann, bis zu Nonnas Tod am 6. Juni 1986, bis zu meinem Umzug nach Zagreb und dann bis sie erkrankte und starb. Ich kann nicht sagen, ob ich sie durch und durch kenne, ob sie mich nicht in dem einen oder anderen Punkt hinters Licht geführt hat. Sie war eine seltsame, unglückliche Frau. Bei niemand anderem kann ich das so gut beurteilen. Meine Mutter war so unglücklich wie Warlam Schalamow, und sie hat lange versucht, das zu ändern. Aber sie hat sich an allem und jedem gestört.

Heute kann ich es sagen, ohne in Rage zu geraten: Unter anderem an mir. An mir vielleicht am allermeisten.

Wann ich zum ersten Mal fragte, ob ich ein Wunschkind sei, habe ich vergessen.

Sie antwortete bereitwilligst. Ja, sagte sie, sie habe nichts so sehr gewollt wie mich. Und war überzeugt, nicht zu lügen. Später sagte sie, zu Recht, Abtreibungen habe es auch damals gegeben, wenn sie mich nicht gewollt hätte, hätte sie mich abgetrieben. Wieder später erfuhr ich, dass sie 1968, also nach meiner Geburt, in der Ambulanz in der Skerlićeva meinen Bruder oder meine Schwester abgetrieben hat. Wer sie geschwängert habe? Mein Vater.

Ich habe nicht gefragt, warum, wo sie doch seit Jahren getrennt waren. Es war klar, sie hätte mich angelogen und sich selbst bedauert, die Wahrheit hätte ich jedenfalls nicht erfahren. Die Wahrheit geht mich auch nichts an, außer dass ich damals jemanden verlor, der oder die mit mir verwandt gewesen wäre. Die Abtreibung im Herbst 1968 – was heißt, dass das Kind im Sommer gezeugt wurde, als wir alle zusammen in Sarajevo waren – erwähnte sie zum Beweis, dass ich ein Wunschkind war.

Habe ich sie so enttäuscht, dass sie kein zweites Kind wollte?

Das ist ein Witz, ein bitterer Witz, der denen zusteht, die am Ende einer langen Generationenfolge allein sind und keinen Angehörigen beleidigen können, vielleicht habe ich wie meine Mutter eine kindische Seite, die mich dazu verführt, an meine eigenen Konstrukte zu glauben.

Habe ich sie enttäuscht?

Wahrscheinlich. Ich hatte eben erst angefangen zu sprechen, konnte r und l noch nicht aussprechen und mich kaum mit ihr verständigen, weil sie die Sprache, in der ich mit Nonna und Nonno redete, nicht beherrschte. Sie kannte ihren Sohn nicht, konnte ihn, der das Reden und die grundlegenden Dinge im Leben von Großmutter und Großvater lernte, gar nicht kennen, obwohl sie das niemals und unter keinen Umständen zugegeben hätte. Vielleicht erkannte sie damals, was für eine riesige Belastung ich bedeutete: das Aus für ihr eigenes Glück.

Welcher Mann will schon eine Frau mit Kind?

Den Satz, eher Feststellung als Frage, habe ich mehrmals von ihr gehört. Scherzhaft gemeint, beim Kaffeeklatsch mit Freundinnen, gegenüber Arbeitskolleginnen beim Betriebsausflug, und sie hat jedes Mal danach gelacht, ein merkwürdig schnelles Hahaha, als wäre ihr Lachen zuvor aufgezeichnet und dann vom Plattenspieler mit überhöhter Umdrehungszahl abgespielt worden.

Und die Freundinnen sagten dann: Also Javorka, du bist doch noch so jung! Und du bist so hübsch! Und dein Sohn ist so schlau!

Das hörte sie gern und lauerte trotzdem auf die nächste Gelegenheit, bei der sie sagen konnte: Welcher Mann will schon eine Frau mit Kind?

Der Gedanke, dass ich vielleicht nicht erwünscht war, hat mich nicht beunruhigt. Wenn man Freud glauben darf, hätte es mich als Erwachsenen bestürzen müssen, hat es aber nicht. Es hätte mich auch nicht weiter bekümmert, hätte ich entdeckt, dass meine Eltern nicht meine biologischen Eltern sind oder dass ich nie erfahren könnte, wer meine leiblichen Eltern sind. Für mich war, soweit ich es beurteilen kann, nur eins wichtig: die Großeltern. Auf die musste ich mich verlassen können. Mit Nonno und Nonna war ich viel enger verbunden als andere Enkel mit ihren Großeltern. Ich habe sie auch nicht als Großvater und Großmutter erlebt. Wann immer ich sie später in Erzählungen oder Essays, in fiktionalen und nichtfiktionalen Texten Großvater und Großmutter statt Nonno und Nonna nannte, klang das falsch und verlogen, als stolpere die Erzählung über ein Detail, das in einem ganz wesentlichen Punkt nicht stimmt. Die beiden Menschen, die im Herbst 1966, als unser Kennenlernen in Drvenik begann und ich noch ein verschlafenes Baby, ein Säugling war, waren alt, Nonna einundsechzig, Nonno achtundsechzig, und in Wirklichkeit noch viel älter als ihre Jahre, aber mir bedeuteten sie wahrscheinlich mehr als anderen Kindern Vater und Mutter. Nicht nur, dass sie keine Zeit hatten, mit mir wie mit einem Kind zu reden, alles, was in mir verlässlich und fest ist, kommt von ihnen. Jedes Wissen, jede Fähigkeit kommt – bis heute – von ihnen.

Deswegen quälte mich die Frage, ob ich ein Wunschkind war, auch nicht, als ich in die Pubertät kam. Ich war neugierig, ich dachte damals schon genauso neugierig darüber nach wie heute. Damals war es wahrscheinlich einfacher, weil Nonna noch lebte. Heute lebt keiner mehr von ihnen, und es lebt sich wahrscheinlich trotzdem schöner und tröstlicher in dem Bewusstsein, als ein Wirklichkeit gewordener Wunsch auf der Welt zu sein.

Selbst wenn sie mich vor meiner Geburt gewollt haben sollte, hinterher konnte sie nichts mit mir anfangen. Sie wusste auch mit sich selbst nichts anzufangen. Ihr Leben wurde von mehreren Seiten bedrängt, dem zu entrinnen war nicht leicht. Oder unmöglich.

Aus der Straße der Jugoslawischen Volksarmee, aus dem Haus direkt neben dem Nationaltheater, in dem Franjo und Olga Rejc bis zum Krieg als Emilia Heims Mieter wohnten und nach dem Krieg und der Verstaatlichung des Hauses ein Wohnrecht und damit eine Art Miteigentümerschaft zugesprochen bekamen, aus diesem Haus zogen wir an den Sepetarevac. Aus dem Dutzend Wohnungen, die wir oder besser Nonno als Inhaber des Wohnrechts angeboten bekamen, wählte Javorka die Wohnung im Haus der Brüder Obrad und Branko Trklja, dass die beiden gemeinsam gebaut hatten und untereinander aufteilten. Obrad hatte seine Wohnung irgendwann an Energo-Invest verkauft und war nach Belgrad gezogen. In dieser Wohnung, entschied sie, sollten wir wohnen. Sie war siebenundzwanzig Jahre alt. (Ich erwähne ständig, wie alt sie wann war, weil ich den Eindruck habe, dass sie ihr Leben sehr jung gelebt hat und noch bevor sie dreißig wurde, schon alles erlebt hatte ...)

Sie wählte eine Wohnung am Berg, weil sie ganz naiv davon ausging, Nonno hätte es in der da oben reineren Luft mit seinem Asthma leichter. Die Rechnung ging natürlich nicht auf, die Luft war nicht besser, und Nonno kam den Berg nicht zu Fuß hoch, die Straße ist eine der steilsten in ganz Sarajevo, er musste ein Taxi nehmen. Dass sie da Mist gebaut hatte, gab sie nie zu. Und vielleicht war es auch gar nicht so falsch: Wer weiß schon, wie es uns in einer anderen Wohnung ergangen wäre.

Es liegt wohl in der Natur der Menschen, anderen gegenüber eigene Fehler nicht zuzugeben.

Wenn ich so nachdenke, ich selbst habe auch nie anderen gegenüber irgendwelche kapitalen Fehler zugegeben.

Oder gesagt, ich hätte alles falsch gemacht und würde heute alles anders machen, hätte ich einen zweiten Versuch.

Aber Mutter hat nicht nur Fehler nicht zugeben können, mit der Art, wie sie ihr Leben führte, wollte sie uns allen weismachen, dass sie recht hatte. Sie vergeudete ihre Zeit, Monate und Jahre, das ganze Leben verschwendete sie an Kinkerlitzchen, an die Wiedergutmachung lang zurückliegender Dinge, die nicht gutzumachen waren. Sie lebte in der Vergangenheit, die mit der Zeit übermächtig wurde, sie auffraß, und wollte es nicht wahrhaben. Sie sprach nie über das, was heute war, was sie tat, damit es ihr – oder mir, ihrem zehnjährigen Sohn – besser ging, sie schwadronierte end- und ergebnislos über Ungerechtigkeiten und Schikanen, Verhinderungen und Verhinderer, das Schicksal von Toten und abgeschlossene Geschichten, die keine Fortsetzung fanden und keinerlei Folgen zeitigten.

Wie angenagelt.

Nach dem Krieg, zwei Ehen und der Geburt eines Kindes steckte sie fest. Die Füße gleichsam in bleiernem Schlamm. Wie ein Bleisoldat. Wie Blei. Reglos.

Im Mai, noch halbwegs fit, rief sie mich eines Morgens an und erzählte mir einen Traum.

Sie habe, erzählte sie, eben gerade geträumt, dass sie nichts mehr bewegen könne, weder Beine noch Arme, nicht einmal den Zeigefinger. Sie hätte in dem Zimmer gelegen, in dem sie tatsächlich lag, und alles war ganz real, außer dass sie sich nicht bewegen konnte. Nicht einmal die Lider schließen oder einatmen.

Dann hätte sie sich zusammengerissen, tief Luft geholt und meinen Namen geschrien.

Hätte mich gerufen, und ich sei nicht gekommen.

Das war ihr Traum.

Ich war in Konavle, stand mitten auf der alten französischen Straße unter einem riesigen Walnussbaum, blickte weit übers Meer und hörte ihr zu. Und war beleidigt. Natürlich nicht von dem Traum selbst, sondern weil sie ihn mir brühwarm erzählen musste. Ich war in ihrem Traum der Schuldige, und der Traum ist wirklicher als die Wirklichkeit. Man kann sich nicht zum Träumen zwingen, der Traum kommt von sich aus, und wir erfahren aus ihm, was wir auf keine andere Weise erfahren können. Ich war schuld, weil ich nicht reagiert hatte, ich war schuld an ihrer Krankheit, die unaufhaltsam voranschritt, ich war schuld für die Ärzte, die ihrer Meinung nach immer zu spät eingriffen, ich war schuld an ihrem Schicksal, das unglücklich war. Daran zumindest habe ich vielleicht wirklich meinen Anteil. Aber nicht im Sinn von bewusster Schuld, ich bin damit geboren. Eine Schuld wie in antiken Tragödien. Gelegentlich auch wie im Verhältnis von Eltern zu ihrem todkranken Kind.

Sie ist nicht meine Tochter, ich bin ihr Sohn.

Aber das verkehrte sich offenbar gegen Ende.

Seit es sie nicht mehr gibt, wurde dieser Traum, der mich beleidigte – oder habe ich nur darauf gewartet, weil es mir die Sache leichter machte? –, zur Fabel, zur Kurzfassung ihres Lebens. Sie rührt keinen Finger, bläht sich nur auf, um jemanden herbeizurufen, der sie rettet. Oder an ihrer Statt die Schuld trägt.

Mutter wies jede Schuld von sich, weil ihr ihre Mutter die Schuld am Tod des Erstgeborenen anlastete.

Ich glaube, so war es. So dachte ich nach Nonnas Tod und rechtfertigte Mutter damit. In Erzählungen und Romanen, vor Gott, falls sie am Ende doch an ihn glaubte, und der Welt rechtfertigte ich Mutter wegen einer Eigenschaft, die sie unerträglich selbstsüchtig machte. Die Rechtfertigung ist universell, sie gilt in allen Fällen mit einer Ausnahme.

Vor mir selbst rechtfertige ich sie damit nicht. Denn das hieße, Mladens Tod auf mich zu nehmen und bis zum Ende meiner Tage als meine Schuld zu tragen, übernommen von meiner Mutter, die für ihre Mutter die Schuld am Tod des Sohnes trug. Ich will es nicht, weise halsstarrig die Schuld von mir. Aber solche Dinge setzen sich fort, auch wenn man es nicht will. Vielleicht nicht zur Gänze, sicher nicht bewusst, aber fortsetzen tun sie sich.

Das zeigt sich allein in der Tatsache, wie gegenwärtig mir der Tod meines Onkels ist und alles, was zu diesem Tod im Herbst 1943 führte, jetzt noch, im Februar 2013.

Mutter konnte kochen, kochte aber bis Mitte der siebziger Jahre nur sonntags: Pogatschen – nach einem Spezialrezept, keine Ahnung, wo es abgeblieben ist – mit Hühnchen und Kartoffeln. Sonst kochte Nonna.

Ab Mitte der siebziger Jahre kochte Nonna auch sonntags. Mutter lag sonntags meistens im Bett, eine Schüssel direkt daneben. Migräne. Oder sie war depressiv. Dann lag sie auch den ganzen Tag im Bett. Nach Nonnas Tod hat sie nie gekocht, kein einziges Mal, solange ich noch in Sarajevo lebte.

Sie hat die Wohnung nicht aufgeräumt oder geputzt. Gearbeitet hat sie nur im Job. Da war sie gut, ausgesprochen gründlich, Chefin der Rechnungslegung. Sie hielt sich strikt an die gesetzlichen Bestimmungen, eine echte Stubler, sehr deutsch. Aber privat hat sie keinen Schlag getan. Keinen Finger gerührt, wie es um sie herum aussah, war ihr schnurz.

In den ersten Jahren nach Nonnas Tod hat es mich gestört.

Später habe ich mich daran gewöhnt, ein bisschen auch an ihr Unglück als meinen Familienstand. Wir wohnten zusammen und sprachen bis zum Krieg ausschließlich darüber, wie schlecht es ihr ging. Während des Krieges in Kroatien war sie auf dem Höhepunkt des Klimakteriums. Ein oder zwei Jahre vorher hatte sie starke Blutungen, die gar nicht mehr aufhörten. Drei Mal ging sie deswegen zu Ausschabungen. Alles habe ich mitbekommen. Sie hatte niemanden außer mir, also habe ich Mutters Klimakterium von Anfang bis Ende mitbekommen, sämtliche Begleiterscheinungen. Psychologischen wie physiologischen.

Als Kroatien angegriffen wurde, blutete sie nicht mehr, war dafür auf dem Höhepunkt der Depression. Sie nahm ihren Jahresurlaub und blieb drei Wochen lang im Bett. Es ist schwer, mit jemandem zusammenzuwohnen, der, obwohl gesund, nur noch im Bett liegt. Sie sagte, das Leben habe für sie keinen Sinn mehr, sie werde sich umbringen. Sie hatte niemanden sonst, also musste sie das mir sagen. Nachts rief sie eine Notfallrufnummer für solche Situationen an. Die gab es seit einigen Jahren in Sarajevo, gegründet von einem Psychiater-Ehepaar, inzwischen von anderen weitergeführt. Die beiden hatten Besseres zu tun, sie heißen Ljiljana und Radovan Karadžić.

Wochenenden verbrachte sie ebenfalls im Bett. Sie legte sich freitagnachmittags hin und stand montagmorgens so auf, dass sie gerade noch rechtzeitig zur Arbeit kam. Sie lag im Doppelbett, die Synthetikdecke von Vuteks aus Vukovar über den Kopf gezogen, und aus dem stark aufgedrehten Fernseher drangen die Geräusche des Krieges. Generäle verlasen Verlautbarungen über den aktuellen Stand an der Front, Politiker verkündeten Waffenstillstandsvereinbarungen, manche Vertreter internationaler Organisationen redeten wie britische Touristen an der Adria, Fernsehmoderatorinnen moderierten, hysterisch kreischend, Berichte von der vordersten Kampflinie an, man hörte Explosionen und Gewehrsalven, patriotische Lieder wurden im Marschrhythmus neu arrangiert; Mutter hörte nichts davon. Sie schlief wie ein Stein, hatte mehrere Bromazepam eingeworfen, kein Geschützdonnern, kein Krieg konnte sie wecken.

Benebelt erlebte sie den Beginn der Belagerung Sarajevos. Bald schon gab es kein Bromazepam und keine Telefonseelsorge mehr, das Telefon fiel aus, Strom und Wasser ebenso, und Mutter redete nicht mehr von Selbstmord. Sie war noch immer lustlos, häufig depressiv, aber sie ging regelmäßig zur Arbeit – damals war sie bei der Akademie der darstellenden Künste beschäftigt –, bahnte sich ihren Weg in Regen, Schnee und Granathagel, als andere, Lebenstüchtigere als sie, längst schon keinen Sinn mehr in einer Fortsetzung ihrer früheren bürgerlichen Existenz sahen. Der Arbeitsplatz war wichtig, bot er doch eine Auszeit von der Depression.

Auf der Arbeit redete sie all die Jahre mit anderen, stritt sich häufig mit Vorgesetzten, immer hatte einer was gegen sie, entweder weil sie eine Frau war oder weil sie ihre Arbeit sachgemäß und gewissenhaft erledigte, mit Kolleginnen führte sie Frauengespräche über Kinder, Hausarbeiten, Lebensmittelpreise, übers Bügeln, sie erzählte ihnen, sie bügele gern, es war, als fiele ihr gar nicht auf, dass diese Gespräche mit ihrem eigenen Leben nichts zu tun hatten. Sie hatte seit Jahren nicht mehr gebügelt, die Waschmaschine befüllte in aller Regel ich, ich stellte sie an und hängte die Wäsche auf, legte sie zusammen und räumte sie weg. Nur Bügeln konnte ich nicht. Mutter hatte keine Kinder, die sie versorgen musste, sie ging auch nicht einkaufen. Sie hat eigentlich nie ein Leben geführt, das derartige Dinge von ihr verlangt hätte.

Sie hatte in ihrer Handtasche stets ein Schulheft für Kuchenrezepte dabei. Damals tauschten Frauen am Arbeitsplatz Rezepte aus, Kochbücher und Rezeptbeilagen in der Tageszeitung waren noch nicht Mode, Geheimwissen und Familientradition standen hoch im Kurs, beides in Notizbüchern und Terminkalendern konserviert. So manche Kollegin verpasste das eine oder andere Rezept, Mutter nicht, sie hatte ihr Heft dabei und schrieb alles auf. Außer Rezepten für Cremetorte und Kuchen mit Zuckerguss.

Mein Miljenko mag keine Creme!, erklärte sie.

Seit Nonnas Tod hat sie keinen Kuchen gebacken. Nicht mal zum Geburtstag, den wir früher noch gefeiert haben. Anfangs rechtfertigte sie sich mit Migräne oder Überstunden wegen Monatsabschlüssen oder Halbjahresbilanzen, später sparte sie sich auch das. Aber Rezepte schrieb sie auf.

Es machte mich wütend. Weil sie ihren Kolleginnen die Wahrheit verschwieg. Ihnen vorlog, sie würde backen und kochen. Sich um mich kümmern. Nach meinem Wegzug änderte sich allerdings meine Einschätzung: Mutter glaubte lange, alles würde sich – simsalabim – ändern, ihr Alltag, ihr Leben, sie würde mittags kochen und samstags wie alle anderen Frauen Kuchen backen, würde sich kümmern, ob der Sohn genug zu essen und gebügelte Hemden im Schrank hat, nicht anders als die Kolleginnen im Büro. Alles, was sie tat, war Vorbereitung auf diesen Augenblick, in dem alles anders würde.

Deswegen kaufte sie 1972 eine Nähmaschine, die bis zu ihrem Lebensende in ihrem Koffer an ein und derselben Stelle des Wohnzimmers stand. Die wurde nie benutzt, aber sie war da, auf ihr stapelten sich mit der Zeit Ratgeber à la *Nähen lernen in hundert Lektionen,* billig erworben bei Buchhandlungen oder fliegenden Händlern. Damit hörte sie auch nach dem Krieg nicht auf. Das letzte derartige Buch erstand sie wenige Monate vor ihrer Erkrankung.

Nicht aus Gewohnheit, sie glaubte wirklich, sie würde mit inzwischen siebzig Jahren noch nähen lernen. Während im Backofen der Biskuit für die Schoko-Sahne-Torte gart.

Arbeitskolleginnen und Bekannte, mit denen sie sich nach der Pensionierung im Café Imperijal zu Kaffee und Kuchen traf, erfuhren nie von der Diskrepanz zwischen ihrem öffentlichen Auftreten und ihrem Privatleben, zwischen dem, wie sie außer Haus wirkte, und dem, was sich zu Hause an der Sepetarevac abspielte.

In den Jahren nach Nonnas Tod habe ich sie böse beschimpft für dieses Heft, von dem sie sich nie trennte und in das sie jedes Rezept fein säuberlich notierte und stets – als läge auf allem, auch auf Backrezepten, ein Urheberrecht – dazuschrieb, von wem sie es hatte: Schokotorte (Sonja), Muberas Baklava, Feigenbömbchen (Nađa) ... Manchmal fing sie an zu heulen oder schrie herum und pfefferte das Heft wie ein beleidigter Teenager in die Ecke, woraufhin ich, Türen schlagend, hinausging. Einmal fragte sie zurück, scheinbar die Ruhe selbst: Wäre es dir wirklich lieber, ich würde als Einzige keine Rezepte aufschreiben? Ihr Kinn zitterte.

Ich tat so, als hätte ich die Frage nicht gehört, ging in die Küche und trank ein Glas Wasser. Sie übertrug noch den Rest eines Rezeptes, das sie im Supermarkt auf einem Päckchen Vanillezucker gefunden hatte, in ihr Heft: Ananastorte. Trotz Buttercreme hätte die mir vielleicht geschmeckt. Wegen der Ananas.

Ich weiß nicht, was aus den Heften geworden ist. Fünf, sechs haben sich im Lauf der Zeit angesammelt. War eins voll, stopfte sie es in die Schublade vom Telefonschränkchen und nahm es vermutlich nie wieder zur Hand. Es gibt auch eins mit herzhaftem Gebäck. Vielleicht ist es noch in der Wohnung, unter Bergen von unnützen Papieren, Ratgeberbroschüren für selbständige Buchhalter, vereinzelten Ausgaben des Amtsblattes, alten unbenutzten Terminkalendern, Telefonbüchern, Formularen, alten Zeitungen, Kladden, Finanzverordnungen, Ökonomielehrbüchern, Logarithmentafeln, leeren Buchhaltungsjournalblättern mit diesen langen roten Linien oben und unten, einer Schachtel Durchschlagpapier ...

Von Vater wurde sie 1974 oder 75 offiziell geschieden.

Das hat sich mir eingeprägt, weil sie wieder ihren Mädchennamen annahm. Genauer gesagt, den drangehängten Jergović abwarf und wieder Javorka Rejc hieß. Wegen dem fürs Leben, sagte sie, vielleicht treffe sie den doch noch. Andere Frauen behielten den Ehenamen des Kindes wegen, aber das, sagte sie, komme für sie nicht infrage. Sie redete damals viel über Nachnamen. Ich weiß noch, dass ich beleidigt war, aber den Mund hielt. Ich war acht oder neun, fand Sarajevo immer noch gewöhnungsbedürftig, die Schule und die Wohnung am Sepetarevac quälend, kam mit dem neuen Bühnenbild und den zwischen Nonna und Mutter neu verteilten Rollen und einem untervermieteten Zimmer – das Geld reichte nie, ihr Gehalt war bescheiden – nicht zurecht, und ich empfand ihren Namenswechsel als Verrat, sie bekannte sich nicht zu mir, klagte mich insgeheim sogar an, dass sie wegen mir allein und eine Geschiedene blieb. Ein fremdes Kind sei immer eine Last, davon erzählten Aschenputtel und die ganzen Märchen mit bösen Stiefmüttern und herzlosen Stiefvätern, eine Last vor allem hier in Bosnien, wo Frauen ganz allgemein verachtet und Geschiedene fast schon als Huren betrachtet würden. So redete sie, bastelte sich einen Rahmen für ihre Not, ordnete sie einem gesellschaftlichen Genre zu und erfand eine Rechtfertigung. Lieber spielte sie die Märtyrerin, als dass sie sich ihre Enttäuschung eingestand. Enttäuschungen konnte sie nicht aushalten. Jede neue Enttäuschung hätte den anderen nur gezeigt, wie unfähig sie war. Sie schrie herum, wehrte sich, auch wenn sie nicht angegriffen wurde, schrie ihr privates Unglück in die Welt hinaus, können ruhig alle wissen …

Oder richtete sich das gezielt gegen Nonna, die genau das überhaupt nicht ertrug? Nonna schirmte ihr Innenleben gegen die Öffentlichkeit ab, so gut es ging, zeigte weder Nachbarn noch Verwandten, wie ihr zumute war, und gerade in Sarajevo ist die Neugier auf das, was innerhalb der privaten vier Wände geschieht, sehr ausgeprägt. Mutter deckte alles auf, was Nonna unter der Decke halten wollte.

Die Scheidung war Mutter außerordentlich wichtig.

Obwohl sie nie zusammengewohnt hatten, war an eine Aussöhnung nicht zu denken. Er wünschte sie sich, aber der Wunsch hatte keinen emotionalen Kern. Mit dem Gerede vom Zusammenziehen, zumal er eine schöne, geräumige Neubauwohnung beim Stadion am Koševo in Aussicht hatte (die er

1973 oder 74 tatsächlich bekam, wenige Monate vor der offiziellen Scheidung) erleichterte Vater sein Gewissen, reagierte auf seine faktische oder eingebildete Schuld. Wenn wir den Zoo besuchten, damit ich Tiere betrachten konnte – ich mochte Tiere, Ausflüge nach Pionirska Dolina waren ein Riesenereignis für mich, er hatte mir versprochen, mich in Wien oder Berlin in den Zoo zu führen, mir die größten und schönsten Zoologischen Gärten Europas zu zeigen –, wies Vater auf die Stiefmütterchen in den Fenstern der Einfamilienhäuser im Speckgürtel der Stadt, in dem sich längst Wochenendhäuschen und normale Wohnhäuser mischten, und sagte: Die Blümchen werden wir auch haben.

Was ihr die Laune verhagelte, sie schwieg verstockt, während wir Tiere anschauten. Das machte er absichtlich, schob ihr damit den schwarzen Peter zu. Oder wollte sie ärgern.

In Kladanj, er hatte sie mal wieder mit einer Anspielung auf das künftige Zusammenziehen verärgert, passierte etwas, das ich in einem Gedicht festhielt:

VORFALL

Spätherbst in Bosnien
Ein Sprungbrett im Freibad
Meine Mutter steht oben
schaut hinunter
Vater und ich am Beckenrand

Ob sie wohl springt, frage ich.

Es erschien 1988 in *Opservatorija Varšava* (Observatorium Warschau) und war mein erster Text über die Eltern und deren Beziehung. Mein erster Text auch über die Mutter, der sie, dachte ich, beleidigen könnte. Aber nein, das Gedicht gefiel ihr, sie überlas die grausame kindliche Gleichgültigkeit. Dem Ich ist egal, mir war egal, ob sie in ein Bassin springt, in dem kurz vor dem ersten Schnee noch Wasser war.

Oder hatte sie den Vorfall anders in Erinnerung?

Wie, kann ich mir denken. Sie schlug in die Kerbe, in der Vater am verwundbarsten war: Er konnte nicht schwimmen, hatte das Meer zum ersten Mal als Erwachsener gesehen, und als kleiner Junge durfte er nicht mit seinen Schulkameraden am Bentbaša in der Miljacka baden, also hatte er es nicht beizeiten gelernt. Er schämte sich in Grund und Boden, weil er weder tanzen noch Fahrrad fahren noch schwimmen noch gut Deutsch sprechen konnte, und weil er sich schämte, verpasste er die Chance, es in späteren Jahren nachzuholen. Er hatte Komplexe, wie man das in Sarajevo nannte, ich habe sie von ihm geerbt, ein dummer Charakterzug, gegen den ich zeitlebens meist erfolglos ankämpfe.

Vielleicht kletterte Mutter auf den Turm, um zu demonstrieren, dass sie gefahrlos springen konnte, weil sie im Unterschied zu ihm schwimmen gelernt hatte. So wird es gewesen sein. Sie wusste, was er dachte, wenn er sie da oben sah, wusste, dass ihn der Gedanke niederdrückte, deswegen überlas sie, wie mitleidlos ich im Gedicht mit ihr umsprang. Sie schrieb die Frage wohl Vater, dem Nichtschwimmer, zu, ob sie, die Schwimmerin, springen könnte. Spätherbst hin oder her. Sie hätte es gekonnt.

Abgesehen von Monologen über Nachnamen und Kinder, die anders hießen als ihre Mütter, über den Mann, dem sie vielleicht dereinst begegnen würde, weswegen sie sich nicht mit dem Nachnamen ihres Ex-Mannes belasten wolle, änderte die Scheidung für Mutter nichts.

Wie immer blieb es beim Reden, bei Geschichtchen, die so lange wiederholt wurden, bis sie zu ins Unendliche perpetuierten Mantren und Litaneien gerannen, Gesprächsersatz wurden, um die Illusion von Kommunikation zu erzeugen. Mutter unterhielt sich nicht ernsthaft mit mir, konnte es vielleicht nicht, weil ich als Einziger beide Seiten kannte: Innen- wie Außenwelt. Auf ihre alten Tage verbannte sie die Wirklichkeit komplett aus ihren Gesprächen. Was sie aus ihrem Alltag erzählte, war von vorn bis hinten erfunden und – wie die Gründe fürs Rezeptesammeln – nach Maßgabe eines idealen Lebenslaufs zusammenfantasiert. Und ich bin dagegen Sturm gelaufen. Ziemlich grob. Ich habe keine Entschuldigung. Es wäre für uns beide besser gewesen, hätte ich ihre Art akzeptieren können.

Sie war eine hübsche junge Frau mit traurigen Augen.

Blond.

Die Information, dass meine Eltern geschieden waren, hatte für mich dieselbe Wertigkeit wie, dass der Himmel blau und das Meer salzig ist oder Biokovo im Karst liegt. Ich bin damit aufgewachsen, ich kannte es nicht anders. Mutter war ungebunden und hatte Liebhaber. Die wurden aber nicht so genannt, wir redeten nicht über ihre Freunde, sondern über Veljko, Enver, Firuz, Zdenko …

Der Erste in der Reihe, Veljko, war Matrose und kam aus einem dalmatinischen Dorf, rund dreißig Kilometer von Drvenik entfernt. Ich habe nicht gefragt, wann sie mit ihm zusammen war, es ist lange her. Ob vor ihrer ersten Ehe oder zwischen der ersten und der zweiten, keine Ahnung, jedenfalls war Veljko zu der Zeit nicht Matrose, sondern Ingenieur. Nach ihrer Trennung heiratete er eine, die er nicht liebte, machte ihr zwei Kinder und heuerte auf einem Schiff an. Weil er sie nicht liebte und es so besser war. Manche Leute lassen sich scheiden, andre fahren zur See.

So erzählte Mutter von Veljko. Kann sein, dass sie sein Leben romantisch interpretierte, kann sein, dass es wirklich so war. Ich war fünf, Herbstanfang, wir waren gerade aus Sarajevo nach Drvenik übersiedelt, Mutter besuchte uns übers Wochenende.

Veljko steht draußen!, sagte sie.

Nonna schwieg. Nonno war nicht da.

Er wartete im Auto, blockierte die Straße, wir mussten uns beeilen.

Ein schöner Mann, ein, zwei Jahre älter als sie, sanftes Naturell. Wir fuhren nach Tučepi, setzten uns ins Restaurant und schauten aufs Meer. Er stellte uns eine Papiertüte mit schwarzen Trauben aus seinem Wingert hin.

Ich pickte mir die großen dicken heraus, mied die schrumpligen.

Die sind besonders süß!, sagte er.

So was sagen Erwachsene immer, das hörst du die ganze Zeit, bis du selbst erwachsen bist. Später meinen zwar immer noch welche, gut sei, was schlecht aussieht, aber da hörst du drüber weg. Keiner kann dich dazu zwingen, scheußliche, schrumplige Trauben zu essen, wenn genug pralle, große da sind.

Bloß nichts wegwerfen. Deswegen sagte er das. Bloß um nichts wegzuwerfen, nicht weil die vertrockneten Trauben wirklich besser schmeckten.

Jetzt redet er auf mich ein, dachte ich, und war fast schon so weit, die vertrockneten Dinger zu essen, um meine Ruhe zu haben.

Aber Veljko ließ mich von sich aus in Ruhe. Iss ruhig die großen, ich nehm die schrumpligen, sagte er oder etwas in der Art. Oder er sagte gar nichts. Jedenfalls meckerte er nicht herum.

Jahre später habe ich zum ersten Mal Trauben versucht, die am Stock getrocknet sind. Da fiel mir Veljko ein. Wann immer ich diese zuckersüßen schwarzen Träubchen esse, muss ich an ihn denken.

Ich habe ihn nur einmal gesehen. Mutter und er hatten danach noch Kontakt, haben sich vielleicht auch getroffen, dann verschwand er für immer. Sie wusste nicht, wo er war, auf welchem Meer und ob er lebte. Sie redete immer wieder über seine unglückliche Ehe, als könnte sie sein Unglück glücklich machen. Als wäre es das Unterpfand ihrer und Veljkos ewiger Liebe.

Ich glaubte, sie wäre glücklich gewesen, alle wären glücklich gewesen, wenn Javorka und Veljko Mann und Frau geworden wären, wenn er nicht zu der fremden Frau gegangen wäre, die er gar nicht liebte. Ich trauerte der verpassten Gelegenheit hinterher, wie anders wäre ihr Leben und überhaupt alles gelaufen!

Aber nur ohne mich.

Und so stand die Frage im Raum, was wichtiger war: Ich oder das Glück der Allgemeinheit. Die Antwort war sonnenklar, auch dem Fünfjährigen. Selbstmord hat mich nie interessiert, weder als Kind noch als Jugendlicher noch als erwachsener Mann. Nicht existieren fand ich noch nie attraktiv. Aber damals dachte ich zum ersten Mal, meine Existenz stehe dem Glück der Allgemeinheit entgegen. Ich bedeute für Mutter, vielleicht auch für andere Unglück.

Ein kindlicher, harmloser Gedanke, in Handbüchern zur Psychologie des Kindes steht, wie verbreitet und normal er ist und wie folgenlos. Für mich verbindet er sich in der Erinnerung mit dem Gefühl, von der Mutter getrennt zu sein. Damals tat sich ein Riss auf, der sich nie wieder schloss und von anderen Erinnerungen und Vorfällen vertieft wurde, bis sie mir fast wie eine Fremde erschien. Bis mir meine Verwandtschaft, abgesehen von der, die nur noch auf Fotos existiert, fremd wurde. Wer mir nahesteht, ist tot und begraben.

Auch sie stand mir nie so nah, ich habe sie nie so gut verstanden wie nach ihrem Tod, nach der Beerdigung.

Mitte Mai 2012, um ihren siebzigsten Geburtstag herum, überschattet von täglichen Nervenzusammenbrüchen aus Angst vor dem Ende, als sie körperlich wie geistig noch genug Kraft hatte, ihr Zorn noch so groß war, dass er Jerichos Mauern zum Einsturz gebracht hätte, träumte ich nach einem der schrecklichsten Tage – mit einem Dutzend Telefonaten voller Vorwürfe – meinen seltsamsten Traum, der sich mangels Handlung kaum erzählen lässt.

Mir träumte ein sorgfältig ausgehobenes Grab, tief und hell, auf dem Bare-Friedhof.

Am Grund der Grube wuchs feinster Klee, ordentlich wie im Bilderbuch.

Mit der Hand strich ich über den Klee.

Der Traum währte, scheint mir, lange.

Und es passierte nichts.

Außer dass da ein Grab war.

Hell und tief.

Und ich mit der Hand über den Klee strich.

Der am Grund der Grube wuchs.

Was mir der Traum sagen wollte, weiß ich nicht, ich habe auch vergessen, was ich beim Aufwachen dachte. Ihr habe ich ihn nicht erzählt.

Ich habe ihn niemandem erzählt, aus Angst vor der Frage, ob ein vierblättriges Kleeblatt dabei war. Eine ebenso dümmliche wie schlichte Erklärung. Aber darum ging es nicht. Ich habe keine Blätter gezählt. Wer würde das tun, wenn der Klee am Grund eines Grabes steht?

Enver war rund zehn Jahre jünger als sie, Kosovo-Albaner und Arbeitskollege beim SDK, Firuz ein ehemaliger Klassenkamerad, Mathelehrer, ein komischer Kauz. Das hielt nicht lange. Zdenko kam aus Knin, lebte in Zagreb, sie waren Jahre zusammen, er hat uns regelmäßig in Sarajevo besucht. Kennengelernt hatten sie sich im Zug, bei der Fahrt zu einem Ökonomen-Kongress. Sie war eingeschlafen und ihr Kopf zufällig auf seiner Schulter gelandet. Seit sie sich von ihm getrennt hatte, das war kurz vor meinem Militärdienst, war sie allein.

Für den Rest ihres Lebens.

Bei der Trennung von Zdenko war sie dreiundvierzig. Einige Jahre jünger als ich heute, wo ich davon erzähle. Sie lebte noch siebenundreißig Jahre und hatte keinen Mann mehr. War fast bis zuletzt gesund, ging erst drei Jahre vor ihrem Tod in Rente, war gesellig.

Was hat Mutter noch vom Leben erhofft und erwartet?

Im Sommer 1981 war sie zum letzten Mal am Meer. Dabei plante sie bis zum Krieg Jahr für Jahr Urlaub an der Küste, aber jedes Mal kam etwas dazwischen. Nach dem Krieg war das kein Thema mehr. Ihre Arbeitskolleginnen sparten auf die eine Woche in Dalmatien, die traditionelle Sommerfrische der Sarajever, die keiner missen wollte, oder brachten die alten Wochenendhäuschen wieder an sich, vertrieben Eindringlinge mit Gerichtsurteilen, oder segelten mit kleinen Holzjachten um die Inseln – Segeln war nach dem Krieg in Sarajevo groß in Mode –, aber Mutter verbrachte ihren Jahresurlaub zu Hause am Sepetarevac. Sie lag auf der Couch im Wohnzimmer, döste, las Romane und Selbsthilferatgeber, und seit ihr die Ärzte Probleme mit der Wirbelsäule im Alter prophezeiten, ging sie spazieren, zur Ziegenbrücke, weiter bis an die Grenze zur Republika Srpska, dort kannte sie ein gutes Café, in dem sie Kaffee und Saft trank und mit Leuten redete. Die samstäglichen Spaziergänge, allein oder mit einer Freundin, wurden ihr in den letzten Jahren zur Gewohnheit, der einzige Ausbruch aus dem allgemeinen Stillstand in ihrem Leben. Sie bereiteten ihr Freude. Sonntags rief sie an und erzählte davon.

Verreisen konnte oder wollte sie nicht mehr.

In den neunzehn Jahren, die ich zu ihren Lebzeiten in Zagreb wohnte, besuchte sie mich einmal, nahm es sich vor und zog das durch. Fünf Tage blieb sie, es war anstrengend. Man musste sich dauernd um sie kümmern. Sie kriegte Migräne, musste sich hinlegen und ließ sich gehen. Benahm sich Fremden gegenüber komisch. Beschämte mich. So habe ich es empfunden.

Das war glaube ich 2000.

Danach war ich sehr darauf bedacht, ihr keinen Anlass für Besuche zu geben. Und sie wollte auch nicht. Einmal genügte ihr offenbar, sie konnte Auskunft geben, wie es ihrem Miljenko in Zagreb erging, wo er wohnte, ob sie ihn besuche, ob er ihr die Stadt gezeigt habe … In Sarajevo stellt man gern solche Fragen, um darüber ganz andere Sachen zu erfahren. Sie konnte ausführlich über Zagreb berichten, erzählen, wie viel Arbeit ich hätte und was für ein wichtiger Mann ich dort sei. Bis mein übler Leumund schließlich auch Sarajevo erreichte. Die Leute sahen fern und lasen Zeitung und trugen ihr hämisch zu, was über mich geschrieben und gesagt wurde. Das fand sie nicht so toll. Nicht, dass sie sich Sorgen machte, ihr Verhältnis zu mir war nicht so, dass sie sich um mich gesorgt hätte. Nein, wenn Bekannte, meist Kroaten, seltener Bosnier, ihr berichteten, was wer in welcher Zeitung über meine politischen, nationalen und literarischen Ausfälle schrieb, bekümmerte sie nur, dass sie eine Illusion weniger hatte, dass der Raum schrumpfte, in dem sie sich ihr nicht gelebtes Leben zusammenspinnen konnte.

Gelegentlich besuchte sie kurz in Zenica oder Kakanj Verwandte oder ging zu Beerdigungen, wenn mal wieder einer aus den Reihen der »Kumpel, Schmiede, Trinker und deren Frauen« gestorben war. Meist fuhr sie abends zurück, manchmal übernachtete sie. Neben Ilidža mit dem Haus der Stublers und Dubrovnik mit Tante Lola, das sie zu ihrer Identität und Herkunft rechnete, waren Kakanj und Zenica Orte ihrer Kindheit, zwei Industriestädte in Zentralbosnien, ökologische Zeitbomben, in denen das einheimische wie zugereiste Proletariat seit österreichisch-ungarischen Zeiten lebte und starb, für meine Mutter eine Art Leihheimat. Dort war ihr, anders als in Sarajevo, nie etwas Böses passiert.

Sie war auf Fortbildungen in Neum, Mostar und Međugorje, eher von der Gewerkschaft organisierte Ausflüge als Reisen. Buchhalter aus ganz Bosnien-Herzegowina, also der Republika Srpska und der Föderation Bosnien-Herzegowina, kamen für zwei, drei Tage in ungeheizten Kongresssälen sozialistischer Hotelkomplexe zusammen, hörten Vorträge ausländischer Finanzfachleute, die solche Treffen – meinem Eindruck nach – im Rahmen internationaler Friedensprojekte zur Versöhnung der verfeindeten bosnisch-herzegowinischen Völker organisierten, neue Steuergesetze oder die Anpassung von Computerprogrammen an die Rechnungslegung waren bloß der Vorwand. Die waren regelmäßig völlig von den Socken, wie gut sich die Leute verstehen und wie nett sie zueinander sind.

In Međugorje suchte sie für einen Kollegen, einen gläubigen Muslim, den die Fahrt ins Herz von Tuđmans erzkatholischer Herzegowina einigermaßen verschreckte, einen ganzen Vormittag lang einen Kompass. Erst im Hotel, sehr herrisch und aufbrausend – die haben sie wahrscheinlich für plemplem gehalten –, dann im Ort, in Souvenirshops mit Gipsmadonnen und geschnitzten Jesus-Figuren. Sie fand schließlich einen; statt der Nadel prangte Jesus darin, eine Replik der berühmten Figur über Rio de Janeiro.

Froh überbrachte sie den ihrem muslimischen Kollegen, Chef des Rechnungswesens bei einem Keksthersteller. Sie entschuldigte sich hundertmal für den Jesus, erzählte hundertmal von ihrer Odyssee durch Hotel und Međugorje, und als sie endlich abzog, konnte der Mann mithilfe des Kompasses die Kibla bestimmen, die Richtung, in der Mekka liegen musste, seinen Gebetsteppich ausrollen und zu Gott beten, der sich, falls er es mitbekommen hat, gewundert haben dürfte, wie bunt die Welt geworden war, die er geschaffen hatte.

Das war's. Mehr Reisen hat sie nicht unternommen.

Zwei Jahre vor ihrem Tod plante sie eine Bustour nach Ungarn, die Rückreise wäre über Zagreb gegangen, sie hätte dort einmal übernachten müssen. Ich atmete auf, als die Fahrt nicht zustande kam. Ihr Kommen war mir nicht recht, ich mochte sie nicht in meinem Rückzugsraum haben, ihr nicht die Wohnung und das Bett zeigen, in dem sie schlafen sollte, ihren gleichmütigen Blick registrieren und die Geschichten, die ich so oft schon gehört hatte, noch einmal hören, und heute bedaure ich es mit der Melancholie eines Menschen, der die Eltern verlor und, nurmehr ganz auf sich gestellt, keinem etwas schuldig ist, ich werde es bedauern, bis das Vergessen die Seele betäubt oder mich auswechselt.

Dann werden Vater und Mutter sterben und mit ihr die Stublers, und jede Spur von ihnen auf der Erde und in der Geschichte wird getilgt.

Diese Reportage hält den Zustand vor dem Vergessen fest.

Sie wuchs in der Straße der Jugoslawischen Volksarmee auf, die von der Baščaršija und Ćurčiluk bis zum neuen Gefängnis, dem Hotel Istra, ins Herz des österreich-ungarischen Sarajevo führte. Vom Theater zum Ersten Gymnasium, vom Miljacka-Ufer zur Titova erstreckte sich die Welt ihrer Kindheit. Erst mit den höheren Klassen des Gymnasiums – sie gehörte zum letzten Jahrgang, der noch nach dem alten achtjährigen System lernte –, erst als in der König-Tomislav-Straße der Neubau der Schule fertig wurde, verließ sie die schmalen, engen Gassen, in die nie die Sonne schien, weil ihnen österreich-ungarische Häuserblöcke ewigen Schatten bescherten.

Mich in ihr Sarajevo hineinzuversetzen gelingt mir nicht ganz: eine Stadt, in der sich vereinzelte Greise an die Zeit unter den Osmanen erinnerten, durch die pensionierte hohe Beamte der Donaumonarchie spazierten, wo vor allem im Viertel ihrer Kindheit in jedem Haus mindestens eine Familie wohnte, die beim Sonntagsbraten ausschließlich Deutsch sprach, eine Stadt, angefüllt mit dem Unglück mehrerer Epochen und Kriege. In diesem Sarajevo lebten Vertriebene, die zwar schon vertrieben, aber noch da waren, auf Lastwagen warteten, die sie nach Rijeka, Zagreb oder noch weiter Richtung Westen nach Wien fuhren, die Lastwagen kamen, während sie blond und in der ärmlichen Kleidung der Jahre 1949 und 1950 zur Schule eilte, eine ausgezeichnete Schülerin, Jahrgangsbeste, den Versagern in der letzten Reihe als Vorbild hingestellt, die es allesamt weiter als sie bringen und mir an jenem Dienstag im Dezember 2012 am Grab kondolieren sollten, als wir ihr das letzte Geleit gaben, und keiner versäumte zu erwähnen, er sei mit ihr in eine Klasse gegangen, als wäre das für den Schluss der Geschichte von entscheidender Wichtigkeit.

Im Nachwinter hingen kleine ekelhafte schwarze Knubbel, augenscheinlich starr und tot, in ihren Haaren und breiteten sich auf dem hellen Schopf aus, bis es Nonna auffiel. Läuse. Dann war Desinfektion angesagt.

Die Plagegeister der Hungerjahre des Sozialismus, die in der Götterdämmerung der politischen Ordnung Jugoslawiens, kurz vor Ausbruch der Kriege, zurückkehren sollten, suchten die Kinder im Nachkriegs-Sarajevo jedes Frühjahr heim. Die Vorschriften zur Bekämpfung waren eindeutig: Sämtliche Klassen mit DDT pudern, dem in unserer Vergangenheit berühmtesten Insektenvernichtungsmittel, das zusammen mit Eipulver, sogenannten Truman-Eiern, als Teil der humanitären Hilfe der USA ins Land kam, und Jahrzehnte später stellt sich heraus, dass es nicht nur Läuse abtötet, sondern auch für Menschen gefährlich und hochgiftig ist. Zum Glück gab es nicht genug DDT und dauerte zu lange, bis alle für die Herausgabe erforderlichen Unterschriften und Stempel beisammen waren, und so wurden die Parasiten meist mit anderen Methoden bekämpft, überlieferten Hausmittelchen, Läuse im Wesentlichen mit Petroleum. (Es ist weder für den Fortgang dieser Geschichte noch für die Reportage über Javorkas Leben relevant, aber Erdölprodukte wurden in Bosnien zunächst nur gegen Läuse eingesetzt und viel später erst für andere Zwecke. Petroleumlampen kamen erst in moderner Zeit auf.)

In der Schule war die Prozedur sehr streng: Der Kopf wurde kahlgeschoren. So war das bei den Jungen – ihre älteren Brüder haben auf allen Vorkriegsfotos eine Glatze –, während der Elendsjahre und in rückschrittlichen Regionen verfuhr man mit Mädchen genauso. Die Haare wurden abrasiert.

Davor hatte sie schreckliche Angst.

Und wurde darin ausnahmsweise von der Mutter unterstützt.

Nonna ließ nichts unversucht, Nonno musste für erhebliche Summen spezielle Shampoos und Pomaden aus Zagreb beschaffen, Schaffner des Frühzuges kauften sie für ihn, Frühjahr für Frühjahr, in einer Apotheke am Zrinjevac.

Das Mädchen war empfindlich. Vom Petroleum bekam sie offene Wunden, also blieb nur die Wahl zwischen Totalrasur und teuren Präparaten aus Zagreb.

Mit zwanzig Jahren hatte sie noch einmal Läuse. 1970 fuhr sie mit Nano und meinem Vater nach Wien und von da nach Stuttgart, Ludwigsburg, München und Straßburg. Sie fuhren mit dem Zug, es war Mutters letzte Auslandsreise. (Abgesehen von einer komischen Pauschaltour 2005 nach Pécs mit Freundinnen, nachmittags spazierten sie durch die Stadt, abends fuhren sie wieder nach Sarajevo.)

In Wien wohnten Erwin und Erich Dusl – sie sind eine eigene Erzählung wert –, weitläufige Verwandte der Stublers über die Großmutter, Josefina Patat, zu denen trotzdem eine enge Beziehung bestand. Mit der Schwester der Brüder, Dora Dusl, hatte Nano in den wilden zwanziger Jahren als junger Mann eine stürmische Affäre gehabt. Jedenfalls war die Bindung noch 1970 eng genug, dass sie eine Woche bei Erwin übernachteten und er Nano, Javorka und Dobro Wien zeigte.

Mutter gab gern damit an, Erwin habe für sie das beste Mittel gegen Läuse aus der Apotheke geholt. Eine kleine Ampulle, kleiner als für Penicillin, so klein wie für Morphium, man bricht die Spitze ab und tropft das Zeug ins Haar. Die Läuse fallen tot heraus und man ist sie los!

Ihre allerletzten Läuse rieselten also auf einen Sitz in der ersten Klasse im Gastarbeiterzug Ploče–Sarajevo–Zagreb–Ljubljana – Wien.

Von der Reise existiert ein Fotoalbum, im Wesentlichen fotografiert von Vater. Die kleinen Schwarzweißbildchen haben memorabilienfeindliche Zeiten überdauert, in denen viel wertvollere Dinge auf dem Müll landeten und in dem Chaos untergingen, das das Aussterben einer Familie begleitet und, weil es den Menschen auf sein Schicksal zurückwirft, falls er eins verdient, das an Engels' Diktum – Der Staat wird nicht »abgeschafft«, er stirbt ab! – gemahnt.

Die Fotos sind wie die von Nonnos Beerdigung kleinformatig, aber mit Vaters Amateurauge aufgenommen, der offensichtlich nicht gut mit der Kamera zurechtkam. Wahrscheinlich hat er den Apparat für die Reise gekauft, sich vorher nicht mit dem Zoom vertraut gemacht, höchstens mit Blende und Belichtungszeit, fast alle Bilder sind sehr großräumig mit Winzfiguren im Hintergrund: Nanos Glatze und Mutter im hellen Chanel-Kostüm, der Rock endet kurz über dem Knie, sind kaum zu erkennen.

Auf manchen Bildern sind keine Personen. Vater war vom Prater begeistert, vom Riesenrad, das bekam er nur von weit weg ganz drauf. Die Aufnahmen vermitteln nichts von dem Adrenalin, das Jahrmärkte mit ihren Achterbahnen und Attraktionen in die Blutbahnen jagen, zeigen nur Metallkonstruktionen, fast wie auf einer Baustelle, im ewigen Halbdunkel der Amateurfotografie.

Gedacht als Teil des Familiengedächtnisses, hat sie sich wahrscheinlich keiner je angeschaut. Nach der Rückkehr ließ Vater die Negative bei Ivica Lisac entwickeln, klebte die Abzüge in ein Album und brachte es uns an den Sepetarevac, und seither staubt es ein.

2005 fiel es mir zufällig in die Hand, ich nahm es mit nach Zagreb. Wie so oft merkte Mutter nicht, dass es fehlte.

Am schönsten finde ich die Bilder von Affen, an denen scheint Vater einen Narren gefressen zu haben. Eine besondere Affenart im Wiener Zoo, ein Dutzend Bilder hat er von ihnen geschossen. Was wollte er damit? Wo waren Mutter und Nano unterdessen? Warum waren ihm die Tiere wichtig? Hat er sie mir zeigen wollen, war das der Grund? Keine Ahnung. Sie geben mir zu denken, Vaters Affen, die Dinge, die von beiden geblieben sind, Dinge, an die man sich erinnert und irgendwann vergisst, Dinge, die materiell existieren wie das Wiener Fotoalbum und irgendwann im Müll landen. Das Vergessen ist eine Art Müllhalde, verursacht immerhin keine ökologischen Probleme, verbrennt alles rückstandsfrei, eine Bio-Müllverbrennungsanlage. Aber es zerstört die Menschen wie der Müll die Umwelt. Das einzige Gegenmittel sind Erzählungen, die gerade noch rechtzeitig erzählt werden müssen, also kurz bevor das Vergessen alles verschlingt. Kurz vor dem endgültigen Vergessen ist die Erzählung ausgereift. Vaters Affenbilder werden wichtig, kurz bevor sie im Müll landen. Wie alles andere rettet sie das Erzählen. Erzählen rettet die Welt.

Abgesehen von Javorkas Läusen kümmerte sich die Mutter wenig um sie. Ihre Mutter.

Auch das erbte sie von ihr. Sie hatte kein schlechtes Gewissen, wenn sie sich nicht um mich kümmerte.

Das ging alles seinen Gang.

Aber als Mädchen wollte sie etwas erreichen. Die Welt stand ihr offen, damals war sie Klassenbeste.

Sie hatte zwei Klassenlehrerinnen. Marija K. schlug die Kinder, alle hatten Angst vor ihr. Javorka wurde nicht geschlagen, sondern gelobt und als Vorbild hingestellt. Aber sie wollte nicht von Marija K. gelobt werden. Sie ahnte, dass es schlimm enden, die Situation kippen und auch sie Prügel beziehen könnte.

Die andere Lehrerin, Nada Vitorović, war eine gute, sanfte Frau, doch das ist nicht der einzige Grund, warum ich sie mit Vor- und Nachnamen nenne. Mutter wollte, dass Nada Vitorović nicht vergessen wird. Sie nannte ihren Namen, wiederholte ihn wie ein Mantra, wann immer es passte.

Sie redete viel von ihr, als sie in dem Bett lag, in dem sie später starb, und von dem erzählte, was sich zu dem Familienroman auswachsen sollte, der am Tag ihres Todes abbrach. Sodass er womöglich unvollendet ist. Außer, sie wäre zufällig einen Tag, nachdem er fertig wurde, gestorben. Auf meinem Schreibtisch lag ein Dutzend Erzählungen, die ich nicht fertigschreiben werde. Ihr Tod, der Tod von Karls letztem Enkelkind, das die ersten deutschen Worte noch von ihm gelernt hatte, markiert das Ende der Stublers.

Mutter wollte Nada Vitorovićs Andenken retten, weil sie starb, wie sie starb. 1992, 1993. Wie, weiß man nicht. Sie war über achtzig, Soldaten mit den Abzeichen der bosnisch-herzegowinischen Armee holten die Hochbetagte aus ihrer Wohnung. In Bistrik oder einem der Hochhäuser von Drvenija Most, Vierteln, in denen alte, alleinstehende Menschen ermordet wurden, weil sie Serben waren oder ihre Henker sie anhand von Vor- und Nachnamen für Serben hielten. Keiner weiß, wo und wie sie starben, keiner hat danach gefragt; die heroische Geschichte Sarajevos, die Gründungslegende einer neuerdings bosniakisch genannten Nation und ihres weltbekannten Märtyrertums schert sich einen feuchten Kehricht um Nada Vitorović.

Mutter hing nicht erst auf ihrem Sterbebett an ihrer alten Lehrerin. Und an Sarajevo, trotzdem sie sich mit ihrer Stubler-Rejc-Karivani-Herkunft in offiziellen Zusammenhängen mal als Kroatin, mal als Slowenin deklarierte, gehörte sie im Grunde der Nation an, die sich seit zwanzig Jahren bosniakisch nennt. Sie teilte die Gefühle ihrer muslimischen Arbeitskolleginnen, war Bosniakin auch insofern, als sie offen über kroatische Kriegsverbrecher sprach, diese verabscheute und nie verstand, wie Menschen andere Menschen im Juli bei über vierzig Grad Celsius im Schatten ohne einen Tropfen Wasser in Wellblechhangars zusammenpferchen konnten; sie ereiferte sich notfalls bis zur Besinnungslosigkeit über die serbischen Verbrechen in Srebrenica und dass sie persönlich dreieinhalb Jahre lang von ihnen mit Granaten beschossen worden war, redete genauso über bosniakische Verbrechen, vom Mord an Serben in Sarajevo, schon weil keiner mehr übrig war, der nach ihnen hätte fragen können, aber sie sagte eigentlich nichts beziehungsweise nur unter Vorbehalt, immer unter Vorbehalt, im nächsten Atemzug kam sie bebend auf Prijedor oder Srebrenica zu sprechen, fassungslos angesichts der Berichte über Kriegsverbrechen an Muslimen, als fürchte sie insgeheim, persönlich dafür verantwortlich zu sein. Aber je mehr sie bebte, desto mehr verschwieg sie, und damit wuchs ihr wunderliches Problem, das eigentlich kein Problem war, weder für sie noch für mich, weil ich nur dann ein Problem gehabt hätte, hätte sie das Bedürfnis gehabt, kroatische Kriegsverbrechen zu verschweigen. So aber war ich beruhigt. Sie hatte wie die Mehrzahl ihrer Nachbarn Probleme mit den Serben. Und mit den Kroaten – weil die sie persönlich beschämt hatten. Weil die einfach da weitermachten, wo sie 1945 aufhören mussten, an die Zeit nach 1941 anknüpften, die unserer Familie nichts Gutes gebracht hatte. Denn wären die Kroaten nicht gewesen, wie sie waren, wäre ihr ältester Bruder nicht als deutscher Soldat gefallen und sie nicht schon als Kleinkind in den Augen ihrer Mutter an seinem Tod schuld gewesen. Schuld, weil sie lebte.

Auch nach dreieinhalb Jahren Belagerung waren ihr die Serben nicht zuwider. Die Serben waren schuld, weil sie die Stadt bombardierten und ihre Bewohner, darunter auch andere Serben, massakrierten. Sie hasste sie nicht, redete aber gern von ihren Verbrechen. Je mehr Zeit verstrich, je mehr Sarajevo zu einer intoleranten Stadt mit bosniakisch-muslimischer Mehrheit wurde, desto weniger hatten diese Geschichten von den serbischen Verbrechen mit Ressentiments zu tun, die sich auf die Vergangenheit bezogen, desto mehr wurden sie zum Fundament der Zukunft. War sich Mutter dessen bewusst? Ja. In Bezug auf die Serben übernahm sie keinesfalls leichtgläubig die Vorurteile der bosniakischen Mehrheit. Trotzdem war sie mit Haut und Haaren Sarajeverin, so wie damals, als sie in die Schule ging und froh war, Marija K. als Klassenlehrerin loszusein und dafür Nada Vitorović zu bekommen, die beste Lehrerin der Welt. Liebe zur Mutter, Liebe zur Lehrerin, Liebe zu Tito …

Vielleicht begann ihre Ahnenreihe mit der Lehrerin Nada, so wie meine mit Nonna. Ich werde es nicht mehr erfahren.

Die Namen ihrer Klassenkameradinnen habe ich vergessen, auch den der Schulfreundin, wegen der sie in der zweiten Klasse mit zum Religionsunterricht ging. Ich habe es mir nicht notiert oder finde die Notiz nicht mehr, aber ihr war es wichtig. Mädchen werden früher erwachsen als Jungs, Mutter kam besonders früh in die religiöse Phase, die an mir vollkommen vorbeigegangen ist.

Die Gottesfrage brannte ihr auf den Nägeln und musste gelöst werden. Wenigstens vorübergehend.

Nonna und Nonno hatten keine Einwände. Mutter rückte gleich nach Schulschluss mit dem Wunsch heraus, die beiden zuckten nur mit den Achseln. Es war 1949 oder 1950, beide glaubten nicht an Gott, aber auch nicht an die Partei und die politischen Opportunitäten jener Zeit. Vielleicht hätten sie es gern gesehen, wenn Javorka für sich etwas gefunden hätte, was sie beide verloren hatten.

Wie wenn du deinen Füllfederhalter verlierst und Jahre später findet dein Kind ihn.

Toller Titel: *Gott und der Füllfederhalter.*

Das Problem war nur, dass der Religionsunterricht weit weg in einem Kloster in Banjski Brijeg stattfand, und so setzte die Mutter ihrer Tochter lang und breit auseinander, wie sie die verkehrsreiche Tito-Straße überqueren sollte. Zugegeben, damals frequentierten maximal zwanzig Fahrzeuge pro Tag die Hauptstraße von Sarajevo, aber auch die konnten Unfälle verursachen. Und man konnte ja nicht wissen, dass in Zukunft viel mehr Autos fahren würden.

Religionsunterricht war zweimal pro Woche. Vor rund dreißig Jungen und Mädchen erzählte ein alter Geistlicher die Bibel nach und betonte jedes Mal die Moral von der Geschichte. Die bestand darin, dass alles Gottes Wille sei und das Gute über das Böse siege und jede Drangsal glücklich ende, wenn Er es nur will.

Von ihm hörte Javorka zum ersten Mal das Wort Diabolos.

Der Teufel war ihr schon untergekommen. Den führten Nonna und Nonno ständig im Munde, der war omnipräsent, weitgehend harmlos, ein Witzbold oder Stümper, je nachdem, aber der Diabolos war etwas Neues. Wegen dem Diphtong, der nur schwer über die Zunge ging, stockte man mitten im Satz und konnte nicht umhin, über ihn nachzudenken und ihn sehr, sehr ernst zu nehmen. Der Diabolos sei Gottes schlimmster Widersacher, könne sich aber an Kraft und Weisheit nicht mit ihm messen. Er müsse sich bei den Leuten einschmeicheln, wenn er Gott gefährlich werden wolle, sie betören und zum Aufstand gegen ihren Schöpfer verleiten. Nichts daure Gott so sehr, wie wenn der Diabolos Menschen versuche.

So sprach der alte Geistliche in den Anfangsjahren des Kommunismus und sagte nichts, was aus religiöser oder kommunistischer Sicht anfechtbar gewesen wäre. Gott konnte nur nützlich sein, zur Erbauung und Stärkung der Seele, ein verlässlicher Begleiter auf dem Weg in den Kommunismus, in eine Gesellschaft, in der alle so viel hatten, wie sie brauchten, und so viel arbeiteten, wie sie konnten. Jeder würde im Kommunismus seinen Platz und sein persönliches wie familiäres Glück finden. Diabolos würde arbeitslos, weil die Menschen keinen Grund mehr hätten, sich aufzulehnen. Und Gott würde, sobald kein Mensch mehr einen Pakt mit dem Herrn der Hölle eingehen und sich gegen den Schöpfer erheben wolle, wieder Mensch.

Das sagte der Geistliche natürlich nicht.

Es war meine Interpretation, als Mutter am 8. November 2012 vom Religionsunterricht erzählte. Keinen Monat später war sie tot. Auf ihrem Kinn wucherten Geschwüre wie bei Leprakranken. Am linken Bein, von dem die Krankheit ihren Ausgang genommen hatte, öffneten sich kleine Wunden, aus denen fast farbloses Blut sickerte, die aber zum Glück nicht wehtaten. Die Ärzte erklärten es ihr als Nebenwirkung der Medikamente. Das Bein war geschwollen, elefantenhaft, der Tod hatte sich darin eingenistet.

Noch bevor das Bein sie umbrachte, sollte sich Gott an sie wenden. An jenem Novembertag wusste ich noch nicht, ob sie ihn erhören würde. Nonno und Nonna gingen stumm an ihm vorbei, sie vernahmen ihn nicht. Karlo Stubler war Atheist, überzeugter Austromarxist, ein Deutscher unter Slawen, denen er täglich versicherte, dass hinter dem Spiegel nichts sei und der Tod das endgültige Ende. Seine Frau, Omama Ivana Škedelj, die vielleicht Johanna Skedel hieß, glaubte allerdings an Gott. Und wisperte Javorka, nachdem diese dem Bund der Kommunisten Jugoslawiens beigetreten war, ins Ohr: Bekreuzigst du dich überhaupt noch, mein Kind?

1950 empfing Javorka die Heilige Erstkommunion gemäß den kirchlichen Riten in der Herz-Jesu-Kathedrale, in der am Dienstag, dem 4. Dezember 2012, eine Totenmesse für ihren Seelenfrieden gelesen wurde. Die Klinken und eisernen Verzierungen am Portal hatte ihr Großvater geschmiedet, ein Slowene, Schmied und Trinker, der wegen dieser Klinken nach Bosnien gezogen war und damit eine der Voraussetzungen für Javorkas Geburt legte.

Ihre Taufpatin, Angelina Bašić, die von allen nur Deda, Oma, gerufen wurde, war eine Freundin von Nonna und Nonno und die Frau von Josip Bašić, einem Eisenbahner, der von den Inseln, von Pelješac stammte. Von dort kamen nach dem Krieg die ersten Orangen auf Franjo Rejcens Tisch.

Mutter brüstete sich mit den Orangen, die sie in den Hungerjahren nach dem Krieg dank Deda Bašićs Verwandtschaft früh kennengelernt und gegessen habe, noch bevor sie den ersten Zuckerwürfel probierte. Das war 1948: Sie bekam einen Zuckerwürfel geschenkt, steckte ihn in den Mund und erschrak, weil sich der Zucker auflöste – da hat sie ihn schnell ausgespuckt.

Deda und Jozo Bašić waren bis zum Schluss Freunde der Familie. Jozo starb wie Nonno in den Siebzigern, Deda erlebte noch die Belagerung.

Sie hatten zwei Kinder: Franjo, genannt Kiko, und Maja.

Maja arbeitete bei der Eisenbahn und hat nie geheiratet.

Sie bekam Zwillinge, und niemand außer ihr kannte den Vater. Ein Kind starb bei der Geburt, das andere, Boris, überlebte. Er kam 1950 zur Welt, einige Wochen, bevor Deda Javorkas Taufpatin wurde.

Die Bašićs wohnten in Marijin Dvor; ihre Straße lag 1992 unter heftigem Beschuss von Karadžićs Serben, die Sarajevo teilen und die Altstadt abriegeln wollten.

Wenn der Beschuss anfing, meistens frühmorgens, gingen alle brav in den Keller und harrten dort bis zum Abend aus. Nur Boris lief von Zeit zu Zeit hoch in die Wohnung und sah bei Oma Deda nach dem Rechten oder brachte ihr was zu essen.

Deda Bašić konnte kaum noch laufen, kam die Treppen nicht mehr hinunter. Sie sollten sie einfach auf ihrem Sofa sitzen lassen, sagte sie, Unkraut vergeht nicht, sie dürften ihr Leben nicht wegen ihr aufs Spiel setzen, sie könnten alle hops gehen bei dem Versuch, ihr jeden Morgen in den Keller hinunterzuhelfen.

Bis zum letzten Atemzug war sie klar im Kopf. Sie wusste, was sie sagte, sie hörten auf sie.

Also liefen Maja und Boris allein in den Keller.

Aber Boris stieg immer mal hinauf, um nach seiner Oma zu sehen.

Einmal, er war auf dem Stück zwischen Kellerausgang und der Treppe nach oben, schlug vor dem Hauseingang ein Mörsergeschoss ein und tötete Boris Bašić.

So erlebte Deda Bašić, Javorkas Taufpatin, noch den Tod ihres einzigen Enkels. Sie selbst starb nach dem Krieg. Der Diabolos war schon lange nicht mehr vorbeigekommen, um Leute zu versuchen.

Das Gebäude, in dem Mutter Religionsunterricht bekam, wurde 1950 verstaatlicht und als Grundschule genutzt, benannt nach Silvije Strahimir Kranjčević. In der bin ich später eingeschult worden.

Mutters Grundschule war in der Turnhalle der Lehrerbildungsanstalt am Miljacka-Ufer untergebracht, wo heute das Fünfte Gymnasium steht, und die Studierenden der Lehrerbildungsanstalt absolvierten dort den Praxisteil ihrer Ausbildung. Nada Vitorović unterrichtete nicht nur Javorkas Klasse, sondern auch die künftigen Lehrer Sarajevos.

In Mutters Klasse gab es drei Juden: Jakob Finci, Isak Kamhi und die ein Jahr ältere Blanka Kabiljo. 1941/42 wurden in Sarajevo keine Juden geboren. Jahre später lernten sie, warum. 1949, 1950, 1951 ... wurde darüber in der Schule nicht gesprochen. Es war zu früh, Verbrechen und Unglück zu frisch, und beide Lehrerinnen, die böse Marija K. ebenso wie die gute Nada Vitorović beschränkten sich auf Vorbilder, auf Genosse Tito und seine Partisanen; über Ustaschas, Tschetniks und die Deutschen wurde nicht geredet. Nur über Hitler.

Über die Deutschen zu reden wäre nicht so einfach gewesen, in der Klasse saßen ja auch Maria, Laura und Mihajlo, drei Deutsche aus den Lagerbaracken beim Theater.

Mihajlo war ein wildes, verzweifeltes Kind. Er prügelte sich täglich, attackierte andere Kinder, stürzte sich selbstmörderisch vom Garagendach auf den asphaltierten Schulhof. Er wurde gemieden und war verhasst, keiner verstand, warum er so war.

Maria war aggressiv.

Laura heulte dauernd.

Alle drei kamen in Tracht in die Schule.

Mihajlo trug die typische Hose der Donauschwaben.

Einmal schlief er im Unterricht ein.

Marija K. zog ihn am Ohr aus der Bank und schlug auf ihn ein. Sie schlug ihn mit den Händen, er brach schreiend zusammen und lag auf dem Boden. Die Lehrerin trat zu und brüllte ihn an, er solle aufstehen. Mihajlo stand nicht auf, sondern heulte und schluchzte zwischendurch deutsche Worte. Das brachte sie immer mehr in Rage, oder sie war genauso verzweifelt, wusste nicht, wie sie die Sache beenden konnte, was sie machen sollte, und so prügelte sie vor der ganzen Klasse weiter auf ihn ein.

Das war wohl ein Nervenzusammenbruch ..., sagte Mutter.

Die Lehrerin hätte den kleinen Mihajlo wahrscheinlich totgeschlagen, sagte sie, wäre Blanka Kabiljo nicht in Tränen ausgebrochen. Da hat sie sich plötzlich beruhigt. Oder hat Blanka etwas gerufen oder ihren Platz verlassen, ich weiß es nicht mehr, jedenfalls stand Marija wie versteinert da. Wir verstanden nicht warum, Blanka war Jüdin, und ausgerechnet sie weinte, weil die Lehrerin den deutschen Jungen verdrosch. Wir waren einfach nur froh, dass sie aufhörte mit der Prügelei und wir das nicht länger mit ansehen mussten.

In der dritten oder vierten Klasse kamen Maria, Laura und Mihajlo nicht mehr in die Schule. Lehrerin Nada sagte kurz, sie seien nach Deutschland gezogen. Und wieder dachte sich keiner was dabei, es war ganz normal. Kinder finden alles normal, was sie nicht anders kennen. Um etwas ungewöhnlich zu finden, muss man den Vergleich haben. Mit der ersten Vergleichsmöglichkeit wird so manches unnormal. Dasselbe gilt für Leid. Leid gibt es nur, wenn die Zeit davor frei von Leid war.

In der zweiten Klasse sollten sie als Hausaufgabe Tito einen Geburtstagsbrief schreiben (vermutlich auch die Deutschen in der Klasse). Den besten Brief von allen Schülerinnen und Schülern in der Turnhalle der Lehrerbildungsanstalt schrieb Javorka. Ihr Brief gewann den Wettbewerb aller Grundschulen Sarajevos, wurde mit dem Staffellauf nach Belgrad getragen und Genossen Tito mit der Staffette überreicht.

Vielleicht liegt er noch im Museum der Geschichte Jugoslawiens in Dedinje oder in einem Belgrader Archiv.

Mutter erwähnte ihn immer im Zusammenhang mit ihrem literarischen Talent. Das hatte ich selbstredend von ihr geerbt. Es machte sie eifersüchtig, wenn ich Nonnos Tagebücher aus der Kriegsgefangenschaft erwähnte, geschrieben in kyrillischer Schrift auf Italienisch, damit ihn keiner verpfeifen konnte, weil im Lager keiner Italienisch *und* Ćirilica beherrschte, oder die Einträge, die er in Drvenik an den Rand von Tischkalendern schrieb. Oder wenn ich an die Briefe erinnerte, die mir Nonna während meines Wehrdienstes schrieb, an die literarischen Arbeiten meines älteren Onkels Mladen oder die in der Zwischenkriegszeit erschienenen philosophischen und pädagogischen Abhandlungen meines Großvaters väterlicherseits …

Wenn sie mir das Talent zum Schreiben vererbt hatte, hatte sie sich um etwas verdient gemacht.

Mein Talent war ihr Verdienst, sie hat so fleißig gearbeitet, sich so angestrengt, Jahre investiert, viel gelitten, ihr Leben vergeudet, sich total verausgabt, verdiente es, sich gründlich auszuruhen, alles hat sie aufgegeben, war keine weitere Ehe eingegangen, sondern allein geblieben, keiner da, der ihr eine Tasse Tee ans Bett brachte, wenn sie krank darniederlag, sie hat sich aufgeopfert, ist inzwischen alt und nervenschwach und völlig überarbeitet, und das alles nur, um mir ihr Talent zum Schreiben zu vererben. Ich hatte nur Spott dafür übrig. Ich verspotte sie gerade jetzt, hier in meinem roten Sessel, in demselben roten Sessel, in dem ich vor einem Jahr saß und schrieb wie jetzt auch, und da klingelte das Telefon und ich hatte sie heulend in der Leitung, weil sie trotz ihrer Zuversicht, es würde keine weiteren Metastasen geben, ein neues Lymphom ertastet hatte, und damals sagte sie etwas, was sie nie mehr sagte: Dass sie stirbt, dass sie stirbt, und da vergeht mir der Spott und ich starre auf dieselben Bücher wie damals, dasselbe Fenster, denselben Wandausschnitt mit sechs gerahmten Bildern, vier Porträts, einem Linolschnitt von Daniel Ozmo und einer Aufnahme der Hauptstraße Sarajevos aus dem Jahr 1937, nichts hat sich verändert, obwohl ein Jahr vergangen ist, und ich werde erst dann wieder freimütig spotten können, wenn ich sie vergessen habe, sie und ihr Sterben und ihren Tod.

Damals verfasste sie ein Gedicht.

Es handelt von einem Veterinär, der Hunde und Katzen behandelt, ob sie nun ein Herrchen oder Frauchen haben oder nicht.

Der an den Tieren Wunder vollbringt.

Dann kommt sie auf ihre Krankheit zu sprechen und dass sie auch ein Wunder verdient.

Sie schickte mir das Gedicht mit einer E-Mail, der letzten E-Mail, die sie verschickte.

Sie schickte sie auch ihren zahlreichen Freundinnen; als Freundin war sie oberflächlich und aufopferungsvoll, das gefällt den Leuten. Besonders in Sarajevo. Und Mutter war indiskret, erzählte alles von sich, interessierte sich aber nicht für Intimitäten der anderen. In Sarajevo ideal.

Alle haben ihr Gedicht bei Facebook gepostet.

Mutter war bei Facebook.

Den Toten wachsen Haare und Fingernägel noch ein wenig, und sie leben auf Facebook weiter. Mehrere Monate nach ihrem Tod erreichte mich eine Mail, in der Mutter mir eine Facebook-Freundschaft anbot. Ich habe sie gelöscht, um Ana den Schreck zu ersparen, es aber später bereut. Ich bin nicht bei Facebook, aber um mich mit Mutter zu befrienden, das wäre es wert gewesen. Es hätte bedeutet, dass sie endlich erwachsen geworden war oder ich sie endlich so annehme, wie sie ist.

Ihr Gedicht kursiert bis zum Erbrechen im Internet, wildfremde Menschen reden von ihrer Krankheit. Sie hat nie einen Hehl aus intimen Dingen gemacht. Sie verheimlichte einzig und allein die Dinge, die andere dazu bringen könnten, ihr die Schuld an etwas zuzuschreiben.

Sie hätte gern gehabt, wenn ich ihr Gedicht veröffentlicht hätte.

Das wäre doch schön.

Die Leute sollen es lesen können, wenn es gut ist.

Ja, es ist gut.

Dann sollen sie es lesen können.

So redeten wir am Telefon, leierten unsere Mantren, wenn sie einen guten Tag und keine Schmerzen hatte. Den ganzen Sommer redeten wir über das eine Gedicht, bis zum ersten Regen, als die Schulkinder in den Unterricht und wir uns mit Mutters Sterben beschäftigen mussten. Da vergaß sie das Gedicht endlich.

Sie fragte nicht mehr, ob ich es veröffentlichen würde.

Das wäre doch schön.

Die Leute sollen es lesen können, wenn es gut ist.

Ja, es ist gut.

Dann sollen sie es lesen können.

Ich würde es veröffentlichen, sagte ich, wenn sie zwei weitere Gedichte schriebe. Egal worüber. Sie solle einfach aufschreiben, was ihr einfällt, wie beim ersten Gedicht, so wie es ihr einfällt. Dann veröffentliche ich es unter ihrem Vor- und Zunamen in einer Literaturzeitschrift, sagte ich.

Nein, es ist keine Schande, so spät die ersten Gedichte zu veröffentlichen.

Warum sollte es eine Schande sein?

Haben andere auch so gemacht. Es gibt Beispiele.

Sie werde welche schreiben, sagte sie, sobald es ihr besser gehe. Wenn sie keine Schmerzen hätte. In ihrem aktuellen Zustand könne sie nicht schreiben. Dann meinte sie, sie könne Stift und Block nicht mehr halten. Sowieso habe sie das handschriftliche Schreiben verlernt, nur noch am Rechner, das schaffe sie gerade nicht. Dann konnte sie tatsächlich Stift und Block nicht mehr halten. Ich war nie sicher, wann etwas zutraf und was eine

Ausrede war, weil sie eigentlich keine Lust auf Gedichte hatte, sondern nur darüber reden wollte. Ich bin auch nicht sicher, wann ihr Sterben begann. Bin ich ungerecht? Mache ich sie schlecht, kann es schlecht sein, wenn man sagt, was man fühlt? Es kann nicht schlecht sein, zu fühlen.

Und wenn schon, ich wurde nie laut, wenn sie fragte:

Ob ich ihr Gedicht veröffentlichen würde?

Das wäre doch schön.

Die Leute sollen es lesen können, wenn es gut ist.

Ja, es ist gut.

Dann sollen sie es lesen können.

Das Gedicht ist gut, das war keine Lüge. Wenn es literarisches Talent gibt, wenn dies hier Ausfluss eines literarischen Talents ist, dann habe ich es von ihr geerbt. Wenn literarisches Talent eine spezifische Form der Indiskretion ist, wenn es bedeutet, fortwährend von sich selbst zu reden und dabei die persönlichen Schamgrenzen anderer Menschen mit Füßen zu treten, dann habe ich mein literarisches Talent von Mutter geerbt.

Schon in der zweiten Volksschulklasse besuchte sie die Musikschule, lernte Klavierspielen. Sie kauften ihr ein Pianino, das bis 1969, bis zum Umzug an den Sepetarevac, in unserer Wohnung stand. Es gab viele Klaviere in den ersten Nachkriegsjahren, sie wurden billig abgegeben, offenbar waren die Pianisten im Krieg am schnellsten weggestorben. Oder hatten sich als Erste Richtung Westen abgesetzt, nach Zagreb, Amerika und Argentinien, und jetzt mussten andere ihre Klaviere verhökern.

Das Pianino war keine große Anschaffung. Wem es abgekauft wurde, hat sie vergessen, aber Mutter wusste noch, dass Nonno es in drei Raten bezahlte. Das Klavier war billiger als ein ordentlicher Anzug oder Wintermäntel, aber teurer als Füllfederhalter. Einen amerikanischen Parker oder Waterman aus der Vorkriegszeit bekam man zum Preis von einem Hühnerei, offenbar brauchte sie keiner mehr, es sollten Jahre vergehen, bevor man in sozialistischen Büros gutes Schreibgerät zu schätzen wusste.

Nonno war versessen auf Füllfederhalter, schwarze und blaue Tintenfässer, Löschpapierhalter, handgeschöpftes Papier, Graphitstifte, japanische Schreibpinsel mit der zugehörigen ultraschwarzen Tusche, hergestellt angeblich aus ganz speziellem Ruß. Es war so viel verbrannt und vernichtet, es hätte für einen Ozean Tinte gereicht.

Von Nonno besitze ich noch einen schönen Metallkasten von Faber mit zwölf Bleistiften, die Minen sind unterschiedlich hart, für jeden Zweck ist eine dabei. Sie wurden nie angespitzt, auch nicht von mir, obwohl es mir als Kind in den Fingern juckte. Aber ich hatte eine fürchterliche Handschrift, die hässlichste der ganzen Schule, ob in Drvenik oder Sarajevo, es wäre schade um die Bleistifte gewesen. Wenn ich mal schöner schreibe, dachte ich, das kommt bestimmt mit der Übung, spitze ich den ersten Bleistift an. Dann vergaß ich Nonnos Kasten. In der Mittelschule wurde mir meine Handschrift egal – eine Sauklaue wie eh und je –, mich interessierte eher, was ich schrieb. Das wäre wohl der richtige Moment gewesen, den ersten Bleistift anzuspitzen. Aber ich hatte die Faber-Blechschachtel vergessen. 1996, bei meinem ersten Besuch in Sarajevo, fand ich den in Deutschland vor dem Zweiten Weltkrieg gekauften Metallkasten mit zwölf jungfräulichen Bleistiften unterschiedlicher Härtegrade zufällig in einer Schublade und nahm ihn mit nach Zagreb, er zog mit mir von einer Untermiete zur nächsten, blieb bei mir nach harschen Auseinandersetzungen mit Personen, deren Wohnungen ich teilte, überstand jeden Umzug, im Gegensatz zu weit praktischeren, nützlicheren Dingen. Das ist schon deshalb bemerkenswert, weil ich mir lange Zeit nichts aus dem Kasten Faber-Stifte machte, mich fragte, warum ich ihn aus Sarajevo mitgeschleppt hatte; ich hätte es nicht weiter tragisch gefunden, wäre er abhandengekommen. Ich hätte es vielleicht nicht mal gemerkt.

Heute erinnert mich jeder der zwölf Stifte an eine Arbeit von Josip Vaništa, *Beskonačni štap* (Endlos-Stock), die er Manet gewidmet hat. Der Spazierstock eines Dandys, der an beiden

Enden einen gebogenen Griff hat. Ein verwirrendes Utensil, ungeeignet für Spaziergänge. Stifte, beidseitig stumpf, ohne Spitze, introvertiert, in sich gekehrt, versponnen in ihrem Bleistiftsinn, Hunderte handgeschriebener Seiten in sich, nicht verwirklichte Möglichkeiten im Herzen des Graphits bergend.

Seit alle, einer nach dem andern, gestorben sind und Sarajevo unterging – und ich aus der Stadt gejagt wurde, die früher dort stand –, werden solche Kleinigkeiten wichtig. Gegenstände, die zu nichts nutze sind oder vielmehr die Geschichte überdauerten, ohne benutzt zu werden. Zwölf nie angespitzte Bleistifte von Faber. Fünfunddreißig Jahre lang verwahrte Nonno diesen Kasten, ohne einen Bleistift anzuspitzen, in einer Schublade, die zu seinen Lebzeiten ordentlich aufgeräumt war. Er sah ihn täglich, brauchte ihn aber offensichtlich nicht. Als er im Herbst 1972 starb, wurde die Schublade in dem hässlichen sozialistischen Möbelstück (unter dem Barfach voller Schnapsflaschen, dessen Klappe nie geöffnet wurde und an dessen Rückwand ein Spiegel klebte, sodass es unendlich tief wirkte, als könne man hineinkriechen) nicht ausgeleert, hieß weiterhin Nonnos Schublade, war aber nicht mehr ordentlich aufgeräumt. Unmengen von Kleinkram sammelten sich darin an; wie er dahingelangte, bleibt ein Rätsel, und so wurde Nonnos Schublade schnell mein Amazonien und mein Polynesien. Ich erforschte sie, das dauerte Jahre, dauerte, solange ich in Sarajevo lebte und darüber hinaus, so lange, bis meine Mutter den alten sozialistischen Kasten gegen neue Möbel austauschte. Nonnos Schublade verriet mir mehr über Rejcens, Stublers und Karivanis als all ihre Erzählungen zusammen.

Aber erst ganz zuletzt, als ich mir meine Fragen nur noch aus der Fantasie beantworten konnte, fragte ich mich, warum Nonno die Bleistifte nicht angespitzt hatte. Inzwischen ist der silberne Metallkasten mit seinem edlen Papierschild, auf dem das altertümliche Logo des Unternehmens prangt, und zwölf ungespitzten Bleistiften achtzig Jahre alt. Dabei war er zum Verbrauch bestimmt, nicht für die Ewigkeit. Bleistifte werden immer kürzer, je länger man mit ihnen schreibt. Nonno schrieb viel – auf der Arbeit in der Generaldirektion, nach seiner Pensionierung als Buchhalter auf Honorarbasis im Hotel Pošta, er führte Tagebücher, machte alltägliche Notizen, wer zu Besuch kam, wann die neue Gasflasche angeschlossen wurde, er protokollierte die Arbeiten an den Bienenstöcken, jede Beute hatte eine eigene Rubrik, und alles schrieb er mit Bleistift, sodass es heute kaum noch lesbar ist. Eine bleiche Graphitspur auf vergilbtem Papier.

Mit Füllfederhalter schrieb er Briefe und führte offizielle Akten. Der Unterschied von privat und öffentlich, Liebhaberei und Beruf, persönlich und gemeinschaftlich entsprach dem Unterschied von Bleistift und Füller. Davon hatte Nonno vier: einen Parker 51 (zu dem es eine fragmentarische und daher fiktive Erzählung gibt), einen gewöhnlichen Parker (der so gewöhnlich vielleicht nicht war, Nonna nannte ihn aber so, wenn sie von Nonnos vier für immer verlorenen Füllfederhaltern erzählte), einen Waterman (angeblich das teuerste Stück) und einen Pelikan. Den Pelikan hatte er stets in der Innentasche seines Sakkos dabei. Wechselte er das Sakko, zogen Pelikan, Feuerzeug und Taschentuch von der einen in die andere Innentasche. Der Pelikan war ein hundsgewöhnlicher grün-schwarzer Pelikan, wie ihn jeder Gymnasiallehrer besaß, Nonno machte sich nicht viel daraus und hat ihn deswegen nie verloren. Dinge, an denen man nicht hängt, verliert man nicht. So wenig wie Dinge, die ans Ende einer Erzählung gehören.

Jedenfalls war die Anschaffung des Pianinos keine große Sache.

Es fand sich eine Ecke in der Wohnung, im ruhigsten Zimmer, über das man in den Dachboden gelangte, wo Javorka in Ruhe üben konnte. Sie störte keinen und keiner störte sie. Ich weiß nicht, ob sie musikalisch war, sie hat schön gesungen und war fleißig, aber das reicht für Klavier wahrscheinlich nicht. Sie bekam etliche Jahre Musikunterricht, von daher nehme ich an, wenn sie begabt gewesen wäre, wäre etwas aus ihr geworden.

Vermutlich blieb sie dabei, weil sie beim Klavierüben allein war.

Mitte der siebziger Jahre waren wir mal auf Verwandtenbesuch in Ilidža, in dem Haus, in dem einst Karlo Stubler lebte. Ich kränkelte, hatte mir wahrscheinlich eine Erkältung eingefangen, und durfte mich nach dem Mittagessen ins abgedunkelte Zimmer legen, in dem ein Klavier stand.

Nach einiger Zeit kam sie herein und fühlte meine Stirn, ob ich Fieber hätte.

Dann zog sie die grüne Decke vom Klavier, klappte es auf und spielte ein Stück von Chopin an, verhedderte sich, hatte die Noten vergessen, sie spielte ja aus dem Gedächtnis, fing von vorn an.

Wie schade, sagte sie, dass du nicht Klavier lernen magst. Das ist so schön, solange du spielst, lassen sie dich in Ruhe und du hast die Welt für dich allein.

Ich muss neun oder zehn Jahre gewesen sein, es hat sich mir tief eingeprägt. Wahrscheinlich wegen der Art, wie sie redete, dem Nachdruck. Jedenfalls war es nicht gelogen. Man merkte sofort, wenn sie unaufrichtig war, Theater spielte oder vor Selbstmitleid zerfloss. Auch darin war sie wie ein Kind.

Genauso schnell merkte man, dass sie die Wahrheit sagte, und die Wahrheit hatte ihre eigene Dramatik.

Schon als kleiner Knirps waren mir diese Augenblicke wichtig, gaben sie mir doch das Gefühl, geliebt zu werden.

Etwa wenn Mutter sagte, es sei schade, dass ich nicht Klavierspielen lernen wollte, ich würde damit eine Gelegenheit verpassen, allein zu sein.

Wie nur ganz selten und gleichsam versehentlich verglich sie mich mit sich selbst, erzählte von ihrem Unglück, als wäre es meins. Als würde ihr Unglück abfärben, als wäre ich unglücklich, weil sie nicht glücklich sein konnte. Was natürlich stimmte, aber normalerweise nicht zu ihr durchdrang. Als wäre ihr egal, wie es mir ging, mir und dem Rest der Welt, wir konnten ruhig unglücklich sein, das war unwichtig, nur ein Unglück zählte, und das war ihrs.

Der Rest der Welt und ich waren die Bühne ihres Unglücks.

Auf der nur sie, die zuschaute und lauter Unglück erlebte, wirklich war.

Niemand sonst, es gab nur Mutter und ihr Weltbild.

Es gelingt mir selten, mich davon freizumachen. Die Welt ist – ich weiß es, aber mein Gefühl tickt anders – nicht die Bühne einer Vorstellung, die nur läuft, um mich unglücklich zu machen. Ich schreibe dagegen an, verfasse Artikel gegen die Mickerkroaten und ihren Staat, auf den sie so grottenstolz sind, eigentlich nur um ihnen zu sagen, dass ich lebe und sie auch am Leben und nicht Bühnenbild oder Kulisse eines Theaterstücks oder Spielfilms ohne Happy End sind, diese Mickerkroaten mit ihrer Priesterschaft und ihrem Unabhängigen Staat Kroatien, dass sie sehr reale Menschen aus Fleisch und Blut sind, die atmen und sterben, so wie Mutter starb: ohne sich aus dem stählernen Korsett befreien zu können, in das sie Mladens Tod zwängte. Mladen war gefallen, weil die Mickerkroaten mit Hitlers Hilfe groß sein wollten.

Wenn sie über ihre ehemalige Schwiegermutter lästerte, die sie abgrundtief hasste, sagte Mutter, Oma Štefanija nutze den Stutzflügel, der das halbe Zimmer einnahm, das wohlgemerkt einzige Zimmer, nur als Lagerfläche fürs Eingeweckte. Nach Oma Štefanijas Tod erzählte sie die Geschichte in der Vergangenheit, aber mit demselben abgrundtiefen Hass. Bis zum Krieg, bis ich Sarajevo verließ. Wenn sie in Depression versank, wütend oder rachsüchtig war, erzählte sie die Geschichte von Štefanijas Stutzflügel, der in der Tat grotesk war. Ein halber Konzertflügel in einem kleinen Raum, unterteilt in Küche, Wohn- und Schlafzimmer für sich und den Sohn – sie hielt seinen Platz auch nach seinem Auszug frei –, und keiner spielte Klavier, Štefanija und Dobro waren unmusikalisch. Ich habe ihn mit eigenen Augen gesehen, den Stutzflügel, und darüber in dem Roman *Vater* geschrieben; Štefanijas Stutzflügel war so grotesk wie eine Knollennase, die einem Menschen infolge einer seltenen Krankheit mitten im Gesicht wächst, ich könnte über diesen Stutzflügel bis ans Ende meiner Tage schreiben, weil ihm die Geschichte eines Teils der kroatischen Gesellschaft und des Katholizismus, aber auch ein gutes Stück meiner Familiengeschichte eingeschrieben ist, Štefanijas überflüssiger Stutzflügel hat wie kein anderes Möbelstück oder Musikinstrument mein Leben mitbestimmt. Doch so wunderlich Štefanijas katholische Stutzflügelei gewesen sein mag, Mutters gehässige Hänselei hat mich viel mehr irritiert, immer feste drauf auf den Mann, von dem sie sich getrennt hatte, meinen Vater, und dessen Mutter, zwei absolut unmusikalische Narren, die sich um einen Stutzflügel herumquetschten.

Ich störte mich nicht an ihrer Gehässigkeit Vater gegenüber.

Daran habe mich eigentlich nie gestört.

Und sie ist oft über ihn hergezogen.

Fiel ihr nichts Gemeines ein, sagte sie, er tue ihr leid.

Wie gesagt, das hat mich nicht gestört. Wohl aber die Wiederholung. Und dass ich mit der Zeit anfing, ihre Worte auf den Subtext abzuklopfen, zwischen den Zeilen suchte, auf instinktiv eingestreute Botschaften, auf unwillkürlich preisgegebene Signale aus ihrem Unterbewussten lauerte, in dem die längste Zeit ihres Lebens Zustände wie in US-Gefängnissen während eines Gefangenenaufstandes herrschten. Ohrenbetäubender Lärm und ziellose Wut, in der sich nur das Gefühl ausdrückt, gedemütigt, ungerecht behandelt worden zu sein.

Ich fragte, warum sie es ausgerechnet mir erzähle.

Wem sonst?, fragte sie wehleidig zurück. Und hatte wieder gewonnen.

Also fragte ich besser nicht nach, nahm widerstandslos hin, was sie erzählte, so, als hätte ich die Geschichte noch nie gehört. Wie ein Schauspieler, der eine Szene zum fünfzigsten Mal spielt.

Vater habe weder schwimmen noch tanzen gekonnt, sei unmusikalisch und ein Waschlappen gewesen.

Sie schwamm ausgezeichnet, spielte Klavier und sang schön, hatte Rhythmusgefühl, und zum Tanzen fehlte ihr nur der richtige Mann.

So redete sie.

Im Krieg, nach meinem Weggang, muss etwas passiert sein, was sie veränderte. Oder sie ist einfach alt geworden. Jedenfalls redete sie nicht mehr von Štefanija und deren Stutzflügel. Einige Jahre später erinnerte ich sie bei einem meiner Besuche in Sarajevo daran und dachte, sie würde darauf einsteigen. Sie nickte bloß, sagte: Ja, ja, wie wenn sie das nichts anginge, nie etwas angegangen wäre.

Vor der Einschulung fragten die Eltern, ob sie sich etwas wünsche.

Sandalen, sagte sie.

Hätten sie nicht gefragt, hätte sie wohl nie daran gedacht, so aber wurden die Sandalen zur Obsession.

Die beiden dürften es auch bereut haben, nehme ich an. 1949 herrschte eine erdrückende Armut, die meisten Wünsche schienen unerfüllbar. Es war die Zeit nach dem Weltkrieg, nach vier Jahren Gemetzel in den Wäldern Bosniens, nach dem Mord an den Sarajever Juden, nach den Toten, die in den Alleebäumen von Marijin Dvor hingen, nach dem Tod des Erstgeborenen. Die Sandalen haben ihnen mit Sicherheit auf der Seele gelegen.

In Sarajevo gab es keine Sandalen zu kaufen.

Doch, man bekam sie in staatlichen Magazinen, einer eigentümlichen Art von Verkaufsstelle, ich bin mir nicht sicher, ob sie wirklich existiert haben, sie werden in Büchern über die Zeit nicht erwähnt, aber Mutter beharrte darauf, *državni magazin* habe das geheißen, staatliches Magazin, Staatsmagazin, die Kundschaft war auf Amtsträger beschränkt, Landesminister, Abgeordnete des Bundes … Vielleicht hätte Nonno dort über Mittelsmänner Sandalen für die Tochter bekommen – es war die Art von Obsession, mit der sich ganze Familien infizieren, die keinen verschont –, aber für ein Paar Kindersandalen hungern?

Vielleicht sogar das, es war eine Zeit, in der Kindersandalen so selten waren, dass sie zum Lebensinhalt werden konnten, vielleicht hätte sich Franjo Rejc die Sandalen für seine Tochter vom Mund abgespart – Olga hätte das übertrieben gefunden, aber kein Spielverderber sein wollen –, doch zum Glück nahm sich ein Freund der Sache an, ein Slowene, der in einem windschiefen Schuppen eine Schusterwerkstatt betrieb, heute steht die Philosophische Fakultät an der Stelle.

Der sagte: Franjo, keine Sorge, ich mach dem Mädchen Sandalen, die sind besser als die ausm Staatsmagazin.

Der slowenische Schuster pappte, hämmerte und nähte Javorka Sandalen, die dem Schuhwerk in Bergsteigerfilmen abgeschaut waren. Sandalen, wie sie Heidi im Sommer trug.

Ziemlich klobige Latschen, aber das ist keinem aufgefallen. Nonno war gerührt von der Geste seines Landsmanns, der Leder und Gummisohlen ja erst einmal beschaffen musste, Nonna war wahrscheinlich gerührt, weil Nonno gerührt war, und Mutter hatte ihre Sandalen.

Es waren die ersten Schuhe, die speziell für sie angefertigt wurden.

Und in denen sie sich fürchterliche Blasen lief.

Trotz blutender Füße trug sie, meine Mutter, ihre Alpensandalen tagelang in der Schule. Die Tränen liefen ihr über die Wangen, während sie die fünfhundert Meter am Ufer der Miljacka hin und zurück ging, aber sie gab nicht auf. Sie müsse Geduld haben, sagten alle, neue Schuhe muss man einlaufen. Ob sie ihnen das nun abnahm oder die Sandalen trug, weil sie sich von solchen Widrigkeiten nicht unterkriegen lassen wollte – sie kämpfte mit einem Einsatz, der ihr als Erwachsene fremd war. Wann hat sie aufgegeben? Nach dem Bruch der ersten Ehe, als sie wieder bei den Eltern wohnen musste? Nach meiner Geburt, als ihr dämmerte, dass sie lebenslänglich angebunden war, dass sie mich bis an ihr Lebensende am Bein hatte?

In einer großen Pause spielte sie im Schulhof mit Gordana Babić.

Kein sonderlich helles Mädchen, eher durchschnittlich. Aber Tochter eines Ministers.

Du hast wunderschöne Sandalen!, sagte Javorka.

Deine sind aber auch schön!, sagte Gordana.

Damit endet die Geschichte der ersten Sandalen.

Hast du sie schließlich eingelaufen?, fragte ich Mutter Juli 2012 im früheren Militärkrankenhaus, wo sie operiert worden war. Nein, antwortete sie. Und was wurde aus den Sandalen?, fragte ich. Woher soll ich das wissen?, meinte sie verwundert, Nonna wird sie weggeworfen haben. Mit solchen Gesprächen vertrieben wir uns die Zeit, während ich mit ihr auf dem Linoleumboden des Flurs auf- und abspazierte, sie bei mir untergehakt, in meinen Unterarm verkrallt, dass es wehtat, mühsam und im Schneckentempo schlurfend. Sie hatte keine Kraft mehr, oder die ganze Kraft steckte in den Fingern der rechten Hand, die sie mir in Haut und Muskelfleisch geschlagen hatte. Mich streifte der Gedanke, dass es bei Babys nicht anders ist, die ganze Kraft in den Händchen. Ich schrieb es auf, weil mir der Bogen gefiel, er erschien mir bedeutungsvoll, der Bogen vom Säugling zur Siebzigjährigen, die sich über meine Nachfrage wegen des Verbleibs ihrer ersten Sandalen wundert.

Im Juli 2012 blieb ich dreieinhalb Tage in Sarajevo.

Über die habe ich keine Erzählung geschrieben, kein Tagebuch geführt, dabei hätte es zusammen mit *Die Hunde von Sarajevo* einen stimmigen Roman ergeben. Hochsommer und Spätherbst eines unendlich langen Sterbens, das nur ein Jahr dauerte, tot in vier Jahreszeiten.

Ich schlief damals zum letzten Mal in der Wohnung am Sepetarevac zwischen ihren Krankenutensilien in dem Bett, in dem sie sterben sollte. Es war sonnig und sehr warm, und ich hatte die Wohnung für mich. Meinem Eindruck nach bin ich dort nie so lange allein gewesen: drei volle Nächte. Früher war immer jemand da, Nonna, Nonno, Mutter, Untermieter, immerzu schlich jemand durch den Flur, ließ Wasser im Bad laufen, schloss die Tür auf, immer klackten Absätze auf dem Linoleum im Eingangsbereich. Und jetzt war es still, die Geräuschkulisse Vergangenheit.

Morgens und abends fuhr ich ins Krankenhaus, mit dem Taxi, das ist in Sarajevo erschwinglich. Die meisten Taxifahrer kannten Mutter. Sie fuhren seit Jahren Taxi, manche hatten schon vor dem Krieg damit angefangen, viele warteten am Mejtaš auf Kundschaft, und Mutter nahm sich gern ein Taxi, es war spottbillig. Halb Sarajevo fuhr Taxi, Frauen ließen sich mit ihren Einkäufen vom Markt nach Hause bringen, saßen zwischen Tüten und Beuteln voll Obst und Gemüse genüsslich im Fond von klapprigen, aus Deutschland eingeführten Droschken.

Einige wussten, dass sie krank war.

Sie ließen ihr Grüße ausrichten. Sie sei eine Kämpfernatur, werde dem Tod bestimmt wieder von der Schippe springen. Mutter wäre grottenstolz gewesen, hätte ich ihr das mit der Kämpfernatur erzählt. Zu Hause, auf der Arbeit, eine Geschiedene, die alleinerziehende Mutter, das sah alles fantastisch gut aus, eine Illusion, eingedampft auf ein Kompositum: Kämpfernatur.

Es hielt sie in der Krankheit aufrecht. Wann immer ich anrief und sie nicht allzu große Schmerzen hatte, berichtete sie, wer sie seit dem letzten Telefonat eine Kämpfernatur, Drachenfrau, Heldin genannt hatte.

Ich habe ihr die Worte der Taxifahrer nicht ausgerichtet. Zu keinem Zeitpunkt verstand ich mich mit ihr so gut, dass ich ihre Eitelkeit hätte füttern können. Es ist, denke ich, der reinste Ausdruck der Liebe, jederzeit uneigennützig jemandes Eitelkeit zu füttern.

Es fällt mir nicht schwer, es zu sagen: Ich habe sie nicht geliebt.

So wenig wie Vater.

Aber Mutter habe ich ganz anders nicht geliebt.

Ihn nicht lieben ging nicht tief, wie wenn man um einen Vogel trauert, der von einem Auto überfahren wurde und jetzt tot auf dem Asphalt klebt. Die Nichtliebe zu ihm beschäftigt mich, aber nicht übermäßig. Bei seinem Tod ist nichts zusammengebrochen, die Welt drehte sich einfach weiter.

Sie nicht lieben ist fürchterlich und allumfassend, wie ein Magnet, der alles anzieht und ringsum Ödnis und Chaos schafft.

Die Nichtliebe zu ihr hat mich völlig durcheinandergebracht, ihr Tod mich erschüttert, entleert, dafür gesorgt, dass es mir egal ist.

Egal was ihr jetzt sagt, es ist mir egal.

Und wenn euch die leichthin geäußerte Wahrheit abstößt, ist mir das erst recht egal. Ich habe sie nicht geliebt, war erleichtert, als sie starb, aber mir fehlt das Martyrium in vier Jahreszeiten; sie fehlt mir, ungeliebt, unglücklich und sterbend. Mit ihrem Tod wurde mir vieles gleichgültig.

Die dreieinhalb Tage in der verlassenen Wohnung am Sepetarevac waren schön, Hochsommer, keiner da, sie nach der Operation im Krankenhaus. Freitags fuhr ich nach Zagreb zurück, montags wurde sie wieder in die Wohnung gebracht. Das war so geplant, zu der Zeit ging alles noch seinen geordneten Gang. Der blieb in der nächsten Phase auf der Strecke. Begann ihr Sterben in dem Augenblick, als die Krankheit jede Planung über den Haufen warf?

Die Wohnung war sauber, gut gelüftet und hell.

Dafür hatten die Frauen gesorgt, die sie pflegten. Seit Juni, also erst seit einigen Wochen, brauchte sie über Nacht Betreuung. Tagsüber konnte sie noch einige Stunden allein bleiben, nachts musste jemand bei ihr sein. Das Aufstehen fiel ihr immer schwerer, und sie musste häufig auf Toilette.

Sie hatten die Wohnung geputzt, die Frauen, die auf sie aufpassten, aufgeräumt, Staub gewischt, Fenster geputzt, das Geschirr gespült, die Böden geschrubbt – so ordentlich war die Wohnung am Sepetarevac seit 1969, seit unserem Einzug nicht mehr gewesen.

Das ist mir sofort aufgefallen.

Drei Tage lang habe ich diese Ordnung genossen.

Und die Stille, die von keinem Laut zerstört wurde. Der Fernseher blieb aus, ich ging zum Telefonieren auf die Straße, um diese unglaubliche Stille zu bewahren, den Frieden dieser Mauern, zwischen denen so viel geschehen war, wobei das Ende noch bevorstand.

Während ich durch die Wohnung streifte, vollgestopfte Schubladen herauszog, mir das Gedränge darin ansah, Schränke öffnete, die bei dem ganzen Kram, mit dem sie zugemüllt waren, eigentlich hätten platzen müssen, Regale voller Bücher durchschaute, die meine und ihre erschreckend eng verwobenen Biografien und die von Nonna und Nonno spiegelten, dachte ich: Hier wird sie sterben. Irgendwie war klar, dass sie nicht im Krankenhaus sterben würde, sondern da, wo Nonno gestorben war, nicht mit Nonna im Koševo-Klinikum oder mit Vater im ehemaligen Militärkrankenhaus. Nonno hatte ihr letztlich am nächsten gestanden und sie verstanden, auch wenn er ihr nicht helfen konnte, Nonna und Vater hingegen standen für ihr Unglück.

Vermutlich deshalb dachte ich, dass sie hier sterben würde. Zwischen dem ersten und dem zweiten Tod war das mein Zimmer gewesen. Dort lebte ich bis Kriegsausbruch, bis zum Umzug in den Keller, denn das Fenster ging auf den Trebević und aus der Richtung kamen die Granaten, bereits im April 1992 flogen zwei Projektile aus Maschinengewehren herein. Dort sah ich nächtelang fern – Live-Übertragungen von Fußballspielen, Berichte über Kongresse der Kommunistischen Partei Jugoslawiens während des Zerfalls – und rauchte ungeheure Mengen Haschisch und Marihuana, ohne zu befürchten, Mutter könnte hereinplatzen. Das war so verabredet, und sie hielt sich an die Abmachung, weil sie wusste, was ich tat, aber nicht, wie sie sich dazu verhalten sollte. Ich war zweiundzwanzig, dreiundzwanzig Jahre alt, verdiente mein eigenes Geld, verlangte nichts von ihr, auch nicht, dass sie aufstehen solle, statt ganze Tage zu verschlafen, und Marihuana tat mir gut. Es war sanft zu mir, das Marihuana, es geleitete mich mit mütterlicher Hand in den Krieg und die Apokalypse.

Mir schien, damals im Juli, die Wände hätten all das gespeichert.

Es war mein Abschied vom Sepetarevac.

Beim nächsten Mal nehme ich mir ein Hotelzimmer und komme an den Sepetarevac als Besucher, die Mutter zu sehen.

Die Wohnung ist dann nicht mehr aufgeräumt und nicht mehr mein Raum. Etwas wird sich verändert haben, zu viel sein. Zwei Todesfälle in meinem Zimmer sind zu viel.

Damals im Juli war ich so leise wie möglich. Betrachtete Buchrücken, deren Abfolge dem Ordnungssinn des Mannes einer Freundin meiner Mutter entsprach, der nach der letzten Renovierung die Regale wieder eingeräumt hatte. In ihren letzten Jahren gelang es ihr, andere für solche Aufgaben einzuspannen. Die Leute freuten sich, ihr den Gefallen zu tun, die Wohnung und deren Innenleben nach ihrem Geschmack und Empfinden umzuräumen und Mutters Dank entgegenzunehmen.

Sie rief mich in Zagreb an, während der Mann die Bücher einräumte. Du wirst begeistert sein, sagte sie laut genug, dass er es mitbekam. Dann drückte sie ihm den Hörer in die Hand, wir zwei sollten uns ein wenig unterhalten. Also redete ich mit dem Mann, der am Sepetarevac in der Wohnung meiner Mutter Bücher einräumte und den ich nie gesehen habe, worüber, habe ich vergessen. Es war uns beiden peinlich.

Das machte sie gern: Mich anrufen, wenn sie Besuch hatte, damit ich mit dem Besuch, bekannten wie unbekannten Leuten, ein paar Worte wechsle. Meistens wussten weder die bei ihr in der Wohnung noch ich, was wir sagen sollten. Aber sie hatte ihren Spaß daran. Aus mir war ein bekannter Schriftsteller geworden, und die waren alle ihre Freunde.

Am dritten Tag schaltete ich, zurück aus dem Krankenhaus, ihren Computer ein. Ich wollte wissen, wie Mutters Desktop ausschaute.

Der Bildschirm war sauber, ein Dutzend Ordner in Reih und Glied, die meisten mit Buchhaltungsunterlagen. Kein Hintergrundbild, mit dem sich die meisten Menschen den virtuellen Alltag verschönern. Sie beherrschte den Rechner gut, viel besser als ich. Anfang der zweitausender Jahre hatte sie Computerkurse besucht, sich fürs Programmieren interessiert. Wäre sie jünger gewesen, hätte sie die Buchhaltung aufgegeben und wäre zur Informatik gewechselt. Sie konnte stundenlang vorm Rechner sitzen, die Seele der Maschine erforschen, es machte ihr Spaß, es lenkte sie ab. Am Computer sitzen war wie Klavierspielen: Es verlangte ihr nichts ab, kein emotionales Engagement, verpflichtete zu nichts, machte kein schlechtes Gewissen, beförderte sie leicht und schmerzlos in eine andere Wirklichkeit. Eine beruhigende Wirklichkeit, die Wirklichkeit der binären Zahlen, kompilierte Simplizität, die sich wie die Spiegel bei dem Herrenfrisör am Hotel Central, zu dem sie mich mal brachte, ins Unendliche fortsetzt; die digitale Wirklichkeit tat Nerven und Seele gut, kannte weder Geburt noch Tod. Und vor allem: Wie am Pianino war sie am Computer allein. Allein mit dem Unendlichen.

Das ist so simpel, sagte sie.

Im zweiten Halbjahr 1999, als der Millennium-Bug die Gemüter erregte, aus Angst, die heikle Datumsumstellung könnte den Datenaustausch zum Erliegen bringen und die Welt in die Luft sprengen, überschüttete sie mich bei unseren Telefonaten regelmäßig hellauf begeistert mit ihren neuesten Einsichten in virtuelle Welt und kybernetisches Gedankengut. Ob ich das verstand, ob es mich überhaupt interessierte, war ihr egal; falls ich zu Wort kam, sagte ich nur, ich nutze das Ding als bessere Schreibmaschine. Ich konnte es hoch- und runterfahren, tippte mit den allereinfachsten Idiotenprogrammen Prosatexte und Zeitungsartikel ein und fing damals, nach zwei, drei Jahren Eingewöhnung, langsam an, auch Gedichte direkt in den Rechner zu schreiben, womit ich meine Verbindung zu Papier und Bleistift kappte. Mutter überholte mich im Umgang mit Computern binnen zwei, drei Monaten und erzählte mir Sachen, bei denen ich nur noch Bahnhof verstand.

Du hast anscheinend vergessen, wie schlecht ich in Mathe bin!

Das hat doch mit Mathe nichts zu tun, man braucht nur den gesunden Menschenverstand.

Na, dann habe ich's mit dem wohl auch nicht so. Es interessiert mich nicht, und ich habe kein Wort von dem verstanden, was du mir erzählt hast.

Das Gespräch führten wir gegen Ende des letzten Jahres der Menschheitsgeschichte, vor dem eine 1 stand, ich vermerkte es mir (Zgb. 15. Nov., 21:30h …) in meinem Adressbuch (das hatte ich damals noch nicht abgeschafft, weil ich mich gegen ein Mobiltelefon sträubte), ich weiß nicht mehr warum, vielleicht weil ich die Reduktion von Computerwelt und Cybergalaxien auf den gesunden Menschenverstand mochte.

In ihrem Fall traf es zu.

Computer haben keine Gefühle.

Der gesunde Menschenverstand fängt da an, wo Gefühle aufhören.

Gefühle sind eine Krankheit oder Folge einer Krankheit. Die Familiengeschichte beweist es. Mutters Lebensgeschichte, die Geschichte der Stublers, die spurlos verschwanden, weil sie sich von Gefühlen treiben ließen. Wären sie dem gesunden Menschenverstand gefolgt, wäre Karlo Stubler mit binären Zahlen vertraut gewesen, alles wäre anders verlaufen und keiner von uns geboren worden. Es gäbe uns nicht, hätte sich Karlo an den gesunden Menschenverstand gehalten …

Sobald sie mit dem Computer vertraut war, arbeitete sie sich in Programmiersprachen ein und lernte ein Buchhaltungsprogramm, bis sie es perfekt beherrschte, selbstständig verfeinern und aktualisieren konnte; kaum gab es die sozialen Netzwerke, hatte Mutter ein Facebook-Profil und korrespondierte, was das Zeug hielt. Noch posthum lud sie mich ein, mich mit ihr zu befrienden.

Seit ihrer Pensionierung saß sie bis in die Puppen am Rechner, beantwortete Nachrichten, schloss Freundschaften, folgte diversen Gruppen. Unter anderem war sie mit einem meiner Klassenkameraden aus dem Ersten Gymnasium verlinkt, der heute an der kanadischen Ostküste lebt und mich schon mehrmals angeschrieben hatte, aber von mir keine Antwort bekam. Ich mag den Mann, wüsste jedoch nicht, worüber mit ihm reden, zumal ich ungern telefoniere und für E-Mails oder Briefe keinen Kopf habe. Da sandte ihm Mutter eine Freundschaftsanfrage, die er großmütig akzeptierte. Nach ihrem Tod schickte er mir eine kurze Mail, sie klang wie früher Beileidstelegramme.

Auf Facebook hatte sie eine Gruppe mit den versprengten Resten der Stubler-Familie in Deutschland, Finnland, Russland ..., in der sie mit Abstand die Älteste war, die Tante zweiten oder dritten Grades. Sie chatteten über Alltagsdinge, wie es in sozialen Netzen wohl üblich ist, im August 2011 aber auch über eine schicksalhafte Entdeckung meiner Cousine I. Da inszenierte Mutter unfreiwillig ein richtiges Drama: die letzte große Familienvorstellung im letzten Sommer vor ihrer Erkrankung.

Nachts surfte sie im Internet, spürte Menschen auf, die sie fünfzig Jahre und länger nicht gesehen hatte, verfolgte die Berichterstattung über weit entfernte Kriege, besuchte die Foren vertriebener oder geflüchteter Siebenbürger Sachsen und Banatschwaben, fragte nach Bosowitsch, erkundigte sich mit ihrem Indianerdeutsch nach Regina Dragnev, las alles, was sie über mich fand, verlor sich in obskuren Ustascha-Seiten, wollte wissen, warum die sich auf mich eingeschossen hatten, studierte Textfragmente von Literaten, die mich aus der linken Ecke kritisierten, ohne dass sie verstanden hätte, worüber die eigentlich schrieben, besuchte das Facebookprofil eines renommierten Krležianers und Lexikografen, der sich damit brüstet, mich als verkappter Tschetnik enttarnt zu haben – dem hat sie keine Freundschaftsanfrage geschickt –, und alles beglückte sie, auch die skurrilen bis schändlichen Anwürfe gegen mich, ihren Sohn, von denen manche sie gleich mitbeleidigten und diffamierten, es tat ihr nicht weh, sie fand es harmlos, ihr konnte übers Internet nichts Böses geschehen.

Als sie ihre Diagnose hatte, fischte sie sämtliche Informationen aus dem Netz, die sie dazu finden konnte, und bekam zu spüren, wie unbarmherzig das Internet sein kann. Da stand, wie lange sie, statistisch betrachtet, noch zu leben hatte. Sie starb tatsächlich, fast auf die Woche genau, im statistischen Mittel. Das erhoffte Wunder blieb aus. Dabei hätte es ihr zugestanden, fand sie, denn sie war da und alles um sie herum Lug und Trug. Bloß hatte Mutter vorher kein Wunder erlebt, oder wenn doch, dann nicht als solches erkannt. Wunder sind möglich, wenn man einen Blick für sie hat. Sie jedoch bekam von ihrer Umgebung nichts mit, weil sie nur um sich selbst kreiste, ich hatte das Wunder für sie aus dem Hut zu zaubern. Das erwartete sie und war stinksauer auf mich, weil ich sie hängen ließ.

Ich rede schon wie ein Papagei. Wiederhole mich wie ein Novize das Gebet. Wiederhole es wie eine Litanei. Wiederhole es, so wie eine Melodie, die man morgens zufällig im Radio hört, zum Ohrwurm wird. Wiederhole es, um damit endlich abzuschließen, es zu vergessen.

In der letzten Woche konnte sie das Telefon nicht mehr halten.

Wenn ich anrief, hielt eine fremde Hand es ihr ans Ohr. Mal weinte sie, redete zusammenhangloses Zeug, als hätte ich sie mitten in der Nacht geweckt, als wäre ihr Bewusstsein in eine dicke Teigschicht geschlagen, als stiege dieser Teig in die Höhe und laufe in die Breite, als gediehe die Hefe darin prächtig, als gediehe der Tumor prächtig, als würde er sie wegtragen, sobald sie nichts mehr mitbekam. Dachte ich, und am nächsten Tag war alles wieder ganz anders.

Das Morphium wirkte nicht mehr oder ihr Bewusstsein kämpfte gegen die Betäubung an, und sie wollte reden. Mehrmals warf sie mir in diesen letzten Tagen vor, ich wolle ihr meine neue Nummer verheimlichen. Sie habe mich anrufen und mir etwas erzählen wollen, ich sei ihr Sohn – sie weinte wieder –, und es nicht gekonnt, weil ich ihr meine neue Telefonnummer nicht geben wolle.

Anfangs widersprach ich.

Dann gib sie mir doch, deine Nummer.

Null, null, drei, acht, fünf …, sagte ich die Nummer vor, sie sprach mir nach: Null, null, drei, acht, fünf …, und schien dabei wegzudämmern. Mit jeder Zahl war sie weiter weg, und wenn ich mit meiner vierzehnstelligen kroatischen Mobilnummer fertig war, ließ sie die Sache auf sich beruhen und fing erst beim nächsten Telefonat wieder damit an.

Dieses Auf-sich-beruhen-Lassen entsprach ein wenig ihrem Naturell.

Und deswegen war es tröstlich.

Das ist sie, dachte ich, wie sie leibt und lebt. Obwohl von Leib und Leben kaum noch die Rede sein konnte.

Am Freitag fuhren wir nach Pula zur Buchmesse. Wir sollten die ganze Zeit dort sein, bis zum übernächsten Sonntag; ich war nicht sicher, ob sie noch so lange leben würde.

Morgen fahre ich nach Pula, sagte ich. Ich bin auf der Buchmesse, ich stelle Bücher vor. So habe ich es gesagt: Ich stelle Bücher vor. So redet man nicht, mit niemandem redet man so, höchstens mit Kleinkindern oder wenn es egal ist, was man redet. Wenn die Sprache warum auch immer zur Fremdsprache wird. Mutter hatte es sowieso bald vergessen. Morphium hüllte sie ein, ihre Erinnerungen zerstoben, wie wenn man Mehl in ein Sieb schüttet. Das meiste fällt durch, ein bisschen was bleibt auf dem Drahtgeflecht liegen, und das dient keinem Zweck mehr.

Kaum war es mir herausgerutscht, dachte ich, eigentlich stimmt es. Ich gehe Bücher vorstellen. Ich will nichts anderes tun: Erzählungen schreiben, Romane schreiben, Bücher schreiben über das, was wirklich passiert ist – man setzt sich in den Zug nach Sarajevo, begibt sich auf eine lange Reise und schreibt ein Buch darüber, fotografiert unterwegs, hält, während der Zug langsam dem Zielbahnhof näher kommt, mit Füllfederhalter in einem eigens dafür gekauften Heft Beobachtungen fest – ich will das ein Leben lang tun und Bücher vorstellen. Sie so vorstellen, wie sie sind, nichts beschönigen, nichts verderben. Ein treuer Leser sein. Nur das will ich sein, und es war gut gesagt gewesen.

Schade, dass Mutter sich meiner Worte nicht erinnern kann.

Zweieinhalb Tage lebte sie noch.

In Vodnjan, fünfzehn Kilometer vor Pula, machten wir Rast. In der Gastwirtschaft mit den Marionetten – sie gehörten einst den verschwundenen Italienern – an der Wand wollen wir essen. Das ist gut, eine Wohltat. Simulation des verlorenen Friedens. Aber vorher muss ich noch telefonieren. Ana sitzt am Tisch, blättert in der Zeitung, sieht sich die Speisekarte an, spielt mit dem Handy, und ich gehe hinaus und wähle ihre Nummer.

Die Pflegerin meldet sich, eine korpulente, resolute Christin, sanfter Blick, weiche, gedämpfte Aussprache. Selbst wenn sie redet, scheint sie zu schweigen. Ich kenne keine rücksichtsvollere Person. Solche Menschen könnten mich zum Glauben bekehren. Kommenden Dienstag, wenn Mutter in der grünen Dunkelheit der Leichenhalle liegt, werden mir Hände entgegenfliegen, mir unbekannte Menschen mich an sich drücken und Worte sagen, die man in Sarajevo bei solchen Gelegenheiten sagt. Sie wird mich in den Arm nehmen, flüchtig, wie man Fremde umarmt, und sich kaum hörbar entschuldigen: Wir haben getan, was wir konnten, es war nicht genug.

Aber jetzt hält sie mich Mutter ans Ohr, und wir reden.

Während wir reden, laufe ich herum, seit Wochen und Monaten laufe ich herum, während ich mit Mutter telefoniere, renne ich durch die halbe Stadt, verlaufe mich mitunter beinah. Durch Belgrad, Breslau, Graz bin ich gelaufen, jetzt also durch einen istrischen Marktflecken, der vor vierzig Jahren von seinen Bewohnern aufgegeben wurde. Hier wie in Bosowitsch leben fremde Menschen.

Schlaftrunken jammernd wirft sie mir etwas vor, was ich nicht getan habe. Ihre Sätze haben keinen Sinn, aber die Emotionen sind sehr präzise. Das geht seit elf Monaten so. Vielleicht das ganze Leben. Ich bin schuld, weil ich keinen Anteil nehme an ihrer Krankheit, nichts mache, um ihr zu helfen. Was soll ich denn machen? Ich habe die Frage nie ausgesprochen, ich hätte damit gesagt, dass es für sie keine Rettung gibt. Und das wollte ich nicht, ich wollte nicht, und sei es noch so versteckt, auf ihren Tod anspielen, andeuten, dass sie unheilbar krank war, ich will nicht sagen, dass sich der Krebs durch ihre Eingeweide frisst und sie bald verschlungen haben wird, ich will es ihr nicht sagen, ich weiß, dass Mutter von ihrer kindlichen Hoffnung lebt. Die vielleicht nicht so kindlich ist. Jeder braucht am Ende ein Wunder. Nichts weniger als ein Wunder. Wahrhaft religiöse Menschen haben Glück, sie leben mit ihrem Wunder. Der Rest fischt danach, mit bloßen Händen, fuchtelt in der Luft, wie wenn man nach Mücken hascht. Hat je einer mit bloßen Händen Mücken gefangen? Ja. Wunder geschehen.

Heute jedoch ist sie richtig aggressiv. Ich kann sie nicht unterbrechen, sie redet über zehn Minuten lang ununterbrochen, ein sinnloser Satz am anderen wie Hesses *Glasperlenspiel* oder die endlosen Songs von Led Zeppelin. Umsonst jeder Versuch, sie auf andere Gedanken zu bringen, das Thema zu wechseln. Mutter gibt nicht klein bei, ich bin schuld, ich werde mein Leben lang an dieser Schuld tragen, weil ich nicht zur Apotheke gegangen bin, als ich es gesollt hätte, weil ich nicht abgehoben habe, als sie mich anrief, und dann kommt es wieder: weil ich ihr meine neue Telefonnummer verheimliche.

Sie wird tot sein, bevor ich herausfinde, woher sie diese fixe Idee hat. Irgendwoher muss sie sie haben. Ein Satz, ein Vorfall, ein Gedanke – bevor sie Morphium bekam – hat sie dazu gebracht, mir tagelang vorzuwerfen, ich hätte eine neue Nummer und würde sie nicht rausrücken. In ihren Augen habe ich den Kontakt abgebrochen. Der existiert nur in solchen Momenten, während ihrer täglichen Tobsuchtsanfälle, in denen sie nur noch heulen und betteln und mich ausschimpfen kann.

Weil sie einfach nicht aufhört, nimmt die Frau, die sie pflegt, das Telefon vom Ohr, ich höre Mutter weiterreden und schimpfen, dann sagt sie den Namen der Frau und fragt, warum eine Mutter nicht mit ihrem Sohn reden darf.

Ach, Sie sehen's ja …

Ja, ich weiß. Schwierig.

Ja, so ist es jetzt. Aber machen Sie sich keine Sorgen, wir kümmern uns um sie.

Ich war inzwischen weit weg von der Gaststätte, hatte die Orientierung in den engen Gassen verloren, wollte schauen, in welcher *calle* ich gelandet war, da klingelte das Handy.

Mutter.

Danke, dass du so oft anrufst, sagte sie schleppend, es bedeutet mir viel, dass du ständig anrufst. Danke.

Sie solle auf sich aufpassen, gut schlafen und sich nicht bei mir bedanken, sagte ich, und ich ginge jetzt und mache das, was mir übrigbleibt, Bücher vorstellen.

Sie wurde krank, als ich an einem Schelmenroman schrieb. Die Hauptfigur, Babukić, hat sich in der Zeit verirrt und lebt in Flugzeugen und Flughäfen. Die Struktur ist einfach, trotzdem konnte ich nicht weiterschreiben, brach am Anfang eines Kapitels ab, in dem der Held im Flugzeug ein Sandwich auspackt und zusieht, wie Ameisen herauskriechen und eine andere Ameise kreuzigen. Ich war überzeugt, dass ich erst weiterschreiben könnte, wenn meine Mutter tot oder durch ein Wunder geheilt war. Mit der Zeit wurde es immer schlimmer, irgendwann dachte ich, ich könnte nie mehr schreiben, auch nicht nach dem Schlussakkord, ich dachte, mit mir wäre es aus. Es war, als steckte ich in einer Steinmühle, die mich als Schotter wieder ausspuckt. Vier Monate vor Schluss kam die große Wende. Sie fing an zu erzählen, und ich schrieb kapitelweise *Die Stublers.*

Damit war es nun auch vorbei; als sie schon Morphium bekam, konnte ich gerade noch »Das Grab in Donji Andrijevci« abschließen – es war klar, dass es nicht mehr lange dauern würde, und weiterschreiben ging nicht, seit Mutter jemand anders geworden war. Oder nein, nicht jemand anders: Sie zeigte mir, dass zwischen Leben und Tod, Belebtem und Unbelebtem noch etwas existiert, die Welt, die dem Tod unmittelbar vorhergeht, das Sterben, das sich nicht erzählen lässt, weil da Gedanken und Gefühle sind, die keine Namen haben.

Die Menschen kommen nicht dazu, dafür Worte zu bilden. Entweder weil sie sterben, oder sie wollen es sich nicht in Erinnerung rufen, wenn der Mensch tot ist, dessen Sterben sie begleitet haben. So bleibt es unbeschreiblich und unerklärt. Wenn sie Trost und Ruhe suchen, wenn sie ihr Leben wiederaufnehmen wollen, das wegen des Sterbens ausgesetzt war, flüchten sich Menschen ins Vergessen, mich eingeschlossen. Das ist das Ziel meiner Reportage über Mutter, ihr Leben und ihre Krankheit. Was als Erzählung aufgeschrieben wird, verliert seinen realen Gehalt, übersiedelt ins Reich der Märchen und Fiktionen, selbst wenn nichts darin erfunden ist. Es gibt weder Erzählungen nach angeblich wahren Begebenheiten noch Erzählungen, die sich der Schriftsteller ausgedacht hat. Es gibt nur wahre und falsche Erzählungen, wirkliche und gesponnene. Andersens *Kleine Meerjungfrau* ist so wahrhaftig wie Schalamows *Erzählungen aus Kolyma*. Das sage ich jetzt, wo ich Bücher vorstelle.

Am nächsten Tag sind wir in Pula.

Es ist Samstag, zehn Uhr fünfzehn, es ist kalt, starker Schneefall angesagt.

Wir sind bei Gorka, in der Galerija Cvajner. Ich habe Kaffee bestellt und gehe hinaus, um zu telefonieren. Ich gehe übers Forum, wende mich Richtung Meer. Nach dreimaligem Klingeln eine Männerstimme. Ihr Freund. Er sagt: Da sind wir, trinken Kaffee, draußen schneit es, wir schauen den Tauben auf dem Fenstersims zu ...

Wie wenn er neben einem Kind säße.

Das ist Miljenko, Miljenko ruft an. Mann, wenn du dieses Lächeln sehen könntest, sie freut sich so. So, gleich könnt ihr miteinander reden.

Sie heult, brüllt mich lautstark an, als wirke das Morphium gar nicht, es ist aus, schreit sie, es ist aus, es ist aus, beruhige dich, sage ich, gut, gut, beruhige dich, nichts ist gut, sagt sie, es ist aus, es ist aus, nicht gut ...

Das Gespräch dauert keine Minute.

Am Sonntag werde ich gesagt bekommen, die Beerdigung sei am Dienstag.

1970 waren sie in einem berühmten Sternerestaurant in Straßburg. Erwin Dusl hatte es empfohlen, das beste Restaurant von Straßburg, das muss man besucht haben. Das der Gottesmutter geweihte Münster und dieses Restaurant. Sie hatte den Namen vergessen. Wenn dein Vater noch lebte, sagte sie, der könnte es dir sagen.

Das Essen war in der Tat ungewöhnlich. Es schmeckte ihr nicht, aber es war sehr ausgefallen und der Wein betörend. Du weißt, dass ich mir aus Alkohol nichts mache, sagte sie, ich bin nach zwei Schluck besoffen, aber der Rotwein, nicht zu fassen.

Sie sah hoch – und erblickte eine Ratte, die in aller Ruhe über den Deckenbalken spazierte, und das im besten Restaurant von Straßburg.

Eine Ratte!, schrie sie und bekleckerte sich mit Rotwein. Sie musste die nagelneue weiße Bluse wegwerfen, der Fleck ließ sich nicht mehr auswaschen.

Nano und Vater schauten hoch.

Und sahen eine fette graue Maus, direkt über ihrem Tisch.

Die Kellner jagten sie nicht weg. Sie waren daran gewöhnt.

Und in Wien, gerade angekommen, die Reisetaschen an der Hand, die Mutter mit Läusen im Haar, rief Nano aus einer Telefonzelle Erwin an und verabredete sich mit ihm in einem Kaffeehaus am Ring.

Da war er zu Hause.

Zeigte mit dem Arm, wo's zum Klo ging.

Ging schnurstracks zum Tisch am Fenster, wo man den schönsten Blick auf das Defilee der Passanten und Fiaker draußen hatte.

Hier wollte er Erwin Dusl wiedersehen, wo sie als Studenten ein und aus gegangen waren, vor fast fünfzig Jahren. Nano benahm sich, als wären es noch dieselben Kellner, gab routiniert die Bestellung auf, wies Vater und Mutter Plätze zu, alles mit der Sicherheit eines Stammgastes. Jedes bessere Lokal hat solche Stammgäste. Die Kellner nahmen die Bestellung auf, lächelten diensteifrig, ließen sich nicht anmerken, dass sie in Mutter und Vater abgerissene jugoslawische Gastarbeiter erkannten, die, selbst wenn sie Deutsch konnten, sicher mit einem harten Akzent sprachen, der Herr war halt Stammgast. Nano und Nonno sprachen perfekt Deutsch, nur redete Nonno ein in der Schule gelerntes Hochdeutsch – für unseren Drveniker Hausfreund Hans, einen Deutschen, klang es wie die langweiligen Nachrichtensprecher im deutschen Rundfunk –, Nano hingegen sein Stubler-Deutsch, das Karlo aus dem Banat mitgebracht hatte und in dessen Tonfall und Vokabular das Wienerische durchschimmerte, die Gaunersprache einer untergegangenen Epoche, den zwanziger Jahren, als Wien noch nicht begriffen hatte, dass es untergegangen und nach ruhmreichen Jahrhunderten nurmehr Kulisse für schummrige Spelunken und versteckte Freudenhäuser war.

Bewundernd sah sie zu ihm auf, wo er sich im Wiener Kaffeehaus so gut auskannte.

Bewundernd erzählte sie zweiundvierzig Jahre später davon, obwohl sie, während sie krank im Bett lag, vordergründig nur erzählte, dass Nano noch nach fünfzig Jahren, nach Anschluss, Besetzung Jugoslawiens und Zweitem Weltkrieg, in seiner Wiener Stammkneipe zu Hause war.

Nano konnte Javorka den Weg zur Toilette zeigen, die unverändert an der Stelle war, wo man sie in der Regierungszeit von Bürgermeister Jakob Reumann hingebaut hatte, vor allem aber: Nano war wie ausgewechselt, seine Bewegungen leicht und behänd, wie aus den Fesseln der Schwerkraft gelöst, wie von einer gewaltigen Last befreit.

Unmerklich veränderten sich ihre Gefühle dem Onkel gegenüber. Sowieso liebte Mutter Nano, vielleicht mehr als den eigenen Vater, einen Nano allerdings, der nah am Wasser gebaut hatte, einen weinerlichen Tropf. Derselbe Nano hatte plötzlich leuchtende, flinke Augen. Sie flogen durch die Gaststube, er saß am Fenstertisch wie ein Pilot im Cockpit.

Fast hätte sie sich in ihren Onkel verliebt.

Obwohl Inzest in der Familie ein rotes Tuch war.

Das rührte noch aus der Zeit, als Nano seine Wiener Cousine Dora Dusl liebte.

Ob Mutter sich dessen bewusst war? Nein, verknallt war sie bestimmt nicht, falls doch, hätte sie es um keinen Preis zugegeben. Andererseits erzählt sie nie etwas einfach so, ohne Hintergedanken. Ihre Geschichten hatten immer eine Pointe. Und die von Nanos Wiedersehen mit Erwin im Wiener Kaffeehaus eh. Sie blieb unausgesprochen.

Dann kam Erwin, Nano und er fielen sich in die Arme und wechselten ein paar Sätze in ihrem harten Wienerisch, das in Mutters Ohren wie Jiddisch klang.

Erwin kannte meinen Vater.

Sie grüßten sich, der Wiener Architekt und der Sarajever Arzt, mit der angemessenen Herzlichkeit. Vielleicht eine Spur herzlicher.

Erwin wusste nicht, dass Javorka und Dobro geschieden waren. Dass sie nur der Sohn verband. Aber warum dann die gemeinsame Reise? Ohne Sohn? Keiner in der weiteren Verwandtschaft wusste, dass sie sich getrennt hatten, das sickerte erst später durch. Und Nano wollte beide versöhnen, er ignorierte die Scheidung, denn er mochte Dobro. Vater imponierte ihm mit seinem Beruf. Ärzte genossen bei Stublers höchstes Prestige. Ärzte und Ingenieure, nicht zu vergessen die großen Künstler, Schriftsteller und Musiker, waren der bessere Teil der Menschheit, dagegen fielen alle anderen ab. Eisenbahner standen bei Stublers weit über Rechtsanwälten und Juristen. Eisenbahner kamen direkt nach Ärzten, Maschinenbauern, Statikern, Elektroingenieuren und Fagottisten. Karlo Stubler bewunderte Fagottspieler. Ein gewöhnlicher Sterblicher, und sei er noch so musikalisch, war seiner Meinung nach außerstande, das Fagottspiel zu erlernen. Ein Fagottspieler sei ein Stylit, gleiche den Asketen im alten Byzanz, die Jahre auf einer Säule stehen. Karlo war sich seiner Sache so sicher, dass er im häuslichen Umfeld alle mit seinen seltsamen Analogieschlüssen ansteckte, etwa dem von Fagottisten und Styliten.

Ärzte wurden also von den Stublers verehrt. Deswegen mochte Nano Vater und stellte sich dumm und taub, was die Trennung betraf, duldete auch nicht, dass sich Javorka ihm anvertraute. Einen Arzt, noch dazu so einen feinen Kerl, der stundenlang Karten spielte und stundenlang verlor, ohne schlechte Laune zu kriegen, durfte man nicht gehen lassen, der sollte der Mann seiner Nichte bleiben.

Dann kam Erwin, und die Erinnerung bricht ab.

Nach der Begrüßung der Männer.

Oder schon vorher, vielleicht als ihr Nano den Weg zur Toilette zeigt, wo sie vorm Spiegel ihr Haar nach Läusen absucht, einige zerdrückt und ins Waschbecken wirft ... Das hat sie natürlich vergesssen.

Sie erzählt weiter:

In den fünfziger Jahren ist Lugonja in Balijans Garage eingezogen, die hat der alte Balijan gebaut, als es in Sarajevo und Ilidža noch kein einziges Auto gab.

Ein inferiorer Mensch, den mochte keiner im Viertel, man ließ ihn links liegen, aber keiner hat ihm was getan. Alle kannten nur seinen Nachnamen, Lugonja, niemand wusste, dass er Serbe war.

Das sollte sich ändern.

Nevenka und Naci wohnten noch in Ilidža, während Lado in Sarajevo und Regina in Zadar studierten.

Nevenka, die Tochter von Nonnas Schwester Regina, für Javorka also eine Cousine ersten Grades, hatte als Kind im Haus der Stublers bereits den Zweiten Weltkrieg erlebt.

Inzwischen war sie, die studierte Architektin, in Rente, hatte kurz vor Beginn der Belagerung aufgehört zu arbeiten. Die Kasindolska kam während der Belagerung oft in den Nachrichten. Wir hörten von Massakern und Entführungen, die lange Ausfallstraße wurde aus allen Richtungen beschossen, von Verbänden der Verteidiger Sarajevos erobert, vom Feind zurückerobert, lauter gescheiterte Versuche, den Belagerungsring zu durchbrechen oder, wie man damals sagte, die Stadt zu entblocken.

Wir hörten lange nichts von Nevenka und Naci, wussten nicht, ob sie noch lebten. Das Telefon war tot, Telegramme und Briefe kamen über das Rote Kreuz zwar auf die andere Seite, mussten aber erst einmal zum Roten Kreuz gebracht werden. Kroaten und Muslime konnten sich in der Kasindolska, die auf serbischem Gebiet lag, nicht frei bewegen …

Sie arrangierten sich irgendwie, überlebten irgendwie, erst kamen serbische Soldaten, dann drangen Tschetniks mit Bärten wie in den Filmen von Bulajević in ihre Häuser ein, dann wieder reguläre Verbände, dann wieder serbische Freischärler … Jeder Trupp drohte, man werde sie umbringen, brachte aber keinen um, dann war eine Weile Ruhe, und dann ging es von vorne los.

Im Viertel war nur einer wirklich blutrünstig, und zwar der, von dem keiner gewusste hatte, dass er Serbe war.

Lugonja.

Er war der Erste, der ihnen versprach, sie abzuschlachten.

Dann ging er, ließ sie rätselraten, wann er seine Drohung wahrmachen würde. In einer Stunde, am nächsten Tag, im nächsten Monat oder ein Jahr später? Egal – wenn einer Nachbarn verspricht, sie zu töten, wird er sein Versprechen wohl halten.

Dann kam einigermaßen plötzlich der Tag der Befreiung.

Die Amerikaner hatten die Schnauze vom Bosnienkrieg voll, Sarajevo war entblockt, die Serben buddelten ihre Toten aus und nahmen sie mit. Ganze Friedhöfe wurden aus Ilidža und den umliegenden Dörfern weggeschafft. Das wäre auch eine Erzählung wert.

Lugonja haute ab, ohne sein Versprechen einzulösen.

In Balijans Garage blieb seine greise Mutter zurück.

Witwe, ziemlich unbeliebt, keine sonderlich gute Frau. Die Zeiten waren nicht so, dass man Mitleid mit Lugonjas Mutter gehabt hätte. Dreieinhalb Jahre lang hatte er Angst und Schrecken in der Kasindolska verbreitet, wer weiß, wem er was angedroht hatte, man hatte ihn mit dem Gewehrkolben auf Leute, die mit Lastwagen verschleppt wurden und keiner je wiedersah, einprügeln gesehen. Man darf Lugonja nicht als Kriegsverbrecher bezeichnen – die Nachbarn können ihm nichts nachweisen –, aber er hat vielen Menschen höchstpersönlich das Leben dreieinhalb Jahre lang zur Hölle gemacht.

Seine Mutter ließ man in Ruhe, half ihr nicht, tat ihr aber auch nichts.

Nevenka fragte sie mal, ob sie über die Runden kommt.

Die Alte zuckte mit den Achseln. Keine Gefühlsregung, entweder war sie völlig abgestumpft oder zu dumm, um die Tragweite der Frage in ihrer Situation zu begreifen.

Lugonjas Mutter wusste von den Heldentaten ihres Sohnes. Sie hat ihn schließlich dazu erzogen. Was er tat, tat er vor ihren Augen, nicht in einer anderen Stadt oder wenigstens eine Straße weiter, nein, in der Kasindolska. Sie konnte nicht wegschauen.

Nevenka ging aufs Amt, damit Lugonjas Mutter ihre Rente bekam. Sie wurde ihr dann tatsächlich ausgezahlt, eine winzige Witwenrente, so viel ihr eben zustand, genug, dass sie nicht verhungerte.

Nachbarn fragten sie: warum.

Darum, sagte sie.

Lugonja wohnte ein paar Kilometer weiter in Lukavica, das gehört schon zur Republika Srpska, und besuchte seine Mutter nicht. Hat sich nicht getraut. Befürchtete, Nevenka hätte das mit der Rente geregelt, damit er rüberkäme und sie ihn anzeigen könnte.

Boro, ein Nachbar, fuhr oft nach Lukavica. Verhökerte dort irgendwelches Zeug, schlug sich wie alle irgendwie durch. Er traf Lugonja, der ihn nach Nevenka ausfragte. Die wolle ihm an den Kragen, oder?

Boro, nicht faul, erzählte es Nevenka brühwarm weiter.

Grüß Lugonja von mir, wenn du ihn das nächste Mal triffst, und richte ihm aus, er soll Gott fürchten, nicht mich, sagte sie.

Ob Boro es ausgerichtet hat? Lugonja ließ sich weiterhin nicht blicken. Er hatte Grund zur Furcht, in Lukavica war er sicher.

Boro wohnte weiterhin in der Kasindolska. Keiner tat ihm was, obwohl er in der serbischen Armee gedient hatte. Einmal brachte er Nevenka und Naci einen jungen Rauhaardackel von der Front mit, damit der sie beschützte, anschlug, wenn einer das Grundstück betrat. Sie nannten ihn Galli, manchmal aus Jux auch Galli Tschetnik. Er hat Nevenka überlebt, Hunde haben bei Stublers ein langes Leben.

Solange Mutter erzählte, war sie nicht krank und hatte keine Schmerzen.

Anfang Mai 2012 kam heraus, dass der Tumor gestreut hatte.

Sie musste operiert werden, konnte danach nicht mehr aus dem Haus, kam aber in der Wohnung allein zurecht.

Im April war sie das letzte Mal in der Pädagogischen Fakultät, wo sie zuletzt gearbeitet hatte, um einen kleinen Fehler im Buchhaltungsprogramm zu beheben; der Programmierer war bei einem Verkehrsunfall umgekommen, in Neum Fahrrad gefahren und von einem Lastwagen erfasst worden. Außer ihr kannte sich keiner mit dem Programm aus, und die Halbjahresbilanz rückte näher.

Alle liefen zusammen und hießen sie willkommen.

Der Fehler war geringfügig oder nicht vorhanden.

Trotzdem drückten sie ihr zweihundert Mark in die Hand.

Sehr anständig, meinte sie.

Sie haben sich in meine Lage versetzt, meinte sie.

Sie war stolz auf die getane Arbeit.

Beim nächsten Wiedersehen lag sie im geschlossenen Sarg.

Ich hätte mich geweigert, die Aussegnungshalle zu betreten, wäre er offen gewesen. Ich wollte sie nicht als Tote sehen. Ich wollte nicht, dass andere sie so sehen. Sie war ausgezehrt, es war nicht mehr ihr Gesicht. Manche schauen sich die Gesichter von Toten gern an. Deswegen haben die Katholiken den Brauch. Wächserne graue Gesichter zwischen Unmengen weißer Rosen oder weniger kostspieligen Blumen, die ihnen gleichsam Leben einhauchen sollen.

Den ganzen Mai über träumte sie von einem speziell gegen ihre Krankheit in Kuba entwickelten Medikament, das in Albanien zugelassen war. Sobald es ihr besser gehe und die Therapie mit intelligenten Medikamenten abgeschlossen sei (die noch nicht einmal angefangen hatte), würden Freunde sie im Auto nach Albanien mitnehmen, erklärte sie. Selbst kerngesund hatte sie sich das nie getraut. Aber sie träumte davon. Beschrieb Albanien, das sie aus einem Dokumentarfilm kannte, beschrieb Albaner als herzensgute Menschen, jeder Albaner, den sie bisher kennengelernt habe, sei ein grundehrlicher Kerl gewesen … Ich stimmte zu, unsere Telefonate wurden lang und länger, meine Mobilrechnung sprengte die 2000-Kuna-Marke, Roaming nach Bosnien ist teurer als in die USA, und ich legte mir in Grundzügen eine Wirkweise der kubanischen Wunderpille zurecht. Ich log, dass sich die Balken bogen, und sie genoss den Hoffnungsschimmer in der Maienzeit, der sie gen Albanien entführte. Ihre großen Reisen beschränkten sich seit Langem auf Erzählungen, Tagträume, Fantasien, das setzte sich in der Krankheit fort, allerdings war sie in der Zeit gegen Fantastereien immun, unbeeindruckt erkannte sie nur die eigene Wirklichkeit an. Darüber verzweifelte sie oft mehr als an der Krankheit selbst. Zum ersten Mal war Mutter auf eine Wirklichkeit zurückgeworfen, eine ausweglose Wirklichkeit, in der sie unglücklich war.

Aus Banja Luka bekam sie Silberwasser geschickt.

Eine Bekannte, die sich mit Schmuggel und Gelegenheitsjobs über Wasser hielt, pries dessen Wunder wirkende Eigenschaften. Das putzt den Körper von innen, so wie die Waschanlage mit den ganzen Bürsten und Wasserstrahlen das Auto von außen putzt, sagte sie, man muss sich nur genau an die Anweisung halten und im richtigen Abstand die vorgeschriebene Menge trinken.

Das beschäftigte sie eine Zeit lang, doch ihr Zustand verschlechterte sich zusehends. Die Entropie nahm zu, das Ungeheuer nagte an ihr, hinterließ Spuren an Stellen, die selbst Mediziner verblüfften, hässliche, monströse Spuren. Die Befunde wurden immer schlimmer, auch wenn sich die diensthabenden Ärzte euphemistischer Floskeln bedienten, um die Wahrheit zu verschleiern.

Alles verläuft normal, keine Auffälligkeiten, hieß es jedes Mal.

Und Mutter glaubte wie wahrscheinlich jeder Patient, dass es nicht so schlimm sein konnte, ja, Gutes verhieß, wenn die Krankheit einen normalen Verlauf nahm. Schließlich war der Tod in ihrem Leben nichts Normales.

Am 10. Mai, ihrem siebzigsten Geburtstag, hatten Heilpilze ihren Auftritt. Einen Tag vorher, einem Mittwoch, war sie bei der Kontrolle gewesen und bekam gesagt, die Therapie mit intelligenten Medikamenten müsse um zwei Wochen verschoben werden – das war schon die zweite Verschiebung, und ihre Krankheit schritt voran.

Ohne Pilze hätte sie den Verstand verloren.

Es half nicht lange, nicht einmal eine Woche.

Wir telefonierten ein, zwei Mal pro Woche. Am Wochenende geht es nicht, erzählte ich ihr. Auf dem Dorf, wo ich wohne, ist das Netz tatsächlich schlecht, ich machte daraus ein Funkloch und log ihr vor, ich müsste zum Nachbarort laufen, um sie anzurufen. Ich ließ mir einiges einfallen, um Samstag und Sonntag meine Ruhe zu haben, hoffte, mit ein bisschen Abstand von ihren obsessiv wiederholten Themen müsste sie montags nicht wiederholen, was sie freitags schon berichtet hatte, in der Regel eine vergebliche Hoffnung. Wir kauten von Adam und Eva bis in die Jetztzeit alles durch, als hätten wir noch nie darüber geredet.

Ich solle Kontakt zur Regierung von Bosnien-Herzegowina oder zum Stadtrat von Sarajevo aufnehmen, sagte sie, denen könne nicht egal sein, dass in Sarajevo unverantwortliche Quacksalber ihr Unwesen trieben. Ich müsse rumtelefonieren, sagte sie, bis die was für sie täten, sie sei schließlich die Mutter eines bedeutenden Schriftstellers mit weltweitem Renommee.

Mein Name sei bekannt, meine Feder gefürchtet. Wenn die nicht spurten, müsse ich Artikel schreiben und ihren Fall in die Öffentlichkeit tragen.

Ich müsse eine Kampagne starten, sagte sie, und Geld für ihre Behandlung einwerben. Ein Sonderkonto eröffnen, Anzeigen schalten, die Summe – hunderttausend Euro für intelligente Medikamente plus anschließende Autoimmun-Therapie – publik machen. Könne ich ja zurückzahlen, falls sie an klinischen Tests teilnehmen dürfte und deswegen keine Kosten hätte. Und ich soll jetzt sofort meinen ausländischen Verlegern schreiben, meine Mutter sei erkrankt und brauche finanzielle Unterstützung …

Damit sie mich mit ihren aussichtslosen Forderungen und dem Verlangen nach Öffentlichkeit verschonte, stellte ich ihr Fragen zur Vergangenheit.

Eines Nachts vor dem Einschlafen huschte mir Omama Johanna durch den Sinn. Was war deren Vater noch mal von Beruf gewesen? Und wo geboren?

Was, das weißt du nicht? Martin war Tischler und kam aus Škofja Loka.

Dann erzählte sie eine Weile von Ururgroßvater, alles, was sie von ihm wusste und ihr noch einfiel. Anfangs lustlos, aber sie beantwortete jede Frage. Ich musste nur sofort die nächste Frage parat haben und nachschieben, ein neues Feld eröffnen, damit sie nicht wieder ihren Forderungskatalog anstimmte.

Was hat Karlo besonders gern gegessen?

Sag mal, was stellst du dir denn vor? Der hat gegessen, was auf den Tisch kam. Da wurde nicht lange gefragt. Omama hat nicht gekocht, sie war krank, hatte es am Herz und durfte sich nicht anstrengen, und deswegen stand meistens Tante Rika in der Küche. Was es gab? Sonntags eine fette Rinderbrühe und als Hauptgang das Suppenfleisch mit Meerrettichsoße, der Meerrettich kam aus dem eigenen Garten, oder Hasenbraten. Wir hatten ja die ganze Zeit den großen Hasenstall, den hat Opapa direkt nach dem Einzug in Ilidža gebaut.

Hat der Opapa die Hasen geschlachtet?

Ach wo.

Die Hühner?

Schlachten war Vilkos Aufgabe, er hat es frühmorgens erledigt, bevor die anderen aufgestanden sind. Keiner weiß, wie er es gemacht hat. Er hat heimlich geschlachtet, die Kinder sollten es nicht sehen und Karlo Stubler auch nicht. Aber Hase haben alle gern gegessen.

Hatten die Stallhasen Namen?

Ja, ja.

Und dann habt ihr Seelchen Langohr verspeist?

Nein, wir haben immer erst hinterher gemerkt, welcher fehlte.

Wurden manche Namen mehrfach vergeben?

Nein, ich glaube nicht, oder nur dann, wenn uns entfallen war, dass wir schon einen Đuro oder so gehabt hatten.

Dann muss es viele Namen gegeben haben.

Allerdings.

Und ihr habt einen ganzen Hasen geschafft?

Wir waren viele, zwei große Familien, die Stublers mit Opa Stevo, und sonntags, Hase gab es nur sonntags, kamen wir aus Sarajevo dazu, manchmal noch andere Verwandte, wir waren bis zu fünfzehn Leute und mussten in zwei Schichten essen, weil der Tisch für alle zu klein war.

Und was hat Opapa Karlo abends gegessen?

Ein weich gekochtes Ei. Immer nur das. Tante Rika hat es gegen acht für ihn gekocht. Wenn sie außer Haus oder anderweitig beschäftigt war, hat er selbst Wasser aufgesetzt, aufkochen lassen und dann das Ei hineingelegt. Er hat es nur ganz kurz drin gelassen, vielleicht war ich noch zu klein und verschätze mich, aber ich denke, er hat es nach spätestens einer Minute wieder herausgeholt und in einen Eierbecher aus Keramik gestellt, keine Ahnung, wo der abgeblieben ist, wahrscheinlich ist er noch in der Kasindolska, und dann hat er den Eierbecher mit Ei und einer Scheibe Brot auf den Tisch gestellt, arrangiert wie für eine Theatervorstellung, und dann hat er mit einem kleinen Löffelchen auf die Spitze des Eis geklopft. Das werde ich nie vergessen. Dieses Geräusch. Er hat das geliebt, das Geknirsch der Eierschale. Und er mochte gern, wenn ich zuschaute. Ich wollte nichts abhaben, ich hatte schon zu Abend gegessen, alle hatten schon zu Abend gegessen, nur er aß in Ruhe sein Ei. Er hat mich geliebt, ich habe nicht gebettelt.

Da wuchs sich die Sache aus, die Fragen bekamen einen neuen Sinn, und ich schrieb ihre Antworten auf.

Ich hatte ein Heft dabei, gekauft ein halbes Jahr zuvor in einer Ausstellung über den serbischen Maler Sava Šumanović im Belgrader Haus der Armee. Wir waren Dezember 2011 zwei Mal in Belgrad, das erste Mal wegen dieser Ausstellung, das zweite Mal, um das katholische Weihnachten, wie es sich gehört, als Minderheit zu feiern. Beim ersten Mal hatte sie den Knoten, mit dem die Reportage über ihre Krankheit ansetzt, noch nicht ertastet.

Das Heft, ein Rechenheft mit festem Einband, wurde in der Šider Druckerei Ilijanum, die dem dortigen kleinen Museum für naive Kunst angegliedert und nach dem Landarbeiter und Maler Ilij Bosilj benannt ist, für die Galerie Sava Šumanović hergestellt. Vorne ist ein Bild aufgedruckt, Šumanovićs *Landstraße nach Ilok*. Es gehört zu seinen letzten, er wurde im August 1942 bei einer Vergeltungsaktion erschossen, seit Beginn des Jahres signierte er seine Ölgemälde nicht mehr, wohl um die Ustascha nicht mit seiner grundschülerhaft steifen kyrillischen Schreibschrift zu provozieren, auch die *Landstraße nach Ilok* nicht, in der linken Ecke findet sich lediglich die Jahreszahl 1942, mit dünnem schwarzem Pinselstrich aufgetragen.

Eine verschneite, von hohen, kahlen Bäumen gesäumte, hügelige Landstraße, die nach einem letzten Anstieg auf die Horizontlinie trifft. Ein Winterbild, auch auf den Hausdächern liegt Schnee. Kein Lebenszeichen weit und breit, kein Mensch, kein Wagen, ein Bild in Weiß, Hellblau und dem Braungelb einer Wiese am Straßenrand, wo der Schnee zwischen die abgestorbenen Grashalme gesunken und kaum zu sehen ist.

Welche Wirkung das Bild hätte, welche Ahnungen es im Betrachter auslösen würde, hätte Sava Šumanović die Ustascha und deren Abneigung gegen kyrillische Buchstaben und serbische Vornamen überlebt – keine Ahnung. Für mich kündet die *Landstraße nach Ilok* vom nahen Tod.

Das war mir nicht bewusst, als ich das Heft für die Telefonate mit Mutter nutzte, um ihre Erinnerungen an die Stublers und die eigene Kindheit festzuhalten.

Das Heft war nicht ganz leer gewesen, als ich die hundert Blatt hastig mit meiner Sauklaue, blauem oder schwarzem Kuli, Filz- oder Bleistift, was eben zur Hand war, zu füllen begann, wobei die letzten zwanzig Seiten frei blieben: In Triest hatte ich die kurze Lebensgeschichte von Laura Levi hineingeschrieben, der Witwe von Fulvio Tomizza, dessen Großvater um 1850 eine Seidenweberei in Sarajevo betrieb. Neidische Nachbarn legten Feuer, die Weberei brannte ab, der Mann wurde über Nacht grau und blind.

Die Fortsetzung war Zufall. Aber seit das Heft seine neue Bestimmung gefunden hatte, illustrierte die *Landstraße nach Ilok* ihr Sterben. Ich betrachtete die Reproduktion täglich, wenn ich das Heft während des Telefonats herauszog und auf den Knien aufschlug oder nachmittags darin blätterte, sobald ich die nötige Ruhe hatte, um die Bruchstücke ihrer Erzählungen zusammenzubringen und am *Roman* mit dem Titel *Die Stublers* weiterzuschreiben. Die Kapitel entstanden nicht in der Reihenfolge, in der sie erzählte, sie folgten der inneren Logik eines Romans, nicht der Chrono-Logik, aber auch wenn sie außerhalb jedes Zeitrahmens stand, sollte die Geschichte am Ende ein Ganzes ergeben.

Nachdem sie einmal angefangen hatte und im Erzählen ihre parallele Wirklichkeit wiederfand, eine Wirklichkeit, die nicht der Krankheit gehörte, der Krankheit Hohn sprach und das Handwerk legte, die Krankheit umbrachte, bevor sie von ihr umgebracht wurde, da wusste ich, dass Mutter bis zum Schluss oder vielmehr bis zum Morphium erzählen würde. Wann das sein würde, wie viel sie würde erzählen können in der ihr verbleibenden Zeit, deren Ende absehbar war, wusste ich nicht.

Die Stublers habe ich insofern als Roman angelegt, der jeden Moment abbrechen kann. Nicht alles, was in dem einen oder anderen Kapitel angedeutet wird, wird auserzählt. Trotzdem – auch Verweise, die nicht eingelöst werden, haben ihren Sinn und eine Pointe.

Bald schon haben mich die Geschichten rechts und links überholt. Ich konnte nicht so viele Kapitel komponieren und ausarbeiten, wie Mutter erzählte, zumal sie zwei weitere Erzählstränge – von den Karivanis aus Kreševo mit einem Schmied als Ahnherrn, einem Majdandžija, und von Nonnos Brüdern in ihren proletarischen Bergmanns- und Eisenbahnerkolonien, dem Kakanjer und Zenicer Zweig der Rejcens – anfügte, deren Verbindung zum Hauptstrang der Stublers eher lose war, die aber auch nicht genug Substanz und Kohärenz für einen eigenen Roman hatten. Dafür wusste Mutter zu wenig über sie oder hatte nicht genug Interesse an ihnen, und die Höhepunkte in deren Leben hatten mit ihrem Sterben nichts zu tun. Schließlich fasste ich sie unter dem Titel »Kumpel, Schmiede, Trinker und deren Frauen« in einer Abfolge von Quartetten zusammen. Anders als der Roman ist das Quartett eine musikalische Form mit eigenem Rhythmus.

Mit ihrem Tod brach ich *Die Stublers* ab. Sie konnte nur erzählen, solange sie lebte, klar, aber ich konnte auch nur, solange sie lebte, aufschreiben, was sie erzählte. Was die Familiengeschichte prägte, blieb am Ende ein blinder Fleck: die Umstände von Mladens Tod. Mehrfach angekündigt, bleibt der Roman das schreckliche Finale schuldig. Ganz wie im richtigen Leben: Sie haben Mladens Tod totgeschwiegen. Darüber wurde nicht geredet, ein blinder Fleck. Offenbar gibt es gute Gründe, Mladens Tod dokumentarisch außerhalb des Romans zu beschreiben.

Im Roman ist nichts, was ich erfunden hätte. Trotzdem

stimmt er nicht bis ins letzte Detail: Sie hat einiges hinzugedichtet, verdreht oder durcheinandergebracht. Ihre Erinnerung trog, oder sie hat sie sich zurechtgebogen. Ich habe sie nicht korrigiert.

Mutter hat die Geschichte der *Stublers* wiederbelebt, als ihr Leben eine Qual und sie auf fremde Hilfe angewiesen war. Aber sie hat nicht gebeichtet, wie es, wenn man besseren und schlechteren Romanen glauben darf, wohl die meisten getan hätten, nein, sie hat erzählt. Erzählt hat sie vermutlich aus demselben Grund, aus dem andere beichten: Um sich Erleichterung zu verschaffen, sich von ihrem Elend, dem körperlichen Verfall abzulenken, um zu leben. Im Erzählen war sie glücklich, und ich war froh, weil sie mir solange kein schlechtes Gewissen einreden wollte und nicht lauter unmögliche Sachen von mir verlangte. Es waren also Momente gemeinsamen Glücks. So glücklich sind wir miteinander nie zuvor gewesen, niemals zuvor kamen wir uns so nah. Aber nicht wie Mutter und Sohn, nicht wie gute Freunde, nicht wie ein Erwachsener einem Kind nahekommt, es war die Nähe der letzten Menschen auf Erden. Am Ende jeder Erzählung, am Ende jedes Telefonats war es mit der Nähe aus, jeder blieb mit seinem Elend allein. *Die Stublers* waren die untergegangene Welt, Erzählungen zweier Glücklicher. Glück, davon bin ich überzeugt, spricht aus jedem Satz, auch aus dem letzten, in dem sie stirbt, obwohl sie da bereits tot war.

Was am Erzählen hat sie so glücklich gemacht? Das, was jeden Schriftsteller beglückt, der Literatur, aus welchem Grund auch immer, als unmittelbare Wirklichkeit empfindet. Mutter war so glücklich wie Warlam Schalamow, als er die *Erzählungen aus Kolyma* schrieb. Auch wenn es für Danilo Kiš keinen unglücklicheren Mann als Warlam Schalamow gegeben hat. Womit Kiš vermutlich recht hat, aber genau deswegen muss Schalamow beim Schreiben der *Erzählungen aus Kolyma* glücklich gewesen sein.

Nicht Liebe brachte mich ihr näher. Das wäre zu einfach gewesen und nach so vielen Jahren unmöglich. Auch nicht Mitleid mit der Todkranken, die die Welt ohne Glauben und Hoffnung verlässt. Das hätte mich höchstens ferngehalten, so wie sie, das war zu spüren, das Wissen abstieß, dass ich nach ihrem Tod gesund und munter weiterleben würde. Dafür konnte sie mich nur hassen, wo ich mich, so dachte das Kind in ihr, obendrein noch weigerte, einfach weigerte, sie gesund zu machen, weil ich es, das muss ihr verstandesmäßig klar gewesen sein, nicht konnte, einfach nicht konnte.

Die Erzählung, die in unserer Mitte, mitten in unserer Pein aufleuchtete, brachte uns einander nahe. Sie musste die zweifelsohne schlimmeren Qualen aushalten, und meine waren schon so, dass ich es kaum aushielt. Die Pein war von der Art, dass ich noch im Schlaf alles präsent hatte.

Die Erzählung war Ausdruck absoluten Glücks. Ich sagte es schon und sage es hier noch einmal mit etwas anderen Worten, so wie alles hier mehrfach wiederholt werden muss, so wie in schlimmen Geschichten das schlimmste Detail so lange wiederholt wird, bis es seinen Schrecken verliert.

Mutter war keine Schriftstellerin und konnte es nicht sein. Nicht aus Mangel an Talent – über das ich wie gesagt zu wenig weiß –, sondern weil sie so gestrickt war. Sie hatte aus ihrem Leben eine tragische Erzählung gemacht, einen Roman, den man vor lauter Unglück nicht zu Ende lesen kann. Dabei war ihr Leben ganz normal, sehr bürgerlich verlaufen. Bevor sie krank wurde, war es ein äußerlich ordentliches, gesundes Leben mit total chaotischem Innenleben in einer total chaotischen Wohnung. Schriftsteller können nicht parallel mehrere Leben leben, weil Schreiben ein Parallelleben ist.

Aber Mutter erzählte die Geschichte, aus der *Die Stublers* wurden, wie ein Schriftsteller, in diesem Duktus, voller Details, ohne sich um die Rahmenhandlung zu scheren, die, das wissen wir selbst, sich von allein ergibt. In dem Augenblick ergibt, in dem der Erzähler seine Geschichte mit gutem Grund beendet. Es gibt keinen besseren Grund als den Tod.

Keine Ahnung, was in sie gefahren ist, sagte der Mann, der

mir am Samstag, dem 1. Dezember 2012, das Gespräch mit Mutter ermöglichte, sie hat sich wirklich gefreut, als sie hörte, dass du es bist.

Also, jetzt bist du im Bilde, sagte er, ich hörte sie noch weinen, bevor die Verbindung für immer unterbrochen wurde.

Gegen zweiundzwanzig Uhr verlor sie das Bewusstsein. Die ganze Nacht war sie weit weg und überlebte die Morgendämmerung, die Zeit, in der man gewöhnlich stirbt.

Das letzte Mal erzählt hat sie vier Tage vorher, am Dienstag, dem 27. November 2012.

Zum ersten Mal fiel ihr das Reden schwer, sie klang lustlos, ich stellte viele Fragen, die sie einsilbig beantwortete. Entweder litt sie starke Schmerzen, oder die Krankheit änderte ihren Verlauf und alles ging nur noch schneller aufs Ende zu. Wie wenn man mit dem Fahrrad oben am Berg angekommen ist und auf der anderen Seite ins Tal rast.

Am 28. November warf sie mir mit wehleidiger, schläfriger Stimme vor, ich hätte mir eine neue Telefonnummer zugelegt, die ich ihr verheimlichen würde. Sie redete, als hätten wir uns lange nicht gesprochen, jahrelang nicht gesprochen, als wüsste ich nichts von ihrer Krankheit.

Das war am Mittwoch.

Am Dienstag hatte sie noch über Jugendarbeitseinsätze reden wollen, an denen sie als Schülerin teilnahm.

Damals war Mutter Vorstandsmitglied des Städtischen Komitees des Bundes der Sozialistischen Jugend Sarajevos. Doch nicht deshalb fuhr sie zu Arbeitseinsätzen. Sie wollte von zu Hause weg, flüchtete vor dem meist stumm, mit Kaffeelöffelgeklapper oder Wasserhahnaufdrehen geführten Kleinkrieg zwischen Nonna und Nonno, flüchtete vor der Kälte, mit der die Mutter sie behandelte, sie, die erwachsen, zur jungen Frau wurde. Nach den Arbeitseinsätzen passierte Javorka binnen weniger Jahre, wie im Zeitraffer, alles, was in ihrem Leben passieren sollte, und danach passierte nichts mehr, aber das Ende ließ noch lange auf sich warten.

Die Arbeitseinsätze sind noch Teil ihrer Kindheit.

Gehören ins Reich ihres reinen, festen Glaubens. In der siebten Klasse, mit fünfzehn, trat sie dem Bund der Kommunisten Jugoslawiens bei. Sie war eins der jüngsten Parteimitglieder, in Belgrad erschienen Artikel über sie. Den Zeitungsausschnitt hatte ich lange in der Hand, war in einer Schublade zwischen anderen Unterlagen auf ihn gestoßen, danach ist er verschollen.

Als Sechzehnjährige fuhr sie mit der Sarajever Schülerbrigade zum Arbeitseinsatz nach Südserbien. Der Ort hieß Džep, in der Nähe von Niš. Ein Montenegriner, Jovan Lakičević, leitete die Aktion.

Einen Sommer später dann Arbeitseinsatz bei Sutjeska, als Stabssekretärin, eine hohe Funktion. Ich fragte, was genau sie gemacht hat. Weiß ich nicht, sagte sie. So hat sie früher nicht geantwortet. Sie erzählte nicht mehr, zählte nur noch auf, formelhaft.

Ich dachte, es wäre aus. Und dann hoffte ich wieder, sie hätte nur einen schlechten Tag. Vor zwei Wochen hatten sie mich darauf vorbereitet, dass der Moment nahte, an dem sie Morphium brauchte. Mit Morphium ist es vorbei, keine Gespräche mehr. Habe ich alles falsch gemacht? Hätte ich mit ihr über andere Sachen reden sollen, nicht über alte Kamellen, Familientratsch, Arbeitseinsätze, wann die Frauen der Stublers zum ersten Mal bluteten und wann sie in die Menopause kamen? Statt mich von ihr zu verabschieden, statt über ernste Dinge zu sprechen, statt sie auf das vorzubereiten, was kommt, frage ich nach dem Kommandanten des Arbeitseinsatzes in Sutjeska 1959. Oder 1960? Was bedeutet mir die Mutter, wenn ich ihr auf dem Sterbebett solche Fragen stelle?

Ich hatte keine besseren Fragen.

Der Name falle ihr nicht ein. Er liege ihr auf der Zunge, falle ihr bestimmt ein, sowie sie nicht mehr darüber nachdenke, aber nicht jetzt …

Gut, ich frage morgen noch mal.

Gut, morgen … Sie seufzte, als wäre Erinnern plötzlich Schwerstarbeit.

Ich erwähnte eine Begebenheit von damals.

Erzählte ihr, wie sie mit mehreren Genossen Richtung Perućica aufbrach, eine Exkursion in den tiefen Wald zu mehreren Stellen, die in der Schlacht an der Sutjeska schwer umkämpft waren. Es gab in dem Gelände keine Schneisen, keine Saumpfade, keine Wanderwege, keine Straßen, nichts. Sie liefen nach Kompass, rannten panisch aus einer felsigen Klamm voller Giftschlangen, rannten den Berg hoch und sahen ganz in ihrer Nähe einen Bären.

Das verhagelte ihnen die Lust auf den Ausflug endgültig, sie wollten zum Lager zurück.

Aber sie mussten sich für einen Weg entscheiden: Noch mal am Bär vorbei oder durch die Schlangengrube? Wie im Alten Testament. (Die Geschichte kenne ich, seit ich denken kann. Mutter hat oft von dem aufregenden Tag erzählt. Wovor sie mehr Angst habe, vor den Bären oder den Schlangen, fragten die Genossen und überließen ihr, der einzigen Frau, der Stabssekretärin, die Entscheidung, weil ihnen selbst die Knie schlotterten vor Angst. Mit der Bibel habe ich mich zum ersten Mal 1979 im sommerlich leeren Sarajevo beschäftigt, in der Ausgabe des Zagreber Verlagshauses Stvarnost, die Mutter einem fliegenden Händler abgekauft hatte. Das Alte Testament erinnerte mich an die Geschichte mit der Schlangengrube und dem Bärenberg.)

Sie unterbrach mich nicht, während ich die Geschichte erzählte, um sie zum Erzählen zu bringen.

Ergänzte nichts.

Korrigierte mich nur einmal: Es war kein Bär, sondern eine Bärin mit Jungen.

Welchen Weg sie genommen hatten, den mit den Schlangen oder den mit der Bärin, wollte ich noch fragen, weil ich es vergessen hatte, und ließ es dann sein. Vielleicht dachte ich, es wäre noch Zeit, vielleicht wusste ich, dass die Geschichte ohne Auflösung besser ist, vielleicht hoffte ich, es würde mir wieder einfallen.

Der dritte Arbeitseinsatz war der schönste.

Die Autobahn durch Serbien.

Wieder nur nackte Fakten, keine Geschichten.

Pavle Dutina kommandierte die Sarajever Brigade.

Veselin Đuretić, der spätere Historiker, die Belgrader.

Einsatzdauer einen Monat.

Keiner kam vom Land.

Alle waren aus der Stadt.

Und viele Liebeleien gab es auch nicht.

Anders die Verhältnisse.

Alles war anders.

Das Telefonat endete um 13:40 Uhr, steht in meinem Heft. Ich habe die Gespräche erst gegen Ende hin datiert und die Tages- oder Uhrzeit dazugeschrieben.

Ich verließ Sarajevo im Mai 1993 als Journalist mit einem Transporthubschrauber der Vereinten Nationen, seither lebte Mutter in der Wohnung am Sepetarevac allein.

Es belastete mich, dass ich nicht zurückging; für jemanden mit meiner Erziehung war es eine schwere Sünde. Für die Menschen um mich herum war es das einzig Vernünftige. Sie redeten auf mich ein, im Sommer 1993 kehrt man nicht nach Sarajevo zurück, wenn man herausgekommen ist. Aber es gab Menschen, die zurückkehrten, weil sie etwas Wichtiges in Sarajevo zurückgelassen hatten. Ein Zimmer voller Comics auf Regalen, die bis unter die Decke einer vier Meter hohen Wohnung reichten, eine Privatbibliothek, das Klavier, den Vater, die Mutter, den Großvater … Es gab Menschen, die in Sarajevo etwas hatten, das ihnen so wichtig war, dass sie zurück mussten.

Was habe ich in Sarajevo gelassen? Wen habe ich zurückgelassen?

Meine Mutter am Rande des Selbstmords (oder am stümperhaft gespielten Rand des Selbstmords, das war nicht herauszukriegen). Da sie sich nicht umgebracht hat, behaupte ich mal ganz frech, dass viel selbstsüchtiger Theaterdonner und Verzweiflung im Spiel war; nur – hätte sich Mutter umbringen müssen, damit ich ihr den Wunsch abnehme?

Ich ließ sie am Ende der Menopause zurück, mit einundfünfzig, sie hatte früher als ihre Mutter und deren Schwestern aufgehört zu bluten, ich verließ sie, als völlig offen war, wie sie aus diesem Lebensalter herauskommen würde, falls ihr serbische Granatwerfer und Scharfschützen erlaubten, aus diesem Lebensalter herauszukommen.

Um die Mittagszeit ging sie täglich den Sepetarevac hinunter in die Stadt zur Arbeit und wurde dabei von Männern auf dem Berg gegenüber durch Zielfernrohre aus der Produktion von Zrak beobachtet, ein Sarajever Unternehmen, das auch die Optik für die erste Mondlandung lieferte. Wenn das nicht Perfektion ist: Mutter mit grünem Chanel-Kostümchen, ausgetretenen Schuhen und asch-, nicht silbergrauen Haaren (es gab keine Haartönungen mehr) im Visier erfahrener Schützen, die willkürlich entscheiden, wer stirbt und wer nicht.

Nein, so war es nicht?

Wie denn? Wann kriegt endlich jemand raus, nach welchen Kriterien Scharfschützen ihre Opfer aussuchen?

Gelegentlich pfiffen ihr, wie mir, solange ich dort lebte, Kugeln über den Kopf, erst eine, dann noch eine, und bohrten sich in eine Hauswand oder den Asphalt.

Wochenend-Sniper, die das Handwerk nicht richtig beherrschten. Oder serbische Schriftsteller bei Lockerungsübungen. In Mutters Todesjahr schrieb ein Kollege aus Zagreb, die Serben hätte das Geld für die Patrone gereut, das sei mein Glück gewesen. Die Zeiten verschwimmen, die Jahre fließen ineinander, Vergangenheit und Zukunft mischen sich, Menschen treffen zusammen, die in verschiedenen Jahrhunderten lebten, und die Literatur ist berufen, das zu ordnen und eine neue, zum Wesen des Augenblicks passende Chronologie herzustellen. Der kroatische Autor, der 2012 öffentlich der Kugel nachtrauert, mit der mich ein Serbe 1992 hätte abschießen können, ist die Idealfigur meiner Einsamkeit. Sein Anwurf beschwört ferne Epochen herauf, lässt die Straßen Zagrebs für mich zu Leinwänden von Giorgio de Chirico gerinnen. Grandios und tröstlich ist de Chiricos Ödnis, im Dämmerlicht der Sonnenuntergänge Ende Juni.

Aber was dachte ich damals, 1993 und 1994, über sie, als die Stadt mich freundlich aufnahm, weil sie in mir ein Opfer sah? Menschen mögen keine Opfer, aus Angst, selbst eins zu werden. Ich wollte den Opferstatus loswerden, er ging mir auf die Nerven – eine Ablenkungsstrategie, um nicht an sie denken zu müssen. Ich habe damals mehr an Zagreb als an Mutter gedacht. Kaum hatte ich den Opferstatus endlich zur Gänze abgestreift, schrieb der kroatische Autor, wie schade, dass die Serben mit ihren Patronen so geknausert haben. Ich hätte mich nicht so geärgert, hätte ich damals gewagt, an sie zu denken, die ich in Sarajevo zurückließ und von der ich lange, sehr lange, keine Nachricht hatte. Eineinhalb Jahre hörten wir nicht voneinander. Anfang 1995 wusste ich nicht, ob sie lebt. Im Radio liefen Berichte über die Bombardierung von Mejtaš und Bjelave, der Sepetarevac liegt genau zwischen beiden Vierteln. Wurden spätnachts die Toten in den Straßen Sarajevos im Fernsehen gezeigt, klapperten mir die Zähne vor Angst, ich könnte Mutter erkennen, ihr Gesicht, ihre Haare, ihre Beine … Damals lebte ich mit einer Frau zusammen, die keinen Schimmer hatte, warum ich wie hypnotisiert, die Nase fast auf der Mattscheibe, in die Glotze starrte. Sie schickte mich in die Küche Saft holen, fragte, wie mein Tag gewesen sei, und ich starrte unentwegt in die Glotze, dem Wahnsinn nah, fast wäre ich wie Alice im Wunderland auf die andere Seite gekrochen. Schon komisch, dass sie nicht von allein draufkam, warum ich am Fernseher klebte.

Ich rechnete damit, Mutter unter den Opfern zu erkennen, so wie ich zwanzig Jahre später elf Monate lang mit ihrem Tod rechnete. Ich malte ihn mir aus, damit er mich nicht ausknockte.

Malte mir aus, wie ich mich endlich vom Fernseher losreiße und der Frau, die nichts versteht, erkläre, was ich im Fernseher gesehen habe, und sie einwendet, ich könnte mich doch geirrt haben, und wahnsinnig nervös wird und unbedingt etwas unternehmen will und anfängt zu heulen, weil sie meint, ich bräche jeden Moment in Tränen aus, wie ich sie beruhige, ihr erkläre, ich würde schon lange damit rechnen, darum hätte ich ja seit Monaten jeden Abend mit der Nase am Bildschirm geklebt, sobald die Kriegsberichterstattung aus Bosnien anfing, wie sie mich in dieser Nacht trösten will und ich mich vor ihren Tröstungen fürchte, wie ich am nächsten Morgen zur Botschaft von Bosnien-Herzegowina gehe in dem vergeblichen Versuch, eine offizielle Bestätigung zu bekommen für das, was ich gesehen habe, wie ich den ganzen Tag herumtelefoniere, Bekannte und Freunde und ehemalige Redakteure der *Oslobođenje* anrufe, damit sie über ihre Beziehungen herausfinden, was mit meiner Mutter ist, in welcher Leichenhalle sie liegt, wo sie begraben wurde, im Park oder auf dem Friedhof, wie ich dann endlich erfahre, was passiert ist – Granaten? Sniper? Kopfschuss? Zerfetzt? Gestorben auf dem Weg ins Krankenhaus? – und allen Bescheid gebe, die informiert werden müssen – Dragan, der Bruder, wer noch? –, wie ich einatme und ausatme, um meine Gefühle in den Griff zu bekommen, diese Szenen habe ich Nacht für Nacht vor dem Einschlafen durchgespielt, hunderttausendfach wiederholt, damit mich ihr Tod nicht kalt erwischt, plötzlich trifft, überrascht, wo doch im Krieg alle unerwartet sterben.

Hätte Mutter damals eine Kugel getroffen, eine Granate zerfetzt, so wie Karim Zaimović, den die letzte Granate vor Kriegsende umbrachte, die Leute hätten sich überschlagen vor Mitleid. Zagreb hätte sich überschlagen vor Mitleid, mein Zagreb, meine Freunde, die damals für jeden Toten in Sarajevo sensibilisiert waren, es ging ihnen so nah. Mein Freund, der Verleger von *Sarajevo Marlboro*, hätte mich männlich-fest umarmt, und zwanzig Jahre später, als meine Mutter tatsächlich stirbt, ist er mit dem kroatischen Autor befreundet, der in *Književna republika* schrieb, an Abschaum solle man keine einzige Patrone verschwenden, es wäre schade um die Kugel ... Wie das? Mutter und ich hatten die Erwartung unseres Todes überlebt, die uns seinerzeit attraktiv machte. Als Mutter starb, war die Zagreber

Bühnenbeleuchtung für die lange Nacht Sarajevos, die Finsternis meines Herzen ausgeschaltet.

Meine Mutter überlebte den Krieg und enthob mich damit meiner Gewissensbisse. Schon dem kleinen Jungen impfte sie Schuldgefühle ein, vor ihrem Tod überhäufte sie mich elf Monate lang vom Krankenlager aus mit Vorwürfen, ich werde mich schuldig fühlen, bis ich sie vergesse oder das Leben Literatur wird, aber dass ich wegging und nicht zurückkam, hat sie mir nie vorgeworfen. Dafür kann ich der Ärmsten niemals genug danken. Schon weil ich ihr zu Lebzeiten nie dankbar war. Das sage ich so wenig wie alles andere aus einer Gefühlswallung heraus, sondern gleichmütig: Ich war ihr nie dankbar, habe in den sechsundvierzig Jahren, die wir uns kannten, nichts zu ihr gesagt, was auch nur entfernt die Dankbarkeit eines Sohnes oder die ganz normale menschliche Dankbarkeit angedeutet hätte. Für einen Schulaufsatz zu dem schlichten Thema »Meine Mutter« (anlässlich des 8. März, dem Tag der Frau) wandte ich, daran erinnere ich mich lebhaft, als Zweitklässler zum ersten Mal einen literarischen Kniff an: Ich dachte mir eine Mutter aus, die mit der realen nichts zu tun hatte, eher an Nonna erinnerte, aber das habe ich sogar vor mir selbst gut versteckt, denn als Siebenjähriger wäre ich lieber tot umgefallen, als zu akzeptieren, dass meine Oma für mich meine Mama war. Die Ähnlichkeit ist nicht zu übersehen: eine geduldige Frau, die nicht laut wird, Geschichten erzählt und mir abends, wenn meine Lider schlaff sind, *Die Jungen von der Paulstraße* vorliest. Die ganze Klasse wieherte über den Jungen mit den schlaffen Lidern. Meine Mutter hat mir nie vorgelesen, Nonna schon, allerdings nur bis zur Einschulung. Danach musste ich selber lesen. Auch wenn mir die Augen zufielen. Ich hätte abends gern noch etwas vorgelesen bekommen, deswegen beschrieb ich es in meinem Aufsatz. Nonna hielt mich für zu faul, um selbst zu lesen, und hoffte, das würde sich mit der Zeit geben. Noch heute lasse ich mir vorm Einschlafen gern vorlesen, obwohl inzwischen älter als Nonna bei Mladens Tod und nur ein Jahr jünger als Mutter am Beginn der Belagerung Sarajevos.

Mein Undank hat nichts mit Hass zu tun. Es schwingt Verachtung mit und Groll, abstoßende Selbsterniedrigung, das muss in meinen Genen liegen, und ein dummer Trotz. Ich war ihr gegenüber immer bockig, selbst als sie im Sterben lag. Ich habe immer nachgegeben, ihre Forderungen ruhig über mich ergehen lassen, ihr lieber etwas vorgelogen, als ihr klar zu sagen, wie irrational sie waren, ich machte aberwitzige Sachen, nur weil sie es wollte, nahm ihre Verzweiflung als meine eigene an, ging vor Menschen in die Knie, die mein Schmerz kalt ließ, ertrug das höhnisch-feine Grinsen der Sarajever Lyrikermeute, identifizierte mich bis zur Selbstaufgabe mit der Rolle des Sohnes, dessen Mutter im Sterben liegt, mit der Rolle des Dieners, der lebendig in der Pyramide eingemauert wird, wenn sein Dienstherr, der Pharao, stirbt, aber bockig war ich trotzdem. Undankbar.

Als ich ging, fiel mir ein ganzer Steinbruch vom Herzen. Aber sie war offenbar auch erleichtert. 1994, im schlimmsten Jahr der Belagerung, wechselte sie den Arbeitgeber: Nach einem Jahrzehnt an der Akademie der darstellenden Künste bekam sie eine Stelle an der Pädagogischen Fakultät. Entweder hatte sie die Wechseljahre hinter sich, oder ihr Leben veränderte sich trotz oder wegen des Geschützlärms so weit, dass ihr die Welt besser gefiel, jedenfalls redete sie nie wieder von Selbstmord. Sie blieb sich treu, wurde keineswegs die perfekte Hausfrau, lebte weiter in einem spektakulären Chaos, aber im allerschlimmsten Kriegsjahr überwand sie für den Rest ihres Lebens die Depression. Was vielleicht nicht so ungewöhnlich ist. Die Lebensumstände waren für alle unerträglich und demütigend. Seit Herbst 1992, als sich eine lange Belagerung abzeichnete und jede Hoffnung auf Strom und fließendes Wasser schwand, war Sarajevo unwesentlich komfortabler als Konzentrationslager. Anders als die Häftlinge in nationalsozialistischen KZs und im stalinistischen Gulag bekamen die Sarajever ihre Mörder fast nie zu Gesicht und lebten – in der Regel – weiter in ihrer Wohnung. Alles andere: Tod, Krankheit, Frieren und Hungern war gleich. Der provokante Vergleich des Bosnienkriegs mit Nazizeit und Holocaust, ein Steckenpferd bosniakischer Nationalisten, trieft vor Selbstmitleid und ist völlig deplatziert, aber das belagerte Sarajevo lässt sich durchaus mit einem gemäßigten Konzentrationslager vergleichen.

Psychologisch gesehen tat Mutter das Lagerleben gut. Es war eine schwere Zeit, sie litt Hunger, Kälte und Durst und hatte Angst um ihr Leben, die äußeren Umstände waren in jeder Hinsicht menschenunwürdig, aber das ging allen so. Mehr noch: Anderen erging es viel, viel schlechter. Das tröstete und ermutigte Mutter, stärkte sie im Lauf der Belagerung, und als ich sie 1996 nach dem Krieg wiedersah, war sie wie ausgewechselt. Ich hatte eine Ruine zurückgelassen und traf eine verrückte, durchgeknallte, aber ziemlich starke Frau. 1996 geisterten durch Sarajevo noch Gespenster, die Leute waren aschfahl im Gesicht, bis auf die Knochen abgemagert, fast allen fehlten mehrere Zähne; sie steckten noch immer im Lager, einer engen, verkehrten, mit sich selbst beschäftigten Welt. Mutter war damals die Ausnahme, nach einigen Jahren hatte sich die Stadt dann erholt und Mutter rutschte wieder ab, ihre Welt teilte sich neuerlich ins Land der Fantasien und Geschichten und in die chaotische, im Niedergang begriffene Wirklichkeit.

Aber sie wurde nicht depressiv.

Sie sorgte sich um gar nichts. Bis sie krank wurde.

Sie schimpfte, war wütend und unzufrieden.

Ihrer Meinung nach hatten sich alle gegen sie verschworen.

Sie fühlte sich missachtet und schikaniert; das war ihr Lieblingswort: Schikanieren, Schikane.

Aber Depressionen hatte sie keine mehr.

Bis zu dem Knoten.

Dass sie ausgerechnet während des Krieges ihre Depressionen überwand, verdankt sich ihrer letzten großen Freundschaft, die ihr beinah in den Schoß fiel, ein Wunder, Lohn für all ihre guten Taten. Eigentlich war es der Lohn für ihre mir unerträgliche Offenheit und Indiskretion, die man Angehörigen übelnimmt, an Zufallsbekanntschaften aber durchaus zu schätzen weiß.

Slavica Šneberger, geborene Džeba, Frau Cica, wohnte schon bei unserem Einzug ein Haus weiter am Sepetarevac, im Erdgeschoss des zweistöckigen Gebäudes. Sie grüßte, mehr nicht. Cica war keine echte Sarajli, sie geierte nicht auf eine Einladung zum Kaffeeklatsch, küsste einen auf der Straße nicht ab, lächelte für Sarajever Gepflogenheiten viel zu sparsam. Die Nachbarn hielten sie für verschroben. Ihr Mann, Geza Šneberger, war sehr groß, sehr beleibt, herz- und zuckerkrank, nur sein schwarzes Clark-Gable-Bärtchen sah noch jugendlich und adrett aus.

Man wusste wenig über die beiden. Er spielte Pauke, trat mit Musikkapellen in Wirtshäusern auf und war früher mal beim Rundfunkorchester angestellt gewesen, daran erinnerten sich manche noch. Viel mehr war im Viertel nicht bekannt und das Interesse nach einiger Zeit erlahmt – wenn einer aus Herkunft, Beruf und Familie ein Geheimnis machen will, bitte sehr, nur zu, wenn er mit allen über Kreuz liegen wollte.

Cica und Geza lagen in gewisser Weise tatsächlich mit allen über Kreuz, obwohl sie nicht verschroben waren, nur einen Hauch anders, aber das reichte schon, um sie von den üblichen und eher zudringlichen Freundlichkeitsbezeugungen unter Nachbarn auszuschließen.

Nonno hat Šnebergers kaum kennengelernt.

Sie hörten ihn in den Sommernächten der Jahre 1969, 1970 und 1971 husten.

Der armer Herr Rejc quält sich so! Das, erzählte Cica vierzig Jahre später, habe Geza gesagt.

Nonna und Šnebergers grüßten sich, mehr nicht.

Schuld war ein Nachbarschaftsstreit.

1985/86 hielten wir einen Hund, Nero, er war im Garten angekettet, in dem stand seine Hundehütte mitten im Schlamm. Ich habe ihn nicht gut behandelt, das verfolgt mich bis an mein Lebensende. Es war meine Schuld, dass Nero im Garten angekettet wurde und nicht oben bei uns in der Wohnung sein durfte.

Ich war dagegen.

Nonna starb im Juni 1986, wir blieben mit Nero allein.

Im Dezember 1986 sprang Nero über den Zaun und hing, weil er angekettet war, auf der anderen Seite herunter, bis er tot war. Bei minus zehn Grad verscharrte ich ihn im Garten, der Spaten brach im gefrorenen Boden entzwei.

Nero kläffte ganze Nächte durch. Er war doof und einsam. Und gutmütig. Verbellte Katzen und Igel, die nachts auf Beutefang waren.

Geza war damals schwer krank, bekam schlecht Luft, rang monatelang mit dem Tod, und das Gekläff störte ihn.

Cica klingelte bei uns und beschwerte sich wegen Nero.

Dummerweise war es der Tag, an dem Nonna ins Krankenhaus eingeliefert wurde, aus dem sie nicht mehr zurückkommen sollte. Mutter fertigte Cica kurz angebunden ab. Cica wusste es nicht, und Mutter wusste nicht, dass Cica es nicht wusste. Als sie es erfuhr, war es ihr fürchterlich peinlich, und sie unternahm keinen zweiten Anlauf. Geza musste Nacht für Nacht Neros Gekläff ertragen, bis der sich im Winter erhängte. Dann war endlich Ruhe.

Ich war böse. Mutter auch. Wir dachten nicht darüber nach, wie es jemandem geht, der keine Luft kriegt und von Neros Gekläff wach gehalten wird. Wir hatten unsere Sorgen, so wie Geza und Cica ihre hatten.

Ohne den Krieg hätte sich nie etwas entwickelt.

Geza war längst tot, Cica lebte allein. Sie hatte sich nicht geändert, die Nachbarn mehr oder weniger auch nicht, aber der Krieg änderte etwas. Vielleicht benahm Cica sich weniger eigenbrötlerisch, vielleicht akzeptierten die Nachbarn eher die Marotten der anderen. In dreieinhalb Jahren Belagerung sahen die Bewohner am oberen Ende des Sepetarevac und in den drei abgeschotteten türkischen Seitensträßchen großzügig über Eigenheiten der anderen hinweg, man lebte harmonisch zusammen wie in einer Gemeinschaftswohnung für psychisch Kranke. Das begann im April 1992, da schlugen die ersten Bomben in unseren Garten, und wurde umso enger, je mehr sich die Lage zuspitzte. Die Belagerung zwang sie, sich gegenseitig zu helfen und zum Lachen zu bringen, sonst hätten sie den Verstand verloren. Und so kam Cica im Gesellschaftsleben am Sepetarevac an. Sie hat es nicht gewollt, sie hat sich nicht darum bemüht, es lag einfach an den Umständen.

Man kochte im Garten oder im Keller oder vor dem Haus auf der Straße.

Man starb beim Kochen.

Ich hatte Sarajevo schon verlassen, als Mutter und Cica sich zusammentaten. Mutter schleppte von Hilfsorganisationen oder ihrer Arbeitsstelle die Nahrungsmittel an, Cica kochte.

Manchmal kam Mišo vom anderen Ende der Stadt dazu, Cicas Neffe und Stiefsohn, der beim Fernsehen arbeitete. Vom Rundfunkhaus zum Sepetarevac war es im Krieg eine halbe Weltreise.

Cica kochte, anders als bei uns in der Familie üblich, ausgezeichnet, Javorka hat nie besser gegessen. Bei Stublers und Rejcens wurde nach österreichischen Rezepten gekocht, Mehlschwitze gerührt und mit Stärke angedickt, Rinder- und Hühnerbrühen, Knödel und Beilagen zubereitet. So wie man in Zagreb und Wien eben kocht, fantasielos und eher ungesund. In Cicas Küche spiegelte sich ihr und Gezas Stammbaum, und der reichte von Wien über Bosnien und Serbien bis Istanbul und Izmir.

Geza Šneberger kam in der Türkei zur Welt, der Vater war Muslim, die Mutter eine ungarische Zigeunerin. Als junger Mann turnte er am Trapez, jonglierte, dressierte Tiere und tingelte jahrelang mit einem kleinen Zirkus durch Kleinasien, den Nahen Osten und entlang der Schwarzmeerküste bis Odessa. Mit so einem Leben wird man nicht alt, jedenfalls nicht in dieser Familie, die über Generationen tief in die osmanische Zeit zurück beim Zirkus gearbeitet hatte, in jungen Jahren nur auf Achse, dann schwer schuftend oder wahnsinnig und schließlich irgendwo niedergelassen und umgelernt. Aus Schaustellern wurden Musiker, verheiratet mit Frauen, die sie unterwegs kennengelernt hatten. Es lebe das Klischee: Mitm Zigeuner durchgebrannt, dem fahrenden Volk zugesellt …

Latif Husni Orak lernte seine Rosza in Ungarn kennen. Nach zwei Söhnen konnte sie keine weiteren Kinder bekommen. Die Familie lebte glücklich und wohlhabend in Izmir, jede Seite in ihrem Glauben, und unterdessen wurde unter Atatürk die Republik ausgerufen mit tiefgreifenden Folgen für die türkische Gesellschaft. Die Söhne setzten, ohne lange nachzudenken, die Familientradition fort, und der Zirkus ging pleite. Er war der Modernisierung und den neu eingeführten westlichen Sitten einfach nicht gewachsen. Das türkische Publikum interessierte sich nicht mehr für Schausteller mit Darbietungen, die sich seit der Regierungszeit von El Fatih nicht verändert hatten; der Weg nach Odessa war versperrt, weil das kommunistisch geworden war, und durch Europa tourten russische Zirkusse, die vor den Sowjets geflohen waren, und die waren unbestreitbar besser als der Zirkus des alten Orak.

Und so traten die Gebrüder Orak mit kleinen Schaustellertrupps auf, und dann führte eine Tournee Geza, den jüngeren Bruder, der den Namen des Vaters seiner Mutter trug, durch Jugoslawien. In Bitol verliebte er sich sterblich in eine Frau, eine Orthodoxe, mit der er zwei Kinder bekam und von der er sich schließlich scheiden ließ.

Die Frau hätte in unserer Erzählung nichts verloren, hätte sich Geza nicht wegen ihr in Belgrad katholisch taufen lassen und den Mädchennamen seiner Mutter angenommen – Šneberger. Während des Zweiten Weltkriegs waren Schausteller auch in Serbien arbeitslos, Zigeuner wurden von den Behörden im besten Fall mit Verachtung behandelt, andererseits wurde im Krieg häufiger als im Frieden in Cafés, Kneipen und Hotels, bei Hochzeiten und Beerdigungen aufgespielt, so häufig, dass die Musiker die Nachfrage gar nicht bedienen konnten. So hatte es

Geza Cica erzählt, die es Javorka erzählte, die es mir erzählte, woraufhin ich Cica bat, mir haarklein zu erzählen, was Geza erzählt hatte.

Cica erzählte mir während des Sarajever Filmfestivals im Sommer 1998 tagelang von Gezas Kindheit und Jugend in Izmir, von Belgrad im Zweiten Weltkrieg, wo und mit wem Geza musiziert hatte, sie nannte Lokale und Kaffeehausorchester, Hunderte von Namen, und verspann alles zu einer großen, ausladenden Geschichte, die kein Ende zu finden schien, als wäre 1945 ausgefallen, und sie erzählte so detailreich, als wäre sie selbst dabei gewesen.

Die Geschichte verzauberte mich, und ich habe auf Notizen verzichtet. Es hätte meinen Genuss geschmälert. Außerdem war mir die Bedeutung damals nicht klar: Nach Cicas Tod würde niemand mehr etwas über Latif Husni Orak und seine Söhne wissen und über die Liebe von einem Zigeunermusikanten und einer Mademoiselle aus Bitol, die sich in Belgrad gegen den heftigen Widerstand ihrer Familie katholisch taufen ließ. Ihr blieb nichts anderes übrig: Geza konnte nicht orthodox getauft werden, weil seine Mutter Katholikin war. Er musste Muslim oder Katholik sein, und das war er auch: Zigeuner, Muslim, Katholik. Vielleicht in anderer Reihenfolge. All das erklärte und erzählte Cica so, wie es ihr Geza erzählt hatte, alles war stimmig, richtig und folgerichtig. Wenn gesellschaftliche und kulturelle Regeln einer Logik folgen, dann waren die Regeln von Effendi Orak, Hanuma Rosza und ihren Söhnen vollkommen logisch.

Schade drum, es wird niemals aufgeschrieben werden.

An einem Septembermorgen, einem der seltenen Tage, an denen Mutter sich besser fühlte und dachte, es gehe wieder aufwärts, haben wir zusammen die Lebenswege der Šnebergers und ihre Familiengeschichte zu rekonstruieren versucht – das vermutlich längste Telefonat, das wir je geführt haben. Es dauerte zwei Stunden.

Nach dem Weltkrieg trennte sich Geza von der Frau. Er hielt

Kontakt zu den Kindern, aber die waren erwachsen und hatten wohl nicht so viel Interesse am Vater. Während der Belagerung schrieb Cica Gezas Sohn, der in Deutschland lebte, und bat um Unterstützung – ein-, zweihundert Mark hätten ihr in Sarajevo sehr geholfen –, aber er reagierte nicht. Später gab sie sich selbst die Schuld. Man darf nicht betteln, sagte sie. Der Mann hat recht, gut, dass er sich nicht rührte. Sagte sie. In Wahrheit reute sie, dass sie mit dem Brief selbst etwas ihr überaus Wichtiges zerstört hatte. Geza sorgte sich, als er kurz nach Nonnos und Neros Tod im Sterben lag, nur um eins: Was wird aus Cica? Obwohl er seit Jahren ohne ihre Hilfe nicht mehr zur Toilette kam, obwohl sich Cica darum kümmerte, dass er ordentlich gekämmt und angezogen war, sich überhaupt um alles kümmerte, Geza früher seine gesamten Einnahmen bei ihr abgeliefert hatte, später dann seine Rente von ihr verwalten ließ und sie ihm Geld zusteckte, wenn er aus dem Haus ging, obwohl sich Cica also genaugenommen von Anfang an um alles gekümmert und Geza nur Musik gemacht hatte, hatte er panische Angst, was aus ihr würde, wenn er nicht mehr war. Und da sagte er ihr auf dem Sterbebett, wenn sie je Hilfe bräuchte, sollte sie seinem Sohn in Deutschland schreiben. Der hätte sich zwar nie übermäßig um seinen Erzeuger geschert, aber nicht vergessen, dass er ohne dessen finanzielle Unterstützung den Anfang in Deutschland nicht geschafft hätte.

Aber auf Cicas Brief, den sie über das Rote Kreuz schickte, meldete er sich nicht.

Geheiratet haben sie Ende der fünfziger Jahre. Cica war eine junge Frau, Geza ein Mann in den besten Jahren. Bald zeigte sich, dass sie keine Kinder bekam. Der Grund war damals nicht so selten: Abtreibungen wurden illegal unter schauderhaften Umständen in Schuppen und Garagen von Hebammen, Krankenschwestern, pensionierten Ärzten und Halunken ohne Diplom und Zeugnisse vorgenommen, die, wären Abtreibungen legal gewesen, sich mit anderen krummen Dingern beschäftigt hätten. Auf jeden Fall musste man so eine Abtreibung erst einmal überleben, und wenn man das geschafft hatte, mit chronischen Entzündungen fertig werden, die früher oder später zur Unfruchtbarkeit führten. Cica war offenbar kein Mauerblümchen, sie stürzte sich ins pralle Leben, besuchte Cafés und Kneipen und ging ins Theater, genoss ihre Unabhängigkeit, vor Geza hat sie abgetrieben, sie sagte nicht, wie oft.

Sie hätte die ganze Geschichte sowieso für sich behalten können. Geza wusste, warum Cica nicht schwanger werden konnte, sie hatte es ihm gesagt, sie hätte ihm alles gesagt.

Besser so, tröstete er sie, ich wäre gestorben vor Angst um dich, so dünn und zart, wie du bist!

Das sagte Geza immer wieder, und dass Kinder nur Sorgen und Arbeit bedeuteten, nichts für sie beide, die gern einen draufmachten und lauter Sachen mochten, die sich nicht mit Kindern vereinbaren ließen. Er musste sie oft trösten und ablenken, Cica war ein sehr mütterlicher Typ Frau. Egal, wie viel sie trank, rauchte und sich die Nächte um die Ohren schlug, es war ihr ein Bedürfnis, für andere zu sorgen. Erst für Geza, dann für Mišo, ihren Neffen, dann für Javorka und mich, wenn ich auf Besuch in Sarajevo war, wer weiß, um wen sie sich noch in ihrer mütterlichen Art gekümmert hat, ohne die Duldermiene patriarchalischer Kummerköniginnen, unglücklicher Frauen, von denen es am Sepetarevac einige gab, die für Söhne und Männer ihr Leben gegeben hätten, aber gramgebeugt durchs Leben gingen, permanent darauf gefasst, Trauer zu tragen.

Cica wäre eine hingebungsvolle, starke Mutter gewesen. Hätte Haushalt und Familie fest im Griff gehabt. Sie wusste, was wann zu tun war, war immer präsent und entscheidungsfreudig, eine echte, eine großartige Mutter, eine Mutter Courage für schlimme Zeiten, und alle Zeiten sind zu schlimm, um Kinder zu bekommen, keine Epoche der Menschheitsgeschichte bildet da eine Ausnahme. Mütter sind dafür da, Söhne vor Soldaten unter ihren Röcken zu verstecken. So eine Mutter war Cica, nur halt ohne Kinder.

Es quälte sie bis an ihr Lebensende. Sie ließ es sich nicht anmerken, redete leichthin über ihre Unfruchtbarkeit, aber es quälte sie. Es hörte nicht auf, sie zu quälen. Geza war tot, Mišo war tot – er starb nach dem Krieg an Lungenkrebs, bis zuletzt quengelig wie ein erkältetes Kind, als wüsste er nicht, was mit ihm los ist –, nichts war mehr wichtig, und Cica hatte immer noch ein schlechtes Gewissen, weil ihre Kinder dank illegaler Abtreibungen im Nachkriegs-Sarajevo eine nicht realisierte Möglichkeit blieben. Sie hätten eine vollendete Mutter gehabt, die sie auf dem Rücken durch Minenfelder und Fronten aller künftigen Kriege getragen hätte, sie hätten bekommen, was die wenigsten Kinder bekommen: Sicherheit und bedingungslosen Rückhalt.

Mutter bewunderte Cicas nicht realisierte Mutterschaft.

Mutter bewunderte, was Cica für andere tun konnte.

Eine sture, dicke, früher sichtlich wunderschöne Frau, die verkniffen dreinschaut, Fremden gegenüber fiese Grimassen macht, Nachbarn kühl behandelt, um nicht nach Sachen gefragt zu werden, über die sie nicht reden will. Sie war anders als die Leute im Viertel, anders als Javorka, mit der sie sich durch den Zwang der Verhältnisse anfreundete. Verrückt auf ihre Art, kam sie mit Mutters Kaprizen gut zurecht, ertrug sie mit derselben Lässigkeit wie die Launen aller anderen, die ihr nahestanden.

In Cicas Leben gab es keine großen Katastrophen, mal abgesehen von Dingen, die nicht in ihrer Macht lagen, Krankheiten etwa oder dem Tod ihrer Lieben. Was in ihrer Macht lag, lief wie am Schnürchen.

Auch nach Kriegsende kaufte Mutter ein und Cica kochte und dann aßen sie gemeinsam, und anschließend legte sich Mutter auf die Ottomane und sah Cica beim Abwasch zu. Ihr gegenüber redete sie nicht von sich, hat es vielleicht versucht, kam aber nicht damit an. Was für Mutter unüberwindliche Schwierigkeiten waren, waren für Cica Kinkerlitzchen. Allerdings nur im Erzählen. Cica verzieh alles, was man ihr antat. Wozu sich von fremden Qualen quälen lassen? Besser, man vergisst es einfach. Du bist noch jung, such dir einen reichen alten Knacker, amüsier dich …

Statt von sich zu reden, hörte Mutter zu.

Cicas Mutter hatte einen Hallodri geheiratet, der kam aus Ostbosnien, machte ein Kind und ward für den Rest des Jahres nicht mehr gesehen. Sie lebten in Prača, der Ort drängte sich um den Bahnhof an der Schmalspurstrecke nach Višegrad.

Cica wuchs bei Vida auf, ihrer Großmutter, die drei Söhne und zwei Töchter geboren hatte. Dass Tochter Anđelka einen Kroaten heiratete, störte Vida nicht, nur dass Rade Džeba ein Hallodri war, dem Häuslichkeit fremd war.

Ein Jahr später starb Rade Džeba. Keiner hat ihm eine Träne nachgeweint.

Dann kam das Jahr 1941: Vor der orthodoxen Kirche in Pale ermordeten Ustaschas feierlich zwei von Vidas Söhnen. Die Leute sahen zu. Der dritte Sohn, Dušan, rannte ohne Halt bis Belgrad, heiratete später eine Belgraderin und betrat nie mehr bosnischen Boden.

Nachdem sie alle Söhne verloren hatte, zwei abgeschlachtet, vom dritten keine Nachricht, zog Oma Vida mit zwei Enkelkindern nach Sarajevo in eine armselige Kellerwohnung im Zentrum. Aus Achtung vor dem verstorbenen Schwiegersohn schickte sie die Mädchen zum Religionsunterricht ins Kloster, feierte mit ihnen Weihnachten und Ostern und erzog sie im katholischen Glauben.

Dank Oma Vida erhielt Cica alle Sakramente: Auf den Fotos von ihrer Taufe 1943 in der Kathedrale erkennt man weit hinten über Engelchen in weißen Kleidchen eine Statue des Schutzheiligen, Erzbischof Ivan Šarić, genannt der Evangelist, der die Bibel übersetzte und eine Ode an den Poglavnik Ante Pavelić verfasste. Oma Vida glaubte an einen Gott, der über der Politik steht und über denen, die ihre Söhne massakriert hatten, glaubte an eine menschliche Ordnung, ohne die alle Welt durchdrehen würde und sie selbst gleich mit, sie erzog die Enkel im Glauben ihres Vaters und der Mörder ihrer Onkel, Vidas Söhnen.

Vida starb nach dem Krieg, reinen Gewissens, versöhnt mit der Welt.

Cica bezeichnete sich bei Volkszählungen als Kroatin, besuchte gelegentlich die Messe, ein Priester segnete jedes Jahr ihre Wohnung, in der, wenn auch an wenig prominenten Stellen, ausgebleichte Heiligenbildchen hingen.

Sie war katholisch, wie es die Großmutter bestimmt hatte.

Aber sie feierte Weihnachten und Ostern nach beiden Kalendern, hielt an orthodoxen Gepflogenheiten fest, entzündete in der Kirche am Varoš Bienenwachskerzen für die Großmutter, die toten Onkel und Mutter Anđelka und bekreuzigte sich in jeder orthodoxen Kirche.

Ich fragte sie, wie sie sich in der orthodoxen Kirche bekreuzige. Sie runzelte die Stirn. Siehst du, sagte sie, darüber habe ich überhaupt nicht nachgedacht. Sie bekreuzigte sich dort, wie sich Katholiken bekreuzigen.

Geza war für sie auch darin der ideale Partner. Er stellte keine der Fragen, die jeder andere Ehemann gestellt hätte und die sich die Nachbarn stellten, die neugierig und klatschsüchtig wissen wollten, welchem Glauben Geza und Cica anhingen.

Für Geza war alles ganz einfach. Genau wie für Latif Husni Orak, den Fahrenden, Zirkusmann, Akrobaten und Musikanten, verheiratet mit der ungarischen Katholikin Rosza, mit der er zwei Söhne hatte: einen Muslim und einen Katholiken. Latif Husni Orak mochte seine bosnische Schwiegertochter. Wenn sie zu Besuch kamen, nahm er sie beiseite und fragte, ob sich sein Sohn anständig benehme.

Die Geschichte, die Mutter und mir da gleichsam vor die Füße fiel, war wunderbar und schrecklich. Für Mutter war sie fast schon normal, lebte sie doch praktisch mit Cica zusammen; ich erlebte sie bei jedem meiner Besuche. Bis 2007, rund zehn Jahre lang, fuhr ich alle zwei Monate nach Sarajevo, sehr oft also. Vom Ende der Geschichte gesehen, war es eine Zeit des Abschiednehmens. Von wem ich mich wie verabschiedet habe, wird am Schluss klar.

Cica hatte es am Herzen, nahm aber keine Medikamente. Ärzte vergiften die Leute nur, sagte sie, sie wisse selbst am besten, was ihr nütze und was ihr schade. Sie knipste die Filter ab, bevor sie sich eine Zigarette ansteckte, rauchte bis zuletzt, und man hörte es ihrer tiefen, brüchigen Stimme an. Mit der sie wunderschön sang. Sie trank in Maßen, mit den Jahren immer weniger, aber am Begrüßungsschnaps führte kein Weg vorbei, wenn ich aus Zagreb kam. Cica war eine erfahrene Kneipengängerin, und die sterben vorzugsweise an Herz- und Lungenkrankheiten.

Mutter schleppte die besten Kardiologen Sarajevos an.

Dann schleppte sie redegewandte Heilpraktiker an und baute auf deren Überzeugungskünste.

Schließlich welche, die Cica mit Erzählungen vom Tod erschrecken wollten. Cica blieb unbeeindruckt. Der Tod kümmerte sie so wenig wie die Nachbarn.

Gegenüber den Ärzten, die Javorka ihr ins Haus brachte, wäre Cica um ein Haar ausfällig geworden.

Sie ertrug sie einfach nicht, weder sie noch irgendwelche Medikamente, die hatten Geza nicht geholfen, als der vor sich hin siechte. Und Mišo auch nicht.

Was also sollte sie beim Doktor?

Die letzten zwei, drei Jahre verließ sie kaum noch das Haus. Sie musste nach drei Stufen verschnaufen, und der Sepetarevac ist ja fürchterlich steil.

Wen da die Beine im Stich lassen oder wer beim Anstieg keine Luft mehr kriegt, der geht nicht mehr aus. Irgendwann holt ihn der Rettungswagen und bringt ihn ins Klinikum oder gleich in die Leichenhalle. So war das seit unserem Einzug 1969. Die Leute blieben eben zu Hause. Wir sahen sie noch eine Weile bleich und grau ins Fenster gelehnt die Straße hinunterschauen, Richtung Stadt, in die sie in aller Regel nur noch tot zurückkehrten.

Dann sagte Cica zu Javorka, wenn sie ihr noch einmal mit einem Arzt ankomme, könne sie mitsamt Arzt bleiben, wo der Pfeffer wächst. Das Maß sei voll.

Mutter war eingeschnappt, griff zum Telefonhörer und erklärte mir, mit Cica wolle sie nichts mehr zu tun haben. Die habe sie dermaßen beleidigt. Das ist die Krankheit, sagte ich. Egal, sagte sie, Krankheit hin oder her, die ist für mich gestorben. Sag so was nicht, ich musste lachen, sag von einer kranken Frau nicht, sie sei gestorben. Egal, egal, egal, wiederholte sie. Du gehst bald wieder zu ihr, meinte ich. Niemals, auf keinen Fall, ich habe auch meinen Stolz, erwiderte sie. Vergiss den Stolz, der hilft nicht weiter. Das habe ich in Zagreb gelernt. Was hast du in Zagreb gelernt? Dass man mit Stolz nicht weit kommt. Meine armen Nerven, fing Mutter von vorn an, ich organisiere einen Arzt, und das ist der Dank …

Am nächsten Tag war sie wieder bei Cica.

Die tat so, als sei sie böse, freute sich aber wie eine Schneekönigin über Javorkas Besuch.

Und dann ging alles von vorn los, Javorka redete tagelang auf Cica ein, sie müsse unbedingt Medikamente fürs Herz nehmen, und schleppte dann den nächsten Doktor an.

Obwohl sie Mühe hatte mit dem Gehen und die Treppe nicht mehr hochkam, kochte Cica jeden Mittag, buk Kuchen, bestellte die Zutaten für Burek und Pita, weil ich mich aus Zagreb zu Besuch angemeldet hatte und nichts anderes aß. Und dieses kranke Herz, das ständig zauderte, ob es endgültig stehen bleiben oder noch ein bisschen weiter schlagen sollte, dieses Herz war einfach zu neugierig, um die nächste Episode zu verpassen. Es gibt Herzen, die darf man nicht behandeln, die würden das als Demütigung empfinden. Wenn es in Sarajevo in diesen letzten Jahren, in denen ich noch regelmäßig dort war, ein ganz und gar gesundes Herz gab, dann das von Cica.

Selbstverständlich zog sie die Teigblätter für die Pita, mit denen sie mich bewirtete, höchstpersönlich aus. Und das ist selbst für gesunde Menschen richtig anstrengend. Es kümmerte sie nicht. Oder zumindest nicht so sehr wie die zwei runden Blechformen mit Pita für mich, eine aus Schichtkäse, eine aus Hackfleisch. Mutter redete auf sie ein, sie solle die

Blätter doch fertig kaufen, aber sie wollte nichts davon hören. Pita aus fertig gekauftem Teig kriegt er in Zagreb auch, sagte sie. Nur die letzte Pita, drei Monate vor ihrem Tod, hat sie aus gekauften Teigblättern gebacken. Wir haben sie mitsamt Backform in Geschirrtücher eingeschlagen und mit nach Zagreb genommen.

Beim nächsten Besuch bringen wir Ihnen die Tepsija wieder mit, sagte Ana.

Wird nicht nötig sein, antwortete Cica.

Die runde blaue Tepsija, der Boden, wie es sich gehört, weil darin unzählige Pitas gebacken wurden, schwarz verbrannt, sie steht heute noch in unserer Speisekammer, eine wunderliche Reliquie, die wir in einer Vitrine feierlich ausstellen oder in eine Bibliothek mit wertvollen Handschriften, Erstausgaben und Erinnerungsstücken geben sollten. Als die Pita nach ein oder zwei Tagen aufgegessen war, haben wir die Backform nicht gespült. Das ist normal, eine Tepsija steht oft so lange ungespült herum, bis sie wieder gebraucht wird. Teigreste, kleine, kaum sichtbare Brocken, die unter der Fingerkuppe quietschen wie Glassplitter, sie fangen nicht an zu stinken, und Bakterienkulturen siedeln sich da auch keine an. Und selbst wenn, ist das nicht weiter schlimm. Um Cica versammelte sich so oder so eine merkwürdige Gesellschaft, es ist nur natürlich, dass diese Geschichte mit Bakterien, Würmern, Motten endet …

Als die Tepsija auch nach fünf Tagen ungespült herumstand, haben wir uns nicht mehr getraut. Ana sagte nichts, ich schwieg mich darüber aus, aber unausgesprochen dachten wir beide an Cicas Tod. Ich schreibe das Ende Juni, Maxim Gorkis Todestag jährte sich unlängst zum 77. Mal, Cica ist seit dreieinhalb Jahren tot, und die runde Backform hat einen Ehrenplatz in unserer Speisekammer zwischen lauter Sachen, die wir nicht benutzen. Etwas hält uns davon ab, in den Lauf unserer Leben einzugreifen, indem wir die Tepsija spülen. Wir reden nicht darüber, tragen sie kommentarlos in die Küche, wenn das Regal abgewischt werden muss oder wir etwas brauchen, was dahinter steht. Und stellen sie genauso zurück, ungespült, so wie sie war, als Cica sie zum letzten Mal in der Hand hielt. Ihre Fingerabdrücke sind noch drauf. Eine meinetwegen in Myanmar oder Asunción objektiv durchgeführte Daktyloskopie ergäbe, dass Cica, Mutter, Ana und ich die Tepsija angefasst haben. Die Fingerabdrücke verraten nicht, was uns in den letzten dreieinhalb Jahren widerfahren ist. Aus Myanmar oder Asunción gesehen sind wir vier alle gleichermaßen lebendig.

Drei Wochen vor ihrem Tod gab sie nach und schluckte Medikamente fürs Herz. Widerwillig, voll Angst, die Medikamente könnten schaden. Sie gab nach, weil sie keine Kraft mehr hatte, sich gegen Javorkas Zureden zur Wehr zu setzen, weil sie die immer gleichen Gespräche nicht noch einmal führen wollte. Oder weil sie spürte, dass es sowieso egal war. Der letzte Arzt, der sie gesehen hat, ein Veteran aus der Ambulanz im Viertel, ein Mann mit sehr viel Erfahrung, sagte Mutter, da sei nichts mehr zu machen. Ein Wunder, dass das Herz überhaupt noch schlage. Lang werde es nicht mehr gehen, höchstens ein, zwei Tage.

Trotzdem war Mutter glücklich, dass sie Cica endlich zur Einnahme von Medikamenten überredet hatte. Und rief mich empört an, wann immer Cica die boykottierte.

Ich geb sie dir, sag du es ihr!, schrie sie in den Hörer, reichte ihn weiter und ich unterhielt mich ein bisschen mit Cica. Über alles, nur nicht über Medikamente. Sie hechelte, als würde sie während des Gesprächs durchs Gelände rennen. Ob ich ein neues Buch schreibe, fragte sie. Ja, antwortete ich. Wovon es handele, wollte sie wissen, ich solle's ihr sagen, sie werde es nicht lesen.

Wie das?, fragte ich und heuchelte Erstaunen.

So viel Zeit bleibt mir nicht, antwortete sie fröhlich. Stolz auf die Pointe, als hätte sie einen tollen Witz gerissen.

Drei Tage vor ihrem Tod sagte sie Javorka, auf dem Regal über ihrem Bett lägen zwischen Kreuzworträtseln und der Bibel, zwischen Lese- und Fernsichtbrille zwei Umschläge, die solle sie an sich nehmen, falls ihr was passiere. Der eine sei für sie, der andere für Mišos besten Freund, der sich nach dessen Tod um sie gekümmert hatte.

Kaum zu Hause, rief mich Mutter an, um es mir brühwarm zu erzählen. Sie war wahnsinnig neugierig. Was die Umschläge wohl enthielten? Obwohl sie selbst zu diesem Zeitpunkt, an dem es längst absehbar war, nicht wahrhaben wollte, dass Cica nicht mehr lange zu leben hatte – wie kann sie sterben, wenn sie allein aufs Klo geht und sich morgens aufs Sofa in der Küche setzt, eine Zigarette ansteckt und nach zwei Zügen ausdrückt?, nein, so schnell stirbt man nicht, sie ist noch so lebendig –, dachte sie an Abschiedsbrief, großes Geheimnis oder einen sentimentalen Auftrag, etwa dass sie, die Kriegsgefährtin, jeden Donnerstag frische Gerbera aufs Grab stellen oder jeden dritten Montag im Monat in der Kathedrale eine Kerze für ihr Seelenheil anzünden möge ... Mutter hätte das gemacht, sie hätte solche Wünsche gerne erfüllt, hätte Gerbera gekauft, Kerzen entzündet, wenn man sie darum gebeten hätte. Solche Pflichten waren nicht von dieser Welt, sie kamen aus einer anderen, herbeifantasierten Wirklichkeit, auf die sich Mutter kindlich freute und in der sie lebte, und ich habe sie deswegen auf eine bestimmte Art gehasst. Oder eher, ihr deswegen gegrollt.

Mutter sollte an einem Sonntag sterben, Cica starb montags. Das Datum habe ich vergessen, aber es war montags.

Der Nachbar, der sie die letzten Tage regelmäßig besuchte, rief an und sagte, sie sei tot.

Die Umschläge wurden geöffnet. In dem für Mišos Freund war ein Zettel, auf dem stand: Beerdigung und Kranz. Dazu genug Geld, um beides zu bezahlen. Auf dem Blatt Papier in Javorkas Umschlag stand: Fernsehen, Strom, Telefon, Miete. Dazu der Geldbetrag für Cicas letzten, noch nicht bezahlten Lebensmonat.

Mutter hatte sich in den letzten sechs Monaten beschwert, Cica verändere sich, und schob es auf die Krankheit. Cica war immer großzügig gewesen, sie schaute nicht aufs Geld, führte ihren Haushalt verschwenderisch. Und plötzlich wurde sie geizig, wollte kein Geld für Fleisch ausgeben. Es muss ja nicht jeden Tag Fleisch geben, sagte sie. Javorka ging das auf die Nerven. Mit einem Geizkragen könne sie nicht leben, Krankheit hin oder her. Im Nachhinein klärte es sich auf: Cica hatte auf ihr Begräbnis und den einen Kranz gespart. Geza hatte ihr nur eine kleine Rente hinterlassen. Sie musste lange sparen, um sterben zu können.

Cica Šneberger ging in die Kirche, feierte Weihnachten und Ostern, fastete an Karfreitag, aber sie glaubte nicht daran, dass nach dem Tod ein besseres Leben anfängt. Sie glaubte nicht, dass nach dem Leben überhaupt noch etwas kommt. Ja, Gott existierte. Und die Hölle, um sie den Toten heiß zu machen. Das Paradies gibt es nicht, nicht jenseits des Lebens und der feinen, altertümlichen Kaffeehäuser, in denen Geza mit dem Orchester der Gebrüder Petković aufspielte und Ruža Balog Trink- und Volkslieder sang. Das Paradies war in der Erinnerung.

Trotzdem hinterlegte sie das Geld für Fernseh- und Telefongebühren, als würde im Himmel oder auf Erden einer nach ihrer Bonität fragen. Sie starb und blieb keinem was schuldig. Was die Leute redeten, war ihr egal, hatte sie nie gekümmert, die Umschläge waren für die, die ihr nahestanden, die sollten am Schalter ihre Rechnungen bezahlen können.

Menschen machen vor ihrem Tod allerlei, so viel Gelassenheit und Pflichtgefühl gegenüber dem Gemeinwesen ist selten.

Ihre Wohnung wurde dem Hausbesitzer zurückübereignet. Die Einrichtung landete auf dem Sperrmüll, es war nichts Wertvolles darunter. Cica hatte Glück mit den Küchengeräten: Der Kühlschrank Marke Obodin war vierzig Jahre alt, der Herd, Sloboda Čačak, noch älter, der Fernseher ein Grundig aus der Vorkriegszeit. Die Zimmer waren schnell ausgeräumt.

Es gab keine Verwandten mehr. Ich bat Mutter, Cicas Fotos aus der Wohnung zu holen, ich würde sie beim nächsten Mal mit nach Zagreb nehmen. Was ich damit wolle? Nichts, sie sollten nicht auf den Müll. Auf einem dieser Fotos sieht man zwei frisch verheiratete, sehr hässliche Menschen. Jemand aus Cicas Vorkriegsfamilie. Eine handkolorierte Schwarzweiß-Aufnahme von einem Fotografen in Rogatica, Prača oder Višegrad. Kann es in Prača vor dem Krieg ein Fotostudio gegeben haben? Ich kenne niemanden, den ich fragen könnte. Wenn einer stirbt, werden seine Sachen Müll, und die Menschheit bleibt auf einer langen Reihe Fragen sitzen, die nur der Verstorbene hätte beantworten können. Das bekümmert die Menschheit nicht weiter, klar, weil sie Fragen schnellstens vergisst. Etwa die Frage: Gab es in Prača vor dem Zweiten Weltkrieg einen Fotografen oder musste man, um sich fotografieren zu lassen, nach Višegrad fahren? Und zwei Wochen später noch mal hin, um die entwickelten und kolorierten Bilder abzuholen. Das Bild mit zwei unbekannten Menschen in einer belichteten Ellipse – das fotografische Mittel, eheliche Gemeinschaft anzudeuten – ist Anfang einer Familie, Fundament eines Heims, Grundsteinlegung eines Hauses, Auftakt zu mindestens einem ungeschriebenen Familienroman. Von dem am Ende das Bild zweier namenloser, seltsam hässlicher Personen bleibt, das bei meiner Nachbarin Slavica Šneberger an der Wand hing, und weder Mutter noch ich haben sie gefragt, wer die beiden sind. Oder haben gefragt und es wieder vergessen. Die Fotografie transportiert keine Erinnerungen, sondern den Augenblick des Todes. Ein Tod für jedes Öffnen der Blende.

Cicas Tod beunruhigte Mutter nicht.

Sie trauerte, ihr Leben änderte sich, sie blieb allein zurück, aber beunruhigt war sie nicht.

Sie wurde mittags nicht mehr bekocht oder erwartet, wenn sie von der Arbeit kam.

Sie legte sich nicht mehr auf die durchgesessene Ottomane in der Küche.

Sie stritt nicht mehr lautstark mit jemandem, der ihr nahestand.

Sie suchte keine Ärzte mehr für jemand anderen. Beim nächsten Mal suchte sie die für sich, mit wenig Erfolg.

Aber Cicas Tod beunruhigte sie nicht.

Idiotisch, sagte sie, sie hat sich wirklich idiotisch benommen. Sie wäre hundert Jahre alt geworden, wenn sie Medikamente genommen hätte. Seit dem Mittelalter ist es nicht mehr vorgekommen, dass jemand seinem Herzen gestattet, einfach so kaputtzugehen. Nicht mal im Urwald gibt es das! Weißt du, seit wann ihr Herz krank war?, fragte sie, zehn Jahre, du meine Güte, zehn Jahre sind seit dem ersten EKG vergangen! Wenn Cica ihr das nächste Mal einfiel, wiederholte sie das, ohne übermäßige Trauer, ohne beunruhigt zu sein … Sie war Cica böse, und mit diesem Gefühl hat sie sich von ihr verabschiedet. Ein paar Wochen oder ein, zwei Monate danach starb Vater, und sie redete mehr von ihm. Darüber verrauchte auch der Zorn auf Cica, fiel sie ihr ein, sagte sie, Cica habe sich selbst ausgesucht, wann und wie sie sterben wollte.

Mutter war aufopferungsvoll und verständig, wenn die Leben ihrer Lieben dem Ende zugingen, begleitete sie aus dem Leben, wachte bei den Bewussten, Dementen, Komatösen, Wachen, Eingeschlafenen, Verschreckten, Frommen, Gottlosen, Müden, Schläfrigen, Geschwätzigen, Schweigsamen, Schimpfenden, Sanftmütigen, Beunruhigten, Versöhnten, Trauernden, Heiteren, Lachenden, Verheulten … Sie ergriff auch dann nicht die Flucht, wenn außer ihr keiner mehr am Sterbelager stand, sie blieb bis zuletzt, beugte sich wie vom Rand des Hochhausdachs über das Jenseits, ohne die geringste Angst, es könne sie hinabziehen. Mutter war wie ein Kind, sie dachte, der Tod käme nicht zu ihr. Oder stellte sich vor, dass sie bei den Sterbenden wachen müsse, die letzte Stimme in der endgültigen Einsamkeit; wenn alle wegrennen, musste sie eben bleiben. Mutter hat sich vor sämtlichen lebenspraktischen Pflichten gedrückt, vor dieser nicht. Es ist leicht, die Sterbenden zu meiden, es ist einfach, nicht dabei zu sein. Die Leute nehmen es einem ab, wenn man sagt, man halte es nicht aus. Mutter hat das nie gesagt.

Was hat sie zu den Sterbenden hingezogen? Fühlte sie sich erst neben ihnen lebendig, zog sie also an, was andere abstieß? Menschen halten Sterben für ansteckend, der Tod könnte einem aus den Augen des Toten an die Gurgel springen wie im Zeichentrickfilm. Deswegen scheuen sie Sterbelager, weniger, wie oft behauptet, aus Entsetzen vor dem Moment, in dem sich lebendes Gewebe in ein totes Ding verwandelt.

Mutter begleitete Nano in den Tod, der im Dezember 1976 auf der Neurologie im Koševo-Klinikum lag. Eines Morgens war ihm schlecht geworden und Blut aus der Nase gespritzt. Er war nicht mehr bei Bewusstsein, als der Rettungswagen eintraf, lag tagelang im Koma, das klinische Bild eines Hirnschlags, obwohl dem die Untersuchungsbefunde widersprachen. Eines Nachts besserte sich sein Zustand. Nano erwachte aus dem Koma, dann starb er. Kurz vor Morgengrauen war das, aber Mutter wartete nicht, bis es hell wurde, sie klingelte die Verwandten der Reihe nach aus dem Schlaf und übermittelte telefonisch, Nano sei gestorben.

Sie beschäftigte sich in ihrer Schulzeit und am Anfang des Studiums mit Politik, gehörte dem städtischen Komitee des Bundes der Sozialistischen Jugend an, später besuchte sie regelmäßig die Parteiversammlungen in den Firmen, in denen sie arbeitete, und Anfang der Siebziger engagierte sie sich beim Roten Kreuz. Einige Jahre lang besuchte sie kranke und bedürftige Menschen in unserem Stadtteil, brachte ihnen Essen und Geld, kümmerte sich um sie, klapperte mit ihnen Sozialdienste ab, sorgte für ihre Unterbringung in Armenhäusern und Altenheimen. Sie nahm mich mit, ich sollte sehen, wie das Volk lebt, nicht übermütig werden, nicht unter einer Glasglocke aufwachsen, sie nannte hundert Gründe, aber in Wirklichkeit wollte sie mit mir ihre Faszination für Menschen in Elend und Not teilen. Sie war nur dann glücklich, wenn sie Menschen half, die noch unglücklicher waren als sie. In der Nähe des Todes lebte sie auf, hätte rennen und singen, etwas völlig Unangemessenes tun können, wie es nur den Lebenden möglich ist.

Ich habe nie darüber nachgedacht, solange beide lebten, es fällt mir erst jetzt auf, aber meine frühe Jugend, die Zeit nach Nonnos Tod und der Rückkehr aus Drvenik, war geprägt vom Bedürfnis meines Vaters, mich auf seine Visiten in Pale und den Dörfern im Romanija-Gebirge mitzunehmen, mir kranke Menschen zu zeigen, ihre kleinen gelben Köpfe im federweißen Meer der riesigen Bauernbetten, und vom Bedürfnis meiner Mutter, mich zu ihren Hausbesuchen bei Bedürftigen in Sarajevo mitzunehmen. Ich war acht, neun, zehn Jahre alt, es waren extreme Erfahrungen, die ich da machte. Es hat mich erschüttert und verändert, hat mir diverse Ängste eingejagt, die Wirklichkeit setzte sich in Albträumen fort, die aus unerfindlichen Gründen lange Zeit den immer gleichen Schauplatz hatten. Meine vielen schrecklichen Träume spielten auf dem Platz vor der Kirche Christi Verklärung in Neu-Sarajevo.

Ich bin also zwischen Vaters Kranken und Mutters Bedürftigen aufgewachsen.

Vielleicht habe ich deswegen sehr früh gelernt, dass wir alle dem Tod nah sind. Ich wunderte mich eher, dass wir lebten, und lernte, dass Gesundheit ein unfassbares Wunder ist. Es gab so viele Krankheiten und Kranke, überwiegend unheilbar Kranke, um mich herum, und Krankheiten kamen über Nacht, schossen wie Brennnesseln aus Menschen, die eben noch gesund gewesen waren. Da es die meisten von Vaters Patienten in der Romanija an Herz, Lungen oder Leber hatten, war die Krankheit für sie ein Schicksalsschlag: Primitive Bauern oder Fabrikarbeiter, die Schwerstarbeit leisteten, stark rauchten und tranken. Oder war das Vaters Darstellung? Aufgedunsene Bäuche, Lebern, die wie ein zu tief gerutschter Buckel unterm rechten Rippenbogen hervorquollen, gelb-graue, fast grüne Gesichter, die mich in meine Träume verfolgten, alles Folge einer falschen Lebensweise, und die war Schicksal. Starb der Vater an Zirrhose, starb ein Jahr später der Sohn daran. Und als ich fast erwachsen war, schließlich noch der Enkel. So geschehen in Vučja Luka, einem Dorf mit dem hübschen Namen Wolfsaue.

Außerdem begriff ich es als Wunder, dass wir nicht so arm waren wie diese Leute.

Die Armut in Sarajevo war Anfang der siebziger Jahre entsetzlich, Eingänge zu osmanischen Mehrfamilienhäusern kurz vorm Einsturz, gebaut aus ungebrannten Ziegeln, an denen jeder größere Regen nagte, Wohnungen mit verfaulten Dielen, die unter den Füßen knackten, bebten und schwankten und jeden Augenblick brechen konnten, Holzverschläge, in denen Menschen hausten, um die sich das Rote Kreuz kümmerte. Mutter wurde zu ihnen geschickt: Sie, die nicht für sich selbst sorgen konnte, kämpfte für die Bedürftigen wie eine Löwin. Sie brüllte in den Telefonhörer, drohte mit der Presse, mit Meldung an den Stadtrat, notfalls ginge sie nach Belgrad …

Die Greise und ihre ohnmächtigen, sprachlosen Frauen, vor längerer Zeit hingestreckt von einem Hirnschlag, übersahen mich. Ich saß brav auf der Küchenbank und fasste nichts an, während sie Mutter ihre Anliegen vortrugen. Medikamente, Essen, Kohlen für den Winter. Vor allem Kohlen für den Winter, *ćumur*, das türkische Wort, das dafür in Sarajevo verwendet wird, wurde wie ein Gebet gemurmelt, die Hand dabei ausgestreckt wie ein Bettler, *ćumur* war das Wort, mit dem das Menschsein begann. Nichts fürchteten die Bedürftigen so sehr wie den Winter, und ich konnte es damals nicht verstehen. Ja, manchmal ist es kalt, aber dass man unter Kälte mehr als unter Hunger oder Schmutz leidet, war mir unbegreiflich, das habe ich erst als Erwachsener im Krieg gelernt, der Sarajevo in jeder Generation mindestens einmal heimsucht.

Die Menschen trugen gewöhnliche Namen. Jozo, Meho, Sulejman, Tante Roza, das sind Armenhäuslernamen. Natürlich heißen auch reiche Leute so, aber für mich waren es Namen von Bedürftigen. Zu der Zeit war ich noch mit dem Erwerb von Grundlagenwissen über die Welt beschäftigt: Der Himmel ist blau, das Brot frisch, Schokolade zum Backen bitter, Hunde sind gut und Wespen gefährlich … Die Theorie der Armenhäuslernamen gehörte zum Grundwissen von der Welt. Wenn man dich auf den Namen Jozo tauft, erwartet man von dir, dass sich dereinst das Rote Kreuz um dich kümmert. Hätte man sie anders getauft, wäre es anders gekommen. Aber es musste so sein, es musste den armen Meho geben, daran war nicht zu rütteln, daran durfte man nicht rütteln. Das habe ich als kleiner Junge gelernt, die Ordnung der Dinge und der Namen, die Regeln und das Grundwissen von der Welt: Der Himmel ist blau, das Brot weiß, die Schokolade bitter.

Und wenn der elendigste der Elenden ausgerechnet Rikard Goldberger heißt? Er wohnte in einer Mansarde in der Mehmed-Pascha-Sokolović-Straße. Die Tür war so niedrig, dass selbst ich mich bücken musste. Es war Sommer und wahnsinnig heiß da oben, es roch nach Scheiße und etwas, das ich nicht kannte. Ich bekam Angst, mein Herz schlug so laut, als säßen Trommler in meinen Ohren, Mutter erbleichte und nahm mich fest bei der Hand. Ich dachte, gut dass sie mich hierherführt und nicht ich sie.

Auf dem Boden, auf einer löchrigen Yogamatte voll gelber und brauner Flecken, gleich einer Landkarte mit Meeren und Kontinenten, saß ein kleiner Mann mit einer von Schrunden überzogenen Glatze und sah uns erstaunt an.

Er war sehr höflich, bot Mutter einen Sitzplatz an (ich blieb stehen), sah aber keinen Grund für unseren Besuch. Ihm gehe es gut, er brauche nichts, danke, nein, er habe keinen Hunger, sei gesund, nein, er habe keine Verwendung für Brennmaterial, sie sehe ja, dass er keinen Ofen habe. Er bleibe nicht bis zum Winter hier, er warte auf den Postboten mit einem Brief vom Bruder und einer Zugkarte nach Wien. Der müsse jeden Tag eintreffen, bereits am Freitag hätte er da sein müssen, vielleicht habe der Postbote gesoffen, Sie wissen ja, wie Postboten sind, die waren schon immer so, er könne es ihnen nicht verübeln, und außerdem sei es ja nicht so wichtig, ob der Brief am Freitag oder am Montag ankam, solange die Fahrkarte nicht für einen bestimmten Tag und einen bestimmten Zug galt. Das habe er seinem Bruder eingeschärft, was ganz überflüssig war, sein Bruder wisse ja selbst, wie Postboten so sind, die trinken oft einen übern Durst, die haben es nicht leicht, die Menschen drängen ihnen den Schnaps auf, da kann man sich kaum gegen wehren …

Die Nachbarn hatten das Rote Kreuz gerufen, um Onkel Rikard zu helfen. Ein lieber Onkel, die Kinder mochten ihn, Generationen waren in der Mehmed-Pascha-Sokolović-Straße mit ihm aufgewachsen, wie er die Tauben im Großen Park fütterte und ganzen Schulklassen, die sich dort um seine Bank scharten, Stromerzeugung und Wasserkraftwerke erklärte, aber da lebte seine Tochter noch. Seit die unter der Erde lag, ging es mit Onkel Riki bergab. Man kann ihn doch nicht wie einen Hund verrecken lassen.

Den Verstand verlor er, als seine Frau im Herbst 1945 umkam, beim Markale-Markt überfahren von einem Militärlaster. Es dauerte Tage, bis die Ärmste ihr Leben aushauchte, und dann vermerkten sie in der Krankenakte als Todesursache Herzinfarkt! Wie kann das sein, wenn sie vom Laster angefahren wurde? Das ging nicht in Onkel Rikis Schädel. Sie erklärten es ihm bei der Ozna, der Abteilung für Volkssicherheit, und wahrscheinlich hat ihn das endgültig in den Wahnsinn getrieben. Seither, also fast dreißig Jahre, wartete der Unglückliche auf einen Brief aus Wien, von seinem Bruder, mit einer Fahrkarte nach Wien. Die Nachbarn wollten Geld sammeln und ihm eine Karte kaufen, aber das lehnte er ab. Dann hat einer nachgeforscht oder auch nur einen pensionierten Kollegen Rikard Goldbergers vom Wasserwerk gefragt: Ach wo, erzählte der, du liebe Güte, der Bruder ist zusammen mit den Eltern in Auschwitz vergast worden, Rikard hat keine Verwandtschaft in Wien. Da gingen sie zu Onkel Riki und sagten es ihm ins Gesicht, wollten ihn aufrütteln, damit er wieder zu sich kam, wissen Sie, er benahm sich ganz normal, grüßte höflich und erkundigte sich, redete wie jeder andere, nur anständiger, kultivierter, denn Onkel Riki war ein vornehmer Herr, ist es bis heute, auch wenn es ein Fremder nicht mehr sah, aber die Nachbarn sahen es, und deswegen wollten sie nicht, dass er wie ein Hund verreckte. Als sie ihm das mit Auschwitz sagten, lachte er, weiß ich doch, Kinder, macht euch keinen Kummer! Und am nächsten Tag war alles beim Alten: Er warte auf einen Brief und die Zugkarte nach Wien …

Rikard Goldberger war Ingenieur beim Städtischen Wasserwerk, heiratete eine Katholikin, heiratete in eine fromme deutschstämmige Familie ein, da ihm die Religion nicht so viel bedeutete, ließ er sich taufen; getraut wurden sie von Erzbischof Stadler. 1933 stellte er Jaroslav Černi nach dessen Studium in Prag bei den Wasserwerken ein, und der Černi steckte ihn mit dem Kommunismus an. Da Rikard Goldberger ein vornehmer Herr war, schöpfte niemand Verdacht, nicht mal, als er 1942 in dem Versuch, Černi vor dem Transport nach Jasenovac zu bewahren, herumtelefonierte, die deutsche Heeresleitung aufstörte, in Zagreb anrief – es war die perfekte Tarnung. In Sarajevo wusste jeder Bescheid, aber dass Goldberger getaufter Jude war, kam nie heraus. Dass er Kommunist war, schon gar nicht. Nach dem Krieg ging das Gerücht, Goldberger sei Doppelagent gewesen, habe auch für die Gestapo gearbeitet und sei deswegen von den Deutschen und von der Ustascha in Ruhe gelassen worden, aber wer solche Gerüchte streute, für den arbeitete jeder Jude, der den Krieg überlebt hatte, für die Gestapo. Gerüchten zufolge hatte die Ozna Goldberger als Kollaborateur verhört, nicht wegen der Nachfrage, welcher Militärlaster seine Frau angefahren hatte. Schandmäuler haben so etwas verbreitet, oder die Verleumdungen wurden von höherer Stelle beauftragt.

Als Černi aus dem Lager zurückkehrte, wartete Rikard Goldberger bereits auf den Brief aus Wien. Ob er versucht hat, ihm zu helfen, ob er ihm womöglich geholfen hat, keiner weiß es. Jaroslav Černi starb jung, einundvierzigjährig, im Winter 1950.

Mutter erschütterte der Besuch auf dem Dachboden in der Mehmed-Pascha-Sokolović-Straße.

Schrecklich war, was sie hatte sehen müssen, schrecklicher jedoch, dass Rikard Goldberger in der Familiengeschichte der Stublers eine Rolle spielt, wenn auch nur eine Nebenrolle. Nach Karlo Stublers Vertreibung aus Dubrovnik 1920, als die Familie von der Unterstützung der Gewerkschaft lebte, besuchte Ingenieur Goldberger sie in der Mietwohnung an der Alipascha-Brücke, redete mit Karlo, lieh ihm Bücher, war aber so steif und verklemmt, dass sie ihn falsch einschätzten und von oben herab behandelten. Erst 1945, nach dem Krieg, enthüllte Marko Bašić, Karlos Gewerkschafterfreund aus Dubrovniker Tagen, derselbe, der ihn fragte, ob er sich an Boras rächen werde, schließlich sei inzwischen ihre Seite an der Macht, woraufhin der alte Stubler abwinkte, der Zug sei abgefahren, also dieser Marko Bašić enthüllte 1945, wer all die Jahre bis zu seiner Wiedereinstellung am Bahnhof von Doboj den Löwenanteil für die Gewerkschaftszahlungen übernommen hatte, von denen die Stublers lebten: Ingenieur Rikard Goldberger.

Nano setzte Himmel und Hölle in Bewegung, um den Ingenieur ausfindig zu machen, doch der war unauffindbar. Und dreißig Jahre später sitzt er auf dem Dachboden eines abgewirtschafteten Hauses in der Mehmed-Pascha-Sokolović-Straße.

Mutter dürfte, den genauen zeitlichen Ablauf kann ich nicht rekonstruieren, binnen weniger Tage den Sozialdienst benachrichtigt und den Veteranenverein auf Genossen Goldberger angesetzt haben.

Bei ihrem nächsten Besuch war die ganze Nachbarschaft auf den Beinen. Der Blechsarg, mit dem Obdachlose bestattet werden, passte nicht durch die Luke zum Dachstuhl, sie mussten ihn so hinaustragen. Keiner weiß, wie Onkel Riki starb; er ist wie ein Hund krepiert.

Was mich seinerzeit jedoch am meisten verblüffte: Der arme Schlucker hieß weder Jozo noch Meho noch Tante Roza, sondern Rikard Goldberger.

Mutter bekam einen Orden.

Eine hübsche Medaille aus patiniertem Weißblech, verziert

mit einem hellroten, gleicharmigen Kreuz, auf einem Samtkisschen in einer hellblauen Schachtel. Der Orden flog jahrelang in der Wohnung herum, lag in Schubladen oder zwischen Papieren und Zeitungen, stach aus der wachsenden Unordnung heraus, fand sich an sehr verschiedenen, weit auseinanderliegenden Stellen, als würde er leben und nächtens von einem Zimmer ins andere wandern, uns vor sich hertreiben, mit seiner Anwesenheit etwas sagen wollen, auch noch nach dem Krieg, auch noch nachdem Mutter die Wohnung renovieren ließ, sie passend zu ihrem Rentnerstatus und dem Traum, sich mit einem Buchhaltungsservice selbstständig zu machen, umräumte und ein Arbeitszimmer einrichtete. Da wanderte der namenlose Orden des Roten Kreuzes in neue Schubladen, fiel oder schlüpfte heraus und treibt sich wahrscheinlich immer noch dort herum, während Sachen, an denen mir etwas lag, längst verschwunden sind, zufällig im Müll landeten, von Mutter wie wertloser Schrott behandelt, verschenkt oder aus der Wohnung geworfen wurden, in der sich schon viel zu viel persönliche wie familiäre Geschichte angesammelt hatte. Der Orden bedeutete ihr nichts, war ihr weder lieb noch teuer, sie sah darin auch keine Anerkennung ihres Talents oder Engagements. Sie hat sich nie mit ihrer ehrenamtlichen Tätigkeit fürs Rote Kreuz gebrüstet, eher mit Tätigkeiten, die sie, bei Licht betrachtet, nie ausübte. Sie vergaß, wem sie geholfen hatte, es war keine große Sache für sie und der Orden überflüssiger Schmuck, der in der Wohnung herumflog, ein nichtsnutziger Staubfänger.

Erwähnte ich Rikard Goldberger, fing sie sofort mit der Geschichte von Marko Bašić an, der Karlo Stubler 1945 mit Orangen und zwei Geschichten besuchte: die über Boras, der Rache verdient habe, und die über Goldberger, dem man Dank schulde. Dass sie mich in seine Mansarde mitgenommen hatte, ohne zu ahnen, wer er war, erzählte sie nicht. Sie fand es unendlich traurig, hatte keine Worte dafür, wie drei niveaulose Kerle den Blechsarg durch die enge Luke quetschen wollten und unflätig schimpften, weil sie daran scheiterten. Auf dem ungehobelten Holz der Luke stand mit roten handschriftlichen Buchstaben: Ing. Rikard Goldberger. Falls der Postbote mit dem Brief aus Wien kam.

Die unglaubliche Geschichte von Rikard Goldberger wäre, wäre das Leben Literatur, wahrscheinlich die Krönung von Mutters Bedürfnis, Sterbende und Bedürftige zu besuchen. Womöglich würde die Stubler-Saga mit Rikard Goldberger enden, wäre sie als fiktionaler Bericht und nicht als Abfolge realer Begebenheiten geschrieben, die mit dem Tod der Erzählerin abbricht. So aber ist der Wohltäter der Stublers, der verrückte Onkel Riki, der Tauben füttert, auf einen Brief wartet und Kindern das Wunder der Elektrizität und die Wasserwerkstechnik erklärt, nur eine Randfigur zur Illustration von Mutters ungewöhnlicher Leidenschaft.

Weit wichtiger war der Tod von Tante Doležal.

Wegen ihr hörte Mutter beim Roten Kreuz auf und kümmerte sich fast zwei Jahre, 1976 und 1977, um die einstige Nachbarin, die, wie in *Die Stublers* nachzulesen, im Haus der Frau Emilia Heim gegenüber gewohnt hatte, nach dem Krieg die Wohnung mit ihrem Schwiegersohn Vladimir Nagel tauschte und nach Marijin Dvor zog. Die Wohnung der Nagels war schön und geräumig, hatte hohe Decken und lag in einem imposanten, wohlproportionierten Gründerzeithaus. Aber da Familie Nagel nach Einschätzung der Genossen des zuständigen Komitees oder der städtischen Wohnungskommission Wohnraumüberschuss hatte, wurde die Hälfte der Wohnung Familie Šlehta zugesprochen, Bad und Toilette mussten brüderlich geteilt werden.

Vielleicht war die Wohnung der Nagels wirklich zu groß, aber es ging auch um Rache: Die Nagels waren deutsche Protestanten, und wenn man ihnen kurz nach Kriegsende schon nicht nachweisen konnte, dass sie mit deutschen Besatzern oder einheimischen Verrätern kollaboriert hatten, wenn man sie schon nicht vor Gericht stellen oder ausweisen konnte, dann konnte man ihnen wenigstens den Gang zum Klo vergällen. Als Vlado

Vilma heiratete, Tante Doležals einzige Tochter, tauschten sie Wohnungen, sie bekam die halbe Nagel-Wohnung und den ganzen Šlehta-Clan, rosige, kraftstrotzende Vertreter der neuen Ordnung, hinreichend langlebig, um sich die ganze Wohnung unter den Nagel zu reißen. Das Prinzip der Parteien gründet sich auf demselben Prinzip wie alles bei uns: Wer länger lebt und stärker ist, dem gehört das ganze Land, einschließlich Bad und Toilette.

Also musste Vilma Doležal die Ältere, obwohl ihr Mann in einem norwegischen Konzentrationslager gestorben war, weil er als Gefängniswärter der Revolutionärin Olga Humo zur Flucht verholfen hatte, wegen ihres deutschstämmigen Schwiegersohns eine zusätzliche Partei in der Wohnung erdulden. Der Wohnraumüberschuss war der nachgeordnete Aspekt. Sie wurde damit für den Schwiegersohn bestraft und für den verstorbenen Mann mit einer 1941er Gedenkplakette und einer Veteranenrente belohnt.

Hätte sich Mutter nicht die letzten zwei Jahre um sie gekümmert, wäre sie wie Rikard Goldberger vor die Hunde gegangen. Zehn Jahre zuvor verließ Vladimir Nagel als der letzte Evangelische der Stadt Sarajevo und zog mit seiner Vilma und Söhnchen Bucik nach Rijeka. Die hübsche protestantische Kirche fiel an den Staat, der darin die Akademie der Bildenden Künste unterbrachte. Tante Doležals Tochter starb kurz nach dem Umzug, ihr Enkel war der Blutsverwandte. Und der lebte weit weg.

Mutter hatte gute Gründe, Tante Doležal zu betreuen.

Drei davon betrafen die seelische Verfassung ihrer Mutter nach Mladens Tod. Nonna war außer sich, suchte Schuldige, jemand, auf den sie die eigene Schuld abwälzen, den sie für Mladens Tod verantwortlich machen konnte. Es waren die Jahre mit den schwersten Migräneanfällen, Olgas Kopf tobte tagelang, eine Woche pro Monat oder häufiger, was sie in den Wahnsinn trieb, aber auch alle um sie herum. Vielleicht wollte Nonna verrückt werden, wollte, dass alle um sie herum durchdrehten; für das kleine Mädchen muss es schrecklich gewesen sein.

Hatte die Mutter Migräne, musste es ganz leise sein.

Und der Mutter tat der Kopf so häufig und so lange weh, dass das Kind ständig leise sein musste. Den Mund halten, nichts fragen, keinen Mucks von sich geben, bis die Migräne aufhörte.

Da holte es Tante Doležal zu sich, gab ihm eine rote Blechkanne, die rote Tanne, schüttete eine Handvoll getrocknete Erbsen hinein, und das Mädchen durfte nach Herzenslust rasseln, Krach machen und sich austoben, bis es völlig erschöpft auf dem Boden einschlief. Ob die Mutter Migräne hatte oder nicht, Tante Doležal holte es zu sich, gab ihm die rote Kanne mit Erbsen, und der Lärm wurde ihr nie zu viel. Das hat ihr das Kind nicht vergessen.

Mutter war überzeugt, dass es ohne Tante Doležal viel schlimmer gewesen wäre.

Niemand sonst war so gut zu ihr. Davon war Mutter überzeugt, und egal, wie viel sie später vergaß oder verschwieg, sie stand zu Tante Doležal.

Als Tante Doležal langsam ins Jenseits wechselte, übernahm Mutter die Drecksarbeit, die mit Alter und Krankheit einhergeht, Dienstleistungen, die manchen Menschen extrem peinlich sind, wenn sie es mitbekommen. Mutter bekam es im Herbst ihres Sterbens mit, Tante Doležal nicht. Sie lebte wie in einem Wollknäuel, das von Millionen Motten befallen ist. Als wir sie noch gemeinsam besuchten – bis ungefähr ein Jahr vor ihrem Tod –, war Tante Doležals Zimmer bereits voller Motten. Sie flogen herum, flatterten kopflos gegeneinander und gegen die wunderhübschen Jugendstilmöbel, die nach Tante Doležals Tod auf der Müllhalde oder im Ofen landen sollten – damals wurden Antiquitäten in Sarajevo nicht wertgeschätzt –, fraßen Löcher in die goldschimmernden Polster von Sofa und Sesseln, bis das Seegras herausquoll und grau-rostige Sprungfedern herausschauten, zerlegten die Decke, die Tante Doležal über ihre kalten Beine breitete, bis nur noch Staub übrig war, und dann taten sie sich an ihr gütlich, fraßen den alten Schal, in den sie sich, verhutzelt wie sie war, von Kopf bis Fuß hatte wickeln können, ließen sich Pullover und Wollkleider schmecken, verschlangen ihre Haare und schließlich sie selbst, angefangen von den Erinnerungen an das, was gerade vorgefallen war, an das, was gestern passierte, an das … bis nur noch ihr Polyester-Pyjama, den selbst Motten verschmähen, und Erinnerungen an Zeiten übrig waren, in denen weder Stublers noch Mutter noch das Mädchen mit der roten Blechkanne und dem rote Tanne, rote Tanne, rote Tanne vorkamen. Nichts blieb, alles hatten die Motten gefressen, der Tag nahte, an dem Šlehtas die ganze Wohnung usurpierten. Dreißig Jahre nach der Revolution endete in Sarajevo das Zeitalter der gemeinsam genutzten Küchen, Flure, Bäder und Toiletten, der fremden Haare im Ausguss der gusseisernen Badewanne und der Zettel neben dem Klingelknopf, wie oft für Bewohner A, B und C zu läuten sei.

Als Tante Doležal Nonna vergessen hatte, gingen wir nicht mehr gemeinsam hin. Der Vorhang war gleichsam gefallen, nur Javorka schlüpfte noch dahinter, um die Sache zu Ende zu bringen und Tante Doležal ins Jenseits zu begleiten, ein weiter Weg, und dann bog der Tod ziemlich wunderlich um die Ecke.

Der letzte Nachmittag. Die Tante war eingeschlafen, erzählte Mutter, und schlief ganz ruhig. So ruhig, dass sie zu ihr hinging und nachschaute, ob sie noch lebte. Gerade als sie sich über sie beugte und auf den Atem horchte, schlug Tante Doležal die Augen auf, sagte: Ach, Sie sind das, Frau Krašovec!, und starb.

Ohne letzten Seufzer, sie starb einfach.

Keiner kannte eine Frau Krašovec. Mutter fragte herum, rief ehemalige Nachbarn aus dem Haus der Emilia Heim an, aber keiner konnte ihr weiterhelfen. Man kannte keine Frau mit diesem Nachnamen.

Dann wird der Name wohl nichts bedeuten, dachten sie, schließlich hatte Tante Doležal geschlafen und war vor ihrem Tod nur kurz aufgewacht, es wird wohl keine Frau Krašovec gegeben haben. Dann erinnerte sich jemand, dass Tante Doležal eine Zeit lang als Telefonistin gearbeitet und dabei täglich mit Hunderten von Namen zu tun gehabt hatte, wahrscheinlich war ihr damals eine Frau Krašovec untergekommen und ohne ersichtlichen Grund und bar jeder Logik im buchstäblich letzten Moment eingefallen, der letzte Tropfen Bewusstsein, der aus ihr rann.

Fünfundreißig Jahre später, Mutter lag im ehemaligen Militärkrankenhaus, fragte ich nach Frau Krašovec, es dauerte einen Moment, bis sie sich erinnerte. Es spielte keine Rolle mehr.

Mutter begleitete viele aus dem Leben, niemandem war sie bei Eintritt des Todes so nahe wie Tante Doležal, sie berührte sie fast mit der Nasenspitze. Zufall. Tante Doležals Tod bedeutete nur wenigen Menschen etwas, aber eine ungelöste Frage ließ sie zurück: Wer war Frau Krašovec?

Ich muss damals zehn Jahre alt gewesen sein und glaubte keinen Moment, dass die Person irreal oder unwichtig war, damals wie heute überzeugt, dass es eine Frau Krašovec gab und Mutter ihr ähnelte. Tante Doležal war senil – heute redet man von Altersdemenz oder Alzheimer, damals nannte man es Gehirnerweichung –, trotzdem sah sie etwas, was wir nicht sahen. Was ich nicht sah, wenn ich Mutter ansah. So wie andere im Gegensatz zu mir in ihr nicht das Mädchen mit dem Perlenohrring sahen.

So begann ich, über Frau Krašovec nachzudenken, forschte nach ihr auf alten Fotografien und in den Geschichten, die ich mir selbst im Wartezimmer beim Zahnarzt, auf der Zugfahrt nach Ploče oder abends vorm Einschlafen erzählte. Ich begann, ohne es zu wissen, mich ernsthaft mit Literatur zu beschäftigen. Frisch auf dem Gymnasium, sah ich im Programmkino zum ersten Mal *Citizen Kane*, der mit dem letzten Wort der Hauptfigur anfängt: Rosebud. Rosebud? Der Zuschauer erfährt, was das bedeutet, nicht jedoch die Filmfiguren. Bestimmt hat jemand Frau Krašovec gekannt. Aber nicht gewusst, dass das wichtig sein könnte.

Mutters letzte Worte weiß ich nicht und will sie nicht wissen. Man hat sie mir nicht erzählt. Ich war nicht dabei. Sie hat mich angeschrien, weil ich sie anlog, es würde alles gut. Das war das

Letzte, was ich von ihr hörte. Sie fühlte sich betrogen. Es wurde immer schlimmer, und dann war sie nicht mehr da.

Mutter starb, wie Kinder sterben, empfand es als letzte große Ungerechtigkeit des mit Ungerechtigkeiten randvollen Lebens. Sie war überzeugt, nie eine Chance gehabt zu haben. Ihr Leben erinnerte an die Frustration des Spielers auf der Bank, der nie eingewechselt wird. Der nicht mal versuchshalber ein Tor schießen darf. Damit hat sie sich getröstet und versank im Selbstmitleid wie in einer Badewanne voll Schokoladenpudding. Ich mache mich über sie lustig, ein haltloser Spott: Meine erbärmliche Rache.

Sie hatte keine Chance. Von Anfang an ging alles schief, es war furchtbar. Dann ein falscher Mann und noch ein falscher Mann und dann der Sohn. Der Sohn war in ihrem Leben ein Fremdkörper. Zur Hälfte oder mehr von einem Mann gezeugt, den sie hasste, er verbaute ihr endgültig jede Chance, etwas aus ihrem Leben zu machen. Wer? Der Mann? Oder sein Sohn? Das weiß man nicht so genau. Sie konnte nicht dahinter zurück. Sie konnte nicht noch mal von vorn anfangen. Es war gelaufen. Kindheit, Alter, Kindheit. Ihr Leben.

INVENTAR

Kakanien

Mein Großvater Franjo Rejc hat sein Leben in Bosnien verbracht. Als hoher Eisenbahnbeamter wurde er von Bahnhof zu Bahnhof versetzt und zuletzt, einige Jahre vor dem Zweiten Weltkrieg, nach Sarajevo zur Generaldirektion, wo er für die Fahrpläne verantwortlich zeichnete. Als ich seinen Beruf zum ersten Mal in einem Prosatext erwähnte, sahen die Kritiker es als postmodernistische Hommage an Danilo Kiš, dessen Vater in Literatur und richtigem Leben ebenfalls den Fahrplan verantwortete. Daran hatte ich allerdings überhaupt nicht gedacht, es lag mir fern, das Leben meines Großvaters mit dem Leben literarischer Figuren gleichzusetzen. Trotzdem gefiel mir die Idee. Wann immer ich gefragt wurde, ob die Figur des für Fahrpläne zuständigen Großvaters eine Reverenz an Kiš sei, sagte ich wider besseres Wissen ja. Aber wer weiß, vielleicht ist es gar nicht so falsch, vielleicht war das Leben meines verstorbenen Großvaters Franjo Rejc das Palimpsest eines geschriebenen oder ungeschriebenen Romans von Kiš. Vielleicht leben wir alle die Leben künftiger oder vergangener literarischer Helden.

Eins jedoch verbindet Kišs Vater und meinen Großvater tatsächlich: Kaiser Franz Joseph I., in dessen langer Regierungszeit dank guter Verwaltung die Strecken gebaut wurden, an denen beide ihre verantwortungsvolle Tätigkeit ausübten. Ein Fahrplankonstrukteur muss unter anderem die Zugbewegungen so koordinieren, dass niemals zwei Züge gleichzeitig auf demselben Streckenabschnitt sind und ineinanderrasen. Weissagen gehört zu ihrer Arbeit, um Unglücke und Unfälle auszuschließen.

Ab dem Frühjahr, in dem er als erfahrener Eisenbahner nach Sarajevo versetzt wurde, bis zu seinem Tod hatte mein Großvater Angst vor Zugunglücken auf dem Gebiet der Generaldirektion Bosnien-Herzegowina. Egal, wer für das Unglück verantwortlich war – ein besoffener Lokführer, ein defektes Signal, schlecht gewartete Gleise oder Naturkatastrophen, Unwetter, Erdbeben, Feuersbrünste –, er glaubte fest daran, es hätte sich verhindern lassen oder keine oder wenigstens nicht so viele Opfer gefordert, wenn Ankunfts- und Abfahrtszeiten im Nah- und Fernverkehr bei Personen- wie Güterzügen besser abgestimmt gewesen wären. Das Schmal- und Normalspurnetz samt Bahnhöfen wurde Teil seines Nervenkostüms. Da die Strecken in seinem Verantwortungsbereich Teil eines größeren Eisenbahnnetzes waren, überwiegend in österreichisch-ungarischer Zeit geplant und gebaut, berechnete und erstellte er seinen Fahrplan in Abstimmung mit Fahrplänen fürs Baltikum und das sagenumwobene Galizien, das Herzogtum Krakau, die Ukraine und Rumänien, für Ungarn und die Vojvodina, Österreich und die gemeinsame Hauptstadt Wien. Jedes Unglück auf diesem Gebiet fiel in seinen Verantwortungsbereich. Auch wenn die Habsburger Monarchie, Musils Kakanien, seit Jahrzehnten tot war, die Heimat meines Großvaters Franjo Rejc war zeitlebens das gesamte Territorium Österreich-Ungarns. Man mag es für eine hübsche Metapher halten, aber seine Heimat war vor allem die Heimat seiner menschlichen Verantwortlichkeit.

Bei uns zu Hause wurden vom ersten Fahrplan, dem für das Jahr 1923, bis zum letzten, dem aus seinem Todesjahr 1972, alle Fahrpläne aufbewahrt. Noch nach seiner Pensionierung Anfang der sechziger Jahre fürchtete er sich vor Eisenbahnunglücken, auch wenn er keine Fahrpläne mehr berechnete, konstruierte, projektierte …

Natürlich kannte er die Namen sämtlicher Eisenbahnknotenpunkte von Danzig bis Doboj und Vinkovci. Eigentlich kannte er die Namen aller Eisenbahnstationen von der Ostsee bis zum Mittelmeer. Die großen, prunkvollen Bahnhöfe, etwa der in Budapest, der Stolz der dem Untergang geweihten Monarchie, oder der in Warschau, das hässliche, halbfertige Werk sozialistischer Baumeister, waren in seinem Universum weniger wichtig: Die schlimmen Unfälle mit vielen Toten drohten von kleinen, namenlosen Provinzbahnhöfen. Dem Bahnwärter war die Frau gestorben, der Bahnhofsvorsteher hat auf der Hochzeit seines Sohnes über den Durst getrunken und denkt, der Zug aus Kiew hat sowieso immer Verspätung, und schon ist das Unglück da, irgendwo in der hintersten Ukraine, Hunderte kommen dabei um, und die Auswirkungen sind von Riga und Kaunas im Norden bis hinunter ins montenegrinische Zelenika zu spüren, dem Endbahnhof der Schmalspurstrecke in den äußersten Süden, wo Franz Josephs Eisenbahnnetz am warmen Strand des Mittelmeers endete. Ein traumhaftes Finale: Bis zur Stilllegung der Strecke Dubrovnik–Zelenika 1968 fuhr der Zug an Uferpromenade und Strand entlang, vorbei an sonnenhungrigen Touristen und Badegästen, und vor der pfeifenden Dampflok rannten Kinder mit Schwimmreifen noch schnell über die Gleise und retteten sich im letzten Moment mit einem Sprung ins Meer. Von der Einweihung der Strecke 1904 oder 1907 bis zur Stilllegung 1968 ist in Zelenika niemand unter den Zug geraten. Auf Sonnenanbeter und Sandstrand regnete es schmierigen Ruß von der unterm Dampfkessel verfeuerten Kohle. Von heute aus gesehen, war das weder gesund noch ökologisch.

Von Riga und Kaunas bis Zelenika erstreckte sich die Heimat meines Großvaters Franjo Rejc. Der Staat Österreich-Ungarn existierte nicht mehr, die administrativen und kulturellen Institutionen mit dem österreichisch-ungarisch im Namen existierten nicht mehr, ganz Europa betrachtete den Zerfall Kakaniens hämisch und von oben herab, aber das Wichtigste, das, was die Identität meines Großvaters emotional wie kulturell definierte, existierte weiter: das Netz logisch verknüpfter Eisenbahnschienen der Habsburger Monarchie. Und das Verantwortungsgefühl und die starke Verbundenheit mit den Männern, die dieses Netz erhielten. Bis heute kenne ich keine präzisere Definition von Begriffen wie Heimat und Patriotismus als die, die mein Großvater lebte, Fahrplankonstrukteur bei der Generaldirektion in Sarajevo. Ich kann nicht umhin, mir alle anderen Fahrplankonstrukteure so wie ihn vorzustellen.

Mein Großvater Franjo Rejc kannte außer seinen Muttersprachen Slowenisch und Serbokroatisch folgende Sprachen: Deutsch, das sprach er akzentfrei, Italienisch, das hatte er in italienischer Gefangenschaft während des Ersten Weltkriegs gelernt und zeitlebens gepflegt, Französisch, weil es schade ist, nicht auch Französisch zu lernen, wenn man schon Italienisch kann, Ungarisch, das hatte er noch unter Kaiser Franz Joseph gründlich gelernt, weil zu Zeiten der Monarchie alle gebildeten Südslawen Ungarisch konnten, Rumänisch, ich habe keine Ahnung, warum er das gelernt hatte, und als Siebzigjähriger kam er zu dem Schluss, Englisch sei die Sprache der Zukunft, besorgte sich Bücher über englische Grammatik und Rechtschreibung sowie ein Wörterbuch und lernte Englisch. Zu der Zeit war ich schon geboren. Zu Hause weigerte er sich, in einer anderen Sprache als Englisch zu kommunizieren. Die anderen lachten ihn deswegen aus. Lacht nur, sagte er, eine Sprache lernt man aber nur so. (Wenn ich davon erzähle, bedaure ich zutiefst, dass ich nicht sein Sprachtalent geerbt habe und noch weniger seinen Mut, in einer Sprache zu sprechen, die ich nicht gut kann …)

So viele Sprachen, das war ganz normal. In der Welt, in der mein Großvater geboren wurde, war Mehrsprachigkeit nichts Besonderes. Menschen aus Grenzregionen beherrschen in der Regel mehrere Sprachen. Und Großvater war in jeder Hinsicht ein Mensch von der Grenze. Geboren 1896 in Sarajevo, wo sein Vater, der Nationalität nach Slowene, als eine Art Gastarbeiter arbeitete. Gründerzeit auch in Bosnien, es wurde viel gebaut, der Vater kam aus Tolmin im damals bettelarmen Primorska (die Provinz liegt heute zu beiden Seiten der Grenze von Slowenien und Italien) und übernahm die Schmiedearbeiten an der Kathedrale von Sarajevo. Die Klinken, Angeln und Schlösser, die mein slowenischer Urgroßvater geschmiedet und angebracht hat, sind immer noch dort. Neben der Arbeit hat er sechs

Kinder in die Welt gesetzt und sein langes Leben lang gesoffen, ein schwerer Alkoholiker, sich und seiner Familie eine Last.

Auf der Flucht vor diesem Vater band sich mein Großvater Franjo eng an die vielköpfige Verwandtschaft, die weiterhin in Tolmin lebte, besuchte das berühmte Jesuitengymnasium in Travnik und verbrachte die Ferien in Slowenien. Obwohl der Geburt nach Bosnier, obwohl eigentlich in Österreich-Ungarn beheimatet, war mein Großvater Franjo im nationalen Sinn Slowene. Und kreuzunglücklich, als die Staatsgrenze zwischen dem Königreich Italien und dem Königreich der Serben, Kroaten und Slowenen nach dem Untergang der Habsburger Monarchie die Heimat seiner Verwandten in zwei Teile teilte, wobei der größere an Italien fiel.

Und da man damals in Europa sein Leben für Sprache, Heimat und Kultur gab, gründeten die Verwandten meines Großvaters natürlich Geheimbünde. Anfangs verlangten sie das Recht, das zu sein, was sie waren, also Slowenen, aber als sie damit auf taube Ohren stießen und die Italiener keinerlei Bereitschaft zeigten, eine slowenischen Schule zu genehmigen, schlug die Forderung nach kultureller Selbstbestimmung und Bildungsautonomie in Irredentismus und Terror um. Und meine slowenischen Vorfahren, nahe Verwandte meines Großvaters, kämpften für etwas, für das kleine unterdrückte europäische Völker, Menschen, durch deren Heimat die Grenzen neuer Staaten gezogen wurden, auf verschiedene Weise und mit unterschiedlicher emotionaler und existenzieller Beteiligung das gesamte 20. Jahrhundert hindurch kämpften. Die Methoden waren freilich immer die gleichen: Attentate, Geiselnahmen, Sabotage, Bomben …

Die größte slowenische revolutionäre Organisation, die Großvaters Verwandte und Landsleute gründeten, hieß TIGR (ein Akronym für Triest, Istrien, Gorica, Rijeka). Wie alle echten Revolutionäre wählten sie einen sehr sentimentalen Namen, TIGR heißt auf Slowenisch Tiger. Es war – und das sage ich nicht, weil ich besonders stolz auf Großvater und seine Verwandten wäre – der erste antifaschistische Geheimbund Europas, einfach weil er kurz nach Mussolinis Aufstieg zum Diktator gegründet wurde, und sein Programm konsequent pannationalistisch. Bis Anfang der dreißiger Jahre druckte der TIGR Flugblätter, veröffentlichte Erklärungen, verübte Attentate und warf Bomben, dann wurde er von Mussolinis Staatsterrorismus zerschlagen, die Mitglieder zogen sich in die Wälder zurück, gingen in den Untergrund oder emigrierten nach Jugoslawien. Damals wie heute war Staatsterror mächtiger und erfolgreicher als jeder revolutionäre, individuelle oder verschwörerische Terror. Unter den in Italien zum Tode verurteilten und hingerichteten TIGR-Mitgliedern war ein naher Verwandter meines Großvaters.

Franjo Rejc hatte nichts gegen Italiener. Im Gegenteil, er mochte sie und ihre Sprache. Seine Jahre als österreichisch-ungarischer Soldat in italienischer Kriegsgefangenschaft (von 1915 bis 1919) hielt er bis zuletzt für die schönste Zeit seiner Jugend. Unter den Lagerwächtern gewann er Freunde, mit denen er im Briefwechsel stand, bis einer nach dem anderen die Reise ins Jenseits antrat. Er wird mit ihnen weder über seine Verwandten noch über die Abspaltung Istriens mit Triest, Primorska und Kras vom Königreich Italien und dessen Beitritt zum Königreich der Serben, Kroaten und Slowenen gesprochen haben, das sich ab 1929 Königreich Jugoslawien nannte. Seine italienischen Freunde waren vermutlich Antifaschisten wie er (ein italienischer Faschist hätte wohl kaum mit einem Slowenen aus Bosnien Briefe gewechselt), die Abspaltung einzelner italienischer Landesteile wäre ihnen aber sicher zu weit gegangen. Schon weil einige selbst aus Primorska oder Triest stammten. Wie vereinbarte Großvater seine Zuneigung zu seinen italienischen Freunden mit der Zuneigung zu seinen slowenischen Verwandten? Wie passt seine Überzeugung, dass die überwiegend von Slowenen besiedelten Gebiete Italiens zu Jugoslawien gehören sollten, zu der Überzeugung, Italiener seien uns kulturell überlegen, edler und gebildeter als wir, ihre südslawischen Nachbarn (was Großvater ganz gelassen konstatierte)? Wie brachte er den Terrorismus als legitimes Mittel des slowenischen Freiheitskampfes mit dem Lebensrecht seiner italienischen Genossen zusammen? Ich habe keine Ahnung, ich war sechs Jahre alt, als Großvater starb, ich kam nicht dazu, ihn zu fragen.

Die Regierung des Königreichs Jugoslawien verhielt sich gegenüber dem TIGR sehr berechnend. Solange das Verhältnis zu Mussolinis Italien schlecht war, ließ man ihn gewähren oder förderte den Terror sogar. Ab Milan Stojadinovićs Ernennung zum Premier Ende der dreißiger Jahre traf die Organisation die volle Wucht des Gesetzes. Noch schlimmer kam es mit dem Zweiten Weltkrieg. Das Quisling-Regime des Unabhängigen Staates Kroatien und die deutschen Besatzer jagten und ermordeten TIGR-Anhänger, und Titos Partisanen misstrauten ihnen ebenfalls. Sie erschossen einen von Großvaters Verwandten, der in der Untergrundorganisation eine wichtige Position hatte. Im Kampf für die proletarische Internationale und die Menschenrechte nutzten die Kommunisten gern terroristische Methoden, aber sie schätzten es überhaupt nicht, wenn andere für dieselben Ziele kämpften wie sie.

Während des Krieges konstruierte Großvater Fahrpläne, fürchtete Zugunglücke, versteckte TIGR-Mitglieder, die es auf der Flucht vor ihren Verfolgern bis Sarajevo schafften, und einen gewichtigen Teil ihrer geheimen Dokumente. Aus Angst vor Hausdurchsuchungen vergrub er sie im Garten. Der Garten wurde später betoniert, sodass man nicht weiß, ob die Papiere zerstört sind oder noch heute in der Erde liegen, eingewickelt in gummierten Stoff und in einer Metallkiste verstaut darauf warten, von künftigen Archäologen entdeckt und ausgegraben zu werden. Damit endet die Erzählung unserer terroristischen Familiengeschichte. Im unabhängig gewordenen Slowenien erschienen nach dem Ende des Kommunismus mehrere Bücher über TIGR, darunter eins von der Witwe von Großvaters Lieblingscousin, Onkel Berti.

Als das vereinigte Europa noch einen romantischen Klang

hatte für uns mit unseren noch frischen, blutigen Kriegen, die 1991 begonnen hatten und 1999 von Nato-Bomben auf Serbien beendet wurden, dachte ich oft an meinen Großvater. Er ist nun schon vierzig Jahre tot, aber ein vereinigtes Europa wäre seine Heimat gewesen, während es mein Leben nicht verändern wird. Es wird mir auch keine Heimat werden, denn im Unterschied zu meinem Großvater bin ich Balkanese, ein verschlossener Mensch, der nicht gerne reist und die Dinge lieber aus der Ferne betrachtet, aus dem Augenwinkel, durch Bücher, Filme und Zeitungen. Franjo Rejc kannte viele europäische Sprachen und hätte die anderen auch noch gelernt, hätte er die Zeit gehabt. Er war ein echter Europäer, hat er doch Europa gleichzeitig erhalten und zerstört. Ersteres, indem er sich um die Abstimmung europäischer Eisenbahnstrecken kümmerte, Letzteres, indem er seine Verwandten in ihren revolutionären Bestrebungen unterstützte. Sein Leben verging in einem sehr europäischen Rhythmus von Auf- und Abbau. Mir bleibt davon nur seine Erinnerung. Mir bleibt, was er mir erzählte, was mir andere in Erzählungen von ihm weitergaben und was ich aus den Briefen seiner Freunde erfuhr, die in einem Schrank in Sarajevo überdauerten. Sein Europa war die Familie Europa, die Czesław Miłosz in seinen Memoiren *West und Östliches Gelände* beschwört, mein Europa ist nur die Erinnerung an sein Europa, aus der vermutlich auch nie mehr werden wird.

Mein Großvater Franjo Rejc war von uns beiden der bessere Europäer. Obwohl ich siebzig Jahre jünger bin als er, im Zeitalter der Fernsehnachrichten lebe und mich der virtuellen, globalisierten Welt restlos angepasst habe, bin ich auf der symbolischen Ebene Jahrhunderte älter als mein Großvater, unfähiger zur Anpassung, skeptischer gegenüber der Idee einer Staatengemeinschaft vom Polarmeer bis zum Mittelmeer. Andererseits erkenne ich den Eisenbahner und Sympathisanten unserer slowenischen Terroristen-Verwandten in ihm. Ich habe Erinnerungen an Europa, sonst nichts.

Ich dachte an Großvater, wann immer das vereinigte Europa,

also die Europäische Union in mir frühromantische, idealistische Assoziationen weckte, wie sie für Menschen aus Osteuropa und dem ehemaligen Jugoslawien typisch waren, solange sie im vereinigten Europa noch eine Kulturgemeinschaft sahen, die das Recht des Individuums und die Menschenrechte verteidige. Deren alleiniger Existenzgrund die Verteidigung der Menschenrechte sei. Europa war nie schöner und erhabener als in den Augen der armen Osteuropäer und jugoslawischen Nationen und Nationalitäten, hinter denen nationalistische Bruder- und Bürgerkriege lagen, weil sie aufrichtig glaubten, Europa würde ihnen die Menschenwürde zurückgeben, sie vom Nationalismus heilen und wie durch ein Wunder zu besseren, glücklicheren Menschen machen. Die Energie ihrer Enttäuschung wird proportional zur Energie ihrer Hoffnung ausfallen. Die positive Energie Osteuropas wurde nicht genutzt, die Energie der Enttäuschung wird sich erst in Zukunft entfalten.

Mit der Zeit begriff ich wie andere auch, dass die Europäische Union vor allem eine Wirtschafts-, Finanz- und Unternehmensgemeinschaft ist, eine Variante von Deutscher Telekom, British Petroleum oder, genauer, globalen Banken mit Kreditlinien, Verzugszinsen und marketingmäßig aufbereiteten Finanzdienstleistungspaketen für Staaten und Bürger; Werte und Kultur werden nur insoweit verteidigt, als es der Geschäftstätigkeit von Kreditinstituten, Telekommunikationsanbietern und Erdölproduzenten auf dem rauen Weltmarkt förderlich ist. So wie jede Großbank mit humanitären Fonds und als Sponsor für Kultur und Umweltschutz angibt, so brüstet sich die Europäische Union mit ihrer Kultur. Am übelsten jedoch ist, dass die Menschen- und Bürgerrechte in der Europäischen Union davon abhängen, ob jemand in Deutschland, den Niederlanden, Frankreich oder eben in Griechenland, Ungarn, Italien geboren wurde. Was die Menschenrechte betrifft, bestehen in diesem Raum ohne Zölle und Grenzkontrollen mit gemeinsamer Währung und angeblich gemeinsamen Werten unvermindert Zölle und Grenzkontrollen.

Ich bedaure das nicht, ich bin noch nicht einmal enttäuscht, ich halte nur fest, dass ich einmal dachte, es wäre anders. Mich enttäuscht man nicht so leicht, aber aufgrund meiner persönlichen Fehleinschätzung, was es mit der Europäischen Union auf sich hat, begann ich über sie und ihre Entstehungsgeschichte nachzudenken. Wieso eigentlich sehe ich in meinem Großvater den idealen Europäer? Wie komme ich dazu? Weil er so viele europäische Sprachen beherrschte? Im Zeitalter von Google Translator, der alle Sprachen der Welt gleichermaßen oberflächlich beherrscht? Wegen der österreichisch-ungarischen Eisenbahn und der Angst des Fahrplankonstrukteurs vor Zugunglücken? Wo doch längst ein dichtes Netz von Fluglinien den Himmel durchzieht und selbst die Insassen amerikanischer Geheimgefängnisse, den Konzentrationslagern unserer Zeit, nicht wie einst in Viehwaggons, sondern in Frachtmaschinen vom Typ Hercules transportiert werden? Immerhin: für ein Europa der Banken bin ich deutlich besser gerüstet als mein Großvater. Er lebte und zitterte für ein Europa als Kulturgemeinschaft, für ein Europa der Menschenrechte.

Ich hatte mir das vereinigte Europa, das war der Fehler, als vervollkommnetes, modernisiertes Österreich-Ungarn vorgestellt, ein Land, dessen Herrscher, unser guter alter Franz Joseph I., es für unabdingbar hielt, sämtliche Sprachen seines Reiches zu sprechen. Sein Neffe, Erzherzog Franz Ferdinand, den wir in Sarajevo am St. Veitstag, dem 28. Juni 1914, ermordeten, wollte bis zu seiner Thronbesteigung auch unsere, die serbokroatische Sprache fließend sprechen. Bei allem Spott – Kakanien war eine Kulturgemeinschaft. Es zerfiel, weil es als Kulturgemeinschaft nicht mehr funktionierte. Wäre es als kapitalistisches Unternehmen angelegt gewesen, würde es wohl heute noch existieren, denn den kleinen Völkern wäre nicht im Traum eingefallen, dagegen mit Waffengewalt für ihre kulturelle und sprachliche Identität zu kämpfen. Über Generationen und Jahrzehnte hinweg wurde im 19. Jahrhundert die Illusion von Österreich-Ungarn als Kulturgemeinschaft geschaffen. Als alle daran glaubten, machten sie sich an die Demontage. Und so bezeichnen die Schüsse von Gavrilo Princip den Beginn des Ersten Weltkriegs. Später schoss einer meiner slowenischen Verwandten auf Triester Finanzbeamte und Carabinieri, getragen von der Überzeugung, die aus der Epoche vor dem Zerfall der Vielvölkermonarchie rührte, er habe ein Recht auf die eigene Sprache, Heimat und Kultur. Letztlich ein Recht auf den eigenen Staat.

Der Weg durch Verzweiflung und Wut

Damals spielten Kinder mit dem Aufzug. Die Eltern hatten es ihnen verboten, bestraften sie, wenn sie sie erwischten, aber sie fanden trotzdem Mittel und Wege, um hoch- und runterzufahren. Mein Cousin war sieben, als er mit einem gleichaltrigen Jungen aus demselben Haus im Lift spielte und die Kabine zwischen zwei Stockwerken steckenblieb. Offenbar war gerade genug Platz, um durch die offene Tür hinauszukriechen. Der Freund kletterte voran, als er zur Hälfte draußen war, setzte sich der Mechanismus wieder in Bewegung. Danach und vor allem, seit ich erwachsen bin, sah ich meinen Cousin immer durch dieses Prisma. Wie konnte er danach weiterleben? Wie oft hat er daran gedacht, was passiert wäre, wäre er als Erster hinausgekrochen? War sein Freund mutiger gewesen, hatte er sich vorgedrängelt? War er ängstlicher, fürchtete die Prügel der Eltern und wollte deswegen raus, war er der Schwächere, der sich beweisen wollte? Ich habe meinen Cousin nie danach gefragt und werde es nicht tun. Aber ich denke oft daran; ich hätte vermutlich den Verstand verloren, wenn mir passiert wäre, was ihm passiert ist. Ich bewundere ihn, weil er so gelassen und ausgeglichen ist, stets ein Lächeln auf den Lippen und voller Hochachtung vor denen, die besser und klüger sind als er. Genauer: vor denen, die er für besser und klüger hält. Wenn einer schon so denkt, hält er alle für besser und klüger als sich selbst – und er hat einfach überhaupt kein Problem damit.

Die zweite große Sache erlebte er mit sechzehn Jahren. Bosnienkrieg 1993, dazu noch ein Krieg im Krieg: der zwischen Kroaten und Muslimen, die sich später Bosniaken nannten. Mein Cousin lebte mit dem Vater – halb Kroate, halb Slowene – und der Mutter, einer Serbin, in Zenica. Es war schwierig und hoffnungslos, so hoffnungslos, dass der Junge beschloss, sich zum älteren Bruder nach Ljubljana durchzuschlagen, und die Eltern konnten und wollten ihn nicht davon abhalten. Er war so oder so in Gefahr, ob er nun blieb oder loszog. Sie wussten nicht, was schlimmer war, und so mischten sie sich nicht ein und ließen dem Schicksal seinen Lauf. Allein mit dem in Zenica ausgestellten Personalausweis, ohne irgendein anderes amtliches Papier machte er sich auf, trotz Frontlinien und Straßensperren, Kontrollpunkten, Krieg und Soldaten. Er berief sich mal auf die Abstammung des Vaters, mal auf die der Mutter, je nachdem, was ihm als Empfehlung oder Rechtfertigung nützlich war. Wo ihm weder das eine noch das andere half, half sein Geburtsort. Wenn er fürchtete, von Serben mobilisiert zu werden, bezeichnete er sich als Kroaten oder Slowenen, aus der Überlegung heraus, lieber Prügel für die falsche nationale Zugehörigkeit zu beziehen als mit dem Gewehr im Schützengraben zu liegen, und der kroatischen Seite gegenüber bezeichnete er sich als Serben. Zu der Zeit hassten sich Serben und Kroaten allerdings noch nicht so sehr, weil sie der gemeinsame Hass gegen die Muslime verband.

Bosnien war damals ziemlich groß. Jede Stadt, jede Gemeinde, jedes Dorf unterschied sich von den Nachbarn in Identität, nationaler Zugehörigkeit und Kultur. Jedes Kaff hatte seine eigene historische Erinnerung, abhängig davon, wer gerade gegen wen kämpfte. Mein Cousin konnte nicht im Voraus wissen, an wen er geriet, er musste sich anpassen, sich vergewissern, genau hinschauen, bevor er etwas unternahm. Der Weg von Zenica nach Ljubljana führte damals notgedrungen über Serbien, oder zumindest dachte er es. In einer westserbischen Kleinstadt wohnte eine Tante, die ihm bei der Weiterreise helfen konnte, das spielte sicher eine Rolle. Aber sie unterstützte ihn offenbar nicht in dem Maß, das er sich von ihr erhofft hatte.

Er schaffte es relativ schnell über die Bosna, brauchte aber Wochen zu den Brücken über die Drina. Gefragt, wie er überlebt hat, warum er unterwegs weder in ein Lager noch in eine Uniform gesteckt wurde, erzählt er es mir bereitwillig und so, als sei es ganz normal, dass ein junger Kerl, ein halbes Kind noch, quer durch das halbe Land – und zwar die Hälfte, der Ivo Andrić fast sein gesamtes literarisches Werk widmete – an einer hasserfüllten Soldateska vorbei und durch tausendundeine Wut, Verzweiflung und Qual mit leeren Taschen und guten und ehrbaren Absichten auf dem Weg zum Bruder in Ljubljana eine Tante in Serbien aufsucht. Für mich schier undenkbar, weder mit meinem Leben noch meinem Begriff von der Wirklichkeit zu vereinbaren, für ihn einfach Teil seiner Biografie und Folge reiflicher Überlegung. Mein Cousin ist alles andere als exzentrisch, er ist ein ordentlicher, inzwischen sehr häuslicher Familienmensch ohne Talent für Extremsportarten, er sucht nicht das Abenteuer, ihm würde nie einfallen, den Urlaub anders zu verbringen als ihn die meisten Menschen eben verbringen. Kein Adrenalinjunkie, er wollte nur zu seinem Bruder nach Ljubljana.

Vermutlich versteht er gar nicht so richtig, warum mich seine Reise derart interessiert. Sechzehn Jahre sind seit dem Krieg vergangen, er ist mehr als doppelt so alt wie damals. Menschen erleben was, er eben auch, wozu groß drüber reden? Wir unterscheiden uns in einem wichtigen Punkt: Er hat es erlebt, und ich könnte es aufschreiben, nicht indem ich mir seine Geschichte anhöre und festhalte, sondern indem ich sie erfinde. Meiner Meinung nach wäre die Geschichte sowieso besser, wenn ich sie erfunden hätte. Ihm blieben nur die Augenblicke, der Aufbruch in Zenica, die Ankunft in Ljubljana. Ihm blieben natürlich auch die Wegstrecke und das letztlich Wichtigste, die Zeit. Vier oder fünf Monate hat es gedauert.

Er wird seine Geschichte niemals aufschreiben. Mein Cousin ist kein Schriftsteller. Aber das ist nicht der Grund, warum er die Geschichte nicht aufschreiben wird. Wahrscheinlich nimmt er an, dass er kein Talent zum Schreiben hat. Ich habe ihn nie danach gefragt, aber das denken die meisten Menschen, die nicht schreiben. Sie halten Talent für etwas Gegebenes, Gewisses, so gewiss wie ein Geiger Geige spielen kann. Aber auch eventuelle Zweifel an seinem Talent sind nicht der Grund, warum mein Cousin seinen Reisebericht von Zenica nach Ljubljana niemals schreiben wird. Er wird es nicht tun, weil er glaubt, die Geschichte sei es nicht wert, aufgeschrieben zu werden. Sein Problem ist, ob Geschichten einen Sinn haben. Ich würde niemals so eine Reise wagen, weder mit sechzehn noch heute, er würde niemals eine solche Geschichte aufschreiben oder andere auffordern, sie zu schreiben, er würde sie nicht einmal lesen, sollte sie jemand geschrieben haben. Vielleicht liege ich falsch, aber meinem Eindruck nach kann man die Menschheit einteilen in solche, die sich mit sechzehn über Serbien und Ungarn ohne Geld und Papiere durch Krieg und Frieden von Zenica nach Ljubljana durchschlagen, und in solche, die darin eine Geschichte wittern. Ich habe einige getroffen, die beide Typen verkörpern, aber die haben sich am Ende als Lügner und Fantasten entpuppt. Im Erzählen funktionieren Lügen genauso wenig wie im Leben. Lügen entmutigen. Lügen zerstören den Zauber.

Mein Cousin durchquerte im Kriegsjahr 1993 minderjährig, ohne Papiere und ganz auf sich gestellt, Serbien und ergatterte einen Platz in einem Bus, der ihn durch Ungarn an die slowenische Grenze fuhr. Ich sagte schon, es dauerte lange, Monate. Ihn leitete eine nicht wiederholbare Inspiration, die er wahrscheinlich nie wieder erfahren oder erleben wird, und nur ihr, dieser Inspiration, hat er zu verdanken, dass er als Bosnier an Tschetniks, Ustaschas und Mudschahedin vorbei kam, an serbischen und ungarischen Grenzbeamten, Zöllnern und Polizisten, an guten und bösen, verantwortungsbewussten und verantwortungslosen Menschen, die einen Sechzehnjährigen aus Zenica, der Richtung Osten reist, um in den Westen zu gelangen, zu seinem älteren Bruder in Ljubljana, genauso unnormal fanden wie ich. In einem Roman oder Film würden, anders als im Leben, viele diese Inspiration bezeugen, Verständige ebenso wie Unverständige. Oder besser gesagt: solche, die sie vernahmen, und solche, die sie nicht vernahmen, nicht, weil sie unmusikalisch oder gar taub wären, Gott es ihnen nicht gegeben hätte, sich in Geschichten hineinzuversetzen, nein, er hat ihnen etwas anderes gegeben, das womöglich schöner und wichtiger ist. Jedenfalls geht es bei alledem in erster Linie um Gefühle. Und um die Achtung, die man den großen Wagnissen seiner Mitmenschen entgegenbringt. Ohne seine wagemutige Reise wäre mein Cousin vielleicht nicht mehr am Leben. Und wenn er als Siebenjähriger mutiger gehandelt hätte, als er war, würde er auch nicht mehr leben. Das Wunder des Lebens wie des Erzählens liegt darin, dass ein Mensch sein Wagnis erkennt. Dafür bewundere ich meinen Cousin, auch wenn er das nicht weiß und nicht wissen kann, weil ich es nicht aussprechen kann.

Unser Leben verläuft in der Bruchstelle zwischen Leben und Erzählung. Wir können nicht nicht leben – und wenn wir die Welt und die Menschen noch so sehr fliehen, die Wirklichkeit holt uns früher oder später ein. Meistens erwischt sie uns in den empfindlichsten Momenten, uns widerfährt genau das, wovor wir uns am meisten gefürchtet haben, was wir uns zuvor vorgestellt und voller Angst selbst erzählt haben. Und dann ist natürlich keiner da, der uns hilft, denn wenn wir uns vom Leben zurückziehen, denken die Leute, wir zögen uns von ihnen zurück, und dann ziehen sie sich zurück, sind beleidigt und auf und davon. Sie verstehen nicht, dass wir erzählen, um nicht zu leben, um uns zu verstecken und zu betäuben, verstehen nicht, dass Erzählen ein Symptom emotionaler Schwäche ist, für Ohnmachtsgefühle und Geisteskrankheiten steht, deretwegen andere zum Psychiater gehen. Könnten die Schwachen und Ohnmächtigen, alle, die seelisch verunsichert sind und jeden neuen Tag in Angststarre erwarten, über die Bruchstelle springen, die Kluft zwischen Leben und Erzählen überwinden, wären Psychotherapeuten arbeitslos.

Doch wenn die Erzähler verschwänden, würden nicht nur alle Sprachen außer der einen, der Computersprache, verschwinden, wir wüssten auch nicht mehr, wie uns geschieht. Vielleicht kommt es irgendwann so weit, wer weiß, die Medien melden das Ende der Schriftlichkeit, den Untergang des Buches und der Kultur, die aus den Geschichten der *Tausendundeine Nacht* entstand. Aber selbst wenn, der Untergang wird nicht total sein. In den reichsten und den ärmsten Ländern werden Schriftsteller erzählen und Bücher gedruckt werden. Bei den Reichen, weil sie wissen, was ein Ende der Schriftlichkeit bedeuten würde, bei den Armen, weil sie die Nachricht vom Untergang des Buches zu spät erreicht und sie nicht mitbekommen, dass nur die Schwachen, Ohnmächtigen erzählen. An den glücklichen Reichen und Armen vorbei wird sich eine neue Zivilisation von Herren und Knechten entwickeln, die mit der stummen Computersprache kommunizieren, und zwischen den Herren wird ewiger Krieg herrschen, weil Vermögen und Reichtum ihrem Wesen nach im ewigen Krieg liegen, sobald es keine Erzählung oder wenigstens die Illusion von etwas Wertvollerem als Reichtum und Vermögen gibt. Der Neoliberalismus erträgt diese Illusion nicht, deswegen stören sich dessen Verfechter so sehr an Märchen und Fiktionen: Sie gehen ihnen auf die Nerven, sie gefährden die Produktivität.

Mein Cousin wird die Sache wieder geradebiegen, indem er über den Osten nach Westen reist, um von Zenica nach Ljubljana zu kommen.

Weihnachten in Zenica

An Silvester ruft Mutter aus Sarajevo an. Ich habe eine Geschichte für dich, sagt sie, eine Weihnachtsgeschichte. Das hat sie sich so angewöhnt, wenn sie etwas Interessantes erlebt, ihr jemand was erzählt oder – das ist der häufigste Fall – ihr etwas aus ihrer Kindheit oder der Zeit vor ihrer Geburt einfällt, dann ruft sie mich an und erzählt. Sie schwelgt darin, und bei einigen Telefonaten ist es schade, dass ich sie nicht mitgeschnitten habe. Manches aus ihren Geschichten nutze ich, das meiste bleibt aber zwischen uns, damit es nicht vergessen geht.

Hier also, was sie mir an Silvester erzählt hat.

Ihr Bruder, mein Onkel Dragan, studierte direkt nach dem Krieg in Ljubljana Metallurgie. Den Abschluss in der Tasche kehrte er nach Bosnien zurück, zog nach Zenica, wo auf den von Österreich-Ungarn gelegten Grundlagen die jugoslawische Schwerindustrie aufgebaut wurde. Der Stahl aus Zenica lieferte die Moniereisen für die ganzen Belgrads und Zagrebs, mit ihm wurde die serbisch-kroatische Frage gelöst, auf ihm basierte der berühmte jugoslawische Schiffsbau, aus ihm entstanden die vielen schlanken Eisenbahnbrücken über Gebirgsflüsse und Schluchten in diesem schönen, verfluchten Land, aus diesem Stahl wurden am Ende auch die Waffen geschmiedet, die Jugoslawien zerstörten und erst Vukovar und dann ganz Bosnien umbrachten. Meinem Onkel fehlte es nicht an Begeisterung für große Unternehmungen und Ideen, obwohl er vom Charakter her eher wissbegieriger Hedonist als missionarischer Fortschrittsgläubiger war. T. S. Eliot hat gesagt, man könne Tradition nicht erben, man müsse sie sich hart erarbeiten, und was mein Onkel von zu Hause mitbekommen hatte, war kaum geeignet, ihn von der Chance auf eine bessere Zukunft zu überzeugen.

Zenica war Ende der vierziger, Anfang der fünfziger Jahre eine Stadt, in der viele zu verschiedenen Zeiten und aus verschiedenen Ländern Zugezogene lebten, polnische und tschechische Beamte und Lehrer, deutsche Ingenieure, Schmiede und Stahlkocher aus Österreich, ein paar Ungarn und vereinzelt auch Juden, die überlebt hatten, dazu Katholiken, Orthodoxe und die einheimischen Muslime, die sich dezidiert orientalisch gaben. Die bunt zusammengewürfelte Schar verdingte sich mehrheitlich direkt oder indirekt beim Stahlwerk und den Bergwerken der Umgebung, sodass der Ort trotz aller Bildungs- und Statusunterschiede ausgesprochen proletarisch war. Hier gehörten alle zur Arbeiterklasse, was man Zenica bis heute ansieht, der Stadt mehr als ihren Bewohnern. Das Zenicer Proletariertum ging mitunter ziemlich schräge Verbindungen mit bürgerlichen Traditionen ein, die unter Franz Joseph von der Ostsee, aus Krakau, Galizien und Prag oder auch Wien, Graz und Ljubljana Zugezogenen hatten sie einst im Gepäck und bewahrten sie über Generationen hinweg. Vielleicht witterten die Genossen darin eine Gefahr, andererseits sollte man ihnen so viel kulturell-ideellen Durchblick vielleicht gar nicht zuschreiben, Tatsache ist jedenfalls, dass der soziale Druck, der bis vor Kurzem in Zenica herrschte, wenig mit dem in anderen jugoslawischen Städten Bosniens zu tun hat: Man wurde viel schneller eingebuchtet, das fing schon unter den Habsburgern an. Der Knast steht heute noch beinah mitten im Zentrum. Nach dem Zweiten Weltkrieg beherbergte er vor allem Ustaschas und Tschetniks sowie hochrangige Vertreter, Beamte und Anhänger des Unabhängigen Staates Kroatien; zu der Zeit, als mein Onkel mütterlicherseits aus Ljubljana nach Zenica zog, saßen dort mehrere meiner Verwandten väterlicherseits in Haft. Übermächtige Liebe zu einem Staat wird im nächsten Staat todsicher bestraft.

Nicht nur beruflich, auch hinsichtlich Identität und Tradition passte Zenica ideal zu Dragan, dem Secondo, Einwanderer der zweiten Generation, im Land geborenen Kuferaschen oder

Kofferkind, der Vater halb Slowene, halb Bosnier, die Mutter halb Deutsche und zur anderen Hälfte eine geheimnisvolle Mischung aus Mittelmeer, Orient und dem, was die Duodez-Provinzler mit Begeisterung Mitteleuropa nennen. Dank des Berufs seines Vaters, meines Großvaters Franjo, wuchs er in Kleinstädten entlang der Schienen auf, bis die Familie nach Sarajevo zog. Dragans Großvater mütterlicherseits bestand darauf, dass zu Hause Deutsch gesprochen wurde, dem Vater war es ungeheuer wichtig, dass seine Kinder Slowenisch beherrschten und ihre Urheimat in Kneža bei Tolmin verorteten, und da es in der Grundschule, die Dragan besuchte, keinen katholischen Religionslehrer gab, lernte er den Umgang mit Gott in einer muslimischen Mejtef (wie die Bosnier Mekteb verballhornten) – Gott scheint ihn geradewegs für Zenica geschaffen zu haben.

Aus Sarajevo brachte er seine Gattin mit, meine Tante Viola, die schönste Frau meiner Kindheit, deren Schönheit auch die späteren schweren Jahre nichts anhaben konnten. Wie er kam sie aus bürgerlich-kuferaschen Kreisen, gehörte zur im Land geborenen zweiten Einwanderergeneration. Ihr Vater malte auf seine alten Tage Landschaftsbilder mit dalmatinischen und bosnischen Motiven, ein kleiner, liebenswerter, warmherziger Greis, wie so viele andere Zugezogene seiner Generation fasziniert von dem Land, in das es sie verschlagen hatte. Robert, Violas Bruder, überlebte als Schüler Jasenovac, vom Lager gezeichnet, meiner Erinnerung nach ein sehr zurückgezogener, entschieden apolitischer Einzelgänger. Zu Konzentrationslager fällt er mir als Erster ein.

Die Liebe muss groß gewesen sein, wenn Viola damals in der Phase des Wiederaufbaus und der Neubauten mit Dragan nach Zenica zog. Es sind zwar bloß achtzig Kilometer bis Sarajevo, aber verdammt lange achtig Kilometer, die man nicht ohne triftigen Grund auf sich nahm. Dragan kletterte wie zu erwarten rasch auf der Karriereleiter hoch, schon in den fünfziger Jahren wurde er Direktor des Stahlwerks, ein sehr hoher Posten, einer der höchsten in der gesamten jugoslawischen Stahlbranche, den damals keiner bekam, der nicht auf Herz und Nieren überprüft und für geeignet befunden wurde. Natürlich war Dragan Parteimitglied, der Gedanke, er hätte einen solchen Posten ohne Parteibuch bekommen, ist lachhaft, trotzdem wird man hauptsächlich auf die fachliche Qualifikation geschaut haben. Denn Ideen sind gut und schön, Stahl kochen kann man damit nicht. Das ist insofern bedeutsam, weil Dragan von zu Hause ein Handicap anhing, das seine Aufstiegsmöglichkeiten in anderen Tätigkeitsfeldern stark eingeschränkt hätte: Sein Bruder war als Soldat des Feindes gefallen, was damals erst zehn, fünfzehn Jahre zurücklag. Auf jeden Fall musste er die richtige Haltung beweisen, was ihm als wie gesagt wissbegierigen Hedonisten, der ideologisch eher schwach auf der Brust war, nicht leichtfiel. Besuchte Genosse Tito Zenica, wofür die üblichen Verdächtigen – Kleriker, ehemalige Pavelić-Anhänger und die einst so vorbildlichen Blüten des kroatischen Volkes – präventiv verhaftet wurden, führte mein Onkel den hohen Gast durchs Werk. Zwischen meinen Unterlagen, im Reliquiendurcheinander vergangener Leben, müsste noch eine aus der Zeitung ausgeschnittene Fotografie mit Dragan und dem Marschall vor dem funkensprühenden Inferno eines Hochofens liegen.

Auch zu jener Zeit wurde es irgendwann Weihnachten, Viola war es wichtig, den Weihnachtsbaum an Heiligabend und nicht, wie es ein ungeschriebenes Gesetz der Partei forderte, an Neujahr zu schmücken. Also wurde im Haushalt von Direktor Dragan an Heiligabend eine Tanne weihnachtlich dekoriert, und dann passierte etwas Grässliches: Genossin Saveta Jaroš kam zu Besuch. Dragan und Viola überlegten panisch, was tun, Dragan schnappte sich das fertig geschmückte Ding und verfrachtete es ins Bad, in die Badewanne. Wahrscheinlich fiel es ihnen in dem Moment, in dem Genossin Saveta in der Tür stand, siedend heiß ein: Neben der Badewanne war die Toilette.

Čedo und Saveta Jaroš waren und blieben Dragans und Violas engste Freunde aus der Zeit in Zenica. Čedo war gebürtiger Tscheche, Saveta bosnische Serbin, engagiert zunächst im kommunistischen Jugendverband, dann Mitglied des städtischen Parteikomitees. Heute klingt das nach ideologischer Verblendung, aber im richtigen Leben haben sich Viola und Dragan sehr gut und rückhaltlos mit Genossin Saveta über alles und jedes unterhalten, natürlich nicht über Dinge, über die man nicht mit Dritten spricht. Heutzutage redet man mit seinen Freunden eher nicht über Analverkehr, damals redete man beispielsweise nicht über einen Bruder, der als deutscher Soldat gefallen war, oder über das Schmücken von Tannen an Heiligabend. Das hat ja auch Zeit, bis sich unsere Leben in Erzählungen verwandelt haben, in denen wir alle gut und lieb sind, denn wenn wir böse und fies waren, werden wir sowieso von allen vergessen.

Genossin Saveta saß an jenem Tag vermutlich nichtsahnend auf Rejcens Sofa, und Genosse Dragan und Genossin Viola hatten entsetzliche Angst, jede Minute des Besuchs kam ihnen wie Jahre vor und jeder Schluck Rosenwasser, den Saveta trank, ließ ihnen den kalten Schweiß ausbrechen. Die Gesprächsthemen vergaßen sie augenblicklich, überliefert sind sie jedenfalls nicht, auch nicht, ob Saveta fand, dass sich die beiden irgendwie komisch benahmen, aber die Sache ging gut aus, die Genossin musste nicht aufs Klo, die ideologische Abweichung meines Onkels Dragan Rejc, Direktor des Stahlwerks, auf das die ganze jugoslawische Metallbranche stolz war, blieb unbemerkt.

Mutter rief mich an Silvester an, um mir die Geschichte zu erzählen, die jahrelang im Familienkreis die Runde gemacht hatte, wenn auch hinter vorgehaltener Hand, schon damit sie den Jarošs nicht zu Ohren kam, die sollten sich nicht auf den Schlips getreten fühlen, und an mir war sie auch vorbeigegangen, was, aus dramaturgischen Gründen, gut war. Denn die Geschichte hat eine Fortsetzung.

Meine Mutter ging oft zu ihrem Arzt, Šerkan Talić, sie kannte ihn schon lange, und weil man sich in Sarajevo viel erzählt, erzählten sich die beiden jedes Mal die eine oder andere Geschichte. Doktor Talić kennt nämlich wie alle Hausärzte unzählige Anekdoten, weiß von Schicksalsschlägen und erfreulichen

Wendungen zu berichten, von Wundern aus dem Leben der anderen; wenn er sich nicht ausschließlich der eigenen Berufung verpflichtet fühlen würde, könnte er ein Chronist Sarajevos oder zumindest einiger Straßenzüge Sarajevos sein, des Viertels, in dem seine Praxis lag. Wie alle Ärzte, die ganz in ihrem Beruf aufgehen und ihn als Berufung in einem fast schon religiösen Sinn verstehen, sodass sie Gesundheit predigen wie Missionare den Glauben, macht er auch Hausbesuche und kontrolliert seine Patienten in ihren Wohnungen.

Talić erzählte also vom Besuch bei seinen Nachbarn an Weihnachten, ein altes Ehepaar, er siebenundachtzig, sie ein paar Jahre jünger, feine, sehr gepflegte Menschen, vornehm auf diese herrlich altmodische Art. Der alte Herr sei leidend, lasse sich aber nicht gehen, und so habe ihn die Krankheit nicht zerstört. Er liebe die Weihnachtszeit, wenn es nach ihm ginge, dürfte ruhig das ganze Jahr Weihnachten sein, da holen die beiden eine Tanne und er schmückt sie mit wunderschönem Krimskrams, den er von seinen Eltern geerbt hat, der Weihnachtsschmuck muss über hundert Jahre alt sein, so was Herrliches sieht man selten, so was wird heute nicht mehr produziert. Er bindet zusätzlich in dieses gezackte Glanzpapier gewickelte Bonbons an die Zweige, erinnern Sie sich, die gab's vor fünfzig Jahren, als man keine richtigen Kugeln bekam und die blanke Armut herrschte, und da hat es den Kindern etwas bedeutet, wenn sie diese glitzernden Bonbons von der Tanne pflücken konnten. Sein Baum ist wirklich der schönste weit und breit, der schönste auf jeden Fall in Sarajevo. Und da zu jeder Geschichte Namen gehören, verriet Doktor Talić auch die seiner Nachbarn: Herr Čedo und Frau Saveta Jaroš.

So, das ist die ganze Geschichte, die mir Mutter am Telefon erzählte, und es ist eine sehr weihnachtliche Geschichte, als hätte sich Frank Capra nach Zenica und Sarajevo verirrt. Heute wäre Frau Saveta sicher amüsiert, wüsste sie, dass Rejcens damals den politisch unkorrekten Weihnachtsbaum vor ihr in der Badewanne versteckten. So waren die Zeiten, so waren die Sitten. Stolz auf die eigene Familie und weitere Verwandtschaft ist nicht gut, denn von da ist es nur ein Schritt und man ist stolz auf sein Volk – eine schwere, verachtenswürdige und meistens unheilbare Krankheit –, aber irgendwie bin ich doch ein bisschen stolz, dass diese Geschichte in meiner Familie mit Humor und Selbstironie erzählt wurde, als Witz auf eigene Kosten, ein Witz über heute lächerliche Ängste und die eigene Feigheit. Winter 1998, Onkel Dragan lag im Krankenhaus und wollte mich noch einmal sehen. Ich fuhr mit dem Bus von Zagreb nach Zenica, ganz Bosnien war neblig und voll Schneematsch, in der Stadt hing der Rauch von Kohleöfen, das Stahlwerk arbeitete nicht. Vom Krankenhaus gibt es nichts zu berichten, ein Krankenhaus wie jedes andere. Eine Gesichtshälfte war durch die Krankheit verzerrt, und er sagte: Ich seh wie Tuđman aus, nicht?

Olgas Zehra

Sie war schwanger, als die Familie im Frühjahr 1926 nach Kakanj übersiedelte. Franjos Versetzung kam überraschend. So ist das bei der Eisenbahn: Man kriegt ein Telegramm mit dem Bescheid, man habe sich am 15. des Folgemonats beim Bahnhofsvorsteher in XY zum Dienst zu melden. Mladen war drei Jahre, ein ruhiger, verständiger Knabe. Er freute sich auf ein Schwesterchen und sollte drei Monate später, ein Vierteljahr nach dem Umzug, bei der Geburt seines Bruders bitter enttäuscht sein. Wären wir in Usora geblieben, wäre es bestimmt ein Mädchen geworden, hat er zum Vater gesagt.

Kakanj ist nicht wie Usora oder auch Doboj, wo sie sich kennengelernt, geheiratet und den ersten Sohn gezeugt hatten. Oder war die Reihenfolge ein bisschen anders? Darüber wurde nicht geredet. Kakanj lebt vom Bergbau, ein Kaff, in dem sich alles um Kohle und Stahl drehte, bewohnt vom Proletariat aus allen Ecken der untergegangenen Monarchie, Handwerkern, Vorarbeitern, Verwaltungsangestellten, Technikern und Elektrikern, während die Arbeiten unter Tage, für die man keine Schule besucht haben muss, Muslimen und Katholiken aus der Umgebung überlassen blieb. Sie kamen aus Dörfern, wo sich vor der österreichischen Zeit über die Jahrhunderte nichts verändert hatte, wo man in Legenden und der Erinnerung an die bosnischen Könige und die osmanische Eroberung lebte, und kaum etwas war wirklich so gewesen. Inmitten einer verwunschenen Natur, unwandelbar wie sie selbst, hatten diese Menschen, fernab der Zivilisation, zurückgeworfen auf den Reigen der Jahreszeiten, lange keinen Begriff von ihrem Elend. Doch als der Schwabe Bergwerke eröffnete und ihnen Kakanj vor die Nase setzte, hatten die Legendenleute einen Vergleich, bekamen vor Augen geführt, wie es in der großen weiten Welt zugeht, wollten auch ein Stück vom Kuchen und fuhren ab da in den Schacht, gaben ihre unberührte reine Armut für etwas her, das sich ihnen nicht erschloss. 1926 waren die Kakanjer Bergwerker noch solche Legendenleute.

Mit dickem Bauch und Mladen an der Hand erkundete Olga das Städtchen, sah sich um, besichtigte die Bergarbeitersiedlung mit ihren Rosengärtchen, wanderte den Berg hoch zur Šumonja-Quelle. Franjo war nicht gesellig, auf ihn konnte sie nicht zählen, wenn sie Leute kennenlernen wollte, und sie ertrug es nicht, allein zu sein. In Dubrovnik mit zwei Schwestern und einem Bruder aufgewachsen, das Haus wie ein Taubenschlag, ein stetes Kommen und Gehen, ein mehrsprachiges Tohuwabohu mit wechselseitigen Besuchen, grüppchenweise oder allein flanierte man die *stradun* auf und ab, kommunizierte auch dort in verschiedenen Sprachen, und die Welt schien zum Greifen nah, Gespräche drehten sich um das weite Gebiet von Cetinje über Boka Kotorska bis Wien und Venedig und rund um die Erdkugel, deren sämtliche Meere so mancher Matrose mehrfach befahren hatte, dem Olga auf der *stradun* begegnete. Für die Sechzehnjährige brachen mit der Rückkehr nach Bosnien – sie war 1905 in Konjica geboren, woran sie sich natürlich nicht erinnerte – Schweigen und Einsamkeit an. Sie fühlte sich beengt, in Bosnien spielte sich alles im Umkreis von wenigen hundert Metern ab, die Leute kamen aus ihren Ortschaften nicht heraus, schon die nächste Kleinstadt war ihnen fremd. Aus Usora wurden sie mit Tränen in den Augen verabschiedet, als läge Kakanj auf einem anderen Kontinent, so weit weg schien das, als würde man sich nie wiedersehen. Und es war so weit weg. Man sah sich nicht wieder.

Franjo war ein verschlossener Mensch. Er brauchte keine Gesellschaft, schon gar nicht die, die bei Eisenbahn und Verwaltung arbeitete und aus Zugezogenen bestand. Auch nicht die in Kakanj beim Bergwerk. Als Kind eines Säufers widerte ihn die kreisende Schnapsflasche an. Um ihn herum waren viele Trinker, Versager und enttäuschte Menschen. Die einen tranken, weil sie Krakau und Kattowitz hinterhertrauerten, die anderen sehnten sich nach Zgošća und Kraljeva Sutjeska. Wo mehr gesoffen wurde, in Usora oder Kakanj, wer mehr unter Heimweh litt, lässt sich nicht sagen. Was ist weiter von Kakanj weg, Krakau oder Kraljeva Sutjeska? Kraljeva Sutjeska. Da kommt man nicht mehr hin, also wird gesoffen.

Franjo befasste sich lieber mit Büchern und später mit Bienen, als mit Menschen zu reden.

Um Gesellschaft musste sich Olga selbst kümmern, wenn sie welche brauchte. Und sie brauchte welche, man kann doch nicht allein wie eine Eule zu Hause hocken. Man muss unter Leute.

Zehra lernte sie noch vor Dragans Geburt kennen.

Sie war einundzwanzig, Zehra fünfzehn. Wir wissen nicht, wie sie sich kennenlernten, aber es war die zeitlebens wichtigste Freundschaft, die Olga schloss. Zehra war ihre engste Vertraute, mit ihr sprach sie über alles, wusste sie doch, dass Zehra eher sterben würde, als anderen etwas ihr Anvertrautes zu verraten. Und Zehra schockierte nichts, sie akzeptierte Olgas Gefühle und Sehnsüchte, hörte ihr zu und hielt bedingungslos zu ihr.

Zehra war ungebildet, aber sehr intelligent. Sie konnte kaum lesen und schreiben, aber sich alles vorstellen und nachempfinden und mit ihrer lebhaften, vollkommen beherrschten Fantasie ausmalen. Bei ihr zu Hause, wo sie Olga immer häufiger besuchte, obwohl das ganz unüblich war, obwohl sich in Kakanj Muslime und Katholiken nicht zu Hause besuchten, lag zwischen den üblichen Wänden aus ungebrannten Lehmziegeln ein Holzboden. Zehras Mutter war darauf so stolz, dass sie ihn jeden Tag schrubbte und er wie ein Goldstück schimmerte. Lange hatten sie wie die meisten einen gestampftem Lehmboden gehabt, dann konnten sie, Gottseidank, Dielen verlegen. Ein Reichtum, der für eine ganze Generation reichte.

Zehra war verschleiert. Alle Musliminnen in Zgošća – denn für die Einheimischen ist Kakanj immer noch Zgošća – waren verschleiert. Christinnen gegenüber nahmen sie den Schleier äußerst ungern ab, zeigten ihnen ihr Gesicht lieber nicht, aus Angst, diese könnten ihren Männern zu Hause erzählen, wie sie aussahen. Dann hätten sie die Männer genauso gut direkt sehen können. Zehra zeigte sich Olga von Anfang an unverschleiert und Franjo auch, als sie später Olga besuchte. Der konnte gar nicht einschätzen, was für ein Riesending das war, so beschäftigt war er mit seinen Bienen, Büchern und müßigen Wissenschaften.

Olga hatte sich ganz befreit, lernte Gott und die Welt kennen und lief in Pluderhosen durch Kakanj, sehr zum Missfallen der kuferaschen Damen. Olga lässt sie reden, Überheblichkeit spricht aus ihr, Spott und Verachtung. Wahrscheinlich unbewusst macht sie diese Leute für die Vertreibung des Vaters aus Dubrovnik verantwortlich, deswegen kapselt sie sich von ihnen ab und trägt grellbunte Zigeunerhosen. Franjo stört es nicht. Und was die Frauen über Olga reden, ist ihm wurscht. Verwandte aus Zenica und Dubrovnik kommen zu Besuch, Tante Lola und Branka reisen an, man geht an die Bosna baden. Einer besitzt einen Fotoapparat, auf dem erhaltenen Bild: Lola, Branka, Onkel Karlo, Tante Jela, Franjo, Olga und Dragan. Wo ist Mladen, warum ist er nicht mit drauf?

Und wenn alle wieder weg sind, ist Olga bei Zehra. Seite an Seite eilen die beiden durchs Zentrum. Verschleiert und unverschleiert. Schwarz und bunt. Zehra ist achtzehn, sie geht bald weg.

Warum und wie Zehra ausgerechnet nach Sarajevo verheiratet wurde, wissen wir nicht. Auch der Vorname ihres Mannes hat sich im Nebel der Zeit verloren. Mit Nachnamen hieß er Orman, denn wir kannten sie als Zehra Orman, und er war in jenen frühen Jahren Chauffeur und ein guter und sehr lieber Mann.

Kurz nach Zehras Wegzug fuhr Olga nach Sarajevo, wollte sehen, wo die Freundin hingeheiratet hatte. So redete man damals: hinheiraten. Olga zog ihre schönsten Sachen an – endlich eine Gelegenheit, das schicke Kostüm aus Dubrovnik anzuziehen, sich wie Kinoheldinnen oder Mannequins aus Hochglanzmagazinen zurechtzumachen –, setzte ihr in Kakanj ebenfalls undenkbares Wiener Hütchen auf, ein Geschenk von Bruder Rudi, stieg in weiße Pumps und den Zug und fuhr nach Sarajevo, nach Donji Soukbunar, um die Ormans zu besuchen. Damit kam sie Zehras Kakanjer Verwandtschaft zuvor, war dort, bevor Brüder und Cousins, Tanten und Onkel Zehras neues Heim gesehen hatten, kam sogar Zehras Mutter zuvor.

Was mögen die Leute in Donji Soukbunar gedacht haben, als Olga Rejc, geborene Stubler, im Herbst 1929 mit ihrem ganzen bürgerlichen Pomp im Hof stand und fragte: Wo ist Zehra?

Sie dürften überrascht gewesen sein, vielleicht angenehm überrascht vom Ansehen ihrer Zehra, wegen der offenbar Leute aus Kakanj anreisten, die sogar in Sarajevo auffielen. Olga wurde freundlich empfangen, aufs Sofa gesetzt und bewirtet und später zum Bahnhof gebracht, bis zum Abteil: Sämtliche Ormans, ob jung oder alt, winkten bei der Ausfahrt des Zuges nach Kakanj der Frau zu, die sie, ohne es zu wissen, als Mitgift zu Zehra dazubekommen hatten.

Viel später wurde viel von friedlichem Miteinander geredet und ähnlichem Schmus, faktisch war eine solche Mitgift unerwünscht. Warum sonst hätten die einheimischen Muslime Zugereiste mit dem Schimpfwort Kuferaschen belegt, Kofferkinder, wenn nicht, um sie daran zu erinnern, ihre Koffer zu packen und genauso sang- und klanglos abzuhauen, wie sie 1878 nach Bosnien gekommen waren? Später akzeptierten die so Gescholtenen die Bezeichnung in selbstironischer Anspielung auf das ihnen zugedachte Schicksal, aber man darf nicht vergessen, dass sie auf ein Schimpfwort zurückgeht. Noch später, im Sozialismus, gab es tatsächlich ein Miteinander, kurze Zeit heiratete man sogar untereinander, bis Anfang der neunziger Jahre alles wieder zurückgedreht wurde. 1929 jedenfalls galt die Freundschaft zwischen einer muslimischen Analphabetin aus Kakanj und der katholischen Frau eines Eisenbahners als unüblich, abartig und bedrohlich. Die Gründe sind verschieden, der Skandal ist derselbe wie Olgas bunte Pluderhosen für die kuferasche Damenwelt von Kakanj.

Die Ormans waren gute Menschen, sie nahmen Olga wegen ihrer Zehra an und gewannen sie lieb. Solange Menschen nicht total verbohrt sind, ist die Schwiegertochter wichtiger als Prinzip und Sitte.

Acht Jahre wohnte die Familie in Kakanj, bevor sie endgültig nach Sarajevo zog, Olgas glücklichste Jahre. Sie hatte ein ungebundenes, erfülltes Leben, erzog die Söhne, kam mit den Leuten aus, badete in der Bosna, nahm an großen, von der Gewerkschaft organisierten Ausflügen teil, spielte Gitarre und vergaß allmählich, was sie vielleicht von ihrem Mann trennte. Auch für ihn waren es glückliche Jahre, er tat, was er wollte, und genoss, besuchte im Sommer die Verwandten in Tolmin und Kneža, und beruflich rückte sein großer Traum in greifbare Nähe. Er rechnete fest mit der Versetzung nach Sarajevo zur Generaldirektion, in die für Fahrpläne zuständige Abteilung, er war der fähigste aller Bahnhofsvorsteher und Zugabfertiger mit dem höchsten Bildungsabschluss. Es eilte ihm nicht, er wartete geduldig, aber als das Versetzungstelegramm endlich eintraf, brach Euphorie aus. Sarajevo sollte sie für den Rest ihres Lebens ins Unglück stürzen, es ist die Stadt ihres Todes – Franjo stirbt am Sepetarevac im Oktober 1972, Olga im Uni-Klinikum im Juni 1986 –, der Schauplatz des unaufhaltsamen Niedergangs der Familie, aber das wissen sie nicht, als sie überglücklich den Umzug in die Hauptstadt feiern. In Sarajevo kann sie endlich ihre Hüte ausführen, sich jeden Tag in Schale werfen wie fürs Theater, nach Lust und Laune ins Theater gehen. Vorbei die Wanderjahre einer Vertriebenen, die, seit ihr Vater 1921 auf richterliche Anordnung Dubrovnik verlassen musste, durch Bosnien zog. Jetzt fängt das Leben richtig an, hat sie wohl gedacht. Franjo freute sich auf die Arbeit in Sarajevo, sie interessierte ihn am Eisenbahnwesen am meisten, das Einzige, wofür er sich begeisterte. Er hatte nicht nur einen Bahnhof, sondern ein Streckennetz unter sich, das mit anderen Netzen verbunden eine ganze Welt ergab. Die Verbindungen begeisterten ihn: Eine Lokomotive konnte Waggons von Zelenika bis Danzig ziehen. War ihre Freude Hoffart? Darf man sich denn über gar nichts freuen, muss man bitterlich beweinen, was einen jäh ins Unglück stürzte?

In Sarajevo holt sie Zehra mit ihrem Mann ab.

Der fährt inzwischen Taxi. Wir sind in den dreißiger Jahren. Wieder kommen aus allen Richtungen Menschen nach Sarajevo, die meisten aus Belgrad und Zagreb. Beide Städte wetteifern um die Gunst der einheimischen Muslime. Die einen wissen ganz genau, dass die von altersher und gefühlsmäßig Serben sind, die anderen wissen ganz genau, dass die von altersher und gefühlsmäßig Kroaten sind, und die Muslime entscheiden sich mal so und mal so, wie das Menschen eben tun, die glauben, eine Wahl zu haben. Es sind wieder Ausländer da, das Hotel Europa ist ständig ausgebucht, auch andere Gasthäuser füllen sich, und die Stadt, die unter Österreich ihre lichten Momente und gleichzeitig leichte Anwandlungen von Amnesie hatte, scheint sich jetzt wieder dunkel längst vergangener Zeiten zu erinnern. Wie dem auch sei, viele Menschen fahren Taxi, Zehras Mann verdient gut.

Sie selbst setzt ein Kind nach dem anderen in die Welt, insgesamt fünf. Als Olga nach Sarajevo zieht, sind es zwei, bei weiteren drei Geburten geht sie Zehra zur Hand. Sie wolle keine Kinder mehr, vertraut sie der Freundin an, nicht so einfach, Franjo sei übergriffig. Er denke nicht an Schwangerschaften, habe nur seine männlichen Bedürfnisse im Kopf. Zehra versteht sie. Zehra versteht überhaupt alles und bringt jede noch so verworrene und ausufernde Geschichte mit zwei, drei Sätzen auf den Punkt, und dann ist es plötzlich ganz einfach, leicht und heiter. Im Gegensatz zu anderen Freundinnen, die schamhaft die Augen abwenden, hört sich Zehra alles vorbehaltlos an, denkt sich in Olgas Geschichten hinein und findet tröstliche Worte. Und das als Muslimin? Noch dazu eine sehr gottesfürchtige Muslimin, die jede Vorschrift befolgt und vom Erwachen bis zum Einschlafen nach Maßgabe ihres Glaubens handelt? Die Antwort ist so schlicht wie verblüffend: Olga kam aus einer anderen Welt, gehörte einem anderen Glauben an, der ihr vorschrieb, sich nicht zu verschleiern und hunderterlei anderes, was vom Islam abweicht. Wäre Olga Muslimin gewesen, Zehra wäre vor Scham zergangen, wäre vor Olgas Vertraulichkeiten geflohen und hätte sie nie mehr sehen wollen. So aber hatte sie keinen Grund wegzurennen und konnte ihr beistehen. Vor Olgas Glauben war Zehra vollkommen frei, und Olga war frei vor Zehras Glauben. Das machte sie zu besten Freundinnen.

Die Geschichte der verschwundenen Familie kennt keine innigere Freundschaft.

In Sarajevo haben sie sich oft besucht. Rejcens fuhren nach Soukbunar, und die Ormans traten ins Haus der Emilia Heim, stiegen in den fünften Stock und klingelten bei Rejc. Zehras Mann war zur Stelle, wenn Franjo irgendwohin gefahren werden musste. Der beriet ihn als der Ältere und Erfahrenere in beruflichen Angelegenheiten. Nach einer Weile vertraute Orman ihm, redete offen über alles. Franjo schwieg und hörte zu und erzählte von der Zeit, die auf sie zukomme, von dem Verrückten, dem Reichskanzler Hitler.

Im Krieg fuhr Orman weiter Taxi. Anfangs hatte er viel Kundschaft, deutsche und kroatische Offiziere, Italiener, Geschäftsleute, Spione und Abenteurer. Er sah alle von der Warte des Chauffeurs. Franjo warnte ihn, mahnte zur Vorsicht. Orman schlug die Warnung in den Wind. Er tut ja keinem was, wovor soll er sich hüten? Zehra war klüger. Aber sie musste sich um die Kinder kümmern. Es wurde zusehends schwieriger, alle fünfe satt zu kriegen, die Geschäfte waren leer, auf dem Markt gab es nichts, in der Umgebung keine Bauern mehr. Die Ustascha hatte alle vertrieben.

Nach Mladens Tod im Herbst 1943 ist Olgas und Franjos Leben unwiederbringlich zerstört. Zehra bittet ihre Schwägerin, die fünf Kinder zu hüten, und bleibt fast eine Woche lang Tag und Nacht bei ihnen. Helfen kann sie nicht.

Ohne Zehra hätte ich mich umgebracht, sagte Olga. Es war das Einzige, was sie zu Mladens Tod sagte.

Mag sein. Trotzdem konnte ihr niemand helfen. Was in den Seelen der beiden, die ihren Sohn verloren hatten, zerbrach, das konnte keiner kitten, auch Zehra nicht. Es war nicht nur der Tod selbst. Auch andere Eltern haben ihren Sohn im Krieg verloren und sich irgendwann damit abgefunden. Franjo war dagegen gewesen, dass Mladen die Einberufung befolgt, Olga rechnete sich für den Sohn bei den Deutschen größere Überlebenschancen aus als bei den Partisanen, dachte, Franjo sei aus politischen Gründen so vehement dafür, dass der Junge sich den Partisanen anschließt. Er hat ihr das nie verziehen, gab ihr unausgesprochen die Schuld an Mladens Tod, und sie konnte sich selbst nicht verzeihen.

Zehra und ihr Mann kümmerten sich so gut sie konnten um die beiden. Olga blieb lange Zeit stumm, war verschlossen und verstockt, es kostete sie wohl ungeheuere Überwindung, Zehra alles zu erzählen. Sie hat es zu spät erzählt.

Gegen Kriegsende konnte sich kaum jemand ein Taxi leisten. Am Ende waren die deutschen Offiziere, in sich zusammengebrochen, verschwunden die hohen Würdenträger von Ustascha und Heimatschutz. Zurück blieben Verbrecher und Gesindel. Die nehmen vielleicht ein Taxi, bezahlen aber nicht, sagte Franjo, und: Orman, du musst jetzt noch viel vorsichtiger sein und bis Kriegsende durchhalten. Meine Kinder haben Hunger, antwortete der einmal. Mein Gott, dann haben sie halt Hunger, Hauptsache, sie leben! Der Ärmste, er begriff nicht, warum Franjo das sagte. Er dachte, der redet so, weil er den Sohn verloren hat.

Ohne sich abzusprechen oder jemandem was zu sagen, beging Zehras Mann im März 1945 einen schwerwiegenden Fehler: Er meldete sich als Fahrer bei der Ustascha. Einen Monat später war er in der Kolonne, die sich Richtung Zagreb zurückzog. Er chauffierte einen Oberst vom Heimatschutz. Angeblich hat er Zagreb erreicht und sich von dort telegrafisch gemeldet, einen Tag vor der Befreiung Sarajevos. Das hat man Zehra zumindest gesagt. Dein Mann hat sich aus Zagreb gemeldet, hat ihr einer gesagt. Und sie wusste nicht, ob der sich einen Spaß erlaubte, weil eine neue Zeit angebrochen war, oder ob sich ihr Mann wirklich gemeldet hat. Aber ja, bestätigte die Quelle, das kannst du ruhig glauben, er hat sich gemeldet!

Zehras Mann verschwand wie Tausende kroatischer Soldaten und Zivilisten, Mitläufer und hoher Repräsentanten und Amtsträger des Unabhängigen Staates Kroatien. Der Name, unter dem ihr Verschwinden in die Geschichte einging, entbehrt nicht einer gewissen Ironie: Kreuzweg. Chauffeur Orman aus Soukbunar verschwand auf dem Kreuzweg, weil er seine fünf Kinder satt bekommen wollte.

Das einzig Gute für Zehra im Jahr 1945 war ihre gute, aufopferungsvolle Schwiegermutter, die sie nach Kräften unterstützte. Und sie bei etwas Furchtbarem bestätigte, was Zehra tun musste. Als Frau eines Volksfeindes, eines Ustascha-Fahrers, waren sie und ihre fünf Kinder dem Untergang geweiht. Sie glaubte an Gott, hoffte auf ihn und seine Größe und weinte dem Gatten keine Träne nach, trotzdem verdingte sie sich auf einer Baustelle als Bauarbeiter – unverschleiert. Wie ein Mann schleppte sie Zementsäcke, diese kleine Frau, die man leicht übersehen konnte. Nach Arbeitsende streifte sie den Schleier wieder über und ging nach Hause.

In Soukbunar zerrissen sich die Nachbarn deswegen die Mäuler. Das war noch bevor der Schleier verboten wurde und die Frauen ihr Gesicht auf der Straße zeigen mussten.

Olga, ich fühle mich so nackt!, klagte sie.

Es war wirklich sehr selten, dass Zehra über etwas klagte. Sie lächelte immer, war freundlich, gut gelaunt und felsenfest überzeugt, dass nichts Schlimmes passieren kann, und alles, was uns Ungläubigen schlimm vorkommt, war für sie Gottes Wille und eine sehr ernst gemeinte Lehre.

Damals konnte man im Laden nichts kaufen, die Geschäfte waren zu, weil die Regale ohnehin gähnend leer gewesen wären.

Man lebte von Marken, Bons, die man teils nach Bedarf, teils für Gefälligkeiten bekam. Wir brachten Zehra und ihrer Familie so viel wir konnten, Gemüse aus dem Stubler-Garten in Ilidža und Almosen aus Kakanj, es reichte hinten und vorne nicht.

Olga läuft nach Soukbunar, bringt Zehra geröstete und gemahlene Gerste, mit etwas Kaffeepulver vermischt. Zucker gibt es keinen, auf Jahre hinaus. Sie hat ihre kleine Tochter dabei, die kam im Krieg zur Welt, obwohl Olga Zehra schwor, dass sie keine Kinder mehr wolle. Aber auf Abtreibung stand im Ustascha-Staat die Todesstrafe. Das Mädchen, blond und klein, fürchtet sich. Alles ist in diesem Haus anders, als sie es gewohnt ist, ein komischer Geruch, Kinder mit Kulleraugen wie auf Zeichnungen von Bruno Schulz. Zehra nimmt sie hoch, aber sie dreht sich weg.

Salko ist ein bisschen jünger als sie, sie kann ihn herumkommandieren. Er macht alles, was Javorka sagt, und findet es lustig. Er lacht. Lange trinken Olga und Zehra Ersatzkaffee und reden. Sie achten nicht auf die Kinder. Die kommen allein klar.

Jetzt sagst du mir, was ich machen soll, sagt die Kleine zu Salko. Aber da verabschiedet sich ihre Mutter.

Es vergehen sieben Tage, Olga treibt wieder irgendwo Muckefuck auf, versetzt mit ein wenig richtigem Kaffee. Zucker gibt es keinen, auf Jahre hinaus. Sie nimmt Javorka an der Hand und läuft mit ihr zu Zehra nach Soukbunar. Das Mädchen ist still, aber es freut sich.

Als sie ankommen, ist alles wie beim letzten Mal, der komische Geruch, das dunkle Zimmer. Nur keiner da.

Wo ist Salko?, fragt das Mädchen.

Weißt du, Kind, Salko ist gestorben, antwortet Zehra ruhig.

Zum ersten Mal wird Javorka mit der Endlichkeit konfrontiert. Und zum einzigen Mal geschieht das so ruhig. Zehra bekam keine feuchten Augen, denn sie glaubte, es müsse so sein und sei Gottes Wille. Vor Salko war bereits ihre Jüngste gestorben, Azra. Auch das nahm sie ruhig hin. Zehras Kinder starben vor Hunger und Elend. Heute kann man sich das kaum noch vorstellen, man muss sich in die Zeit hineinversetzen, man muss sich das einmal vergegenwärtigen: Man trinkt gemeinsam Ersatzkaffee, die Tochter spielt mit ihrem Sohn, und eine Woche später ist der Sohn tot.

Ihr blieben drei Kinder: Mehmed, Nađa und Munira. Die Töchter lernten Schneiderin, der Sohn arbeitete als Träger. Sie hat alle auf den Weg gebracht. Geholfen hat ihr Dane Olbina, er hatte Mitleid und stellte sie als Putzfrau im Rathaus von Sarajevo an. Sie blühte auf.

Und als alles perfekt war, in jenen Maitagen des Jahres 1966, als das Mädchen, das mit ihrem Salko gespielt hatte, einen Sohn gebar, wurde Olgas Zehra krank. Leberkrebs. Javorkas Mann, der Vater des Jungen, Doktor Jergović, ließ Zehra in seine Abteilung verlegen, gab ihr das beste Zimmer. Sie war ihm so dankbar, dass sie nicht aufhörte zu lächeln. Wir besuchten Zehra im Krankenhaus, den Sommer über und im Herbst, bis Olga und Franjo mit dem neugeborenen Enkel wegen Franjos Asthma nach Drvenik gingen. Eines Freitags Ende September besuchte Olga Zehra zum letzten Mal. Sie wusste, dass es das letzte Mal war. Nicht einfach. Zehra lachte und sagte: Dummerchen, jetzt fährst du ans Meer, wo alle anderen gerade zurückkommen.

Sie starb im Dezember. Im März war Olgas jüngere Schwester Regina gestorben. Zehras Tod hat mich schlimmer getroffen als Rikas, sagte sie einmal. Ohne Zehra hätte ich mich umgebracht.

Die Frančićs, Joža und Mutz

Josip Frančić arbeitet im Bergwerk als Elektroingenieur. Er ist schon da, als Olga und Franjo nach Kakanj ziehen. Warmherzig, leutselig und ungezwungen unterhält er sich oft mit Bergmännern und einfachen Zgošćern, ein gebildeter Herr, der in Graz und Wien studiert hat und dem man beides, Vornehmheit und Bildung, nicht auf den ersten Blick ansieht. Im Studium hat er seine Frau kennengelernt und mit nach Kakanj gebracht. Sie heißt Maria, aber keiner nennt sie so. Alle haben ihren Spitznamen, für bosnische Zungen fast unaussprechlich, übernommen; selbst die aus der untersten Unterschicht rufen die Dame aus Respekt für den Herrn Ingenieur – Mutz.

Wie sich die vier angefreundet haben, daran erinnerte sich bald schon keiner mehr. Joža war einer der wenigen Männer, der nicht trank, Mutz brachte aus Wien Modezeitschriften, Handschuhe bis zum Ellenbogen und kecke Hütchen, Herz-Schmerz-Romane, Karl Kraus und Stefan Zweig, Kristallgläser und alles Mögliche mit, was Olga begeisterte, und so wuchs zwischen den beiden kuferaschen Familien irgendwie und ganz natürlich eine Symbiose, wie es Joža Frančić nannte. Was Olga an Zehra fand, betraf das Emotionale und Seelische und ihre Weiblichkeit, Mutz hingegen stand für Kultur und den Geist der Wiener Hochstapelei. Ein bisschen beneidete Olga ihren Bruder Rudi um die langen Studienjahre in Wien und Graz, und so ersetzte ihr Mutz das, was sie womöglich selbst hätte haben können, hätte sie nicht so früh geheiratet und Kinder geboren.

(Ganz nebenbei: Ich finde die Vorstellung, dass Nonnos Spermium 1922 zu Nonnas Glück kein Ei befruchtet hätte, dass mein älterer Onkel Mladen nicht gezeugt worden wäre und Olga, statt zu heiraten, in Wien Musik oder Literatur und Sprachen studiert hätte, nicht schlimm. Ihre Wiener Jahre und eine

Welt, in der es meine Onkel mütterlicherseits, meine Mutter und natürlich auch mich nicht gäbe, kann ich mir in bunten Farben ausmalen.)

Mutz beherrschte den angeheirateten familiären Kakanjer Tonfall in reinster Form. Die Sprache der Kofferkind war voller Germanismen, so auch die ihre. Aber die geborene Österreicherin, die vor dem Umzug nach Kakanj kein Wort dieser Sprache konnte, sprach auch die Germanismen so aus, wie es sich in Kakanj eingebürgert hatte. Als wären es nicht Worte ihrer eigenen Sprache.

Einheimischen Frauen gegenüber war sie ihrem Naturell entsprechend launisch, manche nannten sie die verrückte Deutsche und schlossen die Fenster, wenn sie die Straße herunterkam. Manche versteckten die Kinder, um sie vor ihrem bösen Blick zu schützen. Andere, meist Katholikinnen, die Musliminnen weniger, lachten über Mutz, die hielten sie für verrückt, aber lieb. Und hätten es nicht schlimm gefunden, wenn Mutz sie selbst und die Kinder mit ihrer Verrücktheit angesteckt hätte.

Zehra sagte über Mutz: Bei der kommt selbst Gott aus dem Staunen nicht heraus, wenn er sie hört und sieht.

Mutz gebar in diesem Kaff am Ende der Welt zwei Söhne.

Hausgeburten, in den stillen, von den Schreien der Wöchnerin zerrissenen frühen Morgenstunden, wie Frauen in Zgošća eben die Kinder zur Welt bringen. Trotz der edlen Modejournale wäre sie partout nicht auf die Idee gekommen, wie in Wien üblich niederzukommen. Der älteste Sohn musste Josip heißen. Wie der Vater, Großvater, Urgroßvater … Der älteste Sohn hieß immer Josip. Der jüngere wurde Branko genannt.

Joža denkt wie ein Ingenieur, sagte Franjo, der interessiert sich nicht für Politik.

Der schätzt weder König noch Vaterland.

Sie redeten über alles, niemals jedoch über Politik.

Die Jahre vergingen, es geschah, was geschehen sollte und was besser nicht geschehen wäre, und wenn sie Langeweile hatten, redeten sie oft darüber, warum sich Joža so komisch aufführte, sobald Franjo Stipe Radić, Kamerad Lenin oder Benito Mussolini erwähnte: Er sah weg, gähnte demonstrativ oder fragte Franjo, wozu er sich mit Sachen abgab, auf die er keinen Einfluss hätte. Bienen und Fahrpläne seien doch Beschäftigung genug. Sollen die doch ihre Revolutionen machen, die Welt ist voller Idioten, sagte Joža Frančić, die einen legen Feuer, um die Welt zu beglücken, und die anderen löschen den Brand. Weißt du, wie sie in Dalmatien Waldbrände löschen, wenn die Bora die Flammen auf die Olivenhaine und Weinberge zutreibt? Mit Gegenfeuer. Die ziehen mit Benzin eine Schneise in der Macchia und zünden es an, und wenn ein Feuer auf das andere trifft, gewinnt normalerweise das Gegenfeuer.

Die Geschichte, mit der Joža ihn von der Politik abzubringen versuchte, merkte sich Franjo gut. Warum hat er es versucht? Um ihn vor etwas zu bewahren?

Die Frančićs blieben ein paar Jahre länger in Kakanj als Franjo und Olga. Vor dem Krieg zogen sie nach Mostar. Sie blieben in engem Kontakt, sahen sich zwar selten, schrieben sich aber Briefe und Weihnachtskarten, nichts davon ist erhalten. Olga hat nach Mladens Tod alles daran gesetzt, sie zu vernichten. Als hätte sie befürchtet, jemand könnte sich der Unterlagen bemächtigen und die Geschichte rekonstruieren, so wie sie sich von dem Tag an zugetragen hat, als sie Franjo kennenlernte, bis zu dem Tag, an dem ein unbekannter Partisan das Gewehr wie bei einer Treibjagd auf Wildschweine anlegte und schoss. Oder hat sie gehofft, sie könnte mit den Unterlagen und Fotografien auch ihre Erinnerungen vernichten?

Die beiden Männer telefonierten am 6. April 1941 zum letzten Mal.

Franjo saß in seinem Büro in der Generaldirektion und hörte gegen zehn Uhr morgens, die Telefonleitungen seien unterbrochen und die zweite Welle deutscher Bomber im Anflug. Um die Information zu prüfen, wählte er eine Nummer, die er im Kopf hatte, und Joža meldete sich sofort. Nach ein paar Floskeln legten sie auf, keiner hatte dem anderen etwas zu sagen.

Wie viele Monate vergingen, bis Ustaschas die von Ingenieur Josip Frančić geleitete illegale Kommunistengruppe in Mostar aushoben? Im Krieg vergeht die Zeit anders. Die Logik der Kriegszeit bringt es mit sich, dass man sehr rasch nicht mehr zuordnen kann, was sich wann zutrug; weder Olga noch Franjo erinnerten sich genau, wann die Nachricht von Jožas Verurteilung und Hinrichtung Sarajevo erreichte. Nur dass es vor Mladens Einberufung war. Olga wollte den Sohn unbedingt außer Reichweite der Ustascha und ihrer Justiz wissen, also bei den Deutschen. Für Franjo konnte er nur bei den Partisanen Jožas Schicksal entfliehen.

Trotzdem zwackte ihn die Frage, warum Joža Frančić ihm gegenüber jahrelang so getan hatte, als sei ihm Politik völlig gleichgültig. Aus Gründen der Konspiration? Oder gaben Zweifel den Ausschlag, hielt er ihn für unzuverlässig? Der Gedanke verletzte ihn, das war nicht in Ordnung, er war sauer auf den durch Erschießen hingerichteten Joža Frančić, hätte ihm, wenn das nur möglich gewesen wäre, gern die Meinung gesagt. Mit einem jahrelang befreundet sein, mit den Söhnen spielen, und deren Vater für so unzuverlässig halten, dass man ihm seine Religion verschweigt. Das ist erbärmlich, hätte er ihm gern gesagt, aber keine Chance, Joža war nicht mehr. Er hatte den Bergmännern mehr vertraut als ihm. Im Nachhinein war es klar wie der helle Tag: Josip Frančić hatte die ganze Zeit im Bergwerk agitiert. Dem ungebildetsten Bauerntrampel hat er mehr vertraut, und dabei hatte Franjo gedacht, Joža sei sein Freund.

Er hat dich geschützt, sagte sie unvermittelt.

Wovor?

Vor deinem eigenen tollwütigen Gekläff. Der arme Kerl, Joža hat dir das Leben gerettet, du hättest dich um Kopf und Kragen geredet, wenn du es gewusst hättest!

Mutz blieb mit den Söhnen in Mostar. Gegen Ende des Krieges wurden sie volljährig und sofort eingezogen, einer nach dem anderen. Joža der Jüngere und Branko fanden sich in derselben endlosen Kolonne kroatischer Heimatschutzleute und

Ustaschas, Amtsdiener und dem einen oder anderen untergetauchten Massenmörder wieder, in der auch der Sarajever Taxifahrer Orman am Lenkrad eines schwarzen Mercedes saß. Für beide ein langer Marsch, der die Form einer Ellipse annahm und in Sinn und Gehalt alle anderen Erfahrungen und Gefühle im Leben überstieg. Am ärgsten aber ist, dass sie gelobten, lebenslang über ihre Erlebnisse auf diesem Marsch zu schweigen.

Branko wurde als Erster entlassen. Mit siebzehn, als Schüler, hatte ihn der Führer Kroatiens in die Uniform der Kroatischen Streitkräfte gesteckt, in der auch die abgebrühtesten Ustaschas, die Schlächter von Jasenovac, steckten, der Poglavnik hatte ihn und seinen ganzen Jahrgang, 1927, mit Mördern gleichgestellt, mit dem kroatischen Schicksal verkuppelt, sie wie Lämmer der Rache der Sieger ausgeliefert. Die Partisanen haben den meisten die Uniformen ausgezogen und sie organisiert nach Hause geschickt.

Joža, Jožas Sohn, geriet im Süden Österreichs in Kriegsgefangenschaft, musste von dort bis Südserbien laufen und wurde erst in Niš als einer der wenigen Überlebenden freigelassen, aber die haben eigentlich nicht begriffen, dass er unschuldig war. Es wäre eine Schande gewesen, ihn hinzurichten, nachdem er den Marsch überlebt hatte.

Hast jemandem vom Vater erzählt?, fragte ihn seine Mutter.

Gab keinen, dem ich es erzählen konnte.

Wie das?

Er wusste nicht, wie er es ihr erklären sollte, dass er auf einem Fußmarsch über tausend Kilometer zwischen den Gewehrläufen der Befreier keinen einzigen Menschen finden konnte, dem er, Feldwebel Josip Frančić, von seinem Vater, Elektroingenieur Josip Frančić, erzählen und so seinen Kopf retten konnte.

Nach dem Krieg kam Mutz mit ihren Söhnen nach Sarajevo, brachte beide zu Olga und Franjo, damit sie erzählen konnten, was sie erlebt hatten. Das dauerte vom frühen Nachmittag, bis am nächsten Morgen die erste Straßenbahn fuhr. Weder Joža noch Branko klagten an – wie auch und wen im befreiten Sarajevo des Jahres 1947 – oder forderten Gerechtigkeit, nicht von Franjo und Olga. Aber beide mussten etwas loswerden, was sie zuvor nur der Mutter anvertraut hatten. Und damit schlossen sie mit der Geschichte ab. Kein Leid mehr, nachdem sie in einer langen Dezembernacht kurz vor Weihnachten aussprechen durften, was sie den Freunden ihrer Eltern verschweigen mussten. Danach haben sie wahrscheinlich nie mehr darüber geredet.

Maria Frančić lebt als Rentnerin in Sarajevo.

Nonna hat mich Anfang der siebziger Jahre einmal zu Frančićs mitgenommen. Als die Welt, in der sie gelebt hatten, untergegangen war, sagte Olga nicht mehr Mutz zu Maria Frančić. Es wäre lächerlich gewesen. Oder hätte sie an etwas erinnert. Statt Mutz hieß es nun die Frančić oder Frau Frančić. Eine laute, lustige Person, stolze Haltung, auf ihre Art gaga. Sie brauchte Männer, was Olga entsetzte. War sie mal nicht schockiert, fand sie die Frančić lächerlich. Die schwärmte wie ein Backfisch von ihrem Stojan, einem Landei aus der Herzegowina, der sie in Sarajevo besuchte. Olga versuchte das Thema zu wechseln. Als das misslang, ließ sie die Geschichte stumm über sich ergehen.

Den Satz, den Olga nach Zehras Tod nur einmal sagte, sagte sie zur Frančić: Zehras Tod hat mich schlimmer getroffen als der meiner Schwester. Ohne Zehra hätte ich mich umgebracht.

Ich hätte ja lieber meine Söhne verloren als meinen Mann, sagte Mutz, erstaunt, dass so was Thema sein kann.

Dann seufzte sie tief, sah erst Olga, dann Javorka an, und fing fröhlich wieder an: Ach, mein Stojan ...

Frau Maria Frančić starb Mitte der siebziger Jahre. Da liegt sie nun auf dem Friedhof Bare.

Erwin und Munevera

Meine Urgroßmutter Josefina Patat, die aus bitterarmen Verhältnissen im Umland von Udine stammte, kam siebzehn Mal nieder und hatte am Ende nur zwei lebende Kinder – fünfzehn Tode und eine langjährige heitere Freundschaft zu den Enkeln von Josefinas Schwester, das wahrscheinlich stärkste Band in der Geschichte der Stublers. Abgesehen von dem sehr entfernten Verwandtheitsgrad verband die Brüder Erich und Erwin Dusl, gebürtige Wiener wie ihre Eltern, nichts mit der Familie von Karlo Stubler, dem Kofferkind und Eisenbahner aus Bosnien, was wieder einmal beweist, dass unsichtbare Bindungen zwischen Menschen fester und wichtiger sind als sichtbare: Bessere, ergebenere Verwandte als die beiden hatten wir nicht.

Erich, Erwin und Tante Dora, mit der Rudi während der langen Studienjahre in Wien eine inzestuöse Affäre hatte, verbanden uns mit Österreich und Wien und überhaupt dem, was Karlo und Johanna und in geringerem Maß auch deren Kinder als kulturelle und sprachliche Heimat empfanden. Die Wohnung der Dusls, deren Tür für die Stublers immer weit – selbst für balkanische Verhältnisse ungewöhnlich weit – offen stand, wäre der erste Anlaufpunkt gewesen, falls man Bosnien hätte verlassen müssen. Wir haben den Unterschlupf nicht gebraucht, aber es war wichtig, dass er fast das ganze 20. Jahrhundert potenziell bestand. Die Dusls waren so etwas wie Garanten unseres bürgerlichen Beharrungsvermögens. Im Fall unserer Vertreibung gab es jemanden, der uns aufgefangen hätte.

Man fuhr oft nach Wien, schon vor dem Ersten Weltkrieg, als Karlo noch Bahnhofsvorsteher von Dubrovnik war, und auch in der Zwischenkriegszeit, und so finden sich in Schubladen, Fotoalben und Schuhkartons Dutzende von Schwarzweißbildern, auf denen man Karlos Töchter zu allen Jahreszeiten und in unterschiedlichen Konstellationen auf dem Ring oder vor Wiener Kaffeehäusern sieht, im Sonntagsstaat und mit Hüten wie die Stars der Stummfilmzeit.

Ab den dreißiger Jahren erwiderten die drei, Erich, Erwin und Tante Dora, unsere Besuche. Der Weg nach Wien war für uns schon weit, wie viel weiter muss der Weg nach Sarajevo erst für sie gewesen sein – ein orientalischer Basar, eine Stadt zwischen Feilschen und Fatalismus, voll schlechter Omen und finsterer Neigungen, der sie den Duft von Jasmin, Zimt und sämtliche Wohlgerüche des Ostens andichteten, um die Verwandten zu beglücken. Das Attentat auf den Thronfolger war natürlich nicht gerade eine Empfehlung. Doch Dusls waren neugierig und wollten nicht die Gefühle der lieben Verwandten verletzen.

Der erste Besuch muss zwischen 1933 und 1936 stattgefunden haben, danach kamen sie bis weit in die siebziger Jahre hinein immer wieder. In diesen vier Jahrzehnten wurde die Welt auf den Kopf gestellt, Karlo, Johanna und deren Kinder starben, nur Olga, die Jüngste, nicht, in diese Zeit fällt die schönste Liebesgeschichte der Familie, für die es sich lohnt, auch das Drumherum zu erzählen, aber am Ende wird sie trotz aller Mühen ungesagt bleiben. 1933 allerdings mussten wir noch zwanzig Jahre darauf warten.

Erich und Erwin haben Architektur studiert und abgeschlossen und sollten gut davon leben. Keiner der beiden hegte größere berufliche Ambitionen, sie wollten Geld verdienen und ein genussreiches, komfortables Leben haben, mehr nicht, Ansprüche an Ewigkeit stellten sie keine. Politik interessierte sie auch nicht, Hitlers Weg zur Macht, den »Anschluss« und den Ausbruch des Krieges erlebten die Dusls zunächst als etwas, was sie nicht betraf, und dann als unkontrollierbare Naturgewalt, ein Gewitter oder katastrophales Erdbeben, das man irgendwie überleben muss, ohne groß Worte darüber zu verlieren. In diesem Punkt waren die Dusl-Brüder typische Wiener Kleinbürger.

Als solche lagen beide vor Stalingrad.

Wie sie mit heiler Haut davonkamen, was ihnen das Leben rettete, durch welches Wunder sie nicht in sowjetische Gefangenschaft gerieten, darüber haben sie nie geredet. Überhaupt konnte man mit ihnen kaum über die unschönen Seiten des Lebens reden. In Familien, deren Sohn im Krieg geblieben war, redet man nicht über den Krieg. Und man redet nicht darüber, wie man überlebt hat. Es würde die traurig machen, die das Wunder der Rettung nicht erleben durften.

Nach dem Zweiten Weltkrieg dauerte es Jahre, bis Jugoslawen wieder problemlos Pässe beantragen und die Stublers mit Kindern und Kindeskindern nach Wien reisen konnten. Erwin besuchte sie bereits 1951 in Sarajevo, und da passierte die Geschichte, die hier erzählt würde, wenn es möglich wäre. Auf der Straße in Ilidža traf er eine Frau, eine überirdische Erscheinung. Für Erwin. Für die anderen nicht. Sie arbeitete als Sängerin beim Radio, ergaben seine Nachforschungen. Ihr Name? Munevera Berberović.

Erwin fuhr zurück nach Wien. Fuhr mit dem Zug durch das verwüstete und verarmte Land, durch die Heimat und die Vaterländer seiner orientalischen Verwandten, und wenn er sie bis dahin nicht verstanden haben sollte, wenn er den Eindruck gehabt haben sollte, dass sie ihr Leben nicht unbedingt in diesem bedauernswerten Bosnien hätten fristen müssen, jetzt brach es ihm das Herz, weil er nach Hause musste. Im Frühherbst 1951 konnte sich Erwin Dusl vorstellen, den Rest seines Lebens in Sarajevo zu bleiben. Er sollte unerfüllt und unverwirklicht, bedauernswert wie Bosnien, sterben, denn ihm widerfuhr, was eigentlich nur in Sevdalinken besungen wird: Eine schöne Frau gesehen, sie nicht angesprochen, sondern abgereist, und nun musste er immerzu an sie denken.

Im folgenden Sommer kam er wieder. Und im darauffolgenden. Im Frühjahr 1954, kurz bevor der erste Stubler nach dem Krieg nach Wien fuhr, übersiedelte Erwin Dusl nach Sarajevo, lebte volle drei Jahre in Ilidža und arbeitete für ein Projektbüro, ohne ein Wort in unserer Sprache zu sagen. Er verstand sie ausgezeichnet, sprach sie aber nicht. Er schwieg und hörte zu. Und dann antwortete er auf Deutsch. In diesen drei Jahren entstanden Hunderte Aquarelle. Er malte die Natur und das alte Sarajevo. Typische Genrebilder europäischer Bosnienreisender. Erwin war wohl einer der letzten Reisenden dieses Schlages.

Wir wissen nicht und werden es nie erfahren, wie die Liebesgeschichte zwischen Erwin Dusl und Munevera Berberović verlief. Weder erzählte er, wie er sie kennengelernt hatte, noch wo und wie sie sich trafen oder was sie trennte. Jenseits aller Widrigkeiten des Lebens, frei von Hässlichem und Unangenehmem, bar aller Bedenken hinsichtlich der Unterschiede in Religion, Nation und Sprache, verschont von nachbarschaftlichem Tratsch, Gegenwind aus der Verwandtschaft, außerehelichen Kindern und Abtreibungen, beglückte diese Liebe bis zum Ende des familiären Gedächtnisses – das mit dem Tod der letzten Stubler erlosch, die sich an Erwin und Munevera erinnerte – jeden, der sie kannte. Sie währte nur kurz, weil sich beide bewusst dagegen entschieden, und trotzdem war es die vollkommene Liebe. Und über das Vollkommene kann man nicht schreiben.

Später sang Munevera Berberović für unsere Gastarbeiter in Deutschland und Österreich. Nie jedoch, wirklich nie, in Wien, aber nicht, weil sie Zorn oder Herzeleid gehabt hätte. Traf Munevera Olga, Rudi oder Franjo oder die junge Javorka auf der Straße, fragte sie immer als Erstes: Wie geht's Erwin? Und er erkundigte sich bei jedem Telefonat, bei jedem Besuch nach ihr. War er jedoch in Sarajevo, unternahm er keine Anstalten, sie zu treffen. Alle wussten es, keiner versuchte ihn umzustimmen.

1970 fuhren Rudi, Javorka und Dobro nach Wien. Rudi nahm die beiden mit auf eine Tour durch die Länder seiner Jugend. Sie bereisten Süddeutschland und besichtigten Straßburg, aber Wien war die wichtigste Station. Dort hatte Rudi studiert, sich verliebt, dort hatte er wohl eine Affäre mit seiner Cousine, für die er sich sein Leben lang schämte. Javorka und Dobro waren nicht mehr zusammen, sie waren geschieden, taten aber so, als wäre nichts. Rudi wünschte sich, es wäre nie geschehen, wollte sie wieder vereint wissen, ihm imponierte Dobros Arztberuf. Außerdem war er, wenn sie unter Leuten waren, ein sanfter, guter Mann, wirkte wie der ideale Ehemann und Vater. Warum der Eindruck trog, ist eine lange Geschichte, und die Geschichte, warum zwei frisch Geschiedene faktisch eine Hochzeitsreise machen, würde auch länger dauern.

Rudi hatte sich mit Erwin in dem Kaffeehaus verabredet, wo er sich als junger Mann die Nächte um die Ohren geschlagen hatte. Das lag vierzig Jahre zurück, aber er fand sich dort immer noch mit verbundenen Augen zurecht. Das Kaffeehaus war seinerzeit seine Wohnstube, überhaupt kannte Rudi Wien besser als Sarajevo. In Wien war er daheim.

Erwin kommt. Sie trinken ein Bier, dann nimmt er sie mit in seine Wohnung. Ein großes altes Wiener Haus, im Hof das Architekturbüro. Alles sehr teuer und luxuriös. Erwin ist mit Monika verheiratet, Tochter eines reichen schwedischen Industriebarons.

Wie war die Reise?, fragt er. Javorka erzählt, sie hätte sich wohl Läuse eingefangen. Das kriegen wir hin, sagt Erwin lachend. Und bevor er zur Apotheke läuft, um das beste Präparat gegen Läuse zu holen, von dem Javorka bis zu ihrem Tod reden wird, fragt er: Wie geht es Munevera?

In der Frage schwingt keine Trauer mit, die stellt nicht einer, der etwas verpasst oder sein Leben umsonst gelebt hat, weil er die Frau ziehen ließ, in die er sich verliebte. Erwin war nach Wien zurück und lebte mit der Liebe zu Munevera, und dass nicht der Tod sie schied, tat dem Gefühl der Erfüllung keinen Abbruch. Eine vollkommene Liebe pro Leben genügt, auch wenn sie nur drei Jahre hält.

Munevera Berberović heiratete nicht und starb jung. Gelegentlich steht ihr Name in den Zeitungen. Ihre Stimme ist auf Tonbändern bei Radio Sarajevo konserviert, einzelne Aufnahmen stehen im Internet. Beim Hören versuche ich mir die Frau vorzustellen, die Erwin Dusl liebte, mein Verwandter aus Wien.

Den lernte ich Mitte der siebziger Jahre in Dobros Wochenendhäuschen am Trebević kennen, im Sommer. Auf der Rückfahrt bekam ich wie immer hohes Fieber. In Vaters grauem Renault 4 mischte sich der Geruch von Benzin mit Erwins Rasierwasser. Sie unterhielten sich lebhaft auf Deutsch. Ich verstand nichts. Ich wollte nur noch nach Hause. Die Gluthitze war bald von der vielen frischen Luft verflogen.

Die Kroatin

Jahrelang habe ich ihr zugeredet, die Unterlagen zusammenzutragen und das Gesuch einzureichen. Ein Vormittag Arbeit, und sie wäre auf der sicheren Seite gewesen. Man weiß ja nie. Sie versprach es, heute, morgen, und wir wussten beide, sie würde es nicht tun. Aber warum? Das wussten wir nicht. Vielleicht mochte sie sich in den Jahren, als sie noch gesund war und ringsum Frieden herrschte, nicht von Schalter zu Schalter schicken lassen. Das Sarajevo nach dem Krieg war ganz und gar ihre Stadt, war so durchgeknallt, zerstört und herzlich wie sie selbst, vielleicht dachte sie, die kroatische Staatsbürgerschaft bräuchte sie sowieso nicht. In ihren Augen sah es nach Verrat aus, vor sich selbst hätte sie, hätte sie sich den fremden Pass und das Dokument aushändigen lassen, das aussieht wie ein Schulzeugnis und Domovnica – Staatsbürgerschaftsurkunde – heißt, als Verräterin dagestanden. Halb Bosnien und ein guter Teil der Sarajlis jeden Glaubens und jeder Nationalität hatten sich die kroatische Staatsbürgerschaft besorgt, sogar Silajdžićs Außenminister; vermutlich verwahrten viele ihre kroatischen Papiere insgeheim irgendwo zwischen Unterwäsche und Strümpfen, das wusste sie natürlich sehr gut, trotzdem mochte sie es ihnen nicht gleichtun. Ihr war mit dem einen Personalausweis und dem längst abgelaufenen Pass Bosnien-Herzegowinas wohler. Wenn mir einer blöd kommt, sag ich … So hat sie es formuliert: Wenn mir einer …

Mit der Krankheit wurde die Staatsbürgerschaftsfrage dringlich. Sie überstand die erste, die zweite Operation, und dann war so gut wie sicher, dass sie nach Zagreb musste. In dem Augenblick, in dem ihr Leben zersprang, wurde sie zur Ausländerin, ein ihr vertrauter Zustand, die Eltern waren die meiste Zeit in Bosnien Ausländer gewesen, der Großvater musste als

Ausländer unfreiwillig aus Dubrovnik zurück nach Bosnien ziehen, der Bruder war als ausländischer Soldat, als Angehöriger einer feindlichen Einheit, gefallen: Von Generation zu Generation wurde das Fremdsein in ihrer Familie weitergegeben, aber erst jetzt traf es sie mit voller Wucht. Das Recht auf Leben wird von einem anderen Ort aus beschützt, das definiert den Ausländer. Welcher andere Ort hätte sie beschützt? Geboren in Sarajevo, kein kroatischer Pass, damit ihr keiner blöd kommt. Davor konnte sie nur als Fremde in der eigenen Stadt Angst haben. Und weil sie in Sarajevo Ausländerin war, war sie dazu verurteilt, auch in Zagreb Ausländerin zu sein.

In der Konsularabteilung der kroatischen Botschaft in Sarajevo liegt unter Aktenzeichen 521-BIH-01/03-EP-12-02 das Protokoll zu der Verhandlung am 4. Juni 2012 betreffs Erlangung der kroatischen Staatsbürgerschaft. Die Verhandlung begann um 12 Uhr 0 Minuten und wurde um 12 Uhr 55 beendet. Es war ein Montag, ein herrlich sonniger Tag, was für Mai und Juni in Sarajevo nicht selten ist, vor allem wenn man krank oder durch andere widrige Umstände von den Freuden der Welt ringsum getrennt ist. Sie war schon in ihrer Beweglichkeit eingeschränkt, aber von guten Menschen umgeben, Freundinnen, Freunden und den Mejtašer Taxifahrern, zu denen sie bereits vor dem Krieg gute Beziehungen unterhalten hatte. Sie kannte jeden beim Namen, wusste, wer wie viele Kinder hat, wie er lebte, was ihn plagte – soweit er es allmorgendlich seiner ersten Stammkundin erzählte. Ganz allgemein knüpften die Bewohner der am Hang gelegenen Stadtteile nach dem Krieg engere Bande zu ihren Taxifahrern, sicher nicht zuletzt wegen der günstigen Preise …

Was geschah während dieser fünfundfünzig Minuten im kroatischen Konsulat, Skenderija 17? Ich könnte es rekonstruieren, es ist noch frisch, ich kenne sie gut, ich weiß, worauf sie was erwidert, um die Aufmerksamkeit der Gesprächspartner zu gewinnen und wie gewohnt im Mittelpunkt zu stehen, aber das ist für diese Erzählung irrelevant, wichtig wäre, was in ihr selbst vorging, und das bleibt mir verschlossen. Wichtig wäre, was sich mir nicht erschließt, obwohl ich sie so gut kannte, obwohl ich heute an mir einige ihrer Beweggründe beobachte. Was empfand sie, als sie sich bewusst für etwas entschied, was sie all die Jahre von sich wegschob? Sie war krank, sei's drum, soll ihr halt einer blöd kommen. Mit der kroatischen Staatsbürgerschaft konnte ich sie nach Zagreb holen, ins beste Krankenhaus schaffen und Ärzte engagieren, die nicht bloß Kranke heilen, sondern Wunder vollbringen. In Sarajevo unterläuft Medizinern beim Heilen der eine oder andere Fehler, Wunder geschehen in Zagreb. Aber nur mit Staatsbürgerschaft, für Ausländer kostet die Gesundheitsversorgung in Kroatien so viel wie in der Schweiz.

Hier also was sie laut Protokoll gesagt hat:

Das Gesuch um die kroatische Staatsbürgerschaft gründe ich auf der Tatsache der Zugehörigkeit zum kroatischen Volk. Anlässlich der Einreichung des Gesuchs habe ich die Dokumente vorgelegt, mit denen ich meine Angaben zu meiner Zugehörigkeit zum kroatischen Volk beweise. Wie aus dem vorliegenden Gesuch und den Dokumenten ersichtlich, bekunde ich, dass ich Kroatin bin und mich als solche fühle und erkläre. Aus meinem Verhalten ergibt sich, dass ich Recht und Sitte der Republik Kroatien achte. Ich beherrsche die kroatische Sprache und bediene mich ihrer. Ich verfolge das kulturelle Leben der Republik Kroatien. In der Anlage zum Gesuch befindet sich das Original meines Arbeitsbuchs, ich bitte um Rückgabe nach Abschluss des Verfahrens. Angesichts meiner gesundheitlichen Probleme war ich nicht in der Lage, Dokumente beizubringen, die beweisen, dass ich mich jederzeit als Kroatin erklärt habe. Alle dem Gesuch beigelegten Schriftstücke beweisen zweifelsfrei meine Herkunft und meine Zugehörigkeit zum kroatischen Volk. Vor meiner Pensionierung leitete ich die Buchhaltungsabteilung der Pädagogischen Fakultät. In Erwartung eines positiven Bescheids im Voraus besten Dank.

Bei ihr waren gute Menschen, die Erste Sekretärin der Botschaft, E. P., die die Aussage zu Protokoll nahm, war ein guter Mensch, aber mich packt, wenn ich Sätze wie diese lese, eine gefährliche Ergriffenheit, die sofort in blanke Wut umschlägt. Daran ändert auch die seither verstrichene Zeit nichts, ich kann den Text fast auswendig, ein Mantra, das mit jeder Wiederholung einen Halbton höher gesungen wird, Variationen zum Thema Kroatentum vor den Institutionen des fremden Landes, vor Gott, aber auch vor ihr selbst und dem Leben etlicher Generationen zuvor.

Hat sie gelogen? Hängt davon ab, was man Lüge nennt. Sie war Kroatin – das wusste auch der bosniakisch-muslimische Dichter, der ihren Sohn rund zehn Monate früher, als sie den Tumor noch nicht entdeckt hatte, im Suff einen Ustascha-Bankert schimpfte –, aber die Behauptung, sich als Kroatin zu fühlen und zu erklären, rief ihre Schuldgefühle auf den Plan. Eben darum hatte sie die kroatische Staatsbürgerschaft bis dahin nicht beantragt; sie fühlte sich schuldig, weil sie darauf Anspruch hatte. Sie fühlte sich schuldig, weil ihr jemand vorhalten konnte, als Kroatin hätte sie ja noch eine Heimat in petto. Die sie, anders als Silajdžićs Minister, nicht hatte. Aber Silajdžićs Minister war im Unterschied zu ihr kein Kroate, er hatte lediglich kroatische Papiere und konnte von daher keine Schuldgefühle haben.

Seit wann war sie Kroatin? Vielleicht seit ihr Onkel Rudi die Sterbeurkunde seines Vaters Karlo abgeholt hat, im April 1951, zur Zeit des brachialen jugoslawischen Kommunismus im Zeichen von Brüderlichkeit und Einheit. Der Beamte fragt: Nationalität des Verstorbenen?, Rudi bricht der kalte Schweiß aus, er will auf Nummer sicher gehen, der Vater ist tot, dem kann es egal sein, und Rudi gibt an: Kroate, und schwups wird ihr Großvater, im Leben Deutscher, im Tode Kroate. Es gab Kroaten unter ihren Vorfahren, es gab emotionale, religiöse und kulturelle Gründe für Kofferkinder, um sich in Sarajevo als Kroaten zu fühlen, aber ihr Kroatentum war durch und durch von der Demütigung der Stublers getränkt. 1945 führten die Partisanen Karlo als Angehörigen der deutschen Minderheit ab, er sollte ins Konzentrationslager, aber seine serbischen Nachbarn aus der Kasindolska in Ilidža retteten ihn, und sechs Jahre später wird er posthum Kroate.

Welches Unglück ihre Familie auch traf, jeder Fluch, jede Widrigkeit, jedes Elend, es war kroatisch. Der kroatische Staat entstand im Jahr vor ihrer Geburt, er nahm ihr den Bruder, der als deutscher Soldat starb, und als er im April 1945 aus Sarajevo verduftete, ließ er sie mit ihrem Kroatentum zurück. Wer, wenn nicht sie, war Kroate?

Sie war Mitglied des slowenischen Kulturvereins Ivan Cankar. Hätte sie sich darum gekümmert, hätte ihr vom Vater her die slowenische Staatsbürgerschaft zugestanden, eine Zeit lang sogar die italienische, denn ihr Vater nannte Kneža bei Tolmin seine Heimat. Sie sprach ein bisschen Slowenisch, besuchte Slowenischkurse, hatte slowenische Freunde ... Übrigens war sie auch mit etlichen Mitgliedern des kroatischen Gebirgswandervereins befreundet. Mit ihrer schönen Stimme konnte sie gut erzählen, in einem Interview mit Radio Vrhbosna schilderte sie das Schicksal einer deutschen Familie in Sarajevo sehr lebendig ...

Nein, sie log nicht, als sie gegenüber dem Konsulat amtlich ihr Kroatentum erklärte, sie hat nur nicht alles gesagt. Viele verschweigen etwas, wenn sie sich für eine Nation entscheiden oder ihre bunt gemischte Zugehörigkeit auf eine reduzieren wollen. Sie hatte keinen, dem sie die endgültige Wahrheit hätte sagen können, die ich an ihrer Statt noch einmal ausspreche:

Welches Unglück ihre Familie auch traf, jeder Fluch, jede Widrigkeit, jedes Elend, alles, was in Sarajevo heranwuchs, um aus Sarajevo zu verschwinden, es war kroatisch.

Was für ein trauriger Satz: *In der Anlage zum Gesuch befindet sich das Original meines Arbeitsbuchs, ich bitte um Rückgabe nach Abschluss des Verfahrens.* Ihr in graues Leinen gebundenes Arbeitsbuch mit dem eingeprägten Wappen der

Sozialistischen Republik Bosnien-Herzegowina, in dem bis heute die Schornsteine rauchen, liegt in der Konsularabteilung der kroatischen Botschaft an der Skenderija, bis es mit anderen Unterlagen, Aktenordnern und Schnellheftern – den letzten Resten der Prä-Computer-Ära – nach Ablauf der Aufbewahrungsfrist entsorgt und recycelt wird. Keinen einzigen Tag ihrer vierzig Arbeitsjahre hat sie in Kroatien gearbeitet, trotzdem obliegt die Vernichtung des Dokuments, historischer Beleg ihres Strebertums, kroatischen Institutionen.

Oder das: *Ich verfolge das kulturelle Leben der Republik Kroatien.* Alles andere sind Formeln, die Unzählige vor ihr gebraucht haben, dieser Satz ist von ihr. Wer sonst würde in einem Gesuch um die kroatische Staatsbürgerschaft angeben, er verfolge das kulturelle Leben Kroatiens? Dabei wollte sie eigentlich etwas anderes sagen, obwohl sie sich tatsächlich für Kultur interessierte. Was sie sagen wollte, passte nicht ins Protokoll, war untauglich für so eine Erklärung, aber darauf setzte sie die größten Hoffnungen: ihren Sohn, also brachte sie den in dieser ungewöhnlichen Anspielung unter. Er würde ihr, glaubte sie, helfen.

Wenns aufs Sterben zugeht, balancieren Menschen nicht mehr auf dem dünnen Faden zwischen Vergangenheit und Zukunft. Er wird breit und breiter, so breit wie eine Landebahn am Flughafen, zum ersten Mal lebt man ganz in der Gegenwart. Sie hoffte, wollte die Hoffnung weiten, indem sie zurückblickte. So war das.

Je mehr ihr Körper abmagerte, zusammenschnurrte auf einen kosmischen Schmerzpunkt, desto größer die Hoffnung. Die Hoffnung auf eine Wunderheilung in Zagreb. Wobei, es gab ein Problem: In Sarajevo lief die klinische Erprobung einer sauteuren deutschen Behandlungsmethode gegen ihren Krebs noch, in Zagreb war sie vor einigen Monaten beendet worden.

Sie war furchtbar wütend auf ihre Sarajever Ärztin. Das machte es ihr leichter. Das unerklärliche, unverdiente, schreckliche Sterben, die Demütigung, mit der das Leben zu Ende ging, noch bevor es richtig begonnen hatte, schrie nach einer Erklärung. Eine saubere Rechnung mit korrekten Zahlen, klar und deutlich. Natürlich war die Ärztin schuld.

Einmal, an einem Sommertag, habe ich sie in einem der oberen Stockwerke des Klinikzentrums aufgesucht. Eine markante, schöne Frau, wahrscheinlich darauf gefasst, dass ich ihr als Laufbursche die Wut der Kranken übermittele. Hinter ihr, an der Stelle, wo im Büro Erinnerungsstücke, Postkarten und Fotos gewöhnlich hängen, hing das Foto eines großen weißen Hundes mit langem Fell. Er war sehr alt und krank. Ich erkundigte mich nach ihm. So tauschten wir, die Sarajever Ärztin namens Maja und ich, unsere Trauer aus. Der Hund lebt wahrscheinlich auch nicht mehr.

Du darfst nicht böse auf sie sein, redete ich ihr ins Gewissen. Bessere Ärzte würde sie nicht mal in Houston finden, sagte ich. Nur nicht durchblicken lassen, dass sie im Sterben lag. Es hätte ihr die Hoffnung geraubt.

Die Krankheit war schneller als das Verfahren zur Feststellung ihrer Volkszugehörigkeit. Nachdem alles eingereicht und protokolliert worden war, gingen die Unterlagen auf dem normalen Dienstweg nach Zagreb zur Entscheidung. (Am Ende liegt ihr Arbeitsbuch in einer Zagreber Schublade?) Dort schob man die Angelegenheit auf die lange Bank oder auch nicht; metaphysisch dem Satz: *Ich verfolge das kulturelle Leben der Republik Kroatien* gehorchend, suchte ich einen Kontakt im Innenministerium, der mir helfen konnte. Aber im September und Oktober hatte die Krankheit bereits so gründliche Arbeit geleistet, dass jeder weitere Vorstoß sinnlos war.

In ihrem letzten Monat, im November, hatte ich den Einfall, die Entscheidung über ihre kroatische Staatsbürgerschaft könnte ohne weitere Nachfragen erfolgen, ein Einfall, der an den Schluss von David Albaharis Roman *Cink* erinnert:

Schnell war die Wohnung voller Menschen: Die Frauen werkelten in der Küche, die Männer tranken im Esszimmer. Reden erübrigte sich: Alle wussten schon alles. Es klingelte, ich öffnete, vor der Tür stand eine junge Frau, ob ich mein Leben versichern wolle?, fragte sie. Sie hatte blonde Haare und blaue Augen, auch die Form ihrer Knie fiel mir auf. Ich schüttelte den Kopf und schloss die Tür. Engel kommen immer zu spät.

Doch niemand klingelte bei mir, auch per Telefon keine Benachrichtigung, der Vorgang sei abgeschlossen. Vielleicht wurden sie über ihr Ableben in Kenntnis gesetzt? Ich bezweifle es, solche Mitteilungen brauchen Jahrzehnte, bis sie das richtige Büro erreichen.

Die Angelegenheit entspricht der Poetik unseres Aussterbens. Mutters Geist schwebt über dem schmalen Streifen Niemandsland zwischen Bosnien und Kroatien und hofft auf ein Wunder.

Die Geschichte hat aber noch ein Ende, es ist in dem letzten Satz enthalten, den sie vor den Konsularbeamten äußerte: *In Erwartung eines positiven Bescheids im Voraus besten Dank.* Da hätte stehen müssen: danke ich im Voraus. So wie es dasteht, lehnt sie die kroatische Staatsbürgerschaft dankend ab. Schreibfehler sind manchmal Engel. Wenn ihr einer blöd kommt, sagt sie …

Hunger, bunte Steinchen

Die frühesten Erinnerungen meiner Mutter reichen in den April 1945 zurück.

Bald wird sie drei Jahre alt, ihre Mutter trägt sie in den Schutzraum, alliierte Bomber zerreißen den Himmel, als würde ein schwarzer Rock zu Putzlumpen verarbeitet. Das Mädchen hat keine Angst, dafür ist eine Nacht im Schutzraum zu aufregend. Alle sind da.

Zwischen dem Haus der Frau Heim, in dem wir wohnten, und dem Nationaltheater standen damals noch windschiefe bosnische Häuschen aus Holz und ungebranntem Lehm. Auch deren Bewohner kamen zu uns in den Keller, auch der kleine Kemo, ein, zwei Jahre älter als meine Mutter, der wohnte im kleinsten dieser Häuschen unmittelbar neben dem Theater.

Die allerfrüheste Erinnerung meiner Mutter gilt Kemo, der gegenüber dem Eingang vom Schutzraum sitzt und ein riesiges Stück Pita verschlingt. Es ist die Zeit des Hungers, das Stück war vermutlich nicht so groß, aber für sie das größte, das sie je gesehen hat, und das blieb bis zu ihrem Tod so.

Mama, Mama, der Kemo hat Pita!, ruft das Mädchen. Ihr erster ganzer Satz, an den sie sich erinnerte.

Das Nächste, woran sie sich erinnerte, war Frau Matić, die Nachbarin aus dem dritten Stock, die Mutter von Seka und Sinek. Ihr Mann war Serbe, sie selbst stammte aus Zagreb. Sinek war ein Idiot: Bei Kriegsausbruch schloss er sich den Tschetniks an. Alle wissen das, aber keiner tut ihr oder ihrem Đuro was. Da sitzt sie im Schutzraum auf einem Benzinfass und steckt sich etwas aus dem Topf in den Mund, den sie von oben mitgebracht hat.

Vielleicht war es während desselben Alarms, vielleicht waren es zwei verschiedene Angriffe und bei dem einen hat Kemo Pita gegessen und bei dem anderen die Matić was aus ihrem Topf gelöffelt. Das kann man in frühen Erinnerungen nicht auseinanderhalten. Aber Mutter erinnerte sich an Essen. Man hungerte im Frühjahr 1945, erst Jahre später wurde es wieder besser.

An das Kriegsende, die Einnahme der Stadt durch die Partisanen und die Verwerfungen zwischen den Menschen erinnerte sie sich nicht. Nichts davon hat sie bewusst mitbekommen, nichts war so eindrücklich wie Kemos Pita.

Sie spielte mit anderen Kindern hinter dem Haus im Hof der Synagoge, ein Paradies für die Kinder aus dem Haus: alles voll bunter Steinchen. Sie sammelte sie und brachte sie mit nach oben. Beim ersten Mal sagten sie nichts. Ihre Mutter drehte den Kopf weg. Der Vater schwieg. Beim zweiten Mal nahm er ihr die Steinchen weg und sagte: Damit spielt man nicht!

Das grub sich tief bei ihr ein. Sie hatte nichts verbrochen, der Vater schrie sie nicht an, trotzdem schämte sie sich. Wegen der Scham erinnerte sie sich daran.

Beim ersten Fliegerangriff auf Sarajevo im April 1941, noch vor ihrer Geburt, beschädigte eine Bombe den neuen sephardischen Tempel beim Haus der Emilia Heim. Einen Tag später plünderte und zerstörte der Mob die Synagoge. Nonno und Nonna haben das widerliche Geschehen vom Küchenfenster aus beobachtet, tatenlos, und immer wieder davon erzählt. Ich bin damit groß geworden. Sie erwähnten es jedes Mal, wenn es um Nationalismus, Rassismus oder Antisemitismus ging, sie schämten sich ihr Leben lang für das, was sie damals gesehen und erlebt hatten, ohne etwas dagegen zu tun. Aber was hätten sie tun können, sich gegen die Ustascha stellen?

Es verstand sich von selbst, dass die Ustascha und ihre Helfershelfer den Tempel verwüstet hatten. Das war eine Tatsache, ich kenne es nicht anders, es wurde wieder und wieder kolportiert, es war die Basis unseres Standpunkts. Ich war so davon überzeugt, dass ich in einem Roman *(Gloria in excelsis)* sowie mehreren Essays und Zeitungsbeiträgen die Verwüstung des Tempels durch die Ustascha beschrieb.

Vor einigen Jahren wies mich der Zagreber Historiker Zlatko Hasanbegović auf den Fehler hin. Der kein Fehler, sondern eine umfassende Meinung war, eingeschrieben ins und beglaubigt vom familiären Gedächtnis. Die Ustascha erreichte Sarajevo Tage nach der Zerstörung des Tempels, zerstört wurde er in den Tagen des Machtvakuums, ein spontaner Gewaltausbruch, auch einheimische Muslime und Zigeuner waren beteiligt. Das Pack bemächtigte sich der Menora, wickelte die Torarollen ab, warf das Mobiliar auf die Straße, nahm mit, was es tragen konnten, machte Party ... Nonno und Nonna sahen weder der Ustascha noch den Deutschen vom Küchenfenster aus zu, sondern ihren Mitbürgern.

Warum haben sie das verdrängt? Es gibt keine Antwort, gab sie wohl nie. Haben sie es sich leicht gemacht, sich entlastet, indem sie es der Ustascha, die in Sarajevo wirklich unvorstellbare Verbrechen beging, in die Schuhe schoben, obwohl es zeitlich nicht hinhaut? Konnten sie vor sich anders nicht rechtfertigen, dass sie unterließen, was sich im Moment des Geschehens sicher anbot: Sich gemeinsam mit den Nachbarn vor dem Tempel dem Mob entgegenstellen? Die folgenden Ereignisse gaben ihnen recht, Nonno und Nonna hätten nicht überlebt, hätten sie etwas gegen ihre Mitbürger unternommen, die in blindem Hass gegen die Juden – der offensichtlich älter ist als Pavelić und Hitler und in Sarajevo ewiglich totgeschwiegen wird – die Synagoge plünderten. Aber das konnten sie damals nicht wissen, und insofern sind sie wie alle anderen im Haus der Frau Heim mitschuldig an dem Geschehen.

Oder haben sie die Wahrheit unbewusst verdreht, weil sie mit diesen Menschen weiterhin zusammenleben mussten? Die Ustascha kommt und geht, Nazis sind immer die anderen, der Mob aber, der den Tempel zerstört, bleibt. Der ist hier zu Hause, kein Gericht wird ihn aburteilen, weil das Gericht keine Handhabe hat, es waren ja nicht die Faschisten oder die Besatzer oder die Königstreuen. Nonno und Nonna spürten wie alle Kofferkinder, wie vorläufig ihr Aufenthalt in dieser Stadt war. Die Vorläufigkeit verband sie mit dem Mob, der im Tempel übel gehaust hatte. Sie hatten dieselben Ängste.

Damit spielt man nicht!, sagte er und nahm Javorka die bunten Steinchen weg.

Die stammten von einem Mosaik, das zunächst von einer deutschen Fliegerbombe und dann von den Gewehrkolben und Fingern derer zerstört worden war, die in den Tempel eindrangen und seine Schätze raubten. Sie lagen im Hof, in der Straße, in der ganzen Stadt. Die bunten Steinchen bedeckten Sarajevo, ein Paradies für Kinder. Sie machten sogar den Hunger vergessen. Es war nicht einfach, die Farbenpracht ins Unterbewusste abzudrängen.

Das Mosaik wurde nie wiederhergestellt, nicht so, wie es früher war. Die sephardische Synagoge wurde nie wiederaufgebaut. Die paar Juden, die nach dem Krieg in der Stadt blieben, beteten in der aschkenasischen Synagoge. Bis heute, obwohl seit Langem keine aschkenasischen Juden mehr unter ihnen sind. Die Mosaiksteinchen sind in alle Winde verstreut und spurlos verschwunden. Ich bin felsenfest davon überzeugt, dass sie sich in der ganzen Welt finden. Der eine oder andere wird sie auf die Alija mitgenommen haben, wenn er in Palästina sein Israel zu finden hoffte, oder hat sie, auf der Suche nach wohlgesonnenen Nachbarn, nach Amerika, Kanada, Argentinien getragen. Die bunten Mosaiksteinchen liegen am Grund der Miljacka, unter dem Straßenbelag, im Erdreich der Bistriker Gärten, in der städtischen Kanalisation … Aber keins der Steinchen ist verloren, Materie geht nicht verloren, sagen die, die es wissen dürften. So bleibt auch die Verantwortung derjenigen erhalten, welche die Zerstörung des Mosaiks miterlebten. Mein Großvater und meine Großmutter, Nonno und Nonna, und meine Mutter, das Mädchen, das die bunten Steinchen aufhob, liegen in Bare, dem Zentralfriedhof von Sarajevo, miteinander in einem Grab, und noch immer tobt das Entsetzen von damals, als der Mob in die Synagoge eindrang. Das Mosaik hätte wieder zusammengefügt werden müssen, und die Geschichte gehört erzählt, so wie sie sich tatsächlich zugetragen hat.

Mutter hilft Swjatoslaw Richter ins Boot nach Lokrum

Direkt nach dem Krieg fuhren nur arme, kranke Kinder und Waisen sowie Todkranke ans Meer, die sich von der Seeluft Wunder erhofften. Es war zwar eine Zeit der Wunder, aber die Leute starben trotzdem, sodass bei vielen Einwohnern aus Sarajevo, Zemun oder Doboj Cavtat, Hvar, Baška Voda oder, häufiger noch, Dubrovnik auf dem Totenschein steht. Ende der vierziger, Anfang der fünfziger Jahre fuhr man zum Sterben nach Dubrovnik, und auf dem Friedhof Boninovo, auf dem ich früher regelmäßig Gräber besuchte, lagen Kinder wie Erwachsene aus Sarajevo, Kakanj oder Zenica, die bei oder in Dubrovnik starben und ein Grab zwischen Patriziern und gewöhnlichen Bürgern bekamen, zwischen Dubrovnikern, die hier gelebt hatten und gemäß menschlicher, familiärer und historischer Ordnungen hier auch bestattet wurden. Sie waren mit ihren Toden ein Zwischenfall, über den Gras wuchs, und ihre Holzdreiecke – die zu der Zeit an die Stelle von Holzkreuzen und muslimischen Grabstelen traten – verfaulten restlos, wie auch alles andere, wovon in dieser Geschichte die Rede ist, spurlos verschwand.

Die im Krieg geborenen Kinder hatten Rachitis und Skrofulose, Nieren-, Knochen- oder Lungentuberkulose, ihnen fehlten sämtliche bekannten Vitamine, sie waren unterernährt und starben wie die Fliegen, und die Gesellschaft kümmerte sich darum und schickte sie ans Meer. In der Klinik beim Kino Partizan arbeitete in den fünfziger Jahren Frau Doktor Carole Delianis. Eine resolute ältere Dame mit blütenweißem Arztkittel und einem goldfarbenen Brillengestell, eine von denen, von denen sich nicht behaupten ließ, Sarajevo nehme sie nicht an, nein: sie nahm Sarajevo nicht an, weder im Tonfall noch im Aussehen noch im Benehmen merkte man ihr die Stadt an. Aufopferungsvoll und stets lächelnd, klassifizierte und sortierte sie die Kinder, stets bestrebt, jedem Einzelfall gerecht zu werden und Lebenschancen zu eröffnen, so wie es der hippokratische Eid und die Programmschrift des Bundes der Kommunisten Jugoslawiens verlangten. Doktor Delianis bestimmte, welches Kind in Kur geschickt wurde.

Mutter verbrachte den September 1950 in der Villa Kaboga, acht Jahre alt, ausgesprochen anämisch, gegen Tuberkulose geimpft, appetitlos, still und schmächtig; die Ärztin dachte, das Meer würde ihr guttun. In Begleitung von Erziehern und Krankenschwestern reisten die Kinder bis Mostar mit der Schmalspurbahn und von dort mit Lastwagen bis ans Meer, die Fahrt dauerte sechzehn Stunden.

Die Villa Kaboga, Sommersitz einer Dubrovniker Patrizierfamilie, wurde 1945 ein Ferienheim für Waisenkinder, vorzugsweise von gefallenen Partisanen, und bald schon als Erholungsheim für Kinder aus Sarajevo genutzt. Vom wenige Monate alten Säugling bis zum fünfzehnjährigen Jugendlichen kurten Tausende während des ersten Nachkriegsjahrzehnts in der Villa Kaboga, nicht mehr als eine Randnotiz in einer Geschichte von unten; Momo Kapor hat sie in seinem Roman *Szenen aus der Jugend eines Starreporters* en passant erzählt. Mutter war einen Monat dort und wurde am 10. Oktober auf demselben Weg per Lastwagen und Eisenbahn wieder zurück nach Sarajevo befördert. Ihr Leben lang verband sie Dubrovnik mit einem angenehmen Stechen in den Augen, von der Sonne, die Wände und Mauern stark reflektierten, sie kehrte in ein Sarajevo zurück, das sich wie eine Muschel in seiner Smogglocke verschloss und den ersten Schnee erwartete. Aus Dubrovnik verabschiedete sie Tante Lola (die sie während ihres Aufenthalts mit Branka und Onkel Andrija in der Villa Kaboga abholte und zum Kuchenessen ausführte), zu Hause erwarteten sie Mutter und Vater, kleinmütig in ihr Unglück und das ausweglose, unentrinnbare Kofferkinder-Schicksal verstrickt.

Mutters erster Badeurlaub. Bis zum nächsten vergingen volle acht Jahre. Dazwischen besuchte man Tante und Onkel in Dubrovnik durchaus, aber stets im Frühjahr oder im Herbst, da ist es zu kalt zum Baden. 1955 fuhr die Familie im Winter nach Dubrovnik, Onkel Andrija starb Ende Dezember, Nonno, Nonna und Mutter kämpften sich durch Eis und Schnee zu seiner Beerdigung. Da war sie dreizehn, die Reise erschien ihr endlos, sie dachte, sie müsse sterben, auf der Fahrt über den Ivan erfrieren, für den Berg brauchte der Zug schon im Sommer ewig, wegen der Steigung, und in Dubrovnik tobte ein heftiger Sturm. Während der Onkel ins Grab gelassen wurde, blies die Bora so stark, dass die Ansprache des Priesters weit übers Meer flog. Man sah ihn nur den Mund auf- und zuklappen, die Worte waren längst über Lokrum und Daksa auf halbem Weg nach Italien. Als alle sich bekreuzigten, zuckte auch Mutters Hand, aber Nonna klopfte ihr auf die Finger. Warum? Da müsste man einiges vorausschicken, dafür reicht die Zeit nicht … zum orthodoxen Weihnachten waren sie wieder in Sarajevo, mitten im dichten Schneetreiben. Vor der Haustür, Nonna suchte den Schlüssel, drehte sie sich um: Ihre Fußstapfen waren nicht mehr zu sehen, so stark schneite es.

Im Juli 1958 machte sie zum ersten Mal richtig Sommerurlaub, zwei Wochen Budva. Nevenka, ihre Cousine, die im Herbst darauf ihr Diplom in Architektur ablegte, hatte ihren Verlobten dabei, meinen künftigen Onkel. Außerdem waren deren Freund Milan Ristanović, Jug Milić und Zdenka mit von der Partie, meine damals sechzehnjährige Mutter fiel ihnen also nicht zur Last. Damals nahm der Tourismus schüchtern seinen Anfang, auch wenn vorläufig nur junge Leute, Künstler und Sonderlinge zum Baden an der Adria fuhren. Stalins Tod lag fünf Jahre zurück, Chruschtschow hatte Belgrad, seinem Canossa, einen Besuch abgestattet, das Ansehen Jugoslawiens war gewaltig gewachsen ob des Sieges des kleinen Tito über den großen

Bruder, das Leben wurde endlich besser. Bis der Massentourismus jugoslawische Familien regelmäßig zur Küste karrte, sollten allerdings noch Jahre vergehen.

Mutter verliebte sich in Budva zum ersten Mal ernsthaft, und zwar in den Belgrader Schauspieler, der später den Derwisch Ahmed Nurudin in Zdravko Velimirovićs Verfilmung von Meša Selimovićs *Der Derwisch und der Tod* spielte. Diese Liebe überdauerte die zwei Sommerwochen mit Briefen, zog sich durch ihr Leben und alle Umbrüche und bekam zuletzt legendäre Züge. Flimmerte er in den siebziger oder achtziger Jahren in einem Film über den Fernsehbildschirm, sagte sie beiläufig: Mann, ist der schön!, schaltete um oder machte sonst etwas. Die Filme oder die Schauspielkunst ihres ersten Auserwählten interessierten sie nicht.

Im folgenden Sommer konkurrierte der Urlaub am Meer mit einer Arbeitsaktion, und Mutter zog wie die meisten ihrer Generation die Arbeitsaktion vor. Das war das richtige Leben, kein Traum, und so ein Arbeitseinsatz hätte, hoffte sie wenigstens, ihr Leben umkrempeln können. Was aber nicht geschah, und so ging es mit meiner Mutter bergab. Dann kam ich zur Welt und zementierte ihre Niederlage.

Trotzdem fuhr sie jeden Sommer nach Dubrovnik und blieb eine Woche bei Tante Lola, bis der der Kragen platzte: Du musst nicht dauernd hier antanzen, ich komm sehr gut allein klar!, keifte sie, und alle dachten, ihr Zorn würde die Familie bis ins Grab und darüber hinaus verfolgen. Tante Lola jedoch stand keine zwei Monate später in Sarajevo vor unserer Tür: Da bin ich!, als wäre nichts gewesen. Mutter lauerte die ganze Zeit auf die Gelegenheit, im Gespräch ein: Du musst nicht dauernd hier … einzuflechten. Es wäre an Tante Lola abgeperlt, also ließ sie es bleiben und fuhr im nächsten Jahr wieder für acht Tage zu ihr.

Mutter badete nicht gern am Strand, bevorzugte die Porporela, wie schon ihre Mutter als junges Mädchen, die dort vor langer Zeit, Ende des Ersten Weltkriegs, eine Goldmedaille beim städtischen Schwimmwettbewerb gewonnen hatte, und wie sämtliche Stublers bis zu unserer Vertreibung 1920 wegen Karlos Gewerkschaftsmitgliedschaft. Die Porporela, die Mole vor der Stadtmauer, ist einer der Punkte, an dem man unsere Familiengeschichte festmachen kann. Wenn alle tot sind, können wir dort ein fiktives, fantastisches Familienfoto machen, auf dem von Karlo Stubler und seiner herzkranken Frau, Urgroßmutter Ivana Škedelj (oder Johanna Skedel), bis zu uns, die wir für die nächsten Jahrzehnte die Rechnungen für ihre sämtlichen Gräber in Sarajevo bezahlen, alle zu sehen sind.

Nach meiner Geburt nahm sie mich mit zu Tante Lola. Im unheimlich tiefen Meer vor der Porporela bin ich geschwommen, voller Angst, weil ich den Grund nicht sah. Ich war drei Jahre alt und Mutter überglücklich, sie hatte schon befürchtet, ich würde wie mein Vater nie schwimmen lernen. Schließlich sehe ich ihm sehr ähnlich, habe einige seiner Charakterzüge und zahlreiche Nichtbegabungen von ihm geerbt.

In Dubrovnik hat sich Mutter nie verliebt, trotz der vielen Schauspieler und Musiker dort. Einmal half sie Swjatoslaw Richter ins Boot nach Lokrum, streckte ihm den Arm hin, er legte seine langen, geschmeidigen Finger um ihre Hand, von der daraufhin nichts mehr zu sehen war; seine Hand war weich, sein Arm hart wie Stahl, und Mutter schlug das Herz bis zum Hals, sie dachte, er würde ihrem Händedruck sofort anmerken, wie schlecht sie Klavier spielte. Zum ersten Mal schämte sie sich für ihre mangelnde Begabung. Auf der Überfahrt versteckte sie ihre Hände in den weiten Ärmeln des Leinenkleids. Sie versteckte sie auch am Abend im Rektorenpalast, wo sie seinem Konzert lauschte.

Jede Küstenstadt von Rovinj bis Ulcinj hatte berühmte Sommergäste, und dabei kam es nicht auf Reichtum an. Die meisten Berühmtheiten waren Künstler und eher arm. Ab den sechziger Jahren bis kurz vor dem Zerfall Jugoslawiens, wonach Mutter nie wieder Sommerurlaub machte, verehrten die Menschen Maler, Schauspieler, Regisseure und vor allem Schriftsteller. Der

Gedanke, einer könne alles aufschreiben, der Sommer, eigentlich ein ganz normaler Sommer, könnte in eine Erzählung einfließen, Literatur werden, zu einem Satz gerinnen, der richtiger und genauer trifft als normale Sätze, zu einem literarischen Satz, brachte sie völlig aus dem Häuschen, sie berauschte die Vorstellung, ihm, diesem Sommer, könnte gar ein ganzer Roman gewidmet werden …

Ortschaften ohne berühmten Schriftsteller, Maler oder Regisseur waren bedeutungslos, nicht ewigkeitstauglich. Im Rückblick ist es kaum wahrscheinlich, dass es am Meer solche Ortschaften gegeben haben sollte.

Keine Stadt an der Adria jedoch konnte Dubrovnik das Wasser reichen. An seinen Stränden, Banje, Šulić, sogar an unserer Porporela badeten tagtäglich gefeierte Persönlichkeiten. Noch heute sehe ich Branko Pleša neben uns auf einem kurzen Handtuch, wahrscheinlich ein Hotelhandtuch, sitzen und angestrengt Richtung Lokrum schauen, als habe er seinen Text vergessen. Kerzengerader Rücken, die dicke Unterlippe über die trockene Oberlippe gestülpt, sitzt Branko Pleša, lang schon tot, noch länger abwesend, heute noch an der Porporela, und Mutter schielt aus dem Augenwinkel zu ihm hinüber, traut sich nicht, würde ihn aber gern ansprechen. Sie findet es Mist, dass sie das Kind dabeihat. Zum Glück sind beide tot, in ihrer Ewigkeit an der Porporela stören sie weder die lärmenden Cruiser noch die heutigen Herren der Stadt, deren sommerlich-steinernes Weiß in den Augen sticht.

Sommer 1974, Mutter macht sich für die Premiere von *Hamlet* in der Inszenierung von Dino Radojević fein. Den Prinzen spielt der achtundzwanzigjährige Rade Šerbedžija, und sie schminkt sich lange, zittrig, wird hektisch, weil spät dran. Die Vorstellung ist in der Festung Lovrijenac, die klebt hoch oben am Himmel, wer da fällt, bricht sich das Genick. Sie kommt hellauf begeistert zurück und meint, das Leben sei vergeudet, wenn einen nicht jedes Gefühl so teuer zu stehen käme wie im *Hamlet*. Drei Tage später wird diskutiert, ob Nonna mich in den *Hamlet* mitnimmt oder allein geht. Bei der Premiere hat ein Junge meines Alters Angst gekriegt und angefangen zu heulen. Ich versichere feierlich, ich kriege keine Angst, ich bin mutig. Die Welt bricht zusammen, wenn ich nicht in den *Hamlet* darf. Ich bin acht Jahre, die nächsten vierzig Jahre werde ich jeden Tag an diese Vorstellung denken. Für mich liegt Dubrovnik heute wahrscheinlich deswegen so weit unten, weil der Lovrijenac damals so weit oben war. Ich muss nicht dahin, wo Mutter seit vierzig Jahren mit offenem Mund überlegt, wie sie den Belgrader Schauspielstar ansprechen könnte, und kein Wort herausbringt. Dubrovnik ist voll unsichtbarer Denkmäler und unsichtbarer Menschen, und die Lebenden trampeln, ohne es zu merken, über Plešas Handtuch und Mutters Finger und ignorieren Swjatoslaw Richter, der ins Boot will, aber keiner streckt ihm die Hand hin.

Kofferkinder

Vladimir Nagel war Freund der Familie und unser Nachbar. Wir wohnten in der Straße der Jugoslawischen Volksarmee in einem Haus hinter der Synagoge, neben dem Ende der sechziger Jahre das Energo-Invest-Hochhaus gebaut wurde, während wir in den Sepetarevac zogen. Kurz zuvor waren die Nagels nach Rijeka übersiedelt (oder, wie man damals sagte, ans Wasser), aber der Kontakt riss nicht ab, Weihnachtsgrüße wurden verschickt, Vlado Nagel kam mehrmals nach Sarajevo, zuletzt in den siebziger Jahren, weil die ehemalige evangelische Kirche zur Akademie der Bildenden Künste umgebaut werden sollte und dafür einige Papiere zu unterschreiben waren, und da in Sarajevo keine Evangelischen (oder, wie man damals sagte, Protestanten) mehr lebten, musste er eigens dafür anreisen. Es stimmt wahrscheinlich strenggenommen nicht, trotzdem, in gewisser Weise ist unser ehemaliger Nachbar Vlado Nagel der letzte Protestant von Sarajevo.

Als die Österreicher Bosnien-Herzegowina besetzten, kamen aus verschiedenen Teilen des Reichs arme Schlucker wie auch gut verdienende Fachleute nach Sarajevo, meist aus den Nachbarländern Kroatien und Slowenien, aber auch aus Österreich, Ungarn, Tschechien, Polen; über Biografien und Berufe, oft auch über ihr Heimweh kann man sich noch immer mit einem Gang über den alten katholischen Friedhof am Koševo unterrichten. Sie wurden sogleich Kofferkinder tituliert, womit die Alteingesessenen die Entwurzelung der Zugezogenen verspotteten, und außerdem hatten sie vorher noch nie einen Koffer gesehen. Mehr als ein Jahrhundert später – die Kofferkinder waren fast schon ausgestorben, die Familien entweder in den Westen gezogen oder hatten sich vollständig assimiliert und waren in der lokalen Bevölkerung aufgegangen – hat das

Schimpfwort nichts Beleidigendes mehr, man identifiziert sich vielmehr damit.

Die meisten Zugezogenen waren katholisch, die Evangelischen in der Minderheit, dazu kommt eine Handvoll aschkenasischer Juden. Trotzdem sorgte die Verwaltung an exponierter Stelle für eine grandiose evangelische Kirche, nicht zuletzt, um auch in Sarajevo das religiöse, nationale und kulturelle Gleichgewicht zu fördern, auf dem die Monarchie beruhte. Zudem war eine neue aschkenasische Synagoge nötig; die einheimischen Juden, samt und sonders Sepharden, lehnten ihre neuen Glaubensbrüder ab, ließen sie nicht in ihr Gotteshaus, schimpften sie Schwaben und sprachen ihnen das Judentum ab. Das hatte mit der Schichtzugehörigkeit zu tun – die Zugezogenen waren samt und sonders wohlhabend, die Einheimischen überwiegend bettelarm –, und ansonsten führten sich die Sarajever Juden wie alle anderen Bosnier auf. Die Mär vom friedlichen Zusammenleben der Bosnier und die Verklärung Sarajevos zum europäischen Jerusalem hatte sich schätzungsweise noch nicht herumgesprochen.

Kaum waren die Kofferkinder in Neubauten und dem Altbestand zwischen Baščaršija und Marijin Dvor untergebracht, die hübsche evangelische Kirche am Ufer der Miljacka sowie, über die Stadt verteilt, mehrere katholische Kirchen und Klöster inklusive Kathedrale fertiggestellt, brach der Erste Weltkrieg aus und der Staat, der sie hergelockt hatte, zerfiel. Nach dem Krieg, 1918 und 1919, kehrten viele der Neuankömmlinge Bosnien für immer den Rücken, aber die meisten blieben, weil sie nicht wussten wohin. Dass sie aus dem Brünnlein vor der Gazi-Husrev-Beg-Moschee getrunken hätten, was einen für immer an Sarajevo bindet, ist ein romantisches Märchen, nein, die Bande nach Wien, Brünn oder Prag, zu namenlosen Käffern im Sudetenland oder Banat waren gekappt, die Heimat hatten sie vor zwanzig und mehr Jahren verlassen. Nach dem Untergang Österreich-Ungarns standen die Kofferkinder vor dem Nichts, sie waren heimatlos, staatenlos, sie fühlten sich nirgendwo zugehörig.

Die Katholischen dürften es noch am leichtesten gehabt haben. Weniger wegen der großen Zahl einheimischer Katholiken in Bosnien und Sarajevo, von denen sie soziale, kulturelle und nicht zuletzt sprachliche Abgründe trennten, mehr wegen des geistlichen und politischen Erbes von Erzbischof Stadler. Er, selbst gewissermaßen ein Kofferkind, agitierte ambitioniert und wortgewaltig für die Zugehörigkeit der bosnischen Katholiken zum kroatischen Volk, und das bot vor allem in der Frühphase der Geburt der Nation auch Polen, Österreichern, Tschechen usw. Identifikationsmöglichkeiten. Das war kein bosnischer Sonderweg und verdankt sich erst recht nicht unserer Zurückgebliebenheit: Auch in Kroatien und anderen europäischen Ländern haben sich die Volksmassen auf diese Weise nationalisiert.

Wer nicht bereits 1918/19 Kroate geworden war, kroatisierte sich in den folgenden zwei, drei Generationen, denn das religiös-nationale Identitätsschema ist in Bosnien so übermächtig, dass man sich ihm kaum entziehen kann oder höchstens um den Preis, außerhalb der Gesellschaft zu stehen, was erfahrungsgemäß bei uns noch nie eine gute Option war. Der Schritt hat die Identität der Einwanderer, zumindest in den bürgerlichen Kreisen Sarajevos, nicht sonderlich vereinfacht. Auch als Kroaten blieben die meisten Kofferkinder ihrer tschechischen, österreichischen oder slowenischen Herkunft verbunden. Viele hatten Verwandte, die sich für eine andere Nationalität entschieden hatten. Mein Großvater Franjo fühlte sich als Slowene, obwohl in Travnik geboren und sein Leben lang in Bosnien zu Hause und obwohl er beruflich kreuz und quer durchs Land zog, bevor er in Sarajevo landete, er beherrschte die Muttersprache (in seinem Fall die Sprache des Vaters) perfekt, hatte slowenische Zeitschriften abonniert, hielt die Verbindung zu den Verwandten in Tolmin und Ljubljana aufrecht, hatte aber auch drei Brüder, die in Zenica beziehungsweise Kakanj wohnten, mit denen er sich sehr gut verstand und viel Kontakt hatte, die sich Kroaten nannten. Zwischen ihm und ihnen gab es eigentlich keine

Unterschiede, außer dass sie ihre Einwanderungsvergangenheit unterschiedlich gelöst hatten. Ansonsten waren alle vier gleichermaßen ver- oder entwurzelt in Bosnien und den Städten, in denen sie lebten.

In den nach 1918 gegründeten Staaten lebten Kofferkinder auch unter Einsatz ihres Lebens einen Patriotismus, der den Unterschied zur Mehrheitsgesellschaft ausgleichen sollte. Sie passten ihre Namen der neuen Rechtschreibung an, gaben ihren Kindern einheimische, vaterländische Namen, waren beim Militär die schneidigsten Offiziere, bei der Polizei die unbarmherzigsten Ermittler ... Trotzdem gehörten sie nicht richtig dazu; unsere Gesellschaft ist außerstande, den Anderen anzunehmen, teils zu assimilieren, teils einfach hinzunehmen. Wir haben eine hohe Meinung von uns, aber faktisch waren und sind wir in jedem Staat, zu dem wir gehörten und gehören, tiefste, ödeste Provinz.

Die Kofferkinder wurden wie jede andere Minderheit und gefährdete Gesellschaftsgruppe von politischen Verwerfungen, Kriegen und roten wie schwarzen Revolutionen ausgelöscht. Den letzten Rest gab ihnen der Krieg 1992. Sie fuhren mit Bussen nach Kiseljak und von da aus weiter; auch nach dem Krieg hielt der Exodus an, in der Ära der neuen, weichen ethnischen Säuberung. Es war die letzte Chance zu gehen. Fünf Sekunden vor zwölf, kurz vor dem Ende der eigenen Geschichte, kurz bevor die Erinnerung an die Herkunft endgültig versiegte, erbaten und erhielten sie die Staatsbürgerschaft der tatsächlichen oder vermeinten Heimatländer ihrer Großväter und Urgroßväter. Sie verließen das Land und hinterließen uns die Architektur zur Erinnerung an ihre Existenz und ihr Verschwinden. Fast alles, was in Sarajevo während der vierzigjährigen Herrschaft Österreich-Ungarns gebaut wurde, sowie ein Großteil dessen, was danach aufkeimte – ausgenommen der Bäume – trägt den Stempel einer sterbenden oder bereits ausgestorbenen Identität. Die ehemalige evangelische Kirche und heutige Akademie der Bildenden Künste ist eine Metapher auf das Ende der Geschichte.

Sie wartet auf einen neuen Vladimir Nagel, der seine Unterschrift unter die Schenkungsurkunde setzt …

Das ist nichts Neues, andere haben Ähnliches schon früher erlebt. Wer Izmir oder Thessaloniki besichtigt, sieht Städte, deren Erbauer sie verlassen mussten. Wer früh wegzog, ist in solchen Städten noch immer am besten weggekommen.

Zuhause

Zum ersten Mal umgezogen bin ich oder vielmehr wurde ich Anfang Juli 1969. Ich war erst drei Jahre alt, aber ich erinnere mich an jeden Augenblick dieses Tages, vom letzten Zuschließen der Tür beim Verlassen der alten Wohnung über das Einladen unseres Hausstandes in den Lastwagen und den schwarzen Lederranzen auf meinem Rücken, in dem alles mir Wichtige steckte, mein ganzer damaliger Kosmos, bis zum ersten Schlafengehen und dem ersten Albtraum in der neuen Wohnung. Wir zogen von einer Wohnung im sechsten Stock eines Mietshauses hinter der Synagoge im Stadtzentrum in ein Haus in Hanglage, durch dessen Fenster man die Stadt im Tal liegen sah; Großmutter zeigte mir am nächsten Morgen, wo wir früher gewohnt hatten. Man hatte von der neuen Wohnung aus nicht nur einen tollen Blick, man hörte auch mehr. Nachts gellten die Pfiffe der Lok, die aus dem Bistriker Bahnhof nach Višegrad fuhr, vom anderen Ende der Stadt bis an mein Ohr.

In der alten Wohnung ließen wir einen schwarzen Biedermeiertisch mit passender Anrichte, Sessel und Sofa zurück, Möbelstücke, die ich später in Jugendstil-Lexika wiedererkannte, Opa und Oma hatten sie als junges Ehepaar in den zwanziger und dreißiger Jahren gekauft. Die Deckenlampe im Wohnzimmer war ein Hochzeitsgeschenk, ein ausladender, herrlicher Lüster aus schwarzem Stahl und weißem Glas, der in ein wohlhabenderes Haus gepasst hätte, als es das unsere war, wohlhabender, als sie je waren, als ich je sein werde. Ich liebte den Lüster, betrachtete ihn vom Sofa aus kopfüber. Die meisten Einrichtungsgegenstände waren vor dem Zweiten Weltkrieg mehrfach mit umgezogen, weil mein Großvater ja immer wieder versetzt wurde, und wahrscheinlich da und dort angeschrammt. Damit redete sich meine Mutter heraus, als ich mich beschwerte, weil sie diese schönen, mit Liebe ausgesuchten und, wie wir heute wissen, wertvollen Möbel für kleines Geld einem Trödler überließ.

Aber das stimmte nicht. Beseelt von einem merkwürdigen Optimismus und überzeugt, mit der Wohnung auch ihr Leben aufzumöbeln, nahm meine Mutter, damals siebenundzwanzig, geschieden, mit Kind, einen Kredit auf und kaufte neue Möbel. In dem eckigen sozialistischen Sechziger-Jahre-Designunfall starben Opa und Oma, sie selbst wurde darin fünfzig und ich erwachsen; der in der Ästhetik eingefrorene Optimismus der Epoche hat ihrem vergeblichen Versuch, etwas in ihrem Leben zu ändern, reichlich grotesk sekundiert. Lange, bei jedem Besuch in meiner Geburtsstadt, zu Gast im Haus am Berg, betrachtete ich die längst abgestotterten Neuanschaffungen, sie erinnerten mich jedes Mal an den Verlust meines eigentlichen Zuhauses, jener Wohnung, deren Tür wir im Sommer 1969 zum letzten Mal hinter uns zuzogen.

Das erste Heimweh verspürte ich, als ich mit Opa an unserem alten Haus vorbeiging. Ich wollte unbedingt zur Eingangstür, drückte sie auf und schnupperte den vertrauten Geruch. Als unser früherer Nachbar Džemidžić aus seinem Fenster lugte, rannte ich Hals über Kopf weg, wahrscheinlich getrieben von dem Gefühl, in einem Haus, in dem ich nicht mehr wohne, hätte ich nichts verloren. Da war ich immer noch drei Jahre alt. Das Gefühl wird mich begleiten, wann immer ich an der Synagoge und unserer alten Wohnung vorbeigehe, auch wenn der ehemalige Nachbar längst gestorben ist. Den ersten Umzug habe ich als Vertreibung erlebt, die mir am Tag des Umzugs noch nicht bewusst war.

Das nächste Mal zog ich 1993 um, mitten im Krieg, nach Zagreb. In zehn Jahren wohnte ich in fünf Wohnungen zur Untermiete, ohne mich groß daran zu erinnern. Billige, fremde Möbel, zusammengekauft ohne Sinn und Verstand, nur damit man vermieten kann, fremde Betten, die mir leichten Ekel einflößten, Gerüche, an die ich mich nicht gewöhnte, halb abgerissene Donald-Duck-Sticker auf fremden Kühlschränken … Wenn ich heute an einem der Häuser vorbeikomme, bin ich erleichtert und empfinde eine diebische Freude, wie wenn ich an dem Krankenhaus vorbeilaufe, in dem ich die Mandeln herausoperiert bekam. Nichts Schönes oder Gutes ist mir aus diesen Wohnungen in Erinnerung, außer den Spielen von NK Zagreb, die ich 1995 vom fünften Stock in der Kranjčevićeva 11 jeden zweiten Sonntag vom Wohnzimmer aus verfolgte. Alles in diesen Zwischenlösungen erinnerte mich daran, dass ich da nicht zu Hause war, oder vielmehr: dass der Ort, den ich Zuhause nennen konnte, aus einer Reihe von Gründen verloren war. Schon gar, solange der Krieg in Bosnien-Herzegowina andauerte. Eigentlich schon, seit ich den Lüster im Wohnzimmer nicht mehr kopfüber vom Sofa aus betrachten kann.

Herbst 2003 war ich nicht länger Untermieter. Aus der Wohnung unter dem Dach des ältesten Wolkenkratzers in Zapruđe schaute ich auf die Umgehungsstraße und die Brücke, Autos und Straßenbahnen, und weiter weg im Nebel, der sich erst gegen Mittag hob, lag Turopolje.

Irgendwo in dem Landstrich, der nicht zu sehen ist, liegen die Ortschaften, die für Krležas *Balladen des Petrica Kerempuh* und Hegedušićs Illustrationen für die kanonische Erstausgabe Modell standen. Ich dachte: Wenn das mein Zuhause wäre, wären Krležas Turopolje-Nebel für mich wie die Pfiffe der Dampflok, die aus dem Bistriker Bahnhof nach Višegrad fährt. Aber die Lok wurde 1974 verschrottet. Mein Zuhause gehört der Vergangenheit an, und die Gegenwart ist überwiegend fernes Ausland, egal wo ich mich aufhalte. Ausland und Untermiete.

Im Frühjahr 2007 sind wir zwei voller Zweifel, ob wir es dort aushalten werden, aufs Dorf gezogen, in ein Haus auf einem Hügel, von dem aus man das zwanzig Kilometer entfernte Zagreb sehen kann. Ich habe noch nie auf dem Dorf gewohnt, und so hat mich die Stille überrascht. Und der neurotische Hahn vom Nachbarn, der schon kurz nach Mitternacht mit seinem Kikeriki anfängt. Dort habe ich Frieden gefunden, in dem alles anders ist als in meinem vorigen Leben und in den Wohnungen, durch die ich gezogen bin und deren Türen ich meistens gern zum letzten Mal hinter mir zugezogen habe.

Ohne Plan und bewusste Strategie, wie wir unser Leben dort organisieren wollten, sind wir in das Haus gezogen. Wir richten uns immer noch ein, langsam, Stück für Stück, wenn wir was Schönes sehen.

Ich will das Arbeitszimmer im Dachgeschoss beschreiben, die Beschreibung soll den Sinn dessen zeigen, wovon ich erzähle. Vom Fenster aus sieht man Zagreb, und an der gegenüberliegenden Wand steht ein Schlafsofa, bezogen mit grünem Leder, eine hübsche Imitation der Ottomanen der dreißiger Jahre. Vom Sofa gesehen rechts, ziehen sich Regale über die ganze Wand, nach Maß von Tischler Milivoj angefertigt, und links steht eine Jugendstilkommode, die mir Freund Vojo aus Schweden mitbrachte, sowie ein Biedermeier-Schreibtisch mit dem dazugehörigen Stuhl. Vor nicht allzu langer Zeit gehörte ein Schreibtisch ganz selbstverständlich in jeden bürgerlichen Haushalt, große in großen, reichen Häusern, kleinere, noch kleinere und ganz kleine Schreibtische. Unserer gehört zu den kleineren.

Nach dem Schreibtisch kommt die Fensterwand. An ihr hängen Bilder. Eine Fotografie der Hauptstraße Sarajevos 1937. Auf Ideensuche beim Schreiben oder einfach so beim Nachdenken schaue ich sie an, schaue mir die Vergangenheit meines Zuhauses an, mein Zuhause vor meiner Zeit. Das ist einer der Gründe, warum ich schreibe: Ich kann mich in Zeiten versetzen, in denen es mich physisch nicht gab. Über der Fotografie hängt ein Porträt meines Großvaters Franjo Rejc, 1942 mit Bleistift auf die Rückseite einer *Prometne primjetbe,* einem Formular der Kroatischen Staatsbahn, gezeichnet von Ivo Voljevica, der mit seinem Sohn, meinem gefallenen Onkel Mladen, in eine Klasse ging, damals Gymnasiast in Sarajevo, später Karikaturist in Zagreb. Unter der Fotografie hängt eine Aufnahme von Tošo Dabac: eine Stele vom Gräberfeld Radimlje bei Stolac, neben der ein Esel grast, in den fünfziger Jahren. Und darunter ein Linolschnitt, der dritte einer Zwanziger-Auflage, mit dem Titel *Aus bosnischen Wäldern.*

Ich werde die Geschichte dieser Grafik erzählen: Bei unserer letzten Belgradreise besuchten wir wie immer das Antiquariat in der Knez Mihajlova, betrachteten Bücher, sahen eine Plastikmappe mit alten Landkarten durch, Stapel von Veduten aus dem 19. Jahrhundert, Fotografien von König Aleksander und der Familie Karađorđević, Blätter aus Wiener Modezeitschriften, lauter Bilder, die sich gut rahmen lassen und wenig kosten. Plötzlich erstarrte ich: Ich war auf zwei Grafiken gestoßen, von durchsichtigem Plastik geschützt, deren Signatur mich an meine Kindheit erinnerte, an eine Exursion mit der Schulklasse in die bosnisch-herzegowinische Kunstgalerie. Die beiden Drucke waren billiger als Zeitschriftenbilder – Daniel Ozmo ist in Belgrad wie in Zagreb niemandem ein Begriff.

Der 1912 in Olovo bei Sarajevo geborene Maler und Linksintellektuelle, ein sephardischer Jude, zeichnete und malte Dinge aus seiner Umgebung, überzeugt vom Auftrag und Sinn sozial engagierter Kunst. Daniel Ozmo hatte die Gottesgabe, das Wichtige zu sehen und eine klare Spur auf dem Papier zu hinterlassen. 1942 wurde er nach Jasenovac deportiert und ermordet.

Daniel Ozmo hatte kein Zuhause, und seine Bilder sind Menschen, die eins haben, nichts wert. Mir sind sie teuer, aber worin ihr Wert liegt, ist einem, der sein Zuhause nie verlor, schwer zu erklären. In keinem Ratgeber, wie man sich einrichten soll, steht etwas über das, was mir fehlt. Heimweh heißt Sehnsucht nach Unordnung und Disharmonie, also dem Gegenteil eines geordneten Wohnraums. Nach Handbuch richten die ihr Zuhause ein, die genug davon haben, keins brauchen oder nicht wissen, dass sie keins haben.

Mejtaš, Ortsbeschreibung

Mejtaš ist ein Platz über der Stadt. Von dort aus sieht man Sarajevo oder vielmehr das Sarajevo der siebziger und achtziger Jahre. Seinen Namen hat er von dem Quader, auf dem während der Trauerfeier die Bahre ruht. Mejtaš ist der Totenstein.

Der Friedhof ist aber nicht hier, nicht an der Stelle, wo du gerade stehst, sondern linker Hand, am Hang, unterhalb von Pfadfinder-Haus und Observatorium. Noch heute stehen dort etliche Stelen. Den Mejtaš, den Totenstein, gibt es längst nicht mehr, keiner weiß, wo er abgeblieben ist, wahrscheinlich zertrümmert, um daraus ein Haus zu mauern.

Der Mejtaš erstreckt sich zwischen Mehmed-Pascha-Soković-Straße und Nemanjina, zu ihm führt die Mahmut-Bušatlija-Straße hinauf, die alle Dalmatinska nennen, weil sie früher so hieß. Parallel zur Mehmed-Pascha-Soković-Straße verläuft ein nach Ivan Cankar benanntes Sträßchen, das am Mejtaš rechtwinklig auf die Miladina Radojevića trifft. Ebenfalls parallel verläuft die Ahmet-Fetahagić-Straße, lässt du den Blick gegen den Uhrzeigersinn schweifen, siehst du die Mile-Vujović-Straße, eine Gasse, die über zwanzig Stufen und einen öffentlichen Durchgang durch einen Fünfziger- oder Sechzigerjahre-Wohnblock mit einem Supermarkt im Erdgeschoss auf den Platz mündet. Als nächste dann die Nemanjina, zuletzt kommt noch die Mustafa-Golubić-Straße.

In den Siebzigern, in deiner Kindheit, standen oben an der Dalmatinska eine kleine Zapfsäule für Heizöl und zwei für Benzin, von denen eine immer kaputt war. Öl war billig damals und Ölöfen modern, der halbe Mejtaš-Kiez heizte mit Öl. Das wurde in Plastikkanistern à fünf, zehn, zwölf oder zwanzig Liter gekauft. Manchmal bildete sich eine Schlange, man musste eine halbe Stunde warten, bis man dran war.

Schon Mitte September konnte es über Nacht empfindlich kalt werden, und keiner war auf den Wintereinbruch vorbereitet. Also liefen am frühen Morgen, vor der Arbeit, um sechs, halb sieben, ganze Familien mit Ölkanistern über den Mejtaš den Berg hinunter. Die Väter husteten, die Kippe im Mundwinkel, die Mütter holten die Kinder von der Straße, und im Traum der Schläfer dröhnten leere Plastikkanister, die im Rhythmus von Kinderschritten wummerten. So klang der Herbst.

Im Winter, wenn es fror und die Miladina Radojevića zur Schlitterbahn wurde, brauchte es viel Geschick, um mit vollen Ölkanistern bergauf zu laufen.

Anfang der achtziger Jahre kam die nächste Ölkrise, Heizöl wurde teuer, die Leute verfeuerten wieder Holz und Kohle, und vor den Olympischen Winterspielen 1984 wurden in Sarajevo Gasleitungen gelegt, sodass kurz nach Titos Tod die Zapfsäulen verschwanden.

Neben der Tankstelle wuchsen zwei riesige Pappeln, die unter den Osmanen gepflanzt worden waren, vielleicht von einem Bettler, der für seinen Lebensunterhalt die muslimischen Gräber fegte. Oder tobten sich die Halbstarken aus dem Maulbeerbaum-Viertel hier aus, wie es damals hieß, peitschten einander mit dünnen, biegsamen Ruten die nackten Füße, um sich zu stählen und zu Müßiggängern, Einbrechern und Brandstiftern zu mausern oder als osmanische Soldaten die Grenzen des Reichs in Galizien, Slawonien und Ungarn zu verteidigen und im Kampf mit Getauften und Ungläubigen ihr Leben zu lassen? Haben sie nach dem Durchpeitschen die Ruten in die feuchte, warme Erde gesteckt? Aus denen zwei riesige Pappeln wuchsen, starke, gesunde Bäume, in die die Blitze der Sommergewitter gern einschlugen. Die zögen sie an, hieß es, weil unter ihnen eine Wasserader verlaufe.

Kurz vor Ende der Zapfsäulen vertrockneten die Pappeln. Wahrscheinlich wurde das lausig betonierte Fundament der Tankstelle löchrig, Benzin lief in die Erde und vergiftete die Baumriesen. Die Stadtverwaltung rückte an und sägte sie im

Hochsommer tage- und wochenlang ab und schaffte das Holz mit Lastwagen weg. Vom Meer zurück, standen wir vor dem trostlosen Anblick, leer und öd wie der Mund eines Zahnlosen. Aus den Augen, aus dem Sinn, von den Pappeln war keine Rede mehr. Die Kinder von damals, heute Mittdreißiger, haben vergessen, dass dort zwei Bäume standen, aber im Unterbewusstsein der älteren Brüder und der Väter stehen sie noch und treiben wieder aus, am Tag des Jüngsten Gerichts.

Eine weitere Pappel stand an der Spitze der Ahmet-Fetahagić-Straße. Riesig, üppig, ein osmanisches Denkmal, erhaben wie eine Grabstele.

Letzten Sommer, Ende Juli, ein sonniger, klarer Tag, kein Wölkchen am Himmel, und gegen halb eins zog es sich plötzlich zu und der Blitz schlug in die Pappel ein, ringsum brannten die Küchengeräte durch. Mutters Computer, an dem sie allerdings nicht mehr sitzen konnte, nahm Schaden. Ein Nachbar brachte ihn für sie zur Reparatur, er sollte funktionieren, wenn sie wieder gesund war. Der Rechner wurde nach zehn Tagen zurückgebracht, sie hat ihn nicht mehr benutzt, ist vorher gestorben. An dem Punkt kann uns der Blitz also nicht mehr treffen.

Das schönste, prominenteste Haus am Mejtaš steht zwischen Mehmed-Pascha-Sokolović-Straße und Ivan-Cankar-Straße, ein graues, zweistöckiges Haus, verziert mit einer Menora und Buchstaben aus Stuck, eine der sieben Synagogen Sarajevos, Il Kal di la Bilava, die eine sephardische Wohltätigkeitsgesellschaft in den ersten Jahren der Habsburger-Herrschaft für ihre Zwecke bauen ließ.

Gegenüber ist heute der Supermarkt, damals stand dort die Maulbeerbaum-Moschee, alt und baufällig, eine armselige Moschee ohne kulturellen oder historischen Wert, aber für das Leben des Viertels wichtig. Sie brannte mehrfach ab, wurde immer baufälliger und bröckelte vor sich hin, bis sie vermutlich im Königreich Jugoslawien abgerissen wurde.

Die Synagoge bestand bis zum Zweiten Weltkrieg. Dann übersiedelten die Sarajever Juden einer nach dem anderen ans andere Ufer der Miljacka auf den schönen, traurigen Gedenkpark Vraca. In der Schule haben wir gelernt, Ustascha und deutsche Besatzung hätten sie umgebracht, aber die scheußliche Wahrheit ist, dass die Juden auch an der Nächstenliebe ihrer Nachbarn starben.

In den siebziger Jahren beherbergte die ehemalige Synagoge Gesellschaftsräume und ein paar Sozialwohnungen. Ein Slavenko, zwei Jahre älter als du, wohnte in dem Zimmer mit Davidstern unter dem Fenster.

Ecke Ivan-Cankar-Straße/Mejtaš steht ein Telefonmast, an den Todesanzeigen geheftet werden, grüne, schwarze und – das sind die traurigsten – blaue. Grün für Muslime, schwarz für Christen, mit rotem Stern für Atheisten, blau für Kinder und Jugendliche.

Zwischen Miladina Radojevića und Ahmet-Fetahagić-Straße zieht sich ein zweistöckiges Gründerzeithaus hin. Beim Hoftor war der Eingang zur Souterrainwohnung, in der mein Klassenkamerad Behaudin, Sohn eines weißbärtigen Mekkapilgers, mit seinen vielen Brüdern und Schwestern hauste. Links vom Tor, neben Behaudins Fenster, ein Schuster, der Schuhe flickte oder neue Gummisohlen auf die Absätze klebte, und neben dem Schuster der Gemüsemann, Bei Aljo. Obwohl in sogenanntem gesellschaftlichen Eigentum – Filiale eines Unternehmens mit Sitz in Kiseljak – identifizierte jeder den Laden mit seinem Geschäftsführer. Aljo bot, grauhaarig, dürr und nie ohne seinen blauen Kittel, das beste Obst und Gemüse weit und breit an. Oder glaubten die Mejtašer das nur? Glaubte am Ende jeder Sarajli, in seinem Viertel gäbe es das frischeste Gemüse der ganzen Stadt?

Bei Aljo kaufte man ein und hielt Schwätzchen. Auf dem Markale-Markt wurde ein- oder zweimal pro Woche eingekauft, meistens freitags, das war der Großeinkauf, aber zu Aljo ging man täglich, holte ein Kilo Äpfel, drei Möhren, Okra … Frauen im Morgenrock und Kopftuch, unter dem blaue und rosafarbene Wickler herausschauten, tauschten hier den neuesten Klatsch aus, aber auch Männer, gemäßigte Alkoholiker, Nierenkranke, kleine Beamte mit Depressionen und Frührentner diskutierten mit Aljo über die Gesundheit, beklagten sich über die ständige Teuerung, man zog über die Nachbarn her, erzählte sich, wer gestorben oder weggezogen war oder sich beim letzten Glatteis das Bein gebrochen hatte, erfuhr, dass sich ein früherer Nachbar aus der großen weiten Welt gemeldet hatte, ob aus Alipašino Polje, Belgrad oder Kalifornien, war eigentlich egal, denn damals genügte es, in ein anderes Viertel, eben beispielsweise Alipašino Polje, zu ziehen, und du warst weg vom Fenster. Hast dich ja auch nicht mehr am Mejtaš blicken lassen.

Sarajevo schmiegt sich seit jeher in das enge Tal eines Gebirgsbachs. Überall geht es steil bergauf, du schleppst dich die Hänge hoch und denkst, Pothrastovi ist zu weit oben, Sredenik viel zu steil, Jarčedoli erst, du meine Güte, und deswegen kehren die meisten Leute, einmal weggezogen, nie mehr in ihr altes Viertel zurück. Sie haben dort nichts zu tun, keiner spaziert gern den Berg hoch, denn das artet in Sarajevo rasch zur Bergwanderung aus. Bergwandern mitten in der Stadt? Wozu? So dachte man in den siebziger und achtziger Jahren. Wie es heute ist, weiß ich nicht. Alles Lebensnotwendige, die Schule, die Bank, das Kaufhaus, die Ambulanz, alles war im Tal.

Deswegen staunten die Leute, wenn sie bei Aljo einen von früher trafen, egal ob der aus Alipašino Polje oder Neuseeland angereist war.

Der Supermarkt wurde Anfang der Siebziger eröffnet. Groß, hell und luxuriös, mit schick frisierten Kassiererinnen, die in ihren schneeweißen Kitteln wie Ärztinnen aussahen. Ein paar hundert Meter weiter, ein Stück die Nemanjina hoch, machte wenig später ein kleiner Selbstbedienungsladen auf, Minimarket genannt: Kein richtiger Supermarkt, aber größer als ein normales Geschäft. Anfang der Achtziger kam vor dem Supermarkt der erste Zeitungskiosk dazu.

Ecke Mejtaš/Mehmed-Pascha-Sokolović-Straße stand die

Telefonzelle. Anfangs ein längliches Glashäuschen mit schwarzem Telefonapparat und dickem, völlig zerfleddertem Telefonbuch. In den Siebzigern telefonierte man mit Münzen, und als kurz vor Titos Tod die Wirtschaftskrise begann und mit ihr die Inflation, kaufte man Jetons, runde Metallstücke mit einem Loch in der Mitte. Sie wurden später von Plastikjetons abgelöst, Ende der achtziger Jahre kamen dann Telefonkarten auf, und ab da gab es keine Telefonhäuschen mehr, sondern nur noch eine Plexiglashaube, die den Telefonierenden notdürftig abschirmt. Telefonbücher sind lang vorher verschwunden.

Lassen wir ein letztes Mal den Blick über die sieben vom Mejtaš abgehenden Straßen schweifen, mit dem Rücken zur Stadt, mitten auf dem Platz stehend, kaum Verkehr, ab und zu ein Auto, kein Taxistand vor der Synagoge (der kommt erst Ende der Achtziger), keine Ampeln …

Die Mehmed-Pascha-Sokolović-Straße ist die älteste und breiteste dieser abgehenden Straßen, von uns aus die erste rechts. Früher verband sie Banjski Brijeg beziehungsweise das Nalčadži-Hadsch-Osman-Viertel mit dem Maulbeerbaum-Viertel, dem heutigen Mejtaš. Das Stadtmuseum veröffentlichte 1973 ein Buch über Sarajevos Straßen und Plätze von Alija Bejtić, darin steht über die Mehmed-Pascha-Sokolović-Straße, sie sei in ihrem heutigen Verlauf wahrscheinlich im 16. Jahrhundert angelegt worden. Im oberen Teil hieß sie Banjski Brijeg, Badeberg, wegen des Gazi-Huzrev-Beg-Hamam. So wurde sie, schreibt Bejtić, 1931 zum ersten Mal genannt.

Die Ivan-Cankar-Straße ist eine alte, armselige Gasse, gesäumt von ebensolchen Häusern. Sie wurden aus gelben, ungebrannten Lehmziegeln gebaut, an denen seit Jahrhunderten jeder größere Regen nagt, ganz weggenagt hat er sie bis zum heutigen Tage nicht. Sarajevo ist zu einem großen Teil, und zwar dem älteren, schicksalhafteren Teil, aus Schlamm gebaut. Die Erzählungen der Stadt, soweit sie von Isak Samokovlija oder Ivo Andrić erzählt wurden, sind aus Schlamm. Andrić lässt eine in der Ivan-Cankar-Straße spielen, auf dem Mejtaš, bei der Synagoge. Die Straße hieß früher Tuzlina nach der Familie Tuzlo aus Vratnik, wobei der Bezugspunkt völlig schleierhaft ist, gewohnt haben die hier nicht, schon gar nicht in der armseligsten Straße des Viertels, die Anfang der fünfziger Jahre nach Ivan Cankar benannt wurde.

Unsere Straße war nach Miladin Radojević benannt, *narodni heroj,* ein Volksheld also, Herzegowiner, gebürtig aus Stolac, sehr gebildet, von dem gibt es eine hübsche Anekdote. Er war im Staatsdienst und gehörte der verbotenen Kommunistischen Partei Jugoslawiens an, für die er den Aufstand am Trebević organisierte. Ziemlich zu Beginn des Krieges, im Herbst 1941, fiel er bei Kalinkovik im Nahkampf mit Ustascha-Leuten, die auch für seine Beerdigung sorgten. Aber Bauern aus Šivolje buddelten den Leichnam nachts heimlich wieder aus und bestatteten ihn nach orthodoxem Ritus auf ihrem Friedhof.

Wir sind im Sommer 1969 hergezogen, vom Haus der Emilia Heim neben dem Nationaltheater.

Franjo Rejc, mein Großvater, wohnte dort nur drei Jahre. Er starb im Frühherbst 1972. Und selbst in diesen drei Jahren waren wir nur im Sommer dort, Winter, Frühling und Herbst verbrachten wir in Drvenik. Wenn er mit dem Taxi nach Hause fuhr, und er fuhr wegen seines Asthmas immer mit dem Taxi, wusste er, sowie er dem Fahrer die Adresse nannte, ob ihn ein alter Sarajli oder ein Zugezogener fuhr. Vom Sarajli kam bei Miladin-Radojević-Straße die Nachfrage: Sepetarevac?

Ja, Sepetarevac.

Die Erinnerung. Meinem Nonno war es wichtig, dass sich Menschen die Erinnerung bewahren. Er hatte nichts gegen die, die vergaßen oder aus der Umgebung zugezogen waren, ihm war nur wichtig, dass es welche gab, die sich erinnerten, fand es schön, wenn ihm Taxifahrer diesen schiefen Taxifahrerblick zuwarfen und fragten: Sepetarevac?, schöner, wie wenn sie ihn wortlos in die Miladina Radojevića kutschierten. Nonno lebte in der Erinnerung. Er hatte kein Haus gebaut, nicht viel Geld verdient, kein Glück gehabt im Leben. Die Gegenwart war weitgehend trostlos, die Zukunft bedrohlich. Nur die Vergangenheit wucherte üppig und steckte voller Geschichten. Deswegen mochte er es, wenn der Taxifahrer fragte: Sepetarevac? Es bewies, dass er sich erinnerte, dass er die Erinnerung hochhielt. Im Erinnern waren sie dann Brüder.

Neben der Maulbeerbaum-Moschee floss ein Bach, der im Frühjahr und Herbst mächtig anschwoll. Aber im Sommer muss es wunderschön gewesen sein, neben dem seichten Fließgewässer auf der Wiese am Mejtaš zu sitzen und hinunter in die Stadt zu schauen, bis die Straßenlaternen angezündet wurden. Der Bach hieß im oberen Teil Kevrin Potok, nur hundert Meter hinter dem Mejtaš wechselte er den Namen und wurde Buka genannt. Kevrin Potok nach der Familie Kevra, die am Bachlauf eine Spenglerei betrieb und dort auch wohnte. 1934/35, in der Zeit der großen Stadtbauvorhaben, wurden etliche Bäche Sarajevos in Röhren unter die Erde verlegt, unter anderem der Kevra-Bach, die darüber angelegte Straße hieß noch bis Kriegsende Kevrin Potok. Das Teilstück hinter dem Mejtaš über dem Buka-Bach, parallel zum einstigen Gräberfeld und der Wiese vorm Pfadfinderhaus, wurde nach der Schriftstellerin Staka Skenderova benannt.

In den sechziger Jahren wurde die Kevrin Potok in Ahmet-Fetahagić-Straße umbenannt, aber die Leute im Viertel sagten weiterhin Kevrin Potok. Nicht aus Sturheit oder Prinzip, auch nicht wegen der Erinnerung, die Nonno und seinen Taxifahrern so viel bedeutete, sondern um sich von Bewohnern anderer Stadtteile abzuheben. Nur wer aus Mejtaš kam, ein Mejtašli, kannte den alten Namen. Das Toponym markierte weder Bevölkerungsaustausche noch zusammengebrochene Reiche noch humane oder inhumane Umsiedlungen: Kevrin Potok war den Sarajevern herzlich egal, nur die Anwohner legten gesteigerten Wert darauf.

Nach Ahmet Fetahagić war nicht nur diese Straße, sondern auch die Schule benannt, in der ich als Achtklässler beim Republik-Wettbewerb in Geografie und Erdkunde gewann. Fetahagić, einer der großen Partisanenhelden, kämpfte in Spanien gegen Franco und fiel nach dem gregorianischen Kalender am Weihnachtstag des Jahres 1944 bei Izačić, einem Dorf direkt am heutigen Grenzübergang zwischen Kroatien und Bosnien-Herzegowina.

Die Mile-Vujović-Straße ist eine kleine, unansehnliche Allerweltsgasse, die unten in Treppen und einer kurzen, nach Pisse stinkenden Passage ausläuft. In der Straße wohnten Nađa und Šerif mit ihren Kinder im Souterrain. Nađa war Zehras Tochter, und Nonna, für die Zehra die beste Freundin gewesen war, übertrug ihre Zuneigung auf deren Kind. Mindestens einmal pro Monat haben wir Nađa und Šerif besucht. An der schiefen, weiß gekalkten Wand hing von der niedrigen Decke ihres Wohnzimmers ein Teppich herunter, der die Kaaba zeigte, den großen schwarzen Stein, um ihn herum wie Ameisen Menschen, und das Ganze von Ornamenten umrankt. Wir saßen, kauerten auf einer niedrigen, gepolsterten Sitzbank oder einem der Hocker. Nonna schwatzte mit Nađa, ich fragte Onkel Šerif nach seiner Maschine aus. Er fuhr ein großes schwarzes Motorrad mit Beiwagen. Deutsches Fabrikat. Ein großer, schwarzhaariger Typ mit Clark-Gable-Bärtchen: Šerif ist der ernsteste Mann meiner Kindheit und jung gestorben. Doch da wohnten sie schon in Neu-Sarajevo und waren unserem Umfeld entschwunden.

Mile Vujović, der Namensgeber, ein Lehrer, Sarajli aus Nadkovač, Kultur- und Bildungsreferent der Partisanenbrigade von Užica, fiel in der Zelengora, seine Gebeine wurden im April 1947 auf Sarajevos Friedhof für Revolutionäre und Atheisten überführt, auf dass er bei den Seinen liege.

Die Nemanjina geht wie die Mehmed-Pascha-Sokolović-Straße auf das 16. Jahrhundert zurück, und der Kiez hieß damals Kulin Hadschi Balin, im Volksmund Čekaluša. Der Name rühre, schreibt Alija Bejtić, weder von *čekati*, warten, noch vom *čeka*, dem Ansitz bei der Jagd, sondern, weil es ursprünglich *Čegaluša* hieß, vermutlich von *Čegale* beziehungsweise *Čigalič* abgeleitet: Damit meinten die Sarajlis Großwesir Rüstem Pascha, der der Stadt einen prächtigen Basar, Brusa Bezistan, und eine hübsche Brücke über die Željeznica hinterließ.

Rüstem Pascha starb 1561, und wenn die venezianische *Cronaca Navagera* recht hätte, wäre er in einem Weiler nahe Sarajevo geboren worden, und zwar in Bilave, weil es damals um Sarajevo nur diesen einen Weiler gab. Leider widersprechen dem Hazim Šabanovićs Forschungen: Der Historiker lokalisiert Rüstems Geburtsort nach der Quellenlage in der Herzegowina, in Bijelo Polje bei Mostar. Rüstem Paschas Bruder war jener Mehmet Karađoz-Beg, nach dem die herrliche Karađoz-Beg-Moschee in Mostar benannt ist, der Skender Kulenović ein noch viel herrlicheres Sonett widmete.

Den Namen Nemanjina, nach Stefan Nemanja, dem Stammvater der berühmten serbischen Herrscherdynastie, bekam die Straße 1919, das wie so manches andere Jahr seinerzeit als Jahr der Befreiung galt und später zum Jahr der Versklavung erklärt wurde.

Von der Nemanjina geht eine extrem steile Sackgasse ab, ein Stummel, *čikma*, deswegen heißt sie Nemanjina Čikma, da wuchs mein Vater auf, in einer Einzimmerwohnung mit Gemeinschaftsklo im Flur. Im Elend eines vom Feind gezeugten Kindes. Seine Mutter, meine Oma Štefanija, wohnte bis zu ihrem Tod dort, ich war nur einmal bei ihr.

Und zuletzt, bevor sich der Kreis schließt, die Mustafa-Golubić-Straße, die früher dem kroatisch-jugoslawischen Politiker Ante Trumbić gewidmet war. Im Juni 1948, wenige Tage vor der Kominform-Konferenz, die mit dem Ausschluss der jugoslawischen Kommunisten endete, wurde sie nach dem Spion und Komintern-Attentäter Mustafa Golubić benannt. In der Straße stehen mehrere hübsche Sommerhäuser aus der Habsburgerzeit, abbruchreif heruntergewirtschaftet, und das Haus der Miliz hinter dem Großen Park, dem einstigen Gräberfeld, das unter österreichisch-ungarischer Verwaltung in einen schönen, ordentlichen und gut durchdachten Park umgewandelt wurde, und die jugoslawische Verwaltung fügte dann noch eine öffentliche Toilette hinzu. Dass der Platz, wo jetzt Menschen ihre Notdurft verrichten, jemandes Grab ist, haben sie nicht bedacht. Sarajevo ist voller Friedhöfe, voll verschwundener Menschen, Namen und auch einiger Völker.

Sie sind weg und kommen nicht wieder.

Sepetarevac, bergan

Nun aber langsam den Sepetarevac hoch.

Du gehst den Weg vierundzwanzig Jahre lang. Bis zum Sommer 1993, bevor du vorübergehend nach Zagreb fährst und nicht zurückkommst. Es ist gut, dass du nicht zurückkamst, heute weißt du das, eher hättest du noch weiter weggehen sollen. Wie der Zufall eben so spielt, wer weiß, was aus dir geworden wäre und ob du, meine Liebe, meine Liebe wärst, wäre ich weiter weggegangen …

Sarajevo hat Straßen, die noch steiler ansteigen. So manche bist du ein, zwei Mal hinaufgegangen, keine hat sich dir eingeprägt, keine einzige schrieb sich namentlich in dein Gedächtnis ein, nicht so wie der Sepetarevac. Alija Bejtić schreibt in seinem Buch zwar, der Ursprung des Namens liege im Dunkeln, aber der Sepetarevac hat ihn von den Körben, *sepeti*, mit denen auf den Rücken der meist jüdischen Träger die Geschäfte oben in Bjelave beliefert wurden. Einen beschrieb der Schriftsteller und Lungenarzt Isak Samokovlija in dem Erzählband *Nosač Samuel* und verschaffte dem Sepetarevac damit einen Platz auf der Landkarte des literarischen Sarajevo, die natürlich nicht mit dem richtigen Stadtplan übereinstimmt. Literarisch existiert nur, was beschrieben ist, literarisch hat die Stadt nur Straßen aus Erzählungen und ein paar Gedichten guter Schriftsteller. So manche realiter schmale, von Häusern bedrängte, unansehnliche Gasse ist im literarischen Stadtplan bedeutender als die mehrspurigen Schneisen, die austauschbar und namenlos aus Sarajevo herausführen. Der Sepetarevac ist eine wichtige Straße.

Es gibt steilere Straßen in dieser Stadt, aber über keine wurde so viel erzählt wie über den Sepetarevac.

Der, solange du ihn langsam hinaufgehst, amtlich für alle Zeiten nach Miladin Radojević hieß.

Die Straße rennt keiner hoch. Höchstens Ortsfremde, die sich nicht auskennen, vorzugsweise junge Männer, die eine Studentin vom Wohnheim in der Duvanjska abholen wollen, die Handels- oder Mittelschule in der Lajoša Košuta besuchen oder in Bjelave zu tun haben. Eins ist jedenfalls klar: Wer den Sepetarevac hinaufhetzt, darf nicht von hier sein, außer er ist stocksauer und die Wut jagt ihn den Berg hoch. Wer hier wohnt und weiß, dass er auch am nächsten Tag oben ankommen muss, sieht keinen Grund zur Eile. Man geht so, dass einem weder der Schweiß ausbricht noch die Luft wegbleibt, denkt sich im Gehen seinen Teil, lässt es sich gutgehen, schöpft neue Kräfte.

Du wohnst so lange dort, bis sogar du diese Lektion gelernt hast und die Kunst beherrschst, dich bergan auszuruhen. Wenn du dich ein bisschen aus dem Küchenfenster lehnst, siehst du die Straße und die Passanten, deine Nachbarn, Bekannte wie Unbekannte, bergan schleichen. Gelegentlich kommen ihnen welche entgegen, die zum Tal stürzen, sausen, runterrauschen. Manche Menschen gehen aus irgendwelchen inneren Beweggründen auch bergab gemächlich, doch die meisten rennen in die Stadt und genießen den Abhang, als müssten sie nie wieder zurück und bergauf.

Die ersten fünfzig Meter des Anstiegs sind nicht die steilsten, aber die schwersten. Man muss in den Rhythmus kommen und den Gedanken finden, der bis oben vorhält und den Aufstieg erleichtert. Das erste Haus rechts, an der Ecke Sepetarevac/Ivan-Cankar-Straße, gehörte einer Frau, die alle Dalmatinka nannten. Du weißt bis heute nicht, wie sie richtig hieß. Solltest du ihren Namen gehört haben, hast du ihn nicht mit ihr in Verbindung gebracht. Witwe, eine kleine Frau, bunt und städtisch gekleidet, ein bisschen schmuddelig. Geboren im Ersten Weltkrieg, dalmatinischer Zungenschlag, aber unaufdringlich. Du bist ihr begegnet, wenn sie mit diesem großen schmiedeeisernen Schlüssel die Hoftür aufsperrte. Großmutter wechselte ein paar Worte mit ihr, den Hof hast du nie betreten, hattest keine Veranlassung dazu.

Mit einer Ausnahme münden alle Querstraßen von rechts in die Miladina Radojevića. Die erste, benannt nach Fadil Jahić, genannt der Spanier, ist sehr lang, eine der Gassen, die sich quer zum Hang dahinschlängeln und streckenweise in Treppen übergehen. Vom Sepetarevac führt sie durch zwei Stadtteile – Sarač Ismail und Kasim-Katib-Kiez – bis zur Hajduk Veljkova. Lange, seit osmanischer Zeit, hieß sie Hadschi-Süleyman-Straße, selbst im Unabhängigen Staat Kroatien noch. Wer dieser Süleyman war, weiß keiner; wahrscheinlich hat er da gewohnt.

Den Namen, unter dem du sie kennst, bekam sie im Juni 1948 zum Gedenken an einen idealistischen Tischler aus Bijeljina, der schon vor dem Krieg Mitglied der noch illegalen KPJ war und aus Bijeljina auszog, die Republik zu verteidigen. Er zimmerte Fensterrahmen, Türen, Schemel, Dachstühle, bis er sich 1936, getragen von seinem Glauben, ins andalusische Granada und katalanische Barcelona begab, dort kämpfte und damit seinen Beinamen erwarb, der bei uns nach Ruhm und Ehre klang – Španac, der Spanier – und ihm gleichermaßen Berufung wie Überzeugung bescheinigte. Wie Hadschi übrigens. Süleyman ist nach Mekka gepilgert, Fadil nach Spanien. Beide Ehrentitel haben etwas gemein: Sie sind hart erarbeitet, und man muss wirklich an sie glauben, um sich das zuzumuten.

Später war Fadil Jahić Kommandant und politischer Kommissar einer berühmten Einheit, benannt nach dem Majevica-Gebirgszug. Dort ist er am 20. Februar 1942 auf dem Schlachtfeld gestorben, in Vukosavci, er wurde gemeinsam mit Ivan Marković, genannt der Ire, noch so ein Partisanenheld, von Königstreuen massakriert.

Der erste Anstieg endet bei der Fadila Jahića, die nächsten fünfzig Schritte gehst du das einzig ebene Stück des Sepetarevac, fünfzig Schritte lang, bevor es nach der Džemil-Krvavac-Straße rasant bergauf geht. Von der Türkenherrschaft her hatte sie noch einen alten Namen: Vejsil-Aga-Gasse. Wer das war, weiß natürlich auch keiner mehr, obwohl witzigerweise zu deiner Zeit ein alter Sarajli namens Vejsil in der Straße wohnte, den die Leute manchmal, wenn sie nett sein wollten, Vejsil-Aga riefen. Nicht als Anspielung auf den alten Namen der Gasse, den kannte keiner, Džemil-Krvavac-Straße war gut eingeführt, sondern weil der alte osmanische Aga-Titel von Rhythmus und Sprachmelodie her und wohl auch inhaltlich gut zu Vejsil passte.

In der Straße stand ein windschiefes, völlig heruntergekommenes Lehmziegelhaus in einem Hof mit Brunnen und fein gearbeitetem Kopfsteinpflaster, da wohnte unser Hausmeister Vjenceslav Šulc mit Frau und Sohn. Vor dem Krieg war er bei der Luftwaffe Mechaniker am Militärflughafen in Rajlovac angestellt, er starb Anfang der achtziger Jahre und hat bis dahin alles repariert, was bei euch kaputtging, nur den Fernseher nicht: In dem Fall wurde Meister Fišeković gerufen.

Obwohl du wenig über ihn wusstest, schriebst du Gedichte über ihn. Er hat dir Eindruck gemacht, als er nicht mehr war. Es war so selbstverständlich gewesen, dass er jederzeit kommen konnte. Dir war ja nicht klar, dass manche Menschen keinen Luftwaffenmechaniker im Ruhestand haben, der alles reparieren kann, was kaputtgeht. Kinder wissen so was nicht und wundern sich über nichts. Das Wundern kommt später, wenn man erwachsen ist und alles verschwindet.

Džemil Krvavac war in der Postdirektion von Sarajevo angestellt. Onkel Bude Dimitrijević, der Mann meiner Tante Mila von der Jergović-Seite, hatte ihn gekannt. Bude war Thessaloniki-Veteran, ausgezeichnet mit Karađorđe-Stern und Heiligem-Sava-Orden, ein angesehener, geschätzter Postler. Zwischen den Weltkriegen war die Post nach der Eisenbahn der wichtigste zivile Dienst. Wer bei der Post schaffte, war wer. Was immer du tust, Džemil, tu es im Stillen. Es dient nicht deiner Sache, wenn das bekannt wird, und dir wird es schaden. Hör auf mich, arbeite im Stillen, mein Sohn ... Džemil war fünfzehn Jahre jünger als Onkel Bude, der mit Tante Mila keine Kinder hatte und deswegen jeden jüngeren Mann seinen Sohn nannte. Bude Dimitrijević, mein Großonkel, war unpolitisch, vom Kommunismus verstand er nichts, den König achtete er, und diesen Sohn hat er nicht überzeugt. Džemil Krvavac, Herzegowiner, geboren bei Gacko, Journalist und Publizist, der sich auch als Prosaautor versuchte, wurde am 12. November 1941 von Ustascha-Polizisten verhaftet und sechs Tage später nach Jasenovac deportiert. Frühjahr 1942 wurde er mit einer größeren Gruppe von Lagerinsassen bei einem der gescheiterten Aufstände ermordet. Onkel Bude erzählte bis zu seinem eigenen Ende von ihm. Dann starb auch er, und der arme Džemil verwandelte sich endgültig in eine Straße.

Hinter der Džemil-Krvavac-Straße beginnt der steilste Abschnitt des Sepetarevac. Dort schalteten Autofahrer in den ersten Gang – was beim Jugo-Nachbau des Fiat 500 nicht so einfach war, weil der nur reinging, wenn das Auto stand, dann musste man mit der Handbremse wieder anfahren, daran ist so mancher Führerscheinprüfling gescheitert –, und wenn im Winter Schnee lag, fuhren die Kinder dort Schlitten und verwandelten die Fahrbahn in eine spiegelglatte Eisbahn, dann kam man überhaupt nicht mehr vernünftig hoch oder runter. Alt wie jung hielt sich an den Fassaden fest, um den Abschnitt zu bewältigen. Ältere Damen oder strenge Väter auf dem Heimweg von der Arbeit verloren dort ihre Autorität; mit schweren Bergstiefeln, Hut, Anzug und dickem Mantel versuchten sie ernst zu bleiben, doch vergebens, denn Ernsthaftigkeit führte in diesem unangenehmsten Teil des Sepetarevac von Hausnummer neunzehn bis Hausnummer dreiundzwanzig direkt in die Verzweiflung.

Du hast in der Nummer 23 gewohnt.

Das Haus hatten die Brüder Trklja, Branko und Obrad, Ende der fünfziger Jahre gebaut. 1969 verkaufte Obrad seine Hälfte und zog nach Belgrad. Ihr seid im Hochsommer, als alle am Meer waren, in seine Wohnung gezogen. Branko, Professor Trklja, lehrte unter anderem Ökonometrie an der Fakultät für Wirtschaftswissenschaften. Ein ruhiger, stiller Nachbar, introvertierter Junggeselle, krankhaft ordnungsliebend und reinlich. Er hatte ein Geheimnis, das knackst du nicht mehr.

Vor einigen Jahren las ich einen Sammelband mit Erzählungen von Franz Kafka, einen dicken Wälzer mit sehr unterschiedlichen Prosastücken, manche fertig, andere unvollendet, eins furchterregender als das andere. Die Hauptfigur der Erzählungen erinnerte mich an jemanden, aber mir fiel und fiel nicht ein, an wen. Und dann kam es mir: Branko Trklja! Wer weiß, was geschehen wäre und mit welchen Augen du ihn gesehen hättest, hättest du das Buch rechtzeitig gelesen ...

In den Achtzigern wurde er emeritiert, verkaufte die Wohnung und zog nach Osijek, westlich von Sarajevo, und lebte in Frieden bis zum Krieg. Dann starb er in einem Flüchtlingslager, irgendwo in Ostbosnien. Er hatte eine tiefe Stimme und lachte nie.

Unterhalb von eurem Haus lag Franjo Hauptmans Werkstatt, nach der kam die Nummer 21 mit ihren drei Etagen. Ein altes, baufälliges osmanisches Haus aus gelben, ungebrannten Ziegeln. Als Ende der Neunziger alle Kriege vorbei waren, trennte sich eine Außenmauer vom Haus und zerbröselte. Aus eurem Schlafzimmer sah man den Querschnitt – den Aufriss – vom Erdgeschoss bis zum Dachboden. Wenige Monate später wurde die Nummer 21 abgerissen.

Noch weiter unten, gegenüber der Einmündung der Džemil-Krvavac-Straße, wohnte Milojka. Allein, auch in einem alten türkischen Haus. Eines Frühlings hatte sich ihr Sohn erhängt.

Hast du den größten Anstieg hinter dir, triffst du bei der Nummer 25 auf eine kleine Kreuzung. Linker Hand verbindet eine kurze, namenlose Straße den Sepetarevac mit der Ahmet-Fetahagić-Straße, rechts geht die Abdićeva ab. Auf der Ecke steht das schöne, dreistöckige Čarkadži-Haus, es ist aus neuerer Zeit, vielleicht kurz nach dem Zweiten Weltkrieg gebaut, von welchem Architekten, wissen wir nicht, aber Balkone und Treppenhaus atmen den Geist des Modernismus.

Die Abdićeva heißt seit altersher so, benannt nach den Abdićs, einer muslimischen Sippe, die dort vor zwei oder drei Jahrhunderten einige Häuser besaß. Heute erstreckt sie sich zwischen Miladina Radojevića und Drvarska; bis zum Anfang des 20. Jahrhunderts führte sie noch weiter, doch seit 1900 heißt der zweite Abschnitt Bulbulina nach einem Herrn Bulbul, der dort wohnte.

Nach der Abdićeva geht es weiter bergauf, aber die linke Seite ist nicht bebaut, Häuser stehen nur auf der rechten Straßenseite. Es ist, als hätte sich der Sepetarevac halbiert, du bist schon hoch über der Stadt, wenn du dich umdrehst, überblickst du sie zur Gänze, außer im November oder Dezember, wenn Nebel oder Smog im Tal hängen.

Den Rest der Straße musst du allein gehen, mein Gedächtnis lässt mich im Stich, wenn ich weiter hochklettere. Ich habe keinen Stadtplan von Sarajevo zur Hand, den brauche ich sonst nie, mir fällt nur noch eine Straße ein, bevor man in Bjelave herauskommt, gut dreihundert Schritte hinter der Abdićeva kommt die Hadschi-Hajdar-Straße.

Eine uralte, schöne Gasse, versteckt, abgeschottet und gut erhalten atmete sie den Geist einer vergangenen Zeit. Wann immer du durch die Hadschi-Hajdar-Straße liefst, hattest du den Eindruck, im Museum zu sein. Die Straße roch so, die Leute, die da wohnten, sahen so aus. Als gingen sie nie hinunter in die Stadt. Ihre Frauen waren schon sehr alt, sie trugen Pluderhosen und Kopftücher mit goldbraunen Ornamenten, die Männer hatten Baskenmützen auf und tintenblaue Hochwasserhosen an oder liefen mit farbverspritzter Malerkluft und selbstgefaltetem Hut aus der *Oslobođenje* von gestern herum. In der Hadschi-Hajdar-Straße war man bestimmt nicht im Jahr 1975 oder 1979, sondern mindestens ein oder zwei Jahrhunderte früher. Wir wissen nicht, wann die Zeit dort anfing, hinter unserer Zeit hinterherzuhinken, es muss lange her sein. Einige der ersten Minen und Granaten, die April und Mai 1992 im Viertel einschlugen, trafen die Hadschi-Hajdar-Straße. Damit wurden die Kalender angeglichen, und die Zeit, in der die Gasse gelebt hatte, verschwand.

Lange dachte man zu Unrecht, die Straße sei nach dem *divan katib* oder Hofschreiber Hadschi Hajdar benannt, der die Weiße Moschee in Vratnik gestiftet hat. Nein, der hier gemeinte Hadschi Hajdar lebte früher und hatte eine Sattlerei in der Barčaršija. Reich und gottesfürchtig wollte er der Nachwelt etwas hinterlassen und baute eine Moschee, um die sich ein neues Stadtviertel bildete, das im 16. Jahrhundert Mahala vom Sattler Hadži Hajdar genannt wurde und bis in die österreichische Zeit bestand, unter dem Namen Oberes Sattlerviertel: *Gornja saračeva mahala*.

Kurz nach der Hadschi-Hajdar-Straße biegt der Sepetarevac plötzlich nach links ab und mündet in die Bjelave-Straße im Bjelave-Viertel.

Der lange, steile Sepetarevac, auf dem einst nur wenige Autos fuhren und der, solange du dich erinnern kannst, Einbahnstraße war (obwohl ein Fahrer an der Kreuzung zur Kevrin Potok das Schild umgefahren und die Straße somit für den Gegenverkehr geöffnet hatte), gehörte wie alle steilen Gassen Sarajevos den Menschen, die dort wohnten. Ohne Not und aus heiterem Himmel fiel keinem ein, sich zu ihr hin zu trauen. So Mancher lebte sein Leben lang in Sarajevo und war nie oben auf dem Berg. Außerdem erreicht man Bjelave und Višnjik auch leichter über weniger steile Routen, weniger einsam und ohne dass einem von beiden Seiten Häuser und menschliche Schicksale bedrohlich auf den Leib rücken.

Zu Zeiten von Träger Samuel gingen sie den beschwerlichen Weg von der Synagoge am Mejtaš bis zu den jüdischen Geschäften und Läden in Bjelave mehrmals täglich. Keine Ahnung, woran sie dachten, keine Ahnung, ob sie Hoffnungen hatten, die über die Frage hinausgingen, wie sie den nächsten Tag oder das nächste Jahr überleben sollten, aber für die armen Juden muss dieser Anstieg einen tieferen, metaphysischen Sinn gehabt haben. Im Pilgern mit ihren Körben verrann ihr Leben, nicht lange, und alles war wieder so, als hätte es sie nie gegeben. Die einzige Erinnerung, eine unsichere Erinnerung zudem, lebt in dem Straßennamen fort.

Die Bjelave-Straße hingegen, ja, die ist eben und breit. Vor langer Zeit, bevor die Osmanen kamen, war an der Stelle ein Weiler, Bilave, der blieb auch nach der Gründung Sarajevos ein Dorf. Erst 1530 stiftete ein gewisser Hadschi Alija einen Gebetsraum und aus dem Dorf wurde ein Stadtteil, der laut Alija Bejtić im Grundbuch wie folgt eingetragen ist: Hadschi-Ali-Mescit-Viertel, bekannt unter dem Namen Bilave.

In Bjelave holte man bei der Bäckerei Krunić Brot und Hörnchen, während des Ramadans auch *somuni*, Pitabrote. All die Jahre, in denen dich die Oma jeden Morgen zu deinen Übungen in die Augenklinik brachte – du hast geschielt, Strabismus gehabt, also wurdest du in einen kalten Apparat aus Eisen mit zwei Gucklöchern gesetzt und musstest durch die durchgucken und einen Papagei in den Käfig tun, der Papagei war grün mit einem großen gelben Schnabel –, seid ihr den Umweg über Bjelave gegangen und habt bei Krunić das erste Hörnchen des Morgens gekauft.

Ich habe den Geschmack dieser Hörnchen auf der Zunge; wenn ich in einer fremden Stadt irgendwo im Osten bin, kaufe ich oft Hörnchen beim Bäcker, in der Hoffnung, diesen Geschmack wiederzufinden. Er gehört zu den verlorenen Dingen, nach denen ich selbst dann suche, wenn ich nicht daran denke …

Mitte der Achtziger eröffneten in Sarajevo viele Bäckereien, die Leute waren verdorben vom guten Leben, ihnen war nicht mehr jedes Brot gut genug, sie wollten was Besseres, und die Bäcker machten einander Konkurrenz. So verbreitete sich im Viertel ein Gerücht über Krunićs Bäckerei: Tief in der Nacht, so erzählte man sich, wenn keiner hinschaue, würden Ferkel angeliefert, der Krunić brate also in demselben Ofen wie die *somuni* Schweinefleisch. Daran war natürlich kein Wort wahr, das wusste jeder, der auch nur einen Moment nachdachte, aber das Gerücht tat seine Wirkung, schon weil der unglückliche Bäcker sich ständig für etwas rechtfertigen musste, von dem alle wussten, dass er es ohnehin nicht tat. Sicher hat er sich auch schuldig gefühlt, denn man fühlt sich schuldig, wenn man beschuldigt wird, egal, wie unwahrscheinlich die Anschuldigung ist, fühlt sich schuldig nicht vor denen, die ihn verleumdeten, sondern vor denen, die die Verleumdung glaubten …

Damals hast du gelacht und warst baff. Alle um dich herum waren baff: Was sich die Leute nicht alles einfallen lassen. Denkst du heute daran, fährt dir der Schreck in die Knochen. Plötzlich vergeht dir das Lachen. Alles eine Frage der Perspektive. Was in dem Moment lustig war, wirkt im Rückblick wie der Vorbote des Schrecklichen, das erst noch kommen sollte. Und inzwischen auch schon wieder Geschichte ist.

Tatsächlich hat das eine wie das andere seine Berechtigung. Das Lachen wie der Schrecken. Ein Roman über das Sarajevo der achtziger Jahre müsste jedoch aus dem älteren Gefühl heraus geschrieben werden, das die Geschichte mit dem Schweinefleisch in Krunićs Bäckerei als reichlich derben Scherz empfand, aber eben nur als Scherz.

Zatikuša, das vergessene Sträßchen

Eine Dame schrieb mir in einem sehr freundlichen Brief, ich hätte mich geirrt: Der Sepetarevac münde nicht in die Bjelave, dazwischen sei vielmehr die Straße, in der sie, wie es der Zufall so will, wohne. Augenblicklich stand mir die genannte Straße vor Augen, ich bin so oft durchgegangen. Der Sepetarevac ist eine Sackgasse, prallt aber nicht an eine Mauer, sondern öffnet sich links zu einer Straße, die mir nach der unerfindlichen, aber stets wirksamen Logik des Vergessens entfallen war. Vergessen ist nie willkürlich, es folgt einer Ordnung und dient dem inneren Gleichgewicht eines Menschen.

Auch nach über zwanzig Jahren Zagreb träumt mir, wenn ich träume und in meinem Traum, was nicht so oft passiert, ein konkreter Ort vorkommt, nur Sarajevo. Es sei denn, ich träume unterwegs, auf Reisen. Die meisten Menschen in meinen Träumen sind in Wirklichkeit bereits tot, aber ich träume sie lebendig. Onkel, Tanten, Nonno und Nonna, Mutter, Vater, Cousine haben in meinen Sarajevo-Träumen zusammen mit verstorbenen Nachbarn, Freunden und Lehrern ihren Auftritt, erzählen mir etwas oder wirken an Ereignissen mit, die ihr Naturell charakterisieren, wiederholen reale oder schon damals geträumte Situationen von vor zwanzig, dreißig Jahren, wollen es diesmal besser machen, etwas geraderücken, und verderben die Sache noch gründlicher als beim ersten Mal. Im Traum bin ich auf sie wütend oder sauer, obwohl mir meistens gleichzeitig bewusst ist, dass sie spätestens beim Aufwachen wieder tot sind. Aber darum geht es nicht. Meine Träume haben nichts Sentimentales oder Pathetisches, wenn ich träume, weiß ich, dass es nur ein Traum ist. Und dass das geträumte Sarajevo nur Schauplatz meiner Träume ist. Das geträumte Sarajevo ähnelt weder der heutigen Stadt noch der, in der ich gelebt habe. Es ist die Stadt aus dem Traum, mehr nicht.

Dieser Stadt kommen Stück für Stück immer mehr Teile abhanden. Straßen und ganze Stadtviertel verschwinden, ebenso Menschen. Manches ist dem Verstand erklärlich, anderes nicht. In den letzten zehn Jahren habe ich mich, manchmal sehr brachial und unter mir unangenehmen Umständen, mit vielen meiner Sarajever Bekannten und Kumpels und so manchem guten Freund überworfen. Das Wieso und Warum ist nicht mehr wichtig, die sind für mich gestorben, und gut ist, aber während die Toten in meinen Träumen lebendig wirken, träume ich von diesen Lebenden gar nicht. Oder vergesse es noch vor dem Aufwachen. Sie sind verschwunden, so wie komplette Straßenzüge verschwinden, weil ich lange nicht mehr dort war und mich nichts an sie erinnert. Das Sarajevo meiner Träume ist eine kleine, von Toten bevölkerte Stadt.

Das Sträßchen, das den Sepetarevac mit der Bjelave verbindet, hieß zu unserer Zeit Zlatikuša, eine Verballhornung von Zatikuša, von dem man nicht mehr wusste, was es bedeutet. Dazu schreibt Alija Bejtić, dass man sich im alten Sarajevo über öffentliche Brunnen mit Wasser versorgte, aber nicht alle Quellen so ergiebig gewesen seien, dass sie einen fortwährenden Strahl garantierten, in diesen Fällen hätte man einen Verschluss eingebaut, damit sich das Wasser in der Leitung sammeln konnte. Abgeleitet von dem Wort *zatiskivati* hätten solche verschlossenen Brunnen *zatikuša* geheißen und einer habe eben in der bewussten Straße gestanden.

Sowenig ich mich an die Straße erinnerte, bevor mich ihre Anwohnerin darauf hinwies, sowenig kann ich mich an einen Brunnen erinnern, damals, als ich zum letzten Mal dort vorbeikam. Das mag im Frühjahr 1993 gewesen sein oder noch vor dem Krieg … Die Straße wurde schon lange Zlatikuša genannt, denn Menschen mögen keine leeren Worte, deswegen bemühen sie ihre Fantasie ein klein wenig und füllen sie mit Bedeutung, und so kam *zlato*, Gold, in den Namen und hoch an den Sepetarevac.

Nachdem mich die Dame an sie erinnert hatte, hatte ich den Eindruck, mir wäre alles wieder eingefallen. Aber das ist natürlich eine Illusion, ich kann ja nicht nachprüfen, ob ich mich wirklich erinnere oder, was wahrscheinlicher ist, fremde Erfahrungen als meine eigenen übernehme. Was vergessen ist, lässt sich nicht zurückholen, es gibt kein Untergedächtnis.

Der Große Park

Der Herbst kündigte sich um Mariä Himmelfahrt an, wenn der August in die zweite Hälfte ging. In Sarajevo wird es nie wirklich drückend heiß, die Sonne brennt nie so wie in Mostar, es wird auch nicht so schwül wie in Zagreb und Wien, selbst in der größten Julihitze kommt gegen Abend ein angenehmes Lüftchen auf, weshalb einem sofort einleuchtet, warum die alten Volkslieder so von der Abendzeit und dem abendlichen Beisammensein schwärmen, trotzdem seufzte man wohlig bei den ersten Vorboten des Herbstes, ab Mariä Himmelfahrt begann die schönste Zeit des Jahres, meist bis zum 15. September, ab und zu auch ein, zwei Tage länger, und dann gab es keinen schöneren Fleck auf der Erde als Sarajevo, alles stimmte, Klima, Geschichte und Menschen befanden sich in vollkommener Harmonie, einen Monat lang war man damit einverstanden, hier zu sein, hier zu leben, weit ab vom Schuss und von den Seinen. Die zweite Septemberhälfte wartete dann mit Überschwemmungen und plötzlichen Morgenfrösten auf, von Otes und Sarajevsko Polje krochen Nebel durch die Stadt, Vorboten der längsten, härtesten Jahreszeit, die sich bis Ende April hinziehen konnte, keinen Fitzel blauen Himmels, keinen Sonnenstrahl ins Tal ließ und nicht die kleinste Andeutung, dass die Wetterunbilden je ein Ende haben könnten. Sieben Monate im Jahr kann man beim besten Willen nicht verstehen, wie jemand auf die Idee verfallen konnte, an dieser Stelle, in dieser schmalen, tiefen Senke, eine Stadt anzulegen. Sarajevo muss zwischen dem 15. August und dem 15. September gegründet worden sein, anders kann man es sich nicht vorstellen, und danach wollten die Bewohner nicht mehr weg.

Nachdem ihn die Generaldirektion in die Rente verabschiedet hatte, übernahm Franjo Rejc auf Honorarbasis für das Hotel Pošta die Buchhaltung. Und er hielt bei Konjic am

Glavatičevo Bienen, die er am Wochenende betreute, bis er im Frühjahr 1966, dem Jahr, in dem sein Enkel geboren wurde, die letzten zwölf Stöcke verschenkte und seine knapp vierzigjährige Karriere als Imker abrupt beendete. Im Herbst gab er dann auch noch die Buchhaltung ab, der man dank seiner pingeligen Sorgfalt die Geschichte des Hotels entnehmen kann. Sie lag in Gestalt einzelner Kladden, halb ausgefüllter Hefte, Hotelprospekte und leerer, vergilbter Blätter mit Spaltenüberschriften noch lange in Franjos Schubladen, erst in der Mietwohnung im fünften Stock von Emilia Heims Haus in der Straße der Jugoslawischen Volksarmee, dann auch am Sepetarevac, bis sie 1992, am Anfang der Belagerung, sang- und klanglos unterging.

Die Buchhaltung, mit der er sich relativ kurz, nur sieben, acht Jahre beschäftigte, gab Franjo schweren Herzens auf. Er arbeitete gern, es beruhigte ihn, er sah den Sinn des Lebens im Ordnen von Dingen, Papieren und Mitschriften, in der Verwaltung des Alltags, der auf diesem Weg Geschichte wurde. Nicht mehr arbeiten hieß für ihn deshalb Rückzug vom Leben, ein Sterben auf Raten – die Jahreszeiten in Sarajevo trugen also das Ihre zu seinem Schicksal bei.

Denn die Krankheit zwang ihn zu diesem Schritt. Mit seinem Herzasthma ertrug er das Wetter in der Stadt von Ende September bis Mitte April immer schlechter, die Ärzte rieten ihm, die Wintermonate am Meer zu verbringen. 1966/67 überwinterte er mit Frau Olga und dem neugeborenen Enkel zum ersten Mal in Drvenik, in einem alten dalmatinischen Haus, das sein Sohn Dragan einige Jahre zuvor gekauft hatte. Die Meeresluft bekam ihm, tat seinem Herzen und der Lunge gut, trotzdem sah er sein baldiges Ende auf sich zukommen und fand das Leben sinnlos und vergeblich, wenn man nicht arbeitet und was aufschreibt. Um sich abzulenken, brachte er sich Englisch bei. Slowenisch sprach er vom Vater, Serbokroatisch von der Mutter her, Schule und Ausbildung hatte er auf Deutsch absolviert, Italienisch in der Kriegsgefangenschaft gelernt, in seiner Erinnerung die schönsten Jahre seines Lebens, Ungarisch lernte er als treuer

Untertan der Donaumonarchie und brauchte es auf der Arbeit, er übersetzte bei der Eisenbahndirektion amtliche Schreiben und stand mit ungarischen Imkern über europäische und amerikanische Faulbrut, die Maikrankheit, die komische Empfindlichkeit der Bienen gegenüber Ortsveränderungen und über Exodus und Exil als Hauptverursacher der Bienenpest im Briefwechsel, Französisch hatte er nebenbei gelernt, weil er Bücher las, die nicht in unsere Sprache übersetzt waren, und in den letzten Jahren seines Lebens lernte Franjo Rejc Englisch. Das galt als Sprache der Zukunft. In seinem Fall war es die Sprache, hinter der er den Tod versteckte.

Mit dem Überwintern in Drvenik verlor sich der Sarajever Rhythmus der Jahreszeiten. Eins aber blieb: Die ersten klaren Anzeichen des Herbstes stellten sich jedes Jahr um den 15. August herum ein.

Seit seiner Pensionierung war Franjo jeden Tag um kurz nach zwölf ins Büro des Hotels Pošta gegangen. Gewöhnlich blieb er bis fünf, und dann lief er die fünfzig Schritte zur Wohnung nicht direkt zurück, sondern durch Kulovićeva und Titova zum Großen Park, spazierte dort auf asphaltierten Wegen unter mächtigen Bäumen, die im Jahr acht der österreich-ungarischen Verwaltung als Setzlinge angepflanzt worden waren – der Park wurde am 1. Oktober 1886 feierlich eröffnet – bis zum Haus der Miliz in der Mustafa-Golubić-Straße den Berg hinauf und machte auf einer Bank Rast. Eine ganz bestimmte Bank, die es heute nicht mehr gibt. Dort, fand er, sei die Luft am besten. Im Sommer setzte er sich gern, im Winter stellte er sich neben die Bank und horchte.

An der Stelle kam Mitte August der Herbst den Großen Park heruntergerauscht, die in Sarajevo schönste Zeit des Jahres brach an, und sie war so kurz, dass man den Anfang nicht verpassen durfte, wollte man sie auskosten.

Hatte er sich ausgeruht, ging Franjo gemächlich gemessenen Schritts nach Hause. Jeden Tag. Ein Versuch, die Zeit anzuhalten, aber die lief ihm bald davon.

Dönüm ist ein altes türkisches Flächenmaß, der Čekrekčija-Friedhof war dreißig Dönüm groß, das entspricht dreitausend Quadratmetern, 1885 säkularisierte ihn die österreichische Verwaltung, zahlte eine anständige Summe und sagte zu, die Grabstelen stehenzulassen, ließ Bäume pflanzen und einen Park anlegen. Das war nicht ganz mit dem Glauben zu vereinbaren, Friedhöfe betritt man nicht ohne Grund, Gräber tastet man nicht an, man rennt nicht einfach so zwischen ihnen herum. Andererseits waren moderne Zeiten angebrochen, und der Friedhof war nun wirklich sehr alt. Angeblich hat ihn Muslihudin Čekrekčija Anfang des 16. Jahrhunderts auf seinem eigenen Land angelegt und eine Stiftung zu dessen Betrieb gegründet. Er liegt selbst dort begraben, seine Grabstele steht noch.

Der Park ist das Werk eines Verwaltungsbeamten, Hugo Krvarić. Er war kein Landschaftsarchitekt – die gab es in Wien, in Zagreb haben sie ein paar schöne, üppige Parks angelegt –, trotzdem, sein Plan wurde realisiert und nie verändert, der Park war, als Franjo sich auf die immer gleiche Bank setzte und den Herbstanfang erwartete, derselbe wie 1886. Die Wege waren dieselben, die Bänke standen an denselben Stellen, nur das Beinhaus der Nationalhelden in der Parkmitte und der Springbrunnen nahe der Titova waren hinzugekommen.

Hugo Krvarić stammt aus Dugo Selo bei Zagreb. Nach der Ausbildung in Zagreb und Wien kam er ins frisch besetzte Bosnien und nach Sarajevo, suchte sich eine Wohnung und zeugte einen Sohn. Vielleicht ist er in Sarajevo auch gestorben, das weiß keiner mehr. Sein Sohn Kamilo kam am 25. April 1894 zur Welt, als die Bäume im Großen Park richtig angewachsen waren und gerade zu der Zeit, wenn die Blätter austreiben. Nach Abschluss des Ersten Gymnasiums ging er nach Zagreb, zwischen den Kriegen war er ein angesehener Theaterkritiker. Im Unabhängigen Staat Kroatien zog er nach Osijek und arbeitete als Redakteur bei der Tageszeitung *Hrvatski list*, emigrierte 1945 nach Argentinien und ist dort 1958 gestorben. Einer aus dem Kreis um Pavelić.

Hat sich Kamilo Krvarić in Argentinien an den Großen Park erinnert? Wenn ja, aus welchem Anlass, zu welchen Jahreszeiten, wie oft? Wir werden es nie erfahren, schon lange sind uns Hugo Krvarić und sein Sohn Kamilo gleichgültig, der verblendete Theaterkritiker, der aus der Provinz und einer kuferaschen Familie kam, nirgendwo hingehörte, nirgends dazugehörte, vaterlandslos und heimatlos, Kamilo war nicht der Einzige, der mit politischem Radikalismus, überschießendem Nationalstolz und religiösen Gefühlen, täglichen mentalen und sozialen Klimmzügen irgendwo anzulanden versuchte. Über ihn ist wenig bekannt, aber im augustlichen Blätterrauschen und Nachdenken über Franjo Rejc, der auf seiner Parkbank den Herbst erwartet, versteht man, wie Kamilo Krvarić Pavelićs Vertrauter wurde.

Hugo Krvarić, sein Vater, war begabt. Aus einem alten Gräberfeld wurde ein schöner österreichischer Park mit raffiniertem Wegenetz, an das sich die Leute so gewöhnt haben, dass ihnen die Raffinesse nicht mehr auffällt. Die Wege münden in die vier Straßen, die den Großen Park umschließen, unten ist es die Titova. Durch die dichten Kronen sieht Franjo von seiner Bank aus das Hotel Istra, das zwei Jahre nach seinem Tod abgerissen wird. Das lässt ihn kalt, er weiß es nicht. In seinen Augen wird das Istra ewig in der Stjepana Radića stehen, benannt nach Istrien, Jugoslawiens größter Halbinsel, die Titos Partisanen dem Mutterland zurückgaben, wie wir in der Schule lernten. Franjo hatte Freunde in Istrien, Kameraden, die er einst unterstützte, um Triest, Istrien, Gorica und Rijeka von der italienischen Herrschaft zu befreien. Seine Kameraden zündelten ein bisschen, warfen ein paar Bömbchen, und er sekundierte ihnen von Sarajevo aus. Sie nannten sich TIGR, das Akronym von Triest, Istrien, Gorica und Rijeka, es bedeutet gleichzeitig Tiger.

Während des Zweiten Weltkriegs tauchte Ingenieur Bonić in Sarajevo unter. Dem TIGR-Mitglied drohte im heimischen Pula die Todesstrafe. Hätten sie es gewusst, die Ustascha hätte ihn an das verbündete Italien ausgeliefert oder nach der Niederlage

Italiens in Jasenovac interniert. Bonić kaufte in Sarajevo ein Haus, Franjo brauchte nach dessen Rückkehr nach Pula nach dem Krieg Jahre, bis er es endlich für ihn losschlagen konnte … Und am Ende ist von allem nur der Name des Hotels übrig: Istra.

Rechts von seiner Bank war die König-Tomislav-Straße, benannt nach einem kroatischen König anlässlich seines tausendjährigen Thronjubiläums, das 1925 im ganzen Königreich der Serben, Kroaten und Slowenen gefeiert wurde, wovon noch heute marmorne Gedenktafeln im ganzen ehemaligen Jugoslawien zeugen. Die Propaganda setzte damals die Mär in die Welt, Tomislav sei der erste gemeinsame König aller Südslawen gewesen, hätte sie vereinigt. Nach ihm benannte König Alexander Karađorđević 1928 seinen zweitgeborenen Sohn und die Hauptstadt der herzegowinischen Provinz Duvno.

Die König-Tomislav-Straße mündet in die Mustafa-Golubić-Straße, die den Park von oben begrenzt. Mustafa war gewalttätig, Sowjet-Agent, mehrfacher Attentäter, ein finsterer Bursche, über den man wenigstens einen Roman schreiben müsste, wenn sich ein Film schon nicht rechnet. Sowieso würde kein Schauspieler die Rolle überleben. Er ging den Deutschen 1941 in Belgrad ins Netz, angeblich in ss-Offiziersuniform. Sie folterten ihn tagelang, brachen ihm die Knochen, brachten aber nicht einmal seinen Namen aus ihm heraus. Sie hatten ihm die Beine zertrümmert, und so trugen sie ihn auf einem Holzstuhl zur Erschießung, ohne zu wissen, wen sie erschossen. Es war ihnen anscheinend egal, und heute interessiert sich auch kaum einer für Mustafa Golubić, den Herzegowiner aus Stolac, Mörder im Auftrag der Komintern, in dessen Augen in den dreißiger Jahren angeblich Tränen standen, als er spätnachts in einer Prager Bierstube leise ein Lied anstimmte: Blühe, Rose, welke nicht, lebe, Ahmed, sterbe nicht, ich kann dich nicht begraben …

An der vierten Seite wird der Große Park von einem unansehnlichen Sträßchen begrenzt, so läppisch, dass es nie den Namen wechselte, obwohl mitten im Zentrum, wo Straßennamen und manchmal auch Anwohner besonders häufig und gern ausgetauscht werden. Franjo Rejc hat nie seinen Fuß darauf gesetzt, er hatte keinen Anlass dafür. Die Trampina ist eine Sackgasse, benannt nach den Trampas, einer Familie, die es nicht mehr gibt, aus der laut Alija Bejtić Chatībs und Imame der Čekrekčija-Moschee hervorgingen, eine Moschee, erbaut von demselben Muslihudin Čekrekčija, der das Land und die Vakuf für das Gräberfeld gestiftet hatte.

Hadschi Hafiz Abdullatif Trampa war wie Mustafa Golubić ein mutiger Mann und genauso einsam in den großen Umbrüchen, die Europa erfassten, er stand zu den Unglücklichen, die Sarajevo im Sommer 1878 gegen das Heer von Freiherr Philippovich verteidigten. Über diese Zeit, allerdings nicht über Abdullatif Trampa, sondern über *Die Geliebte des Veli Pascha*, schrieb Ivo Andrić eine seiner schönsten, erschütterndsten Novellen, in der bis heute mehr von Sarajevo steckt als in unseren sämtlichen Erinnerungen und als das irdische Sarajevo hergibt, aber der letzte große Spross der Trampa wäre schon auch eine Erzählung wert.

Der Aufstand wurde wie alle Aufstände, die der Erinnerung wert sind, niedergeschlagen, Abdullatif jedoch nicht wie viele andere hingerichtet, für ihn dachten sie sich womöglich schlimmere Qualen aus. Lange saß er im tschechischen Olmütz im Gefängnis und kam erst nach Sarajevo zurück, als dort die Bäume im Park angepflanzt wurden.

Nach dem Krieg hat dich ein Taxi am Park-Café vorbei durch die Trampina gefahren, die keine Sackgasse mehr ist und in der wie in allen anderen Straßen gerast wird. Du fandest das Tempo unanständig, wie wenn eine Schnellstraße die Gasse überfahren hätte und mit ihr deren Geschichte, die teils durch die Raserei, teils durch Wegsterben vergessen werden wird. Die Taxifahrer haben einen Schleichweg von der früher nach dem serbischen Heerführer Stepan Stepanović benannten Uferstraße durch die Radićeva und Titova über deren breiten Bürgersteig in die Trampina, rechts an der alten Druckerei und den Sloga-Kinos vorbei und wieder auf die Dalmatinska, um den ewigen Stau in der Kulovićeva zu umfahren, und sie rasen, als könnten sie sich und dem Fahrgast die verlorene Zeit ersetzen, was natürlich nicht geht. Man gewinnt nichts, wenn die Trampina, bevor man Hadschi Hafis Adbullatif Trampa sagen kann, schon wieder hinter einem liegt.

Hugo Krvarićs Werk hat länger Bestand als das meiste in Sarajevo. Häuser wurden abgerissen, Gründerzeitvillen brannten in mehreren Kriegen aus, osmanischen Lehmhäusern hat der Regen mehrerer Jahrhunderte zugesetzt, Hotels stürzten ein und wurden von Kaufhäusern ersetzt, das Antlitz der Stadt wurde häufiger verunstaltet als verschönert, und für viele sind beide, Antlitz wie Stadt, verschwunden. Auch die Trampas starben aus, Krvavić ist weg, nur der Große Park ist noch da. Aber ohne die Bank, bei der an Mariä Himmelfahrt der Herbst eintraf, die kürzeste, schönste Jahreszeit, in der Sarajevo seine Existenzberechtigung hat und wir Kofferkinder Gott und unserem Kaiser Franz Joseph I. dankten, weil sie uns hierher versetzt hatten.

Die Bank steht heute zwanzig Meter weiter unten, du kannst sie eigentlich nicht verfehlen. Setz dich hin und ruh dich aus oder warte auf das, was jeden früher oder später ereilt.

Marschall-Tito-Straße, Traum und Erinnerung

Wenn du es schaffen würdest, die paar Straßen treffend zu schildern, die regelmäßig die Bühne deiner Träume stellen, könnte dir endlich ein anderer Ort, eine andere Stadt träumen, und du wärst den Fluch los. Das ist so leicht gesagt wie schwer getan, es ist wahnsinnig ambitioniert, die Stadt aus der Erinnerung zu beschreiben, das Sarajevo, in dem du gelebt hast, zu zerträumen und es dir so aus dem Kopf zu schlagen. Das braucht vielleicht ein ganzes Leben, so gewaltig ist das Unterfangen. Fang gar nicht erst an und finde dich damit ab, dass dir ein Ort träumt, an dem du nicht mehr bist und auch nicht mehr sein kannst.

Deine Welt, der Grundriss der Erinnerungen, liegt auf einer freihändig gezogenen Geraden, leicht gekrümmt, eben weil kein Lineal benutzt wurde, die Marijin Dvor mit Varoš verbindet, dann links abknickt und sich in der Hektik, dem Stimmengewirr und den unzähligen Läden der Baščaršija, der Stadtmitte, verliert. Alles andere, ob aus Sarajevo oder deinen späteren Städten, allen voran Zagreb, wo du nun schon die längste Zeit lebst, mogelt sich im Traum mehr noch als im Wachen entlang der freihändig gezeichneten Geraden irgendwo dazwischen. Die Ilica ist deutlich länger und gewundener, der Bürgersteig schmaler, und in der Mitte fahren auch noch Straßenbahnen in beiden Richtungen, trotzdem imitiert die Zagreber Hauptstraße nachts die Gerade, die sich durch Sarajevo zieht und den amtlichen Namen Ulica maršala Tita, Marschall-Tito-Straße, kurz Titova, trägt. Sie schluckt die Ilica und alle anderen Straßen, reale wie erfundene, historische Straßen ebenso wie Straßen, die es noch gibt oder eines fernen Tages geben wird.

Sie beginnt da, wo die Stadt zu Ende ist. Dahinter, vor der Fassade des Marienhofs, Marijin Dvor, ist Vorstadt, da entstand eine neue, eigene Stadt. Wo heute das Holiday Inn steht, war bis vor Kurzem, bis in die siebziger Jahre des 20. Jahrhunderts, ein Zirkusplatz. Wahrscheinlich nennen manche den Platz heute noch so, Blinde, die nicht merken, dass sie nicht merken, dass auf ihm Wohnblöcke, zwei Hochhäuser und in der Mitte Štraus' gelber Würfel gebaut wurden, oder Menschen, die aus Sarajevo so früh und so gründlich vertrieben wurden, dass sie aus ihrer New Yorker, Belgrader oder Wiener Perspektive nur den verwaisten Zirkusplatz sehen, auf dem an einem Mai- oder Junitag über Nacht ein Zelt wachsen wird. Ein riesiges blau-weiß-gestreiftes Zirkuszelt, in dem 1903 und 1904 die ersten großen Kinovorstellungen in der Geschichte Sarajevos gegeben wurden. 1903 und 1904 war das Kino sensationeller als der Zirkus.

Die andere Seite der Avenue, dem Zirkusplatz gegenüber, wo heute Parlament und Regierungsgebäude stehen, war vor langer Zeit eine Musalla, und Musalla wurde das Gebiet auch genannt: ein offenes Feld, das bei Bedarf mit Minbar und Mihrāb ausgestattet wurde. Bis zur nächsten Gelegenheit, dem nächsten Massengebet, das nicht in der Moschee abgehalten werden konnte, war beides wieder abgetragen, als Baumaterial oder vom Zahn der Zeit und den Wechselfällen des Lebens. Die Musalla ist eine Gebetsstätte unter freiem Himmel, unter der größten Kuppel auf Erden, die auf den Bergen um Sarajevo ruht, eine unsichtbare Moschee am Eingang zur Stadt. So war es unter den Osmanen.

In Zeiten längst verblichener Glorie betete da ein ganzes Heer, bevor es zu weit entfernten Schlachtfeldern ausrückte.

Auf der einen Seite der Zirkusplatz, auf der anderen die Musalla.

Beide Orte sieht man von dem imposanten Haus aus, mit dem Sarajevo anfängt. Du warst nie drin, hast nie durch die Fenster geguckt, aber du kannst es dir vorstellen.

Neben dem rechten Flügel dieses Hauses, ein kleines Stück weiter, beim Hauseingang von Tante Doležal, begann die Gerade, von der du gerade sprichst. Die Titova.

Das Teilstück ab der schmalen, wichtigen, nach König Tvrtko benannten Gasse bis zur Koševo, wo die Titova breit und herrschaftlich, hauptstädtisch wird, war früher die Gornja Hiseta. Kurz vor und nach der Ablösung der Osmanen durch die Habsburger, bevor der Marijin Dvor gebaut wurde und der gleichnamige Stadtteil entstand, vor der ersten Welle von Franz Josephs Modernisierung und Europäisierung der Stadt, zog sich die Gasse durch ein Elendsviertel.

Die Gornja Hiseta hatte zugegeben noch einen Namen.

Ober- und Unterschicht lebten nicht klar voneinander getrennt, noch zu deiner Zeit nicht. Anders als Zagreb und Belgrad hat Sarajevo keine Villenviertel, kein Pantovčak, Šalata oder Dedinje, Arme und Reiche wohnen wie in einem Zigeunerlager Tür an Tür. Sarajevo war nie eine Großstadt, konnte auch keine werden, denn Großstädte haben ihr Versailles und ihre Favelas, Sarajevo hat hingegen die Kompaktheit und Geschlossenheit einer türkischen Kasaba. Der Letzte, der dieser Durchmischung ein Denkmal setzte, nachdem sie bereits von Samokovlija und Andrić beschrieben wurde, war Emir Kusturica mit seiner Liebeserklärung an das Gorica seiner Kindheit.

Die Gornja Hiseta hatte also ihre wohlhabenden Abschnitte, die vielleicht auch die hübscheren waren. Und ihren Zweitnamen. In derselben osmanischen Zeit nannten manche den breiten Weg in die Stadt Podmagribija, nach dem quirligen Weiler, der um die Magribija-Moschee wie eine Insel vor der Stadt gewachsen war. Bei der Privredna Banka gegenüber der Moschee hattest du dein allerserstes Girokonto, bist bis zum Krieg oft dort gewesen und hast geschaut, ob dieses oder jenes Honorar überwiesen worden war. Da sind dir mit Kriegsbeginn ein paar Tausend jugoslawische Dinar vergammelt, kleines Geld, mein Autorenanteil für einige Gedichte, die eine ungarischsprachige Zeitschrift in der Vojvodina in Übersetzung abdruckte. Das

Geld ist durch den Abgrund der Zeit gerutscht, hat sich in Nichts aufgelöst. Es wäre interessant, diesen Auflösungsprozess zu verfolgen, herauszufinden, wann die letzte buchhalterische Spur getilgt wurde … Im Herbst 1992 und im darauffolgenden Frühjahr warfen die Kriegsparteien massenweise Akten aus dem Fenster, um in verwaisten Büroräumen, vorzugsweise von Banken, ihre Stäbe unterzubringen. Sarajevo war in der ersten Kriegseuphorie voller Stäbe. Die weggeworfenen Akten enthielten unsere stilisierten Vorkriegsbiografien. Leben, reduziert auf Geldströme, Menschen als Girokonto-Metapher. Jedes Girokonto erzählt die Geschichte eines Menschen, die aufzuschreiben in jedem Fall lohnt. Die ganze Masse der Akten, als Müll entsorgt, war inhaltlich unendlich kostbar. Es war dir nicht bewusst, aber dein ganzes Vorkriegsleben wurde zum Müllhaufen, der bald schon kostbar sein wird.

Wenn du den Inhalt der Akten nicht rekonstruierst, wenn du nicht hartnäckig im Müll wühlst, ändert sich das Bühnenbild deiner Träume nie.

Das kurze und dafür sehr breite Teilstück von der Koševo bis zum Großen Park, in osmanischer Zeit zu einem Platz erweitert, hieß Gazilerski Put, Heldenweg, und mit den Helden, türkisch *gazi*, waren die Derwische Ajni-Dede und Šemsi-Dede gemeint, zwei Figuren aus der Frühzeit Sarajevos, von denen man sich lange noch Geschichten erzählte und mit jedem Weitererzählen veränderte, bis sie völlig zerfasert und ausgefranst vergessen wurden.

Wo die König-Tomislav herunterkommt, von da die Titova weiter – wie oft bist du das gegangen – über den gepflasterten Platz, wo früher die *Oslobođenje*-Druckerei stand, vorbei an der Parkuša, dann am *Politika*-Kiosk, dem großen, luxuriösen Spielzeugladen, Olomans Konditorei und der Nationalbank bis zum Café Čeka an der Ecke, an der die Dalmatinska in der Stadt endet, das hieß früher Žabljak, ein Sumpf, in dem die Frösche quakten.

Da lag vor der Ankunft Österreich-Ungarns die Hadschi

Idris Mahala, in der wohnte nur, wer sich nichts Besseres leisten konnte, die Ärmsten der Armen. Vom morastigen Žabljak nahmen, stellst du dir vor, die großen Seuchen Sarajevos ihren Ausgang, von hier breiteten sich Elend und Not der Leute aus, die im Feuchtgebiet zwischen Fröschen und Kaulquappen Zuflucht suchten und sich dafür von den Nachbarn anhören mussten, sie wohnten im Froschpfuhl, im Žabljak, nicht im Hadschi-Idris-Viertel, das wahrscheinlich nur im Juli und August normale Bedingungen bot.

Der Sumpf wurde vom Buka-Bach gespeist, der, bevor er wie alle Sarajever Bäche unter österreichischer Verwaltung eingerohrt unter die Erde kam, die heutige Dalmatinska hinunterfloss. Vorher, oben am Berg, heißt der Buka-Bach Kevra-Bach.

Das gibts nur einmal auf der Welt, so ein kleiner Bach, und hat zwei Namen: ab der Quelle Kevrin Potok, ab dem Mejtaš Buka Potok.

Dabei konnte sich der Bach nicht einmal ein Bett bis in die Miljacka graben, er versickerte einfach zum Gaudium der Frösche im Sumpf. Den du als schönsten Teil der Titova in Erinnerung hast. Der Teil, der sich dir so sehr einprägte, dass dir beim Wort Stadt als Erstes die Titova zwischen Parkuša und Dalmatinska und noch ein Stück weiter bis zur Ewigen Flamme einfällt.

Ab der Dalmatinska findest du dich blind zurecht. Mit geschlossenen Lidern hebst du auf der menschenleeren Straße, denn im Traum ist die Stadt menschenleer und alle Menschen sind tot, zum Geklapper eines Steinchens, das sich in die Gummisohle unter dem rechten Schuh gebohrt hat, den linken Arm und zeigst auf Unima, in den Schaufenstern graue, plumpe sozialistische Konfektionskleidung, wegen der alle nach Triest fuhren, um Anziehsachen, vor allem Jeans zu kaufen, oder auf den Gebrauchtwarenladen in der Vase Miskina; der Hof, in dem das Lisac ist, da bist du nie rein, denn das Café war eine Metapher, kein realer Ort, es war da, wo Ivica Lisac sein Fotostudio hatte. Mit seinen Kameras wurden alle Schwarzweiß-Aufnahmen der Familien Rejc und Stubler fotografiert. Nonno, wie er über den Platz vorm Nationaltheater geht und das Auge angrinst, das ihn durchs Objektiv beobachtet. Nonna 1942, mitten auf der Ferhadija, die später Vase Miskina hieß. Das einzige noch in meiner Zeit erhaltene Bild des ältesten Sohns, der 1943 als feindlicher Soldat fiel – Mladen in einem Klassenzimmer des Ersten Gymnasiums –, alle anderen hat Nonna vernichtet, dieses steckte in einem Buch und ist ihr entgangen, überhaupt sämtliche Fotografien von uns, ob verloren, vernichtet oder noch vorhanden, soweit sie in Sarajevo vor 1945 aufgenommen wurden, kamen aus dem Lichtbild-Atelier Ivica Lisac.

Lisac war mit Nonno befreundet, spielte aber anders als der Kreis um Matija Sokolovski nicht Préférence mit ihm, Lisac mochte keine Kartenspiele. Die beiden führten konspirative Gespräche über Politik in der Dunkelkammer, Ivica hantierte mit seinen Chemikalien, es gab kein Fenster, es war niemand in Hörweite, der Raum in jeder Hinsicht isoliert, und so konnten die beiden Sachen sagen, die eigentlich tabu waren.

Franjo Rejc, mein Nonno, war kein mutiger Mann, aber er nahm kein Blatt vor den Mund. Er brauchte jemanden, mit dem er offen über Politik reden konnte. Ivica Lisac war wortgewandt, aber nicht geschwätzig. Er betrachtete die Welt durch den Sucher, nicht durch Ideen. Er erschrak über die Bilder der eingeschlagenen Fensterscheiben jüdischer Geschäfte in einem Bericht der Belgrader *Politika* über Deutschland und meinte, das werde kein gutes Ende nehmen. Als Hitler Teile der Tschechoslowakei besetzte, sagte Nonno den Satz, den er in den folgenden Jahren immer wieder sagen sollte, immer in Furcht, denunziert zu werden (natürlich immer erst, nachdem er ihm herausgerutscht war, niemals vorher …): Dieser Idiot wird den Krieg verlieren! Lisac hat wahrscheinlich an seine noch nicht zerschlagenen Schaufenster gedacht und gesagt: Aber wir sind dann nicht mehr da …

Beide haben Hitlers Niederlage überlebt, aber Ivica Lisac behielt in gewisser Weise doch recht. Sie waren beide nicht mehr da.

Im Lichtbild-Atelier Lisac hörte Franjo Rejc die Übertragung des Fußballspiels in Tampere bei den Olympischen Spielen 1952 in Finnland. Dieses Match hat Emir Kusturica glänzend in das Finale von *Papa ist auf Dienstreise* eingebaut. Fünfzehn Minuten vor Ende führte Jugoslawien 5:1, aber der sowjetischen Mannschaft gelang der Ausgleich, schoss bis zum Abpfiff vier Tore, die den Lauf der Geschichte veränderten, Jugoslawien unter Stalins Knute zwangen, aber es schüttelte das Joch mit der Wiederholung des Spiels, die es 3:0 gewann, wieder ab, und Ivica Lisac schnitt aus der Belgrader *Politika* eine Karikatur von Zuko Džumhur aus und hängte sie gerahmt in seinem Lichtbildatelier an die Wand: Stalin rauft sich, die Ellbogen auf den Tisch gestützt, die Haare, neben sich den Radioapparat, in dem noch die Axt steckt.

Und du sollst jetzt in die Kneipe gehen, die Ivicas Sohn Damir in den Räumen des ehemaligen Fotostudios führte? Als du geboren wurdest, zog sich Ivica Lisac langsam aus dem Geschäft zurück, in deiner Kindheit und Jugend und bis zum Krieg war das Lokal gut besucht, der Ort für die Gäste und die Titova wichtig, nur für dich blieb die Zeit vor deiner Geburt stehen.

Da hockst du im Rotlicht der Dunkelkammer auf einem Schemel neben Franjo Rejc, der wütend schnaubt und sagt: Dieser Idiot wird den Krieg verlieren! Und Ivica Lisac erwidert, nicht ganz bei der Sache, weil er mit einer Pinzette einen Abzug aus dem Entwicklerbad zieht: Aber wir sind dann nicht mehr da … Du danach auch nicht mehr.

Die staatliche Clearingbank, in deiner Kindheit und Jugend nur als Abkürzung präsent, SDK für Služba Društvenog Knjigovodstva, mit der Ewigen Flamme davor, die an die Befreiung der Stadt 1945 erinnern soll (den Platz beschrieb Dario Džamonja in einer Erzählung), spaltet die Straße wie eine Strähne, rechts der Anfang der Vase Miskina, links geht die Titova weiter. Die Querstraße, die berühmte Čemaluša, führte zum Gazi-Huzrev-Beg-Hamam. Hier lebte man besser und lustiger als im sumpfigen Hadschi-Idris-Viertel, hier bildete sich das kulturell-literarische Selbstverständnis als entlegene osmanische Provinzhauptstadt heraus, während man bereits der südöstlichste Vorposten Österreich-Ungarns war und die Habsburger Sarajevo zu einer der Metropolen ihres Vielvölkerreichs ausbauen wollten.

Im Gazi-Huzrev-Beg-Hamam war in deiner Kindheit die schlecht beleumundete Hamam-Bar. Vielleicht war sie eher harmlos, aber am Sepetarevac hielt sich das Gerücht, sie sei in Wirklichkeit ein Bordell. Mütter warnten ihre pubertierenden Söhne davor, gestrenge Lehrerinnen sahen darin einen Anschlag auf die sozialistische Jugend, ein faustisches Etablissement, den Untergang aller Männer und der einen oder anderen Frau. Die Hamam-Bar als Pissoir, und wenn dann mal einer nachts die Spülung nicht zudreht, gluckert ganz Sarajevo mit in die Kanalisation. Am nächsten Morgen ist nichts mehr da.

So stellte man sich Mitte der siebziger Jahre am Sepetarevac die Apokalypse vor.

Wohl denen, die vor 1992 starben, überzeugt, Sarajevo würde in der Hamam-Bar versinken. Die Hölle ist schön, solange man sie sich nur vorstellt.

Ab dem Hamam hieß die Gasse Za Banjom, Badstraße, und im nächsten Teilstück ist sie nach Abdulah-Effendi Kaukčija benannt.

Da fing Varoš an, das serbische Viertel von Sarajevo, in der Mitte die alte orthodoxe Kirche. An der Außenwand eines Hauses, auf einem Flatschen Putz, der sich wacker hält, obwohl der nächste Regenguss eigentlich nichts übrig lassen dürfte, ist Uglješa Cucićs Vorkriegswerbung für seinen Spirituosenhandel. Wenn der Putz endlich abfällt und mit ihm der Name Uglješa Cucić, wird die letzte Erinnerung an die Varošer Serben zusammengekehrt, und die alte Kirche wird zur reinen Touristenattraktion, Reminiszenz an eine längst untergegangene Welt, und drumherum nur Souvenirshops. Nichts als Reminiszenzen …

Zum ersten Mal gezogen hat einer die Gerade, von der du sprichst, nach dem Mord an Franz Ferdinand und seiner Gattin Sophie, und die Titova wurde eins. Am 4. November 1914 setzten österreichisch-ungarische Truppen zu einer Strafexpedition über die Drina und bereiteten sich auf die ruhmreichen Schlachten des Großen Krieges vor, und der schönste Teil der Titova erhielt den Namen des erschossenen Thronfolgers, das nächste Teilstück den von Sophie Herzogin von Hohenberg und der Abschnitt zwischen Hamam und Geschäftsviertel den des Landeschefs Oskar Potiorek.

Am 10. Januar 1919, gut einen Monat nach Gründung des Königreichs der Serben, Kroaten und Slowenen, wurde die Straße über die gesamte Länge von Marijin Dvor bis Baščaršija nach dem damaligen Kronprinzen und späteren König Alexander I. Karađorđević benannt. Mitte April 1941, nachdem die Ustascha mit Eisenbahnwaggons und Lastwagen in die von den Deutschen bereits besetzte Stadt einrückte, nach der Schändung der Synagoge durch den einheimischen Mob – ohne Schützenhilfe der Besatzer –, der dafür keine Anweisungen von oben brauchte, wurde Dr. Ante Pavelić ihr Namensgeber.

Nach der Befreiung beschloss die Stadtverwaltung am 20. August 1945, ihr den alten Namen König-Alexander-Straße zurückzugeben. Die Partisanen waren noch unschlüssig, wem die Hauptstraße Sarajevos gewidmet werden sollte, also nahmen sie vorübergehend den alten Namen. König Alexander gehörte zum Klassenfeind, aber er hatte das Reich vereinigt, das nun zur Republik gleichberechtigter jugoslawischer Nationen und Nationalitäten umgestaltet wurde, während Ante Pavelić ein Verbrecher war und nichts als ein Verbrecher. Die Partisanen unterschieden da sehr genau. Und selbst wenn das gar nicht ihre Absicht war: Es war gut, dass sie die Sarajlis nötigten, ihre Hauptstraße bis zum 6. April 1946 wieder nach dem verhassten König zu benennen. Es veranlasste sie, sich ihre Hände genauer zu betrachten, ob zum Gebet erhoben oder ganz prosaisch, ob nicht doch fremdes Blut daran klebte.

Ab dem ersten Jahrestag der Befreiung war ihr Gewissen entlastet, die Straße hieß fortan Ulica maršala Tita, Marschall-Tito-Straße, kurz Titova.

Die Straße, in der Familie Focht wohnte, oder: Das Ende der Kunst

In letzter Zeit passiert dir oft, dass du mitten in der Beschreibung einer Szene oder eines Vorfalls irritiert stockst, weil du plötzlich das Gefühl hast, nicht etwas zu beschreiben, das du mit eigenen Augen sahst, etwas, was dir widerfuhr, sondern das jemand Fremdem passiert ist, dass du von einer Welt erzählst, die du gut kennst, die aber nichts mit der zu tun hat, in der du lebst. Ein paar Sekunden später schreibst du weiter, überzeugt, reine Fiktion zu schreiben. Du nimmst dir die ersten Freiheiten heraus. Das bist nicht mehr du; um von Sarajevo zu erzählen, musstest du vorher dein Ich beiseiteschieben. Dann wirst du das nächste Du, die Personen vervielfachen sich wie die Spiegelbilder im Herrensalon neben dem Hotel Central, und jede erzählt von ihrem Leben, bis sie begreift, dass sie von etwas erzählt, was es nicht mehr gibt. Da verstummt sie, fängt an zu erfinden und verwandelt sich ins nächste Du, das mit dem Bericht über sich fortfährt …

Zuletzt ist mir das in Poznań passiert, in der Bibliothek, wo ich vor Publikum von der ersten Bibliothek erzählte, für die ich einen Ausweis hatte. Im westpolnischen Posen lebten einst Juden, Polen und Deutsche. Dann schickte man die Juden ins Gas, und die Deutschen wurden vertrieben.

Ich weiß nicht mehr, wie ich auf das Thema erste öffentliche Bibliothek meines Lebens gekommen war, aber schon beim zweiten Satz dachte ich, eigentlich sei ich hier zu Hause, in Polen, zwischen Geistern und abwesenden Menschen, zwischen Fassaden, deren architektonische Physiognomie eine verschwundene Welt spiegelt.

Und ich hab dich erzählen hören von der Kinderbibliothek

Vlatko Focht in Višnjik, einem Ortsteil von Sarajevo. 1974 hast du einen Leseausweis bekommen, zweimal wöchentlich bist du mit Nonna hingegangen, hast ausgelesene Bücher zurückgebracht und neue geholt. Nonna hat sich bei den Ausflügen in die Kinderbibliothek ziemlich gelangweilt, und du hast an einem Nachmittag beide Bücher ausgelesen und wolltest am nächsten Tag wieder in die Bibliothek. Man durfte nur zwei auf einmal mitnehmen, Leihfrist zwei Wochen. In den Sommerferien dann bist du jeden Werktag, fünfmal die Woche, in die Bibliothek. Mit Schulbeginn im September hast du den Rhythmus beibehalten, bis zum Ende der vierten Klasse, und dann hast du dir einen Ausweis für die Erwachsenenbibliothek geholt, die Kinderbibliothek hattest du durch.

Damals hast du den Namen der Bibliothek einfach hingenommen und an die Person dahinter keinen Gedanken verschwendet. Man denkt über die Namen von Straßen, Schulen und Plätzen erst nach, wenn sie geändert werden oder man umzieht. Einige Zweigstellen wurden bereits im Gründungsjahr der Kinderbibliothek 1961 eröffnet, die in Višnjik ein Jahr später. Als Vlatko-Focht-Bibliothek.

1961 veröffentlichte Ivan Focht, Vlatkos älterer Bruder, *Das Schicksal der Kunst.* Als die Zweigstelle in Višnjik eingeweiht wurde, wurde Ivan außerordentlicher Professor an der Philosophischen Fakultät in Sarajevo. Er lebte in einer Stadt, in der keiner der Seinen überlebt hatte und in der ihn alles an deren Tod erinnerte. Das ganze Leben gemahnte Ivan Focht, Professor für Ästhetik, an den Tod. Er war Marxist und war es wieder nicht. Er war ein freier Mann, hingerissen von der Musik Johann Sebastian Bachs, ihm zufolge pythagoreische Ordnung in Reinkultur. Ob er wollte oder nicht, Professor Focht musste die mathematischen Beziehungen in Bachs Musik als Beweis sehen, dass die Welt reine Materie war und die Dialektik dieser Materie in den Untergang führen würde. Bachs Musik half ihm, bei Verstand zu bleiben.

Neben der Musik beschäftigte sich Ivan Focht mit Pilzen,

sammelte sie in den Wäldern um Sarajevo und schrieb, weil es bei uns keinen zuverlässigen Mykologen gab, ein Buch zum Pilzebestimmen und mykologische Lexika. Am verbreitetsten war *Gljive Jugoslavije* (Pilze Jugoslawiens), 1979 bei Nolit in Belgrad erschienen.

1974 wurde er emeritiert. Einige Jahre zuvor schon zog er nach Zagreb, kam aber noch wegen seiner Ästhetik-Vorlesung Woche für Woche nach Sarajevo. Am 14. Juni 1980, rund einen Monat nach Titos Tod, veröffentlichte er ein letztes Essay über sein Lebensthema in der Belgrader *Politika*: »Hegel und das Ende der Kunst«. Der letzte Satz lautet: Wenn also die Kunst bald ihr Ende finden wird, dann nicht, wie Hegel voraussagte, weil sie dem Geist zu eng wurde und er sich ihr entfremdet, sondern weil der Geist die Schlacht verloren hat. Er erklimmt keine höhere Stufe, er befindet sich im freien Fall.

Professor Ivan Focht starb mit der Kunst am 20. Oktober 1992 in Zagreb, kurz nach dem ersten Kriegswintereinbruch in der Stadt, in der er fünfundsechzig Jahre zuvor geboren worden war. Dort trug eine kurvige, unregelmäßige Straße noch immer den Namen Familie Focht, in ihr stand ein Haus mit Marmorplatte, in dem der Professor und sein jüngerer Bruder Vlatko geboren wurden, und auf der Marmortafel in zwei, drei Sätzen das Schicksal der Fochts.

Beim ersten Mal hast du dich zufällig dahin verirrt, in den Jahren nach dem Überwintern in Drvenik, als du dich noch um Freundschaften mit Gleichaltrigen bemüht hast, dir Mühe gabst, obwohl sie dich ausgrenzten. Du fandest Kinderfreundschaften sinnvoll, weil aus ihnen die lebenslangen Freundschaften unter Erwachsenen werden können, so wie bei Nonno und Nonna, die viele tote Freunde hatten, von denen sie redeten, als wären sie am Leben, der verstorbene XY, der verstorbene YZ, das ist doch sinnvoll, hast du gedacht, wenn die dann alle sterben, hast du Freunde und musst dich nicht mit ihnen treffen.

Ihr habt Verstecken gespielt, zwei Mannschaften gebildet, du hast zu der gehört, die losrannte und sich in dunkle Hauseingänge und die Ruinen von Lehmhäusern kauerte, verteilt über den ganzen Hang zwischen Nemanjina, Musikakademie und Stadtmuseum.

Du bist in der Familie-Focht-Straße gelandet und hast die Inschrift auf der Marmortafel gelesen.

Am nächsten Tag bist du mit 39,5 Grad Fieber aufgewacht. Mutter hat geschimpft, weil du am Vortag so wild herumgetobt und ganz verschwitzt heimgekommen bist. Nonna hat geschimpft, du hättest dir das mit deinem Herumgetolle selbst eingebrockt. Nonno lag schon seit ein paar Jahren auf dem Friedhof Bare, wo schließlich alle drei liegen werden, und spielte für andere den verstorbenen Freund.

Nein, ich war nicht vom wilden Toben und In-Hauseingängen-Hocken krank geworden, in denen man flüstern und ganz leise atmen musste, weil in den Wohnungen, hinter verschlossenen Türen, immer einer im Sterben lag, was ich den beiden nicht sagen konnte, ich war von dem, was auf der Marmorplatte an dem Haus stand, in dem die Familie Focht gewohnt hatte, krank geworden.

Ich betrachtete die Fenster im ersten, zweiten und dritten Stock und überlegte, in welchem sie gewohnt hatte, denn das stand nicht auf der Tafel. Auf der stand nur: In diesem Haus … Die unbeweglichen Vorhänge, die eingeschalteten Deckenlampen, die hohen vergilbten Decken, alles war bestimmt genau wie damals. Unterschied sich meine Zeit, die Zeit, in der ich zum ersten Mal vor dem Haus stand und die Inschrift auf der Gedenktafel las, womöglich von der Zeit im Haus? Vielleicht, dachte ich, wartet die Familie Focht drinnen auf das, was ihr unausweichlich bevorsteht, es ist ja draußen in Marmor gemeißelt.

Das dachte ich und wurde krank.

Eine Woche blieb ich zu Hause und bekam Tobeverbot. Könnt ihr nicht gesittet spielen?, fragte Nonna, du hast Ja gesagt, obwohl du es für unmöglich hieltest, es war die einzig mögliche Antwort auf so eine Frage. Vielleicht nur zu deiner Zeit, vielleicht hat sich das später geändert.

Josip Focht, geboren 1897 in Zagreb, war getaufter Jude, der sich in Bosnien verliebte und eine Ozmo aus Olovo heiratete, Sarah. Damit ihr Name nicht so jüdisch klang oder den deutschen Ohren der Schwiegerfamilie eingängiger war, wurde sie Charlotte, und dann gebar sie im Abstand von vier Jahren zwei Söhne, Ivan und Vlatko.

Die Familie Focht war eine von vielen kuferaschen Beamten-, Lehrer- und Eisenbahnerfamilien, die ab 1878 nach Sarajevo zogen und die Stadt wieder verlassen sollten. Außer dass sie ursprünglich Juden waren.

Sie hätten den Krieg überlebt, keiner hätte ihnen ein Haar gekrümmt, weil Josip getauft war und die Nachbarn in der Čardordžina – so hieß die Straße damals – von seinem Judentum nichts wussten, und was die Nachbarn nicht wussten, erfuhr die Ustascha in der Regel auch nicht, wäre da nicht ihr Glaube gewesen, den Josip und Charlotte Focht auch ihre Söhne lehrten.

Die Geschichte einer historischen oder parallelen Zeit, die einst in der Schule gelehrt wurde, hält fest: In der Wohnung der Familie Focht stand ab März 1943 ein Schapyrograf und ein Radioempfänger, beide gestellt vom Ortskomitee der Kommunistischen Partei Jugoslawiens. Focht verfasste mit seiner Frau, später auch mit dem älteren Sohn, täglich ein Bulletin zur Lage des Landes und der Welt und zur Entwicklung des Kriegsgeschehens in Jugoslawien, vervielfältigte und verteilte es über vertrauliche Kuriere an vertrauenswürdige Empfänger oder ließ es so auslegen, dass es normale Bürger erreichte. Charlotte und Josip führten einen Informationskrieg gegen die kroatische Propagandamaschinerie und die deutsche Stimmungsmache, die bis Sarajevo durchdrang, einer Stadt im Südosten Europas, in der sich auf ganz natürliche Weise zwei Religionen und Glaubensbekenntnisse aufgrund gemeinsamer Interessen verbündeten: Katholizismus und Islam. Damals, nach der Niederlage bei Stalingrad, für die herausragende Söhne Kroatiens und Bosniens ihr Leben gegeben hatten, und vor der mit Panzern geführten Entscheidungsschlacht bei Kursk, erklärten Charlotte und Josip dem vrhbosnischen Erzbischof Ivan Šarić, genannt der Evangelist, den Krieg, einem Erz-Ustascha, der Oden auf Pavelić schrieb und die katholischen Söhne aufrief, Europa und unser liebes bosnisches Vaterland von jedem Unrat und Geschmeiß, Antichrist, Ketzern und Kommunisten zu säubern, und dem Mufti von Jerusalem, Mohammed Amin al-Husseini, der hasste die Juden auch und glaubte an den einen Gott, und ihm lagen natürlich seine Bosnier besonders am Herzen, er besuchte und ermunterte sie mehrfach, im Kampf für die gerechte Sache auf dem Schlachtfeld unter der Leitung des Führers des großen Deutschen Reiches, Adolf Hitler, nicht nachzulassen. All das sendete der Sarajever Rundfunk, dessen Programm auf öffentlichen Plätzen und in Gasthäusern ausgestrahlt wurde, das schrieben die Zeitungen, das meldeten deutsche, italienische und kroatische Kuriere, und gegen ihre Meinungsmacht kämpften Charlotte und Josip Focht mit Schapyrograf und Radioempfänger. Was sie taten, beschwor täglich mindestens fünfzig Todesurteile auf ihr Haupt. Sie taten es um der Wahrheit willen, aus dem Glauben heraus, dass die Würde des Menschen überall unantastbar ist, ein Glaube, der stärker war als die Hoffnung auf das ewige Leben seitens unseres Erzbischofs Ivan und höher als alles, worauf sich Mufti al-Husseini am Tag des Jüngsten Gerichts berufen wollte. Das bezeugt nicht zuletzt, dass Charlotte und Josip bereit waren, für ihre Wahrheit und ihren Glauben an die Gleichheit aller Menschen ihre Söhne zu opfern – im Einklang mit der jüdischen Tradition, der der Sarajever Professor Muhamed Nezirović zu einer Zeit, die sie nicht mehr erleben, einen Sammelband widmen wird, aber auch im Einklang mit ihrer zeitgenössischen Wahrheit, die sie beide verinnerlicht hatten: Das Leben ihrer Söhne wie ihr eigenes war nichts wert, wenn sie nicht mit dem Schapyrografen der Kommunistischen Partei Jugoslawiens die Wahrheit in Sarajevo verbreiteten. Sollten die Lügen von Mufti al-Husseini, Erzbischof Šarić und Poglavnik Ante Pavelić gewinnen, war ihr Leben ohnehin verwirkt.

Am 17. Januar 1945, einem Mittwoch, wurde Familie Focht im Morgengrauen abgeholt: Mutter, Vater und beide Söhne. Das gesamte Untergrundnetz war aufgeflogen, zeitgleich mit den Fochts wurden Illegale bei der Eisenbahn, in der Post, bei der Polizei, in sämtlichen Institutionen verhaftet. Vjekoslav Maks Luburić, General der Kroatischen Streitkräfte, Gründer der Konzentrationslager des Unabhängigen Staates Kroatien, hatte ganze Arbeit geleistet, ein sehr mutiger, vollkommen gefühlloser Mann, ein dämonischer Verbrecher, der nach Sarajevo kam, als alle, er eingeschlossen, wussten, dass der Krieg verloren war. Er wollte sich rächen, alles aufhängen und abschlachten, was sich in den zurückliegenden vier Jahren gegen unser ewiges Kroatien und die Neuordnung Europas und gegen die Deutschen verschworen hatte, mit denen Luburić im Dauerstreit lag, denn ihm ging deren Nachgiebigkeit und Unpersönlichkeit gegen den Strich, und die Deutschen entsetzte Luburićs offene und sehr persönliche Blutrünstigkeit. Der bezog in der modernistischen Villa am Sepetarevac Quartier und wirkte in einem von ihm höchstpersönlich, angeblich wegen des Freimaurerzeichens in der Fassade ausgesuchten Gebäude in der Skenderija. Er wollte sich an Juden und Kommunisten in einem Haus rächen, das er für jüdisch-kommunistisch hielt.

Familie Focht wurde in die Räume der Bezirkspolizei geführt, die Straße hast du als Borisa Kovačevića in Erinnerung. Am nächsten Tag sprang Ivan Focht während des Verhörs aus dem Fenster im zweiten Stock. Mit dem Sprung dürfte er – das hast du gedacht, als du unten standest und zu den Fenstern hinauf schautest – sein Heil im Selbstmord gesucht haben, stattdessen wurde er zur Geburtsstunde einer originellen Ästhetik, die der Musik den Vorrang einräumte, obwohl Professor Focht, das erwähnst du als Kuriosität am Rande, auch als erster jugoslawischer Wissenschaftler über Science-Fiction schrieb. Beim Sprung des siebzehnjährigen Gymnasiasten erklangen die Goldberg-Variationen in der genialen Interpretation von Glenn Gould, die Professor Focht natürlich kennenlernen sollte. In der Mathematik der Musik, in ihren vollkommenen Symmetrien, die sich im Prunk der Kathedrale ausbreiten, so schön, dass selbst die Tiere verzaubert innehalten, Lemuren große Augen machen, Geisteskranke, Kinder und Pinguine ruhig werden und selbst der liebe Gott sich wundert – wenn man nach dessen treuen Dienern Šarić und al-Husseini noch an Gott glauben mag –, wenn Menschen eine solche Musik schaffen können, dann steckt in ihr, in dieser Musik, der wundersame Sprung Ivan Fochts aus dem zweiten Stock in die Freiheit.

Über den hat er nie gesprochen oder geschrieben. Wie alle großen Köpfe seiner Generation verschwieg Professor Focht gemäß einer philosophischen Redlichkeit, die das Alltagserleben, und sei es noch so grausam, aus ihrem Diskurs verbannt, getreu auch seiner jüdischen Herkunft, bis ans Ende seiner Tage den Sprung aus dem zweiten Stock der Bezirkspolizei in der späteren Borisa Kovačevića. Er überquerte sie jahrelang, nutzte sie wohl wie auch andere Straßen, die Bruder, Mutter, Vater gegangen waren.

Er zog eher aus der Logik der Kofferkinder heraus fort – man muss wieder gehen, so wie man einst kam – als aus dem Bedürfnis, nicht an demselben Ort wie sie zu sterben. Obwohl sich Sarajevo redlich Mühe gab, Focht möglichst viele Gründe zum Wegziehen zu liefern …

Charlotte und Josip wurden am 12. März von Maks Luburićs Schergen standgerichtlich verurteilt und erschossen. Der vierzehnjährige Vlatko kam nach Jasenovac, wie er umkam, ist unklar. Vielleicht haben es welche in Erfahrung gebracht, die darauf hofften, ihn lebend zu finden. Aber die Geschichte endet, bevor Erkundigungen im Namen menschlicher Hoffnungen eingezogen werden können. Über den Jungen, dessen Name die Zweigstelle der Sarajever Kinderbibliothek in Višnjik trug.

Zu einer späteren Unzeit, da warst du schon weg, wurde die Tradition vorgeschützt, um die Familie-Focht-Straße wieder in Čadordžina umzubenennen, so wie sie geheißen hatte, als sie dort wohnten. Die Fochts bekamen stattdessen eine Straße am anderen Ende der Stadt, unterhalb von Zlatište, an den Hängen des Trebević, in die haben sie nie ihren Fuß gesetzt, oder höchstens Ivan, wenn er in die Pilze ging …

Christi-Verklärung-Kirche, Geschichte eines Albtraums

Die erste Klasse schloss ich noch in Drvenik ab, dann zogen wir ganz nach Sarajevo. Großvater war tot, es gab keinen Grund mehr, es gab sein Asthma nicht mehr, weswegen wir die Winter in Drvenik und die Sommer in Sarajevo verbracht hatten.

Vom Meer zurück suchten mich im Sommer, bevor ich in die zweite Klasse der Silvije Strahimir Kranjčević-Grundschule kam, Albträume heim. Obsessiv träumte ich vom Tod und andere schreckliche Sachen in Endlosschleifen oder Nacht für Nacht in Fortsetzungen, wie bei Fernsehserien. Schlecht geträumt hatte ich auch früher, in Drvenik, und schon da wiederholten sich die meisten dieser Träume oder setzten sich fort. Aber eins war neu: das Bühnenbild.

Meine sämtlichen Albträume spielten in den folgenden paar Jahren vor und in der Kirche der Verklärung des Herrn in Novo Sarajevo. Die Träume beschreibe ich nicht, es waren verschiedene, sie spiegelten meine alltäglichen Ängste, handelten von dem, was ich tagsüber erlebte, und natürlich vom Tod. Manchmal kippte ein normaler Traum in einen Albtraum und katapultierte mich schlagartig vor die Kirche.

Auch in späteren Jahren, als Heranwachsender, bis zum Krieg, noch im Krieg, spielten manche Träume, wenn auch nur wenige, vor und in der Kirche der Verklärung des Herrn. Die Träume waren nicht ganz so schlimm, aber unangenehm genug.

Seit ich in Zagreb bin, habe ich nicht mehr von ihr geträumt. Meine Träume spielen größtenteils nach einer bekannten Matrix, die man in psychologischen Handbüchern nachlesen kann, in Sarajevo. Von Zagreb träume ich nur ganz selten, aber selbst wenn ein Traum auf der Ilica beginnt, er endet auf der Titova oder beim Gesundheitsamt. Aber die orthodoxe Kirche in Neu-Sarajevo kommt in meinen Träumen nicht mehr vor. Die habe ich abgeschüttelt, als ich Sarajevo verließ.

Man könnte vermutlich lange und fruchtlos spekulieren, warum sich meine nachts ungebundene Fantasie ausgerechnet diese Bühne aussuchte für sämtliche Schrecken, die mein Bewusstsein hervorbringen konnte.

Wäre für einen Psychoanalytiker sicher interessant.

Beschäftigt sich heute überhaupt noch einer, außer in amerikanischen Spielfilmen, mit Psychoanalyse?

Ich habe eine Erklärung, die vielleicht nicht ganz richtig, aber auch nicht völlig falsch ist, ich bin darauf gekommen, als ich mir Jahre später alles vergegenwärtigen wollte, was mir früher wichtig war, auch meine Kindheitsträume und ihre Kulissen. Da dachte ich über die Kirche nach, die mir solche Angst einjagte.

Als Kind wollte ich sie nicht anschauen. Wenn wir sonntags mit der Straßenbahn und später dem Fiat 500 zum Mittagessen nach Ilidža fuhren, drehte ich den Kopf weg, wollte sie aus meinen Gedanken verbannen, damit sie mich nachts nicht mehr quälte. Das ging natürlich gründlich schief. Auch wenn ich wegsah, war mir kein anderes Gebäude in Sarajevo so vertraut wie diese Kirche.

Nach dem Krieg fuhr ich öfter über Zenica nach Sarajevo und über die breite Avenue durch Marijin Dvor ins Zentrum, und mein Blick wanderte immer wieder zu der Kirche. Den Albtraum bin ich los, dachte ich, wenigstens etwas Gutes hat der Umzug nach Zagreb gehabt. Damals, Ende der Neunziger und in den ersten sieben, acht Jahren des neuen Jahrtausends, war ich von Sarajevo bezaubert, ich brauchte die Erinnerung an den Albtraum, an etwas, was schlecht war an dem Ort, den ich liebte. Das hat sich später sehr geändert, Sarajevo hat sich verändert, aber die Kirche schaue ich im Vorbeifahren nach wie vor gern an.

Ein schönes, ungewöhnliches Gebäude.

Aleksandar Deroko, ein bekannter Belgrader Architekt, entwarf die Kirche der Verklärung Christi in den dreißiger Jahren nach dem Vorbild der Kirche der Apostel Peter und Paul in Ras bei Novi Pazar. Dieser älteste Kirchenbau in Serbien wurde im 8. Jahrhundert errichtet, vor dem Schisma, bevor sich Katholiken und Orthodoxe trennten. Vom Aussehen her greift die Kirche der Verklärung des Herrn die mediterrane Sakralarchitektur jener Zeit auf, und sie erinnert an die uralten Kirchen Armeniens, über die ab und zu Dokumentarfilme im Fernsehen laufen.

Deroko wollte natürlich keine Replik, er wollte auch nicht, wie man das heute gern macht, mit ein paar despektierlichen Eingriffen das schöne, harmonische Kirchlein in Groß nachbauen: Er interpretierte es neu, nahm es als Thema, so wie Béla Bartók Volksweisen aufgreift oder Thomas Mann *Joseph und seine Brüder* anhand der biblischen Geschichte neu erzählt, so plante Deroko ein neues, im Prinzip faszinierendes Bauwerk. Was den Betrachter der Christi-Verklärung-Kirche – mit der nötigen Vorbildung, die ich als Kind nicht haben konnte – als Erstes besticht, ist die sehr bewusste Bezugnahme auf eine traditionsreiche Umgebungsbebauung. Da dürfte der Grund liegen, warum die Kirche zur Bühne meiner schlimmsten Albträume wurde. Denn Deroko hat seine Kirche nicht für Sarajevo geplant.

Einem biblischen Wunder gleich, wie in Märchen oder lateinamerikanischen Romanen, flog die Kirche der Verklärung des Herrn ein paar hundert Kilometer, von Split, wo der Grundstein für Derokos Bau bereits gelegt worden war, nach Neu-Sarajevo. Der berühmte Architekt verwahrte sich nicht dagegen, bestand nicht darauf, sie umzuplanen, und die Kirche befand sich unversehens außerhalb ihres mediterranen Kontextes, ein Neubau, der in der neuen Umgebung älter wirkte als die den Erzengeln Michael und Gabriel geweihte Kirche in Varoš, den meisten als alte orthodoxe Kirche geläufig, die im 16. Jahrhundert auf noch älteren Fundamenten gebaut wurde.

In Europa war Krieg, die Deutschen hatten Frankreich überrannt, als die Kirche der Verklärung Christi in Neu-Sarajevo am 8. September 1940 geweiht wurde. Es kam viel Prominenz, orthodoxe Bischöfe, Abgesandte anderer Religionen und Regierungsvertreter, nach der Zeremonie wurde gefeiert. Da schien alles noch ruhig und vorsintflutlich, schon gar in Sarajevo, als ginge uns der Weltkrieg nichts an, als könnten wir uns – wie fünfzig Jahre später wieder – in der Illusion wiegen, die Ursachen des Kriegs hätten mit uns nichts zu tun, wir sind so weit ab vom Schuss, fern der Welt und sämtlicher Wege, mit Gottes Hilfe wird der Krieg schon einen Bogen um uns schlagen.

Ein Jahr später war alles anders. Auch die Gefühle. Menschen vergessen schnell, was sie vor dem Krieg gedacht und erhofft hatten. Derokos Kirche war verwaist, die Gläubigen kehrten erst mit Friedensschluss zurück.

Aleksandar Deroko hatte ein langes Leben. Er starb 1988, kurz vor den neuerlichen Kriegen, mit vierundneunzig Jahren. Als Korporal kämpfte er auf serbischer Seite im Ersten Weltkrieg, lernte Ende der zwanziger Jahre Picasso und Le Corbusier in Paris kennen, plante die Belgrader Sava-Kirche, deren Bau er nicht mehr erlebte, wurde Akademiemitglied und Universitätsprofessor. Und ein bekannter Zeichner. Seine vibrierenden, sehr präzisen Linien geben Häuser und Straßen so wieder, als würden sie tanzen. Im Fernsehen sprach er höchst anschaulich über Architektur. In seinen Bauten ist mehr Leben als in so manchem Romanhelden. Auch die Kirche der Verklärung des Herrn ist ein sehr lebendiges Haus.

Ich verstand nichts von Architektur, als der Platz vor seiner Kirche zur Bühne meiner Albträume wurde. Aber ich hatte wie jedes Kind ein Gespür dafür, das sich wie alles Angeborene und Instinktive im Erwachsenenalter verlor. Die Kirche in Neu-Sarajevo war fatal, weil sie überhaupt nicht dahin gehörte, wo sie stand, aus der Umgebung herausstach, inkompatibel war mit den Häusern, aus denen Sarajevo besteht, anders gebaut, als man in dieser Stadt baut. Das spürt man, ohne etwas von Architektur zu verstehen. Jede Kunst spricht, wenn sie glückt, eher das Gefühl als das Wissen an, also auch die Architektur, wenn sie Kunst ist. Wissen hilft Menschen vermutlich, das Gefühlte zu verstehen. Oder bringt sie aufs falsche Gleis.

Mal abgesehen von der fehlenden Gesellschaft, der Konfrontation mit der umliegenden Bebauung – eher hätte sie der Euphrasius-Basilika in Poreč Gesellschaft leisten können, die aus derselben Zeit und demselben Gefühl kommt wie das Kirchlein in Ras –, war die Kirche sehr lebendig. Das Unheil, das sie ausstrahlte, verdankte sich ausschließlich der Tatsache, dass sie am falschen Ort stand. Ein Kind findet auch Gaudís Sagrada Família unheimlich, der Ort ist perfekt für schlimme Träume, denn Gaudís Häuser sind lebendiger als die Häuser ringsum.

Ein Albtraum ebnet die Unterschiede zwischen der belebten und der unbelebten Welt ein. Alles ist belebt, alles führt in den Tod.

In der Zeit, in der dieser Text spielt, hieß der Protopresbyter der Christi-Verklärung-Kirche Jadran Danilović. Sein Vorname enthält gleichsam die ungewöhnliche Geschichte der Kirche, die sich in meine Träume drängte, ohne dass ich es mir erklären konnte. Jadran, Adria, und seine für Split entworfene Kirche mitten in Sarajevo. Es ist gut, heute daran zurückzudenken, so böse die Träume früher auch waren.

Zwei Friedhöfe

Jahrelang fuhr ich mit dem Auto nach Sarajevo, erreichte den Stadtrand am späten Nachmittag, wenn die Schatten lang und schmal sind wie Giacomettis Greise und Lagerinsassen. Im August zumindest. Im November ist es um die Zeit schon dunkel, Nebel und Smog behindern die Sicht, die Straßenlampen sind so funzelig wie in einer Sozialnovelle Ivan Cankars, und alles wirkt wie ausgestorben.

Zwei Ausfallstraßen bieten sich an, um in die Stadt zu kommen: die nach Rajlovac und die nach Vogošća. Welche ich auch nehme, die Strecke führt an einem Friedhof vorbei. Über den älteren, auf dem die Mehrzahl der Stublers und ihrer Nachfahren liegt, angefangen mit Karlo Stubler, dem Stammvater und Eisenbahner, fahre ich eine Schleife, weil für das im Zuge der Vorbereitung auf die olympischen Winterspiele gebaute Stuper Kreuz Gräber zubetoniert wurden und weil das Auto einen Halbkreis fährt, um vom Autobahnzubringer auf die Schnellstraße zu rollen, und weil die Schnellstraße stadteinwärts zunehmend schmaler wird, sich verzweigt und im weiten Bogen ums Zentrum herum von der anderen Seite in der Titova mündet, sehe ich den Friedhof aus allen Richtungen. Kurz bevor es auf die Schnellstraße geht, in der Fahrzeugkolonne, die sich Wagen für Wagen in den Verkehr Richtung Stadt einfädelt, kann ich einen schnellen Blick auf einige bescheidene, alte Stubler-Grabsteine werfen.

Die Strecke über Vogošća und Kobilja Glava mit der Wallfahrtsmoschee eines neuzeitlichen bosniakischen Wohltäters führt an Schlafstädten aus den sechziger und siebziger Jahren, gebaut für die prosperierende bosnische Rüstungsindustrie, die schamhaft die offenbar mit denselben Maschinen wie für Kanonen mögliche Produktion von Schnellkochtöpfen vorschützte, und an Bare vorbei.

Bare, jahrzehntelang offiziell Neuer Städtischer Friedhof Bare, Anfang Januar 1966 eröffnet, war der erste und einzige Friedhof in Sarajevo, auf dem in klar abgegrenzten Bereichen Angehörige aller Religionen und Weltanschauungen beerdigt wurden. Geplant hat ihn der Architekt Smiljan Klaić, der Auftrag für die Fresken oder Wandbilder in den Vestibülen der katholischen, der orthodoxen, der muslimischen, der jüdischen und der atheistischen Aussegnungshalle ging an den Sarajever Maler Rizah Štetić. Hätte man Bare nicht wegen eines Trauerfalls, einer Beerdigung besucht, wären einem die Konzentration, der Kenntnisreichtum, das Talent und die Umsicht aufgefallen, mit der Rizah Štetić den Auftrag ausführte. Ein guter Maler, geboren in Brčak, Studium vor dem Zweiten Weltkrieg in Zagreb, Schüler von Maksimiljan Vanka, Vladimir Becić und Marina Tartaglija, Schöpfer bosnischer Veduten und sozialkritischer Genrebilder, Grafiker und bis zur Rente Dozent an der Schule für angewandte Kunst. Zurückgezogen, bescheiden, den Kunstmoden seiner Zeit abgeneigt, wahrscheinlich nicht selbstbewusst genug, aber intellektuell wie künstlerisch unglaublich aufgeschlossen, beschränkt sich seine Bedeutung als Maler auf Sarajevo und Bosnien. Das liegt weniger am Werk als vielmehr am fehlenden gesellschaftlichen Ehrgeiz, er vergrub sich in der Provinz, forderte die jugoslawischen Malerfürsten nicht heraus. Štetić ist ein unscheinbarer, stiller Künstler, und wir waren so mit unseren Beerdigungsriten beschäftigt, dass wir seine Wandgemälde in den Friedhofskapellen nicht sahen oder vielmehr nicht wahrgenommen haben.

Auf der Internetseite der Sarajever Friedhofsverwaltung, KJKP Pokop d. o. o. (KJKP steht für kantonales, öffentliches, kommunales Unternehmen) wird Bare mit seinen 33 Hektar als einer der größten Friedhöfe Europas und wegen seiner Anlage und Landschaftsarchitektur als eine der schönsten ewigen Ruhestätten in diesem Teil der Welt bezeichnet. Sarajevo war bei Gründung des Friedhofs keine Großstadt, ist es immer noch nicht, man rechnete schon damals nicht mit größeren

Zuwächsen. Dagegen spricht der begrenzte Platz im Tal, die Kessellage zwischen hohen Bergen mitten in Bosnien, die Entfernung von den europäischen Routen, es gibt nicht viele Gründe, sich ausgerechnet hier anzusiedeln, aber gemessen an der Zahl seiner Toten ist Sarajevo dann doch eine Großstadt. Die Entscheidung, diese Tatsache mit dem Bau eines Großfriedhofs zu würdigen, einer der größten Friedhöfe Europas, war so gesehen vernünftig. In Bare, im Totenreich, mischen sich die Bewohner zum ersten Mal in der Geschichte Sarajevos und wohl nur für kurze Zeit. Vor Bare hatte jeder Glaube seinen Friedhof, und zwischen den Toten lagen etliche Kilometer.

Von der Eröffnung 1966 bis in die siebziger Jahre hinein mussten sich die Leute noch daran gewöhnen, was seitens der Behörden mit überwiegend repressiven Mitteln vorangetrieben wurde, sie zwangen die Hinterbliebenen, ihre Toten gemeinsam und in historischer Eintracht zu beerdigen, auf die sie sich später meist gegenüber Touristen so stolz berufen werden. Alle muslimischen Friedhöfe wanderten von den Hängen hinunter in die Stadt, die muslimische Parzelle war in Bare die größte und lag in der Mitte; Christen, Katholiken wie Orthodoxe, mussten sich vom Koševo verabschieden, wo sie traditionell seit österreichisch-ungarischer Zeit bestattet wurden. Anfangs konnte, wer bereits ein Grab gekauft oder ein Familiengrab hatte, sich noch auf Sankt Michael oder Sankt Joseph und Sankt Markus beerdigen lassen, das wurde 1971 verboten. Ab da mussten alle nach Bare.

Als dein Nonno – Franjo Rejc, Fahrplankonstrukteur, Imker, Mitglied der Slowenischen Kulturgesellschaft Ivan Cankar – im Oktober 1972 begraben wurde, war Bare weitgehend leer, nur wenige Tote ruhten hier, deine Angehörigen bekamen problemlos ein Grab zweihundert Meter vom Haupteingang entfernt, ein kurzer Fußmarsch, den auch Ältere bewältigen. Sie kauften gleich zwei Gräber und beratschlagten, ob sie eine Gruft bauen oder Nonno in die nackte Erde legen und zu gegebener Zeit nur

Nonna – Hausfrau, Mutter dreier Kinder, von denen eines nicht mehr lebte – neben ihm bestatten sollten.

Eine Gruft ist eine unterirdische Wohnung aus Stein oder Beton mit in der Regel sechs Nischen für sechs Särge. Sie gehört zur christlichen, überwiegend katholisch-mediterranen Tradition und ist eng mit der Familie verbunden. Im Normalfall ist eine Gruft eine Familiengruft, sie trägt den Namen der in ihr bestatteten Familie oder genauer des Patriarchen dieser Familie, und in den sechs Nischen werden meistens mehr als sechs Tote beigesetzt, weil meistens ein Leichnam schon verwest, zu Staub zerfallen ist, nur zwei Oberschenkelknochen, der hohle Schädel und die unverbundenen Wirbel der Wirbelsäule von ihm übrig sind. Werden die sterblichen Überreste des einen zur Seite geschoben, ist Platz für einen klarlackierten Sarg aus Furnierholz, in dem der nächste Leichnam im festlichen Ausgehanzug mit Schuhen, die nicht mehr drücken, der Zeit übergeben wird, die dann zwanzig, dreißig, manchmal auch fünfzig Jahre braucht, um alles auf zwei blanke Oberschenkelknochen, einen Schädel mit zwei, drei schwarzen Plomben und die unverbundenen Wirbel der Wirbelsäule zu reduzieren, auf flache Plättchen und Geröll am Strand bei Drvenik …

Nonno lag schon in der Erde, während das Für und Wider von Grab und Gruft diskutiert wurde, und dann sprach Nonna ein Machtwort: Keine Gruft! Nicht, weil sie ihr zu teuer geworden wäre, auch nicht, weil sich ein Familiengrab schon damals, 1972, nicht mehr gelohnt hätte, die Familie wurde zusehends kleiner, schon zeichnete sich der Tag ab, an dem es uns in Sarajevo nicht mehr geben sollte, sechs Nischen waren zu viel. Aber nicht daran dachte Nonna, sie hatte vielmehr ein paar Jahre zuvor in Stup eine offene Gruft gesehen, die voll Wasser gelaufen war, in dem Leichenteile schwammen. Nachfragen hatten ergeben, dass Bare als Überschwemmungsgebiet ausgewiesen war und in ihrer Gruft höchstwahrscheinlich ständig Wasser stehen würde.

Olga glaubte nicht an ein Leben nach dem Tod, wir wiederholen das hier zum wer weiß wievielten Mal, den Tod empfand sie als Schlusspunkt, bevor sie am 6. Juni 1986 starb, verlangte sie nicht nach einem Beichtvater, trotzdem hatte sie ein ziemlich bizarres Verhältnis zu ihrem posthumen Schicksal und dem leiblichen Zerfall. Der Gedanke, sie könnte in ihrem Sarg wie in einer Arche Noah schwimmen, darin verfaulen wie die Leichen, die Nonno 1942 bei Brod in der Save treiben sah und Jahre später erst mit Jasenovac in Verbindung brachte, das flussaufwärts lag, Jahre später erst kapierte, dass er die Leichen von Serben, Juden, Roma und den Kroaten gesehen hatte, die an Brüderlichkeit und Gleichheit geglaubt hatten ... Das hatte sie im Kopf, als sie die Gruft verwarf. Sie fand es angenehmer, menschlicher, in der Erde zu verfaulen. Und sie fürchtete sich vorm Ersticken, unter Wasser kann man nun einmal nicht atmen. Auch als Tote brauchte sie Luft, die ist im Erdreich schon vorhanden. Damals wusste sie zum Glück noch nicht, dass sie vierzehn Jahre später ein Kehlkopfkrebs ersticken sollte.

Also wurde Nonno nicht weiter strapaziert und für den Bau einer Gruft wieder ausgegraben, sie wollte neben ihm in die Erde gelegt werden und gab eine schöne, zweiteilige Grabplatte in Auftrag.

Unter dem schwarzen Stein lag Nonno rechts, ab Juni 1986 Nonna links. Wir sollten, darum bat sie angelegentlich, dafür sorgen, dass ihr Leichnam ganz vorsichtig abgelassen wird, der Marmorrahmen sei eng. Wir sollten die Totengräber ordentlich bezahlen, sie wolle nicht kopfüber im Grab landen, ihr Sarg solle sich nicht verkanten. Es war ihr nicht egal, obwohl sie wirklich nicht glaubte, dass sie in irgendeiner Form noch da sein würde.

Nach ihrer Beerdigung war ich erst wieder dort, als Franjos und Olgas Tochter, meine Mutter, beigesetzt wurde. Sechsundzwanzig Jahre nicht da gewesen. Wenn ich über Vogošća nach Sarajevo fuhr, sah ich den Friedhof von ferne und bildete mir ein, ihr Grab zu sehen.

Von welcher Seite ich auch auf irdischen Wegen nach Sarajevo fuhr, ich kam an unseren beiden Friedhöfen vorbei. Manchmal, wenn ich am Stuper Kreuz Richtung Stadt abfuhr, fiel mir unter den wenigen, sehr vereinzelten Friedhofsgängern eine hagere, sehr aufrechte, schwarz gekleidete Dame mit einem kleinen Jungen an der Hand auf. Das war deine Nonna, und der kleine Junge, der inzwischen gemäß der Logik der Zeit, des Erwachsenwerdens und der Grammatik meiner Muttersprache ich sagt, bist du. Ich hab dich lieb, wenn ich dich so aus der Entfernung sehe, die inzwischen unüberwindlich ist, was aber nicht an der verstrichenen Zeit liegt, die nicht wiederkommt, sondern an dem Gefühl, dass die Stadt und der Friedhof, über den ich in Gedanken gehe, für mich nicht dieselben sind wir für dich und es auch nie mehr sein werden. Manchmal bin ich überrascht, wenn eine Schalterbeamtin trocken fragt: Geburtsort? Mich überrascht meine Antwort: Sarajevo. Wie kann das sein?

Im Frühling, wenn wir die Gräber lüften

Ab Frühjahrsbeginn bis zum ersten Schnee ging es einmal pro Monat auf den Friedhof. Die Bushaltestelle war am Ende der König-Tomislav-Straße. In dem Blumenladen dort kaufte Nonna gelbe Friedhofsblumen, Narzissen oder manchmal Gladiolen. Dazu rote Rosen, die waren am teuersten und nur für Nonnos und Vesnas Grab bestimmt. Die anderen Gräber, die ihr besucht habt, waren Nonna nicht so wichtig oder die Toten, die darin auf die Stunde der Auferstehung warteten, nicht galant genug für rote Rosen. Rote Rosen hatten etwas Frivoles, man konnte sie nicht jedem X-Beliebigen aufs Grab stellen. Rote Rosen, und in dem Grab liegt nicht der eigene Mann oder die Enkelin, da könnten die Leute ja Gott weiß was denken. Ihr gar ein Verhältnis mit dem Verstorbenen zu Lebzeiten andichten. Solche Erfahrungen hatte sie in Sarajevo machen müssen: Sieht einer was, was nicht für seine Augen bestimmt war, zieht der Tratsch immer weitere Kreise, erreicht Bekannte und Unbekannte, sodass sich die Bewohner oft über den Klatsch kennenlernen.

Du hast sie gern auf den Friedhof begleitet. Noch als ihr nicht mehr gemeinsam ins Puppentheater oder auf den Markt gegangen seid, wie das Oma und Enkel so machen, als du dich vielmehr von ihr abgenabelt hattest – wie andere junge Männer von der Mutter –, bist du mit ihr auf den Friedhof. Bis zum Abi Monat für Monat dasselbe Ritual, und dann, Ende Juli 1984, musstest du deinen Wehrdienst antreten. Euer letzter gemeinsamer Besuch in Bare ist mir leider entfallen. Es muss im Juni, vielleicht auch im Juli, nach Schulende, gewesen sein.

Als du vierzehn Monate später vom Militär zurückkommst, ist sie alt.

Oder hatte sie keinen, der mit ihr auf den Friedhof ging, sodass sie es bleiben ließ? Es war einfacher, sich alt zu nennen, als erst sich und dann auch der Tochter – deiner Mutter – den eigentlichen Grund zu erklären, dass es nämlich keinen Sinn hat, Gräber abzulaufen, wenn keiner dabei ist, dem du die Geschichte jedes einzelnen Toten erzählen kannst. Oder verschweigst: Nur wenn einer danebensteht, der es nicht erfährt, gibt es ein Geheimnis.

Das nächste Mal bist du am 8. Juni 1986 in Bare. Bei Nonnas Beerdigung.

In den ersten Märztagen, um den 8. März, dem Tag der Frau, herum, wenn sich plötzlich der Nebel von der Stadt hob und die Erde auf den Sarajever Friedhöfen taute, verkündete sie: Bald gehen wir auf den Friedhof! Dieser erste Besuch im Jahr war anders, komplizierter als die übrigen. Sonst fuhren wir mit dem Bus, aber im März bestellte sie telefonisch ein Taxi. Bereits am Freitag wurden Blumen auf dem Markale-Markt gekauft, über Nacht standen die in sämtlichen Vasen, die sich im Haushalt auftreiben ließen, mehr Blumen als sonst, Mutter bekam von dem Duft Kopfschmerzen, bekam die erste Frühlingsmigräne des Jahres und Zorn, man muss die Blumen für den Friedhof doch nicht auf dem Markt und dann auch noch am Vortag kaufen, Nonnas Erklärung: Das Taxi kann vor dem Blumenladen in der König-Tomislav-Straße nicht halten, prallte an ihr ab, ebenso der Einwurf, dass die Blumen am Friedhof unverschämt teuer seien, alles vergebens, weil Mutter wegen der Blumen für die Toten Kopfschmerzen hatte …

Am Samstag zogen wir uns warm an, weil wir lange in der Kälte bleiben würden, Nonna das schwarze Wollkostüm – ihre Winterkleidung war durchweg schwarz –, den schwarzen Wintermantel, den sie 1970 aus Moskau vom Besuch bei Sohn und Schwiegertochter mitgebracht hatte, und zum krönenden Abschluss noch den schwarzen Pelzkragen, den wir Fuchs nannten, obwohl es sich eher um ein Frettchen gehandelt haben dürfte. Der Kragen hatte einen Tierkopf mit Schnauze, Glasaugen und das Maul war der Verschluss, der Kragen biss sich selbst in den Schwanz, wenn Nonna ihn anlegte.

Um halb neun bestellte Nonna beim Taxiruf ein komfortables Fahrzeug. Die Dienstleistung steckte in ihren Kinderschuhen, es dauerte eine halbe Stunde, bis das Taxi vor der Tür stand. Ein schwarzer Mercedes mit Heckflossen aus den frühen sechziger Jahren oder dein Lieblingsauto, ein Mercedes Ponton. Konnte aber auch ein beigefarbener oder bordeauxroter Peugeot 404 sein. Auf jeden Fall ein Auto in dieser Klasse, da die Kundin ein komfortables Fahrzeug bestellt hatte. Als kleiner Junge wie als erwachsener Mann hast du Nonnas natürliche Autorität bewundert – was sie für ihr Geld wollte, das bekam sie – und diese Bewunderung auch auf mich in die Zukunft projiziert, lange hast du gedacht, die Autorität ist da, wenn du erst mal groß bist, aber der Glaube, du könntest eines Tages am Telefon ein komfortables Fahrzeug bestellen, ohne dass ein klappriger, halb durchgerosteter Mazda vor der Tür steht, erwies sich als eine der wenigen Illusionen auf deinem Weg in die Schriftstellerei.

Die Sache mit der natürlichen Autorität wirst du erst verstehen, wenn du ich bist. Vom Vater, meinem Uropa Karlo Stubler, hatte Nonna etwas geerbt, was in Volksliedern und Sagen und leider auch in neubosniakischen Kitschgeschichten hohes Ansehen genannt wird. In unserer Sprache ließen sich dafür durchaus Synonyme finden, die aber nicht genau treffen, was Karlo Stubler und seine Tochter hier in Sarajevo genossen, obwohl sie als die Kofferkinder, die sie waren, nicht wohlhabend, schon gar nicht reich, kein Anrecht darauf hatten, und deswegen wird es trotz der Scheu vor abgegriffenen Redewendungen und hohlen Phrasen wohl das Beste sein, von ihrem hohen Ansehen zu reden.

Du warst ein Kind und konntest das nicht haben, ich kann es mir als existenziell Unbehauster nicht erwerben, denn unser Stublertum ist längst verblasst. Wir konnten nur noch die Erzählungen von einer untergegangenen Welt aufschreiben, die Erinnerung an eine Familie, deren Geschichte mit uns, den letzten Sprösslingen eines donauschwäbischen kuferaschen Familienstammbaums, endet.

Eine Armvoll Kerzen kam mit, eine Gießkanne, Handfeger, Putzlappen, Putzmittel. Nonna setzte sich vorne neben den Fahrer und ich hockte hinten neben den Blumen, zwischen den Knien eine Reisetasche voller Reinigungsartikel.

Die Fahrt dauerte nicht lange, es ging viel schneller als Ende der achtziger Jahre, als du in deinem blauen Käfer durch die Gegend gefahren bist. Es gab weniger Autos, die Wohnblocks in Ciglana waren noch nicht gebaut oder wurden gerade hochgezogen, die Straßen stadtauswärts zum Friedhof waren breit und leer. Anfang März ist die Vegetation in Sarajevo noch tot, die Bäume haben keine Blätter, die Wiesen sind grau, und ihr beiden seid die wichtigste Aufgabe der Jahreszeit angegangen.

Andere fahren zu Frühlingsbeginn in ihre Wochenendhäuser rings um die Stadt, lüften und richten alles für den Sommer her, Datschen, in denen man bis zum Herbst die Wochenenden verbringen wird, und Nonna eröffnete am ersten Samstag im März die Friedhofssaison.

Als Erstes besuchten wir Nonno, unser wichtigstes Grab, das Familiengrab. Vesnas Grab lag eigentlich am Weg, aber wir kümmerten uns trotzdem später darum. Die treuen schwarzen Marmorplatten, die, unter der Nonno lag, und die, unter der, wenn alles seinen ordnungsgemäßen Gang ging, Nonna liegen würde, starrten durch Winterschnee, Smog, Ruß und Matsch vor Dreck, die Reinigungsaktion dauerte eine volle Stunde oder länger. Nonna fegte, schrubbte, wischte, ich holte Wasser. Die Wasserstelle war ein Stück den Berg runter hinter der Aussegnungshalle am Ende der katholischen Parzelle, ein weiter Weg. Ich mochte ihn: Auf dem Friedhof war was los, mehr und mehr Menschen, nicht nur wir zwei, eröffneten die Friedhofssaison, wie andere ihre Wochenendhäuser lüften und für die schöne Jahreszeit herrichten. Es waren Bekannte darunter, alte Männer und Frauen, die sich nach Nonna erkundigten – Die Oma ist oben, nicht?, Ist Frau Rejc schon da?, Grüß Nonna, kommt auf einen Sprung vorbei! –, andere kannte ich vom Sehen. Nur ein paar wenige sind uns gar nicht bekannt, immerhin sind wir seit

Jahren jeden März hier, kurz bevor Eliot sein Gedicht veröffentlichte, also seit 1973, da war es nur ein irdisches Grab, auf dem Nonna Stiefmütterchen pflanzte, und es wird so bleiben, solange unsere überirdische Familie besteht und sich um die unterirdischen Angehörigen kümmert. Alle kennen sich, wir lächeln uns zu, während wir für Wasser anstehen, während wir Wachskerzen kaufen, die schöner, wenn auch nicht so lange brennen wie Stearinkerzen, wir lächeln uns zu während unserer Friedhofsrituale, mit denen ein neuer Frühling in Sarajevo ausgerufen wird. Unsere Frühlinge sind da schon gezählt, aber das wissen wir nicht, wir denken nicht darüber nach, dass es schon so viele Gräber sind und so viele von uns der Stadt den Rücken kehrten, meist Richtung Jenseits.

Sobald Nonnos Grabstein – wobei wir in der gesprochenen Sprache eigentlich nie Grabstein sagen, immer nur Denkmal, Grabstein heißt es lediglich in Formularen und Büchern – gründlich abgekehrt, gescheuert und trockengewischt war und die gelben Blumen in den beiden Vasen steckten, befestigte Nonna auf einem eigens dafür vorgesehenen Gestell mit Dorn eine Kerze und zündete sie mit dem Streichholz an. War es, wie im März meistens der Fall, windstill, brannte die Kerze herunter, säuselte der Nordwind, blies er die Flamme aus, aber wer als Nächster Nonnos Grab besuchte, steckte sie wieder an.

In den siebziger Jahren waren sie alle noch am Leben und bei Kräften, Eisenbahner, Imker, die Kartenrunde, auch deren Frauen, sie kommen mit Blumen im Arm und Kerzen in der Tasche. Sie wissen, wo Franjo liegt, sein Grab ist direkt am Hauptweg, gut erreichbar, wer einen der Seinen besucht, stattet auch ihm einen Besuch ab, bringt eine Kerze mit, zündet sie an und dazu noch den Docht von unserer, die der Wind ausgepustet hat.

Jede Kerze zu seinem Gedenken brennt ganz herunter. Mehrmals angezündet, untermauern die Kerzen, dass wir nicht vergessen sind, Ansehen genießen in dieser Stadt, Stoff für Erzählungen hergeben …

Nonnas Religiosität war längst verflogen, demonstrativ zeigte sie ihren Unglauben und betonte ihn bei jeder Gelegenheit. Die Riten der katholischen Kirche stießen sie ab, Weihnachten feierte sie nur, insoweit wegen Verwandtschaft und Nachbarn unvermeidlich, aber für die Toten zündete sie Kerzen an. Du denkst nicht darüber nach, es ist so, seit du denken kannst, du kennst es nicht anders, du genießt eure Ausflüge zum Friedhof, weil jeder eine einzige lange Erzählung ist, in die viele kleine Geschichten eingebaut sind, nirgends erfährst du mehr über Menschen, die du nicht mehr kennengelernt hast, als auf dem Friedhof. Du weißt noch nicht, dass Bestattungsriten mit dem Glauben zusammenhängen, mit dem Glauben an ein Weiterleben nach dem Tod, daran soll die brennende Kerze erinnern, dafür lohnen sich Blumen und die Mühe, die Marmorplatten sauber und ordentlich zu hinterlassen. Das hast du Ende der Grundschule oder in den ersten Gymnasialklassen verstanden, bringst es aber nicht mit ihr in Verbindung. Andere besuchen ein Grab, weil sie an Gott glauben, sie aus Gründen, über die du nicht nachdenkst. Hättest du sie gefragt, sie hätte dir niemals reinen Wein eingeschenkt. Ich weiß, was sie gesagt hätte: Man muss die Gräber pflegen, weil sich das so gehört. Das sagte sie immer, wenn sie nicht mit der Sprache herauswollte: Das gehört sich so.

Denke ich heute darüber nach, dann scheint mir, Nonna klapperte unsere Gräber mit mir im Schlepptau ab, um Geschichten zu erzählen und zu verschweigen, dafür brauchte sie ja auch jemanden, dem sie sie verschweigen konnte. Geschichten ersetzten ihr den Glauben, Worte die verlorene Illusion, Erzählen als Religionsersatz, und wenn ich davon erzähle, ist darin noch immer Gott. Ihrer Tochter, meiner Mutter, ging es in den letzten Lebensmonaten genauso, sie erlebte es nur noch intensiver. Gott wohnt in Geschichten, er ist quicklebendig, es gibt wohl keinen lebendigeren Gott als den Gott, den beide spürten, wenn sie von Menschen erzählten, die nicht mehr lebten. Gott ist nicht in der Geschichte, sondern in dem Gefühl, das den Erzähler erfasst, wenn er wahrhaftig und richtig erzählt und aus der Wirklichkeit auf die andere Seite wechselt und denkt, dort sei doch eigentlich sein Zuhause, in einer Welt, in der sich jeder Schmerz in Mitleid verwandelt, von dem es tausend verschiedene Arten gibt. Beim Erzählen – sofern es wahrhaftig und genau ist – spürt man klar und deutlich, dass der Mitleid gewordene konkrete Schmerz mehr Glück und Hoffnung enthält als sämtliche Alltagsfreuden zusammen.

Sie haben es sich nicht bewusst gemacht, aber darin spürten sie sehr real Gott, womit bewiesen wäre, dass nur ein völlig unbegabter Erzähler, oder wer keinen Lebenden zum Erzählen hat, Atheist sein kann.

Anschließend besuchten wir die übrigen Gräber.

Um den Weg zu beschreiben, müsste ich ihn noch einmal gehen. Das ist mir realiter unmöglich, weil mir der Kontext fehlt. Heute über Bare zu gehen wäre ein Spaziergang durch Ruinen, ein Gespräch mit Gespenstern. Dieser Friedhof lebt, er verändert sich, und so muss es bleiben. Die Lösung läge daher in einem genauen Grundriss der Anlage, in einem Plan dieser unterirdischen Stadt, in den sämtliche Gräber eingetragen sind einschließlich sämtlicher Inschriften auf den Grabsteinen. Wenn ich den auf einem großen Bogen Packpapier von drei mal vier Metern hätte, würde ich mit Rotstift die mögliche Route zu den anderen Gräbern einzeichnen, nachdem Nonnos Grabstein zusammen mit Nonnas noch leerem Grab gewaschen, auf Vordermann gebracht und geschmückt war.

Es könnte einen solchen Grundriss geben, falls Bare genau erfasst wurde, so wie alle größeren Städte für die satellitengestützten Navigationssysteme abfotografiert wurden. In einem nächsten Schritt, nach der Eintragung der Route, wäre der Plan zu kopieren und zu vervielfältigen und die Reproduktion als Schutzumschlag eines künftigen Romans zu verwenden. Wie lang das Buch wird, lässt sich schlecht prognostizieren, fünfhundert Seiten sollten genügen, um aus der Erinnerung die Lebensläufe derer zu erzählen und dokumentarisch zu rekonstruieren, deren Gräber Nonna und ich am ersten Samstag im März besuchen. Jedes Grabmal wäre ein eigenes Kapitel, auch die Gräber, an denen wir jahrelang vorbeigehen, sollen ihr Kapitel bekommen, Gräber von Menschen, die wir nicht kennen und die nichts mit Stublers und Rejcens zu tun haben, deren Geschichte wir uns jedoch anverwandeln.

In den Roman einleiten würde ein dreißigseitiger Reisebericht, der die Umstände des Blumenkaufs und die Fahrt mit dem Taxi vom Sepetarevac nach Bare erläutert.

Und das Schlusskapitel wäre ein historischer Abriss der anderen Friedhöfe, weil Nonna auch dort ihre Toten hat, Verwandte, Freunde und Freundinnen aus ihrer Jugend, die wir seltener besuchen. Da gehörte auch der Bericht über Zehras Grabstele hin, die wir von fern auf einem muslimischen Friedhof anschauen, wie gehen nie hin, weil es nicht Sitte ist. Nonna wiederholt dann die Geschichte von den Muslimen, die im Unterschied zu uns nicht die Gewohnheit haben, ihre Toten auf dem Friedhof zu besuchen. Das ist bei ihnen, sagt sie, beinah verboten, es könnte die Toten stören und weil man Gott – an den die Muslime glauben, im Gegensatz zu uns, für die Gott nur in der Erzählung steckt – nicht seine Trauer zeigen soll um die, die nicht mehr auf dieser Erde weilen. Es könnte ihn erzürnen, weil er daran unseren Unglauben ablesen kann.

So trug Nonna, den Blick auf Zehras schiefe Grabstele gerichtet, ihre Theorie des Islam vor. Sie wusste genau, dass sie es nicht zum ersten Mal erzählte. Du wusstest, dass sie es wusste, und hast geschwiegen und zugehört. Gewartet, wie die Geschichte in Wahrheit ausgeht.

Mir ist bis heute schleierhaft, warum sie die Geschichte erzählte und das Verhältnis der Muslime zu Friedhöfen und Gräbern pries. Manches hatte sie unabsichtlich dazuerfunden, dem hinzugefügt, was grundsätzlich der Wahrheit entsprach. An muslimischen Grabstelen brennen weder Kerzen, noch liegen dort Blumen, noch laufen zwischen ihnen Frauen in Schwarz. Sie sind vom Gras überwuchert, in Sarajevo folgten sie einst der Topografie einer Wiese, den Almen über der Stadt, älter als jeder Friedhof und jeder Gedanken an Friedhöfe. Auf ihnen gab es keine lateinischen Inschriften, nur die weißen Ornamente arabischer Buchstaben. Das gefiel ihr, sie dachte, die Muslime hätten etwas, das ihnen den Besuch von Gräbern und die Geschichten über Verstorbene ersetzt. Statt sie zu hassen oder für Ungläubige zu halten – was zu allen Zeiten zwischen den Angehörigen verschiedener Glaubensrichtungen üblich war und heute seinen legalen Ausdruck im Terror der dominanten Mehrheit über die zunehmend inexistenteren Minderheiten findet –, sah Nonna in ihrem, dem islamischen Glauben sehnsuchtsvoll einen Ausweg. Außerdem hatte sie Zehra mehr geliebt als irgendjemanden sonst auf dieser Welt. Wir waren mit ihr verwandt, waren ihr Fleisch und Blut, zu uns war sie verurteilt, Zehra hatte sie sich selbst ausgesucht.

Mit Zehra dürfte der Roman allerdings nicht enden. Das wäre tendenziös, verlogen und sentimental. Unsere Wirklichkeit, schon gar wenn sie in Vergangenheit übergeht und die Geschichte über sie hinwegtrampelt, wirkt oft tendenziös, verlogen und sentimental. Deswegen müsste der Roman ein bisschen länger werden und noch einmal nach Bare zurückkehren, zu nachmittäglicher Stunde, wenn kaum ein Taxi vor dem Friedhofseingang steht und selbst Nonna kein komfortables Fahrzeug kriegt, sondern wir in den erstbesten Fiat 1300 steigen, der uns in die Stadt fährt. Unsere Hände ruhen müßig im Schoß, die Arme sind befreit, müssen nicht mehr bündelweise gelbe Friedhofsblumen, Narzissen und Gladiolen halten. Die Finger zittern leicht, nachdem die Last von uns abgefallen ist.

Tante Finka auf Sankt Michael

Auf dem Sankt-Michael-Friedhof ruhte Tante Finka in der Zeit. Eine alte Jungfer, von der wir nicht wissen, wie sie mit uns verwandt ist, denn die es wissen konnten, sind gestorben, bevor sie es uns erklärten, und so kann sie nicht im Stammbaum eingeordnet werden, unsere unverheiratete Tante, ebenso lebens- wie wirklichkeitsfremd, als literarischer Stoff ideal. Über Tante Finka hätte man gleich mehrere Romane schreiben können, schade nur, dass alle Anekdoten über sie längst vergessen sind. Sie war schlagfertig, lustig, sexbesessen, allerdings auf eine altertümliche, hinterwälderische Art, derzufolge man die Dinge nicht beim Namen nannte und nur in Metaphern erzählte, in übertragenen Bedeutungen und abseitigen, höchst skurrilen Anspielungen.

Sie starb ein paar Jahre vor deiner Geburt, trotzdem kanntest du sie in deiner Kindheit gut. Als Karlo Stublers Kinder noch lebten und man sich jeden Sonntag in Ilidža zum Mittagessen und Spaziergehen traf und im Sommer bei Tante Lola in Dubrovnik zusammenkam, war Tante Finka in den Unterhaltungen allgegenwärtig. Man erzählte sich Geschichten über sie, erzählte nach, was sie erlebt oder an Erlebnissen erfunden hatte, ihre Possen, Schnurren und Späße, man äffte sogar ihre Stimme nach, Finkas Sprachfehler, ein rollendes, angeblich französisches R, das ihr eine ausländische Anmutung verlieh, obwohl sie in Sarajevo geboren war, oder war es Fojnica, Kreševo ... Zagreb? Lange nach ihrem Tod kam *Tko pjeva zlo ne misli* (Wer singt, denkt nichts Böses) ins Kino, sie gingen rein und erklärten: Der Film handelt von Tante Finka. Der Drehbuchautor muss ihre Lebensgeschichte gekannt haben. Als der Streifen im Fernsehen lief, sagten sie dir: Schau, so war Tante Finka!

Das Grab auf Sankt Michael soll sie, hieß es, vor dem Krieg

gekauft haben. Damals muss sie vierzig, fünfzig Jahre alt gewesen sein, älter nicht, sie wollte auf Nummer sicher gehen. Obwohl unsere Tante, hatte sie keine Angehörigen, also erwarb sie beizeiten ein Grab, stellte einen vornehmen Grabstein nach der Mode der Zeit darauf und besuchte ihr Grab auch noch zu Allerheiligen, wenn alle auf den Friedhof gehen, und im Frühjahr, um den Grabstein abzuwaschen und den Weg um ihre künftige Ruhestätte zu fegen, und dann – so erzählte man sich noch Jahre nach ihrem Tod – habe sie eine Kerze angezündet und Gerbera in die steinerne Vase gestellt. Gerbera war ihre Lieblingsblume. Wenn jemand Gerbera erwähnt, denkst du noch heute an Tante Finka und ob ihr Grab auf Sankt Michael noch existiert. Zum letzten Mal warst du mit Nonna Anfang der Achtziger dort, damals wurde die Straße gebaut, für die ein gutes Stück des benachbarten Friedhofs der Heiligen Georg und Gabriel und mit ihm die Knochen vieler orthodoxer Sarajever unter Asphalt verschwanden, deren posthumer Untergang in der neuen Ära kein Thema ist. Der Lyriker Duško Trifunović berichtete vor langer Zeit im Radio, auch die Gebeine seines Vaters seien damals unter die Räder gekommen.

Sankt Michael lag, als Tante Finka ihr Grab kaufte, praktisch vor der Stadt. Angelegt 1884, geplant von Josef Rekveny, er ist hier auch begraben. Bis 1966 wurden in Sankt Michael, der ohne sichtbare Grenze an den orthodoxen Friedhof grenzt, Sarajevos Katholiken beigesetzt, überwiegend Kofferkinder, oft Ausländer, Deutsche, Polen, Tschechen, der eine oder andere römisch-katholische Ungar, seltener Italiener, Slowenen und einheimische oder zugezogene Kroaten, fast durch die Bank Beamte im Dienst der Donaumonarchie. Nonna nahm dich, wann immer sich ihr schlechtes Gewissen meldete, weil Finka keinen hatte auf der Welt und keiner ihr Grab besuchte, mit auf Sankt Michael und Sankt Joseph, Friedhöfe, wo die Grabinschriften, Worte ewiger Trauer, das Gottbefohlen, vereinzelte wehmütige Reminiszenzen an die ferne Heimat, in beinah allen Sprachen des Habsburgerreichs verfasst waren, die meisten in Deutsch.

Da hast du in sehr jungen Jahren eine Vorstellung bekommen, wer früher in der Stadt gelebt, sie gebaut und errichtet hat, wem Sarajevo mindestens so sehr gehörte wie den Lebenden, und das gab mehr als alles andere den Anstoß, dir ein Gedächtnis der Stadt vorzustellen, in dem du einen Platz hast, als Erinnernder ebenso wie als einer von denen, an die sich die anderen erinnern. Es ist eine Illusion, du hältst fast ein Leben lang an ihr fest, aber sie verfliegt, die Zeit bläst sie fort wie die Mittagssonne den Morgennebel auflöst, und aus der Erinnerung wird Fiktion, aus deiner Geburtsstadt ein fiktionaler Sachverhalt, ein der Fantasie geschuldetes Toponym, das nur in Texten existiert. Deswegen kann ich kaum glauben, wider besseres Wissen, wider die eigene Erinnerung, wider mein eigenes Schreiben, dass der Sankt-Michael-Friedhof noch existiert und vielleicht sogar der Grabstein unserer Tante Finka, von der wir nicht mehr wissen, in welchem Grad und von welcher Seite sie unsere Tante ist.

Fünfzig Schritt weiter, so hast du es wenigstens in Erinnerung, war das Grab der Mutter von Ivo Andrić. Daran habt ihr keine Sekunde gezweifelt, mehr noch, nie seid ihr zu Tante Finkas Grab gegangen, ohne auch Ivo Andrićs Mutter einen Besuch abzustatten und euch gegenseitig daran zu erinnern, dass Andrić als Gymnasiast in Tante Finka verliebt war und viele Jahre später, als er in der Stadt zu Besuch war, nach ihr suchte, 1969, er klingelte an ihrer Tür, aber sie war nicht zu Hause, sondern, selbst das war überliefert, bei der Pediküre – damals hatten alle Frauen Hühneraugen –, er kritzelte eine Nachricht auf ein Blatt Papier und warf es in den Briefkasten. Ein Jahr später, 1961, starb Tante Finka, wieder zwei Monate später kam aus Stockholm die Ankündigung, der Nobelpreis gehe an Andrić. Als sie ihre Wohnung ausräumten, die von der Gemeinde beansprucht wurde, dachte keiner daran, den Zettel zu suchen. Falls es ihn denn gab und Tante Finka ihn und die Geschichte von Andrićs unerfüllter Liebe nicht erfunden hat. Angeblich blieben ihre Liebesgeschichten samt und sonders unerwidert, dabei soll sie eine schöne Frau gewesen sein. Keine einzige Fotografie hat sich von ihr erhalten, obwohl es eine gab, klein und schwarzweiß, du hast sie als Kind gesehen, Nonna und Tante Finka stehen da auf der Kaiserbrücke und lachen. Das Bild verschwand. Nonna mochte keine Bilder, auf denen gelacht wird, vielleicht hat sie es zerrissen. Sie hat sich ganz allgemein bemüht, sämtliche Dokumente zu vernichten, Briefe, Fotos, Andenken, nichts sollte von ihr bleiben, kein Müll uns belasten, denn Papier wird Müll, wenn die, denen es gehörte, nicht mehr sind.

Nur eins hat Nonna nicht bedacht: Dass du dich an manches erinnern kannst. Tante Finka hättest du fast vergessen. Während der ganzen Jahre in Zagreb hast du nicht an sie gedacht, davor, während des Krieges, oder noch früher, als du ihr Grab auf dem Sankt-Michael-Friedhof noch hättest suchen können, auch nicht. Wie oft bist du die König-Tomislav-Straße am Zweiten Gymnasium vorbei und weiter den Koševo hinaufgegangen und hast nicht nach ihr geschaut. Es wird einen Grund und einen Sinn haben, dass ich vor zwei, drei Tagen an sie erinnert wurde, kurz bevor ich sie ganz vergaß. Sie und die sechs, sieben Romane, die man über Tante Finka hätte schreiben können, darunter den einen, der ausschließlich auf dem Sankt-Michael-Friedhof spielt.

Frühmorgens, am Flughafen von Helsinki, ich warte auf die Maschine nach Frankfurt und lese *Als Barbar im Prater* des österreichischen Schriftstellers Gerhard Amanshauser. In einem der Mikroessays oder Fragmente, aus denen die Autobiografie besteht, beschreibt Amanshauser seine Tante, die in der Badewanne ertrank. Man musste verstümmelte Puppen vor ihr verstecken, Puppen, denen Arme, Beine oder Kopf fehlten, wenn sie so etwas sah, bekam sie einen hysterischen Anfall.

Es hat mich nicht überrascht, im Gegenteil, ich war versucht zu denken, Tante Finka hätte ein Doppelleben geführt: halb in Sarajevo, halb in Salzburg. Hier war sie ledig, dort verheiratet, hier schlagfertig und überkandidelt, dort bösartig, hier im Schlaf gestorben, dort in der Badewanne ertrunken, und die einzige Gemeinsamkeit, die im Unterschied zu dem ganzen Rest unglaublich und einmalig war, war dieser Horror vor geköpften Puppen oder abgetrennten Puppenbeinen oder -armen, die damals in jeder Wohnung herumlagen, selbst wenn es in dem betreffenden Haushalt keine Kinder gab: Wie ein Fluch fand sich immer eine kopflose Puppe, eine abgerissene Plastikhand mit rot lackierten Fingernägeln, ein Unterleib aus Kunststoff mit Röckchen …

Abgesehen davon war ihr Leben sorglos und heiter. Unbefriedigte sexuelle Wünsche, unbesiegbare Jungfernschaft, Jungfernschaft als Schicksalsschlag, alleinstehend, ein Leben lang einsam, unfähig, etwas anzufangen, die Zeit auf etwas draufzuwickeln, Zuwendung zu erlangen, zu lieben, stattdessen ein Vegetieren ohne Sinn und Ziel, Witze reißend, Anekdoten ersinnend, erfundene Liebhaber aufzählend, die kleinen weißen Hände des Gymnasiasten Ivo Andrić beschreibend, Neffen zu sich einladend, die nicht ihre Neffen waren, all das hat Tante Finka leichthin gelebt, sie hat ihr ganzes Leben leicht genommen, solange ihr keine kopflose, armlose, beinlose Spielzeugpuppe unter die Augen kam.

Wie sie auf den Anblick genau reagiert hat, weiß keiner mehr. Darüber wurde nicht geredet, sie hoben nur die Hände, sagten: Schrecklich, schrecklich, und dann ging es mit den Geschichten weiter, Mann, war das lustig, wie sie die Wohnung auf kaputte Puppen absuchten, wenn sich Tante Finka angemeldet hatte, und trotzdem an den unerwartetsten Stellen versehrte Spielzeuge auftauchten, selbst in Haushalten, in denen seit fünfzig Jahren kein Kind gelebt hatte. Bei jedem, selbst bei Hagestolzen, Witwern, Geschiedenen und unfruchtbaren Paaren, fand sich die eine oder andere vergessene Puppe, verstaubt, angeschrammt, und selbstverständlich fehlte ein Arm, ein Bein oder der Kopf. Oder ein Kopf ohne Puppe dran. Der immer noch blinzelt, wenn man ihn bewegt.

Wenn das passierte – und es passierte, selbst wenn sie vor Tante Finkas Besuch noch so sehr aufgeräumt hatten –, verbrachten sie den Rest des Tages, meist ein Samstag oder Sonntag, die klassischen Besuchstage, damit, die hysterisch schreiende Tante wieder zur Vernunft zu bringen. Sie versuchten es mit Wasser, mit Zucker, riefen den Doktor, probierten es mit frischer Luft, spazierten mit ihr untergehakt in den Park, und meistens war jede Mühe vergebens, sie schafften es nicht, sie in den vorigen Zustand zurückzuversetzen, in dem sie das R rollte und Witze auf eigene Kosten riss. Jeder Auftritt aufgrund einer Puppe ohne Beine – man redete in dem Zusammenhang immer vom Auftritt – versetzte die Anwesenden in Panik, alarmierte Verwandte, Nachbarn, Freunde des Hauses, alle befürchteten, diesmal würde sie sich nicht mehr beruhigen, nicht wieder Vernunft annehmen, sondern dauerhaft so bleiben. Verrückt.

Die, unter deren Sofa Tante Finka eine Puppe ohne Beine erblickt hatte, schämten sich.

Was der Frau angetan wurde, was sie in diesen Puppen sah, die überall auftauchten, weil jeder Mensch immer und überall auf das trifft, was er am meisten fürchtet, wirst du nie erfahren. Keiner, der es wissen könnte, lebt noch. Und Tante Finka, aus der jeder halbwegs fähige Psychiater, Psychologe oder Psychoanalytiker das angstbesetzte, Panik auslösende Erlebnis herausgeholt hätte, lebt auch nicht mehr. Arme Tante Finka, ich hätte sie vergessen, hätte mich Gerhard Amanshauser nicht an sie erinnert, der auch so eine Tante hatte.

Eins aber lässt dir keine Ruhe: dass ihre Lebensgeschichte verloren sein soll. Wenn der Friedhof existiert, muss es doch irgendwo Akten geben, ein Archiv, in dem Anamnesen seelischer Zustände, Biografien und menschliche Schicksale zu den Verstorbenen aufbewahrt werden, über denen Steinplatten liegen, damit Hunde und Wölfe sie nicht ausgraben und ihre Leiber zerreißen. Dafür ersannen Menschen Grabmäler, so sind sie entstanden. Und für jeden Grabstein, der umfällt, unter einer Straße verschwindet oder zu Baumaterial zermahlen wird, wird die zugehörige Akte mit Angaben zu Leben und Tod des Verstorbenen herausgenommen, verbrannt oder recycelt.

Ich gehe davon aus, dass das Grab einer alten Jungfer aus Sarajevo, unserer Tante Finka, auf dem Sankt-Michael-Friedhof nicht mehr besteht. Über dreißig Jahre hat es keiner besucht, eine Kerze darauf angezündet, Gerbera in die Steinvase gestellt. Sie hat es für sich getan, volle zwanzig Jahre hat sie für sich Kerzen angezündet und Gerbera hingestellt, denn nach ihrem Tod tat es keiner mehr.

188 Laternen

Die Zivilisation kam als Demütigung über uns. Nach einem kurzen, aber blutigen Aufstand gegen die Besatzungsarmee, die entsprechend vorheriger Absprachen nach Abzug des letzten türkischen Soldaten in Sarajevo eingerückt war, empfing Joseph Freiherr Philippovich von Philippsberg im Konak die Abordnungen der Bürgerschaft, getrennt nach nationaler und religiöser Zugehörigkeit, nicht anders als heute, falls es in Bosnien heute noch verschiedene Religionen und Nationen geben sollte. Damals habe, schreibt Protopresbyter Nedeljko in seinen Memoiren, Freiherr Philippovich die muslimische Abordnung mit folgenden Worten abgekanzelt: Und nun zu euch, ihr Wegelagerer und Hurenböcke, Nichtsnutze und Feiglinge! Ihr und eure saubere Hohe Pforte hinterlasst nichts als Dreck und Gestank, und eure Straßen sind vor lauter Unrat und üblen Ausdünstungen unpassierbar. Warum führt ihr nicht heldenhaft und anständig Krieg, sondern hinterhältig und verschlagen? Ich frage mich, wie dieses unglückliche Volk mit solchen Bösewichten unter sich leben konnte. Ihr werdet die Macht Österreichs zu spüren bekommen, ihr Unruhestifter, ihr Bastarde des Teufels! So weit Protopresbyter Nedeljko, und angesichts der Einstellung der Generäle, die uns die Zivilisation mit dem Säbel brachten und raubten, wird es nicht so weit weg von der Wahrheit sein. In dem, was er Philippovich in den Mund legte, klingt etwas durch, was du in deinen zwanzig Zagreber Jahren selbst erleben wirst, etwas für dieses engstirnige, in seinem kleinbürgerlichen Furor gewalttätige Milieu Typisches, das seinen Frust, den ganzen Jammer und sämtliche kroatischen Komplexe bis heute, ob real oder imaginiert, gern im Osten und insbesondere an Bosnien abreagiert. Oft drängt sich dir der Eindruck auf, dass Bosnien für die Hauptstadt-Kroaten und die in ihrem Gravitationsfeld nur etwas ist, über das sie sich erheben können, eine Folie, vor der sie als die Zivilisierten und Kultivierten dastehen. Jahrelang musst du, wenn du durch die Baron-Filipović-Straße in Zagreb gehst, vorbei an der Kaserne, in der der kroatische Rekrut das Exerzieren lernt, an seine Worte denken, wie sie uns Protopresbyter Nedeljko überliefert hat: Und nun zu euch, ihr Wegelagerer und Hurenböcke, Nichtsnutze und Feiglinge! Ihr und eure saubere Hohe Pforte ... Und jedes Mal der zynische Gedanke: Worauf bilden die sich eigentlich so viel ein, ich bin ja auch Kroate, ich kann auch stolz drauf sein. Aber es will dir nicht in den Kopf, du begreifst es einfach nicht ... Mit der Zeit ändert sich dein Verhältnis zu Sarajevo, und auch Sarajevo ändert sich gründlich, so gründlich, dass dir die Stadt völlig fremd wird und dein Befremden über Philippovichs Worte die Note persönlicher Betroffenheit verliert. Anfangs hast du dich eindeutig mit der muslimischen Abordnung identifiziert, hast die Beleidigungen des Oberbefehlshabers der Besatzungstruppen auf dich bezogen und warst sauer. Wut ist ein schlechter Ratgeber. Später identifizierst du dich nicht mehr, deine Heimat ging die Miljacka hinunter, schwamm durch Bosna, Save und Donau und treibt inzwischen im Schwarzen Meer, zum letzten Mal wurde sie bei Odessa gesichtet. Geblieben ist nur das Befremden. Und der Versuch, diesen Josip Filipović zu verstehen, geboren in Gospić, Kind der österreichischen Pufferzone zum Osmanischen Reich, der Krajina, diesen herzlosen Sohn der Grenze, der dem immer schon verdächtigen kroatischen Adel angehörte und sich gern auch Joseph Philippovich schrieb. Und der Versuch, die zu verstehen, die sich unterwarfen, die Gescheiteren unter den Sarajever Muslimen, die Melancholiker und Introvertierten, die die historische Logik begriffen und in ihren Herzen und Köpfen intellektuell, emotional und mental den Umschwung bewältigten. Anders als die Helden und Aufrührer, die am Galgen oder in Verliesen endeten, anders als Muhamed Hadžijamaković, der vierundsiebzigjährige Kopf des bewaffneten Widerstands, dachten sie in großen Zeiträumen, schlugen den Bogen weit über die Spanne eines Menschenlebens und familiärer Erinnerungen hinaus und passten sich dem epochalen Umbruch an. Die Beleidigungen von Freiherr Philippovich perlten an ihnen ab, weil sie, auf eine merkwürdig langfristige Art, die Sieger waren. Sie hatten mehr Vorstellungskraft als die, die vergeblich Widerstand leisteten, intellektuell waren sie auch Joseph Philippovich haushoch überlegen. Den beschränkten kroatischen Kleinbürger, der es zum österreichischen General gebracht hatte, und Fadil-Pascha Šerifović, Leiter der muslimischen Abordnung, dem der Baron ob seines hohen Alters einen Stuhl anbot, bevor er mit der Rede begann, unterscheidet ihre militärische Macht, ihre Kultur und ihr Vorstellungsvermögen. Die Macht ist auf Seiten der Sieger, die Vorstellungskraft auf der der Besiegten. Verlieren ist ein Privileg. Nur die Unterworfenen, Aufgeriebenen, Gedemütigten können Geschichte schreiben, sie können in die Höhe und in die Breite denken, die für das Verfassen von Romanen erforderlich sind. Vergangenheit und Ewigkeit gehören ihnen, dem Freiherr gehört die langlebige kroatische Vorläufigkeit, die Eilfertigkeit der Zimmermädchen an der sommerlichen Küste Kroatiens, die Brutalität der Soldaten bei kroatischen Feldzügen. Fadil-Pascha stammt aus der tiefsten, entlegensten Provinz ganz am Rand eines Großreichs, vom äußersten Vorposten der osmanischen Welt, ein Orientale im Herzen des Westens, aber seine Welt ist im Gegensatz zu der Filipovićs weit und geräumig. Nicht zuletzt wegen seiner schweren Niederlage. Zerstört sein Gotteshaus, und der Himmel wird es überkuppeln.

Die Zivilisation kam als Demütigung nach Sarajevo. Allerdings existieren von jedem Ereignis mindestens zwei Versionen. Hamdija Kreševljaković, der große, umsichtige, kluge Sammler, Archivar und Antiquar der bosnischen Geschichte, der nicht literarisch schreiben wollte, es aber nicht ganz unterlassen konnte, zitiert in seiner 1946 veröffentlichten Schrift *Sarajevo unter österreichisch-ungarischer Herrschaft* eine andere Version von Filipovićs Rede an die muslimische Delegation. Effendi Muhamed Enveri Kadić, Chronist Sarajevos, war nicht selbst dabei, hat aber einzelne Abgeordnete befragt und von ihnen folgenden Wortlaut erhalten: Obwohl ihr seit drei Jahren beobachten könnt, dass die türkische Regierung weder die Ordnung wiederherzustellen noch den Aufstand niederzuschlagen in der Lage ist, obwohl eure Straßen und Brücken in einem verheerenden Zustand sind und es keine Gerechtigkeit, Freiheit und Gleichheit gibt und ihr die euch freundlich gesinnte Armee der österreichischen Großmacht mit offenen Armen empfangen solltet, die den Aufstand niederwerfen und Frieden bringen wird, greift ihr im Gegenteil zu den Waffen und verursacht zahlreiche Verluste in unseren Reihen. Das ist sehr bedauerlich. Aber ihr sollt wissen (hier hob er die Hand), dass diese eiserne Faust binnen vierzehn Tagen in Mitrovica ist. Mit Gott!

Vermutlich sagte Josip Filipović beides, das, was Protopresbyter Nedeljko überliefert, und das, was die muslimischen Zeitzeugen Effendi Kadić anvertraut haben. Erst mit der Präzisierung durch eine zweite, anderslautende Erklärung, im Gegeneinander zweier Emotionen, sind wir frei, uns den 23. August 1878 vorzustellen, einen Freitag, als die Muslime gleich nach dem Mittagsgebet, ohnmächtig hinsichtlich ihrer Zukunft, angeführt von Fadil-Pascha Šerifović, ihre Niederlage annahmen in einem Krieg, der keiner war, weil alles im Vorhinein abgesprochen war. Der Vorgang wurde in unseren Schulbüchern unterschiedlich dargestellt, wie es dem jeweiligen Regime gerade genehm war, aber das eigentliche gesellschaftliche Drama wurde nie erzählt. Das interessierte nicht. Für das persönliche Drama Fadil-Pascha Šerifovićs, ein vierundsiebzigjähriger Greis, der auf dem Stuhl sitzt, während Freiherr Philippovich seine schreckliche Ansprache hält, wird sich nie jemand interessieren, obwohl sich in dem Mann die Erfahrung von Generationen bündelt. Er repräsentiert, wie er so auf dem Stuhl sitzt, eine Welt, die verschwindet, eine Welt, die geschlagen das Feld räumt. Aber da weder die historische noch die Zeit des Romans auf die Dauer eines Menschenlebens begrenzt ist, repräsentiert Fadil-Pascha in Filipovićs Konak alle bosnischen Welten, die ihr 1878 erlitten, die nach ihrer endgültigen, vollständigen Erniedrigung und Vernichtung das Land verließen: 1918 die Kofferkinder, die nach dem Einzug serbischer Generäle mit der Eisenbahn nach Österreich reisten, 1941 die Juden und Serben Sarajevos, die ebenfalls per Zug nach Jasenovac fuhren, nachdem sich die Nachbarn von ihnen im Namen des Staates losgesagt hatten, 1945 Sarajevos Kroaten, die nach der Befreiung gen Zagreb zogen ... Fadil-Pascha Šerifović, der in der Pose des endgültig Besiegten auf den Stock gestützt dasitzt und so tut, als würde er nicht hören, was er sehr gut hört, wird dich an die Juden Sarajevos erinnern, die du auf den Gängen des jüdischen Altenheims Lavoslav Schwarz in Zagreb sahst, jahrelang, bis einer nach dem anderen starb und mit ihm seine Erinnerungen und mit ihm Sarajevo, das seine x-te Reconquista erlebt. Fadil-Pascha starb am 25. November 1882 in Istanbul.

Muhamed Hadžijamaković, der militärische Kopf des Aufstands, ergab sich den Österreichern am Samstag, dem 24. August, einen Tag nach Freiherr Philippovichs Rede vor den Abordnungen der Sarajever Bevölkerung. Er hatte sich auf dem Dachboden eines Mitstreiters versteckt, aber an dem Tag kam er herunter und ging in die Stadt. Auf der Brücke verhaftete ihn eine Patrouille und brachte ihn ins Konak. Er trug seinen festlichsten Anzug, auf alles gefasst.

Verurteilt wurde er vom österreichischen Militärgericht, er gab alles zu, verschwieg nichts, bereute nichts, er wurde zum Tod durch den Strang verurteilt. Der Baron unterschrieb das Urteil und ordnete die sofortige Vollstreckung an. Hadžijamaković nahm es so ruhig auf, als beträfe es ihn nicht. Gehängt wurde er unter Gorica, an der Straße nach Pofalići, und zwar da, wo laut Kreševljaković der Weg nach Velešiće abzweigt. Als ihm vor dem Hängen die Handschellen abgenommen wurden, machte der Alte einen Satz, entriss einem Offizier den Revolver und schoss zweimal. Die Soldaten durchstachen ihn mit Bajonetten, sodass er tot gehängt wurde. Begraben wurde er in der Wiese beim Galgen.

Fadil-Pascha Šerifović und Muhamed Hadžijamaković unterscheiden sich durch ihre Vorstellungskraft. Hadžijamaković konnte sich die Welt, die eben entstand, nicht vorstellen, nicht in Sarajevo, leben konnte Fadil-Pascha in der allerdings auch nicht. Er ging nach Istanbul, ins selbstgewählte Exil, so wie Hadžijamaković in den Tod gegangen war, sich für die Rolle des Märtyrers entschieden hatte, weil er damit rechnete, dass es ihm vergolten würde. Fadil-Pascha war eine solche Rechnung nicht möglich. Still und kampflos überließ er seine Welt anderen und ist insofern die literarisch interessantere Figur. Sein Paradigma bestimmt seither die Stadtgeschichte und unsere Familiengeschichte, wir verschwinden wie Fadil-Pascha, Hadžijamakovićs Tragik hingegen gehört ins Genre der Heldenepen und Gebeinhäuser aller Sieger, egal, welcher Religion sie angehören. Poesie haben wohl nur die Gräber, die es nicht gibt, irgendwo auf einer Wiese, die es auch nicht mehr gibt, bei einem Galgen, der im Zuge der Stadterweiterung längst unter Asphalt liegt.

Josip Baron Filipović Filipsberški oder Joseph Freiherr Philippovich von Philippsberg verließ Sarajevo enttäuscht, Wien hatte seinen Vorschlag, in Bosnien und der Herzegowina aufzuräumen, abgelehnt. Der Freiherr war halsstarrig, er pochte rechthaberisch auf seine Ideen, die uns hier nicht weiter interessieren. Interessant ist jedoch, dass er Sarajevo am 2. Dezember 1878 verließ, über Mostar nach Kotor reiste und von dort mit dem Schiff nach Triest. Aus Triest dann nach Wien. 1882 wurde er nach Prag versetzt und zum Landeskommandierenden von Böhmen ernannt, und das blieb er bis zu seinem Tod am 6. August 1889. Vor seiner Abreise aus Sarajevo wurde Josip Filipović auf Beschluss des Stadtrates zum ersten Ehrenbürger in der Geschichte der Stadt ernannt.

Sarajevo wurde am 18. August 1878 unter österreichische Militärverwaltung gestellt. Vier Tage später wurde per Ausrufer verlautbart, alle Geschäftsinhaber hätten ihre Warenhandlungen zu öffnen und jedermann seine Arbeit wiederaufzunehmen. Die Ladenbesitzer waren unschlüssig, wussten nicht, wie sie sich verhalten sollten, vor allem die, die sich am Widerstand gegen das Okkupationsheer beteiligt hatten, befürchteten vermutlich, die Nachbarn würden hämisch mit dem Finger auf sie zeigen, wenn sie der Anordnung Folge leisteten, sie mit Spott und Hohn überhäufen ... Vor allem wollte jeder erst mal sehen, wie es die anderen halten, und sich dann entscheiden. Bis in deine Zeit war es in Sarajevo immer dasselbe: Man schaute, wie es die anderen machen, und richtete sich danach, ob man nun mit oder gegen den Strom schwimmen wollte. Meša Selimović hat diese Sarajever Mentalität großartig beschrieben. In *Der Derwisch und der Tod* lehnt sich Ahmed Nurudin gegen die Obrigkeit auf, hat aber ständig im Blick, was die Leute reden und wie sie reagieren. Nicht anders lief es am 22. August 1878, nur dass die Händler keinen Widerstand leisten wollten, wobei es für das, was sie wollten, kein gutes, richtiges Wort gibt, und deswegen schickten sie ihre Kinder vor und ließen sie den Laden aufschließen. An diesem Donnerstag, nur dieses eine Mal, war das Geschäftszentrum von Sarajevo, die Čaršija, in der Hand der Kinder. Ernste Knaben mit Sorgenfalten auf der Stirn hockten hinter hochgezogenen Rollläden, und die Zeit wurde ihnen lang ... Kreševljaković: Damit waren die Läden offen, sie wurden nie mehr als Zeichen des Protestes geschlossen.

Eine der ersten Maßnahmen der neuen Regierung betraf die Straßenbeleuchtung: Per Verordnung durften die Bürger nach Einbruch der Dunkelheit das Haus nicht mehr ohne Laterne verlassen. Später investierte Österreich viel Energie und Geld in Straßenlampen für Sarajevo und Bosnien. Neben der Eisenbahn und der Post war es das umfangreichste Vorhaben, das zum Abschluss gebracht wurde. Licht ist eine Metapher für den Westen und die westliche Christenheit, eine Metapher für das Europa, das 1878 in Bosnien ein älteres, längst abgelaufenes Europa ablöste, ein Europa, das in den drei Jahrhunderten davor zerfallen war. Nichts bezeugt die Größe des Osmanischen Reiches mehr als seine Dekadenz. Nichts in der Geschichte der Menschheit hat einen so langen Niedergang erlebt wie das Osmanische Reich, und nirgends wurde dieser Niedergang so anschaulich wie in Bosnien. Die Mentalität des Landes, seine Kultur, seine Lieder gründen auf dem Niedergang. Das ist Ivo Andrić, das ist seine Literatur.

Die Straßen wurden 1878 mit Petroleum beleuchtet.

Gemäß einem Verzeichnis der Straßenlaternen, erstellt von der Stadtwache, gab es am 9. April 1880 in Sarajevo 188 Laternen. Fünfzehn Jahre später sind alle Straßen nachts beleuchtet. Dieser unerhörte Zivilisationssprung, eine Neuerung, für Menschen alten Schlages wie Fadil-Pascha und Hadžijamaković unannehmbar, war natürlich praktisch, wir Heutigen nehmen sie wie selbstverständlich hin. Wir können uns das Sarajevo von vor hundertfünfzig Jahren kaum noch vorstellen, am Abend senkte sich absolute Dunkelheit auf die Stadt, nur noch Narren und Verbrecher waren auf der Straße und nur bei sehr beschäftigten oder bedauernswerten Menschen brannten Kerzen: in den Häusern der Gelehrten (einer Handvoll des Lesens und Schreibens kundiger Imame, Rabbiner, Pater und Priester) und in den Häusern, wo einer im Sterben lag. Aber wozu mehr Licht? Die Antwort liefert der Westen, binnen Kürze werden die ganze Welt und mit ihr Sarajevo erleuchtet, Dunkelheit die Ausnahme und das innere Licht, das Licht des Glaubens zu bloßen Metaphern. Am schlimmsten an der Geschichte ist wahrscheinlich, dass Dunkelheit und Nacht verleumdet werden, und das wird uns am Ende um den Verstand bringen. Die Welt wird an zu viel Licht und dessen zerstörerischer Wirkung auf die Vorstellungskraft der Menschen zugrunde gehen. Das Licht steht zwischen uns und unseren Träumen, real wie metaphorisch. Menschen werden verrückt, wenn sie nicht träumen.

1894 wurde das erste Elektrizitätswerk Sarajevos gebaut, in der Nacht vom 3. auf den 4. April brannten die ersten Glühbirnen in der Stadt und innerhalb von sechs Jahren (bis April 1901) sind Hauptstraßen mit 18 Bogenlampen vorgesehen. Einige

Monate vor dem Ersten Weltkrieg wurden Gaslampen eingeführt und in Čengićvila, einem Stadtteil von Sarajevsko Polje, ein Gaswerk gebaut. Zu der Zeit zogen die Deinen langsam in die Stadt, der ein neuer gewaltiger Umbruch bevorsteht, gefolgt von neuerlichem Unglück, und die Rollenverteilung ist nicht wesentlich anders als die, die uns zwei städtische Muslime und ein kroatischer Adeliger mit ihren Schicksalen vorexerziert haben.

Die Karivans sind schon in Sarajevo, bald ziehen Stublers und Rejcens zu. Obwohl die Karivans aus Kreševo kommen, haben sie den weitesten Weg. Im damaligen Bosnien zur damaligen Zeit lagen zwischen Kreševo und Sarajevo eine halbe Weltreise und der Abschied von einer Lebensart, nach der die Menschen seit Jahrhunderten, vielleicht seit tausend Jahren lebten. Letztlich war die Zivilisation für sie eine Demütigung, die sich nicht wesentlich von der unterschied, die Fadil-Pascha Šerifović ereilte. Du kannst dir noch so viel Mühe geben, den Weg der Karivans von Kreševo nach Sarajevo wirst du nie beschreiben können. Er bleibt dir verborgen, er ist verloren, sie konnten dir nichts darüber erzählen, ganz anders als die Wege, die von den Kilometern her länger, aber im entscheidenden Punkt kürzer sind und auf denen die Stublers aus Bosowitsch und die Rejcens aus Kneža bei Tolmin kamen und über die du fast alles weißt. Zwischen den einst Verwurzelten und den in Ewigkeit Entwurzelten ist deine Familiengeschichte angesiedelt. Vergebens jeder Versuch, sie in Ordnung zu bringen.

Über eins meiner Gedichte

Tante Branka, die Tochter von Tante Lola und Onkel Andrija, arbeitete als Anästhesistin in Deutschland. In reifen Jahren heiratete sie einen Deutschen, ebenfalls Arzt, und bekam eine Tochter, Katarina. Im Herbst 1979 starb sie von jetzt auf gleich an einem Aneurysma. Eine Ader platzte im Gehirn, und sie war weg. Ohne Schmerzen, ohne Siechtum, ohne Worte. Todesnachrichten trafen damals meistens nachts ein. Das Telefon klingelte und weckte die Bewohner wie ein Nierenstein, der sich in Bewegung setzt.

Željko, ihr älterer Bruder, erst königlicher, dann kroatischer, dann britischer Pilot, ist die Hauptfigur meines Romans *Gloria in excelsis.* Er verunglückte kurz nach dem Zweiten Weltkrieg, startete betrunken vom Zagreber Militärflughafen Borongaj. Über Šiško, den jüngeren Bruder, den Tante Lola und Onkel Andrija nach dem Krieg adoptierten, damit er ihren Sohn ersetzte oder vergessen machte, habe ich nichts geschrieben. Er nahm mich als Dreijährigen mit ins Aquarium und an die Porporela und in den Hafen. Dort hob er mich hoch, setzte mich auf einen glatten Poller und knipste mich. Ich hatte panische Angst, ins Meer zu rutschen, traute mich aber nicht zu heulen. Šiško war Matrose. Nach einer Auseinandersetzung mit Tante Lola, seiner Mutter, verließ er das Haus, und keiner hat je wieder von ihm gehört. Niemand.

Tante Branka studierte in Zagreb Medizin, wurde eine stattliche Frau mit natürlicher Autorität, was sie sagte, war druckreif, wie mit der Post zugeschickt, durchdachter und versöhnlicher, als uns das möglich war bei dem vielen Streit und Unglück. Und sie war schlagfertig. Wenn in unserer Familie einer aus der älteren Generation ernsthaft krank wird, dachten wir, kümmert sich Branka in Deutschland um ihn. Als kleiner Junge war ich schwer beeindruckt, dass sie Leute, bevor sie operiert wurden, in den Schlaf und womöglich in den Tod schickte. Ihr eigener Tod war wie eine letzte *deformation professionelle*: Sie hat sich eingeschläfert.

In jungen Jahren war Tante Branka in Zagreb mit dem Schauspieler Jovan Ličina verheiratet. Ach, Jovan, lieber Jovan, wisperte sie zärtlich und seufzte so tief, dass der Tisch in Schwingung geriet, an dem wir in Tante Lolas Wohnung, Bunićeva Poljana 1, vor dem sonntäglichen Mittagessen saßen, und für uns alle war Jovan, ach, der liebe Jovan, fester Bestandteil von Brankas, aber auch von unserer Familienvergangenheit, von dem uns der Tod nicht scheiden konnte und schon gar nicht die Scheidung der Ehe, so lief das halt, manche müssen zurückbleiben, damit das Früher schön ist.

Kam die Rede auf Geburtstage, sagte sie jedes Mal, der Junge ist am selben Tag wie mein Jovan geboren. Nicht einmal, nicht zweimal, hundertmal. Er war wie ich an einem 28. Mai geboren, daran wurde ich Jahr für Jahr erinnert.

Ihre Zeit mit Jovan war ein wilder Rausch. Sie feierten Nächte durch, lebten in den Tag hinein, als gäbe es kein Morgen, ohne Rücksicht auf Verluste, wie kurz vor dem Weltuntergang. Zurück blieb ihr Schmachten, man konnte den Eindruck gewinnen, sie hätte sich vor lauter Zuneigung von Jovan getrennt. Andere Ehen gingen mit gewaltigen Zerwürfnissen, Auseinandersetzungen bis aufs Blut und finstersten Verwünschungen in die Brüche, ihre verflossene Liebe hingegen erstrahlte im sanft schimmernden Glanz und bewahrte ihre Jugend vor jedem Anwurf. Das war Tante Branka.

Jovan Ličina selbst, den Schauspieler am Kroatischen Nationaltheater in Zagreb, habe ich nie kennengelernt, ihn nur zwei, drei Mal auf der Straße gesehen, da war er schon in Rente. Einmal, an einem frühen Sommermorgen, hätte ich ihn beinah auf der fast menschenleeren Ilica angesprochen. Wir gingen aufeinander zu, sonst war niemand unterwegs, wenn er mich angesehen und erkannt hätte, hätte ich es getan. Aber woran hätte er mich erkennen sollen? Er wusste nicht, dass Branka Ćurlin eine Cousine ersten Grades meiner Mutter war, auch nicht, dass unser sonntäglicher Mittagstisch in Dubrovnik in Schwingung geriet, wenn sein Name fiel.

Die Nachricht von seinem Tod erschütterte mich. Er starb am 18. Dezember 2002 in Zadar. Ich erfuhr es zwei Tage später aus einem Nachruf, unterzeichnet mit einem Frauennamen, Lada, wenn ich mich recht erinnere. Der Text war schön, fast feierlich, aber vielleicht habe nur ich das so empfunden. Die Unbekannte liebte Jovan Ličina genau wie meine Tante Branka. Ach, Jovan, der liebe Jovan ...

Den Zagreber Zeitungen, Fernsehsendern und Theatern war sein Tod herzlich egal. Kein Nachruf, keine Kurzmeldung, nichts.

Tod des Schauspielers
für R. Š.

Es möge sich melden, wem Jovan Ličina, der Schauspieler aus Zagreb, Böses tat

Die Blume aus der Parkarchitektur vorm Nationaltheater, der Frack von Franz Joseph I.
Dessen Hammer, die Kelle möge sich melden und der Grundstein

Beide Theatercafés, das eine wie das andere, der Zebrastreifen die Uhr am Theaterplatz und drei Stunden Parkzeit möchten sich melden

Es möge sich melden, wem Jovan Ličina, der Schauspieler aus Zagreb, Böses tat

Der Feuerlöscher und das Zertifikat der Hygienekontrolle

Die Kohle gegen Toxine, die Revolverpatrone der Glücksspieler im Hinterzimmer

Die Plakate, Programmhefte und Hüte zur Toilette der Damen und Herren
Die bleichen Finger des Mädchens an der Kasse und die mit Datum gestempelten Theaterkarten: Bitte melden

Es möge sich melden, wem Jovan Ličina, der Schauspieler aus Zagreb, Böses tat

Die Bettlerin nach Christi Vorbild, die nie im Theater war
Aber seit Langem am Eingang die Hand aufhält, sie möge sich melden, sollte sie ihm je begegnet sein

Der junge Glatzkopf, der aus dem Mercedes steigt und liebreizenden Brüsten die Hand reicht
Wenn ihm keiner eine Kugel in den Hinterkopf jagt, er möge sich melden

Es möge sich melden, wem Jovan Ličina, der Schauspieler aus Zagreb, Böses tat

Die Teilnehmer der Exkursion auf den Križevac bei Međugorje möchten sich melden, die ledige Waise aus der Matinee
Und die, die vor der Kälte ins Theater flüchten, und die, die aus Langeweile Liebe machen

Die verbitterten Seelen in Schwarz mit Goldkreuzen am Halskettchen, denen Abtreibung die größte Sünde
Die trübsinnigen Prostatae entfleuchter Jugend und die Mörder in Zivil, sie möchten sich melden

Es möge sich melden, wem Jovan Ličina, der Schauspieler aus Zagreb, Böses tat

Die kostümierten Pizzafahrer, die Bühnenarbeiter und Garderobenfrauen
Die Kaffeekocher auf Gasflamme, die Kühlschränke der Marke Moskva, bitte melden

Die Perückenmacherinnen, die Maskenbildnerinnen, die Päderasten mit Spitzenschuh-Gelüsten
Der saufende Requisiteur und sein traurig Liebchen aus Borongaj, sie möchten sich melden

Es möge sich melden, wem Jovan Ličina, der Schauspieler aus Zagreb, Böses tat

Der Hermaphrodit, der den Generalintendanten gibt, die Hystera verleumdeter Seelen
Und deren Männer, die gern Vokale in die Länge ziehen wie die Mostarer, bei Gott, sie sollten sich melden

Der dritte Ausrufer und Schildträger, die zweite Maniküre der Castelli vom alten Glembaj
Die Personalratsmitglieder, die so sehr bedauern, dass der geniale Tschechow Russe ist, sie mögen sich melden

Es möge sich melden, wem Jovan Ličina, der Schauspieler aus Zagreb, Böses tat

Die Nachwuchsschauspieler in Nebenrollen, die bis zum Jüngsten Tag schwachsinnige Buben spielen
Und vom perversen slowenischen Regisseur in Frauenunterwäsche gesteckt werden – bitte melden

Es möchte sich melden, sofern in Rente, die Blüte des kroatischen Schauspiels und die Schausteller mit Hängebauch
Die sich, solange Hamlet auf der Bühne wortreich sein Leben aushaucht, mit Furzen bei Laune halten, sie sollen sich melden

Es möge sich melden, wem Jovan Ličina, der Schauspieler aus Zagreb, Böses tat

Die Lehrer für Körperarbeit und die berühmten Regisseure, sie mögen sich melden
Und die klugen Männer, die was zur Zagreber Schule zu sagen haben und zu den Anwürfen der Presse gegen die Schauspielerzunft

Die Herren Professoren, die Dida Vidurinas Opanken wiederhaben wollen, die Krleža-Hagiografen mit dem U an der Kappe
Und auch all jene, die Matošs Aussagen zur serbischen Verderbtheit in ihrem Wann und Wieoft erforschen, sie möchten sich melden

Es möge sich melden, wem Jovan Ličina, der Schauspieler aus Zagreb, Böses tat

Auch der junge Mann, der in Cleveland unter dem Führer-Bild den Hamlet spielte
Und Beifall von drei geistig verwirrten Stahlarbeitern heischte, die auf Brač geboren waren – oh, bitte melden

Auch die zu Premieren angereisten Verwandten, die Klassenkameraden, die Theaterkritiker, die Claqueure
Und die Blumenmädchen mit Tränen in den Augen der Bühnenheldin, dawai!, bitte melden

Es möge sich melden, wem Jovan Ličina, der Schauspieler aus Zagreb, Böses tat

Während wir zwei frohgemut seinen Tod aus Weingläsern trinken

KALENDER ALLTÄGLICHER VORFÄLLE
Fiction

Weihnachten mit Koltschak

Die Winter nach dem Krieg waren kalt und schneereich. Der erste Schnee fiel um Allerheiligen, der taute frühestens Mitte März wieder weg. Nur die Titova und ein paar ihrer Nebenstraßen im Zentrum wurde von Häftlingen aus Beledija und dem Zentralgefängnis sowie, solange es noch welche gab, von Kriegsgefangenen geräumt. In allen anderen Straßen blieb der Schnee liegen, und es behagte den Menschen nach den Schreckensjahren, wenn dieses riesige Federbett ganz Bosnien zudeckte und sie nicht so arg froren, zumal Speisekammern, Kühlschränke, Lagerräume, Kartoffelmieten, Gemüsesteigen, Fleischvorräte, Dachböden und Backöfen meistens noch irgendetwas hergaben.

Der Hungerwinter 1950/51 begann besonders früh. Karlo Stubler trug den ersten Schnee in seinem *Kalender alltäglicher Vorfälle, Einnahmen, Ausgaben und meteorologischer Beobachtungen* unter dem 11. September ein: nass, sehr dicht; der alte Kirschbaum umgeknickt, Astbruch in mehreren Apfelbäumen, der Schnee schmolz anderntags am späten Vormittag und hinterließ erheblichen Sachschaden. Noch einmal taute der Neuschnee weg, am 5. Oktober, zehn Tage später, am 15. Oktober, einem Sonntag, setzte dann der richtige Winterschnee ein, drei Tage lang fiel er, und als es Dienstagnachmittag aufklarte, reichte er bis zum Fenstersims, ein Meter zweiundsiebzig, so viel Schnee hatten wir seit 1920 nicht, seit wir in Bosnien sind, oder seit 1935, als Vilko und Rika mit Gottes Hilfe dieses Haus bauten. (Anmerkung: Wie oben beschrieben, war Karlo Stubler, mein Urgroßvater, areligiös, er glaubte nicht an Gott, er war nicht einmal abergläubisch, aber in seinem Tagebuch benutzte er aus stilistischen Gründen oder weil es so schön pompös klingt gern Floskeln wie mit Gottes Hilfe.)

Der Mitte Oktober gefallene Schnee taute den ganzen November hindurch nicht, obwohl der Monat nicht solche Minustemperaturen bescherte, wie sein kroatischer Name *studeni*, Fröste, vermuten lässt, häufige Föhnwetterlagen erschwerten im Verbund mit heftigen Morgenfrösten das Schneeräumen, Straßen und Trampelpfade ums Haus und bis zur Kasindolska waren bald spiegelglatt. Der Schnee taute und fror wieder, vereiste, die flauschige Decke wurde steinhart wie eine Skulptur von Ivan Meštrović, es hätte nicht viel gefehlt, und wir wären auch versteinert und zu Denkmälern, Büsten, Statuen erstarrt, zum Gedenken an das Schicksal der Nation und die quälende Demütigung durch zahlreiche Feinde und Eroberer. Was blieb uns auch anderes übrig, nachdem wir uns gegen Nazis, Faschisten und die Verräter in den eigenen Reihen – Ustascha, Tschetniks, den kroatischen und den slowenischen Heimatschutz – verteidigt hatten und wir alle – hungrig, nackt, barfuß und vor Angst halbtot – mit Tito an der Spitze als einziges Land der Welt Josef Wissarionowitsch Stalin und dem irregeleiteten Weltproletariat entschlossen und wie aus einer Kehle unser Nein! entgegenschleuderten, am Käppi den großen Sowjetstern, was blieb uns anders übrig, als Denkmäler zu werden, Jugoslawien zum größten Skulpturenpark Europas, ja, der Welt zu machen, zur menschenleeren, leblosen Touristendestination?

Uropa hätte das nicht gekonnt. Karlo war Deutscher, der Aggressor, betagt und kränklich, und wie jeden Morgen pickelte er den Weg vom Haus zur Straße und zum Hasenstall eisfrei, wie jeden Morgen als Erster auf den Beinen. Das rhythmische Stakkato drang in unsere Träume, zertrümmerte sie, und so aufgestört, erwachte einer nach dem anderen und kam aus den Federn, die einen sprachen ein Morgengebet, die anderen standen einfach auf oder fluchten leise, aber nicht auf Uropa Karlo Stubler, sie verfluchten den ersten morgendlichen Gedanken, die erste Sorge, die, einmal im Kopf, den ganzen Tag über nicht weichen sollte.

Uropa wartete mit dem Sterben, bis die Schneemassen schmolzen, Mitte April 1951, als das Gras in seinem großen Garten wieder grün war, wird es so weit sein. Aber das weiß er natürlich nicht, ein Lebender kennt den Zeitpunkt von Tod und Auferstehung nicht, es sei denn, er ist zum Tode verurteilt oder Gott und Mensch in einer Person, auch wenn in Uropas allmorgendlichem Schneeschieben und Eishacken durchaus die urzeitliche, vom Alter verstärkte Angst oder Überzeugung steckte, es sei sein letzter Winter, am kürzesten, kältesten Tag, an dem die Hoffnung versiegt, würde ihm die Stunde schlagen. Der Glaube – und das Haus Stubler bestand immer zur Hälfte aus Gläubigen und zur anderen aus Ungläubigen – gibt mit dem Weihnachtsfest, mit Christi Geburt, Hoffnung und wärmt Seele und Knochen, Gläubige müssen nicht wie er bei sibirischen Temperaturen das Eis auf dem Weg zum Hasenstall weghacken.

Uropa Karlo mochte Hasen. Sie erinnerten ihn an Bosowitsch, das Dorf im rumänischen Banat, aus dem er stammte, da hatte jedes deutsche Haus einen Hasenstall, und alle Häuser in Bosowitsch gehörten Deutschen, und auf einen Einwohner kamen mindestens zwanzig Hasen. Noch bevor Onkel Vilko und Tante Rika das Haus in Ilidža bauten, plante Uropa auf vier Ar Land eine ansehnliche Wirtschaft mit Obstgarten, Gemüsegarten, einem Stall für zwei Kühe, Hühner- und Schweinestall, Tauben- und Bienenhaus, aber der Hasenstall war das Wichtigste, da lebten nicht nur die Hasen ihr Hasenleben, in den mit Stroh ausgelegten Käfigen schlug auch Uropas Herz, all seine Erinnerungen und Gewissensbisse wohnten da.

Karlo Stubler mochte Hasen lieber als Menschen, aber er gab ihnen keine Namen. Und es war ihm nicht recht, dass wir es taten. Wir Kinder tauften die Hasen Konstantin, Eleonora oder Moshe Pijade (das war ein kleiner, sehr verfressener schwarzer Hase mit weißen Kringeln um die Augen, die an eine Brille erinnerten), und Uropa wollte nichts davon hören, denn wenn er den Namen kannte, wurde die Bestimmung des Tiers zur schweren Schuld und lag ihm auf der Seele. Die Hasen im Hasenstall wurden schließlich dazu gehalten, eines Tages als Sonntagsbraten auf den Teller gelegt und gegessen zu werden, nach Jägerart oder in der Röhre mit Frühkartoffeln geröstet, als Gulasch oder Schmorbraten. Ihr Fell wurde nach dem Schlachten für einige Wochen am Bienenhaus zum Trocknen aufgespannt, um eines fernen Tages in einer Zukunft, die so nie eintrat, einen Pelzmantel für eine von Karlos Töchtern oder Enkelinnen abzugeben. Anders lässt sich ein Hasenstall nicht rechtfertigen, schon gar nicht in Zeiten des Hungers und Mangels. Schon in Bosowitsch hatte keiner Hasen aus Spaß gehalten, um mit ihnen zu spielen und ihnen Namen zu geben, auch dort wurden alle Hasen aufgegessen. Aber damals war Uropa ein Kind oder Jugendlicher und konnte mit Appetit ein Gottesgeschöpf verzehren, das ihm am Tag zuvor vertrauensvoll in die Augen geschaut hatte. Er war dabei, wenn Bruder und Cousins vor Weihnachten oder Ostern Hasen schlachteten, die in Todesangst wie unvernünftige Kinder schrien und dann nackt im Schnee lagen, er fand nichts dabei. Er drehte keinem Tier selbst den Hals um, aber er schaute zu. Das kann er nicht mehr. Wenn Onkel Vilko samstagnachmittags den Hasen fürs Sonntagsessen schlachtet, schließt sich Uropa Karlo im oberen Stockwerk ins Zimmer ein, lässt den Rollladen herunter, schaltet das Licht ein und vertieft sich in den *Brockhaus*. Aufs Geratewohl schlägt er eine Seite auf und liest den zufällig ausgewählten Eintrag. Zur Entspannung, sagt er. Aber wir wissen, dass er den Tod des Hasen von sich wegschiebt, noch eine Bluttat, für die er verantwortlich ist, weil er den Hasenstall gebaut und mit zum Tode Verurteilten bevölkert hat.

Gleich nach Kriegsende, im Herbst 1945, veröffentlichten jugoslawische Tageszeitungen die ersten Berichte über die Gräuel der deutschen Konzentrationslager in Polen, der Ukraine und Weißrussland, in denen innerhalb weniger Jahre Millionen umkamen. Uropa las zeitlebens jede Tageszeitung, die er in die Finger bekam; in den ersten Jahren nach dem Krieg kaufte er täglich die *Oslobođenje* und die Belgrader *Politika*. Als politisch bewusster Mensch, Gewerkschafter und langjähriger Austromarxist fühlte er die Pflicht, sich über die Tötung dieser Menschen zu informieren. Hitlers Nazis hätten sie mit tatkräftiger Unterstützung der heimischen, deutschen und europäischen Bourgeoisie, so stand es in unseren Zeitungen, systematisch liquidiert, ermordet, in Rauch verwandelt. Uropa war weder Nazi noch Bourgeois, wohl aber Deutscher. Sollte er sich als Deutscher aus Bosowitsch, in Wirklichkeit aus Ilidža bei Sarajevo, für die Taten der Deutschen aus Deutschland verantwortlich fühlen? Der Gedanke, so human, intellektuell hochstehend und gerechtfertigt er sein mochte, lag ihm fern, eher hätte er sich für die Verbrechen der Ustaschas und Tschetniks verantwortlich gefühlt, obwohl selbst weder Kroate noch Serbe, war er doch von ihnen umgeben, sie wuselten ihm um die Beine, waren seine Kinder, Enkel und Schwiegersöhne, früher auch seine Freunde, während Berliner, Preußen und Bayern weit weg am Ende der Welt lebten. Sie waren Deutsche, natürlich, aber ihre deutsche Verantwortung unterschied sich von seiner deutschen Verantwortung. Das war seine Sicht, während er die Berichte über Konzentrationslager las.

Viel stärker berührte ihn, dass die Unglücklichen, Juden aus Deutschland, Polen, Tschechien oder Galizien, mit der Eisenbahn ins KZ kamen, dass Bahnwärter, Zugabfertiger, Stationsvorsteher, Lokführer ihre Passagiere in den sicheren Tod geleiteten. Deutsche waren verschieden, ein Deutscher aus der Kasindolska in Ilidža war anders als ein Deutscher aus dem abgebrannten Pommerland, aber Bahnwärter sind gleich, ob sie nun an Schmal-, Normal- oder Breitspur (die Stalin durch Sibirien legen ließ) ihren Dienst versahen, das Prozedere ist dasselbe, Züge werden weltweit auf dieselbe Weise gewartet, die Weichen auf dieselbe Weise kontrolliert, die Räder auf dieselbe Weise mit dem Hammer auf ihre Betriebssicherheit geprüft. Wenn ein einziger Bahnwärter eine Lok und zig überfüllte Viehwaggons ins Todeslager durchwinkt, geht das alle Bahnwärter dieser Erde etwas an, mit dem ersten Zug aus aneinandergehängten, überladenen Viehwaggons voll Juden, die dieser Bahnwärter ins Lager, in die Gaskammer, ins Krematorium und in den Himmel durchgewinkt hat, wird jeder Zug zu einem Massentransport in die Vernichtung. Der Bahnwärter untersteht dem Zugabfertiger, der wiederum dem Bahnhofschef, der seine Weisungen von Generaldirektion, Fahrplankonstrukteuren, Vorgesetzten bekommt, alle befolgen die strengen Vorschriften der Bahn, die ausgeklügelten Verkehrsregeln, alle benutzen dieselben Hand-, Fuß- und Kopfbewegungen, unterschreiben dieselben Formulare, teilen hinsichtlich Pünktlichkeit, Pannen auf offener Strecke und Unfällen dieselben Hoffnungen und Befürchtungen, alle hatten dem ersten Bahnwärter, der Waggons voller Juden in den Tod schickte, zugearbeitet. Das entsetzte Uropa.

Obwohl seit zwanzig Jahren in Rente, obwohl auch alle Zugabfertiger, Bahnwärter und Lokführer, deren Vorgesetzter er gewesen war, längst in Rente waren, fühlte sich Karlo Stubler schuldig. Die Schuld war nicht mehr gutzumachen, er nahm sie mit ins Grab, konnte sich nicht loskaufen, dafür hätte die Zeit ihre Richtung ändern, wir in die Vergangenheit zurückfahren und korrigieren müssen, was wir angerichtet hatten. Wenn die Juden Jesus Christus hätten leben lassen, dachte Karlo Stubler, hätte Gott die Juden leben lassen, indem er dem unbekannten Bahnwärter und seinen Kollegen die Hand gelenkt hätte, sodass der Zug statt ins Lager aufs Abstellgleis gefahren wäre, zwischen Zigeuner, Krähen und Lumpenproletariat, wo alles friedfertig und gut ist und Hitlers Antisemitismus nicht hinkommt.

Und dann las er in *Politika* und *Oslobođenje*, dass die Nationalsozialisten Juden das Recht auf ihren persönlichen Vor- und Nachnamen aberkannt und alle Frauen Sarah Israel und alle Männer Juda Israel genannt hatten. Und wer aus dem Ghetto in die Todeslager transportiert wurde, hatte gar keinen Namen, nur eine tätowierte Nummer am Handgelenk.

Uropa dachte sofort an seine Hasen und begriff, warum er nie die Kosenamen wissen wollte, die wir Kinder ihnen gaben.

Namen gibt man nur Wesen, die man liebt, ob Hase oder Mensch. Es ist ein Akt der Liebe, den das Kind bald nach der Geburt erfährt, ab da unterscheidet es sich von anderen Neugeborenen, mit dem Namen wird es ein Individuum, das Gefühle und Moralvorstellungen einer Gesellschaft schützen. Um Menschen in Viehwaggons zu verfrachten, um sie, weil sie Juden sind, zu ermorden, muss man ihre Namen vergessen oder verschweigen. Nur so erlaubt es das menschliche Gewissen, das Pflichtbewusstsein des Bahnwärters, den Tod so vieler Menschen hinzunehmen. Wenn alle Namen durch Nummern ersetzt werden, gibt es keine Menschen mehr, dachte Uropa.

Die Hasen wurden seine Juden, der Hasenstall war sein Konzentrationslager. Die Hasen waren dazu da, gegessen zu werden. Urgroßvater war weder gefühlsduselig noch gaga, er hatte starke Nerven und ein ausgeglichenes Naturell, ein standhafter, kluger Mann, durch und durch Deutscher und Eisenbahner und immer stolz darauf, so zu sein, aber die Parallele von Hasen und Juden ging ihm nicht mehr aus dem Kopf. Tiere sind keine Menschen, er aß weiterhin Hasenfleisch, aber die Entdeckung, warum er Hasen nicht mit Namen in Verbindung bringen wollte, ließ ihn nicht mehr los. Wie die Nazis, die den Juden ihre Namen aberkannten. Warum hatte er einen Hasenstall gebaut? Aus demselben Grund wie seine Eltern und die Eltern seiner Eltern und alle Einwohner von Bosowitsch, die seit jeher Hasenställe gebaut und Hasen gehalten hatten. Aber warum haben sie das getan? Die Bewohner anderer Dörfer, Rumänen und Serben, hielten keine Hasen, oder wenn, dann weil sie es den deutschen Nachbarn abgeschaut hatten. Sie hatten nicht das Bedürfnis, Hasen in Hasenställen zu halten, in Käfigen, aus denen die Tiere nur einmal herausgeholt werden: Wenn sie schlachtreif sind. Lag es an der Sprache, an Goethe oder Johann Sebastian Bach? Lag es an dem Unterschied zwischen ihm und seinen slawischen Nachbarn? Warum hielt er Hasen? Wohl aus demselben Grund, dachte er, aus dem die Deutschen lebende Menschen in Gaskammern schickten. Seit der Krieg aus war, tat es Urgroßvater nicht mehr leid, dass seine Kinder und Enkelkinder keine Deutschen waren. Alle sprachen gut Deutsch, alle redeten mit ihm weiterhin ausschließlich Deutsch, aber sie waren keine Deutschen. Ein Glück. Uropa war sicher, dass sie den Hasenstall nach seinem Tod abschaffen würden.

Wegen der Hasen übernahm er für die Taten der deutschen Nazis Mitverantwortung, aber er änderte deswegen nicht seine Meinung zum Leben und Sterben im Hasenstall. Ein standhafter, kluger Mann, unser Urgroßvater Karlo Stubler, es waren Hungerjahre, es fehlte an allen Ecken und Enden, aber wir hatten jeden Sonntag Hasenbraten, und auf dem Dachboden harren, sachgemäß getrocknet und ordentlich in große Schachteln sortiert, die Hasenfelle, aus denen niemals ein Pelzmantel für seine Töchter oder Enkelinnen genäht werden wird, der Stunde unserer Auferstehung. Jahrzehnte später sind sie von Motten, Würmern und anderem Dachbodenungeziefer zerfressen, aber das kratzt keinen, Urgroßvaters Kinder sind nicht mehr.

Der pickelt unterdessen immer noch mit einer Eisenstange das Eis auf dem Weg zum Hasenstall weg, er lässt uns in diesem letzten Winter seines langen, heiteren Lebens über seine Einstellung zu den Hasen und wie die sich änderte, über seine Haltung zum Holocaust und zum eigenen Deutschtum und zum Eisenbahnerberuf reden und arbeitet in den frühen Morgenstunden des 24. Dezember 1950 lieber, und wir werden davon wach und stehen auf, bleiben aber drinnen, draußen sind es zwanzig Grad unter Null. Es war der kälteste Tag dieses Winters, gleich nach Neujahr blies der Föhn, danach blieben die Temperaturen gemäßigt, und Karlo fegte, wie jeden Winter überzeugt, er würde ihn nicht überleben, den Weg zum Hasenstall, damit wir uns nicht die Haxen brechen, wenn wir die Hasen füttern und tränken. Die Tiere sollten nicht hungers sterben, weil wir den Weg übers Eis nicht geschafft hatten.

Als seine Finger blau waren und juckende Fußzehen erste Erfrierungen meldeten, gab Urgroßvater auf, steckte ungefähr auf halber Strecke die Eisenstange in den Schnee, als wollte er morgen weitermachen, und tappte vorsichtig übers Eis, langsam, im Schneckentempo, ein gealterter Seiltänzer, zum Hasenstall. Wir sagten ja schon, Uropa starb 1951 im April, dem Monat, in dem mit dem Gras auch unsere Seele grünt, und es ist gut, dass wir es schon sagten, sonst müssten wir jetzt befürchten, er könnte ausrutschen und sich den Oberschenkelhalsknochen brechen – das ist unserem verstorbenen Nachbarn Felix Schleicher, Heizer im Ruhestand, ein Jahr zuvor passiert –, so aber wissen wir, dass er quälend langsam, aber heil den Hasenstall erreicht.

Regina, Regina, Kind!, rief er seine Tochter.

Tante Rika ließ sich nicht blicken, also wechselte er in unsere Sprache, um den Schwiegersohn beizuholen: Vilko, wo steckst du, zum Kuckuck komm her!

Schließlich schlitterten beide in Hauspantoffeln zu ihm, wir Kinder rannten mit und knallten allesamt unsanft hin, eine Aufregung war das, und Großvater schrie, inzwischen heiser: Der Hase ist weg! Der Hase ist weg!

So hatten wir ihn noch nicht erlebt. Völlig aus dem Häuschen, als hätte er den Verstand verloren, wäre schlagartig senil geworden, unzurechnungsfähig, wie er so bucklig und hochbetagt da stand, neben dem offenen Käfig, in dem tags zuvor noch ein fetter, irreal weißer Hase gesessen hatte, den wir, wenn Uropa es nicht hörte, Göring nannten, er erinnerte uns halt mit seiner Korpulenz und den blauen Augen an Hitlers Reichsmarschall, das durfte nicht nur Uropa, sondern überhaupt keiner hören, sonst hätten wir Prügel bezogen.

Außerdem wollten wir nicht, dass der Hase dafür büßen müsste und früher im Kochtopf landete, weil wir ihn nach einem Kriegsverbrecher benannten. Hermann Göring war in Nürnberg zum Tode durch den Strang verurteilt worden, hatte sich jedoch mit Gift der Vollstreckung entzogen, und so dachten wir, wer Göring heißt, wird hingerichtet, sobald der Name bekannt wird.

Göring war schnell gefunden. Der Garten lag unter Eis, aber

die Diebe des dicken Hasen waren so unvorsichtig oder gedankenlos vorgegangen, dass sie unübersehbare Spuren hinterließen, vielleicht wollten sie sogar entdeckt werden, dabei ist das Leben und jede Geschichte vom Leben schrecklich langweilig, wenn wir unsere Spuren nicht sorgsam verwischen.

Im Gänsemarsch folgten wir den Spuren, die durch den tiefen, unberührten, überfrorenen Schnee zum Bienenhaus führten. Nach ihnen zu urteilen, musste sich ein Schrank von einem Mann oder ein Dschinn, der Flaschengeist aus Onkel Hasans Geschichten, unseren Hasen geschnappt haben, fragte sich nur, ob er gut oder böse war, Allahs Diener oder des Teufels …

Karlo Stubler hatte mit Geistern oder Dschinns nichts am Hut, er fürchtete sich vor nichts, hatte sich gefangen, war wütend und wollte den Hasendiebstahl nach Mannesart aufklären, vorausgesetzt natürlich, wir fanden den Dieb. Grimmig und kurzatmig stapfte er los, wir hintendrein, er fiel hin, stand mit Schneemütze wieder auf und die Geschichte war plötzlich urkomisch, der Göring-Klau kein Weltuntergang, wir würden ihn uns zurückholen, gefahrlos. Wenn Uropa sich derart aufregte, zum Deutschen wurde und den Nachbarn eine Lektion in Sachen Disziplin und Ordnung erteilen wollte, fassten wir Mut und verloren jede Angst. Stumm grinsend folgten wir ihm zum Bienenhaus. Die Spur endete vor der Schuppentür, jemand hatte sie auf- und hinter sich zugezogen. Kein Zweifel: Im Schuppen war jemand. Uropa erstarrte, richtete, plusterte sich gleichsam auf und drückte energisch die Klinke herunter.

Das Bienenhaus war eher ein Bretterverschlag, fünfzehn Meter lang und dreieinhalb Meter breit, den Karlo Stubler im Sommer 1940 eigenhändig gezimmert hatte, weil der alte Schuppen aus allen Nähten platzte, die Tannenbretter dafür besorgte er in der Sägemühle in Olovo. Dazu findet sich in seinem *Kalender alltäglicher Vorfälle, Einnahmen, Ausgaben und meteorologischer Beobachtungen* folgender Eintrag (sein Sohn Rudolf hat ihn wie alle Zitate daraus in unsere Sprache übersetzt, wir lassen sie, da uns das deutsche Original nicht mehr vorliegt, zurückübersetzen): Heute Holz holen zwecks Bau eines Schuppens für die Beuten, es war bereits nach meinen Herrn Konstantinović postalisch übermittelten Zeichnungen zugesägt, mit dem Schnellzug morgens nach Zavidovići, weiter mit der Schmalspurbahn bis Olovo. Wohlbehalten dort um 13 Uhr 57 Minuten eingetroffen (12 Min. Verspätung), H. Konstantinović wartete bereits. Einladen verlief sachgemäß, ebenso das Umladen in Zavidovići, 21 Uhr 12 (Zug aus Zagreb 2 Min. verspätet, vernachlässigbar) zurück in Sarajevo. Am folgenden Morgen das Holz mit dem Lastwagen in die Kasindolska fahren lassen und den Bau glücklich vollendet …

Für den gut vorgeplanten Schuppen brauchte Karlo Stubler einen Tag. Das Dach, das er gemeinsam mit Nachbar Aleks Božić und Sohn Rudi deckte, dauerte länger. Zuvor mussten noch die Bienenvölker von verschiedenen Almen hinter Fojnica den Weg in ihr neues Heim finden. Unter dem 1. August 1940 vermerkt Uropas Kalender die feierliche Eröffnung des neuen Bienenhauses der Familie Stubler. Noch vor dem Herbst strich Uropa es mit seiner Spezialmischung aus Schmiermitteln, die bei der Eisenbahn eingesetzt wurden, damit das Holz nicht faulte. Der Geruch irritierte allerdings die Bienen zwei, drei Tage lang. Im ganzen Garten summte und schwirrte es, die Arbeiterinnen fanden den Stock nicht mehr, und Uropa stand dabei, beobachtete und belauschte sie besorgt, bis sie sich endlich beruhigten und ihr neues Zuhause annahmen.

Im folgenden Jahrzehnt ging das Leben im Bienenstock seinen gewohnten Gang, richtete sich nach Karlos Bienenkalender und den strengen Ritualen der Imkerzunft, die sich europa- und vielleicht sogar weltweit aufs Haar gleichen und wie die Vorschriften bei der Eisenbahn auf Pünktlichkeit und Ordentlichkeit beruhen. Je ordentlicher und pünktlicher der Imker, je genauer er Wetterumschwüngen und Jahreszeiten Rechnung trägt, desto besser der Honig, desto zufriedener die Bienen, desto geordneter das Leben. Es ist dasselbe wie mit Zügen, Fahrplänen und Schienen, wie mit der Generaldirektion, die ihrerseits einem überdimensionierten Bienenstock ähnelt. In dem sich die Bienen allerdings selbst organisieren mussten, mangels Imker, so Uropas Meinung, während eine Hälfte der Stublers den Allmächtigen als den Imker der Generaldirektion sah.

Uropa drückte die Klinke herunter, die Tür knallte an die Wand, und er verharrte auf der Schwelle, bis sich seine Augen an die Dunkelheit gewöhnt hatten.

Hinter der letzten Beute drückte sich ein greises Paar ins Stroh und an die Wand. Die Alte hielt den Hasen im Schoß.

Koltschak, du liebe Güte, Admiral Koltschak, Sie hier! Natascha, Verehrteste, küss die Hand, wie schön, Sie zu treffen! Schon lief Uropa wie ein junger Spund zu ihr und küsste die Hand, die sich ihm mit größter Selbstverständlichkeit entgegenstreckte.

Das ist ja Nikolai, liebe Natascha, ist der groß geworden, unglaublich, dabei weiß ich noch, als wäre es gestern gewesen, wie Sie ihn auf diese irrwitzige, unglückliche Welt brachten! Uropa Karlo plapperte drauflos und streichelte unseren Hasen, als wäre er ein Kleinkind, kein Haustier …

Wir drehten uns um und rannten zum Haus. Rudi, Karlos Sohn, unser Onkel Nano, wollte uns zurückhalten, lachte, alles in Ordnung, sagte er, alles gut, wir sollten General Koltschak und seine Natascha begrüßen und die hätten es sicher gern, wenn wir auch Sohn Nikolai streichelten, aber wir hörten ihn nicht, brüllten wie am Spieß, suchten unser Heil in der Flucht, überzeugt, dass Uropa Karlo Stubler nun wirklich den Verstand verloren hatte.

Über eine Stunde blieb er weg, und wir nahmen panisch Reißaus, als wir ihn ins Haus treten hörten. Wir fürchteten Uropa und lauschten, versteckt unter dem Sofa, auf dem Dachboden, im Schrank oder, den Schlüssel zweimal umgedreht, im Badezimmer, wie Onkel Vilko und Tante Rika fröhlich schwatzten: Wie nett, Admiral Koltschak und Frau Natalie wiederzusehen, Weihnachten werde mit den beiden und ihrem kleinen Nikolai gewiss wunderschön.

Auf jeden Fall wurde es das ungewöhnlichste Weihnachtsfest in der Geschichte der Stublers. Uropa schmückte den Weihnachtsbaum höchstpersönlich, so fröhlich hatten wir ihn schon lange nicht mehr erlebt, so fröhlich hatten wir ihn überhaupt noch nicht erlebt, und redete ohne Unterlass. Wie er sich auf das Festessen freue, wir sollten den Esstisch ausziehen, wären mehr Leute als sonst, der Admiral und seine Frau kämen zu Besuch …

An diesem Heiligabend träumten wir nachts ganz schlimm von Admiral Koltschak, Frau Natalia und unserem Hasen, der zum Säugling namens Nikolai mutiert war, sie saßen mit uns am Tisch und redeten mit Uropa Karlo lauter Unsinn. Kinder fürchten sich vor Geisteskranken und Albträumen mehr als Erwachsene. Kinder sind verrückt und träumen immer schlimm. Später werden sie normale, gesunde und fähige Erwachsene, die mit Irren kein Problem haben, weil die ins Irrenhaus gesteckt wurden. Aber vorher, na ja, vorher begreifen sie Admiral Wassili Koltschak und Frau Natalie Alexandrowna nicht, das ist die Tragik der Stublers. Erst wenn sie groß sind, erfassen sie die Wirklichkeit von Koltschak und der Alexandrowna ebenso wie die Weihnachtsgeschichte 1950 als die einzig menschliche Wirklichkeit und dass alles andere Lug und Trug, Wahn und Unglück bedeutet, den Hass, den Sieger säen, und die Ödnis leerer Herzen. An diesem Heiligabend siegten die, die im dunklen Bienenhaus auf dem mütterlichen Schoß von Koltschaks Natascha Göring, den Hasen, sahen und nicht den Menschensohn.

Wie jeden Sonntag, wie jedes Weihnachten versammelten wir Stublers uns Punkt eins am Esstisch. Uropa und Uroma, herausgeputzt wie fürs Theater, setzten sich an die Stirnseite, ihnen gegenüber Herr und Frau Koltschak. Er in der Uniform eines Oberst der Zarenarmee, an der die Motten und der Zahn der Zeit ihr Werk getan hatten, sie im weißen Kleid, geschneidert aus Vorhängen, es sah aus wie ein Hochzeitskleid, im Schoß unseren Hasen, ihren Sohn Nikolai.

Wir schwiegen, vertieft in unsere Teller, die Erwachsenen unterhielten sich über Kriege, Hochzeiten und Beerdigungen,

Kinderkrankheiten, den Hausbau, das Klima von Petersburg und Sarajevo, über Tolstoi und Dostojewski, den kränklichen Pjotr Iljitsch Tschaikowsky, der die schönste Musik der Welt komponiert habe (Uropa log, den Gästen zuliebe, dass sich die Balken bogen, er mochte Tschaikowsky nicht), im Gespräch wirkten Admiral Koltschak und seine Frau ganz normal und vernünftig, fast langweilig, so langweilig wie alle Offiziere dieser Welt, und wahrscheinlich logen sie auch, um den Gastgebern zu schmeicheln.

Es war das einzige Weihnachten ohne Hasenbraten. Zwei alte, zähe Hühner zahlten mit dem Leben für das Erscheinen des Kindes in unserem Haus. Die Wandlung machte uns staunen, während wir den normalen, erwachsenen, klugen Koltschaks zuhörten: Unser Göring war kein Hase mehr, sondern ein kleiner Russe, ein Knabe, ein Schreihals, ein Säugling, das Neugeborene einer Greisin und ihres Gatten.

So war das letzte Weihnachten unseres Urgroßvaters Karlo Stubler, Banatschwabe, Austromarxist, Gewerkschafter, der als Bahnhofsvorsteher einen Eisenbahnerstreik in Dubrovnik unterstützte, dafür vom Dienst suspendiert und nach Bosnien gejagt wurde, weswegen wir als Bosnier geboren wurden und auf unsere Vertreibung in ein anderes, noch hinterwäldlerischeres und hoffnungsloseres Bosnien warteten.

Wir sahen unseren dicken weißen Hasen nicht wieder, seit die Koltschaks Arm in Arm über den spiegelglatten Trampelpfad durch die Wiese in der eisigen Dämmerung über Ilidža Richtung Butmir unserem Blick entschwanden. Wir haben nicht mehr nach ihm gefragt. Der nächste Wurf ließ nicht lange auf sich warten, Görings Käfig war wieder besetzt und das Leben ging seinen geregelten Gang nach der Tradition der Imker und Eisenbahner. Auch Koltschaks sahen wir nie mehr, wussten jedoch, dass irgendwo auf dieser Welt ein Knabe namens Nikolai aufwuchs.

Jahre nach Uropas Tod erzählte man sich bei uns zu Hause eine Geschichte, die wir nicht glauben, aber aufschreiben, obwohl sie uns die Geschichte vom Weihnachtsfest mit Admiral Alexander Wassili Koltschak, Frau Natalie und ihrem nach Zar Nikolai benannten Sohn, der hoffentlich dereinst sein Taufpate würde, verleidet.

Die Geschichte, ein eigentlich überflüssiger Nachklapp zur eben erzählten, die gemäß der Ethik des Erzählens und des von Karlo Stubler in seinem *Kalender alltäglicher Vorfälle, Einnahmen, Ausgaben und meteorologischer Beobachtungen* eingeführten Rituals gleichwohl erzählt werden muss, geht so: Als die Welle russischer Emigranten ins Königreich der Serben, Kroaten und Slowenen flutete und das Land die Unglücksraben, ob arm oder reich, ob Professor, General, Schriftsteller, Musiker, Balletteuse, Apotheker oder Landstreicher, Dieb, Dorfschuster, Schlosser, Schneider oder hoffnungsloser Fall, dank der Güte des Hauses Karađorđević oder vielmehr dank des fanatischen Antikommunismus des Prinzregenten Alexander aufnahm, kam Mihail Karlowitsch Stark-Kempinski in der Uniform eines Infanterieoberst mit seiner Frau Natalie Alexandrowna Krutschonych nach Sarajevo. Beide waren vollkommen verrückt, Geisteskranke, von denen man sich kaum vorstellen konnte, wie sie es von Petersburg durch halb Europa bis nach Sarajevo geschafft hatten. Die Stadt war schon immer begierig auf Irre, geistig Behinderte und Bekloppte, begierig auf menschliches Unglück aller Art, sie lebte schon immer gern mit jedermanns Unglück, schwelgte mit Vorliebe im Unglück, fremdem wie eigenem, und tröstete sich so über die eigene Ohnmacht und Unzufriedenheit hinweg.

Oberst Stark-Kempinski und seine Frau, die aus unerfindlichen Gründen Donna Natascha gerufen wurde, blieben in der Stadt, bekamen von den Behörden ein kleines, aber halbwegs solide gemauertes Häuschen in der Zigeunersiedlung Gorica zugeteilt, wurden von den Zigeunern auch freundlich willkommen geheißen und in ihre Gemeinschaft aufgenommen, ohne sich um den aristokratischen, in seiner Konsequenz fast schon rationalen Hass des Obersten auf Zigeuner zu scheren.

Sein Hass trieb ihn mit Donna Natascha hinunter in die Stadt, wo er den Kleinbürgern und Ladeninhabern der Baščaršija seine Abscheu vor die Füße kippte. Während seiner Tiraden fand Donna Natascha eine Spielzeugpuppe, riss sie sich unter den Nagel und zeigte sie herum: Sehen Sie, das ist Nikolai, mein Sohn, der Zar wird sein Pate, wenn wir wieder zu Haus sind! Deswegen warten wir noch mit der Taufe.

Ein andermal war es ein verlauster, streunender Hund: Sohn Nikolai.

Eine tote Taube: Sohn Nikolai.

Eine blinde Katze: Sohn Nikolai.

Als ganz Jugoslawien um König Alexander trauerte, der einem Attentat im Namen Gottes zum Opfer gefallen war, lief Donna Natascha mit einem Holzscheit an der Brust herum: Schaut meinen Nikolai!

Und der Oberst hatte sich bei ihr untergehakt, er liebte sie mehr als seinen Sohn.

Ob Mihail Karlowitsch Stark-Kempinski und Natalie Alexandrowna tatsächlich einen Sohn gehabt und verloren hatten, steht in den Sternen. Aber weil beide den Verstand verloren hatten, glaubte die Čaršija fest daran. Nikolai hatte der Tod oder die Flamme der Revolution verschlungen, die Bolschewiken haben ihn auf dem Gewissen, er lag in dem Kinderwagen, der bis zum heutigen Tage in Eisensteins Film die Treppe hinunterrollt, das oder Schlimmeres hat die Eltern um den Verstand gebracht, jeder hatte seine eigene Theorie, jeder ließ seiner Fantasie freien Lauf, denn jeder wusste, dass es keiner nachprüfen kann.

Vor dem Krieg waren Oberst Stark-Kempinski und Donna Natascha für die Sarajlis Fabelwesen. Ihr Schicksal, ihr unstillbarer Schmerz interessierte keinen.

Seit April 1941, seit Kriegsbeginn, waren sie wie vom Erdboden verschluckt.

Spurlos verschwunden, niemand hatte was gehört oder gesehen. Wurden sie von der Gestapo abgeführt, als Orthodoxe von der Ustascha in Vraca massakriert? Man redete nicht weiter darüber.

Und dann, Heiligabend 1950, sitzen sie frühmorgens im Bienenhaus, vor Uropas letztem Weihnachtsfest. Göring, der Hase, verschwindet und kehrt am nächsten Tag zur Mittagszeit als Neugeborenes wieder, als ein Knabe namens Nikolai, den dereinst Zar Nikolai übers Taufbecken halten wird. Diese Gewissheit bleibt, alles andere ist verloren, und alle sind tot.

Zündholzjongleur, Furtwängler

Wenn man vorher gewusst hätte, dass wir immer noch stehen, hätte man auf ein Hörnchen und einen Kapuziner zu Medulić oder ins Stadtcafé gehen können. Gibt's das Medulić eigentlich noch?

Vermutlich. Wissen Sie, ich bin nie in der Gegend. 1944, als ich nach Zagreb kam, war es verboten und gefährlich, und nach dem Krieg war ich es so gewöhnt. Ich bewege mich südlich der Save zwischen Remetinec, Blato und Hrašće, und nördlich davon bin ich in Trešnjevka, vor allem in Knežija unterwegs, da habe ich meine Praxis, kennen Sie das Viertel?

Aber ja, ich bin 1929/30 in Zagreb zur Schule gegangen. Eine schöne Zeit, die Jugend ...

Ach, die Jugend. Und heute sind wir alt, meinen Sie?

Rudi musterte ihn aus den Augenwinkeln, konnte ihn nicht einschätzen, war er infam und bedrohlich oder zutraulich wie ein Kind? Ein treuer Hund? Spindeldürr, einen Zinken fast bis zum Mund im Gesicht. Schon wie er ins Abteil gekommen war: Joschka Herzl!, hatte er mit ausgestreckter Hand gegrüßt. Achtung Taschendieb, dachte Rudi sofort und fühlte sich in die Zeit vor dem Krieg zurückversetzt, seit Jahren war in der jugoslawischen Eisenbahn nicht mehr von Taschendieben die Rede gewesen. Im Krieg wurden Diebe standrechtlich abgeurteilt, und danach waren sie wohl ehrbar oder alt oder, was für ein Gedanke, im KZ ermordet worden.

Auf die Gesellschaft hätte Rudi gern verzichtet, er tastete nach seiner Brieftasche, die war noch da, bloß nicht unterwegs einschlafen, dachte er, und wenn du noch so müde bist.

Aber ein Dieb stellt sich nicht namentlich vor, dachte er dann, selbst wenn der Name gelogen ist. Wie hatte er sich noch mal genannt?

Joschka Herzl!, wiederholte der andere unaufgefordert und leckte über die eigene Nasenspitze, falls es Ihnen entfallen sein sollte, Joschka Herzl. Mosaischen Glaubens, natürlich, dabei glaube ich an gar nichts, nur ich musste den Namen so lange geheim halten, dass es mir Freude bereitet, ihn auszusprechen. Ein Name wie jeder andere, nichts Besonderes, Pero, Ivo, Hasan, das ist alles mehr oder weniger das Gleiche. Nur ein Name. Und Sie, werter Herr?

Rudi. Rudolf Stubler.

Kein …

Nein, Katholik. Aus Sarajevo. Halber Deutscher. Ich arbeite bei der Eisenbahn. Bin Eisenbahner.

Sie fahren umsonst, nicht? Können nach Herzenslust Bahn fahren. Haben Sie einen Reisepass bekommen?

Ja, ich bin beruflich unterwegs.

Beruflich, ausgezeichnet!, rief Joschka Herzl anerkennend und leckte seine Nasenspitze. Offenbar ein Tick. Zwangshandlung. Ekelhaft, dachte Rudi.

Und Sie, Sie haben wohl auch einen.

Ja, ich hab in der Petrinjska den Antrag gestellt. Zweck der Reise?, fragte der Polizist, wollte meinen Personalausweis und verschwand damit im Hinterzimmer. O je, Joschka, jetzt buchten sie dich ein, hab ich gedacht …

Haben sie aber nicht?

Nein, der Beamte kam nach einer halben oder dreiviertel Stunde zurück, händigte mir freundlich meinen Personalausweis aus und sagte, der Reisepass sei in drei Wochen abholbereit. Ich war so verblüfft, ich konnte es gar nicht fassen.

Und jetzt fahren Sie ins Ausland?

Ja, ist das nicht wunderbar? Schauen Sie … Er hielt Rudi den Pass hin, und tatsächlich: Joschka Herzl, Größe: 173, Haarfarbe: schwarz, Augenfarbe: braun, besondere Kennzeichen: keine. Auf dem Foto wirkte er, als würde er jeden Moment wiehernd loslachen.

Der Zug stand immer noch im Zagreber Bahnhof. Der

Bahnsteig menschenleer, bis auf einen Bahnmitarbeiter, der mit einer kalten Kippe im Mundwinkel alle zehn Minuten von einem Ende des Zuges zum anderen lief. Es regnete, ein fisseliger Herbstregen, obwohl erst Ende August. Wir schreiben das Jahr 1954, Rudi fährt zum ersten Mal seit Kriegsende ins Ausland, nach Berlin, mit zwei Briefen in der Tasche, der eine faktisch ein Passierschein, der andere ein Empfehlungsschreiben, beide unterfertigt und protokollarisch erfasst im Belgrader Eisenbahnministerium. Er soll nach Möglichkeit einen Brenner für die Dampflokomotive auf der Schmalspurstrecke Sarajevo–Ploče bestellen. Sie haben ihn gefragt, weil er Deutsch kann, und gaben ihm noch einen Geheimauftrag mit, von dem er vor der Abreise nicht einmal den engsten Verwandten erzählte.

An Gepäck hatte Rudi seinen Lederkoffer aus Studententagen und eine Arzttasche, vor Jahren in Wien gekauft vom beim Kartenspiel gewonnenen Geld, an einem einzigen Abend so viel wie sein Vater in drei Monaten verdiente. Im Koffer ein schwarzer Anzug für Theater und Konzerte, der einzige, den er besaß, drei weiße Hemden, vor Antritt der Reise gewaschen und gebügelt, sieben Paar Socken und die graue Fliege mit roten Punkten, die ihm die junge Baroness Christine Vogel von Steuben zum Geburtstag schenkte; er lernte sie im zweiten Jahr Polytechnik in Graz kennen und versicherte sie seiner ewigen Zuneigung, aber es hielt nicht lange. Im Kulturbeutel, einem Erbstück vom Vater, Hygieneartikel: Seife aus einer amerikanischen Hilfslieferung nach dem Krieg, die Jahre im Schrank gelegen und Laken und Kissenbezüge beduftet hatte, Rasiermesser und -pinsel, Kopfwehtabletten, Papiertütchen mit medizinischer Kohle gegen eventuelle Durchfälle, Zahnbürste, Zahnpasta und ein Eau de Cologne aus der Vorkriegszeit. Neben dem Kulturbeutel zwei Bücher: Thomas Manns *Zauberberg* und Ivo Andrićs *Wesire und Konsuln.* Den Andrić schleppte er für den Fall der Fälle mit: Falls sich unsere Grenzbeamten wundern sollten, warum er ein deutsches Buch dabeihatte und was das für ein Buch war, konnte er ihnen erklären, Kollege Thomas sei der deutsche Andrić.

Der Arztkoffer war fast leer. Er enthielt sieben saubere, karierte Taschentücher, die ebenfalls Karlo Stubler gehört hatten, ein purpurfarbenes Seidentuch, wie man es zu sehr feierlichen Anlässen trägt, meist als Einstecktuch, sowie ein hölzernes Federmäppchen mit zwei gespitzten Bleistiften von Faber, einem Spitzer, einem zweifarbigen Stift, blau-rot, ebenfalls von Faber, einem Vorkriegsfüllfederhalter der Marke Parker, nie benutzt, Tintenfass und Ersatzfeder.

Am Leib, in der rechten Innentasche seines grauen Reisesakkos, trug er den grün-schwarzen Pelikan für den Alltagsgebrauch, eine Blechschachtel mit einem Dutzend Stahlfedern und seinen jugoslawischen Reisepass, und in der linken steckte die Brieftasche mit dem Reisegeld von der Eisenbahn und einigen privaten Dinar-Noten.

Fünfzig US-Dollar hatte er vor Reiseantritt in den Hosenbund genäht.

Über dem Sakko trug Rudi einen Regenmantel aus Vorkriegsproduktion, der seit 1939 auf dem Dachboden in einer Holztruhe zwischen Wollpullis lag, die den Motten geschmeckt haben dürften. Trotzdem war er gut erhalten.

Den Hut hatte er bei Hlapka in der Titova bestellt, als die Fahrt nach Berlin feststand, sehr zum Erstaunen seiner Kollegen, der Hut kostete ein halbes Monatsgehalt, woraufhin er achselzuckend meinte: Nach Berlin fährt man nicht ohne Hut. Egal, was in Deutschland passiert sei, und es war schrecklich genug, Berlin zerstört, zerbombt, hat man ja in der Wochenschau gesehen, die Stadt hat mit dem alten Berlin wahrscheinlich nichts mehr zu tun, aber eins hat auch Hitler nicht geändert: In Berlin trägt man Hut!

Sie runzelten die Stirn und haben wohl spekuliert, ob Genosse Stubler zurückkommt oder im Westen bleibt. Andererseits, in Berlin waren Hüte bestimmt besser und billiger, warum also einen in Sarajevo bei Hlapka bestellen?

Damals wussten die Menschen wenig voneinander. Man hielt sich bedeckt, machte wichtige Entscheidungen mit sich aus.

Wie war die Fahrt von Sarajevo hierher? War es sehr voll?, fragte Joschka Herzl, um das Thema zu wechseln, denn der Herr mit dem Glatzkopf war seinem Eindruck nach zusammengezuckt, als er seinen Beruf nannte: Jongleur!, für die meisten Menschen ist das kein richtiger Beruf, schließlich kann jeder jonglieren, wenn er will und an der Straße steht …

Rudi log, er habe eine ausgesprochen angenehme Fahrt gehabt, er belog den Unbekannten (der sich schon wieder mit der Zunge über die Nasenspitze leckte, igitt), weil der Zug von Sarajevo bis Zenica geschlagene drei Mal gefilzt wurde. Er selbst hatte zwar nur die Briefe vorgezeigt und den Koffer nicht öffnen müssen. Trotzdem redete man über derlei besser nicht, solange man nicht wusste, was der andere wusste, ob der wirklich zufällig da saß oder einen aushorchen sollte, und deswegen sagte man besser, die Fahrt sei angenehm gewesen. Hätte Rudi das Gedränge geschildert, die Menschenmenge im Gang, es hätte ihm als Kritik an der Eisenbahn ausgelegt werden können …

Womit jonglieren Sie?

Womit man eben so jongliert, sagte Joschka Herzl verschmitzt, Kegel, Äpfel, Handgranaten … Nein, keine Kegel, Spaß beiseite, ich jongliere mit Streichhölzern.

Streichhölzer.

Ja, mit Zündhölzchen. Die haben mir das Leben gerettet. Ich wär in den Himmel gekommen, als Rauch aufgestiegen, nicht mehr hier, Sie verstehen?

In dem Augenblick schob ein Polizist die Tür zum Abteil auf und verlangte die Papiere, im Schlepptau einen Gorilla in Zivil mit einem Blick, als durchschaue er sie und ihre geheimsten Absichten, wartet nur, ihr Bürschchen, wir kriegen euch, die Ausweiskontrolle ist reine Formsache …

Rudi war sofort schuldbewusst. Ordnungshüter schüchterten ihn grundsätzlich ein. Er wurde fahrig, das Billet fiel ihm aus der Hand, flog unter den Sitz, in die hinterste Ecke, Rudi war voller Spinnweb und Staub, als er es hervorgeangelt hatte und dem Beamten neuerlich reichte, seine Stimme zitterte bei der Befragung.

Name des Vaters?

Karlo.

Name der Mutter?

Ivana.

Mädchenname?

Škedelj.

Ziel der Reise?

Berlin.

Berlin! Zweck der Reise, Genehmigungen, Pass!

Er hielt dem Polizisten Reisepass und beide Briefe hin, der trat auf den Gang, drehte ihm den Rücken zu, zeigte die Blätter dem Gorilla und redete auf ihn ein.

Es dauerte lange, zu lange für Rudis ängstliches Gemüt, er wurde nervös, was die wohl ausheckten?

Die wollen Ihnen nur Angst einjagen, wisperte Joschka Herzl, die Polente ist überall gleich!

Rudi bekam seine Papiere völlig zerknüllt zurück und brauchte eine Weile, bis er sie wieder ordentlich gefaltet und in die Umschläge gesteckt bekam, ohne dass die Gummierung aus Versehen am Brief festklebte.

Joschka Herzl erhielt Ausweis und Fahrkarte anstandslos zurück.

Was haben Sie gesagt, Sie jonglieren mit Streichhölzern?, fragte ihn Rudi zum zweiten Mal, um sein Unbehagen abzuschütteln.

Diese leichthin gestellte Frage, wie man eben Fragen stellt, wenn man sich zum ersten und letzten Mal in einem Zugabteil gegenübersitzt, sollte Rudi noch bereuen. Die folgenden drei Stunden, in denen der Zug nach Wien über Maribor und Graz in Zagreb am Gleis wartete, verfolgten ihn bis ans Lebensende, er erzählte jedem davon, nicht alle glaubten ihm. Doch wen kümmern schon die, die an einer Geschichte nur interessiert, ob sie sich tatsächlich so abgespielt hat?

Joschka Herzl, geboren als Josip Stinčić, zeigte Rudi seine Jonglierkünste nicht sofort, sondern erzählte erst seine Lebensgeschichte. Er könne nicht anders, erst dann habe er die nötige Fingerfertigkeit. Denn schicksalhafte Geschicklichkeit ist eine Kunst, und Kunst lässt sich nicht erzwingen.

Sohn berühmter Eltern aus Zagreb, das Pianistenpaar Maksimilijan und Bosiljka Kamauf Stinčić. Maks Stinčić hat, so viel ist bekannt, als erster Kroate und Südslawe eine Schellackplatte eingespielt, weniger bekannt ist, dass er von der Jahrhundertwende bis zum Ersten Weltkrieg der wahrscheinlich gefragteste Konzertpianist Europas war. Er trat auch in Amerika auf, bestritt Uraufführungen von Debussy-Stücken und war auf allen bedeutenden Bühnen Deutschlands und Frankreichs zu Hause.

Seine Frau, Professor Bosiljka Kamauf Stinčić, die erste kroatische Pianistin mit Akademieausbildung, unterrichtete zu der Zeit, in der die Geschichte spielt, am Salzburger Konservatorium, was vielleicht erklärt, warum ihr Sohn Reisepapiere bekam. Frau Professor Stinčić war häufig in Zagreb, hielt auch am dortigen Konservatorium Vorlesungen und war laut Gerüchteküche die Geliebte eines hohen Parteifunktionärs.

Mit der fantastischen Karriere des Zagreber Franz Liszt – so kein Geringerer als Antun Gustav Matoš über Stinčić – ging es seit der Geburt seines Sohnes bergab. Als der Junge drei wurde, musste der Vater entsetzt einsehen, dass sein Sprössling vollkommen unmusikalisch war. Im Vollsinn des Wortes. Denn wie es das absolute Gehör gibt, so gibt es auch absolute Unmusikalität.

Klein-Josip war ein fröhliches, verspieltes Kind, sehr aufgeschlossen, von ausgezeichneter Auffassungsgabe, mit vier kannte er alle Buchstaben, war seinen Altersgenossen in allem voraus, versagte nur in dem, worauf es vor allem dem Vater ankam: Der Junge traf keinen einzigen Ton.

Die Mutter hätte sich mit der Zeit vermutlich damit abgefunden, obwohl auch sie sich schwertat und die verschiedenen Abstammungslinien ergebnislos nach dem unmusikalischen Familienzweig, dem Ururahn oder Onkel soundsovielten Grades durchforstete, dem das arme Kind diese Eigenschaft verdankte. Der Vater jedoch verzweifelte, sagte immer häufiger Auftritte ab, wurde zusehends neurotischer, drohte in ganz schlimmen Phasen mit Selbstmord, aber das Schlimmste war seine Angst, die Unmusikalität seines Sohnes könne sich herumsprechen. Sie entließen alle Dienstboten, zogen sich aus dem gesellschaftlichen Leben in ihre Villa zurück und verbarrikadierten sich in der Zelengaj, nur die Dame des Hauses ging wegen Besorgungen in die Stadt und kehrte noch verzweifelter zurück, traf sie doch auf Schritt und Tritt Bekannte, die sich angelegentlich nach Maks und dem Söhnchen erkundigten.

Irgendwann war klar, dass Maksimilijan Stinčić über kurz oder lang vor Trauer zugrunde gehen würde, außerdem rückte die Einschulung des Knaben näher, da verfiel Bosa Kamauf auf folgende Idee: Sie würden verlauten lassen, der kleine Josip sei an Diphtherie gestorben, prunkvolles Leichenbegängnis auf den Mirogoj, leeren Sarg in der Familiengruft unter den Arkaden neben Maksimilijans Vater, den Kirchenmusiker und Organisten Antun Svetolik Stinčić, gestellt, und in der vierzigtägigen Trauerzeit käme ganz Zagreb kondolieren und könne sich in der Zelengajer Villa von der tiefen Trauer der Stinčićs um ihren einzigen Sohn überzeugen. Nach allem, was sie hinter sich hatten, würde ihnen die Rolle untröstlicher Eltern nicht schwerfallen.

Unterdessen würde Josip in Graz bei Rosalie Herzl untergebracht, Bosas Tante Rosa, einer Witwe, die nur eine geistig leicht behinderte Tochter versorgen musste, Dorothea. Tante Rosa war Jüdin, also konnte es nicht schaden, wenn auch Josip konvertierte. Er wäre weder der Erste noch der Letzte. Dass er in Anwesenheit nationaler Größen und führender Männer in Sankt Markus getauft worden war, war nicht weiter schlimm, der Junge erinnerte sich ohnehin nicht daran.

Natürlich sollte das nicht heißen, dass sich Maksimilijan Stinčić, der berühmteste unserer Klaviervirtuosen, und Bosiljka Kamauf Stinčić, angesehene Professorin und Musikpädagogin, von ihrem Sohn lossagen wollten. Das hätten sie niemals getan. Sie suchten nur nach einem Weg, um der Schande zu entgehen, die Bosa schlecht und Maks gar nicht ertrug: ein vollkommen unmusikalisches Kind.

Aus dem kleinen Josip Stinčić, der in Zagreb vielleicht ein herausragender Botaniker und Universitätsprofessor geworden wäre, Bäume interessierten ihn wirklich außerordentlich, oder Herrn Krleža und dessen Theaterstücken Konkurrenz gemacht hätte, denn auch das Schauspiel weckte Josips Leidenschaft, wurde also der Grazer Jude Joschua Herzl, genannt Joschka.

Frau Rosalie Herzl, geborene Rosenzweig, kurz Tante Rosa, hatte ein mütterliches, sanftes Gemüt, aber offenbar nicht viel Verstand oder ihn im Lauf der Jahre eingebüßt, in denen sie fast ausschließlich mit ihrer Tochter Umgang hatte, hatte die Welt mit den Augen der Heranwachsenden sehen gelernt, wobei das längliche Gesicht des Mädchens mit den markanten Kieferknochen auf den ersten Blick an ein Pferd erinnerte, sodass sie jeder, der sie zum ersten Mal oder nur ein einziges Mal sah, für das hässlichste Frauenzimmer hielt, das ihm je untergekommen war. Wer allerdings zwei Mal hinschaute oder sich mit Dorothea Herzl unterhielt, revidierte diese Meinung. Gott oder die Natur oder dieses fatale Roulette namens Erbanlagen mögen dem Kind einen Teil des menschlichen Verstandes vorenthalten haben, aber damit war sie auch aller Zweifel, Hass- und Unlustgefühle enthoben. Sie behandelte jeden freundlich, musste sich nicht beweisen oder hervortun, war weder selbstgefällig, noch konnte sie sich vorstellen, dass ihr jemand Böses wollte, war ausgesprochen fleißig und reinlich, wollte es der Mutter in allem recht machen, und sie war überglücklich, als sie plötzlich einen kleinen Bruder bekam. So minderbemittelt, dass sie nicht gewusst haben soll, wie die Kinder kommen, war Dorothea nicht, sie hat bestimmt genau gewusst, dass ihre Mama Joschka nicht zur Welt gebracht hatte, aber warum sollte das wichtiger sein als die Tatsache, einen Bruder zu haben?

Joschka merkte anfangs keine große Veränderung. Oder er fand alles gut und positiv. Statt eines Vaters, der den ganzen Tag im Schlafanzug herumläuft, im Musikzimmer an seinem Klavier hockt und dabei heult oder säuft, und einer Mutter, die auf die meisten seiner Fragen – Wie heißt die Hauptstadt der Mongolei?, Warum glauben die Menschen an Gott?, Warum dreht sich das Rad vom Fahrrad?, Wie weit ist es von der Erde zum Mond? Wer von uns stirbt zuerst? – keine Antwort hat und sich auch nicht bemüht, Antworten zu finden, hat er nun eine große Schwester und Tante Rosa. Und er ist Jude geworden! Obwohl das Jüdischsein anfangs mit einigen unangenehmen und sogar körperlich schmerzhaften Empfindungen einherging, war Joschka begeistert. Für Juden ist jeder Tag etwas Besonderes, sogar das Kochen ist ein Abenteuer … Alles, woran er sich aus seinem früheren Leben erinnerte, war jetzt aufregender und interessanter. Es überraschte ihn nicht, als er nach einigen Monaten merkte, dass andere Menschen Juden ablehnten.

Er ging mit Tante Rosa über den Hauptplatz, und einige betrunkene Kerle in Jägerkluft pöbelten sie an. Sind das Katholiken?, fragte er Tante Rosa. Nein, das sind erbärmliche Jäger! Er wollte es genau wissen: Sind Jäger katholisch? Natürlich, was denn sonst, antwortete sie. Da war Joschka alles klar, er trug den jagenden Katholiken nichts nach, sie waren bloß neidisch, wussten sie doch, dass für Juden kein Tag wie der andere ist, Juden leben in Märchen, für Katholiken sind die Tage einförmig, Katholiken trinken, weinen und machen sich große Sorgen. Daran erinnert sich Joschka, er war selbst Katholik gewesen.

Mama Bosiljka besuchte ihn einmal im Monat, der Papa seltener, höchstens alle drei Monate. Mutter brachte Geld, legte die Scheine vor der Abreise unter ein gehäkeltes Deckchen, gut sichtbar und doch quasi heimlich zugesteckt. Er mochte das Spiel nicht, denn die Mutter wurde jedes Mal rot. Tante Rosa sagte: Aber Mizzi, das muss du doch nicht!, nahm das Geld und stopfte es in die Kitteltasche. Da stimmt etwas nicht, dachte Joschka und beneidete Dorothea, der solche Sachen nicht auffielen.

Wenn ich groß bin, will ich wie Dorothea sein!, sagte er Tante Rosa.

So kann man nicht werden wollen, antwortete sie, man wird so geboren.

Es überzeugte ihn nicht. Wenn man etwas nur lange genug anschaut und sich hineinversetzt, wird man so, dachte er und fand in seiner großen Schwester das erste und einzige Vorbild seines Lebens.

Die Besuche des Vaters waren äußerst unangenehm.

Er nahm ihn nie bei der Hand, warf ihn nie in die Luft und fing ihn wieder auf, wie das andere Väter mit ihren Söhnen machten. Das ist gut so, sagte Joschka Dorothea, er würde mich hochwerfen und fallen lassen. Dorothea lachte ihn an: Und du knallst auf den Betonboden!, und hielt es für einen Witz. Aber Joschka wusste, es war die Wahrheit.

Einmal, kurz vor Weihnachten, standen die Eltern unangekündigt vor der Tür, der Vater mit Weihnachtsbaum. Aber wir sind Juden!, sagte Joschka. Tante Rosa lächelte, und Dorothea räumte geschwind eine Ecke für den Weihnachtsbaum frei, um die Geschenke darunterzulegen.

Der Gäste wegen machten sie von Heiligabend bis Neujahr alles so, wie es die Christen tun. Die große Dorothea lief mit so trübsinniger Miene durchs Haus, wie sie nur Christen an besonders hohen Feiertagen aufsetzen, was Vater Maksimilijan derart auf die Nerven ging, dass er alle naselang Bosiljka ins Ohr zischte: Was lästert die schwachsinnige Kuh die Mutter Gottes? Was Bosiljka nicht nachvollziehen konnte, weder fand sie Dorotheas Grimassen beleidigend, noch glaubte sie, dass die Unglückliche irgendjemand oder irgendetwas verspotten konnte. Am Ende hatte Dorotheas Versuch, sich vor Christen wie eine Christin zu benehmen, einen handfesten Ehekrach zur Folge, bei dem Maks, ohne sich darum zu scheren, ob ihn andere hörten oder nicht, Bosiljka an den Kopf warf, sie rede schon wie dieses unselige Judenweib. Tante Rosa und Dorothea sprachen nicht gut Kroatisch und verstanden ihn vielleicht nicht, aber Joschka verstand ihn sehr gut.

Noch etwas brachte den Vater auf: Im Hause Herzl gab es kein Klavier. Es hatte eins gegeben, solange Onkel Moses lebte, der war im Übrigen ebenfalls Musiker, Geiger im Grazer Symphonieorchester gewesen, aber nach seinem Tod verkaufte Rosa das Klavier. Sie sprach es nicht aus, empfand den schwarzen Kasten aber als stummen Vorwurf, als schiebe er ihr die Schuld am schweren Schicksal, der schlimmen Krankheit und dem kurzen Leben ihres Mannes zu. Den Klavierverkauf nahm ihr Maksimilijan Stinčić persönlich übel. Kurzum, er fand Joschkas liebe Tante Rosa abstoßend und Dorothea gleich mit.

Mangels Klavier konnte sich Maks nicht zu Weihnachtsliedern begleiten, das, solange er zurückdenken konnte, erste Weihnachten ohne Lieder. Ein schlechtes Omen: Lieder sind Gebete, erklärte er Joschka, gesungene Gebete gelten vor Gott doppelt. Wer nicht singen kann, wird in der Hölle schmoren, sagte er und ließ vor Joschkas Augen die langen, sehnigen Finger spielen. Auf seine Finger war Maksimilijan Stinčić stolz, er zeigte sie gern, er zeigte sie jedem. Geschmeidige Finger sind das Geheimnis des Klavierspiels, sagte er Joschka, aber das kannst du nicht begreifen, und dazu seufzte er tief und bewegte ohne Unterlass die Finger, wie wenn er in die Tasten schlüge, bewegte jeden Finger unabhängig von den anderen, einzeln, als wäre jeder Finger autonom und nicht an der Hand angewachsen. Das faszinierte den kleinen Joschka Herzl und weckte den Wunsch, den Vater so zu verzaubern, wie dieser mit seiner Musik das Publikum verzauberte. Nur ohne Musik.

Anfangs wollte er ihn verzaubern.

Später wollte er ihn, diesen Maksimilijan Stinčić, in seiner Fingerfertigkeit übertrumpfen, beweisen, dass seine Finger selber denken, jeder seiner Finger eigenständig denkt und sich bewegt, auch wenn sie niemals Musik schaffen.

Musik rettet die Seele!, sagte der Vater an Weihnachten. Nur wer schön singt und spielt, ist Jesus willkommen, alle anderen sind verloren!

Joschka merkte sich jedes Wort.

Und beschloss, mit Zündhölzern zu jonglieren. Rudi fragte mehrmals, ob er davon gehört oder mit eigenen Augen einen Streichholzjongleur gesehen hätte, aber Joschka Herzl überhörte die Frage. Er verriet es einfach nicht, und Rudi beklagte das fehlende Detail jedes Mal, wenn er die lange Geschichte von der Reise nach Berlin, dem Zündholzjongleur und Furtwängler in der einen oder anderen Variante im Haus der Stublers in Ilidža aus einer Laune heraus, oder weil Besuch da war, zum Besten gab. Joschka Herzls in den Stunden, während der Zug nach Wien über Maribor und Graz im Zagreber Hauptbahnhof stand, erzählter Lebensgeschichte fehlte etwas ohne die Information, wo und wann der Knabe jemanden mit Streichhölzern jonglieren gesehen hatte.

Zwischen Weihnachten und Neujahr begann er zu üben, zunächst nur mit dem Mittelfinger der rechten Hand.

Er legte ein Streichholz so auf die Fingerbeere, dass es von allein liegen blieb, schnippte es mit dem letzten Glied des rechten Mittelfingers in die Luft und versuchte es wieder aufzufangen. Sechs Monate benötigte Joschka Herzl, bevor das Streichholz erst ein-, dann zwei- und schließlich dreimal hintereinander wieder auf der Fingerbeere des rechten Mittelfingers ruhte. Das war kein Jonglieren, hätte niemanden, hätte ihn denn jemand außer der großen Dorothea und Tante Rosa gesehen, sonderlich beeindruckt, war keine große Kunst, hinter der man pro Tag zehn Stunden Üben vermutet hätte. Wenn Joschka nicht in der Schule oder beim Rabbiner im Religionsunterricht war, aß, Hausaufgaben machte oder schlief, übte er das Jonglieren mit dem Mittelfinger.

Als er das Streichholz sieben Mal in Folge wieder auffangen konnte, legte er ein zweites auf den Zeigefinger und versuchte, beide Finger unabhängig voneinander zu bewegen. Es war schier unmöglich. Es dauerte Monate, bis er zum ersten und für längere Zeit einzigen Mal beide Streichhölzer mit beiden Fingerkuppen wieder auffing. Erst ein halbes Jahr später fing jeder der Finger zwei Mal in Folge sein Streichholz wieder auf. Ein Wunder.

Dorothea stellte keine Fragen. Sie setzte sich dazu, starrte auf Joschkas Finger und staunte, ob er nun traf oder nicht. Tante Rosa merkte, dass es dem Jungen damit ernst war, und ließ ihm freie Bahn. Es kümmerte sie nicht, wie andere sein Treiben finden könnten.

Zu der Zeit schlug ein unbekannter deutscher Unteroffizier namens Adolf Hitler mit seinen Kumpanen eine Münchner Bierstube kurz und klein, Regierungen wechselten, Kanzler fielen Attentaten zum Opfer, junge Poeten starben an der Schwindsucht, das Volk war mehrheitlich hungrig und verzweifelt und suchte Schuldige für Hunger und Verzweiflung. Werden Schuldige gesucht, denkt man eher früher als später und diesmal besonders schnell an Juden, schneller als Joschka Herzl lernte, mit den Kuppen von Zeige- und Mittelfinger die Streichhölzer aufzufangen. In Deutschland wurden die ersten Konzentrationslager eingerichtet, Schaufenster jüdischer Geschäfte eingeschlagen, stapelweise Bücher verbrannt, darunter die besten Romane deutscher Sprache, Rabbinern die Bärte gerupft und ihre Gotteshäuser als öffentliche Toiletten und Pferdeställe umgewidmet, Tausende Anhänger des mosaischen Glaubens, denen die Flucht aus dem Land der Dichter und Denker gelang, gingen in Palästina oder in Amerika, Kanada und Argentinien an Land, bevor Joschka Herzl der erste Erfolg mit allen vier Fingern der rechten Hand gelang. Nur der Daumen blieb fest an die Tischplatte geschmiegt, denn der Daumen ist kein Finger, der Daumen ist ein Gedanke, der den Fingern hilft, Finger zu sein, für sich selbst zu denken und sich jeder für sich zu bewegen, als gehörten sie nicht zu einer Hand.

Um mit Streichhölzern zu jonglieren, erklärte Joschka Herzl, dürfe sich die Hand selbst nicht bewegen, die Finger könnten die Stöckchen nicht so auffangen, wie ein Jongleur sechs, neun, zwölf Kegel, Äpfel, Bälle in der Luft halte, denn das Jonglieren mit Streichhölzern sei keine Akrobatik, keine Zirkusnummer, sondern eine geistige Übung, eine Philosophie und der philosophische Versuch, zum ersten Mal in der Geschichte der Menschheit, in der Biografie der menschlichen Gattung, die Finger vom Handteller zu isolieren und einzeln zu bewegen, in einer harmonischen, verspielten Symphonie der Bewegung, sodass jede Fingerkuppe ihr Streichholz auffängt und so wieder abstößt, dass es nicht mit dem kurz zuvor vom Nachbarfinger hochgeschnippten kollidiert.

Beim Klavierspielen schlägt jeder Finger idealerweise unabhängig von Lage und Verfassung der anderen Finger in die Tasten, belehrte Joschka Rudi. Am schwersten sei das für den Ringfinger, der anatomisch über Sehnen mit seinen beiden Nachbarn verbunden ist. Er habe physische und metaphysische Gründe gegen sich. Robert Schumann, der tragische Komponist – mein Lieblingskomponist!, rief Rudi – wollte Klaviervirtuose sein. Er hatte schnelle Finger, ein vollkommenes Gedächtnis und war so musikalisch, wie man es nur sein kann. Seine Ohren hörten Töne, die andere Menschen nicht hören konnten; er hörte Stimmen, die andere nicht hörten. Sein absolutes Gehör hat ihn am Ende in den Wahnsinn getrieben.

Aber was Schumann weit ärger quälte als die Stimmen, die außer ihm keiner hörte, war sein Ringfinger. Er konnte sich noch so sehr anstrengen, mit der Fingerbeere des Ringfingers zu denken und seine Seele darin aufgehen zu lassen – andere Menschen mochten die Seele in der Brust verorten, für Robert Schumann steckte sie in den beiden Ringfingern –, bewegte sich der Ringfinger, bewegten sich auch die Nachbarn rechts und links. Um seinen Ringfinger zu besiegen, bastelte Schumann ein mechanisches Gerät für die rechte Hand, aber statt so lange zu üben, bis er den Ringfinger unabhängig von den Nachbarn bewegen konnte, durchschnitt er die Sehne in der Hand, verletzte sich irreversibel. Robert Schumann zerstörte seine Seele, weil er den Willen seiner Ringfinger brechen wollte.

Ein fataler Fehler, winkte Joschka Herzl im Schwung seiner eigenen Erzählung ab, statt ihn zu brechen, hätte er ihn kennenlernen, sich mit ihm auseinandersetzen sollen, den Finger mit seiner eigenen Leichtigkeit besiegen – wenn der Finger hart und schwer ist, sorgt man eben ringsherum für federleichte Weichheit!

Deswegen verlor der große romantische Komponist Robert Schumann eines Tages den Verstand. Anders als Joschka Herzl fehlte ihm der richtige Grund zu kämpfen. Schumanns Grund war der eines Artisten: Virtuose wollte er sein, einer, der auf dem Piano besser als alle anderen jongliert, aber das reicht nicht, damit jeder Finger für sich denkt und die Hand sich in vier Denker und den großen Gedanken des Daumens trennt. Um das zu erreichen, schrie Joschka Rudi ins Gesicht, braucht man schicksalhafte Gründe. Nur ein richtiges großes Unglück bringt die Finger dazu, einzeln zu denken, sich nie gleichzeitig, sondern im Takt einer Tausendstelsekunde nacheinander zu bewegen und nie im selben Moment bei demselben Gedanken treffen.

Ein glücklicher Mann hat keine Veranlassung, Künstler zu sein, er sprang vom Sitz, gestikulierte wild, argwöhnisch beäugt von den Polizisten, die draußen auf dem Bahnsteig patrouillierten. Ein glücklicher Mann macht sich nur unglücklich, endet in geistiger Umnachtung und mit zerrissener Seele, wenn er ohne Not aus heiterem Himmel beschließt, Künstler zu sein.

Aber was ist Kunst, werter Herr, wissen Sie denn, was Kunst ist?, rief Rudi, der sich in die Ecke geflüchtet hatte, fast schon am Fenster klebte und bitter bereute, dass er sich von dem Mann ins Gespräch hatte ziehen lassen.

Kunst ist, mit Streichhölzern zu jonglieren! Ein Wunder, das zu nichts nütze ist, für das man lebt, alles in der vergeblichen Suche nach Vollkommenheit. Sechs Stunden Üben täglich. Zehn, zwölf, achtzehn Stunden, nur um mit den vier Fingern der rechten Hand zehn, zwanzig, dreißig, hundert Mal Streichhölzer aufzufangen ... Anfangs übte ich sechs Stunden täglich, dann zehn, dann zwölf und am Schluss achtzehn. Ich ging nicht mehr in die Schule, die Synagoge war verbrannt, ich ging nicht mehr hin, ich betete nicht mehr, zuletzt habe ich nur noch geübt und geschlafen. Ob mich jemand dafür bewundert hat? Das wollten Sie doch fragen, nicht? Fragen Sie ruhig, nur zu, und ich werde Ihnen sagen: Nein, keiner hat mich bewundert. Wer in Graz hätte, nachdem Hitlers Truppen in der Stadt stationiert waren, einen kleinen, unbedeutenden Judenjungen für seine Geschicklichkeit bewundert? Dorothea? Die große Dorothea? Sie denken an sie? Nein, meine große Schwester hatte die Gabe nicht. Um etwas zu bewundern, müssen Sie das Wunder sehen, und meine Dorothea kannte keine Wunder. Was ich machte, fand sie ganz normal, so wie Gläubige Gottes Hilfe ganz normal finden. Sonst hätte ich es nie gelernt, erst mit allen vier Fingern der rechten, dann auch mit allen der linken Hand und dann mit den Fingern beider Hände zu jonglieren, die Daumen fest auf der Tischplatte ...

An einem Montag traten ss-Leute die Tür zum Haus von Rosalie Herzl ein und führten sie und ihre geistig zurückgebliebene Tochter unter schrillen Schreien und vielen Tränen ab. Joschka Herzl saß derweil am Schreibtisch und jonglierte zum ersten Mal mit acht brennenden Streichhölzern. Die Daumen auf das schwarze Furnier gestützt, die Handflächen unnatürlich verdreht, jonglierte er mit Minifackeln, sodass in den Fingerkuppen von jedem der acht Finger ein Genie saß, der Geist eines großen Pianisten, Artisten und Buddhisten, der die Kraft jedes neuen Stoßes exakt auf den Gewichtsverlust der Streichhölzer durch das Abbrennen abstimmte, bis sie sich nach dem dreiundzwanzigsten oder vierundzwanzigsten Hochschnippen gänzlich in Rauch und Asche aufgelöst hatten.

Den ss-Leuten blieb der Mund offen stehen. Der Anblick verwirrte sie derart, dass sie Joschka Herzl daließen. Vielleicht mochten sie einen Juden, der mit brennenden Streichhölzern jonglierte, nicht abführen, war ihnen doch sehr wohl klar, dass noch niemand so etwas getan hatte. Es gibt viele Menschen, und sobald Menschen glauben, die seien alle gleich, bildeten in ihrer Vielzahl ein Volk oder eine Rasse, werden sie bereitwillig zum Mörder. Aber sie halten hypnotisiert inne, wenn sich einer klar von allen anderen Menschen abhebt. Man kann einen, der mit Streichhölzern jongliert, nicht umbringen und selbst überleben.

Während er jonglierte, bekam er nicht mit, was um ihn herum vorging. Er zündete ein Streichholz an, schnippte es mit der Fingerkuppe in die Luft, wartete auf das brennende Ende, zündete daran das nächste an, warf es hoch, sah zu, wie es zurückkam und sich im Flug um dreihundertsechzig Grad drehte, und das acht Mal, und so hörte und sah er nicht, wie Tante Rosa und die große Dorothea von den Deutschen abgeführt wurden.

Bevor acht Zündhölzer abgebrannt waren, waren sie weg.

Joschka Herzl hat nie erfahren, was ihnen widerfuhr, ob sie ins Lager kamen oder unterwegs starben, aber wenn er über ihren Tod nachdachte, sah er beide als brennende Streichhölzer in die Luft fliegen und verglühen. Wenige Sekunden, und keine Spur ist geblieben – nur in seiner Erinnerung, in der Schmach, den Gewissensbissen, sie zu überleben.

Hätte er sie doch nur gerettet, statt mit brennenden Streichhölzern zu jonglieren. Der Erste auf der Welt, vielleicht zugleich der Letzte in der Geschichte der Menschheit, der das geschafft hat ... Aber es war nichts wert im Vergleich zum Leben der beiden. Wenn er sich das einbildete, gäbe es zwischen ihm und den ss-Leuten keinen großen Unterschied.

Seit Hitler Österreich eroberte, hatte Joschka Herzl das Denken und Lernen eingestellt, ging weder zur Schule noch in die Synagoge, mied die Straßen und redete mit keinem. Die meisten Grazer entdeckten, dass sie nicht Österreicher, sondern Deutsche und ihre schlimmsten Feinde die Juden in der Nachbarschaft seien. In Graz waren Juden nie gut gelitten, deswegen gab es nicht viele in der Stadt, aber die Auslöschung dieser wenigen war darum nicht weniger brutal. Wochen nach Hitlers Einmarsch blieb Joschka Herzl als Einziger übrig. Er wurde in Ruhe gelassen, man übersah ihn und seine Verzweiflung über den Verlust der Familie. Oder haben die Nazis, wie heute oft behauptet, tatsächlich in jeder Stadt einen Juden am Leben gelassen, angefüllt mit den Erfahrungen einer ausgerotteten Rasse, der Verzweiflung und der Angst aller Vertriebenen und Getöteten, um bis ans Ende aller Tage nicht allein die neuerliche Ansiedlung von Juden, sondern auch jeden zufälligen Besuch jüdischer Touristen oder Reisender zu verhindern?

Die Nazis verabscheuten den entstellten Jungen oder Jugendlichen oder jungen Mann, dessen Alter man nicht schätzen konnte, so hässlich war er in seinem Unglück.

Er saß im Park, mit dem Rücken zum Springbrunnen, die Daumen auf die Lehne der Bank gestützt, und schleuderte Miniaturfackeln in die Luft, die spurlos herunterbrannten, sich in Rauch und Asche auflösten, wie bald schon das jüdische Volk. Ein Wunder, das lange keiner glauben will, so unvorstellbar ist es, sechs Millionen überwiegend friedfertiger, unbewaffneter Menschen in wenigen Jahren umzubringen, harmlose Verfemte, die freiwillig Platz machen auf der Straße, kleine Kaufleute, Wucherer, leichtgläubige Bankiers und Industrielle, Rabbiner, Dorfschulzen, Schuster, Lotterieverkäufer, Kleinkriminelle und Betrüger, Idealisten, Kommunisten und Zionisten, Gottesfürchtige, denen das Leben und mehr noch das, was dem Leben folgt, Angst einjagte, berühmte Mediziner, Chirurgen, Kinderärzte und Psychoanalytiker, Schüler des Doktor Freud, den die Nazis nicht umbrachten, als sie ihn in seiner Wiener Wohnung antrafen, sondern ins Londoner Exil zwangen, denn auch Doktor Freud hat mit Zündhölzern jongliert, Biologielehrer, denen Europa seine schönsten Herbarien verdankt, Archivare, Bibliothekare und Dorfschullehrer, deren liebe Frauchen die jüdische Herkunft ihrer Gatten peinlichst für sich behielten, große Dichter und Reiseschriftsteller, die Indien und Nepal erkundeten, um der deutschen Kultur ihre Berichte zu hinterlassen, Seiltänzer, Dompteure und Zirkusdirektoren, Tischler, Leihhausbesitzer und Antiquare, Chemiker und Giftmischer, Barbiere und Mystiker, Hochstapler mit überschäumender Fantasie, Quacksalber, die für wenig Geld in die Wohnung kamen und Abtreibungen bei minderjährigen Töchtern besorgter großbürgerlicher Damen durchführten, Philosophieprofessoren, still und vergnügt wie Buddha, in denen Ideen von Weltrevolution und Wiedergeburt gärten, vom glücklichen Zeitalter der Menschheit, das anbricht, sobald das schreckliche 20. Jahrhundert endlich zu Ende ist, Hausmeister, Inhaber kleiner koscherer Restaurants am Rand des Ghettos, in denen auch Nichtjuden willkommen waren, Hausangestellte, Dienstmädchen, Hebammen, die Verfasser der ersten aztekischen, türkischen und aramäischen Grammatik, taubstumme Maler, Maulaffenfeilhalter, Fantasten, penible Buchhalter, Fabrikbesitzer, denen ihre Arbeiter und deren rachitische Söhne ohne Lebenserwartung herzlich egal waren, Lumpensammler, Hausierer, Dachdecker, Eisverkäufer, Arbeitslose, Träger, Putzkräfte und Tellerwäscher in Volksküchen für arme Juden, Wohltäter, Stifter, Sammler und Geldfälscher, falsche Propheten, Konvertiten und Neophyten, die die Zeichen der Zeit zu spät erkannt hatten? Wie konnte einer auf die Idee kommen, all diese Menschen in Asche und Rauch zu verwandeln? Oder besser gefragt: Wer hätte glauben können, dass einer käme, der sich das wünscht und seinen Wunsch verwirklicht?

Joschka Herzl saß im Park – obwohl Juden den Park nicht betreten durften – auf der Bank, drehte der Welt den Rücken zu und jonglierte, die Daumen auf die Rückenlehne gestützt, mit brennenden Zündhölzern, um nicht an Tante Rosa und seine Schwester Dorothea zu denken, die große Dorothea, in deren Kopf sich bis zur Stunde ihres Todes kein böser Gedanke verirrt hatte, er wollte, dass sie ihn umbrachten, während er mit kleinen Fackeln jonglierte, die sich eine nach der anderen aneinander entzündeten.

Aber den Gefallen tat ihm keiner. Warum, weiß man nicht. Das wird zum Thema einer künftigen Literatur, wenn es als Thema unseres Zeitalters ausgedient hat. Darüber werden in den letzten Jahren ihres Bestehens die letzten Zweige am

Stammbaum der Stublers nachdenken, und dann verschwinden sie und mit ihnen die Geschichte von Rudis Reise nach Berlin im Sommer 1954 und dem Zündholzjongleur, den er während des langen Aufenthaltes des Zuges am Zagreber Hauptbahnhof kennenlernte.

Hier hätte die traurige Lebensgeschichte von Joschka Herzl enden können, es wäre der rechte Moment gewesen, Rudolf Stubler eine Probe seiner Kunst vorzuführen, wenn wir bereit wären, zu vergessen, bereit wären, die Geschichte des großen kroatischen Pianisten Maksimilijan Stinčić (nach dem heute, 2012, eine schöne Straße in Zagreb benannt ist, die bis Anfang der neunziger nach dem serbischen Komponisten Stevan Stojanović Mokranjac benannt war) und seiner Lebensgefährtin, der berühmten Musikpädagogin Bosiljka Kamauf Stinčić, auszublenden. Wir hätten sie ausblenden können, wären die beiden nicht kapitale Vertreter der kroatischen Kultur gewesen, wäre ihre Geschichte nicht zugleich eine Geschichte über das damalige Zagreb. Das Zagreb, in dem Rudi nach den missglückten Studienjahren in Wien und Graz die letzten Monate seiner Jugend verlebte.

Nach dem schrecklichen Weihnachten mit ihrem Sohn, Tante Rosa und deren geistig behinderter Tochter, bei dem Maks den Sohn beleidigt und unfreiwillig zum Jonglieren gebracht hatte, besuchten sie ihn nur noch, wenn sie ihr Gewissen plagte. Als Deutschland nach den Wahlen 1933 auf die Füße kam und mächtiger wurde, arbeitete dieses Gewissen immer langsamer und fasste ihre sensiblen Künstlerseelen mehr und mehr mit Samthandschuhen an, was teils auch an den schwierigen Umständen im Land lag: Ungemach traf das kroatische Volk, nachdem ein serbischer Kriegsfreiwilliger Abgeordnete der Kroatischen Bauernpartei, die seine Verdienste im Krieg verhöhnt hatten, darunter Parteichef Stjepan Radić, während einer Parlamentssitzung in Belgrad über den Haufen schoss. Maksimilijan Stinčić und Bosa Kamauf waren zuvor nicht durch besondere Vaterlandsliebe aufgefallen, aber dieses Attentat auf die kroatische Sache erzürnte beide so sehr, dass ihre familiären Verhältnisse gegenüber den nationalen Angelegenheiten in den Hintergrund rückten. Sie zeterten und schimpften und schlossen sich einer Gruppe Gleichgesinnter an, mit der sie im Oktober 1934 insgeheim das Marseiller Attentat auf König Alexander feierten, den tyrannischen Bauerntrampel auf dem jugoslawischen Thron.

Der Sohn fiel ihnen 1936 wieder ein, als die ersten Meldungen über Hitlers Griff nach Österreich in den Zeitungen standen. Einer der beiden, wohl eher Bosiljka, wird schon daran gedacht haben, dass es sich angesichts der familiären Beziehungen geradezu aufdrängte, die drei von Graz nach Zagreb zu holen und in der Zelengajer Villa unterzubringen. Im Keller war eine geräumige Wohnung, zugegeben etwas feucht, aber vermutlich nur deshalb, weil sie die ganze Zeit leer stand, in der hätten Tante Rosa, Dorothea und ihr Sohn bequem und problemlos Platz gefunden. Dorothea wäre, entsprechend instruiert, vor allem während des Herrn Stinčićs Mittagsruhe leise gewesen und hätte sich dem Garten ferngehalten, stellte also keine Gefahr für die Rosenstöcke dar, die Bosa Kamauf seit Jahren hegte und pflegte. Aber wie den Leuten erklären, woher die neuen Kellerbewohner kamen? Ihnen auf die Nase binden, dass es Juden waren, oder das besser verschweigen? War es wirklich ein guter Zeitpunkt, herauszuposaunen, dass Bosas leibliche Tante Jüdin und die selige Madam Elene Levy Kamauf, ihre Frau Mutter, Halbjüdin war? All das war für Herrn Stinčić kein Problem, er war ein Mann von Welt, war schon mit vielen jüdischen Musikern aufgetreten, und der verstorbene Herr Stein-Baruch, Maksimilijans Impresario in dessen besten Tagen, also vor dem ganzen Unglück mit der Geburt und dem plötzlichen Tod des Sohnes, war ebenfalls Jude gewesen und noch dazu streng religiös, am Sabbat hatte er alle viere von sich gestreckt, weswegen Maks freitagabends keine Konzerte gab, nur: Sollte man das gerade jetzt öffentlich machen? Die Leute könnten es als Provokation verstehen, als politische Parteinahme, wenn Bosiljka ausgerechnet jetzt, wo Europa in den Geburtswehen einer neuen Ordnung lag, in der auch die Kroaten einen Platz haben würden, dem Musikrat kundtat, dass sie wegen ihrer jüdischen Mutter das Haus einigen österreichischen Juden öffnete.

Und das war noch nicht alles. Inwieweit konnten Maksimilijan und Bosiljka auf Joschkas Diskretion zählen? Die Alte würde schon im eigenen Interesse die Klappe halten, Tante Rosa wusste, was ihr in Graz blühte, wenn sie die Stinčićs nicht großherzig retteten, aber wenn die geistig behinderte Dorothea die Wahrheit über Joschka Herzls Herkunft ausplauderte? Wer würde einer schwachsinnigen Weibsperson Glauben schenken? Wenn sonst nichts, das würden die Leute für bare Münze nehmen. Sie bräuchten nur die Gruft unter den Arkaden öffnen und wüssten dann, dass der weiße Kindersarg leer ist oder vielmehr ein halb mit Erde gefüllter Sack drin liegt, nicht hingegen Josip Stinčić, um den Papa Maksimilijan und Mama Bosiljka ewig trauern und inbrünstig zum Lieben Gott und der Jungfrau Maria beten, dass ihr einziger Sohn unter den Engeln weilt. Was die Wahrscheinlichkeit, dass der Wahrheit entspricht, was die Schwachsinnige erzählt, doch sehr erhöht.

In demselben Augenblick würden die Zagreber anfangen, im Zerrspiegel eines herumgeschobenen Judenbengels, der sich zwanghaft mit der Zungenspitze die Nasenspitze leckt, die Gesichtszüge zweier berühmter Musiker wiederzuerkennen. Es hätte das Ende von Maksimilijan Stinčić und Bosiljka Kamauf Stinčić bedeutet, es wäre sozialer und künstlerischer Selbstmord gewesen, ohne dass sie das Geringste dafür könnten. Die Kroaten sind ein kleines Volk, wie ein Strohhalm im Sturm, ohne Einfluss auf die europäische Geschichte, ohne Schuld an dem Unrecht, das dem großen, berühmten deutschen Volk infolge des Friedensvertrages von 1918 angetan wurde, ohnmächtig gegenüber dem berechtigten deutschen Zorn und gegenüber der jüdischen Verantwortung für den Friedensvertrag, und noch weniger als das kleine kroatische Volk sind zwei kroatische Künstler, ja mehr noch: Musiker in der Lage, die Verantwortung für historische Zwangsläufigkeiten zu schultern und in ihrem Keller eine jüdische Familie unterzubringen.

Nach dem 12. März 1938, nach dem Einmarsch deutscher Truppen auf österreichisches Hoheitsgebiet und mit der Aufhebung der Grenze zwischen beiden Ländern, die dieselbe Sprache – Deutsch – sprachen, fielen Maksimilijan Stinčić und seine Frau in eine Art religiöser Ekstase. Zunächst mochte es scheinen, es handele sich um den seelischen Ausnahmezustand infolge des vorzeitig ausgebrochenen Frühlings, den die dilettierenden Medizinratgeber in den einschlägigen Rubriken von *Jutarnji List, Obzor* und *Svijet* Nervenneurose nannten, die Anfang April, im Lauf des Mai oder spätestens bis Ende Juni wieder abklingen würde, Monaten, in deren Schönheit sich Zagreb im todkranken Königreich Jugoslawien kulturell wie zivilisatorisch als mitteleuropäische Metropole von den lederhäutigen Pflaumenbauern in Šumadija und den Balkanbergen leuchtend abhob.

Die Ekstase klang jedoch nicht ab, im Frühjahr nicht, im Sommer nicht, und selbst im Herbst und Winter des letzten Jahres, in dem in Europa noch Frieden herrschte, bestellten die Stinčićs in sämtlichen Kirchen der Stadtmitte eine Totenmesse nach der anderen, knieten nachmittags und abends am Grab ihres Sohnes in Mirogoj, unfähig, die Welle der Trauer zu überwinden, die sie unverhofft Anfang des Frühjahrs erfasst hatte und die unter aufrichtiger Anteilnahme von den Damen der Gesellschaft wie alles, was für sie in der Stadt von Belang war, bei Theater- und Musikmatineen durchgehechelt wurde. Es kommt ja vor, dass Eltern den Tod eines Kindes jahrelang nicht verwinden und nicht begreifen können, was ihnen widerfahren ist. Der erlittene Verlust übersteigt alles, was man begreifen und ertragen kann. Was das Vorstellungsvermögen sprengt, ist unerträglich.

So philosophierten die Damen der Zagreber Gesellschaft, aufgeschreckt vom allabendlichen Anblick der Eltern in Mirogoj vor des Sohnes Grab, die Gott unter Tränen anflehten, welche sich in Pfützen um ihre Knie sammelten, den in Brač abgebauten Marmor nässten und die ausgetrocknete, mit ungezählten Toten übersättigte Friedhofserde in Matsch verwandelten. Bis zum Frühjahr 1938 mochte noch eine gewisse Hoffnung bestanden haben, dass der erste große kroatische Pianist Maksimilijan Stinčić, dessen Karriere aus in der Öffentlichkeit kaum bekannten Gründen so plötzlich abbrach, auf die Bühne zurückkehren könnte – nach dieser Phase der Verzweiflung und Trauer war Zagreb klar, dass es mit seinem Klavierspiel vorbei war und Stinčićs Körper den Künstler in ihm überlebt hatte.

Nach dem Anschluss und der Deportation von Tante Rosa und der großen Dorothea meldeten sich die Eltern nicht mehr bei Joschka Herzl. Die Briefe aus Zagreb, die im monatlichen Rhythmus eingetroffen waren, versiegten, die Boten mit Paketen und Geldanweisungen blieben aus, es wurden keine Sendungen mehr im Café Emmanuel, dessen Inhaber aus Kustošija bei Zagreb kam, hinterlegt. Einmal gelang es ihm, die Post zu betreten, obwohl der Zutritt Juden verboten war, und der Schalterbeamte ließ sich dazu herab, für ihn die Zagreber Nummer 4739 zu wählen, obwohl Juden Telefonieren verboten war, aber als sich Mama Bosiljka am anderen Ende der Leitung meldete, antwortete sie auf alles, was er zu sagen versuchte: Hallo, hallo, hier Zagreb, ich höre nichts, Sie haben sich verwählt …

Aber auch wenn sie zugehört hätte, wenn sie mit ihm gesprochen hätte, Joschka Herzl hätte nicht gewusst, was er ihr sagen sollte oder von ihr gewollt hätte. Tagelang war er ums Postamt geschlichen und hatte auf eine Gelegenheit gelauert, hineinzuschlüpfen und eine gute Seele um diesen einen Fernruf zu bitten, aber er hatte dabei Vater Maks im Sinn gehabt, ihn, den berühmten Pianisten, der schon für Generalfeldmarschall Paul von Hindenburg gespielt hatte, was in Joschkas früher Kindheit eine gerahmte Fotografie auf dem Kaminsims in der Villa in der Zelengaj bezeugte, wollte er bitten, sich bei den deutschen Behörden für die Freilassung von Tante Rosa und der großen

Dorothea einzusetzen, es konnte sich nur um ein Versehen handeln, die beiden hatten nie jemandem etwas zuleide getan, aber als er den Hörer in der Hand hielt, wurde ihm bewusst, wie sinnlos der Versuch war, weder würde Papa Maks etwas für die beiden tun, noch würden die Deutschen auf Papa Maks hören, selbst wenn er sich erweichen und in seiner hartherzigen Musikerseele menschliche Regungen zuließe.

Während er in den Hörer brüllte und Mama Bosiljka sich taub stellte, fühlte sich Joschka Herzl zum ersten Mal schuldig. Er, nicht die ss, nicht Hitler, trug die Schuld am Tod der Menschen, die ihm am nächsten standen: Schwesterchen Dorothea und Tante Rosa. Er war schuld, weil er keinen Ton halten konnte und unmusikalisch war, denn hätte er einen Funken musikalischer Begabung gehabt, wäre seine Seele für diese größte aller Künste empfänglich gewesen und er heute kein Jude, sondern gläubiger Katholik und Pianist wie Papa Maks und hätte Tante Rosa und die große Dorothea seinerseits retten können. Seine Schuld nahm ihren Ausgang von seinem Unvermögen zu singen, aber ob die Musik Joschkas Seele wohl ebenso verhärtet hätte wie die Seele seines Vaters, ob er wie sein Papa Maks tatenlos zugesehen hätte, dass die ss sie abführt? Er versuchte darüber nachzudenken, um seine Schuldgefühle zu lindern, vergeblich.

In dem Augenblick, als er begriff, dass er und nicht Hitler schuld war, dass er überlebt hatte und alle anderen tot waren, in dem Augenblick wurde Joschka Herzl im existenziellen Sinn Jude.

In den letzten Augusttagen des Jahres 1954 war das Laub der Parkbäume im Zrinjevac wenige Schritte von dem Zug entfernt, der mit Rudolf Stubler seit Stunden im Hauptbahnhof stand, noch grün und Joschka Herzls Geschichte, in der unvermittelt das Gefühl aufblitzte, die Juden seien an ihrem Untergang selbst schuld, dem europäischen Empfinden und der Kultur des Kontinents sehr neu. Erst lange nach Rudis Tod im Dezember 1976, erst Jahrzehnte später wird sie trivial und unerzählbar, weil jüdische Komplexe, jüdischer Selbsthass und die Schuldgefühle von Holocaust-Überlebenden in öffentlichen Medien und Büchern breitgetreten wurden.

Aber das betrifft uns nicht, denn wir werden dann nicht mehr sein, keiner mehr da, der Rudis Geschichte wieder und wieder erzählt, keiner, der ihm zuhört, kein Stubler mehr, der sich daran orientiert wie an einem Wegweiser, den er kurz vor dem sicher geglaubten Tod durch Erfrieren im Nebel auf einer Jahorina-Skipiste entdeckt.

Mit der Erkenntnis seiner Schuld erreichte Joschka Herzl beim Jonglieren mit Zündhölzern Vollkommenheit. Mit offenen oder geschlossenen Augen schnippte er Streichhölzer oder Miniaturfackeln in die Höhe und fing sie wieder auf, solange er wollte oder bis sie abgebrannt waren. Weder Weltliches noch Seelisches drängte sich zwischen ihn und die Streichhölzer, die auf seinen Fingerkuppen landeten und wieder in die Luft flogen, weder Erdanziehung noch Versagensängste, auch nicht das Bewusstsein, dass er der erste und womöglich letzte Mensch war, der das Jonglieren mit Streichhölzern beherrschte. Denn seit es die Menschheit und Schuldgefühle überhaupt gibt, hatte sich noch niemand so schuldig gefühlt wie er, Joschka Herzl, sich schuldig fühlte am Tod seiner Tante Rosa, der großen Schwester Dorothea und aller Grazer Juden, die mit demselben Transport ins Todeslager kamen. Joschka war schuld, weil er sie alle überlebte, und eine größere Schuld kann es nicht geben. Hätte er darüber nachgedacht, er wäre daran irre geworden. Also dachte er nicht nach, und ein Jongleur, der nicht denkt, hat Vollkommenheit erreicht.

Am Freitag, dem 1. September 1939, dem Tag, als die deutsche Wehrmacht die polnische Grenze überrollte und nach späteren Erkenntnissen und den Schulbüchern der Zweite Weltkrieg begann, gab Maksimilijan Stinčić, der berühmte kroatische und europäische Pianist, der sich längst von den großen Bühnen zurückgezogen hatte, zum Gedenken an den nie verwundenen Tod seines einzigen Sohnes Josip in Mirogoj ein Konzert unter den Arkaden am Grabmal seines Vaters, des Komponisten und Organisten Antun Svetolik Stinčić.

Tags zuvor wurde der Stutzflügel aus dem Musikinstitut mit einem Lastwagen herbeigeschafft, vom Tor bis zur Gruft von fünf kräftigen Serben aus der Lika, Tagelöhnern, die am Rangierbahnhof auf Arbeitsangebote warteten, getragen und bis zum Konzert um fünf Uhr nachmittags von drei der Studenten Frau Professor Bosa Kamaufs bewacht: Irfan Ibrahimkadić aus Banja Luka sowie den beiden Zagrebern Josip Pepi Mrak und Đorđe Steiner.

Abends zog es sich plötzlich zu, über dem Sljeme türmten sich gewaltige schwarzgraue Wolken auf, die ersten Blitze zuckten über dem Hausberg Zagrebs, der Regen konnte nicht mehr lange auf sich warten lassen. Das Ereignis ist in Irfan Ibrahimkadićs *Erinnerungen eines Musikanten*, erschienen bei der Verlagsbuchhandlung der Kroatischen Revue, München/Barcelona 1981, hervorragend beschrieben. Joschka Herzl schilderte den Auftritt Rudolf Stubler 1954 nur in groben Zügen, er hatte seine Informationen aus zweiter Hand vom Hörensagen und einem in die Ausgabe des *Obzor* vom 1. September 1939 eingeschlagenen Buch, das lieh ihm ein Freund, der als Setzer beim *Vjesnik* arbeitete, aber in unserem Lamento über eine Reise Rudolf Stublers erliegen wir der Versuchung, aus den *Erinnerungen eines Musikanten* Details über Maksimilijan Stinčićs Auftritt als Pianist einzuflechten, auch wenn wir es lasen, als Rudi und wahrscheinlich auch Joschka Herzl schon nicht mehr lebten.

Erzählen wir also vom Vorabend und der Nacht vom 30. August auf den 1. September 1939, wie sie Ibrahimkadić in dem langen, inspirierenden Kapitel »Konzert für Regen und Klavier« beschrieb.

Als die ersten dicken Tropfen auf den schwarzen Lack klatschten, sauste Pepi Mrak, der jüngste und agilste des Trios, zu den Villen vor dem Friedhof und bat um Wachstuch oder sonst etwas, womit sie den Stutzflügel abdecken konnten.

Oberst Simović, stellvertretender Stadtkommandant und Serbe aus Belgrad (was Ibrahimkadić erwähnt, um seine Vorurteilslosigkeit zu demonstrieren, sein Europäertum trotz kroatischer Herkunft), stellte ihnen liebenswürdigerweise zwei Zeltplanen, Teil der Kriegsausrüstung jedes Offiziers, zur Verfügung.

Sie deckten das Klavier ab, wussten aber nur zu gut, dass die Planen bei einem richtigen Sommergewitter wenig ausrichten konnten. Pepi Mrak wollte im Musikinstitut Hilfe holen, traf dort aber keinen an, klopfte ebenso vergeblich beim Dirigenten Boris Papandopulo und rannte schließlich in seiner Verzweiflung zur Zelengaj. Bei Stinčićs wurde ihm endlich geöffnet, Frau Professor Bosa Kamauf (wie sie ihre Studenten nannten, Irfan Ibrahimkadić nennt sie mehrfach so, nie mit ihrem vollen Vor- und Zunamen) beruhigte den jungen Mann, der den Tränen nahe war: Das Trio treffe keinerlei Schuld, sollte ein Sturzregen den Stutzflügel ruinieren. Ja, der war kostbar, eine Privatspende von Prinz Pavle ans Musikinstitut, ja, das Geld werde nicht so bald für ein neues Instrument reichen, höchstens für ein Pianino, aber was auch geschehe, Freiwillige, die über Nacht ein Instrument auf dem Friedhof bewachten, könnten nie und nimmer für meteorologische Misslichkeiten verantwortlich sein.

Allerdings wurde sie nun ihrerseits panisch.

Maksimilijan Stinčić war nicht zu Hause, hockte wahrscheinlich mit seinen Kumpanen in einer Kneipe, trank Schnaps, futterte gebratenen Speck mit rohen Zwiebeln und bekam die Wetterkapriolen wohl nicht einmal mit. Selbst wenn ihn der Gedanke an wahrscheinliche Niederschläge gestreift haben sollte, hat er bestimmt nicht mehr an den Stutzflügel in Mirogoj gedacht.

Während Pepi Mrak durch die Stadt hetzte und Ibrahimkadić und Steiner auf ihn und Hilfe warteten, wurde es finster. Ringsum Wetterleuchten, über Turopolje, dem Ackerland jenseits der Save, krachten Donner, überall schüttete es wie aus Eimern, nur über dem Klavier und dem Friedhof nicht.

Es passiert heute manchmal auch, dass es in Neu-Zagreb, Dubrava und Črnomerc pladdert und am Jelačić-Platz kein Tropfen herunterkommt, aber es fällt keinem auf, man achtet nicht darauf, wenn man ein Dach über dem Kopf oder einen Regenschirm zur Hand hat. Aber wenn ein Flügel ungeschützt unter freiem Himmel steht oder Dachziegel ausgewechselt werden sollen, dann preist man es als Wunder, in der Erinnerung wird es zur Riesensache, füllt fünfzig Seiten unter der Überschrift »Konzert für Regen und Klavier«, wächst sich zum Prosastück eines mediokren kroatischen Musikers aus, dessen Karriere sich auf Nachtclubs in Buenos Aires und die Feierlichkeiten zum 10. April beschränkte. Ibrahimkadić wurde im Krieg ein überzeugter Ustascha, übernahm hohe Ämter in deren Jugendorganisation und Ende 1944 als Offizier eine Aufgabe in Jasenovac, deretwegen ihn Belgrad ab 1946 steckbrieflich als Kriegsverbrecher suchen lässt, aber wenn man seine Erinnerungen liest, hat er nichts so intensiv erlebt wie die Nacht vom 30. August auf den 1. September 1939, in der er mit zwei Kommilitonen den Stutzflügel bewachte, auf dem Maksimilijan Stinčić für seinen einzigen Sohn ein Konzert geben sollte. Alles andere ist verlogen, er hat sich von Lug und Trug ernährt, dieser auf den Hund gekommene Musiker, ein mäßig begabter Pianist, seine *Erinnerungen eines Musikanten* sind von vorn bis hinten gelogen und im Wesentlichen ein Lamento über den Untergang seiner Generation und die kommunistischen Verbrechen am kroatischen Volk, alles, außer diesem unglaublichen »Konzert für Regen und Klavier«: Das ist tief empfunden, glänzend geschrieben und ein Paradebeispiel für das Paradox jedes Möchtegernschriftstellers: Ein einziges Mal schrieb er über etwas, was ihn wirklich berührte, und nie wieder.

Ibrahimkadić hatte wie die anderen beiden Schiss, vom Konservatorium zu fliegen und im Königreich Jugoslawien nirgends mehr angenommen zu werden, wenn der Stutzflügel nass würde. Diese Angst, diese Kinderangst, motivierte ihn zu einer Prosa, deren Größe und Kraft ihm nicht bewusst gewesen sein kann. Und es gibt keine Schnittmenge: Was er erzählt, wird Rudi in dem Zug, der stundenlang im Hauptbahnhof steht, nicht erfahren, weil Joschka Herzl davon weder damals noch später wusste. Und was Joschka Herzl erzählte, gehört nur dem Jongleur mit den Zündhölzern.

Zwei Seiten einer Medaille, die vollständige Geschichte wurde, soweit wir wissen, nie zuvor erzählt.

Irfan Ibrahimkadić wusste nicht und sollte zeitlebens nicht erfahren, dass in dem zweiten, dem kleinen Kindersarg drunten beim alten Organisten und Kirchenmusiker Antun Svetolik Stinčić ein Sack Gartenerde von der Villa an der Zelengaj und nicht der Leichnam des einzigen, schmerzlich vermissten Sohnes lag. Maksimilijan Stinčić wollte für einen leeren Sarg und einen Sack Erde spielen, dafür setzte er das kostbare Instrument schutzlos den Elementen aus.

Ob es im Leben und der Seele Irfan Ibrahimkadićs wohl etwas geändert hätte, hätte er gewusst, was Joschka Herzl wusste? Oder hätte er Erfahrungen und Einsichten eines Juden weit von sich gewiesen?

In dieser Nacht, in der deutsche Panzer ein paar Kilometer weit nach Polen hineinrollten, bevor Radio London am frühen Morgen darüber berichtete, guckten sich drei Klavierschüler des Zagreber Konservatoriums die Augen aus dem Kopf, entdeckten im düsteren Himmel über Zagreb aber keinen einzigen Stern. Bis zum Morgengrauen blieb es wolkenverhangen, jederzeit konnte ein Sturzregen losbrechen, Wetterleuchten, fernes Donnergrollen, ab und an zwei, drei fette Tropfen, wie um ihnen einen ordentlichen Schreck einzujagen und sie wachzuhalten, mit dem Hellwerden klarte es dann auf, ein strahlender Tag brach an, als hätte einer mit dem Fensterleder die beschlagene Scheibe freigewischt. Wo die Wolken hingezogen waren, wo sie sich abgeregnet hatten, war den Dreien ein Rätsel. Sie nahmen die Zeltplanen herunter, legten sie zusammen, nur um sie gleich wieder zu entfalten und den Flügel gegen die Sonne zu schützen.

Ihre Angst vor einem Schauer, ihre Gespräche in dieser langen Nacht, Đorđe Steiners vertrauliches Eingeständnis, er habe sein Studium in Salzburg abgebrochen (wegen jüdischer Vorfahren), die Reden über Heldentum und Tod, gegen vier Uhr morgens geschwungen, lang nach dem ersten Hahnenschrei, für wen und was sie ihr junges Leben einzusetzen bereit waren, für Ideale, Vater, Mutter, Tochter, Freund?, Josip Pepi Mrak wäre für die Kunst, Irfan Ibrahimkadić für die nationale Freiheit gestorben, und Đorđe Steiner fiel nichts ein, wofür sich zu sterben lohnte, all das ist im »Konzert für Regen und Klavier« nachzulesen.

Đorđe Steiner fürchtete um sein Leben, und wer Angst hat, dem fallen keine Ideale ein, die größer sein könnten als die Angst.

Ibrahimkadić schreibt, erstaunlicherweise mit der korrekten Formulierung, wenn auch ohne echte Anteilnahme, dass Steiner 1942 in Jasenovac hingerichtet wurde. Steiner war ein begabter Pianist, sicher der begabteste der drei, kein Kommunist, er interessierte sich ausschließlich für Musik. Emanuel Saks beschrieb Steiners Konzerte – der als junger Solist mehrfach im Musikinstitut auftrat, für eine Tournee in Osijek, Novi Sad, Sarajevo und Belgrad ein Programm mit Chopin-Stücken zusammenstellte und auch bei seinem letzten Auftritt am 3. April 1941 Chopin spielte – ausführlich in der Begründung zu seinem – abgelehnten – Antrag an die Stadt Zagreb, eine Straße nach Steiner zu benennen. Immerhin liegt der Text, sechzehn doppelzeilige Schreibmaschinenseiten mit der einzigen erhaltenen Biografie Steiners, noch im Kroatischen Staatsarchiv: Nicht nur der Pianist, die ganze Familie wurde in Jasenovac und Auschwitz ermordet. Keiner hat überlebt. Đorđe Steiners Angst war berechtigt, seine Vernichtung total.

Der Krieg hat Pepi Mrak vom Musikstudium abgebracht. Wenn nicht der Krieg, wäre es etwas anderes gewesen. Freundlich, lieb und diensteifrig, doch bar jeder schöpferischen oder geistigen Vorstellungskraft, ohne die es keine Kunst gibt, auch keine reproduktive, war Pepi ein lustiger Kerl und eher schlicht gestrickt. Wer ihn auf der Akademie oder während er sich im Zagreber Umland vor der Einberufung zur Ustascha versteckte, nur um 1944 mehr durch Zufall denn durch eigenen Entschluss bei den Partisanen zu landen, dachte an seine Witze oder witzelte seinerseits über Pepis unpassenden Nachnamen – Mrak, Finsternis, Dunkelheit, Nacht. Und wirklich, in Josip Pepi Mraks sonnigem Gemüt gab es nichts Düsteres, kein Fünkchen Melancholie, kein Moll, keine schlechte Laune, nichts, was Kontraste und Kontext hätte erzeugen können. Ein Pianist dieses Temperaments und Naturells könnte im Zirkus auftreten, fahrradfahrende Hunde oder Elefanten begleiten, die auf Bällen laufen, aber wohin mit ihm, wenn wir nun mal keinen Zirkus haben?!, sagte einer seiner ehemaligen Lehrer mal über Pepi.

Mit den Partisanen zog er ins frisch befreite Belgrad ein, kam beim Agitprop unter, wurde an der Gründung der Presseagentur Tanjug beteiligt, dann Mitarbeiter im Feuilleton der *Borba* und verschwand zuletzt in der Versenkung. Selbst in der optimistischen Atmosphäre des Agitprop wirkte Pepis monolithische Heiterkeit leicht übertrieben. Andere Rechtgläubige wie Radovan Zogović umgab durchaus etwas Schwermütiges: Es schlägt aufs Gemüt, wenn man allezeit bis in den Schlaf hinein an etwas glauben und andere von diesem Glauben überzeugen soll. Pepi Mrak jedoch war so flatterhaft-fröhlich wie ein Schmetterling und dürfte den Menschen in seiner Umgebung auf die Nerven gegangen sein oder sie demotiviert haben. Statt Schwung und Begeisterung weckte sein Naturell das Gegenteil.

Also wurde er zur Staatssicherheit versetzt. Das ließ sich fünfzig Jahre später aus Aussagen ehemaliger Häftlinge und Lagerinsassen rekonstruieren. Josip Mrak arbeitete in Belgrad, in der gefürchteten Petrinjska in Zagreb, auf Goli Otok, in Sarajevo und Tuzla; zum Schluss, Mitte der achtziger Jahre, verhörte er in Priština kosovarische Kontrarevolutionäre, albanische Separatisten und Terroristen. 1987 kehrte er als Rentner nach Zagreb zurück; bei Samobor besaß er ein Haus mit einem großen Garten, er ließ sich aus aller Welt Rosenstöcke kommen und kümmerte sich liebevoll um sie. Beinah achtzigjährig veröffentlichte er 1997 in einer Edition der *Matica Hrvatska* das *Rosenlexikon* mit siebenhundertfünfzig Einträgen und ebenso vielen Rosensorten. Alle, außer einer burmesischen und sieben nordkoreanischen, hat er im eigenen Garten für sein Lexikon fotografiert. Bei der offiziellen Vorstellung am 10. April 1997 im Kroatischen Pressehaus waren Staatspräsident Tuđman, Verteidigungsminister Šušak, die Schriftsteller Šegedin und Majstorović zugegen und der alte Herr so gerührt, dass er nicht sprechen konnte. Die Tränen liefen ihm nur so über die Wangen.

Anfang 2011 verschied der hochbetagte kroatische Florist, einer der besten Rosenkenner der Welt, Verfasser des *Rosenlexikons*, das in siebzehn Sprachen übersetzt wurde. Josip Mrak wurde in Mirogoj kremiert und beigesetzt, viele begleiteten ihn auf seinem letzten Gang, Präsident, Premier und Kultusminister schickten Beileidstelegramme, aber wohin sie diese adressierten, wer sie entgegennahm und las, bleibt ungeklärt, denn Pepi Mrak war Junggeselle und der einzige engere Verwandte, sein Zwillingsbruder Stjepan, bereits Anfang der fünfziger Jahre im kanadischen Exil gestorben.

Das heitere Naturell und die Leichtigkeit Josip Mraks wären toller Stoff für einen kroatischen Gesellschaftsroman, der wie so viele Romane, die wir gelegentlich erwähnen, leider nie geschrieben werden wird, doch genug davon. Wir haben uns ohnehin mächtig weit von der Geschichte entfernt, die von Rudolf Stublers Reise nach Berlin und der Begegnung mit Zündholzjongleur Joschka Herzl handelt, während der Zug im Spätsommer 1954 im Zagreber Hauptbahnhof wartete.

Nur können wir schlecht den dritten und bekanntesten der drei Studenten übergehen, die in der Nacht vom 30. August auf den 1. September 1939 den Stutzflügel für Maksimilijan Stinčićs geplantes Konzert bewachten. Wenn wir schon, obwohl Rudi und Joschka davon keine Kenntnis hatten, die Lebensgeschichte der beiden anderen erzählt haben, dann müssen wir auch über den Dritten und Bekanntesten berichten.

Irfan Ibrahimkadić starb Anfang 1990 während einer Blinddarmoperation, bei der es zu Komplikationen kam, und erlebte die Gründung des von ihm heiß ersehnten selbständigen, unabhängigen kroatischen Staates nicht mehr, für den er sich unermüdlich eingesetzt hatte, seit er im Gefolge des Führers Zagreb im Frühjahr 1945 verließ. Andere waren es irgendwann leid, sie haben resigniert, aufgegeben, angefangen zu saufen, den Verstand verloren, er blieb dabei, glaubte und betete zu Allah für Kroatien, wie das der Wissenschaftler Dalibor Brozović in einem offenen Brief an die Familie anlässlich Irfans Tod formulierte. Das ursprüngliche Interesse an Irfans Biografie und seinem literarischen Werk ließ allerdings während des Krieges zwischen Muslimen und Kroaten in Bosnien-Herzegowina rapide nach. Eine Ausnahme bildete der Literaturhistoriker und Essayist Branimir Donat, der im Frühjahr 1993 Irfan Ibrahimkadićs Memoiren unter dem Titel *Mirogojer Nacht* für den Druck vorbereitete und im Verlag der Matica Hrvatska ablieferte. Das Manuskript enthält unter anderem das »Konzert für Regen und Klavier« als einziges literarisch wertvolles Kapitel, plus einen längeren Block mit Tagebucheinträgen vom Mai/ Juni 1945. Das Buch erschien allerdings nicht, auch 1995 nicht, als die Beziehungen zu den bosnischen Muslimen längst geklärt waren. Über die Gründe kann man nur mutmaßen, der Verlag existiert nicht mehr, Branimir Donat weilt auch nicht mehr unter den Lebenden, also bleibt die Geschichte der *Mirogojer Nacht* unerzählt. Nur dass Donat 2005 in seinem eigenen Verlagshaus Dora Krupićeva das »Konzert für Regen und Klavier« veröffentlichte. Auf das Tagebuch hat er verzichtet, wahrscheinlich aus Geldmangel.

Allmählich kommen wir zurück in das Abteil, in dem Joschka Rudi immer noch seine Lebensgeschichte erzählt.

Vorher erzählen wir noch der Vollständigkeit halber, wie es

am Freitag, dem 1. September 1939, in Zagreb auf dem Mirogoj weiterging, während ganz Europa unter den Stiefeln deutscher Soldaten erzitterte, die durch Polen marschierten.

Der Himmel hatte aufgeklart, kein Wölkchen weit und breit, vom Sljeme her ein laues Lüftchen, ein leichter Sommerwind, der die Ausdünstungen welker Blumen, von verbrannten Dochten, Wachs und Stearin wegblies und so die angenehmste Seite des schönsten, repräsentativsten aller Zagreber Friedhöfe hervorkehrte, auf dem die Verstorbenen, nicht anders als zu Lebzeiten, getrennte Wege gingen, Arm sich zu Arm und Reich zu Reich gesellte. Um die Gruft des kroatischen Organisten und Kirchenmusikers Antun Svetolika Stinčić haben sich im weiten Halbkreis einige Hundert Zuschauer niedergelassen, alles Gäste, die eine von Vater Maksimilijan und Mutter Bosiljka in der sehnsüchtigen Hoffnung, den unvergessenen Sohn im Angesicht des Herrn wiederzusehen, unterfertigte Einladung vorzeigen konnten und sich teils ungeniert auf Grabsteine setzten, um Maestro Maksimilijan Stinčić zu sehen und zu hören, während er, J. S. Bach, Mozart und Beethoven erklingen lassend, sein einziges Engelchen betrauerte.

Die Erwähnung, die der Vorfall in der Zagreber Kultur- oder vielmehr Alltagsgeschichte – das wäre die wohl angemessenere Bezeichnung für eine Geschichte des Zagreber Klatschs – findet, könnte von Sinn und Inhalt her kaum gegensätzlicher sein. Weder *Jutarnji List* noch *Obzor* besprachen das Konzert, sämtliche Musikkritiker schwiegen sich darüber aus, keine spätere Überblicksdarstellung der kroatischen Musikgeschichte erwähnt den – rückblickend gesagt – letzten Auftritt Maksimilijan Stinčićs, trotz der langen Aufführungspraxis des Pianisten und obwohl sich keine europäische Musikgeschichte, die etwas auf sich hält, derart aus dem Rahmen fallende Ereignisse entgehen lässt. Der Grund liegt nahe: Maksimilijan Stinčić, dem dicke Tränen über die Wangen auf die Tasten rannen, über die seine Finger virtuos strichen, spielte unerträglich schlecht. So schlecht, dass jeder Ohrenzeuge den Auftritt möglichst schnell vergaß: ein Schlag ins Gesicht der Gäste, die der liebenswürdigen Einladung gefolgt waren, von allen, die je Stinčićs großes Talent gepriesen hatten. Schließlich wurde er in einem Atemzug mit den unbestritten größten Kroaten genannt, Ivan Meštrović, Krleža, Maestro Matačić, sein Name stand wie der der anderen Großen für die kulturelle und nationale Eigenständigkeit des Landes, eine vernichtende Kritik hätte als Zersetzung dessen gegolten, was uns eint und die Heimat liebenswert macht.

Miroslav Krleža äußerte sich am Rande zu dem Konzert, in Gesprächen mit Čengić und zwei, drei Tagebucheinträgen (Ah, das delikate Klavierspiel eines Maksimilijan Maksim Maks Stinčić auf dem Mirogoj, es hat so viel künstlerische Wahrheit wie von Ribbentrops Begründung für den Überfall auf Polen), war aber selbst nicht dabei. Selbst wenn man ihn eingeladen hätte, wäre er einer derartigen Einladung niemals gefolgt, obwohl, Hand aufs Herz, neugierig war er schon. Bosa Kamauf und Maksim Stinčić sind schließlich Figuren aus seinen Theaterstücken und Prosawerken, er kannte sie, sie haben ihn den letzten Nerv gekostet, jenseits der Fiktion und außerhalb des Theaters ging er ihnen aus dem Weg. Oder vielmehr: Sie gingen ihm aus dem Weg. Denn Zagreb war, bevor Marschall Tito und die rachsüchtigen serbischen Partisanenverbände die Stadt von Osten her überrannten, eher die Stadt von Bosa Kamauf und Maksmilijan Stinčić, die Stadt einer menopausierenden Fachfrau für Fingersatz und Solfeggio, einer Musikkennerin, die von Musik ungefähr so viel verstand wie Lieschen Müller vom krummen Dödel, und ihrem Bis-der-Tod-uns-scheidet-Gatten, dem kroatischen Pianistengenie, und nicht so sehr die Stadt eines Krleža. Ohne serbische Geschütze – egal, ob kommunistische oder royalistische – wäre ein Miroslav Krleža in Kroatien nie zum unangefochtenen Kulturheros geworden. Die Kroaten empfanden Krleža, wenn wir ehrlich sind und die peinliche endemische Ustascha-Affinität nicht verleugnen, als serbischen Besatzungsschriftsteller, der lebende Beweis, wie sehr Kroatien gedemütigt worden war, der hätte nach Jasenovac, Jadovno oder in die Kirche von Glina gehört, und das änderte sich erst, als alle Kroaten, die seine Bücher verstanden, tot waren. Mit ihrem Aussterben stieg Krleža zum Nationalschriftsteller auf, der Brummbär der kroatischen Literatur, so authentisch wie Schokolade mit Puffreis, fluffig-trocken wie Schokolade mit Puffreis.

Rudi hat nie etwas von ihm gelesen, scheute ihn wie einen gestrengen Lehrer. Unbewusst spürte er das Gift, das Krleža für Zagreb bedeutete, auf das er von der Höhe eines bosnischen Provinzlers herabsah, der gut zehn Jahre in Graz und Wien studiert hat.

Krležas Kritiker und Kontrahent aus jungen Jahren hingegen, der Chronist, Feuilletonist und Erzliberale Josip Horvat, lauschte Stinčićs Klavierrezitation auf dem Mirogoj am 1. September 1939 persönlich, seine Beobachtungen allerdings schrieb er erst retrospektiv im Winter 1942/43 auf, während sich im Osten das Debakel bei Stalingrad anbahnte und im judenfreien Zagreb – Pavelić hatte die Stadt in der Zwischenzeit mit deutscher Unterstützung gesäubert – das große Verschwinden weiterging: Die Polizei holte unter Eugen Kvaternik, dem Sohn des Marschalls der kroatischen Streitkräfte Slavko Kvaternik, verstärkt Freimaurer und Kommunisten im Morgengrauen zum Verhör und Weitertransport nach Jasenovac ab. Horvat bereitete sich in seiner Angst, bald selbst an der Reihe zu sein, demütig und gefasst auf die Verhaftung vor, indem er monatelang obsessiv vorzugsweise die eigene Seele nach den Ursachen des Übels erforschte. Horvats Welt war damals eiförmig, deswegen hat auch sein posthum erschienenes Tagebuch *Überleben in Zagreb* die Form einer Ellipse. Mit einem Schuss Melancholie beschreibt er also 1942/43 recht humorig das Klavierkonzert auf dem Friedhof. Eingeladen war er auch nicht, obwohl er Maks Stinčić und Bosa Kamauf im Gegensatz zu Krleža nahestand. Eigentlich waren es die beiden, die seine Nähe einerseits suchten, weil ihnen der Sozial- und Kulturkritiker imponierte, der Biograf zahlreicher bedeutender Kroaten, ein erstklassiger

Journalist, dem jede Sensationsberichterstattung fernlag, und andererseits scheuten, ging doch das Gerücht, er sei Freimaurer, und ihnen grauste vor Freimaurern – sie glaubten Bischof Alojzija aufs Wort, Freimaurer seien die Vertreter des Teufels auf Erden, Feinde der Christenheit und der Kroaten (Ende der dreißiger Jahre, nach der kurzen Regierungszeit von Milan Stojadinović und dessen Versuchen, sich zum jugoslawischen Duce aufzuschwingen, wurden bekannte Personen gern als Freimaurer denunziert). Trotz Grausen lockte die beiden die Gelegenheit, einen Freimaurer kennenzulernen, ihm Auge in Auge gegenüberzustehen; erblickten sie ihn beim Konzert am Musikinstitut, wollten sie neben ihm sitzen, die Aura des Verbotenen versprach Abenteuer, womöglich konnte man sich den Freimaurervirus in Konzert- und Theatersälen oder beim Lesen von Büchern holen. Josip Horvat galt zudem als Liberaler, der angeblich den Engländern zuarbeitete, und die waren für Maks und Bosa eine höherstehende Rasse, der man höflich bis notfalls unterwürfig gegenübertreten müsse. Und es hat ja keiner gewusst, ob Deutschland den Krieg wirklich gewinnt, ob es auch alle künftigen Kriege gewinnt oder ob Albion das Ungeheuer am Ende niederringt, bei Ringkämpfen siegt ja auch nicht immer der Favorit. Der Krieg war für die beiden eine Art sportlicher Wettkampf, wenn auch recht blutig.

Trotzdem schickten sie Josip Horvat keine Einladung. Er selbst erzählt es ganz gelassen im entsprechenden Abschnitt von *Überleben in Zagreb*, es kam ihm gar nicht in den Sinn, dass er zu einem solchen Ereignis eingeladen gehörte, war sich weder seiner Rolle im kleinbürgerlichen Zagreb bewusst, noch konnte er sich mit den Augen von Bosa Kamauf und Maksimilijan Stinčić sehen. Und er wusste natürlich ein entscheidendes Detail nicht: Der Sarg war leer, in der weißen Holzkiste ein Sack Gartenerde, kein Sohn. Vielleicht trauten die Eltern Horvats Scharfsinn diese verheerende Entdeckung zu. (In der Tat, seinerzeit wäre in Zagreb außer Horvat und Krleža niemand auf die Idee verfallen, dass Stinčićs mit der Scheinbeerdigung des einzigen Sohnes das Schandmal seiner Unmusikalität vertuschten.)

Josip Horvat besuchte den Friedhof an diesem Tag, weil er Miroslav Albini, einem Freund, der Anfang der dreißiger Jahre nach Südamerika emigriert und Kaffeehändler geworden war, versprochen hatte, dessen Mutter zu ihrem Todestag Gladiolen aufs Grab zu legen und eine Kerze anzuzünden. Ob Albini das ernst gemeint hatte, konnte Horvat nicht einschätzen, er hatte es versprochen, ohne weiter nachzudenken und ohne die Absicht, sein Versprechen zu halten. Aber gleich im ersten Jahr fiel ihm der Freund am Morgen des 1. September ein, und so ging er nachmittags tatsächlich hin, im Jahr darauf dasselbe Spiel, und dann wurde es Horvats persönliches Ritual, das den Herbst einläutete. Deswegen also wurde er Zeuge des für Zagreb gesellschaftlich und kulturell bedeutenden Ereignisses.

Über die Missstimmung, die Stinčićs Spiel in ihm auslöste, schrieb er: Vielleicht war das Klavier durch den Transport verstimmt, vielleicht haben die Marmorgruften den Schall geschluckt, jedenfalls klang es grauenhaft, unheilschwanger und, das war das Schlimmste, lächerlich.

Horvat war zu anständig und beherrscht, als dass er gelacht hätte, aber vielleicht entwischte einigen der geladenen Gäste ein Kichern oder Prusten, sofern sie das Ohr hatten, Stinčićs Stümperei zu erkennen.

So, mit Kichern und Prusten, auf dem Friedhof, hat man in Zagreb den Ausbruch des Zweiten Weltkriegs aufgenommen.

Irfan Ibrahimkadić verlor in »Konzert für Regen und Klavier« kein Wort über das eigentliche Konzert und Stinčićs Kunstfertigkeit, sondern beschränkte sich auf folgenden Satz: Auf dem zertrampelten Gras, in Verwesungsgeruch und den Ausdünstungen der fetten Muttererde, erklang unter den Händen von Maestro Maksimilijan Stinčić unsere kroatische Tragödie, die kollektive wie die jedes Einzelnen. Wer will, kann die Worte als Verriss verstehen.

Joschka Herzl sagte nur zwei, drei dürre Sätze über das Konzert, mehr wusste er selbst nicht, aber das wenige enthielt das ganze Leid eines jungen Juden, und nur deswegen erzählte Rudolf Stubler die Geschichte bis an sein Ende in unzähligen Versionen wieder und wieder.

Dass zwei berühmte Zagreber Musiker sich von ihrem Kind lossagten, weil es unmusikalisch war, hätte höchstens eine Anekdote abgegeben, und dass sie es kurz vor Hitlers Judenpogrom zum Judentum verdammten, hätte auch noch nicht bis ans Lebensende gereicht. Wohl aber das Konzert an dem Tag, an dem der Zweite Weltkrieg begann.

Rudolf Stubler war, wie wir, bekräftigt von Episoden aus seinem Leben und den Erinnerungen anderer Stublers, bereits mehrfach erwähnten, ein gläubiger Mensch. Der Zufall (oder Gott) wollte es so: Die Stublers teilten sich in aufrichtige, tiefgläubige, letztlich also naive Katholiken und überzeugte Ungläubige. Das trübte in keiner Weise ihre Eintracht, über Gott konnte keine Zwietracht herrschen, für die einen war der Himmel eben blau und für die anderen leer.

Rudi gehörte also zu den Gläubigen und glaubte alles, was einem katholischen Kind beigebracht wird. Bis zuletzt. Es deckte seine geistlichen Bedürfnisse ab, enthob ihn der überflüssigen Angst vor dem Nichts und strahlte auf sein Leben, Wissen und Meinen aus: Bei aller Bildung und Rationalität, trotz seiner mathematischen Begabung urteilte er in historischen oder lebenspraktischen Fragen, seinem inneren Katechismus folgend, rein und naiv.

Unbewusst speicherte er daher in seinem Gehirn die Vorstellung ab, die Schrecken des Zweiten Weltkriegs seien aus Maksimilijan Stinčićs Betrug erwachsen, eine geradezu biblische Vorstellung: Das Vergehen eines Einzigen, sei er auch noch so klein im Angesicht der Ewigkeit, beschwört allgemeines Übel herauf, wenn das Vergehen alttestamentarische Ausmaße hat. Die ganze Welt musste dafür büßen, so empfand es Rudi, dass sich ein Vater seines lebendigen Sohnes mit einem Scheingrab entledigte und an diesem zu allem Überfluss vor geladenen Gästen Johann Sebastian Bach spielte.

Was blieb Gott anderes übrig, er musste der Menschheit ein großes Unglück schicken, damit sie Gut und Böse voneinander zu scheiden lernte.

Während des Kriegs lebte Maksimilijan Stinčić in Zagreb das stille, zurückgezogene Leben eines vorzeitig gealterten Mannes, er ging aus dem Leim, wie aus schlechtem Material gefertigt. Selten verließ er die Villa in der Zelengaj, saß stundenlang im Garten unter der uralten Kirsche, schaute den Kirschen beim Reifen zu, lauschte dem Gezwitscher, bestimmte danach Vogelart und Herkunft.

Ach, eine Judenmeise, die Ärmste, so ein hässlicher Ruf.

Die Amsel, der schwarze Vogel des Nordens, der Grieg unter den Vögeln.

Ein Spatz, ei, die Spatzen, Millionen Menschen sterben in diesem Krieg von der Normandie bis zur Beringsee, namen- und gesichtslos wie die Spatzen ...

So lauschte der einst berühmte Pianist Maksimilijan Stinčić den Vögeln und redete mit sich selbst, während seine Gattin, Frau Professor Bosiljka Kamauf Stinčić, am Zagreber Konservatorium, einmal im Monat auch in Salzburg und gelegentlich in Berlin, in Rom, sogar in Paris unterrichtete und junge begabte Menschen das Musikwissen lehrte, das im unterjochten, Krieg führenden Europa höchste Wertschätzung genoss, weshalb nach 1945 auf europäischen und amerikanischen Bühnen Virtuosen standen, in deren Spiel sich bösartige, mitleidlose, menschenverachtende Untertöne mischten, Jahrzehnte mussten vergehen bis zur ersten Interpretation der Werke Mozarts oder Bachs, in der die Tragik von Auschwitz und Treblinka mitschwang, viel Zeit wird verstreichen, bevor die ersten Konzertbesucher den Saal erschüttert verlassen, weil sie mit dem Unglück unseres Jahrhunderts konfrontiert werden.

Bosa Kamauf war keine böse Frau. Sie hätte niemals Juden angezeigt, die sich in der Nachbarschaft versteckten, lieber weggesehen. Mit einem anderen Mann hätte sie sich mit Josips Unmusikalität abgefunden. Wenn man es von ihr verlangt hätte, wäre sie eine Märtyrerin geworden, es hat halt keiner verlangt. Mit ihrem Musikunterricht verhält es sich auch so. Hätte Hitler 1921 eine Maß auf den Schädel bekommen, würde niemand in den Goldberg-Variationen den Widerhall einer niedergebrannten Welt oder in Chopin-Études Klagelieder aus dem Ghetto hören. Die Musik hätte ihre Unschuld behalten, und Frau Professor Bosiljka Kamauf Stinčić, die gefeierte, hoch geschätzte Kroatin, wäre so unschuldig wie die ganze Musikwelt und überhaupt alle Welt. Ihr verleugneter Sohn, der kleine Jude, lebte anonym in Graz und hätte niemals gelernt, mit Streichhölzern zu jonglieren. Seine Kunstfertigkeit entspringt einer Welt, in der die Musik moralisch versagte.

Diese Erkenntnis bringt Rudi von seiner ersten Auslandsreise nach dem Krieg zurück. Sie haut ihn dermaßen um, dass er die Geschichte wieder und wieder erzählt, jedem, der sie sich anhört, jedem, den er für würdig hält, eine Musikgeschichte zu hören.

Damals, in dem Zug, der immer noch stillstand und in dem, wie es schien, außer ihnen keiner saß, vor dem nur ein Bahnmitarbeiter von einem Ende zum anderen mit einem Hämmerchen die Räder abklopfte, während drinnen Polizisten in blaugrauen Uniformen hin- und herliefen und dabei die Stirn so tief furchten, als wären sie hinter einem richtig großen Tier her oder (wie Rudi anfallsweise befürchtete) als warteten sie nur, bis Joschka Herzl zu Ende erzählt hätte, um dann zu entscheiden, welchen von den beiden sie verhaften müssten, damals entnahm Rudi der Geschichte des Zündholzjongleurs, warum die Musik so banal geworden war, ihren Zauber verloren hatte und nur noch einzelne Noten zu hören waren. Mit Bedauern erinnerte er sich der letzten Konzerte vor dem Krieg, seiner Begeisterung, wenn mittelmäßige Pianisten, Studenten aus Belgrad und Zagreb, in Sarajever Kinos vor der Filmvorführung kurze Stücke, meist eingängige Werke von Mozart, Chopin oder Liszt, spielten. Sie hatten nicht immer den richtigen Ton getroffen, auf verstimmten Instrumenten manchmal die falsche Taste angeschlagen, das war damals, als er im reglos am Bahnsteig wartenden Zug saß, im Zagreber Musikinstitut oder im Sarajever Nationaltheater bei den Auftritten der großen jugoslawischen und ausländischen Pianisten ganz anders, aber früher hatten sie mit Überzeugung und Verve gespielt, sie hatten gespielt, bevor Menschen in Krematorien, Karsthöhlen und von Soldaten ausgehobenen Gruben verschwanden, sie hatten gespielt, bevor Hitler, nebenbei und ohne es zu bedenken, Mozart und Chopin ermordet hatte.

Wie Joschka Herzl den Krieg in Graz überlebt hat?

Da gibt es nicht viel zu erzählen. Alle anderen Grazer Juden waren deportiert, die Nazis hatten kein Interesse an ihm. Für sie wie auch für die gewöhnlichen, ruhigen und an das Umbringen ihrer Nachbarn nicht gewöhnten Bürger war Joschka Herzl kein Jude. Es ist schon elend: Für die andern kein Jude, war er vor sich selbst und seiner großen Schuld jüdischer als irgendwer sonst in Europa. Joschka Herzl betrachtete sein Unglück gern in einem umfassenden Kontext, während er von früh bis spät zum puren Vergnügen, oder um nicht Hand an sich selbst zu legen, mit Zündhölzern jonglierte.

Anfang 1944 begann die große Auflösung, Häuser verfaulten, als hätte man sie aus Kartoffeln gebaut, der Asphalt schälte sich von der Fahrbahn und die alten Landstraßen mit ihrer schlechten Dränage kamen zum Vorschein, die ewigen Pfützen zerstörten sie, bis der schiere Matsch die einst so adrette Hauptstadt der Steiermark zu verschlingen drohte.

Als Joschka Herzl das erzählte, riss Rudi ungläubig die Augen auf. Er kannte Graz gut, hatte dort Polytechnik studiert, hatte so lange studiert, bis ihn der Vater nach Hause zurückbeorderte, hatte Graz gründlich kennengelernt, nach Wien war es die Stadt, die er am besten kannte, viel besser als Zagreb oder Sarajevo, und mochte nicht glauben, dass es wirklich so gewesen war, wie Joschka erzählte, dass Häuser und Bewohner verfaulten, in der braunen, vom Gestank klebrigen Erde versanken – Den Geruch habe ich immer noch in der Nase!, rief Joschka Herzl und griff sich an die Kehle –, bevor Briten und Amerikaner Graz bombardieren wollten. Sie ließen es sein, als sie herausfanden, wie viel von der Stadt geblieben war.

Vielleicht, weil er nicht selbst in dieser allgemeinen Fäulnis verenden und sich so seiner jüdischen Schuld entziehen wollte, fasste Joschka einen unerhörten, unbegreiflichen Entschluss. Er wollte sich nach Zagreb durchschlagen, Vater und Mutter suchen, falls er nicht unterwegs umkam. Das war die bei Weitem wahrscheinlichere Möglichkeit, aber es kümmerte ihn wenig. Dann war es eben so, war sein Schicksal.

Ohne Geld, mit zwei Schachteln Zündhölzer in der Hosentasche und einem Ausweis, der befugte Personen von Amts wegen ermächtigte, ihn zu ermorden, zog er los.

Er kaufte eine Fahrkarte und setzte sich in den Zug.

Der Krieg ging dem Ende zu, die Partisanen verübten Anschläge auf die Bahn, die Engländer bombardierten die wichtigsten Verkehrsknoten Richtung Südosten, gleichwohl ging es am Grazer Hauptbahnhof so lebhaft, friedlich und adrett zu wie früher. Aus den Viehwaggons roch es nach frischen Kuhfladen, ordentlich gekleidetes und gekämmtes Volk tummelte sich auf den Bahnsteigen auf der Suche nach Zügen zurück in die Heimat, ss-Männer und österreichische Polizisten kontrollierten Verdächtige, prüften Ausweise, brüllten Befehle, nahmen beiseite … Joschka lief wie ein entschlossener Selbstmörder auf sie zu, kramte in der Tasche nach seinem Judenausweis, wurde aber jedes Mal missmutig durchgewinkt, weg mit dir, geh mir aus den Augen. Damals grassierte die Schizophrenie, die ss hatte Angst vor Irren, und aus dem Schädel dieses abgerissenen jungen Mannes schauten die Augen eines Wahnsinnigen.

Sehen Sie mich an!, er musterte Rudi mit zusammengekniffenen Augen, halten Sie mich für verrückt? Sagen Sie es offen, ich ertrage das! Die sind der Reihe nach vor mir zurückgeschreckt, am Bahnhof in Graz und im Zug, der ist mindestens drei Mal kontrolliert worden und bei jeder Kontrolle wurde mindestens ein Dutzend Passagiere aus jedem Waggon geholt und abgeführt, aber vor mir sind sie zurückgeschreckt, keiner hat meinen Ausweis kontrolliert und selbst der Schaffner, der mich ja auch hätte anzeigen können, hat meine Fahrkarte nur widerwillig angesehen.

Trotz der ganzen Schikanen, von denen Joschka verschont blieb, sorgte die Bahn für Ruhe und Ordnung. Weder ss noch Partisanen noch Schwarzmarkthändler konnten sie stören, wirklich niemand, im Zug und auf dem exterritorialen Gelände der großen Bahnhöfe, Provinzhaltstationen und Abstellgleise, überall, wo Schienen lagen, galten die strengen Vorschriften der Eisenbahn, auf die niemand, nicht einmal Adolf Hitler, Einfluss hatte. Im Frühjahr 1944, bevor sie die Sieger zerbombten und die Besiegten auf dem Rückzug unterpflügten, war die Eisenbahn das letzte sichere Terrain in Hitlers Europa, auf dem die Vernunft regierte und eine Ordnung, die Tyrannen offenbar ebenso unbeschadet überstand wie den zweitausendjährigen Glauben an Jesus Christus, Gottes Sohn. Allein die Eisenbahn verfaulte und wankte nicht, ehern wie eh und je in den hundert Jahren ihres Bestehens, und der Fahrplan war ihr Katechismus.

Beim vertrauten Rattern der Metallräder erwachte in Joschka Herzl der Hunger nach Leben, was ihn so erschreckte und ängstigte, dass er ihn schnell wieder vergaß und weiterhin seinen jüdischen Ausweis vorzeigen wollte.

Das hat Ihnen das Leben gerettet!, rief Rudi belustigt.

Was hat mir Ihrer Meinung nach das Leben gerettet?

Dass Sie Ihren Ausweis unbedingt kontrolliert haben wollten. Ganz einfach. Schade, dass andere nicht darauf gekommen sind.

Nein, stimmt nicht. Ich wollte nicht mehr leben, das hat mir das Leben gerettet.

Der Hauptbahnhof von Zagreb wimmelte vor Flüchtlingen, die überwiegend mit schwerem bosnischen Akzent redeten und fortwährend fluchten, meist auf Kosten des Vaterlands. Sie waren umzingelt von der Ustascha-Polizei, die ihnen den Weg in die Stadt versperrte. Warum die Bosnier zum Jelačić-Platz wollten, fragte keiner. Auch nicht, wer sie vertrieben hatte. Vertrieben hatten sie Serben, Tschetniks wie Partisanen, je nachdem, wem welcher Furz quersaß, aber in Wahrheit waren sie, das spürte Joschka Herzl, während er zum Ausgang lief, direkt auf einen Ustascha zu, der seinen Ausweis hätte kontrollieren müssen, aus eigenem Antrieb abgehauen, weil sie Schuld auf sich geladen, zu sehr auf NDH und Kroatentum gesetzt, sich zu allerlei hinreißen lassen hatten, jetzt änderten sich die Zeiten, der Wind drehte und sie fürchteten um ihr Leben, wollten nach Zagreb zum Markusplatz, wo alles angefangen hatte, hier würde man sich um sie kümmern, doch die Hoffnung trog, es war zu spät, bald ist es auch für Kroatien zu spät.

Der Ustascha winkte ihn durch, schneller als er die Hand aus der Innentasche ziehen konnte.

In der Zelengaj wurde er nicht eingelassen.

Die Tür der Villa öffnete ein unbekannter älterer Mann, der ihn warten hieß und einige Minuten später erbost und mit einem Holzstock bewaffnet zurückkam.

Schämen Sie sich!, schrie er. Sie beleidigen das Andenken an den einzigen Sohn. Die Hausherren sagten, ich soll die Polizei rufen, wenn Sie sich nicht augenblicklich vom Haus entfernen, und das werde ich auch tun!

Die folgenden Tage und Monate schlief Joschka Herzl in Kellern und Schuppen. Er mied die Innenstadt und die Parks, wo sich Juden nicht aufhalten durften, hätte es im April 1944 noch welche in Zagreb gegeben, aber er merkte rasch, dass ihn keiner verdächtigte. Er sah weder wie ein kommunistischer Agent – die waren meist gut gekleidet, aber das begriff er erst nach dem Krieg – noch wie einer aus, der aufgrund seiner rassischen Zugehörigkeit außerhalb des Gesetzes stand. Juden, wir sagten es schon, gab es keine mehr, und er glich in seiner schmutzstarrenden Verwahrlosung einem, der in Zagreb etwas suchte, was ihm von Rechts wegen zustand: Verwandte, Gerechtigkeit, Heimat ... Wer ihn sah, senkte den Blick oder tat so, als wäre er unsichtbar. Joschka fühlte sich in Zagreb besser, hier war er nicht schuld, Tante Rosa und die große Dorothea waren in jeder Hinsicht weit weg.

Außerdem ging es ihn hier nichts an, dass die Häuser verfaulten und einstürzten, als wären sie aus Kartoffeln.

Ob Maksimilijan Stinčić und Bosiljka Kamauf Stinčić bewusst war, dass ihr Sohn – Josip, Joschka, der arme Jude, dem kein Polizist den Ausweis kontrollieren und ihn so von seiner Last befreien wollte – in der Zelengaj leibhaftig vor der Tür stand, lässt sich nicht mit letzter Sicherheit sagen. Sie werden gedacht haben, dass sich einer einen Witz erlaubt, sie auf hässliche Art verspottet, an ihr totes Kind erinnert. Dass man lebend von Graz nach Zagreb durchkommt, wird ihnen nicht in den Sinn gekommen sein, vielleicht dachten sie sowieso, er sei längst gestorben.

Zum ersten Mal trafen sie ihn, das glaubte Joschka Herzl zumindest und so erzählte er es Rudi im August 1954 im am Zagreber Hauptbahnhof wartenden Zug, im Frühjahr 1945.

Der Tag war trüb, es fror Stein und Bein, nirgends Schnee, seit Wochen schwankte das Thermometer um minus zehn Grad, und vom Sljeme wehte ein Wind, der bis ins Mark kroch und die Passanten auf rappelige Skelette in grauen Mänteln reduzierte, klapperdürr und mottenzerfressen. Für Kuna konnte man schon lange nichts mehr kaufen, die Landeswährung war zusammengebrochen, die Regierung bekämpfte den Verfall weitgehend erfolglos mit Standgerichten und Deportationen nach Jasenovac. Die Ustascha kuschte vor den Partisanen, die mit Unterstützung der Roten Armee die entscheidende Frühjahrsoffensive vorbereiteten, und bekämpfte nur noch Schmuggler und Schwarzmarkthändler, um den Bürgern die Illusion zu erhalten, alles sei in bester Ordnung und der Staat verteidige seine Integrität da, wo sie auch in Friedenszeiten am stärksten bedroht sei: auf dem Markt, in der Fleischerei und im

Lebensmittelladen. Zwar gab es keine Lebensmittelläden, Fleischereien und Märkte mehr, schon gar nicht außerhalb von Zagreb, aber das wollte keiner wahrhaben. Wer der Tatsache ins Auge gesehen hätte, hätte gewusst, dass diesem Staat die Zeit davonlief und die Stunde näher rückte, in der kollektive wie individuelle Schulden beglichen werden mussten. Aber wie sollten wir wissen, wer wem was schuldete? Und wer sollte mit dem Eintreiben dieser Schulden beauftragt werden?

Das Einzige, was immer noch funktionierte und womit die Illusion vom Unabhängigen Staat Kroatien aufrechterhalten wurde, waren Konzerte, Theatervorstellungen, überhaupt das kulturelle Leben. Wöchentlich wurden im Musikinstitut Werke aufgeführt, die Kroatische Rundfunkanstalt arbeitete eisern ihr Jahresprogramm ab, das man im Vorjahr – vor einer Ewigkeit! – zusammengestellt hatte, als die europäische Kultur und die dem großen deutschen Führer Adolf Hitler folgenden Völker noch deutlich rosigere Aussichten hatten. Also besuchten Stinčićs, angelockt vom baldigen Winterende, mutig durch den verrückten Optimismus kroatischer Musikanten – so Irfan Ibrahimkadić in seinen Emigrantenmemoiren – eines Donnerstagnachmittags ein Konzert im Musikinstitut. Perinčić, ein Nachwuchspianist, dessen Namen sich keiner gemerkt hat und der infolgedessen vergessen ist, spielte Sibelius.

Sie trafen ihn auf dem menschenleeren Ilički Trg.

Niemand traute sich hinaus, die Leute blieben zu Hause, standen glotzend hinter der Gardine und warteten ab, seit Tagen wurde vor der Stadt geschossen, doch das Radio meldete unverdrossen, die Partisanen seien weit weg, im finsteren Bosnien, tagtäglich bedrängt von den kroatischen Rittern: Der Tag, an dem der große Endsieg erstritten wird, steht kurz bevor. Glauben konnte man der Kroatischen Rundfunkanstalt höchstens den Veranstaltungshinweis, ein Klavierkonzert von Perinčić – dessen Name wir uns einfach nicht merken können –, der bereits seit letztem Herbst, als noch ganz Zagreb glaubte, woran inzwischen nur noch die letzten Getreuen von Poglavnik

Ante Pavelić glauben, immer wieder gesendet wurde, auf dem Programm Werke von Sibelius zu Ehren der ewigen Freundschaft zwischen den Völkern Kroatiens und Finnlands, die an entgegengesetzten Rändern Europas denselben Feind bekämpften, der in der fernen, uns fremden asiatischen Steppe rote Fahnen schwenkt.

Sie erschraken, als hätten sie ein Gespenst vor sich.

Maksimilijan zitterte, als hocke ihm der Tod auf den Schultern.

Du lieber Gott!, piepste Bosa, und beide blieben abrupt stehen, wie festgefroren, hofften wohl, Joschka Herzl würde sie nicht bemerken, vorbeigehen, sie für Statuen halten, auf Befehl von Doglavnik Mile Budak in Bronze gegossen und auf dem Ilički Trg – den die Kommunisten, welcher Graus, in Britanski Trg umbenennen werden – aufgestellt.

Mama!, sagte er entgeistert, obwohl er seit Monaten auf diese Begegnung wartete.

Augenblicklich erfasste ihn Unbehagen. Das Wort hatte er keinesfalls benutzen wollen; wäre er nicht so überrumpelt gewesen, wäre es ihm niemals herausgerutscht. Selbst als sie noch zusammen in der Zelengaj wohnten, bevor er Jude wurde, selbst in dieser längst verstrichenen, ganz unwahrscheinlich gewordenen Zeit hatte er sie nie Mama genannt. Weder sie noch der Vater hatten es verboten, doch irgendwie war schon damals klar, dass sie nicht Eltern und Sohn waren.

Keine Regung.

Joschka, Kind, wo sind deine Schnürsenkel?, etwas anderes fiel ihr wohl nicht ein.

Maksimilijan Stinčić stierte auf den Boden und hoffte, dass es bald vorbei war. Es ging nicht vorbei, so wenig wie Zahnschmerzen. Denn nicht der Zahn schmerzt, sondern die Zeit, in der der Schmerz mit gleichbleibender Intensität langsam wie das Herz eines meditierenden Buddhisten pulsiert, je länger, desto unerträglicher. Der Schmerz, obwohl nicht stark, nicht stärker als am Anfang, treibt einen in den Wahnsinn, lässt einen zum Tier werden, bevor man nur noch dahinvegetiert, dabei würde es mehr wehtun, wenn man sich selbst in den Hintern zwackte. Denn nicht der Zahn tut weh, sondern die Zeit, das Warten, so wie Maksimilijan Stinčić auf dem Ilički Trg, der bald schon Britanski Trg heißen wird, das Warten vor dem abgerissenen jüdischen Barbar schmerzt, der nach den Gesetzen der Biologie – die unsere Mutter, die heilige römisch-katholische Kirche, grundsätzlich ablehnt – sein leiblicher unmusikalischer Sohn ist. Ha, wie kann der Sohn des größten kroatischen Pianisten unmusikalisch sein, da müsste er selbst, der größte kroatische Pianist, zusammen mit dem ganzen uralten Märtyrervolk der Kroaten genauso unmusikalisch sein! Deswegen kann das da vor ihm nach der strengen aristotelischen Logik, sinnierte Maksimilijan Stinčić in seinem überlangen Warten, nicht sein Sohn sein, höchstens sein Sündenfall, Produkt unzüchtiger Handlungen, die er mit Bosa in müßigen, gottvergessenen Stunden beging und keinen Gedanken daran verwandte, dass er Gott zum Ruhme Gottes Absicht einer Wiedergeburt der Welt betrieb, und so gesehen müsste man den Juden den Ordnungshütern melden, damit sie den abführten und ihn, den größten kroatischen Pianisten, von dieser Plage befreiten. So dachte Maksimilijan Stinčić, auch wenn das keinen Eingang in historische Dokumente finden wird, auch wenn Joschka Herzl nicht auf die Idee verfallen wird, zu hinterfragen, was diese graue, triste Gestalt, ein dreidimensionales Zagreber Relikt der Münchner Malerschule, denkt, aber wir wissen, dass Maksimilijan genau das gedacht hat, wir wissen, dass er tausend Tage lang so auf dem Fleck hätte stehen können, ohne den kleinen Juden anzuzeigen. Ihm bleibt nichts anderes, als zu warten, und er wird so lange warten und schweigen, wie Bosa ihm zu schweigen aufträgt, und er wird sich die dummen Sätze anhören, die sie vor diesem ihrem sogenannten Sohn plappert, und wenn nötig oder ihm befohlen oder sie es beschließt, wird er weghören und bekommt nichts mit, steht einfach nur da wie eine Säule, ein Baumstamm, ein Kerzenständer, aufrecht wie Marschall Slavko Kvaternik 1941 die Parade der Streitkräfte abnahm, die für Gott, den Poglavnik und Kroatien mit Jesus Christus gegen die Kommunisten antraten und starben.

Wärend Maksimilijan Stinčić wartet, verzieht sich seine Miene zu einem Grinsen, zu einem besoffenen Kneipenlachen, weil es so lächerlich ist, was Bosiljka ihren Sohn fragt: Joschka, Kind, wo sind deine Schnürsenkel?

Als hinge unser kleines, verletzliches Menschenleben in höchstem Maße davon ab, dass jeder jederzeit ordentlich geschnürte Schuhe trägt. Als wären alle, die in den letzten vier Jahren im Kampf gegen Serbokommunisten und Tschetniks, gegen asiatische bolschewistische Horden und die judeofreimaurerische Bestie gefallen waren, in Wirklichkeit aufgrund plötzlich und unerklärlich abhandengekommener Schnürsenkel umgekommen, so wie dieses jüdische Scheusal, das vor ihnen von einem Bein aufs andere trat und wohl im nächsten Moment um Geld betteln würde …

Wir gehen ins Konzert von …, sagte er schließlich und verstummte sofort wieder. Zum Teufel, ihm fiel der Name nicht ein, Peričić, Perišić, Perinčić, der Kerl sollte Sibelius spielen, und Maks riss die Augen weit auf, so weit, als hätte er eine Gräte verschluckt, die ihm nun in der Kehle quer steckte …

Im Musikinstitut wird …, da fiel ihm Jean Sibelius nicht mehr ein, er kam nicht auf den Namen, hatte Edvard Grieg, den Norweger, auf der Zunge, mit dem hatte Sibelius nichts zu tun, und Grieg klang überhaupt nicht finnisch. Finnen haben Nachnamen auf -onen, es regte Maksimilijan auf, dass ihm der berühmteste Onen nicht einfiel.

Später, in der Gundulićeva, vor dem Plakat mit der Ankündigung von Perinčićs Konzert am Musikinstitut, begriff er, warum ihm der Onen nicht einfallen konnte: Zum Teufel mit Sibelius, der hat ja einen völlig unfinnischen Namen.

Die Begegnung währte nicht lange, offenbar wollten sowohl Joschka als auch die beiden nichts wie weg. Die Mutter schwatzte über Schnürsenkel, als hätte sie eine Flasche Cognac intus, der Vater sprach keinen Satz zu Ende, wurde aschfahl und wusste nicht weiter, suchte die Namen, Komponist wie Solist waren ihm entfallen, und Joschka Herzl mutmaßte, Maksimilijan Stinčić sei schwer erkrankt.

Es blieb die einzige Begegnung vor Kriegsende.

Drei Monate lang verließen die Stinčićs ihre Villa in der Zelengaj nicht, außer wenn Bosa Kamauf Vorräte kaufte. Vor dem Einmarsch der Partisanen funktionierte der Schwarzmarkt tadellos, bis zum Schluss gab es alles, nur die Preise stiegen und stiegen irgendwann ins Unermessliche …

Dann kam die Befreiung.

In den ersten Wochen passierte nichts. Neue Soldaten marschierten durch die Stadt, man hörte verbotene kommunistische Lieder, Zigeunerfideln und den asthmatischen Blasebalg der Schifferklaviere, wie im Theater, wenn auf der Bühne ein Stück von Maxim Gorki gespielt wird. Bosa Kamauf und ihr Mann mochten das Schauspiel nicht. Die Oper auch nicht. Theatervorstellungen wirkten immer so übertrieben. Schon das Bühnenbild im Kroatischen Nationaltheater fand Maksimilijan beleidigend. Gavella stellte ein Wohnzimmer hin, vorn Tisch und Stühle, hinten Sofa und Sessel, an der Wand Anrichte und Ahnenporträts, es sah aus wie ihr Salon in der Zelengaj. Und die Schauspieler kamen angerannt und fielen über die Einrichtung mit Texten des Herrn Krleža her, es war unerträglich. Im Theater tobten sich offenbar Nestbeschmutzer aus, im Theater bekam jeder sein Fett weg, der in der Stadt und auf dem Land lebte und sich normal benahm. Wer nahm sich das heraus? Wie und wo lebten die, die über normale Menschen herzogen? Wo wohnte dieser Krleža mit seiner Bühnendiva?

Blanke Wut packte die beiden, sobald sie ans Theater dachten.

Nachdem sich die erste Angst vor den Kommunisten gelegt hatte, packte sie wieder blanke Wut, wenn sie deren theatralische Aufmärsche beobachteten. Die kamen aus niedergebrannten Heimatdörfern in der Lika und unter dem Kozarac und erhoben nun Anspruch auf Zagreb. Anfang Juni hatte Frau Professor Bosiljka Kamauf Stinčić nur noch Verachtung für sie übrig, diese winzigen, belanglosen roten Ameisen, Termiten, die hätte sie zerquetschen können, wenn es nur nicht so viele gewesen wären. Maksimilijan war vorsichtiger. Oder er hatte mehr Angst und dadurch etwas mehr Verstand.

Am Freitag, dem 15. Juni 1945, holten sie ihn. Zwei unbewaffnete Partisanen in ordentlichen britischen Uniformen klopften an der Tür, denn die Klingel funktionierte nicht, stellten sich höflich vor und führten ihn ab. Sie war völlig verloren, stellte keine Fragen, das Herz schlug ihr bis zum Hals ... weder Wut noch Angst, ein unbestimmtes, sehr intensives Gefühl raubte ihr den Verstand, sodass sie ihn in Hausmantel und Pantoffeln gehen ließ.

Er hingegen zog absichtlich nichts anderes an. Die Leute sollten sehen, wenn denn einer noch hinguckte, dass man ihn im Schlafrock und Schlappen abführte, daran merkt man doch, wes Geistes Kind unsere Befreier sind ...

Hätten die beiden Partisanen dem gefeierten kroatischen Pianisten, einem unserer größten Musiker, der zur selben Zeit wie die große Milka Trnina europaweit konzertierte und den Ruhm Kroatiens mehrte, befohlen, ein leichtes Sakko und Schuhe anzuziehen, hätte Maksimilijan Stinčić es ohne Widerrede getan. Hätten sie auf einem Smoking bestanden, hätte er auch das befolgt, aber wenn sie sich so schändlich aufführten, warum sollte er es nicht offenbar werden lassen?

Bosa Kamauf wusste nicht, wo ihr Mann war.

Tagelang suchte sie ihn, klapperte Amtsräume in der Petrinjska und am Zrinjevac ab und hörte sich bei Professoren und Musikern um, von denen sie annahm, dass sie den Kommunisten nahestanden. Die einen wussten es nicht, die anderen wiesen ihr die Tür, und dann kam ihr die rettende Idee: Joschka! Sie musste Joschka Herzl finden, den jüdischen Überlebenden, dessen Schicksal ihr sämtliche Türen öffnen würde.

Joschka war damals allerdings selbst in Haft.

Geschnappt hatten sie ihn Ende Mai am Hauptbahnhof bei einer Razzia, mit der die letzten Schwarzmarkthändler und Schmuggler sowie in diesem Milieu untergetauchte ehemalige Ustascha-Offiziere, Jasenovac-Henker oder Popen, die in der Lika und Bosnien so manchen blutigen Dolch oder altertümliche Faustfeuerwaffe gesegnet hatten, ausgehoben werden sollten.

Während er zwei älteren Männern – der eine Partisanenagent in Zivil – das Jonglieren mit brennenden Zündhölzern vorführte, zogen ihn Unbekannte am Kragen, die flammenden Stäbchen flogen nach allen Seiten, es roch durchdringend nach Phosphor, Adrenalin wurde reichlich ausgeschüttet, und Joschka Herzl saß im Knast.

Die Partisanen, die ihn verhörten, hielten seine Angaben für frei erfunden.

Zunächst dachte er, das Missverständnis würde sich rasch aufklären, schließlich war er Jude, und die Kommunisten, die jugoslawischen Partisanen, haben die Juden geschützt, das weiß alle Welt, in ihren Reihen kämpften viele Juden mit, das hat die Ustascha-Presse ausposaunt, solange sie noch existierte, kroatische Bischöfe und Pfaffen wetterten von der Kanzel darüber, sein Judentum hätte ihn, Joschka Herzl, den Kopf kosten können ...

Als er mit seiner traurigen Geschichte von der alten Tante und der schwachsinnigen Schwester, die abgeholt worden waren, während er Jonglieren übte, fertig war, vermöbelten ihn die Befrager aus rein pädagogischen Gründen, weil er so dummdreist und offenbar gewohnheitsmäßig log. Sie prügelten ihn gutherzig, wie man Kinder prügelt, maßvoll, mit Gürteln und Ohrfeigen. Vielleicht rührte sie die Naivität seiner Geschichte, vielleicht hielten sie ihn für geistig zurückgeblieben, vielleicht waren sie auch nicht sicher, ob nicht doch was dran war, woran man nicht rühren durfte.

Egal, sie haben ihn zu Tode erschreckt und um den Verstand gebracht. Er schrie, als würden sie ihm bei lebendigem Leib die

Haut abziehen. Seit Langem war Joschka Herzl bereit zu sterben. Aber dass ihn jemand verprügelte, ohne ihn zu Tode prügeln zu wollen, ertrug er nicht.

Außerdem wusste er nicht, was er noch sagen sollte, damit sie ihm glaubten.

Da entschloss er sich, die ganze Wahrheit zu sagen.

Die Geschichte musste er gleich noch einmal vor dem nächsthöheren Offizier wiederholen. Dann noch einmal vor dem Psychologen, der wahrscheinlich selber Jude war. Und noch drei Mal vor Männern, die gekommen waren, um die Geschichte von dem Knaben zu hören, den die Eltern verleugneten, weil er unmusikalisch war, und zur jüdischen Tante nach Graz schickten, wo er Jude wurde.

Das letzte – siebte oder achte – Mal erzählte Joschka Herzl seine traurige Lebensgeschichte Davorin Gubijan, schon vor dem Krieg Kommunist und im Sommer 1945 der bekannteste Prosaist der Partisanen, dessen Roman *Das blutige Jahr* gerade im Druck war und noch vor dem Herbst erscheinen sollte. Zagreb reagierte damit in der ersten Literatursaison nach dem Krieg auf Belgrad, wo gleichzeitig Ivo Andrićs Romane *Wesire und Konsuln* und *Die Brücke über die Drina* gedruckt wurden. Obwohl es hier keinen Wettkampf geben konnte, war doch der klar im Vorteil, der sein Buch in den Wäldern unseres stolzen Landes geschrieben hat, nicht in einem Zimmer zur Untermiete in der Nähe vom Hotel Moskva. Gut, das können wir bei anderer Gelegenheit erörtern, vielleicht im Rahmen eines literaturhistorischen Überblicks ... Nebenbei gesagt, Joschka Herzl hatte weder Gubijans noch Andrićs Romane gelesen, seit der Schulzeit las er nicht mehr, sonst hätte er keinen Sinn darin gesehen, seine Fingerfertigkeit im Jonglieren mit Zündhölzern zu höchster Meisterschaft zu vervollkommnen, und auch gar keine Zeit mehr dafür gehabt. Rudolf Stubler hingegen war ein gründlicher Leser Andrićs, liebte dessen Bücher und hatte sie als ebenbürtige Werke zwischen den deutschen Originalausgaben von Broch und Thomas Mann stehen, während er Gubijan, dessen Ruhm kurz, aber heftig war, mied wie die Pest, den im Frühjahr 1948 erschienenen Roman *Davids Psalm* hat er nie in der Hand gehabt, die Auflage wurde beschlagnahmt und eingestampft, nachdem sich Davorin Gubijan im Sommer 1948 sehr positiv und überraschend aggressiv zur Resolution der Kominform äußerte. Sie sperrten ihn ein, schickten ihn wiederholt nach Goli Otok, da blieb er mit kurzen Unterbrechungen bis Ende 1959, auch danach waren seine literarischen Arbeiten noch lange verboten und zuletzt vergessen. *Davids Psalm* veröffentlichte Gubijan 1991 im Selbstverlag in Belgrad, ohne Resonanz. Zwei Jahre später starb der Partisanenschriftsteller und Märtyrer von Goli Otok einsam und elend im dreiundneunzigsten Lebensjahr.

Joschka Herzl brauchte in seiner Zelle am Zrinjevac rund drei Stunden für seine Lebensgeschichte. Am Schluss bat er Gubijan um eine Schachtel Zündhölzer, wollte dem berühmten Autor seine Geschicklichkeit demonstrieren, aber die Wärter gestatteten es nicht, aus Angst, er könnte im Gefängnis einen Brand legen. Gubijan bestand nicht darauf, sonst hätten sie es wahrscheinlich doch erlaubt, seine Autorität war groß, aber offenbar glaubte auch er Joschka nicht. Wahrscheinlich hat er gedacht, der Kerl hat sein angebliches Schicksal von A bis Z erfunden, aber er hat Talent, das muss man ihm lassen, er hat wirklich Talent!

Am Ende baute er die Geschichte eins zu eins in seinen Roman ein, änderte nur den Namen – aus Joschka Herzl wurde David Šlomo – und dichtete ihm eine andere Tätigkeit an, Hütchenspieler statt Zündholzjongleur. Davorin Gubijan lässt ihn in den Bahnhöfen des besetzten Europa mit Zündholzschachteln gutgläubige Reisende übers Ohr hauen. Keiner errät, unter welcher Schachtel die Kugel ist …

Davids Psalm verursachte einen Skandal, obwohl der Stalinismus in Jugoslawien noch nicht ganz ausgespielt hatte. Die Art, wie Gubijan über kroatische Kleinbürger und Intelligenzia herzieht, die Moral der guten Zagreber Gesellschaft verhöhnt und das Proletariat, das sich in den Vorstädten kaputtschuftet, als leuchtendes Vorbild hinstellt, war selbst für einen soz-realistischen Roman reichlich obskur. Am schlimmsten ist der Schluss: Nach dem Krieg bessert sich David Šlomo im Umerziehungslager in Zenica, macht eine Tischlerlehre und wird zum fleißigen Arbeiter, guten Sozialisten, Ehemann und Vater. Die Geschichte endet mit einer Parteisitzung, bei der ein stolzer David in die Kommunistische Partei Jugoslawiens aufgenommen wird und überschwänglich aus dem Kommunistischen Manifest zitiert. Das ist mit dem Psalm im Titel gemeint.

Der alte Davorin Gubijan dachte, das Publikum in Belgrad und Jugoslawien würde im Kriegsjahr 1991 endlich begreifen, was er über die Zagreber Kleinbürger geschrieben hatte, vergeblich, es verstand wieder keiner.

Joschka Herzl wurde entlassen, nachdem sie sich davon überzeugt hatten, dass er kein feindliches Element war, kein Ustascha, kein Kollaborateur der Deutschen, kein Schmuggler, kein Zuhälter, kein Propagandist, nur ein notorischer Lügner, ein Bettler mit Münchhausens Fantasie, bei dem man bereits an der Feststellung der Personalien scheiterte. Sollte er doch seiner Wege ziehen.

Das war Ende August.

Bosa Kamauf hatte sich bereits damit abgefunden, dass ihr widerborstiger Sohn vom Erdboden verschluckt war, er würde ihr nicht helfen, also wandte sie sich an Zagreber Musiker, die mit den Partisanen sympathisierten, Serben oder Juden waren und aussagen konnten, dass Maksimilijan Stinčić unschuldig war. Nicht nur unschuldig, jeder in Zagreb wusste, dass der berühmteste kroatische Pianist während des Quisling-Regimes im Unabhängigen Staat Kroatien nicht aufgetreten war – ein Akt des Widerstands gegen den Besatzer und dessen Helfershelfer. Was hätte ein alter Mann sonst tun können? Hätte er sich mit Gewehr in die Wälder schlagen sollen? Maks ist, meine Güte, mindestens zehn Jahre älter als Genosse Vladimir Nazor, dem unsere Hochachtung gilt, selbstverständlich!

Am 31. August durfte Maksimilijan Stinčić abgemagert und ergraut seine Zelle am Zrinjevac verlassen. Vielleicht trennte ihn nur eine Wand von Joschka Herzl, wenn ja, dann wusste er es nicht.

Bosa Kamauf nahm den Unterricht am Konservatorium wieder auf, nach einer diplomatischen Eingabe bekam sie zudem die Erlaubnis, als Gastprofessorin nach Salzburg zu fahren. Sie holte alles nach, was sie während des Krieges versäumt hatte, unterrichtete die an mitteleuropäischen Universitäten und Konservatorien vorherrschende amoralische, kalte, mathematisch präzise und glasklare Musiklehre. Bach, Mozart und Chopin dienten den Menschen unmittelbar nach dem Krieg als leichte Muse, Generationen, die infolge der Kriegsschrecken an Schlaflosigkeit litten, brauchten Wiegenlieder. Musik hat kein Gewissen, schon gar, wenn sie rein instrumental ist, und das sind die meisten der besseren Werke. Ergo brauchen Musiker für die Interpretation der Musik kein Gewissen. Ein Gewissen braucht man nur als Privatperson, Klempner, Bäcker oder Waffenhändler, lehrte Bosa Kamauf ihre Studenten, und ihre Lehre eroberte Europa großräumiger, als es Panzer und Kanonen je vermochten.

Der Rest ist absehbar, fast schon langweilig in der steten Wiederholung des Gleichen.

Maksimilijan Stinčić versank immer tiefer in seiner Säufermelancholie und glich bereits aufs Haar der Bronzebüste, die eines Tages – nach dem Umzug des Konservatoriums in das Ferimport-Haus am Marschall-Tito-Platz – in deren Aula aufgestellt werden wird, er arbeitete nicht, er redete mit keinem, er setzte sich nicht mehr ans Klavier. Nach seiner Entlassung hob der einst gefeierte kroatische Pianist nie wieder den Deckel des Instruments. Kam einer von Bosas begabteren Schülern zum Unterricht, Vojkan Milić etwa, der spätere Dirigent des Belgrader Radio- und Fernsehorchesters, oder Husnija Beglerbegović, heute ein gefeierter Pianist und Komponist aus Sarajevo, Autor der *Symphonie der Besatzung*, die 1993 in unzähligen Aufführrungen um die Welt ging, faltete Maksimilijan seufzend seine Zeitung zusammen, erhob sich aus seinem Sessel und verließ den Raum.

Sie fragte ihn, was los sei.

Ich kann keine Musik mehr sehen, sagt er. Als wäre es etwas zu essen, an dem er sich den Magen verdorben hat.

Allmählich, ganz allmählich, begannen sie über Joschka Herzl zu reden. Erwähnten ihn mit Bedauern, Achselzucken und obligatorischen Seufzern wie Obdachlose, verarmte oder dem Wahnsinn verfallene Verwandte, Exzentriker, denen nicht zu helfen ist. Er drückte nicht mehr ihr Gewissen, seit der Krieg zu Ende war und alle drei überlebt hatten. Es störte nicht, dass er in der Nähe lebte, sie fürchteten nicht, er könnte seine Geschichte herumerzählen: Ihm glaubte eh keiner.

Sie glaubten selbst nicht, dass es so gewesen war, dass sie einen Sohn gehabt hatten, den sie verleugneten, weil er unmusikalisch war. Der Krieg zerschnitt jede Biografie in zwei Teile, der Teil vor dem Krieg war unwichtig, Verantwortung, Schulden und Darlehen getilgt, nur wenige gewannen so viel Freiheit durch diesen Schnitt wie Stinčićs. Sie sparten sich die Kerzen am leeren Grab des unvergessenen Sohnes, besuchten Mirogoj nur noch zu Allerheiligen, wenn ganz Zagreb auf den Friedhöfen promeniert, hatten aber kein Bedürfnis mehr, Trauer und Verzweiflung zur Schau zu stellen, die sie nie empfunden hatten.

Das ist alles, was wir über Joschkas Eltern in Erfahrung brachten, aus zeitgenössischen Zeitungen oder Memoiren von Zeitzeugen oder anderen Erinnerungen. Natürlich ist einiges hinzugedichtet, erfunden, fantasiert. Als Erster hat Rudi ihre Geschichte im Lauf der Jahre ausgeschmückt, 1954 bis 1976 erzählte er sie wieder und wieder den Stublers, ihren Nachfahren, Freunden, Bekannten und Gästen in der Kasindolska, und der Autor bauschte sie noch umfassender und wohl auch tendenziöser auf, weil er sich so sehr in die Atmosphäre der Villa in der Zelengaj hineinversetzte, dass er Dutzende von Seiten mit dem ehelichen Schweigen und Gesprächen zwischen Bosiljka Kamauf Stinčić und ihrem Mann füllte und zuletzt in den Papierkorb warf, damit seine Produktivität nicht den authentischen Kern der Geschichte verschluckte: Joschka Herzls Bericht am Zagreber Hauptbahnhof im Zug nach Wien über Maribor und Graz …

Joschka blieb in Zagreb. Er war obdachlos, ein Tippelbruder, von denen es damals in Zagreb nur wenige gab, und von diesen wenigen waren die meisten geistig behindert, nicht ganz richtig im Kopf oder völlig psychotisch, alle anderen wurden von den Behörden eingesammelt. Die Ordnungshüter hatten in den ersten Jahren nach dem Krieg, zu stalinistischen Zeiten und noch danach, als Tito mit dem finsteren Geist des Stalinismus abrechnete, eine zwanghafte Abneigung gegen Landstreicher und Müßiggänger, weil sie in jedem Tauge- und Habenichts einen potenziellen britischen, amerikanischen, später auch sowjetischen Spion sahen, der eine Funkanlage versteckte, mit der er seinen Auftraggebern verschlüsselte Informationen über die jugoslawischen Zustände übermittelte. Geheim war natürlich alles: Vom Brotpreis bis zu den Ergebnissen der sonntäglichen Fußballspiele, man wusste nie, was der Feind gegen uns verwenden konnte. So blieb es die fünfziger und vielleicht noch die ganzen sechziger Jahre hindurch, bis sich die Jugoslawen von ihrer Erbsünde gegenüber Kommunismus und Sowjetunion emanzipierten und langsam den Hinweis vergaßen, der einst neben jedem amtlichen Fernsprecher stand: Der Feind schläft nie.

Von allen Zagreber Pennern, Obdachlosen und Tippelbrüdern – Ende der Vierziger mögen das vier, höchstens fünf Personen gewesen sein – war Joschka Herzl als Einziger mental wie emotional normal. Vielleicht dachte er das auch nur, vielleicht galt er in der Petrinjska – der Straße in der Zagreber Innenstadt, in der seit Franz Josephs Zeiten Polizisten, Spitzel, Gendarmen, Ordnungshüter, Milizionäre residierten – als total durchgeknallt.

Außerdem, wer den Zündholzjongleur je in Aktion gesehen

hatte, wusste, dass nur ein Wahnsinniger oder ein Genie acht Miniaturfackeln mit den Fingerbeeren durch die Luft wirbelt, bis sie sich in Rauch und Asche aufgelöst haben und die Finger noch eine kurze Weile weiter auf der unsichtbaren Klaviatur des Himmels zucken …

Außerdem, wer den Zündholzjongleur je in Aktion gesehen hatte, dem war klar, dass Joschka Herzl nur ein Wahnsinniger oder ein Genie sein konnte, sagte Rudi, als er den Stublers von seiner Reise nach Berlin berichtete.

Außerdem!, er hob den Arm. Wer den Zündholzjongleur je in Aktion gesehen hatte, der fragte sich, ob Joschka Herzl nun wahnsinnig oder genial war!, sagte Rudi am 29. November 1970 beim feiertäglichen Mittagessen in der Kasindolska auf Deutsch zu Doktor Werner G., den Branka Ćurlin, Lolas Tochter, geheiratet hatte und nun den Verwandten vorstellte.

Außerdem, seufzte Rudi, wer Joschka Herzl einmal gesehen hat, wie er mit Zündhölzern jongliert, der hat sich nur noch gefragt, ob der junge Mann nun verrückt oder genial ist!

Das sagte er im Sommer 1976, als er im Schatten hinter dem Bienenhaus seine letzte Préférence mit Matija Sokolovski und zwei inzwischen vergessenen Mitspielern drosch. Was er bei diesen Worten nie vergaß: Er selbst hatte Joschka Herzl nicht jonglieren gesehen.

Just in dem Moment, in dem Joschka Herzl die Streichholzschachtel aus der Tasche zog, fuhr der Zug an, und während der Fahrt konnte er nicht jonglieren.

Gut, das machen wir nachher, sagte er und reichte Rudi die Schachtel, damit der sie verwahrte.

Es ergab sich keine weitere Gelegenheit, das Abteil füllte sich mit Fahrgästen, sie fuhren nach Maribor, der Zug hielt unterwegs nicht, alle Signale waren offen – so sagt man das im Eisenbahnerjargon –, und da Joschka Herzl seine Lebensgeschichte zu Ende erzählt hatte, fiel es weder ihm noch Rudi ein, dass die Hauptsache schon noch dazugehört hätte, um die Erzählung abzurunden.

Erst als er sich mit formvollendeter Höflichkeit von den Mitreisenden verabschiedete und Rudolf Stubler mit den Worten: Wir sehen uns sicher noch!, die Hand reichte, erst als Rudi ihn durchs Fenster in Graz den Bahnsteig hinuntergehen sah, erst da fiel ihm ein, dass er ihn nicht hatte jonglieren sehen. Bedauern erfasste ihn, heftiger als man denken sollte, er wollte schon aus dem Zug springen, ihn aufhalten und überreden, seine artistischen Fähigkeiten zu zeigen. Er öffnete das Fenster, schrie: Joschka!, aber der war schon weit weg, rannte gerade los, hatte vielleicht einen Bekannten gesehen.

An diesem Punkt könnte die Geschichte von Rudolf Stublers erster Auslandsreise nach dem Krieg enden. Er hätte sie jedenfalls gern abgebrochen. Wenn er den Zündholzjongleur nicht zurückholen konnte zwecks Demonstration einer Fähigkeit, die vor ihm noch kein Artist beherrscht hatte, konnte er genauso gut gleich wieder nach Hause fahren. Seine Reise hatte ihren Sinn verloren: Die Dampfmaschinenbrenner, die er für die Sarajever Generaldirektion in Berlin beschaffen sollte, wurden nicht mehr hergestellt, die Fabrik war im alliierten Bombenhagel dem Erdboden gleichgemacht worden, das hatte er schon vor Antritt der Reise gewusst, aber für sich behalten, weil er Wilhelm Furtwängler erleben wollte, und der interessierte ihn plötzlich nicht mehr.

Der große deutsche Dirigent, der größte unserer Zeit, den Rudi bewunderte und dessen Interpretationen er sich auf verkratzten Grammofonplatten anhörte, hatte im Krieg mehreren Juden das Leben gerettet, die in der Berliner Philharmonie seltene Instrumente spielten. Der Fagottist, der Oboist, vielleicht auch der Flötist erfuhren dank seines Einsatzes das Privileg einer Arisierung ehrenhalber. Himmler war dagegen, vielleicht auch Goebbels, aber die Kunst der Musik entzog sich dem Willen der Sterblichen. Großdeutschland durfte nicht zulassen, dass Richard Wagners *Ring der Nibelungen* unvollkommen klang. Die Vollkommenheit von Wagners Musik war das Unterpfand für den Endsieg des deutschen Geistes, und diese Vollkommenheit ließ sich nicht ohne jüdische Fagottisten und Oboisten erreichen ... Und so hatte Furtwängler den Männern das Leben gerettet und sich von seiner Beteiligung am kulturellen und musikalischen Leben in Hitlers Staat freigekauft. Aus der Ikone des Regimes wurde nach 1945 einer der Gerechten.

Rudi hatte die Geschichte des Fagottisten, Oboisten und eventuell auch des Flötisten gelesen und war bereit, sie wortwörtlich einschließlich der Namen der geretteten Musiker jedem zu erzählen, der ihm aus seiner Begeisterung für Furtwänglers Genie einen Strick drehen wollte. Wenn man ihm auf die Schliche kam, wenn es in Berlin jugoslawische Spione gab, wenn nach Sarajevo gemeldet werden sollte, Genosse Rudolf Stubler habe das Konzert eines Nazi-Dirigenten besucht, dann konnte er den Ordnungshütern auf der Wache die herzergreifende Geschichte der jüdischen Philharmoniker erzählen. Wenn das nicht reichte, sollten sie ihn halt aburteilen und nach Goli Otok schicken.

Rudi war in der ganzen Familie als Feigling verschrien, er war der größte Angsthase der Stublers, aber wenn es um Furtwängler ging, wurde er mutig. Oder vielleicht war es nicht so sehr Mut als das Gefühl, dass die Musik größer sei als alles andere, größer als Leid, Angst und Tod, das Gefühl, die Musik könnte ihn vor denen beschützen, die etwas gegen Furtwänglers Haltung im Krieg einzuwenden hatten oder womöglich aus Rudis deutscher Volkszugehörigkeit oder der Tatsache, dass er im Krieg Oberleutnant beim Heimatschutz gewesen war, auf seine Sympathien für Hitler und den Nationalsozialismus schließen wollten.

Vor der Abreise hatte ihn eigentlich nur interessiert, all die Staatsgrenzen zu überqueren und Berlin zu erreichen.

Und dann verhagelte ihm Joschka Herzl, der Zündholzjongleur, seine Pläne.

Nichts zog ihn mehr nach Berlin in das Furtwängler-Konzert.

So war er nicht enttäuscht, dass es ausfiel.

Er befand sich in einer Stadt, die sich Backstein für Backstein aus Ruinen erhob. Durch die Straßen des neuen Berlin, dessen Silhouette nur entfernt an das alte Berlin erinnerte, brummten amerikanische und russische Lastwagen, in Nachtbars wurde schwarze Jazz-Musik gespielt, man hörte die Sprachen aller Besatzungsmächte, unsichtbar noch die Zonengrenze zwischen Ost und West, auf der bald schon die Mauer stehen sollte, die zum Symbol der geteilten Welt wurde, in der Rudi den Rest seines Lebens verbrachte und die ihm wie allen anderen unabänderlich und ewig erschien. Die sieben Tage, die er sich in Berlin aufhielt, streifte er ziellos durch die Straßen, verwirrt von den Bildern, Gerüchen und Geräuschen der wachsenden Stadt. Nichts war ihm vertraut, und den Deutschen, mit denen er ins Gespräch kam, wenn er Zeitungen kaufte, in Geschäften, an der Rezeption des bescheidenen Hansa-Hotels, fühlte er sich weniger verwandt als den Soldaten und Offizieren der Besatzungsmacht während des Krieges in Sarajevo. Er hatte einen Widerwillen gegen die Menschen, er mied sie und wich Gesprächen aus, trotzdem konnte er sie in einem tiefen Sinn noch verstehen, so wie man das Unglück und moralische Verderbtheit verstehen kann, wie man einen Mörder oder Vergewaltiger verstehen kann, dessen Fall sich ein begabter Schriftsteller annimmt, aber mit diesen Deutschen, die Jazz und Kosakentanz okkupierten, hatte Rudi nichts gemein. Gedemütigt und grimmig, als laste der Himmel schwer auf ihrem Scheitel, taten sie, als wäre ihnen schweres Unrecht widerfahren. Das sollte jeder sehen, jeder Ausländer, der nach Berlin kam, der sich an sie wandte, Feuer haben oder den Weg nach Charlottenburg wissen wollte, der sollte es gleich sehen und sich schuldig fühlen. In den Jahren nach Stalins Tod galten die Deutschen in ganz Europa als Schuldige, nur die Berliner, die Rudi traf, behaupteten das Gegenteil: Die anderen hatten sich an ihnen vergangen.

Rudi fand es empörend und hörte, Jahre nach dem Tod des Vaters, nach dem Abgang des Familienpatriarchen Karlo Stubler, mit dem diese lange, lückenhafte Erzählung begann, auf,

Deutscher zu sein. Er fühlte sich nicht mehr als Deutscher. Im Spätsommer 1954 geschah etwas in Berlin, was ihn veränderte und in einer anderen Identität verankerte, die wir, zumindestens für die Bedürfnisse dieser Erzählung und damit es uns nicht so lange aufhält, kroatisch nennen können. Oder war es eine bosnische, besser noch ilidžanische Identität, sehr katholisch, eng und klein, eine Art San-Marino-Identität, aber in der hat er sich bis zum Schluss fest eingerichtet.

Vorher war Rudi mal das eine, mal das andere gewesen. In Panik, im Krieg, in der Gefangenschaft, später, als sie seinen Vater ins Lager stecken wollten, noch später, als der schreckliche Vorfall im Erinnern und Erzählen nichts von seinem Schrecken verlor, fühlte er sich als Deutscher. Beim Kartendreschen, wenn Besuch kam, Franjo, Matija Sokolovski und ein paar Kumpels von der Eisenbahn, an langen Samstagen im Frühjahr und Sommer unter der dichten Laubkrone vor dem Haus in der Kasindolska, auf der Nachbarn vorbeigingen und grüßten, sich nach der Gesundheit erkundigten und er punktgenau antwortete und gleichzeitig Punkte ausrechnete, dazuzählte und abzog, da fühlte sich Rudi dieser Welt zugehörig und war Kroate, Ilidžer. So wechselten Rudis Nationalgefühle und Identitäten mit den gesellschaftlichen Umständen, Stimmungen und Jahreszeiten. Deutscher war er meistens dann, wenn er zur Minderheit gehörte, Angst hatte oder in der Zeitung über die deutschen Kriegsverbrechen las, Deutscher war er, als er mit Auschwitz und Jasenovac konfrontiert wurde (obwohl andere Deutsche mit Jasenovac überhaupt nichts zu tun hatten), Kroate war er, wenn er die Nachbarn in Ilidža grüßte oder die Kinder seiner Schwestern auf einen Ausflug nach Vrelo Bosne mitnahm und sie die lange Allee hinuntergingen, dann sang er leise: *Aj kolika je Jahorina planina* … – wie hoch die Gipfel der Jahorina sind, der Falke kann nicht drüberfliegen …

Mit den Deutschen in Berlin hatte er nichts gemein, er spiegelte sich nicht in ihren Pupillen, der nackte Zorn packte ihn, weil sie nur ihr eigenes Unglück sahen, er hätte sie am liebsten durchgeschüttelt und ihnen ins Gesicht geschleudert, was die Deutschen ihm und seiner Familie angetan hatten, dass sie Mladen in ihre Uniform gesteckt, mit den Runen der ss geschmückt und in den Kampf gegen Partisanen geschickt hatten und er gefallen war, als er von einer Deckung in die nächste rannte. Am liebsten hätte Rudi den erstbesten Berliner angebrüllt, der ihm mit diesem selbstmitleidigen, anklagenden Blick in die Hände fiel, aber der hätte natürlich nichts begriffen, hier hätte niemand etwas begriffen, sie wissen nichts, weil sie alles vergessen wollen, so schnell wie möglich, sie hätten nur Rudis Akzent bemerkt und daraus präzise auf seine Herkunft geschlossen. Ach, diese Donauschwaben, die haben uns das Ganze mit ihrem krankhaften Wunsch eingebrockt, samt ihren rumänischen und bulgarischen Käffern zum Deutschen Reich zu gehören, zum Dritten Reich, das auf optischen Täuschungen und illusionistischen Tricks beruhte, durch die Siebenbürgen, die Wolga und Stalingrad, wo immer diese Provinzler wohnen, zum Berliner Umland werden! Und dann mussten unsere Kinder – ach unsere vergewaltigten Töchter, ach unsere toten und vermissten Söhne – in den Krieg gegen Russland, sie zogen bis Jugoslawien und Griechenland, nur um diesen undankbaren Leuten zu ermöglichen, dass ihre räudige Heimat Deutschland beitritt. Was für eine hirnverbrannte Geostrategie, was für ein sinnloses Sterben, nur weil der Führer diesen Leuten ihren tausendjährigen Traum erfüllen wollte. Was einen nicht wundern muss, der Hitler war ja selber Österreicher, Hitler hatte nicht die deutsche Staatsangehörigkeit, oder? Als Österreicher war er für den Charme dieser dreckigen, chaotischen Gegend empfänglich, die nichts Deutsches hat bis auf den verderbten Dialekt. Mag sein, dass wir die früher selbst für Deutsche gehalten haben, aber da haben wir uns geirrt. Die sitzen jetzt bei uns, wurden nach dem Untergang 1945 hierher deportiert, um uns zu bestrafen für alles, ob wir's gemacht haben oder nicht, wir zahlen die Zeche für Hitlers krankhafte Sentimentalität gegenüber Slawen, Rumänen, Bulgaren, das sind doch alles Mongolen, die sich leidenschaftlich gewünscht haben, mit ihrer Mongolei im Dritten Reich unterzuschlüpfen.

Rudi las ihre Gedanken auf seinen Spaziergängen durch Berlin und über Märkte, die für unsere Verhältnisse extrem teuer waren, er wusste, was sie denken würden, wenn er sie am Kragen packte und anschrie, dass Mladen kein ss-Mann war, dass er kein Verbrecher war, dass er nicht einmal Deutscher war, sondern lediglich Deutsch sprach, und sie, die jetzt voller Selbstmitleid die ganze Welt anklagen, haben Mladen mit Heuschobern vor den Salven der Partisanen geschützt. So seid ihr, schnaubte Rudi, steckt einen Mann in ss-Uniform, erhebt ihn zum Arier ehrenhalber und schützt ihn mit Heuschobern!

Den Auftrag wegen der Dampfmaschinenbrenner für die Schmalspurstrecke Sarajevo–Ploče erledigte Rudolf Stubler an seinem dritten Tag in Berlin. Die Fabrik, im Bombenhagel zerstört, war wiederaufgebaut worden und produzierte inzwischen unter demselben Firmennamen und mit demselben Logo Gasöfen für Dampfheizungen. Im Logo war eine kleine Dampflok, was die Zuständigen in Generaldirektion und Bundesbahnministerium wahrscheinlich in falscher Sicherheit gewiegt und von weiteren Recherchen abgehalten hatte (oder lag es an fehlenden Sprachkenntnissen?).

Um nicht unverrichteter Dinge nach Sarajevo zurückzukehren, suchte er den Hauptsitz der Reichsbahn in der sowjetischen Zone auf und bekam die Auskunft, die gewünschten Ersatzteile gebe es gebraucht im Überfluss, auf einer Müllhalde in Charlottenburg, die überlasse man den Jugoslawen sehr gern gegen geringes Entgelt. Er fuhr nach Charlottenburg, tatsächlich, die Brenner dort reichten für die nächsten hundert Jahre, um die Strecke Sarajevo–Ploče zu bedienen.

Sein erster Impuls war, nach Sarajevo zurückzufahren, obwohl das nach der getroffenen Vereinbarung erst in fünf Tagen von ihm erwartet wurde. Berlin missfiel ihm, drehte ihm den Magen um, nicht nur die Menschen, die Deutschen oder vielmehr das, was aus ihnen geworden war, auch die Art, wie sich die Stadt aus den Ruinen erhob, sie ärgerte und ängstigte ihn. Ein Albtraum aus Beton, großkotzig, riesig und grau wie der Tod, mitten im Nirgendwo, auf riesigen, einst dicht bebauten Brachen, von denen man die Trümmer oberflächlich beseitigt hatte, wuchsen sinnlose Türme in den Himmel oder langgestreckte Wohnblocks, Hunderte von Metern lang, vier, fünf, sechs Stockwerke hoch die immer gleichen Fenster, einförmig wie Gefängnisse oder Kasernen, Unterbringung für eine Besatzungsarmee, die nicht mehr abziehen wird. In den Westsektoren baute man im amerikanischen Stil, es wirkte wie ein Bühnenbild, das Chicago darstellen sollte, auf der anderen Seite waren sowjetische Architekten am Werk und bauten Kulissen für eine Aufführung von Nikolai Alexejewitsch Ostrowski – Berlin als schauerlicher Mischmasch von USA und UdSSR. Und jeden Moment konnte ein neuer, noch größerer Krieg ausbrechen. Amerikaner und Sowjets behandelten sich wechselseitig wie Luft, ignorierten einander, gingen oder fuhren auf den Straßen, als wären sie für die gegnerische Seite unsichtbar. Nur die Deutschen, das Lumpenproletariat der Metropole, schufen mit ihren anklagenden Blicken den Eindruck zweier Besatzungsmächte.

Rudi blieb dann doch.

Das Hotel war bezahlt, er hatte ein wenig Geld – die Spesen vom Belgrader Eisenbahnministerium und fünfzig geschmuggelte US-Dollar, gedacht für eine Armbanduhr und Geschenke für die Familie – und vielleicht so schnell nicht wieder die Chance auf fünf freie Tage ohne jede Verpflichtung im Ausland. Vielleicht sein letzter Aufenthalt in Berlin. Also blieb er.

Da fielen ihm die Berliner Philharmoniker und Wilhelm Furtwängler wieder ein. Das Konzert, auf das er nach Joschka Herzls Lebensgeschichte keine Lust mehr gehabt hatte, war für den 1. September 1954 angekündigt. Auf dem Programm standen Pjotr Iljitsch Tschaikowskys sechste Symphonie, die *Pathétique*, Beethovens Neunte und zum krönenden Abschluss Chopins zweites Klavierkonzert. Unausgesprochen, in der Ankündigung unerwähnt, war doch klar, dass man damit des fünfzehnten Jahrestags des Kriegsausbruchs gedachte und der Chopin am Schluss eine Geste der Entschuldigung gegenüber Polen sein sollte. Rudi hatte vor einem halben Jahr in der Belgrader *Politika* einen Artikel dazu gelesen und eine ausführliche Ankündigung im Nachtprogramm des Berliner Rundfunks gehört und daraufhin nach Berlin gewollt. Seit Monaten war die Generaldirektion in Unruhe wegen der Brenner, weil er Deutsch konnte, schöpfte keiner Verdacht, als Rudi seine Dienste für die Lösung der Angelegenheit anbot, Deutsch konnten nur wenige, und wer es konnte, zeigte es lieber nicht. Es war immer noch besser, es nicht zu zeigen.

Als er sich nach Karten erkundigte, hieß es, das Konzert sei seit zwei Monaten abgesagt, geräuschlos, ohne viel Aufhebens darum zu machen. Leise angekündigt, noch leiser aufgekündigt!, sagte Rudi zum Kassierer. Aber warum?, fragte er naiv. Der Mann sah ihn stumm an, lächelte höchstens mitleidig, wie beschränkt ist der denn, mag er gedacht oder den gertenschlanken Glatzkopf mit seinem komischen Akzent für einen Spion gehalten haben, der ihm von wegen Entnazifizierung auf den Zahn fühlen wollte.

Außerdem ist der Maestro krank. Seit er aus Luzern zurück ist, geht es mit ihm steil bergab. Dort hat er die Londoner Philharmoniker dirigiert, erklärte der Kassierer, offenbar in der Annahme, die Information würde den Fremden brennend interessieren.

Er ist nicht mehr der Jüngste, erwiderte Rudi, nur um etwas zu sagen.

Fast siebzig, aber ich bin schon siebzig und …

Schweres Leben.

Hatten wir alle, zumindest in den letzten zwanzig Jahren. Aber davor …, er verstummte, überlegte, davor war es auch schwer. In Deutschland war es nie leicht.

Wo war es schon leicht?

Das haben Sie gut gesagt: Überall war es schwer.

Der Maestro ist also alt geworden.

Wenn es nur das wäre. Er baut so rasend schnell ab, als zerfresse ihn etwas von innen heraus. Das steckt in uns allen, nur beim einen entwickelt es sich und beim anderen nicht. Also ich zum Beispiel, wenn ich mich vorstellen darf, ich heiße Alois, er streckte Rudi die Hand durch das Loch im verglasten Schalter hin, ich hab den Anti-Alois in mir, bin aber bei bester Gesundheit, kein Grund zur Klage, der Anti-Alois hat dem Alois nichts zu sagen!

Er klopfte sich zweimal mit der Faust auf die Brust, es klang dumpf, wie wenn tief im Wald eine Axt mit voller Wucht auf einen Eichenstamm trifft.

Sie halten also den Anti-Furtwängler für das Problem!, Rudi lachte.

Unbedingt, lachen Sie nicht, es wird Ihnen noch leidtun, der Maestro ist nicht mehr lange unter uns. Der Alte war sich seiner Sache offenbar sehr sicher.

Ich kann nicht anders, wenn ich Sie so reden höre.

Und woher kommen Sie? Ihre Aussprache verrät, dass Sie nicht von hier sind.

Ich bin Jugoslawe.

Der Kassierer zuckte kurz zusammen, dann hatte er die Antwort parat, hinreichend harmlos, um die Unterhaltung fortzusetzen und sämtlichen Spionen, ob amerikanisch, britisch oder sowjetisch, eine Nase zu drehen.

Meine verstorbene Frau kam aus Jugoslawien. Allerdings hieß das damals anders, Österreich-Ungarn oder so ähnlich, das war alles so kompliziert, das musste untergehen. Die Leute mögen es lieber einfach.

Und dafür ziehen sie in den Krieg.

Vielleicht, werter Herr, das kann durchaus sein. Aber davon verstehe ich nichts, wurde lange vorm Krieg ausgemustert, weil ich Plattfüße habe und mir mit sieben ein Lungenflügel wegen Tuberkulose entfernt wurde. Die Ärzte haben mir ein kurzes Leben prophezeit und haben sich geirrt. Alois triumphiert über Anti-Alois.

Rudi spürte jemanden in seinem Rücken, wandte sich um und räumte den Platz vor der Kasse mit einer einladenden Geste.

Der alte Mann, den Rudi für einen Kartenkäufer hielt, war kleiner als er, wirkte aber größer, weil er sich so kerzengerade hielt, fehlte nur ein Colt an der Hüfte zum Westernheld, so schmal war sein Becken, und auf den Schultern ein Charakterkopf, den man nicht wieder vergaß.

Er lächelte Rudi freundlich an, Alois schob dem Alten ein in braunes Packpapier gewickeltes Bündel durch die Öffnung im Schalterglas, gewichtig, weil vor Publikum: Bitte sehr, Maestro!

Der Alte krallte das Bündel mit seinen langen, sehnigen Fingern, dankte Rudi mit einem angedeuteten Diener und wandte sich an den Kassierer: Herr Stickelgruber, richten Sie dem Oberst Stewart bitte Grüße von mir aus, ich schreibe ihm dieser Tage einen Brief. Den Rest weiß er schon.

Von hinten wirkte er deutlich älter. Er ging unendlich langsam, hob die Füße nicht vom Boden, schlurfte wie einer, der Parkinson hat, brauchte viel Zeit bis zum Ausgang.

Die Tür krachte hinter ihm ins Schloss, der Straßenlärm verebbte, das Stimmengewirr der Passanten, das Gehupe, das Foyer wie hermetisch abgeschlossen.

Folgen Sie ihm, nur zu. Er freut sich, bestimmt hat er seit Langem niemanden aus Jugoslawien getroffen.

Rudi konnte sich hinterher selbst nicht mehr erklären, warum er auf den Kassierer hörte. Er rannte hinaus und wäre um ein Haar mit Wilhelm Furtwängler zusammengestoßen, der nur ein paar Schritte die Straße hinunter geschafft hatte.

Verzeihung, Maestro …

Er redete auf den Alten ein, die Musik sei verloren, Beethoven tot, nichts zu retten, seit sein Neffe, ein so begabter junger Mann, der noch zwischen Forstwirtschaft und Philosophie schwankte, in ss-Uniform gefallen sei, während er von einem Heuschober zum nächsten rannte. Das können Sie nicht verstehen, sagte er Furtwängler auf der Straße.

Der Alte lud ihn in die Teestube an der nächsten Ecke ein, er wohne in dem Haus, wenn er in Berlin sei.

Sie saßen am Fenster und tranken russischen Tee.

Furtwängler erzählte, er fahre demnächst nach Baden-Baden. Seine Gelenke schmerzten, eine Kur dort würde ihm Linderung verschaffen, das Heilwasser und das Klima täten ihm gut, aber es helfe nicht mehr so viel wie früher. Und Beethoven, na ja, ziemlich wahrscheinlich, dass Beethoven tot ist. Schon über hundert Jahre. Andere hat es auch erwischt, obwohl sie noch über die Erde krauchen. Und leiden! Das sagte Furtwängler mit Nachdruck: Leiden beweise noch lange nicht, dass man lebt. Das könne nur die Musik, nur sie zeigt, ob die Lunte noch glimmt. Ach, und was die Musik betrifft, wenn es keine mehr gibt, müssen Sie nicht traurig sein. Ihr Jugoslawen müsst nicht um Beethoven trauern, ihr habt ja das Meer. In den letzten Sommertagen erhebt sich gegen Abend ein Wind und die Wellen klatschen in Dubrovnik an die Felsen, man hört sie vom Hotel aus, die sind einem Beethoven ebenbürtig, wenn auch bar musikalischer Formen und Harmonien. Schade, dass Herr Schönberg – Sie haben von dem Wiener gehört? – nie in Dubrovnik Ferien machte, dort hätte er gemerkt, dass er seine Kompositionen wegwerfen kann, weil die Brecher an den Felsen in Dubrovnik die Atonalität auf die Spitze treiben, ähnlich vollendet wie ein Beethoven. Deswegen müssen meiner Meinung nach, sagte Furtwängler zu Rudi im Teesalon an der Ecke, Jugoslawen nicht um Beethoven trauern.

Und was Oboisten, Fagottisten, vielleicht auch den Flötisten betrifft, ich habe getan, was ich konnte, sagte der Maestro, was nicht heißt, dass mein Gewissen rein wäre. Nach allem, was passiert ist, reden nur Verbrecher vom reinen Gewissen. Natürlich tut mir Ihr Neffe leid. So viele junge Männer haben mit dem Leben bezahlt, was Sie als das Ende von Beethovens Musik empfinden, sagte Furtwängler. Ich kann nur trauern, sonst nichts.

Dann erzählt er ihm von Karl Rothschild, unglaublich begabter Junge, bettelarm, Bäckerssohn, Jude. Da haben Sie den jüdischen Humor, sagte Furtwängler, die ärmsten Schlucker tragen solche Namen. Karl Rothschild hatte ein fantastisches Gehör: Ihn weckte nachts eine Schnake im Nachbarzimmer. Und er war sehr musikalisch: Er hörte jenseits vorgegebener Tempi und Vortragsbezeichnungen Werke, wie sie so noch nie aufgeführt worden waren, er hörte sie so, wie Musik sein könnte, wenn wir musikalisch wären und ein absolutes Gehör und, das wäre das Wichtigste, sagte Furtwängler, Fantasie hätten.

Juden sind die begabteren Musiker, sagte Furtwängler, weil Juden im Allgemeinen mehr Fantasie haben. Fantasie ist aus der Angst geboren, die seit Generationen weitergegeben wird, seit dem Sündenfall, seit Gottes Sohn ans Kreuz geschlagen wurde. Die Juden haben Angst und in der Regel gute Gründe für ihre Angst, sie haben Angst vor dem, was wir ihnen antun könnten, aber auch vor ihrem unbarmherzigen alttestamentarischen Gott, und das entzündet die Fantasie. Wer sich alle Schrecken und Übel ausmalt, die ihm zustoßen könnten, sagte Furtwängler, der kann hören, was Beethoven in seiner Neunten hörte, aber nur ungenau notieren konnte.

Der kleine Karl Rothschild hörte Beethoven und Tschaikowsky und den armen Gustav Mahler und den süßen Mozart, der ebenfalls eine blühende Fantasie hatte ... Aber sein Ehrgeiz lag woanders, er wollte nicht dirigieren, er wollte bei den Berliner Philharmonikern die erste Geige spielen.

Mein Schüler und Schützling, sagte Wilhelm Furtwängler, aber ich konnte ihn nicht schützen. Er solle in die Schweiz gehen, sagte ich, nach Amerika, egal wohin, Hauptsache weg, du verdienst überall dein Brot, habe ich gesagt, du wirst ein berühmter, großer Geiger, und dann wirst du merken, dass es noch etwas neben der Geige gibt, nur geh weg von hier, Deutschland ist nichts für dich.

Aber für Sie ist Deutschland was?, habe Karl Rothschild eingewandt. Der Name sagte Rudi nichts, er wollte den Maestro fragen, kam aber nicht zu Wort, solange der Rothschilds Lebensgeschichte erzählte.

Ja, Deutschland ist was für mich, aber nichts für dich!, schrie der gefeierte Dirigent den Jungen an, er schrie auch Rudi an, als er davon erzählte.

Ich will das nicht, habe Rothschild seelenruhig erwidert. Ich will die erste Geige in Ihrem Orchester sein. Ob Sie nach New York gehen, in London Chefdirigent werden, auf den Mond ziehen, ich folge Ihnen …

Wilhelm Furtwängler, das lässt keine Biografie aus, wollte Deutschland nicht verlassen. Wenn er den Taktstock hob, saß Adolf Hitler mit einer handverlesenen Schar deutscher Verbrecher in der ersten Reihe, der Maestro konnte sich denken, wie das enden würde, er sagte es Rudi, bekannte sich zu seiner Schuld, trotzdem, er wollte Deutschland nicht verlassen. Nirgendwo sonst hätte er Beethovens Neunte nach seinen eigenen Vorstellungen dirigieren dürfen, wäre an Tempivorgaben und den starren Gepflogenheiten der bequem gewordenen Musikkultur eines verderbten Europa gescheitert. Seit Jahrzehnten gebe Arturo Toscanini den Ton an, kein Dirigent, ein Metronom, einer, der am Pult Winkewinke macht, damit die Musiker den Takt halten, einer, den man Zwangsarbeitern und Lagerinsassen vorsetzen kann, wenn sie Eisenbahnstrecken bauen und alle gemeinsam schwere Stahlschienen anheben und exakt auf den Schwellen platzieren müssen. Wissen Sie, warum die Amerikaner so närrisch auf Toscanini sind?, fragte Furtwängler mit hochrotem Gesicht, Warum sie selbst aus Mozart Negermusik machen? Ganz zu schweigen, wie sie Beethoven verhackstücken, davon fange ich lieber nicht an, sagte Furtwängler. Es wäre wirklich besser, wenn Sie recht hätten, wenn Beethoven wirklich tot wäre.

Wegen Toscanini, diesem schwerhörigen italienischen Methusalem, und seiner Schüler konnte Wilhelm Furtwängler Deutschland nicht verlassen. Und wegen Furtwängler konnte der Jude Rothschild nicht vor den Nazis fliehen. Der Maestro hätte ihm gern geholfen, aber nicht um den Preis, wie Toscanini dirigieren zu müssen. Gastarbeiter müssen tun, was man von ihnen verlangt, sagte er, schauen Sie nur die jungen Kerle an, die in Berlin Kanäle graben. Die müssen sich auch an Vorgaben halten, sonst fliegen sie raus.

Karl Rothschild spielte weder Fagott noch Oboe oder vielleicht Flöte, nur Schüler des berühmten Wilhelm Furtwängler, der ihm arische Papiere besorgte, deren rechtmäßiger Inhaber bei einem Verkehrsunfall gestorben war. So konnte er eine Zeit lang ohne Judenstern durch Berlin laufen, bis er erkannt und angezeigt wurde. Maestro Furtwängler setzte sich für ihn ein, einen begabteren Schüler habe er nie gehabt, er rief Goebbels an, aber Goebbels hob nicht ab. Alles vergebens, Beethoven klang auch ohne Rothschild vollkommen.

Jeder andere, der einem Juden falsche Papiere besorgte, wäre im günstigsten Fall selbst im KZ gelandet. Furtwängler war die einzige Ausnahme.

Das bekam Wilhelm Furtwängler zu hören, so gab er es Wort für Wort an Rudolf Stubler weiter, der es bei jedem Familientreffen nacherzählte, bei jeder Hochzeit, bei jedem Leichenschmaus. Bei Stublers wurde, wie bereits vermerkt und vom Ende der Familiengeschichte beglaubigt, häufiger gestorben als geheiratet.

Sie ließen ihn sogar zu Karl Rothschild – oder Israel Rothschild, der Name, den sich die Nazis zur Verhöhnung der Juden ausgedacht hatten und unter dem der junge Mann amtlich geführt wurde –, und er konnte nur eins für ihn tun: Er zog ein Blatt Papier aus seiner Aktentasche und ernannte Karl Rothschild darauf mit schwarzer Tinte zum Konzertmeister und ersten Geiger der Berliner Philharmoniker.

Am nächsten Tag war Karl Rothschild einer von vielen im Transport nach Osten, er starb im Lager, in welchem, erfuhr Furtwängler nicht, der Maestro bat Goebbels, Göring, den ganzen engen Kreis um Hitler, etwas zu tun, das deutsche Musikgenie zu retten. Mag sein, er ist Jude, habe er immer wieder gesagt, erzählte Furtwängler in der kleinen Berliner Teestube, ja, Rothschild ist Jude, aber die Musik, die er denkt, ist deutsch. Er versteht die größten deutschen Musikwerke unserer Zeit, sagte Furtwängler, aber ihm hörte keiner mehr zu. Das Rad der Geschichte drehte sich weiter, und er hatte einen treuherzigen jungen Mann auf seinem Gewissen, der davon geträumt hatte, unter dem Maestro die erste Geige zu spielen, und für seinen Traum starb.

Wenn einer bereit ist, für seinen Traum zu sterben, muss es auch den geben, der diesen Tod dereinst auf dem Gewissen hat. Wäre Wilhelm Furtwängler bereit gewesen, Deutschland zu verlassen, was nebenbei das ganze zivilisierte Europa von ihm erwartet hatte, hätte Karl Rothschild überlebt, denn er wäre ihm gefolgt. Allerdings wären dann Oboist, Fagottist, vielleicht auch Flötist deportiert worden ...

Aber wissen Sie, was ich Ihnen sagen werde, werter Herr, ich habe lange nachgedacht, jetzt weiß ich es: Karl Rothschild ist glücklich gestorben, weil sich in der Berliner Gefängniszelle sein Traum erfüllt hat. Er war, von Wilhelm Furtwängler persönlich unterschrieben und mit seiner musikalischen Ehre beglaubigt, der erste Geiger und Konzertmeister der Berliner Philharmoniker. Sein Traum wurde wahr, und der konnte nicht mehr enttäuscht werden. Hätte Karl Rothschild in der Philharmonie gespielt, hätte er große Momente erlebt, große Musik erlebt, denn dann wäre auch Beethoven nicht tot, aber er hätte zugleich Enttäuschungen erlebt, sein Traum wäre zwangsläufig geplatzt. Er hätte gemerkt, dass es ein sinnloser Traum war, völlig bedeutungslos, dass es vor Gott nicht zählte, falls er an den glaubte, noch in der Musik, es bedeutet nichts, erster Geiger der Berliner Philharmoniker zu sein, es bedeutet wenig, fast nichts, ihr Dirigent zu sein. Das ist alles so unbedeutend und klein, aber wir Menschen kennen nichts Größeres. Deswegen ist Karl Rothschild glücklich gestorben. Einen Augenblick, bevor sein Traum enttäuscht wurde ...

So redete der Alte, Rudi war zunächst fasziniert, betrachtete diese Hände, imaginierte Furtwängler, wie er mit ihnen wedelte, hörte im Geiste die Musik, die er nur vom Radio und Schellackplatten kannte, versuchte sich vorzustellen, mit welchen Bewegungen der Maestro sie hervorgelockt hatte, aber dann packte ihn die Trauer um Karl Rothschild, der nicht das Glück hatte, Oboe zu spielen, er hatte Mitleid mit Furtwängler, der ihn vor den Pogromen beschützen wollte, aber als ihn der Maestro in der Zelle als ersten Geiger und Konzertmeister einstellte, als Furtwängler siegessicher behauptete, der junge Mann sei glücklich gestorben, weil sein Traum nicht enttäuscht wurde, hätte Rudi Furtwängler gern einen Haken verpasst, ihm am liebsten die Faust mit aller Kraft in die Fresse geschlagen und alles in diesen Schlag gelegt, was ihm, Rudolf Stubler, seit dem 1. September 1939 widerfahren war …

Erst auf der Rückfahrt durch das zerstörte und geteilte Europa, in dem jeder jeden und am meisten die eigene Vergangenheit und potenzielle Zeugen dieser Vergangenheit fürchtete, dämmerte Rudi, dass er sich einen Bären hatte aufbinden lassen. Der Alte konnte nicht Wilhelm Furtwängler sein, welche Veranlassung hätte der berühmte Dirigent, ihm beim Tee seine Lebensgeschichte zu erzählen?, Rudi war einem Hochstapler und Lügner auf den Leim gegangen, der sich sein Leben lang selbst etwas in die Tasche log. Ein Tauge- und Habenichts, der Rollen und Masken wechselte, in die Schicksale und Identitäten berühmter Personen schlüpfte, sich mit fremden Federn, Martyrien und Opfern fürs Vaterland schmückte, immer dem ähnlich, in dessen Rolle er schlüpfte. In der Jugend Ernst Toller, Rudolph Valentino oder der verrückte russische Schachspieler Alexander Aljechin, als Erwachsener Görings Schwiegersohn, der vom machthungrigen jüngeren Bruder für unzurechnungsfähig erklärte und ins Irrenhaus gesperrte Prinz Đorđe Karađorđević, der russische Schriftsteller Iwan Bunin, im Alter der gefeierte Wilhelm Furtwängler, der mit Toscanini um den Rang des besten Dirigenten seiner Zeit wetteiferte, aber im Unterschied zu diesem so dirigierte, wie die Werke gedacht, nicht, wie sie aufgeschrieben waren, der sich in Beethovens, Sibelius', Mahlers Seele hineinversetzte, Tempi verbesserte, Strukturen änderte, Partituren im Geist ihres Genies umschrieb, die größten Komponisten Europas das Schreiben lehrte …

Der Hochstapler hat seine Rolle meisterlich gespielt, überlegte Rudi im leeren Abteil auf der Strecke München–Salzburg–Wien. Wenn Wilhelm Furtwängler das wirklich gesagt hätte, hätte er die europäische Musik gerettet. Hätte er, Rudolf Stubler, dem Hochstapler nicht seine Verzweiflung ins Gesicht schleudern können und dass Beethoven tot ist, weil sein Neffe tot ist, der in SS-Uniform von einem Heuschober zum nächsten rannte und in seiner Naivität glaubte, ein Heuhaufen könnte ihn vor feindlichen Kugeln schützen, er hätte nie wieder Beethovens Neunte hören können und das Radio abgedreht, sobald der Ansager im RIAS Furtwängler nannte. Ohne den Berliner Hochstapler und den zynischen Kassierer, der ihm, dem Ausländer und Jugoslawen, vorgaukelte, Wilhelm Furtwängler höchstpersönlich kennenzulernen, wäre die Musik tot. Zumindest für Rudolf Stubler, vielleicht auch für andere, denen sich der alte Betrüger als Wilhelm Furtwängler vorstellte. Wer weiß, wie viele er geneppt hat, Hunderte, mehrere Hundert, Tausende?, Heerscharen die Mär vom schlechten Gewissen erzählt und dem genialen Geiger Karl Rothschild, der nur einen Wunsch hatte – erster Geiger der Berliner Philharmoniker sein –, und den hat ihm Wilhelm Furtwängler erfüllt …

Rudi überlegte weiter: Angenommen, der Hochstapler hat sich den Gefängniswärtern als der berühmte Dirigent vorgestellt, Karl Rothschilds vermeintliche Ernennung unterschrieben und ihn vor der Deportation nach Auschwitz zum glücklichsten Juden und Musiker der Welt gemacht? Wenn sein Lebenstraum durch Betrug also nicht erfüllt wurde, Rothschild sich dessen aber nicht bewusst war, hat der Betrüger dann etwas Gutes oder etwas Böses getan? Wird die Geschichte, soweit es um historische Tatsachen geht, Wilhelm Furtwängler Verdienste zuschreiben, die ein anderer in seinem Namen erwarb? Und vor

Gott – Rudi glaubte während der ganzen Reise, in jeder wachen Minute seines Lebens bis zu seinem Tod im Dezember 1976 an einen Gott, der die Lebenswege aller Menschen lenkt –, also war Furtwängler vor Gott entschuldigt, freigekauft von einem, der in seinem Namen handelte?

Nur eins passte nicht ins Bild und irritierte ihn an der Geschichte: Der Alte hatte den Tee für sich und Rudi bezahlt. Sie sind mein Gast, hatte Furtwängler gesagt, Sie sind eingeladen. Wenn ich zu Besuch komme, geben Sie mir einen Tee aus.

Tagebuch der Bienen

Im Keller am Sepetarevac fand sich im Sommer 1998 zwischen Sachen, die seit unserem Einzug dort lagerten und nie nach oben getragen worden waren, eine angefaulte Stofftasche, ein sogenannter Hafer- oder Futtersack, darin ein Bleistift, als Einziger unbehelligt vom Zahn der Zeit und der Kellerfeuchtigkeit, ein rostiges Benzinfeuerzeug, zwei Stangen Siegelwachs und ein Notizheft.

Futtersack, Feuerzeug und Wachs landeten im Müll – wer versiegelt schon noch Briefe –, wo der Bleistift geblieben ist, weiß ich nicht, und das Notizheft habe ich verwahrt, weil ich wissen wollte, wem der Stoffbeutel gehörte und wozu es diente, dieses Männertäschchen, mit dem man ein Pferd hätte füttern können. Wo es gewebt und genäht wurde, lässt sich schwer sagen, denn Farben und Ornamente waren verblichen oder unter Schmutz verschwunden, solche Täschchen sind den ganzen dinarischen Gebirgszug entlang von Istrien über den Velebit, Dalmatien und die Herzegowina bis hinunter nach Albanien gebräuchlich, überall, wo es Schafe gibt und Männer, die sie hüten.

Für den ehemaligen Besitzer des Hafersacks interessierte ich mich hauptsächlich, um mir nicht später den Kopf darüber zu zermartern. Ich denke oft über abhandengekommene Sachen nach, suche Antworten auf offene Fragen aus der Vergangenheit oder rekonstruiere vergeblich Ereignisse, deren Zeugen verstorben sind. Ich malträtiere meine Fantasie, wenn ich warten muss, Langeweile habe, mit Kopfschmerzen im dunklen Zimmer liege, und entwickele zu allem und jedem eine Theorie. Daraus entsteht nichts Gutes, keine Literatur, es ist eine Quälerei ohne Sinn und Zweck. Wittgenstein lügt, wenn er sagt, dass jede Frage beantwortet werden kann, die sich überhaupt stellen lässt: O nein, man kann sehr wohl unbeantwortbare Fragen stellen; sie tun anfangs weh und führen dann in die Art von Stumpfsinn, der an die Betäubung beim Zahnarzt erinnert, kurz bevor der Zahn gezogen wird.

Ich wollte den Hafersack vergessen und deswegen wissen, wem er gehörte.

Außerdem war ich zweiunddreißig, fast so alt wie Jesus in seinem Todesjahr, mithin zu alt für eine berufliche Neuorientierung. Den Inhalt eines im Keller gefundenen Beutels zu erforschen, historische Zeiten aus einem Gebrauchsgegenstand zu rekonstruieren und durch die Texte im Notizheft zu erläutern, um anhand der gewonnenen Indizien den einstigen Besitzer zu ermitteln, entspricht – ein Jahr Archivarbeit, den Besuch der Orte, an denen die noch immer unbekannten Akteure sich aufhielten, sowie Hunderte sorgfältig redigierter Seiten vorausgesetzt – dem Ansatz der Alltagsgeschichte, die unterhaltsamste Disziplin der Geschichtswissenschaften, mit der ich mich leider nie beschäftigen werde, weil ich bis zum letzten Atemzug Journalist und Romanautor bleibe, der sich Dinge ausdenkt und über Abkürzungen da ankommen will, wohin sich die Wissenschaft wesentlich sicherere Wege bahnt.

Das vorweg klargestellt, will ich trotzdem wenigstens einmal einen Gegenstand, der mich interessiert, untersuchen und aller Zweifel und Spektulationen entheben.

Nachdem ich mit dem Lappen eine dicke Schicht aus Staub und Schimmel abgewischt hatte, kam ein taubenblauer Ledereinband zum Vorschein mit eingeprägten Ornamenten entlang der Ränder und einem verblassten Schriftzug unten rechts, *Almanach* stand da in nachempfundener Schreibschrift. Trotz des ruinösen Zustands war der einstige Glanz noch zu erahnen. Bei genauerer Betrachtung wurden in den Prägekanten Reste der Vergoldung sichtbar, stilistisch sind Verzierungen und Typografie dem Art déco zuzuordnen.

Der Almanach, so werden wir das Notizheft ab jetzt nennen, kann nicht viel gekostet haben. Wahrscheinlich wurde er in Sarajevo gekauft, in einer Buchhandlung oder einem Papierwarenladen; für ein Mitbringsel aus Zagreb, Wien oder Graz wirkt er zu billig.

Der Almanach ist 10,3 x 15,8 Zentimeter groß, hat 44 handschriftlich paginierte Seiten plus Vorsatzpapier, zwischen der 32. und 37. Seite wurden zwei Blätter herausgerissen.

Beschrieben sind Seite 1 bis 18, 21, 25 und 27, alle mit Bleistift. Die Handschrift ist winzig, aber lesbar, bis auf verschmierte Stellen, insgesamt höchstens ein Viertel des Gesamttextes, der sich jedoch mit ein wenig Mühe und einer Lupe vollständig entziffern ließ. Jeder Eintrag ist datiert, der erste auf den 18. IV. 1935, der letzte auf Seite 27 auf den 14. VII. 1937.

Auf der Rückseite des vorderen Vorsatzblattes ist die Legende:

Abkürzungen und Symbole.
K = Königin
D = Drohn
A = Arbeiterin
V = Volk
H = Honigwabe
B = Brutwabe
E = Eier
→ = von hinten
← = von vorne
o = Mitte
\+ = Schwarm

Von Anfang bis Ende ist es dieselbe Handschrift, ich weiß sofort, von wem, ausgeschrieben und unverkennbar, überaus akkurat und klein. Man sieht, welche Einträge freihändig und welche auf einer festen Unterlage geschrieben wurden, aber nirgends wird die Handschrift fahrig, jeder Buchstabe bleibt im Raster der Mathekästchen, kein Auf- oder Abstrich schießt über die Linien hinaus, was auf ausgeprägte Selbstbeherrschung und Ausgeglichenheit des Verfassers schließen lässt.

Nur ein Satz ist von anderer Hand, auf dem rückwärtigen Vorsatzblatt. Er lautet: 7. Juni, Samstag, Minna war da. Da der

7. Juni erst 1941 auf einen Samstag fällt, wurde der Satz geschrieben, als der Almanach eigentlich nicht mehr benutzt wurde, oder Minna war, wenig wahrscheinlich, am Sonntag des Jahres 1936 zu Besuch.

Diesen einen Satz schrieb Olga Rejc.

Alles andere schrieb Franjo Rejc.

Im taubenblau eingebundenen Almanach führte er drei Jahre lang unregelmäßig Buch über seine Bienenvölker in Ilidža. Zur selben Zeit, zwischen 1935 und 1937, hatte Franjo in Želeća bei Žepče, auf einer Wiese nahe des Bahnhofs, neun weitere Beuten stehen. Aber die kommen im Almanach nicht vor, für sie muss es ein zweites Tagebuch gegeben haben. Es hat sich nicht erhalten, und es lebt keiner mehr, der die Geschichte von neun Bienenvölkern auf der Wiese von Dušan Zlatković, der als Weichenwärter im Bahnhof Žepče arbeitete, bezeugen könnte. Franjo Rejc bezahlte Dušan Zlatković in Naturalien, Pollenpachtzins sagte man dazu, obwohl der nichts dafür verlangte. Jeder normale Mensch freut sich über Bienen auf seinem Grund und Boden. Gott liebt die Bienen, der Honig ist heilkräftig, weil Gottes Liebe darin ist. So redete in Nonnos Erinnerung oder meiner Erinnerung an Nonnos Erinnerung Dušan Zlatković über die Bienen. Er war nur Weichenwärter, aber ein tiefgläubiger Mensch, was unter Eisenbahnern und Schienenarbeitern, insbesondere den orthodoxen, nicht eben häufig war, er studierte jeden Abend die Heilige Schrift, ging in die Berge und sang Psalmen und fragte bei allem und jedem: Wie denkt Gott darüber, wie sieht Gott das?

Für die sechs Bienenstöcke in Ilidža musste Franjo keinen Pollenpachtzins zahlen, sie standen in Karlo Stublers Garten. Manchmal übernahmen Karlo und sein Sohn Rudi die Imkerei, aber in der fraglichen Zeit machte Rudi in Lichtspielhäusern und Varietés Musik und Urgroßvater Karlo kränkelte – er war offenbar gegen Frühblüher allergisch, zu einer Zeit, als man von Allergien noch nichts wusste –, also war Franjo in der Pflicht. Deswegen führte er das Tagebuch.

Zeitlebens hatte er ein ausgeprägtes Bedürfnis, Sachen aufzuschreiben und zu dokumentieren, vielleicht als Ventil eines nicht ausgelebten literarischen Talents, vielleicht aus dem Bedürfnis heraus, die Zeit anzuhalten und sich gegen das Vergessen zu stemmen, vielleicht auch Ausdruck seiner bürokratischen Ordnungsliebe, jedenfalls war er bemüht, alles Wichtige festzuhalten, zu sortieren, zu bearbeiten und zu archivieren. Er hat immer Tagebücher geführt, nicht nur über Bienen und Bienenvölker. In Tischkalender notierte er Telefonate mit Uhrzeit, Dauer, Anrufern oder Angerufenen, ob an dem Tag Post gekommen war, Briefe, Telegramme, Bücher aus Deutschland. Auf seinem Schreibtisch im Büro lagen Zettel, welcher Kollege ein Enkelkind bekommen hatte, wessen Sohn in Zagreb sein Diplom bekam, wem die Frau gestorben war. Später räumte er sie in Kladden oder warf sie weg, und niemand, ihn eingeschlossen, wusste, wozu das Dokumentieren gut sein sollte. Die Notizen gaben ihm wohl ein Gefühl von Sicherheit.

Karlo fragte mal, warum er sich aufschreibe, was er doch sowieso im Kopf habe.

Er lachte und nannte dann einen vernünftigen Grund: Damit man weiß, wie man die Bienen behandeln muss, wenn mir etwas zustößt. Wäre doch schade, wenn sie mit mir untergehen.

Karlo nahm es ihm nicht ab. Keiner, der ihn kannte, nahm Franjo die Erklärung ab. Bienen überleben den Tod des Imkers sowieso. Wenn keiner sich um sie kümmert, schwärmen die Völker aus, verlassen die Beute, viele Tiere sterben oder werden nicht geboren, Maden verfaulen im Brutnest und verbreiten den säuerlichen Geruch des Todes, aber der Bien ist nicht in Gefahr.

Franjo wusste das besser als jeder andere, ihm fiel keine bessere Erklärung für sein Tagebuch ein.

Für keins seiner Tagebücher.

Wenn ihm etwas zustieß, sollten die Tage nicht vergessen sein, die er gelebt hatte.

Die peniblen Chroniken waren im Grunde Franjo Rejcens Versuch, dem stets chaotischen Leben die vollkommene Ordnung seiner Tagebücher einzuimpfen. Oder er hat sich mehr und mehr in den Geist dieser Tagebücher eingesponnen und das Leben dem kosmischen Chaos überlassen.

Damit war die Aufgabe also gelöst: Der Hafersack mit Bleistift, Feuerzeug, Siegelwachs und Almanach gehörte meinem Großvater.

Es wäre der richtige Zeitpunkt gewesen, um loszulassen, den Almanach in einer Schublade meines Schreibtischs in der Markuševca zu vergessen, und irgendwann wären alle Graphitspuren ins Papier eingedrungen, die Blätter total vergilbt und Franjos Vergangenheit samt Chroniken in den Ursprung zurückgekehrt, hätten nie existiert, er hätte nie existiert, wie auch wir eines Tages nie existiert haben werden.

Aber zwei Dinge interessierten mich brennend.

Warum bricht das Bienentagebuch ab?

Und wann hat Minna Olga und Franjo besucht? Am Samstag, dem 7. Juni 1941, oder am Sonntag, dem 7. Juni 1936? Hat Olga den falschen Wochentag vermerkt oder den Eintrag auf dem rückwärtigen Vorsatzblatt wirklich erst in den Almanach geschrieben, als Franjo ihn seit vier Jahren nicht mehr fürs Bienentagebuch benutzte?

Der Almanach steckte vermutlich schon damals samt Bleistift, Feuerzeug und Siegelwachs im Hafersack. Hat Olga ihn extra herausgezogen, um Wochentag und Datum von Minnas Besuch zu notieren? Wozu? Für wen?

Im August 1998 suchte ich alle Schubladen am Sepetarevac, alte Kladden, den Dachboden erfolglos nach den anderen Bienentagebüchern ab. Ich fand weder sie noch die Kartons mit Franjos Fachbüchern und Imkerlexika, die er ein halbes Leben lang gesammelt hat. Sie waren verschwunden, vielleicht in den kalten Kriegstagen verheizt worden, oder Javorka, seine Tochter und meine Mutter, hat sie im ersten Friedensfrühling, getragen von der Euphorie des Neuanfangs, weggeworfen.

Ich telefonierte herum, rief alte Männer an, die sich an ihn erinnerten. Oder ihn vergessen hatten. Den einen wie den anderen war ich suspekt. Im besseren Fall hielten sie mich für einen Betrüger, der sie ausrauben wollte, und legten unvermittelt auf. Schlimmer waren die, die mich für den Tod hielten, der sie holen kommen will. Die wurde ich nicht mehr los. Entweder fingen sie an, getrieben von einer wunderlichen Erleichterung, mir ihre Lebensgeschichte zu beichten, oder sie bettelten mich mit weinerlicher Stimme an, ich möge sie verschonen und ihnen noch ein, zwei Tage Lebenszeit gönnen. Bis dahin würden sie schon wieder wissen, wer Franjo Rejc war, und mir alles über ihn erzählen.

In Zagreb, im jüdischen Altenheim Lavoslav Švarc, fand ich Đorđe Bijelić, der am 17. Januar 1937 zum Vorsitzenden der Gesellschaft der Imker des Königreichs Jugoslawien gewählt worden war. Die Sitzung fand im Saal des Hauses der Arbeiter in Sarajevo statt, Franjo Rejc war Protokollführer.

Ein regnerischer, ungewöhnlich kalter Septembertag.

Vor dem Altenheim im Osten der Stadt stand, dezent im Gebüsch versteckt, ein Denkmal für Moša Pijade, den kommunistischen Verschwörer und Märtyrer, an der Münchner Akademie ausgebildeten Maler, Übersetzer von Marxens *Kapital.* Vor 1991 stand es an einer viel befahrenen Kreuzung. Statt es zu sprengen – was den Anwohnern nicht recht gewesen wäre –, boten die Schwarzhemden Zagrebs jüdischer Gemeinde höflich an, sie könne Moša auf Privatgrund zeigen, vorausgesetzt, das Denkmal würde weder Anwohner verärgern noch die religiösen Gefühle der katholischen Mehrheit beleidigen, also vorausgesetzt, sie würden es gut verstecken. Dankbar stellte sie die Plastik vor ihr Altenheim. Dort fiel es nicht auf.

Die Alten waren um einen Esstisch mit weißem Tischtuch versammelt, obwohl gar nicht Essenszeit war. Manche tranken Tee, die meisten tranken nichts. Eine dauergewellte Dame trug eine Sauerstoffmaske.

Am Kopfende, als hielte sie einen Vortrag, saß eine korpulente Frau in mittleren Jahren, eine berühmte Opernsängerin, sie war jahrelang an der New Yorker Met aufgetreten und wiegte den Oberkörper, im getragenen Rhythmus eines unsichtbaren Orchesters, langsam vor bis an den Tischrand, schnell zurück in die Lehne.

Sie sang einen alten Gassenhauer: *Tebi majko misli lete* ... Zu dir, Mutter, fliegen Gedanken über Berg und Tal, es grüßt dich aus der Ferne dein einziger Sohn ...

Die Alten bewegten die Lippen, formten die Worte, laut sang kaum einer mit. Auch die dauergewellte Dame klappte den Mund hinter ihrer durchsichtigen Sauerstoffmaske auf und zu.

Đorđe Bijelić – Georg Weiß – saß im Rollstuhl. Er wurde als Sohn von Joseph Pepi Weiß, Mathelehrer am Großen Gymnasium, am 1. Januar 1901 geboren, studierte Agrarwissenschaften in Belgrad, immatrikuliert unter dem Namen Đorđe Bijelić. Nachzulesen in der *Enzyklopädie Jugoslawiens*, erschienen beim Lexikografischen Institut, Zagreb. Nach dem Diplom unterrichtete er dort einige Jahre, hatte glänzende Karriereaussichten, hielt als Gastprofessor an der Sorbonne 1933 den berühmten Vortrag »Christentum und Bienenseele«. Dann jedoch verließ er Belgrad und kehrte nach Sarajevo zurück, kehrte auch der Universitätslaufbahn den Rücken, wurde in wissenschaftlichen Kreisen schnell vergessen, unterrichtete am Großen Gymnasium Biologie und betrieb in seiner Freizeit die Imkerei. 1937 gewählt, war er der einzige Bosnier, der im Königreich Jugoslawien je der Imkergesellschaft vorsaß, und zwar bis zu deren Auflösung bei Ausbruch des Zweiten Weltkriegs. Georg Weiß floh vor der Ustascha nach Dubrovnik und von da nach Italien. Nach dem Krieg unterrichtete er wieder in Sarajevo bis zu seiner Pensionierung 1966 an Mittel- und Grundschulen Biologie. Er lehnte den Ruf an die neu gegründete Fakultät für Agrarwissenschaften ab, beteiligte sich jedoch an einigen Uni-Projekten, allein oder in Kooperation mit Professor Ignat Pobegajlo, dem Autor von *Die Bienenpest (larva pestis).* Zehn Jahre nach der Pensionierung, 1976, erschien beim Sarajever Verlag Svjetlost Bijelićs Lebenswerk unter dem Titel *Pest und Exodus*, das zu den ungewöhnlichsten Büchern Jugoslawiens zählt. Die dreibändige Ausgabe mit rund zweitausend Seiten trat eine gallige Diskussion los, der verantwortliche Lektor musste seinen Hut nehmen, Parteifunktionäre bezeichneten Bijelićs Buch als verlegerischen Fehlgriff und betonten, natürlich müsse die Verantwortung jedes Genossen und Glieds in der selbstverwalteten Entscheidungskette gesondert betrachtet werden, aber mit der Entlassung eines Lektors sei es nun wirklich nicht getan.

Eine Fraktion hielt Bijelićs opus magnum für unglaublich krauses Zeug, den Erguss eines Megalomanen, das Machwerk eines größenwahnsinnigen Hinterwäldlers, sah darin den Schelmenstreich einer Narrenhorde oder schlicht Mist, wie er gelegentlich infolge der Überproduktion am Buchmarkt mit durchrutscht. Die andere Fraktion, zahlenmäßig kleiner, aber insgesamt einflussreicher, feierte *Pest und Exodus* als Jahrhundertwerk: eine brillante intellektuelle Biografie, der Beweis, dass in der Einsamkeit und Stille einer Mönchszelle abseits des Vorlesungsbetriebs und akademischen Rummels große literarische Werke und historiografische Synthesen entstehen, exzellente kulturgeschichtliche Abhandlungen und Überblicksdarstellungen, anthropologisch ins Unterbewusste unserer Zivilisation ausgreifend und voller Erkenntnisse über die Seele von Menschen und Bienen, ein theologisches Traktat über Insekten und Blüten, das Menschen vor ihren Gott stellt, selbst uns, die wir weder an die Seele noch an Gott glauben. Das alles und noch viel mehr ist *Pest und Exodus*! So Ivan Focht, Professor für Ästhetik, über Bijelićs Buch, aber erst als Miroslav Krleža sein Haupt zu Bijelićs Verteidigung hob, erstarb alle Polemik und jeder Spott verstummte. Damals war der Schriftsteller alt, fast bewegungsunfähig und ans Haus gefesselt, er hatte aufgehört zu schreiben, doch in zwei Fällen, für zwei Bücher – Kišs *Ein Grabmal für Boris Dawidowitsch* und Bijelićs *Pest und Exodus* – ergriff er Partei. Beide von jüdischen Autoren, erzählt das eine von Lagern, das andere von Bienenstöcken.

Bijelićs Buch wurde ins Französische und Deutsche übersetzt, zweimal neu aufgelegt und immer wieder einmal als unerträglich anmaßend zerrissen. Dann überlagerten der drohende Krieg und die erwachenden Nationalismen, erst großserbische Ansprüche, dann auch die Ustascha-Verherrlichung zusehends das Interesse an *Pest und Exodus*, es schwand umso schneller, je mehr sich die überforderten Bürger Jugoslawiens Kirchen und Moscheen zuwandten und bei Gott suchten, was sie an den Mitmenschen unwiederbringlich verloren hatten, und mit dem blutigen Ostern 1991 an den Plitvicer Seen, mit Vukovar und dem Beschuss Dubrovniks landeten Đorđe Bijelić und sein Werk endgültig im Orkus.

Als die ersten Granaten auf Sarajevo fielen und die Serben die Schlinge um die Stadt zuzogen, war er ein gehbehinderter neunzigjähriger Jude, der dank seines Judentums ausgeflogen wurde. In Zagreb kannte ihn keiner, er kam ins Altenheim, niemand besuchte ihn. Sein einziger Sohn, Dragutin, war 1930 im Alter von drei Jahren in Belgrad an Diphtherie gestorben, seine Ehefrau, Blanka, geborene Albahari, gebürtige Belgraderin, konnte nicht wieder schwanger werden, in Sarajevo unterrichtete sie Englisch an einer Fremdsprachenschule und starb Ende August 1940, wachte eines Morgens einfach nicht mehr auf.

Mehr konnte ich über Đorđe Bijelić nicht in Erfahrung bringen.

Ich schreibe das in der Hoffnung, dass jemand mehr über ihn weiß und mir seine Geschichte verrät und damit eventuell sogar die Lücken hinsichtlich der Bienentagebücher meines Großvaters Franjo Rejc schließt. Deswegen will ich die Geschichte unbedingt so interessant erzählen, dass Leser sie weitererzählen und sie in möglichst viele Sprachen übersetzt wird, denn Đorđe Bijelićs Bekannte, die Sarajever Juden und Imker, leben versprengt über die ganze Erde, und ihre Nachfahren sind noch viel weiter verstreut, und so ist es wahrscheinlich, dass der, der die ganze Geschichte kennt, falls es so jemanden, falls es unerzählte Geschichten gibt, weit weg von Sarajevo lebt und diese Sprache, die ich allen zum Trotz wieder Serbokroatisch nenne, nicht beherrscht. Wenn er von mir hört, bitte melden!

Die ehemalige Operndiva war mit ihrem Gassenhauer zu Ende, und ich fragte Bijelić nach Franjo Rejc.

Er sah mich an, lächelte freundlich und nickte.

Er erinnerte sich nicht.

Ich fragte ihn nach anderen Personen, die 1937 ins Leitungsgremium der Imkervereinigung gewählt wurden, lebte von denen noch jemand?

Er verstand mich nicht.

Onkel Đorđe hat Alzheimer, sagte die Krankenschwester mitleidig.

Ja, ja, Alzheimer!, rief der Alte, als hätte ihm das Wort die ganze Zeit auf der Zunge gelegen.

Ein paar höfliche Sätze später, mit dem Versprechen, ihn wieder zu besuchen, dem Bekenntnis, auch aus Sarajevo zu kommen, aber mich nicht mehr als Sarajever zu fühlen, ging ich zum Ausgang.

Da fiel mir noch eine Frage ein, und wenn sie mir schon einfiel, wollte ich sie ihm auch stellen.

Herr Bijelić, welchen Grund hatte es, wenn ein Imker im Juni 1937 eine Königin aus dem Stock holte?

Der Alte zuckte zusammen, sah mich an, als wäre er gerade aufgewacht, und sagte: Das hat sentimentale Gründe und sonst keine, mein Herr. Ich kann Ihnen auch verraten, wie er weiter verfuhr. Er hat den Sonnenuntergang abgewartet, die Bienen mit Giftgas abgetötet, an Ort und Stelle vergraben und die Beute verbrannt.

Ich verstand ihn nicht, dachte, er rede wirr. Einige Monate später fand ich im Antiquariat Brala gegenüber vom Botanischen Garten eine alte Ausgabe der *Bienenpest (Larva pestis)* von Ignat Pobegajlo, Belgrad 1933, und nachdem ich mir die Vorgehensweise vor dem Auftreten der Amerikanischen Faulbrut durchgelesen hatte, begriff ich seine Worte. Aber für Nachfragen war es zu spät, Đorđe Bijelić starb im Dezember 1998. Die Meldung stand in der Kulturbeilage der *Politika*, daneben Muharem Pervićs Essay über *Pest und Exodus* und dessen Einfluss auf die intellektuellen Strömungen in Jugoslawien Ende der siebziger Jahre, im Imker-Verbandsorgan, das in Zagreb erscheint, und nirgends sonst.

Durch Pobegajlos Handbuch verstand ich, dass Franjos Ilidžer Bienentagebuch endet, weil die Pest seine Völker befiel. Daraufhin setzte ich mich in die Unibibliothek und suchte in den Tageszeitungen vom Mai und Juni 1937 nach Meldungen über das Auftreten der Bienenpest in und um Sarajevo. Aufmerksam arbeitete ich mich durch *Politika, Obzor, Jutarnji List, Večernja Pošta* … Fehlanzeige. Ich resignierte, wollte die Sache schon drangeben, da war offenbar nichts zu machen, ich würde nie herausfinden, was in Ilidža vorgegangen war und wieso Franjo Rejc mit bloßen Händen die Königin aus dem Stock holte und den schrecklichen, säuerlichen Geruch toter Bienen in der Nase hatte, der für ihn schlimmer war als der Gestank von Massengräbern.

Ich hätte wohl tatsächlich aufgegeben, wäre mir nicht in einer Schublade am Sepetarevac der Brief in die Hände gefallen, mit dem Minna Jelavić am 23. Mai 1941 aus Dubrovnik Olga fragte, ob sie es angesichts der neuen Umstände für sinnvoll halte, den Arzttermin am Freitag, dem 6. Juni, in Sarajevo wahrzunehmen. Es gehe um diese Sachen, womit klar ist, dass Minna einen Termin beim Gynäkologen hatte, unklar bleibt hingegen, an welcher Krankheit sie litt. Obwohl der Brief an Olga gerichtet und vertraulich war, obwohl es keinen Zweifel geben konnte, dass ihn außer Olga niemand lesen würde, redete Minna schamhaft von diesen Sachen. In einer Kurzgeschichte oder einem Roman könnte man mit der Annahme arbeiten, es ginge um Unfruchtbarkeit, das würde wunderbar funktionieren, im richtigen Leben allerdings war Minna nicht verheiratet und blieb es bis ans Lebensende, ebenso ihre ältere Schwester Franica. Falls sie unfruchtbar gewesen sein sollten, werden wir es nie erfahren.

Die Schwestern Jelavić bewohnten in Lapad ein einstöckiges Häuschen in einem großzügigen mediterranen Garten voller Kakteen und würziger Kräuter unter Feigen-, Zitronen- und

Orangenbäumen. Als Dreijähriger habe ich dort im Sommer 1969 die ersten Gartenzwerge meines Lebens gesehen. Meiner Erinnerung nach war ich damals der Meinung, dass sehr reich sein müsse, wer sie besitzt. Sie erschienen mir kostbarer als das Denkmal für Genossen Tito, den bronzenen Reiter am Zagreber Hauptbahnhof und alle Standbilder, die ich bis dahin gesehen hatte. In meinen Kinderaugen gab es nichts Wertvolleres als die Gartenzwerge von Tante Minna und Tante Franica.

Sie waren keine richtigen Tanten, nur sehr weitläufig mit uns verwandt, aber umständehalber oder aufgrund persönlicher Beziehungen standen Olga und ihre Schwestern, später auch meine Mutter in regem Kontakt zu Minna und Franica, ein Leben lang, vom Ersten Weltkrieg bis die beiden Mitte der siebziger Jahre eine nach der anderen schnell und geräuschlos starben, ohne jemandem zur Last zu fallen. Die Schwestern Jelavić liegen unter ihrer Grabplatte in Boninovo, ohne Spuren hinterlassen zu haben. Olga, Karlos jüngste Tochter, starb kaum zehn Jahre später.

Der Eintrag vom Samstag, dem 7. Juni, auf der Vorderseite des hinteren Vorsatzblattes bezieht sich also auf das Jahr 1941. Da kam Tante Minna zu Besuch.

Einen Tag vorher, am Freitag, war sie zur Untersuchung beim Gynäkologen, wo sie übernachtet hat, wissen wir nicht, und dann klingelte sie bei Olga und Franjo.

Das Schuljahr war fast zu Ende, eine Woche vor den Sommerferien, Mladen ging noch in die zwölfte Klasse, Dragan stand kurz vor dem Wechsel in die höhere Schule. Zwei Monate später wurde Olga wieder schwanger, brachte im Mai darauf eine Tochter zur Welt. Vom Krieg merkte man in Sarajevo nicht viel, gut, jüdische Geschäfte waren enteignet und Kroaten treuhänderisch überlassen worden, Ariern, meist Ustaschas oder Ustascha-Anhängern, das schon, aber es war noch nicht schrecklich. Es war noch nicht so schrecklich. Gut, vor der orthodoxen Kirche in der Altstadt waren ein paar Leute massakriert worden, dem Spirituosenhändler Cucić hatte einer eine Flasche

Schlibowitz über den Kopf gezogen, sodass die Aleksandrova tagelang nach Schnaps stank. Alles halb so schlimm, es war noch nicht so schrecklich. Klar, die Aleksandrova war eigentlich nicht mehr nach König Alexander, sondern nach Dr. Ante Pavelić benannt, hieß also Pavelićeva, man musste wirklich höllisch aufpassen, dass einem nicht versehentlich der alte Name herausrutschte. Auch nicht weiter schlimm, es war noch nicht schrecklich, es war noch nicht so schrecklich. Noch gab es Leute, die mit dem Namen Dr. Ante Pavelić nichts anfangen konnten, im Zentrum lebten ein paar geistig minderbemittelte muslimische Damen und abgemagerte Greisinnen in Wohnungen mit sehr hohen Decken in düsteren Gründerzeithäusern, die hielten ihn für einen Arzt aus der Gegend und eine Zeit für gekommen, in der die Welt gründlich kuriert würde. Aber die Kur hatte noch nicht begonnen. Nein, es war noch nicht schrecklich, es war noch nicht so schrecklich.

Minna redete so, wiederholte Wörter und Halbsätze. Sie konnte nicht anders. Andere stottern, Minna musste Wörter wiederholen, damit sie weiterdenken und reden konnte. Zog man sie damit auf, verstummte sie und sagte für den Rest des Tages keinen Ton. Ging nicht. Egal, wie sehr sie sich anstrengte. Es war nicht schrecklich, nicht so schrecklich für die, die Minna kannten. Wir haben uns amüsiert, die ganze Familie, alle Stublers von Karlos Generation bis zu mir. Wir fanden es nicht schrecklich, nicht so schrecklich. Vielleicht war es gerade das, was Olga und Franjo und später meine Mutter mit dieser entfernt verwandten Tante verband, vielleicht hat es sie glücklich gemacht, dass Minna Worte, Satzteile oder ganze Sätze wiederholen musste. Es war nicht schrecklich, nicht so schrecklich. War Minna gegangen oder wir aus dem großen, duftenden Garten in Lapad heraus, lachten wir lange und wiederholten die Versatzstücke, die Minna an diesem Tag gleichsam als Ziegel- oder Trittsteine gedient hatten, um Matsch und Pfützen zu überqueren, ohne sich die Füße schmutzig zu machen. Oder zu verstummen.

Franjo, den Kopf vollgestopft mit Wörtern und Fremdsprachen, mit unterschiedlichen Gesichtsausdrücken, je nachdem, ob er Serbokroatisch oder Deutsch sprach – einmal, da war ich zwei oder drei und er redete ungarisch, hat er mich so erschreckt, dass ich unters Sofa kroch und lange nicht wieder vorkam –, Franjo hat sich wohl am meisten an Minnas Art zu reden erfreut, goutierte die Wörter und Sätze, die sie wiederholen musste, beneidete sie sogar ein wenig darum und machte es ihr nach und ließ es dann wieder sein, weil er es nicht durchhielt, weil er nicht wie Minna war. Niemand war wie Minna.

Und wie das so geht, was den einen freut und froh sein lässt, was wir beglückt Minnas ganz besonderen Charme zuschrieben, empfand sie als Fluch und schwere Seelenpein. Ach, Olga, sagte sie, ich habe wegen des Sprachfehlers nie geheiratet. Das ist nicht so schlecht, tröstete sie Olga, du hast keinen Schnarcher im Bett, das war Anfang der Siebziger, der Zug längst abgefahren, Minna eine hagere Alte, knorrig wie ein vertrockneter Olivenbaum, was Olga früher, sehr viel früher auf Minnas Klage: Ach, Olga, ich habe wegen des Sprachfehlers nie geheiratet!, gesagt hatte, passte nicht mehr, denn da hatte sie gesagt: Ach, Minna, nicht verzweifeln, das gefällt den Männern, denen muss man sowieso alles zweimal sagen. Ich muss Franjo alles dreimal sagen, und er hört es trotzdem nicht. Woraufhin Franjo tat, als wäre er empört, und so alberten sie herum. Sie gingen verschwenderisch mit Wörtern und Gefühlen um, wie wenn das Leben nie zu Ende wäre, und in dieser allgemeinen Verschwendungssucht und Ausgelassenheit wurde Minna mit einer reinen, heiteren Liebe geliebt. Alle fanden ihren Sprachfehler drollig, ihr Unglück beglückte sie, wo sie doch sowieso nichts dagegen tun konnten, und noch war es nicht schrecklich, nicht so schrecklich. Selbst Minna war froh, weil wir alle von ihrem Unglück so beglückt waren.

Franicas Fall war ernster. Sie war so klein und rundlich wie ihre Schwester groß und hager war, und sie hinkte. Sie trug diese hässlichen orthopädischen Schuhe, ich fürchtete mich deswegen vor ihr. Die Schuhe waren eine Drohung, wenn du nicht brav bist, wachsen dir auch welche an den Füßen.

Franica sagte nie, sie hätte wegen dem Hinken nicht geheiratet. Weil sie als junges Mädchen Knochentuberkulose hatte und alle dachten, sie stirbt, aber sie wurde wieder gesund. Das hat sie glücklich gemacht, und wie! Das Hinken gemahnte sie daran, wie schön das Leben war, wie gut, dass sie noch lebte, es war ein Wunder, dass sie noch lebte, jedes Leben ist ein Wunder, man kann sich darüber gar nicht genug wundern, so dachte Franica oder redete vielleicht auch nur so, damit alle mit ihrem Hinken einverstanden waren. Sie hat wegen Minna nicht geheiratet. Nur deswegen. Sie war die Ältere und hatte die Fürsorge für die Jüngere, und als das nicht mehr zutraf, konnte sie sie nicht im Stich lassen. Was hätte Minna denn gemacht, wenn sie geheiratet hätte? Am ersten Tag hätte sie den Wasserhahn im Bad nicht richtig zugedreht und das Haus unter Wasser gesetzt. Am zweiten Tag hätte sie das Haus in die Luft gejagt bei dem Versuch, die Gasflasche auszuwechseln. Am dritten Tag hätte sich Minna vergiftet und uns alle mit, die wir zu Besuch gekommen sind, weil sie statt Essig Salzsäure genommen hätte … Wie hätte sie sie da allein lassen können? Wie hätte Franica heiraten können?

So lebten sie, die unverheirateten Schwestern Jelavić, jede aus ihren eigenen Gründen ledig, in einem immer baufälligeren einstöckigen Haus in einem immer üppigeren herrlichen Garten. Beide kümmerten sich um die Pflanzen, gruben die Erde um, düngten sie, packten die Stämme von Zitronen und Orangen gegen die winterliche Kälte ein, und jeder, ganz Dubrovnik, bewunderte den Garten. Touristen verweilten lange an dem schmiedeeisernen Zaun, den die Schwestern alle zwei Jahre schwarz überlackierten, vor dem duftenden Urwald, dessen Geschichte sie nicht kannten. Die Dubrovniker übrigens auch nicht. Die Welt von Minna und Franica Jelavić war ihnen ein Buch mit sieben Siegeln, denn sie hatten nur Spott für die beiden übrig. Zur Strafe wurden sie blind.

Als die Schwestern kurz hintereinander starben, änderte Dubrovnik seinen Geruch. Ende der siebziger Jahre roch man zum ersten Mal die Kanalisation. Das kommt von den vielen Touristen, schrieben die Zeitungen, die Kanalisation ist auf weit weniger Menschen ausgelegt. Zum ersten Mal stank der Fischmarkt nach verdorbenen Muscheln und dem, was beim Ausnehmen abfällt. Das kommt von der Faulheit, von den Prahlhänsen unter den Fischern und weil jetzt Leute aus dem Hinterland auf dem Fischmarkt arbeiten, das hat es ja noch nie gegeben. So redete man in Dubrovnik. Dann verpesteten faulende Orangen im Burggraben vor dem Pile-Tor und die Katzen die Luft, die sich rings um die orthodoxe Kirche vermehrten, das ranzige Öl aus dem Restaurant in der Prijeko-Straße stank, die vollgepissten Mauern bei Karmen und in der Straße von Pustijerna, die Hundescheiße und die Prostata alter Männer und das abgestandene Wasser im Hafen und die Sonnencremes und die Toten in Boninovo, alles stank ganz entsetzlich, ganz Dubrovnik stank, es raubte den Anwohnern die Sinne, keiner merkte, woran es lag, was auf einmal anders war. Und dann haben sie sich daran gewöhnt, ohne den Grund der Veränderung zu begreifen.

Der Garten der Schwestern Jelavić verströmte nicht mehr seine Düfte, er hatte die unangenehmen Gerüche überdeckt, ohne ihn stank Dubrovnik wie jede andere Stadt auch. Das Ende der Jelavić-Schwestern war das Ende des Dubrovniker Wohlgeruchs.

Warum hat Olga aufgeschrieben, dass Minna am Samstag, dem 7. Juni, zu Besuch war?

Die Frage setzte mir als Nächstes zu, eine Antwort schien unmöglich, egal wie lange meine Gedanken um die Frage kreisten, warum Olga in Franjos ausrangiertem Almanach mit dem abgebrochenen Bienentagebuch aufschrieb, dass Minna am Samstag, den 7. Juni, zu Besuch war.

Umsonst jeder Versuch, sich von obsessiven Gedanken zu befreien. Von Anfang an war es hoffnungslos. Ich hätte den dreckigen Hafersack wegwerfen sollen, ohne hineinzusehen, und wenn ich schon hineinschauen musste, hätte ich ihn samt Inhalt wegwerfen sollen, aber nein, ich muss in den Almanach hineinlesen und ärgere mich tage-, wochen-, monate- und jahrelang damit herum, mir Fragen aus dem Kopf zu schlagen, die sich nicht beantworten lassen, Fragen zu einem Hafersack, und kaum finde ich eine Antwort, stellen sich sofort drei neue Fragen, als wär's ein Drache aus dem Märchen: Für jeden abgeschlagenen Kopf wachsen dreie nach. So vervielfachten sich die Fragen bis Ende 1998 mit jedem Tag, den ich über dem Almanach brütete.

Warum schrieb Olga auf, dass Minna am Samstag, dem 7. Juni, zu Besuch war?

Olga und Franjo haben sich nicht wie Mann und Frau geliebt. Meine Mutter behauptete auf dem Sterbebett, ihre Mutter sei lesbisch gewesen. Sie war ihr Leben lang böse auf die Mutter, die hätte ihr Leben zerstört, sagte sie, und so mag die späte Entdeckung sie getröstet haben. Kurz bevor sie krank wurde, hatte sie über Facebook zu einer lesbischen Cousine Kontakt, die mit einer Frau in einer glücklichen Beziehung lebte, sie hatten zwei Kinder von einem Vater und waren so glücklich, wie es in der Stubler-Linie schon lange keinen Fall mehr gab. Olga ist die Urgroßmutter dieser Cousine, und so dachte Mutter wohl in der Annahme, dass sich alles vererbt – wie alle Stublers, wie auch ich fatalistisch überzeugt vom unabwendbaren Einfluss der Abstammung auf Entscheidungen und Schicksale –, dass die Cousine ihre Homosexualität geerbt haben muss.

Vielleicht hatte sie recht.

Vielleicht hat Olga, meine Nonna, Frauen geliebt.

Vielleicht hat mich eine Lesbe großgezogen, vielleicht verdankt sich alles, woran ich von Kindesbeinen an glaube, was man mir eingeimpft hat, was meinen Charakter prägte, was mich im Innersten antreibt und jede Einsamkeit in einen glücklichen Kontext setzt, einer lesbischen Großmutter. Wenn sie es denn war.

Tatsache ist jedoch, dass sie erst siebzehn und wahrscheinlich schwanger war, als sie Franjo heiratete. Sie trat vor den Vater und erklärte, sie würde heiraten. Er war enttäuscht von seinem Liebling, sie war ihm, neben den beiden anderen Töchtern und dem leichtsinnigen, zartbesaiteten Rudi, ein Sohn, und er ließ sie seine Enttäuschung spüren. Vor der Hochzeit musste sie beichten. Leicht fiel ihr das sicher nicht. Sie muss schwanger gewesen sein.

Es hat ihr die Affäre mit dem jungen, schönen Eisenbahner verleidet. Dem Slowenen. Vielleicht hat es ihr für alle Zeiten den Spaß am Sex mit Franjo verdorben. Widerwillig hat sie sich ihm hingegeben. Sie hat nie darüber gesprochen, das hat sie angeekelt, sie hat das nicht ausstehen können ... Weil es sie daran erinnerte, wie alles begann? Oder weil sie lesbisch war?

Wie auch immer, die beiden liebten sich nicht wie Mann und Frau. Anfangs waren sie ein Paar, bei dem sie die Hosen anhatte, nach Mladens Tod schoben sich beide gegenseitig die Schuld zu. Aber bei allem Angiften war da eine tiefe Verbundenheit, die Überzeugung, dass sie füreinander bestimmt waren und in ihrer Unvollkommenheit ein Ganzes bildeten. Sie waren nicht konservativ, glaubten nicht an Gott, waren einander nicht Mann und Frau, obwohl sie dreimal Vater und Mutter wurden, ihre Ehe war trotzdem unumstößlich. Sie haben sich fürchterlich gestritten, doch niemals verflucht. Sie ihn nicht und er sie nicht. Oder geschlagen.

Und so wurden sie sich ähnlich, in vielen Dingen. Er war besessen von seinen kleinen Chroniken und Tagebüchern, protokollierte die Bewegungen der Königin in jeder Beute, er kannte seine Bienen genau, der Tag, an dem die Drohnen aus dem Stock gejagt wurden, war für ihn ein Ereignis, vergleichbar mit dem Beginn des Zweiten Weltkriegs oder besser mit dem Augenblick, in dem Rhett Butler sein Schicksal ereilt und die Welt über ihm zusammenstürzt, und so begann sie mit den Jahren selbst, Buch zu führen, notierte Minnas Besuch mit Wochentag und Datum. Sie sah die Welt mehr und mehr mit seinen Augen, voll kleinster, aus unerfindlichen Gründen wichtiger Details, deren Eckdaten, Namen, Schauplätze zu notieren sich lohnt.

Auf das Datum kommt es an.

18. IV. 35. Am 15., 16. und 17. Frost, Obstbaumblüte vernichtet. In allen Beuten genug Pollen und Honigtau. Brut über 7-12 Rahmen verteilt. Drohnen sind geschlüpft. Nr. 1, 2 und 3 erweitert. Tracht rückläufig.
2. V. 35. Bringen weniger [zwei Worte unleserlich] Pollen. Honigertrag stark zurückgegangen. In Nr. 6 Drohnen ausgetrieben.

In Sarajevsko Polje waren Fröste Mitte April normal, Frühjahr für Frühjahr schneite es im April. Der Umzug am 1. Mai, im fraglichen Vorkriegsjahr liefen sie im Morgengrauen los nach Vrelo Bosne, kämpften mit Verwehungen. Der Weg war unter dem vielen Schnee nicht mehr zu sehen, ohne die Bäume rechts und links hätten sie sich verirrt und wären erfroren. Hätten die Habsburger nicht Alleen pflanzen lassen, wären die Sarajever Arbeiter und Gewerkschafter am 1. Mai verreckt. Aber das war vor 1935. Karlo, Rudi und Franjo retteten die Bienen, gruben die Beuten aus dem Schnee. Am 2. Mai taute es, der Auftakt zu einem der sonnigsten und wärmsten Frühjahre des Jahrhunderts. Kann das 1933 gewesen sein? Auch das wird in einem von Franjos verlorenen Kalendern gestanden haben.

Ein Fehlstart, die Bäume setzten früh Blüten an und dann kam Frost, aber der Auftakt zu einem guten Jahr. Keine Bienenkrankheiten, nicht mal die leicht zu bekämpfenden, und gerade weil die Arbeiterinnen weit fliegen mussten, die Tracht Richtung Stojčevac, Vrelo Bosne und Igman lag, wurde der Honig reichhaltig und steckte voller Aromen von Erika, Linden und den Wiesenblumen um Rimski Most. Oder hat sich das Franjo nur so vorgestellt, wenn er die Ärmsten um die kümmerlichen, beschädigten Blüten mit dem bisschen Pollen, den der Frost übrig gelassen hatte, fliegen sah? Die Bienen haben sich den Honig hart erkämpft.

Vierzig Jahre hat er zwischen Bienen gelebt, hat alles gelesen, was er zu dem Thema auftreiben konnte. Eine ganze Bibliothek kam zusammen, Bücher in den Sprachen, die er beherrschte, Bücher in Sprachen, die er sich mithilfe von Wörterbüchern erschließen konnte, darunter der dicke Schinken *Imkersprache und -bräuche in Okzident und Orient, unter besonderer Berücksichtung religiöser Anschauungen des Biens* von Mircea Eliade, einem jungen rumänischen Autor, Wissenschaftler und Sonderling. Aber auch nachdem er alles gelesen hatte, was andere Leute über die heiligen Insekten schrieben, stand Franjo wie der Ochse vorm Scheunentor. Er verstand die Bienen nicht, und das quälte ihn, das sagte er immer wieder, wenn sie in der Kasindolska unter dem Baum vor der künftigen Garage Karten spielten.

Was zerbrichst du dir den Kopf, sagte Karlo Stubler, es nützt doch nichts, wenn der Imker die Bienen versteht.

Gib dir keine Mühe, sagte Rudi Stubler, wenn Gott gewollt hätte, dass sich Menschen und Bienen verstehen, hätte er ihnen eine gemeinsame Sprache gegeben.

Die Bienen sind überall gleich, in Polen und in Bosnien und am Ende der Welt, aber die Menschen sind verschieden. Deswegen ist es Menschen nicht gegeben, Bienen zu verstehen, philosophierte Matija Sokolovski.

So ein Blödsinn, erwiderte Franjo, du kennst dich mit Bienen nicht aus. Polnische Bienen und Ilidžer Bienen können unmöglich gleich sein. Und Rudi, wenn du glaubst, Gott beschäftige sich mit dem Erfinden von Sprachen, kann ich nur sagen, du irrst.

Damit war das Gespräch in der Regel zu Ende. Keiner mochte sich den Kopf über Franjos Erwartungen an sich und die Bienen zerbrechen. Und außer Karlo war keinem richtig klar, ob Franjo wirklich ein Problem damit hatte oder sie nur foppte, sich zur Entspannung oder zum Zeitvertreib eine Bienologie zurechtlegte. Karlo fand Préférence langweilig, er spielte nie mit, und er wusste, dass es seinem Schwiegersohn ernst war. Der hätte tatsächlich gern mit Bienen geredet und ihre Gründe verstanden.

Karlo hatte beinah Gewissensbisse, war er es doch gewesen, der in Ilidža das erste Bienenhaus gebaut und Franjo zur Imkerei gebracht hatte.

Du musst keine Angst um ihn haben, Papa, sagte Olga.

Ach, der Papa macht sich solche Sorgen um Franjos seelische Gesundheit, sagte sie, er denkt, der verliert wegen der Bienen noch den Verstand.

Alle lachten, nur Karlo und Franjo nicht. Die ärgerten sich, wenn auch aus unterschiedlichen Gründen.

Beiden war es ernst mit den Bienen.

Karlo liebte sie, aber sein Umgang mit ihnen war kalt und berechnend. Er studierte ihre Anatomie, war traurig, wenn eine Seuche ausbrach, wenn er einen Schwarm vernichten musste, er erledigte es fachmännisch und achtete streng darauf, die Bienen nicht leiden zu lassen. Trotzdem, für ihn hatten Bienen keine Seele, kannten weder Sprache noch Gedanken noch Gefühle. Bienen sind immer in Völkern organisiert, auf sich gestellt überleben die Individuen nicht. Sie reagieren instinktiv, als Schwarm, sie entscheiden als Schwarm. Darin unterscheiden sie sich von den Menschen, hoffte Karlo inständig aus Angst, Hitler könnte mit den Deutschen das Gegenteil beweisen.

Franjo erlebte Bienen als Individuen. Der Schwarm bewies, wie vollkommen sie organisiert waren, ohne Sprache war das undenkbar. Franjo wollte alles über diese Sprache wissen, wenn er sie schon nicht so lernen konnte, dass er mit den Bienen von Gleich zu Gleich reden konnte. Doch um die Sprache zu lernen, müsste man wissen, was sie fühlen.

Was sie zum Beispiel fühlen, wenn sie Drohnen aus dem Nest werfen.

Die schweren, trägen, lebensuntüchtigen Brummer überleben den Rauswurf nicht lange.

Sie sind auf die Vorräte angewiesen, die die Arbeiterinnen anlegen, und ansonsten frönen sie der Lust, wenn Bienen denn wie Menschen Lust an der Fortführung ihrer Art empfinden.

Haben sie ihre Schuldigkeit getan, wird ihre Verfressenheit dem Schwarm zur Last. Die Bienenweiblichkeit ist zufriedengestellt, die nächste Generation gesichert. Und so werfen sie die Männchen im Frühjahr, wenn das Leben von Neuem erwacht, eines Tages aus dem Nest.

Franjo war gern dabei, wenn die Arbeiterinnen die Drohnen hinausschoben. Abergläubisch dachte er, es brächte ihm Glück. Außerdem markierte es den Beginn des jährlichen Kreislaufs, die Zeit der Erneuerung des Bienenstocks. Die ganze Natur erneuert sich, und der Mensch erfährt das als Wiedergeburt.

Wir leben nicht fünfundsiebzig Jahre lang, sondern fünfundsiebzigmal ein Jahr lang. Fünfundsiebzig Mal geboren werden, ist nicht wenig.

So sah es Franjo, seit er sich mit Imkerei befasste.

Trotzdem dauerte ihn das Schicksal der Drohnen. Er hob einen aus dem Gras auf, ließ ihn auf seiner Hand krabbeln, vergeblich mit den Flügeln wedeln – als würde er Arbeiterin spielen – und berührte den stumpfen Stachel: Der Drohn krümmte sich, konnte aber nichts ausrichten.

Dann setzte er ihn ins Gras zurück, wo der Drohn verhungerte oder gefressen wurde, etwa von einem Igel. So oder so, er war vor dem nächsten Morgengrauen tot. Dann zerrten ihn Ameisen in ihren Bau und ließen nichts von ihm übrig.

Zu faul zum Leben, spottete einer.

Weil der Frost die Blüte vernichtet hatte, erntete man 1935 keine großen Mengen, aber der Honig war besonders gut und gesund. Die Bienen mussten weit fliegen, angeblich bis zum Igman, an Flügeln und Beinen brachten sie Nachrichten von weit entfernten Gebieten mit. In den Bergen ist die Tracht immer reichhaltig. Dort wachsen robuste, würzige Pflanzen. Es war eine gewaltige, weitläufige Welt um das Bienenhaus in Ilidža, im Radius von zehn Kilometern, man hätte den Umkreis abzirkeln können, wenn es solche Riesenzirkel gäbe.

Die Geschichte dieses abgezirkelten Kreises ist dem Honig eingeschrieben; 1935 war er wegen der Frühjahrsfröste größer als sonst.

Franjo verkaufte den Honig nicht. Dabei hatte er viele Völker, allein von 1933 bis 1939, verteilt auf drei Standorte, Želeća, Ilidža und bei Bistrik, betreute er rund dreißig Beuten, aber den Honig verschenkte er an Bekannte und Verwandte oder wir aßen ihn selbst. Wie viel Honig wurde im Hause Rejc wohl verzehrt, seit der Schwiegervater Franjo zur Imkerei gebracht hatte? Die letzten Gläser, die er noch selbst geschleudert hat, waren Ende der Siebziger alle, Jahre nach seinem Tod.

Da saßen auf dem obersten Brett in der Speisekammer aber immer noch 500-Gramm-Gläser mit Proben von jedem Jahrgang, die drei ältesten waren von 1935. Vergilbte Schildchen, geschrieben mit Füllfederhaltern: Ilidža 35, Želeća 35, Ilidža 35 (Falatar). Das dritte Honigglas enthielt eine Probe von Stjepko Falatars Bienen, dessen Geschichte erzählt gehört; Franjo hat seine Stöcke mitversorgt, weil er krank war. Die drei Gläser standen weit hinten im Regal und drumherum, eingestaubt und ungeordnet, dreiundvierzig weitere.

Die durfte man auf keinen Fall verbrauchen. Beim Umzug aus dem Haus der Frau Heim an den Sepetarevac überwachte Franjo den Transport der Mustergläser höchstpersönlich. Alt und krank, das Herz schwach, sein Leben neigte sich dem Ende zu, aber er hoffte immer noch, die Bienensprache und die Geheimnisse der Geschichte, die dem Honig eingeschrieben sind, dereinst zu dechiffrieren. Als Ruheständler vertiefte er sich in organische Chemie und nahm Kontakt zum bekanntesten jugoslawischen Bienenfachmann auf, Professor Ignat Pobegajlo, der ein Buch über die Bienenpest geschrieben hatte und Bijelićs Mentor und Berater gewesen war. Die beiden führten lange Gespräche darüber, wie sich entziffern ließe, was im Honig steht.

Der Honig könnte uns erzählen, wie welches Jahr war, nicht nur vom Wetter her. Wir könnten zum Beispiel 1940 mit 1941 vergleichen, das letzte Vorkriegs- und das erste Kriegsjahr. Der Honig konserviert, was in einem Jahr geschieht. Sagte Franjo.

Kann schon sein, kann schon sein, brummte Matija Sokolovski nachdenklich, ohne die Karten aus der Hand zu legen, aber das geht doch viel einfacher, setz dich in die Bibliothek und blättere alte Zeitungen durch. Da steht alles drin.

Bei jedem anderen wäre Franjo wahrscheinlich aus der Haut gefahren. So aber erzählte er es als Anekdote über den alten Sokolovski.

Mit der Pointe, dass sie zwei alte Narren waren, jeder auf seine Art.

Seinen Traum, mit den Bienen zu reden und im Honig die Geschichte zu lesen, hat er trotzdem nie aufgegeben.

Ende September 1972 wurde er bettlägerig, es war klar, dass er nicht mehr aufstehen würde. Mein Vater brachte ihn in seiner Abteilung unter, auf der Ersten Inneren, wie sie hieß, aber Franjo wollte nach Hause.

Wenn du mir nicht helfen kannst, dann lass mich heim. Sperr mich nicht hier ein.

Lass mich zu Hause sterben.

Sagte er. Und Vater entließ ihn.

Menschen wollen nach Hause, wenn der Tod naht, sie wollen zwischen ihren eigenen vier Wänden sterben. Das hat seinen guten Grund. Franjo Rejc starb in dem Zimmer, in dem vierzig Jahre später seine Tochter sterben sollte.

In der letzten Nacht, die Nacht, in der er sagte: Alle anderen sind Schweine, nur du und ich sind noch übrig, und das war das Letzte, was er sagte, in dieser letzten Nacht hatte er einige Stunden zuvor gesagt: Esst den Honig!

Welchen Honig?, fragte Javorka.

Na den, der nicht gegessen werden durfte!

Sie dachte, er rede wirr, aber Franjo war bis zu seinem letzten Satz, demzufolge alle anderen Schweine waren, bei Sinnen.

Esst die Muster auf. Honig wirft man nicht weg.

Er hatte Angst, Olga könnte den Honig in den Müll geben.

Das war ihre Art. Sie ängstigte sich vor diesem und jenem. Ekelte sich schnell. Hielt den Honig sicher für verdorben. Honig verdirbt aber nicht! Selbst nach zweihundert Jahren, selbst wenn er zu einem einzigen großen Klumpen auskristallisiert ist, ist Honig noch so frisch wie an dem Tag, an dem er geschleudert wurde. Honig ist Ewigkeit.

Das hat er gesagt und Javorka inständig gebeten, seinen Honig nicht wegzuwerfen.

Wenn du ihn nicht magst, ess ich ihn allein, sagte sie Olga nach Franjos Tod.

Erstaunlicherweise blieb Nonna friedlich. Und so bekam ich vor der Schule zum Frühstück Brot mit Butter und Honig aus dem Jahr 1943.

Der Honig reichte über Jahre.

Im Frühjahr 1993, während der Belagerung, suchte ich die Speisekammer nach etwas Alkoholischem ab und stieß auf ein Glas von Nonnos Honig: Konjic 1953. Es war nach hinten gerutscht, in ein Loch in der Wand, und damit in der Speisekammer, die nie frisch gekalkt oder gründlich geputzt worden war, unauffindbar.

Ich brachte es Cica Šneberger, für Plätzchen.

Ein paar Tage später ging ich nach Zagreb und kam während des Krieges nicht mehr zurück, Cica gab mir als Reiseproviant ein Päckchen Kekse, gebacken mit Honig aus Stalins Todesjahr.

So aßen wir die Geschichte auf. Ich sehe den auskristallisierten Honig noch, wie er binnen Minuten auf der sonnendurchwärmten Fensterbank durchsichtig und klar wurde. Dunkelbraun, cognacfarben, hell wie Zitrone, Honig längst ausgestorbener Bienenvölker, die Körper längst zu Staub zerfallen, und der zerstob. Honig von meinem Großvater, der auch schon lange tot ist und mit ihm all seine Talente, die Sprachen, die er beherrschte und ich nicht, die Bücher, die er gelesen hatte und ich nicht. Mit ihm gestorben sind seine Gedanken, überwiegend sehr rationale Gedanken, denn Franjo Rejc war ein äußerst rationaler Mensch, aber auch ein paar ziemlich verrückte: der Wunsch, die Sprache der Bienen zu lernen und aus dem Honig ihre Geschichte zu erfahren. Die, so glaubte Franjo, weitgehend unsere Geschichte ist. Genauer: Nirgends sonst ist unsere Geschichte präziser festgehalten. Nicht objektiv, nicht als Sozial-, Staats- oder Kriegsgeschichte, sondern als Summe der subjektiven Geschichten. Das Schicksal der Menschen ist im Honigglas. Die Geschichte einer Gemeinschaft besteht aus Millionen persönlicher Geschichten, und die Arbeiterin fliegt daran beim Blütenstaubsammeln vorbei.

Die Idee meines Großvaters mit der Sprache und der Geschichte der Bienen gehört wirklich zu den wirrsten Ideen, die ich je gehört habe.

Leider bin ich ihrer nicht würdig.

Ohne den Hafersack mit Feuerzeug, Siegelwachs, Bleistift und Almanach, ohne die Angst, die ich von ihm geerbt habe, die Angst, etwas Wichtiges könnte in Vergessenheit geraten, hätte ich nichts darüber geschrieben.

19. V. 36, Beute Nr. 2.
Hat gute Königin. Stiftet pausenlos. Ziehen fast nur Arbeiterinnen heran, Brut in allen Stadien. Kaum Drohnen, nicht mehr, als sie für ihre Zwecke brauchen. Pollen satt. Geruch angenehm. Volk schwächer als Schwarm 1, aber viel reife Brut, absehbar, dass sich der Stock teilt. 2 Leerrahmen ins Brutnest gehängt.
Am 4. VI. 36 Kontrolle erforderlich.
den 20. VI. 36. 2 Rahmen mit Brut in Nr. 3 umgesetzt.
den 30. VI. 36. Wenig Honig im Honigraum. Nachmittags das Vorspiel beobachtet – sehr lebhaft.
den 7. VII. Waben wie am 30. VI. Im letzten Rahmen die Königin gefunden, reife Brut und reichlich Honig. Im vorletzten Rahmen verdeckelte Honigwaben. Bienen wirken glücklich. Im Stock herrscht Frieden.
(Abends Falatar getroffen. Es geht ihm gut. Geredet.)

Stjepko Falatar war Lokführer auf der Schmalspurstrecke nach Višegrad und Ploče und wohnte zur Untermiete in Višnjik. Verheiratet mit Rosalie, einer adretten Ungarin mit einem kürzeren Bein. Das war damals, vor allem bei weniger Begüterten, ein großer Makel. Solange sie ruhig am Fleck stand, war Rosalie eine der schönsten Frauen Sarajevos. Sobald sie ging, war sie ein Haus, das einstürzte, ein Zug, der entgleiste und in die Neretva raste, Mütter hielten ihren Kindern die Augen zu und alle sagten: Die Ärmste, so verkrüppelt, das hat sie wirklich nicht verdient, und Rosalie tat so, als hörte und sähe sie nichts, und ging einfach weiter, bis sie stehen blieb. Dann war sie wieder die schönste Frau Sarajevos, die man bewunderte und beneidete, und alle hofften, dass sie bald weiterging, damit das Herz wieder an den rechten Fleck rückte.

Rosalie gebar Falatar zwischen 1915 und 1921 fünf Kinder, eins nach dem anderen, im Krieg und in der schlimmen Zeit nach dem Krieg, äußerste Not, spanische Grippe, Typhus und Cholera ... Zwei von drei Neugeborenen starben. Da passte man dann nicht mehr auf. Wenn eigentlich kein Platz war für ein weiteres Kind und die Frau trotzdem schwanger wurde, war das nicht weiter schlimm, sowieso starb entweder der Neuankömmling oder ein anderes. Wenn so viele sterben wie am Ende des Großen Krieges, leben die Leute ihre Triebe aus, die Männer fallen über die Frauen her – die menschliche Gattung kämpft ums Überleben –, und es werden mehr Kinder als sonst geboren. Und die Pfaffen haben alle Hände voll zu tun, weil die Säuglinge getauft sein müssen, bevor sie wegsterben.

Bei den Falatars war es anders. Die Ungarin gebar gesunde Kinder, die gediehen trotz aller Seuchen, selbst wenn sie sich ansteckten, genasen sie schnell und wurden noch stärker und größer. Aber mit jedem neuen Kind wurde die Armut drückender.

Stjepko Falatar stammte aus Mittelbosnien, entweder aus Jajce oder aus Varcar, hatte sich früh mit dem Vater zerstritten und war von zu Hause weggelaufen. Der Vater drohte mit Enterbung, Stjepko besann sich nicht. Er war jung und glaubte an sich, hätte in einer Klosterschule was lernen können, aber die Mönche machten zur Bedingung, dass er sich mit dem Vater aussöhnt. Er wollte nicht, er wurde Lokführer. Österreich suchte einheimisches Personal für die Eisenbahn, das war seine Chance.

So war Stjepkos Leben sehr früh vorherbestimmt und festgelegt.

Die Ungarin hatte er in Sombor kennengelernt, ihr Hinken störte ihn nicht, und was die Leute dachten, war ihm egal. Aus Liebe und der Welt zum Trotz. Er trotzte noch eine Weile, dann kam der Große Krieg, Hunger und Armut erledigten den Rest, die Kinder kamen …

Um die Kinder satt zu bekommen, begann Stjepko Falatar mit der Imkerei. Vielleicht waren sie so gesund und stark und widerstanden jeder Krankheit, weil sie mit Honig großgezogen wurden. Mit Kräutern, Brennnesseln, Wurzeln, angefaulten Kartoffeln, was es halt aus der Natur und von abgeernteten Feldern zu holen gab, und Unmengen von Honig, der Falatars nie ausging. In den ersten Jahren versteckte er die Bienenstöcke, baute seinen Völkern Beuten im Wald, traf Vorkehrungen, damit keiner den Honig klaute, und den klaute wirklich keiner. Die Leute hatten Angst vor Falatars Bienen. Es hieß, er habe sie dressiert, hätte sie an sich gewöhnt, sodass sie über alle anderen herfielen, sobald sie zu nah kamen. Wahrscheinlich hat er selbst das Gerücht gestreut.

Aber ein Körnchen Wahrheit steckt doch in der Mär. Bienen erkennen den Imker am Geruch, sie riechen den Schweiß, und wenn sich ein Fremder nähert, werden sie nervös. Sie verabscheuen den Schweißgeruch, er macht sie verrückt, und sie stürzen sich selbstmörderisch auf den Verursacher. Nur an den Imker sind sie gewöhnt, den kennen sie ihr Leben lang, eine Bienengeneration übermittelt die Information der nächsten, und so vergehen Tausende von Bienenjahren, Zivilisationen entstehen und vergehen, Seuchen breiten sich aus und gehen wieder zurück, Beuten werden gebaut und wieder zerstört, und es ist immer derselbe Imker mit immer demselben Geruch.

Franjo erfuhr im Imkerverband, Stjepko Falatar rede mit den Bienen. Ob seine Informanten das wirklich glaubten oder dem Außenseiter eins reinwürgen wollten, wusste Franjo nicht und es interessierte ihn auch nicht. Er glaubte fest daran, dass es jemanden gab oder in den letzten tausend Jahren gegeben hatte, der mit Bienen redete. Vielleicht Falatar, höchstwahrscheinlich natürlich nicht, aber allein dass man es sich von ihm erzählte, weckte Franjos Interesse.

So haben sie sich kennengelernt.

Sie haben nie über etwas anderes als über Bienen und Honig gesprochen. Nicht, weil sie sich sonst nichts zu sagen gehabt hätten, sondern weil die Zeit nicht reichte. Bienen werden nie langweilig, ihre Welt ist so umfassend und weit, dass nie alles gesagt ist.

Falatar war Imker, um seine Kinder zu ernähren, Franjo, weil er allein sein wollte. Ihre Gründe waren verschieden, aber die Sache brachte sie zusammen.

Im Herbst 1934, als Falatars Unglück begann, das ihn in die Erzählung vom Hafersack mit dem Bienentagebuch bringt, waren seine Kinder fast erwachsen. Der älteste Sohn kam bei der Eisenbahn in Lohn und Brot, der jüngere, Ilija, ging aufs Gymnasium und sang im Kirchenchor, die drei Töchter besuchten die Schule, und es schien, als wäre das Schlimmste ausgestanden.

Dann sah Falatar in der Auslage bei Šnehajm ein Paar Schuhe.

Flache schwarze Schnürschuhe, wie sie Hunderte Sarajever tragen, städtische Angestellte, höhere Beamte bei Eisenbahn oder Post, Journalisten, Künstler und Schauspieler, ganz normale Schuhe, sie wären ihm auf der Straße nicht aufgefallen, hätte sie ein Kanzleidiener bei einem Besorgungsgang getragen oder Franjo, der mit Olga die Premiere im Nationaltheater besuchen will, diese Schuhe, die er sich für sich niemals vorgestellt hätte, sie brachten Stjepko Falatar um den Verstand, sie verursachten ihm mehr seelische Qualen als die ganzen Jahre des Hungers und der Armut.

Das Leben verlor für ihn jeden Sinn, jede Anstrengung erschien ihm vergeblich, seit er wusste, dass er niemals so viel Geld übrig haben würde, um sich die Schuhe zu kaufen.

Er erzählte keinem davon, weder Rosalie noch den Arbeitskollegen noch Franjo.

Sie trafen sich sonntags bei den Bienen, Falatar war zum ersten Mal maulfaul und wirkte bedrückt. Magenschmerzen, sagte er, als Franjo ihn darauf ansprach.

Im Herbst bereitet der Imker seine Bienen für den Winter vor, und danach kommt die ruhige Zeit. Die beiden sahen sich nur selten. Anfang November erkundigte sich Franjo am Bistriker Bahnhof nach Falatars Dienstplan. Er sei krank, hieß es, liege mit Lungenentzündung zu Hause. Ein paar Tage später fragte Franjo noch einmal nach. Sein Zustand habe sich verschlechtert, hieß es, er liege im Krankenhaus.

Besorgt beschloss Franjo, ihn zu besuchen.

Er nahm zwei Orangen mit, um nicht mit leeren Händen zu kommen. Dabei wusste er, dass Falatar keine Orangen aß. Er hatte ihn nie etwas anderes als Brot, Schweineschmalz, Zwiebeln und Honig essen sehen, das ganze Jahr über, winters wie sommers. Wenn ihm Franjo Käse, Speck oder Wiener Schnitzel anbot, was Olga ihm für unterwegs einpackte, lehnte Falatar ab.

Daran darf man sich nicht gewöhnen.

Je mehr du dich daran gewöhnst, desto stärker der Wunsch danach.

Die Kinder sollen Käse und Joghurt essen, sagte er.

Die Kinder brauchen es für ihre Knochen.

Ob man wohl nur von Brot, Schmalz, Zwiebeln und Honig leben kann, fragte sich Franjo. Jahre später, als Falatar schon lange tot war, fragte er meinen Vater beim Kartenspielen, was er als Arzt darüber denke. Hängt davon ab, wie stark der Wille ist, sagte mein Vater. Es war das einzige Mal, dass ich ihn von Willensstärke und derlei metaphysischen Dingen reden hörte, die eher zu einem Geistlichen oder Psychiater gepasst hätten.

Bei den Lungenkranken war kein Falatar.

Auf der Inneren, den Abteilungen für Herz, Nieren, Leber, Infektionskrankheiten kannte keiner den Namen.

Er fand ihn in der Psychiatrie. Falatar lag in einem düsteren Zimmer, das einzige Fenster schaute auf ein anderes Gebäude, keine zwei Meter entfernt. Er weinte. Zwölf Betten standen in dem Raum, seins war direkt an der Tür.

Die anderen bekamen nichts mit, betäubt von Medikamenten oder gefangen im schweren Krankenschlaf, schwach und halbtot atmeten die Irren. Das sind keine Irren, schnaubte Olga, die Ärmsten sind psychisch krank. Das kann jedem passieren! Gut, das kann jedem passieren, antwortete Franjo nervös, und wiederholte, er habe Falatar weinend in einem Zwölf-Bett-Zimmer angetroffen, in dem es am helllichten Tag dunkel war, weil das einzige Fenster direkt auf eine Mauer ging.

Was hat er denn, fragte sie.

Er zuckte mit den Achseln.

Hast du die Ärzte gefragt?

Doktor Besarović sagte, sie hätten nicht herausgefunden, was dem Patienten Stjepan Falatar passiert sei, was seinen Zusammenbruch auslöste. Nur, dass der Zusammenbruch irgendwas mit Schuhen zu tun hatte.

Im Schaufenster von Jakob Šnehajms Schuhgeschäft in der Aleksandrova hatte er Schuhe gesehen, die ihm gefielen. Statt sie zu kaufen, obwohl sie sein halbes Monatsgehalt verschlungen hätten, brach Falatar zusammen. Er hatte sich noch nie Schuhe gekauft, auch seinen Kindern nicht – seine Frau brauchte alle zwei Jahre orthopädische Schuhe, das waren die einzigen Schuhe, die bei Falatars gekauft wurden –, aber das war es nicht, ihn erschütterte die Überlegung, dass er in seinem ganzen Leben nie, einfach nie Schuhe aus dem Schaufenster von Šnehajm tragen würde. Als er das begriff, brach die Welt für ihn zusammen.

Wenn es nicht die Schuhe gewesen wären, wäre es etwas anderes gewesen, sagte Doktor Besarević. Die menschliche Seele ist ein tiefer Brunnen. Wir sehen nichts, wenn wir hineinsehen. Höchstens hören wir, wenn der Eimer unten ins Wasser klatscht. Aus dem Geräusch leiten wir dann her, was passiert ist.

Schuhe.

Ein tiefer dunkler Brunnen.

Franjo sorgte sich um Falatars Bienen.

Den nächsten Sonntag, wie immer zum Familienessen in Ilidža, suchte er dessen Beuten auf, die auf den Wiesen Richtung Butmir standen, das Grundstück gehörte den Balijans. Es war still, die Bienen überwinterten friedlich. Falatar hatte ihnen genug Honig dagelassen und sie gut gegen die Kälte geschützt, so wie man im Ferienhaus am Meer die Fensterläden schließt, weil man erst nächstes Frühjahr zurückkommt.

Franjo war beruhigt.

Falatar wird bis zum Frühjahr wieder gesund, dachte er.

Aber dem war nicht so.

Kurz vor Weihnachten kam er raus. Der Doktor verschrieb ihm Medikamente, er solle möglichst viel spazieren gehen, sich von Menschen fernhalten und keinen Streit mit der Frau anfangen. Falatar stritt sich nie mit der Ungarin. Aber Herr Doktor, ich streite mich nie mit meiner Frau, sagte er erstaunt. Gut, gut, hör nur auf sie, sagte Besarović desinteressiert. Er hatte zu viele von denen in seiner Abteilung. Wir schreiben das Jahr 1934, die Psychiatrie ist voller Frauen und Männer, er weiß nicht, was er mit ihnen machen soll. Wenn die Station überquillt, in jedem Bett zwei Patienten liegen, ordnet der Doktor das große Säubern an. Meistens montags und dienstags. Zwei Tage lang sortiert er die schwersten Fälle aus, wer für Unordnung in den Zimmern sorgt, Schnaps trinkt, sich prügelt oder die Pulsadern aufschneidet, wandert ins Irrenhaus. Seine ehemaligen Patienten sind überall verstreut, von Zagreb und Popovača über ein Inselchen im Archipel vor Šibenik bis Montenegro, Kosovo und Serbien, überall finden sich Patienten, die seine Säuberungsaktionen erwischt haben. Man kann von der psychiatrischen Abteilung wieder nach Hause kommen, es gibt Fälle, dass Menschen genesen und nie wieder eingeliefert werden, aber das Irrenhaus ist Endstation.

Deswegen fürchten sich seine Patienten vor nichts so sehr wie vorm Großreinemachen. Sie werden ganz brav und still und irgendwie weniger, selbst doppelt belegte Betten sind auf einmal gähnend leer, und alle beten zu ihren Göttern, der Kelch möge an ihnen vorübergehen.

Es gibt keine Vorschriften, Besarović schaut nicht in die Akten, ihm ist egal, ob einer gestern eingeliefert wurde oder vor einem halben Jahr oder zum wiederholten Mal auf der Station ist. Wer mit einer Flasche Schnaps erwischt wird oder für seinen Geschmack zu laut redet, den schickt er nach Sokolac, und sei er noch so normal! Spätestens dort dreht er sowieso durch …

Einmal wurde irrtümlich ein Mönch nach Sokolac verfrachtet, der auf dem Rückweg in sein Kloster irgendwo in Südserbien war. Der Ärmste ähnelte einem Simeun, einem Säufer und Sonderling, der verworrenes, unverständliches Zeug redete, aber labile Menschen damit augenblicklich in den Wahnsinn trieb, sodass man ihn wegsperren musste. Aber es war schier unmöglich, ihn in strenger Isolation zu halten, er schlüpfte durchs Schlüsselloch. Keine Minute, nachdem der Wärter den Schlüssel umgedreht und abgezogen hatte, und die Zelle war leer. Zwölf Mal war er ausgebüchst, und jedes Mal verloren mindestens neunhundert Frauenzimmer und hundert Mannsbilder aller Altersstufen durch sein Gerede den Verstand. Um aus einer Zelle ohne Schlüsselloch rauszukommen, brauchte er ein bisschen länger, aber nie lange, man musste die Tür ja irgendwann einmal öffnen, und spätestens im nächsten Raum war wieder ein Schlüsselloch. Und Simeun auf und davon.

Diesmal, wurde erzählt, jagte die Gendarmerie Simeuns Schüler, den nannten sie so wegen seines gelehrten Aussehens und dem Bart, sie hatten ein Foto von ihm, und da saß er seelenruhig mit seinem Mönchsgewand im Zug von Sarajevo nach Višegrad und schaute aus dem Fenster.

Gut möglich, dass Falatar im Führerhaus der Lok stand, nachprüfen lässt sich das nicht.

Die Gendarmen stürzten sich auf den vermeintlichen Simeun-Schüler, legten den armen Mönch in Ketten, der vergeblich erklärte, er sei auf dem Weg zu seinem Kloster, das müsse eine Verwechslung sein, je vernünftiger er auf sie einredete, desto fester glaubten sie, den Gesuchten erwischt zu haben. Die beiden glichen sich wie ein Ei dem anderen, Simeuns Schüler und der arme Mönch.

Keine zwei Wochen später sahen sie den Fehler ein. In der Zeit machte der echte Simeun-Schüler mit seinen Geschichten die Hälfte der Einwohner Banja Koviljačas verrückt, und die Gendarmerie tat sich schwer, ihn einzufangen.

Wenn das Simeuns Schüler ist, fragte man sich in Sokolac, wer ist dann der andere in der Zelle ohne Schlüsselloch?

Am Ende doch Mönch Sava vom Kloster Mileševa?

Sie schrieben mit der ersten Post nach Pale, von dort ging ein Telegramm nach Prijepolje, von Prijepolje ging ein Gendarm zu Fuß nach Mileševo und fragte höflich an, ob sie jemanden vermissten, etwa einen Mönch namens Sava, der seine sterbende Mutter in Sarajevo besucht habe. Das hatte er nämlich behauptet, als sie ihn in Ketten abführten: Er sei am Sterbebett der Mutter in Sarajevo gewesen.

Die Ordensgemeinschaft informierte den Beamten, man habe der Polizei vor zwei Wochen einen Mitbruder als vermisst gemeldet. Er sei in den Zug nach Višegrad gestiegen, aber nie angekommen. Man fürchtete ein Gewaltverbrechen.

Wieder drei Tage später erreichte die Information Sokolac, und der Anstaltsleiter begriff endlich, dass der Mann in der Zelle ohne Schlüsselloch ein Doppelgänger von Simeuns Schüler war.

Er küsste Pater Sava die Hand, entschuldigte sich in den gewähltesten Worten, kniete vor ihm nieder, flehte ihn an, zu sich zu kommen, es war nichts zu machen, der Mann war verrückt. Siebzehn Tage im Irrenhaus, und der Mann war verrückt. Wahnsinnig für den Rest seines Lebens. Umsonst alle Gebete, umsonst der Glaube und seine Gefasstheit, umsonst das Wissen um die Versuchungen, denen Gott Menschen aussetzt, die ihm ihr Leben weihen, nach ein paar Tagen in Sokolac ist selbst der normalste Mensch irre. Selbst der Allmächtige würde es nicht lange in Sokolac aushalten.

So ging die Geschichte, das war die Pointe, bei der die rechte Hand mit erhobenem Zeigefinger in die Luft schnellte und die flache Linke auf den Tisch voll Gläsern, Flaschen und überquellenden Aschenbechern schlug.

Oder man senkte die Stimme bei diesem letzten Satz und suchte über den emaillierten Nachttisch hinweg den Blick des Leidensgenossen.

Falatar hatte insofern Glück, dass er unmittelbar vor Weihnachten entlassen wurde, Heiligabend nach dem katholischen Kalender ordnete Besarović Großreinemachen an. Einen Tag später, und Falatar wäre vielleicht gottweißwo gelandet, denn er weinte immer noch den ganzen Tag.

Das Weinen ließ etwas nach, als er seine Kinder sah. Die Ungarin stellte ihm Brot und Schmalz hin, er schraubte den Deckel von einem Honigglas, klemmte es sich zwischen die Knie und löffelte mit Zwiebelschalen den Honig heraus, biss ins Schmalzbrot, tunkte eine Zwiebelschale in den Honig, immer abwechselnd, und nach drei ganzen Zwiebeln war er wieder gesund und verständig, davon waren alle überzeugt, die Falatar besuchten. Er hatte dauernd Hunger, wollte aber ums Verrecken nichts anderes essen als Brot, Schmalz, Zwiebeln und Honig. Die Gewohnheit ist böse, sagte er, hat man sich an das Gute erst einmal gewöhnt, ist man verloren.

Die Schuhe erwähnte er nie, aber man spürte, dass er dauernd an sie dachte.

Bis Ende Februar hielt er durch, dann taute es, das Wetter war so schön wie sonst nur im Mai, in den Gärten an den steilen

Hängen der Stadt öffneten sich die Knospen, die jungen Leute hatten ihren Spaß, und im April kam der Frost plötzlich zurück, wie im Almanach zu lesen:

18. IV. 35. Am 15., 16. und 17. Frost, Obstbaumblüte vernichtet. In allen Beuten genug Pollen und Honigtau. Brut über 7-12 Rahmen verteilt. Drohnen sind geschlüpft. Nr. 1, 2 und 3 erweitert. Tracht rückläufig.
2. V. 35. Bringen weniger [zwei Worte unleserlich] Pollen. Honigertrag stark zurückgegangen. In Nr. 6 Drohnen ausgetrieben.

Da holten sie Falatar ab. Er war völlig außer sich, schrie entsetzlich und redete mit einem, den die anderen nicht sehen konnten; das Gespräch war fürchterlich.

Ein hoch aufgeschossener Herr in Schwarz, schön wie Jesus Christus, mit langen Fingern und einem Ring am linken Ringfinger und einem großen Rubin in dem Ring, bot ihm mit leiser, ruhiger Stimme die Schuhe aus Šnehajms Schaufenster an. Kostenlos. Falatar muss nur nicken, muss gar nichts sagen, und schon hat er die Schuhe an den Füßen. Wenn er nickt, stirbt seine jüngste Tochter. Das wäre die Abmachung, das ist sein großzügiges Angebot; das Mädchen ist sowieso weder fleißig noch besonders schlau und zu allem Überfluss schwer zu verheiraten, weil hässlich, wer weiß, wem sie nachschlägt, denn Falatar ist ein hübscher Mann und die Ungarin eine echte Schönheit. Das Mädchen braucht wirklich keiner, Falatar muss nur nicken, schon hat er die Schuhe an den Füßen, die schönsten Schuhe in ganz Sarajevo.

Er brüllte, der arme Stjepko Falatar, wehrte sich mit wedelnden Armen, scheuchte den schwarz gekleideten Herrn von sich, ständig in panischer Angst, er könnte unwillkürlich nicken und sein Kind zum Tode verurteilen. Und gleichzeitig trieb ihn etwas dazu, er wollte nicken, eine innere Stimme sagte, das muss sein, du hast auch Glück verdient, du hast es nie erleben dürfen und wirst es auch nicht mehr erleben, wenn du nicht nickst, das Glück, neue Schuhe zu tragen.

Ein Kopfnicken, und sein Kind ist tot.

Die Pfleger wurden seiner kaum Herr. Besarović ließ ihn ans Bett schnallen, am Abend probierte er an dem Patienten die Elektroschocktherapie aus, jagte mehrere Stromstöße durch ihn hindurch, obwohl er nicht daran glaubte, dass es helfen würde. Doktor Besarović glaubte sowieso nicht, dass ernsthafte Geisteskrankheiten heilbar wären, aber es gehörte sich, dass man neue Geräte wenigstens ausprobierte. Und nebenbei den anderen Patienten einen ordentlichen Schreck einjagte.

Am nächsten Morgen war Falatar ganz ruhig.

Er erinnerte sich an nichts. Oder behauptete, sich an nichts zu erinnern.

Auf alle Fragen, die man ihm stellte, antwortete er völlig vernünftig.

Deswegen schickte ihn der Doktor nicht sofort nach Sokolac.

Er stand neben seinem Bett, als Franjo mit zwei Orangen kam.

Du weißt, dass ich die nicht esse, sagte Falatar. Es ist nicht gut, sich an Gutes zu gewöhnen.

Ich weiß, erwiderte Franjo, aber es gehört sich, dass man einem Kranken etwas mitbringt.

Ach, ich und krank!

Du bist im Krankenhaus, also.

Im Krankenhaus sind nicht nur Kranke, da sind auch Irre.

Sehr wohl, die gibt es da auch.

Doktor Besarović hörte zu und dachte, die sind beide gleichermaßen verrückt wie normal. Er kannte Franjo Rejc schon lange, sie hatten früher zusammen Karten gespielt, und damals war er so sicher, dass der niemals geisteskrank werden könnte. Falatar wollte er bis gerade eben nach Sokolac schicken, schon allein, um nicht mehr an ihn denken zu müssen, aber jetzt genierte es ihn wegen Franjo.

Stjepan Falatar lag zwei Monate auf der psychiatrischen Abteilung der Klinik am Koševo. Zwei Mal ordnete der Stationsarzt in dieser Zeit Großreinemachen an, Patienten wurden auf die Irrenhäuser im ganzen Königreich von Popovača über die Adriainseln bis Ostserbien verteilt, Falatar blieb verschont. Wieder weinte er ganze Tage durch, wollte sich umbringen, ohne die Kinder hätte er sich schon umgebracht, sagte er, alles, was er sagte, qualifizierte ihn in den Augen des Doktors für Sokolac, aber wegen Franjo Rejc war es ihm unangenehm. Und so lieferte er Falatar seiner seelischen Not aus.

Ihm war der Weg in den vollständigen Wahnsinn versperrt, den Mönch Sava aus Mileševa, von dem man nie wieder etwas gehört hat, gegangen ist.

Franjo hatte Falatar im März, bevor der Frost am 15., 16. und 17. IV. die gesamte Obstblüte vernichtete, im Krankenhaus besucht und eröffnet, er fürchte sich zwar vor dessen Bienen, wolle sie aber auch nicht auf dem Gewissen haben und sterben oder verwildern lassen.

Falatar erwiderte, da gebe es nichts zu fürchten, er solle sie einfach so behandeln wie die eigenen. Und er möge doch bitte alle notwendigen Arbeiten übernehmen, damit sich die Ärmsten nicht vernachlässigt fühlten. Dabei standen ihm Tränen in den Augen, und Franjo bekam auch feuchte Augen. Die Tränen waren alles andere als Zeichen des Wahnsinns, beide dachten an ihre Bienen, und da kamen ihnen eben die Tränen. Unter Imkern das Normalste der Welt.

Die greifen mich also nicht an?, fragte er beim Abschied, halb im Scherz, halb ernst gemeint.

Nein, ich habe es ihnen verboten, sagte Falatar.

Tatsächlich waren Falatars Bienen aufmerksamer und rücksichtsvoller zu Franjo als seine eigenen. Sie achteten darauf, ihm mit ihrem Gesumm nicht zu nahe zu kommen, damit er nicht an ihre Stachel denken musste. War ihm warm, fächelten sie ihm mit ihren Flügeln Kühlung zu. War ihm kalt, setzten sie sich auf seine Hände, um sie zu wärmen.

Er konnte es nicht fassen, glaubte tatsächlich, Falatar hätte seine Bienen entsprechend instruiert. Dann fiel ihm ein, dass Falatar seit dem Herbst nicht bei seinen Bienen gewesen war, er musste also aus der Ferne mit ihnen geredet haben.

Wenn Franjo erzählte, im Frühjahr 1935 habe er verstanden, dass Lokführer Stjepko Falatar, ein armer Schlucker aus Sarajevo, aus der Ferne mit seinen Bienen redete, verzog er keine Miene. Manche hielten es für einen Witz und lachten herzhaft über die Falatar-Geschichte, andere nahmen sie für bare Münze. An einem und demselben Tisch, ob beim sonntäglichen Familienessen in Ilidža oder später im abendlichen Septemberlicht unter der Pergola in Drvenik, saßen Menschen, die sich köstlich amüsierten, neben Menschen, die ihm aufs Wort glaubten, was vermutlich nicht weiter erstaunlich ist, wohl aber, dass kein Streit darüber entbrannte. Und dass sich keiner fragte, wieso ein und dieselbe Geschichte für den einen Komödie, für den anderen Tragödie war.

Man wusste nie, was die Geschichte Franjo bedeutete.

Erst hatte es den Anschein, als erzähle er eine launige Anekdote.

Aber dass ihn Falatars Bienen mehr liebten als seine eigenen, hat er ernst gemeint.

Das Glas mit dem Schildchen Ilidža 35 (Falatar) enthielt die vielleicht interessanteste Bienengeschichte von all den Gläsern, die auf dem obersten Brett in der Speisekammer am Sepetarevac standen. Darin war die Geschichte von Falatars Bienen und den Blumen, die sie abflogen, von Franjo, der sich um sie kümmerte, von Falatar und den Gründen, warum ihn die Schuhe im Šnehajms Schaufenster so verhexten. Hätte man die Sprache der Bienen gelernt, hätte man die Geschichte im Honig lesen können.

Stjepko Falatar blieb den ganzen Sommer 1935 in der Psychiatrie, wurde während einem Großreinemachen entlassen – statt nach Sokolac oder Popovača schickte ihn der Doktor nach Hause – und erholte sich danach langsam von Besarovićs Elektroschocks.

Besarović war sicher, dass Falatar wieder eingeliefert werden würde. Er irrte.

Falatar war ein gebrochener, trauriger Mann, bezog Frührente und kümmerte sich um seine Bienen. Seine Kinder waren erwachsen und verheiratet. Die jüngste Tochter, weder besonders klug noch schön, weder häuslich noch fleißig, besuchte die Schauspielschule in Zagreb, heiratete nach dem Krieg einen berühmten Regisseur aus Belgrad, bekam ein Engagement am Jugoslavensko Dramsko Pozorište, wurde der Star der Dubrovniker Sommerspiele, souverän in ganz unterschiedlichen Rollen vom komischen Fach bis zu Brechts Mutter Courage, die sie bis an ihr Lebensende spielte.

Und der Teufel hat mir angeboten, ihr Leben gegen neue Schuhe einzutauschen, ach Franjo!

So klagte Falatar auf der Wiese am Glavatič Anfang der Fünfziger, während jeder auf seinem Baumstumpf saß und ringsum die Bienen summten.

Falatar war alt und galt als verrückt – musste er doch sein, wenn er als Invalide Frührente bezog, ihm aber weder ein Bein noch ein Arm fehlte – und redete normalerweise nichts, und wenn doch, nahmen alle Reißaus.

Franjo aber verstand, was er sagte, und machte eine stehende Redewendung daraus: Der Teufel hat mir angeboten, ihr Leben gegen neue Schuhe einzutauschen! Das sagte mein Großvater jedes Mal, wenn er im Kino oder Theater eine richtig gute Schauspielerin sah.

Und der Teufel hat mir angeboten, ihr Leben gegen neue Schuhe einzutauschen, ach Franjo!

Sagte Franjo Rejc in Drvenik bei Kostanić während der Sondersendung zum Tod der großen serbischen, jugoslawischen Schauspielerin Mari Falatar Belović.

Franjo verwahrte sich zeitlebens gegen einen Fernseher.

Wenn der reinkommt, bin ich draußen!, beschied er kurz und bündig, wann immer die Idee aufkam, so ein Teufelsgerät anzuschaffen, das einen am Lesen, Lernen und Denken hindert, und fügte bei Nachfragen großzügig hinzu, sie könnten einen kaufen, sobald er unter der Erde läge.

Wenn die Beerdigung um drei Uhr ist, schafft ihr es noch vor Ladenschluss.

Ein einziges Mal ging er mit Olga und mir zu Kostanić zum Fernsehgucken, im Dezember 1971, einen Tag nach dem katholischen Weihnachten, das im Partisanenstädtchen Drvenik damals natürlich nicht gefeiert wurde, es stürmte, die stärkste Bora des ganzen Winters, Opa hielt mich fest an der Hand, eben um die Sendung über Tante Mari Falatar sehen. Er hielt mich an der Hand, damit mich die Bora nicht weit aufs Meer hinaustrug, Richtung Hvar, Sućuraj und nach Italien zu Vittorio de Sica, dem großen Regisseur, dem einzigen, sagte Franjo Rejc, der Stjepko Falatars Geschichte erzählen könne, dem Mann, der mit den Bienen redete und wegen einem Paar Schuhe verrückt wurde.

den 7. VI. 36. Zwei Rähmchen mit Honig und eins mit viel Brut herausgenommen, Bienen in neue Beute abgefegt, in die setze ich übermorgen eine Königin von Herrn Fabiani aus Dovlići, um einen Ableger zu bilden (weiter unter Nr. 3).
den 30. VI. 36. Honigraum halbvoll. Volk sehr stark.
den 7. VII. 36. Honigraum gut gefüllt. Zusätzlichen Leerrahmen eingesetzt. Im Brutraum vorletzten Rahmen voller Honig herausgenommen.
den 14. VII. 36. Honig geschleudert.

Lucio Fabiani, genannt Ćućo, arbeitete als Gerichtsschreiber und gelegentlich als Porträtzeichner, wenn der Richter bei Verhandlungen von öffentlichem Interesse Zeichnungen der Prozessbeteiligten bewilligte. Alle Tageszeitungen druckten sie ab, worauf Ćućo Fabiani so stolz war, als hätte er eine Ausstellung im Louvre gehabt. Die Zusatzarbeit wurde natürlich nicht bezahlt, das machte er im Rahmen seiner Anstellung beim Gericht, unterzeichnete aber die meisten seiner Porträts mit vollem Namen, kaufte ein Dutzend Exemplare der Belgrader *Politika* oder der Sarajever *Večernja Pošta* mit seinen Bildern und verschickte sie an Verwandte in Italien, den Patenonkel in Ljubljana, Freunde in Belgrad. Anđa, seine Frau, schlug jedes Mal die Hände über dem Kopf zusammen und schimpfte, wenn Richter Fahri Kahrimanović Zeichnungen vom Prozessgeschehen genehmigte. Einmal soll sie bei ihm vorgesprochen haben: Ihre Kinder besuchten die Schule und sie müsse Kohlen für den Winter kaufen und wisse wirklich nicht, woher sie das Geld nehmen solle, wenn der Herr Richter Ćućos Eitelkeiten auch noch unterstütze.

Kahrimanović verstand sie nicht. Eitelkeiten, welche Eitelkeiten? Und was hatte er damit zu tun?

Als der Groschen endlich fiel, schüttete er sich aus vor Lachen.

Und ordnete eine Ausstellung mit Porträts des Schreibers Ćućo Fabiani von Prozessbeteiligten in der Aula des Gerichts an, dem dafür überdies ein doppeltes Monatsgehalt als Honorar auszuzahlen sei.

Was daran wahr und was erfunden ist, lässt sich nicht mehr feststellen, die Ausstellung des Gerichtsschreibers Lucio Fabiani in der Gerichtsaula immerhin hat es wirklich gegeben, von ihr berichteten alle Tageszeitungen, der Sarajever Maler und Kolumnist Vojo Dimitrijević schrieb eine äußerst wohlwollende Kritik über den ungewöhnlichen Autodidakten, wobei er dessen Namen mehrfach als Herr Fab. abkürzte, und so hatte Ćućo bei den Sarajever Banausen seinen Spitznamen weg, der bald auch von seinen Freunden übernommen wurde: Herr Fab. Geboren aus Neid und Eifersucht, wurde der Spitzname so bekannt, dass Ćućo damit seine Karikaturen unterschrieb, die er ungefähr ab der Zeit in Gewerkschaftsorganen publizierte, als Franjo Rejc von ihm eine Königin für Beute Nr. 3 bekam. Die Karikaturen sollten ihn teuer zu stehen kommen, viel teurer als die Zeitungen mit seinen Gerichtsporträts.

Warum Lucio Fabiani nach Sarajevo kam, ist vergessen.

Meine Mutter konnte es mir nicht sagen, sie behauptete, auch Nonno und Nonna hätten es nicht gewusst. Es war früher kein Thema, es war normal, dass Beamte, Eisenbahner, Postboten und sogar Kneipenpächter kein Wort unserer Sprache konnten, obwohl sie sich in Sarajevo niedergelassen hatten. Die meisten kamen aus anderen Teilen des Kaiserreichs, Lucio Fabiani jedoch war nicht in Österreich-Ungarn geboren, sondern italienischer Staatsangehöriger, aus Umbrien, wo er viele Verwandte hatte, sieben Geschwister und eine Mutter, die über hundert Jahre alt wurde, sodass Ćućo um sie trauerte, als er selbst schon ein Greis war und ihn die Imkerkollegen mit dem Hinweis trösteten, in seinem Alter sei es geradezu unanständig gewesen, dass die eigene Mutter noch lebt. Man müsse schließlich noch eine Zeit lang in dem Bewusstsein leben, dass man eine Mutter gehabt hatte, und nicht direkt nach ihr sterben. So redeten sie auf ihn ein, vergebens. Typisch Italiener, heult sich um die Mama die Augen aus dem Kopf, dachte man. Ich musste an Herrn Fab und seine Tränen denken, als meine Mutter letztes Jahr Anfang Dezember starb. Zum Heulen war es für mich längst zu spät.

Doch zurück zu seinem Pech, damit die Geschichte mit den Karikaturen im Gewerkschaftsblatt nicht vergessen geht.

Wie das hieß, weiß keiner mehr, vielleicht Gewerkschaftszeitung, der Name des Redakteurs ist auch vergessen, aber natürlich weiß man noch, dass es das Organ der verbotenen Kommunistischen Partei Jugoslawiens war. Artikel wurden mit Pseudonym oder den Initialen gezeichnet, nur ohnehin exponierte Vordenker der Arbeiterbewegung wie Veselin Masleša, Otokar Keršovani und andere Intellektuelle unterschrieben mit vollem Namen. Trotz Hinweis auf den konspirativen Charakter der Redaktionsarbeit beschloss Lucio Fabiani, mit Herr Fab zu signieren. Er müsse die Zeichnung nicht signieren, und Herrn Fab kennt in Sarajevo jeder, wandten sie ein. Doch Ćućo sah nicht ein, warum er etwas veröffentlichen sollte, wenn keiner davon wusste.

Kurioserweise brockte er sich mit der Arbeit für das kommunistische Blatt am Arbeitsplatz keine Probleme ein, vermutlich, weil alle wussten, dass Lucio Fabiani ein fleißiger, ordentlicher Gerichtsschreiber und kein Kommunist war, ja, dass er nicht einmal wusste, wofür die Kommunisten standen und warum die Partei verboten war. Gut, sie waren Atheisten, so viel wusste er schon, aber von Politik hatte er keine Ahnung, er verstand nicht, was manche Leute gegen den König oder was Kroaten gegen Serben – wo sie doch dieselbe Sprache sprachen, mit der er sich sein Leben lang herumquälte – oder beide gegen die Kommunisten hatten. Lucio Fabiani nahm Missverständnisse als wahrscheinlichste Ursache an. Politik beruht auf Missverständnissen, er musste da nicht auch noch mitmischen, denn als Italiener hatte er weder den König noch dessen Gegner zu kritisieren. So dachte er und kam lange damit durch.

Herr Fab hörte keine Nachrichten, ging nicht wählen, ignorierte das Gerede in Kneipen und Frisiersalons und hatte keine Meinung zu Benito Mussolini. Als 1936 die ersten deutschen und österreichischen Juden auf der Flucht vor dem Naziterror in Sarajevo eintrafen, bedauerte er sie aufrichtig und wollte helfen. Mit einem Glas Honig, Geld, einem Mittagessen in der Gerichtskantine. Was sie durchgemacht hatten, konnte er sich nicht anhören. Das heißt, er hörte zwar zu, schweifte aber gelangweilt in Gedanken ab. Jeder Schmachtfetzen im Kino, jeder Herzschmerzroman erschien ihm glaubwürdiger als diese Leidensgeschichten. Herr Fab verstand nicht, wovon die Leute redeten.

Seine Bienen waren glücklich. Viel glücklicher als die von Falatar, glücklicher auch als Franjos Bienen. Ihre Beuten standen in Dovlići, einem abgelegenen Weiler auf der Sarajevo abgewandten Seite des Trebević. Der Weg dorthin war beschwerlich und weit, aber er nahm es leicht. Herr Fab nahm alles leicht, nur fremdes Unglück, darauf mochte er sich nicht einlassen. Er las nicht gern Zeitung, also ließ er es. Sein Vorbild waren die Bienen, sie leben, sagte er, ohne Böses zu tun, sie nehmen keinem was weg, ich würde gern wie sie Blüte für Blüte, Wabe für Wabe, gemächlich, aber stetig im Winter meines Lebens ankommen.

Das waren seine Worte: im Winter meines Lebens.
Winter meines Lebens, mit italienischem Tonfall und italienischem Akzent,
sehr melodisch, fast gesungen, und das R geriet zum Donnergrollen und das Leben klang so lebendig
und dabei traten ihm Tränen in die Augen.
Sie quollen nicht heraus, kullerten nicht über die Wangen, sie verschleierten nur seinen Blick,
Schleiertränen also, so was kannte man damals in Sarajevo nicht
und auch nicht in der Umgebung, auf den Bergwiesen ringsum nicht,
unbekannt waren sie den Imkern,
und so hießen sie bald italienische Tränen,
und wenn jemand fortan von einem anderen erzählte, dem seien die Tränen gekommen,
fragte wer zurück: Italienische?,
und dann wussten sie, von was für einer Traurigkeit, von was für einem Mann, von welcher Art Weinen die Rede war.

Mitgerissen von seinen Gefühlen, vergaß Ćućo die Wirklichkeit, vergaß, was er täglich bei den Verhandlungen mitstenografierte, und mit dem »Seit 5 Uhr 45 wird jetzt zurückgeschossen!« verbannte er den Inhalt seiner Gerichtsprotokolle ganz aus dem richtigen Leben und nahm sie eher als petrarkische Sonette oder vielmehr deren Übersetzung ins Serbokroatische wahr. Urteilsbegründungen wegen Meuchelmord, Totschlag oder Tötung aus niederen Beweggründen, Raubmord oder Taschendiebstahl, Postraub, Betrugsdelikten, Landesverrat, Hochverrat oder Majestätsbeleidigung, kommunistischer Unterwanderung oder Anstiftung zur Unsittlichkeit, Fluchen im öffentlichen Raum, Gotteslästerung, Ehrenschändung und wofür man vor

Sarajever Gerichten noch so alles verurteilt werden konnte, erlebte er als hochgradig artifizielle Lyrik. Er beschrieb das bei der Justiz übliche schwere, dicke Papier, empfand das Wasserzeichen mit dem Wappen des Königreichs Jugoslawien als Sicherheitsversprechen, genoss die Leichtigkeit, mit der sein Füllfederhalter über die Bögen glitt, und behielt die längst nicht mehr verlangte Schönschrift für die Urkunden bei. Je näher der Krieg rückte, von dem Ćućo nichts wusste, so wenig wie die Bienen in seinen Beuten, von dem er auch nichts wissen wollte, desto schöner wurde seine Handschrift. Dann kam, ungefähr in der Mitte von Milan Stojadinovićs Regierungszeit, aus Belgrad die Ordre, sämtliche Schreibarbeiten seien künftig mit einer Remington zu erledigen. Die meisten königlichen Gerichtsschreiber tippten die Urteile schon lange mit Schreibmaschine, dank Lucio Fabiani und seiner Schönschrift hatte man sich in Sarajevo bis dahin erfolgreich gegen die Modernisierung gesträubt.

Ćućo war enttäuscht. Dass er zum Vorsteher der Schreibstube ernannt – ein Vertrauensbeweis angesichts seiner Karikaturen für die anrüchige Gewerkschaftszeitung – und sein Gehalt verdoppelt wurde, bedeutete ihm nicht viel im Vergleich zum entgangenen Genuss, wenn die Feder über das schwere Amtspapier des Königreichs glitt.

Trost spendeten ihm die Bienen und seine Karikaturen.

Dann wurde Belgrad bombardiert, vier Tage später der Unabhängige Staat Kroatien ausgerufen, und der war binnen zwei Wochen in Sarajevo. Schneller als der NDH war die Wehrmacht mit ihren Motorradgespannen, Lastkraftwagen und schwarzen Mercedes-Limousinen. Ihr Anblick ermutigte den aufgeputschten Sarajever Mob, die neue sephardische Synagoge zu plündern und zu entweihen. Olga und Franjo standen am Küchenfenster und sahen zu. Wie Herr Fab reagierte, was er fühlte, weiß man nicht. Hat er es überhaupt mitbekommen? Er tröstete im fraglichen Zeitraum seine Bienen in Dovlići.

Die Wehrmacht bereitete die Einnahme Sarajevos mit Bomben vor, Messerschmitt-Bf-109-Geschwader dröhnten am Himmel, und Ćućo versuchte erschrocken, die Völker in den Beuten vor dem Krach und den Detonationen zu schützen, sang ihnen neapolitanische Lieder vor und redete auf Italienisch – mit den Bienen redete Ćućo nur Italienisch – wirr auf sie ein, um sie vor Krieg und Weltuntergang zu bewahren. Das Schicksal der Menschen war ihm immer noch egal oder er wollte es einfach nicht wahrhaben, die Bienen aber sollten nicht die Pest bekommen. Wenn Bienen sich aufregen, bekommen sie die Pest. Das steht in jedem Imkerhandbuch, das weiß jeder Imker, das schreibt Professor Ignat Pobegajlo, der bekannteste Imker-Experte im Königreich, das steht schon im Alten Testament. Vor dem Ende der Welt verschwinden die Bienen, ihre Brut fällt Amerikanischer und Europäischer Faulbrut zum Opfer, die Pest wird sie holen, damit sie nicht wie die Menschen und alle Seelen seit der Erschaffung Adams vor Gott treten müssen am Tag des Jüngsten Gerichts, denn Bienen sind keine Sünder, Bienen sündigen nicht, sie sind so, wie Gott sie schuf, sie sind unschuldig wie am ersten Tag. Die Bienenpest, so steht es im Alten Testament, ist der Beweis, dass Bienen ohne Sünde sind.

Kaum zurück aus Dolići, wurde Lucio Fabiani verhaftet – die Ustascha hatte die Stadt inzwischen erreicht. Die neu geschaffene faschistische Polizeibehörde verhörte ihn und übergab ihn dann der Gestapo, ihm wurde die mehrjährige Zusammenarbeit mit der kommunistischen Gewerkschaftszeitung zur Last gelegt. Er war der einzige Mitarbeiter, dessen sie habhaft wurden. Alle anderen waren untergetaucht, aus der Stadt geflohen oder durch Pseudonyme und Initialen geschützt. Nur Herrn Fab kannte jeder, er war der Einzige, der sich nicht getarnt hatte.

Und die Deutschen, die der Ustascha noch nicht ganz über den Weg trauten und deswegen gründlich hinter ihr her kontrollierten, die sich natürlich auch keinen dicken Fisch, keinen kommunistischen Aufwiegler oder Revolutionär entgehen lassen wollten, rissen sich den Fall unter den Nagel. Lucio Fabiani war ja Italiener, das machte die Sache noch interessanter. Er hätte Mitglied der KP Italien sein können oder umgekehrt ein Spion Mussolinis, den es vor den einheimischen Faulpelzen zu schützen galt.

Ćućo hat nie erzählt, wie sich die Verhöre von NDH-Ordnungskräften und Gestapo unterschieden, er hat überhaupt nichts über die Zeit von Ende April 1941 bis 9. April 1942 erzählt, die er in der Gewalt von Ustascha und Deutschen und überwiegend in Jasenovac verbrachte, und es hat ihn auch keiner danach gefragt. Wahrscheinlich hätte es sie schon interessiert, was der unpolitische Herr Fab über seine kommunistischen Aktivitäten erzählt hatte und ob er Auskunft geben konnte über die Fälle, die ihm als Gerichtsschreiber untergekommen waren, über die Prozesse gegen kroatische Idealisten und überzeugte Faschisten, über das Unrecht, das dem Kroatentum freundlich gesinnten Imamen und Popen angetan wurde. Entdeckte er im Schatten des Galgens sein politisches Bewusstsein? Wie hat er, vor ein Gericht gestellt, das nur ein Urteil kannte, den Kopf aus der Schlinge gezogen? Das jedenfalls ist ihm gelungen, eines Tages war er wieder in der Stadt. Mit dem Zug aus Jasenovac gekommen. Rappeldürr, geschrumpft, als hätten sie ihn bei lebendigem Leib einen Kopf kürzer gemacht, die Augen staubtrocken. In denen sollten noch lange keine italienischen Tränen stehen.

Wie war's?, fragte Franjo.

Gut.

Wie, gut, kann das gut gewesen sein?

Nein.

Wie war es denn dann?

Gut.

Also schlimm!?

Gut.

Schlimmer als schlimm?

Es war gut, wenn ich's doch sage.

Also noch schlimmer?

Na.

Das Einzige, was er je sagte, da war der Krieg schon aus, da lag der Bruch mit Stalin gut ein Jahr zurück, war: In Jasenovac gab es keine Bienen. Grabesstille, sagte Ćućo. Nirgends eine Biene.

In Dovlići standen noch die verlassenen Beuten. Stinkend, sauer geworden, von Fliegen, Wespen und anderem Ungeziefer bevölkert. Aber das erschütterte ihn nicht. Ćućo war überzeugt, seine Bienen hatten sich gerettet, waren wie die Menschen in den Wald geflohen. Er würde sie an ihren Stimmen wiederkennen, seine Bienen, sagte er, aber er hat sie nie gehört. Sie müssen sehr weit weg geflogen sein.

Nach dem Krieg baute er neue Beuten, stellte sie wieder in Dolići auf und lebte sein Leben überhaupt wie früher. War unpolitisch, las keine Zeitung, wollte mit den neuen Herren nichts zu schaffen haben. Die Kommunisten hätten ihn für seine konspirative Tätigkeit im Königreich Jugoslawien belohnt, die ja so konspirativ nicht gewesen war, aber es interessierte Ćućo nicht. Bis in die fünfziger Jahre hinein arbeitete er am Gericht, dann ging er in Rente und widmete sich ganz seinen Bienen. 1955 starb seine Frau, die Kinder waren in alle Winde zerstreut, von Pula bis Belgrad. Lucio Fabiani zog nach Dolići, wohnte in einer selbstgezimmerten Holzhütte und ließ sich einen langen weißen Bart wachsen. Nach dem bekam er seinen dritten und letzten Spitznamen – Tolstoi.

Eins der schrecklichen Fotos von Franjo Rejcens Beerdigung, die mein Vater bezahlt hat, zeigt hinter Nonna, den schwarzen Schal aus Moskau vor den Mund gezogen, hinter meinem Vater und meiner Mutter, die bei dieser Gelegenheit wieder als Ehepaar auftreten, in der dritten Reihe leicht erhöht stehend – vermutlich auf einer Grabplatte, über dem verfaulten Leichnam eines Fremden –, weißbärtig und hochbetagt, Ćućo, Herrn Fab, Tolstoi.

Mehrmals habe ich mit der Lupe nachgeschaut, ob in seinen Augen italienische Tränen stehen. Vergeblich, die Aufnahmen sind schlecht, die Auflösung ist schlecht, der Fotograf ist schlecht. Wie der hieß, weiß man auch nicht mehr.

Ilidža 1936, Nr. 3 hat 14 Rahmen am 22. V. 36.
Königin nicht auf dem sechsten Rahmen, den ich vor 10 Tagen zur Heranziehung einer Königin einsetzte, auch kein Weiselnapf. Siebter Rahmen fast leer, allerdings mit Spielnapf. Maroder Zustand. Königin auf 9. Rahmen in einer Bienentraube, allerdings sehr alt. Beute am 24. V. kontrollieren.
den 24. V. 36, Kontrolle
Keine Königin. Den am 12. V. eingesetzten Rahmen mit Brut entnommen und in Nr. 4 eingehängt.
den 25. V. 36, Kontrolle
Leeren Rahmen in Nr. 1 gehängt, dafür von dort einen Rahmen mit Brut in die Mitte von Nr. 3 gehängt, damit sie eine Weisel heranziehen.
den 30. V. 36.
Im am 25. V. eingehängten Rahmen kein Weiselnapf. Wahrscheinlich zu wenig junge Bienen. Will einen jungen Schwarm ziehen (vgl. Nr. 1) und mit befruchteter Weisel dazusetzen. Dafür am 2. VI. zwei Honigrahmen in neue Beute gehängt, am 4. VI. Weiselnapf ergänzen.
den 3. VI. 36.
Gestern zwei geräuberte Honigrahmen ausgesondert; dabei auf dem am 25. V. eingesetzten Rahmen Weiselnapf gefunden und gelassen.
den 15. VI. 36.
Weisel befruchtet. Neue Weiselnäpfe.
Die 4 hintersten Rahmen kontrolliert. Bienen sind unruhig, stechfreudig, sehr laut. Am Flugloch auffällig lebhafte Drohnen, lebhafter als die Arbeiterinnen. Die scheinen am Flugloch etwas zu suchen. Sammeln kaum Pollen.
den 20. VI. 36.
Keine Weisel. Nur alte Bienen. Zwei Rahmen aus Nr. 2 in die Mitte gehängt, damit sie eine ziehen.
30. VI. Auf dem am 20. VI. eingehängten Rahmen zugedeckelten Weiselnapf gefunden. Großer Honigvorrat.
den 8. VII. 36.

Bienentraube mit Weisel gefunden. Herausgeholt, hatte nur ein Flügelpaar.
Am 14. VII. aufgelöst, Bienen ins Gras gefegt, Honig geschleudert.

Bienenstiche sind gesund, brüstete sich Franjo, ein Gegengift, gut gegen Rheuma, schützen vor allen möglichen Krankheiten und heilen die Seele. Man zuckt zusammen, wenn man gestochen wird, sagte er, es tut weh und man merkt, dass man lebt. Das vergisst man allzu oft, philosophierte Franjo, und bei Zahnschmerzen, Leibschmerzen oder Kopfschmerzen fühlt man sich nicht lebendig, das bewirken nur zwei Dinge: Bienenstiche und tief tauchen. Wenn man wieder oben ist und Luft holt, merkt man, dass man lebt. Und wenn man von einer Biene gestochen wird, merkt man, dass man lebt.

So redete er und wusste nicht, was er sagte, wusste nicht, dass er das Schicksal herausforderte, die Krankheit ankündigte, an der er sterben sollte. Vielleicht hat er sie geahnt. Den ersten Anfall hatte er nachts in dem kalten, schrecklichen Winter 1943/44, der erste nach Mladens Tod. Es herrschten Hunger und Not, geheizt wurde mit Kohlenstaub, der qualmte, das Feuer im Herd kam nicht gegen den Qualm an und erstarb, der Kamin zog nicht, die Schwefeldämpfe strömten ins eisige Zimmer zurück. Vielen blieb bei dem höllischen Gestank die Luft weg.

Es war sein erster Asthmaanfall, aber Franjo schrieb es dem Qualm zu.

Oder dem Grab in Slawonien, der Erde, die den Blechdeckel des Soldatensargs und damit auch Mladens tote Brust eindrückte. Und seine eigene, die Brust von Mladens Vater, der schuld war an Mladens Tod, weil er Mladens Mutter nicht entschieden genug widersprochen hatte, als diese sehr bestimmt sagte, der Sohn sei beim deutschen Heer auf jeden Fall sicherer als bei den Partisanen. Er hatte gekuscht, obwohl ihm seit 1938 klar war, dass Hitler alles andere als Sicherheit garantierte, Ivica

Lisac war sein Zeuge, er hatte es schon beim Einmarsch ins Sudetenland gesagt.

Dieser Idiot wird den Krieg verlieren!, hatte er gesagt, während Ivica in der Dunkelkammer Abzüge entwickelte. Aber wir sind dann nicht mehr da, hatte Lisac, in Sarajevo ein bekannter Fotograf, klug und höchst vorsichtig erwidert.

Aber er hatte in seinem selbstgerechten Zorn nicht auf ihn gehört. Er gegen Hitler! Nicht einmal den eigenen Sohn hatte er vor Hitler bewahren können, weil er der Frau die Entscheidung überlassen hatte, weil ihm der häusliche Friede wichtiger gewesen war als Mladens Leben. Oder hatte er die Verantwortung gescheut? Lieber verdrängte er, was er 1938 gesagt hatte: Der Idiot verliert den Krieg und seine Soldaten bezahlen dafür mit dem Leben.

Wahrscheinlich war es das. Das raubte ihm den Atem.

Er schluckte Baldriantropfen, um schlafen zu können. Baldrian hilft anfangs, aber nicht lange. Er träumte, er ertrinkt im Meer. Er träumte, in einer hermetisch abgedichteten Kiste zu liegen und der Sauerstoff ist bald verbraucht. Er träumte, in einem schalldichten Raum zu liegen und keiner hört seine Hilferufe. Fünfzehn Jahre später diagnostiziert Doktor Rittig Asthma und verbietet ihm das Rauchen. Er schafft es nicht. Woran soll er sich festhalten, wenn nicht an den Kippen? Solange er raucht, merkt er nichts von der Atemnot. Wenn er raucht, denkt er nicht nach. Dann entdeckt der Arzt, dass der Herzmuskel atrophiert ist, stellt eine chronische Herzschwäche fest. Die Pumpe ist nicht stark genug, um das Blut in die Lungen zu pumpen. Das erstickt ihn also. Die Hydrodynamik des menschlichen Körpers. Alles ganz einfach, Herr Rejc, ganz simpel. Die Seele ist ein materielles Ding, die Seele ist der stärkste Muskel im menschlichen Körper, sagte Rittig. Seine Krankheit nenne sich Herzasthma, bekam er schließlich gesagt.

Woher es kommt, wollte er wissen. Vom Heuschnupfen und der Allergie gegen Lindenblüten? Doktor Rittig befragte ihn zur Kindheit. Seiner Kindheit. Zu Kinderkrankheiten. Franjo wäre fast aus der Haut gefahren. Ob es einer in der Familie am Herzen gehabt hätte? Jawohl, die Schwiegermutter. Rittig lachte.

Herr Rejc, sagte er, halten Sie sich an Ihre Bienen. Das ist gut fürs Herz.

Das war das einzig Gute, was er sagte. Alles andere war schlimm. Franjo hatte gehofft, der Doktor würde sagen, sein Herz gehe am Kummer zugrunde.

Bienenstiche sind auf jeden Fall gesund, wiederholte er.

Lass dich von den Bienen stechen, das ist gesund.

Olga reagierte allergisch auf Bienenstiche, durfte sich den Beuten unter keinen Umständen nähern. Bei den Bienen war er sicher vor ihr.

Manchmal ersticken Bienen ihre Königin, das kommt häufiger vor. Die Arbeiterinnen umringen sie, erweisen ihr die Ehre, wollen ihr dienen, ihr so nah wie möglich sein und verkeilen sich dabei so, dass sich das Knäuel nicht von selbst wieder auflösen kann. Strebt eine von der Königin weg, kommt sie an den anderen nicht vorbei. Der Imker kann das Knäuel auflösen, mit Zeigefinger und Daumen die Bienen von der Königin lösen, ohne gestochen zu werden. Er darf nur keine Angst haben, ganz allgemein ist es entscheidend, dass sich der Imker nicht vor Bienenstichen fürchtet. Bei Angst wird ein Hormon ausgeschüttet, das die Bienen aufregt und zum Stechen bringt. Vielleicht fühlen sie sich durch die Angst beleidigt. Wer Angst hat, kann kein Imker sein.

Franjo hatte keine Angst, die Stiche machten ihn nur traurig. Er empfand ihr Stechen als Misstrauen. Hat er sie verraten und sie strafen ihn dafür? Oder verraten sie ihn? Beides wäre traurig. Da dachte er lieber, Bienenstiche sind gesund.

Jeder Stich ein Tod.

Nach dem Stich lebt die Biene noch ein paar Sekunden.

Wie lange ist das in ihrer Zeit? Mensch und Biene haben nicht dieselbe Zeit. Ein Mensch lebt Tausende Bienenjahre. In der Bibel der Bienen sind Menschen tausendjährige Greise. Die Bibel der Bienen ist in Honig geschrieben. Auf dem obersten Brett in der Speisekammer am Sepetarevac stand die Alexandrinische Bibliothek der Bienenzivilisation. Wir aßen sie, weil der nicht mehr war, der ihre Sprache und Schrift studierte.

Eine verpasste Chance für die Menschheit. Eine der letzten verpassten Chancen der Menschheit.

Als das Telegramm mit der Nachricht von Mladens Tod eintraf, saß Olga in der Küche auf dem Stuhl und schwieg. Lange, sehr lange saß sie stumm auf dem Stuhl. Tante Doležal holte das Mädchen zu sich. Javorka war siebzehn Monate alt, sie konnte es nicht verstehen, aber Tante Doležal holte sie, um sie zu schützen.

Ich habe dich da weggeholt, damit dir Olga in ihrer Verzweiflung nichts antut.

Sagte sie Javorka, einige Monate vor ihrem Tod und kurz bevor die Motten und Alzheimer Löcher in ihr Leben fraßen. Einen Nachmittag lang erzählte sie von dem Tag, an dem das Telegramm mit der Todesnachricht eintraf, von sich aus, Javorka hatte sie nicht danach gefragt, fragte auch nicht nach, nachdem Tante Doležal einmal angefangen hatte zu erzählen, sprudelte es aus ihr heraus, sie fand kein Ende. Einen Tag später wollte Javorka noch ein Detail wissen, aber Tante Doležal konnte sich an nichts erinnern. Nicht an das Telegramm, nicht an Mladen, nicht an Herrn und Frau Rejc, nicht an den Boten der Kroatischen Streitkräfte, ein junger Kerl, überzeugter Ustascha und Muslim, stolz auf seine Arbeit und die kroatische Heimat, gewiss, dass jeder ein Märtyrer wird, der auf Gottes Wegen fällt, dass Allah und Kroatien denselben Weg gehen, und deswegen das Telegramm so übergab, als sei es eine Auszeichnung, eine hohe Ehre.

Mein Beileid, sagt er, Ihr Sohn, der deutsche Ritter, fiel im brüderlichen Kampf der vom Führer vereinten Völker Europas, den Spruch hat der junge Ustascha aus Sarajevo zuvor auswendig gelernt.

Tante Doležal erinnerte sich an nichts mehr.

Tags zuvor hatte sie noch alle Einzelheiten gewusst.

Ich wollte, hatte sie gesagt, ausgerechnet in dem Moment was im Flur, als der vor Frau Rejc deklamierte: Mein Beileid, Ihr Sohn, der deutsche Ritter, fiel im brüderlichen Kampf der vom Führer vereinten Völker Europas!

Sie habe erst nicht verstanden, was er meinte, habe keinen Sinn in den Satz gebracht, weil sie mit dem »fiel« nichts anfangen konnte. Sie kannte den Ausdruck nicht, sie kannte nur umkommen, sterben, getötet oder erschossen werden, aber keins der Zeitwörter ging mit deutscher Ritter zusammen. Die Bezeichnung passte in ihrem Kopf sowieso nicht auf Mladen, Ritter hausten in Büchern mit gotischen Lettern, Teutonen in Rüstung, die Lanze unter den rechten Arm geklemmt, aber doch nicht Olgas Sohn. Außerdem war Mladen kein Deutscher. Ja, er sprach Deutsch, er sprach perfekt Deutsch, und er beherrschte es in zwei völlig unterschiedlichen Formen, der literarischen, der Sprache Goethes und der Buddenbrooks und von Hugo Elsner-Rosenzweig, Deutschlehrer am Großen Gymnasium, der dem jungen Rejc keine Note geben wollte, weil der die Sprache besser könne als er selbst, der mit dieser Sprache in Prag aufgewachsen war. Er hat die Grammatik im Blut!, sagte er Frau Rejc, und die Mutter war stolz gewesen. Aber wenn sein Großvater ins Zimmer trat, wechselte Mladen mitten im Satz von der goetheanischen Sprache zum derben Dialekt der Banatschwaben, auch das war Deutsch, aber mit seinem harten Klang himmelweit entfernt vom Hochdeutschen.

Trotzdem, Mladen war kein deutscher Ritter, der vom Pferd fiel …

Der junge Bote drückte Frau Rejc das Telegramm mit einer zackigen Bewegung in die Hand.

Sie las das Telegramm, und dabei veränderte sich ihr Gesicht. Nicht die Mimik, das nicht, die Veränderung war keine vorübergehende, ausgelöst von der Erschütterung. Das Gesicht veränderte sich, wie sich die Fassade eines Hauses ändert, in das neue Bewohner einziehen. Es blieb für immer so, das Gesicht von Frau Rejc, Tante Doležal konnte eindeutig zuordnen, ob ein Foto von Olga vor oder nach Mladens Tod entstanden war. Und sie konnte überhaupt nicht begreifen, wieso kein anderer die Veränderung sah.

Das war eine andere Frau, sagte sie, und sie war ja die Einzige, die im Augenblick der Veränderung zugegen war.

Und ich hab mir nur gedacht, hol die Kleine da raus, ich hatte wirklich Angst, dass dir deine Mutter was antut, sagte sie Javorka noch einmal.

Sie lief wortlos an Franjo vorbei, der es noch nicht erfahren hatte. Irritiert beobachtete er Vilma Doležal dabei, wie sie das Mädchen auf den Arm nahm und hinaustrug.

Die Zeitung noch in der Hand, die Brille auf der Nasenspitze, klappte er den Mund auf, sagte aber nichts, seine Verwirrung hielt noch eine Weile an.

Olga saß stumm auf dem Küchenstuhl.

Ihre Augen waren trocken. Das Fenster zur Tašlihanska, der späteren Straße der Jugoslawischen Volksarmee, stand offen. Ein schmales, kleines Fenster, durch das man nicht hinausspringen konnte.

Er schrie: Rache, Rache, Rache …

Was er meinte, an wem sich Franjo Rejc an diesem frühen Herbstnachmittag rächen wollte, wird man nie erfahren. Keiner hat ihn danach gefragt, über Mladens Tod wurde nicht geredet, darüber wurde geschwiegen, bis auf Momente äußerster Verzweiflung, in denen sie sich gegenseitig zerfleischten; hätte ihn jemand gefragt, hätte Franjo sicher erzählt, warum er Rache schrie und an wem er sich hatte rächen wollen in dem Augenblick, in dem er erfuhr, dass Mladen nicht mehr war.

Ein Partisan hatte Mladen getötet. Das musste nicht gesagt werden, das war sofort klar. Aber Franjo hatte sich nie, außer vielleicht in diesem einen Augenblick, an den Partisanen rächen wollen. Wie sie glaubte er nicht an Gott, fand die Höllenandrohung abstoßend, mit der die Kirche das Volk traktierte. Eine schlimmere Hölle als die Leere danach, als der leere Himmel über uns und als Mladens Grab in Slawonien gibt es nicht. Die

Partisanen kämpften, das war ihm nah, für Freiheit, Brüderlichkeit und Gleichheit, und sie kämpften gegen Hitler. Er stand auf ihrer Seite, kann also nicht ausgerechnet ihnen Rache geschworen haben, auch nicht in diesem Moment.

Wem dann? Der Ustascha? Den Deutschen? Wem?

Gerächt hat er sich bis zum Schluss an Olga. Und sie sich an ihm. Sie war schuld, weil sie Mladen beim deutschen Militär halbwegs sicher wähnte. Die bildeten ihre Leute erst einmal aus, ihr Sohn würde gedrillt, bekäme soldatische Tugenden beigebracht, müsste marschieren und salutieren, und der Krieg, den Hitler natürlich verliert, ist bestimmt aus, bevor Mladen an die Front kommt. Die Partisanen kriechen durch den Wald, waschen sich so gut wie nie, ihre Nieren versagen wegen Kälte und Nässe, sie sterben wie die Fliegen, Olga hätte keine ruhige Minute mehr gehabt, wenn sie Mladen zu den Partisanen gelassen hätte.

Du willst, dass dein Sohn für etwas kämpft, wozu dir der Mut fehlt! Das ist dein Problem, hatte sie gesagt. Mladen soll für dich zu den Partisanen gehen.

Das war ihre Trumpfkarte, damit machte sie den Stich. Mladen meldete sich auf den Einberufungsbefehl.

Tante Doležal hatte es an dem Tag, an dem sie sich an alles erinnerte, so in Erinnerung, dass sie befürchtete, Frau Rejc könnte in ihrer Verzweiflung dem Mädchen etwas antun. Das Fenster in der Küche war schmal und klein, ein Erwachsener passte nicht durch. Ein Kind schon. Oder hat sie es nur so erzählt, wollte sie ihre eigene Rolle aufwerten?

Hat sie gespürt, dass Javorka das hören wollte?

Es ist schon denkbar, dass Olga ihr Mädchen umgebracht hätte, sowieso ein ungewolltes Kind, gezeugt mitten im Krieg, als die Mutter die fünfunddreißig bereits überschritten hatte und auf Abtreibung die Todesstrafe stand, vollstreckt von Standgerichten der Ustascha, plus ewige Verdammnis, proklamiert vom vrhbosnischen Erzbischof Ivan Šarić, genannt der Evangelist.

Dann wäre die Geschichte anders gelaufen. Ein anderer hätte den Hafersack mit einem rostigen Benzinfeuerzeug, zwei Stangen Siegelwachs, einem Bleistift und dem Almanach gefunden, in dem 1935 bis 1937 über die Ilidžer Bienen Buch geführt wurde, oder der Hafersack wäre mitsamt Inhalt viel früher untergegangen. Es gäbe die Geschichte vom Aussterben der Stublers nicht, die Geschichte, wie die schwachen Wurzeln, die sie in Sarajevo geschlagen hatten, ausgerissen wurden, die letzten Reste rupften die Nachfahren des Ustascha-Boten im neuen Jahrtausend aus, sie jäteten die letzten kuferaschen Brennnesseln in ihrem Rosengarten, den sie künftig mit keinem teilen wollen. Ohne Javorka hätte es den nicht gegeben, der im Sommer 2013 diese Erzählung überarbeiten und die Rätsel um das Bienentagebuch lösen will, damit er die Geschichte endlich vergessen kann.

Wie haben die Bienen Mladens Tod erlebt?

Wer übernahm im Herbst 1943 die Wintereinfütterung und bereitete die Beuten auf die kalte Jahreszeit vor?

Die Ilidžer Völker hat wahrscheinlich der alte Karlo Stubler betreut, die Bienen in Želeća sind vermutlich verwildert, in die Wälder geflogen, verschwunden. Im nächsten Frühjahr bezahlte Franjo Dušan Zlatković keinen Pachtpollenzins, er gab den Standort auf.

Ich habe lange Mladens Tod als Grund angenommen, bis ich zufällig in den Todeslisten von Jasenovac auf den Namen Dušan Zlatković stieß, von Beruf Eisenbahner, gebürtig aus Želeća bei Žepče, im November 1943 deportiert, am 17. Januar 1944 ermordet. Es wäre denkbar, dass in einem Dorf zwei Menschen gleichen Namens leben *und* gleich alt sind, aber dass beide auch noch bei der Eisenbahn arbeiten, kann eigentlich nicht sein.

Der Besitzer der Wiese in Želeća, auf der Franjo seine Beuten stehen hatte, starb also Anfang 1944. Abgestochen, mit einem Hammer oder einem Stein erschlagen, mit heraushängenden Eingeweiden in die Save geworfen, liquidiert mit Methoden, die einen um den Verstand bringen, denn der Unabhängige Staat

Kroatien mordete ökonomisch. Für den serbischen, jüdischen und kommunistischen Abschaum waren der Ustascha Patronenkugeln zu teuer.

Franjo Rejc stellte nach dem Krieg wieder Beuten in Željeća auf, aber nicht auf Zlatkovićs Wiese, sondern jenseits der Gleise auf der von Sava Čekrk, einem Žepčer Postbeamten, den er ebenfalls mit Honig bezahlte, wobei er das anders nannte. Das Wort Pollenpachtzins, ein Syntagma wie der Titel einer Schäfernovelle, die man zum Andenken an Dušan Zlatković schreiben sollte, war und blieb unauflöslich mit dem verbunden, der es zuerst aussprach; aus Aberglauben oder Ehrerbietung gegenüber dem Verstorbenen verwendete Franjo es nie in Verbindung mit anderen Verpächtern, zu Hause wurde es häufig und ausschließlich im Zusammenhang mit Dušan Zlatković erwähnt. Es war sein Wort und starb mit ihm in Jasenovac unter Umständen, die in den Todeslisten des Lagers nicht genannt werden.

Fünf von Dušan Zlatkovićs Söhnen lebten nach dem Krieg noch, Töchter gab es keine. Anfang der fünfziger Jahre verkauften sie den Besitz in Željeća, sämtliche Grundstücke, zwei Häuser, landwirtschaftliche Geräte, Vieh und Ställe, versilberten das gesamte väterliche Erbe und zogen nach Belgrad. Ihre Lebensläufe sind im Sammelband *Die serbisch-orthodoxe Familie Zlatković aus Žepče und Maglaj* nachzulesen, einer Beilage zur in Smederevo verlegten Verbandszeitschrift *Imkerruf*, sowie in Milorad Zlatkovićs Memoiren *Ein Gardist Titos*, eine Koproduktion des Belgrader Verlagshauses Rad und Otokar Keršovan, Rijeka. Einen der Söhne lernte ich 2001 in Belgrad kennen, mehr dazu später.

Milorad Zlatković, Dušans Ältester, Jahrgang 1923, kämpfte ab Herbst 1941 auf Seiten der Partisanen, nahm an der Sutjeska-, Neretva- und Drvar-Schlacht teil, war dem Obersten Kommandostab zugeordnet, das Kriegsende erlebte er im unmittelbaren Umfeld Titos auf Vis. In Belgrad wurde er zum Oberst ernannt, obwohl er keine höhere Schulbildung hatte.

Zum Medizinstudium wurde er nicht zugelassen – sein erster Zusammenstoß mit dem System, die erste Enttäuschung von kommunistischen Idealen. 1950 verließ er die Armee mit der erklärten Absicht, sich der Literatur zu widmen. Mit Milovan Đilas gründete er 1953 die Zeitschrift *Neuer Gedanke*, deren Redakteur Skender Kulenović wurde. Ein Jahr später fiel Đilas in Ungnade und kam in Haft, Zlatković sagte sich nicht von ihm los, sondern schrieb die Erzählung »Wofür wir uns schämen«, wurde verhaftet, aber nicht verurteilt und bald entlassen. Ab 1955 lebte er zurückgezogen in einer Wohnung am Obilićev Venac, publizierte nichts, scheute Kontakte. Wenn er das Haus verließ, musste er am Hotel Majestic vorbei, wo jugoslawische Intelligenzia und Geheimdienstleute meist am selben Tisch zusammensaßen, gesellte sich jedoch nie dazu und grüßte auch keinen. Eine Weile beobachteten sie ihn mit Argwohn, dann verbuchten sie ihn als Irren und ignorierten ihn. In den sechziger Jahren wurde Milorad Zlatković religiös, kehrte Belgrad den Rücken, um auf dem Athos Mönch zu werden, aber da er seine kommunistische Vergangenheit nicht verschwieg, galt er als potenzieller Spitzel von Titos Geheimpolizei und wurde nicht zugelassen. Statt vom Heiligen Berg nach Jugoslawien zurückzukehren, blieb Zlatković in Thessaloniki, eröffnete einen Kiosk mit dreieinhalb Quadratmetern Grundfläche, in dem er tagein, tagaus saß und die Leute durch ein kleines Fensterchen bediente. Waren keine Kunden da, verfasste er Gedichte, Ghaselen, Arzuhali und kurze Prosatexte, die er später in *Der Winter des Styliten* veröffentlichte; der Sammelband erschien kurz vor Beginn der Belagerung bei Svjetlost in Sarajevo. In Thessaloniki traf ihn durch blanken Zufall ein früherer Kriegskamerad, Kazimir Finci, inzwischen Musiker und Übersetzer aus dem Spanischen und Hebräischen. Was machst du denn hier!? Gedichte schreiben und Tabak verkaufen. Tabak? Ja, Tabak. Finci redete auf Zlatković ein, er soll zurückkommen, man wird nicht jünger, in Thessaloniki hat er keinen – Ich habe Gott! Den hast du zu Hause auch. –, und am Ende gab Zlatković nach. Im

Sommer 1986 war er wieder in Belgrad, traf in der Palmotićeva nach über dreißig Jahren Đilas wieder. Worüber sie redeten, bleibt im Dunkeln; Zlatković beschrieb in mehreren Texten ausführlich Đilas' Wohnung, dessen Esstisch und die Stühle, Farben und Ornamente des Teppichs, die Bücherstapel, die schmutziggraue Zimmerdecke, über der immer noch kein Gott sei, aber über ihre Gesprächsthemen schwieg er sich aus. Im Herbst 1987 sprach Slobodan Milošević auf der achten Sitzung des Zentralkomitees des Bundes der Kommunisten Serbiens, Zlatković bezahlte eine Messe für die an der Sutjeska gefallenen Partisanen. *Der Winter des Styliten* hatte fünfhundert Seiten, Nolit lehnte es mit der Begründung ab, so was lese heute keiner, die Leute wollten Memoiren reuiger Kommunisten, er aber stehe ja nach wie vor zu seiner Vergangenheit als Titos Gardist. Ich bin Christ, sagte Zlatković dem Lyriklektor, ein Christ beichtet dem Teufel nicht. Er fuhr mit zwei Brüdern vom Kloster Dečani nach Jasenovac, kniete dort vor Bogdan Bogdanovićs Steinerner Blume und wurde wie die anderen beiden mitten im Gebet verhaftet. Die Zagreber Presse entrüstete sich über die jüngste serbische Provokation, den Beamten in Zagreb erklärte er wie dem Nolit-Lektor: Der Teufel ist unter euch, und ihr merkt es nicht! Sie ließen alle drei laufen, vorm Zagreber Hauptbahnhof betrachtete er, kurz bevor er in den Zug nach Belgrad stieg, das Denkmal von König Tomislav und sagte: Nur ein Mensch kann ein Pferd auf so einen hohen Sockel stellen, Pferde haben wie Kinder Angst vor der Höhe. Nach Slobodan Miloševićs Rede im Sommer 1989 in Gazimestan meinte er zu Đilas: Wir müssen den umbringen. Wer das gehört hat und den nicht umbringt, geht dafür direkt in die Hölle. Đilas erwiderte, sie beide seien schon sehr alt. Wir haben schon zu viele umgebracht, sagte er. Ich nicht, gab Zlatković düster zurück. Gestorben ist er am 28. Dezember 1991 in seinem Belgrader Zimmer in der Charlie-Chaplin-Straße 36. Hat sich in die Schläfe geschossen.

Savo Zlatković, der Zweitgeborene, Jahrgang 1927, sprang

Ende 1943 aus dem Zug, der nach Jasenovac fuhr. Es war nicht derselbe Transport, mit dem sein Vater verschleppt wurde. Fünfhundert junge serbische Männer aus Zenica, Maglaj und Zavidović saßen darin, angeblich unterwegs zu Arbeitsstellen in Slawonien. Ihr bekommt Unterkunft und Verpflegung und vielleicht auch ein bisschen Geld, hatte man ihnen gesagt. Savo war der Einzige, der es nicht glaubte, sondern bei voller Fahrt aus dem Zug sprang. Du bist verrückt, sagte Diakon Todor. Hoffentlich, hoffentlich bin ich verrückt, hoffentlich bin ich eher arbeitsscheu, als dass ich Angst vorm Tod hätte! Sie lachten ihn aus, hielten ihn aber nicht zurück. Jeder ist seines Glückes Schmied. Sie galten bald schon als vermisst, ihre Leichen wurden nie gefunden, ihre Namen fehlen auf den Todeslisten von Jasenovac. Nach allem, was man über Savo Zlatković weiß, war sein ganzes Glück mit diesem Sprung aufgebraucht. Zu Fuß schlug er sich zur Motajica durch, ein Mittelgebirge, das sich zwischen Srbac und Derventa an der Save entlangzieht, traf dort auf die Tschetnik-Einheit von Major Stevan Sremčević und schloss sich ihr an, ohne von deren Sache überzeugt zu sein. Ihm blieb keine Wahl: Nach Želeća zurück konnte er nicht, und auch überall sonst warteten Züge auf ihn, die nach Jasenovac fuhren. Die anderen mochten glauben, sie kämen ins Arbeitslager, Savo ließ sich lieber durch ein Loch im Boden fallen, riskierte, dass ihm Arme und Beine von den Rädern zermalmt wurden, sein Kopf gegen eine Schwelle prallte, sein Schädel platzte und das Gehirn auf den schwarzen Teeröl-Anstrich spritzte, und hatte Glück gehabt. Ein zweites Mal würde er nicht überleben. Also blieb er bei Major Sremčevićs Tschetniks. Eine ziemlich zweifelhafte Truppe, Başı Bozuk und Bauern, denen die Ustascha die Ernte abgefackelt hatte, Sittenstrolche, der eine oder andere schlichte Geist, Mörder von der Sorte, die einen Orgasmus bekommen, wenn im November ein Schwein unter ihrer Hand zittert, dem sie gerade die Kehle durchgeschnitten haben ... Sremčevićs Tschetniks waren von jeder Befehlskette abgeschnitten, marodierten auf eigene Faust durch muslimische und katholische Dörfer, plünderten und brandschatzten ziellos und ohne Idee, wofür sie eigentlich kämpften. Keiner wusste wohin, deswegen hielten sie zusammen, Männer ohne Familie und Zuhause, der Heimatort von der Landkarte getilgt, Offiziere aufgeriebener Armeen und fahnenflüchtige Idealisten trieben seit Monaten in der Posavina ihr Unwesen, weil sie sich weder in die bosnischen Wälder zurücktrauten noch ans andere Ufer der Save. Im Sommer 1944 überlegten sie, sich zu den englischen und amerikanischen Verbündeten durchzuschlagen, die mit den Kommunisten abrechnen würden. Warum waren sie noch nicht hier, wo Italien doch kapituliert hatte? Wir sollten ihnen entgegengehen! Savo Zlatković hatte keine Meinung dazu, gab sich mit Brei und Kohl zufrieden und wurde Alkoholiker, der Siebzehnjährige schätzte Schnaps, der wärmte und ihn glauben ließ, er käme ein zweites Mal heil durch ein Loch im Boden aus dem fahrenden Zug. Schnaps macht mutig, man darf nur nicht nüchtern werden. Im April 1945 verhandelte Major Sremčević mit Ustascha-Oberleutnant Ljubo Miloš, der ihm und seinen Leuten den Schutz der Streitkräfte des Unabhängigen Staates Kroatiens versprach: sich gemeinsam nach Österreich durchschlagen, den Alliierten anschließen und den angloamerikanischen Schlag gegen Titos Partisanen und die Rote Armee mittragen, das war der Plan, aber Savo Zlatković glaubte den Kroaten wieder nicht und setzte sich in der Nacht ab. Damit endet seine Geschichte. Major Stevan Sremčević schimpfte ihn am nächsten Morgen einen Deserteur und schickte einen Suchtrupp los, beleidigt, weil der Bauernlümmel es wagte, seine Abmachung mit Ljubo Miloš anzuzweifeln, oder weil er selbst Angst vor einem möglichen Verrat hatte und deswegen überreagierte. Der Suchtrupp kam unverrichteter Dinge zurück, Savo Zlatković war wie vom Erdboden verschluckt. Die Familie hat nie wieder von ihm gehört, er ist vermisst, wahrscheinlich in den letzten Kriegstagen umgekommen, wie und durch wen, weiß man nicht.

Dušans dritter Sohn Aleksandar wurde 1932 geboren. Er war

elf, als der Vater abgeführt wurde. Stumm stand er in der Tür und sah dem Anführer der irregulären Schar, Meho Ciganin aus Zavidović, direkt in die Augen. Was guckst du, Kleiner?, sagte der und schwenkte das Gewehr, als habe er keinen Hammer und wolle mit der Axt einen Nagel in die Wand hauen und daran ein Kruzifix aufhängen. Er schlug ungebremst mit dem Gewehrkolben zu, es gab ein dumpfes Geräusch, wie wenn der Nagel eine Schindel durchdringt, auf der kaum der Putz hält, nur dass Meho Ciganin nicht die Wand traf, sondern mit dem Gewehrkolben Aleksandar Zlatković die Zähne ausschlug, der danach dauerhaft verstummte. Er lebte zahnlos und stumm in Rakovica bei Belgrad, verdingte sich als Holzarbeiter, heiratete eine Katholikin aus der Bačka, Bosiljka, die ihm fünf Söhne und keine einzige Tochter gebar, und starb 1996 an Herzversagen, ohne ein Wort gesagt zu haben seit dem Tag, an dem Meho Ciganin mit dem Gewehrkolben ausholte, als wolle er mit der Axt einen Nagel in die Wand schlagen und ein Kruzifix daran aufhängen.

Petar und Miloš waren Zwillinge, geboren im September 1939, sechzehn Jahre nach dem Erstgeborenen Milorad. Die Mutter überlebt die Geburt nur knapp, man dachte, sie würde keine weiteren Kinder bekommen, aber zu Kriegsbeginn, kurz bevor Jela vierzig wurde, wurde sie noch einmal schwanger und gebar im Winter 1942 Sohn Đorđije. Als sie Dušan holten, blieb sie mit drei kleinen Kindern und dem stummen Aleksandar zurück. Savo konnte ihr kurze Zeit helfen, dann wurde auch er abgeholt. Dass er bei den Tschetniks von Major Sremčević gelandet war, erfuhr die Mutter erst, als er schon als vermisst galt. Bis zu ihrem Tod wartete sie auf ihn, überzeugt, dass ihr Savo lebe, wenn er es schon geschafft hatte, aus dem Ustascha-Zug zu fliehen, wie sollte er dann nicht zwischen Gebüsch und Weidensträuchern entlang der Save überleben? Die Hoffnungen der Mutter wurden immer stärker und steigerten sich zu einer merkwürdigen Art von Irrsinn, als mit Miloševićs Herrschaft neue Tschetniks in Serbien auftraten. Die Tränen liefen ihr über die Wangen, als sie in dem Schwarzweiß-Fernseher ganz oben im Belgrader Wohnblock Tschetnikkommandant Mirko Jović in den Nachrichten sah, der sich in Nova Pazova an Gleichgesinnte wandte. Jetzt kommt mein Savo! Sie drückte sich die Nase am Bildschirm platt in dem Versuch, in den hinteren Reihen ihren Sohn zu entdecken. Savo drängt sich nie nach vorn, Savo ist so bescheiden, er steht hinten, lässt die anderen sich vorne produzieren … Sohn Đorđije, gefeierter Cellist, Musikautor und einer der Vorkämpfer der Antikriegsbewegung und der bürgerlichen Opposition gegen Slobodan Milošević, der seine Mutter täglich in ihrem Horst direkt unterm Himmel besuchte, versuchte anfangs, Jelas Kehrtwende von der lustigen Seite zu nehmen. Es war seine Art, die Vampirisierung des vermissten Bruders abzuwehren, über den er zuvor nicht viel nachgedacht hatte, er mied wie die meisten Menschen den Gedanken an Dinge, die sie erschüttern oder verbittern könnten oder an tiefliegende Gefühle und schicksalhafte Ideen rühren, denen sie sich nicht stellen mögen. Anders als Milorad, der älteste Bruder, war und ist Đorđije ein fröhlicher Mensch, sehr musikalisch, sehr wortgewandt, aber er scheut zurück, wenn man den Boden nicht sieht.

Außerdem bemühe ich mich, ein aufrechter Mensch zu sein, ich will mich nicht mit dem Bösen befassen und mit den Bösen das Brot teilen müssen, sagte er in einem Interview, das ich 2002 mit ihm für *Globus* führte, eine Zagreber Wochenschrift. Wir saßen auf der Terrasse seiner schönen, geräumigen Wohnung im Belgrader Stadtteil Senjak, redeten über Musik und seinen verstorbenen Bruder Milorad und ganz kurz auch über Želeća, über die Wiesen, an die Đorđije sich nicht erinnerte, die er gar nicht aus eigener Anschauung kannte, auf denen mein Großvater Franjo Rejc Bienen hielt und Dušan Zlatković Pollenpachtzins dafür zahlte.

Damals hat er mir, ohne dass ich ihn danach gefragt hätte, die Geschichte seiner Mutter erzählt.

Jela fuhr, weil sie Sohn Savo auf dem Bildschirm nicht entdeckt hatte, nach dem ersten Tschetniktreffen in Nova Pazova kreuz und quer durch Serbien, dann auch durch Bosnien und durch Kroatien, fuhr überall hin, wo der Geist des serbischen Nationalismus erwachte, um den Vermissten zu suchen. Zwei Jahre vor dem Krieg, 1989, war sie eine rüstige Greisin von siebenundachtzig Jahren. Die Zeitungen schrieben über sie. In der *Duga* erschien ein vierseitiger Essay von Dragoš Kalaić unter dem Titel »Unsere Mutter«. Indem sie ihren Savo suche, suche Jela Tausende Söhne, die seit 1945 als vermisst galten oder in den Jahren der Schreckensherrschaft von Josip Broz und der Entserbisierung verschwanden. Mutter suche Jovan, Milan, Dragan, suche auch den Dimitri, Mutter suche Stevan, Radivoj, Petar, Dušan und Bogoljub, suche Dobrosav, Milisav, Svetislav, Dragoljub, Serbiens Blüte suche Mutter Jela und verlange nebenbei Gerechtigkeit für Serbien, klage dessen Recht auf jeden seiner Namen ein, die es aufgab, als es dem schrecklichsten aller eintausendsiebenhundertsiebzehn Teufelsnamen zustimmte, die das hebräische Gehinnom oder Gehenna kennt, einem Namen, der ihm zwischen den eisigen Wänden des Vatikan untergeschoben wurde, diesem Tiefkühlschrank menschlicher Herzen, in dem der Verstand gleich mit einfriert, einem osmanischen Namen, einem Teheraner Namen, einem Namen aus Kumrovec und Kupina, einem schismatischen, gottlosen Namen, einem Namen, der mit dem Dolch der Ustascha in unser Ohr gerammt wurde, einem Namen, der für die nächsten sieben Milliarden Jahre in der serbischen Sprache verflucht sein werde: dem schändlichen Namen Jugoslawien. Wenn sie ihren Sohn Savo erst einmal gefunden habe, hätte Mutter Jela Tausende Söhne gefunden, die serbischen Helden würden aus ihren vermoderten, von der Ägäis bis zu den slowenischen Bergen und österreichischen Ebenen verstreuten Knochen auferstehen, auch Serbien werde auferstehen, größer denn je zuvor, und dann wird in uns alles still, was in Aufruhr war, kommt zur Ruhe, dann sind wir besänftigt, wenn Mutter Jela ihre Söhne findet …

So schrieb Kalaić in der *Duga*, und neben seinem Artikel war ein Bild von Jela Zlatković, kerzengerade, verhärmt, uralt, Kopftuch, ganz in Schwarz, die Kokarde der Tschetniks über der linken, schlaffen Brust.

Er zeigte mir den Zeitungsausschnitt, den ich Ende der Achtziger gelesen hatte, ich erinnerte mich dunkel an die Geschichte mit der Tschetnikmutter, und ihm, dem gefeierten Cellisten Đorđije Zlatković, der 1993 über den Igman nach Sarajevo eilte und ein Konzert gab, um sich bei der Stadt zu entschuldigen, die in seinem Namen umgebracht wurde, stiegen die Tränen in die Augen.

Tja, das war unsere Mutter, sagte er.

Jeder Versuch, ihr begreiflich zu machen, dass Savo nicht zurückkommen werde, war vergebens. Vor fünf-, sechs-, siebenundvierzig Jahren ist er umgekommen. Wer weiß, wer oder was ihn umbrachte, vielleicht seine Tschetniks, vielleicht die Deutschen, die Ustascha, die Partisanen, ein Unglück. Man muss sich damit abfinden, er ist nun schon so lange vermisst. Je länger sie redeten, desto energischer schüttelte sie den Kopf: Mein Savo lebt, eine Mutter fühlt, ob ihr Kind lebt. Am nächsten Tag war sie wieder unterwegs, folgte dem Ungeheuer, das in allen Teilen des zerfallenden Jugoslawien durch einfache Teilung wuchs, und suchte ihren Sohn Savo.

Jela Zlatković wurde zur emblematischen Erscheinung, die Ikone des wahnhaften serbischen Nationalismus Anfang der neunziger Jahre. Frau Methusalem, die Alte in Schwarz, Todesbotin, finstere Prophetin des Bösen, hagere Räbin, Rabenvögelin, man gab ihr viele Namen, sie war an den merkwürdigsten Orten, überall in Jugoslawien, weckte Ängste, rief den Krieg herbei und das Unglück. Vukovar besuchte sie, zwei Monate bevor die Jugoslawische Volksarmee es einkreiste, in Sarajevo nahm sie an der Versammlung der Serbischen Demokratischen Partei im Holiday Inn teil, einen Tag vor den Massendemonstrationen vor dem bosnisch-herzegowinischen Parlament. Sie suchte Savo, Savo war nicht da.

Ob Milorads Selbstmord am 28. Dezember 1991 mit der

Mutter zu tun hatte, fragte ich Đorđije Zlatković. Er winkte ab, Milorad wollte schon lange nichts mehr von ihr wissen, warum auch immer, hat sich irgendwann abgenabelt, wie ein Tierjunges irgendwann seiner Wege geht, sie war ihm egal. Zu den Brüdern hielt er Kontakt, kümmerte sich, nach ihr hat er nie gefragt. Seit Anbeginn der Menschheit wird die Bindung des Mannes an die Frau, die ihn zur Welt gebracht hat, überschätzt, sagte Milorad, als Đorđije das Bedürfnis hatte, mit ihm über die Mutter zu sprechen, und: Das hatte böse Folgen, die blutigsten Kriege wurden geführt, weil Söhne zwischen den Beinen der alten Weiber mehr sahen als das Loch, aus dem sie kamen, aus dem sie mit dem blutigen Eiter und dem ganzen Dreck von drinnen herausgedrückt wurden wie ein Fremdkörper, wie ein dummer gutartiger Tumor. Die Welt wäre froh und frei, wenn diese Übertreibung einmal bewusst würde. Aber das wird leider nie passieren, sagte Milorad Zlatković 1989, ein paar Tage nach der Gazimestanrede, Milosevics Rede auf dem Amselfeld, als Đorđije schluchzend und völlig panisch von ihm wissen wollte, was er mit der Mutter bloß anstellen solle.

Nicht sie sei das Problem und die Hunderttausend ähnlich gelagerten Fälle auch nicht.

Die verschwindet, sobald der weg vom Fenster ist. Aber das passiert nicht.

Sagte Milorad Zlatković, und die Brüder redeten nicht mehr über die Mutter.

Die Zwillinge Petar und Miloš haben sich von klein auf mit Bienen und der Imkerei beschäftigt. Petar Zlatković war Professor an der Belgrader Fakultät für Agrarwissenschaften, einer der bekanntesten Fachleute Europas für Insektenpathologie, Miloš Zlatković wurde Kunsthistoriker und betrieb die Imkerei als Hobby, aber in Belgrad ging das Gerücht, er verstehe mehr von Bienen als der Zwillingsbruder. Jahrelang redigierte er das Verbandsorgan *Imkerruf*, dort veröffentlichte er von Nr. 2/1981 bis zur Dreifachnummer 1-3/1989 in dreißig Fortsetzungen die *Geschichte der jugoslawischen Imkerei und*

Honigmacherei im Lauf der Jahrhunderte. Mladost in Zagreb kündigte sie kurz vor dem Krieg als Buchausgabe an, wozu es dann nicht mehr kam. Das Manuskript wird noch existieren, nur hat sein Autor offenbar jedes Interesse an der Veröffentlichung verloren.

Als die Belagerung Sarajevos begann und sich sogar die ausländische Presse und internationale Fernsehsender auf die Story von Jela Zlatković stürzten, der neunzigjährigen Greisin, die den serbischen Truppen auf der Suche nach dem im vorigen Krieg verschwundenen Sohn folgt, wurde den Zwillingen das Leben in Belgrad und Restjugoslawien unerträglich.

Sie verließen das Land über Budapest, dann trennten sich ihre Wege. Petar zog nach Kanada, er hatte eine Stelle am Institut für Imkerei in Ottawa, Miloš reiste nach Neuseeland, lebte als freier Künstler, Videokünstler und Performer, bis er 1999 einen Ruf an eine staatliche Filmhochschule bekam. Beide waren nie mehr, falls die Information stimmt, in Belgrad. Angeblich haben sich mehrere Verleger um die *Geschichte der jugoslawischen Imkerei und Honigmacherei im Lauf der Jahrhunderte* bemüht, ganz sicher Vladislav Bajac von Geopoetika. Er kontaktierte Miloš Zlatković telefonisch, der kurz angebunden und nicht übermäßig freundlich erklärte, er sei an einer Veröffentlichung nicht interessiert und überzeugt, dass sich da unten sowieso keiner mehr mit Imkerei beschäftigt, er habe gehört, die Bienen seien Anfang der Neunziger auf dem Balkan ausgestorben.

Jela Zlatković starb Ende August 1995 in einem Belgrader Altenheim. Bis zuletzt geistig frisch, wenn auch völlig dement, allerdings war ihre Demenz nicht Folge des hohen Alters und insgesamt nichts Persönliches, Mutter Jela teilte sie mit dem serbischen Volk und ein wenig auch mit den anderen jugoslawischen Völkern und Nationalitäten, sodass nicht einmal der kollektive Wahnsinn ihrem Verstand die Frische raubte. In den letzten Monaten konnte sie sich kaum noch bewegen, Knochen scheuerte schmerzhaft auf Knochen, und sie saß den größten

Teil des Tages im Rollstuhl. Die Betreuerinnen schoben sie durch die mit grünem Linoleum ausgelegten Gänge vor den Fernseher im Aufenthaltsraum, wo sie sich mit der Fernbedienung auf dem Schoß gelegentlich durch die Programme zappte, aber die brachten immer seltener Berichte über Tschetniks. Mitte Juli während der größten Hitze – im Altenheim war noch keine Klimaanlage eingebaut – sah sie in einem ausländischen Sender Kolonnen mit schwitzenden Frauen, Kindern und Greisen, abgerissenen Menschen in zerrissenen Uniformen, die irgendwohin liefen. Das Bild war vergriest, brach zwischendurch ganz weg, der Ton fehlte, nur dieses Bild kam wieder, auf dem immer noch dasselbe zu sehen war: eine Kolonne, die sich langsam vorwärtsbewegt, verdreckte, erschöpfte Menschen, schweißüberströmte Frauen mit Kopftüchern und gesenkten Blicken, als könnten sie erblinden, wenn sie ins Licht schauten. Sie wusste weder, wer diese Menschen waren, noch, wohin sie gingen. Am nächsten Tag schaltete sie sich wieder durch die Programme, wieder sah sie in einem ausländischen Sender die Kolonnen. Es waren noch mehr Frauen, alte Männer gab es nur noch vereinzelt, die jungen in den abgerissenen Uniformen waren verschwunden, und alle waren müder als tags zuvor. Sie wusste nicht, wer diese Leute waren. Sie rief die Pflegerin: Kosara, Liebes, wo gehen diese Leute hin? Kosara wusste es nicht, blieb aber mit offenem Mund stehen, das Bild wurde immer vergriester, das Brummen immer lauter, und dann war nur noch Schnee auf dem Bildschirm. Es dauerte Tage, bevor Mutter Jela erfuhr, dass es sich um Muslime aus Srebrenica handelte. Türken, sagte Kosara dumpf, und wollte nichts mehr davon wissen. Ja, das müssen Türken sein, versuchte sich die Mutter selbst zu überzeugen, aber es ging nicht. Tagelang sah sie die Frauen, ihr schien, dass sie sie nicht zum ersten Mal sah, dass sie einige persönlich kennengelernt hatte, wenn sie sie so in dem ausländischen Fernsehsender sah, dann konnte sie es einfach nicht mit dem Wort Türken abtun. Es war etwas anderes, wenn man von den Bergen rings um Sarajevo das Serbentum verteidigte, das von den Minaretten der Stadt aus angefeindet wurde, mitten in dem roten Dächermeer, denn da waren keine Menschen. Die hatte Mutter Jela nicht gesehen, während sie Sohn Savo suchte. Aber jetzt sah sie Menschen. Und sie betrachtete sie während dieser Julitage, während alles um sie herum in der Sommerhitze glühte, nach Ammoniak stank und nach menschlichen Exkrementen, nach Alter und Tod, während alle anderen sich hingelegt hatten und dösten, sich in ihren Zimmern versteckten, auf einen Windhauch warteten, auf den erlösenden ersten Herbstregen. Die fühlten sich nicht betroffen, sie haben die lange Kolonne nicht gesehen, die auch heute auf dem ausländischen Fernsehsender ihren Weg fortsetzt, und Mutter Jela betrachtet sie, studiert ihre Gesichter, bis das Bild wieder zusammenbricht, versucht, sich die Gesichter zu merken, und sucht nach Gesichtern, die sie in den Tagen zuvor gesehen hat. Die Frau mit dem siebenjährigen Jungen an der Hand – so alt wie ihr Enkel Moris, Đorđijes ältester Sohn, im Herbst, das weiß sie, kommt Moris in die Schule, und so denkt sie, lieber Gott, wo wird der Junge in die Schule gehen, den die Türkin, seine Mutter, seit Tagen an der Hand hält –, sie sah die Frau und ihren Sohn und suchte sie am nächsten und übernächsten Tag auf dem Bildschirm; sie sah einen Greis, der mochte älter sein als sie, dürr wie ein Ast, wie ein Typhuskranker im Kinofilm, und sie merkte sich sein Gesicht, weil sie dachte, vielleicht habe ich ihn irgendwann mal getroffen. Ja, Želeća ist nicht in der Nähe von Srebrenica, es ist ziemlich weit weg davon, und sie ist nicht sicher, ob man überhaupt von Žepče oder Maglaj nach Srebrenica fuhr, warum auch, auch darauf wusste sie keine Antwort, aber dann erinnerte sie sich an Herrn Rejc, der vor dem Krieg seine Bienen auf ihren Wiesen stehen hatte, und ihr fiel ein, dass Herr Rejc bei der Eisenbahn gearbeitet hatte, aber nicht wie ihr Dušan, Herr Rejc hatte im Büro gesessen, ein ganz Schlauer, der ging alle Schienen ab, um sich von ihrem Zustand ein Bild zu machen, ob es Schäden gibt und welche Geschwindigkeiten wo gefahren werden können, ihn hätte sie fragen können, den Herrn Rejc, ob man mit dem Zug nach Srebrenica fahren konnte, ob Srebrenica einen Bahnhof hat. Dann fiel ihr ein, dass sie den Herrn Rejc lange nicht mehr gesehen hatte, zum letzten Mal vor dem anderen Krieg, über sechzig Jahre ist das her, wahrscheinlich lebt er nicht mehr. Merkwürdig ist das, dachte Mutter Jela, die Menschen sterben, auch wenn wir nicht an sie denken. Eigentlich müssten sie warten, dass man an sie denkt, und dann sterben. Plötzlich wurde das Bild auf dem Bildschirm ganz klar. Es war nicht mehr der ausländische Sender, sondern Radio-Televizija Srbija, die Menschen gingen nicht mehr zu Fuß, sondern saßen in offenen Wagen, die von Traktoren gezogen wurden. Es war Samstagabend, der 5. August, Mutter Jela wurde plötzlich lebhaft, stand aus dem Rollstuhl auf und sagte: Türken. Nein, das sind Serben, sagte Kosara dumpf. Der Fernsehraum füllte sich, bald gab es keinen freien Stuhl mehr. In Rollstühlen, mit Gestellen, an denen Infusionsbeutel hingen, auf Krücken oder untergehakt und sich gegenseitig stützend, alle kamen, die noch bei Verstand waren, um den Exodus der Serben aus Kroatien zu sehen. Türken, sagte Mutter Jela noch einmal, wie um sich zu vergewissern. Nein, Serben, krächzte es von allen Seiten. Lasst sie in Ruhe, mahnte Kosara streng. Serben, sagte Mutter Jela. Ja, Serben, Kosara, die sich direkt neben ihr postiert hatte, wie ihre Leibwächterin, atmete auf. So ist das also, sagte sie. So ist das, bestätigte Kosara. Auch die Hitze ließ etwas nach, es war nicht mehr so drückend wie bei dem Marsch der Frauen, Kinder und Greise aus Srebrenica über den vergriesten Bildschirm. Das Atmen fiel leichter. Einer fluchte. Man roch Zigarettenrauch. Rauchen war verboten, aber einer der Ärzte hatte sich eine angesteckt. In seinen Augen standen Tränen. Er kommt aus Zadar, sagte Kosara. Seine Familie ist in der Kolonne. Mutter Jela betrachtete den Doktor. Der Rauch brannte ihr in den Augen. Suchst du den Sohn, fragte einer, weil Mutter Jela die Nase am Bildschirm hatte. Der ist weg, sagte sie. Lange hatte sie nicht mehr an Savo gedacht. Seit es so heiß geworden war. Mein Savo ist am Ende von dem anderen Krieg verschwunden, sagte sie. Aber keiner hörte sie noch. Alle schrien, fluchten oder weinten, die Kolonne im Fernsehen näherte sich der Grenze. In der Landschaft standen niedergebrannte Häuser, ausgebrannte Autos, Panzersperren und Stacheldrahtknäuel. Eines Nachts, flüsterte Mutter Jela, in einer kalten Winternacht wird die Mutter die Knäuel entwirren und jedem ihrer Söhne Winterpullover stricken. Ihren toten Söhnen wird die Mutter in einer kalten Nacht Pullover aus Stacheldraht stricken, dachte Mutter Jela. Alles war gleichgültig geworden. Savo würde nicht zurückkommen, würde niemals zurückkommen, und die eine wie die andere Kolonne waren vom Bildschirm verschwunden.

Jela Zlatković, die Tschetnik-Mutter, starb am 30. August 1995 mit der Fernbedienung im Schoß vor dem Fernseher, in dem die Sternchen für den Grandprix tanzten. Schwester Kosara fühlte ihren Puls, während ein Mädchen mit großen Plastikbrüsten im Ledermini Snežana Savićs Hit sang: Drei Küsse hab ich frei, nicht einen, nicht zwei, ich will drei, denn drei bringen Glück, bringen das Glück zurück ... Die Todesnachricht wurde in einer kroatischen Tageszeitung recht zynisch kommentiert: Ein kroatischer Rekrut habe einst die Tschetnik-Mutter im Visier gehabt und werde sich bis ans Lebensende fragen, ob er nicht doch hätte abdrücken sollen – wohl keine wahre Geschichte, eher eine Metapher.

Diese viel zu lange Geschichte von Dušan Zlatković, dem Franjo Rejc jahrelang Pollenpachtzins zahlte, seinen Söhnen und seiner Witwe hängt nur lose mit dem taubenblauen Almanach, Hafersack, verrosteten Feuerzeug, Bleistift und zwei Stangen Siegelwachs zusammen, die ich dreißig Jahre nach unserem Einzug im Keller am Sepetarevac fand, ich habe sie trotzdem erzählt, weil sie zum Bienentagebuch gehört und in Beziehung steht mit allen anderen, überwiegend verlorenen Tagebüchern, die Franjo Rejc zeitlebens führte, und weil sie zumindest in Andeutungen und Anspielungen in etlichen Honiggläsern enthalten war. In den Honiggläsern war das Bienenwissen über Želeća und die Ereignisse auf den Wiesen bei Dušan Zlatkovićs Haus archiviert, bis wir sie nach Franjos Tod aufbrauchten, weil keiner mehr die Bienensprache dechiffrieren und ihre Geschichte lesen konnte. Der Honig hätte die Geschichte der Kindheit von Dušans und Jelas Söhnen erzählt und vielleicht die verborgene Geschichte unseres Jahrhunderts erahnen lassen.

Anmerkung zu Nr. 4, 1935
Weisel bewegt sich langsam. Bienen äußerst empfindlich, reagieren sogar auf den Atem. Im Stock alles in bester Ordnung. Brut in allen Entwicklungsstadien.
Ilidža 1936, Nr. 4
Früh im Jahr das lebhafteste Volk. Ende April war keine Weisel mehr da, daher am 12. Mai 1936 mit Nr. 5 zusammengelegt. Schrittweise zurück nach Nr. 4. [Der Satz ist doppelt unterstrichen und wurde offensichtlich abgeschrieben.]
den 19. V. 36. Kontrolle. 12 Rahmen. Weisel gesehen. Stiftet gut, bewegt sich recht langsam. Drohnenbrut vorhanden. Alles auf 2 Rahmen. Honig und Pollenvorräte ausreichend. Angenehmer Geruch. Das Volk geschwächt. Brutnest in der Mitte der Beute, einen Rahmen ergänzt. Nächste Kontrolle nicht vor dem 14. VI.
den 24. V. 36. Rahmen mit verdeckelter Arbeiterinnenbrut aus Nr. 3 ergänzt.
den 2. VI. 36. 13 Rahmen. Platz für weitere 3 Rahmen. Weisel auf viertem Rahmen von hinten gefunden. Fast der ganze Rahmen voll Brutzellen. Guter Allgemeinzustand. Weisel sehr langsam, Hinterleib fast schwarz, sie ist alt. Bei genauerem Hinsehen ausreichend Brut kurz vorm Schlüpfen gefunden. Keine Drohnennäpfe, die Bienen haben sie also in solche für die Arbeiterinnen umgewandelt. Auf Rahmen 10 von hinten neben reifer Brut zwei Weiselzellen mit Larven entdeckt. Einen leeren Rahmen entfernt. Nicht vor 20. VI. 1936 öffnen, wegen der Puppenruhe der Weiseln.

Franjo beugt sich über einen Rahmen, auf dem unzählige Bienen herumkrabbeln, und hält die Luft an. Sie reagieren empfindlich auf den Atem, werden unruhig, fangen an zu rennen, rempeln aneinander, als wären sie auf dem Kopfsteinpflaster der Altstadt unterwegs, drängten sich wegen der Mittagshitze im Schatten der Häuser, während die ersten Läden wieder öffnen. Quirlig geht es in der Altstadt zu, aber er fühlt sich da nicht wohl. Ihn zieht es nach Hause oder auf die Arbeit oder zu seinen Bienen. Am liebsten zu seinen Bienen. Zwischen denen lässt es sich leben, selbst an Tagen, an denen sie stechen oder empfindlich auf seinen Geruch reagieren, selbst dann sind sie besser als dieses orientalische Treiben, als die Einheimischen, deren Neugier und Herzlichkeit ihn ersticken, zumal sie ihn nie als einen der Ihren akzeptieren werden, selbst wenn er hundert statt nur ein Mal in Travnik geboren wäre. Für sie ist er ein Ausländer, seine Kinder sind für sie Ausländer, seine Enkel und deren Kindeskinder, sie sind und bleiben Ausländer, und die Hiesigen warten geduldig auf den Tag, an dem sie ihre Koffer packen und Sarajevo und Bosnien so wieder verlassen, wie ihre Urahnen einst kamen, einen Koffer in jeder Hand, um das Gleichgewicht über dem Abgrund der Fremde nicht zu verlieren. Wo wir mit unseren beiden Koffern hinsollen, wo unsere Heimat ist, das fragen sie sich nicht, die Einheimischen. Sie lächeln freundlich aus dem Laden herüber, deuten einen Diener an und glauben zu wissen, dass die Kuferaschen überall zu Hause sind, wo ein Kruzifix hängt. Die Welt steht euch offen, bitte sehr!

Franjo lebte in vielen bosnischen Kleinstädten – Warosch oder Kassaba nennt man sie hier – entlang der Gleise. Zog im Zickzack von Travnik nach Sarajevo, kreuz und quer durch Bosnien, kam viel mit dem Zug herum, kannte jede Bahnstrecke im Verantwortungsbereich der bosnisch-herzegowinischen Generaldirektion aus eigener Anschauung. Im Zug, am Gleiskörper, im Bahnhof, am Bahnsteig, auf dem Abstellgleis war er zu Hause. Das war seine Heimat, zwanglos bewegte er sich in den Waggons, lief lässig an den Abteilen der Fernzüge entlang oder durch die engen Gänge zwischen Holzbänken in der Schmalspurbahn, redete mit anderen Fahrgästen, ohne auf seine Aussprache zu achten, notierte mit sicherer Hand bei voller Fahrt Namen und Adressen, und die Handschrift blieb akkurat und leserlich. Dabei war er nie als Schaffner oder Lokführer tätig, Züge waren für ihn immer Transportmittel, nie Arbeitsplatz, trotzdem konnte es noch so ruckeln und schlingern, er ging so sicher wie ein alter Matrose bei tosender See. Im Zug, im Führerstand der Lok, auf einer – hoch-runter, hoch-runter, hoch-runter – Draisine, im Bahnhof, im Wartesaal, kurz: als Eisenbahner war Franjo Rejc in Ostbosnien daheim. Zehn Schritte vor dem Bahnhof, in der zivilen Welt, war er im Ausland. Kofferkind in der soundsovielten Generation, ein Fremder, ein Zugereister, ein in Travnik geborener Ausländer, bis zum Tod ein Ausländer; hätte man ihn nach Slowenien, nach Kroatien, nach Deutschland geschickt – schließlich spricht er Deutsch wie seine beiden Muttersprachen –, wäre er dort slowenischer als ein Slowene, kroatischer als der kroatischste Kroate gewesen, dann vielleicht hätte er endlich in seinem Land, von seinem Brot, in seinem Blut gelebt, nicht länger gehetzt, nervös, allein, um Luft ringend. Jahrelang Atemnot, jahrelang der Eindruck, von den Menschen erdrückt zu werden, erstickt, bedrängt, herumgeschubst, der Eindruck, dass sie Handstände auf seinem Brustkorb vollführen. Dann diagnostizierte Doktor Rittig Asthma, Herzasthma, und er war erleichtert. Für kurze Zeit war er erleichtert, glaubte endlich zu wissen, was ihm den Atmen raubte und dass das nichts mit dem Fremdheitsgefühl zu schaffen hätte … Es hielt nicht lange an. Er röchelte, es würgte ihn, der Brustkorb wie eingedrückt, ein kleiner hässlicher Gnom vom Geheimdienst klettert auf den blechernen Sargdeckel und nutzt den wie ein Trampolin, und im Sarg liegt er, den Traum träumte er jahrelang. Er rang um Atem wegen Mladens Tod. Er rang nach Luft, Atemnot war ihm zur zweiten Natur geworden. Der Krebs geht seitwärts, die Schlange gleitet durchs Geröll, der Delfin muss zum Atmen an die Oberfläche, und er ringt nach Luft. Er hatte vergessen, wie es sich ohne Atemnot lebt.

Seit 1945 war Franjos Leben ein Kampf ums Atmen.

Er atmete wie am Bienenstock, wenn die Bienen auf den Atem reagierten.

Er hielt die Luft an, um sie nicht zu beunruhigen.

Er atmete, als stächen ihn mit jedem Ausatmen Hunderte Stacheln in Kehle und Bronchien. Hunderte tote Bienen für einen Imkerschmerz, Atemnot, die über Jahre anhielt.

Ob er die Imkerei fortführen dürfe, ob Honig gut sei für seine Gesundheit, fragte er Doktor Rittig. Körperliche Aktivität, sagte Rittig, ist wichtig! Nur keine Aufregung, auf keinen Fall Aufregung, aber, Herr Rejc, ich nehme an, bei den Bienen müssen Sie ohnehin die Ruhe bewahren? Natürlich, sagte Franjo, Bienen dulden keine Nervosität. Bienen verachten nervöse Menschen. Sie würden nie stechen, wenn die Leute ruhig blieben. Wenn das so ist, sagte der Arzt, dann ist die Imkerei Ihrer Gesundheit sehr zuträglich. Und was den Honig betrifft, da kann die Medizin bis heute nicht mithalten. Ein Phänomen! Positiv, versteht sich. Honig, so viel wissen wir, schadet im Gegensatz zu raffiniertem Zucker nicht. Es gibt keine Krankheit, bei der man auf Honig verzichten sollte. Aber wie er wirkt, was seine Heilwirkung ausmacht, darüber wissen wir einfach nichts. Obwohl man viele Vermutungen hat, Herr Rejc, zum Honig gibt es viele Vermutungen …

Doktor Rittig war ein sonderbarer, rätselhafter Mensch. Er galt als Freimaurer und gehörte zu den Ersten, die Luburić festnehmen ließ. Drei Wochen lang wurde er in einem Gebäude an der Skenderija verhört, das Luburić bei Amtsantritt angeblich wegen der Freimaurersymbole an der Fassade konfiszierte, um den Antichrist in seinen eigenen Räumen zu erledigen. Niemand rechnete damit, Rittig lebend wiederzusehen. Aus den Folterkammern an der Skenderija gellten Schreie, Luburićs Schergen öffneten die Fenster, um zu lüften und vor allem um der Stadt Angst einzujagen und den Bewohnern die Erzählung von Folterknechten und Opfern so einzubrennen, dass sie den Unabhängigen Staat Kroatien lange überdauerte. Das hat er gut hingekriegt, der Oberst Luburić, der sich auch General von der Drina nannte. Über siebzig Jahre sind seither vergangen, und noch immer gellen Schreie durch Sarajevo, besonders in heißen Hochsommernächten, wenn fast alle Fenster offen stehen. Keiner weiß, woher sie kommen und wer da schreit, jeder rennt nur verschlafen in Nachthemd oder Schlafanzug zum Fenster, macht es zu und hat die Schreie bis zum nächsten Morgen meist vergessen. Falls sich einer doch erinnert, dem läuft es kalt den Rücken hinunter. Für den Gruseltrip ist Sarajevo weithin bekannt, laut Meteorologen ein angenehmer Ort zum Wohnen, in Juli- und Augustnächten fahre ein kalter Windhauch durchs Tal der Miljacka. Dabei bewegt sich kein Lüftchen, die Leute frieren trotz Gluthitze, kriegen Gänsehaut, weil sie ahnen, was sie nachts gehört haben. Davon handelt die Novelle *Freelander*, von der Gänsehaut und dem Winter mitten im Sommer, der nur in Sarajevo auftritt.

Doktor Rittig verließ das Haus an der Skenderija indes lebend. Man sah ihm nicht an, ob er gefoltert worden war, er hatte auch nicht abgenommen, sah nur etwas blasser aus, weil er länger nicht an der Sonne gewesen war. Ob ihn jemand nach seinen Erlebnissen fragte, weiß man natürlich nicht. Aber so wie die Sarajlis gestrickt sind, haben sie ihn nichts gefragt, sondern getan, als ob nichts gewesen wäre. Sollte ihn ein Sonderling doch gefragt haben, hat Rittig ihm nichts erzählt. Er gab nichts von sich preis, antwortete einfach nicht, grinste stattdessen und erteilte ärztliche Ratschläge, die auch ohne Untersuchung und Diagnose gelten. Machen Sie sich keinen Kopf. Trinken Sie viel Wasser, das ist gesund, Wasser ist das gesündeste Getränk. Achten Sie auf gutes Schuhwerk, Schal und Mütze sind nicht so wichtig. Nasse Füße machen krank. Hören Sie auf zu rauchen, stellen Sie sich nur vor, wie der Ruß Ihre Lunge verklebt. Gehen Sie spazieren, wann immer Sie Zeit haben, Bewegung ist gesund. Trinken Sie maßvoll, und das beste Maß ist gar kein Alkohol. Vertrauen Sie auf Gott, aber gehen Sie zum Arzt, wenn Ihnen was wehtut, Gott hat die Medizin nicht umsonst erfunden. Meiden Sie die Sonne, es ist nicht gut, wenn einem die Sonne aufs Hirn brennt. Schwangerschaft ist keine Krankheit, tun Sie doch nicht so, als wären Sie krank, nur weil Sie schwanger sind. Händewaschen ist wichtiger als Füßewaschen, aber wenn Sie schon dabei sind, können Sie die Füße doch gleich mitwaschen, allein um beweglich zu bleiben …

So redete Rittig nach seiner Entlassung aus Luburićs Folterkammern.

Die Partisanen ernannten ihn kurzfristig zum Chef des Klinikums. Das ist nichts für mich, erklärte er, ich bin Ordinarius mit Leib und Seele. Sie mussten nachschlagen, was ein Ordinarius ist. Wenig später hatte Rittig seinen alten Posten im hintersten Winkel des Koševo-Klinikums wieder, einmal quer übers Gelände an Wäscherei und Großküche vorbei. Deren Gestank mussten alle aushalten, die den bekannten Sarajever Pneumologen und Kardiologen wegen Atembeschwerden aufsuchten, Patienten, die nach Luft schnappten wie Fische, denen die Köchin gleich den Kopf abschneidet und den Katzen hinwirft, Patienten, die vergeblich die Rippen weiteten und trotz starr vorgewölbtem Brustkorb zu ersticken meinten. Rittig war ihre letzte Hoffnung. Als könnte er ein verdecktes Ventil öffnen und Sarajevo belüften.

Er blieb ledig, der Hagestolz ohne sexuelle Gelüste muss ein obskures Laster gehabt haben, was ihn der tierischen Triebe und erotischen Interessen enthob, keine Ahnung, welches. Seine geräumige, düstere Wohnung lag direkt neben dem Kroatischen Kulturverein Fortschritt in der Titova. Nach dem Krieg zog Abela, seine Nichte, bei ihm ein, eine schweigsame, schlanke junge Frau, die Geige spielte und Musikpädagogik studieren wollte, warum in Sarajevo, obwohl sie die Aufnahmeprüfung in Zagreb bestand, ist nicht mehr zu ermitteln. Sie hatte wie ihr Onkel etwas zu verbergen. Er sprach nie über Zagreb, seine Geburtsstadt, und nannte sich nicht Kroate. In nationalen

Fragen war er so leidenschaftslos wie in der Erotik. Kam das Gespräch auf das Thema, beteiligte sich Rittig eine Zeit lang unwirsch, wurde es nicht bald gewechselt, ging er weg oder griff sich mitten in der Unterhaltung ein Buch oder ein Journal und fing an zu lesen, verschanzte sich hinter einer unsichtbaren, undurchdringlichen Mauer, der Rittig-Mauer. Nationale Fragen langweilten ihn, er grinste dazu nur betreten nach dem Motto: Ist mir ja peinlich, aber ich schlaf gleich ein. Sie sind Deutscher?, wurde er gefragt. Hm, ich spreche Deutsch. Aber Sie sind kein Deutscher, ich dachte nur, wegen dem deutschen Nachnamen. Stimmt, Rittig ist ein deutscher Name, hat was mit Reiten zu tun, ich kann aber gar nicht reiten. Worte können täuschen, manchmal bedeuten sie etwas ganz anderes, als man denkt ...

Doktor Rittig besaß ein Ferienhaus in Herceg Novi, unweit des Bahnhofs, gekauft vor dem Krieg mit dem Geld aus einer Erbschaft. Was, wie viel, vom wem, verriet er nicht.

1960 ging er in Rente und überwinterte fortan in Herceg Novi. Die Sommer verbrachte er in Sarajevo, da war es schön kühl. Weil einem nachts Schauer über den Rücken liefen, wenn man wusste, woher die Schreie kamen. Er wusste es, ihm wurde nie zu heiß. Selbst bei 30 Grad kurz vorm Morgengrauen zog er das Federbett über die Ohren, weil ihn sonst fror.

In Herceg Novi ging er gern zwischen Meer und Bahndamm spazieren – so wunderschön, mein Gott, gleichzeitig an den Gleisen und am Strand entlanglaufen – und lernte dabei Ivo Andrić kennen, damals noch ohne Nobelpreis, aber schon berühmt, er wurde erkannt und bedrängt und die Leute wollten etwas Schlaues von ihm hören und so floh er nach Herceg Novi, um seine Ruhe zu haben. Am Meer ließ man Ortsfremde ungestört spazieren gehen und ihren Gedanken nachhängen, grüßte nur, mehr nicht. Zurückgrüßen fiel ihm nicht schwer. Sie begegneten sich auf ihren Spaziergängen und grüßten sich. Meist trafen sie, aus verschiedenen Richtungen kommend, aufeinander, sie kamen nicht aneinander vorbei, ohne zu grüßen, der Weg ist schmal, kaum jemand unterwegs, und wenn, dann meist Einheimische, das sah man schon an der äußeren Erscheinung. Rittig und Andrić waren blass und ihre Gesichtszüge so grau, als hätten sie den im herbstlichen Sarajever Talkessel vorherrschenden Farbton angenommen, grau wie die rußgeschwärzten Fassaden der Gründerzeithäuser und der Smog, der ein halbes Jahr lang kein Fitzelchen Himmelblau durchlässt. Irgendwann stellte sie Don Niko Luković einander vor, Rittigs ehemaliger Patient, mit dem beide befreundet waren. Ab da spazierten sie gemeinsam von einem Ende der Bucht zum anderen. Worüber sie redeten, ob sie überhaupt redeten, niemand weiß es. Die Leute vom Ort sahen sie jahrelang nebeneinander hergehen, angeblich existiert ein Foto, aus der Ferne geschossen für die Dubrovniker Tageszeitung *Vjesnik*, ich habe es trotz mehrerer Anläufe nicht ausfindig machen können. Beide starben im Abstand von einem halben Jahr, Andrić in Belgrad Anfang 1975, Doktor Rittig in Herceg Novi Mitte September 1975.

Abela Rittig, die nach dem Studium in Sarajevo Musik unterrichtete und seine Wohnung erbte, verschwand im Mai 1992. Sie hat nichts gepackt, ihr jugoslawischer Pass lag in der Schreibtischschublade, einen bosnischen hat sie nicht beantragt, sie nahm wohl nur den Personalausweis mit. Keiner sah sie fortgehen, die Nachbarn erinnerten sich nicht, wann sie sie zum letzten Mal gesehen hatten, und in der Wohnung, die auf Antrag des Kroatischen Kulturvereins Fortschritt geöffnet und durchsucht wurde, fehlte nur Abelas Geige, durchaus ein besseres Instrument, Anfang des 20. Jahrhunderts in Wien gebaut, ein Geschenk Doktor Rittigs zu Abelas Diplom, aber nichts Extravagantes, keine Stradivari oder Guarneri. Wo wollte die alte Jungfer mit ihrer Geige hin, während Sarajevo von allen Seiten beschossen wurde? Seit Jahren war sie nicht mehr aufgetreten, wozu nahm sie das Instrument mit? Die Polizei ging der Frage nicht nach, mag an der Zeit gelegen haben. Die Nachbarn hatten dringendere Probleme als Abela Rittig, ihre Geige und das Gespinst um sie, sie verbannten sie aus ihrem Gedächtnis mit der Mär, sie habe die Stadt mit einem der jüdischen Konvois verlassen. Der Erste, der das Gerücht in die Welt setzte, wusste, dass er log. Der Erste, der es hörte, hielt es für nicht unwahrscheinlich. Der, dem er es weitererzählte, hielt es für gut möglich, der Nächste dann für wahrscheinlich und so fort, bis alle überzeugt waren, Abela Rittig habe Sarajevo mit einem jüdischen Konvoi verlassen. Der Name klingt doch jüdisch, oder? Nur die Leute vom Kulturverein machten sich um sie Sorgen, oder vielleicht nicht mal die, vielleicht wollten sie die Geschichte ihres Verschwindens auch nur instrumentalisieren. Wofür, ist inzwischen uninteressant. Die Zeiten haben sich geändert, das Schicksal der Menschen, die nicht mehr in der Stadt leben, verblasst, und die Einheimischen, die Franjo Rejc 1936 in der Baščaršija traf und ihm das Gefühl der Fremdheit gaben, gewöhnen sich schnell daran, dass sie Sarajevo für sich haben. Deren Frauen lehnen sich mit dem Fensterleder im dritten Stock der alten Gründerzeithäuser weit aus dem Fenster, stehen halb über dem Abgrund, um die Oberlichter zu putzen, um die Gesichter der einstigen Bewohner von den Scheiben abzuwischen. Bald sind alle Fenster Sarajevos geputzt und alle Gesichter abgewischt.

Im Tischkalender für das Jahr 1966, in der Woche vom 23. bis zum 29. Mai, sind zwei Notizen, beide in blauer Tinte, Franjo schrieb sie wahrscheinlich mit dem Pelikan. Der erste Eintrag am Dienstag, den 24. Mai: Dr. Rittig 2kg-Pott Honig vom G[lavatić] für I. A. in H. Novi mitgegeben.

Der zweite am Samstag: Gegen 11 Vuk geboren.

Das erste und letzte Mal, dass ich Vuk genannt werde. Ein Name, den ich dann doch nicht bekam, der vor meiner Geburt angedacht war und noch einige Tage danach im Raum stand, bevor ich den Namen bekam, der mich bis heute begleitet. Mit Vuk wäre mein Leben anders verlaufen; seit zwanzig Jahren reizt es mich, Vuk Jergovićs fiktive Autobiografie zu schreiben. Am 28. Mai 1966 glaubte Franjo Rejc, Javorka habe Vuk geboren, und hielt es für alle Zeiten fest.

Doch um die Samstagsnotiz geht es nicht. Franjo brachte

Dr. Rittig am 24. Mai 1966 einen Pott Honig, heilkräftig, stark, aromatisch, geerntet am Glavatić, auf dem sich kontinentale und mediterrane Welt scheiden, Rittig sollte ihn für Ivo Andrić mitnehmen. Der hatte dem Schriftsteller von Franjos Honig erzählt, und Andrić wollte davon kosten. Eigentlich mag ich am liebsten den Heidehonig aus der Herzegowina, den kriege ich hier überall, aber so wie Sie mir von dem Mann erzählen, dem Eisenbahner, der seine Bienen bei Konjic unweit der Neretva-Quelle stehen hat, spüre ich förmlich die Landschaft, ich höre Menschen reden, die in der Habsburger-Zeit in Bosnien lebten. Sollte der Imker ein Glas dieses Honigs erübrigen können, ich wäre ihm von Herzen dankbar. Das hat Andrić angeblich gesagt. So erzählte es Doktor Rittig Franjo Rejc, der natürlich sehr geschmeichelt war.

Andrić bekam Honig aus Franjos letzter Imker-Saison. Am Samstag wurde sein Enkel geboren, und er versorgte seine Beuten ein letztes Mal. Eine Zeit lang wurde noch gesagt, er habe das Imkern wegen mir aufgegeben, dann erstarb, verstummte und versandete auch diese Erzählung, bevor sie zu Ende erzählt wurde. Vielleicht wollte er glauben, das Imkern zugunsten der Großvaterrolle aufzugeben, aber letztlich wird er einfach nicht mehr die Kraft gehabt haben, Asthmaanfälle plagten ihn, sein Herz pumpte das Blut immer schwächer durch den Körper, in den Lungen sammelte sich Wasser, Franjo stand mit einem Bein im Grab. Die Luft war dünn geworden.

im Jahre 1937, Ilidža, Nr. 8
Die Drohnen schlüpften Anfang April und wurden zwischen 15. und 20. Mai aus dem Stock getrieben. Die zweite Aprilhälfte und den ganzen Mai hatte es geregnet. Honigvorräte sind fast aufgebraucht, Pollen haben sie gar keine mehr. Musste zufüttern. Ende Mai hörte der Dauerregen auf, die Wiesen erholten sich, daher am 11. VI. Ableger mit 5 bestifteten Rahmen gemacht und stattdessen 5 leere Rahmen hinten im Honigraum eingesetzt.

Am 11. Juni hatte es noch gut ausgesehen, obwohl das Frühjahr genug böse Omen bereithielt. April/Mai Dauerregen, als wären wir in Indien während des Monsuns. Vorangegangen war ein milder, pappiger Winter ohne Schnee und Frost, der das Faule austrocknet und die abgestorbene Vegetation vom Vorjahr zersetzt, der zweite in Folge, der nasse Frühling verwandelte die Wiesen Richtung Butmir endgültig in einen einzigen Morast, der Boden konnte das Wasser nicht mehr aufnehmen und schickte üble Gerüche durch Ilidža.

Mladen, sonst nicht kränklich, lag mit hohem Fieber im Bett. Kind, was hast du, fragte Olga. Ich kann den Kopf nicht bewegen, es tut so weh. Am nächsten Morgen waren die Halsdrüsen geschwollen, Doktor Sarkotić sagte: Mumps. Das ist nicht gut, der Junge ist im schlimmsten Alter, die Keimdrüsen entwickeln sich jetzt, er kann unfruchtbar werden. Im März 1936 bestellte Olga in St. Anton eine Messe für Mladens Gesundheit, damit er Kinder haben kann, seine Talente und Charakterzüge nicht mit ihm sterben. Es war die letzte Messe, die Olga bestellte. Am frühen Abend kniete sie in der halbleeren Kirche von Bistrik, blickte zum Jesuskind über dem Altar auf und hörte den Pfarrer den Namen ihres Ältesten aussprechen. Sie war tiefgläubig in diesem Moment, so gläubig, dass es irgendwo geschrieben stehen muss.

Wenig später steckte sich der Jüngere an. Doch bei Dragan war es nicht weiter schlimm, er war noch keine neun, ihm drohte keine Unfruchtbarkeit. Außerdem wurde er nie so geliebt wie Mladen, war der ewige Zweite, konnte dem Erstgeborenen in puncto Schönheit, Intelligenz und Talent nicht das Wasser reichen. Das war damals schon klar, als alle noch lebten und Sorgen wie Kinder klein waren. Später wuchs der Unterschied zwischen dem toten und dem lebendigen Sohn ins Unermessliche. Der Tote war in allem besser als der Lebende, der Lebende trug schwer daran, dass es einen Toten gab, der so viel besser war als er. Er hätte selbst sterben müssen, um ihn einzuholen, Dragan war aber nicht selbstmörderisch veranlagt. Er wollte leben, ein gutherziger, naiver Kerl, ein Frauenheld, der zu den Nutten ging, ein fürsorglicher, untreuer Gatte, sadistisch wie ein kleines Kind und dabei zärtlich, er blieb zeitlebens der kleine Bruder. Der am eigenen Leib zu spüren bekam, dass nichts so vollkommen macht wie der Tod.

Kaum genesen, musste Mladen zum Arzt, Anfang April im Dauerregen. Zuerst zu Dr. Rittig, der sollte sie an den richtigen Facharzt überweisen. Rittig sagte: Alles gut, kein Anlass zur Sorge, aber sie machten sich weiterhin Sorgen. Mumps ist recht harmlos, sagte er noch, es gibt weit schlimmere Kinderkrankheiten, dann hob er den Hörer von der Gabel seines schwarzen Telefonapparates und rief Dr. Damjan Hadžidamjanović an. Der empfing Mladen in einem weiß gekalkten Raum, hieß ihn sich entkleiden und befühlte mit den Fingern der rechten Hand ausgiebig dessen Hoden.

Die Testikel waren eher nicht entzündet, sagte er. Sind Sie sicher?, fragte Olga. Denke schon, antwortete er. Die Angst blieb bis zuletzt, bis weit Schlimmeres folgte. Von April 1936 bis Herbst 1943 befürchteten sie, Mladen könne unfruchtbar sein. Ab Herbst 1943 begann die Zeit, in der er tot war, sein Tod quälte sie bis zu ihrem Tod, der Albtraum aber überlebte ihren Tod. Die Zeit von Mladens Tod währt bis heute, Sommer 2013, sie geht erst mit diesem Roman über die Familie zu Ende, falls der Roman ein Ende findet. Kündigte die Mumps Mladens Tod an, hätten Olga und Franjo sie als Menetekel nehmen sollen?

Die Mumps war, so viel ist sicher, Folge des milden Winters. Mehrere Kinderkrankheiten grassierten in Sarajevo, die Erwachsenen legten sich mit Grippe und Infekten ins Bett, Lungenentzündung, Nephritis, Enzephalitis. Früher hätte ein milder Winter die Pest angekündigt und im folgenden verregneten Frühjahr die halbe Stadt entvölkert. Früher lag Bosnien am Ende der Welt und Sarajevo weit ab vom Schuss, trotzdem fanden Seuchen zuverlässig den Weg in die Stadt. Die letzte große Epidemie suchte Bosnien vor dreihundert Jahren heim. Wer daran starb, war ausgelöscht. Die Pestilenz raffte ganze

Geschlechter dahin, uralte Familiennamen erloschen, lange bevor die Habsburger nach Bosnien griffen und uns das Licht der Zivilisation brachten, lange vor der für Mladen und die Stublers fatalen Zeit, als Bosnien zu Europa gehörte und die bosnische Jugend für das fiel, wofür sie in Hamburg, Prag und Paris fiel.

Sieben lange Jahre fürchtete Olga, ihr Sohn könne infolge der Mumps keine Kinder zeugen.

Danach nicht mehr.

Um dreiundvierzig Jahre hat sie den Sohn überlebt und alles vernichtet, was an ihn erinnerte: Zeugnisse, Ausweise, Fotos, Schulhefte, Bücher, die er zur Belohnung für gute Leistungen erhalten hatte, alles. Beim Umzug im Sommer 1969 vom Haus der Emilia Heim in den Sepetarevac hat sie jedes Blatt Papier gesichtet, jeden Gegenstand einzeln in die Hand genommen und alles weggeworfen, was an ihn erinnerte.

Sie redete nicht darüber, tat es schweigend, und keiner stellte Fragen. Ich habe sie nie auf Mladen angesprochen. Es war ein stillschweigendes Gebot, es musste nicht laut gesagt werden. Es war einfach so. Dass über Mladen nicht geredet wird, habe ich mit dem Sprechen gelernt: Haus, Stein, Gesicht, Hand, Stamm, Heim, Himmel, Feuer, Messer, Gewehr, Erde, Tod ... Ich weiß von keinem dieser Worte, wann ich sie zum ersten Mal aussprach (tatsächlich, wann habe ich zum ersten Mal Tod gesagt?), unversehens waren sie in meinem Wortschatz, die Geschichten, aus denen ich sie habe, sind vergessen, müssen aber existiert haben. Das wäre der Sinn einer Autobiografie: die Geschichten suchen, reanimieren, aufschreiben, aus denen mein Wortschatz stammt. Die Geschichte von Mladen aufschreiben, dessen Name nicht erwähnt wurde.

Einige Jahre vor Javorkas Tod bekam ich leihweise den Briefwechsel der Ilidžer Stublers mit Mladen während dessen Grundausbildung in Stockerau, am intensivsten geführt mit seiner Cousine, meiner Tante Nevenka, damals acht Jahre alt und in der zweiten Klasse. Das erklärt den Ton von Mladens Briefen.

Datiert sind sie zwischen Ende 1942 und September 1943. Dazu kommen Briefe von Tante Rika, Nevenkas Mutter, Mladens Antworten darauf und gelegentliche Postkarten aus Bijeljina und Šid von Mladens und Nevenkas Onkel Rudolf Stubler, Oberleutnant der Heimatwehr, die Tante Rika an Mladen weiterleitete.

Mladen schrieb mit grüner Tinte und Füllfederhalter, bemüht um eine ordentliche, schulmäßige Schrift; Nevenka konnte die ausgeschriebenen Handschriften von Erwachsenen wohl noch nicht gut lesen. Rudi schrieb er im Spätsommer 1943 nach Bijeljina mit ebenfalls ordentlicher, aber keineswegs schulmäßiger Handschrift.

Praktisch die ganze Post von ihm und an ihn trägt Spuren der Militärzensur: eine blassblaue Diagonale, ein mit Kopierstift gezogener Strich von links oben nach rechts unten, wie wenn Schriftsteller ihr Manuskript kürzen und ganze Seiten streichen.

Mittwoch, der 24. III. 1943.

Mladen schrieb:

Liebe Nevenka,
ich will Dir sofort auf Deinen Brief antworten. Du machst mir stets Freude mit Deinen Schreiben. Bei uns ist das Wetter auch schön. Morgens gehen wir gleich nach dem Aufstehen hinaus und laufen und turnen mit bloßem Oberkörper. Dann singen wir »Auf der Heide blüht ein kleines Blümelein«. Und danach schießen wir im Wald mit Flinten und Maschinengewehren auf Russen und Partisanen aus Pappe.
Ich gehe hier auch zur Schule, aber ich kann weder sitzenbleiben, noch kriege ich Hausaufgaben.
Seit beinah zwei Monaten war ich nicht mehr bei Tante Dora. Den einen Sonntag haben wir Übung, den anderen lassen sie uns nicht nach Hause, und so weiß ich nicht, wann ich Urlaub bekomme. Aber wenn ich nach Wien fahre, erzähle ich Tante Dora, wie fleißig Du Sütterlin lernst und dass Du ihr schreiben wirst.

Bei uns läuft den ganzen Tag das Radio, aber wir hören nie hin, weil wir so viel zu tun haben. Wenn einer Namenstag hat, essen wir Kuchen, wie ihr. Polenta esse ich so gern, aber die bekommen wir ganz selten, Kartoffeln dauernd, ich kann sie schon nicht mehr sehen.
Vielleicht bekomme ich nach Ostern Urlaub und kann heimfahren, vielleicht auch nicht. Vielleicht ist der Krieg bald vorbei und ich komme endgültig nach Hause, vielleicht auch nicht. Aber ganz bestimmt schwitze ich morgen wieder ordentlich mit dem Maschinengewehr über der Schulter.
Jetzt muss ich noch Željko schreiben.
Grüß Mama und Papa, Oma und Opa und Nano.
Ich hab Dich lieb, Dein Mladen.

Zwei Wochen später, am 7. IV. 1943, wieder ein Mittwoch, antwortete Nevenka. (Auf den Briefen und Postkarten steht die Jahreszahl ausnahmslos vierstellig da, während sich Franjo in seinem Tagebuch oft auf die letzten beiden Ziffern beschränkte, 35, 36, 37, anders als im Briefwechsel, in dem die Daten betont werden wie in einem Schulbuch für Geschichte, was Zufall sein kann oder vielleicht der Mode der Zeit entsprach oder sich mit einem Bewusstsein für den historischen Moment erklären lässt. Oder ist das zu pathetisch? Sie müssen doch gespürt haben, dass der Tod allgegenwärtig ist und sie von einem Augenblick auf den anderen tot sein können, wenn sie schon Papprussen und -partisanen mit Maschinengewehrsalven umlegen.)

Lieber Mladen!
Ich habe Deinen Brief bekommen und mich gefreut, weil Du lange nicht geschrieben hast. Wir hatten Soldaten, Deutsche, die Teufelsdivision. Auf den Feldern ringsum standen viele Zelte, Wagen und Pferde. Ein Major schlief bei uns. Javorka fängt bald an zu laufen, sie krabbelt schon. Wir bereiten für den 10. April etwas vor, ich werde eine kleine Vorstellung geben. Papa, Mama, Oma und Opa sind gesund, nur Nano war ein bisschen krank.

Bei der Gartenarbeit fehlst Du uns. Ich bin ein bisschen erkältet, aber sonst geht es mir gut. Nano hat eine Anstellung in der Heizerei gefunden und schon den ersten Lohn bekommen. Heute schneit es, aber morgen wird es sonnig. Die Spatzen zwitschern vor dem Küchenfenster.
Dich herzt und küsst Deine Nevenka Novak
PS: Singst Du noch und spielst Gitarre?

Nevenka Novak, verheiratete Cezner, hatte als Kind rheumatisches Fieber, das aufs Herz übergriff. Sie wurde Architektin, plante jedoch nie größere Projekte, obwohl sie durchaus Talent hatte. Die Zeitläufte passten nicht zu ihrer Begabung, sie hat sich wohl ganz gut damit arrangiert. Ihre beiden Kinder leben in Deutschland. Gemäßigt religiös, nie Parteimitglied, überlebte ihren zweiten Krieg, den von 1992, unter serbischer Besatzung in Ilidža, in der Kasindolska, in demselben Haus, in dem ihr Großvater Karlo Stubler serbische Nachbarn vor den Patrouillen der Ustascha versteckte, und starb ein paar Jahre nach Kriegsende, die Herzklappen hingen nur noch am seidenen Faden, habe der Kardiologe gesagt. Vielleicht eine Fantasiediagnose, aber so bildhaft, dass man sie nicht vergisst. Bis zu Nevenkas Tod stand das Bienenhaus, das Karlo eigenhändig gezimmert hatte, im Garten. Wie Eisenbahnschwellen mit Teeröl gestrichen, überstand es zwei Kriege, stand sieben Jahrzehnte dort, die letzten beiden ohne Bienen. Das Teeröl hat Franjo Rejc für den Schwiegervater organisiert, in der Werkstatt seines Arbeitgebers gekauft, gegen Rechnung, denn manche nahmen Material oder gar Werkzeug, Holzschwellen oder Schienen mit, ohne zu bezahlen. Die Rechnung lag länger, als das mit dem Teeröl gestrichene Haus existierte, in einem Kuvert in einer Schublade der Kasindolska, liegt vielleicht heute noch dort.

Am Freitag, den 23. IV. 1943, schickte Mladen Nevenka eine Postkarte. (Eine normale rosafarbene Militärkarte, rechts oben steht Feldpost, links, unter dem Absender, kleingedruckt: Bezeichnung des Truppenteils verboten. Als Dienstgrad nur

Soldat, Gefreiter, Leutnant usw. angeben.) Auf der Postkarte sind drei Stempel: einer mit Adler, einer mit Versanddatum und einer mit Empfangsdatum: Ilidža 4. V. 1943. Zehn Tage brauchte die Postkarte von Stockerau nach Sarajevo.

Auf der Rückseite steht:

Liebe Nevenka,
dank Dir für Deinen letzten Brief. Ich muss viel arbeiten und habe wenig Zeit zum Schreiben. Gestern bin ich um drei Uhr morgens aufgestanden, dann war ich den ganzen Tag marschieren und hatte Dienst bis elf Uhr nachts. Heute sind wir wieder um 5 Uhr aufgestanden. Heute ist Karfreitag, aber wir haben Dienst wie sonst auch. Am Sonntag besuche ich Tante Dora. Letzten Sonntag war ich in dem Schloss, in dem der Kaiser gewohnt hat. Jetzt singen wir:
Der Spieß, der hat ein dickes Buch
Darin ist aufgeschrieben …
Lass Dir von Nano erklären, was es bedeutet. Frohe Ostern Dir, Deiner Mutter und Deinem Papa!
Alles Liebe, Mladen

Zu der Zeit war Mladen schon über ein halbes Jahr in Stockerau. Die Grundausbildung neigte sich dem Ende zu, aber er wusste noch nicht, wo seine Einheit zum Einsatz kommt. Es war unklar, ob Auslandsdeutsche wie Mladen, also ohne deutsche Staatsangehörigkeit, wie bisher in ihren Herkunftsländern eingesetzt werden. Franjo war nervös, hörte heimlich Radio London – Hier ist England, hier ist England, hier ist England – und löcherte Ivica Lisac, der einiges von deutschen Offizieren hörte, die, um den Lieben daheim Fotos von sich zu schicken, zu ihm kamen und dabei erzählten, wie schlimm die Lage ist. Die Ostfront rückte seit Monaten westwärts. Der Fall von Stalingrad, die Vernichtung einer ganzen Armee, deren klägliche Reste in russische Gefangenschaft gerieten, erreichte das Lichtbild-Atelier Ivica Lisac in der ganzen Dramatik. Es war schlimmer, als der Feindsender meldete. Die Engländer übertrieben kein bisschen. Die Rote Armee drang unaufhaltsam vor …

Franjo wollte nicht, dass sein Sohn die Rote Armee aufhielt. Keiner sollte die Rote Armee aufhalten, die konnte nicht schlimmer sein als das, wogegen sie kämpfte. Hitler war das größere Übel. Franjo wusste es von Anfang an. Hitler führte Krieg gegen die UdSSR, gegen Amerika und England, Hitler führte Krieg im Westen und im Osten und gegen Franjos Nachbarin im Erdgeschoss, die Jüdin, die ihre Nachbarn mitten in der Nacht zu Hilfe rief. Hitler zerschoss Franjos Gewissen.

Er wollte nicht, dass sein Sohn die Rote Armee aufhielt.

Olga wollte nicht, dass ihr Sohn umkommt. Deswegen wehrte sie sich gegen den Einfall, Mladen solle bei der erstbesten Gelegenheit desertieren. Mit Deserteuren wurde kurzer Prozess gemacht. Todesstrafe. Sie war überzeugt, er würde am Leben bleiben, solange er in Stockerau auf Russen und Partisanen aus Pappe schoss, und hätte schlechte Karten, wenn er in bosnischen Wäldern den Faschismus bekämpfte.

Aus Angst vor der Ustascha trieb Olga im Herbst 1941 nicht ab, obwohl sie das Kind nicht wollte. Ein Kriegskind. Laut Erzbischof Ivan Šarić, genannt der Evangelist, schon ein alter Mann, der als Lyriker dilettierte und die Bibel übersetzte, fuhr jede Sünderin, die die Frucht des Leibes wegmachen ließ, in die Hölle. Das war ihr schnuppe, obwohl sie an Gott glaubte und zur Kirche ging. Nicht vor der Hölle, vor der Ustascha hatte sie Angst. Die sah die Todesstrafe für Abtreibung vor. Deswegen gebar sie am 10. Mai 1942 ein Mädchen. Auf Mladens Wunsch hin wurde sie Javorka genannt. Der Priester weigerte sich, sie auf diesen Namen zu taufen, das sei ein serbischer Name, sagte er. Franjo ließ nicht locker. Und wenn schon! Sind Serben nicht auch Menschen?, fragte er den Jungspund im Talar. Der lief rot an: Wir sind alle Gottes Kinder! Und ergänzte: Aber das Kind kann nicht auf diesen Namen getauft werden. Und so wurde sie als Regina Javorka eingetragen.

Meine Mutter wurde geboren, weil ihre Mutter die Ustascha

fürchtete. Ohne diese Angst hätte Olga wie schon im Sommer 1940 abgetrieben. Hätte Nonna nicht Schiss gehabt, wäre die Hand, die dies schreibt, eine kosmische Potenzialität geblieben. Muss ich der Ustascha dankbar sein?, frage ich mich, Zagreb, Sommer 2013, bald ist Mladens siebzigster Todestag, und der Ustascha wird in meinem Umfeld wieder viel verständnisinnige Dankbarkeit entgegengebracht für ihre Verdienste um Kroatien. Ich bin denen, die mir das Leben schenkten, nicht dankbar, erweise mich nicht erkenntlich für die freundliche Aufnahme im Frühjahr 1993 in Zagreb, nach meiner Flucht aus Sarajevo. Wer der Ustascha dankbar ist, ist in meinen Augen ein Stück Scheiße. Wie bitteschön soll ich der Ustascha dankbar sein?

Meine Mutter wurde aus Angst vor der Ustascha geboren, aber Mladen freute sich über sein Schwesterchen, erwähnt sie in jedem Brief, auf jeder Postkarte, fragt die Ilidžer nach ihr, ob sie krabbelt, wie viel sie gewachsen ist, seine Fragen werden von der altklugen Nevenka beantwortet, die mit ihren acht Jahren alles weiß und alles versteht, vom Zeltlager der Teufelsdivision auf den Wiesen zwischen dem Haus in der Kasindolska und dem künftigen Flughafengelände in Butmir und dem deutschen Major in Karlo Stublers Haus – was dem Alten ganz bestimmt nicht recht war, obwohl er den Landsmann höflich behandelte – über die Feierlichkeiten anlässlich der Gründung des Unabhängigen Staates Kroatien, bei denen sie in der Schule einen Auftritt hat, bis zu ihrer kleinen Cousine und Mladens Schwester Javorka, um die er sich im fernen Stockerau Sorgen macht, wo die deutschen Soldaten vor der Entscheidungsschlacht für ein freies Europa exerzieren und in den Wäldern rings um Wien befehligt werden, wo Mladen mit seinen Kameraden auf Russen und Partisanen aus Pappe schießt, die im Unterholz lauern. Für Nevenka in ihrer kindlichen Mütterlichkeit ist das alles sehr aufregend und verheißungsvoll, es gibt viele Sorgen, die man sich aufladen kann, sie reißt alle an sich. Der Briefwechsel mit Mladen ist ein Spiel, alles ist ein Spiel, bis der Erste stirbt.

Ihr erster Brief an Mladen ist auf Mittwoch, den 9. 11. 1943 datiert. Die Schrift ist zittrig, offenbart Furcht, vielleicht war es ihr erster Brief überhaupt. Sie schrieb auf Packpapier mit roter Tinte. Mladens Namen hat sie klein angefangen und dann ein großes M über das kleine gemalt. Offenbar hat ihr jemand, wahrscheinlich Nano, beim Schreiben auf die Finger geschaut.

Lieber Mladen!
Danke für Deinen Brief. Ich freue mich, dass es Dir gutgeht. Entschuldige, dass ich nicht früher geschrieben habe. Isst Du dort Polenta?, ich kann das jetzt essen, selbst Mara isst ein wenig Polenta. Aber weißt Du, Mladen, zu jedem Geburtstag haben wir Torte und Plätzchen. Nano bringt mir Sütterlin bei. Wenn ich es kann, schreibe ich Tante Dora, richte ihr einen Gruß von mir aus, wenn Du sie das nächste Mal besuchst. Zu Weihnachten schenkte mir Onkel Dragan ein Nudelholz mit Nudelbrett, Krležas Petrica Kerempuh und Daudets Briefe aus meiner Mühle. Außerdem kriegte ich ein Malbuch, einen Malkasten, 2 Schreibhefte, 1 Rechenheft, Radiergummi, Zirkel und 2 spitze Bleistifte.
Küsschen von Deiner Nevenka Novak

Nevenka schrieb den Text nach diesem Entwurf offenbar ins Reine und schickte diese Fassung ab, aber die kam nie an. Am 11. III. 1943 schrieb sie erneut, diesmal mit Bleistift, sodass sie Fehler wegradieren konnte. Nach siebzig Jahren ist das Graphit auf dem glatten Papier verblasst, der Brief ist bis auf den Vermerk des Zensors – Nummer 184415, wobei nicht alle Briefe Nummern bekamen – schwer lesbar.

Lieber Mladen!
Antworte auf diesen Brief. Hast Du ihn bekommen und alles verstanden? Nano bringt mir Sütterlin bei. Wenn ich es kann, schreibe ich Tante Dora. Wenn Du Tante Dora besuchst, richte ihr einen Gruß aus. Zu Weihnachten habe ich das Buch Briefe aus meiner Mühle, ein Malbuch und einen Farbkasten, das Buch

Petrica Kerempuh, Nudelbrett und Nudelholz bekommen. Weißt Du, Mladen, jeden Tag essen wir Torte und Plätzchen, wenn wir Geburtstag haben. Wenn ich Dir lustige Sachen schreibe, lachst Du dann?
Küsschen, Deine Nevenka Novak

Der Brief ist fast identisch mit dem vorherigen. Wusste sie nicht, was sie dem großen Cousin sonst schreiben sollte, oder waren ihr die Weihnachtsgeschenke so wichtig? Die Polenta ließ sie weg, die Festtagskuchen blieben drin. Es war März, der Winter in Sarajevo bald vorbei, im Süden der Stadt, in Ilidža unter dem Igman, hatte es wie immer die tiefsten Temperaturen. Der Wind fegte über die offenen Felder, trieb kleine Schneeflocken vor sich her, peitschte sie den Menschen ins Gesicht. 1943 war der erste richtige Hungerwinter, der Krieg lag ihnen buchstäblich im Magen. Es gab nichts außer Maisgrieß und Kartoffeln und die versprochene Torte zum Geburtstag.

Die Bienen ruhten im Stock. Man durfte sie nicht beunruhigen, sonst dachten sie, es wäre Frühling. Franjo hatte ihnen für die kalte Jahreszeit genug Honig gelassen, Karlo kontrollierte regelmäßig von außen, ob alles in Ordnung und weder Tier noch Mensch ins Bienenhaus eingebrochen war.

Gelegentlich laufen Truppenteile durch die Kasindolska. Die Soldaten marschierten nicht wie noch im Frühjahr und Sommer, sondern gingen ganz normal, schonten ihre Kräfte, zogen nur die Schultern immer höher. Todesangst verwandelt den menschlichen Körper nach einiger Zeit in einen Schildkrötenpanzer. Der Kopf verschwindet, zieht sich zurück, nur die Augen tasten die Umgebung auf bewaffnete Gegner ab. Die Männer hatten Angst, Partisanen konnten im Hinterhalt liegen und jederzeit das Feuer eröffnen, und diese Angst war inzwischen ihre stärkste, vermutlich einzige Überzeugung. Was Nevenka in der Schule über das soldatische Opfern fürs Vaterland lernte, über Mut und Heimatliebe, war falsch, die nackte Angst hatte alles andere verdrängt.

Außerdem waren kroatische Soldaten selten. In der Kasindolska sah man sie kaum. Ab Kriegsbeginn bis Winter 1943 zogen ein, zwei Verbände der Heimatwehr durch, alles andere war deutsche Infanterie, das Kriegsgerät auf Lastwagen und in gepanzerten Fahrzeugen, die Offiziere in schwarzen Limousinen, die Soldaten wie aufgefädelt in Zweierreihen, langgezogen wie eine Raupe, fast geräuschlos, wortlos, den Blick gesenkt, liefen die Deutschen vorbei, und plötzlich fiel den Männern ein, wo sie waren, und die Angst kroch in ihnen hoch, und die Augen fingen an, die Umgebung abzutasten, und der Kopf verschwand zwischen den Schultern, im Schildkrötenpanzer. Das war Anfang 1943, als sich die Katastrophe von Stalingrad herumsprach.

Nachts, vor allem an katholischen und islamischen Feiertagen, zogen Ustascha-Patrouillen durch die Kasindolska. Drei, vier betrunkene, enthemmte junge Männer drangen in Gärten ein, stapften durch die Zwiebelbeete, schossen in die Luft und fluchten Gott. Weit hinten, in der Dunkelheit, auf den weiß gekalkten Hauswänden der Familien Baškarad und Pavlović zeichneten sich die Schattenrisse von Männern, Frauen und Kindern ab, wie beim Karagöztheater, glitten wieder in die Dunkelheit und ließen jeden, der sie gesehen hatte, rätseln, ob er sich das eben Gesehene nur einbildete. Die Jungspunde sind frisch aus Ostbosnien zurück, wo man umkommt und verreckt, wo man mit eiserner Disziplin mordet und ermordet wird, jetzt schlagen sie über die Stränge, trampeln mordlüstern Zwiebeln und Salat nieder und sehen in ihrem Suff das Karagöztheater der Pavlovićs und Baškarads nicht. Drei serbische Familien wohnen am Anfang der Kasindolska, die Ustaschas wummern mit Gewehrkolben an die Haustür, brüllen Aufmachen und berufen sich auf den Poglavnik und Kroatien, von drinnen kein Mucks. Keiner da, nicht im ersten, nicht im zweiten, nicht im dritten Haus, und Đulaga, Ismet und Jozo Posušak kommen aus dem Staunen nicht heraus, dass um die Uhrzeit kein Vlache daheim sein soll, wo sie die doch heute abschlachten wollen, weil denen ihre Vlachenbrüder bei Rogatica, Prača und

Ustipräča alle Kroaten, die nicht geflohen waren, abgeschlachtet haben, vom drei Monate alten Säugling in seiner Wiege über dessen Mutter bis zum blinden hundertjährigen Imam Abdulrahmin, der keinem je ein Haar gekrümmt hatte. Und statt brav auf sie zu warten, wie es der Anstand gebietet, wie sie es Glauben, Kreuz und Taufe schuldig sind, statt sich ihre Meinung über den in der Wiege abgestochenen kroatischen Säugling, dessen abgestochene Mutter und den ebenfalls abgestochenen blinden Imam Abdulrahmin anzuhören, hauen die einfach ab! Das mögen Đulaga und Ismet gar nicht, das mag auch der liebe Jozo Posušak nicht, und so schießen sie in ihrer Wut in die Luft, dann gehen sie zum Schwabenhaus, die verstecken die Vlachen bei sich, das weiß ganz Ilidža, denen werden sie den Kopf waschen und ein bisschen auf den Zahn fühlen, was sie von einem in der Wiege abgestochenen Säugling halten, von dessen abgestochener Mutter, vom abgestochenen Imam und vom leidgeprüften Kroatien. Würden sie das zulassen, wenn die Deutschen ihre Leute so behandelten, he? Der Teufel soll die Schwaben und Deutschland holen! Das werden sie sagen, Đulaga, Ismet und Jozo Posušak, drei eingeschworene Ustascha und kroatische Helden, die dem lieben Gott die Fresse polieren würden, wenn der sich so an Kroatien verginge.

Đulaga wummerte mit dem Gewehrkolben an die Tür, fünfzig Jahre später wummerte Tschetnik Lugonja mit dem Gewehrkolben an die Tür. Verstört öffnete Karlo Stubler, redete mit eisigem Blick auf Đulaga ein. Verstört öffnete Nevenka und redete auf Lugonja ein. Aber ihr Blick war nicht eisig. Sie hatte keine Angst, sie hat das schon einmal, zweimal, fünfmal erlebt, nur dass sie damals acht Jahre und fünfzig Jahre später eben achtundfünfzig war. Sie fragte ihn: Lugonja, was willst du? Ich bring euch um, sagte Lugonja, wegen dem, was ihr den Serben antut. Wo ist dein Sohn? Meinst du, der hätte auf dich gewartet, fragte sie zurück. Geh nach Hause, Lugonja, schlaf dich erst mal aus. Was sollte er machen, Lugonja ging also nach Hause. Fünfzig Jahre zuvor zogen Đulaga, Ismet und Jozo Posušak unverrichteter Dinge ab, obwohl sie wussten, dass der Schwabe das Haus voller Vlachen hatte. Gegen den Blick kamen sie nicht an.

Eigentlich war das Leben im Frühjahr, wenn deutsche Truppen nach Albanien, Makedonien und Griechenland verlegt wurden, in Butmir ein Zeltlager errichteten und ihr Kommandant, meist ein Oberst, diesmal ein Major, höflich um Quartier bat, noch am leichtesten. Urgroßvater beherbergte ihn, was blieb ihm übrig, aber es fiel ihm offenbar schwerer, als sich Đulaga, Ismet und Jozo Posušak in den Weg zu stellen. Dabei hatte er nichts gegen sie, sah die Offiziere nicht als Hitlers Handlanger, er wusste sehr gut, wieso sie in Bosnien gestrandet waren, glaubte sie in einer ähnlichen Zwangslage wie sein Enkel. Karlo lernte keinen einzigen überzeugten Nazi persönlich kennen, keinen Offizier, der sich freundlich über Hitler geäußert hätte. Sie hielten sich entweder klug zurück oder ließen bittere Bemerkungen fallen. Es war mehr wegen der Nachbarn, dass Urgroßvater sie nicht gern bei sich aufnahm. Es sprach sich herum, und die Leute dachten sich ihren Teil. Urgroßvater war es wichtig, was die Nachbarn dachten, wichtiger als die Meinung von Đulaga, Ismet und Jozo Posušak oder von deutschen Volksgenossen. Durch Zufall oder Schicksal oder eigene Entscheidung waren Urgroßvater, abgesehen von seinem eigen Fleisch und Blut, nur die Nachbarn in der Kasindolska geblieben, das war seine Heimat, sein Volk, Blut und Boden, alles andere war in Flammen aufgegangen oder in alle Winde verweht. Bosowitsch, wo seine Vorfahren dreihundert Jahre gelebt hatten, existierte für ihn im Frühjahr 1943 nicht mehr, so wenig wie die Deutschen und Deutschland oder die Eisenbahn und seine Genossen bei der Eisenbahn noch existierten, alles war untergegangen oder im Untergang begriffen, doch die Menschen, deren Schatten über weiße Hauswände glitten, existierten. Ununterbrochen dachte er daran, was sie davon hielten, wenn er hohe deutsche Offiziere bei sich aufnahm.

Einmal vertraute er Vilko, Rikas Mann, seine Bedenken an. Aber Karlo, wunderte sich Vilko, die sind doch froh, sie können ruhig schlafen, solange die Deutschen in Butmir liegen, traut sich die Ustascha nicht her. Karlo blieb dabei, dass die Sache zum Himmel stank, wie wenn der Schlüssel nicht ins Schloss geht, obwohl es der Schlosser genau nach Anleitung gearbeitet hat. Daran dachte er immerzu, an Mladen zu denken, verbot er sich. Wann immer ihn der Gedanke an den Enkel in Stockerau streifte, wo sie einen deutschen Soldaten aus ihm machten, lenkte er sich sofort ab. Er hatte den Streit zwischen Olga und Franjo von Anfang an mitbekommen, die Auseinandersetzung, ob Mladen der Einberufung Folge leisten oder sich auf dem Dachboden verstecken oder zu den Partisanen in die Wälder gehen sollte. Wäre er auf dem Dachboden erwischt worden, hätten sie ihn standrechtlich erschossen. Auch bei den Partisanen war es gefährlich, dass sah Franjo sehr wohl, aber er räumte ihnen bereits im Juni 1942 die größten Chancen auf den Sieg ein. Allerdings stand er ziemlich allein da mit seiner Meinung. Olga sagte einmal, wer mitten in der Nacht eine Frau aus ihrer Wohnung zerre, nur weil sie Jüdin sei, darf nicht gewinnen. Das lässt Gott nicht zu, sagte sie. Wenn die siegen, das wäre, wie wenn es keinen Gott gibt, sagte sie noch. Damals war sie noch religiös. Trotzdem sollte Mladen dem Einberufungsbefehl Folge leisten. Die Deutschen sind anders als die Kroaten, sind nicht wie die Ustascha. Das ist eine richtige Armee, die achten auf das Leben der Soldaten, und nur darauf kommt es an: Dass Mladen den Krieg überlebt. Das sagte sie, und so leistete Mladen dem Einberufungsbefehl Folge.

Karlo, dem sie am noch reich gedeckten Tisch flüsternd davon berichteten, fasste es nicht, seine Augen wanderten panisch zwischen beiden hin und her, aber er schwieg, er versteinerte. Hätte er reden können, hätte er gesagt, bei den Partisanen wäre Mladen letztlich sicherer. Aber Steine reden nicht. Wäre er nicht versteinert, weil Wörter auf den zurückfallen können, der sie aussprach, so wie ein Haus beim Erdbeben zusammenstürzt, hätte Urgroßvater Franjo beigepflichtet: Es sieht nach einem Sieg der Partisanen aus. Und selbst wenn nicht, schon aus Gewissensgründen ist Mladen bei ihnen besser aufgehoben. Wenn sie nicht siegen, wird das Leben hier unerträglich, dann klopfen Đulaga, Ismet und Jozo Posušak jede Nacht woanders, und es ist immer noch besser, im Wald zu verrecken als auf der eigenen Türschwelle. Das hätte Karlo Olga und Franjo gesagt, wäre er nicht versteinert. Und wenn er nicht Angst gehabt hätte, man könnte es ihm als Verrat an seinem Deutschtum auslegen. Er wollte sein Deutschtum nicht verleugnen. Das war unter seiner Würde. Er tat nichts, was in die Richtung ging. Er hätte sich als Kroate oder Serbe erklären können, in Bosowitsch gab es Serben, es hätte sicher einiges einfacher gemacht, aber es kam für ihn nicht infrage. Entsprechend glaubte er, er habe kein Recht, den Enkel zu den Partisanen zu schicken, damit der ihn von dem Schrecken seines Deutschtums befreie.

Mladen leistete dem Einberufungsbefehl Folge. Als sie vorsichtig die Beuten geöffnet hatten und die Bienen nach dem langen, quälenden Winter wieder ausgeflogen waren, war die Welt noch in Ordnung gewesen. Und seit letztem Herbst war die Welt mehrfach auf den Kopf gestellt, durch die Mangel gedreht und bis zur Unkenntlichkeit verändert worden. Karlo Stubler und die Seinen erkannten ihre Welt nicht wieder. Er hatte stets zu allem eine Meinung gehabt, mit der er nicht hinterm Berg hielt und die ihm wohl die Vertreibung aus Dubrovnik eingebrockt hatte, im Grunde aber niemanden interessierte. Im Grunde war es egal, was ein Eisenbahner dachte oder welcher Kriegspartei der Postbeamte mit Kindern, der Pope und seine Gattin, der Gerichtsschreiber, Kneipiers und Barbiere, Geschäftsführer und Kolonialwarenhändler oder Kofferkinder, die der Kaiser von einem ans andere Ende des Reichs versetzte, das Wort redete. Man bezahlte seine Meinung nicht mit dem Leben. Zugegeben, sein Leben war aus den Fugen geraten, in Dubrovnik war er ein angesehener Mann gewesen, hatte, noch ganz in der königlich-kaiserlichen Tradition, eine geräumige Wohnung in einem guten Stadtteil und Aussicht, die von der Eisenbahn gestellte Behausung gegen ein eigenes Haus einzutauschen. Seine Vertreibung hatte ihn weit zurückgeworfen, das schon, vielleicht war es Selbstüberhebung, ein Fehler gewesen, gleich in den Anfangsjahren des Königreichs der Serben, Kroaten und Slowenen den Streikaufruf der Gewerkschaft zu unterstützen, vielleicht hätte er es fünf, sechs Jahre später, als der junge Staat sich ein wenig konsolidiert hatte, gefahrlos tun können, wie dem auch sei, er hatte doch auch in Bosnien ganz gut gelebt. Damit tröstete sich Urgroßvater, und dann kam der Krieg und mit ihm eine Zeit, als ganz gewöhnliche Entscheidungen eine Bedeutung bekamen, als würden wir nicht unser normales Leben leben, sondern antike Tragödien abarbeiten, zum Spielball der Götter werden, die über unser Schicksal entscheiden und denen man sich trotzdem entgegenstellen muss. Manchmal wusste Karlo Stubler nicht mehr, wofür und wogegen er sein sollte. Über Mladens Entscheidung konnte er nicht nachdenken. Es hätte ihn um den Verstand gebracht, also dachte er lieber nicht daran. Vater und Mutter wussten sicher am besten, was für ihre Kinder richtig ist.

Mladen sollte möglichst lange in Stockerau bleiben, war auch recht lange dort, länger als die Grundausbildung dauerte, und die Deutschen waren immer noch auf dem Vormarsch.

Alle schrieben ihm, ihr Charakter, ihre Ängste spiegeln sich in den Briefen. Rückblickend, mit siebzig Jahren Verspätung. Mladen spürte ihre Panik nicht. Vormittags marschierte er halbnackt und völlig verschwitzt, nachmittags übte er Schießen, spielte Gitarre und sang deutsche Lieder. »Auf der Heide blüht ein kleines Blümelein …«

Am 9. I. 1943 schrieb ihm auf demselben handelsüblichen Papier Regina, genannt Rika, Olgas Schwester, mit schwarzer Tinte, die Handschrift ist schwer lesbar, schmale Buchstaben, die wie ein abgebrannter Pinienwald schräg nach rechts kippen.

Lieber Mladen!
Deinen Brief habe ich erhalten, es ist lieb, dass Du an uns denkst. Ich war nicht bei Deiner Frau Mama in Sarajevo, ich schaffe es

nicht, wie es ihnen geht, erfuhr ich erst aus Deinem Schreiben. Wir leben hier wie Einsiedler, dürfen nur mit Sondererlaubnis nach Sarajevo. Du hast Dich wohlan gut eingelebt. Du vermerkst, wir würden nicht schreiben. Mein letzter Brief hat Dich also nicht erreicht.
Wir haben das Lichterfest, wie Du Dir denken kannst, recht bescheiden begangen. Selbst Zucker für Kuchen gab es nicht. Ich hatte Dir in dem verlorenen Schriftstück mitgeteilt, dass Onkel Willi krank ist, inzwischen ist er genesen, am 11. V. tritt er seinen Dienst in Prača an.
Hauptsache, wir sind wieder alle wohlauf und nicht wie letztes Jahr Flüchtlinge, sondern wieder in den eigenen, wenn auch bescheidenen vier Wänden.
Wie Du weißt, sind die Deutschen weggezogen, Vater wollte mit, konnte aber wegen der Gesundheit nicht, deswegen ist er nervös, nichts ist ihm recht.
Željko war an Heiligabend auf Durchreise da. Es geht ihm gut. Bei uns hat er vierzig Deka zugenommen. Kein Wunder. In Dubrovnik ist der Hunger ärger als hier, der Ärmste sprach dem Schweinebraten lebhaft zu. Das Fleisch war von einer Sau aus der Fruška Gora, die fressen in den Weinbergen Trauben, er hätte nie so viel einemalen verzehrt, sagt er.
Ansonsten währt alles fort. Die Auberginen gedeihen, die Bienen summen im Garten. Dein Papa kann sie nicht pflegen, weil er nur mit Erlaubnisschein aus Sarajevo wallen könnte, und wegen der Bienen wird sie nicht gewährt. Dein Großvater kümmert sich darum, so gut er kann. Und Onkel Willi, aber er kennt sich nicht aus. Die Bienen merken, dass Dein Papa nicht da ist, und sie mögen es nicht, sammeln aber trotzdem Honig. Schade, dass Dich Tante Dora verpasst hat. Vielleicht kannst Du sie besuchen. Grüße sie. Melde Dich bald.
Es grüßt Dich Tante Rika.

Auf der Rückseite schreibt Onkel Vilko:

Lieber Mladen!
Wenigstens ein paar Worte auch von mir. Mir geht es wieder gut, wie Tante Rika schon geschrieben hat, ich war sehr krank. Der Winter ist ziemlich mild, da habe ich mich herausgezogen, damit ich nicht die ganze Zeit in Prača bin. Deine Mutter sagte bei meinem letzten Besuch, Du kämst zu uns heraus, um spazieren zu gehen, wenn Du Urlaub bekommst.
Wie ich Deinem Brief entnehme, bist Du ein richtiger Soldat geworden, und es fiele Dir nicht schwer, wenn nur andere Zeiten und alle zu Hause wären. Ansonsten gibt es nichts Besonderes, sei gegrüßt von Onkel Willi.
Nevenka schreibt noch, dann schicken wir alles weg.

Über das ärmliche Weihnachtsfest wird bis Ostern geredet, das 1943 für Orthodoxe und Katholiken auf denselben Tag fällt, den 25. April, und genauso armselig gefeiert wird. Mladen nannte Rika Tante, schrieb nicht *tetka*, und ihr Mann nennt sich Onkel Willi, nicht *dundo Vilko*. Vielleicht war das so, vielleicht war es wegen der deutschen Zensur. Ein Satz von Tante Rika direkt an den Zensor gerichtet: *Wie Du weißt, sind die Deutschen weggezogen, Vater wollte mit, konnte aber wegen der Gesundheit nicht, deswegen ist er nervös, nichts ist ihm recht.*

Ende 1942 haben sich die Deutschen in Sarajevo und Ilidža weniger deutlich für eine Repatriierung, also die Auswanderung nach Deutschland mit dem Ziel, den neu erkämpften Lebensraum des deutschen Volkes zu besiedeln, entschieden als in anderen Landesteilen. Wer unterschrieb, dem wurde ein Haus versprochen und kam mit Fotografien und Immobilienprospekten zurück, meist lagen die Objekte in Schlesien oder Ostpreußen. Dem alten Stubler hatte man angeboten, nach Lemberg zu ziehen, polnisch Lwów, das nach dem Krieg zur Ukraine und damit zur Sowjetunion gehörte. Karlo bedankte sich sehr höflich im Namen der ganzen Familie für das Angebot. Die einen behaupten, er hätte gesagt, zwei seiner Töchter seien mit Hiesigen verheiratet, die eine mit einem Dubrovniker, die andere mit einem aus Travnik, und auch die dritte, Regina, habe keinen richtigen Deutschen zum Mann, auch wenn Onkel Willi sich lieber Nowak als Novak schrieb, deswegen sehe er in seinem Alter keinen Sinn darin, in die schöne, ferne Stadt zu ziehen, die anderen sagen, er habe gar nichts gesagt, sondern nur unterschrieben, dass er nicht umziehen werde.

Wer nicht für die Repatriierung optierte, wurde darauf hingewiesen, dass er gegebenenfalls nicht mehr dem Schutz des Deutschen Reiches unterstellt wäre, sondern das Schicksal der einheimischen Bevölkerung teilen müsse.

Das dürfte Tante Rika im Hinterkopf gehabt und zu ihrem rührenden, naiven Versuch getrieben haben, mit den Behörden des Reichs, ja, vielleicht mit dem Führer selbst, via Militärzensur zu kommunizieren und ihren Vater als großen, wenn auch kränklichen Deutschen darzustellen. Der Zensor soll wissen, wie es steht, und an die höchste Instanz weiterleiten: Karlo Stubler ist krank und kann nicht nach Deutschland, seine Frau noch kränker, auch wegen ihr kann er nicht fort, und sie und Onkel Willi müssen sich um Vater und Mutter kümmern und können insofern auch nicht nach Lemberg ziehen.

Nur wenige der in Sarajevo ansässigen Deutschen und Österreicher sind dem Aufruf zur Repatriierung gefolgt. Wer wegwollte, war 1918/19 gegangen. Außerdem hörten die Leute heimlich Radio London, Gerüchte machten die Runde, und was die Deutschen im Osten einstecken mussten, verhieß nichts Gutes. Wer trotzdem ging, den zog weniger die Strahlkraft des Deutschen Reichs, eher trieb ihn die Angst vor der Ustascha und dem Ustascha-Staat fort, ein Scheinstaat, in dessen Wäldern, Gebirgen und Vorstädten sich Partisanen und Tschetniks tummelten, und falls dem NDH einmal die Serben und Juden ausgehen sollten, wer weiß, ob dann nicht die Kofferkinder an der Reihe waren. Von denen, die gingen, hat man nie wieder etwas gehört, sie begingen denselben kapitalen Fehler wie Olga und Franjo, als sie Mladen überredeten, der Einberufung Folge zu leisten. Sie dachten, die deutschen Soldaten seien, schon gar im Vergleich zur Ustascha, anständig, höflich und in jeder Hinsicht korrekt.

Tante Rika war eine liebe, fröhliche Frau, die vernünftigste von Karlos Töchtern. Sie nahm das Leben, wie es kam, und machte das Beste daraus. Während Olga und Tante Lola zu diversen Verrücktheiten und Widerständen neigten, sah Rika zu, wie sie sich zusammen mit Onkel Willi durch das schreckliche 20. Jahrhundert schlug. Sie nahm Vater und Mutter zu sich und versorgte Rudi mit, der zeitlebens nie auf eigenen Füßen stand. Als Karlo Stubler abbaute oder auch schon als er sich in sich zurückzog, wurde Tante Rika das Familienoberhaupt. Sie hat sich die Rolle nicht ausgesucht, sie ist ihr zugefallen gemäß der Dramaturgie, nach der sich die Familie Stubler auflöste und ihre Geschichte dem Ende zustrebte, die ich, wenn ich einen langen Atem hätte und der Niedergang der Stublers mehr als eine meiner vielen zerbrochenen Identitäten wäre, als meine *Buddenbrooks* schreiben würde. Die Buddenbrooks als kleinbürgerliche Kofferkinder aus Ilidža.

Tante Rika hatte anders als die Schwestern und ihr Bruder kein hervorstechendes Talent. Sie war durchschnittlich, ausgeglichen, gewöhnlich, schlug mehr der italienischen Großmutter nach, Josefina Patat, die ihre grandiose Armut mit sicherer Hand durchs Leben trug, Kinder gebar, solange Gott es von ihr erwartete, ohne je zu erwarten, dass er die Rechnung beglich. Siebzehn Mal kam Josefina nieder, fünfzehn Kinder starben vor dem siebten Geburtstag. Meist an Kinderkrankheiten und Armut. Nur Urgroßmutter und deren Schwester überlebten, die nach Mostar heiratete, aber auch nicht alt wurde. Josefina Patat lebte beim Schwiegersohn Karlo Stubler und ihrer Tochter Ivana, sie ist mit ihnen durch Bosnien gezogen, Dubrovnik hat sie nie gesehen. Gestorben ist sie in Konjic, wo Olga geboren wurde, dort ist sie auch begraben. Keine Ahnung, ob das Grab heute noch existiert.

Schlichten Gemüts wie ihre Oma war Tante Rika eine lustige Person, sah in jedem Missgeschick die Komik, machte sich zum

Narren, veranstaltete einen Zirkus und führte nebenbei, wenn's ging, die Behörden hinters Licht, schmeichelte sich bei der deutschen Militärzensur ein, gab die gute Deutsche, unsere Tante Rika, die mit Onkel Willi möglichst filmreif die aufopferungsvolle, mutige und genügsame deutsche Familie gab.

Die Sprache ihres Briefs ist ein bisschen seltsam. Sie verzichtet fast ganz auf türkische Ausdrücke, schreibt manche Wörter komisch (einemalen), benutzt ein antiquiertes Vokabular (wallen). Rikas Ausdrucksweise, die sich in dem Brief niederschlägt, einige Rechtschreibfehler und die exzentrische Lexik stammen aus Dubrovnik, wo die Stubler-Kinder zur Schule gingen. Tante Rika las nicht viel, nur die Bibel und ab und an deutsche Unterhaltungsromane, sodass sie schrieb, wie sie es gelernt hat, also wie man in Dubrovnik Anfang des Jahrhunderts schrieb. Die liebenswerte Mischung aus Ragusisch und donauschwäbischer Kleinbürgerlyrik, eingepflanzt mitten in Bosnien, in Ilidža, in der Kasindolska, hat etwas Anrührendes. Tante Rika dachte nicht groß über Identität nach, sie passte sich den historischen Umständen und familiären Verhältnissen, so gut es ging, an, und trotzdem ist ihr Brief eine Metapher auf alle verhinderten Stubler-Identitäten.

Zwischen Sarajevo und Ilidža stand ein Schlagbaum mit Wachposten, die Grenze war schwerer zu überwinden als die meisten Staatsgrenzen. Um auf die andere Seite zu gelangen, brauchte man 1943 eine Sondererlaubnis, offensichtlich keine bloße Formalität, sonst hätte Rika die Mühe gern auf sich genommen und die Schwester in der Stadt besucht. Die Grenze wurde dichtgemacht, weil man davon ausging, dass in Sarajevo staatliche Ordnung herrschte, im Umland hingegen eher nicht. Die Sondererlaubnis sollte die Leute in Angst und Schrecken halten und erleichterte den Mord an denen, die aus irgendwelchen Gründen unerwünscht waren. Im Schreiben an Mladen erwähnt Rika die Sondererlaubnis zwei Mal. Am Anfang und am Ende: Sie kann nicht nach Sarajevo und weiß daher nicht, wie es Olga und Franjo geht. Und Franjo kann nicht zu seinen Bienen,

Karlo und Onkel Willi müssen nach ihnen schauen. Tante Rika sah es wohl anders, aber dass Franjo nicht zu seinen Bienen konnte, war schlimmer. Sie erkannten ihn, erinnerten sich an seine Art zu imkern, wurden unleidlich gegenüber allen anderen. Bienen kann man nicht erklären, dass zwischen Sarajevo und Ilidža ein Schlagbaum steht, für den man eine Sondererlaubnis braucht.

Dundo Vilko war eine schlichte Frohnatur wie seine Frau, allerdings weniger lebenstüchtig. Eisenbahner, Sohn eines Gewerkschafters, der Karlo Stubler und seine Familie nach der Vertreibung aus Dubrovnik unterstützte und bei dem sie eine Zeit lang wohnten, und da verliebte sich der junge Vilko in Karlos Tochter. Es begann aus Interesse, dem tiefsten Interesse, das Menschen haben können, Novaks haben Stublers schließlich vor der Obdachlosigkeit bewahrt, und verwandelte sich alsbald in eine ganz gewöhnliche Jugendliebe und eine Ehe wie viele andere Ehen auch. Novaks hatten Stublers ein Dach über dem Kopf gewährt, aber das belastete ihre Ehe nicht, nie stand die Frage im Raum, wer von hier und wer der Habenichts aus Dubrovnik war. Wenn die beiden Streit hatten, dann nicht darüber. Das Haus bauten sie gemeinsam, dann zogen ihre Eltern mit ein. Auch das war kein Problem. Deswegen konnte Karlo Stubler auf der Schwelle seines Hauses mit kaltem Blick die Đulaga, Ismet und Jozo Posušak mit den Worten abkanzeln: Ihr kommt hier nicht rein, das ist ein deutsches Haus!

Dundo Vilko arbeitete schon lange vor dem Krieg in Prača, kümmerte sich als Techniker um Fernschreiber, Telefone und dergleichen, war in zwei Gewerken ausgebildet und in beiden gut und hoch geschätzt. Prača, eine winzige, abgelegene ostbosnische Kleinstadt, entwickelte sich langsam nach dem Bau der Strecke Sarajevo–Višegrad. (In der Schule haben wir gelernt, sie sei gebaut worden, um im nächsten Krieg Kanonen für den Krieg gegen Serbien transportieren zu können, das war in jeder Hinsicht übertrieben ...) Die Eisenbahn war lange Zeit die einzige funktionierende Verbindung von Sarajevo nach Ostbosnien. Die Landstraßen stammten noch aus osmanischer Zeit, waren voller Schlaglöcher, eng und in schlechtem Zustand, die alte Schmalspurdampflok war schneller.

Es sei schön gewesen, Ende der dreißiger Jahre in Prača zu arbeiten: Kleiner Ort, gute Luft, sauberes Wasser und viel Grün. Wer sich dort ansiedelte, hatte kaum andere Sorgen, als dass die Züge pünktlich und fahrplanmäßig verkehrten, die Schienen keine Schäden aufwiesen und Telegrafen- und Postdienste tadellos funktionierten. Ansonsten herrschte tiefer Friede und Freude, das Leben ging seinen gemächlichen Gang, der Tag war lang, keiner gehetzt, man konnte Schwätzchen halten, Kaffee und Schnaps trinken, auf den Zug warten, angenehm aufgeregt beobachten, wer aus den Waggons kletterte. Irgendwer kam immer.

Schlechte Nachrichten kamen in Prača spät oder nie an, selbst der Kriegsausbruch wurde recht ruhig aufgenommen. Die Leute wussten davon, hatten es in der Zeitung gelesen oder im Radio gehört, aber an diesem abgelegenen Ort mit seinen friedlichen, vernünftigen Menschen – alle anderen verließen das Nest fluchtartig – war der Krieg weit weg und sehr fremd. Man konnte sich 1939 und auch noch 1941 im tief verschneiten Prača seine Schrecken nicht vorstellen. Wer im Paradies lebt, hält Nachrichten aus der Hölle für übertrieben und unglaubwürdig.

Mitte April 1941 schickten Dundo Vilko und Tante Rika Nevenka zu den Großeltern nach Ilidža. Der Krieg brauchte ein paar Monate, bevor er Prača erreichte und dem Idyll ein Ende setzte, wie, hat keiner aufgeschrieben, ich habe mir nur einzelne Fetzen aus verschiedenen Quellen gemerkt, und so bringe ich die Geschichte auch: fragmentarisch, allgemein, sie interessierte mich nicht, solange sie noch lebten, und heute kann sie mir keiner mehr erzählen. Es muss ganze Friedhöfe voll solcher Geschichten geben.

1941 wurde eine bekannte Familie in Prača empfangen, deren Wege sich Jahrzehnte später mit unseren kreuzen sollten.

Der Bahnhofsvorsteher, Ibrahim Mulalić, war ein ungewöhnlicher, sehr vornehmer Mann, fremd im eigenen Geburtsland. Es gibt solche Menschen, sie verwachsen nicht mit dem Land, obwohl sie hier geboren sind. Die Mulalićs waren zu Begs ernannt worden, nachdem die Osmanen Ungarn verloren hatten, zogen als ungarische Muslime nach Bosnien und blieben Fremde. Noch Ibrahim-Beg hat, Jahrhunderte später, die Fremdheit geerbt.

Ibrahim-Beg war mit einer Polin verheiratet, Stefanie, ihr Leben lang erzkatholisch, hinter deren tiefem Glauben alle anderen Identitäten und Zugehörigkeitsgefühle zurücktraten, was sie nicht an ihrer großen, lebenslangen Liebe zu Ibrahim-Beg hinderte. Die beiden liebten und achteten sich, und Prača mit seiner Abgeschiedenheit war der ideale Ort für sie.

Stefanies Eltern waren in einem der Kriege des 19. Jahrhunderts aus Russland nach Polen geflohen und hatten aus dieser Zeit zwei Reliquien gerettet: ein Kruzifix und ein Madonnenbild in der Tradition russischer Ikonenmalerei. Der Jesus am Kruzifix war aus Porzellan, das Holz verfaulte mit der Zeit und ließ Gottes Sohn mit ausgebreiteten Armen allein zurück. Als Stefanie über siebzigjährig verstarb, vererbte sie ihn also ohne Kreuz ihrer Enkelin Mirela, die die Belagerung und den nächsten Krieg im Sarajever Stadtteil Hrasno erlebte. Der Gekreuzigte hing in ihrer Wohnung mit dünnen Nägeln direkt an der Wand, die Anfang 1992 von einem Mörsergeschoss getroffen wurde. Zimmer und Wand waren vollständig zerstört, nur der Porzellanjesus landete ohne einen Kratzer sanft zwischen Schutt, Staub und Betonbrocken auf dem Sofa. So hat er sich wohl schon in Polen und Prača durchgeschlagen.

Im Frühjahr 1941 lebten die Familien Novotni, Misirlić und Lončarić sowie Rade Džeba in Prača, der Vater unserer Nachbarin am Sepetarevac, Slavica Šneberger. Josip und Beba Lončarić, Freunde von Olga und Franjo, hatten drei Kinder, der Sohn hieß Mladen nach unserem Mladen, als der schon in slawonischer Erde lag.

Anfangs schien alles wie immer. Die Züge Richtung Višegrad

verkehrten nach Fahrplan. Die Deutschen ließen sich nur kurz blicken, die Ustascha übernahm die Macht, um kurz darauf wieder zu gehen. Es war ein schöner Sommer voll böser Omen. Über die Drina hörte man nachts Gewehrsalven, es ging das Gerücht, keiner konnte es bestätigen, die Ustascha hätte ein serbisches Dorf niedergebrannt und die Bewohner ermordet. Aus Rache, hieß es, aber wofür sie sich rächten, wurde nicht gesagt.

Eines Tages dann zersplitterte das Bild einer Welt.

Tschetniks überfielen Prača, schossen wild um sich, und alles ging derart schnell, dass Eisenbahnpersonal und einheimische Muslime wegrannten mit nichts als den Kleidern am Leib, die sie morgens angezogen hatten. Die kleine, zur Verteidigung von Bahnhof und Post abgestellte Ustascha-Einheit zog sich schleunigst zurück, ohne an die Einwohner von Prača zu denken. Hasserfüllt rächte sich die Tschetnik-Einheit an jedem, der ihnen in die Hände fiel, schoss unschuldige Menschen zusammen, die auf den Gleisen flohen, denn rechts und links vom Gleiskörper gab es nur Wald, in dem man sich schnell verlief. Selbst wer seit der Habsburgerzeit in Prača ansässig war, kannte sich im Wald, in den Bergen, abseits der Straßen, Wege und Schienen nicht aus. Sie waren als Städter ins irdische Paradies gezogen und Städter geblieben, also flohen sie über die Bahnstrecke, für die schießwütigen Tschetniks gleichsam auf dem Präsentierteller, sehr zu deren Vergnügen.

Rade Džeba hatte Glück, schaffte es in die Herzegowina und kehrte von dort später halbwegs problemlos nach Sarajevo zurück. Lang gelebt hat er nicht mehr. Er wurde zu Gleisbauarbeiten eingeteilt, soll sich die Haare gewaschen haben und mit nassen Haaren Draisine gefahren sein, wurde davon krank und starb. Das war 1942.

Tante Rika und Dundo Vilko flohen in die andere Richtung und fanden – wie, ist vergessen – den Weg nach Pale. Dabei wurde so oft davon erzählt, war es eine Familienanekdote geworden, die wieder und wieder erzählt, ausgeschmückt und weitergetragen wurde, bis ihnen zwischen Gräbern die Puste ausgeht. Wer die Geschichte kannte, ist tot. Ich könnte sie erfinden, wie vieles andere, was ich in diesem Buch erfunden habe, auch im Bienentagebuch (authentisch ist allerdings jede aus dem taubenblauen Almanach abgeschriebene Zeile, ebenso die Briefe und Postkarten von 1943), würde damit aber die Wahrheit des Vergessens zerstören. Der Exodus von Tante Rika und Dundo Vilko war furchtbar und gehört in die Wirklichkeit eines Krieges. Später haben sie ihn in eine Geschichte verpackt und gern erzählt, und daraus entstand wiederum eine Anekdote, die gern bei Familienfeiern erzählt wurde und schließlich legendäre Züge annahm, sodass nicht einmal Tante Rika und Dundo Vilko mehr genau sagen konnten, was wirklich passiert und was der erzählerischen Freiheit geschuldet war. 1966, ein paar Monate vor meiner Geburt, starb Tante Rika, zehn Jahre später Dundo Vilko. Die Legende verblasste, die Anekdote wurde immer seltener erzählt, der Tschetnik-Überfall auf Prača im letzten Krieg betraf keinen mehr, die Geschichte von einem Exodus wurde vergessen, den genauen Zeitpunkt hat keiner festgehalten. Exodus oder Flucht, wie es seinerzeit hieß. Nur Olgas Diktum blieb im Gedächtnis: Meine Schwester hat gerade mal ihren nackten Popo aus Prača gerettet.

Schon wegen diesem Satz darf ich mir keine Geschichte ausdenken oder Tante Rikas und Dundo Vilkos Weg von Prača über Pale nach Sarajevo auf Militärkarten nachvollziehen, Sonderkarten, Geheimmaterial, für dessen Besitz man einst ins Gefängnis ging.

Bahnhofsvorsteher Ibrahim-Beg Mulalić erwartete die Tschetniks mit seinem Wiener Pflichtgefühl am Arbeitsplatz im sonst menschenleeren Prača. Die anderen waren weggerannt und hatten gute Gründe dafür, die Pračer Muslime sowieso, auf die die Tschetniks besonders wütend waren und an denen sie reihenweise Rache übten, Rache für Vergehen, die sich über die Jahrhunderte angesammelt hatten und dank Gusla und epischen Zehnsilbenversen frisch in Erinnerung waren.

All das zählte für Ibrahim nicht. Flucht kam für ihn nicht infrage. Ein Matrose, der zum Kapitän aufsteigt, akzeptiert, dass er aufgrund dieser Ehre als Letzter von Bord geht, wenn der Kahn sinkt. Deswegen und nur deswegen blieb Ibrahim-Beg Mulalić, ruhig und gefasst, ohne viel Worte und herzzerreißende Abschiedsszenen. Dabei existierte keiner der Staaten mehr, denen er seinen Posten verdankte. Nichts und niemand verpflichtete ihn zu dieser Tat, es gab auch keinen, der seine Tat später hätte preisen können, trotzdem beharrte er auf seiner Verantwortung, nahm sein Schicksal an. Für ihn eine Frage der Ehre. Das wären ihm viel zu große Worte gewesen für eine Selbstverständlichkeit.

Die Tschetniks stürmten die Stadt wie eine biblische Plage. In jenem Krieg geschah es oft, dass Menschen entsprechend dem Abzeichen an der Mütze wie eine Naturkatastrophe über ihre Mitmenschen hereinbrachen, und doch gleicht keine Apokalypse der anderen, jede grub sich in das Gedächtnis unzähliger Familien ein, deren Erinnerungen keiner zusammenfasste und archivierte, weswegen jede ihre Tragödie individuell erlebte und persönliche Rachegründe hat.

Dem Bahnhofsvorsteher krümmten sie kein Haar. Er empfing sie in Uniform, sie wussten, wie er hieß; sie redeten ihn, wie es sich gehörte, mit Vornamen und Ehrentitel an: Ibrahim-Beg, und er hielt sich auch an die Gepflogenheiten. Die Tschetniks hielten Prača besetzt, Ibrahim-Beg Mulalić arbeitete wie gewohnt. Da kein Zug kam – es konnte keiner kommen, weil die Strecke unterbrochen war –, hielt er den Bahnhof in Schuss, damit alles für den nächsten fahrplanmäßigen Zug bereit war. Später wurde er nach Sarajevo versetzt und schließlich pensioniert, auch diese Veränderungen nahm er gelassen hin. Ein Blatt Papier mit Unterschrift und Dienstsiegel brachte fertig, was weder die diszipliniérteste Armee der Welt noch marodierende Tschetnik-Banden erreichten. Ibrahim-Beg Mulalić war eine ungewöhnliche Mischung aus orientalischem Fatalismus und kafkaeskem Beamtenwesen. Sein Leben, aber auch ein Roman, der über ihn zu schreiben wäre, kulminierte jedoch weder in der Ruhe, mit der er die Tschetniks in Prača erwartete, noch im Umzug nach Sarajevo.

Denn nach dem Krieg lebten Ibrahim-Beg Mulalić und seine Polin Stefanie (die einst, so lange war das damals gar nicht her, aus ihrer polnischen Heimat unter ähnlich schrecklichen Umständen vertrieben wurde wie derzeit andere Menschen ihre Heimat verlassen müssen) friedlich und materiell abgesichert in Sarajevo, bis ihre letzten Tage anbrachen und Stefanie starb. Da wollte Ibrahim-Beg zum Katholizismus konvertieren. Sein Leben lang hatte er sich an sämtliche Vorschriften des Islam gehalten, aber als es aufs Ende zuging, war ihm wichtig, neben Stefanie im selben Grab zu liegen. Deswegen und nur deswegen wollte er Christ werden, aber nicht über Beziehungen und Abkürzungen, sondern ohne Risiko und ohne die Kinder mit der Sache zu belasten. Gesetzeskonform, gemäß staatlichen wie religiösen Vorschriften. Sein Wunsch wurde erfüllt, und so liegt er im katholischen Teil von Bare und wartet auf die Auferstehung im Fleische.

Die letzte erhaltene Postkarte Mladens aus Stockerau trägt kein Datum. (Auf alle anderen hat er das vollständige Datum geschrieben, oft einschließlich Wochentag.) Sie ist zweifach abgestempelt: deutsch, mit dem Datum 7.5.1943, und dann noch einmal in Ilidža, 17.V. 1943. Die Post wurde abgestempelt, wenn sie den Zensor passiert hatte, man kann sich ausrechnen, dass ein Brief von Wien nach Sarajevo damals zehn Tage unterwegs war. Ein Jahr zuvor hatte es im Schnitt halb so lang gedauert.

Die Karte ist aus gelbstichigem Karton, ähnelt mit Linien für Namen und Anschrift des Empfängers den Postkarten aus Friedenszeiten, nur ist statt dem Kästchen für die Briefmarke »Feldpost« eingedruckt, und statt der Erläuterungen betreffs Dienstgrade und dergleichen steht quer zum Adressfeld und dieses von dem Raum für die Mitteilung trennend: Entnommen aus »Soldatenblätter für Freizeit«, herausgegeben vom OKW.

Darunter: Offsetdruck: Bibliographisches Institut AG, Leipzig, Graphischer Großbetrieb. Der Verlag hat seine Postkarten im Vergleich zu 1942 um eine kleine Zeichnung auf der Rückseite links oben ergänzt. Unter einer lachenden Sonne, wie von einem Kind gemalt, stehen zwei deutsche Soldaten mit Helmen und Wintermänteln vor einem unförmigen, schmelzenden Schneeungeheuer, rechts ein Bäumchen, das frische Blätter treibt, darüber Vögel, vielleicht Gänse, die aus dem Süden zurückkehren. Die Zeichnung ist signiert. Über den Künstler, Hugo Frank, lässt sich so viel herausfinden, dass er 1892 in Stuttgart geboren und 1963 in Gerlingen gestorben ist. Gelegentlich werden Bilder von ihm bei Internetauktionen angeboten. Beschriebene Militärpostkarten mit Hugos Karikaturen von 1943 bekommt man für fünf Euro das Stück, der Inhalt der Postkarte hat keinen Einfluss auf den Preis.

Liebe Nena,
ich schreibe Dir noch mal, weil ich Zeit habe. Sag Nano, dass die Zeitung nicht bei mir angekommen ist, wenn er sie bitte noch einmal schicken könnte. Wir freuen uns über Zeitungen aus Sarajevo. Fahrt ihr bald zum Baden? Wir werden bald an einen großen See verlegt, da können wir im Sommer baden gehen. Was macht Dein Großvater? In welche Klasse gehst Du? Grüß Mama und Papa und Oma und Opa und Nano. Und Javorka, wenn Du sie siehst.
In Liebe, Dein Mladen

Er war nicht richtig bei der Sache, hatte vielleicht keine Lust zu schreiben. Dass seine Einheit an einen See verlegt wird und sie im Sommer werden baden gehen können, hat er erfunden. Er schreibt von einem großen See, weil man mit einem Kind so redet. Ein großer großer See, größer als das Meer … Wenn er gute Laune hat und bei der Sache ist, schreibt Mladen an Nevenka wie an eine Erwachsene. In welche Klasse sie geht, fragt er, als ob er es vergessen könnte. Sie soll Nano ausrichten, die Zeitung sei nicht angekommen, als ob das wichtig wäre. Kurz darauf erhält Oberleutnant Rudolf Stubler die Aufforderung, sich in der Kaserne von Bijeljina zu melden. Die Stelle als Heizer bei der Eisenbahn bewahrte ihn nicht davor. Das durfte man Mladen natürlich nicht schreiben, aber er wusste, dass Nano kein Held war. Damals sah es nicht so aus, aber Nano hatte Glück, weil er aufgrund seines Alters zur kroatischen Heimatwehr eingezogen wurde. Dank seines Studiums bekam er den Rang eines Oberleutnants. Obwohl Deutscher, wurde Rudolf Stubler anders als Mladen Rejc kroatischer Soldat. Sieht man nur die Namen, muss man es komisch finden.

Mladen schwante da wahrscheinlich schon, dass es nach Kroatien ging, und zwar nicht zum Baden. Was hielt er davon? Unkonzentriert, widerwillig schrieb er ein paar Sätze, die keinen rechten Sinn ergeben, nur um die Karte vollzuschreiben, fragte die kleine Cousine, in welche Klasse sie geht. Pädagogisch völlig überholt. Wahrscheinlich hat sie ihm die Frage im nächsten Brief beantwortet, aber der ist nicht erhalten. Vielleicht haben sie ihm den nicht nach Kroatien nachgeschickt. Nevenka ging in die zweite Klasse. Wir wissen nicht, wie sie sich bei den Feierlichkeiten zum zehnten April geschlagen hat. Was führte die achtjährige Nevenka Novak anlässlich des Gründungstages des Unabhängigen Staates Kroatien in der Schule vor? Erwähnte sie den Poglavnik und die mutigen kroatischen Soldaten? Darüber schwieg man sich nach dem Krieg aus, redete auch kaum über die Briefe und Päckchen an Mladen.

1942/43 war der erste Hungerwinter. Nach Hamsterfahrten durch Slawonien – im Volksmund der Goldgau, ein bitterböser Witz auf die abgehobene Sprachreformation der Ustascha und die Tatsache, dass Butter, Eier und Speck mit Gold aufgewogen wurden – packten sie für Mladen ein Weihnachtspäckchen. Die Ilidžer haben sich daran beteiligt, die erforderliche Sondererlaubnis organisiert, schleppten mit Vorortzügen und Straßenbahnen Nahrungsmittel nach Sarajevo, buken Kuchen, die den langen Postweg unbeschadet überstanden, und vergaßen darüber beinah, wo Mladen war, was ihm bevorstand: Hitlerdeutschland mit dem Maschinengewehr verteidigen. Nach dem Krieg wurde das moralisch verurteilt, semantisch umgewertet und zur bleischweren Belastung, dank deren wir siebzig Jahre lang bis zu den Knien im Boden versanken, in den asphaltierten Bürgersteigen Sarajevos, in den Wiesen am Trebević, wir taumelten und stolperten über Mladens Gebeine und taten die ganze Zeit so, als wäre alles in bester Ordnung. Erst wenn wir weg sind, ist der Krieg zu Ende. Erst dann ist vergessen, dass unser Mladen für Hitler auf Russen und Partisanen aus Pappe zielte und auf der Piste in Stockerau Marschieren übte, im Gleichschritt über die Erde, in die wir dereinst alle sinken.

Im Päckchen musste von allem genug sein, damit Mladen mit den Kameraden teilen konnte. Beim deutschen Heer herrschte Ordnung. Und Gemeinschaftsgeist. Franjo steuert zwei Gläser Honig bei, eins aus Ilidža, eins aus Žepče von 1940, dem letzten Friedensjahr. Die Stubenkameraden sollen einen Löffel von diesem Honig kosten, damit ihnen wieder einfällt, wie der Frieden schmeckte. Soldaten dürfen den Frieden nicht vergessen. Franjo wusste das, er hatte im vorherigen Krieg gekämpft, bis er 1915 zum Glück in italienische Kriegsgefangenschaft kam, weil die Italiener die Seite wechselten, die Habsburger verrieten, zu Franzosen, Engländern und Amerikanern überliefen. Er nahm es ihnen nicht im Mindesten übel.

Die Honiggläser wurden zum Schutz in Zeitungspapier eingewickelt. Mladen wickelte sie am Abend des 23. Dezember 1942 aus. Der Heiligabend fiel auf Mittwoch, Franjo hatte gut gepackt, alles war heil angekommen. Er hatte das Päckchen in dasselbe blaue Packpapier wie die Mutter früher Schulhefte und -bücher eingeschlagen und mit Imkerbindfaden verschnürt. Wenn Franjo Päckchen packte – er schickte häufig Sachen an Verwandte in Kneža, an Tante Dora, Erwin und Erich in Wien, an Imkerkollegen in ganz Jugoslawien –, war Mladen, später Dragan zur Stelle.

Kam Bindfaden auf Bindfaden zu liegen, sagte Vater: Leg den Finger hierhin,
und wenn beide da waren, ging das Gehänsel los,
wer den Zeigefinger auf den Bindfaden auf dem Bindfaden legen müsse,
bis Vater der Kragen platzte, da hat er Bindfaden auf Bindfaden gelegt und keiner hilft,
schimpfte er und bat Matija Sokolovski, die Karten weg- und den Zeigefinger auf den Bindfaden zu legen, der auf dem Bindfaden liegt,
nur ein Finger ist geblieben, nie mehr zwei, nie mehr zwei ...

Mladen wickelte die Honiggläser aus, warf das Zeitungspapier aber nicht weg. Franjo hatte unabsichtlich unter anderem Seiten der kyrillisch gedruckten *Politika* vom 23. Oktober 1940 erwischt. Mladen strich sie mit dem Unterarm glatt und legte sie zusammen, wollte sie am Abend lesen.

Ein Stück Honigwaben hat der Vater in ein weißes Tuch gewickelt, ein Hausmittel gegen Halsschmerzen. Mladen brach ein klebriges Stückchen ab und steckte es in den Mund. Es schmeckte nach der vollkommenen Architektur der Natur, süßlich-kühl, vollkommener als alles, was der Mensch bauen kann. Bienenwaben sind vollkommener als die Sixtinische Kapelle samt Deckengemälde, die ägyptischen Pyramiden, die Wolkenkratzer von Chicago, Westminster Abbey oder Notre-Dame in Paris, vollkommener sogar als das Rathaus von Sarajevo. Mladen hatte noch Tage später ein Stückchen Wabe zwischen den Zähnen hängen, wo die Zahnbürste nicht hinkam.

Winteräpfel, klein, schrumplig, aus dem Garten in Ilidža. Mladen schnupperte daran, roch seine sämtlichen Verwandten, sah sie klar vor sich stehen. Opa, Oma, Tante Rika, Dundo Vilko – Onkel Willi, wie er jetzt genannt wird –, Mutter und Vater und die Hasen im Hasenstall, die Bienen ... Das Summen von Tausenden Bienen erfüllt den Garten an der Kasindolska. Ein dreidimensionales Bild des Gartens vom Frühjahr bis zum Spätsommer, wenn die Winteräpfel reif sind. Summen und Apfelduft zauberten Mladen einen buckligen, bärtigen Greis beim Unkrautjäten zwischen den Erdbeerpflanzen vor Augen. Der Großvater, wegen dem er in Stockerau war. Ohne ihn wäre Mladen kein Deutscher gewesen. Ohne den Vater wäre er kein Slowene gewesen. Ohne das Große Gymnasium gegenüber dem Offiziersheim wäre er kein Jugoslawe gewesen. An Königs Geburtstag und am Jahrestag der Wiederauferstehung des Staates der Südslawen saß er in der Schulbank und sang: Jugoslawien ist unsere Mutter und unser liebes Heim ... Zwei Jahre später war Mladen Kroate wie alle Schüler des Großen Knabengymnasiums. Die Juden waren verschwunden, flohen in die Wälder hinter Betanija und Jagomir oder auf den Trebević oder haben sich eben auch nicht gerettet, jedenfalls waren sie weg, und Jugoslawen hatte es nie gegeben. Ein Jahr später war Mladen Deutscher. Die letzte Nationalität seines Lebens, aber das wusste er nicht, als er kurz vor Weihnachten 1942 am Apfel aus dem Garten in Ilidža roch.

Am Samstag, den 23. Mai 1943, lag Karlo Stubler am frühen Nachmittag mit einem *Brockhaus*-Band, die Ausgabe von 1910, im Liegestuhl, als einer in Heimatwehr-Uniform nach Rudolf Stubler fragte.

Rudi schluchzte und unterschrieb die Einberufung.

Am Montag hatte er sich um sieben Uhr morgens am Sammelplatz in Butmir zu melden.

Einen Sonntag lang nahm er Abschied vom Leben, redete mit keinem, lief durch den Garten. Lockte eine Biene nach der anderen auf seine Hand, rief sie herbei, und sie kamen. Rudis Schweißgeruch störte sie nicht, sie vermissten Franjo nicht, sie verabschiedeten sich nach Bienenart. Still. Tapsten mit ihren Beinchen über seine Hand, für Nano eine ganz besondere, die letzte Zärtlichkeit seines Lebens. Er zerfloss vor Selbstmitleid, jämmerlich hilflos sagte Rudolf Stubler, Oberleutnant der Heimatwehr, der Welt, den Bienen Ade, die in seiner Lebenslinie Blütenstaub abstreiften, verabschiedete sich vom Garten und den Butmirer Wiesen, auf denen die Bienen den Pollen gesammelt hatten, verabschiedete sich von den Eltern, der Schwester und den Hasen, die mehr Angst hatten als er, und über diesem Abschiednehmen verging der Sonntag.

Nanos Sonntag vor dem Tod, in der Nacht konnte er nicht schlafen.

Im Mai ist es morgens um fünf noch dunkel. Er schaltete das Licht ein und zog die Heimatwehr-Uniform an, die er einige Monate zuvor bekommen hatte. Dann hatte er die Stelle als Heizer bei der Eisenbahn, eine wichtige, staatstragende Arbeit, dachte er und glaubte sich vom Militärdienst befreit.

Mein lieber Rudi, tröstete ihn der Vater, ein Vollidiot kann als Heizer arbeiten, aber es ist für alle besser, wenn Soldaten nicht von Vollidioten geführt werden.

Ich bin ein Vollidiot, antwortete Rudi.

Bist du nicht, zu meinem Leidwesen.

Karlo hatte Angst um Rudi, er war sein Sohn, aber das Gejammer ging ihm auf die Nerven.

Nano sollte den Krieg überleben. Keiner konnte sich vorstellen, dass ihm etwas passiert. In seinen Augen standen Tränen, für Franjo italienische Tränen, die garantierten sein Überleben.

Bevor er losmusste, waren alle auf den Beinen.

Sie umarmten und küssten ihn, er soll auf sich aufpassen.

Urgroßmutter.

Urgroßvater.

Vilko war in Prača, der nicht.

Rika.

Nevenka.

Die hob Nano nicht hoch, er bückte sich zu ihr herunter und gab ihr einen Kuss. Als wäre er geschwächt oder Nevenka dick geworden.

Eine gelbstichige Postkarte mit aufgedruckter 2-Kuna-Briefmarke, darauf der Chor der Zagreber Kathedrale. So sieht man sie, den erzbischöflichen Park und zwei Wachtürme vom Tuškanac aus. Die Briefmarke ist rot, die Ranke ist rot, die im oberen Viertel durchläuft, unter der Kathedrale verschwindet und anschließend wieder auftaucht. Links oben das kroatische Wappen, ein umranktes U, gekrönt von Nezavisna Država Hrvatska, Unabhängiger Staat Kroatien, in Versalien. Die Druckerei, aus der die Postkarte kommt, ist nicht vermerkt.

Nano schreibt mit blauer Tinte. Seine Handschrift ist viel schöner als Mladens. Der schreibt immer noch kindlich-trotzig, ungebärdig, offenbar froh, dem Gymnasium entronnen zu sein, ohne Rücksicht auf die Grundregel der Schönschreibkunst: dünne Querstriche, dicke Aufstriche. Man sieht der Schrift an, ob er gut gelaunt oder bedrückt war.

Nanos Handschrift ist ausgeschrieben, aber harmonisch, die Buchstaben altertümlich wie im Stammbuch. Bei Name und Anschrift gab er sich besonders Mühe, ohne dass es aufdringlich wurde. Es ist schließlich der öffentliche Teil des Schreibens, der Teil, den Unbekannte lesen werden. Den Großbuchstaben N schreibt Nano genau wie Javorka. (Würden beide noch leben, wäre es mir vielleicht nicht aufgefallen. Vermutlich hat sie als Kind zugesehen, wie Nano das N schreibt, ihn kopiert und für den Rest des Lebens beibehalten. Wir alle haben unsere Buchstaben abgeschaut, unabhängig davon, ob wir schön oder hässlich schreiben.)

Liebe Nena, ich bin gut in Bijeljina angekommen. Die Reise war angenehm. Hier ist es schön, aber in Ilidža ist es schöner. Vermutlich werde ich lange hierbleiben. Dein Großvater und Du, Ihr werdet Euch um den Garten kümmern müssen. Wir werden nicht in der Željeznica baden oder zusammen Fahrrad fahren. Schreib mir mal, wenn Du Zeit hast.
Herzlich grüßt Dich Dein Nano

Und nach einer Leerzeile:
Liebe Rika, ohne Zwischenfälle angekommen. Musste in Šid übernachten. Hier ist es nicht annähernd so gut wie früher. Alles teuer und nichts zu kriegen.
Gruß Dir und Vilko. Rudi

Anders als Mladen hielt sich Nano an die wieder eingeführte morphophonemische Rechtschreibung. Sachen wie Etymologie, Lautverschiebungen, Grammatik und Orthografie interessierten ihn, genau wie Mathematik. Mehreren Generationen von Stubler-Kindern gab er Nachhilfe in den Fächern, die ihnen nicht so lagen, Physik, Chemie, Tempi und Noten, Latein, Griechisch, Deutsch, Botanik oder Zoologie oder ganz praktisch Pflanzen fürs Herbarium pressen – alles brachte Nano seinen Nichten und Neffen bei, er war in allen Fächern gut.

Mladen schrieb, wie er es im Gymnasium gelernt hatte. Da war er stur. Warscheinlich gab es dafür einen Grund. Im Marschgepäck war ein Buch, das er einige Monate zuvor erbeten und von der Familie geschickt bekommen hatte. Autor: Antun Bonifačić. Titel: *Paul Valéry.* Die Monografie gehört zu den wenigen Besitztümern Mladens, die Olga nicht weggeworfen oder verbrannt hat, sie hat das Buch übersehen, ich fand es mit dreizehn im Regal, als mich französische Lyrik, Valéry und der als Feindsoldat gefallene Onkel interessierten. Rechts oben aufs Titelblatt hatte er mit grüner Tinte »Mladen Rejc 1943« geschrieben, damit kein Kamerad das Buch einsackte. Wenn es sich einer lieh, sollte klar sein, wem es gehörte. In Stockerau bei Wien haben bosnische Soldaten der SS-Einheit, die sich aus Kindern von Volksdeutschen und Kofferkindern zusammensetzte, Paul Valéry gelesen. So viel wusste man 1943 noch vom Leben und der Lyrik. Warum hat er das Jahr hinzugefügt? Hat er geahnt, dass es sein Todesjahr sein würde? Mladen vermerkte das Datum auf jedem Zettel, in jedem Brief, in jedem Buch. Nach dem Krieg war es eine magische Zahl. 1943. Die Zahl bedeutet mehr als jedes andere Wort der kroatischen Sprache. Der serbokroatischen Sprache, deren Rechtschreibregeln er und auch ich im Großen Gymnasium in Sarajevo gelernt haben.

Auch Nano interessierte sich für Valéry, aber nicht für den Aspekt, den Mladen mit dem Franzosen verband. Nano hatte keinerlei Interesse an Politik oder vielmehr wie jeder, der einer Minderheit angehört und sich dessen bewusst ist, Angst davor.

Nano war sich dessen so bewusst, dass er in der Sterbeurkunde seines Vaters nach dem Krieg in der Rubrik Nationalität »Kroate« eintrug. So wurde Karlo Stubler im Tode, was er im Leben niemals war. Wenn ich jetzt, im weit fortgeschrittenen Sommer 2013, darüber nachdenke, erscheint es mir wie ein Bäumchen-wechsel-dich-Spiel. Mladen starb als Deutscher und Karlo als Kroate, obwohl mein Urgroßvater Deutscher und mein Onkel Kroate war. Oder es gewesen wäre, hätte er überlebt und sich seine Handschrift zu der eines erwachsenen Mannes entwickelt.

Mladen hatte keine Angst vor Politik.

Wir haben unsere Fahne verkauft.

So steht es in einem Brief, den er aus Wien nach einem Besuch bei Tante Dora schrieb. Der Brief kam nicht durch die Zensur. Olga hat ihn wie alle anderen Briefe von Mladen nach dem Krieg verbrannt, aber den Satz haben sie sich gemerkt. Auch Javorka hat ihn wiederholt, als ich sie in ihrem Todesjahr nach dem Bruder fragte.

An welche Fahne Mladen dachte, weiß keiner. Aber der Satz zeigt, dass er sich für Politik interessierte. Von allen Sätzen, die er den Eltern schrieb, blieb nur dieser. Alle anderen sind verbrannt und mit denen gestorben, die sie sich gemerkt hatten.

Mitte 1943 war Rudi in Bijeljina, Mladen im Osten Slawoniens, bei Županja, und Željko in Šid und der Fruška Gora, wurde geschult, bevor er nach Rajlovac kam und endlich fliegen durfte.

Sie waren ganz nah beieinander, trafen sich aber nie.

Nanos erster Brief an Nevenka ist da:

Liebe Nena, heute habe ich Deine Karte bekommen. Dankeschön! Du hast mir große Freude bereitet. Gern habe ich die Neuigkeiten gelesen, die Du mir schreibst. Hier regnet es, ich kann nicht raus. Ich bin allein, und das fällt mir schwer. Es ist Abend. Ich habe eine Lampe angezündet und unterhalte mich mit Dir, wenn auch per Post. Wenn ich kann, suche ich Läuse, die habe ich nämlich auch. Ich kann es kaum erwarten, wieder zu

Hause zu sein. Wie geht es Dir? Lernst Du fleißig? Habt Ihr noch Soldaten in der Schule? Wie geht es meinen Bienen, wie kommen sie ohne mich zurecht? Haben sie die Bienenpest? Ich werde mich sehr freuen, wenn Du mir wieder schreibst. Wenn ich kann, schicke ich Dir was, damit Du Kirschen kaufen kannst. Grüß Mama und Papa. Es küsst Dich Dein Nano
Oberleutnant Rudolf Stubler, I. Abt. Feste Bieljina

Nano jammert: Er sucht Läuse, wenn er Zeit hat. So ist er: Wenn es ihm schlecht geht, sagt er es, anders als der heldenhafte Mladen. Alle sind auf Mladen stolz, und in ihrem Stolz vergessen sie den Krieg. Nano ist ein Angsthase, keiner nimmt ihn als Soldat ernst. Als wären die beiden nicht blutsverwandt, als würden sie nicht in demselben Krieg kämpfen, als lebten sie nicht zur selben Zeit. Mladen schreibt seine Briefe und Postkarten aus einer fernen Zukunft, die sie erst später erleben werden. Er redet weder vom Hunger noch von Läusen. Vielleicht hatten deutsche Soldaten keine Läuse.

Wenn der Regen nachlässt, buddeln die Heimatwehrleute unter Oberleutnant Stublers Kommando Schützengräben, brennen Stoppelfelder ab, damit sich der Feind nicht anschleichen kann, und befestigen die Hauptstadt der Semberija. Bijeljina ist von allen Seiten bedroht und schwer zu verteidigen. Dann regnet es wieder und der Oberleutnant befiehlt den Rückzug in die Baracken. Die Gräben laufen voll Wasser, alles ist nass, dicke, wohlgenährte Läuse kriechen aus dem Stroh den Soldaten über die Brust, unter die Achseln und zwischen die Beine. Die Männer sind kahlgeschoren, nicht aus soldatischer Tugend, sondern wegen der verdammten serbokommunistischen Läuse, die durch geflutete Gräben schwimmen, aus dem Osten kommen, über Drina, Donau und Save setzen, nach Bosnien vordringen und ihnen den letzten Nerv rauben. Oberleutnant Stubler muss sich nicht scheren lassen, hatte mit zweiundzwanzig, dreiundzwanzig das Haar verloren. Erst wurde es babyzart und fiel dann innerhalb eines Jahres bis auf einen schütteren Haarkranz aus, den rasierte Nano auch noch weg. Die Damenwelt störte sich nicht an seiner Kahlköpfigkeit, Dora Dusl störte sich nicht daran, Tante Dora, die Mladen in Stockerau besuchte und die er an einem freien Tag in Wien besuchte, jene Dora, die Rudi leidenschaftlich geliebt hatte, obwohl sie verwandt waren. Fast dreißigjährig, die Jugend in Kneipen, Bars und Bordellen verplempert, keine Zeit zum Studieren, und Karlo Stubler erfuhr in Ilidža, Rudi hätte was mit Dora, schrieb einen Brief und befahl ihm heimzukommen. Rudi musste gehorchen, es war ein Riesenskandal, auch wenn die beiden nicht so eng verwandt waren, dass eine Hochzeit gesetzlich verboten gewesen wäre. Trotzdem war Karlo entsetzt, fand es abartig und schmutzig. Er hatte solche Sachen in Dubrovnik öfter und auch in Bosnien, vor allem in katholischen Gegenden, gesehen und konnte sich nicht damit anfreunden. Und dann verliebte sich ausgerechnet sein eigener Sohn in die Cousine, noch dazu in Wien.

Nano hatte seinen Vater beschämt, ein Tabuthema mehr, trotzdem wussten alle von der Affäre, die seinem Studium ein Ende gesetzt hatte. Auch Mladen muss es gewusst haben, als er Dora in deren Wohnung besuchte und in ihrer Dusche den ganzen Männer- und Soldatendreck herunterwusch. Hat er in Tante Dora Nanos Geliebte gesehen? Wie sah sie damals aus? Die Affäre lag keine fünfzehn Jahre zurück, allzu sehr kann sie sich nicht verändert haben. Dora Dusl hat wie Rudi nie geheiratet, falls doch, wäre die Nachricht nicht zu uns durchgedrungen und für immer verloren, denn in Wien erinnert sich keiner, dass sie je gelebt hat.

Während er in der Baracke, in der es nach Petroleum und nassem Uniformstoff, stinkenden Socken und verschwitzten Männerleibern riecht, Läuse zerdrückt, denkt Rudi an seine Cousine Dora. Das ist nicht unbedingt der Fantasie des Chronisten geschuldet und kein Indiz für den Übergang vom Dokumentarischen zur Fiktion: Es kann einfach nicht sein, dass er nur dort nicht an sie gedacht hätte. Dora war die erste von zwei

Frauen, die Rudi wirklich liebte. In die zweite, eine Muslimin aus Mostar, war er mit Mitte dreißig verknallt, wollte sie heiraten, hielt in Mostar um ihre Hand an, aber ihre Familie hätte ihn als Ungläubigen wohl am liebsten umgebracht. Das war das Ende der Liebe. Noch lange nach dem Krieg mied er Mostar. Damals, an dem verregneten Nachmittag Anfang Juni 1943, sah es so aus, als würde er nie wieder nach Mostar fahren. An die Muslimin, deren Namen wir nicht kennen, mochte Rudi nicht denken. Er blieb ledig, aus und vorbei, er hat die Abweisung nie verwunden. Lass uns zusammen fliehen, weit weg ein neues Leben anfangen, ohne Rücksicht auf die Verwandtschaft, hatte er ihr vorgeschlagen. Sie wollte nicht. Lieber tot als das.

Deswegen dachte er an Dora. In Ilidža musste er sich schämen, es hat lange gedauert, bis er dem Vater wieder in die Augen schauen konnte, hier musste er sich nicht schämen. Er zerquetschte Läuse in der Bijeljiner Heimatwehr-Baracke, die nach Petroleum, nassem Uniformstoff und Männerleibern stank, und redete mit Dora Dusl, beklagte sich bitterlich mit Tränen in den Augen. Warum nur hatte er auf den Vater gehört? Er hätte niemals zurückkommen dürfen. So zornig der Alte war, es war sein Leben, seins und Doras. Hätte er den Mut gehabt, sie hätten ihr Leben leben können.

Da nahm er die Postkarte und schrieb: *Ich habe eine Lampe angezündet und unterhalte mich mit Dir, wenn auch per Post.* Der kleinen Nevenka, nicht Dora. Rudis Briefe an Dora Dusl, und von denen gab es unzählige, wurden wahrscheinlich vernichtet. Sollten sie noch vorhanden sein, dann in einem Antiquariat, das sich auf Soldatenbriefe aus dem Zweiten Weltkrieg für Sammler spezialisiert hat. Geschrieben auf Deutsch, einer Sprache, die perfekt zu Rudis Art von Sentimentalität passt, bei der Worte und Gefühle ungehemmt ins Kraut schießen, sind diese Briefe wertvolle Zeugnisse, so wertvoll, dass man sie rekonstruieren sollte, aber ich kann kein Deutsch. Der erste Stubler-Nachfahre, der Dora Dusls Sprache nicht spricht.

Nano sorgt sich um die Bienen. Wie Franjo hing er der fixen

Idee vom Bienenstock als eigener Zivilisation an. Völker mit eigener Kultur. Beide fürchteten Bienenpest, amerikanische und europäische Faulbrut, deren Opfer Bienen gewesen wären, die sie gewohnt waren, zu denen sie eine persönliche Beziehung unterhielten, deren Beinchen sie auf der Hand erkannten. Keine Biene gleicht der anderen, so wenig wie ein Mensch dem anderen. Die Bienenpest zerstört das Gemeinwesen der Bienen. Um die Seuche zu stoppen, töteten sie die Völker in der Abenddämmerung mit Gas, verbrannten die Beute und vergruben alles im Garten. Je weiter der Krieg fortschritt, desto stärker setzte sich das Bild in Rudi fest. Ein sommerlicher Sonnenuntergang, der säuerliche Geruch verrottender Bienen, der schwarze, in den Himmel quellende Rauch, ein flaches Erdloch, Ende. Die Pest löschte eine ganze Bienenzivilisation aus, es gibt immer noch kein anderes Mittel dagegen. Die Beute wird zum Atlantis. Um andere Bienenvölker vor der Seuche zu bewahren, muss jeder befallene Bien untergehen.

Er fragt die Kleine nach den Bienen, mehr um sich bei ihr auszuheulen, als um etwas von ihr zu erfahren. Was wird sie schon über Bienen gewusst haben?

Wenn ich kann, schicke ich Dir was, damit Du Kirschen kaufen kannst. Was, damit ist natürlich Geld gemeint. Das Wort nimmt man nicht in den Mund, wenn man vornehm ist. Man redet über Läuse, man erwähnt die Pest, aber Geld wird hinter dem Wort *was* versteckt. So wird es bis zuletzt bleiben, Geld war für die Stublers ein dreckiges Wort, wohl auch deswegen durfte man keins haben.

Karlo Stubler plante den Garten in Ilidža nach allen Regeln des guten und fortschrittlichen Gärtnerns, angefangen von den Beeten mit Frühlingszwiebeln, Buschbohnen, grünen Erbsen und anderen Hülsenfrüchten, Salaten und Fleischtomaten, Beete mit Erdbeerpflanzen, dahinter, näher beim Bienenhaus, rote und schwarze Johannisbeeren, Himbeeren und Stachelbeeren. Dann Apfelbäume, in militärischen Viererreihen geordnet nach Sorte und Reifezeit, zwei Birnbäume, mehrere Kriechen-Pflaumen, in der Nähe des Zauns Sauerkirschen, ein Walnussbaum direkt auf der Grundstücksgrenze, der Stublers und Pavlovićs gemeinsam gehörte. Bis auf Süßkirschen gab es alles.

Warum pflanzte Karlo Stubler keinen Süßkirschenbaum? Wäre er zu groß geworden und hätte Birnen und Äpfel verschattet? Aber warum dann der Walnussbaum, der größte Baum von allen, der unaufhörlich wuchert, jedes Haus überragt und dessen sämtliche Bewohner überdauert, auf der Grundstücksgrenze zu den Pavlovićs? Kannte man in Bosowitsch keine Süßkirschen, hat Karlo sie nicht auf dem Schirm gehabt? Fehlten sie in deutschen Gartenhandbüchern, dem *Brockhaus*, den Obstbaulehrbüchern, die er sein Leben lang genauestens studierte? Es muss einen Grund gegeben haben, warum Urgroßvater hinter dem Haus in der Kasindolska keine Süßkirsche gepflanzt hat, in dem mythischen Stubler-Garten, dessen Spuren noch zu sehen sind, aber um ihn zu finden, müsste man sein Leben darauf verwenden: Agronomie studieren, sich auf Obstbäume spezialisieren, durch Bosnien, Serbien und den Banat reisen, kleine Landwirte und Obstbauern mit kleinen Ratschlägen unterstützen, insgeheim von ihnen lernen, die Märkte in Bratunac, Srebrenica, Šabac, Bajina Bašta, Bela Crkva, Vršac, aber auch in Sarajevo, Belgrad und Subotica abklappern, sich nach Preisen erkundigen, die Ernte beschnuppern, von den Kisten mit den ersten Lieferungen aus Mostar um den ersten Mai herum naschen, Sorten wie Alica, Ašlama, die schweren, empfindlichen Hrušt oder die süßeren, hellen Sorten probieren, es gibt sie nur kurze Zeit, viel Obst auf einmal, das man sofort essen muss, weil es schnell verdirbt … Wenn man der Suche nach dem Grund, warum Urgroßvater keine Süßkirsche im Garten pflanzte, sein Leben widmet, wird man ihn finden. Die Antwort ist bestimmt schlicht und banal, die meisten würden sie nicht für erwähnenswert halten. Aber man kommt nur drauf, wenn man der Frage sein Leben widmet, so wie Professor Ignat Pobegajlo sein Leben den Bienen widmete.

Erhalten hat sich der zweieinhalb Zentimeter breite, postkartenlange Abschnitt eines Einzahlungsscheins, per Poststempel auf den 15. VI. 1943 datiert. Abschnitt vom Empfänger abzuschneiden, darunter: Angewiesener Betrag, mit grüner Tinte eingetragen: 100 Kuna. Angewiesen von: Oberleutnant Rudolf Stubler, I. Abt. Fest. Bieljina. Im Poststempel steht allerdings weiterhin Bijeljina. Auf der Rückseite, Raum für Mitteilungen:

Liebe Nena, Deinen Brief habe ich erhalten, er hat mich sehr gefreut. Das Bild ist gut! Hier schicke ich was, kauf Dir Kirschen davon.
Gruß an Dich, Papa und Mama.
Derzeit gibt es keinen Speck, ich kann auch keine Pakete verschicken.
Dein Nano.

Es regnete den ganzen Juni, ein heute ausgehobener Graben stand einen Tag später voll Wasser. Verlaust, mit schlammverkrusteter Uniform, Hautkrankheiten und Schmerzen in der Lunge schuftete die kroatische Heimatwehr bei Bijeljina zum Erbarmen, ähnelte eher einem Trupp Häftlinge als Soldaten, glich kahlgeschorenen Zwillingsbrüdern aus einer riesigen Massengebärmutter. Anfangs hatten die Einheimischen Angst, vor allem die Serben, von denen viele in der Stadt geblieben waren, aber die verflog rasch und wich der Gleichgültigkeit. Und dann bekamen sie Mitleid, je länger, desto mehr. Die Heimatwehr-Leute wirkten verloren, von Mutter und Vater, Brüdern und Schwestern verlassen, als Soldaten für den Unabhängigen Staat Kroatien zogen sie Schützengräben um die Ortschaften und mussten in abbruchreifen Baracken aus der Zeit des Königreichs Jugoslawien hausen, und ihre Chancen, eines Tages mitsamt ihrem Staat unterzugehen, standen gut. Die Einwohner von Bijeljina wunderten sich über das Elend der Heimatwehrleute und dachten immer öfter, dieses Kroatien muss untergehen: Es gab immer weniger Gründe für so einen Staat.

Oberleutnant Rudolf Stubler fragte bei serbischen Bauern

nach geräuchertem Schweinespeck. Haben wir nicht, sagten sie. Sie katzbuckelten, machten sich klein, lächelten kriecherisch und sagten: Nein, nein, nein ... Sie haben welchen, dachte er, ihre Dachböden und Räucherkammern hängen voller Schinken und Würste, die Bauern lügen. Die wollen uns verhungern lassen! Was machen sie, wenn sie es mit der Ustascha zu tun kriegen, die Speck will? Nein, nein, nein ...

Rudi kannte niemanden in Bijeljina. Es gab praktisch keine Katholiken am Ort, kein bekanntes Gesicht bei Eisenbahn und Post. Dann, Ende Juni 1943, bat ihn sein Vater brieflich, er möge Gertrude Segher-Stein besuchen, Grüße ausrichten und ihr so viel Geld geben, wie er erübrigen könne. Er werde es ihm bei nächster Gelegenheit erstatten.

Frau Gertrude lebte also in Bijeljina.

Fünfzehn Jahre hatte er nicht an sie gedacht.

Am nächsten freien Tag – der Regen ließ weder Erd- noch Befestigungsarbeiten zu – ging er zu ihr.

Gertrude Segher-Stein war die Witwe des Dubrovniker Postdirektors Maximilian Segher-Stein, der Karlo und die Seinen in Dubrovnik empfangen geheißen und die Stadt gezeigt hatte, in der sie ihre schönsten Jahre verbringen sollten, und der bis zuletzt ein wichtiger Anlaufpunkt blieb. Segher-Stein war ein großer, kräftiger Mann mit groben Gesichtszügen und struppigem Blondschopf, auf dem kaum ein Hut hielt. Und Hut musste sein, wenn er samstagnachmittags über die Stradun spazierte. Samstagnachmittag ist kein günstiger Zeitpunkt für einen Spaziergang auf der Stradun, aber Seghers hatte seine Gründe. Wie für alles andere. Man fragte schon nicht mehr nach, weil er sich sowieso nicht dazu äußerte, bloß lächelte und achselzuckend erwiderte: Das sind alles fixe Ideen, es lohnt sich nicht, darüber zu reden. Jedem Tierchen sein Pläsierchen.

Maximilian Segher-Stein war äußerst misstrauisch und gleichzeitig gern unter Leuten. Er kannte alle und jeden, verkehrte in Weinstuben und Kneipen, nahm an vielen Geselligkeiten teil, von denen es in Dubrovnik mehr gab als in anderen Städten der ehemaligen Monarchie. Beides, das krankhafte Misstrauen und die Heimlichtuerei einerseits und seine offene, umgängliche Art verbanden sich unerwartet harmonisch miteinander. Die Dubrovniker respektierten und mochten ihn. Herr Max war so groß und aufrecht wie ein Segelmast, und dann der helle große Hut, den er immer wieder ins widerborstige Haar drückte und der einfach nicht blieb, wo er sollte! Seine Erscheinung vereinte Wiener Schmäh und Kaiserpomp. Das eine fanden sie liebenswert, das andere imponierend. Es schmeichelte ihnen, dass Franz Joseph eine so repräsentative Figur nach Dubrovnik entsandte, als wenn er der persönliche Abgesandte des Kaisers wäre, auch wenn jeder vernunftbegabte Mensch wusste, dass sich ein Kaiser nicht in die Personalentscheidungen der Post einmischt.

In seiner Freizeit, und davon hatte man Anfang des Jahrhunderts mehr als zu irgendeinem späteren Zeitpunkt, spielte Herr Max Geige und Violoncello. Zunächst trat er nur vereinzelt auf, um Gastsolisten aus Zagreb oder Wien zu begleiten, denn er hielt sich, vorsichtig, wie er war, als Postdirektor mit künstlerischen Ambitionen möglichst bedeckt. Was würden die Bürger ihren Söhnen beim Militär über sein Musizieren schreiben? Was würde man in Ministerien oder anderen Postdirektionen der Monarchie denken, wenn er in seiner Freizeit öffentlich das Cello traktierte? Mit den Jahren verloren sich seine Befürchtungen, vielleicht holte er in Wien Erlaubnis ein, sich ernsthaft künstlerischen Unternehmungen zu widmen, jedenfalls trat er 1910 erstmalig in Dubrovnik als Solist auf, dann auch bei festlichen Staatsakten oder kirchlichen Feiertagen an Orten, die er ohne lange Anreise erreichen konnte. Bald wurde er in jedes größere Nest zwischen Zadar und Split, Mostar, Kotor und Cetinje eingeladen. Diese Konzerte, bei denen Max von Vivaldis und Mozarts Violinkonzerten über Volks- und Kirchenlieder bis zu deutschen und italienischen Schlagern alles Mögliche spielte, wirkten sich massiv auf Maximilian Segher-Steins Lebensweg und den seiner Familie aus, denn 1918, als die Donaumonarchie zerbrach und ein neues Königreich entstand, wurde er im Gegensatz zu anderen hohen Habsburgerbeamten weder entlassen noch degradiert, sondern im Amt bestätigt, nicht zuletzt weil er sowohl bei serbischen Kirchen- und Volksfesten auftrat als auch überall dort, wo Kroaten und Katholiken oder wer auch immer Bedarf an seinem Geigenspiel hatte. (Nicht am Cellospiel, natürlich nicht, kaum einer kannte die dicke Riesenfiedel ...)

Bei den Feierlichkeiten anlässlich der Befreiung Dubrovniks und der Rückkehr der Stadt in das Reich von Zar Dušan und König Tomislav bot Maximilian Segher-Stein ein trauriges Lied vom serbischen Soldaten dar, der nach Griechenland floh, *Tamo daleko*, Dort so fern. Noch das verhärtetste Herz und die ungebildetste Seele öffnete sich beim Klang seines Streichinstruments, und selbst Musikkenner, von denen es auch damals nur wenige gab, bewunderten wie betäubt Begabung, Kultiviertheit und Virtuosität des außergewöhnlichen Postbeamten.

Der Name seiner Gattin steht bis heute in Musiklexika und historischen Überblicksdarstellungen des Wiener Kulturlebens im Fin de Siècle. Sie studierte als erste Frau im Habsburgerreich Musik, ihre Sinfonietta und die Vokalwerke nach Texten junger Wiener Dichter wurde von bedeutenden Zeitgenossen gelobt, darunter dem jungen Gustav Mahler, und so gehörte Gertrude Segher-Stein, geborene Morgenstern, zu den herausragenden Persönlichkeiten des hauptstädtischen Gesellschaftslebens zur Jahrhundertwende.

Dann wurde Maximilian aus unerklärlichen Gründen nach Dubrovnik straf(?)versetzt und Gertrude jäh aus der Wiener Musikgeschichte gekegelt. Falls sich dort jemand fragte, wo die Frau abgeblieben war, verhallte die Frage ungehört.

In Dubrovnik bekam Gertrude Segher-Stein Kinder, führte den Haushalt und sammelte in den umliegenden Bergen Heilkräuter, musikalisch trat sie öffentlich nicht mehr in Erscheinung. Vielleicht war es als Gattin des Postdirektors nicht standesgemäß aufzutreten, vielleicht hatte sie fernab von Wien den

Zugang zur Musik verloren, in diesem Paradies, wie sie sagte, in dem die Toten vom Tod genesen würden, in dem die Menschen aber auch nichts mit den höheren Weihen der Kunst anfangen konnten, sondern wie Wilde im afrikanischen Urwald eher schlicht gestrickt waren.

Warum sollte einer malen, der bunte Papageien täglich vor der Nase hat? Was soll Mozart einem sagen, der täglich Vögel vor seinem Fenster zwitschern und die Kirchenglocken in der perfekten Akustik der wie eine Muschel in den Hang geschmiegten Stadt erschallen hört?

Mit diesen Worten erklärte Gertrude Segher-Stein das musikalische und künstlerische Desinteresse der Dubrovniker.

Die Dubrovniker nannten sie, warum auch immer, Frau Morgenstern.

Sie war die Gattin des Postdirektors, was für sich genommen schon Ehrerbietung verdiente, sie war aber vor allem wegen ihres Interesses für Heilkräuter und essbare Pflanzen bekannt. Aus ihren Wiener Handbüchern erarbeitete sich Frau Morgenstern die Kenntnis jedes noch so unscheinbaren Kräutleins in der Umgebung, auf Lokrum, Koločep oder Lopud, in Župe und Konavle oder auch direkt in Dubrovnik, am Fuß der Stadtmauer, zwischen den Steinen. Jedes Kraut ist für irgendetwas gut, auch mit Unkraut lassen sich Krankheiten heilen, und selbst Giftpflanzen enthalten, richtig dosiert, gute Wirkstoffe, kurz, keine Pflanze wächst einfach nur so.

Ihre zweite Leidenschaft, ihr zweites großes Wissensgebiet war die Imkerei. Wahrscheinlich kommt man von den Pflanzen automatisch zu den Bienen. Und zu Karlo Stubler, Maximilians Freund, der alles über Bienen wusste. Am Berg, oberhalb des St.-Michaels-Friedhofs, hatte er drei Beuten stehen. Er musste mehr zufüttern, als dass er Honig gewann, die Tracht war erbärmlich, die Ärmsten mussten weit fliegen, um Pollen zu sammeln, und kehrten mit mehr Salz als Blütenstaub an den Höschen zurück zum Stock. Karlos Honig war damals schwer vom Salz und Heidekraut und Immenschweiß und roch nach Unglück. Aber statt das als Mahnung zur Vorsicht zu verstehen, statt etwas von dem Honig hinter St. Michael zu lernen, ereiferte sich Karlo Stubler über die Armut der Arbeiter und wurde unbedacht wie ein junger Mann, der sich in eine hübsche, aber Unheil bringende Frau verguckt.

Als er Dubrovnik verlassen musste, schenkte er die drei Beuten oberhalb von St. Michael Frau Morgenstern. Und so wurde Gertrude Segher-Stein, die erste Frau, die in Wien Musik studiert hatte, zur ersten Imkerin in Dubrovnik. In der Gegend gab – und gibt – es nicht viele Imker, der Honig, der in der Altstadt und in Gruž verkauft wurde, kam aus Trebinje oder der östlichen Herzegowina, und wenn auch einige Kofferkinder aus Österreich oberhalb von Zvekovica oder der Gornja Banda bei Konavle an der Strecke nach Herceg Novi und Zelenika Beuten aufstellten, es war doch insgesamt wenig. Daran änderte sich auch später nichts, ob Frau Morgenstern eine Nachfolgerin hat, ist unbekannt, ebenso, ob heute eine Frau in Dubrovnik und Umgebung Honig macht.

Stublers und Segher-Steins verband noch etwas.

Herr Max und Frau Morgenstern waren die ersten Musiklehrer von Karlos Kindern.

Unterwiesen sie im Notenlesen, schon nach kurzer Zeit konnten alle vier vom Blatt lesen, Karla, Regina, Olga und Rudi hörten Musik, wenn sie Partituren studierten, hörten Mendelssohn, Brahms, Chopin, Mozart und Bach und den wahnsinnigen Schumann, der während der Karnevalszeit den Verstand verlor und in den Fluss sprang, um sich zu ersäufen. Olga und Rudi hatten genug Vorstellungskraft, um über die Orchestrierung jedes Instrument und sogar das zu hören, was in den Noten nicht stand: bewundernde Seufzer, das Hüsteln im Publikum, den rasselnden Atem eines greisen Dirigenten, den Straßenlärm vor dem Konzertsaal, die Geräusche der Epoche, die wie ein Sommerregen aufs Notenpapier prasselten, die Tinte auflösten und einen musikalischen Geniestreich zunichtemachten, der nie wieder aufgeführt werden kann. Dann fiel der Strom aus, die Bora löschte die Petroleumlampe, es wurde stockfinster, nichts mehr zu lesen, nur die Angst, eine jugendliche, kindhafte Angst vor dem Leben, das auf sie einstürzt, sie ins Unglück stürzt, sie gleichsam wegbomben wird, einschlagen wie das Geschoss, das im Sommer 1993 im Hof eines Kindergartens explodiert, als sie alle schon tot sind.

Herr Max unterrichtete sie sonntagnachmittags oder unter der Woche, wenn er sich nach der Arbeit ein wenig ausgeruht hatte, in Geige und Gitarre. Frau Morgenstern führte sie in die Grundlagen des Klavierspiels ein, hatte allerdings weder Zeit noch Geduld dafür.

Mir kommen die Tränen, wenn ich das Klavier auch nur sehe.

Wieso denn das?, fragte Urgroßmutter Johanna erstaunt.

Meine Frau ist sehr empfindsam, kam Herr Max ihr zuvor.

Klavier haben sie also nicht richtig gelernt. Eisenbahnerkinder spielen sowieso eigentlich nicht Klavier. Eisenbahner ziehen häufig um, von Bahnhof zu Bahnhof, von Stadt zu Stadt, man kann nicht ständig mit einem Klavier umziehen. Juden und Eisenbahner, sagte Urgroßvater, spielen Geige. Juden, weil sie das musikalischste aller Völker sind, Eisenbahner, weil ihr Lebensstil nicht komfortabel genug ist, um ein Klavier zu haben. Klavier ist was für die Kinder der feinen Leute, die sowieso kein Gehör haben.

Maximilian Segher-Stein gefiel der Satz mit den Juden und Eisenbahnern, die Geige spielen, ganz außerordentlich: Darf ich den Einfall aufschreiben? Darf ich sagen, dass er von Herrn Stubler stammt?

Natürlich dürfen Sie, es ist ja die Wahrheit! Die blanke Wahrheit ist wie blankes Gold. Obwohl ich die Ausnahme bin. Bei uns zu Hause in Bosowitsch gab es keine Geige, im Banat galt sie als Zigeunerinstrument, und unsere Eltern waren ganz und gar dagegen, dass wir Zigeunermusik spielten, von der Zigeunermusik hätte der Weg ihrer Meinung nach über das Herumlungern in Wirtshäusern direkt in Trunksucht und Landstreicherei geführt. So setzte sich in mir eine Sehnsucht nach Geigen, Zigeunermusik und Kneipen fest. Ich bin kein Kneipengänger geworden, hab mich nie am Csárdás sattgehört und nie eine Geige in der Hand gehabt. Nein, Herr Stein, ich fasse Ihr Instrument nicht an, niemals! Davon kommen mir die Tränen, wenn ich Ihre Gattin zitieren darf. Ich habe recht tüchtig Klavier gespielt, das gab ich wegen der Stelle bei der Eisenbahn auf, und natürlich Flöte. Die Flöte spiele ich, seit ich sieben wurde, es vergeht keine Woche, in der ich nicht übe oder, besser gesagt, für mich spiele, seltener auch für andere. Nur während des Militärdiensts ging das nicht. Die Flöte ist mein Weg in die Musik. Ich improvisiere, variiere ein erfundenes Thema oder ein zufällig ausgewähltes Fragment, das ich im Ohr habe, und dann höre ich das ganze Weltall. Wenn ich an Heiligabend eine Phrase aus einem simplen Weihnachtslied spiele, höre ich ferne von den Elaphiten Johann Sebastian Bach herangleiten.

Auf einem Segelboot?, fragt Herr Max mit einem Augenzwinkern.

Das nennt man Komponieren, Herr Stubler. In gewisser Weise sind Sie Komponist.

Nein, Frau Stein, nur Eisenbahner.

In der Woche, in der Karlo Stubler mit seiner Familie Dubrovnik verlassen sollte, putzte Maximilian Segher-Stein Klinken, ging zum Bürgermeister, zum Vorsitzenden Richter, zum Militärkommandanten der Stadt, verlangte eine Intervention, rief Verantwortliche in Belgrad an, verschickte Telegramme, bat um Revision der Entscheidung, man solle Stubler wegen seiner tadellosen Amtsführung verzeihen, ihm sei nie ein Fehler oder eine Nachlässigkeit unterlaufen, man möge ihm doch bitte die Unterstützung der streikenden Arbeiter nachsehen.

Wir würden ihn vielleicht schonen, sagte einer von denen, die Max wegen einer Intervention zugunsten von Karlo Stubler anging, dessen Namen er aber nicht verraten wollte, wenn er seinen Dienst ein bisschen schlampiger versehen würde. Sie wissen doch, welchem Staat er diente. Und wenn Sie das wissen, warum erwähnen Sie es überhaupt?

Max und Karlo sahen sich nie wieder.

Rudi fuhr regelmäßig nach Dubrovnik, weil die damals schon volljährige Karla hierblieb, vor allem, nachdem sie Andrija Ćurlin geheiratet hatte. Da war ihr richtiger Name schon ein wenig in Vergessenheit geraten, alle riefen sie mit ihrem Kosenamen: Lola. Der Vater hatte ihr den verpasst, wegen ihrem Dickkopf, ihrem aufbrausenden Temperament und weil sie so von sich überzeugt war. Hätte er gewusst, dass der Spitzname für den Rest ihres Lebens an ihr hängen bleiben würde, wer weiß. Er hatte sie bloß auf die Schippe genommen, ihr auf seine deutsche Art eins ausgewischt, indem er Lola zu ihr sagte, nach Lola Montez, einer Tänzerin, der Geliebten Ludwigs I. von Bayern, damals das Synonym für Kurtisane. Jedes andere Mädchen, auch seine beiden anderen Töchter, wäre beleidigt gewesen. Nicht so Karla, sie identifizierte sich mit Lola und wollte nicht länger nach dem Vater genannt werden.

In den Ferien, bei jedem seiner regelmäßigen, wenn auch kurzen Besuche bei der Schwester traf Rudi Herrn Max und Frau Morgenstern, richtete Grüße von allen aus, vereinbarte Treffen, zu denen es nie kommen sollte, weil ihnen die Zeit davonlief. Was damals keiner wusste.

Wir sagten es schon: Segher-Steins hatten vier Kinder.

Als die Geschichte, die hier erzählt wird, ihrem Finale im Frühjahr 1926 zustrebte, war der älteste Sohn, Emil, bereits Arzt, lebte in Wien und arbeitete in der Psychiatrie. Die nächste, Rosalia, heiratete sehr jung den Laibacher Architekten Bogdan Lipoveška und zog nach Slowenien. Ende März lag der Jüngste, der zehnjährige Adrian, mit hohem Fieber im Bett und bekam kaum Luft. Maximilian holte Doktor Karel Karel, den alten Kinderarzt, der zur gleichen Zeit wie sie nach Dubrovnik gezogen war. Karel sagt, er könne Adrian nicht helfen, wenn sie noch an Gott glaubten, sollten sie um sein Leben beten, denn die nächsten fünf Tage seien kritisch. Wenn er in sechs Tagen noch lebe, hätte er es überstanden, aber sie sollten sich keine Hoffnungen machen, Diphtherie überlebe man nur durch ein

Wunder, hatte Doktor Karel Maximilian gesagt, und die beiden glaubten nicht an Gott. Zu den Sachen, die Maximilian Segher-Stein mit seiner Geheimniskrämerei überspielte, gehörte die Abwendung vom Glauben.

Trotzdem bestellte Frau Morgenstern bei den Jesuiten Gebete für Adrians Genesung.

Don Emanuele, genannt Pop Manojlo, in Rom promovierter Theologe mit Schwerpunkt Dogmatik, ein schöner, junger Bosnier mit weibischen Bewegungen, nahm wortlos das Geld und die Bitte entgegen. Seine Augen wurden feucht, er kannte den Jungen gut, Adrian Segher-Stein sang im Kirchenchor.

Glauben Sie an Gott?, fragte die Mutter, als sie seine Tränen sah.

Er nickte, sagte aber nichts.

Ab Sonntag, dem 28. März lief die Zeit, die Karel als kritisch bezeichnete. Wenn Gertrude einnickte, wenn sie, überwältigt von Angst und Müdigkeit, in den Schlaf glitt wie in ein Grab, sah sie jedes Mal den Tod des Jungen. Er zuckte ein, zwei Mal und hörte auf zu atmen. Nach kaum zwei Minuten schreckte sie wieder hoch, prüfte, ob Adrian atmete. Er atmete, atmete die fünf kritischen Tage lang, atmete am sechsten Tag, das war ein Freitag, und die ganze Zeit betete Don Emanuele für die Genesung des Knaben. Es hieß, er habe sechs Tage lang buchstäblich kein Auge zugemacht, sondern ohne Unterlass gebetet, bis er nachmittags gegen fünf das Bewusstsein verlor. Als ihn die Schwestern wieder zu sich brachten, war Don Emanuele blind, blutige Tränen liefen ihm über die Wangen.

Wieder sehen konnte er am Montag Morgen, dem Tag, an dem der Junge beerdigt wurde.

Adrian Segher-Stein starb am siebten Tag der Diphtherie, nach einer kurzen, überraschenden Besserung, als die Eltern ihn schon über den Berg glaubten.

Man kann Erzählungen nicht abwürgen oder abkürzen, muss alles von allen sagen. Deswegen ein Exkurs über Don Emanuele, in Dubrovnik Pop Manojlo geheißen. So zögern wir den

Bericht vom Schicksal der Segher-Steins hinaus, verwässern ihn, damit ihn der, der ihn zum ersten Mal hört, leichter erträgt.

Don Emanuele wurde 1898 in Otes bei Sarajevo geboren, Vater Ilija Prpić war Schuldiener, Mutter Mara, geborene Pamuk, Wäscherin beim städtischen Krankenhaus. Sein Taufname war Marko, aufgewachsen in großer Armut zur Untermiete im Untergeschoss eines alten Hauses in Banjski Brijeg, gegenüber dem Kloster. Nie drang Sonne in ihre Wohnung, der Ausblick wurde von einem massigen Gebäude versperrt, das Erzbischof Stadler zur Befestigung des katholischen Glaubens und des Kroatentums in Bosnien hatte bauen lassen. Der Vater ging früh zur Arbeit ans Große Gymnasium, die Mutter ins Krankenhaus, sodass der Junge von klein auf allein zu Hause blieb. Sie kümmerten sich um ihn, so viel sie konnten, Marko blieb ein Einzelkind, aber die Mutter konnte ihn nicht mit auf die Arbeit nehmen, konnte aber auch nicht wegen ihm die Arbeit kündigen. Nur von Ilijas Schuldienergehalt konnten sie nicht leben und die Miete bezahlen, wären sie zurück nach Otes gezogen, wo sie ein hübsches, ordentliches Häuschen besaßen, hätte er seinen Posten verloren, denn die Vorortzüge waren unzuverlässig, er wäre immer mal wieder zu spät zur Arbeit gekommen, und dann war kein ordnungsgemäßer Unterricht möglich, denn dann trug keiner die Kohlen in die Klassenzimmer, feuerte den Ofen in der Aula an, all die Arbeiten blieben liegen, die getan sein mussten, bevor Schüler und Lehrer eintrafen. Wenn Ilija seine Anstellung verlor, hatten sie nichts mehr zum Leben. Sie besaßen kein Land, das sie bestellen konnten, in Ilidža gab es keine Arbeit, und so blieb ihnen keine Wahl, beide Eltern arbeiteten sechs Tage die Woche von früh bis spät, und die Familie hauste in Banjski Brijeg. Den siebten Tag, den Sonntag, verbrachten sie in ihrem Haus in Otes.

Ihre Armut war schrecklich. Feuchte Wände im Kinderzimmer, niedrige Räume, ein morastig-erdiger Geruch, der sich in der Nase festsetzt und nie wieder weggeht, das lange, ziellose Alleinsein. Man muss sich einmal vorstellen, wie lange zehn

Stunden für einen Fünfjährigen sind, von sechs Uhr morgens bis vier Uhr nachmittags, wenn die Mutter gewöhnlich aus der Wäscherei zurückkam. Die Zeitspanne lässt sich nicht mit erwachsenen Begriffen ermessen, sie ist viel länger als die längste Zeit, die wir uns vorstellen können. In zehn Stunden verwandelt sich ein kleiner Bub mehrmals, wird mehrfach jemand anders. Der Marko, den sie morgens alleinließen, war um sechzehn Uhr nicht mehr derselbe Junge. Vom späten Nachmittag bis zum frühen Morgen lebte er, die folgenden zehn Stunden war er ein amorphes Geschöpf Gottes.

Nur eins änderte sich nie: der Blick durch das Fenster direkt unter der Zimmerdecke auf die graue Wand des Klosters und den Kirchturm ganz weit oben. Sehr früh begriff der Junge das wichtigste physikalische Gesetz seiner Existenz: Ohne Mauer und Kirchturm hätte die Sonne in ihr Zuhause geschienen.

Wer hat dir das gesagt?, fragte der Vater erstaunt.

Ich habe mir das selbst gesagt, und es stimmt.

Ja, es stimmt, du bist gut, sagte Ilija Prpić.

Der Vater war ein sanfter, stiller Mann. Extrem zurückhaltend. Er hatte eine schöne Stimme, sang aber nur, wenn er dachte, dass ihn keiner hört. Er war witzig, wenn die Mutter traurig wurde, sagte er etwas, und sie musste lachen. Don Emanuele erinnerte sich nicht an des Vaters Scherze, wie auch, es waren Erwachsenenscherze. Aber er hatte das Lachen der Mutter noch im Ohr. Nicht nur einmal. Ihm war, als hätte er sich siebenhundertdreiundvierzig Mal gemerkt, wo die Mutter nach der Rückkehr aus der Wäscherei traurig wurde, und siebenhundertdreiundvierzig Lacher.

Ach, ich habe den Tod gesehen, sagte sie traurig.

Welchen Tod, du wäschst doch den lieben langen Tag verschissene Laken?

Die Laken sind von Toten. Lebende machen sie nicht so dreckig. Ich sehe den Laken an, ob der, der drauf lag, lebt oder tot ist.

Huch, warum schaust du sie dir so genau an? Man wird ja

verrückt, wenn man Laken zu genau anschaut, das ist wie wenn man zu oft in Bücher schaut. Du sollst waschen, nicht hingucken!

Würde ich ja, wenn das ginge.

So bist du halt. Studienrat Mitrinović sagt dasselbe. Ich sag ihm, hör auf, dich zu quälen, leb, solange es Gott dir gibt, sei glücklich, dass du gesund bist. Die Not kommt ohne dich aus, der musst du keine Kerze anzünden. Und er hat genau dasselbe geantwortet, würde ich ja, wenn es ginge. Und dann hat er mir von einem Deutschen erzählt, einem berühmten Gelehrten, Philosophen, dem die Nerven durchgegangen sind, weil er wie du und Mitrinović zu oft in die Laken geschaut hat …

Da lachte Mara schon. Ertappt, so müde …

Hör erst mal zu Ende. Als der Philosoph merkte, dass er den Verstand verliert, wenn er sich nicht besinnt, ist er nach Italien, um sich zu erholen. Italien, Meer, Sonne, Lachen, das würde ihm helfen, dachte er. Aber dort war es neblig und vereist, er war in einer düsteren Stadt, so groß wie Wien. Keiner auf der Straße, nur ein Kutscher, der sein entkräftetes Pferd schlägt. Er schlägt es, weil er sich so elend fühlt, er schlägt es wie der Abdecker. Was soll das Tier machen, es kann nicht weinen, kann nicht reden, sondern so, du weißt schon. Und der Gelehrte verliert den Verstand ganz, fällt dem Gaul um den Hals und schreit: Lasst ihn, lasst ihn, lasst ihn … Er schrie, bis sie ihn in Fesseln abgeführt haben. Danach war er bis zum Tod im Irrenhaus, ist nie wieder zu sich gekommen. Schrie nur: Lasst ihn, lasst ihn, lasst ihn! Das hat mir Mitrinović erzählt, mir hat die Geschichte einen Schrecken eingejagt, muss ich sagen. Wen soll man mehr bedauern, das Pferd oder den Mann? Und Mitrinović: Und, was sagst du nun, Ilija? Kommt das vom vielen Lesen oder von was anderem? Ich sagte: Das, mein lieber Mitrinović, ist das Unglück eines vornehmen Herrn. Wie meinst du das, fragt er. Nur die vornehmen Leute können sich die weite Reise nach Italien erlauben. Unterwegs sieht man viel. Mir wäre es nicht anders ergangen als ihm. Aber ich habe kein Geld für Italien. Ich schaue eine Wand an, wenn ich mit den Nerven runter bin. Und da sehe ich nichts Schlimmes, ihr in euren Laken schon.

Mara ging es nach der Geschichte besser.

Der Vater hatte sie nicht wie die anderen siebenhundertdreiundvierzig Mal zum Lachen gebracht, sondern ihr einen Schrecken eingejagt, und die Angst tat ihr offenbar gut.

Don Emanuele musste einmal für kirchliche Zwecke seinen Lebenslauf schreiben, den am Ende sogar Erzbischof Šarić las, und äußerte darin Zweifel an der Gläubigkeit seiner Eltern. Sie gingen in die Kirche, wenn sie Zeit dafür fanden, beteten nach Vorschrift, fluchten Gott nicht, waren gut zu ihren Nächsten, aber wenn es ihnen schlechtging, riefen sie weder Jesus noch die Jungfrau Maria noch den lieben Gott an. Das kam ihnen einfach nicht in den Sinn. Den Ausdruck Gottes Sohn hatte er zum ersten Mal in der Schule gehört, vom Tischler, der während des Unterrichts ein Fenster im Klassenzimmer reparierte und sich den Hammer auf den Daumen haute.

Schlichte Mitmenschlichkeit war in ihren Gemütern in jeder Hinsicht ausgeprägter als der Glaube.

So formulierte es Don Emanuele in seinem Lebenslauf, und dieser auf den ersten Blick einfache Satz wurde jahrelang in Kirchenkollegien, von den Kanzeln und in klösterlichen Gemeinschaftsräumen ausführlich besprochen, bis der Geistliche und sein Satz vergessen wurden und die Prpićs längst auf dem Stuper Friedhof lagen.

Marko war eben fünf geworden, als er seinen ganzen Mut zusammennahm, die Wohnung verließ, über die Straße ging und an die Klosterpforte klopfte. Eine ältere Nonne öffnete, er fragte, mit welchem Recht die Mauer vor seinem Fenster stehe. Sie runzelte verständnislos die Stirn, woraufhin er hinzufügte, es sei böse und gemein, sein Fenster mit der Klostermauer so zu verbauen, dass nie die Sonne in sein Zimmer scheine.

Sie hieß ihn mitkommen, ging in die Küche, schnitt eine Scheibe Brot ab und bestreute sie mit Zucker.

Aber ich will wissen …

Der Junge ließ nicht locker.

Ob die namenlose Nonne, deren Gesicht Don Emanuele vergaß, daraufhin Don Isidor Štok rief oder ob der zufällig vorbeikam, ist unklar. Und letztlich unwichtig.

Fortan ging der Junge täglich über die Straße und klopfte an die Klosterpforte. Erst um etwas zu fragen, später auch ohne sich vorher eine Frage zu überlegen. Nonnen und Geistliche gewöhnten sich an den Knaben, nannten ihn unter sich Komšo, Nachbarsjunge, und sorgten sich, als er zwei Tage lang ausblieb (Mara hatte Urlaub und war mit Marko nach Otes gefahren). Der unliebsame, unangemessene Spitzname, Komšo, blieb an ihm hängen, bis er nach der Aufnahme in den Orden nach Sarajevo wechselte. Er selbst störte sich nicht daran, wohl aber die, die ihn ihm angehängt hatten, die hätten ihn gern abgestreift, schafften es aber so wenig, wie starke Raucher von Zigaretten loskommen, egal, wie sonor sie husten. Er war und blieb für sie Komšo, der erste von einer Reihe von Spitznamen, die Don Emanueles Leben so sehr bestimmten, dass man damit die einzelnen Kapitel seiner Biografie überschreiben könnte.

Mutter und Vater merkten erst nach Monaten, was ihr Junge in ihrer Abwesenheit trieb, erschraken, wollten es ihm verbieten, aber es war zu spät. Marko war selbstbewusst geworden und hatte beschlossen, dass es sein Beruf werden sollte, und er war im Kloster beliebt. Der Tag ist lang in einer Gemeinschaft, die ihr Leben Gott geweiht hat, man kennt die Abfolge der Gebete, alles ist bis auf die Minute festgelegt, was das subjektive Erleben der Zeit verstärkt und sie lang werden lässt, bis zur Langeweile lang. Für Kinder wie Ordensleute vergeht die Zeit ungefähr gleich schnell. In diesem Punkt sind Mönche und Nonnen Kindern ähnlicher als Erwachsenen, sie leben viel länger als andere Menschen, selbst wenn sie jung sterben. Deswegen, nicht so sehr wegen ihres Glaubens fällt es ihnen leichter, aus dem Leben zu gehen.

Herr Prpić, wir haben uns so an ihn gewöhnt. Lassen Sie ihn doch zu uns kommen, solange Sie arbeiten. Wir passen auf ihn auf und geben ihm zu essen, vielleicht lernt er bei uns ja auch etwas Nützliches.

So sagte es Don Izidor Štok zum Vater, und Ilija Prpić sagte ja. Von Mutter Mara fiel eine gewaltige Last ab, die ihr jetzt erst zu Bewusstsein kam. Sie betrachtete die Laken weiterhin zu genau, aber nun schon mehr aus Gewohnheit und damit Ilija nicht langweilig wurde, damit er nicht vergaß, sie zum Lachen zu bringen, wenn sie traurig wurde.

Danach ging alles seinen absehbaren Gang.

Der Junge erwies sich als intelligent und mehrfach begabt, lernte leicht, interessierte sich für alles, erwarb Wissen spielerisch und mühelos. In Banjski Brijeg wurde er von Menschen umsorgt und geliebt, die keine eigenen Kinder haben durften, die Volksschule durchlief er, ohne deren Härte am eigenen Leib zu erfahren wie viele seiner Altersgenossen. Er musste dort nichts lernen, weil er es längst wusste. Ähnlich erging es ihm im Gymnasium in Travnik und im Priesterseminar, er stand vor den Toren Roms, bevor ihm auch nur auffiel, dass er sein Leben lang keine einzige wichtige Entscheidung getroffen hatte, sondern dem vorgezeichneten Weg gefolgt war, gegen den er sich so wenig auflehnte wie die Menschen um ihn herum.

Don Emanuele erinnerte sich nicht mehr daran, wann er den Eltern gesagt hatte, er werde ins Kloster gehen. Vermutlich hatte er es nie ausgesprochen, es verstand sich von selbst. Sie hatten sich nie etwas anderes für ihren Marko vorstellen können. Er war zur Welt gekommen, in dem dunklen Keller gewesen, über die Straße gegangen, um an die Klosterpforte zu klopfen, und wurde Geistlicher. Ilija Prpić, Schuldiener am Großen Gymnasium in Sarajevo, und Mara Prpić, geborene Pamuk, dachten nie, ihr Sohn müsse die Familie fortführen. Ihr Stamm endete mit ihnen und setzte sich danach im Himmel fort. Falls es einen geben sollte.

Wir überspringen Don Emanueles Studienjahre und sein spezifisches Interesse für Dogmatik, denn dann käme die Erzählung vermutlich nie zu dem Bienentagebuch, zu dem taubenblauen Almanach im halbverrotteten Hafersack im Keller am Sepetarevac zurück. Emanuele Prpić betete fünf Nächte und sechs Tage lang für Adrian, Maximilians Sohn. Maximilian Segher-Stein hatte Karlo Stubler in Dubrovnik willkommen geheißen und mit Bedauern verabschiedet. Er und seine Gertrude gaben Karlos Kindern Musikunterricht. Und dann erreichte den Oberleutnant der Heimatwehr Rudolf Stubler Ende Juni 1943 in Bijeljina ein Brief des Vaters, in dem der ihn bat, so schnell wie möglich Maximilians Witwe zu besuchen und ihr so viel Geld wie möglich zuzustecken. In dieser Geschichte ist Don Emanuele nur ein weiterer Kreis auf der langen Suche nach einer Antwort auf die Frage, warum Franjo im Frühjahr 1937 die Weisel aus einem von der Bienenpest befallenen Stock retten wollte und was er damit auslöste.

Nachdem er in Rom Professoren und Mönche begeistert hatte und unter Jesuiten als Wunder galt, wie es nur einmal im Jahrhundert vorkommt, beging Don Emanuele Prpić seinen ersten großen Fehler. Statt sich widerspruchslos von seinen Vorgesetzten nach Madrid versetzen zu lassen, verwahrte er sich so entschlossen dagegen, dass er nach Dubrovnik kam. Wahrscheinlich dachten sie, dass mit dem jungen Mann wohl doch nicht alles stimmte und seine ungeheure Gelehrsamkeit und Vorstellungskraft, seine reine, naiv-orientalische Gottesfürchtigkeit – wo dem Studium der Dogmatik doch eher ein gesunder Zynismus zuträglich ist – eher von einer angeborenen Geisteskrankheit zeugte, einem Wahnsinn, der nah am Genie lag. Trotz lichter Momente sollte er wohl vor dem nächsten Schub in der tiefsten Provinz verschwinden, etwa in Dubrovnik, die haben Erfahrung mit dem Verstecken und Wegschließen von Kranken.

Sollten die ragusischen Kirchenarchive nicht der Allgemeinheit zugänglich gemacht werden, wird man nie erfahren, welche Empfehlungen der Generalobere in Rom Don Emanuele in einem versiegelten Brief für den Provinzial in Dubrovnik mitgab. Der Brief sei noch vor dem ersten Gebet in St.-Ignatius,

Poljana Ruđera Boškovića, abzugeben. Die Anweisung roch nach Aberglauben oder Verrat, man weiß gar nicht, was man schlimmer finden soll.

Mehrmals habe er den Brief in der Hand gehalten und das rote Wachssiegel mit dem Erkennungszeichen der Societas Jesu betrachtet. Hätte er es aufgehoben und den Brief gelesen, hätte er alle erforderlichen Informationen gehabt und entsprechend handeln können, allerdings aufgrund des Geheimnisverrats nicht mehr nach Dubrovnik gedurft. So steht es in Prpićs *Erinnerungen eines Eremiten*, herausgegeben von der Serbisch-Orthodoxen Gemeinde in Chicago: *Hätte ich damals Siegelwachs bei mir gehabt, ich wäre der Versuchung erlegen, ich hätte den Brief geöffnet, gelesen und wieder versiegelt, und mein Schicksal wäre anders verlaufen. Aber wer nimmt schon Siegelwachs mit auf die Reise?*

So klagte Don Emanuele Prpić, während Franjo Rejc fünfzehn Jahre später und dreihundert Kilometer nordwestlich in seinem Hafersack zwei Stangen Siegelwachs dabei hatte. Wozu hat er es gebraucht?

Prpić wurde mit allem Pomp in Dubrovnik empfangen. Das Lächeln, zu dem Jesuiten verpflichtet sind und auf das jeder Reiseleiter seine Touristengruppen beim Rundgang durch Dubrovnik als eine der größten Sehenswürdigkeiten der Renaissancestadt hinweist, war allzu theatralisch, war, als führten Don Emanueles Mitbrüder laut deklamierend und wüst gestikulierend eine Komödie von Držić auf, als überspielten Zagreber Schauspieler mit fuchtelnden Armbewegungen, dass Gevatter Marin einen Dialekt draufhatte wie ein besoffener Wirt aus dem Zagorje. Der arme Kerl selbst sah es nicht so: Der Vergleich mit Zagreber Schauspielern wurde erst gezogen, als seine Knochen schon an unbekannter Stelle faulten, und er hat den Namen so häufig gewechselt, sein Lebenslauf gleicht so sehr einer in tausend Stücke zerborstenen Windschutzscheibe, dass man kaum erfassen kann, wer er eigentlich war.

Nachdem sie ihn ordentlich verschaukelt hatten, vertrauten

sie dem promovierten Dogmatiker aus Rom die Leitung des Knabenchors an, ob mit teuflischen Hintergedanken, lässt sich von heute aus kaum beurteilen, aber auf dem einzigen erhaltenen Bild, veröffentlicht in dem Band *Dubrovnik, Jahrhunderte der Kultur und der Geduld*, 1995 von einem Autorenkollektiv bei der Matica Hrvatska herausgegeben, sehen wir Don Emanuele ekstatisch-schwungvoll drei Reihen Knaben in weißen Hemden mit vom Singen weit aufgerissenen Mündern dirigieren, und dieses Bild zeigt recht deutlich, was folgen sollte. (Dass man bei der Matica Hrvatska den Geistlichen auf dem Foto nicht erkannte, ist nicht weiter bemerkenswert, wohl aber, dass sie das Motiv nicht sahen: der skurrile Anblick eines Mannes, viel zu schön für einen katholischen Mönch, der mit ausgebreiteten Armen vor drei Dutzend männlichen Lolitas steht.)

Zu dem Zeitpunkt, als Emanuele Prpić, nachdem er fünf Nächte und sechs Tage für Adrian Segher-Steins Genesung von der Diphtherie gebetet hatte, blutige Tränen weinte, war die Jesuiten-Affäre noch nicht virulent, aber er hatte bereits den Spitznamen Don Manojlo weg. »Komšo«, das erste Kapitel seiner als Roman geschriebenen Biografie, endet, »Pop Manojlo«, das zweite Kapitel, beginnt. Ob er wegen seines Sarajever Akzents, weil er die Dubrovniker an die Vlachen jenseits ihres Hausbergs Srđ erinnerte oder aus ganz anderen Gründen so genannt wurde, weiß man nicht, aber es war auf jeden Fall nicht nett gemeint. Er nahm es sportlich, ließ sogar zu, dass ihn die Chorknaben so nannten.

Über die Umstände, die zu Don Emanueles Vertreibung aus Dubrovnik führten, ist wenig bekannt, eigentlich nichts, wenn wir den Tratsch und die lüsternen Fantasien seiner Widersacher abrechnen. Nur der Name Frane Bogdan steht im Raum, vierzehn Jahre, Vollwaise, wohnhaft bei seinem Onkel, Lazar Vuk Paštrović, einem pensionierten Kapitän.

Frane war mit Don Emanuele allein im unbeheizten Probenraum im winterlichen Zwielicht vor Weihnachten, draußen wütete die Bora, wer nicht unbedingt hinausmusste, blieb zu

Hause und zog die Bettdecke über den Kopf. Die Tür zum Probenraum wurde aufgerissen, die Kerzen flackerten im Luftzug, eine erlosch, der Geruch nach unverbranntem Talg brannte sich den Zeugen ein, wann immer sie den in die Nase bekamen, stand ihnen das Bild wieder vor Augen. Welches, wissen wir letztlich nicht, denn die Aussagen weichen je nach persönlichen erotischen Vorlieben stark ab. Wer selbst nicht dabei war, als die Tür aufflog, die Kerzen flackerten und eine erlosch, schmückte die Geschichte aus – das versteht man. Aber wie kann es sein, dass die, die nachweislich in der Tür standen, so unterschiedliche Dinge beobachtet haben wollen? Einer sagte aus, Don Emanuele habe gestanden und in die Höhe geschaut, während der kleine Frane mit erhobenen Händen wie beim Beten vor ihm kniete, ein anderer, Frane habe gestanden und Don Emanuele gebetet. Der dritte sah Pop Manojlo, über die Kirchenbank gebeugt, wie wenn ihm das Gebetbuch dahintergerutscht wäre, der kleine Frane helfend an seinen Rücken geschmiegt, für den vierten hat der kleine Frane nach dem Gebetbuch geangelt, das gehörte sich ja auch so, und der Pater half ihm …

Sie schnitten Pop Manojlo ein Ohr ab; Jozo Novokmet, der am Stadttor von Pile eine Schänke betrieb, stellte es sich jahrelang in Alkohol eingelegt auf den Tresen. 1944 wurde Jozo von den Partisanen als Kollaborateur hingerichtet; ein Montenegriner trank, um sich wichtig zu machen, den Alkohol aus dem Gefäß, kaute auf Pop Manojlos Ohr herum und spuckte es aus. Damit verschwand die letzte körperliche Spur von Don Emanuele Prpić.

Der Unglückliche streifte als Trebegänger, Irrer und Eremit durch die östliche Herzegowina, schlief unter Felsüberhängen, versteckte sich in Karsthöhlen voller Tier- und Menschenknochen, lebte von der Barmherzigkeit eines weithin für seine Unbarmherzigkeit bekannten Volkes. Die Kunde von seinem Vergehen eilte ihm weit voraus. »Ostoja Einohr« – wir sind im nächsten Kapitel seines Lebensromans – nannten sie ihn, mehrfach wurde er unter den Platanen in Trebinje gesichtet, in Ravno oder entlang der Bahnstrecke nach Čapljina. Die Figur fand, ausgeschmückt, weichgezeichnet, durch schriftstellerische Imagination auch ein wenig getröstet, in Mirko Kovačs Prosa Eingang, etwa den Roman *Vrata od utrobe* (Tür in die Eingeweide), und wurde von zwei weiteren Belgrader Schriftstellern verwendet, deren Namen wir aus menschlichen und literarischen Rücksichten nicht nennen, denn es ist unklar, ob die beiden – obwohl Herzegowiner wie der in Trebinje geborene Kovač – Ostoja Einohr persönlich begegnet sind, die Geschichte nur vom Hörensagen kannten oder gar bei Kovač, dem großen Vorbild, abschrieben. Für sie wie für Emanuele Prpić wäre es wohl das Beste, wäre die Figur des Ostoja Einohr aus der armseligen Differenz zwischen Original und Falsifikat hervorgegangen. Es hätte ihr Glaubwürdigkeit verliehen, denn viele Gestalten, echte wie erzählte, erwachsen aus der Kluft, dem Unterschied zwischen dem Menschen und seinem Schatten.

Ostoja Einohr sei, sagen welche, die es wissen müssen, bis Foča und Višegrad gekommen, Richtung Bileća und Nikšić und wieder zurück nach Mostar gelaufen, doch nie über die Neretva hinaus. Warum auch immer. Die *Erinnerungen eines Eremiten* schweigen sich dazu aus, dort steht lediglich: *Damals versuchte mich der Herr, und ich, eine Menschenameise, forderte ihn heraus, bezweifelte seine Existenz, bis er sich mir in seiner Herrlichkeit offenbarte.*

Im Winter 1939 war er am Ende seiner Kräfte. Orthodoxe Mönche nahmen ihn auf, damit er nicht wie ein Tier verreckte, er fieberte, spuckte Blut und delirierte, der Tod konnte nicht lange auf sich warten lassen. Sie wussten übrigens genau, wen sie da aufnahmen, die Geschichte vom Jesuiten, der sich an Frane Bogdan versündigte, hatte sich zu ihnen herumgesprochen. Auf dem Höhepunkt der Affäre hörten sie beinah täglich eine neue Version, je nach Quelle (letztlich gab es neun Personen, sieben Mitbrüder und zwei Laien, die Don Emanuele und Frane mit eigenen Augen gesehen haben wollten). Die Brüder beratschlagten kurz, der Abt bat um eine offene, vorbehaltlose Aussprache: Wenn einer dagegen sei, werde er Ostaja Einohr abweisen, der Betreffende möge dessen Elend dann mit sich ausmachen. Das war ein kluger Schachzug, keiner traute sich, das eigene Gewissen einer solchen Prüfung auszusetzen, Ostoja Einohr wurde einstimmig im Kloster aufgenommen, damit er in Frieden sterben konnte.

Sobald ein Schwindsüchtiger Blut spuckt, erstickt er in der Regel am eigenen Blut. Heute, morgen, übermorgen, mehr als drei Tage übersteht kaum keiner, wenn erst einmal Blut in der Lunge ist. Die meisten bekommen Panik, verlieren die Fassung und holen zu tief Luft, statt mit dem noch freien Teil der Lunge zu atmen. Bei Ostoja Einohr kam hohes Fieber hinzu, und er war nicht bei Bewusstsein.

Er überlebte die Nacht, spuckte am nächsten Tag mehrmals Blut, die Bettwäsche war voller Flecken. Bruder Arsenije saß neben ihm, wischte ihm den Schweiß von der Stirn, versuchte ihm Linderung zu verschaffen, die anderen sahen aus einiger Entfernung zu und beteten panisch für seine Seele, und dann begann einer nach dem anderen, für die Erlösung von den Qualen zu beten und dass Gott ihn endlich zu sich nahm. Sie konnten langsam nicht mehr stehen, das Sterben zog sich doch arg hin, vielleicht fürchteten sie auch um den eigenen Verstand.

Gegen Abend wurde der Kranke ruhig, spuckte kein Blut mehr, das Pfeifen und Rasseln hörte auf, und einer sagte: Da geht er! Mehrmals hielten sie ihm einen kleinen Damenspiegel vor den Mund, und jedes Mal beschlug das Glas.

Am nächsten Morgen wachte er auf.

Wie heißt du?, fragte Arsenije, um herauszufinden, ob er bei Sinnen war.

Marko, flüsterte er.

Nicht Emanuele?

Der bin ich auch, erwiderte er, als wäre es ihm vorübergehend entfallen.

Jesuit.

War ich mal.

Wir haben schon einen Marko, ein Mann aus dem Dorf. Wir brauchen keinen zweiten.

Marko sah traurig zu ihm auf.

Nein, das habe ich nicht gemeint. Wir nennen dich Ignat, das passt zu einem Jesuiten.

Ignat war ein normaler Vorname, kein Spitzname, wir schlagen nach den Jahren des Leidens und Versuchtseins das nächste Kapitel im Lebensroman dieses Mannes auf. Aus Marko Prpić, Komšo, Don Emanuele, Pop Manojlo, Ostoja Einohr wurde Ignat. Erst der Name, dann genas er vollständig, die Kavernen schlossen sich, die Tuberkulose heilte aus, er konvertierte zur Orthodoxie, trat ins Kloster bei Trebinje ein, nahm als Mönchsnamen den des heiligen Ignatius von Antiochien, genannt der Gottesträger, an.

Sie dachten, er wollte nicht noch einmal den Namen ändern, manche mutmaßten, in tiefster Seele bliebe er dem Orden des Ignatius von Loyola treu. Doch wer sein weiteres Leben und sein Ende kennt, erkennt Gottes Absicht. Ungläubige müssen mit einem schrecklichen Zufall vorliebnehmen. So oder so: Der Name Ignat Gottesträger gab seinem Schicksal eine neue Wendung.

Um die Jünger Bescheidenheit zu lehren, nahm Christus ein Kind bei der Hand und sprach: Wahrlich, ich sage euch: *Wer das Reich Gottes nicht empfängt wie ein Kind, der wird nicht hineinkommen.* Das Kind war Ignatius, der später Schüler des heiligen Apostels Johannes, noch später Bischof von Antiochia wurde und dort den antifonalen Gesang einführte: Wenn die eine Hälfte des Kirchenchors verstummt, hebt die andere an, und so im Wechsel. Der römische Kaiser Trajan kam auf dem Feldzug gegen Persien, den er versiebte, durch Antiochia, hörte von Ignatius und seiner Begabung, wollte ihn abwerben, bot ihm sogar den Rang eines römischen Senators an, um ihn vom christlichen Glauben abzubringen, doch Ignatius lehnte alle irdischen Ehren ab. Da befahl der Kaiser, den Kerl in Ketten nach Rom zu schaffen und den Löwen zum Fraß vorzuwerfen. So geschah es, von Ignat Gottesträger blieb nur das Herz übrig, darin seine Liebe zum Herrn.

Ende 1940 kochte die Affäre in Dubrovnik noch einmal hoch. Einer der neun Augenzeugen erkrankte schwer und schrie, nichts daran sei wahr, der Bischof solle kommen, aber der Bischof wollte oder konnte nicht kommen. Dann sagte er unter Eid vor dem Dubrovniker Rechtsanwalt Jakšić und zwei weiteren Zeugen aus, es sei eine Finte gewesen, um Pop Manojlo loszuwerden. Es hätte sich nicht herumsprechen dürfen, sie hätten nicht gewollt, dass die Sache platzte und der Ärmste weggejagt würde, sie wollten ihn erpressen, damit er von selbst geht. Frane Bogdan hätten sie beim Klauen aus dem Klingelbeutel erwischt und versprochen, es dem Onkel nicht zu sagen, wenn er mitmacht.

Das sagte einer der neun unter Eid und starb.

Rechtsanwalt Jakšić suchte mit den beiden anderen Zeugen Frane Bogdan in Risan auf. Der bestätigte die Aussage des Verstorbenen und fügte hinzu, er sei bereit, das vor jedem kirchlichen und weltlichen Gericht zu wiederholen, denn auch sein Leben sei durch die Affäre zerstört worden. Mit der stenografischen Abschrift der Zeugenaussage ging der Rechtsanwalt zum Dubrovniker Bischof, der ihn bat, die Sache nicht in die Öffentlichkeit zu zerren. Das war im Februar 1941, das rechte Ohr von Pater Ignat stand in Alkohol auf dem Tresen der Schänke am Pile-Tor, Jozo Novokmet brüstete sich vor jedem neuen Gast, er habe es diesem Vieh höchstpersönlich mit dem Rasiermesser im Namen des Vaters und des Sohnes und des Heiligen Geistes abgeschnitten, und bekreuzigte sich, wenn er zu Ende erzählt hatte, mit einer weit ausholenden Handbewegung.

Ende März, ein oder zwei Tage, bevor das Königreich Jugoslawien dem Dreimächtepakt beitrat, fuhr eine geheime Abordnung des Bischofs nach Trebinje, stattete dem Popen einen Besuch ab, und alle zusammen gingen zum Kloster D. Was sie Pater Ignat anboten, ob sie sich entschuldigten oder eine Vereinbarung erreichen wollten, ist nicht bekannt, das Treffen wird weder in den *Erinnerungen eines Eremiten* erwähnt noch vom Bistum bestätigt. Stattgefunden hat es, es gibt ein Foto der Abordnung, die mit dem Trebinjer Popen vor dem Hotel unter den Platanen sitzt, und der Pope räumte Jahre später ein, er habe die Abordnung nach D. begleitet, verriet aber nicht, zu wem und warum. In wessen Namen Sie auch nachfragen, sagte der Pope jedem, der nachfragte, lassen Sie sich eins gesagt sein: Alle haben schändlich gehandelt, die Giftschlange, die Sie aus mir herausholen würden, wenn Sie weiter in mich dringen, tötet jeden!

Sie baten mich zurückzukehren, als sie entdeckten, dass die Schande bei ihnen und nicht bei mir lag. Aber ich wollte nicht, mein Herz hing nun dem rechten Glauben an, dem Glauben an Jesus Christus und die Brüder, die mich gerettet hatten. So steht es in den *Erinnerungen eines Eremiten*, nicht jedoch, wer ihn wann aufsuchte, auch nicht, ob er zu den Jesuiten oder nach Dubrovnik hätte zurückkehren sollen.

Bei uns ist häufig am besten bekannt, was am hartnäckigsten verschwiegen wird, jedenfalls wusste ganz Dubrovnik vom Fortgang der Affäre. Rechtsanwalt Jakšić bewahrte Stillschweigen, die beiden anderen Zeugen verschwanden: Der eine starb unerwartet, der andere zog nach Split. Trotzdem waren alle informiert und jeder hatte eine Meinung. Dann begann der Krieg, die Stadt war italienisch besetzt, die Ustascha mischte mit, terrorisierte die Bewohner, keiner wagte Fragen zu stellen. Jakšić sollte umgebracht werden, konnte sich aber zu den Partisanen absetzen, und die panische Angst, er könnte alles ausplaudern, fiel von ihnen ab. Ende 1941 waren die fünf noch lebenden Zeugen nach Zagreb oder Rom versetzt.

Und da Tote nicht reden, musste nur noch Pater Ignat zum Schweigen gebracht werden.

Die Ustascha traf ihn im Kloster nicht an. Sie drohten, es mit sämtlichen Bewohnern niederzubrennen, sofern der Konvertit nicht ausgeliefert würde. Dann durchsuchten sie die Räume, durchwühlten alles, jede Schublade, jedes Schränkchen, als sei

Pater Ignat zur Porzellanfigur geschrumpft, die zerdeppert gehört. Er war unauffindbar.

Was bedeutet er euch denn, warum versteckt ihr ihn?, fragte der Ustascha-Kommandant den Abt.

Er ist unser Bruder. Aber ich würde nicht zulassen, dass wir wegen ihm umkommen und dieses Gotteshaus zerstört wird. Er ist wirklich nicht da.

Sein Ohr steht noch beim Jozo Novokmet, bestimmt ist er nach Pile, um es zu holen, spottete der Kommandant.

Der Abt erwiderte nichts.

Sie zogen ab, ohne das Kloster niederzubrennen, sie hatten ja Zeit. Die Zeit, in der man ungestraft Häuser anzünden und Menschen ermorden durfte, war noch lange nicht vorbei.

Pater Ignat hatte sich in eine Grube voll Tier- und Menschenknochen geflüchtet. Ostoja Einohr war gewohnt, was Pop Manojlo fremd war und Komšo sich nicht einmal vorstellen konnte. Viele Leben passen in eine Haut und eine Biografie. Viele Leben und noch mehr Namen, falsche wie echte. Im Fall des Pater Ignat von D., Sohn von Ilija und Mara Prpić (guten Katholiken, aber schwach im Glauben), war die wichtigste seiner Namensänderungen und Lebenswendungen die vom kleinen Marko, der in Banjski Brijeg über die Straße geht, an die Klosterpforte klopft, eine Frage stellt und durch die Antwort ein neues Leben bekommt. Und dann noch eins und noch eins …

Als er dachte, die Ustascha müsste wieder weg sein, kletterte er aus der Grube, in der sich seit Kriegsbeginn immer mehr Skelette ansammelten, manche noch lebendig, stieg auf den Berg und sah zum Kloster hinunter. Aus dem Schornstein quoll weißer Rauch. Das Mittagessen stand auf dem Herd, die Brüder liefen eilig durch den Hof wie jeden Tag.

Sie berichteten ihm, was die Ustascha hatte wissen wollen, und da hörte Ignat wieder auf, zu sein, was er bis eben noch gewesen war. Von dem Augenblick, an dem er den Namen Ignat Gottesträger angenommen hatte, bis zu dem Augenblick, in dem man ihm hinterbrachte, dass ihm die Ustascha die Zunge herausschneiden wollte, damit er nicht sagen konnte, was im Probenraum zwischen ihm und Frane Bogdan geschehen war, damit er nicht sagen konnte, dass da nichts von dem geschehen war, was ihm die Mitbrüder unterstellten, hatte er tief in seinem Herzen zwei Bibeln getragen oder vielmehr Gott auf zwei Arten geliebt. Eine mochte überwogen haben, er war wohl mehr orthodoxer Mönch als katholischer Ordensmann, aber es war ihm nicht gegeben, den einen Glauben abzulegen, um den neuen anzunehmen. Wie sehr er sich auch anstrengte, er schaffte es erst, als die Ustascha ihm im Namen der katholischen Kirche, nicht im Namen des Unabhängigen Staates Kroatien, die Zunge herausreißen, die Augen auskratzen, die Kehle durchschneiden wollte, damit er nur ja nicht die Wahrheit sagen konnte. Man hatte sie geschickt. Vielleicht kein Befehl, aber zumindest eine Aufforderung, ihm einen Besuch abzustatten. Mit einem Altar im Rücken erliegen Menschen so leicht dem Bösen, dachte er, mit einem so reich geschnitzten Altar. Reich geschnitzt und nichts dahinter, dachte er und merkte nicht, dass er im Zorn dünkelhaft wurde.

Die Lücke im Herzen von Pater Ignat, die Stelle, die bis eben noch der Jesuit Don Emanuele eingenommen hatte, füllte der Rächer. Er werde nicht brav warten, sagte er den Brüdern, bis die Ustascha wiederkam und ihn abschlachtete. Und sie sollten sein Schicksal nicht teilen müssen, er werde die Sache auf eigene Faust lösen. Der Abt sagte, er solle sich vorsehen. Auch gerechte Gründe schützten nicht davor, Unrecht zu tun. Menschen sind nicht vollkommen, merk dir das, sagte der Abt. Die Dinge sind nicht immer so, wie sie aussehen. Menschen lassen sich im Zorn hinreißen, und wenn sie sich beruhigen, ist es oft zu spät. Böses mit Bösem vergelten ist das Schlimmste. Er drang nicht zu Ignat durch. Seine Worte waren wie trockene Blätter, die im Wind rascheln.

Was nun folgte, ist in den *Erinnerungen eines Eremiten* ausführlich beschrieben. Wer sich dafür interessiert, muss sich das

Buch besorgen, wir haben für diesen Teil der Geschichte keine Zeit, weder bringt er unsere Recherchen voran noch die Geschichte von Ignat Prpić, die in die Geschichte von Familie Segher-Stein eingebettet ist, die wiederum in die Geschichte vom Sommer 1943 eingebettet ist, der mit Mladens Tod in Slawonien zu Ende geht.

Nur so viel: Ignat schloss sich der erstbesten Bande an, der er über den Weg lief, den Tschetniks von Major Karanfilović. Die Tschetniks wollten gesegnet werden, er wollte ein Gewehr. Sie gaben ihm ein äußerst unzuverlässiges Maschinengewehr aus italienischen Beständen, das in Äthiopien zum Einsatz gekommen war und sie bei Gefechten mehrfach im Stich gelassen hatte. Mit dem wollte keiner schießen, aus Angst, eine Patrone könnte im Lauf explodieren und den Schützen schwer verwunden. Deswegen überließen sie es ihm, und er segnete sie widerwillig. Sie soffen und hurten, ließen sich treiben und sahen den Sinn des Krieges darin, den Leuten Angst einzujagen. Den Muslimen vor allem. Das stieß ihn ab, während er, das Maschinengewehr geschultert, Patronengürtel kreuzweise um den Oberkörper, den Trupp begleitete, der meist ziellos wie die Ziegen durch den Karst kletterte. Mit Bart, langer Mähne und lodernden Augen glich Ignat Prpić einem Irren aus den Romanen Fjodor Michailowitsch Dostojewskis.

Nach zwei Monaten bei Major Karanfilovićs Freischar setzte er sich ab. Gewehr und Munition habe er dagelassen, steht in den *Erinnerungen*, und sei im Frühjahr 1943 mit einer Feldflasche voll Wasser Richtung Bosnien aufgebrochen, während der deutschen Großoffensive gegen Titos Partisanen. Wie ein heiliger Narr stand er plötzlich in niedergebrannten Dörfern, manche sahen in ihm den Teufel und gingen mit Mistgabeln auf ihn los, aber Ignat verschwand, wie er gekommen war. Zwei Mal kesselten ihn Bauern ein, und als sie mit Bajonetten in den Busch stachen, in den er sich geflüchtet hatte, war er weg.

Pop Behemoth sagten sie in den Dörfern rings um Sarajevo, wohl wegen dem Holzkreuz, das er um den Hals trug.

Anfangs nannten ihn nur die muslimischen Bergbauern auf der Bjelašnica so. Doch die Gerüchte gingen um, mochten die Dörfer noch so zerstritten und die Volksgruppen im Krieg gegeneinander sein. Pop Behemoth wurde in einem niedergebrannten serbischen Dorf aus einem der wenigen stehen gebliebenen Häuser beschossen und an der Schulter verletzt, er konnte fliehen. Die Serben hielten ihn für einen verrückt gewordenen katholischen Pfaffen, Kroaten sahen in Stup eine Gestalt mit verbundenem Arm und gewaltigem Bart und glaubten an einen wahnsinnigen serbischen Popen, dessen Gemeinde ermordet worden war, die er nun rächte, indem er den Menschen im Traum erschien. Wer von ihm träumte, wurde selbst verrückt und irrte durch Bosnien, bis man ihn erschlug.

Pop Behemoth, das war der nächste Spitzname, das nächste Kapitel, ein kurzes Kapitel, zum Glück für Pater Ignat, denn bei Trnovo verhafteten ihn Partisanen. Es war Sommer, sie zwangen ihn erst einmal, sich zu waschen, schnitten ihm Bart und Haare, gaben ihm was zum Anziehen und schlugen ihm vor, ihn als Klassenfeind zu erschießen. Ignat lachte herzhaft über den Einfall von Kommissar Jovan Bjelobabić Compañero.

Was gibt's da zu lachen, Pope?, fragte Compañero.

Weil ich Pope bin, ein Diener Gottes, kein Klassenfeind.

Solche haben wir in Spanien erschossen.

Welche?

Kirchendiener. Die haben wir erschossen, weil sie das Volk verrückt gemacht haben.

Das war vielleicht ein Fehler.

Du machst einen Fehler, wenn du an Gott glaubst.

Vielleicht, ich behaupte nicht, es wäre keiner, vielleicht ist es ein Fehler. Aber das ist mir egal.

Was ist dir dann nicht egal?

Dass ich Gott küsse und anbete.

Wie willst du etwas küssen, was es nicht gibt?

Mit Gebeten und dem Glauben, wie sonst.

Obwohl es ihn nicht gibt?

Ich glaube daran.

Eben noch hast du zugegeben, dass das ein Fehler sein könnte.

Gott bewahre, was ich glaube, kann kein Fehler sein. Ich habe nur gesagt, dass sich in allem, was ich denke, mit Leichtigkeit Fehler einschleichen können.

Ich glaube nicht und kämpfe gegen die, die glauben.

Das Erste ist in Ordnung, das zweite ein Fehler. Du kannst niemals siegen, wenn du gegen die kämpfst, die glauben. Wahrscheinlich hast du den Krieg in Spanien deswegen verloren. Du erschießt alle Gläubigen und bist verloren, weil keiner übrig bleibt. Verstehst du, was ich sage?

Verstehst du denn mich?

Natürlich verstehe ich dich.

Was verstehst du denn?

Dass du nicht weißt, was du mit mir machen sollst.

Satz für Satz entlarvte sich Jovan Bjelobabić Compañero, der 1950 zum Nationalheld erklärt wurde und zehn Jahre später als Konterrevolutionär in Lepoglava im Zuchthaus landete, wegen einer Rede vor ehemaligen Mitkämpfern: Er hätte Tito und Stalin und jeden der dreißig größten kommunistischen Führer erschossen, hätte er gewusst, was sie im Frieden machen. Die Erläuterung seiner Gründe, aus denen er, der Nationalheld Jovan Bjelobabić Compañero, Tito erschossen hätte, konnte er nicht mehr zu Ende führen, weil er vom Fleck weg verhaftet wurde. Man bot ihm an, ihn wegen einer Kopfverletzung im Krieg für unzurechnungsfähig zu erklären. Er lehnte ab: Er sei nicht am Kopf, sondern an der Brust und beiden Beinen verwundet gewesen. Dann legten sie ihm nahe zu emigrieren, worauf er erwiderte, sein Land zu verlassen stünde einem Nationalhelden schlecht an. Sie erkannten ihm den Ehrentitel ab. Er lachte trocken, den könnten sie ihm nicht nehmen, entweder sei man ein Held oder man sei keiner. Schließlich bekam er lebenslänglich, für den geplanten Anschlag auf Genossen Tito, was später in zwanzig Jahre Zuchthaus umgewandelt wurde. Ihr hättet mich ruhig erschießen können, sagte er enttäuscht. Als Klassenfeind!, sagte er und lachte. Sie hielten ihn für verrückt.

Jovan Bjelobabić Compañero war offensichtlich besessen von Erschießungen.

Ignat Prpić schrieb in den *Erinnerungen eines Eremiten,* er habe alles unternommen, was in seiner Macht stand, um herauszufinden, ob Compañero im Spanischen Bürgerkrieg oder im jugoslawischen Volksbefreiungskrieg Erschießungen angeordnet und/oder durchgeführt habe, und keinen einzigen Beleg dafür gefunden. Wobei alle Zeugen bestätigten: Ja, Compañero hat als Scharführer, später Divisionskommandant oft mit Erschießen gedroht, aber nie ein Urteil gesprochen, weil, so seine Begründung, er Soldat und abgebrochener Romanistikstudent sei, kein Jurist.

Vielleicht genoss er es, anderen Angst einzujagen.

Er sah einem Mann in die Augen und sagte, die Hinrichtung ist morgen früh. Unzählige Male hat er das getan. Menschen reagieren verschieden. Schade, dass Compañero nicht Schriftsteller wurde oder wenigstens seine Memoiren verfasste, als er 1977 nach siebzehn Jahren Zuchthaus freikam. Hätte er doch alle Namen aufgeschrieben und was mit den Leuten war. Wie sehen die Augen von einem aus, der gesagt kriegt, er wird erschossen? Niemand wusste das besser als Jovan Bjelobabić Compañero. Was bleibt nach dem Zusammenbruch der Gesellschaftsordnung und der Ideale, für die er kämpfte, von seinem Lebenswerk? Am ehesten könnte man wohl sagen, er habe Menschen zu Unrecht von ihrer Sterblichkeit überzeugt. Am Ende wird sich zeigen, dass sie unsterblich sind.

Pater Ignat verbrachte den Sommer 1943 mit Compañero. Sie ließen die blutigen Kämpfe nicht an sich heran, waren fast besessen aufeinander fixiert. Compañero lief Ignat auf Schritt und Tritt nach, um ihn von seinem Glauben zu überzeugen. Es gibt keinen Gott, es gibt keinen Gott, es gibt keinen Gott, wiederholte er im Takt seines festen Tritts, und nach einer Weile färbte seine Unerschrockenheit auf Ignat ab.

Wenn es keinen Gott gibt, gibt es auch keinen Tod, sagte er, um ihn zu versuchen.

Schau, schau, sagte Compañero, das ist gut.

Das Leben des Ignat Prpić, der Versucher und Märtyrer, der mit dem Namen von einem Leben ins nächste sprang und bei den Partisanen Pop España hieß, weil er ständig mit Compañero zusammensteckte, hätte einen anderen Verlauf genommen, wäre der nicht zum Divisionskommandanten nach Ozren und von dort zum Generalstab beordert worden. Sie trennten sich in Husino bei Tuzla wie alte Kameraden, und Pope Ignat blieb allein.

Wie oft dachte er in den Gesprächen mit diesem Mann an Gott, warum war es ihm so wichtig, Zeugnis von seinem Glauben abzulegen? Wie betete er damals? Leierte er auswendig gelernte Litaneien herunter oder flehte er inbrünstig zum Allmächtigen? Verstieg er sich so weit zu glauben, er müsse Gott gegen das Lästermaul von Partisanenkommissar in Schutz nehmen? Darüber dachte Ignat Prpić viel später nach. Damals nicht. Damals dachte er nicht nach, man sieht viel im Krieg, hat tausend Gefühle, das Herz bricht, aber denken tut man kaum. Deswegen drehen viele nach dem Krieg durch, wenn sie wieder anfangen zu denken.

Ignats Einheit überquerte die Save und erreichte Slawonien. Ein flaches Land, reich und gefährlich. Die Ustascha hielt noch Stellungen, die Städte wurden verteidigt, die Leute waren regierungstreu, die Partisanen hatten kaum Anhänger. Wenn Maisfelder die einzige Deckung sind, gibt es keinen Guerillakrieg.

Ende September, herrliches Altweibersommerwetter. So verregnet und kalt das Frühjahr gewesen war, so golden und warm wurde der Herbst.

Sie lagen an einer Straße im Hinterhalt und warteten auf die deutsche Patrouille, in der allerdings keine Deutschen patrouillierten, sondern Hiesige, die meisten aus Sarajevo, deutscher Abstammung oder auch nur der deutschen Sprache mächtig, rekrutiert für angebliche ss-Einheiten, statt sie zur Heimatwehr zu schicken. Das hatten ihm Bauern aus Andrijevac im Vertrauen gesagt, Kroaten, die von Anfang an mit den Partisanen sympathisiert hatten. Die logen nicht. Hunderte, sagten sie, gebe es. Drei Züge, eine Schar. Das ist nicht wenig. Frisch von der Grundausbildung in Österreich, scheinen aber nicht recht zu wissen, wo sie gelandet sind. Keine erfahrenen Militärs. Das hatte er erzählt bekommen. Vielleicht sollte man sich an denen nicht vergreifen.

Seit Tagen lauerten sie ihnen auf und ließen sie ziehen. Zielten auf ihren Kopf, zwischen die Augen, in die Brust, dann in den Rücken. Schossen aber nicht. Hatten dafür keine Anweisung. Wäre auch sinnlos gewesen. Dann hat man drei Männer abgemurkst, und weiter? Wir haben nicht mehr einundvierzig, sagte Kommandant Husni Mehmedagić. Nicht wahr, Spanier, es ist sinnlos? Der Pope nickte, es war wohl wirklich sinnlos, deutsche Soldaten umzubringen, die keine Deutschen waren.

Die Patrouille kam stets um dieselbe Uhrzeit vorbei, nahm stets dieselbe Route, aber es waren jedes Mal andere Männer, und auch die im Hinterhalt wechselten sich ab.

Einmal, an welchem Wochentag, welchem Datum, weiß man nicht mehr, legte sich Ignat Prpić wieder einmal mit Jakov Matić aus Split, Vorkriegskommunist, abgebrochener Philosophiestudent, und Perica auf die Lauer, einem Einheimischen, der wohnte in Andrijevac und schlief mal bei der Einheit, mal zu Hause. Wieder war es wie ein Spiel.

Perica lag allein auf der anderen Straßenseite. Mit ihm konnte man nur über Schweine und den Unterschied von Eicheln und Tannenzapfen reden, während den andern beiden der Gesprächsstoff nicht ausging.

Die Zeit verging im Flug, die Deutschen verspäteten sich leicht, Ignat und Jakov unterhielten sich, wie man mit Zufallsbekanntschaften im Zugabteil schwatzt oder mit jemandem, der im Wartesaal ein Buch liest und den man, statt verstohlene Blicke daraufzuwerfen, nach dem Titel fragt und so ins Gespräch kommt.

Schopenhauer, flüsterte Jakov.

Ignat lachte gedämpft: Der ist doch eher was für geltungsbedürftige Gymnasiasten als für einen Mann in Ihrem Alter, noch dazu Kommunist.

Das sagen Sie sicher aufgrund Ihres Glaubens. Der geht nicht mit Schopenhauers Pessimismus zusammen.

Doch, Schopenhauer war religiös. Pessimisten sind gläubig, aber er ist ein Kinderphilosoph. Ein guter Kinderphilosoph. Nichts für Erwachsene.

Darf ich Sie was fragen ...

Nur frei heraus, Matić.

Gibt es eine Idee, die wertvoller ist als ein Menschenleben? Oder als das Leben eines Regenwurms? Denken Sie nach und sagen es mir dann.

Da muss ich nicht nachdenken, ich ...

Nein, ich bestehe darauf, dass Sie erst nachdenken. Sie können ...

Was nun geschah, geschah wie im Traum und dauerte sehr lange, wenigstens beschreibt es Prpić in seinen *Erinnerungen eines Eremiten* so. Für die nächsten dreißig Sekunden braucht er siebenundzwanzig Seiten, mehr als für alle anderen Erlebnisse im Krieg zusammen.

Als die deutsche Patrouille auf ihrer Höhe war, schoss Perica. Hinterher erklärte der Bauernsohn, nein, der Schuss sei kein Versehen gewesen, einer der Deutschen hätte ihn entweder bemerkt – der, der später umkam – oder unabsichtlich die Waffe gegen ihn gerichtet, und da habe er geschossen. Er schoss daneben, obwohl das Ziel kaum fünf Meter entfernt war. (Die anderen sahen darin den Beweis, dass sich der Schuss doch versehentlich gelöst hatte.) Jakov Matić hatte seinen Satz noch nicht vollendet: Sie können nicht wissen, ob eine Idee wichtiger ist als ein Menschenleben, bevor Sie nicht jemanden umgebracht haben, Sie müssen einem in die Augen schauen und schießen.

Pericas Schuss übertönte die letzten Worte.

Ignat dachte, er hätte geschossen.

Die drei Deutschen – manchmal bestand die Patrouille auch aus vier Soldaten, diesmal nicht – erstarrten wie ein Rehbock, den der Jäger aufgeschreckt hat, und rannten dann in Deckung. Zwei suchten Schutz hinter der Hofmauer des einstigen Anwesens. Haus und Hof waren weg, nur das Mäuerchen geblieben, auf dem früher vermutlich ein Holzzaun montiert gewesen war.

Der dritte Deutsche, der vorneweg gegangen war, warf sich hinter einen Heuschober. Zwischen Heuschober und Mäuerchen lagen höchstens vier Meter.

Sie waren ganz nah, vielleicht kam es Ignat auch nur so vor. Einer der Deutschen hinter der Mauer rief etwas. In unserer Sprache, aber Ignat verstand es vor Aufregung nicht. Es war ein ganz normales serbokroatisches Wort, er erkannte sogar den Akzent. Dieses Verschlucken von Selbstlauten, dieser harte, schneidende Klang, in den er hineingeboren und dem er entwachsen war. So redet man nur in Sarajevo, nirgends sonst. Aber er verstand es nicht. Er hatte es genau gehört, hätte es wiederholen können, aber sein Herz trommelte in seinen Ohren, er war nicht in der Lage, das Wort zu verstehen. Das regte ihn auf und gleichzeitig dachte er ohne Unterlass über Matićs Frage nach, bis der ihn unterbrach und die Antwort selbst lieferte.

Darüber dachte Ignat nach, schlafwandlerisch, als der dritte Deutsche, dürr, mit schlackernden Armen wie eine Spinne in grüner Uniform und Helm, hinter dem Heuschober hervorkam und losrannte, noch zwei Schritte, und er wäre bei den anderen beiden gewesen.

Ignat hatte den Finger am Abzug, krümmte ihn ganz bewusst, sah die gerade Linie zwischen seinem Gewehrlauf und dem Hals des Mannes. Wie in der Geometrie, die Tangente streift die Kreislinie und verschwindet im Unendlichen. Vollkommenheit, versteckt in der Frage, ob es Ideen gibt, die den Tod ebendieses Mannes wert sind. Das hatte Jakov Matić nicht gesagt, unabsichtlich unterschlagen: ebendieses Mannes. Der junge Soldat fiel wie ein Brett auf den Rücken, der Helm rollte weg, er war blond – am Ende doch ein richtiger Deutscher? –, und Ignat schmorte in der Hölle, aus der es keinen Ausweg gab. Es gab keine Idee, die den Tod dieses Mannes rechtfertigte. Vielleicht ließen sich andere rechtfertigen, aber den da, der im Staub lag, beide Hände an den Hals gepresst, um das herausschießende Blut zu stoppen, und im Todeskampf röchelte, den hätte er nicht töten dürfen.

Das war der zweite und letzte Schuss.

Die Deutschen schauten nicht mehr über die Mauer.

Die Partisanen feuerten nicht mehr.

Perica auch nicht.

Dabei hatte ich ihre Hintern vor der Kimme. Beide. Die Köpfe habe ich nicht gesehen, auch die Beine und Arme nicht, nur die Hintern. Ich hab nicht geschossen. Man kann doch keinen in den Hintern schießen.

Das sagte Bauer Perica, der keinen umgebracht hat. Er kehrte nach Kriegsende in sein Andrijevac zurück und brüstete sich im Suff mit dem Deutschen, den er abgeknallt hatte. Der liegt auf dem kleinen deutschen Soldatenfriedhof begraben, könnt ihr nachsehen. Dem Name nach war er zugegeben kein Deutscher. Aber die Deutschen heißen ja manchmal wie wir.

Wenn er wieder nüchtern war, sagte Perica, Ignat habe den Deutschen umgebracht und danach tagelang kein Wort geredet. Und sei dann verschwunden, vermutlich desertiert. Jedenfalls war er weg.

Als der Verwundete aufhörte zu röcheln, erstarrte und eine tote Sache und ein toter Buchstabe auf Papier wurde, rannten sie aus der Deckung ins Maisfeld. Das heißt, Jakov Matić und Bauer Perica rannten. Ignat nicht, er ging langsam, Hand auf der Stirn, als wollte er sich den Schweiß wegwischen. Hätten sie hinter ihrem Mäuerchen hochgeschaut, sie hätten ihn töten können.

Das Ende kommt 1949. Pop Ignat Prpić lebt in Innsbruck, kümmert sich um serbische Flüchtlinge, Offiziere der ehemaligen königlichen Armee, montenegrinische und bosnische Tschetniks. Er fragt nicht, wer was gemacht hat während des

Krieges, er schickt sie über den Ozean. Stellt ihnen gefälschte Papiere aus, ein Belgrader Jude, der wie er 1946 nach Innsbruck kam und sich vor irgendeiner Schuld versteckt, fertigt für ihn Pässe. Ignat hilft, ohne Fragen zu stellen, auch dem einen oder anderen Ustascha oder Heimatwehrleutnant, dem sonst keiner hilft. Er verlangt kein Geld, fragt nicht, was sie getan haben. Keiner würde die Wahrheit sagen.

Die ganze Zeit hat er eins im Sinn: Wenn er viele Täter, Henker und Mörder rettet, rettet er mindestens sieben Unschuldige, die ohne ihn verloren wären. Sieben Unschuldige, die für ihn ein gutes Wort bei Gott einlegen. Dass es Gott gibt, weiß Ignat genau, er hat ihn im von der Kugel zerfetzten Hals des Soldaten gesehen. Seiner Kugel.

Seine Tätigkeit, schrieb er in den *Erinnerungen eines Eremiten*, wurde von Pater Krunoslav Draganović aus Mitteln des Vatikan finanziert. Draganović rettete Ustascha-Verbrecher und den einen oder anderen Unschuldigen. Er rettete, so viel ist bekannt, auch Tschetniks oder Mitglieder von General Nedićs Marionettenregierung. Ob unter denen auch Unschuldige waren, weiß Gott allein, Pop Ignat jedenfalls war Pater Krunoslav ewig dankbar. Er erwähnt ihn in seinem Buch, verschweigt nicht die Hilfe, die er von ihm erhielt. Ohne Pater Krunoslav hätte ihn das aus dem Hals sprudelnde Blut um den Verstand gebracht.

Seine Innsbrucker Tätigkeit verschaffte ihm in Jugoslawien einen denkbar schlechten Ruf. Wer so verrufen war wie er, den hatte die UDBA im Visier, über den existierten und existieren vielleicht bis heute dicke Akten beim Geheimdienst. Für mich kann es kaum etwas Wertvolleres geben als einen Karton voll Schnellheftern und bis zur Belastungsgrenze mit Papier gefüllten Ordnern – so stelle ich mir die Akte Ignat Prpić vor –, wenn es nicht so aussichtslos wäre, würde ich eine Zeitungsannonce aufgeben, ich würde alles tun, um irgendwie an dieses Material zu kommen, ich würde dem Teufel meine Seele verkaufen und das Zeug mit Gold bezahlen. Daraus würde wie von selbst ein dickes Buch entstehen, viel dicker als Grossmans *Leben und Schicksal*, dessen Originalhandschrift der russische Geheimdienst, die Nachfolgeorganisation des KGB, Mitte 2013 auf einer Pressekonferenz vorgestellt und Wissenschaftlern wie der literarischen Öffentlichkeit zur Einsicht vorgelegt hat. (Ich verpfusche mir mit diesem Schlenker meine eigene Erzählung, in der schwachen Hoffnung, einen Anruf oder eine E-Mail von dem zu erhalten, der die Akte Ignat Prpić besitzt …)

Was die finsteren, namenlosen Bosse der UDBA – denn die waren es, nicht reale Personen wie Aleksander Ranković oder Svetislav Stefanović – dazu bewog, Mörder nach Chicago zu entsenden, wo Pater Ignat seit Abschluss seines österreichischen Abenteuers friedlich und asketisch lebte und sich weder mit öffentlichen noch kirchlichen Aufgaben, sondern nur noch mit Beten abgab, werden wir auch nicht mehr erfahren. Falls ihm zur Last gelegt worden sein sollte, dass er Tschetniks und Kriegsverbrechern, Exiljugoslawen, ehemaligen Ministern der Nedić-Regierung sowie mehreren Ustaschas weiterhalf, dann ist es schon merkwürdig, dass die UDBA nicht auch seinen Unterstützer Pater Krunoslav Draganović erschoss, der ein viel leichteres Ziel abgab, bewegte er sich doch frei in Italien und Deutschland, trat öffentlich auf, predigte und zelebrierte die Heilige Messe.

Pater Ignats Schuld muss älter, tiefgründiger, schwerwiegender gewesen sein, als was den Opfern der UDBA üblicherweise zur Last gelegt wurde. Titos Geheimpolizei, in deren Aktivitäten niemand, nicht einmal der Marschall selbst, vollständige Einsicht bekam, scherte sich offensichtlich nicht um die physischen Ausprägungen von Verbrechen. Sie mussten Pop Ignat, Pop Behemoth, Ostoja Einohr, Pop Manojlo, Don Emanuele, Komšo, Marko Prpić, und wer sonst noch in dieser einen Menschenhaut gesteckt hatte, umbringen, nicht wegen seiner Taten, sondern weil er zu viel gesehen hatte und die Welt, die sie schützen sollten, durch und durch kannte. Nicht dass sie Angst gehabt hätten, er könne sein Wissen benutzen – dazu war er nicht fähig, seine Seele seit dem Tag zerstört, an dem er einen deutschen Soldaten erschoss, sein Herz sieben Tode gestorben –, nein, sie hatten Angst vor seinen Augen. Angst, dass einer aufschriebe, abfotografieren, malen oder sonstwie der Welt mitteilen würde, was diese Augen gesehen hatten.

Deswegen erschossen Unbekannte Pop Ignat und schlugen ihm den Kopf ab. Der Kopf wurde nie gefunden, der Leib daher ohne ihn bestattet. Das Herz war durch ein Wunder balsamiert: Nach Jahren wurde das Grab geöffnet, und darin lag ein Skelett ohne Schädel und ein vollständig erhaltenes Herz zwischen den Rippenbögen.

Auf dem Tisch in dem Zimmerchen, in dem Pater Ignat Prpić ermordet wurde, lag das Manuskript der *Erinnerungen eines Eremiten*. Der Attentäter muss es gesehen haben, aber es interessierte ihn nicht. Das Buch wurde in Serbien erst nach dem Fall des Kommunismus Gesprächsstoff, als über die UDBA-Morde an serbischen Emigranten offen geredet werden durfte. Bis dahin existierte nur die in Chicago erschienene Ausgabe.

Damit beenden wir die Geschichte vom Jesuiten, der für Adrian Segher-Steins Genesung betete, den Sohn von Postdirektor Maximilian Segher-Stein und seiner Frau Gertrude, die bei den Dubrovnikern Herr Max und Frau Morgenstern hießen. Am Montag, dem 5. April 1926, wurde Adrian in Boninovo beerdigt. Die Zeit war zu kurz, als dass die Stublers zur Beerdigung hätten anreisen können, aber Lola und Andrija Ćurlin wohnten ihr bei.

Lola schickte eine Postkarte nach Sarajevo:

Dbk., den 6. IV. 26
Meine Lieben,
ich schreibe allen und grüße daher nicht jeden einzeln, bis auf Mutter und Vater. Seid Ihr gesund? Mutter, schlägt das Herz gleichmäßig?
Wir waren auf der Beerdigung von Steins Jüngstem, Adrian, er ist Sonntag gestorben. Es war nichts zu machen, die Diphtherie

hat ihn dahingemäht. Schrecklicher Vorfall. Es waren viele Leute da. Keiner, der nicht geweint hätte. Der Sarg war lackiert, klein. Nur Max war wie versteinert. Hatte die Mutter untergehakt. Sie war außer sich. Sie haben keine Gruft, keiner ihrer Angehörigen ist in Dbk. gestorben, also haben sie ihn in die Erde gelegt. Ich habe noch im Ohr, wie die Erde auf den Sarg fällt.
Ansonsten ist alles wie immer. A. arbeitet, ich hüte Ž. Die ersten Hitzewellen Ende April. Wie soll das erst im Mai werden.

Den Tod eines Kindes, und wenn er noch so überraschend kam, konnte und musste man verschmerzen. Schließlich starb man damals noch an Kinderkrankheiten, und Epidemien waren häufig. Bis ungefähr zum vierzehnten Lebensjahr bewegten sich Kinder auf einem schmalen Grat zwischen Leben und Tod, man wusste nie, welche Seite die Oberhand gewann. Ob Kinder überlebten oder starben – beides war normal. Kinder starben billig, hinterließen keine Besitztümer, kaum Erinnerungen und ihre Sünden waren klein. Sie wurden schnell vergessen, was hätte man sich denn merken sollen?

Auf Adrian traf das trotz seiner erst zehn Jahre nicht zu. Er war unglaublich musikalisch, sehr klug, seine Eltern setzten hohe Erwartungen in ihn. Dass er Musiker würde, war ausgemacht, er würde den Traum der Eltern leben, er würde erreichen, was ihnen verwehrt blieb, die Symphonie schreiben, die Gertrude nicht geschrieben hatte, in den großen Orchestern der Welt spielen, nach Amerika gehen, wo es Maximilian Segher-Stein hinzog. Dessen Träume waren so scharfkantig wie die Hochhäuser und Wolkenkratzer von New York und Chicago, ihm winkte die Freiheitsstatue zu, dieses merkwürdige Zwitterwesen, das die Einwanderer als Erstes sehen, wenn ihr Schiff in dem Hafen festmacht, der Amerika heißt, auf der Insel, die Amerika heißt, auf der sie von amerikanischen Ärzten und Krankenschwestern mit eiskalten Händen untersucht werden, zum Glück ohne sich vor ihnen ausziehen und ihre Armut offenbaren zu müssen, in Segher-Steins väterlichen Träumen winkten schmalbrüstige Jünglinge aus der Bukowina, krummbeinige Knaben mit gewaltigen Schädeln, hässlich wie die Nacht, aber musikalisch hochbegabt, und so konnten sie fort, konnten dem Großfürstentum Litauen, Galizien, Weißrussland und der Ukraine entfliehen, den kleinen, unansehnlichen Schtetln, über denen sich großes Unglück zusammenbraute, welches, wusste noch keiner, jahrhundertealter Hass und der Neid der Nachbarn brauten sich zusammen, Neid?, Hass worauf?, wie kann man einen krummbeinigen Zwerg mit Wasserkopf beneiden, wenn man ihn nie hat spielen hören?, all das spukte durch Segher-Steins Träume, nächtliche Legierungen seiner täglichen Sorgen. Sein Junge sollte ein berühmter Violinist werden, ihm selbst hatte der Mut dazu gefehlt. Er lebte mit seinen alltäglichen Sorgen als Postdirektor in Dubrovnik und fürchtete sich vor dem Tag, an dem sie in seiner Akte lesen würden, was sämtlichen Ministern und Stellvertretern auf Erden, Reichsverwesern, Abgeordneten und Kriegsherren bislang entgangen war. Und war dankbar für jede Naturkatastrophe, jeden Krieg, jedes Unglück, dankbar für die Spanische Grippe und alles, was die Behörden daran hinderte, seine Akte aufzuschlagen, auf deren Vorblatt Vor- und Nachname, Geburtsort, Nationalität, Religion und Diensteintrittsdatum vermerkt waren.

Adrians Tod erschien beiden Eltern unmöglich, das musste ein Irrtum sein, den man schnell korrigieren sollte, ohne das Kind standen sie nackt vor der Welt mit einem Sack voll unverwirklichter Lebensträume. Nackt gingen sie in den Tod, nackt standen sie in Boninovo vor der ausgehobenen Grube, die seinen Leichnam aufnehmen sollte.

In der kurzen Zeit bis zum nächsten Vorfall entschieden Gertrude und Maximilian, wie es mit ihnen weitergehen sollte. Dubrovnik war vom sicheren Hafen, in dem sich Herr Max verstecken konnte, zum Unglücksort geworden. Die Stadt war geschrumpft, zusammengeschnurrt, sie war nur noch eine sehr begrenzte Reihe symmetrisch angeordneter Steinhäuser, aus der man nicht freikam. Die Altstadt war formal ein Labyrinth, wie es der englische Hochadel aus Spaß an der Freude vor ihren Herrensitzen anlegen ließ, begriff Herr Max, ein Labyrinth ohne Ausweg, man musste über rote Hausdächer und die Stadtmauer springen und untertauchen.

An jeder Straßenecke dieses eingedampften Dubrovnik, in der Altstadt, in Lapad, in Gruž, in jeder einzelnen Gasse sah er Adrian. Mal spielte der Junge, mal hielt ihn die Mutter an der Hand, damit er nicht losrennt und ins Meer fällt. Alles erinnerte ihn an seinen Jüngsten: das Aquarium, in dem sie sich die Fische angeschaut hatten, die Wohnung der Ćurlins, die Treppe hatte der Kleine schon mit drei Jahren partout allein hochstapfen wollen, er ließ sich nicht gern herumtragen. Später kam er mit der Geige und spielte für Dundo Andrija zum Namenstag, der war Ende November, die Bora blies eisig, alle froren. Adrian hätte die klammen Finger aufwärmen müssen, war aber zu ungeduldig und verzweifelte, als die Geige unter dem Bogen jämmerlich quietschte. Heulte sich die Seele aus dem Leib, weil er dachte, er könne nicht mehr spielen.

Daran erinnerte sich Herr Max.

In Dubrovnik erinnerte ihn alles an den Jungen.

Er müsse seine Pensionierung beantragen und wegziehen, dachte er. Aber wohin? Nach Wien zurück konnte er nicht.

Dann war die Zeit vorbei, die ihm bis zum nächsten Unglück blieb. An dem er endgültig zerbrach.

Wolfram Justus trug seinen für Dubrovniker Verhältnisse äußerst befremdlichen Namen zu Ehren von Gertrudes Kontrapunkt-Professor, dem berühmten Wolfram Justus von Barsewisch, der an dem Tag starb, an dem der Junge zur Welt kam. Wenn es ein Sohn wird, hatte Gertrude vorgeschlagen, soll er Nicolas heißen. Dem Vater war es recht, er befasste sich nicht mit Namen, wollte nur nicht, dass seine Kinder durch ihre Namen allzu sehr von der Umgebung abstachen. Dann überlegte es sich die Mutter anders.

Mit dem Namen kann er Bischof werden, sagte er.

Als würde sie seine Enttäuschung heraushören.

Oder Organist, fuhr er fröhlicher fort.

Wolfram Justus Segher-Stein eignete sich indes weder zum Bischof noch zum Organisten. Die Dubrovniker riefen ihn Vuko oder gar Vukota, denn er war groß und stark, wie geschaffen zum Sportler, Hafenarbeiter oder Kofferträger am Bahnhof. Nicht dass er dumm gewesen wäre, er war ebenfalls musikalisch, wenn auch nicht so ausgeprägt wie Adrian oder die ältere Schwester Rosalia, die, hätte sie nicht so früh geheiratet, die Musikakademie abgeschlossen hätte, aber er konnte schön singen und spielte ein wenig Gitarre. Latein fiel ihm leicht, das lernte er schnell, wenn das möglich gewesen wäre, hätte er alles – lernen, musizieren, singen – im Laufschritt getan. Einen Sack Zement wegbringen. Nach Lokrum rüberschwimmen und zurück. Einmal auf der Stadtmauer um die Altstadt rennen. Er konnte einfach nicht stillhalten, er war dauernd in Bewegung. Und dabei kann Gottweißwas passieren, Jungs sowieso.

Es war Anfang Juni, die ersten heißen Sonnentage in Dubrovnik, aber noch zu früh zum Baden. Die Züge spuckten noch nicht die feinen Pinkel aus dem Landesinnern aus, um die Fensterläden und -flügel ihrer Villen und Sommerhäuser zu öffnen. Der Gružer Bahnhof war leer, nur ein paar Krämer mit Käse und Milch aus der Herzegowina, Tabakschmuggler, fotogene Spione, Spitzel, Gendarmen und tschechische Dichter im Endstadium ihrer Tuberkulose stiegen dort ein oder aus. Aus den Steinen dampften die Nebelschwaden des Winters, die Feuchtigkeit drang aus den Mauern, Dubrovnik erwachte aus seiner Depression. Es war erst seit der Eingliederung ins Habsburgerreich eine Sommerstadt und blieb es ein Jahrhundert lang, was danach kommt, wissen wir nicht, es interessiert uns auch nicht sonderlich, denn die Stublers, Segher-Steins und der taubenblaue Almanach mit dem Bienentagebuch sind nicht mehr. Das Rätsel um dessen Inhalt interessiert nicht mehr. Auch nicht die Frage, warum Franjo Rejc mitten im verregneten Frühjahr 1937 auf der flachen Hand die Weisel aus einem von der Bienenpest befallenen Stock umsetzte. Auch die Bienen sind Geschichte.

Wolfram Justus bettelte, wollte ins Wasser. Es war noch nicht Hochsommer, der Sohn kämpfte seit letztem Herbst mit einer Blasenentzündung, Doktor Karel Karel hatte gewarnt, das könne wegen der Nieren gefährlich werden, und Adrian war erkrankt und gestorben – Herr Max hätte es nicht erlauben dürfen. Andererseits, der Sohn konnte schwimmen, war schon letzten Sommer allein geschwommen, bis in den November hinein, vielleicht hatte er sich dabei die Blasenentzündung geholt.

Später, schon im Wahn, dachte Maximilian Segher-Stein über Folgendes nach: Tags zuvor hatte er sich nach dem Mittagessen hingelegt, die Augen zugemacht und war sofort eingeschlafen. Nach wenigen Sekunden spürte er einen Druck auf der Brust, als stünde eine Steinsäule darauf, er bekam keine Luft, konnte sich nicht rühren, die Decke drehte sich, er bekam keinen Ton heraus, um Gertrude zu rufen. Ihm war, als müsse er sterben. Dann war plötzlich alles wieder gut. Er sprang aus dem Bett, lief durchs Zimmer, trat in den Flur und betrachtete sich im Spiegel. Was ist los?, fragte Gertrude. Er antwortete nicht. Wenn sie noch einmal fragt, dachte er, sage ich, ich hätte schlecht geträumt.

Er wollte seine Ruhe, gab Wolframs Drängen nach, fläzte sich im Schatten in den Liegestuhl und vertiefte sich in *Das kleine Post-, Telefon- und Telegrafen-Lexikon*, wenige Monate zuvor bei der Belgrader Verlagsbuchhandlung Prof. Dimitri Mite Maksimović erschienen, bis heute die umfassendste, beste Darstellung des Postwesens in unseren Landen. Der langjährige Direktor der Dubrovniker Post war gefesselt, in dem Buch waren viele erwähnt, die er persönlich kannte, neunmal fiel auch sein Name in verschiedenen Abschnitten. Die Eitelkeit ließ ihm keine Ruhe, er nahm Block und Bleistift und zählte im Liegestuhl, wie oft die Direktoren der Postämter von Sarajevo, Belgrad, Zagreb und Ljubljana, wie oft seine Freunde, ehemalige oder aktuelle Postminister in der Hauptstadt und den Metropolen der ehemaligen Monarchie, genannt wurden, und verglich es mit sich. Zufrieden stellte er fest, dass er sehr gut wegkam. Sein Name fiel öfter als der anderer Postamtsleiter im Königreich der Serben, Kroaten und Slowenen. Es lenkte ihn von seinen düsteren Gedanken ab, Adrian und dessen Tod rückten in den Hintergrund, und er vergaß Wolfram Justus, seinen Vuko, der schwimmen gegangen war, bis zum Horizont hinausschwamm, Richtung Lokrum und wieder zurück.

Er hob den Blick, das Meer lag leer und verlassen vor seinen Augen.

Ein Riss ging mitten durch sein Herz, nicht wie gestern, schlimmer.

Ein Riss, als würde sein Herz niemals stillstehen können, als könnte er nicht sterben.

Ewig leben vor diesem öden Horizont.

Schuld an Vukos Tod.

Papa, was ist denn los?, fragte der und legte ihm den patschnassen Arm auf die Schulter.

Mir ist das Herz stehen geblieben, ich dachte, du wärst ertrunken.

Ich und ertrunken! Der Junge lachte.

Die Unruhe war schnell vorbei. Sie verflog in dem kurzen Augenblick wahren Glücks, das man nur nach einem entsetzlichen Verlust spürt. Oder wenn der Tod einem auf die Schulter springt, einen sanft mit dem Flügel streift und weiterfliegt.

Getröstet widmete er sich wieder dem Buch. Später fragte er sich verzweifelt, wie er sich so schnell hatte beruhigen können. Er fand keine Antwort, und die Verzweiflung wuchs, bis sie vom Leben verschluckt wurde. Maximilian Segher-Stein verlor den Verstand und starb wenig später im Irrenhaus bei Modriča. Gertrude zog nach Bijeljina, um näher bei ihrem sterbenden Mann zu sein, der weder sie noch die Kinder noch irgendjemanden sonst erkannte.

Wahrscheinlich sah er nur das Meer, leer bis zum Horizont, kein Sohn weit und breit. Der war tot, der war abgesoffen, und es zerriss ihm nicht das Herz. Es kann nicht zweimal reißen, deswegen. Zwei Adrenalinstöße so kurz hintereinander nehmen die Adern nicht auf. Er hätte den Sohn retten können, er hat die Chance nicht genutzt. Gott hatte ihn darauf hingewiesen, dass er nicht lesen darf, solange der Junge im Meer schwimmt. Maximilian schlug die Warnung in den Wind und verlor den zweiten Sohn.

Oder brachte er da zwei Situationen durcheinander? Papa, was ist denn los?, hatte der Junge gefragt und ihm den patschnassen Arm auf die Schulter gelegt – hatte er sich das nur eingebildet? Was war mit diesem triefenden Monster vor ihm, es schlägt ihm die nassen, eiskalten Klauen in die Schulter, damit er nicht wegrennen kann, und schreit unablässig: Papa, was ist denn los? Papa, was ist denn los?

Wie Maximilian Segher-Stein, Karlo Stublers Freund, Postdirektor, Musiklehrer von Karlos Kindern, den Verstand verlor, blieb den Stublers ewig ein Rätsel. Sie wollten es nicht so genau wissen, hatten bis ans Ende ihrer Tage Angst vor diesem ohne Vorwarnung aufflammenden Wahnsinn, den keine psychische Störung, Neurose oder Depression ankündigte, sondern der aus dem Nichts den Verstand des Mannes verdunkelte. Weil Herr Max zusammenbrach, während er im Liegestuhl unter dem Sonnenschirm in Banje am Strand *Das kleine Post-, Telefon- und Telegrafen-Lexikon* studierte, fürchteten sich die Stublers vor Psychiatern wie Kinder vorm Zahnarzt. Erst Javorka, Olgas und Franjos Tochter, vergaß die innerfamiliäre Überlieferung von Maximilian Segher-Stein, suchte sich einen Therapeuten und breitete ihre Selbstmordgedanken aus.

Er ging auf Wolfram Justus los, als wäre der Junge ein Ungeheuer. Der Sohn war entsetzt, die Verzweiflung prägte ihn für sein Leben, verdunkelte sein heiteres Naturell, er konnte nicht begreifen, was in den Vater gefahren war. Eben noch, bevor er schwimmen war, war alles ganz normal, der Vater beständig, ruhig wie in den Tagen, Wochen, Monaten und Jahren zuvor, verschlossen, ja, in sich zurückgezogen, aber sehr lieb zu seinen Kindern und seiner Frau bis zur Unterwürfigkeit ergeben. Was war in ihn gefahren, dass er plötzlich herumschrie, ihn wegstieß, Steine vom Strand aufhob und ihm damit den Schädel einschlagen wollte? Zum Glück war Vuko stark, schon seit Längerem stärker als der Vater, anderfalls hätte der ihn umgebracht, erschlagen in der Überzeugung, sein wahrer Sohn sei in den Wellen ertrunken.

Er verlangte, man solle den Leichnam aus dem Wasser holen, im Hafen oder am Strand müsse er angespült worden sein, und den Jungen neben seinem Bruder in Boninovo beerdigen. Man tat ihm den Willen in der Hoffnung, das könne ihn wieder zur Vernunft bringen. Zu Wolfram Justus Segher-Steins Beerdigung kamen viele Leute, mehr als zu der seines jüngeren Bruders. Viel mehr. Adrian hatten alle die letzte Ehre erwiesen, denen der Junge aufrichtig leidtat, Freunde der Familie, Arbeitskollegen und Bekannte von Herrn Max, Nachbarn und Menschen, die dem alten Postdirektor ihre Wertschätzung zeigen wollten. Bei Wolfram Justus' Beerdigung war ganz Dubrovnik auf den Beinen. Alle kamen, die sehen wollten, wie einer, der noch lebt, zu Grabe getragen wird, den leeren Sarg, halb mit Sand gefüllt, damit der untröstliche Vater keinen Verdacht schöpft, alle strömten nach Boninovo, die ihre Normalität mit dessen plötzlich ausgebrochenen Wahnsinn abgleichen wollten, das ist so ein wohliges Gefühl. Es war vermutlich die größte Beerdigung, die Dubrovnik erlebt hat, sie wurde auch drei Jahre später nicht übertroffen, als die ganze Stadt ihrem Dichter und Dramatiker Conte Ivo Vojnović auf seinem letzten Weg das Geleit gab. Der Einzige, der nicht mitdurfte, war der arme Vuko. Es war unmöglich, obwohl er doch die Hauptperson war, eben verstorben, zum Gespenst geworden.

Bis tief in den Herbst 1926 hinein glaubte Gertrude Segher-Stein, sie könne ihren Mann retten und wieder zur Vernunft bringen, wenn sie seine Wünsche erfüllte. Sie ging mit ihm auf den Friedhof, weinte am Grab der Söhne, in dessen Platte beider Namen eingraviert waren, Adrians und Wolframs. Und später tröstete sie den Sohn: Du warst doch sowieso nicht glücklich mit dem Namen, der ist jetzt da begraben und du heißt Vuko.

Mit einundzwanzig Jahren änderte er seinen Namen amtlich und hieß eine Zeit lang Vuko Segher-Stein. Diesen Namen finden wir Anfang Mai 1936 in der Belgrader *Politika* auf einer Liste von Sportlern, die für das Königreich Jugoslawien in Berlin an den Olympischen Spielen teilnehmen. Allerdings trat er die Reise zu dem größten sportlichen Wettbewerb nicht an. Warum, steht nicht in der Zeitung.

Auf dem Grabstein mit den Namen der beiden Brüder fehlt ein Kreuz. Das Grab liegt im größten Teil des Friedhofs, dem für die Katholiken, was bedeutet, dass Gertrude und Maximilian Segher-Stein dem zuständigen Beamten die Zugehörigkeit zur heiligen römisch-katholischen Kirche nachweisen mussten. Trotzdem gibt es kein Kreuz auf dem Stein. Damit gehört er zu den ganz seltenen Ausnahmen.

Der Krieg erwischte ihn, der sich inzwischen Vuko Štajn schrieb, in Belgrad. Dort arbeitete er als Schwimm- und Fechtlehrer. Manche sagen ihm Verbindungen zu einer Geheimzelle der Kommunistischen Partei Jugoslawiens nach. Andere schwören, sie seien ihm im Mai 1941 auf Terazije und in der Knez Mihajlova begegnet, da sei er mit dem Komintern-Verschwörer Mustafa Golubić unterwegs gewesen. Golubić trug die Uniform eines Oberst der Wehrmacht, Vuko Štajn war in Zivil. Aber das ist wahrscheinlich frei erfunden, erstunken und erlogen, die hanebüchenen Gerüchte wurden jahrelang in Theaterfoyers, von Schriftstellern frequentierten Cafés und bei den Samstagsmatineen im Hotel Majestic zwischen UDBA-Offizieren und Getreuen ventiliert. Wahrscheinlicher ist, dass Vuko Štajn Ende Juli 1941 geschnappt wurde, weil sie ihn als Juden verdächtigten. Die Taufurkunde, die er vorlegte, war gefälscht, das wurde fernmündlich mit dem Ustascha-Obmann bei der italienischen Besatzungsmacht in Dubrovnik und dem Büro einer katholischen Gemeinde in Wien abgeklärt. Die Gestapo folgerte messerscharf, dass Štajn Jude sein musste. Er wurde in dem Lastwagen ermordet, der mobilen Gaskammer, mit der die ss-Offiziere Götz und Meyer herumfuhren, was David Albahari in dem gleichnamigen Roman bereits beschrieben und erzählt hat.

Wie Gertrude Segher-Stein die Nachricht vom Tod eines weiteren Sohnes erreichte, dem endgültigen Tod ihres Jungen, dessen Name vor ihm gestorben war, eingemeißelt in einen Grabstein, unter dem der Leib nie liegen sollte, das werden wir so wenig erfahren wie vieles andere, was für diese Geschichte wichtig wäre, zumal sich die Erzählung jetzt wieder Rudolf Stubler zuwendet, Oberleutnant der Heimatwehr, der, dem väterlichen Wunsch folgend, Gertrude besuchen und ihr Geld bringen wird, so viel er entbehren kann.

Am Samstag, dem 30. Juni 1943, regnete es in der Semberija von oben und von unten.

Die Soldaten der Heimatwehr hatten die Erlaubnis, in die Stadt zu gehen, aber nur die Mutigsten nutzten das. Oder die Verzweifeltesten. Die anderen hockten auf ihren Strohsäcken, spielten Karten oder lausten sich wie die Affen gegenseitig. Seit dem Morgen diskutierten sie die Frage, warum es der Heimatwehr verboten war, einen Regenschirm zu benutzen, wenn es regnete. Also gut, mit dem Regenschirm geht man nicht zur Front, das wäre schon komisch und außerdem gefährlich. Man kann nicht gleichzeitig das Gewehr repetieren und den Regenschirm halten. Aber warum darf man den Regenschirm nicht aufspannen, wenn man, mit Brief und Siegel und von höheren Rängen unterzeichnet, Ausgang hat und in die Stadt will? Ist das bei anderen Heeren auch so? Die Deutschen haben auch nie Regenschirme, aber das sind Deutsche, man weiß ja, wie die sind. Und die Italiener? Vielleicht, vielleicht ... Ziemlich wahrscheinlich spannten die Italiener während ihrer Freizeitaktivitäten und wenn sie Ausgang hatten ihre grün-weiß-roten Regenschirme auf. Und die Engländer genauso. In England hört es nie auf zu regnen, was würde geschehen, wenn englischen Militärs verboten wäre, Regenschirme aufzuspannen? Der Krieg wäre längst aus, Churchill hätte die Kapitulation unterschrieben, die dicke Schnapsdrossel müsste vor dem Führer buckeln, Berlin würde Albion den Schneid abkaufen, wenn England so ein dämliches Gesetz hätte …

Eine Weile lauschte Oberleutnant Stubler dem Gejammer seiner Leute, dann stand er von dem Schreibtisch in der Ecke des Schlafsaals auf, zog den Regenmantel an und trat ins Freie.

Er musste zu Fuß ans andere Ende von Bijeljina und würde bei Frau Gertrude Segher-Stein nass bis auf die Haut eintreffen. Aber er ertrug die leisen Fürze nicht länger und wie die Spielkarten auf die angeschimmelten Koltern klatschten, die sie der Königlich-Jugoslawischen Armee abgenommen hatten – was für eine Kriegsbeute! –, und diesen Stuss über Regenschirme. Außerdem würde er bei Frau Morgenstern wieder trocken. Sie würde sich um ihn kümmern, sie hatte sich früher um alle gekümmert, wenn sie alle vier zum Musikunterricht aufgelaufen waren.

Er schleppte sich durch die Stadt, versank immer tiefer im Matsch, der aussah wie Saharasand vermischt mit menschlicher Scheiße. Der Vergleich machte ihm Spaß, während er die Spitze seiner Stiefel betrachtete, an deren Gummisohlen der Matsch klebte, was das Gehen immer mehr erschwerte. Gelber Saharasand und die Scheiße kranker Menschen. Rudi hatte sich, wenn auch nur kurz, die Welt erklärt, in Worte gegossen. Er war zufrieden.

Gertrude Segher-Stein wohnte in einem grauen dreistöckigen Gründerzeithaus, von dem der Putz bröckelte und der Stuck herunterfiel. Das Treppenhaus stank nach Kohl und Katzenpisse, das Licht funktionierte nicht. Frau Morgenstern wohnte ganz oben, in Schönschreibschrift war ihr Nachname in eine Messingplatte eingraviert. Mit Bindestrich. Rudi war sicher, dass Herr Max sich ohne Bindestrich geschrieben hatte. Der Graveur hatte sich verschrieben, aber Frau Morgenstern ließ die Sache auf sich beruhen. Später, als ihm Dokumente und Briefe mit dem Nachnamen darauf in die Hand fielen, betrachtete er jedes Mal erstaunt den Bindestrich, den es in seiner Erinnerung einfach nicht gab.

Rudi! Sie breitete die Arme aus und schlang sie um ihn, sein nasses Unterhemd klebte am Leib. Er bekam Gänsehaut. Es war dunkel, kalt und stickig wie im Winter, nicht wie Ende Juni.

Der Sessel knarzte bedenklich, als er sich setzte, hielt aber stand. Er hatte beschlossen, sie nicht auf seine nassen Klamotten anzusprechen, zog nur den Regenmantel aus, der aus wasserdichtem Material sein sollte. Offiziersmantel aus gummierten Leinen, so hieß dieses Stück der Ausrüstung offiziell. Er war genauso durchweicht wie alles andere. Man hätte ihn auswringen können.

In Zagreb sagen sie ausdrücken oder so ähnlich, dachte er, langte in die Hosentasche und zog ein Bündel durchweichter Geldscheine mit einem Gummi drumherum heraus. Es waren eintausendfünfhundert Kuna.

Das schickt Ihnen Papa, sagte er.

Aber wofür, Rudi?, fragte Frau Morgenstern erstaunt.

Haben Sie von Emil und Rosa gehört?, fragte er, nur um etwas zu fragen, und bereute es sofort.

Emil hat mich im Frühjahr besucht. Er hat so viel Arbeit, dass er nicht weiß, wo ihm der Kopf steht. Wir haben Krieg, da gibt es viele Verrückte. Es ist schwer, nicht durchzudrehen. Und Rosa ist wie immer, es geht ihr gut, sie meint, ich soll nach Ljubljana ziehen. Aber was soll ich da? Ljubljana, Bijeljina, Dubrovnik, das ist doch alles dasselbe.

Sie log, das spürte er, aber er brauchte Jahre, bis er begriff, was gelogen war. Muss das erläutert werden oder soll dieser Teil der Geschichte unerzählt bleiben? Oder sollen wir noch eine Erzählung anfangen, zwei Ellipsen zusammenstecken, die sich an zwei Stellen überschneiden und das hinausschieben, was wir durch das ganze Buch mit unzähligen Digressionen vor uns herschieben – den Vorfall im Herbst 1943? Lieber nicht, wir heben uns die Geschichte von Emil und Rosalia für ein späteres Buch auf, das vielleicht nicht geschrieben werden wird.

In aller Kürze nur so viel: Der Wiener Neuropsychiater Emil Segher-Stein schrieb den postpsychoanalytischen Kultroman *Die ewige Müdigkeit der Katharina von Obervellach* über eine aus Slowenien stammende Wiener Waschfrau, die hellsehen konnte. Dem alleinstehenden Psychiater, dem sie einmal pro Woche die Wäsche wusch, prophezeite sie, die Welt werde bald ihre Seele verlieren und er sich zu seinen Kranken flüchten, denn die Irren würden als Einzige gerettet. Der Roman erschien in Übersetzung auch bei uns, der Zagreber Verlag Zora veröffentlichte ihn 1955 unter dem Titel *Wäscherin Katarina aus Oberweiß*.

Emil Segher-Stein erlitt, so steht es in der ersten Auflage von Krležas *Allgemeiner Enzyklopädie*, 1939 einen Nervenzusammenbruch und sei in der offenen Abteilung des Krankenhauses untergebracht worden, in dem er damals arbeitete. Dort blieb er bis 1943, dann wurde er zusammen mit einigen hundert Geisteskranken nach Auschwitz deportiert. Der letzte Satz steht völlig untypisch für Krležas strenge Klassifizierung von Lexikoneinträgen im Konjunktiv, Segher-Steins angeblich jüdische Abstammung hätten die Nazis nicht ermittelt, er wurde als angeblich Geisteskranker ermordet.

Rosalia Lipovšek, Gertrudes und Maximilians einzige Tochter, floh nach dem Aprilkrieg 1941 nach Südamerika und ließ nie wieder etwas von sich hören, sodass man lange annahm, sie sei im Ozean versunken, im Amazonasbecken verloren gegangen oder sonstwie von dem riesigen fremden Kontinent verschlungen worden. Am 21. April 1960 hielten der Stadtplaner Lúcio Costa und der Architekt Oscar Niemeyer Reden anlässlich der feierlichen Eröffnung von Brasilia, der von ihnen geplanten Hauptstadt Brasiliens, dabei standen zwei, drei ihrer engsten Mitarbeiter hinter ihnen, einer war Bogdan Lipovšek. Seine ehemaligen Studenten erkannten ihn auf den Fernsehbildern und Fotografien, woraufhin ihn Belgrad einlud, nach Jugoslawien zurückzukehren und die alte Heimat entwickeln zu helfen. Lipovšek hatte kein Interesse, er hat der jugoslawischen Presse niemals Interviews gegeben. Wie Costa und Niemeyer ist er sehr alt geworden. Er starb 2003 mit fünfundneunzig Jahren. Rosalia hat ihn angeblich überlebt. Sie wird in dem Nachruf der *Folha de São Paulo*, der größten Tageszeitung Brasiliens, als die Muse des Maestros und seine Lebensgefährtin erwähnt, die die Erinnerung an die slowenische Sprache in ihm wachgehalten habe.

Schon diese kurzen Notizen zeigen, dass sich die Schicksale der beiden Ältesten, wenn sich denn ein Schriftsteller dafür fände, zu aufregenden Reportage-Romanen eignen würden. Mir fehlen die Zeit und das Geld für ein solches Unterfangen. Es wird schwer genug, mich aus dem Bienentagebuch mit sämtlichen Implikationen des verrotteten Hafersacks aus Wolle herauszuwinden, den ich 1998 im Keller am Sepetarevac mit einem Bleistift, zwei Stangen Siegelwachs, einem verrosteten Benzinfeuerzeug und dem taubenblauen Almanach darin fand, auf das ja weitere Arbeiten über die tote Familie folgen sollen, sodass für Rosalia Lipovšek, geborene Segher-Stein, und ihren Bruder Emil Segher-Stein sicher keine Zeit bleibt. Und selbst wenn, es ist mir nicht gegeben, über einen Architekten, der an der Planung von Brasilia mitgewirkt hat, und dessen Frau zu schreiben, sowie über einen Wiener Psychiater und Romanautor, der in Auschwitz ermordet wurde. Solche Erzählungen sind teuer, man braucht Geld für Reisen und mehrjährige Recherchen, das ich nicht habe und nicht bekommen kann.

Das schickt Ihnen Papa, wiederholte Rudi.

Aber warum, ich brauche kein Geld!

Schließlich nahm sie das Bündel, um es auf dem Tisch zu trocknen. Sie legte die Banknoten auf die völlig mottenzerfressene Tischdecke wie Patiencekarten aus.

Das nimmst du wieder mit, ja?, sagte sie lächelnd.

Kann ich nicht, Papa würde mich verstoßen. Der glaubt mir sowieso nichts.

Ja?

Ja, ja ... Ich habe ihn enttäuscht, weil ich das Studium nicht geschafft habe. Und jetzt glaubt er mir nichts mehr. Vor allem, wenn es um Geld geht. Er denkt …

Du gibst es für Frauen aus.

Genau, lachte er.

Ach, mein Lieber, er lebt in vergangenen Zeiten. In diesem Krieg gibt es keine Frauen. Wenigstens sehe ich keine in Bijeljina. Ich glaube nicht, dass es welche in Berlin und Moskau gibt. Wie sieht es in Sarajevo aus?

Fehlanzeige.

Da hast du es. So ist dieser Krieg. Schrecklich. Im letzten Krieg und zu der Zeit, als dein Vater jung war, wo immer Soldaten ihr Lager aufschlugen, ob im Krieg oder im Frieden, waren Frauen zur Stelle. Wie Tauben kamen sie angeflogen und hängten ihre Unterwäsche an Leinen auf. Eine schöne als die andere, du hattest die Wahl. So waren die Kriege früher und so waren die Soldaten. Deswegen gab es keine Deserteure. Die Jungs eilten zum Militär, rannten in den Tod, weil sie wussten, dass vorher Täubchen auf sie warten, aufgereiht auf den Telegrafenleitungen ums Zeltlager hocken, während die Nachrichten von der Front durch die Drähte rauschen. Zehn, fünfzig, fünfhundert, tausend Tote … Heute ist alles anders. Es gibt keine Frauen mehr.

Nein.

Ich komponiere.

Sie sprang auf, als würde Milch auf dem Herd überkochen.

Drago hat meine Sinfonietta geliebt, sagte sie.

Schade, dass er das nicht hören wird, sagte sie, klappte das Pianino auf, dem einige Tasten fehlten und das völlig verstimmt war. Als würden Möbel die Stiege hinuntergeworfen, Glas und Porzellan zerspringen, so jaunerte das Nussholz in Gertrudes schrecklich gebrochenem Moll. Akkorde pladderten vom Himmel wie splitterndes Glas und verletzten seine Haut. Er öffnete den Mund und wollte schreien, schämte sich aber. Es tat ihm leid für die liebe Frau, die er sein Leben lang kannte, die ihm das Notenlesen bei- und die Musik nahegebracht hatte. Gertrude

Segher-Stein hatte Rudi den Kontrapunkt erklärt. Der Kontrapunkt ist ein Missklang, der harmonisch klingt, ein dreifaches Chaos, das sich durch drei Flussbetten in das Meer der reinen, kosmischen Musik ergießt. Das ist der Kontrapunkt, erklärte sie dem Jungen, der verblüfft die Augen aufriss und kein Wort verstand, sich aber jedes Wort merkte. Später sah er im Leben wie in der Musik alles aus dem Blickwinkel von Gertrudes Lehre vom Kontrapunkt. Ohne Gott und die Musik, so verstand es Rudi, wäre die Welt ein Chaos. Gertrude hatte ihm die Musik erklärt und einen gläubigen Menschen aus ihm gemacht.

Deswegen packte ihn der blanke Horror bei den kreischenden Tönen aus dem kaputten Pianino, an dem die offenbar wahnsinnige Frau mit Händen, die sich in lange, knochige, ganz grau gewordene Finger verzweigten, ihre Akkorde hämmerte, in denen keine Melodie zu erahnen war.

Es würde länger dauern, merkte er, weil Gertrude Segher-Stein, die erste Frau, die am Wiener Konservatorium Musik studiert hatte, die ganze Symphonie für Klavier und Fuß, mit dem sie auf das halbverfaulte Parkett stampfte, vorspielte, und Rudi entspannte sich allmählich, klappte den Mund zu, rückte sich im Sessel zurecht und fror nicht mehr. Das Zittern hatte aufgehört, wenig später war er bereit, Stunden so sitzen zu bleiben. So lange wie Gertrude für ihre Symphonie brauchte, die dem Bündel Notenpapier nach, das sie vor sich ausgebreitet hatte, mehr als eine Sinfonietta war.

Sobald sich seine Nervosität gelegt hatte und ihm nicht mehr kalt war, erfasste Rudi alle Vorteile der Situation. Statt bei den Soldaten in der Baracke zu hocken und sich das triste Geschwätz dieser einfachen Männer anzuhören, die wie er Todesangst hatten und nichts anderes spürten, an nichts anderes dachten als Angst, Angst, Angst, saß er hier, schweigend, ruhig, seelisch ausgeglichen, die bösen Gedanken und das Unbehagen wie fortgeblasen. Er spürte, wie die Uniform an ihm trocknete, das Blut kreiste im normalen Rhythmus durch die Adern, neue Zellen ersetzten abgestorbene Vorgänger, mit der Feuchtigkeit verdunsteten alle Gifte, für immer, wie ihm schien. Die widrige Zeit fuhr an ihm vorbei, ließ ihn stehen wie ein Zug, der den Bahnhof verlässt, und er stand mit beiden Beinen fest auf dem Bahnsteig, er weiß, der Zug fährt ohne ihn.

Wann er sich auf die *Erste Symphonie für Klavier und Fuß, der auf verfaultes Eichenparkett stampft* der vergessenen Wiener Komponistin Gertrude Segher-Stein einließ, daran erinnerte sich Rudolf Stubler später nicht mehr. Die Musik nahm ihn vollkommen gefangen, er versank in ihr wie in einem Traum, akzeptierte das total verstimmte Klavier als neues Instrument, eben anders als ein Klavier. Ein Instrument, das im Sommer 1943 in Bijeljina erfunden worden war, um ein Stück aufzuführen, das auf keinem anderen Instrument gespielt werden konnte. Aus Gertrudes Pianino ächzte das Quietschen slawonischer Brunnenschwengel, das Kratzen von Zigeunergeigen, dröhnte das Rumsen von Güterwaggontüren, die sich vor den Augen der Menschheit schließen, während das letzte Licht durch Spalten zwischen ungleichmäßig gehobelten Brettern dringt, das Geschützfeuer hinterm Horizont, die Motoren von Tausenden Panzern, die in den frühen Wintermorgen weit weg im Osten einfallen, der unharmonische, harte Aufprall kleiner Hämmerchen, die verzweifelt auf staubige Saiten einschlagen, man hörte Tausende erstickender Frauen und Männer, die sich an Mozart erinnern, bevor sie das Bewusstsein verlieren, das Auftreffen von Erde auf einem Sarg, wie es sich im Innern des Sargs anhört, ein grauenhaftes Einverständnis mit dem Sterben, das Röcheln durchgeschnittener Menschenkehlen, das sich in einer Zeit allgemeinen Schlachtens mit dem der Schweine mischt, sodass sich dem Zuhörer, versöhnt mit dem Tod und dem eigenen Schicksal, nicht erschließt, wann Menschen und wann Schweine sterben.

Hingerissen und bezaubert lauschte er seiner ehemaligen Musiklehrerin, von der er eben noch dachte, sie sei verrückt geworden, wie sie ihre großartige *Erste Symphonie für Klavier und Fuß, der auf verfaultes Eichenparkett stampft* spielte, versöhnt mit der Einsicht, dass es keinen Unterschied macht, ob er als Mensch oder als Schwein stirbt. Die Unterscheidung hatte 1943, dem letzten Jahr für das Leben auf Erden, ihren Sinn verloren.

Als er sich aus dem Sessel erhob, war seine Uniform trocken. Längst getrocknet waren auch die Geldscheine auf dem Tisch.

Piesacken Sie mich nicht, Frau Morgenstern, wie soll ich dem Vater unter die Augen treten.

Ach, der liebe Karlo, er war immer schon so ein galanter Kerl.

Nur sie sprach vom lieben Karlo. Niemand sonst hieß den alten Stubler einen lieben, galanten Kerl.

Wenn du das nächste Mal kommst, folgt die *Zweite Symphonie für Klavier und Fuß, der auf verfaultes Eichenparkett stampft.* Stell dich darauf ein und hab Geduld. Ich habe siebzehn Symphonien geschrieben. Siebzehn ist eine Glückszahl. Du bist der Einzige, der sie hören wird.

Im Juli und August wechselten sich Sonne und Regen ab. In geradezu regelmäßigen Abständen wurden sie von Sommergewittern überrascht. Der Wind zerzauste die Bäume und riss in ganz Andrijevac die frisch gewaschenen Laken von der Leine, schleuderte sie in die Höhe und ließ sie weit im Osten langsam in die Kronen alter Eichen schweben. Es kühlte unvermittelt ab, als begänne mitten im Juli der Herbst, am nächsten Tag war es wieder sonnig und eine halbe Woche lang sehr heiß. In der Nähe des Dorfes war ein Militärlager entstanden. Keiner verstand, warum sie im offenen Gelände lagen, wo sie höchstens als Köder dienen konnten. Unter den Soldaten hieß es, das sei vorübergehend, sie würden bald nach Deutschland zurückverlegt. Oder in den Osten, fügten sie düster hinzu. Das Wort Osten hatte seit einiger Zeit den Beiklang von Todesurteil. Das schlimmste Wort der deutschen Sprache. Das all jene, die den strikten Befehl missachteten, im Lager und außerhalb ausschließlich Deutsch zu reden, auf Ost verstümmelt auch im Serbokroatischen verwendeten.

Mladens letzter Brief an Nevenka ist auf den 13. VIII. 43 datiert.

Wie immer mit Füllfederhalter geschrieben, nur dass es keine grüne Tinte mehr gab, nur noch das übliche Blau. Die Handschrift ist ordentlich, es besteht kein Zweifel, dass der Brief an einem Tisch aufgesetzt wurde, vielleicht in der Kneipe in Andrijevac, der einzigen in Lagernähe, die die Soldaten mit Sondererlaubnis besuchen durften. Mladen scheint nicht recht bei der Sache gewesen zu sein, wollte schnell fertig werden.

Liebe Nevenka,
Du wartest bestimmt schon auf meinen Brief. Ich komme nicht zum Schreiben, ich habe wenig Zeit dafür, weil ich nach Kroatien verlegt wurde. Wenn Du wüsstest, wie viele Birnen und Pflaumen und Äpfel es hier gibt. Jetzt sind auch die Trauben reif. Die Leute mögen die deutschen Soldaten sehr und geben uns alles kostenlos.
Vielleicht geht es bald zurück nach Deutschland, vielleicht auch nicht. Gehst Du baden? Hier ist es sehr heiß, aber es gibt keinen Fluss, in dem man baden könnte.
Was schreibt Željko? Ist er schon als Pilot im Einsatz oder noch in Borovo?
Wie geht es Nano?
Viele Grüße an Mama und Papa, Oma und Opa und alles Liebe an Dich, Dein Mladen

1943 hat Mladen zwei Mal drei Tage Urlaub bekommen, das erste Mal nach Ostern, das zweite Mal nach der Ankunft in Kroatien. Da war er in Ilidža, in der Kasindolska. Von diesem Besuch zeugt ein Dutzend kleinformatige Fotografien, die vor dem Haus und im Garten entstanden. Nur Franjo fehlt. Er war auf der Arbeit oder wollte nicht mit aufs Bild.

Mladen sitzt am Gartentisch, den Ellbogen aufgestützt, Nevenka steht stolz neben ihm. Den linken Arm hat sie auf seine Schulter gelegt. Das wird ihr der unbekannte Fotograf gesagt haben, damit das Bild dynamischer wirkt. Um den Tisch herum stehen oder sitzen Karlo, Johanna, Rika, Vilko und Olga. Nano fehlt auch. Er ist bereits in Bijeljina. Überwacht das Ausheben von Schützengräben rings um die Stadt.

Mladen neben dem Bienenhaus. Allein. Das Holzhaus hat Karlo mit Rudis Hilfe gebaut und mit Teeröl gestrichen, mit dem auch Bahnschwellen vor Witterung und Schädlingen geschützt werden, Karlos Schwiegersohn, Franjo, hat es in der Werkstatt gekauft und sich eine Rechnung geben lassen, damit ihm keiner Diebstahl vorwerfen kann. Die Rechnung liegt womöglich noch heute in einer Schublade in der Kasindolska. Das Bienenhaus war als Provisorium gedacht, sollte von einem solideren Bau abgelöst werden, wurde dann aber siebzig Jahre lang genutzt. Es war hübsch, mehrere Stubler-Generationen haben sich davor fotografieren lassen. Mladen und der Fotograf mit Kamera und Stativ mussten rund zweihundert Meter gehen, vorbei an den Beeten mit Erdbeeren und grünem Salat. Wahrscheinlich haben sie, als Mladen seinen Besuch ankündigte, einen der beiden Fotografen bestellt, die während des Krieges in Ilidža ein Fotostudio betrieben: Alfons Kafka oder Đuro Karlović. Vermutlich Kafka, mit dem Karlo Stubler seit Jahren bekannt und eine Zeit lang lose befreundet war.

Mladen neben dem runden Gartentisch. Wieder stehen alle um ihn herum. Darunter zwei Unbekannte, wahrscheinlich Nachbarn, an die sich, ein oder zwei Jahre nach Olgas Tod, als wir die Bilder betrachteten, keiner erinnerte. Auf dem Tisch eine Schüssel Äpfel. Wie kommen im Mai oder Juni Äpfel nach Ilidža? Hatte Mladen nicht eher Ende Juli Urlaub bekommen, wenn die Petrovač-Äpfel reif werden? Aber sind das da auf dem Tisch Petrovač-Äpfel? Darüber habe ich mir lange den Kopf zerbrochen. Sie sind groß wie in Friedenszeiten, solche habe ich im Garten an der Kasindolska nie gesehen, und wir haben das Hungerjahr 1943. Die Menschen auf dem Bild achten darauf, dass sie nicht vor den Äpfeln stehen, die Äpfel müssen aufs Bild. Und Mladens Uniform ist ordentlich geknöpft.

Es sind künstliche Äpfel aus Plastik, wie sie in den letzten Jahren vor dem Krieg modern wurden. Die wurden als Schmuck auf den Tisch gestellt. Sie faulen nicht und sind schöner als echte Äpfel. Als sie für die Aufnahmen in den Garten gingen, haben sie die Äpfel mit hinausgenommen. Es ist das Jahr 1943, aber der Hunger soll nicht aufs Bild. Dieses Jahr war für sie noch nicht schrecklich. Das wurde es erst, nachdem es vorbei war. Jetzt ist es noch ihre Gegenwart, ein Blatt im Kalender des laufenden Jahres, und die Wirklichkeit muss man aufhübschen. Man soll sehen, dass sie dem Enkel auf Heimaturlaub zu Ehren die dicksten Äpfel geholt haben. Die keiner isst.

Hätte Mladen überlebt, hätten ihn die Bilder vielleicht kompromittiert. Oder wenn die Familiengeschichte anders verlaufen wäre, wenn die Menschen auf den Bildern nach dem Krieg in hohe Positionen aufgestiegen wären, etwas in der neuen Gesellschaft erreicht hätten, dann hätten ihnen diese Bilder gefährlich werden können. So aber ist es egal. Die Familiengeschichte der Stublers lief neben der sozialen und politischen Geschichte her, nach 1943 kümmerten sie sich nicht mehr darum. Beide, die soziale wie die politische Geschichte, endeten im Untergang. Die Stublers verschwanden, Jugoslawien verschwand, der letzte Staat, in denen ihre Kofferkinderbiografien einen wenn auch schwankenden Boden hatten, in dem sie gedeihen konnten.

Als ich 1987 oder 1988 diese Fotografien zum ersten und letzten Mal sah, hatte ich den Eindruck, dass alle, nicht nur das Mädchen, stolz waren auf Mladens Uniform. Unangenehmer Gedanke, ich habe ihn nicht ausgesprochen, habe keine Fragen gestellt. Wie hätte ich fragen sollen, wo sie doch neben mir saßen, vorsichtig lächelnd die Bildchen anstarrten, als betrachteten sie das Jesuskind in Marias Schoß. Namen nannten, Angaben zu den Fotografierten machten, Daten erwähnten. Ich konnte fragen, ob Kafka oder nicht doch Karlović der Fotograf war, aber die Frage, warum die Leute auf den Bildern, warum Mladens Angehörige so stolz auf seine Uniform waren, war ausgeschlossen. War sinnlos. Sie hielten auf Ordnung, ordentlich füllten sie Formulare aus, standen an Schaltern an, holten Beglaubigungen, ließen Passfotos machen, sammelten die erforderlichen Unterlagen, um ihren Rentenanspruch trotz Karlos fataler Unterstützung für die streikenden Arbeiter nachzuweisen, sie vergeudeten ihre Jahre mit bürokratischer Ordentlichkeit und hofften, der Staat werde sich dankbar erweisen und sie vor Not schützen. Und 1943 schien nichts sicherer zu sein als eine deutsche Uniform. Nur Franjo sah es anders.

Mladen hatte diesen Urlaub mit einem ausgearbeiteten Plan angetreten, er wollte desertieren. Statt nach Slawonien ins Lager zurückzufahren, wollte er sich in den Zug nach Dubrovnik setzen. Er brauchte nur einen gut gefälschten Ausweis, hatte aber schon jemanden bei der Hand, der ihm den machen würde. In Dubrovnik würde ihn Dundo Andrija Ćurlin über seine Beziehungen per Schiff zu den Engländern bringen. Ein wagemutiges Vorhaben, naiv, die Engländer waren noch nicht in Sizilien gelandet, aber Mladen hatte alles genau geplant. Ein Bekannter oder vielmehr der Cousin seiner Freundin sollte ihm den Ausweis beschaffen. Franjo sollte von einem Telefon, das nicht abgehört wurde, Onkel Andrija anrufen. Der Onkel hatte Mladen versprochen, ihn zu verstecken, falls er desertieren wolle. Ein Überlaufen zu den Partisanen kam nicht mehr in Betracht. Warum?

Olga war entsetzt. Sie zischte und schrie mit erstickter Stimme, schrie lautlos aus Angst, man könnte sie hören. Sie verbot Franjo, Andrija anzurufen. Sie würde sich umbringen, sagte sie Mladen, wenn er desertiere, gefasst und erschossen würde. Sie würde sich umbringen, dann könne Franjo mit seinen Partisanen zusehen, wie er Javorka großkriege.

Drei Tage währten der Streit und die Anschuldigungen. Sie drohte, drohte mit den unterschiedlichsten Möglichkeiten, wie Mladen umkommen könnte. Wird bei Konjic oder Jablanica aus dem Zug gestoßen, von Kugeln durchsiebt, fällt tot in die Neretva. Man jagt ihn durch Mostar und Čapljina, Trebinje und Gruž. Er stirbt mehrere Tode, das sagt sie ihm ins Gesicht und zwingt ihn, ins deutsche Heerlager bei Andrijevac zurückzukehren, ordnungsgemäß, regelkonform, wie es das Protokoll verlangt, wie sich die Bürger eines Landes gegenüber dem Staat und den Behörden verhalten sollen …

Am letzten Morgen herrschte Ruhe. Er ist bedrückt, seine großen Pläne sind gescheitert, der Vater hat Dundo Andrija nicht angerufen, sondern sieht ihn traurig von der Küchentür aus an und schweigt. Die Mutter ist liebenswürdig, ruhig und aufgeräumt, tut, als sei alles in Ordnung, und will ihn zum Bahnhof bringen. Nein, sagt er, L. bringt mich hin. Die Mutter hat sie einmal kennengelernt, da war Mladen in der siebten Klasse des Gymnasiums, L. ein Jahr älter. Das ist meine Freundin, hatte er zur Mutter gesagt. Sie hielt ihr die Hand hin, das Mädchen hatte einen festen Händedruck, sie war schön. Olga war stolz auf Mladens Wahl. Die Schwiegertochter, sagte sie einmal im Scherz. Unsere Schwiegertochter. Glaubte aber nicht, dass es lange halten würde. In dem Alter geht die Liebe schnell vorbei.

Der Name L. J. wurde zu Hause nicht ausgesprochen, obwohl alle ihn kannten. Keiner weiß wie, aber als die Zeit dafür reif war, kam heraus, dass L. J. mit uns verwandt war. Mladens erste und einzige Freundin, mit der er seit der siebten Klasse und bis zuletzt zusammen war. Olga hatte ihr einmal die Hand gegeben, ihr Händedruck war fest und entschlossen, Franjo hat sie nie kennengelernt. Keiner hat je ein Wort mit ihr gewechselt. Wir lächelten sie nur an und gingen weiter. Sie lächelte zurück. So drückten wir, sie uns, wir ihr, lächelnd unser Beileid aus. Als ich erwachsen war, lächelte ich L. J. an, und sie lächelte zurück. Ob sie wusste, dass Mladen mein Onkel war, obwohl ich dreiundzwanzig Jahre nach seinem Tod geboren wurde? Wahrscheinlich nicht. Sarajevo war eine kleine Stadt, sie ist dauernd angelächelt worden.

Sie entstammte einer alten serbischen Familie, trug einen sehr bekannten Nachnamen, der in keiner Chronik oder Geschichte Sarajevos fehlt. Ihr Urgroßvater hat 1878 das österreichische

Heer im Namen der orthodoxen Gemeinde willkommen geheißen, nicht um sich Baron Filipović zu unterwerfen, sondern um dem Vertreter des Kaiserreichs, von dem er annahm, es würde lange über Bosnien herrschen, mindestens so lange wie die Osmanen, die Unterstützung der serbischen Familien in Tašlihan anzutragen. Das war keine Unterwerfung, der alte Serbe, von Beruf Kaufmann, hoffte, auf diese Weise Elend von seinem Stamm wenden zu können und den Handel, der wegen des Krieges für kurze Zeit unterbrochen war, wieder in Gang zu setzen. Diese Haltung wussten die Österreicher zu schätzen, nicht anders als die Osmanen, die den Herrn aus Tašlihan ebenfalls achteten, solange sie Bosnien regierten, und sein Ansehen bei der neuen Besatzungsmacht, aber auch bei den Einheimischen, den gläubigen wie den ungläubigen, und den Zugezogenen wuchs. In fünfunddreißig Friedensjahren mehrte sich das Familienvermögen, L.s Vater und ihre Onkel studierten in Wien. Erst die Ermordung des Thronfolgers und der Große Krieg zerstörten die Stille des großen, in türkischer Manier mit Kopfsteinen gepflasterten, von weiß gekalkten Wänden umgebenen Hofs, die Scheiben ihrer Geschäfte wurden eingeschlagen, Handelswechsel und ein Teil der Spareinlagen wertlos, wie Feuchtigkeit kroch die Armut die Wände ihres Hauses hoch. Aber nur kurz. Im Krieg hatte L.s Großvater das meiste, was er besaß, Gold, Geld, Waren, hergeschenkt, aber 1918 stand er aufrecht, den schwarzen Fez der Christen auf dem Kopf. Von den Befreiern zeigte er sich nicht allzu begeistert, obwohl sie den gleichen Glauben und die gleiche Sprache hatten. Er hat öffentlich gesagt, man müsse anderen gegenüber offen und den eigenen Leuten gegenüber auf der Hut sein, das hat man ihm verübelt. Er sagte, was er dachte, aber so klar und maßvoll, dass er nicht dafür bezahlen musste. Die Familie wurde nie wieder so reich wie unter den Habsburgern, gehörte aber nach wie vor zu den drei, vier vermögendsten serbischen Sippen in Sarajevo. Mehr Reichtum scheffeln hätte bedeutet, Geschäfte mit dem Staat zu machen und vor der Regierung den Familiennamen herauskehren zu müssen, und das wollte der Großvater nicht. Es wäre nicht gut gewesen, wenn sich in der Čaršija der Eindruck festgesetzt hätte, die J.s kämen besser weg, weil der König ein Serbe war. Das ist nie gut, sagte der Großvater, Vater und Onkel machten sich weiter keine Gedanken, sicher war ihr Vater wie immer im Recht. Der Alte starb im Sommer 1940. Das alte Sarajevo war vollzählig bei seiner Beerdigung, den Gottesdienst hielt der Metropolit von Dabro-Bosna. Es war das größte gesellschaftliche Ereignis Sarajevos im letzten Friedensjahr.

Die Ustascha beschlagnahmte direkt nach ihrem Einmarsch im April 1941 die Geschäfte der J.s, ließ ihnen aber das Haus und krümmte den Bewohnern kein Haar. L.s Vater vermied es mit großem Geschick, sich den neuen Herren gegenüber loyal zu zeigen und als Kroate orthodoxen Glaubens nach Zagreb zu pilgern, nach der ersten großen Mordwelle an seinen Glaubensgenossen, und damit das Ansehen der Ustascha bei den Deutschen wiederherzustellen (die ihren Verbündeten die unnötigen Massaker an den Serben verübelten) und die Lebensbedingungen in Sarajevo zu verbessern. Daran wollte er sich um keinen Preis beteiligen, Böses könne niemals hilfreich sein, selbst wenn es Menschenleben rettete.

Der Vater wusste, dass L. mit Mladen ging. Er wird sich nach der Familie des jungen Mannes erkundigt haben, das ist in Sarajevo kein Problem. Ob ihn gestört hat, dass Mladen katholisch war? Eher nicht, denn sein jüngerer Bruder, L.s Onkel, war mit einer Katholikin verheiratet, der polnischstämmigen Tochter von Emil Strecha, Lateinlehrer am Großen Gymnasium. Drei Jahre waren Mladen und L. zusammen. Wenn es ihn gestört hätte, hätte er etwas unternommen, um sie auseinanderzubringen.

Ob es ihm 1943 genützt hat, dass seine Tochter einen deutschen Soldaten als Freund hat? Vielleicht. Sie hielten in der Öffentlichkeit nicht Händchen, das wollte Mladen nicht, aber man sah die beiden durch die Ferhadija spazieren. Er hochgewachsen, schmal, blond, aufrecht wie ein Obelisk für den Endsieg, sie eine rassige Schönheit wie die spätere Claudia Cardinale mit wild herumspringenden roten Locken, die aussahen, als könnte sie Holzbuden in der Altstadt damit in Brand setzen.

Warum hat er sie nicht bei der Hand gehalten, warum sind sie nebeneinander hergegangen, die Schultern so dicht nebeneinander, das kein Blatt Papier dazwischen gepasst hätte? Es gibt keine Antwort. Keinen, den man fragen könnte, und erfinden geht nicht. Die Welt würde zusammenbrechen, wenn man zu L. ein einziges Wort erfinden würde. Es wäre würdelos.

Hatte er Angst, man könnte ihr »deutsche Hure« anhängen? Serbin und dann auch noch deutsche Hure. In Sarajevo durchaus vorstellbar. *Die Leute mögen die deutschen Soldaten sehr und geben uns alles kostenlos,* schreibt er der kleinen Nevenka, vielleicht hat er es in dem Moment selbst geglaubt, aber er wusste natürlich nur zu gut, warum sich deutsche Soldaten in Sarajevo aufhielten. Und warum sie in Slawonien so beliebt waren, dass ihnen die Bevölkerung Obst schenkte. Er konnte sich einen Klassenkamerad, Mitglied der kommunistischen Jugendorganisation, vorstellen, wie er L. als deutsche Hure bezeichnete und es ihr, wenn die Umstände passten, hinterherschrie. Vielleicht auch nicht.

Bekannt ist, dass er ihr sein Vorhaben, zu desertieren, anvertraut hat. L.s Cousin sollte ihm die Papiere beschaffen. B. J. arbeitete nach dem Krieg im Bundesexekutivrat, wurde dann jugoslawischer Botschafter in Lateinamerika. Im Frühsommer 1943 lebte er als Partisan im Untergrund und blieb bis zum Einmarsch der Partisanen in Sarajevo, einer der wenigen, der Luburićs Schergen entkam. Ein heiterer Kerl, ruhig und gefasst in jeder Lage. Mladen hat während seines letzten Urlaubs wahrscheinlich mit ihm gesprochen. Was hat ihm B. J. gesagt?

L. brachte ihn zum Bahnhof, sie ist die Letzte, die ihn lebend sah. Die Letzte von denen, denen Mladen nahestand. Eine Zeit lang kamen noch Briefe – die Olga vernichtete, nur die an Nevenka blieben erhalten – und Postkarten, ebenfalls vernichtet, und dann das Ende.

Mladen starb zwischen zwei Postkarten von Nano. Er schickt sie nicht mehr aus Bijeljina, sondern aus Osijek, war kurzfristig versetzt worden. Der Adresse nach bei Privatleuten einquartiert. Die Adressen weichen allerdings stark voneinander ab. Auf der ersten unterschreibt er mit Oberleutnant Rudolf Stubler, I. Abt. Feste, wohnhaft in der Crkvena 26/I, auf der zweiten steht Cvjetkova 26/Erdg. Ist es dieselbe Adresse in verschiedenen Schreibweisen? Es ist nicht wichtig.

Die erste Karte ist mit schwarzer Tinte geschrieben und auf den 21. IX. 1943 datiert.

Liebe Nena, ich habe Dir lange nicht geschrieben und mir sehr gewünscht, ich könnte mich bei Dir melden. Und nach Hause fahren. Wie lebst Du? Gehst Du in die Schule und lernst fleißig? Ich weiß, Du bist ein gutes Mädchen. Mir geht es hier gut, aber ich würde trotzdem lieber Kartoffeln ausmachen, als hierzubleiben. Die letzten Tage waren schön und sonnig. Die Leute baden in der Drava. Aber gerade jetzt ziehen Wolken auf, es blitzt und ein heftiger Wind ist aufgekommen. Bald regnet es. Der Herbst kommt, und Mladen ist im Krieg. Ich war bei Željko, und er hat mich hier besucht. Er verlässt Borovo bald, vielleicht kommt er nach Rajlovac. Grüß Mama und Papa. Dich grüßt und küsst Dein Nano.

Sechs Tage später kommt die nächste Postkarte, mit Bleistift geschrieben, der Text verblasst, siebzig Jahre später, am 3. September 2013, habe ich unsichtbaren Graphitstaub an den Fingern.

Liebe Nena, ich schreibe Dir von Mladens Grab. Ich bin traurig und bekümmert, kämpfe mit den Tränen. Er wird nie wieder für uns spielen und singen und zu Besuch kommen. Alles ist vorbei. Er ist tot. Kurz vor mir war Tante Olga hier. Es tut mir sehr leid, dass wir uns verpasst haben. Jetzt bin ich allein hier und warte auf den Zug. Wie geht es Dir? Hast Du meine Karte bekommen? Schreib mir und mal was für mich. Ist Javorka in

Ilidža? Wie geht es Papa und Mama? Sind die Ferkel schon groß? Gibt's bei Euch sonntags Hase? Viele Grüße an Dich und Mama und Papa, Dein Nano.
Andrijevac, 27. IX. 1943

Zwischen Dienstag, dem 21. September, und Montag, dem 27., wurde Mladen erschossen und begraben. Nach seinem Todestag kann ich niemanden mehr fragen. Vor Kurzem noch dachte ich, er sei im Oktober gefallen. War L. je auf dem Friedhof in Andrijevac? Wahrscheinlich nicht. Die Liebe zwischen einer jungen Serbin aus Sarajevo und einem deutschen Soldaten, die in den letzten Sommer- und ersten Herbsttagen 1943 mit seinem Tod endet, gäbe ein interessantes Drehbuch ab. Oder einen Roman. Das wäre vielleicht so, wenn die Geschichte erfunden wäre. Aber sie ist wirklich passiert, und man kann nichts erfinden, was die beiden betrifft. L. war die einzige Liebe meines älteren Onkels mütterlicherseits, wäre es anders gekommen, hätte die Kugel da oben in Slawonien, bei Andrijevac, eine andere Bahn genommen, hätten sie wahrscheinlich geheiratet. Oder auch nicht ...

L. J. studierte nach dem Krieg in Belgrad Philologie und arbeitete danach als Mittelschullehrerin in Sarajevo. Anfang der sechziger Jahre wanderte sie nach Kanada aus, kehrte aber nach einigen Jahren zurück, wurde die Redaktionssekretärin einer Literaturzeitschrift. Dann wieder Lehrerin für Serbokroatisch, diesmal im Gymnasium. Sie blieb ledig. Böse Zungen behaupteten, L. J. hätte sich zu Frauen hingezogen gefühlt. Groß, rothaarig, nie eine graue Strähne, eine ewige Claudia Cardinale mit in der Tat männlichen Bewegungen. Als junge Frau soll sie anders gewesen sein. Aber je älter und reifer sie wurde, desto mehr Gewicht bekam ihre männliche Seite. Ihr Körper war fest bis ins Alter, das Gesicht faltenlos, ewig jugendlich. Als wären ihre Bewegungen gealtert, ins andere Geschlecht gewechselt.

Sie lächelte, wenn wir sie anlächelten, als wollte sie sagen, alles wird gut.

Sie verließ Sarajevo mit dem Konvoi, der im Juni 1992 die Juden aus der Stadt fuhr, einschließlich derer, die sich kurzerhand als Juden bezeichneten, bis sie irgendwo ankamen, wo keine Bomben platzen. Seither hat man nichts von ihr gehört. Damals war sie siebzig, sah aber aus wie fünfzig. Mit ihren Haaren hat sie zum Abschied die Wälder am Fuß des Igman in Brand gesteckt. Wenn sie noch lebt, ist sie über neunzig. Aber ich glaube, sie ist tot. Bei einem Telefonat letzten Herbst fragte Javorka plötzlich, wo sie wohl meiner Meinung nach wäre. Ich denke, sie ist tot, sagte ich. Ich wollte es dir nicht sagen, sagte Javorka, aber ich habe sie im Traum tot gesehen.

den 2. VI. 1936. 13 Rahmen. Auf 3 sind freie Flächen. Weisel auf dem 4. Rahmen von hinten gefunden. Der Rahmen überwiegend bestiftet. Brut gleichmäßig verteilt. Weisel bewegt sich sehr langsam, Hinterleib ganz schwarz, sie ist alt.
Bei näherer Betrachtung genug reife Brutzellen gefunden. Keine für Drohnen, Bienen haben mehr Zellen für Arbeiterinnen geschaffen und die Drohnenbrut entsorgt. Auf dem 10. Rahmen von hinten neben reifer Brut zwei noch nicht zugedeckelte Weiselzellen entdeckt. Einen leeren Rahmen entfernt. Wegen der Puppenruhe der neuen Weiseln nicht vor dem 20. VI. 1936 überprüfen.

Im Bienentagebuch finden sich keine Angaben, was die Überprüfung am 20. VI. 1936 ergeben hat, aber die Weiseln sind gewiss glücklich geschlüpft und haben einen neuen Zyklus begonnen. Die Welt der Bienen bekümmert sich im Gegensatz zu der der Menschen nicht weiter um den Tod einzelner Individuen. Bienen haben eine Seele, die lebt und stirbt, sie lieben und hassen, meist aber, nicht anders als die Menschen, sind sie gleichmütig, Bienen fliegen von Horizont zu Horizont, wenn es eine Bienenschrift gibt, dann existieren auch Reisebeschreibungen von Bienen, Bienen werden nur einmal zornig, Menschen viele Male, die Biene zahlt das eine Mal mit dem Leben.

Der Tod einer Biene kümmert die anderen Bienen nicht. Darin unterscheiden sich Bienen und Menschen.

Wenn sie eine Soldatenuniform anziehen, wechseln junge Männer von der Welt der Menschen in die der Bienen. Eine Armee ist ein Bienenstock. Ein Zornesausbruch, und der Soldat ist tot. Der Tod kommt als Telegramm zu Vater, Mutter, Bruder und kleiner Schwester. Denen ist kein Soldat gestorben, ein Verlust, der im Vergleich zur Gesamtstärke der Armee ein Klacks wäre, ihnen ist, als Biene kostümiert, der Sohn und Bruder gestorben. Gekleidet wie einer, dessen Tod im Stock keinen interessiert. Ihr Sohn und Bruder wurde ins falsche Kostüm gesteckt und ist einen fremden Tod gestorben. In der Uniform eines Deutschen hätte ein Deutscher umkommen sollen. Er ist eine falsche Biene, Lügenbiene, ein Käfer, der wie eine Biene aussieht, entstanden, weil der Imker die Frau des Imkers schwängerte, als sie noch nicht seine Frau war, in Doboj, wo sie dann geheiratet haben. Der Imker und seine Frau.

Als er merkte, dass er die Weisel aus dem Stock mit der infizierten Brut nicht retten konnte, schloss Franjo Rejc die Hand, zerquetschte die Bienenmutter, ohne gestochen zu werden. Konnte sie nicht stechen, weil sie keine Wut empfand, oder hat die Königin keinen Stachel? Wer kann das noch wissen. Unmöglich, herauszufinden, wo er den Hafersack besorgte, denn das war vor der Pest. Die Pest löscht das Gedächtnis der Bienen aus. Die Pest ändert die Erinnerung des Imkers.

Mladen, erzählten ihnen seine beiden Kameraden nach dem Krieg – in den sie als Deutsche zogen und aus dem sie als Partisanen zurückkamen –, hätte sich hinter einen Heuschober geworfen und sie hinter ein Mäuerchen, als sie in den Hinterhalt geraten waren. Er hätte nicht allein bleiben wollen und versucht, zu ihnen herüberzulaufen. Ein einziger Schuss sei gefallen, die Kugel hätte die Halsschlagader getroffen. Sagten sie. Wer geschossen hat, konnten sie nicht sagen. Es hätte ohnehin nichts geändert.

Parker 51

Oberst Carl Schmitt – ein Namensvetter des deutschen Juristen und Theoretikers des absoluten Staates – lernte er Ende August 1943 zufällig kennen: Dem Oberst wurde schlecht, er brach vor seinem Büro zusammen, knallte mit dem Kopf auf die Klinke und buchstäblich mit der Tür ins Zimmer. Franjo Rejc sah erschrocken hoch und in das verzerrte Gesicht eines deutschen Offiziers, die Augen unnatürlich verdreht, Schaum vorm Mund, ein schauerlicher Anblick. Franjo zuckte zusammen, der Füllfederhalter rutschte ein Stück übers Papier, der Aufstrich des A geriet zu kurz und neigte sich so stark nach links, als würde der Großbuchstabe jeden Moment auf den Rücken fallen. Franjo wollte gerade Andrija Ćurlin in Dubrovnik einen Brief schreiben, kam aber erst zwei Stunden später dazu und warf das Blatt natürlich nicht wegen eines schiefen A in der Anrede weg.

Lieber Andrija,
eben ist vor meinen Augen ein Mann zusammengebrochen. Ein hoher deutscher Offizier verlor das Bewusstsein, hatte Schaum vorm Mund. Klassischer Fall von Epilepsie …

Das verkrüppelte A enthält die gesamte Erzählung. Hätte er nachgedacht, hätte er das Blatt zerknüllt und das Schreiben um einen Tag verschoben, den Brief nicht mit *eben ist vor meinen Augen ein Mann zusammengebrochen* angefangen und Carl Schmitt nicht kennengelernt. Eine Geschichte weniger.

Er sprang auf, kniete sich hinter den Mann, riss mit einer entschlossenen Bewegung – als würde er mit bloßen Händen einen gebratenen Lammkopf zerteilen – dessen Kiefer auseinander und zog die Zunge heraus, die bereits in den Rachen gefallen war und den Bewusstlosen zu ersticken drohte. Der Eisenbahner Franjo Rejc rettete Oberst Schmitt das Leben. Dann kam das Übliche: ein Glas Wasser, ein Löffel Zucker, Sanitäter, Generaldirektionschef Ismet Hadžiahmetović, der vor dem Epileptiker dermaßen katzbuckelte, als hätte er der Generaldirektion mit seinem Anfall eine große Ehre erwiesen … Ohne Franjo Rejcens Kenntnisse aus seiner Zeit als k.u.k-Soldat im bosnischen Regiment wäre Carl Schmitt gestorben, seine Rettung war blanker Zufall.

Im Krankenwagen wurde der Oberst weggefahren, danach legte sich die Aufregung in der Generaldirektion, Hadžiahmetović verschwand in seinem Büro und Franjo schrieb den Brief zu Ende.

Lieber Andrija,
eben ist vor meinen Augen ein Mann zusammengebrochen. Ein hoher deutscher Offizier verlor das Bewusstsein, hatte Schaum vorm Mund. Klassischer Fall von Epilepsie. Ich habe ihm vorschriftsmäßig die Zunge herausgezogen und ihn in Seitenlage gebracht. Alle waren in heller Aufregung. Olga werde ich nichts davon erzählen, sie bekäme sofort Angst um Mladen, was ihm alles zustoßen könnte, wenn jeder Oberst Fallsucht hat.
Uns geht es gut. Javorka läuft inzwischen, redet aber noch nicht. Nur Mama, Papa, Jika. Wir können nicht nach Ilidža, dafür ist eine Sondererlaubnis nötig, man muss einen Reisegrund angeben. Eine Reise von Sarajevo nach Ilidža? Mein Grund sind die Bienen, Olga will grünen Salat, Gemüse, Erdbeeren. Wie kann man das einem Wachmann begreiflich machen? Die Aufgabe klingt leichter, als sie ist. Wenn ich sie lösen könnte, wäre ich Schriftsteller, nicht Eisenbahner.
Wie geht's Lola und Branka? Željko schickt uns regelmäßig Postkarten. Er wird wohl bald nach Rajlovac verlegt, schreibt er. Olga freute sich erst, aber ich musste ihr erklären, dass da auch eine Sondererlaubnis nötig und es gehupft wie gesprungen ist, ob er in Borovo oder Rajlovac dient. Wir sind regelrecht ein-

gesperrt. Seit Tagen will ich dich fernmündlich erreichen, meist am späten Nachmittag, jedes Mal heißt es, die Verbindung sei unterbrochen. Hoffentlich haben wir bald mehr Glück.
Grüß alle, Lola, Branka, Minna, Franica!
Dein Achbab und Schwager Franjo

Das war am Freitag.

Montag früh gegen acht stieg Oberst Carl Schmitt vor der Generaldirektion aus seinem schwarzen Dienst-Mercedes, der Fahrzeugtyp ist aus den späteren Kriegsfilmen bekannt. Schmitt hielt ein in blaues Packpapier gewickeltes Paket wie ein Neugeborenes im Arm, beide Ellbogen gegen den Bauch gedrückt, und fragte nach dem großen, schlanken Mann im grauen Anzug. Die meisten Beschäftigten der Generaldirektion hatten graue Anzüge, und wer nach zwei Kriegsjahren nicht schlank war, war schwer verdächtig; trotzdem ahnte der Pförtner gleich, dass der SS-Offizier Franjo Rejc suchte.

Carl Schmitt betrat dessen Büro in einem für Franjo äußerst qualvollen Augenblick. Zwei Mal im Jahr litt er beträchtlich unter einer im Mutterleib erworbenen Störung. Dem Fötus wächst in einer Entwicklungsstufe ein Fell, ein Haar aus diesem Fell verwuchs bei Franjo mit dem Steißbein, und das machte ihm sein Leben lang Ärger, Ende August und Ende Februar bildete sich dort regelmäßig eine Fistel, die ihm höllische Schmerzen beim Sitzen und vor allem beim Aufstehen verursachte. Erreichte sie eine bestimmte Größe, musste sie aufgeschnitten werden, sonst wäre es zu einer Blutvergiftung gekommen. Die letzte Resektion, wie immer ohne Betäubung, musste Franjo am 12. September 1972 über sich ergehen lassen, keine zwei Monate vor seinem Tod. Er brüllte wie am Spieß.

Der Schmerzen wegen blieb er sitzen, als Carl Schmitt in sein Zimmer trat, und reichte ihm mit schmerzverzerrter Miene die Hand, was der SS-Oberst trotz Franjos Gruß leicht als Böswilligkeit empfinden konnte.

Schmitt stutzte. Sie sind Deutscher?

Nein, erwiderte er kurz angebunden.

Er verriet weder seine Nationalität noch warum er Deutsch sprach, gut möglich, dass der Oberst auch das als Böswilligkeit interpretierte. Franjo und Olga zerbrachen sich darüber im Nachhinein den Kopf, Franjo rief sich jedes Wort ins Gedächtnis, jede Bewegung, erstaunt, dass er sich trotz seiner Angst wirklich an alles erinnerte.

Da sich der schlanke Herr im grauen Anzug nicht erhob und die Frage nach seiner Nationalität barsch abfertigte, wie ein Kriegsgefangener, der vor einem feindlichen Offizier salutiert, stellte Carl Schmitt wortlos das blau eingewickelte und mit blau-weißer Paketschnur verschnürte Paket hin, verabschiedete sich knapp und ging. Die Tür fiel hinter ihm ins Schloss.

Kein Händedruck zum Abschied.

Das setzte Franjo vielleicht am meisten zu.

Statt die Kordel mit einem Taschenmesser durchzuschneiden, wie es die meisten Menschen, neugierig auf den Inhalt des Pakets, gemacht hätten, holte Franjo Rejc eine Ahle aus der Schublade und dröselte den Knoten geduldig auf, wickelte die Kordel auf drei Fingern auf, fixierte das Bündel, indem er das Endstück der Kordel quer zum Strang wickelte. Mit einem Knoten gesichert legte er es in die zweite Schublade zu Bleistiften, Federn und Tintenfässern, Fingerbefeuchtern und Löschpapier und vermutlich etlichen anderen ordentlich aufgewickelten Kordeln unterschiedlicher Länge und Qualität. Wenn es sich vermeiden ließ, schnitt Franjo keine Kordel entzwei. Er brauchte sie bei der Imkerei oder wenn er Päckchen packt, er nahm sie beim Abschied in den Ruhestand mit nach Hause. In Franjos Reich gab es keinen Knoten, den er aufschneiden musste. Es gibt keinen Knoten, der sich nicht mit der Spitze einer guten Schusterahle aufdröseln ließe.

Er wickelte das Paket sorgsam aus, ohne das Papier zu zerreißen, und fand eine Flasche französischen Cognac und eine Karte. In der Rückübersetzung aus dem Serbokroatischen:

Verehrter Herr,
Ingenieur Carl Schmitt, Oberst der Schutzstaffel, schuldet Ihnen Dankbarkeit, weil Sie ihm das Leben gerettet haben.

Keine Unterschrift.

Die Flasche packte er in die Aktentasche, den Zettel fand Olga nach einer Stunde Suchen in der Brusttasche von Franjos Sakko.

Die nächsten vier Tage tun nichts zu unserer Geschichte, außer dass Franjo den Zwischenfall in der Generaldirektion derweil vergaß, den dumpfen Aufschlag des Schädels an der Eichenholztür, der Anblick der verzerrten Gesichtszüge, den Namen des Obersts. Franjo interessierte sich nicht für rechtliche Fragen, der berühmte Jurist und Staatstheoretiker Carl Schmitt sagte ihm nichts, der Name klang in seinen Ohren so gewöhnlich, dass er ihn sich nicht merkte.

Am frühen Freitagmorgen hämmerte die Ustascha mit Gewehrkolben an die Tür im fünften Stock von Frau Heims Mietshaus. Franjo verging vor Angst. Als sie ihn abführten, hörte man Stockwerk für Stockwerk, wie das Parkett in den Wohnungen quietschte und knarrte, der eine oder andere Deckel auf einem Spion klapperte, die Kette an der Tür klirrte, aber niemand streckte den Kopf heraus.

Warum führen die Herrn Rejc ab? Die Frage wanderte Stockwerk für Stockwerk ins Erdgeschoss, man wüsste gern, wer sie wie beantwortete, welchen Reim sich Vilma Doležal, Maticś, Frau Oberst Bilić, Frau Peserle und so weiter bis zu Rojniks ganz unten in diesen Minuten darauf machten, kurze Zeit später hatten sie es selbst vergessen, sie merkten sich nicht, was sie zu der Frage: Warum holt die Ustascha Herrn Rejc? dachten oder sagten. Wäre diese Erzählung Literatur und nicht Realität, spielte sie nicht ausgerechnet im Spätsommer 1943, ein ganzer Roman würde sich vom fünften Stock bis hinunter ins Erdgeschoss um Franjos imaginierte Schuld und das Ausmalen seiner Folterqualen entspinnen.

Olga, kreidebleich, versuchte sich im Nachthemd auf der obersten Treppenstufe eine Zigarette anzuzünden.

Was war los?, fragte Frau Doležal.

Weiß nicht, hat sich bestimmt mal wieder um Kopf und Kragen geredet, sagte Olga.

Er wurde auf der Wache verhört, ohne zu erfahren, was ihm zur Last gelegt wurde, traute sich auch nicht zu fragen, sondern antwortete nur. Vorname, Nachname, Name des Vaters, der Mutter? Geburtsort, Nationalität, Religion? (Kroate, katholisch, sagte er.) Wo er an dem und dem Tag zu der und der Uhrzeit gewesen sei. Wisse er nicht. Der Befrager wiederholte die Frage. Er erinnere sich nicht. Der Befrager stand auf und wiederholte die Frage. Er sei an dem und dem Tag um die und die Uhrzeit auf Arbeit gewesen in der Generaldirektion. Warum sagt er das nicht gleich, warum lügt er?

Die Nacht verbrachte er mit einem Dutzend Männer in einer Zelle. Sie schliefen auf dem Boden. Der Beton war trotz hochsommerlicher Temperaturen draußen eiskalt und feucht. Er tat kein Auge zu, hockte in der Ecke neben dem Kübel für die Notdurft, da war am meisten Platz, und dachte über sein Vergehen nach. Mladen fiel ihm ein, auf den konnte er sich berufen, als deutscher Soldat bewies er seine Aufrichtigkeit. Ihm fiel alles ein, was er zwischen Januar 1933 und dem Tag, als er Ivica Lisac gegenüber lästerte, unser Führer klinge in letzter Zeit wie Hadschi Noso (der arme Teufel bettelte auf der Straße, die Syphilis hatte sein Gesicht entstellt), in Kneipen, beim Kartenspielen oder auf Treffen des Imkerverbands gegen Hitler gesagt hatte, bevor die schweren Gefängnistüren knallten und die Wärter im Morgengrauen herumschrien. Aber, das war das Schlimme, nichts davon konnte die Ustascha gestört haben. Es wäre ihm leichter gefallen, wenn er etwas verbrochen hätte. Für Verbrechen kann man sich vor Staatsanwälten und Richtern verantworten, aber für das, was man gesagt hat?

Eine Nacht und einen Tag lang zitterte Franjo Rejc, was ihm sein loses Mundwerk über Hitler und dessen Bande noch einbrocken könnte, er gelobt dem Allmächtigen, an den er nicht glaubt, bis an sein Lebensende käme kein weiteres Wörtchen zu Politik über seine Lippen, falls er den Kopf noch einmal aus der Schlinge ziehen sollte.

Olga rannte ab dem frühen Morgen von Pontius zu Pilatus, um ihren Mann zu finden. Javorka ließ sie in der Obhut von Frau Doležal, Dragan legte sie einen Zettel hin, was er zu tun hatte, wenn er aus der Schule heimkam. Wenn sie bis zum nächsten Morgen nicht da sei, solle er sich unbedingt zu den Großeltern nach Ilidža durchschlagen und den Schlüssel bei Tante Doležal lassen, die wisse Bescheid, kümmere sich auch um Javorka. Er solle keine Fragen stellen und einfach abhauen.

Dragan las die Nachricht am frühen Nachmittag, gegen halb zwei. Draußen schien die Sonne, Stimmen drangen über den Lichthof, die Bilić erklärte dem Dienstmädchen, wie es die Fenster zu putzen hat, vom Ufer her röhrten Lastwagen, in der Luft der Geruch von Brombeeren und faulen Äpfeln, Spätsommerduft. Dragan hatte alles noch in der Stunde seines Todes präsent. Die Anweisungen der Bilić, deutsche Viertaktmotoren, der Geruch fauler Äpfel, Ende August 1943. Wie vom Blitz eines himmlischen Fotografen beleuchtet.

Das hat Olgas Zettel bewirkt, ihre panische Angst, der er ein Leben lang nachspürt. Mehrmals fragte er sie, was passiert war, warum sie ihn zur Flucht nach Ilidža, in die Kasindolska, aufforderte, falls sie am nächsten Morgen nicht zurück ist. Er fragte sie zehn Jahre nach Kriegsende, er fragte sie Anfang September 1976 in Drvenik auf der Terrasse des Hauses am Meer. Beim ersten Mal wollte sie nicht mehr gewusst haben, was sie sich dabei gedacht hätte, es sei Krieg gewesen, da kamen viele nicht zurück ... September 1976 erinnerte sie sich angeblich nicht mehr an den Zettel.

Gegen Abend wird Franjo abgeholt. Zwei Deutsche in Zivil lassen ihn hinten in die fensterlose Kabine eines schwarzen Transporters einsteigen und fahren ohne jede Erklärung nach Marijin Dvor. Verschüchtert stellt er keine Fragen, versucht angestrengt, Fetzen aus ihrem Geflüster aufzuschnappen, vergeblich.

Eine improvisierte, licht- und fensterlose, feuchtkalte Gefängniszelle im Keller eines Wohnhauses, nur durch den Spion in der Eisentür, einen halben Zentimeter im Durchmesser, scheint ein dünner Lichtstrahl schräg auf die gegenüberliegende Wand. Ein heller Fleck, der nichts erhellt. Franjo ist, als könnte der Strahl seine Hand durchtrennen.

Nach Stunden oder Minuten geht die Tür auf. Ein stechender Schmerz, selbst wenn er die Lider schließt, als hätte man ihm Atropin in die Augen geträufelt. Jemand fasst ihn unter den Arm und führt ihn den Gang hinunter.

Herr Rejc, haben Sie geschrieben, dass deutsche Offiziere fallsüchtig sind?

Nein, antwortet er. Und dann fällt ihm siedend heiß ein, doch, hat er. In dem Brief an Andrija Ćurlin, aber woher wissen sie das?

Doch, verbessert er sich.

Wischen Sie die Tränen weg, sagt die Stimme. Er sieht immer noch nichts, er merkt jetzt erst, dass er weint.

Ich war im Dunkeln, rechtfertigt er sich.

Alles in Ordnung, sagt die Stimme.

Franjo sieht endlich, ein junger deutscher Offizier, kaum älter als Mladen, trägt die schwarze Uniform mit den Abzeichen der Schutzstaffel. Er wundert sich, dass der Deutsche Kroatisch spricht. Sagt aber nichts.

Sie haben also geschrieben, dass deutsche Offiziere fallsüchtig sind. Warum? Halten Sie deutsche Offiziere für fallsüchtig?

Nein, vor meiner Bürotür erlitt ein Oberst einen epileptischen Anfall. Ich half ihm, das hat mich berührt und unter diesem Eindruck habe ich dem Schwager den Vorfall beschrieben.

Deutsche Offiziere sind also fallsüchtig?

Nein, der Herr Oberst leidet wahrscheinlich unter Epilepsie. Das ist eine Krankheit wie jede andere.

Sind Sie Arzt?

(Die Ironie erschreckte ihn, er spürte, wie ihm Adrenalin in die Adern schoss …)

Ich bin Eisenbahner.

Als Eisenbahner diagnostizieren Sie Epilepsie?

Ja, das habe ich beim Militär gelernt.

Welchem?

Österreich-Ungarn.

Welche Einheit?

Bosnisches Regiment, erste I…

Das genügt. Sie behaupten also, dass deutsche Offiziere Epileptiker sind? Idioten und Epileptiker?

Nein, dieser Oberst litt an Epilepsie.

Welcher Oberst?

Der, dem ich geholfen habe.

Wie heißt der Oberst?

Franjo kann sich nicht an den Namen erinnern. Sonst kann er sich Namen gut merken. Gesichter vergisst er, merkt sich auch sonst Leute, zu denen er Kontakt hatte, kaum, aber die Namen merkt er sich. Nur dieser ist ihm entfallen. Angst? Nervosität? Was wäre geschehen, wenn er ihm nicht doch noch eingefallen wäre?

Carl Schmitt, sagt er schlafwandlerisch.

Carl Schmitt? Dem Befrager bleibt beinah der Mund offen stehen.

Er wurde nicht mehr in die Zelle gesteckt. Zwei Stunden wartete er im Flur auf einem Stuhl aus dem Zimmer des vernehmenden Offiziers, bekam Kaffee und Rosenwasser serviert. Als er das roch, dachte er, die Sache ist ausgestanden. Kaum gedacht, glaubte er es schon.

Vor dem Haus stand ein Auto.

Kein Einsatzwagen der Polizei, ein eleganter Mercedes, mit dem sonst die hohen deutschen Offiziere durch die Stadt kutschiert wurden. Ein Soldat riss die Tür auf.

Bitte …

Ledersitze, in deren Geruch sich der Duft nach Benzin und

Jasmin mischte. Ein Chauffeur in edler, grauer Livree mit diamantenbesetzer Krawattennadel. Erlesen. Wohin fahren wir?, fragte Franjo auf Deutsch. Ich fahre Sie nach Hause. Ich kann zu Fuß gehen, es ist nicht weit. Befehl ist Befehl, sagte der Fahrer. Außerdem ist bald Sperrstunde, es wäre nicht gut, wenn man Sie auf der Straße antrifft. Seit einigen Tagen sind alle ziemlich nervös. Manche sind ständig nervös. Ja, richtig, manche sind ständig nervös.

So plauderten sie.

Was war los?, fragte Olga und steckte ihr Taschentuch in den Ärmel, nachdem sie sich geschnäuzt hatte.

Ihm war, als betrachte er sie zum ersten Mal richtig. Hakennase, einen Zinken wie der Schnabel eines Raubvogels. Judennase. War ihm nie zuvor aufgefallen.

Er erzählte der Reihe nach. Ein Glück, dass ihm der Name von dem Oberst noch einfiel. Carl Schmitt, so ein Allerweltsname, wie soll man sich den behalten.

Am nächsten Tag ging er wieder arbeiten.

Setzte sich an den Schreibtisch und schrieb noch mal nach Dubrovnik:

Lieber Andrija,
ich habe Gründe anzunehmen, dass Du meinen letzten Brief nicht bekommen hast. Schwere Zeiten, selbst auf die Post ist kein Verlass. Ich wiederhole das Wichtigste. Wir sind wohlauf, Javorka wächst, Dragan hat bald wieder Schule, die Ilidžer haben wir seit Monaten nicht gesehen und nichts von ihnen gehört. Als wären wir aus der Welt. Was mit den Bienen ist, weiß ich auch nicht, der Schwiegervater kümmert sich um sie, er ist ein alter Mann und kennt sie nicht so gut wie ich.
Wie geht es Lola und Branka? Željko hat uns geschrieben, er wird wohl nach Rajlovac versetzt?
Ich grüße Euch! Franjo
P. S.: Ich versuche anzurufen, sobald ich Verbindung bekomme.

Er überlegte, strich das Postskriptum und schrieb den Brief in Reinschrift ab. Die Post brauchte ein, zwei Wochen, bis dahin hatte er Andrija telefonisch erreicht, insofern war das PS sinnlos.

Unkonzentriert schaute er immer wieder zur Tür, als warte er auf den dumpfen Schlag und das verzerrte Gesicht, er springt auf und die Geschichte wiederholt sich. (Geht aber nicht gut aus.)

Um den 22. September traf Andrijas Antwort ein.

Meine Lieben,
uns geht es gut, wir sind alle gesund. Ich arbeite, Lola faulenzt, Branka geht zur Schule, alles, wie es sich gehört. Zum Glück haben wir genug zu essen. Željko meldet sich, wenn er an uns denkt, also selten. Ihr kennt ihn ja.
Gut, dass Du weißt, wie mit epileptischen Anfällen.
Grüße an euch alle von Dundo Andrija.

Er hatte den ersten Brief also doch bekommen, redete aber in Rätseln, und was ist das überhaupt für ein Satz: *Gut, dass Du weißt, wie mit epileptischen Anfällen*? So redet man doch nicht. Franjo wurde nervös und bekam Angst. Die Zensur hatte den Brief gelesen, aber nicht zurückgehalten, sondern zum Empfänger durchgelassen. Warum? Wurde Andrija beschattet? Wollten sie ihn verhaften?

Die Angst verflog bald.

Einige Tage später, wie viele genau, weiß man nicht mehr, kommt ein Telegramm. Olga öffnet, eine Männerstimme spricht Beileidsworte, sie lässt sich auf den Stuhl fallen und schweigt. Franjo schreit: Rache, Rache, Rache ... An wem, erfahren wir nicht. Mladen ist tot, in Andrijevac haben sie ihn begraben, Olga fährt zum Grab. Verpasst dort um eine oder zwei Stunden Rudi. Aber das ist unwichtig.

An den Satz in Andrijas Brief denkt Franjo nicht mehr. Nie mehr, oder wenn doch, dann frühestens nach dem Krieg, als er bedeutungslos geworden war. Aber das ist unwahrscheinlich. Franjo wird nie mehr an den Satz gedacht haben, den Andrija mit einem eigenen Absatz betonte.

Entsetzt vom Tod des Sohnes, mehr entsetzt als traurig, vergaß Franjo, Andrija Ćurlin darauf hinzuweisen, dass er womöglich beschattet wurde. Dabei wusste er, dass der Schwager seinen Einfluss in Dubrovnik und sein Ansehen bei Italienern und Ustascha nutzte, um Männern zur Flucht zu verhelfen, ihnen half, sich den Partisanen anzuschließen; vielleicht hatte er sogar Kontakt zu britischen Agenten. Hätten sie ihn verhaftet, hätten sie ihn einen Kopf kürzer gemacht, ein Tod, der Franjo endgültig um den Verstand gebracht hätte. Mladen hatte davon geträumt, zu desertieren und zu den Engländern überzulaufen. Die Geschichte bleibt einem Roman überlassen, wenn genug Kraft und Konzentration übrig sind, von Rettung zu erzählen. Er hatte es mit dem Onkel abgesprochen …

Tage, Monate trauerte Franjo, das Leben ging weiter. Oder doch lieber sich erhängen? Er muss weiterleben, wenn ihm zur Selbsttötung die Kraft fehlt, wenn er es dem zweiten Sohn, der sich vor der Einberufung erst auf dem Dachboden und dann unter falschem Namen als Bergarbeiter in Kakanj versteckt, nicht antun will, wenn er dem Nesthäkchen, das noch nicht weiß, dass der ältere, gefallene Bruder sein Leben bestimmen wird, ein Vater sein will. Franjo denkt an seine Bienen. Wenn er nicht an sie denkt, stellt er sich vor, wie er sich aufhängt und Olga ihn findet, und dann schiebt er ihr die ganze Verantwortung für Mladens Tod zu. Wenn er sich damit selber ankotzt, wenn er sich vor seiner eigenen Feigheit ekelt, weil er sich vor dem Tod fürchtet, denkt er schnell an die Bienen. In Gedanken baut er neue Beuten, verteilt sie bei Želeća, in Ilidža, am Glavatič …

In den ersten Januartagen 1944 sah er Oberst Carl Schmitt in der Stadt, sah einen hochgewachsenen, ausgemergelten Mann, hager wie die gespenstergleichen Gestalten von Alberto Giacometti, und der Mann torkelte, als würde er jeden Moment hinschlagen, wirkte aber nicht besoffen oder spastisch, eher schien die Erde jedem seiner Schritte auszuweichen. Franjo sah weg, warum sollte er einen ss-Offizier anschauen, er kannte keine deutschen Offiziere und wollte auch keine kennen, er wäre vorbeigegangen, hätte ihn Carl Schmitt nicht am Ellbogen gepackt.

Tut es Ihnen leid, dass Sie mich gerettet haben?

Franjo hob überrascht den Blick, erkannte ihn nicht sofort. Schmitt hatte eine Delle in der Stirn, ein Stück Knochen fehlte, darunter schien das Hirn zu pulsieren, es war ihm nicht aufgefallen, als er ihn zum ersten Mal sah ...

Nein, ich habe Sie nicht gesehen.

Keine Sorge, wir ziehen bald ab.

Das ist nicht meine Sorge.

Wie das? Sind Sie kein Patriot?

Nein, auf keinen Fall. Mein Sohn ist gefallen.

Als kroatischer Soldat?

Nein, Herr Schmitt, als deutscher Soldat.

Das tut mir leid.

Ist nicht Ihre Schuld.

Wann war das?

Ende September, in Slawonien.

Sie wurden beobachtet, standen mitten auf der Ferhadija, nicht weit vom Marktplatz. Überall Bekannte, wie verhext. Jeder tat, als sähe er ihn nicht, aber Franjo wusste, dass sie ihn sehr wohl sahen. Er wusste, es würde die Runde machen, dass der Rejc mit einem ss-Oberst einen Schwatz hält ... Mit Carl Schmitt.

Der Deutsche drückte noch einmal sein Beileid aus, dann trennten sie sich. Franjo wollte so schnell wie möglich weg, kaum dass er zum Abschied grüßte. Der Oberst sah ihm hinterher, mit halb offenem Mund, als wolle er ihn zurückrufen. Es war kalt, aber sonnig. Einer der seltenen Januartage in Sarajevo ohne Nebel und Schnee und Smog, von oben und aus dem zeitlichen Abstand von siebzig Jahren gesehen wirkt es wie Juli, nur dass die Passanten dick eingemummelt waren.

Dann schloss der Oberst den Mund, klappte den Kiefer hoch wie ein Gerippe, dessen Knochen von Drähten zusammengehalten werden, und ging seines Weges.

Weißt du Unglücksrabe eigentlich, wer Carl Schmitt ist?

Matija Sokolovski war besorgt und hatte Angst. Der Teufel weiß, wer ihm erzählt hatte, dass Franjo mitten auf der Ferhadija mit Oberst Schmitt geredet hatte.

Nein, will ich auch nicht wissen. Wenn du es mir gesagt hättest, bevor ich ihm die Zunge aus der Kehle gezogen habe, hätte ich es mir anders überlegen können, aber du hast ja nur stumm daneben gestanden.

Der Freund wiegte bedenklich den Kopf, als hätte Franjo einen kaum korrigierbaren Fehler gemacht.

Sokolovski arbeitete im Nachbarbüro, war länger in der Generaldirektion als Franjo, hatte ihn anfangs unter seine Fittiche genommen. Pole, ein ruhiger, zurückhaltender Mann, der, für einen Polen ungewöhnlich, nicht an Gott glaubte, aber dafür hervorragend Préférence spielte, unschlagbar, wenn er nicht gerade gegen Franjo spielte. Ungläubige sind beim Kartenspielen unschlagbar, ein mathematisches Spiel, bei dem Gott nur stört. Gott hasst Mathematiker.

Matija erzählte Franjo alles über Carl Schmitt.

Woher weißt du das, fragte Franjo. Er glaubte ihm nicht, dachte, Sokolovski wolle ihn ins Bockshorn jagen, und wurde wütend. Es sah Matija nicht ähnlich, aber wer weiß, viele hatten sich in letzter Zeit sehr verändert. Der Winter war hart. Der Hunger groß. Mladen war gefallen, das schreckte viele ab, sie mieden ihn, dachten wohl, er würde sich was antun oder sonstwas anstellen, verachteten ihn vielleicht, weil er sich ans Leben klammerte. In bösen Zeiten sind Menschen böse, anders als Bienen. Aber wenn Matija böse wurde, blieb ihm keiner mehr. Mit wem konnte er dann noch Karten dreschen?

Woher weißt du das alles über Carl Schmitt?, fragte er ihn wütend.

Matija Sokolovski sah ihn mit glänzenden blauen Augen an,

die im Wasser schwammen, das jeden Augenblick überzulaufen drohte wie aus einer randvollen Badewanne, es fängt an zu schwappen und klatscht auf die Fliesen; am liebsten hätte Franjo ihn angeraunzt, er solle sich erst mal ausheulen, damit er die Augen wieder trocken kriegt. Was ist mit Matija los, dass seine Augen dauernd feucht sind? Waren sie vor dem Krieg auch schon feucht? Er konnte sich nicht erinnern.

Ich weiß, antwortete Sokolovski und fasste ihn besänftigend am Ellbogen.

Franjo konnte es nicht ausstehen, getröstet zu werden. Und dass ihn einer anfasste.

Aber er ertrug es, beruhigte sich, blaffte Sokolovski nicht an. Er hörte sich die Geschichte an, nicht aus Interesse an Carl Schmitt, sondern am Préférence-Partner.

Ingenieur Carl Schmitt war, lange bevor Hitler Reichskanzler wurde, aktives Mitglied der NSDAP. Bis Kriegsbeginn in leitender Position an Krupps Hochöfen beschäftigt, schloss er sich im Herbst 1939 der Schutzstaffel an, bekam den Rang eines Obersts und beteiligte sich an Operationen im Osten, wurde in Polen, Litauen und der Ukraine gesehen. Die Spur, die er hinterließ, lässt sich mit einem Wort beschreiben – Schweigen. Wer ihn einmal sah, dem erschien er bis zum Tod im Traum.

Was heißt das?, fragte Franjo.

Weiß ich nicht, so habe ich es erzählt bekommen und so erzähle ich es dir weiter.

Im Winter 1942 geriet er mit Fahrer und zwei Mann Begleitung in einen Hinterhalt, irgendwo in der Ukraine, wo genau, weiß man nicht. Die anderen waren tot, er von Maschinengewehrsalven durchsiebt, aber am Leben. Ein Rotarmist schoss ihm in den Kopf, um seine Leiden abzukürzen. Die Kugel drang über dem rechten Auge ein und trat am Hinterkopf wieder aus. Er lag zwölf Stunden im Schlamm, wurde für tot gehalten, als man ihn fand, sodass man ihn ohne Eile ins nächste Lazarett brachte. Erst am nächsten Morgen fiel jemandem auf, dass Oberst Schmitt lebte.

Mehrere Wochen lang war er mehr tot als lebendig, dann erholte er sich innerhalb von sechs Monaten. Die rechte Hirnhälfte, die für die linke Körperseite zuständig ist, versagte ihren Dienst, und noch so einiges andere war in Carl Schmitt gestorben. Wenn ein Mann stirbt, dann ist das ein gewöhnlicher Tod. Wenn einer nicht stirbt, können sich in ihm Hunderte Tode ansiedeln, einer so groß wie der andere. Tausende. In einem lebenden Mann gibt sich unter Umständen die gesamte tote Menschheit ein Stelldichein. Unglaublich, wie viele Tode in Carl Schmitt wohnten, seit eine Revolverkugel durch seinen Kopf drang. Und jeder einzelne Tod war ihm bewusst. Die Hirnareale, die für die Erinnerung zuständig waren, waren nicht abgestorben. Er erinnerte sich an Dinge, die er früher vergessen hatte.

Zu Hause hielt er es nicht aus. Die Frau war verängstigt, die Kinder zu klein, um etwas zu verstehen. Er konnte keinem erzählen, was ihm passiert war. Wenn alle in den Bunker rannten, weil britische Bomber im Anflug waren, blieb er in der Wohnung. Es war kein Zustand. Er bat, ihn wieder in Dienst zu stellen, an die Front zu schicken. Dort gehörten seine Tode zu den vielen anderen Toden. Sie erbarmten sich und schickten ihn nach Sarajevo, wo er nicht weiter störte.

Welche Aufgaben Oberst Carl Schmitt in Sarajevo oblagen, war unbekannt, ebenso seine Vorgesetzten und Ziele. Mehr noch als sein hoher Rang in der Schutzstaffel, der ihn über alle deutschen Offiziere und alle Dienstgrade bei Ustascha und Heimatwehr in der Stadt stellte, jagte Schmitts Erscheinung den Leuten größtes Unbehagen ein. Vor ihm senkten alle die Köpfe, alle hatten Angst. Alles Lebendige, alles, was rannte, atmete oder flog, war durch ihn in Gefahr. Hunde, Katzen, Ratten wurden Aas, wo er aufkreuzte, überschlugen sie sich unvermittelt, begannen absonderlich zu stinken, brachen auf der Straße zusammen, als täte sich das Erdreich unter ihren Pfoten auf.

Tage-, monatelang war man geneigt zu glauben, Oberst Schmitt herrsche in Sarajevo über Leben und Tod, über die Seelen in der Stadt, der große Schnitter, der am Tag des Jüngsten Gerichts jeder Seele ihren Platz zuweisen wird, aber man sah auch den Verunglückten, Invaliden und Irren, nach Sarajevo wegen früherer Verdienste entsandt, damit er in Ruhe krepieren konnte. Oder den Lockvogel, der die Kommunisten zu einem Anschlag verleiten sollte. Wenn sie Carl Schmitt umbrächten, und er bot sich tagtäglich auf dem Präsentierteller an, hatten die Deutschen den Anlass für einen Rachefeldzug gegen Sarajevo und konnten die Stadt dem Erdboden gleichmachen.

Was hast mit so einem zu reden, fragte Matija Sokolovski Franjo, wieso hast du keine Angst vor dem?

Warum sollte ich Angst haben?

Alles Lebendige hat vor ihm Angst!

Vielleicht leb ich nicht mehr.

Wie meinst du das?

Weißt du doch.

Weiß ich nicht.

Ich würd mich am liebsten erhängen, aber ich habe Angst.

Wir alle könnten uns aufhängen, und dann?

Du hast keinen Sohn verloren.

Ich hatte keinen.

Du weißt nicht, wie das ist.

Nein.

Deswegen hast du Angst vor Schmitt. Dir liegt an deinem kleinen Bürokratenleben. So wie mir daran gelegen war …

Du hast noch einen Sohn, Franjo, und eine Tochter, und die Frau …

Mir wäre leichter, wenn ich keinen mehr hätte.

Der Winter 1944 war lang, zog sich bis Ende April, dann setzte urplötzlich die Schneeschmelze ein und die Sonne brannte so heiß wie im Hochsommer. Ein drückender, langer Sommer folgte, verbrannte die Gemüsebeete und trocknete die feuchten Stellen unter den Obstbäumen aus, nichts gedieh außer Walnüssen, die ohne Rücksicht auf Trockenperioden und Kriege immer wachsen, aber auch in denen sammelte sich die

Bitterkeit und Verzweiflung der Zeitläufte an, die sich dermaßen beschleunigten, als würde demnächst die Geschichte von Jahrhunderten an einem Tag stattfinden. Franjo vergaß, wie die Monate zwischen Mladens Tod und Kriegsende vergingen, erinnerte sich an nichts aus dieser Zeit, nur an Hunger und Widerwillen und das Gefühl, nicht mehr zu leben. So schien es ihm, vielleicht war es so. Carl Schmitt kam ihm selten in den Sinn. Wenn, dann war es quälend, aber das galt auch für alles andere, alles war eine Qual. Ob er damals fürchtete, schief angeschaut zu werden, weil er mitten auf der Straße mit Oberst Schmitt gesprochen hatte? Eher nicht.

Er hätte den Mann vermutlich vollständig vergessen, denn er sah und hörte länger nichts von ihm, aber dann geschah etwas, ohne das es weder diese Erzählung noch überhaupt eine Erinnerung an Carl Schmitt gäbe. Es mochte Montag, der 1., oder Dienstag, der 2. April 1945 gewesen sein, die Deutschen hatten sich weitgehend aus der Stadt zurückgezogen, die Ustascha war noch in Sarajevo, vor allem Luburićs Leute rächten sich blutig an allen, die an ihrem Untergang mitgewirkt hatten, und an Gott, der die Welt so eingerichtet hatte, dass sie den Krieg für das ewige, einzige Kroatien verloren. Jeder wusste, dass es aus war, die Partisanen lagen in den Bergen ringsum, eine Frage von Tagen, dass sie herunterkommen würden. Die Angriffspläne waren fertig, wahrscheinlich stand auch der Tag längst fest, man musste ihn nur noch erleben.

Franjo kam morgens vom Nachtdienst – es wird wohl doch Dienstag, der 2., und nicht Montag, der 1. April gewesen sein – hundemüde aus der Generaldirektion zurück, einigermaßen durch den Wind angesichts der Nachrichten und Gerüchte, die sich überschlugen, vor allem aber sehnte er sich nach seinem Bett.

Auf dem Treppenabsatz vor seiner Wohnungstür wartete Carl Schmitt mit übergeschlagenen Beinen, die Arme auf die Knie gestützt, offensichtlich schon länger auf ihn.

Ich wollte Ihre Frau nicht behelligen, muss aber heute noch

weg, deswegen habe ich hier auf Sie gewartet, sagte der ss-Offizier und hielt Franjo eine längliche, mit braunem Saffian bezogene Schachtel hin.

Der nahm sie irritiert, hielt sie wortlos in der Hand, wartete, dass der Oberst aufstand und den Weg zur Wohnungstür freigab.

Wollen Sie es nicht aufmachen?

Was ist das?

Machen Sie es auf, schauen Sie hinein. Ein Füllfederhalter. Ein sehr schöner Füllfederhalter. Sie erinnern sich, ich war einmal in Ihrem Büro. Damals haben Sie mir das Leben gerettet. Ich weiß nicht mehr, was ich auf Ihrem Schreibtisch gesehen habe, aber Sie benutzen sicher Füller. Vielleicht können Sie ihn brauchen, er ist so gut wie neu, ich habe ihn nur im Dienst benutzt, insgesamt zwanzig Unterschriften damit geleistet, mehr nicht.

Franjo öffnete das Kästchen. Auf einem rot-seidenen Polster lag ein roter Federhalter mit goldener Kappe.

Probieren Sie ihn, drängte Schmitt.

Er schraubte die Kappe ab und schrieb in das hingehaltene Notizbuch mit blauer Tinte seinen vollen Namen und den Geburtsort: Travnik.

Sehen Sie, wie schön der schreibt, der gewöhnt sich schnell an Sie.

Es war, als rede er von einem Lebewesen.

Warum geben Sie mir den?

Keine Angst, nicht aus Dankbarkeit. Sie tun mir einen Gefallen, wenn Sie ihn nehmen. Da wo ich hingehe, muss ich nichts mehr schreiben, und er soll nicht in falsche Hände geraten.

Er schüttelte ihm die Hand zum Abschied und lief die Stufen hinunter, die Schritte hallten arhythmisch durchs Treppenhaus wie ein Nachtschränkchen, das einem Umzugshelfer entgleitet und ins Erdgeschoss poltert. Franjo stand reglos da, erst als die Haustür unten ins Schloss krachte, kam wieder Bewegung in ihn. Eine kurze Stille, bis der erste Wecker irgendwo im Haus klingelte. Und die Sirenen heulten: Fliegeralarm vor dem letzten alliierten Luftangriff auf Sarajevo.

Franjo Rejc benutzte den Füllfederhalter, den er von Carl Schmitt frühmorgens am 2. April 1945 bekam, so gut wie nie. Wahrscheinlich hat er überlegt, welche Dokumente Oberst Schmitt damit abgezeichnet haben könnte. Im Sommer 1945 fuhr ihm der Schreck in alle Glieder bei dem Gedanken, die Partisanen könnten den ss-Oberst gefangennehmen und im Notizbuch Franjo Rejc, Travnik finden, und vergaß ihn wieder.

Es war ein Parker 51. Franjo ließ die Tinte auslaufen, säuberte ihn und räumte ihn weg. Irgendwann ist Carl Schmitt vergessen, irgendwann muss man nicht mehr an die Dokumente denken, die er mit dem Füller abzeichnete, dann kann man mit dem guten Stück unbelastet von seiner Geschichte schreiben. 1966 beschloss er, den Füller seinem Enkel zu schenken, wenn der erst mal größer und ein kluger Junge ist. Ein wertvolles Geschenk, eine Kostbarkeit, eine Sonderedition anlässlich des Firmenjubiläums von Parker 1939, die Feder nicht eingeschrieben, und dann endlich hätte der Füllfederhalter eine Hand, der er folgt. Dem unverwechselbaren Duktus des Füllfederhalterhalters. Füllerfedern und Fingerabdrücke jedes Menschen sind einmalig.

Franjo hatte Angst vor Einbrechern. Wenn die den Füller stehlen! Alles andere war egal, aber der Füller, der durfte nicht wegkommen. Deswegen trug er ihn stets bei sich. Wollte sicher sein, dass er nicht geklaut wird.

Sein letztes Lebensjahr. Er ist von Drvenik nach Zaostrog spaziert, sitzt in einer Pinte vor Grappa und Mineralwasser. Ihm geht es gut, alles ist gut, das Unglück liegt hinter ihm. Er zahlt, merkt nicht, dass sich der Parker mit dem Portemonnaie verfängt und unhörbar am Mantel entlang auf den Boden gleitet.

Wer ihn an sich genommen hat, spielt keine Rolle.

Umsonst ist er in das Lokal zurückgelaufen und hat nach

dem Füller gefragt, der Wirtin erzählt, es gehe um weit mehr als einen Füller. Sie hat es sich angehört, weil höfliche Menschen alte Leute eben ausreden lassen.

Sich aber nicht merken, was sie erzählt bekommen.

Die Hunde von Sarajevo

Ich kam spät an.

Ein kleines Hotel, ein umgebautes Wohnhaus am oberen Ende der Altstadt Richtung Kovači. Die junge Frau an der Rezeption – dem Buch nach, das mit roten, grünen und blauen Unterstreichungen vor ihr lag, Psychologiestudentin – gab mir den Schlüssel zur Nr. 17, Frühstück sei von halb acht bis zehn. Sie hat mich nicht erkannt, besser so.

Im Zimmer versuchte ich mindestens eine halbe Stunde lang, den Heizkörper zu regulieren, drehte das Thermostat erst nach rechts, dann nach links, es drehte durch, nirgends ein Widerstand, das Zimmer war total überheizt, die Luft staubtrocken. Drinnen fünfzig Grad über Null, draußen zwanzig Grad unter Null.

Öffnete ich das Fenster, strömte eisige Luft herein, die sich wie bei einer kaputten Duscharmatur nicht mit der warmen Zimmerluft mischte, ich schwitzte und fror nur gleichzeitig. In das eine Nasenloch traf kalte, ins andere heiße Luft, halb wurde ich gekocht, halb tiefgekühlt. Es passte auf eine paradoxe Art erschreckend gut zu meinen aktuellen Lebensumständen.

Bei offenem Fenster drang außerdem Gebell ins Zimmer und meinen Kopf. Da schlugen nicht ein, zwei oder drei Hunde an, Hunderte, Tausende Hunde bellten in der berühmten, von Bergen eingeschlossenen Stadt am Ende der Welt.

Meiner Geburtsstadt, in der ich zum ersten Mal im Hotel übernachtete.

Ich weiß nicht, wie und wann ich einschlief, ich weiß nicht, ob ich schlief, ich weiß nur, dass ich hellwach sehr klar und lebhaft träumte. Oder vielleicht auch nicht träumte, sondern eine Parallelwirklichkeit erlebte, die plötzlich in dem überheizten Sarajever Hotelzimmer neben der Wirklichkeit herlief.

Ich sitze im Sessel zu Hause in Zagreb, umsorgt und behütet von ihr, und lese Péter Nádas' *Parallelgeschichten.* Das Buch ist so dick, dass mir die Hand vom Halten wehtut. Draußen schneit es.

Da klingelt das Telefon. Mutter. Mir rutscht das Herz in die Hose, ich melde mich, sie sagt mit vorwurfsvoller Stimme, sie sei dank eines Kunstfehlers lebendig begraben worden. Die haben was falsch gemacht, die Therapie falsch angelegt, unwirksame Zytostatika verabreicht, die Behandlung mit sogenannten intelligenten Medikamenten konnten wir uns nicht leisten, und dann glaubten sie sie tot. Heute Nachmittag wurde sie in aller Eile beigesetzt.

Nun gut, warum hat mir keiner Bescheid gesagt?, frage ich.

Woher soll ich das wissen!, sagt sie und bricht in Tränen aus.

Und wo bist du jetzt?, frage ich nach.

Im Grab, über Nonno, unternimm was!, schreit sie.

Was soll ich machen?

Ruf jemanden an, grab mich aus. Das zumindest kannst du doch für mich tun!

Gut, sage ich, ich melde mich, wenn ich die Dinge geregelt habe.

Beeil dich, sagt sie, ich ersticke, der Sarg ist gut verschlossen, rundherum ist schwerer Lehm, da geht nichts durch, ich ersticke bald …

Ich lege das Lesezeichen mit dem Schriftzug Dubrovnik zwischen S. 178 und 179. Sie kommt aus der Küche, fragt, wer angerufen hat.

Verwählt, lüge ich.

Ich kann ihr die Wahrheit nicht sagen, es würde mein Entsetzen nicht mindern, sondern vervielfachen. Besser, ich behalte es für mich. Aber wie? Mutter wird wieder anrufen, und ich weiß nicht, was ich sagen soll, wie ich die Geschichte so lange hinauszögern kann, bis sie in ihrem Grab so tot ist wie von den Ärzten vorhergesehen.

Ich kenne keinen in Sarajevo, den ich anrufen könnte, damit

er sie ausgräbt. Es gibt keine Telefonverbindungen nach Sarajevo außer der einen zum Friedhof Bare. Das Telefon ist noch nicht erfunden, nur der Prototyp in ihr Grab.

Ich begreife nicht, was gerade abgeht. Meine Mutter wird ersticken, selbst wenn ich mich sofort ins Auto setze und losfahre. Sie wird erstickt sein, bevor ich Derventa oder Doboj erreicht habe.

Es wurde hell, bevor das Telefon erneut klingeln und ich sie weinen und schimpfen hören konnte. Das Zimmer war immer noch überheizt, durch die dünne Spanplattentür drang morgendliche Betriebsamkeit, andere Gäste verließen ihr Zimmer, vermutlich von dem feindseligen Klima vertrieben, sie sprachen Englisch, kurze, sinnlose Sätze über das Frühstück und wer sich nachts bepisst hat, weil er sich im warmen Meer wähnte.

Ich zog mich an und eilte hinaus. An der Rezeption saß eine andere Frau, genauso jung wie die vorige, wahrscheinlich ebenfalls Studentin, sie fragte, ob ich gut geschlafen hätte. Ja, sagte ich, ich wollte weg, welchen Sinn hätten nachträgliche Beschwerden auch gehabt. Die Nacht war gelaufen.

Ein Stück die Straße hinunter hielt ich ein Taxi an.

Einen alten, klapprigen Fiat. Der Fahrer fragte: Wie isses in Zagreb?, und redete weiter, ohne die Antwort abzuwarten. Noch liege kein Schnee, aber bald, dieser Tage. Der falle immer, wenn der Räumdienst nicht damit rechne. Der Räumdienst und die Freizeitfahrer. Wenn es nach ihm ginge, gäbe es nur Profifahrer. Den anderen würde er den Führerschein wegnehmen. Dann gäbe es keine Verkehrsunfälle mehr und der nachmittägliche Stau fiele aus, und die Taxifahrer würden gut verdienen …

Sein Geschwätz gefiel mir nicht, trotzdem konnte mir die Fahrt gar nicht lange genug dauern, ich wollte den Augenblick des Wiedersehens so lang wie möglich aufschieben, sie fängt garantiert an zu heulen. Sie lebt, ist nicht begraben. Heute Morgen, beim Aufwachen, war ich einen Moment lang dankbar dafür. Dachte, bist doch noch rechtzeitig gekommen.

Der alte Fiat keuchte die Straße hinauf, in der ich aufgewachsen bin, was den Fahrer nicht im Mindesten vom Reden abhielt. Seine Tochter habe den Führerschein bestanden, erzählt er, aber er würde ihr niemals seinen Wagen geben. Kommt nicht infrage, die fährt den zu Schrott. Und wovon sollen wir dann leben? Das ist mein Produktionsmittel. Stolz betonte er jede Silbe der alten marxistischen Phrase und sagte am Schluss noch, er habe vier Semester Philosophie studiert, aus der Zeit erinnere er sich noch an mich, aber ich hätte ihn offensichtlich vergessen.

Das sagte er mit vorwurfsvoller Stimme.

Den Rückweg erledigte ich zu Fuß. Überglücklich, weil es nicht lang gedauert hatte, sprang, hampelte, schoss ich den Sepetarevac hinab, rannte durch die Mejtaš und die Dalmatinska, vorbei an vertrauten, inzwischen abbruchreifen, verlassenen, unbewohnten Häusern, zumindest von keinem bewohnt, den ich kannte, ehemaligen Klassenkameraden, deren versoffenen Vätern oder Onkel Bato Narančić, der in den fünfziger Jahren einen Sturz in den offenen Aufzugschacht überlebt hatte, rannte, als wäre einer hinter mir her, raste den Berg runter, wollte keinen treffen, der sich eventuell doch noch hier herumtrieb, überglücklich, als sei die Sache ausgestanden, aus und vorbei oder von einer Wendung zum Guten bestimmt.

Der Himmel hing grau und tief auf dem Tal, eigentlich kein Himmel, eher eine schwere, rußige Glocke aus Nebel, Rauch, Schwermetallen und den Ausdünstungen von zweihundertfünfzigtausend schwitzenden, stinkenden Menschenleibern, die mit der Nahrung irrtümlich das eigene Leben verdauen. Der vertraute Kohlegeruch hing in der Luft, zweihundertfünfzigtausend Menschen verfeuern in ihren Öfen immer noch, was sie aus dem Schoß oder den Eingeweiden Bosniens holen, wie früher, als ich selbst noch einer von ihnen war.

Es war Tag, kein Bellen zu hören. Die Hunde dösten, lagen eingerollt vor Hauseingängen oder ausgestreckt auf dem Trottoir. Die Passanten gingen achtsam um sie herum, wichen notfalls auf die Fahrbahn aus, bevor sie ihren Weg bergauf, den Anstieg fortsetzten, von dem meine Erzählung »Herr« handelt, die ich vor langer Zeit in *Sarajevo Marlboro* veröffentlichte. Damals holte man Wasser am Hydranten, weil aus der Leitung keins kam. Vom Himmel fielen Granaten und Mörsergeschosse, das Leben ging seinen gewohnten Gang, aber es gab weniger Hunde.

Sie lief mit zwei Kanistern zur Zapfstelle in der Džemil-Krvavac-Straße und hatte Todesangst, wusste schließlich nicht, dass ihr Leben rund zwanzig Jahre später so enden würde. Hätte sie es gewusst, es wäre ihr leichter gefallen. Mit zwanzig Jahren vor sich hätte sie in aller Ruhe Wasser geholt. Von diesem Gedanken nährte sich meine vormittägliche Euphorie.

Ich erreichte die Titova, auf der sich zwei, drei, vier Autos nebeneinander Wettrennen liefern. Rostlauben aus der Vorkriegszeit mit löchrigem Auspufftopf, das Geknatter lässt die Passanten kalt. Keiner schaut hin, keiner zieht den Kopf ein oder beschleunigt den Gang. Wenn man nicht direkt daneben steht, könnte man wehmütig werden, es hat den nostalgischen Beiklang der guten alten Zeit. Ach, Gott, was wären wir glücklich gewesen, hätten nicht solche Ängste ausstehen müssen, während die Welt um uns zusammenstürzte, während die k. u. k. Häuser der Innenstadt in Flammen standen, die Post, das Rathaus mit der Bibliothek ausbrannten, was wären wir glücklich gewesen, während um uns herum Menschen, die wir gut kannten, verreckten oder verrückt wurden und die heldenhaften Verteidiger der Stadt systematisch und emotionslos serbische Witwen wegschafften, pensionierte Lehrerinnen abstachen, oben am Trebević, was wären wir glücklich gewesen, hätten wir gewusst, dass es uns bestimmt war, den heutigen Tag zu erleben …

Es ist der 7. November 2012, der fünfundneunzigste Jahrestag der Oktoberrevolution, ich renne die Titova hinunter, um mich irgendwie zu beschäftigen, bemüht, keinen zu sehen. Ich durchbohre Passanten mit den Augen in Brusthöhe, beunruhigt vom zerrissenen Hemd eines Bettlers, wandert mein Blick tiefer, sackt bis auf Kniehöhe, bis auf den Boden, und als es nicht mehr tiefer geht, kriecht er wieder hoch, gleitet über die ausladenden Hüften einer Frau, deren Rock Schlitze hat, wie vom frisch gekürten chinesischen Nobelpreisträger beschrieben, gleitet über Gürtel, Hosenbünde und die darüber hängenden, nach Leben gierenden Männerbäuche, ich renne, bemüht, niemanden zu sehen, denn wenn ich einen sehe, hält der mich an, legt mir die Hand auf die Schulter, redet mich mit Vor- und Zunamen an, umarmt mich am Ende noch, ich muss reden, erzählen, seit wann ich da bin, wie lange, ob beruflich oder privat, und werde wahrscheinlich auch nach ihr gefragt. Und ich weiß dann nicht, was hinter der Frage steckt, ob der Fragende weiß, dass sie mich gestern im Traum im überheizten Hotelzimmer aus dem Grab anrief, ob er weiß, dass sie im Sterben liegt, ob er sich dessen vergewissern will, es genießt, sein Beileid ausdrücken zu können, oder ob es für ihn ist, als wäre es gestern gewesen, dass er sie das letzte Mal traf, einen Schwatz hielt, sie nach mir fragte, von mir erzählt bekam, sie auf einen Mokka einlud, aber sie hatte es eilig, ein andermal, wo es doch kein andermal geben kann, nicht auf dieser Welt, außer er beeilt sich und besucht sie auf eine Tasse Kaffee am Krankenbett, witzelnd und plaudernd, so wie man in dieser Stadt nun schon seit fünf Jahrhunderten die Sterbenden unterhält, sie zum Lachen bringt und damit jeden Gedanken an Schmerz und Tod verjagt, wirksamer als Morphium, das sie, danke der Nachfrage, noch nicht nehmen muss, aber in den nächsten Tagen wohl doch.

Die Zeitungsverkäuferin vor dem Markt kenne ich, also schaue ich weg und beschleunige meinen Schritt. Sie sieht mich, gibt aber gerade Wechselgeld für eine *Oslobođenje* heraus und kann mich nicht ansprechen. Dafür renne ich förmlich einem zahnlosen Greis in die Arme, er ist dürr und lang wie die Fruchtstände von Johannisbrotbäumen, und als ich an ihm vorbeidrängeln will, hält er mich kurzerhand am Ellbogen fest: Sie kenne ich!

Jetzt will er Geld, ein, zwei Mark, denke ich, weil er hungrig ist und friert. Aber nein.

Ich kannte auch Ihren Vater und Frau Štefanija, Ihre Großmutter. Sie hat meine Antes übers Taufbecken gehalten. Das letzte Wort geht in ein Kreischen über, dem Alten laufen Tränen über die Wangen, und ich weiß nicht, was tun.

Mitten auf der Ferhadija, die Straße hieß zu meiner Zeit nach dem Untergrundkämpfer, Partisanen und Gewerkschafter Vaso Miskin, stehe ich von Angesicht zu Angesicht vor einem plärrenden Mann, der einen Kopf größer und fast doppelt so alt ist, ich spüre, wie sich alle Blicke auf mich richten, mich von links und rechts und besonders von hinten durchbohren, wie Bleikugeln in den Schädel dringen, eine Frage von Sekunden, bis mich einer erkennt und begrüßt oder sich, ohne mich zu kennen, einmischt, um die für die Stadt, ihre Einwohner und zufällige Passanten missliche Situation aufzulösen, dass ein Greis mitten auf der Straße weint, wohl weil ihn der ungepflegte, langhaarige, bärtige Mann in mittleren Jahren zu hart angefasst hat …

Um von der Straße wegzukommen, lade ich ihn zum Kaffee ein.

Ich trinke Tee …, sagt er unter Tränen.

Alle Achtung, der ist berechnend.

Ich suche einen Tisch in der schummrigsten Ecke des abgetakelten Lokals, das wir als Gymnasiasten nach der Schule aufsuchten, eine völlig verqualmte Kaschemme, und hoffe, dass uns keiner entdeckt. Nuno, der Kellner von damals, ist noch da, inzwischen auch Inhaber, und starrt mich an. Entweder er grübelt, woher er mich kennt, oder er hat einen Gruß erwartet und ist sauer, weil der ausbleibt.

Ihre Großmutter war eine geistreiche Frau, fängt der Alte an, die Tränen trocknen auf den Wangen oder versickern in den Furchen um Nase und Mund, geistreich und eine gute Katholikin, von denen es hier nicht viele gab, seine Miene wird finster, wir sind auf altem türkischen Gebiet, im Orient mit Halwa und Sahlep. Süßes Gift! Das wusste sie, nicht wahr. Sie hat es gespürt, mein Herr.

Wie er über Großmutter spricht! Sie war eine schreckliche

Frau, ich habe mehrmals über sie geschrieben, Spaß hat das keinem gemacht, ich lasse ihn reden und überlege krampfhaft, woher ich ihn kennen soll. Er stellt sich nicht vor, es versteht sich offenbar, dass wir uns kennen, wie immer mag ich nicht nachfragen und spiele das Spiel mit.

Als mein Ante geboren wurde, der erste Ante, das war im Frühjahr, im Frühjahr 1941, am siebenundzwanzigsten Tag des Monats Mai, in Sarajevo, alles hat gegrünt und geblüht, alles ist ausgeflogen, naiv, verrückt und rein. Welchen Namen konnte ich meinem Sohn geben, wenn nicht den, den wir in jenen Tagen mit der größten christlichen Liebe aussprachen, natürlich musste er Ante heißen! Aber nicht nach dem Heiligen, sondern nach unserem Ante, dem aus unserer Zeit und unserem Volk in seinem Aufbruch. Wir ließen das Kind bei den Franziskanern in St. Anton taufen. Und deine Großmutter war Antes Taufpatin. Er ist mit drei Monaten gestorben. Hat geschlafen und einfach aufgehört zu atmen. Ich habe mit meinem Zeigefinger sein Gesicht befühlt, es war eiskalt. Dabei war die Haut ganz feucht. Wir haben unseren Ante auf dem Josephsfriedhof begraben.

Danach hatte meine Frau so eine Angst, dass sie nicht mehr schwanger wurde. Sie konnte nicht vergessen, wie er tot in seinem Bettchen gelegen hatte, es geht so schnell, dass so ein kleines Wesen, ohne dass man weiß, was es hat, einfach aufhört zu atmen. Es lag ihr auf der Seele, sie wurde und wurde nicht wieder schwanger. Und deine Großmutter Štefanija hat sie getröstet, Segenssprüche aufgesagt, für sie gebetet, ihren Leib der Heiligen Jungfrau anempfohlen, und dann endlich wurde meine Frau schwanger und kam wieder im Mai mit einem Jungen nieder. Das war 1945, wieder hat alles gegrünt und geblüht und ist fröhlich ausgeflogen, alles hat gezwitschert und dieselben harmlosen, naiven und reinen Liedchen geträllert.

Ich wollte das Neugeborene bei der Stadt anmelden, hatte mir aber noch keinen Namen überlegt. Sitzt da ein Partisan, der hieß glaube ich Pavle, und sagt, Bruder, es gibt so viele schöne Namen, Pero, Jozo, Mustafa, nimm einfach einen, benenn ihn nur bloß nicht nach diesem Verbrecher Ante! Und wie er das so sagt, fällt mir mein Erstgeborener ein, drei Monate ist er alt geworden, so ein Engelchen, erloschen, und wie der Partisan mich noch mal fragt, wie soll er denn nun heißen, sage ich, Ante.

Der wird böse geguckt haben, ich habe ihn nicht angesehen, aber er hat den Namen hingeschrieben: Ante.

Wir ließen ihn im Juli 1945 bei den Mönchen in Bistrik taufen, in St. Anton, und sechs Monate später ist er an Diphtherie gestorben.

Meine Frau ist verrückt geworden und ich bin's auch.

Und deine Großmutter hat uns aus dem Gefängnis in Zenica Briefe geschrieben, uns getröstet und aufgemuntert, und mit diesem Trost ist meine Frau zum dritten Mal schwanger geworden.

Der dritte Sohn kam im November 1946 zur Welt, es war sehr kalt, viel kälter als jetzt, es hat geschneit, ich habe ihn in Lumpen und Krankenhauslaken gewickelt nach Hause getragen und war glücklich, ich habe nichts geahnt, da nicht und auch nicht am 28. Dezember, dem Fest der Unschuldigen Kinder, da haben wir ihn bei den Franziskanern in St. Anton taufen lassen und deine Großmutter, die im Herbst aus dem Gefängnis kam, wieder als Taufpatin genommen, es wäre unhöflich und ungerecht gewesen, es nicht zu tun. Hätten wir Angst gehabt, es uns anders überlegt und aus politischen Gründen dagegen entschieden, dann hätten wir ihren Trost missachtet, ohne den keiner unserer Söhne geboren worden wäre. So haben wir auch den dritten Ante genannt, das war da schon kein Problem mehr, Partisan Pavle war weg, keiner hat sich an dem Namen gestört und mit einem Verbrecher in Verbindung gebracht.

Ende Februar ist unser Ante gestorben. Wieder im Schlaf, wieder habe ich mit dem Zeigefinger sein Gesichtchen befühlt, das war kalt wie ein Messer und hart. Bis zur Mittagszeit hatte ich zusammen mit zwei Totengräbern, Sava Vlaškalić und Nurija Idriz, ein flaches, kleines Grab ausgehoben, die Erde war gefroren und steinhart, sie wollte niemanden aufnehmen, alle anderen Beerdigungen waren auf den nächsten Tag verschoben worden, es war dreißig Grad unter Null, aber Sava und Nurija haben nicht aufgegeben. Es war unter ihrer Würde, was hätten die Leute gesagt, wenn sie nicht mal ein flaches, kleines Kindergrab schafften?

Danach haben wir keine Kinder mehr bekommen. Und ohne Kinder ist es im Alter schwer, keiner kocht Tee und bringt dir eine Tasse …

Der Monolog versiegte, der Greis trank durstig den inzwischen erkalteten Pfefferminztee. Keine Spur von Traurigkeit im Gesicht. Er leerte den Tee, sprang federnd hoch, murmelte eine Entschuldigung und rannte förmlich aus dem Lokal.

Dich hat der Balo also auch eingeseift. Mach dir nichts draus, Balo schröpft jeden, einmal zumindest. Du bist mit dem einen Pfefferminztee noch glimpflich davon gekommen, er hätte dich auch zu Ćevapčići rumgekriegt oder Cognac. Bis vier Uhr nachmittags trinkt Balo Tee, ab vier Cognac, daran hält er eisern fest. Also, jetzt kennst du den auch. Willkommen zu Hause, mein Lieber!, sagt Nuno, als er den Tee des Alten und meinen Kaffee kassiert.

Mein Lieber, hat er gesagt, das ist gut: Er hat meinen Namen vergessen oder erinnert sich nicht mehr an mich.

Ich frage ihn nicht nach Balo aus und ärgere mich später darüber, und mein Versuch, wie ein Tourist zu wirken, fällt offenbar jämmerlich aus: Ziemlich spöttisch, wie Nuno den Tresen abwischt.

Vorsichtig, als könnte es Granaten regnen, trete ich auf die Straße und haste weiter Richtung Altstadt, die Augen auf Kehlköpfe gerichtet, hinunter zu den breiten Hüften ewig unzufriedener Schalterbeamtinnen, weiter bis zu Knien und Schuhspitzen …

Der zahnlose, hagere Greis hat mich um einen Pfefferminzaufguss betrogen, der bei uns völlig zu Unrecht Tee genannt wird. Sei's drum, er hat sich mit einer fantastischen Geschichte revanchiert, frei erfunden natürlich, nur: Woher weiß er, dass meine Großmutter, die schreckliche Mutter meines Vaters, Štefanija hieß und gläubige Katholikin war? Vielleicht aus dem Erzählband, den mir ein hiesiger Zeitungsverleger und Vorkämpfer der Menschenrechte, gebürtig im Sandžak, ebenfalls durch Betrug und vorgespiegelte Freundschaft abgeluchst hat. Der wurde jahrelang für zwei, drei Mark verhökert. Trotzdem muss man Balo eins wirklich lassen: Er ist ein guter Erzähler, so geschickt, wie er die Figur in seine Geschichte einbaute.

Mir stand Oma Štefanija vor Augen, wie sie bei den Franziskanern in Bistrik drei Mal einen neugeborenen Ante übers Taufbecken von St. Anton hält, Söhne, die sterben, bevor sie Sprechen und Laufen lernen. Der erste bekam den Namen auf der Woge nationaler Begeisterung für Ante Pavelić, der zweite, weil er die Schuld des Vaters gegenüber dem Erstgeborenen tilgen sollte, und der dritte wegen den ersten beiden. An der Geschichte ist nichts Wahres dran, solche Geschichten sind in Sarajevo immer von vorne bis hinten erfunden. Balo stilisierte die unglücklichen Eltern zu armen Schluckern, Katholiken aus Sarajevo, die Ustascha blendete er aus; den Kleinbürgern – Amtsdienern, Kellnern, Schlachthauspersonal – schwoll im April 1941 die Brust vor Stolz, sie bildeten sich mords was ein auf ihren Unabhängigen Staat und trauerten ihm später hinterher. Und so bekamen alle drei Söhne den Namen des Unsterblichen, an dessen letzte Wohnstatt in Madrid, wo er im Sarkophag seiner Auferstehung harrt, man bis zum heutigen Tage pilgert. Kroatien ist bereits von den Toten zurück, seit gut zwanzig Jahren. Die Geschichte ist erfunden, die Figur meiner Großmutter nicht. So fantastisch der Rest sein mochte, sie selbst war wahrhaftig, wie sie in ihrer Epiphanie drei Mal (wie der segnende Christus über dem Westportal der Kathedrale von Sarajevo, wie des Poglavniks Schwurhand beim Eid vor Gott und dem Volke, wie die Dreifaltigkeit) die Geburt eines Ante bezeugt. Das ist Wahrheit, ebenso wie es wahr sein muss, dass Štefanija im Namen des Vaters, des Sohnes und des Heiligen Geistes dreimal den Tod übers Taufbecken hielt und die drei

Antes nicht als Engelchen am Fest der Unschuldigen Kinder, dem Tag der Grablegung Christi, über des Poglavniks Grab und Kroatien schweben, sondern in der Erde verfaulen, endlich wie der dialektische Materialismus. Oder vielmehr in der Fantasie dessen dümpeln, der sie erfand, um sich in der Kaschemme, in der ich zu Gymnasialzeiten nach Schulschluss abhing, einen Pfefferminzaufguss bezahlen zu lassen.

Während ich so über die drei Antes und Balos Einfälle nachdenke, bewege ich mich geschmeidig zwischen den Passanten auf der Ferhadija, anonym und ohne angehalten zu werden. Obwohl mich manche vielleicht erkannt hätten, wenn ihre Adamsäpfel, Bierbäuche, Schlitze und Oberschenkel meinen Blick hätten erwidern können.

Im Hotel versuche ich noch einmal, die Heizung abzudrehen, falle schließlich quer aufs Bett, und wieder hält mich der Schlaf zum Narren, durchkreuzt meine Absicht, zur Ruhe zu kommen, auszuruhen. Ich schlafe tief und fest, traumlos und verliere jedes Zeitgefühl. Gelegentlich wird der Schlaf flacher, mich wandelt der Gedanke an, Schlafen sei heilsam und ich ergo gerade dabei zu gesunden. Ich weiß aber nicht, woran ich leide. Ich weiß nichts, solange ich schlafe, die Last fällt von mir ab.

Sie fällt so vollständig von mir ab, dass mir die ersten klaren, wachen Gedanken durch Mark und Bein gehen, je folgerichtiger sich die Tatsachen aneinanderreihen, je vollständiger sich alles in den Arbeitsspeicher lädt, desto mehr Gewicht drückt auf Nacken und Schultern. Ich stehe auf, gebückt wie Atlas unter der Last eines Balkons in Marijin Dvor. Schweiß rinnt mir den Rücken hinunter. Ich weiß alles, was ich im Schlaf nicht wusste: Warum ich in Sarajevo bin, warum ich im Hotel statt am Sepetarevac übernachte ... Ich weiß alles, es ist nichts Gutes in diesem Wissen, es kann nichts Gutes darin sein. Das ist meine Krankheit.

Kurz nach fünf, ich hatte Mutter versprochen, bis spätestens halb sechs bei ihr zu sein.

Die Rezeption ist verwaist, nur das Psychologielehrbuch

liegt aufgeschlagen da, also kann ich nicht Bescheid sagen wegen des überheizten Zimmers und dass sich die Heizung nicht abdrehen lässt. Ich haste zum Taxistand oben in der Baščaršija. Die eiskalte Luft, in die sich Rauch vom Holzkohlegrill mischt, schneidet in die Lungen, es riecht nach brutzelnden Ćevapčići, frisch gebackenen Brotfladen, Katzenpisse und Hundescheiße. Zagreb ist geruchlos, denke ich, zum ersten Mal seit rund zwanzig Jahren, seit ich in diese kalte katholische Stadt gezogen bin, hat mich der verfressene Köter Nostalgia in den Klauen. Ich wäre jetzt gern dort, wo nichts Geschmack, Farbe und Geruch hat und ich immer noch niemanden kenne.

Ich setze mich in den vordersten Wagen der bunten, langen Schlange wartender Taxis, ein relativ neuer Mercedes, die Sitze mit Lammfell bezogen. Statt islamischem Gebetskettchen, dem Wimpel eines Fußballklubs oder einem Foto von Marschall Tito hängt ein gewöhnlicher Lufterfrischer am Rückspiegel, Tanne, der Geruch von Zaostrog an einem frühen Augustmorgen 1975. Der Fahrer, ein dicker alter Mann mit ungesund gelbem Teint, hat eine teure Rolex am Handgelenk.

Ja, die ist echt, sagt er, da wird mir erst klar, dass ich die Uhr anstarre.

Entschuldigung, ich wollte …

Kein Problem, deswegen trage ich sie ja. Ich fahre überwiegend nachts, Sie sind mein erster Kunde heute, und warte auf den Ersten, dem meine Rolex gefällt.

Es gibt alle möglichen Leute.

Alle möglichen? Das ist der falsche Ausdruck, ich würde eher von unmöglichen Leuten reden.

Wohl wahr.

Die habe ich mir in Deutschland zusammengespart, sagt er und zeigt auf die Uhr, und noch einiges andere, ich habe in Rostock gearbeitet, das lag in der DDR, der Deutschen Demokratischen Republik, wie das amtlich hieß.

Ist das nicht gefährlich, gerade nachts, mit so einer Uhr?

Gefährlich?! Trifft die Sache auch nicht so ganz, lebensgefährlich, würde ich sagen. Aber mir ist noch nie was passiert. Vor eineinhalb Jahren bin ich aus Deutschland zurückgekommen, seither fahre ich Taxi. Nichts passiert, trotz neuem Mercedes und Rolex, unglaublich. Im Winter, da lag unheimlich viel Schnee, da hab ich einen nach Trnovo gefahren. So ein Stiernackiger mit Glatze und Goldkettchen, drückte sich hinten auf dem Sitz herum, ich hab ihn im Rückspiegel nicht gesehen. Das war's dann, habe ich gedacht, der murkst mich ab und nächstes Frühjahr finden sie deine Leiche im Graben. Aber nein, hat sich noch freundlich bedankt fürs Gefahrenwerden und zehn Mark Trinkgeld gegeben. Bei dem Wetter hätte ihn sonst keiner hier raus gefahren, hat er gesagt. Stimmt nicht, habe ich gesagt, wer's braucht, fährt bei jedem Wetter. Und ich brauch's, wie man sieht.

Ich frage nicht weiter nach, wir sind da: Lassen Sie mich bei dem Parkverbotsschild raus, dann können Sie Richtung Kevra-Bach abbiegen! Beim Aussteigen ruft er mir noch nach: Tschüss, junger Mann, auf Nimmerwiedersehen! Ich erschrecke, aber zu spät.

Ich stehe vor der Haustür.

Der Schlüssel geht leicht ins Schloss, ist wohl geschmiert worden. Die Angeln quietschen wie früher.

Auf dem Rückweg ist es längst dunkel. In den hell erleuchteten Wohnzimmern, Küchen und Schlafzimmern der Gegend neigt sich die Vorstellung mit dem mir einst so vertrauten Personal ihrem Ende zu, eine Vorstellung in vertrauten Kulissen, Deckenlampen, Dunstabzugshauben, Hängeschränke – Küchenelemente sagen sie dazu – und Kühlschränke aus den achtziger Jahren, der goldenen Ära dieser Stadt, in der die Anwohner der Mejtaš und des Sepetarevac mit dem Geld, das sie auf irakischen und libyschen Baustellen verdienten, ihre Wohnungen und Träume sanierten. Und während ich meinen ehemaligen Nachbarn neugierig in ihre Höhlen gucke, entgeht mir das Hunderudel, das sich an meine Fersen geheftet hat. Erst an der Ampel in der Mejtaš drehe ich mich um und sehe es ein paar

Meter hinter mir, die Tiere warten darauf, dass ich die Fahrbahn überquere und meinen Weg durch die Dalmatinska fortsetze.

Der Anführer ist ein Dalmatinermischling, der Kopf wie beim Labrador.

Ein schöner, eleganter Hund mit großen traurigen Augen. Ich gehe ein paar Schritte in seine Richtung, er weicht aus, springt, ohne den Blick von mir zu wenden. Fünf hungrige, verdreckte Desperados hinter ihm gehen mit ihren kupierten Schwänzen kläffend rückwärts, als wollten sie angreifen, sollte ich mich näher heranwagen, tasten seinen Rang jedoch nicht an. Obwohl schreckhaft und unsicher, ist er der unbestrittene Anführer.

Bin ich erschrocken?

Vielleicht, kann sein. Jetzt erst, hier in der Dalmatinska, am Park beim Observatorium, in dem man 1981 achtundachtzig Bäume für Genossen Tito pflanzte, von denen mindestens die Hälfte in den kalten Kriegswintern zersägt und verheizt wurde, achte ich auf die nächtliche Geräuschkulisse. In der Ferne heult ein Golf Diesel auf, jemand scheint auf den Hinterrädern losfahren zu wollen, sonst ist kein Laut zu hören, der auf Zivilisation schließen ließe. Aus allen Richtungen, von allen Bergen rings um die Stadt bellen, heulen, fiepen, jaulen Hunderte, Tausende Hunde voller Verzweiflung. Die Menschen haben sich in ihre Wohnungen zurückgezogen, kriechen in ihre Betten und überlassen die lausige Nacht den Hunden, die rudelweise ins Zentrum laufen. Vielleicht habe ich ein falsches Bild, weil sich mein Rudel schon am Sepetarevac auf meine Fährte gesetzt hat.

Bei der ehemaligen Siedlung Sunce, auf Höhe der früher nach Staka Skenderova benannten Straße, drehe ich mich noch einmal um und gehe ein paar Schritte auf die Bande zu, wieder rennt der Anführer weg, springt wie ein Rehbock, schaut mich tieftraurig an, und die anderen fünf kläffen.

Du bist ja ein ganz Lieber, mein Lieber … flüstere ich, mir fällt sonst nichts ein.

Das Rudel bleibt mir auf den Fersen, obwohl auf der Titova Betrieb ist. Ich gehe erhobenen Hauptes, muss um die Uhrzeit keine unliebsamen Begegnungen fürchten. Betrunkene Jugendliche, Halbwüchsige, die sich mit Bier Mut angesoffen haben, kreischen sich quer über die Straße was zu, zwei abgerissene junge Männer wärmen sich schweigend an der Ewigen Flamme, ein Kirchgänger mit Hochwasserhose – der jüngste Schrei, um Gott seine Zerknirschung zu zeigen – läuft eilig vorbei, ist wohl spät dran …

Vorm früheren Jat-Hochhaus, heute *Vakufski neboder* genannt, unterm beleuchteten Schaukasten des Kulturzentrums der Islamischen Republik Iran, in dem ein Foto von Ruhollah Chomeini hängt, sitzt eine bucklige Frau auf Pappe, einem auseinandergefalteten Karton, mit dem billiger Weinbrand transportiert wurde, vor sich eine Baskenmütze, sie bettelt.

So spät habe ich noch nie Bettler gesehen. Die verziehen sich gewöhnlich mit Einbruch der Dunkelheit oder versuchen ihr Glück vor gut besuchten Restaurants, betteln aber doch nicht kurz vor Mitternacht in der verödeten Innenstadt, auch nicht in Sarajevo.

Schon gar keine Frau.

Ihre Nase berührt fast den Karton, so krumm ist ihr Rücken, ich sehe ihr Gesicht nicht, höre sie nur arabische Formeln und dazwischen den einen oder anderen hiesigen unflätigen Ausdruck murmeln. Ich bin vielleicht zehn Schritte an ihr vorbei, da höre ich sie zischen: Dreckskröter, hau ab.

Das Rudel schlägt mehrstimmig an. Ohne mich umzudrehen, weiß ich, dass ihr Anführer, der scheue, gütige Dalmatiner-Labrador-Mischling, nicht bellt, sondern vor dem schweren, bleiernen Fluch der Frau höchstens zur Seite gesprungen ist.

Sie folgen mir bis ans Ende der Ferhadija. Am Süßen Eck drehe ich mich wieder um, das Rudel ist weg, der Anführer noch da.

Plötzlich kommt mir sein Blick bekannt vor. Wessen Augen sind das? Wer sieht mich da an? Auf jeden Fall einer aus Sarajevo. Diese Augen gehören hierher, nirgendwohin sonst, an keinen anderen Ort, den ich mit Zug oder Auto besucht habe.

Wahrscheinlich bin ich unwillkürlich auf ihn zugegangen oder habe zu lang in seine Richtung geschaut, jedenfalls dreht sich der Dalmatiner mit Labradorkopf um und rennt weg, die Ferhadija zurück Richtung Innenstadt. Ich schaue ihm nach.

Er dreht sich um.

Dreht sich noch mal um.

Und noch mal.

Und noch mal, insgesamt vier Mal, dann verliere ich ihn aus den Augen.

Auf Nimmerwiedersehen.

Ein bisschen traurig laufe ich durch die menschenleere Sarači, male mir aus, was sich hätte entwickeln können, wäre der Hund nicht weggelaufen.

Ich hätte ihn mitgenommen, natürlich nicht aufs Zimmer, sondern in den Hof hinter dem Hotel, im Zimmer war sowieso an Schlaf nicht zu denken. Oder hätte ihn gegen Entgelt in die Obhut der Rezeptionistin gegeben. Am nächsten Tag dann zur Tiermedizinischen Fakultät – wird sich in Sarajevo ja wohl ein Taxifahrer finden, der einen Hund mitnimmt –, das Tier untersuchen und impfen lassen, mir die notwendigen Bescheinigungen holen und mit nach Kroatien nehmen.

Es hätte mein Hund sein können. Irgendwann wäre mir eingefallen, wessen Augen mich da anschauen.

Eine Geschichte ohne Wahrheitsgehalt, nur eine Geschichte. Ich würde nie einen Hund mitnehmen.

Am Brunnen in der Altstadt hat ein Laden offen, der arbeitet offenbar die ganze Nacht. Davor Kisten mit Bananen, grau wegen der Kälte, blassen spanischen Orangen, Okra und zwei Steigen glänzend dunkelroter Äpfel, die mit farblosem Lack gestrichen sein könnten.

Ich trete ein, es riecht nach Gas, eine junge Frau, die Haare vollständig nach den Regeln des Islam verhüllt, verkauft mir zwei Flaschen Wasser – bosnisches Gebirgsquellwasser – und reicht mir das Wechselgeld, ohne ein Wort zu sagen. Das ist gut. Wenn ich hier wohnen würde, würde ich jeden Tag hier einkaufen.

Zum ersten Mal seit meiner Ankunft der Gedanke, hier zu leben, phrasenhaft, nicht ernst gemeint.

Im Zimmer ist eine Bullenhitze, ich reiße das Fenster auf, lehne mich an und starre in die finstere Nacht oder auf die benachbarte Brandwand, vermutlich ein Neubau. Der Hof wurde, wahrscheinlich vor einem oder zwei Jahrhunderten, gepflastert, die Wackersteine sind rund geschliffen und wie poliert, Regen und Zeitläufte haben wirklich ganze Arbeit geleistet. Wäre ich nicht ich, würde ich hinuntergehen, mich mitten in den Hof hocken und mit geschlossenen Augen das kalte Pflaster streicheln, bis mir vor Kälte die Zähne klappern, ich vergehe oder aus einem, der glattes Kopfsteinpflaster streichelt, zur Idee von einem werde, der glattes Kopfsteinpflaster streichelt, zum Inbegriff der Hand, die glattes Kopfsteinpflaster streichelt.

Ich fühle die Steine unter meiner Hand und lausche dem Gebell von überallher. Ich verschlinge die Finsternis, verschlinge sie mit weit aufgerissenen Augen, die Finsternis ängstigt mich nicht, im Gegenteil, ich genieße sie, wie der Blinde in Sidrans Gedicht reiße ich die Augen auf und sehe nichts als Finsternis, die überdies nicht meine eigene, innere Finsternis, sondern ihre Finsternis ist, die Finsternis der Stadt, in der ich geboren bin, in die ich zufällig geraten bin, in die mich meinetwegen das Schicksal verschlagen hat, einige Straßenzüge weiter, zwei Kilometer südwestlich den Berg hoch, liegt die Frau im Sterben, die mich in dieser Stadt geboren hat, ich sehe sie zum letzten Mal. Großartig ist die Finsternis Sarajevos heute Nacht, wunderschön und tief. Wenn im Tod eine solche Finsternis einkehrt, wenn der Tod Finsternis und die mit der Hand fühlbare Glätte eiskalter Kopfsteinwacker bringt, wenn der Tod in Sarajevo Finsternis ist, in der man von allen Seiten Hunde bellen hört, Tausende, Abertausende Hunde, die wie die Engel am Tag des Jüngsten Gerichts kläffen, wie aus einer Kehle, und dazu ihre Schwingen ausbreiten, wenn das der Tod ist, dann könnte ich frei, ohne jede Angst, ohne Bedauern in dieser Nacht hier sterben.

Plötzlich, völlig unerwartet, überschwemmt mich eine Welle der Zärtlichkeit für Sarajevo. Das Gefühl wirft mich fast um, meine Knie werden weich vor lauter Finsternis und Zärtlichkeit. Nichts bleibt mir zu tun in Sarajevo, ich kann nur hier und jetzt sterben, ich höre auf zu atmen, halte das Herz an, falle der Länge nach hintüber auf den Rücken, schlage mit dem Hinterkopf aufs Bettgestell, oder kippe vornüber mit dem Oberkörper aus dem Fenster, werde totenstarr und steifgefroren am nächsten Morgen gefunden, in der Mitte gekrümmt wie ein Apostroph, das Zeichen, dass hier ein Ton, Mitlaut oder Selbstlaut, ausgelassen wurde, ein fehlender Buchstabe, der den Sprecher oder die Romanfigur als Bosnier charakterisiert. Der Tod ist nirgendwo sonst auf der Welt so weich wie in Sarajevo, nirgendwo sonst ist die Finsternis die Finsternis des Todes, nirgendwo sonst bellen Hunde, flattern Engel …

Der Gast aus Zimmer 17 hatte das Zimmer den ganzen Morgen nicht verlassen. Almira H., Studentin der Psychologie an der Philosophischen Fakultät, Sarajevo, und Mitarbeiterin an der Rezeption, klopfte um 12:30 Uhr an, um dem kroatischen Staatsbürger M. J., wohnhaft in Zagreb, mitzuteilen, wenn er das Zimmer nicht unverzüglich verlasse, werde ihm gemäß den Richtlinien des Hotels die Hälfte des Übernachtungspreises, falls er es erst bis 16 Uhr räume, eine ganze Übernachtung berechnet. Der Gast reagierte nicht. 13:45 Uhr verschaffte sich die Rezeptionistin mithilfe des Reserveschlüssels Zutritt zum Zimmer, ein Verstoß gegen die Dienstvorschriften, nach denen sie den Hotelmanager hinzuziehen, notfalls telefonisch verständigen und auf ihn warten hätte müssen, um das Zimmer zu zweit zu öffnen, oder alternativ auf dessen Weisung hin die Polizei hätte einschalten sollen.

So aber war Almira H. allein mit dem bereits erstarrten, über die Fensterbrüstung gebeugten Leichnam des Hotelgastes M. J.

konfrontiert. Von hinten wirkte er lebendig, als hätte er, eben aufgewacht, das Fenster geöffnet, um zu lüften, und hinge nun seinen Gedanken nach. Ein Detail brachte die junge Frau indes sofort auf die Idee, einen Toten vor sich zu haben.

Auf dem Hinterkopf der vornübergebeugten männlichen Person hockte eine graue Stadttaube und pickte in deren langmähnigem, wuscheligem Haarschopf träge nach Schuppen.

Wie auf den Schriftsteller-Büsten beim Verlag Svjetlost, dachte sie, auf den gegossenen Köpfen von Ćopić, Samokovlija und Selimović sitzen die Biester auch immer. Die blitzartige Assoziation Hotelgast – Klassiker in Bronze signalisierte der Rezeptionistin, dass M. J., ebenfalls Schriftsteller, ebenfalls ein bosnischer, aber auch kroatischer Schriftsteller, bevor er sich von allen lossagte, verschieden war. Die Taube war das Indiz.

Ihr durchdringender Schrei verhallte ungehört. Sie war die einzige lebende Person im ganzen Hotel, ein kleines Haus, in dieser Jahreszeit kaum belegt, die wenigen Gäste ausgeflogen. Almira H. war allein mit dem Toten.

Sie benachrichtigte die kroatische Botschaft. Dort rief man die Mutter des Schriftstellers an. Die Frau, die sie tagsüber pflegte, nahm den Anruf entgegen, dann die Frau, die sie nachts pflegte, dann eine Freundin der Mutter, dann die Frau vom ambulanten Pflegedienst und zuletzt eine Nonne vom nahe gelegenen Kloster. Jede bekam dasselbe gesagt: M. J. ist verstorben, woran und wie, ist unklar, sie möge es bitte seiner Mutter sagen.

Keine der fünf Frauen traute ihren Ohren. Gestern Abend sei er noch hier gewesen, habe mit der Kranken gesprochen, sie über ihre Kindheit und Jugend befragt, ihr auf seine herzlose, kalte, befremdliche Art die Beichte abgenommen, nicht wie ein Sohn, sondern wie ein Autor bei Recherchen. Und jetzt das. Jetzt schon schlägt das Schicksal zu, schrecklich, unerträglich schrecklich wie immer, und wie immer hat man den Eindruck, man hätte das schon mal gehört.

Die krebskranke Mutter liegt im Sterben.

Der junge, gesunde Sohn ist zum Abschiedsbesuch angereist und stirbt ohne Vorwarnung, ohne Sterben.

Das haben wir schon einmal gehört, unzählige Male. Deswegen klingt es unglaubwürdig. Die fünf Frauen kennen sich mit Gemeinplätzen in der Literatur nicht aus, wohl aber mit Gemeinplätzen im Leben: Wörter, die nicht wahr sind, selbst wenn sie zutreffen. Vorfälle, die nicht wahr sind, selbst wenn sie geschehen. Schicksale, die Gott zum einen Ohr rein- und zum anderen wieder rausgehen, weil er sie einfach zu oft gehört hat.

Deswegen wussten sie nicht, wie sie es ihr sagen sollten, und wollten erst einen Beweis.

Deswegen haben sie vielleicht auch überlegt, ob die unheilbare Krankheit die Kranke nicht bereits so tragisch um ihr Leben betrog, dass der Betrug, ihr den Tod des einzigen Sohnes zu verschweigen, im Vergleich dazu ein Klacks war. Aber dann mussten sie erklären, warum er den letzten versprochenen Besuch absagte. Er hätte angerufen, müsse dringend zurück nach Zagreb, wegen einer hohen Auszeichnung, einem Literaturpreis. Aber auch dann hätte er sie persönlich sprechen wollen, wie das erklären? Das wussten sie nicht, und den Mut, ihr vorzulügen, der Sohn sei überstürzt abgereist, sehe sich außerstande, ihre Qualen länger zu ertragen, wolle sich damit nicht länger belasten, wolle sie und ihre Not vergessen, den hatten sie nicht. Da sagten sie ihr lieber doch, er sei tot.

In einem Hotel in Sarajevo stirbt unerwartet ein kroatischer Staatsbürger, ein sehr bekannter, wenn auch offiziellen Kreisen missliebiger Schriftsteller, was natürlich ein guter Anlass für Amtshandlungen ist, so unerquicklich und überflüssig wie schlecht gesungene Opern.

Mehrere Polizeibeamte, der Erste Sekretär der Kroatischen Botschaft sowie eine Frau aus dem Büro des Sarajever Oberbürgermeisters, die den Polizisten mitteilte, sie sei auf Anordnung des Oberbürgermeisters hier und zudem eine Freundin der Mutter des Verstorbenen, warteten vor Ort darauf, dass der

Leichnam ans Pathologische Institut des Sarajever Klinikzentrums gebracht wurde.

Durch das Gedränge wirkte das Hotelzimmer kleiner als eine Speisekammer. Während M. J. weiterhin tot über dem Fensterbrett hing, schienen sie auf die Forensiker zu warten, aber die kommen in Sarajevo nur im Fernsehen.

Was also tun? Wie kriegen wir die Kuh denn jetzt vom Eis?, so drückte es Domagoj Antun K. aus, der Mann von der kroatischen Botschaft, ein unsympathischer, wabbeliger Lackaffe mit ausgeprägt ostherzegowinischem Akzent, der einen Herrenduft von Jean Paul Gaultier in solchen Schwaden verströmte, dass es den anderen den Atem nahm. Trotz offenem Fenster herrschten in dem Raum immer noch unerträgliche Temperaturen.

Wie kriegen wir die Kuh denn jetzt vom Eis?, fragte Domagoj Antun K. ungeduldig, woraufhin die Frau aus dem Büro des Oberbürgermeisters losheulte.

Wie können Sie nur?!, schnappte sie unter Tränen.

Der Erste Sekretär war unangenehm berührt, zog den Kopf ein, als hätte er in der Heiligen Messe geniest, verstand allerdings nicht, woran sich die Dame eigentlich störte. Die anderen auch nicht, aber ihnen war es egal oder vielmehr sehr recht, dass der aufgeblasene Jungspund einen Dämpfer gekriegt hatte.

Der Auftritt wurde von den Leichenbeschauern unterbrochen, zwei kräftigen, älteren Männern in grünen, schmierigen Kitteln, die wortlos und ohne sich rückzuversichern, ob die polizeilichen Ermittlungen abgeschlossen waren, den Leichnam anhoben und, gekrümmt wie er war, auf die Bahre legten.

Seine Augen waren aufgerissen, die Pupillen graublau wie der Himmel über Makarska kurz vor einem Gewitterregen.

Die Dame aus dem Oberbürgermeisterbüro schluchzte.

Die Polizisten unterdrückten ein Grinsen: Ein Apostroph auf der Bahre ist wirklich ein komischer Anblick.

Der Erste Sekretär der Kroatischen Botschaft in Sarajevo, Domagoj Antun K., faltete feierlich die Hände vor der Leistengegend, dazu eine Grimasse wie kurz vorm Weinkrampf. Schließlich war M. J. Staatsbürger seines Landes.

Der Leichnam wurde mit einem Laken zugedeckt und an der weinenden Rezeptionistin vorbei aus dem Hotel getragen. Die Leichenbeschauer in ihren dreckigen grünen Kitteln setzten die Bahre mit geübten Handgriffen auf die Spezialschiene im Leichenwagen, einem vw-Kombi, und warfen die Heckklappe zu. Für M. J.s tote Augen der letzte Blick auf Sarajevo. Aus dem vw-Kombi kam er in die grün gestrichene Tiefgarage der Prosektur und verschwand in der Unterwelt. Areligiös und unbeliebt, wie er war, fand sich niemand, der ihn in den Himmel getragen hätte aus diesem bleiernen Tal mit der flachen, stinkenden Wasserader, die seit Urzeiten einen altslawischen Namen trägt – Miljacka.

Wie M. J. unter dem weißen Laken in den Kombi geschoben wurde, hat nur ein Straßenhund gesehen, der an dem eisigen Novembermorgen vor der mit Kette und Vorhängeschloss gesicherten Tür eines Schuhmacherladens ausruhte und faul herüberblinzelte. Der Wind wehte schwach von Kovači herunter und trug den Geruch des Toten in seine Nase. Wie Hunde die Welt sehen, davon weiß der Mensch wenig, er kann sich kaum vorstellen, welches Bild sie über ihren Geruchssinn erhalten, wir können also nicht sagen, was der zottelige, kurzbeinige Mischling mit seiner langen Schnauze – in dessen Genen sich Dackel, Langhaarcollie und diverse andere Rassen mischten und in dessen Seele sich gegensätzliche Instinkte und Vorlieben, unterschiedlich geprägte pränatale und kollektive Erinnerungen, Andenken und Frustrationen bekriegten – über den in Sarajevo geborenen, in Zagreb wohnhaften, jetzt verstorbenen und in seiner Totenstarre zum Apostroph gekrümmten Schriftsteller dachte, dessen Herkunft und Identität übrigens einem ähnlich missglückten, in sich zerstrittenen und chaotischen Desaster entsprangen.

Natürlich war auch die Obduktion ein Desaster.

Der ursprüngliche Befund, unterschrieben von Doktor Fahrudin Karaosmanović, führte den Tod auf Herzstillstand zurück, ausgelöst von einem koronaren Schock durch Unterkühlung. Vereinfacht gesagt ging Dr. Karaosmanović davon aus, dass M. J. schlicht und ergreifend erfroren war, während er aufs Fensterbrett gestützt auf die Brandmauer und die Überreste eines altbosnischen Innenhofes starrte.

Aus der kroatischen Botschaft traf daraufhin die sehr scharf formulierte Forderung nach einer Wiederholung der Obduktion in Anwesenheit eines Zagreber Pathologen ein. Schriftlich sekundiert vom Leiter des Klinikzentrums, Dr. Salčinović, reagierte Dr. Karaosmanović zunächst beleidigt, was seine Institution betreffe, schrieb er, werde es keine Wiederholung geben, denn die Obduktion sei mit höchster Aufmerksamkeit nach höchsten fachlichen Standards ausgeführt worden und umso aufmerksamer, da es sich um unseren Mitbürger und einen großen Schriftsteller der Stadt handele. Wenn der Herr aus Zagreb Dr. Karaosmanovićs Befund trotz dessen über dreißigjähriger Berufserfahrung als Ordinarius und Pathologe anzweifele, möge er die gesamte Prozedur in seinen eigenen Räumlichkeiten und in eigener Verantwortung wiederholen. Dann aber mischte sich die Politik in den Fall ein (vermutlich kam die Intervention aus dem bosnisch-herzegowinischen Außenministerium), woraufhin die Entscheidung revidiert wurde und sich auch der Ton im elektronischen Briefwechsel mit Zagreb änderte: Dr. Fahrudin Karaosmanović und sein Team würden sehr gern den oder die Kollegen aus Zagreb empfangen und mit ihnen gemeinsam die Obduktion des verstorbenen M. J. wiederholen oder auch, falls von dem Kollegen aus Zagreb so gewünscht, sich auf eine bloß assistierende Rolle bei der Wiederholung beschränken.

M. J.s Leichnam wartete einschließlich Dokumentation der ersten Obduktion und den dabei angefertigten Präparaten im Kühlraum des Klinikzentrums auf die neuerliche Obduktion.

In den späten Abendstunden erhielt das Außenministerium Bosnien-Herzegowinas aus Zagreb die Mitteilung, am nächsten

Tag träfen Professor Dr. Emil Steinbruckner, Pathologe, sowie die beiden Forensiker Đoko Firaunović Antolić und Igor Meisner mit einem regulären Linienflug in Sarajevo ein. Die Information wurde unverzüglich an Dr. Salčinović weitergegeben, der sofort Dr. Karaosmanović verständigte.

Dr. Fahrudin Karaosmanović kannte Dr. Steinbruckner gut, war im Frühjahr 1996 kurzzeitig sein Mentor gewesen. Der jüngere Kollege machte damals in Sarajevo mit Unterstützung einer amerikanischen Stiftung seinen Facharzt, die die unzähligen verscharrten Leichen und die Tatsache, dass in den flachen Massengräbern Bosnien-Herzegowinas buchstäblich ein ermordetes Volk lag, zu pathologischen und forensischen Forschungen nutzte und nebenbei einheimische Fachkräfte mit Stipendien förderte. Steinbruckner löste sich relativ bald von seinem Mentor, knüpfte Kontakte zu den Amerikanern und fand eigene Wege, um über Spezialisierung und Promotion hinaus in Fachkreisen und Medien bekannt zu werden, die sich ebenfalls wegen der Massengräber aus dem letzten Krieg für Pathologen und Forensiker interessierten.

Karaosmanović hatte ihn als sympathischen, aber hyperaktiven jungen Mann in Erinnerung, mit guten Umgangsformen, großem Respekt vor älteren Kollegen und Achtung vor der Stadt, in die er gekommen war. Jahre später noch schickte ihm Steinbruckner Neujahrskarten, auf die er nie antwortete – wer bitteschön verschickt heutzutage noch Neujahrskarten? –, aber er freute sich über jedes Lebenszeichen und die Anerkennung, die dem jüngeren Kollegen zuteil wurde. Einmal, als Kollegen sich über Steinbruckners Auftritt in einer Talkshow des kroatischen Fernsehens mokierten, ergriff er sehr vehement für ihn Partei.

All das muss erwähnt werden, um Dr. Fahrudin Karaosmanovićs Schock zu verstehen, als ihm Salčinović eröffnete, wer ihn da morgen kontrollieren kam. Kaum hatte er aufgelegt, fuhr er den Rechner hoch und googelte Firaunović Antolić und Meisner, um herauszufinden, woher der Wind wehte.

Ihm schossen die wildesten Vermutungen durch den Kopf, unter anderem, dass Zagreb den plötzlichen Tod eines kroatischen Staatsbürgers politisch instrumentalisieren wollte.

Hier kurz zusammengefasst, was er im Internet fand.

Đoko Firaunović Antolić, geboren 1968, Abschluss in Kriminalistik, Spezialisierung auf Forensik, kämpfte Ostern 1991 als Freiwilliger im sogenannten Bewaffneten Zwischenfall an den Plitvicer Seen, verteidigte Vukovar, saß in serbischen Konzentrationslagern. Sein Name verband sich mit einer Reihe medizinisch interessanter Fälle im Rahmen der Exhumierung von Massengräbern in Ostslawonien, der Lika und Dalmatien, aber auch mit einzelnen Mordfällen oder wiederaufgerollten Verfahren zu Kapitalverbrechen, die jahrelang ungelöst und mit politischen oder nationalen Kontroversen verbunden waren. Er fand weder Interviews noch öffentliche Statements von Firaunović Antolić im Internet, aber das Gesamtbild, das zumindest die unzuverlässigste aller Möglichkeiten, sich über Menschen und ihren Charakter zu informieren, ergab, war zwar durchaus furchteinflößend, aber im Prinzip positiv. Sosehr ihn der überschießende Patriotismus in den Netzbiografien abstieß, Firaunović Antolić imponierte Dr. Karaosmanović.

Über den zweiten Forensiker, Igor Meisner, stand wenig im Netz, nur dass er Medizin und Kriminalistik abgeschlossen hatte und 1985 in Zagreb geboren war. Ein junger Kerl also, gerade mal siebenundzwanzig. Den Namen gab es auch bei Facebook, aber da der sich als Dinamo-Zagreb-Fan und Anhänger des römisch-katholischen Charismatikers Hochwürden Zlatko Sudac zu erkennen gab, ging Dr. Karaosmanović von einem Namensvetter des Forensikers aus.

Das Flugzeug mit den Experten landete mit siebzig Minuten Verspätung, setzte also nicht planmäßig um 14:40 Uhr, sondern erst kurz vor fünf in Butmir auf. Die Obduktion, eigentlich für 18 Uhr angesetzt, wurde daher auf Vorschlag von Dr. Fahrudin Karaosmanović auf den nächsten Morgen, neun Uhr, verschoben.

Steinbruckner, Firaunović Antolić und Meisner waren im Europa untergebracht, dem ältesten Hotel der Stadt und einem der teuersten. Dr. Karaosmanović hatte überlegt, die drei zum Abendessen einzuladen, in eins der Restaurants, mit denen wohlhabende Sarajlis und Einheimische mit Komplexen ausländische Besucher beeindrucken wollen, etwa das Kod Kibeta im Sedrenik-Viertel, und ließ es dann doch bleiben. Zu sehr peinigte ihn die Frage, warum Zagreb die Wiederholung der Obduktion forderte und eine so hochrangige und irgendwie rätselhafte Delegation schickte. Und warum soll ein Fachmann für Massengräber eine Person obduzieren, die im Hotelzimmer gestorben ist?

Kurz vor neun trafen sich die Kollegen in Dr. Salčinovićs Büro.

Karaosmanović schüttelte Emil Steinbruckner herzlich die Hand und stellte sich den beiden anderen vor. Đoko Firaunović Antolić machte ihm großen Eindruck. Ein kleiner, potthässlicher Mann mit Schlitzaugen, breiten Schultern, vorgewölbtem Brustkorb und krummen Beinen, die perfekte Besetzung für Gangsterrollen in alten Sowjetfilmen, und im Kontrast dazu eine weiche, sanfte Stimme und formvollendete Manieren. Aber nach allem, was im Internet stand, staunte Karaosmanović nicht schlecht, dass sich Firaunović Antolić von den neuen Sprachregelungen unbeeindruckt zeigte und frohgemut redete, wie ihm der Schnabel gewachsen war, als sei es das Selbstverständlichste der Welt. Der Mann stockte nicht, wenn ihm ein serbisches Wort unterlief, schob nicht nachträglich den kroatischen Ausdruck hinterher, er nutzte einfach die eine wie die andere Variante, ohne Rücksicht auf Staatsgrenzen und Kriegstraumata.

Igor Meisner hielt sich im Hintergrund. Hoch aufgeschossen, glattrasierter Schädel, Frotteeshirt mit Kapuze, unangepasst und schweigsam, redete er während der zwanzigminütigen Vorbesprechung bei Salčinović kein Wort. Er saß nur da, starrte vor sich hin, drehte gelegentlich die Daumen umeinander, wie ein Greis, der sich langweilt.

Steinbruckner war nicht mehr der junge Kerl, als den er ihn in Erinnerung hatte, war dick geworden, der Kopf birnenförmig, die Äuglein, gleichsam im Fleisch verkapselt, blickten wie von fernher, und Karaosmanović hatte den Eindruck, mit einem zu reden, der schon weg ist, abgetreten, ein Wiedergänger sitzt am Tisch.

Es stimmte ihn traurig.

Wo um Himmels willen war der schöne, ehrgeizige junge Mann geblieben, dessen Gedanken sich dermaßen überschlugen, dass man seinen Äußerungen kaum folgen konnte? Langsam war er geworden, wie ein Kassettenrekorder mit abgenudelten Batterien, stockend, konnte jeden Moment stillstehen, bis man neue Batterien einsetzte.

Er fand den Vergleich nicht abwegig.

Dr. Fahrudin Karaosmanović wäre in Salčinovićs Büro fast in Tränen ausgebrochen, den Blick auf Steinbruckner gerichtet; er wackelte mit dem Kopf, wie wenn er zuhörte und das Gespräch verfolgte, aber seine Gedanken schweiften teils zu Steinbruckner, teils zu dem Leichnam in der Prosektur, zu dem, dem der Körper gehört hatte, zum Schriftsteller M. J., den er, soweit er sich erinnerte, vor dem Krieg als jungen Dichter und vielversprechenden Journalisten der *Naši Dani* kennengelernt hatte, und dann war er verschwunden, mitten im Krieg nach Kroatien gezogen, Dr. Karaosmanović hatte nicht oft an ihn gedacht, bis er den Toten sah, komisch gekrümmt, mit aufgerissenen Augen, deren Lider sich nicht schließen ließen. Blaue Augen hatte er, der in der Stunde des Todes längst in die Jahre gekommen war, als junger Mann gehabt, im Sterben oder durch die Jahre in Zagreb ist die Regenbogenhaut wie ergraut. Merkwürdig, dachte er, solange er im nebligen, versmogten Sarajevo mit dem ewigen Regen lebte, waren sie blau wie das Meer, und als er ins saubere, ordentliche Zagreb zog, wurden sie grau, als hätte er Nebel und Smog und Regen in den Augen mitgenommen. Und musste grinsen, was ist das denn für eine Spinnerei, dachte er, das lässt sich doch weder medizinisch noch wissenschaftlich noch künstlerisch erklären. Für ihn stand die Pathologie, vor allem die Arbeit an Leichen, an der Nahtstelle zwischen Wissenschaft und Kunst. Der tote Leib ist eine divine Skulptur, vom lieben Gott für diesen Augenblick behauen, der Pathologe schuldet dem Werk Hochachtung, soll es während der Obduktion bewundern, soll neben Krankheiten, Deformationen und Todesursachen auch dessen Schönheit würdigen. Von der Schönheit des Leibes, des Schriftstellers M. J. kann er nichts sagen, weil er immerfort an die Augen denken muss, weil er ganz traurig war, dass ihr Grau seiner Erinnerung nach früher ein Blau gewesen war. Wer soll da noch durchblicken? Was geht in Menschen vor, dass sie denselben Sachverhalt heute so und morgen so beurteilen? Bis vorgestern hatte er ganz anders von dem Mann gedacht. Seine Zeitungsbeiträge stießen ihn ab. Die Bücher hat er nicht gelesen. Dr. Karaosmanović las schon lange keine Bücher mehr. Zeitungsartikel schon, und die von M. J. gefielen ihm nicht, die waren irgendwie – kroatisch. Nein, natürlich hatte er nichts gegen Kroaten, Menschen wie alle anderen, manche seiner Freunde waren Kroaten, er liebte Zagreb und Kroatien, was im Krieg war, ist gewesen und wird sich nicht wiederholen, aber es wollte ihm nicht in den Kopf, wie einer aus Mejtaš irgendwie kroatische Artikel schreibt. Nein, erklären konnte er es nicht, er war Arzt, praktisch veranlagt, kein Literat, keiner, der journalistisch oder künstlerisch mit Sprache umging. Es war ein Gefühl. Und was ein Mensch fühlt, ist die reine Wahrheit, davon war er hundertprozentig überzeugt. Nein, er hatte ihn nicht gemocht, aufgrund der Zeitungsartikel hatte er ihn nicht gemocht. Seinem Gefühl nach nahm ihm der Mann mit seiner Schreiberei etwas weg, raubte ihm einen Teil seines Lebens, den Teil vor zwanzig, fünfundzwanzig Jahren, der Zeit, als er ihm, damals ein junger Lyriker und vielversprechender Journalist der *Naši Dani,* seiner Erinnerung nach in Sarajevo begegnet war. Damals hätte sich Dr. Karaosmanović nicht einmal vorstellen können, dass der Jungspund irgendwie kroatische

Artikel schreiben könnte. Mehr noch, damals hätte er überhaupt nicht begriffen, selbst wenn sich jemand allergrößte Mühe gegeben hätte, dass es etwas Schlechtes, Verkehrtes und Falsches geben könnte, von dem man sagen wird, es sei irgendwie kroatisch. Mit solchen Gedanken wanderte sein Blick weiter zu Emil Steinbruckner, noch so ein trieftrauriger Anblick. Ob tot oder lebendig, Pathologe oder Leiche, sie waren austauschbar.

Die Obduktion verlief ordnungsgemäß. Sie fanden nichts Neues, nichts Atypisches. Dr. Steinbruckner stimmte dem älteren Kollegen in allen Punkten zu, schlug aber vor, sie beide sollten unterschreiben, M. J. sei an Herzschlag gestorben.

Warum?, fragte Dr. Karaosmanović entgeistert.

Weil uns keiner abnimmt, dass er erfroren ist, weil er am offenen Fenster ins Grübeln kam.

Meisner lachte hysterisch, und Karaosmanović war schlagartig überzeugt, dass der Forensiker Igor Meisner und der Fußball- und Zlatko-Sudac-Fan Igor Meisner doch ein und dieselbe Person waren.

Aber er ist doch erfroren. Wir sollten uns nicht danach richten, was wer für wahrscheinlich hält.

Ja, schon, aber es reicht doch, wenn wir wissen, dass er erfroren ist. Die Öffentlichkeit kann mit dem Wissen sowieso nichts anfangen. Wenn man uns nicht glaubt, ist der Teufel los.

Aber es ist doch die Wahrheit!

Die Wahrheit, lieber Doktor, ist der größte Teufel.

Sprach's und lächelte, als hätte er dem Patienten gerade eine schlimme Diagnose mitgeteilt. Und das Lächeln soll sagen: Tut mir leid.

Am Tor zum alten Krankenhausgelände, gebaut unter den Habsburgern, verabschiedete sich Dr. Karaosmanović von den Gästen aus Zagreb. Er hatte keine Lust mehr, sie zum Abendessen einzuladen und ihnen im Panoramafenster von Kod Kibeta Sarajevo zu zeigen, die Stadt im Tal, wie sie früher war, er hatte nicht die Kraft, sich zu unterhalten. So schnell wie möglich wollte er nach Hause, sich hinlegen, an nichts denken und aus jeder geschriebenen oder erzählten Geschichte verschwinden. Und, bing!, schon ist er weg.

Warum Dr. Emil Steinbruckner, einer der erfolgreichsten Wissenschaftler Kroatiens und landesweit populär, eine öffentliche Person, mit den Forensikern Đoko Firaunović Antolić und Igor Meisner im Gefolge nach Sarajevo kam, wird vielleicht bei anderer Gelegenheit erzählt, in einer anderen Geschichte mit Karaosmanović als Nebenfigur und der Leiche des Schriftstellers M. J. als nettem Vorwand, als Alibi.

Der Bericht von der zweiten Obduktion lag einen Tag später auf dem Schreibtisch des kroatischen Botschafters Tonči Staničić und auf dem von Domagoj Antun K. Der Botschafter war in heller Aufregung, aber die Befunde selbst interessierten ihn kaum. Ist ja nicht so selten, dass einer mit Mitte vierzig einen Herzschlag kriegt. Man fällt um und das war's.

Der Erste Sekretär war allerdings unzufrieden.

Stinksauer.

Buchstäblich wahnsinnig enttäuscht.

Er hatte gehofft, der plötzliche Tod im Hotel würde sein Leben ändern, einen Giftmord (Al-Qaida schüttet kroatischem Autor Gift in den Tee), eine Falle, Liquidierung gewittert, eine spektakuläre Story, die Leidensgeschichte eines kroatischen Märtyrers, die es auf die Titelseiten der Weltpresse schafft, schon sah er sich bei Pressekonferenzen, Erklärungen in englischer, französischer und deutscher Sprache für europäische Fernsehanstalten verlesend, die Welt würde herschauen und er das Gesicht der Affäre sein.

Charakterlos, dummdreist, aber mit blühender Fantasie hatte sich Domagoj Antun K. seine weitere diplomatische Karriere ausgemalt, sich vom Tod des berühmten Schriftstellers auf einer Woge des Interesses gewähnt, die ihn in die Welt schwemmen würde, Berlin, Paris, London, Hauptsache weg aus diesem gottverlassenen Kaff, nicht mehr als eine zynische Randnotiz in der unabgeschlossenen Geschichte, in deren Nachwehen die Republik Kroatien eine Botschaft in Sarajevo eröffnete. Das ist doch sinnfrei und völlig unlogisch, denn wo bitteschön liegt Sarajevo? Am Ende der Welt, eine Kleinstadt wie importiert aus Anatolien, Kurdistan, Nirgdistan, eine Stadt wie die, in der *Schnee* von Orhan Pamuk spielt, Domagoj Antun K. hat den Roman im Sommer gelesen, in Palmižana unter Palmen und Pinien, im Hof der Villa von Frau Dagmar Meneghello, während er auf die Entscheidung aus Zagreb über seinen nächsten Einsatzort wartete, er hätte sich niemals träumen lassen, dass es eine Hauptstadt geben könnte, die Pamuks schneeverwehter türkischer Stadt ähnelt, bis er nur um kaum fünfhundert Kilometer südlich von Zagreb im klaustrophobischen, abgelegenen Karst strandete, unter einer Dunstglocke aus Abgasen, im Dauernebel, mit Schnee, der unten grau bis schwarz ankam, in einem Ort, in dem man in kleinen Teestuben türkischen Mokka und viel zu süßen, dickflüssigen Sahlep trinkt, sich anschweigt oder mit Halbsätzen, Seufzern und bösen, verzweifelten, hoffnungslosen Blicken kommuniziert, mit dumpfer Infamie, vor der er sich in seiner watteweichen Seele fürchtete, weil er sich untergründig dazu hingezogen fühlte. Zu gern hätte er die kleinen Holztische umgeworfen, die orientalischen Tässchen zerdeppert, die Kupferkännchen runtergefegt, sich zerreißen, schröpfen und mit Füßen treten, in den Dreck ziehen lassen, von Pfeilen durchbohrt wie der Heilige Sebastian, er wird in ihrem Dreck schwelgen, sich ausstrecken wie der Asphalt auf der Straße nach Zenica, die nie da ankommt, wo sie hinführt, unvollendet bleibt, mit Überführungen, die im Abgrund enden, in der Bosna, im Schlamm, im Schnee, in abartigen Wünschen, wie sie nur an derart klaustrophobischen Orten entstehen.

So fantasierte es sich der Erste Sekretär zurecht und glaubte selbst an seine Hirngespinste, dachte, der tote Schriftsteller könnte ihn von dem furchtbaren Ort erlösen.

Ein Herzschlag, wie banal.

Es konnte nicht stimmen, da war sich der Erste Sekretär sicher, es konnte auf gar keinen Fall stimmen. Vielleicht erfroren, wie der komische Doktor mit den verheulten Augen schrieb, Dr. Karaosmanović, aber niemals an Herzschlag.

Nach der Obduktion musste entschieden werden, wo der Verstorbene beigesetzt werden sollte.

Stocksauer wie er war, rief der Erste Sekretär im Büro des Oberbürgermeisters an, von dort versuchte man die Mutter des Schriftstellers zu erreichen, bekam sie aber wieder nicht selbst an die Strippe und gab den Schwarzen Peter daraufhin der Botschaft zurück. Der Erste Sekretär möge sich mit Zagreb in Verbindung setzen, sie wüssten nicht, was sie tun sollten, was den Ersten Sekretär so in Rage versetzte, dass er mitten im Telefonat den Hörer aufknallte, tief Luft holte und in Zagreb anrief, wo man zu seiner Überraschung traurig war über den Tod des Schriftstellers, das hätte er sich nicht träumen lassen, der Erste Sekretär, wieso war M. J. ihnen wichtig, warum bedeutete ihnen M. J. etwas?, der Erste Sekretär verstand die Welt nicht mehr, keiner hatte ihm gesagt, dass er M. J.s Bücher lesen sollte, aber gut, wenn der schon so wichtig ist, dann sollten wir ihn in Zagreb beisetzen, mit allen staatlichen Ehren auf dem Mirogoj verbrennen …

Ja, hm, nein, so geht das nicht. Zunächst müssen die Angehörigen gefragt werden, in seinem Fall die Mutter. Sie musste gefragt werden, wo ihr Sohn begraben werden sollte.

Und so begab sich Domagoj Antun K. zu Fuß nach Mejtaš, keuchte den Sepetarevac hinauf und wollte die Dame sprechen. Wenn es sonst keiner macht, muss er ihr sagen, dass sie den Sohn verloren hat …

Also hier, an der Stelle, bricht meine Geschichte ab.

Weiter komme ich nicht, mir wird bewusst, dass ich seit einer halben Stunde, auf die Ellbogen gestützt, aus dem Fenster schaue, die Knie kochen von dem glühend heißen Heizkörper, Bauch, Brust und Kopf sind eisekalt, weil es draußen Stein und Bein friert, sämtliche Knochen tun weh wegen der unnatürlichen Haltung, während ich, die Hände vor mir ausgestreckt, in die Dunkelheit starre, mir vorstelle, wie sich das Kopfsteinpflaster im Hof anfühlt, und mir eine Geschichte über meinen Tod zusammenspinne, mit dem ich sie kurz vor ihrem noch überhole, im Finish noch ein paar Stunden heraushole, ihr den Sieg im Wettbewerb ums Sterben wegschnappe, um den Tod, den sie seit zehn Monaten qualvoll, vorwurfsvoll, gerade als wäre ich ihr Mörder, in mein Leben drängt, der aber einfach nicht eintritt, weil ich noch nicht genug Schuld auf mich geladen habe. Erst wenn ich ganz und gar schuldig bin, durch und durch, in ihren Augen und denen aller Menschen in ihrer Umgebung, nach Möglichkeit in den Augen der ganzen Stadt, vor allem aber in meinen eigenen Augen der Mörder meiner Mutter bin, erst dann wird das Telefon klingeln und man mir mitteilen, sie sei gestorben.

Ob in Sarajevo oder Zagreb, in Warschau, Graz, Dubrovnik oder Rom, die Nachricht wird überall gleich klingen, und sie wird morgens eintreffen. Daran besteht kein Zweifel, das Telefon wird morgens läuten. Alle Stublers starben morgens, genauer: in dem Augenblick, wenn die Nacht vorbei ist, es aber noch nicht dämmert. Die Sonne steht unter dem Horizont, weit hinter den hohen Bergen um Sarajevo, eine Zwischenzeit zwischen Tag und Nacht, von der die meisten Leute nichts wissen. Für die Stublers gab es diese Zwischenzeit immer, die Zeit, in der sie den letzten Atemzug, ihre Herzen den letzten Schlag taten, die Zeit, in der ihre gottlosen, ausländischen Kofferkinderseelen wie der Blitz in den Spalt zwischen Nacht und Tag fuhren, ohne dass man sagen konnte, auf welcher Seite sie landeten. In räumlichen, irdischen Kategorien entspricht der Zeit zwischen Nacht und Tag das Niemandsland, ein Streifen Erde, der Staaten teilt und keinem gehört. Das dürfte der Grund sein, warum die Stublers in der Zeit sterben, die weder der Nacht noch dem Tag gehört. Es war ihre Zeit, ihre temporäre Heimat. Deswegen bin ich überzeugt, dass auch sie kurz vor dem Morgengrauen sterben wird.

Mit solchen Gedanken mogele ich mich aus der Geschichte

heraus, die sich erst so reibungslos in meinen Augen vor der dunklen Sarajever Nacht abspulte und plötzlich erschrocken dem Erzähltwerden entzog. Ich kann die Geschichte von Domagoj Antun K. nicht weitertreiben, ein böser, fantasiebegabter Idiot, ein kroatischer Narr, in dessen Figur mein schon krankhafter Hass gegen die Institutionen des Landes steckt, in dem ich lebe, ich dulde ihn nicht vor der Tür des Hauses, in dem ich früher wohnte, mag ihn nicht läuten hören und als Vertreter der kroatischen Botschaft ans Bett meiner Mutter treten sehen, um ihr in seiner dummdreisten, jämmerlichen Art, so dummdreist und jämmerlich wie alle mir bekannten Kroaten vom Dienst, mitzuteilen, ihr Sohn sei vor zwei Tagen gestorben.

Sie ist bettlägerig, kann sich kaum aufrichten. Für den Gang zur Toilette braucht sie Hilfe, sie kann besser mit dem Handy telefonieren als mit dem Mobilteil des Festnetztelefons, einfach weil es etwas leichter ist, und bald wird sie auch dieses kleine Mobiltelefon nicht mehr halten können, mit dem sie niemanden anrufen kann, weil sie zu schwach ist, um acht, neun Zahlen nacheinander einzutippen. Das müssen andere für sie machen.

Sie liegt da und weint meistens, was sonst könnte sie schon tun. Schweigend aus dem Fenster schauen, das macht sie auch. Manchmal ruft sie, sie müsse mal, und gelegentlich gibt sie Klagelaute von sich, als Lebenszeichen. Ihre Stimme ist gesund. Wer ihren Zustand nicht kennt und sie nur am Telefon hört, hält sie für fast gesund und ihr Gejammer für übertrieben, so war sie ja schon immer ... Hat schon immer jede Lebenslage zum Drama hochstilisiert, schon gar, wenn sie krank war. Damit ist es bald vorbei.

Keiner, der sie gut kennt, kann ihre Schmerzen einschätzen. Weiß nicht, um im Krankenjargon zu bleiben, welche und wie häufig sie Schmerzen hat. Für die Kranken, manchmal auch für die Ärzte, ist Schmerz kein Zustand, sondern ein Ding, etwas Materielles, ob belebt oder unbelebt. Nicht ein Schmerz, sondern Schmerzen. Es gibt viele verschiedene, die sich zusammenrotten, tage- und nächtelang greifen sie an, geben einmal erobertes Territorium nicht mehr preis, halten die Stellung bis zuletzt, solange der Mensch lebt.

Keiner, der sie gut kennt, kann Zahl und Art, Stärke und Wahnsinnspotenzial ihrer Schmerzen einschätzen. Das wissen die besser, die sie erst als Kranke kennenlernten. Als Sterbende.

Stirbt sie?

Liegt meine Mutter im Sterben?

Die Frage beunruhigt mich, für einen Augenblick bedaure ich, dass ich nicht rauche. Als Raucher hätte ich eine Zigarette angezündet und mich irgendwie beruhigt. So aber laufe ich wie eine gefangene Ratte im Zimmer auf und ab, zur Tür, bis zum Bett, ins Badezimmer. Dort gibt es ein WC, ich liebe solche Hotelbadezimmer, sie sind so wunderbar sauber, sauberer als die saubersten Toiletten und Badezimmer, im Hotel darf man beim Duschen alles unter Wasser setzen, darf ungehemmt Handtücher verschwenden, darf Handtücher auf die Wasserlachen am Boden werfen, denn jemand wird alles wieder in Ordnung bringen. Sobald ich weg bin, tilgt jemand meine Spuren. In Hotelbadezimmern erholt man sich von der Arbeit, die einen ernährt, von den kleinen Alltagspflichten, die einen vernichten, aber als ich versuche, mir die schreckliche Frage – stirbt meine Mutter gerade? – aus dem Kopf zu schlagen wie einen scheußlich kitschigen Radiosong, *Bižuterija* etwa von Jelena Rozga, auf das Kroatien so stolz ist, es als große kulturelle Errungenschaft im Kampf gegen orientalische Volkslieder und serbischen Turbofolk feiert, als ich Mutter vergessen und an etwas anderes denken will, hätte es eigentlich gutgetan, das Bad zu putzen, die Badewanne zu scheuern, die Kloschüssel mit der Bürste zu bearbeiten oder Geschirr zu spülen, Staub von Regalen zu wischen, dreckige Wäsche in die Waschmaschine zu stopfen, Fenster auf- und zuzumachen, um durchzulüften, quietschende Angeln einzufetten, es hätte gut getan, wenn eine Angel gequietscht hätte, eine Glühbirne hätte ausgewechselt, der Duschschlauch ausgetauscht werden müssen, wenn ich etwas hätte tun können, mich vor Granaten in einen Schutzraum hätte retten, über eine Straße im Visier von Scharfschützen rennen können, Hauptsache, ich hätte die Frage von mir wegschieben können – stirbt Mutter?

Was ist daran eigentlich so schlimm?

Ich weiß es doch, seit sie vor zehn Monaten erkrankte, ich weiß, dass es so enden wird.

Ich wusste sogar, wann es so weit sein würde, hatte mir einiges über die Krankheit angelesen – Jahre, bevor sie erkrankte, in aller Ruhe, aus reiner Wissbegier.

Warum also schmettert mich der Gedanke an ihr Sterben derart nieder? Oder liegt es weniger am Sterben als an dem Satz, wird er niederschmetternd, sobald man ihn ausspricht oder hinschreibt, sobald er in einer Erzählung ansteht, die über das Kopfsteinpflaster im Hof fließt, in der finsteren Sarajever Nacht, erfüllt vom Gebell Tausender Hunde?

Meine Mutter stirbt.

Wir standen uns nicht nahe, obwohl der Satz anderes nahelegt. Vielleicht stand kein Sohn seiner Mutter je so nahe, wie es der Satz suggeriert, sobald man ihn spricht oder schreibt: Meine Mutter stirbt.

Es gibt diese Nähe einfach nicht. Wir haben es uns nicht ausgesucht, wir waren nach den Gesetzen der Wahrscheinlichkeit und den Regeln, die unser Erdenleben bestimmen, zueinander verurteilt, sie zum Sohn, ich zur Mutter. Dass ich der Sohn bin und sie die Mutter ist, daran ist nichts Persönliches. Wenn wir es uns hätten aussuchen können, wir hätten uns gemieden, kein Sohn würde sich, wenn er die Wahl hätte, vorgeburtlich haben könnte, die eigene Mutter aussuchen, so wenig wie irgendeine Mutter, hätte sie die Wahl, ihren Sohn wollte. Die Bindung, an die wir uns hielten, war schwach und auf Volksweisheiten gegründet, beruhte auf kirchlichen Dogmen, auf Märchen und Aberglauben, kulturellen Überlieferungen und allgemein anerkannten Umgangsformen, warum also setzt mir der Satz derart zu?

Ich kann Domagoj Antun K., Erster Sekretär der kroatischen Botschaft, Produkt meiner inneren Not sowie meiner Erfahrungen mit Menschen in Zagreb, nicht über die Schwelle des Hauses am Sepetarevac führen, kann ihn nicht in die Wohnung lassen, in der ich früher lebte und die gerade voller Menschen ist, weil Mutter bettlägerig und auf Hilfe angewiesen ist. Hätte er die Schwelle überschritten, er wäre in meine Eingeweide gelatscht und mit ihm das Kroatien, das mich seit Jahren ausspucken will, es hätte mir das letzte Versteck geraubt.

Ich habe ihn zwar erfunden, er existiert nur in meinem Bewusstsein und ich kann ihn nach Gutdünken wieder entsorgen, trotzdem darf Domagoj Antun K. die Wohnung nicht sehen, darf nicht auf die Stelle im Flur treten, wo das Parkett quietscht, darf nicht das Geräusch hören, mit dem die Tür ins Schloss fällt – dasselbe Geräusch seit vierzig Jahren, ich kenne es, vergesse es nicht, im Gegensatz zu den Stimmen der ehemaligen Bewohner, der Stublers und Rejcens, bald schon werde ich auch Mutters Stimme vergessen haben –, darf nicht die acht Schritte zum Zimmer gehen, früher mein Zimmer, wo meine kranke Mutter auf der rechten Hälfte des Ehebettes ihrer verstorbenen Eltern liegt.

Ich kann nicht zulassen, dass er ihr ernst und devot – das können die Zagreber richtig gut, keiner hat das so drauf wie sie – die Hand reicht, obwohl es vielleicht gut gewesen wäre, hätte ich den Mut gehabt. Denn sie hätte die hingehaltene Hand nicht ergriffen, sondern gekreischt, das könne sie nicht, es tue zu sehr weh, ihr reiner, fast knabenhafter Sopran hätte sich in ungeahnte Höhen geschraubt, an die Decke, in den Himmel, sie hätte, übrigens sehr glaubhaft, geklagt, keiner helfe ihr. Denn meine Mutter ist nicht mehr in der Lage, ihre Rechte zum Händeschütteln auszustrecken. Sie kann kaum noch das winzige Mobiltelefon damit halten, die Linke ist geschwollen und blau, als wäre sie in diesem Sterben dem restlichen Körper vorangegangen.

Wie unangenehm berührt wäre doch Domagoj Antun K. gewesen, hätte ihm Mutter unter lautem Gekreisch den Händedruck verweigert. Ohne Händedruck konnte er der Frau Mutter nicht mit zerknirschter Miene – als müsste er genau in dem Moment gähnen, wenn ihm der Bischof mit routinierter Geste den Leib Christi zwischen Ober- und Unterkiefer schiebt – sein Beileid aussprechen, weil ihr Sohn gestorben ist.

Der Erste Sekretär hat Mühe mit dem Ritual, sobald ihm etwas Unvorhergesehenes dazwischenfunkt. Mich hätte schon interessiert, wie sie reagiert hätte, hätte Domagoj Antun K. es doch geschafft. Ihre Reaktion, das, was sie gesagt oder nicht gesagt hätte, hätte über den Fortgang der Geschichte entschieden. Über den Fortgang meines Lebens.

So oder so hätte sich meine Mutter in diesem Augenblick vollkommen allein und verlassen gefühlt. Sie fühlte sich die meiste Zeit ihres siebzigjährigen Lebens so. Manchmal hat sie es anderen und sich selbst auch nur vorgespielt. Aber wenn ich vor ihr gestorben wäre, hätte sie sich tatsächlich vollkommen allein und verlassen gefühlt. Auch wenn sich keiner von uns beiden den anderen ausgesucht hätte, auch wenn wir das im Gegensatz zu den meisten Müttern und Söhnen über weite Strecken unseres Zusammenlebens deutlich spürten, meist beide das Gefühl hatten, dass sich unser Mutter-Sohn-Verhältnis einem völlig unwahrscheinlichen Zufall verdankt, bin ich für sie, spätestens seit ihrer Erkrankung, der sichere Anker in ihrer Einsamkeit.

An wen hätte sie zuerst gedacht, gesetzt den Fall, ich wäre vor ihr gestorben? An sich oder an mich? Ich will die Antwort auf meine kindische, selbstsüchtige Frage nicht wissen, auch das ein Grund, warum ich Domagoj Antun K. nicht zu Mutter lassen darf …

Ich schließe das Fenster, denke an sie, ist sie gerade in Novi Zagreb oder auf dem Dorf?, schläft sie schon?, und da erst fällt mir auf, dass sie in meiner Geschichte vom Tod des Schriftstellers M. J., kroatischer Staatsbürger, gebürtiger Sarajli, erfroren am Fenster eines überheizten Hotelzimmers, nicht vorkommt. Sie fehlt, wird von der kroatischen Botschaft nicht mit der Frage behelligt, wo M. J. beigesetzt werden solle; obwohl sie seine Frau ist, dachte das Botschaftspersonal nur an seine Mutter und wollte von ihr eine Entscheidung.

In meiner Geschichte ist der Schriftsteller M. J. nicht verheiratet. Er lebt allein in Zagreb.

Hätte ich die Geschichte aufgeschrieben oder ihr erzählt, sie hätte sich gegraust. Sie erträgt das Spiel mit dem eigenen Leben nicht, will nicht, dass man den Tod so unvorsichtig nah an sich heranlässt, sie hätte verlangt, ich soll das löschen oder vielmehr vergessen. Das geht aber nicht, es ist schließlich passiert. Ich bin in Sarajevo, um die kranke Mutter zu besuchen, es ist absehbar der letzte Besuch, das Hotelzimmer ist total überheizt, draußen ist es finster, man hört nur die Hunde, das Einzige, was ich in dieser undurchdringlichen Sarajever Nacht sehen kann, ist das Kopfsteinpflaster im Hof unter dem Fenster.

Daran entspann sich die Geschichte, in der sie fehlt.

Die Geschichte endet, bevor der Erste Sekretär Domagoj Antun K. den Sepetarevac erreicht und der Mutter erzählt, ihr Sohn sei vor ihr gestorben.

Aber ich bin ja nicht gestorben, also versuche ich auf der brettharten Matratze im Zimmer Nr. 17 einzuschlafen, und sie hat keinen Grund, abergläubisch zu sein. Der Tod verklingt in Moll, eine Szene wie in der Komischen Oper eines kroatischen Nachwuchskomponisten nach dem Libretto eines geistlosen kroatischen Schriftstellers. Wenn ich mich in Zagreb umdrehe und diese literarischen Nullnummern hinter mir erblicke, fühle ich mich wie ein Millionär. Deswegen drehe ich mich selten um …

Nicht einmal damit kann ich mich ablenken, die Matratze ist hart wie ein Brett, die Hitze unerträglich …

An Einschlafen ist nicht zu denken, man kann den Schlaf nicht herbeizwingen, indem man kroatische Schriftsteller niedermacht. Irgendwann kapituliere ich, will aufstehen, das Fenster aufmachen und in die Finsternis starren oder mich ankleiden und hinausgehen, das weiß ich nicht mehr, so sehr entsetzt mich das, was ich sehe.

Mitten im Zimmer, vor der Tür zum Badezimmer, steht der Hund und sieht mich tieftraurig und vorwurfsvoll an. Das sind keine Hundeaugen, das sind Menschenaugen, natürlich die Augen eines Menschen, den ich kannte. Ich fahre mit einem Schrei hoch, rücke auf die andere Betthälfte, er trippelt zwei winzige Hundeschritte rückwärts und gerät in den Lichtkegel der Neonlampe im Bad, die ich brennen ließ, damit es im Zimmer nicht vollkommen dunkel ist.

Was machst du da?, rufe ich, und er versteht mich, auch wenn es nicht in der Natur der Hunde liegt, auf diese oder andere Fragen zu antworten. (Meine Herren, so weit ist es mit Sarajevo schon gekommen. Hunde gehen in Hotelzimmern ein und aus. Mir fällt der erste Satz von *Mama Leone* ein: Bei meiner Geburt bellte ein Hund im Flur der Geburtsstation. Wann war das gewesen? 1997? Das Gebell hatte ich erfunden, um der Erzählung einen märchenhaften Ton zu geben. Hätte ich damals gewusst …)

Ich sollte zur Rezeption gehen, der Dame mit ihrem knallbunt unterstrichenen Psychologielehrbuch mit Skandal, juristischen Schritten, einer Artikelserie in kroatischen Zeitungen drohen … wenn sie nicht augenblicklich den Hund aus meinem Zimmer schafft.

Indes, ich fühle mich schuldig.

Der Blick des Hundes gemahnt mich an etwas, was ich falsch gemacht habe. Was, weiß ich nicht, denn mir fällt nicht ein, wessen Blick es ist, woher ich den kenne, wer mich da anschaut. Mich oder jemand anderen?

Ich kenne den Hund. Wenn man das so sagen kann.

Der Dalmatiner mit dem Labradorkopf. Der Chef des Rudels, das mir gestern bis zum Süßen Eck folgte, ich hatte mit dem Gedanken gespielt, ihn zu behalten, dann aber meine Meinung geändert, und das ist gut so. Ich wüsste nicht, wie ich diesen Blicken standhalten soll. Ein Hund, der Blicke, die mir galten, sammelt und weiterreicht. Unerträglich.

Ich erhebe mich und gehe auf ihn zu.

Der Hund bellt, der Blick ist nicht mehr sanft – stahlblaue

Augen wie von Helmut Berger in einem nie gedrehten Visconti-Film. Ich fahre zusammen, die Bettdecke gleitet hinter mir auf den Boden, ich sehe das schrecklichste Bild, das ein lebender Mensch sehen kann.

Ich sehe, dass ich nicht ich bin.

Mit eigenen Augen, die vielleicht nicht meine waren, sehe ich einen Körper, der ganz bestimmt nicht meiner ist. Das weiß ich genau, denn der Körper ist merkwürdigerweise – es fällt schwer, es auszusprechen – der einer Frau.

Grundgütiger, mein Gott, lieber Gott!

Auch die Stimme ist die einer Frau. Ich kenne sie. Mit einem Satz will ich ins Bad. Ein Spiegel ist plötzlich wichtiger als die Luft zum Atmen, ich kriege mit den fremden Lungen keine Luft, aber der Hund bleckt die Zähne und knurrt. Ein Schritt weiter, und er hätte zugebissen.

Lass mich durch, ich muss mich anschauen …, bettele ich, und dann steigen lang verschüttete Erinnerungen in mir auf, ich erkenne die Stimme, obwohl ich sie verändert höre, tiefer, so wie man sich selbst hört, seit sechsundzwanzig Jahren habe ich sie nicht gehört, seit dem Frühjahr 1986 nicht: die Stimme meiner Nonna.

Grundgütiger, mein Gott, lieber Gott!, wiederhole ich, will ganz sicher sein.

Der Hund gauzt kurz, eine Rückversicherung, dass ich den verbotenen Schritt nicht tun werde, beruhigt sich und schaut mich mit wieder traurigen, vorwurfsvollen Augen an.

Ich denke, der schaut Nonna an, nicht mich. Was mich erleichtert. Trotzdem: Wieso kenne ich den Blick? Wie ist das möglich? Ich denke, morgen Vormittag geht sie in den Sepetarevac, um sich von ihrer Tochter zu verabschieden. Was mich erleichtert …

Keinen Augenblick kommt mir der Gedanke, dass ich träume. Ich wache schweißgebadet auf, liege in der Gluthitze auf dem steinharten Bett, erleichtert, dass ich ich selbst und in meinem eigenen Körper bin.

Diese Nacht will ich nicht noch einmal einschlafen.

Ich ziehe mich an und gehe hinaus.

Die junge Frau sitzt an der Rezeption, vertieft in ihr Buch. Zum Lesen trägt sie eine Brille, für die sie sich ein bisschen schämt. Man sieht es ihr an.

Haben Sie mich erschreckt!, sagt sie und reißt die Brille herunter.

Ich lächle, vollführe eine nichtssagende Handbewegung nach dem Motto, die Erde möge bitte stillstehen. Ich hätte auch etwas anderes tun können, es ist müßig: Zwischen uns beiden kann heute Nacht nichts Wesentliches geschehen. Ich hätte keine Brille gesehen, sage ich lächelnd, so rasch, wie sie die abgesetzt hätte. Sie lächelt zurück. Und schon bin ich draußen, laufe die Straße hinunter zur Baščaršija. Auf der einen Seite stehen renovierte alte Häuser aus osmanischer Zeit, innen zu Herbergen umgebaut, kleine Hotels, wie sie gerade modern sind. Auf der anderen Seite mehrstöckige Gebäude aus der letzten Phase des Sozialismus, grau und hässlich, Bankfiliale, ein siffiger, leerer Kiosk mit Zettel im Schaufenster: Zu vermieten. Kein Auto, kein Mensch ist unterwegs, trotzdem meide ich die Fahrbahn, gehe auf dem Bürgersteig, achte auf offene Versorgungsschächte, geklaute Gullydeckel und Vertiefungen, dem Zahn der Zeit und unter die Erde gelegten Wasserläufen geschuldet, das Straßenfundament weggesackt, unterspült, eingebrochen, war es doch zu einer Zeit gelegt worden, bevor es Autos gab, als nur Fußgänger, vereinzelte Fuhrwerke und Reiter diesen Weg in die Stadt nahmen, wenn sie von weit her zurückkamen, aus dem Osten, aus Pljevlja, Novi Pazar oder Istanbul oder noch tiefer aus Asien. Ein Reiter, und wenn er sein Pferd noch so schwer beladen hat, ist leichter als jedes Auto, die Straße trug ihn ohne Mühe. Heute müssen die Fußgänger beim Laufen vor sich schauen, damit sie nicht in eine Kuhle fallen, die durch den viel zu schwer gewordenen Verkehr auf Sarajevos Straßen entstand. So war es schon in meiner Jugend und Kindheit, ich habe immer geschaut, wo ich hintrete.

Die Angewohnheit begleitete mich noch in der Anfangszeit in Zagreb, dann begann ich langsam, langsam den Blick zu heben. Bis heute ist mir das Pflaster der Bürgersteige von Sarajevo vertraut, der hubbelige, niemals ausgebesserte Asphalt der kleinen Gassen am Hang, manche Schlaglöcher gab es schon, als ich zur Schule ging. Alles andere ist anders geworden. Menschen, Fassaden, Häuser, die alten standen leer und verfielen, an ihrer Stelle entstanden neue mit neuen Bewohnern, aber die Bürgersteige und Gassen blieben, wie sie waren, und deswegen müssen auch die Zugezogenen beim Gehen vor sich schauen, die Topografie der zerfurchten, kaputten Haut der Stadt studieren, gesenkten Hauptes wie Büßer. Auf gar keinen Fall darf man gleichzeitig gehen und in den Himmel schauen. Wer wissen will, wie das Wetter wird, ob es nachmittags regnen könnte, bleibt stehen, genau wie wir ehemaligen Bewohner früher. Deswegen brechen sich die Einwohner Sarajevos trotz der vielen Löcher und fehlenden Schachtabdeckungen seltener die Knochen als die anderer Städte.

Mitternacht vorbei, trotzdem warten am Taxistand drei Wagen auf Kundschaft, für die nächsten Stunden vermutlich vergeblich, erst im Morgengrauen ist wieder mit Fahrgästen zu rechnen. Trotzdem harren sie aus, es ist ihr Job, selbst wenn sie die ganze Nacht keine müde Mark verdienen, fühlen sie sich verpflichtet, ihre Schicht abzuarbeiten. Sie schwatzen nicht, es ist kalt, jeder hockt in seinem Wagen. Der Fahrer eines weißen Golf II, der mindestens ein Vierteljahrhundert auf der Kühlerhaube hat, döst in einen Lammfellmantel gewickelt und hört Radio, rote Balken zucken und leuchten, Musik dringt keine nach außen, wahrscheinlich das Nachtprogramm von Radio Stari Grad. Im roten Opel Kadett studiert ein Glatzkopf im Trainingsanzug im schummrigen Licht der Deckenleuchte die Zeitung, die auf dem Lenkrad ausgebreitet ist. Wahrscheinlich beginnt sein Dienst erst, er ist noch ungeduldig, noch nicht ganz angekommen, noch weit entfernt vom Nirwana, hofft, glaubt noch an etwas, regt sich über Politik auf, über das Böse, das Israel, die USA, Serben und Kroaten der Welt antun; bald legt er die Zeitung zusammen, knipst das Licht aus, schiebt die offenen Fragen beiseite und ist zufrieden mit sich, weil er weder Mantel noch Felle braucht, ihm reicht ein Trainingsanzug, um nicht zu frieren. Der dritte, der Fahrer mit dem besten Auto, einem fast neuen Mercedes, ist der, der mich am späten Nachmittag gefahren hat, der ehemalige Gastarbeiter, unlängst zurückgekommen, um auf eigenes Risiko Taxi zu fahren. Ich schaue genauer hin: Der linke Ärmel ist so weit hochgekrempelt, dass die Rolex aufblitzt. Er starrt stur vor sich hin.

Auf der anderen Seite der früheren Titova, die heute den Namen des mythischen Gründers der Stadt trägt, Isa-Beg Ishaković, habe ich keinen Asphalt mehr unter den Füßen, sondern unregelmäßige, glitschige Steinplatten, die, Anfang der achtziger Jahre vor den Olympischen Winterspielen verlegt, dem alten osmanischen Straßenbelag nachempfunden waren. Mehrere Winter lang häuften sich hier Stürze und Knochenbrüche, bis sich die Menschen dran gewöhnt hatten. Menschen gewöhnen sich an alles, wenn man ihnen Zeit lässt. Damals gab es Zeit in rauen Mengen, mit der Bewegung sämtlicher Wecker und Armbanduhren Sarajevos hätte man ein Elektrizitätswerk betreiben können. Sie schlich dahin, die Zeit, zu allen Jahreszeiten gab es Zeit in rauen Mengen, es war kein Ende abzusehen. Damals, in diesen gemächlichen Tagen, lernten die Menschen auf den rutschigen, hässlichen Platten zu gehen, mit denen die Altstadt gepflastert worden war. Es ist eine Kunst, die voraussetzt, dass der Geher bei jedem Schritt genau hinschaut, vorsichtig und gemessen einen Fuß vor den anderen setzt, sorgfältig abwägt, wo und wie er auftritt. Nur so kann er sicher sein, nicht hinzufallen. Und ich halte mich jetzt an das, was ich damals gelernt habe. Anderes habe ich vermutlich vergessen, gab mir jedenfalls alle Mühe, es zu vergessen, aber wie man in Sarajevo laufen muss, das weiß ich noch. Nur auf dem breiten Bürgersteig der Titova und entlang der Miljacka, deren rechtes Ufer früher nach Stepan Stepanović, das linke nach Otokar Keršovani benannt waren, konnte man gefahrlos mit den Augen geradeaus statt auf den Boden geheftet spazieren gehen. Und auf der Vaso Miskin bis zum Süßen Eck. Deswegen liefen Sarajever aus Marijin Dvor, der Đuroe Đakovića oder dem Viertel am Gesundheitsamt zur Ewigen Flamme und dann die Vaso Miskin hinauf Richtung Baščaršija, es waren seltsame, sinnfreie Spaziergänge, Hauptsache, man konnte erhobenen Hauptes gehen. Man grüßte sich, bildete Grüppchen, hielt ein Schwätzchen, schied wieder voneinander oder setzte den Spaziergang gemeinsam fort, verschwand schließlich in einem Eingang, einem Kellerlokal, im Frühjahr oder Sommer auch in einem verschwiegenen Biergarten. Die Flaniermeile begann an der Grundschule, manche promenierten nur samstags und sonntags, andere täglich, und man promenierte, bis man starb oder zu gebrechlich war, um das Haus zu verlassen. Ich bin diese Strecke so oft gegangen, habe Kilometer um Kilometer auf ihr zu Fuß zurückgelegt, ich habe mir dabei immer etwas erhofft und es ist nie gänzlich eingetreten, immer nur so weit, dass ich mich am folgenden Samstag wieder aufmachte. Sollte ich je Heimweh nach Sarajevo gehabt haben – und das wird wohl ab und zu so gewesen sein –, dann wegen dieser ausgedehnten Spaziergänge durch den Teil der Stadt, wo der Blick nicht am Boden klebt, sondern nach bekannten Gesichtern forscht. Aber gestern lief ich die Strecke und starrte auf Bäuche und Hälse, halboffene Schlitze und Knie, damit ich ja keinen sehe.

Und jetzt stehe ich vorm Sebilj.

Aus dem einen Brunnenrohr läuft Wasser, fadendünn rinnt es unablässig ins Becken und von da in die Kanalisation. Wenn es still wäre, würde man den Wasserfaden vielleicht fallen hören, die Fallhöhe muss gigantisch, riesengroß, gewaltig sein, so dünn, wie der Strahl ist. Aber jedes Geräusch geht in dem Gebell unter, das von einem Ende des Tals zum anderen hallt, vom Trebević zurückgeworfen wird, durch Sedrenik, Pothrastove und Bjelave dröhnt und hinterm Igman von dunklen Nadelholzwäldern verschluckt wird, in deren tiefem, hoffnungslosem, schwärzlichem Dunkelgrün sich seit Tausenden von Jahren jede bekannte und unbekannte historische Tatsache verliert, jedes menschliche Schicksal, das Schicksal ganzer Sippen, die einem verbotenen Glaubensbekenntnis anhingen, das Schicksal der Wildtiere, ob Bär, Hase oder Wiesel, das Schicksal sämtlicher Motten Sarajevos, die in den Paradeuniformen von General Filipovićs Mannen feierlich in die Stadt einzogen, das Schicksal der Regenwürmer, Maden und Käfer, Nachtfalter, geflügelter und ungeflügelter Ameisen, das Schicksal von Bakterien, Bazillen, Viren, den ganzen, eben erst in Pariser, Wiener und Züricher Laboratorien entdeckten Mikroben, sie alle schluckte der Wald hinterm Igman, damit Sarajevo niemals diesen Berg hochkriecht und kein Sarajli, sei er Mensch, Tier oder häusliches Ungeziefer, je ans Meer fährt, damit diese Stadt auf immer und ewig von allen Seiten um- und eingeschlossen bleibt und der Himmel ihr einziger Auslass.

Ohne den Wald wären wir längst taub bei dem Gebell, denke ich. Nur: Wer ist wir? Mit wem gehöre ich in Sarajevo zu einem Wir, mal abgesehen von ihr, die jetzt wohl schläft, während der Tod in ihr wächst? Sicher gibt es wen, wer, das muss ich herausfinden.

Ich will den Hahn fester zudrehen, damit das Wasser nicht mehr läuft, vergeblich.

Könnte man leblos anwesend sein, Sarajevo wäre der herrlichste Platz auf Erden. Nirgendwo sonst gibt es so feine Wasserstrahlen, nirgends sind Brunnenhäuser so gebaut, dass das Wasser dermaßen dünn aus der Leitung rinnt. Aber das kann man nur genießen, wenn einen keiner beißt, das Fleisch vom Hintern reißt, klammheimlich die Waden bis auf den blanken Knochen abkaut. Unter Menschen lässt sich Herrlichkeit nicht genießen.

Die Stadt klemmt zwischen Bergen, drängt sich an ein flaches Rinnsal, ein Flüsschen, das den größten Teil des Jahres schmutziggelb ist, sich allerdings in den Achtzigern sommers, wenn der Wasserstand niedrig und halb Sarajevo am Meer war, am frühen Nachmittag, vor allem am Freitagnachmittag, bunt färbte, zwischen altrosa und violett schillerte, dann wieder so tiefgrün wie die Wälder am Igman dahinfloss, abgelöst von intensivem Gelb mit einem Hauch Karminrot. Die Menschen blieben am Brückengeländer stehen, um das Naturschauspiel zu betrachten. Abergläubisch schickten sie ihre Hoffnungen und Wünsche mit, erwarteten von der Farbe, sie möge etwas für sie tun, was nicht einmal der liebe Gott vermochte, ob sie an ihn glaubten oder nicht. Leise beteten sie das Grün an oder baten ein Gelb, durch das sich erste Spuren Orangerot zogen, ihr Schicksal zu wenden, es zurückzunehmen, so wie man einen zu engen Wintermantel an der Kasse umtauscht. Als die Miljacka so bunt wie Benetton-Pullover war, wirkte sie ein einziges Mal in ihrer langen, unglücklichen Geschichte seit der Stadtgründung fröhlich und zufrieden. Der Gebirgsbach, zu mickrig, um eine ganze Stadt an seinen Ufern zu vertragen, wurde an diesen sommerlichen Nachmittagen in seiner Farbenpracht lebendig, übermütig wie eine junge Nutte, die ein paar Monate in Paris angeschafft hat und nun in ihrem Heimatkaff stolz die neueste Mode spazieren trägt.

Die Menschen auf den Brücken sahen sie anders, erwarteten sich wie gesagt etwas von ihr, setzten Hoffnungen in sie. Und jetzt, wo mir das wieder einfällt, während ich mutterseelenallein vorm Sebilj stehe, trotz der Kälte stillstehe und überlege, wo ich mitten in der Nacht spazieren gehen könnte, jetzt denke ich, ja, wer damals von den Brücken die bunte Miljacka betrachtete, war genauso unglücklich wie die heutigen Bewohner Sarajevos, mit denen ich nichts zu tun haben will und die nicht auf ungewöhnliche Naturphänomene, Glücksspiele, Kaffeesatz, Spielkarten oder Tombolas setzen, sondern nur auf Gott und mir gerade darum weniger sympathisch sind. Sie machen es sich einfach, sind gottesfürchtig nach der neuen Ordnung, berücksichtigen nur einen Faktor, den lieben Gott, an den sie nur in gewissem Umfang glauben, wenn sie überhaupt an ihn glauben, ein Gott, der auf dem Balkan und vor allem in Bosnien zuallerletzt mit menschlicher Güte zufriedenzustellen ist. Das kann jeder bestätigen, der das geschafft hat. In den Achtzigern hingegen mussten die Menschen in aller Güte und Aufrichtigkeit viele Kriterien und Einflussgrößen bedenken, die gewöhnlich kühl unter dem Begriff Zufall subsumiert werden: Würfel, Karten, Kaffeesatz, Glücksrad und im Gebirgswasser gelöste Farben.

Die Miljacka beendete ihr sommerliches Farbspiel, als die Menschen keine Hoffnungen mehr in ihre wechselnden Farben setzten, im Sommer 1992: Keiner ist so verrückt, sich auf eine Brücke zu stellen, die im Zielfernrohr von Scharfschützen liegt. Doch nicht wegen des fehlenden Publikums stellte die Miljacka ihr Schillern ein: Die Fabrik, die die Farben abgelassen hatte, schloss ihre Tore. Ich habe nie herausgefunden, welche es war. Angeblich die Strumpffabrik Ključ, ich glaube aber lieber an eine Kelimweberei in Bistrik, die 1892 auf Beschluss der Landesregierung gegründet wurde. In der Weberei arbeiteten an den damals modernsten Maschinen ausschließlich Frauen. Die weise kaiserlich-königliche Regierung verfolgte mit dem Industriebetrieb zwei Absichten. In Sarajevo ist der mythische Orient entstanden und untergegangen, der Orient der *Geschichten aus 1001 Nacht,* der Veduten und Zeichnungen, der Reisebeschreibungen über Konstantinopel und Kleinasien, an denen sich die Fantasie der Wiener und Budapester Damen und Herren entzündet hatte und die ihren Sinn für den Raum, die geografische Breite und Länge, die Entfernungen und Grenzen jener fernen Sehnsuchtswelt einigermaßen trübte. So ist das, wenn man auf Eingeborene trifft und sich für deren Kultur und geistigen Errungenschaften begeistert: Das dem Menschen wechselseitig Nächste wird zur Grenze der Welt der Eingeborenen, womit Sarajevo direkt vor Samarkand und Buchara lag, und es war nur logisch, hier eine Manufaktur für Orientteppiche und Perser zu eröffnen. Der zweite Grund war wesentlich praktischer gedacht: Um in der Fabrik zu arbeiten, mussten die Frauen aus dem Haus gehen, für hiesige Verhältnisse eine Revolution. Zehn, fünfzehn Jahre später benahmen sich die Frauen auf dem langen Weg zu Freiheit und allgemeiner Gleichheit bereits wie ihre Geschlechtsgenossinnen und Leidensgefährtinnen in Europa: Sie organisierten Streiks und stellten sich mit bloßen Händen der Polizei entgegen. Darin lag keinerlei Romantik. Sie streikten, weil sie hungerten und nicht wussten, wie sie ihre rachitischen Kinder ernähren sollten, ein Problem, das sich ihnen nicht gestellt hatte, solange sie verborgen hinter hohen Außenmauern in ihren Küchen und Innenhöfen für die Familie sorgten.

Reglos stehe ich also vorm Sebilj, komme von der sommerlich bunten Miljacka auf die Bistriker Kelimweberei, nur um nicht über das nachzudenken, warum ich hier bin. Hab schon vergessen, wie ich auf die Miljacka gekommen bin. Über die Wunder, die nur in dieser Stadt geschehen? Die einen ewig erfreuen würden, wenn man nur unbemerkt bliebe, gar nicht lebte, nur ganz Auge und Ohr, aber unsichtbar wäre, nur Nase, die die Gerüche für die Ewigkeit katalogisiert und ineins damit die Geschichte der Stadt, die man auch als Geschichte ihrer Gerüche erzählen könnte?

Später wurde die Weberei in einen Vorort verlegt, nach Ilidža, an die Blažujska, die Straße führt irgendwann ans Meer. Es ist lange her, nicht einmal die Alten erinnern sich daran, dass eine Weberei in Bistrik arbeitete. Nur die Toten wissen davon. Die Vorstellung gefällt mir, dass die Bistriker Kelimmanufaktur die Miljacka mit Farben tränkt, in die vor über hundert Jahren Wollfäden, Garne und Stoffe getaucht wurden, dass sie das Flüsschen bis zum heutigen Tag in einen schimmernden, schwimmenden Teppich verwandelt, der an jeder Stromschnelle das Muster wechselt und am späten Nachmittag verblasst, immer lichter, immer ausgewaschener wird, dass uns unbekannte Geister auf dem Teppich sitzen, unbekannte oder auch bekannte Geister, wie sollen wir das entscheiden können, wenn wir sie nicht sehen, weil wir den Teppich nicht betreten, ihnen weder die Hand geben noch die Fragen stellen können, die wir früher nicht stellen konnten, weil wir nicht dran gedacht oder sie um fünfzig oder tausend Jahre verpasst haben. Ich möchte daran glauben. Ich glaube daran, wann immer mir die sommerlich-bunte Miljacka einfällt, und dann vergesse ich es wieder.

Jetzt, wo die Dinge an ihr Ende kommen, wo sich die Krone im Stammbaum der Stublers schließt, keine neuen Triebe sprießen, fast alle tot sind und ich in der Altstadt auf den Morgen warte, weil ich es nicht im überheizten Hotelzimmer aushalte, kommt mir, während ich einen hauchdünnen, fast wie ein Haar so feinen Wasserstrahl aus einem undichten Hahn betrachte, die bunte Miljacka wieder in den Sinn.

Ich laufe um den Brunnen herum, ob noch ein Hahn undicht ist, wenigstens tropft, bin so sehr darauf fixiert, dass ich die Hunde übersehe, die sich in sicherer Entfernung vor steinewerfenden Menschenarmen eingefunden haben, ein zotteliger Hütehund und zwei Promenadenmischungen, unter deren Vorfahren auf jeden Fall Dackel waren. Die drei – Dreie ergeben die kleinstmögliche Gruppe, bei Menschen wie bei Hunden, oder? – stehen an der Straßenbahnhaltestelle und schauen zu mir herüber. Ein paar Sekunden, ein kurzer Lauf, und sie wären da. Ich drehe mich automatisch um: Auf der anderen Seite, an der Einmündung der Sarači, vor dem heruntergelassenen Rollladen eines Souvenirgeschäfts, vier weitere Hunde: der Anführer, breite Brust, krumme Beine, Kopf eines Staffordshire-Terriers, gewaltiger Unterkiefer, der bei jedem Atemzug herunterklappt, als wolle er etwas sagen, infamer Blick aus kleinen Äuglein, dieser abschätzige Blick, den ich nur zu gut kenne, weil er mich jahrelang begleitete, mein halbes Leben lang, die in Sarajevo gelebte Hälfte. Auch diesen Blick hatte ich fast vergessen, hätte ohne die grässliche Situation nie mehr daran gedacht. Neben ihm steht einer, das linke Ohr abgebissen, der noch größer, räudiger und vermutlich auch stärker als der Chef des Rudels ist, aber dümmer, sodass er's nicht weiß. Der dritte ein Mischling aus Schnauzer und einer feingliedrigen Kurzhaarrasse, vielleicht Argentinische Dogge, er hat sich hingelegt und schaut mitleidig und verständnisvoll herüber, ein Geistlicher, der in einer mir leider unverständlichen Sprache predigt. Sonst hätte ich gewusst, die Rettung ist nah, ich muss nur hinknien und beten. Der vierte, ein räudiger, brauner Köter, gleicht Fido aufs Haar, Professor Dragutinovićs Fido, den er Anfang der siebziger Jahre in Dubrovnik Gassi führte, bis einer den Hund vergiftete.

Fido!, rutscht mir heraus, sofort schäme ich mich dafür.

Vor der Moschee noch ein Fünfergrüppchen: eine weiße Hündin mit hängenden Zitzen, als würde sie noch säugen, zwei Halbwüchsige, mutmaßlich ihre Jungen, die sie gereizt wegscheucht, beide sind groß genug und hauen einfach nicht ab, ein rabenschwarzer Hund, vielleicht ein reinrassiger Labrador, und ein Pudelrüde, erstaunlicherweise in diesem Rudel der Anführer. Aber das merke ich zu spät.

Mir fährt der Schreck in die Knochen.

Nicht weil ich Angst hätte, sie könnten mich anfallen, sondern weil ich Fido erkannt habe und mir Tante Franka einfällt, die immer nur von der Töle redete, wenn sie Dragutinović mit Fido die Riva von Lapad entlangspazieren sah, das hat mich erschreckt, ich will die Hunde loswerden.

Ohne mich um ihre Gefühle und eventuellen Gedanken über meine Person zu scheren, gehe ich auf die weiße Hündin und deren Gesellschaft zu. Die beiden Halbwüchsigen drücken sich an sie, suchen bei ihr Schutz, die Mutter weiß nicht, was sie zuerst machen soll, verbellt die beiden und anschließend mich. Der Pudel rast los, um sie zu verteidigen, mit einer Verve, wie sie nur kleine Hunde aufbringen, die trotz Kleinwüchsigkeit verrückt genug sind, ein Rudel zu führen; ich ramme ihm, bevor er mich ins Bein beißt, mit aller Kraft und voller Wut die Fußspitze in die Rippen, woraufhin der Hund schreit, fast wie ein Mensch, und torkelt, als hätte ich ihm etwas gebrochen. Noch im Zutreten wird mir klar, dass ich das nicht hätte tun dürfen und mir bis ans Lebensende Vorwürfe machen werde, weil ich ausholte und mit meinen schweren Doc Martens zum ersten Mal in meinem Leben einen Hund trat und der Tritt aber gar nicht ihm galt, sondern den Menschen, die ich nicht hatte treffen wollen, den Frauenhälsen und Adamsäpfeln, auf die ich meinen Blick geheftet hatte, der Tritt galt dieser Stadt, die mich ausgespuckt hatte und in die ich gleichwohl zurückkommen musste, weil sie hier krank liegt und stirbt, noch ist sie nicht tot, noch hat Sarajevo sie nicht ausgespuckt, wie es mich lebend ausgespuckt hat, auch an sie habe ich gedacht, während ich ausholte, der Tritt mit den schweren Boots galt auch ihr. Nein, der Hund klang nicht wie ein Mensch, aber der Tritt frisst sich in mein Gemüt.

Und ist der Grund für diese Erzählung, der eigentliche Anlass, ihr Herzstück, und ab jetzt will ich sie zu Ende bringen, abschließen, auslaufen lassen, bis in der Stille nach dem Fadeout, aus der alles entstand, nur eine Frage bleibt: Ist es wirklich passiert oder hat sich der Schriftsteller das ausgedacht? Die Frage stellt sich nicht dem Leser, sondern dem, der die Geschichte schrieb. Ja, der Schriftsteller hat sich das ausgedacht, sein Gewissen ist wieder rein, wenn wir daran glauben.

Der graue Pudel legte sich an die Einfriedung der Moschee und fiepte, als würde sich mit jedem Atemzug eine gebrochene Rippe in Lunge und Leber bohren. Der schwarze Labrador, bis zu diesem Moment fast unsichtbar, lief zu ihm und schnupperte an seinem Hals. In Büchern und Filmen mit Hunden in der Hauptrolle, wie sie in den letzten Jahrzehnten modern geworden sind, so wie im 19. und Anfang des 20. Jahrhunderts exotische Kolonialgeschichten über Eingeborene und ihre Bräuche modern waren, käme dieser Geste hoher sentimentaler Wert zu. Im wirklichen Leben ist es nur ein kurzer Check der physischen Verfassung des Rudelführers: Wenn er seinen Aufgaben nicht mehr nachkommen kann, muss man ihn ablösen.

Die weiße Hündin mit ihren beiden Taugenichtsen rückte ein wenig ab, als gehöre sie nicht dazu. Seine Qualen gingen sie nichts an, sie hatte keine Zeit dafür, ging in ihrer Mutterrolle auf, kümmerte sich aufopfernd um ihre Sprösslinge, ignorierte das gesellschaftliche Leben und die historischen und kulturellen Folgen des Verbrechens, das sich vor ihren Augen abgespielt hatte. Sie war so sehr von der Sorge um ihre Söhne in Beschlag genommen, mit deren Wohlergehen und privatem Glück befasst, dass sie alles andere ausblendete, bereit, sich für sie zu opfern, notfalls für sie zu sterben, sie zu verteidigen, und keiner sollte bitteschön von ihr erwarten, dass sie sich mit dem weiteren Schicksal des Rudels befasste oder an Kriegen teilnahm. Wenn man Mütter fragte, gäbe es keine Kriege. So reden die Menschen, so ist es auch in der Welt der Hunde. Sie beteiligen sich an allem, nur nicht an Kriegen, sind ehrenwerte Katholikin oder Muslimin, dem Alpharüden treu ergeben, dem Führer eine gute Frau und gebärfreudige Mutter, verspritzen dessen nationalistischen Dreck über sämtliche Fernsehkanäle auf dem Balkan, aber ein Krieg ändert alles. Dann führen sie Friedensmärsche an, beten für Versöhnung, geben sich vor ausländischen Reportern als Mütter gefallener Soldaten aus, mit ihren Gebärmüttern haben sie Massengräber gefüllt, ihr Märtyrertum ist weithin publik, man darf nur nicht nachfragen, wann ihre exklusive Mütterlichkeit einsetzte und warum die jede Verantwortung tilgt. Übrigens war mir gar nicht klar gewesen, dass der kleine Pudel das Rudel anführte. Ich hatte sie für die Chefin gehalten, trotz mehrerer Würfe groß, schlank, schön. Nur die hängenden Zitzen verrieten, dass sie nicht mehr ganz jung war. Doch das darf man nicht sagen, das ist politisch unkorrekt, unzulässig selbst in tiefster Verzweiflung, im finsteren Sarajevo am Ende meiner Familienzeit.

Ich lief an ihnen vorbei zu Petica, bin nach dem Krieg so oft nach meiner Ankunft in Sarajevo als Erstes in diese Imbissbude gegangen, dass ich wenigstens mal vorbeischauen wollte, obwohl sie um die Uhrzeit natürlich zuhat.

Ich drehte mich nicht um, schaute nicht, ob sie mir folgten. Das Bellen hörte nicht auf, kam von allen Seiten, von beiden Ufern der Miljacka, begleitete mein und ihr gesellschaftliches Leben in einer menschenleeren Stadt, die Menschen hatten sich hingelegt und schliefen, sperrten die schwere, stickige, neblige Herbstluft aus, die Novemberkälte, die man in Sarajevo seit jeher nur überlebt, wenn man an das nächste Frühjahr denkt. Nur hier sind Herbst und Winter tatsächlich Zeiten des Sterbens, wie es die abgenutzten Metaphern in Schulbüchern für den Natur- und Gesellschaftskundeunterricht der Erstklässler generell behaupten, und Frühjahr und Sommer Zeiten der Wiedergeburt und Reife.

Das ist in der Welt der Hunde anders. Um mich nicht im überheizten Hotelzimmer mir und meinen Ängsten auszuliefern, um nicht nachzugrübeln, warum ich in Sarajevo war, machte ich einen Ausflug in die Hundewelt.

Nach wie vor hatte ich Zorn auf die weiße Hündin mit ihren beiden Söhnen, dachte mich in Rage, um die Gewissensbisse wegen des Pudels zu übertönen, um das Bild wegzuschieben, wie er sich mit gebrochenen Rippen an der Moscheeeinfriedung wälzte.

1991, im Sommer vor dem Krieg, sah ich, wie ein Auto beim *Oslobođenje*-Hochhaus einen Hund erfasste, der, ohne rechts und links zu gucken, nichts Böses ahnend, über die Straße rennen wollte und mehrere Meter durch die Luft flog. Man hörte die Wirbelsäule knacken, es klang, wie wenn man einen trockenen Ast über dem Knie halbiert, dann ein hoher Schrei wie von einer Frau. Das Auto, ein schmutziger weißer Golf, verlangsamte die Fahrt etwas, hielt aber nicht an. Der Hund blieb kurz verdutzt stehen und lief dann weiter. Der Rücken hatte in der Mitte einen Knick. Ich sah ihm nach, war das ein Trick?, eine optische Täuschung?, es war fast zum Lachen, wie im Comic sah es aus, ich wünschte mir sehnlichst, alles möge in Ordnung sein. Nach wenigen Metern brach er zusammen, hob den Kopf, wollte aufstehen, aber nur die Vorderläufe gehorchten. Er wusste nicht, was mit ihm los war, konnte die Folgen nicht absehen. Ein Mann lief auf die Straße, zerrte ihn an einer Pfote von der Fahrbahn auf den Grünstreifen neben der Straße und ging weiter. Der Hund bewegte sich nicht mehr, er war tot. Nicht einmal eine Blutspur hinterließ er auf dem Asphalt. Nichts.

Der Pudel erinnerte mich daran. Auch er wusste nicht, wie

ihm geschah, wusste nicht, was für ein Unrecht ihm angetan worden war, wusste nicht, dass er stirbt. Er wollte sich ausruhen, und keiner verriet ihm, dass das kein Ausruhen war. In seinem Hundeverstand existierte der Tod nicht. Selbst wenn die Ärzte einen Patienten aufgeben, hegt der Kranke Hoffnung, und der Hund glaubte, er würde sich erholen. Der Glaube stirbt zuletzt, erst wenn sich das Bewusstsein zersetzt wie ein von Viren befallener Rechner, erst wenn Morphium glückselige Einsamkeit und tiefe Trauer bewirkt. Ein sterbender Hund und ein sterbender Mensch unterscheiden sich darin nicht. Der Unterschied liegt bei dem, der dem Tod beiwohnt, ihn trifft das Entsetzen. Hunde sind wie Gläubige, wenn es solche Gläubige je gegeben haben sollte, die den Tod als Ausruhen vor dem eigentlichen Vergnügen sehen. Es gibt ein Hundeparadies: Sie können sich den Tod und ein endgültiges Ende nicht vorstellen. Auch das ist wie bei den Christen und Muslimen: Sie glauben nicht, dass der Tod das Ende ist. Deswegen gibt es Religion. Ohne den Tod gäbe es weder Glauben noch Gott.

Auf der Steinschwelle im Eingang zu Petica liegt eine braune Rauhaarhündin, kaum größer als ein Maulwurf. Ein Auge ist mit gelber Augenbutter verklebt, das andere klar; wie in einem runden, schwarzen Spiegel spiegelt sich darin die Touristengasse mit ihren Geschäften, den Imbissbuden Zur Karotte und Zum Imam, der Barbierstube Abdulah Skakas, von dem sich die halbe Altstadt beschneiden lässt, und etlichen Souvenirshops, und vor dieser Kulisse sehe ich mich, groß wie Rübezahl, während ich schaue, ob sie auch stirbt.

Das Hundeauge deformiert alles, mein Gesicht sieht aus, als betrachte ich mich in einem Kaffeelöffel: Knollennase, breite Backenknochen, flache Stirn, an der oben einige verbrannte Drähte sitzen, deformiert sind auch Ladenfronten, Imbissbuden, Firmenschilder und Reklametafeln, alles ist da, deformiert, aber vorhanden.

Sie liegt friedlich da, schaut ruhig und ausdruckslos. Das Auge ist starr, das Bild verändert sich nicht, wackelt nicht, nur wenn ich mich rühre, Kopf, Mimik, Mund bewege, weil ich ihr etwas sagen will, dann bewegt sich das Bild in seiner Deformiertheit mit.

Ich will mich freikaufen, weil ich den Pudel totgetreten habe.

Ich kauere vor ihr, seitlich versetzt, um besser zu sehen, was hinter meinem Rücken passiert. Vor Skakas Barbierstube huschen zwei zweibeinige Gestalten durchs Bild, die sind verschwunden, sobald ich mich umdrehe. Schaue ich ins Auge, sind sie da, stehen vor der Barbierstube, drehe ich mich um, ist die Straße menschenleer, keiner da, alles wie ausgestorben. Doch dann kommen sie: Ein hochgewachsener Mann in grauem Mantel und Hut und ein kleiner Junge, er ist fünf, sechs Jahre alt, treten in das Geschäft. Der Mann zieht mit geübter Bewegung den Hut, bevor er eintritt. Wenn ich mein Gewicht aufs linke Bein verlagere, sehe ich sie im Auge der Hündin, wie sie auf den Stühlen im Rücken des Barbiers Platz nehmen. Der stutzt mit einer Art Nagelschere dem Kunden, dem er soeben die Haare geschnitten hat, den Schnorres – ein schmales, knackiges Hitlerbärtchen, es sieht aus wie Rotz, der dunkel aus den Nasenlöchern läuft, die Mode gab es in Bosnien allerdings lange vor Adolf Hitler und hat den Faschismus überlebt. Die Barttracht kam mit der Eisenbahn, mit Stellwärtern, Lokführern und kleinen Beamten, die weder das Geld noch die Zeit für die üppigen, hochgezwirbelten Ungetüme hatten, mit denen die Offiziere seiner Majestät, der Bankdirektor, der Rektor des Ersten Knabengymnasiums und der Leiter des Landesmuseums durch Sarajevo stolzierten, gefolgt von den irritierten Blicken der Einheimischen. Die Pflege der großspurigen Prachtexemplare erforderte besondere Kosmetikartikel, die in Wien und Zagreb bestellt werden mussten; nichts verriet die Schichtzugehörigkeit eines Mannes deutlicher als sein Schnurrbart, der zeigte unfehlbar, wo einer seinen Platz hatte. Er bestimmte Mimik, Gefühl und Laune, er verriet, wie es in der Seele seines Trägers aussah.

Die kleinen, schmalen und jeden Morgen gestutzten Eisenbahnerbärtchen standen für Ordentlichkeit, Gottesfurcht und den Glauben an die Dreifaltigkeit. Mitgebracht hatten sie konservative Kofferkinder, die wollten sie bis zum Ende der Geschichte tragen. Nach ihrem Vorbild stutzten sich Orthodoxe aus den Romanija-Bergen und Katholiken aus Fojnica ihre wuscheligen epischen Bärte, bevor sie aus Verzweiflung und Geldnot nach Sarajevo zogen und bürgerlich wurden. Die hätten ihr Bärtchen niemals wegen Hitler abrasiert, nicht während des Bruderkrieges und auch nicht danach. Der Name des Verbrechers starb aus, nicht jedoch sein Bärtchen, das brachte in Bosnien keiner mit dem Führer in Verbindung.

Das Eisenbahnerbärtchen verschwand mit der Eisenbahn, 1965, als die Schmalspurstrecke nach Ploče durch Normalspur ersetzt wurde, zehn Jahre später war mit der Stilllegung der Strecke nach Višegrad endgültig Schluss. Damals verließ eine große Generation die Gleise und diese Welt, es war das Ende der Zivilisation, die die Eisenbahn in Bosnien eingeführt hatte. Und das Ende der Bärtchen.

Für deren Stutzen ein guter Barbier nichts berechnet.

Skaka ist ein guter Barbier, er genießt den womöglich besten Ruf in Sarajevo. Da steht der alte Uzeir Skaka, an den erinnere ich mich nicht, er starb vor meiner Geburt, ich erinnere mich an Abdulah Skaka und dessen Sohn, aber im Hundeauge sehe ich Uzeir, er ist mit dem Stutzen fertig und besprengt die Wangen des Kunden mit Eau de Cologne und ohrfeigt ihn dann. Einmal rechts, links, aus Jux, im Scherz, der Mann im Stuhl zuckt zusammen, protestiert, sagt was, woraufhin der alte Skaka noch mal und diesmal stärker zulangt. Rotwangig und lachend springt der Eisenbahner auf und den Barbier an, der ihn vielleicht an den Enkel erinnert hat, der beschnitten gehört, und das macht in Sarajevo keiner besser als Skaka.

Der alte Skaka bedient nur Muslime. Das ist keine Vorschrift, hat sich so eingebürgert. Es kommen durchaus auch Deutsche, Katholiken, Orthodoxe und Juden zu ihm, doch die lassen sich eher zufällig oder weil sie in der Altstadt wohnen hier die Haare schneiden, rasieren und den Schnurrbart stutzen. Das wird noch in meiner Kindheit so sein, bei Uzeir Skakas Sohn und Enkel. Der Eisenbahner, der seinen Arbeitskollegen das modische Wiener Oberlippenbärtchen abgeschaut hat, ist auch Muslim, aber der Herr mit dem Hut und sein kleiner Junge sind es nicht. Sie warten schweigend. Der Herr lacht nicht über die Scherze von Barbier und Kunden, seinem Benehmen nach ist er zum ersten Mal hier. Der Knabe wirkt eingeschüchtert, zieht den Kopf ein, wie ein Buckliger, wie eine Schildkröte …

Ich verlagere mein Gewicht, mein Knie schmerzt vom langen Kauern, die Bilder aus der Barbierstube verschwimmen, stattdessen erscheint eine Menschenmenge auf der anderen Seite des Hundeauges, auf der anderen Straßenseite vor einer Bäckerei, Moment mal, da ist doch eigentlich der Imbiss Beim Imam?!

Ich drehe mich erschrocken um.

Im Schaufenster glitzert kaltes Neonlicht, die Kühltheke fürs Fleisch ist leer, halb erloschen blinkt eine Reklame für Mineralwasser, daneben das Schild: Ćevabdžinica Kod Hodžića, Čevapčići-Grill Beim kleinen Imam.

Ich suche den Imbiss im Auge des Hundes, er bleibt verschwunden, nur die Bäckerei mit der Menschenmenge davor. Vorn sind die Männer, dahinter Frauen, und mit den über den Kopf ausgestreckten Armen reichen sie einen gebratenen Hammel weiter. Jeder reißt sich mit fettigen Fingern ein Stück ab, oben in der Luft, das Tier wird immer kleiner und ist schon fast weg, als es die Frauen erreicht. Dann folgt der nächste Hammel, sie kriegen ihn kaum durch die nichtverglaste Holztür, reißen Stücke ab und reichen ihn weiter, eine beängstigend große Männerhand hat den gesamten Kopf abgerissen, hakt einen Finger dafür in die Augenhöhle ein und das Auge ploppt wie ein Champagnerkorken in die Menge.

Ich drehe mich wieder um, der Anblick ist widerlich.

In der Mitte der Straße trippelt eine Dame mit ihren Zofen aufs Rathaus zu. Dort ist offenbar eine Veranstaltung. Die drei sind festlich gekleidet wie für einen Offiziersball. Im Vorübergehen schauen sie verächtlich zur Bäckerei hinüber, aus der ein gebratener Hammel nach dem anderen gereicht wird, was im Hundeauge zum Glück nicht mehr zu sehen ist …

Albert Plaschka, genannt Berti, war für die Zugrestaurants im Verantwortungsbereich der Sarajever Generaldirektion verantwortlich.

Geboren 1880 im tschechischen Bítov (oder Vöttau), hat er in Prag Philosophie studiert (aber nicht abgeschlossen) und dort die arme Bäckerstochter Milena Panenka kennengelernt. Die beiden haben sich ineinander verguckt, verliebt und 1901 geheiratet, woraufhin Bertis Eltern den Sohn verstießen. Der Vater, ein reicher Industrieller, ließ ihm die Option, zu bereuen und die Frau zu verlassen, dann könne er jederzeit zurück nach Hause kommen. Er werde geduldig auf ihn warten, so lange er lebe. Aber wenn Berti nicht zu seinen, des Vaters Lebzeiten bereue, habe er sein Erbe verwirkt. Und der alte Plaschka war steinreich. So reich, dass Berti bis ans Ende seiner Tage vom Erbe hätte zehren können, ohne einen Handschlag zu tun. Aber dann hätte er nicht die Tochter eines armen Bäckers heiraten dürfen.

Im Frühjahr 1905 kam aus Wien die Anweisung, dass Personenzüge auf innerbosnischen Strecken, die vermehrt von Ausländern genutzt wurden oder größere Entfernungen überwanden, einen Speisewagen mitzuführen hatten. Um den Bedarf zu testen, stellte Zagreb drei entsprechend eingerichtete Waggons zur Verfügung, die bis Herbst 1905 auf den regulären Verbindungen mitfuhren. Sollte das Angebot Zuspruch finden, die Reisenden diese Art Genuss zu schätzen wissen, wollte man die Dienstleistung dauerhaft anbieten und bei der Generaldirektion Sarajevo einen eigenen Zuständigkeitsbereich für die rollende Gastronomie schaffen.

Aus Wien, zur Umschulung der für den ungewöhnlichen Arbeitsplatz im Wackelrestaurant und Wirtshaus eingeteilten Kellner des Sarajever Stadtcafés, heuerte die Generaldirektion aller kaiserlich-königlichen Eisenbahnen den jungen Küchenchef des Hotels Plank an, Albert Plaschka.

Er brachte seine schwangere Frau nach Sarajevo mit, die wenige Monate später mit Gottes Hilfe in ihrem gemeinsamen Bistriker Untermietzimmer von einem Jungen entbunden wurde.

Die kuriose Neuerung, eine Kneipe, in der du sitzt, säufst und zechst wie in jedem anderen Lokal auch, nur dass du den ersten Schluck in Sarajevo nimmst, in Doboj betrunken bist und dich in Brod übergibst, schlug in Bosnien ein wie kaum eine der unzähligen Neuerungen, die Österreich seit dem Einmarsch 1878 im Land eingeführt hatte. Vor allem die Männer waren begeistert, so mancher fuhr ohne jeden anderen Grund mit der Eisenbahn, als eben zu sehen, ob es möglich war, in Marijin Dvor den ersten Schnaps zu kippen, ab Zenica zu grölen, bei Vranduk wegzudämmern und kurz vor Usora wieder hochzuschrecken. Und tatsächlich, es ging! Ein größeres Wunder hat die Welt nicht gesehen.

Anfang 1905 entstand ein gewaltiger Trubel um die drei Speisewagen, Männer zogen vor Gericht, nachdem sie eine Fahrkarte gekauft hatten und, vom Schaffner zu ihrem Sitzplatz gebracht, feststellen mussten, dass es weder Essen noch Schnaps gab, die Mär von der rollenden Kneipe also schlicht gelogen, billige Reklame war, sie hatten geglaubt, der Zug – teuflische Erfindung der Ungläubigen, welche die Rechtgläubigen von Allahs Weg abbringt, so ein Imam aus Visoko bei der Freitagspredigt – bestehe aus Lokomotive und fünf Waggons, und in jedem werde Speis und Trank serviert. So mancher Müßiggänger war fürchterlich enttäuscht, als er die Existenz gewöhnlicher Reisecoupés zur Kenntnis nehmen musste, die einfach nur Fahrgäste von hier nach dort brachten. Ja, wenn das so ist, hat die Eisenbahn doch gar keinen Sinn, von A nach B kommt man schließlich auch mit Pferdekutsche oder Ochsenkarren, oder man reitet mit dem Esel. Schon, aber – erklärten die jungen Männer, die in ihrer Begeistung die Eisenbahneruniform selbst in der Freizeit nicht ablegten – mit dem Pferd braucht man drei

Tage, der Schnellzug legt dieselbe Strecke in drei, höchstens vier Stunden zurück! Das überzeugte die Widersacher gewöhnlicher Reisewaggons vollends davon, dass die Eisenbahn übelster Betrug war: Warum sollte ein Mensch es so eilig haben, dass er eine ehrliche Dreitagesreise zu Pferd in drei Stunden hinter sich bringen wollte? Welcher Grund konnte bitteschön rechtfertigen, dass man sich so abhetzt? Und das sind Fragen, auf die es keine Antwort gibt und niemals geben kann.

Drei Mal telegrafierte Albert Plaschka nach Wien, drei Mal erbat er Direktiven, wie man Reisenden den Zutritt zum Speisewagen verwehren könne, es komme beständig zu Rangeleien zwischen denen, die bereits einen Platz hatten, und denen, die einen haben wollten, der Andrang sei regelmäßig zu groß, um für Ruhe und Ordnung zu sorgen und die Gäste mit allem gewohnten Komfort zu verwöhnen, für den die kaiserlich-königlichen Eisenbahn bekannt sei. Drei Mal klagte er, die ihm anvertrauten Speisewagen ähnelten eher Viehwaggons, es herrsche ein Gestank und ein Geschubse wie im Kuhstall, und moralisch einwandfrei sei das Betragen der männlichen Gäste angesichts der unvermeidlichen Tuchfühlung auch nicht. Auf seine lebhaften Depeschen, die Plaschkas Verzweiflung, aber auch den Überschwang des Anfängers verrieten, erhielt er jedes Mal Anweisung, die Preise anzuheben, was überzählige Gäste abschrecken werde. Drei Mal verdoppelte Plaschka die Preise, dann endlich leerten sich die Speisewagen so weit, dass auch ein ausländischer Reisender Platz fand.

Die Erprobungsphase für Speisewagen in den Zügen der bosnischen Eisenbahn im Frühjahr und Sommer 1905 verlief also dergestalt, dass in Wien von einer uns nicht bekannten Behörde entschieden wurde, jedem Zug mit mehr als drei Personenwagen ein rollendes Restaurant anzufügen, unabhängig von der Reisestrecke, die er bediente. Alsbald standen auf einem Abstellgleis in Doboj fünf nagelneue Speisewagen bereit, die nach und nach in Dienst genommen wurden. Damit gab es in Bosnien fünf weitere Rumpelkneipen.

In Wien wurde auch entschieden, dass der Speisewagen-Verantwortliche bei der Generaldirektion Sarajevo Albert Plaschka heißen sollte. Da war der Erstgeborene von Berti und Milena bereits drei Monate alt.

David war ein kränklicher Knabe mit häufig schmerzhaft entzündeter Blase, die auch auf die Nieren übergriff, deswegen fürchteten Vater und Mutter ständig um sein Leben. Das Kind macht es nicht lange, dachte Berti Plaschka, hütete sich jedoch, es vor seiner Frau auszusprechen. Und noch etwas verschwieg er ihr: David war krank, weil das Wasser von Sarajevo krank machte, infiziert durch orientalische Nachlässigkeit, verhext, belegt mit Zaubersprüchen gegen die Ungläubigen, gegen die Kinder der Kofferkinder ... Berti machte sich schwere Vorwürfe, dachte, es sei seine Schuld, glaubte, sein Sohn wäre gesund, hätte er nicht leichtfertig die Zuständigkeit für die bosnischen Speisewagen übernommen, sondern wäre brav und bescheiden in Wien geblieben. Da wäre David mit Arbeiterkindern in die Schule gegangen, hätte einen ehrlichen Handwerkerberuf oder Kaufmann gelernt, aber er wäre gesund gewesen. So aber starb ihm das Kind trotz des guten Gehalts eines hohen Staatsbeamten unter den Händen weg.

Darüber redete er nicht mit Milena.

Und Milena schwieg ebenfalls, die überzeugt war, ihr Sohn leide an einer anderen, aber genauso unheilbaren Krankheit. Gezeugt von der Tochter eines armen Bäckers und dem Sohn eines steinreichen Industriellen, halb Tscheche, halb Deutscher, hatten sie ihn in ein Land gesetzt, das bis gestern noch Türkei hieß, ein Setzling, der nicht angeht, weil die Erde zu schlecht ist. Für andere war die Erde hier gut genug, nicht jedoch für David.

Sie verschwieg es ihrem Mann, überzeugt, er würde erwidern, Menschen seien keine Bäume, Kinder würden nicht eingepflanzt und umgetopft. Und was hätte sie dagegen einzuwenden gehabt?

Im Frühjahr 1914 bekam David Fieber, das volle zwei Wochen anhielt. Eines Abends verlor er das Bewusstsein und redete wirr.

Milena und Berti besuchten den Empfang, den General Oskar Potiorek zu Ehren des in Kürze anstehenden Besuchs des Thronfolgers in seinem geliebten Bosnien-Herzegowina gab, und ließen den Sohn in der Obhut der Kinderfrau, und die kriegte einen Riesenschreck, als der Junge mit geschlossenen Lidern von Ereignissen erzählte, über die sie nichts wusste und die, so viel bekam sie mit, auch David nicht erlebt haben konnte. Mit seiner Kinderstimme redete er gut verständlich über Vorkommnisse, die lange zurückliegen mussten. Frau Rosi Steinhuber verstand die hiesige, bosnische Landessprache nicht gut, sie lernte sie notgedrungen seit zwei Jahren, seit sie nach Sarajevo gekommen war, aber der haarsträubende Inhalt von Davids Geschichte erschloss sich ihr glücklicherweise nicht. Hätte sie ihn verstanden, wäre sie bei ihrem empfindsamen, sensiblen Charakter wahrscheinlich verrückt geworden, hieß es später.

Auch am folgenden Abend verfiel David wegen des hohen Fiebers, dessen Ursache lange nicht erkannt wurde, in einen wahnhaften Zustand und geriet im weiteren Verlauf buchstäblich außer sich.

Vor dem entsetzten Vater – Milena lag seit dem Nachmittag mit einem heftigen Migräneanfall darnieder, vor lauter Sorge um das Kind – sprach David Sätze, in denen Berti seinen Großvater mütterlicherseits erkannte, Rabbi Samuel Haller, obwohl er ihn nie kennengelernt hatte, weil der Rabiner seiner geliebten Tochter Mirjam nie verzieh, dass sie mit einem Ungläubigen durchgebrannt und für den verzweifelten Vater damit zur babylonischen Hure geworden war, und deswegen hatte er von den Enkeln nichts wissen wollen.

In seinem Fieberwahn sprach David hebräische Gebete, obwohl er die Sprache nicht gelernt hatte, redete jiddisch und tschechisch, Sprachen, die er im Wachzustand ebenfalls nicht beherrschte, wandte sich zuletzt auf Deutsch an unsichtbare Menschen, Männer und Frauen, nannte sie beim Namen oder mit Rang und Titel, und Berti erkannte den Bruder des Rabbiners, seinen Großonkel Moses Haller, in Prag seinerzeit ein berühmter Schildermaler und Porträtist, die alte Mitzi Glovatzki, ihres Zeichens Krankenschwester und Hebamme, Dr. Artur Silberstein, ein Prager Arzt und Wohltäter. Mit seiner Kinderstimme unterhielt sich David mit ihnen, beriet sie in Finanzfragen, erkundigte sich nach Angehörigen, hielt kurze Vorträge, was koscher ist und was nicht, redete furchtsam über die Schrecken der Hölle und schließlich mit dünner, weinerlicher Stimme über Tochter Mirjam, die ihn verraten und um seinen Glauben gebracht habe und wie jede andere Sünderin in der Hölle schmoren werde, wenn Gott nicht mit ihm, ihrem Vater, Erbarmen hätte – er wolle an ihrer Statt ins Feuer gehen, Mirjam möge alles verziehen werden.

So sprach David, seufzte tief und sank in einen tiefen, heilsamen Schlaf.

Am nächsten Tag wurde David um dieselbe Zeit, als es dunkelte und das Fieber den höchsten Wert erreichte, wieder ohnmächtig, stöhnte mehrmals und rang nach Luft, als würde er aus sich herausfahren, dann fing er wieder an zu reden. Nicht mehr als Rabbi Haller, sondern als Frau. Sie sprach Deutsch und klagte über Schmerzen, die Hand sei steif, sie könne den Löffel nicht halten und etwas essen.

Milena saß dabei, sie weinte, was war mit ihrem Sohn los, würde er zurückkommen oder sterben, ein panischer, hysterischer Redestrom ... Dann plötzlich verstummte sie, fast schon bezaubert.

Oma Helena! Berti, das ist die Urgroßmama!

Helena Panenka, Milenas Urgroßmutter, war in dem Jahr gestorben, als sie und Berti geheiratet hatten, im Alter von 103, alt wie eine alte Eiche, wie die ältesten Alten im Alten Testament. Jahrelang hatte sie auf der Ottomane im Wohnzimmer gelegen, gegessen, geraucht und über ihre schmerzenden Knochen geklagt. Alle waren an sie gewöhnt, wie man sich an ein altes Möbelstück gewöhnt, das schon lange da steht und niemals ersetzt wird, weil die Panenkas arme Bäckersleute sind und kein Geld für neue Möbel haben. Hätten sie mehr Geld gehabt, hätten sie die Uroma längst durch eine neue ersetzt. Und als das Leben endlich etwas leichter wurde, weil Milena zu Berti gezogen und ein Maul weniger zu stopfen war, konnte Oma Helena den Löffel nicht mehr halten, sie war zu schwach, ihr taten die Knochen weh, wenig später konnte sie nicht mehr kauen und schlucken, was ihr andere in den Mund steckten. Am Ende verhungerte sie, weil sie nicht mehr schlucken konnte. Die Ärmste verhungerte wie ein schwarzes Kind in Belgisch-Kongo.

Habt Erbarmen, sagte sie. Ich bin hungrig, o so habt doch Erbarmen!, bettelte sie am letzten Tag, den sie zu leben hatte.

Habt Erbarmen, ich bin hungrig, o Kinder, so habt doch Erbarmen mit meinem großen Hunger!, sagte David, hielt unvermittelt inne, erstarrte, seufzte tief und schlief den Schlaf der Gerechten.

Mein Gott, so ist Oma Helena gestorben!, sagte Milena und in ihren Augen standen Tränen. Was sie stärker erschütterte, Davids Krankheit oder die Erinnerung an ihre Urgroßmutter und deren letzte Worte, das wusste sie vermutlich selber nicht.

In der Dämmerung des dritten Tages wiederholte sich das Spiel: Der Junge redete im Fieberwahn, trat aus seiner Kinderrolle und schlüpfte in die von Onkel Ernst, dem Bruder des alten Plaschka, Bertis einziger Onkel, so lebenslustig wie schwul, der jeden einzelnen Tag seines Lebens genoss, ohne auf die Familie, Prag und Benimmregeln sonderlich Rücksicht zu nehmen, der nichts ausließ, was ihm Freude und Spaß bereitete. Seine Neigung zu jungen Männern und Knaben lebte er offen aus, häufig traf ihn die Familie in einem der rund zwanzig Zimmer im geräumigen Haus der Plaschkas in Gesellschaft von einem, zwei, manchmal auch drei Männern beim Liebemachen an. Bei ihnen zu Hause wurden Türen nach Bertis Erinnerung stets mit gewissen Befürchtungen geöffnet, manche Familienmitglieder wurden in Erwartung des eventuellen Anblicks oder aufgrund eigener Fantasien vorher schon rot, sie dichteten Onkel Ernst aberwitzige erotische Posen an, schlugen ihn ans Kreuz abartiger Gelüste, verdichteten all seine fröhlich, verschmitzt, im ewigen Haschen nach dem vollkommenen Glück gelebten Minuten, Tage und Jahre in einer Momentaufnahme, wie man Sonnenstrahlen mithilfe einer optischen Linse im Brennpunkt sammelt.

Er hatte es am Herz, vom Saufen oder den jungen Kerlen, wie er selbst sagte, es ging mit ihm bergab, trotzdem erzählte Onkel Ernst Witze, gelungene Streiche und Anekdoten aus Prager Bierschwemmen, und David wiederholte es getreulich, seufzte tief und schlummerte wie ein Kind.

Elf Abende ging das so, mit wechselnden Protagonisten. Das Fieber stieg, David begann zu fantasieren, redete in bekannten wie unbekannten Zungen und endete mit den jeweils letzten Worten von Bertis und Milenas verstorbenen Onkeln, Großvätern und sonstigen Anverwandten. Sie kannten jeden, den David bei seinen Ausflügen in die Totenwelt imitierte, außer einem, der ein ihnen unverständliches Idiom sprach. Berti tippte auf Geza, den fiedelnden Zigeuner, dem der innerfamiliäre Tratsch ein Verhältnis mit seiner Urgroßmutter anhängte, offenbar zu Recht, denn falls aus David nur Blutsverwandte sprachen, dann war der Zigeuner tatsächlich Bertis Urgroßvater, was bedeutete, dass Berti mit dem Krämer Manfred Plaschka, dem Wucherer, der von einem bei ihm verschuldeten zahlungsunfähigen Russen ermordet wurde, nichts zu tun hatte. Der war dann nicht sein Urgroßvater. Das gefiel ihm. Es gefiel ihm, dass er in diesem Fall seinen wahren Nachnamen und seine wahre Identität nicht kannte, denn er wusste nicht, wie sein eben entdeckter Zigeuneruropa Geza mit Nachnamen hieß.

Er gestand es sich nicht einmal selber ein, geschweige denn Milena, trotzdem: Die Entdeckungen durch den Fieberwahn des Jungen ergötzten ihn mehr, als dass er um dessen Leben fürchtete.

Milena rannte in die Kirche und beichtete tränenüberströmt Don Serafim Balta, in ihrem Herzen sei keine Liebe mehr für ihren Sohn, der wechsele für sie lebend ins Jenseits und berichte ihnen aus der Totenwelt, und das sei so spannend, dass sie in ihrem Herzen die Mutterschaft vernachlässige.

Don Serafim sagte, sie solle sich keine Sorgen machen, das sei weit verbreitet, lasse mit der Zeit nach und alles werde wieder so sein, wie es sein müsse und gewesen sei. Um zu wissen, was Mutterliebe ist, müsse man ihre Abwesenheit spüren. Auch Gott passiere es gelegentlich, dass er sich in der Totenwelt verliere und die Lebenden darüber vergesse, das sei jedenfalls sein persönlicher Eindruck, sagte Don Serafim. Und dann brächen Pest, Feuersbrünste, Überschwemmungen, Kriege ... über die Menschheit herein.

Das geht vorbei, Kind, hab Geduld!

Sie übte sich in Geduld, vertraute ihre Qualen aber nicht Berti an, und er umgekehrt auch nicht.

Am zwölften Tag war David wieder gesund. Das wussten sie erst am Abend, als er nicht in Fieberfantasien verfiel, sondern wach blieb, aufgekratzt schwatzte und dies und das fragte, wie es Kinder eben tun.

Beide waren enttäuscht, wussten sie doch, dass es vorbei war.

Wie Don Serafim gesagt hatte, kehrte Milenas Mutterliebe nach wenigen Tagen zurück. Bertis Angst jedoch blieb, er ließ den Knaben von Ärzten untersuchen, wollte herausfinden, wieso David krank gewesen war.

Er nannte die häufigen Blasen- und Nierenentzündungen und die zwei Wochen mit hohem Fieber, die Fieberfantasien unterschlug er. Dr. Markus Freud nickte und bat den Vater nach kurzem Schweigen, ihn mit dem Knaben einen Augenblick allein zu lassen.

Berti hatte draußen noch nicht richtig Platz genommen, da wurde er schon wieder hereingerufen.

Phimose, murmelte Dr. Freud, ohne aufzublicken.

Was ist das?, fragte der Vater erschrocken nach.

Der Arzt erklärte, die Vorhaut sei mit der Eichel verwachsen, was höchstwahrscheinlich die Blasenentzündungen erkläre.

Die Lösung war denkbar einfach: Der Junge musste beschnitten werden.

Gibt es keine andere Möglichkeit?, fragte Albert Plaschka.

Irgendwas? Er geriet in Panik.

Dr. Freud sah ihn an, und in dem Blick lag etwas, das Berti beschämte.

Einfache Probleme haben in der Regel einfache Lösungen, so auch hier: Zirkumzision, nichts anderes.

Berti, Albert Plaschka, der erste Verantwortliche für Speisewagen und Wanderschänken in der Geschichte Bosnien-Herzegowinas, zerrte den Jungen an der Hand wortlos aus dem Sprechzimmer und kämpfte auf dem Weg durch das parkähnlich angelegte Krankenhausgelände mit dem Gefühl, gleich vor Scham in Ohnmacht zu fallen.

Er hob den Neunjährigen hoch und rannte. Der Junge war eigentlich zu schwer und zu alt, um ihn noch auf den Arm zu nehmen, deswegen schauten ihnen die Kranken, die rauchend auf den Bänken saßen, verblüfft hinterher, aber das kümmerte ihn nicht. Er wollte nur noch weg und den Kopf in den Sand stecken und konnte sich selbst nicht erklären, warum.

Ihm war nicht wohl in seiner Haut, er schämte sich entsetzlich, schließlich musste Dr. Freud annehmen, er wolle den Sohn nicht beschneiden lassen, weil Juden beschnitten werden und David für den Rest seines Lebens als Jude gesehen würde. Ohnehin, überlegte Berti weiter, hielt ihn Dr. Freud wohl für einen getauften Juden, der mit seiner Herkunft brechen will und die frische, unsichere Bindung an Jesus Christus lieber leugnet, und schämte sich noch mehr. Das Schlimmste war, dass Dr. Freud – der vermutlich selbst Jude war – mehr oder weniger recht hatte. Zwar war er nicht getauft, aber die Vorstellung, David beschneiden lassen zu müssen, erschien ihm fast gleichbedeutend mit dem Übertritt zum mosaischen Glauben. Und damit hatte Albert Plaschka ein Problem.

Es wäre vielleicht weniger schlimm gewesen, wenn sie dem Jungen einen gewöhnlichen Namen gegeben hätten, Franz,

Karl, Rudolf, oder Jacek, Vaclav, Jaroslav und nicht einen so jüdischen Namen wie David. Unbeschnitten war der nicht so eindeutig jüdisch, aber beschnitten?

Gibt es, fragte sich der verzweifelte Vater, auf dieser Welt einen beschnittenen David, der kein Jude ist?

Als der Junge zur Welt kam, waren sie arm und jung gewesen, gerade nach Sarajevo gezogen, wollten überleben, viel weiter reichten ihre Hoffnungen nicht. Er lernte, wie man in Zügen auch bei voller Fahrt bedient, lernte, was zum guten Ton gehört, welche Haltung einem Kellner geziemt, welche Regeln gelten, wenn er sicheren Boden unter den Füßen hat, und welche bei schwankendem Boden. Dass er einen so hohen Posten bekommen, sich in Sarajevo so schnell häuslich niederlassen würde, damit hatte er nicht gerechnet und den alten Plaschka mit seiner Erpressung fast schon vergessen. Er hatte sich nichts dabei gedacht, als er den Jungen David nannte.

Wie hätte er auch an Phimose denken können?

Diesmal erzählte er Milena alles. Sie hörte ruhig zu und blieb ruhig. Zum ersten Mal packte Berti die Panik, während sie die Ruhe bewahrte, ja, sich über seine Panik amüsierte.

Meinst du wirklich, dass jemand David sagt, er soll die Hosen herunterlassen und zeigen, ob er beschnitten ist oder nicht? Meinst du, Männer würden in Zukunft so intim miteinander werden? Oder dass Frauen so etwas machen?

Sie beruhigte ihn etwas, aber es kam nicht infrage, in dasselbe Krankenhaus zu demselben Dr. Freud zu gehen, um David beschneiden zu lassen.

Dann such einen anderen Arzt. Er ist ja nicht der Einzige.

Das Krankenhaus kommt nicht infrage! Das kommt auf gar keinen Fall infrage!

Und so beschlossen sie, Berti solle einen seiner Untergebenen fragen, einen Muslim, am besten einen älteren, besonnenen Kellner, wo sie ihre Söhne beschneiden ließen.

Sie sind Jude!, rief Hasan Soha erschrocken aus und biss sich auf die Zunge.

Plaschka empfand es als Beleidigung und sah seine sämtlichen Befürchtungen bestätigt, erklärte Hasan aber ganz ruhig und gelassen, er sei kein Jude, sondern Österreicher und Katholik, aber sein Sohn habe eine Krankheit, wegen der er beschnitten werden müsse, um nachher gesund zu sein.

Ach, schade, dass er nicht als Muslim geboren wurde, sagte der alte Gastwirt mehr zu sich selbst, dann empfahl er dem Herrn Direktor den besten Mann in solchen Dingen, den Barbier Uzeir Skaka in der Altstadt, dessen Familie seit Jahrhunderten die Jungen beschneide, nie sei es zu Zwischenfällen gekommen. Er werde Uzeir in Kenntnis setzen und auf die Krankheit des Jungen vorbereiten. Eine besondere Krankheit, wegen der er besser als Muslim oder notfalls Jude geboren worden wäre.

Der Sommer stand bevor, Eile war geboten, der Junge wurde im Sommer regelmäßig krank, erst entzündete sich die Harnröhre, verursachte große Schmerzen beim Pipimachen, dann kam eine Nierenentzündung dazu, und das ganze Elend zog sich bis in den Herbst hinein.

Berti beschloss, Skaka am kommenden Sonntag aufzusuchen. Mit dem Jungen hingehen, alles absprechen, damit der Barbier nach Möglichkeit noch am selben Abend zu ihnen käme und die Sache erledigte. Warum ausgerechnet am Sonntag, wusste Berti nicht, konnte es auch Milena nicht sagen, als sie fragte. Ein anderer Tag kam einfach nicht infrage. Später stand er nachdenklich vor dem Spiegel, bedauerte sich ein wenig während der morgendlichen Rasur, dann packte ihn wieder die Scham. Er wusste selbst nicht, warum.

Am Sonntag war ganz Sarajevo auf den Beinen. Jeder zog seine schönsten Kleider an und ging in die Stadt. Die Einheimischen, ob Muslim, Katholik oder Orthodoxer, ließen wie üblich die Ehefrauen zu Hause. Die Kofferkinder, Deutsche, Österreicher und so weiter, aber auch die aus den Dörfern Zugezogenen, die sich seit jeher eher an den Ausländern als an den Alteingesessenen orientierten, nahmen ihre Damen mit, die sich bei ihnen unterhakten, als gingen sie zu einem Ball oder ins Theater. Albert Plaschka hätte in seiner Position heute eigentlich in die Generaldirektion gesollt – mehr wegen einer Feierlichkeit, als um zu arbeiten –, hatte sich aber entschuldigt, sein Sohn sei kränklich. Das geschäftige Treiben tat ihm wohl, irgendwie wirkte Davids Beschneidung am Tag des Besuchs des Thronfolgers weniger schrecklich. Als hätte der historische Moment eine betäubende Wirkung.

Die Stimmung war festlich. Zu Ehren des Prinzen verteilten die Bäcker kostenlos Fladenbrote, erst nur den Armen, später jedem, der eins haben wollte. Wenn ein Bäcker sieht, dass sein Kollege die Menschen beschenkt, muss er mitziehen, egal, wie geizig er ist. Und wenn andere Gewerke sehen, was die Bäcker tun, können sie auch nicht zurückstehen. Schon gar, wenn ein orthodoxer Ladeninhaber die Freigebigkeit seines muslimischen Konkurrenten beobachtet, dann wird er doppelt freigebig sein, damit um Himmels willen keiner denkt, er hätte was gegen den Kaiser. Denn in Sarajevo wurde seit Monaten getuschelt, die Orthodoxen seien samt und sonders gegen den österreichischen Kaiser, wollten die Österreicher aus dem Land jagen und es Serbien anschließen, wollten die Vereinigung der drei Stämme und vier Religionen eines Volkes, was einem Geschäftsmann von seiner Ladentür aus samt und sonders nicht richtig erscheint. So was können sich nur Arbeitslose, unzufriedene Arbeiter und die Gymnasiasten vom Ersten Knabengymnasium einfallen lassen, aber die sind mit allem unzufrieden, und wenn hier, mitten in der Baščaršija, Serbien wäre, würden sie sich gegen Serbien ereifern. So in etwa dachten die Leute, die zur Feier des hohen Besuchs alles herschenkten, denn das war die einzige Geste, die hier anerkannt wurde.

Berti jedoch, ach Berti, dachte gar nichts, hielt David fest an der Hand, damit sie in dem Gewühl nicht getrennt wurden, und schob sich durch die Menschenmenge. Eine bunte Mischung, Reiche und Arme, Parfümierte und Stinkende, Männer und Frauen, alle Religionen und Sprachen, die Sarajevo zu bieten hatte, und so mancher kam trotz aller Feiern und Heiligen aus seinem Loch gekrochen, um vom Großereignis, einem kirchlichen Feiertag und weltlichen Festtag, zu profitieren, zumal die Kaufleute offenbar den Verstand verloren hatten und nicht mehr recht bei Trost waren. Sie schenkten alles her, rissen sich das letzte Hemd vom Leib, um es anderen zu geben, gerade als wäre der Jüngste Tag angebrochen und nicht der Besuch des Thronfolgers.

Mit Mühe kamen sie an der Bäckerei vorbei, aus der, mit muskulösen Männerarmen hoch über den Kopf gestemmt, ein gebratener Hammel herausgereicht wurde. Der Hammel war riesig, war mitsamt Gehörn am Spieß über dem Feuer geröstet worden, und die Hände, die ihn weiterreichten, rissen Fleischstücke ab, jeder, der drankam, jeder so viel er konnte. Der Anblick war widerlich, die Leute schrien, als würde ihnen bei lebendigem Leib die Haut abgezogen, es wurde schrecklich geflucht, die schlimmsten Flüche in allen Sprachen. Neben der Landessprache, dem Bosnischen – die in Wien unter Serbokroatisch geführt wurde, weswegen Berti sie am liebsten auch so nannte –, hörte man Türkisch und Ungarisch, voller Wut und Verzweiflung, weil der gebratene Hammel aus der Reichweite vieler hochgereckter, hungriger Hände wanderte. Das Tier wurde zerrissen, zerteilt, die Rippen knackten und mancher Arm verschwand tief in den Eingeweiden, aber die meisten Umstehenden gingen leer aus. Das fette Fleisch entschwand vor ihren Augen, ihre Finger bekamen nur Luft zu packen, und so verfluchten sie alle bis ins zehnte Glied der Nachkommenschaft diejenigen, die etwas abbekommen hatten. (Die Flüche haben sich dann wohl erfüllt …)

Berti bahnte sich mit dem Jungen mühsam einen Weg durch die Menge. Er war mit den Nerven herunter, kämpfte mit den Tränen, für sich allein hätte er losgeheult, aber das ging ja nicht vor dem Kind. Schreckliches wird geschehen, dachte er. Menschen, die sich so widerlich aufführen, muss Schreckliches geschehen. Ob nun durch Gott – falls es Ihn gibt, wird Er sie strafen – oder die natürliche Ordnung der Dinge, die Evolution nach Herrn Darwin, der mutig bewies, der Mensch stamme vom Affen ab, das ganze Leben habe sich aus einigen Urtieren und Urpflanzen entwickelt. Egal wie, Schreckliches wird geschehen, wiederholte Berti seine Litanei in dem Versuch, das Bild des gebratenen Hammels abzuschütteln, der von einer Straßenseite zur anderen wandert, immer kleiner wird und schließlich verschwindet.

Endlich standen sie vor Skakas Barbierstube.

Berti trat ein und grüßte. Der Junge kam mit. Der Meister verlieh gerade, über die Nase des Kunden gebeugt, einem kleinen, unansehnlichen Bärtchen Form, lächelte und grüßte zurück, ohne sich aufzurichten. Berti musste nicht erklären, wer er war und warum er kam. Das hatte der alte Oberkellner Hasan Soha bereits erledigt. Was hatte er dem Barbier wohl genau gesagt, wie hatte er ihn angekündigt? Berti wird es nicht erfahren, und es ist ihm lieber so. Es ist eine merkwürdige Welt, er wird sie nie begreifen, egal, wie lange er hier lebt: Indiskret, grob und aggressiv offen, hasserfüllt, ohne dass das persönlich gemeint war, denn die Gründe für den Hass bezogen sich auf Glauben oder Herkunft, gab es jedoch etwas zu regeln, brauchte jemand Hilfe, wie man sie sonst nur engen Verwandten als Gunsterweis oder genötigt von familiärer Verpflichtung gewährte, dann half man ohne viel Aufhebens, auf eine Weise, die es dem anderen leicht machte, die Hilfe anzunehmen. So wie Hasan. Skakas Lächeln verriet, dass er ihm alles gesagt hatte, was er wissen musste, aber auch nicht mehr.

Da ist ja unser Held! Er klopfte David auf die Schulter, nachdem der Kunde mit gestutztem Bärtchen den Laden verlassen hatte. Keine Angst, du musst keine Angst haben, es gibt nichts zu fürchten! Wer hätte an so einem Tag, wenn der künftige Kaiser in die Stadt kommt, irgendetwas zu fürchten! Nicht wahr? Das ist gewiss!

Uzeir Skaka erklärte, er werde Punkt sechs Uhr zu ihnen nach Marijin Dvor kommen. Sie sollten heißes Wasser und Eis bereithalten, letzteres, um den Schmerz zu betäuben, alles andere sei seine Sorge.

Auf dem Heimweg registrierte Albert Plaschka die seltsam veränderte Stimmung. Es waren noch genauso viele Menschen wie eben auf der Straße, aber sie liefen wie kopflos herum. So sehr lange hatten sie sich nicht in Skakas Barbierstube aufgehalten, trotzdem waren die Leute wie ausgewechselt. Hiesige ebenso wie vornehme Herren blickten sich hastig und misstrauisch um, es waren kaum noch Frauen unterwegs, nur der eine oder andere ältere Richter oder Finanzamtsleiter hastete mit Gattin durch die Gassen, hochrot im Gesicht und außer Atem.

Menschen wechseln urplötzlich die Stimmung, dachte der erste Direktor aller Speisewagen in Bosnien-Herzegowina Albert Plaschka. Eine typisch orientalische Eigenschaft, hatte er irgendwo gelesen. Ob begeistert oder niedergeschlagen, hier hat das Kollektiv das Sagen. Weh dir, wenn du anders als die Umgebung fühlst, fröhlich bist, wenn die ganze Stadt weint, trauerst, wenn rings um dich gefeiert wird. Die Ordnungshüter werden dich verdächtigen, die Nachbarn hassen dich und deine Liebsten zweifeln an deiner geistigen Verfassung. Sarajevo war Albert Plaschkas Meinung nach eine Stadt, deren kollektive Emotionen einen um den Verstand bringen können, wie ein antiker griechischer Chor, die Stadt ein Amphitheater zwischen den Bergen, der Schlund eines längst erloschenen Vulkans, die Hauptrollen übernehmen Irre, Sonderlinge und Märtyrer, Ketzer und Ungläubige, Derwische, Rabbiner, Pater und wahnsinnige Mönche, die, in der einen Hand die Ikone, in der anderen Hand die Axt, aus der Romanija herabsteigen und die Welt befrieden wollen, obwohl nicht einmal ihre beiden Hände miteinander versöhnt sind.

Den ganzen Nachmittag vor dem Besuch des Barbiers Uzeir Skaka, der seinen Sohn David beschneiden sollte, war Albert Plaschka abgrundtief traurig und vergaß darüber sogar seine alles durchdringende Scham. Sein Bedürfnis, diesem Umfeld analytisch beizukommen, verflüchtigte sich für immer, auch der Wunsch, seine überwiegend negativen Erfahrungen mit Bosnien und dem Orient, die jeden, der das Land besucht, und sei es als Abenteurer, in die Knie zwingen, zu durchleuchten und zu beschreiben. Er wird seine Hefte und Notizzettel zwar mit nach Wien nehmen, aber augenblicklich vergessen, hinter einigen Büchern im Bücherschrank seines Arbeitszimmers einstauben lassen, er wird Sarajevo und Bosnien vollständig vergessen, gefangen von den monotonen Leitungsaufgaben für ein zweitklassiges Wiener Hotel.

Obwohl sich die Stadt im Ausnahmezustand befand, die Schaufenster orthodoxer Geschäfte zu Bruch gingen, die Hysterie umging und jeder, den der Mob als guten, stolzen Serben erkannte, gelyncht wurde, obwohl niemand seinen alltäglichen Geschäften nachgeht, wenn der Jüngste Tag naht, hielt sich Uzeir Skaka an die Verabredung. Schlag sechs Uhr abends war er da, führte rasch, effizient und fast schmerzlos die delikate Operation durch, im Grunde wie ein Chirurg, ohne das langwierige folkloristische und religiöse Zeremoniell, das die Beschneidung muslimischer Knaben begleitet. Aber am Ende überreichte er David sein Geschenk, so wie Verwandte und Freunde einen Jungen nach der Beschneidung beschenken: ein weißes Herrentaschentuch mit den eingestickten Initialen D. P.

Anfang 1919, auf dem Trebević lag noch Schnee, verließ der erste und einzige Direktor aller bosnischen Speisewagen mit Frau und Sohn mit einem fahrplanmäßigen Zug Sarajevo. Keiner begleitete sie zum Bahnhof, sie haben sich auch von niemandem verabschiedet. Der Abschied von Sarajevo war kalt.

Viele Kofferkinder verließen die Stadt damals. Die meisten fuhren nach Wien, suchten nach einer neuen Anstellung im Staatsdienst, und wenn das misslang, was den allermeisten so ging, zogen sie geschlagen, melancholisch und entmutigt in ihre entlegenen Herkunftsländer zurück, die in neu entstandenen Staaten lagen, trauerten dort für den Rest ihres Lebens der Jugendzeit hinterher, gehörten nirgends hin, nicht in die Stadt, nicht aufs Land, in keinen Staat. Mit dem Untergang Österreich-Ungarns bildete sich ein kleines europäisches Volk, das trotz fehlender gemeinsamer Sprache, Religion, Nationalität und Staatsangehörigkeit fester als jedes andere Volk zusammengeschweißt wurde vom gemeinsamen Gefühl, nicht dazuzugehören, entwurzelt zu sein, von starken, lebendigen Erinnerungen an untergegangene Städte, an die Gassenhauer, Schlager und Lieder ihrer Jugend, an abgelegene Provinzen des ehemaligen Reichs, in denen sich das Leben nicht um die Logik und Wirklichkeit normaler menschlicher und gesellschaftlicher Gemeinschaften scherte. Sie waren anderes gewesen, diese Provinzen mit komischen, fremdländischen Namen, die Erinnerungen an sie glichen Erinnerungen an Märchen. Traurige Märchen und fröhliche Märchen, Gruselgeschichten und lehrhafte Fabeln, aber samt und sonders Märchen, die denen, die ein solches Leben gelebt hatten, die Möglichkeit nahmen, ein anderes Reich als Heimat zu erleben. Die einen verdrängten alles, um diese melancholische Unzugehörigkeit abzustreifen, aber nur wenigen gelang es so gründlich wie Albert Plaschka, der tatsächlich vergaß. Andere nahmen die lebenslange Trauer an, schwelgten in ihr und gaben sie manchmal an Kinder und Enkel weiter.

Das kleine, namenlose, europäische Volk, dessen Angehörige in Bosnien hämisch Kuferaschen, Kofferkinder, hießen – wobei das Schimpfwort mit der Zeit die Häme verlor, eine Identität zusammenfasste und deren Sinn stiftete –, schenkte Europa große Literatur und Musik, aber so, dass man nicht erkennt, wem es seine letzte Kunst weihte.

Diesem Volk gehörten Berti und Milena an, schon in Doboj, auf einem Abstellgleis, in Personenwagen voller Kuferaschen mit zwei angehängten Güterwaggons für Gepäckstücke und einigen Hausrat, den mitzunehmen sie beschlossen hatten, wo sie zwei Tage und eine Nacht warten mussten, bis aus Vinkovci eine leistungsfähigere Lokomotive eintraf, die sie nach Zagreb zog. Damals, während sie warteten, dachte so mancher zum ersten Mal, dass sich sein Leben zwei Betten gräbt wie ein Fluss, der mehrere Arme bildet, die sich immer weiter voneinander entfernen und bald jede Verbindung und vielleicht auch die Erinnerung an den Strom verlieren, aus dem sie entstanden. Dort, während sie warteten, am Bahnhof von Doboj – sich bei unwirschen Gleisarbeitern, Trägern und Getränkeverkäufern erkundigend, ob sie etwas wüssten, etwas gehört hätten, wann die Lokomotive aus Vinkovci eintreffen könnte –, spürten sie ganz stark, dass sie aufhörten, Sarajlis, Marijindvorer Deutsche oder bosnische Zugereiste zu sein, Berti war keine hohe Wiener Charge mehr, der Herr Direktor, ein Weltmann mit Wiener Manieren, sie war nicht mehr die Dame mit weißem Hut, die am Miljacka-Ufer flaniert und eine Duftwolke mit Zedern-, Rosenöl- und karibischen Fruchtnoten hinter sich herzieht, Früchte, die Sarajevo erst hundert Jahre später als Früchte sieht, da ist jede Erinnerung an Albert und Milena Plaschka längst verblasst und sämtliche schriftlichen Zeugnisse vom Leben und Beruf des ersten und letzten Direktors aller bosnischen Speisewagen im Krieg verbrannt. Statt zu bleiben, was sie waren, sind sie ab Doboj zwei Katholiken, tschechische Deutsche, ein wenig auch Österreicher, mit ihrem beschnittenen Sohn David, von dem jeder uneingeweihte Antisemit, vielleicht sogar der Wiener Bürgermeister höchstpersönlich, annehmen muss, er sei Jude, der in der Manteltasche seines Gymnasiastenüberziehers ein schönes Herrentaschentuch mit Monogramm hat.

Berti war überzeugt, dass sein Sohn mit jedem Tag jüdischer aussah. Alle behaupteten zwar, er sei der gespuckte Albert Plaschka (was für ein hübscher und zugleich ekliger bosnischer Ausdruck: von einem, der einem anderen wie aus dem Gesicht geschnitten ist, zu sagen, er sei der gespuckte andere), aber Nase, Haltung, Kopf, die großen Augen, das war alles jüdisch, Berti kannte es so nur von Juden, die er samstags auf dem Naschmarkt sah. Hätte er es laut ausgesprochen, er hätte sich selbst für verrückt erklärt, trotzdem glaubte er fest daran: Seit der Junge beschnitten war, wuchs er mehr und mehr ins Judentum hinein. Das beschnittene Geschlechtsteil beeinflusste auf rätselhafte, satanische Weise die Physiognomie. Als hätte das Organ die Nachricht von der Veränderung herumgeschickt, und alle anderen passten sich nun dem an, denn es ist ja klar, dachte der Vater in seiner Angst, ein Mensch kann nicht zur einen Hälfte Jude und zur anderen etwas anderes sein.

Seine Besessenheit, die auf dem Abstellgleis in Doboj sich so weit steigerte, dass sie seine Gedanken völlig okkupierte, verstärkte das fatale, eben erst aufkeimende Gefühl der Heimatlosigkeit. Er wollte Milena nicht damit behelligen, und außerdem hatte er nur zu gut einen gemeinsamen Theaterbesuch in Erinnerung, ein langatmiges nordisches Drama, in der Pause hatte er gesagt, David habe etwas Semitisches an sich, woraufhin sie wie eine Irre losprustete. Es war ein unbändig verzweifeltes, hysterisches Lachen, total verkrampft, bar jeder Lustigkeit, es sollte ihn bloßstellen, seine Worte wegwischen, er stand da wie ein begossener Pudel.

David bekam davon nichts mit, sah nur die ängstlich forschenden Blicke des Vaters, die auf ihm ruhten, als sei er ein Fremder. Der Junge störte sich nicht daran, er lernte daraus, wie schwache, ohnmächtige Menschen schauen. Natürlich war der Vater physisch stärker als der Vierzehnjährige, aber sein Blick verriet Angst und Schwäche, es war der Blick eines gutmütigen Rindviehs, das einen halb so großen wilden Hund anschaut, der ihm die Sehne über dem Vorderhuf durchbeißt, damit er an den Hals kommt.

Später begriff David, warum ihn der Vater so ansah. Er reagierte weder beleidigt noch eingeschüchtert, sondern mit wachsender, kalter Wut, die das Leben der Familie Plaschka, Davids Kindheit und Jugend, in ein neues Licht taucht, ebenso die Implikationen der Zeitgeschichte auf dieses Leben. In diesem Licht müsste die Erzählung ganz anders aufgezäumt, neu erzählt werden, aber der, der sie erzählt, hat dafür keine Zeit. Ihm ist kalt, ihm tun die Beine weh vom Kauern, er hockt vorm Imbiss Petica, auf dessen Türschwelle eine braune Rauhaarhündin liegt, kaum größer als ein Maulwurf, und ihn mit dem allumfassenden, friedfertigen Blick eines indischen Fakirs, einer von Millionen Bettlern, unverwandt ansieht.

Am Abend des zweiten Tages fuhr die Ersatzlokomotive schnaufend in den Bahnhof von Doboj ein und hielt erschöpft inne. Eine alte, rostige, kaum noch gangbare Rangierlok zog, während ihr Dieselmotor hustete und ächzte, den Zug aus Sarajevo zum Ankoppeln vom Abstellgleis und verschwand von der Bühne der Geschichte. Es war ihr letzter Einsatz. In den folgenden Monaten wurde im Dobojer Bahnhof keine Rangierlok benötigt, und als im Frühjahr 1920 der Eisenbahnverkehr im frisch vereinigten Königreich endlich geregelt und der erste umfassende Fahrplan erstellt war und in Kraft trat, bekam Doboj als Kriegsentschädigung zwei neue deutsche Rangierloks.

Die Wagen wurden rasch an die Vinkovcer Lok gehängt und dann ging es Richtung Zagreb und Wien. Es konnte natürlich zu weiteren Unannehmlichkeiten und Fahrtunterbrechungen entlang der ehemals kaiserlich-königlichen Bahnstrecke kommen, trotzdem stießen beide einen erleichterten Stoßseufzer aus. Von Wehmut keine Spur. Die Nacht brach an, und als es wieder hell wurde, lag Bosnien weit hinter ihnen.

In Bosnien erinnert nichts mehr an Albert Plaschka, erster und einziger Direktor aller Speisewagen des Landes. Sein Name fiel weder in Zeitungen noch in öffentlichen Reden. Sollte sich jemand nach seinem Weggang privat an ihn erinnert haben, so wissen wir nichts davon. Vielleicht war sein Wirken den Bewegungen, Manieren und dem aufgesetzten Lächeln der Kellner und Bedienungen in den Speisewagen des Königreichs der Serben, Kroaten und Slowenen und auch noch des Königreichs Jugoslawien eingeschrieben, aber das dürfte sich längst verloren haben.

Wäre er verunglückt, hätte man ihn auf dem St.-Josephsfriedhof in Koševo begraben. Dann wäre er für immer in Sarajevo geblieben.

David Plaschka wuchs zu einem Nichtsnutz und Landstreicher heran. Er bestand in Wien die Matura, studierte Polytechnik, schloss das Studium aber nicht ab. Vom Vater entfernte er sich immer mehr, die Mutter pflegte ihn, wenn er nach mehrtägigen Saufgelagen in den Beisln der finstersten Wiener Stadtbezirke seinen Rausch auskurieren musste. Er scheute das Stadtzentrum, helles Licht und Glanz. Dunkle Gassen, ängstliche Frauenzimmer und exzentrische alte Jungfern, Kleinbürger und Hungerleider, Uringestank in Hauseingängen, Arbeitergegenden mit kleinen Mädchen, die, während der Vater malochte und die Mütter an einer Straßenecke auf Kundschaft wartete, in Sommerkleidchen ohne was drunter auf die Fahrbahn rannten, das zog ihn magisch an. Als Deutschland 1938 Österreich besetzte und von der Nordsee bis fast zur Adria ein großer Staat entstand, in dem eine Sprache gesprochen wurde, fühlte sich David einen Augenblick lang als Teil des großen Geschehens, als Anhänger der Idee der europäischen Vereinigung unter Führung des großen Adolf Hitler. Die Angst der Juden tat ihm wohl, die hastig den Bürgersteig verließen, ohne zu schauen, ob sie vor die Straßenbahn laufen, nur um ihm, dem arbeitsscheuen Wiener Nichtsnutz, Platz zu machen. Er sah die Unglücklichen mit ihrem Davidstern auf dem Mantel durchdringend an, wollte wissen, was in ihrem Kopf vorging, was sie empfanden. Es erregte ihn.

Aber nicht lange, dann hatte er es leid. Außerdem gab es bald keine Juden mehr auf den Wegen, die er ging. Der Traum vom großen Reich, das sich von der Nordsee bis zum Mittelmeer erstreckt, in dem alle leben und jeder seinen Juden hat, der ihm auf dem Bürgersteig Platz macht, zerstob ins Nichts. Die halbnackten Mädchen im Sommerkleidchen waren verschwunden, ihre Mütter standen nicht mehr an den Straßenecken. Bald war alles so unerträglich leer, dass David Plaschka nicht mehr ausgehen mochte. Nicht einmal der Uringestank in den Hausfluren hatte sich gehalten.

Keiner zog ihm je die Hose aus, um zu prüfen, ob sein Glied beschnitten, ob er Jude war. Der Vater hörte auf, sich zu sorgen, stürzte sich in die Arbeit, leitete ein heruntergekommenes Hotel, eine Absteige für arme Schlucker, die in Wien etwas erledigen mussten, und strich David aus seinen Gedanken. Er wollte sich nicht erinnern.

Die Mutter blätterte in Vorkriegsmagazinen, fragte sich, ob sie je jung gewesen sei und warum sie diesen Mann geheiratet hatte.

Ich strecke die Hand aus, will das Fellknäuel streicheln, aber sie zuckt ängstlich zusammen und drückt sich in die Ecke, die Rauhaarhündin, kaum größer als ein Maulwurf. Sie will mich nicht beißen, bellt nicht, drückt sich nur in die Ecke, kriecht förmlich in die Wand.

Dich gibt's gar nicht, flüstere ich, sie spitzt kaum wahrnehmbar die Ohren, lauscht auf meine Stimme, wie ist die?, belle ich, drohe ich, jaule ich, obwohl ich groß und stark bin? Sie traut sich nicht mehr, mir in die Augen zu schauen, senkt den Blick und starrt auf den ausgefransten Saum meiner Hosenbeine, und dann dreht sie sich langsam, um mich nicht zu ärgern, auf den Rücken, präsentiert mir den Hals und den weichen Bauch . Sie unterwirft sich, wird mich nicht nur nicht angreifen, verteidigt sich auch nicht.

Trotzdem sind die Ohren gespitzt, sie lauscht, immer noch neugierig. Ich könnte sie mit dem Stiefel zertreten, in ihrer Ecke, sie könnte nicht weg, ein Schrei, und sie würde nie wieder die Ohren spitzen. Das Leben zerrinnt im letzten Bild, im letzten Geräusch, das in ihre Ohren dringt, die tausendmal empfindlicher sind als meine. Hunde erinnern sich in Tönen, nicht in Bildern. Die Erinnerungen eines Menschen und eines Hundes ergäben zusammen erst eine vollständige Erinnerung. Aber die Hündin wird nie sehen, was ich sehe, ich werde nie hören, was sie hört, also wird es nichts mit der vollständigen Erinnerung.

Ich ziehe Luft durch die Zähne, sie spitzt die Ohren stärker, dreht den Kopf ein wenig, nervös und sehr vorsichtig, das

Zischen irritiert sie wie mich ein Fingernagel, der über die Tafel rutscht, das Geräusch übertönt wohl alle anderen, sie sitzt plötzlich im Dunkeln.

Als ich aufstehe, springt sie auch auf ihre vier Pfoten, wie wenn wir zusammengehörten, will mich begleiten. Sie hat die Gefahr vergessen, die Bedrohung, wegen der sie sich eben noch auf den Rücken drehte und mir den Hals anbot. Das Bild, das Geräusch, wie ich zubeiße, den Schmerz, den sie sich leicht vorstellen kann.

Das hat sie nicht vergessen, weil sie oberflächlich und vergesslich wäre, sondern weil sie sich den Tod nicht vorstellen kann. Egal, wie oft sie ihre Kollegen hat sterben sehen, auf der Straße überfahren, von anderen Hunden zerrissen, die Eingeweide vom Rattengift zerfressen, sie begreift nicht, dass sie ihre Zukunft vor sich sieht, der Tod kommt zu jedem, also auch zu ihr. Oder sie weiß nicht einmal, dass sie tot sind, dass das Aas, was da so verlockend ekelhaft riecht, vermischt mit vertrauten Gerüchen, in Wirklichkeit ihre Kollegen sind. Man muss Hunde darum beneiden, dass sie frei sind vom Tod. Die Freiheit ist eine von Gott verliehene Unsterblichkeit. Wenn ich einen Moment lang glauben könnte – allein in Sarajevo, während meine Mutter stirbt –, Gott habe die Welt erschaffen und bestimme das Schicksal jedes Geschöpfs, dächte ich, er hätte den Hund glücklicher und vollkommener erschaffen als den Menschen. Hunde brauchen keinen Gott, weil sie keinen Tod kennen. Hunde zweifeln nicht, sie sterben niemals …

Mach dir keine Sorgen, sage ich ihr, ich spinn nur ein bisschen rum …

Sie sieht mich vertrauensvoll an, denkt, wir seien jetzt Freunde, streckt sich, als läge ein weiter Weg vor uns.

Jetzt fiele es mir schwer, sie zu zertreten. Ich könnte es nicht. Von ihrer Seite sind wir dicke Freunde, so eng befreundet, wie es im Weltall nur möglich ist, und das bleibt so in alle Ewigkeit. Es gibt keinen Tod, kein Ende, keinen Morgen nach dieser kalten Nacht. Wir bleiben in dieser ewigen Gegenwart, das ist schön. Ich stelle mir vor, dass sie es schön findet, aber ich bin nicht sie, kann es letztlich nicht wissen.

Seit Mutter Ende letzten Jahres krank wurde, denke ich immer wieder Folgendes: In das Lokal, in dem wir jeden Morgen Kaffee trinken, kommt regelmäßig ein Golden Retriever mit seinem Frauchen, ein lieber, angenehmer Hund; ich stelle mir vor, Mutter würde durch ein Wunder gesund, wenn ich den Hund umbringe; ich habe eine halbe Stunde Zeit, dann verfällt der Zauber; ich sehe mich um, lasse die Augen durchs Lokal schweifen, womit kann ich ihn erschlagen, wie geht er schnell genug tot, bevor Frauchen – eine schöne, langmähnige Französischlehrerin, die meine Bücher mag – dazwischengehen kann oder mich die Männer, die an den anderen Tischen sitzen, hinauswerfen ...

Eine ältere Dame, pensionierte Lehrerin, geht mit ihrem Hündchen am Utrina-Markt entlang. Es ist Sonntag, die Straße menschenleer, ein paar Meter weiter brennt ein Müllcontainer, blaugelbe Flammen schlagen heraus, Rauch steigt in den Himmel. Mit Leichtigkeit könnte ich ihr den Hund entreißen und mit zwei Schritten in den Container werfen. Mutter würde augenblicklich gesund.

Frühherbst, Anfang September, die Zeit, in der die Natur gelegentlich den Überblick über die Jahreszeiten verliert und die Stadt nach Mai riecht – als stünde das Getreide grün auf den Feldern und die ersten Kirschen werden reif, bald blühen die Linden ... An der Haltestelle am Anfang der Frankopanska balanciert ein junger Kerl mit Tattoos auf den muskulösen Schultern vor mir auf der Bordsteinkante. Die Tram kommt, ich höre Stimmen: Mach's, und deine Mutter wird gesund. Ich muss ihn nur ein bisschen schubsen, wie aus Versehen, und er fällt auf die Schienen. Sein zerstückelter Körper wird auf Todesanzeigen und der Seite Vermischtes in der Zeitung enden. Vielleicht hat keiner gesehen, dass ich ihn gestoßen habe.

Seit zehn Monaten, seit sie krank ist und ich mich auf ihren Tod vorbereite, der gemäß den unlängst geschriebenen Biografien ihrer Krankheit sich lange hinziehen, schmerzhaft sein und – dann redet meine Mutter krauses Zeug wie früher die Hippies im Kaktus, einer Disko – unter Morphium eintreten wird, opfere ich täglich in Gedanken mindestens einen Hund, eine Katze, einen Mann, reiße Säuglinge aus ihren Kinderwagen und zerschmettere sie auf dem Boden, wenn keiner hinschaut, ich beruhige meine Nerven, indem ich ein Grauen durch ein anderes ersetze, das ich leichter ertrage, mit dem ich leben kann, ohne einen Gedanken an mein Opfer zu verschwenden. Ihre Krankheit, ihr Sterben, die Art, wie sie sich in den täglichen Telefonaten auf mein Gewissen legt, als könnte sie das gesund machen, als hätte ich ihr die Krankheit angehext, kann ich eigentlich nicht überleben. Ich habe mich an ihrem Tod verschluckt wie ein Nichtschwimmer im Meer. Schwimmen lerne ich nur, wenn sich das Wunder ihrer Heilung vollzieht oder ich an Gott glaube. Ich müsste gläubig werden, die Religion als Steckdose, und der kaputte Mixer tut's plötzlich wieder. Lieber schubse ich einen Mann vor die Straßenbahn im Glauben, es mache sie gesund.

Vielleicht hätte ich es tun, hätte ihn schubsen sollen. Er war so stark und muskulös, das kroatische Wappen am Kettchen, die Schultern tätowiert, er wäre ein zäher Brocken für die Räder der Straßenbahn. Vielleicht hätte er überlebt, hätte im Rollstuhl gesessen, vielleicht wäre er so gefallen, dass ihm die Straßenbahn den Kopf abtrennt. In dem würde der blanke Zorn toben: Wer hat mich gestoßen?!, wahrscheinlich dächte er an jemanden, bevor alles schwarz wird. Es war Anfang September, der Kalender hatte den Überblick über die Jahreszeiten verloren und machte einen auf Frühling, die Linden dufteten, und ich dachte, dass sie den nächsten Frühling nicht erlebt. Ich dachte, dass ich noch einiges mitmache, bevor sie geht. Ich dachte, sie reißt mich mit, wie damals, als sie mich als Vierjährigen, der sich kaum über Wasser halten konnte, kräftig am Bein zog, damit ich tauchen lerne, damit ich mich an Meerwasser in den Bronchien gewöhne oder aus purer Bösartigkeit.

Da bücke ich mich zu ihr hinunter, streiche ihr übers Fell, werde lieb. Weil ich Gewissensbisse habe. Sie erschrickt, zuckt zusammen, wird noch kleiner, ein Meerschweinchen, eine Maus, nicht an Menschenhände gewöhnt, wurde wohl noch nie gestreichelt, meine Hand die erste, der erste zwischen Hund und Mensch hergestellte Kontakt, ein historischer Augenblick. Nichts davon wird publik, keiner schreibt es auf, ich habe es vergessen, wenn die Nacht vorbei ist, nach dem morgendlichen Besuch bei Mutter, wenn ich mich ins Auto setze und nach Zagreb fahre. Der große Moment, bedeutsam wie die erste Mondlandung, eigentlich noch größer, weil der Mond ein toter Himmelskörper und die kleine Hündin lebendig ist, wird unbemerkt verstreichen, schweigend übergangen werden, obwohl er den Lauf der Menschheitsentwicklung verändern könnte. Oder zumindest die Geschichte der Hand, die als erste über den Kopf der Hündin, kleiner als ein Maulwurf, strich.

Ihr Fell ist steif und pieksig. Wie die Stacheln eines Igels. Wir hatten immer einen Igel im Garten. In meiner Kindheit, früher, in Sarajevo, unter dem Fenster, hinter dem Mutter liegt. Vielleicht ist es ein Igel, und ich halte sie irrtümlich für einen Hund. O Gott, wenn Mutter versehentlich zum Hund würde, ein Satz in der Erzählung sie in die Hündin vorm Imbiss Petica verwandelte, wenn sie auf der Straße zusammenbräche und der Hund sich in meine gesunde Mutter verwandeln könnte, wenn alle an eine Wunderheilung glaubten und nur ich wüsste, dass sie auf der Straße verendete, mir wäre leichter und ich würde den Hund, der meine Mutter spielt, mit der reinen, ungetrübten Liebe eines Sohnes lieben.

Gehen wir, sage ich, und sie läuft gehorsam nebenher, so folgsam war Mutter nie.

Sie hätte gemault, jetzt nicht, hätte sie gesagt, erklärt, warum wir in die entgegengesetzte Richtung gehen müssten, an Skakas Barbierstube vorbei und dann die Sarači hinunter, Richtung Stadt, nicht Richtung Rathaus, wo ich denn hinwill, hätte sie gefragt. Ich drehe mich um, einmal, zweimal, sie meint es ernst, dreht sich im Laufen ebenfalls um, folgt uns jemand?, bereit, mich zu beschützen und zu verteidigen, ihr kleines, vollkommen bedeutungsloses Leben im Kampf gegen Angehörige ihrer Art für mich zu opfern, die immer lauter bellen, bellen wie in der Quadrofonie *Dark Side of the Moon*, von jedem Berg, von jedem Ende des Tals, vom Boden der Kesselpauke, die widerhallt, auf deren Boden die Stadt, die ehemalige Stadt, steht. Ihre Besorgtheit rührt mich, mir könnte etwas zustoßen, wenn sie mich nicht begleitet, kurzfristig meine Spur verliert oder meinen Umriss vor dem dunkelgrauen, eindimensionalen Hintergrund der Nacht nicht mehr sieht, halbblind, wie ein Hund im Vergleich zum Sehvermögen des Menschen ist.

Zur Straße führen drei Stufen aus Zement. Ich frage mich, ob sie da hochkommt. Im März 1992, einen Monat vor dem Krieg, saß hier, auf der obersten Stufe, ein junger Mann und trank ein Bier, das er im Laden gegenüber gekauft hatte, damals bereits ein toter Mann, er hieß Čelik. Umgebracht haben sie ihn an der Bergstation auf dem Trebević. Er gehörte zum Wachschutz der Seilbahn, die es nicht mehr gibt. Den Wachschutz gibt es auch nicht mehr. So wenig wie den jungen Mann, der auf der obersten Stufe saß und Bier trank.

Sie winselt, kratzt mit den Krallen am Beton und versucht hochzuklettern. Helfen werde ich ihr nicht, wenn sie es nicht schafft, soll sie da bleiben. Wir müssen uns sowieso trennen. Besser gleich, bevor sich zu viele gemeinsame Erinnerungen ansammeln. Wenige Erinnerungen aus der Zeit, als sie noch gesund war, stimmen mich zärtlich. Schon gar nicht aus der Zeit vor dem Krieg. Immer war da eine Nervosität und ein Unbehagen. Sie glaubte mir nie, wenn ich ein Problem hatte, dachte, ich lüge. Wenn ich mir unverhofft etwas wünschte, war es ihr zu viel. Einmal musste ich dringend groß aufs Klo, aber sie musste in die Apotheke. Das war in der Titova, die Apotheke hieß Zvijezda, Stern. Sie brauchte ewig, kaufte Kopfwehtabletten, Blasentee, Medikamente gegen Bluthochdruck, Beruhigungspillen. Es folgte der lange Anstieg durch Mejtaš, vorbei am Spielplatz, dem Haus vor der Kreuzung, dann über die Kreuzung Mejtaš/Staka Skenderova rüber, danach kommt der steilste Abschnitt, und an der Wiese mit dem Observatorium Čolina Kapa sagte ich: Zu spät. Die Kacke glitt in die Unterhose. Schwer, warm und feucht, überraschend, eine Konsistenz wie Blutwurst, sie bewegte sich zwischen meinen Beinen, passte sich meinen Schritten an, ein angenehmes und zugleich beschämendes Gefühl. Die Scheiße hat mich verändert, die werde ich nie vergessen. Jahre später, in Zagreb, während sie in Sarajevo weiter im Bombenhagel saß, in ihrem Krieg gegen Radovan Karadžić und die Tschetniks, kam mir zum ersten Mal der Gedanke, dass auf der Titova genug Lokale sind, sie hätte mit mir dort auf die Toilette gehen können, wenn sie es nur gewollt hätte, wenn ihr nicht ihre eigenen Bedürfnisse dringender gewesen wären, wenn sie mir geglaubt hätte, wenn ich ihr nicht lästig gewesen wäre. Ich bedauerte mich selbst, als wäre ich fünf und hätte mir in die Hose gekackt. Nach dem Krieg, ich war wegen des Filmfestivals in Sarajevo, kamen wir zufällig auf den Vorfall zu sprechen. Sie lachte und ich lachte mit. Oder umgekehrt, ich lachte und sie lachte mit, betreten. Wir waren nie wirklich offen zueinander.

Nein, ich drehe mich nicht um, da kann sie kratzen und winseln, soviel sie will. Es ist einfach kindisch, selbst für einen Hund, der nicht größer ist als ein Maulwurf. Eben noch tat sie so, als würde sie ihr Leben für mich geben, und jetzt schafft sie die Treppe nicht.

Ich gehe weiter Richtung Rathaus, höre sie nicht mehr. Bin schon vergessen, denke ich, sie hat eine neue Beschäftigung gefunden: Eine leere Packung Lyoner, die nach dem Fleisch toter Tiere riecht, die zerrt sie jetzt mit Klauen und Zähnen auseinander, wie es Hunde tun, seit in Sarajevo in Plastik eingeschweißte Lyoner verkauft wird, aber dann holt sie mich schnell trappelnd ein. Meine Leibgarde, meine einzige Bekannte in der Stadt, außer der, die jetzt, hoffe ich, schmerzfrei schläft und unbeschwert träumt.

Wieder eine Treppe, dieselbe, auf der Thronfolger Franz Ferdinand nach dem ersten Attentatsversuch ins Rathaus ging. Oder auch nicht, ich erinnere mich nicht genau an die Fotografien, aber ich muss mir das gerade so vorstellen. Sie erklimmt neben mir mühsam Stufe um Stufe, die sind nicht so hoch, sie bewältigt sie beherzt.

Das Tor ist immer noch geschlossen, auch tagsüber kann man nicht hinein, obwohl das Rathaus äußerlich intakt ist. Man hat es wieder aufgebaut, Ziegel für Ziegel, nachdem es mitsamt der Bibliothek im August 1992 von einer feindlichen Granate in Brand gesetzt wurde. Gesegnet sind die Zeiten des Blutvergießens, da wusste man, wer der Feind ist. Zwischen den frisch gestrichenen Säulen schleichen müde die Schatten und Seelen der Feuerwehrleute und Bibliothekare und der Soldaten aus dem ersten, zweiten und dritten Krieg herum, es riecht nach Katzenpisse und Mäusekadavern.

Sie hat es geschafft, steht neben meinem linken Bein, wie dressiert, und wittert Gefahr, ihre Nase zuckt, sie will weg, aber nicht weg von mir. Sie hat Angst, drängt sich an meinen Knöchel – o Gott, sie hat mir ans Bein gepinkelt! –, aber wovor hat sie Angst, wenn sie nichts vom Tod weiß?

Ich schüttele das Bein, bücke mich, hole ein Papiertaschentuch aus der Hosentasche, versuche damit ihren Urin abzuwischen. Handgriff für Handgriff drehe ich mich unabsichtlich zur Straße hin. Auf dem Bürgersteig gegenüber Hunde. Stumm, reglos, lauernd. Fünfzehn, so ein großes Rudel habe ich noch nie gesehen. Ein paar Schritt vor ihnen, mitten auf der Fahrbahn, steht ein zotteliger grauer Hund, wie einer Erzählung von Branko Ćopić entstiegen, die Rute, gebogen wie die Mondsichel, in die Höhe gereckt, und schaut zu uns herüber.

Dann legt er sich mit dem vernehmlichen Schnaufen eines müden Oberhaupts hin, aber der Kopf bleibt erhoben, angespannt, wartend, bereit, augenblicklich aufzuspringen.

Hattest du nicht gesagt, du willst mich beschützen?

Sie wedelt kurz mit dem Schwanz, hebt das linke Ohr, ermutigt von meiner Stimme. Bis zu diesem Moment hätte ich mir nicht vorstellen können, dass mich das Rudel angreift. Ich habe mir noch nie vorgestellt, dass mich Hunde angreifen. Ich habe keine Angst vor ihnen.

Ich habe auch jetzt keine Angst, stelle mir aber vor, wie sie mich anspringen, beißen und bellen. Ich trete wütend mit dem linken, dann mit dem rechten Fuß nach ihnen, sie hängen sich an die Ärmel meines Mantels … Ich stelle mir den Angriff vor, habe aber keine Angst.

Ich habe keine Angst, weil ich mich nicht einfühlen kann. Das ist nicht die Wirklichkeit, auch wenn mein Horror real ist, auch wenn es stimmt, dass Mutter krank ist, aber noch nicht die unsichtbare Grenze überschritten hat, die die Krankheit vom Sterben trennt. Aber auch dieser Übertritt wird jenseits der Wirklichkeit stattfinden. In diesem Horror ist nur für ihre Krankheit Platz. Nicht für Hunde, die mich zerreißen könnten.

Sie zittert, und ich bücke mich, um sie auf den Arm zu nehmen. Ich habe nicht im Sinn, sie zu beschützen, ich will nur, dass wir in diesem Augenblick beisammen sind. Sonst nichts. Aber kaum habe ich sie berührt, springt der Rudelführer, der Zottel, hoch und bellt. Bellt wie ein guter Schauspieler: Laut genug, damit ich ihn höre, aber nicht laut, eigentlich leise. Rasch ziehe ich die Hand zurück, als hätte ich ein heißes Blech im Ofen berührt. Adrenalin schießt in meine Adern, ich schmecke es im Rachen, jetzt habe ich Angst.

Der Rudelführer gähnt und legte sich wie desinteressiert wieder hin. Den Kopf hält er weiter oben, kneift aber die Augen zusammen, als könnte er jeden Moment einschlafen.

Schwerer Tag, flüstere ich.

Sie spitzt kein Ohr. Entweder ist sie tot vor Angst oder beleidigt von meinem Rückzieher. Ich darf sie nicht anschauen, sie lässt nichts unversucht, um mir auf der Seele zu liegen. Ich tue so, als ginge mich das alles nichts an, als wüsste ich gar nicht, was vorgeht. Das ist nicht die Wirklichkeit, sie nicht Teil meines Lebens, eine Zufallsbegegnung vor dem Imbiss Petica, sie ist so klein, ich habe ihr in die Augen geschaut und sie hielt ganz still. Hätte sie sich bewegt, wäre ich weitergegangen. Außerhalb des eigenen Lebens ist jeder ein Tourist, Reiseschriftsteller, Autor touristischer Baedeker, alles zusammen, da ist nichts zu machen. Aus und vorbei. Jeder lebt sein Leben. Schicksal. Das habe ich mir einzureden versucht, als sie krank wurde und jede Schuld an ihrer Krankheit von sich abzuwälzen versuchte. Oder den Gedanken, die Krankheit sei Zufall oder ein Kopierfehler in der Desoxyribonukleinsäure, verdrängen wollte, der ist schlimmer als Schuld. Erst hat sie den Krieg überlebt, und jetzt bringt der Zufall sie um. Das geht nicht. Das ist ungerecht.

Einer musste schuld sein. Die Ärzte waren schuld. Der, der die Krankheit nicht rechtzeitig entdeckt hatte. Ein abgehalfterter Don Juan, der gern dem Alkohol zuspricht und sich im Leben wie bei Diagnosen auf glückliche Zufälle verlässt. Einen Patienten, der zu fünfzig Prozent eine tödliche Krankheit hat, zu fünfzig Prozent aber gesund sein könnte, wird er für gesund erklären und schickt ihn nicht zu weiteren Untersuchungen, nicht einmal zu regelmäßigen Kontrolluntersuchungen – selbst schuld, wer seine fünfzig Prozent Chancen nicht nutzt! So hat er auch sie zu Unrecht nach Hause geschickt, und das Unrecht wucherte und metastasierte zwei Jahre später. Langsam, gründlich, ohne sich bemerkbar zu machen. Schuld war die Ärztin, die den Behandlungsplan ausgearbeitet hatte. Blöde Schnecke, gewissenlos. Schuld war der Doktor, der die Behandlung durchführte … Na gut, aber die Ärzte allein konnten es nicht sein, damit sie irgendwie mit der Krankheit klarkam, die laut dem, was im Internet steht, meistens unheilbar ist. Ältere Patienten sterben zu neunzig Prozent innerhalb eines Jahres nach der Diagnose. Es ist Anfang November, die Zeit und das Karzinom sind reif, täglich braucht sie jemanden, der für ihr Schicksal die Verantwortung trägt. Das können keine Unbekannten sein, auch keine Ärzte, und wenn sie noch so oft versagt, ihr in den Unterleib geschaut, Behandlungen verordnet, Lymphknoten herausgeschnitten, die Gebärmutter abgebunden und alles getan haben, was Ärzte bei unheilbar Kranken tun, um die Illusion, sie zu heilen, aufrechtzuerhalten, aber Ärzte sind und bleiben Fremde und können die Last ihres Schicksals nicht tragen. Zwar kümmern sie sich angeblich um ihre Gesundheit, aber wie kann das sein, wo sie doch nicht gesund ist?

Bei unseren täglichen Telefonaten sagte sie vorwurfsvoll, es gehe ihr nicht gut. Ein Fremdkörper wächst in ihr, verzweigt sich und blüht. Die Blüten geben Pollen ab, die sich im Körper verteilen. Wenn es nur nicht ins Gehirn geht, sagte sie. Oder in die Lungen. Am schlimmsten wären Leber oder Bauchspeicheldrüse. Dagegen, sagte sie, gibt es keine Medikamente. Als ob es so welche gäbe, ich bin eben ein schlechter Sohn, sitze in Zagreb herum, statt in die Welt hinauszugehen und sie zu besorgen. Wie im Märchen: über sieben Berge und sieben Meere Abenteuer bestehen, bis ich der Mutter das Medikament bringe. Wenn jemand sehr schlimm und unheilbar krank ist, wird alles zum Märchen, Erwartungen der Hauptfiguren, die Interaktionen zwischen ihnen, die Gespräche. Im Märchen gibt es den undankbaren Sohn, der nichts unternimmt, sondern rücksichtslos sein Leben genießt. Erst wenn die Mutter stirbt, merkt er, was sie ihm bedeutet hat. Dann ist es zu spät.

Ich behandle sie wie Luft, kann ihr sowieso nichts erklären, weil sie mich nicht versteht. Zwischen uns herrscht das Unverständnis zwischen Mensch und Tier, Licht und Finsternis, Rufen und Echo: Ich gehe und sie muss bleiben, oder sie geht und ich bleibe gerettet zurück. Klein, kaum größer als ein Maulwurf, schmiegt sie sich an meinen rechten Knöchel und wärmt ihn.

Zum Abschied noch mal streicheln, denke ich, und noch bevor ich einen Finger rühre, weiß sie es schon. Ein dumpfes Wuff, die Ohren runtergeklappt, dann gähnt sie frech.

Auch wenn es nicht ausgesprochen werden kann, besteht zwischen mir und dem Rudel eine Abmachung: Sie lassen mich gehen, aber sie bleibt. Bloß nicht umdrehen, mir wird kaum gefallen, was ich dann sehe. Auch wenn ich nicht wissen kann, was mit ihr passiert, ob die anderen sie zerfleischen oder ins Rudel aufnehmen. Hunde suchen aber nicht nach neuen Rudelmitgliedern, schon gar nicht, indem sie sie Menschen abnötigen. Falls ich in ihren Augen ein Mensch bin.

Ich versuche es noch einmal, berühre ihren Hals, aber der Rudelchef springt auf, rennt über die Straße auf mich zu, schon schließt der Rest des Rudels auf, also lasse ich sie rasch wieder los, lasse es sein, richte mich auf und gehe weg, tu so, als wäre ich allein, laufe die Treppe hinunter, wende mich Richtung Titova – die Straße heißt heute natürlich anders – und höre hinter mir das Tapsen abgehärteter Pfoten, Hunderte von Straßenköterpfoten, Knurren, ein kurzes Bellen, dann Stille.

Ich drehe mich nicht um, weiß nicht, wie es ihr erging, will es nicht wissen, werde sie nie mehr sehen, sie nicht und keinen aus dem Rudel. Auch den zotteligen Anführer nicht. Straßenhunde leben nicht lange, sie kommen in Kämpfen um, erliegen ansteckenden Krankheiten oder ziehen wie Menschen von einer Stadt in die andere und überleben den Umzug nicht, werden auf der Autobahn nach Zenica überfahren, auf dem Weg von der einen auf die andere Straßenseite …

Darüber denke ich nach und versuche zu vergessen, dass ich sie im Stich gelassen habe.

Die Zeit vergeht, auch dieser Vorfall wird, das weiß ich, von allem Unwesentlichen befreit werden. Schicht für Schicht blättert es ab, die Zeichen, die Farben, die Laute: Als Erstes vergesse ich das ununterbrochene Gebell, an das ich bereits so gewöhnt bin wie an das Ticken der Wanduhr zu Hause, während ich langsam, einen Fuß vor den anderen setzend, hinten um das Rathaus herumgehe, in den ewigen Schatten, wo es auch nachts dunkler ist und heftig nach feuchtem Keller riecht; als Nächstes vergesse ich den Gestank nach Katzenpisse zwischen den Säulen der Fassade des pseudomaurischen Gebäudes, der letzte Habsburger Kitsch; ich werde das dilettantisch lackierte, vernagelte Portal vergessen und was ich dachte – das habe ich schon vergessen –, als ich mit den Fingerkuppen über die Klinke und die Köpfe der rostigen, krummen Nägel – den Nagel, der sich wie Christus am Kreuz krümmt – strich; ich vergesse, wie sie mühsam die Treppe hochhopste, immer noch sicher, dass sie mich vor der ganzen Welt beschützen wird, von dem ganzen Vorfall wird nur das bleiben:

– ihre Angst

– das angepinkelte Bein meiner Jeans

– die Drohung des Rudels, mich anzufallen, wenn ich sie beschütze

– mein Verrat.

Dann vergesse ich auch das, wenn im hohen Alter (falls ich alt werde) dichte Alzheimernebel in mir aufsteigen, aber der Verrat bleibt und dass mein Verrat sie umgebracht hat. Einmal, nicht lange nach der Diagnose, rief sie mich früh am Morgen an und erzählte mir, was sie geträumt hatte: Dass sie nicht mehr reden konnte, stumm geworden war und daran zu ersticken drohte. Das hat lange gedauert, sagte sie, dann habe sie angefangen zu schreien und sei aufgewacht. Sie habe nach mir geschrien, bis sie richtig wach war, aber ich hätte nicht reagiert, hätte sie in Zagreb nicht hören können. Sie war allein, keiner da, der sie hören konnte, höchstens der Nachbar, weil sie ganz laut geschrien habe. Miljenko, Miljenko, Miljenko …

Sie erzählte mir ihren Traum und mich packte der Horror. Der einen vorhergehenden angehäuften Horror verdrängte. Wie eine Ein-Liter-Flasche, in die man tausend Liter Wasser füllt. Immer wenn der Liter voll ist, sieht es so aus, als würde nichts mehr hineinpassen, und dann geht es doch, ein endloser Schrecken, jeder Schrecken erfüllt einen vom Scheitel bis zur Sohle und bleibt, und der nächste Schrecken genauso. Das hat kein Ende, in Auschwitz, im Leben, wenn die sterben, deren Tod sich als äußerste Schuld auf unser Gewissen legt, bis am 27. Januar 1945, dem Tag des heiligen Sava, die Rote Armee die Überlebenden in Auschwitz befreit, bis Krankheit in Sterben und Sterben in Tod umschlägt. Dann endet der Horror, der Nebel lichtet sich, nur die Erhabenheit von Ruinen bleibt, die schöner und harmonischer, näher am göttlichen Schöpfungsideal sind als jeder Neubau. Ihr Tod wäre die Befreiung von allen Schrecken. Aber wer sehnt sich danach, dass seine Mutter stirbt? Der, der die Mutter umgebracht hat.

Wenn sie nicht mehr ist, wird sie mir immer noch auf der Seele liegen, mich ins Gewissen beißen. Das ist die Regel, umsonst versuche ich sie mit meinem Ekel und meiner Abwehr zu durchkreuzen, umsonst meine Versuche, die Umgebung gegen sie aufzubringen. Ich reiße Witze über ihre Krankheit, behaupte, ich hätte sie nie geliebt, es schwer mit ihr gehabt, sie sei nicht fähig gewesen, ein Kind zu erziehen, so wenig wie mein Vater ein Vater sein konnte, ich sage, ich sei auf ihren Tod vorbereitet, weil der mir mit der Diagnose klar war, und nichts davon stimmt. In mir sammeln sich Schrecken an, die meine Seele irgendwann in heftige Turbulenzen stürzen werden.

Vielleicht muss es so sein, vielleicht erleben Männer so den Tod der Mutter, dann unterscheiden wir uns auch darin von den Hunden. Hunde sind frei, der Tod der Mutter belastet sie nicht, weil sie sie vergessen haben oder ihr Verschwinden als einen Verrat unter vielen erleben. Alle Hundegefühle, ihre Melancholie, die hündische Poesie ruhen auf dem Gefühl, ausgesetzt zu sein. Es begleitet schon den Welpen und wiederholt sich in einer ganzen Reihe von Lebenslagen, kein Hund, der nicht ausgesetzt wird. Selbst die, die geliebt und behütet sind, müssen draußen vorm Supermarkt warten oder dürfen nicht mit unter die Dusche oder zum Händewaschen, werden eingesperrt, wenn Gäste kommen, oder ausgesperrt, wenn sich Herrchen oder Frauchen ins Arbeitszimmer zurückziehen. Das fühlt sich genauso schrecklich an wie ausgesetzt werden. Vielleicht schlimmer, weil es sich tagtäglich wiederholt. Hunde erleben die Zeit anders als Menschen, sie wird ihnen unendlich lang, eine Sekunde erscheint ihnen so lang wie den Menschen eine Minute, eine Stunde ist für sie ein ganzer Tag, ein Tag wie ein Jahr, ein Jahr ein Jahrhundert … Zehn menschliche Jahre sind tausend Hundejahre. Im Schnitt wird jeder Hund in seinem Leben tausendmal ausgesetzt. Tausend Menschenjahre sehen ganze Kulturen auf- und untergehen, mitsamt Musik, Kunst und Literatur, Mythen und Volksweisheiten, Romanen und der kompletten Filmgeschichte; mit jeder Zivilisation entsteht, währt und vergeht, womit sich Menschen über den Tod hinwegtrösten. Das meiste ist nach tausend Jahren wieder verschwunden. Tausend Jahre Ausgesetztsein für den Hund sind eine Zivilisation.

Sie hat fast ein Jahr mit mir verbracht.

Ich mit ihr kaum eine Stunde, und schon habe ich sie verraten und verlassen.

Ich schlurfe über den schmalen Bürgersteig auf der ehemaligen Titova, passe auf, wo ich hintrete, meide die Schächte, deren Abdeckung fehlt, oft kaum größer als fußbreit. Meine Güte, denke ich, wo sind die ganzen Deckel hin?

Vor dem Platz in der Baščaršija, hundert Schritt vor der Kurve, in der die früher nach Stepan Stepanović benannte Uferstraße in die ehemalige Titova mündet, steht ein vierstöckiges Haus mit zwei Gedenktafeln. Beide würdigen den Lyriker Silvije Strahimir Kranjčević, der in dem Haus gewohnt hat. Die erste ist alt, wurde vor vierzig Jahren angebracht, direkt neben der Eingangstür, also an einer für Gedenktafeln üblichen Stelle. Die andere hängt von der Straße aus unerreichbar hoch, ist schöner und größer und wurde nach dem letzten Krieg von der Kroatischen Kulturgesellschaft Napredak, Fortschritt, aufgehängt. In jeder anderen Stadt, in jedem anderen Land, hätte man die erste Tafel entfernt, wenn man eine zweite anbringt. Die erste ist von einem sozialistischen Kultur- und Bildungsverband und wurde angebracht, als Kranjčević noch ein Lyriker für alle war. Die Verbandsmitglieder sind heute Schatten, eingegangen in Kranjčevićs Schattenwelt. Ihr Verband ist den Heutigen so fremd wie die kaiserlich-königliche Generaldirektion, die Würdenträger und die für den Empfang des Thronfolgers Franz Ferdinand festlich gekleideten Beamten und auch der Großherzog selbst, sie alle sind uns genauso fern wie der sozialistische Kulturverband, der Kranjčević eine Gedenktafel stiftete und relativ tief, in Reichweite, an seinem Haus anbrachte, damals gab es noch keine Hände, die Hämmerchen schwangen und Gedenktafeln zerstörten. Es gab keine Hämmerchen und man wusste auch nicht, dass man sie dazu benutzen könnte.

Zu seiner Beerdigung am Vorabend von Allerheiligen 1908 kam ganz Zagreb angereist. Die Züge, heißt es, waren überfüllt, keine Stecknadel hätte mehr hineingepasst, weil sich ein jeder aufmachte, dem Literatur etwas bedeutete, ob geladen oder ungeladen, mit oder ohne Talent, Lyriker aus allen politischen Lagern, Anhänger der Rechtspartei, Republikaner, Koalitionisten, Großungarn und Austrophile begaben sich nach Sarajevo, um den Größten unter ihnen zu Grabe zu tragen. Nach der überlangen und wahrscheinlich berühmtesten Zugfahrt in der Geschichte des kroatischen Sterbens an der Schönheit wurde Silvije vom hohen kroatischen Literaturrat zum bedeutendsten kroatischen Dichter aller Zeiten ausgerufen. Da lag er nun aufgebahrt in seinem Sterbebett in Sarajevo und nahm schon den Geruch nach Moder, Feuchtigkeit und Fäulnis des Hauses mit den zwei Gedenktafeln an, wartete darauf, feierlich in Anwesenheit der Honoratioren der Stadt und des Landes auf dem St.-Josephsfriedhof beigesetzt zu werden, aber der arme Kerl wusste nichts von seiner Größe. Gestern noch, vorgestern, vor sechs Monaten, einem Jahr, zwei, war er viel kleiner gewesen. Nicht nur für die politischen Gegner, die österreichfreundliche oder großungarische Mehrheit, die für die kroatische Kultur typischen mondänen Kreise, auch für seine Parteigenossen von der Rechtspartei, die Starčevićs staatsgründerisches Feuer löschten, Deutsch redeten, mit einer tiefen Verbeugung vor der kaiserlich-königlichen Krone ihren Abschiedswalzer tanzten und Kranjčević totschwiegen, ihm das Talent absprachen oder ihn mit dem Argument, sie verstünden nichts von moderner Lyrik, ignorierten. Deswegen landete der arme Kerl überhaupt in Bosnien, erst in Livno und dann in Sarajevo, vorübergehend zunächst und schließlich für immer, in der Verbannung, für die wiederum weder Wien noch Budapest verantwortlich waren, sondern Zagreb mit all seinen politischen Farben und Schattierungen. Er hat es versucht, der arme Kerl, in seine Heimat zurückzukehren, es ist ihm nicht gelungen, weil sich nirgends für ihn eine Anstellung fand. Es gab offenbar für die kleine Kultur Kroatiens zu viele große Dichter, auf dem Gipfel herrschte ein übles Gedränge. Da war für den lebenden Silvije kein Platz, für seinen Sarg schon. Kroatische Friedhöfe sind großzügig angelegt, gewaltig und unstillbar ist Kroatiens Hunger nach Toten. Über der Erde ein Volk von einigen Hunderttausend, einer Million, drei Millionen, zählt die unterirdische kroatische Nation Abermillionen verstorbener Seelen. Oberirdisch ist ihre Kultur dürftig, die Kroaten haben keinen Sinn für Kunst und künstlerische Werte, kein Bewusstsein für den Unterschied zwischen Amateuren und echten Dichtern, sie sind Jäger, die mit guten Augen, ruhiger Hand und kaltem Herzen aus der Deckung auf Wild und Feinde, sofern diese schwächer sind, schießen. Vor Stärkeren buckeln sie, vergöttern sie alsbald. Gewalt ist das einzige Gesetz auf Erden, das Kroaten respektieren, im Himmel haben sie sich die gebenedeite Jungfrau als Königin und Fürsprecherin erkoren. Auf Erden eine elende Republik mit verkümmertem republikanischen Bewusstsein, im Himmel ein unendliches Himmelreich, wo sie, an Mariens Rockzipfeln, zahlreicher sind als die Chinesen. Denn die Muttergottes ist ihre Mutter, nicht die der Chinesen. Der Unterschied zwischen einem Sonett von Petrarca und einem gereimten Machwerk zu Ehren des Gemeindevorstehers, für das kroatische Dichter bekannt sind, erschließt sich ihnen nicht. Deswegen verkannten sie den Unterschied zwischen Silvije und heute vergessenen Lyrikern – die nur im vom Lexikografischen Institut Miroslav Krleža herausgegebenen *Kroatischen biografischen Lexikon* aus der Anonymität treten, was, weil kein noch so mediokrer Dichterling fehlen darf, dazu führte, dass die Kroaten von allen Südslawen die beeindruckendsten Lexika haben –, und Silvije musste warten, bis die Kroaten, als führen sie zum Wintersport nach Österreich, zu seiner Beerdigung nach Sarajevo fahren konnten. Während der Fahrt, die sich elend lang hinzog, hatten sie Zeit satt, ihn über alle anderen ihrer Verstorbenen zu erheben und zu ihrem größten Dichter auszurufen. Manchmal bedauere ich, dass ich zu jung war, nicht einmal gezeugt, in Eiweißen, die noch in der Erde steckten, in einem Wurm oder Waldpilz, im Wasser, in einer Wolke, die über den Atlantik segelte, auch meine Eltern waren noch nicht geboren, und so kam ich zu spät, um gemeinsam mit ihnen, den unsterblichen Kroaten, der Beisetzung des Dichters Silvije Strahimir Kranjčević persönlich beizuwohnen. Mit ihnen und der Sarajever Sippschaft, den Katholiken, Muslimen und Orthodoxen, die – wem die Stunde schlägt – über offenen Gräbern Liebe, Verständnis und Toleranz predigen. Damals wie heute.

Mit Kranjčević beginnt die ruhmreiche Tradition der kroatischen Literatur, die sich im weiteren europäischen Kontext nur dadurch auszeichnet, dass sie ihre großen Vertreter in die Verbannung schickt. Nicht Machthaber, Herrscher, Minister und Polizeidirektoren, nein, die Dichter jagen ihre schwächeren, machtlosen Kollegen fort, diese berühmten kroatischen Impotenten, deren literarische Größe die Lebensdauer einer Libelle hat, die sie poetisch Wasserjungfer nennen. Sie tun es, um einen Platz im Parnass zu ergattern, als Untermieter und Zeitgenossen, um am Ende die Verjagten in ihren Särgen willkommen zu heißen oder zu ihrer Beerdigung auf Belgrader oder Sarajever Friedhöfen zu eilen.

Wenn ich mich in der weit fortgeschrittenen bitterkalten Sarajever Nacht Anfang November 2012 in Rage denke, und nur dann, denke ich einen Augenblick lang nicht an sie und ihre Krankheit und meine Schuld, die vor zehn Monaten begann und fortdauern wird, solange ich lebe. Deswegen ist es gut, mich über Kroaten aufzuregen. Es befreit mich von empfindlichen Punkten, von Schuld, Missbehagen und Trauer, befreit mich von dem, was sich schwer sagen lässt und uns einsam macht, selbst wenn wir von Menschen oder Hunden belagert werden, ihren Liebesbezeugungen und ihrer Herzlichkeit. Solange ich an Kroaten denke, den Stamm, dem ich aufgrund einer unglücklichen Verkettung der Umstände angehöre, weil sich meine Vorfahren ihnen nicht entziehen konnten, gefangen wie in einem Fischernetz, solange ich an Kroaten denke, bin ich frei von jeder Demütigung, frei von Schmerz und Unglück, das für mich etwas rein Persönliches ist. Nichts Kollektives oder Gemeinschaftliches macht mich unglücklich. Außer, wenn Kroatien in einer Gruppensportart gewinnt, und dafür schimpfte mich der kroatische Literaturpapst mit seinem hervorragenden Überblick über diesen literarischen Sauhaufen (gegenüber dem serbischen Botschafter in Zagreb, der es uns in seinen Memoiren anvertraut) einen Tschetnik, nicht mehr und nicht weniger. Denn wer nicht zu schätzen weiß, wie sie jung und muskelbepackt hinter dem Ball herrennen, und darin sind sie den Jungs aus kultivierteren, größeren Ländern überlegen, der muss der Volksfeind, Kindermörder, Frauenschänder und Brandstifter aus Film- und Fernsehserien sein.

An der Baščaršija, gegenüber dem Taxistand, ist die Pension Erzurum. Drinnen brennt Licht, mehrere Männer sitzen an einem Tisch in der Ecke, nah bei der improvisierten Rezeption. Mir ist kalt, wie erfroren von der Geschichte von Kranjčević und den Kroaten, ich will aber die Idee mit dem Zug, der kurz vor Allerheiligen 1908 von Zagreb nach Sarajevo zur Beerdigung des Dichters fährt, festhalten, also beschließe ich, ins Erzurum zu gehen. Die Wärme und der Geruch nach Erdgas aus zwei laufenden Gasöfen, Männerschweiß und bulgarischem Rosenöl verschlagen mir den Atem. Die Tür quietscht, die vier schauen gleichzeitig zum Eingang, sehen mich erstaunt an, als sei ich seit Jahren der Erste, der hereinkommt. Ich nicke zum Gruß – hier sagt man nicht mehr Guten Abend oder Tschüss, man kommuniziert besser mimisch –, und die vier wenden sich ebenso plötzlich wieder ab, stecken die Köpfe zusammen und reden leise in einer Sprache, die ich nicht verstehe. Vor ihnen stehen feuerfeste Gläschen mit Sahlep. Sie haben Mäntel an, trotz der Wärme. Als warteten sie darauf, abgeholt zu werden, sie können sofort aufspringen und hinausgehen.

Aus dem Rucksack hole ich ein neues Heft und schreibe oben auf die erste Seite: 8. November 2012.

Darunter:

Er war lange krank, Ella hoffte bis zuletzt, er würde wieder gesund, dann holte sie Don Serafim Urlić, den alten Popen aus Makarska, der seit einigen Jahren in Pale bei Sarajevo wohnte, dort den Gläubigen die Beichte abnahm und in der Umgebung wanderte, überzeugt, die Gebirgsluft verlängere sein Leben.

Dann kommt die Kellnerin, vollschlank, dunkler Teint, stark geschminkt, gefärbte Haare, Ende dreißig. Übersetzungen aus der Zeit des klassischen Realismus, Anfang des 20. Jahrhunderts, oder die berühmte Ausgabe von Nikola Andrić würden sie nur dann Mädchen nennen, wenn sie das Adjektiv leichtes davorsetzen.

Ihre Stimme ist tief und rau.

Ich bestelle Sahlep, das habe ich seit zwei Jahrzehnten nicht mehr getrunken, zum letzten Mal vor dem Krieg, aber das ist nicht der Grund. Ich passe mich den Männern in der Ecke an, damit sie mich als einen der Ihren akzeptieren und keine Fragen stellen. Ihre Sprache ist voller Zisch- und Kehllaute, die Gutturale machen es schwer, ihre Stimmung zu enträtseln. Sie könnten genauso gut wütend oder fröhlich sein, eine Hochzeit besprechen oder illegalen Organhandel, Fußballergebnisse kommentieren, Kämpfer für den Krieg in Syrien rekrutieren oder morgen nach Deutschland weiterreisen, wo sie auf einer Baustelle arbeiten. Sagen lässt sich nur so viel: Die Männer stehen sich nahe, ihr Gespräch ist nicht unverbindlich, sie schwatzen nicht übers Wetter oder den Sinn des Lebens, und ihre Köpfe rücken immer weiter zusammen, immer mehr in den Mittelpunkt eines gedachten Kreises, der irgendwann von einem unsichtbaren Zirkel um sie herum gezogen wurde.

Don Serafim zauderte und schob den Besuch bei dem kranken Dichter vor sich her, riskierte eine große Sünde, falls der Kranke starb, bevor er ihm die Beichte abnahm. Jeden Abend, jeden Morgen rechtfertigte er sich vor Gott, er sei alt, sein Verstand nicht mehr flink, obwohl er noch so gut zu Fuß sei wie in jungen Jahren, wofür er ihm danke.

Erst wollte er es vergessen haben, dann fühlte er sich nicht wohl, glaubte gleich Blut zu husten, befürchtete, eine neue Kaverne könnte sich geöffnet haben. Es blieb zum Glück bei der Befürchtung. Am dritten Tag, einem Samstag, hatte Don Serafim alle Hände voll zu tun, in Pale starben so viele wie sonst nie, für den Weg hinunter nach Sarajevo blieb keine Zeit. Der vierte Tag war ein Sonntag, und sonntags arbeitete Don Serafim nicht, sondern ruhte sich aus und widmete sich dem Gebet.

Am Montag hatte er keine Ausflucht mehr, widerwillig tappte er zum Bahnhof, kaufte eine Fahrkarte und fuhr ins Tal, um dem Dichter seinen Besuch abzustatten.

Don Serafim schrieb selbst Gedichte zu Ehren Gottes und Seiner Barmherzigkeit, vor ein paar Jahren hatte er ein Konvolut mit seinen Versen an die Redaktion der *Nada*, zu Händen Chefredakteur Kosta Hörmann, geschickt, nebst Anschreiben mit der Bitte, sie zu veröffentlichen, falls man sie dafür für wert erachte. Mit äußerster Höflichkeit und voll lateinischer Demutsfloskeln ersuchte er den hohen Herrn, die Zeilen dem verehrten Herrn Silvije Kranjčević weiterzuleiten, auf dass er sie als Dichter fachlich beurteile. Zum Schluss fügte Don Serafim noch an, er sei wie unser großer Dichter gebürtig von der Küste, nur etwas südlicher, aus Drašnice bei Makarska, während Herr Kranjčević aus Senj stammt, allwo die berühmten Uskoken und Hajducken hausten.

Er überlegte, ob der letzte Satz nicht allzu geschwollen klang, ob die angedeutete Landsmannschaft dem Dichter nicht eher aufdringlich erscheinen musste – zumal von Landsmannschaft keine Rede sein konnte, denn der Weg von Senj nach Drašnice ist weiter als der von Sarajevo nach Zagreb – oder ob Redakteur

Hörmann ihn zum Anlass nahm, den Brief erst gar nicht weiterzuleiten.

Mehrmals begann er das Anschreiben von Neuem, stockte jedes Mal an dieser Stelle, zerknüllte das Blatt und warf es in den Papierkorb, überlegte wieder und wieder, noch während er es in Reinschrift abschrieb, ließ aber schließlich doch alles so, auch das »allwo die berühmten Uskoken und Hajducken hausten«.

Mit größten Zweifeln schob er die Blätter, sieben Seiten Gedichte sowie den Brief, in einen Umschlag, versiegelte ihn mit seinem Privatsiegel, trug das Bündel in die Redaktion und übergab es einem stattlichen jungen Herrn, der dem Namen nach – Lazar – dem christlichen Glauben östlicher Prägung anhing. Wieder auf der Straße dämmerte Don Serafim, dass der verunglückte, prahlerische Satz unter Umständen sogar als regierungsfeindlich und von dem Habsburgerfreund Hörmann als Beleidigung aufgefasst werden konnte.

Ob er es wohl als Lob der Uskoken und Hajducken verstehen wird? Großer Gott, wenn Herr Kosta Hörmann nun denkt, er, Don Serafim, agitiere mit diesen Namen gegen die Herrschaft der Österreicher und plädiere für einen blutigen, blei- und pulvergeschwängerten Krieg? Was dann? Eine Denunziation befürchtete er nicht, in seinem Alter würde er wohl kaum auf der Polizeiwache oder im Gefängnis landen, nein, seine Angst war, Hörmann könnte bei diesem Satz das ganze Konvolut beleidigt zusammenknüllen und in den Papierkorb werfen.

Oder den Dichter und dessen Vaterlandsliebe auf die Probe stellen, indem er den Brief kommentarlos weiterleitete und abwartete, ob Silvije seinem Ruf in Bosnien gerecht werden und Gedichte, die, gegen Wien und Budapest gerichtet, Uskoken und Hajducken loben, veröffentlichen oder sie als aufmerksamer Wächter der Interessen des Reichs vernichten würde.

Don Serafim wäre, wenn er den Fehler hätte ausbügeln und möglichen Missverständnissen vorbeugen können, in die Redaktion der *Nada* zurückgegangen, allein, es war zu spät. Er hätte erklären müssen, warum er das Kuvert mit Gedichten, die er gedruckt sehen wollte, zurückforderte, und damit hätte er sich, dachte er, erst recht verdächtig gemacht. Dann hätten vier Augen seinen Brief gelesen und begriffen, was darin stand, so aber fiel es vielleicht keinem auf.

Und sie mussten die Erwähnung der Uskoken und Hajducken von Senj auch nicht unbedingt als gegen die Wiener Regierung und die Interessen des Reichs gerichtet verstehen. Uskoken und Hajducken haben gegen Venedig und die Türken gekämpft, nicht gegen Österreich, tröstete sich Don Serafim.

Nächtelang konnte Don Serafim Urlić nicht schlafen, wälzte Gedanken, malte sich sämtliche denkbaren und undenkbaren Varianten der Geschehnisse bis zum bitteren Ende aus, bis zum schicksalhaften Finale, und jede Variante endete in einer persönlichen Katastrophe. An die einfachste Variante, dass seine Gedichte zu Ehren Gottes in der *Nada* erscheinen würden, glaubte Don Serafim nicht mehr.

Es dauerte Monate, bis er sich wieder beruhigte, Jahre, bis er nicht mehr daran dachte, bis er zum ersten Mal wieder – möglicherweise im Winter des Jahres, das Silvije endgültig aufs Krankenbett warf – eine Ausgabe der *Nada* aufschlagen konnte, ohne unter den Autoren im Inhaltsverzeichnis seinen Namen zu suchen.

Seine Verse erschienen, wie in den gründlicheren Biobibliografien zur kroatischen Literatur vom Anfang des 20. Jahrhunderts erhellt, weder in der *Nada* noch in irgendeiner anderen Zeitschrift oder Zeitung. Don Serafim Urlić schrieb weiterhin Gedichte, achtete pedantisch auf Metrum und Reime, er schrieb sie, bis er 1937, einige Wochen vor seinem hundertsten Geburtstag, in Pale starb, aber er reichte sie nie wieder zur Veröffentlichung ein. Den barmherzigen Schwestern oder dem einen oder anderen jungen Geistlichen gab er sie gern zu lesen, und sie bewunderten ihn stets für seine Gottesfürchtigkeit und dichterische Kunst. Wobei er stets wie nebenbei erwähnte, diese Gedichte seien nur für gläubige Augen bestimmt. Erzählungen und Romane sind für Gottlose, denen Gottes Schöpfung nicht genügt, Liebeslyrik ist für Unglückliche und Exzentriker, und er wolle weder mit den einen noch mit den anderen etwas zu tun haben. So redete er sich die Niederlage, dass seine Verse nicht in der *Nada* veröffentlicht wurden, schön und wehrte jeden Gedanken an die große Sorge ab, die seinen Seelenfrieden so erheblich gestört hatte, was Hörmann und Kranjčević bei dem fatalen Halbsatz »allwo die berühmten Uskoken und Hajducken hausten« dächten, an dessen Ursprung er sich nicht mehr erinnern konnte.

Er erkannte die junge Gattin des Dichters nicht, als diese an die Tür seiner Holzhütte in Pale hämmerte, obwohl man sie ihm mehrmals bei festlichen Abenden, Feiern und Prozessionen in Sarajevo gezeigt hatte. Vermutlich hatte er sie vergessen wollen, weil sie ihn an gewisse Dinge erinnerte. (Eins muss noch erwähnt werden: Dušan Plavčić, ein Bankier, der mit Ellas Schwester Mila verheiratet war und nichts von Don Serafims literarischen Ambitionen wusste, hatte ihn Ende 1906 Kranjčević vorgestellt, im Rahmen einer Veranstaltung um die Weihnachtszeit. Sie hatten sich die Hand geschüttelt, Kranjčevićs Reaktion auf den Namen Don Serafim Urlić zeigte jedoch, dass er ihm nichts sagte. Auch das verursachte dem Geistlichen viel Kopfzerbrechen und schlaflose Nächte.)

Silvije liege vielleicht im Sterben, sagte sie zu Don Serafims Überraschung.

Er hatte davon gehört, dass der Dichter krank war, die Feuchtigkeit und der Nebel in Sarajevo nagten an seiner Konstitution, so hatte Don Serafim es sich erklärt, aber dass es so schnell mit ihm zu Ende gehen könnte, hätte er nicht gedacht. Ein junger Mann. Mitunter hatte er sich die Pflichtvergessenheit in Bezug auf seine zum Abdruck eingereichten Gedichte mit Kranjčevićs Jugendlichkeit erklärt, die Erklärung war ihm lieber als die meisten anderen. Die Tatsache, der verehrte Dichter könne tatsächlich so jung sterben, erschütterte Don Serafim. Unvermittelt bekam die Sache neues Gewicht. Unvermittelt erschien ihm

Kranjčević älter als er selbst, und Kranjčević würde nicht allein an der Himmelspforte stehen, sondern mit Don Serafims unveröffentlichten Versen.

Denn die Frage nach dem Warum hatte ihn all die Jahre nicht verlassen, im hintersten Winkel seiner Seele wartete die Hoffnung, doch noch eine Antwort zu bekommen und zu erfahren, ob der fatale Halbsatz daran schuld war.

Jetzt bot sich die Gelegenheit nachzufragen.

Silvije Strahimir Kranjčevićs Krankheit wurde 1907 öffentlich bekannt. So ist Sarajevo: Wenn einer krank wird, wollen alle wissen, was er hat. Die einen, um den Kranken zu bedauern, die anderen, um ihm, notfalls über Mittelsmänner, Heilkräuter zu empfehlen, manche auch nur, weil sie sich gern am fremden Unglück laben. Die meisten jedoch wollen es einfach nur wissen, weil das in dem engen Tal so üblich ist, die Viertel drängen sich dicht an dicht, wo ein Haus beginnt, hört das andere nicht auf, in deiner Küche hat der Nachbar sein Wohnzimmer, in dessen Wohnzimmer beginnt bereits, mit Verlaub, der Abtritt des Übernächsten, alles ist eng beieinander, jeder jedem nah, ob man sich nun liebt oder hasst, und so ist es wohl ganz natürlich, dass sich herumspricht, wer woran leidet, nur, Hand aufs Herz, selbst in Sarajevo spricht sich nicht herum, wer warum gesund bleibt.

Da sich Silvijes Krankheit hinzog, er sich jedoch nicht hängen ließ, sondern täglich, sofern er die Kraft dazu fand, ausging, von der Baščaršija zur Kathedrale spazierte oder in der *Nada*-Redaktion vorbeischaute, war der Lyriker in Sarajevo bald schon mehr für seine Krankheit als für seine Gedichte bekannt. Seine Gedichte kannte, genau genommen, kaum einer. Er galt als Lehrer des Volkes, als Anwalt der Armen, als guter, ehrlicher Kroate in österreichischen Diensten, dem trotzdem die Einheimischen gleich welcher Konfession letztlich lieber sind als die Deutschen. Sein gepflegter, mächtiger Schnauzer gab ihm das Aussehen eines Revoluzzers, um die man in Sarajevo während einer politisch kritischen Lage einen großen Bogen schlägt, die man aber gern zu Soiréen einlädt, solange Wohlstand und Frieden herrschen. Leider war Kranjčević nicht allzu gesellig. So seien solche wie er eben, hieß es: geistreich und zuvorkommend, aber nur am Arbeiten.

Doch seit er krank war, war er wie ausgewechselt.

Er schwätzte mit jedem, ließ sich von Männern jeden Glaubens oder Standes aufhalten, die, um den Dichter anzusprechen, ihm Kräuterkundige in der Romanija empfahlen, Wunderheiler, Imame und Patres oder eine Dorfhexe, die mit ihrem Blick heilte, ein Blick wie von einem Reh, so schön, dass man sich in sie verliebt.

Bei ihren Erkundigungen taten sie so, als wüssten sie bereits alles, und deswegen entging ihnen das Wichtigste. Denn die Meinungen gingen weit auseinander, die einen behaupteten, Silvije könne kein Wasser lassen, quäle sich fürchterlich mit jedem Tropfen Harn, die anderen erzählten, er pisse sich die Seele aus dem Leib, alles Wasser weiche aus dem Körper, und ohne Wasser, das weiß ja jeder, kann man nicht leben.

Fuhr er nach Wien – er besuchte dort zwei-, dreimal das Spital für Nierenkrankheiten, wurde einmal auch operiert –, fürchteten die Leute, Silvije Strahimir Kranjčević würde nicht lebend zurückkehren, sondern dort sterben, viele sind so schon gestorben, zur Behandlung nach Wien gefahren und dann dort begraben worden. Oder, in Kranjčevićs Fall, in seinem Geburtsort am Meer. So dachten die Leute und wurden dabei wehmütig oder ein bisschen traurig, getröstet hätte sie allein die Gewissheit, dass der Dichter in Sarajevo seine letzte Ruhe fände.

Die Frage, wo einer begraben wird, ist wichtiger als die nach seiner Genesung. Die Genesung schiebt das Unvermeidliche nur ein Stück hinaus, an einem Aufschub haben die Leute – sofern es nicht um ihr eigenes Leben geht – jedoch kein ausgeprägtes Interesse. Die Beerdigung ist hingegen eine Frage der Ewigkeit. Nicht nur für den, der begraben wird, auch nicht nur für die, die um ihn trauern, nein, für alle, die zur Beerdigung kommen. Gealtert und reifer um noch eine Ewigkeit, fühlen sich Menschen sicherer, und der Gedanke an die eigene Sterblichkeit fällt leichter.

In Sarajevo wird ordentlich gestorben und beerdigt, mit einem Popen oder Pfarrer auf einem der zahlreichen Friedhöfe der Stadt. Oder mit einem Imam oder Rabbiner, die sind genauso ordentlich, ihre Bräuche unterscheiden sich ein wenig von unseren, aber Ziel und Zweck sind dieselben, man stirbt und begräbt, damit den Lebenden der eigene Tod leichter wird. Sarajevo ist eine Totenstadt, alles dreht sich hier ums Sterben und um Beerdigungen.

Sterbende können sich hier mühelos ins Sterben einfühlen, denn alle unterstützen sie dabei, nehmen an ihrem Sterben teil, sterben ein bisschen mit.

Beim letzten Besuch in Wien teilten die Ärzte Silvije mit, dass es keine Hoffnung mehr gebe. Sie haben es so nicht gesagt, aber er hat sie so verstanden.

Und er hat sie richtig verstanden. In Sarajevo verbreitete sich wie ein Lauffeuer, dass es mit dem Dichter zu Ende gehe.

Pyelonephritis oder Pyelitis. Die Blase voll inoperabler Geschwüre. Er hatte seinen ersten Besuch im Wiener Spital wohl zu lange hinausgezögert. Entzündungsherde breiteten sich aus, wüteten im ganzen Becken, nichts konnte sie eindämmen. Wenn ein Waldbrand entsteht, ist das Feuer am Anfang klein, eine achtlos ins trockene Gras geworfene Kippe, ein Busch, der sich selbst entzündet, steht erst einmal der ganze Wald in Flammen, kann man nichts mehr tun.

Don Serafim Urlić, der nicht oft in der Stadt war, bekam wenig mit. Weder Kranjčevićs Erkrankung noch Charakter und Sitte der Sarajever. Er wanderte in der Romanija, besuchte Starina Novaks Einsiedelei, hörte sich an, was die Leute Denkwürdiges über die wundersame Höhle zu berichten hatten, aber weder aus diesen Gesprächen noch aus dem, was die wenigen Katholiken in Pale und Umgebung zu beichten hatten, ließ sich auf das Naturell der Leute im Tal schließen. Am Berg sieht die Welt anders aus als unten in der Stadt, und obwohl nicht einmal zwölf Kilometer zwischen beiden Orten liegen, ist die Entfernung unvorstellbar groß. Wer sich einbildet, von hier aus etwas über die Leute im Tal zu wissen, ihre Neigungen und Vorlieben zu verstehen, der irrt.

Er ging die hölzerne Stiege hinauf in den ersten Stock und klingelte.

Ihm öffnete eine ältere Frau in schwarzen Pluderhosen, die Zugehfrau der Kranjčevićs. Kaum war er eingetreten, beugte sie sich über seine Hand, küsste sie und murmelte:

Segne mich, Vater!

Na, na ... Er wedelte mit der freien Hand, als würde er eine Fliege verscheuchen, aber sie nahm wohl an, er hätte ein Kreuz über ihr in die Luft geschlagen.

Die Wohnung roch nach Arznei, Desinfektionsmitteln und noch etwas, das Don Serafim nicht identifizieren konnte. Schwere, durchdringend chemische Schwaden, die sich in ihm festsetzten, tagelang nicht aus dem Kopf gingen, im Gedächtnis hafteten. Er sollte sie noch einmal in seinem Leben riechen, aber dazu später mehr ...

Silvije saß im Lehnstuhl am Fenster. Von dort konnte er auf die Straße sehen, die Träger beobachten, die Körbe voller Waren zum Markt in der Altstadt schleppten, Pferde- und Ochsengespanne und die erste Straßenbahn, merkwürdige Neuerung, um Mensch und Tier zu erschrecken ...

Ich habe Sie ab dem Rathaus im Blick gehabt und mich gefragt, ob das der ist, der zu mir kommt, sagte er fröhlich.

Die Stimme war die eines Gesunden, was Don Serafim in seiner Absicht bestärkte, nach seinen Gedichten zu fragen, falls sich die Gelegenheit ergeben sollte.

Wissen Sie, ich habe erfahren, dass Sie leidend sind, und so wollte ich Ihnen einen Besuch abstatten.

Sie müssen mir nichts vorspielen, meine Frau hat Sie gerufen, ich weiß es. Er lächelte traurig.

Sein Schnurrbart war nicht mehr so voll und dicht wie auf den Fotos oder wie seinerzeit, als sie sich die Hand geschüttelt hatten, sondern hing herunter wie bei diesen komischen Viechern in der Nordsee oder beim alten Fra Grgo Martić.

Sie hat Sie gerufen, um mir die Dinge zu erleichtern, sie würde alles tun, damit ich es leichter habe, so war sie von Anfang an. Früher hat sie mir meine Seelennöte leichter gemacht und jetzt die Nöte mit meiner Krankheit.

Dafür hat Gott die Frau erschaffen, platzte Don Serafim heraus und spürte sofort, dass er eine Plattitüde von sich gegeben, sich in Kranjčevićs Augen desavouiert hat.

Vielleicht zum ersten Mal, seit er das Ordensgelübde abgelegt hatte, sah er sich nicht als Seelsorger. Er wollte sich weder vor seinem Gegenüber noch vor Gott als guter Hirte und Tröster erweisen, sondern einzig und allein, dass Kranjčević in ihm einen Dichter erkannte. Nur das.

Ja, ja ..., sagte Silvije und warf einen Blick auf die Straße, recht haben Sie, ganz und gar recht, dafür hat Gott die Frau erschaffen. Den Mann schuf er, damit er sich quält und Elend und Erniedrigung erträgt, und die Frau soll für den Schein sorgen, damit der Mann nicht merkt, wie elend und schlimm es um ihn steht. Hatten Sie das im Sinn? Er warf Don Serafim einen bissigen, fast schon gemeinen Blick zu. Männer werden böse, wenn sie krank sind, man muss es ihnen nachsehen.

Nein, das hatte ich nicht im Sinn, antwortete der Geistliche.

Die Frau ist dem Mann ein Kinematograf. Haben Sie davon gehört?

Nein, leider nicht.

Gehen Sie hin, wenn Sie die Möglichkeit haben, nächstes Frühjahr gastieren sie wieder auf dem Zirkusplatz. Bewegte Bilder. Das ist interessant, sehen Sie es sich an und denken Sie an mich im Himmel.

Wollen Sie Ihre Sünden beichten?

Jetzt sofort?

Wann immer Sie wünschen.

Wenn ich zu früh Ballast abwerfe, schwebe ich wie ein Heißluftballon in den Himmel! Der Dichter lachte.

Lachen heilt die Seele, räumte Don Serafim ein.

Soll Ihnen Mara einen Kamillentee kochen? Mara, Mara, Schätzchen, brüh Hochwürden einen Kamillentee auf!

Für kurze Zeit überdeckte Kamille alle anderen Gerüche. Auch den schweren, unmenschlich-chemischen Gestank, den er nicht orten konnte, den er aber im Verdacht hatte, dass er die Krankheit verschlimmerte, des Dichters Leben zusätzlich verkürzen würde. Aber er durfte nicht nachfragen, was es damit auf sich hatte.

Er saß auf dem kippeligen Stuhl am Esstisch, den Ellbogen aufgestützt, dem Kranken in seinem Sessel gegenüber. Beide schwiegen eine Weile, sodass er ihn in Ruhe betrachten konnte. Im Zimmer war es warm, fast zu warm, denn Mara legte beständig Kohle nach, als echte Bosnierin war sie überzeugt, dass Kranke es schön warm haben müssen, damit sie gesund werden. Trotzdem war Silvije bis zum Hals in eine Wolldecke aus Militärbeständen gewickelt. Kleine, knochige Hände ragten aus den Ärmeln eines dicken bäurischen Strickpullis. Es tat weh, ihn so zu sehen, so klein unter den vielen Wollschichten.

Eine zierliche, blasse Frau trat ein, ihr Gesicht war hübsch, ihre Haltung die einer Greisin. Auf einem Silbertablett trug sie zwei Tässchen, Teekanne und Zuckerdose aus chinesischem Porzellan herein.

Über Ella Kranjčević wusste er weit mehr als über den Dichter, hatte ihren Vater gekannt, und ihre Großmutter, Frau Slava, hatte er auf die ewige Ruhe vorbereitet. Eine stille, demutsvolle Familie, sehr gottesfürchtig, aber auch voller Sehnsucht nach der großen weiten Welt und dem Wunsch, Bosnien und Sarajevo zu entfliehen. Franjo Kašaj sprach fließend Französisch, hatte die Sprache seinen beiden Töchtern von klein auf beigebracht und insgeheim wohl gehofft, sie würden nach Frankreich ziehen.

Don Serafim hatte keine derartigen Träume, wohl aber ein Herz für den armen Grenzer Franjo und Leute seines Schlages, die er als Seelsorger, meist auf dem Sterbebett, betreute, die ihr Leben lang einen oft ganz gewöhnlichen, banalen Wunsch hatten, und sie ließen ihr Erdenleben wie eine Kletterpflanze um diesen Wunsch ranken, wuchsen an ihm empor, ließen zu, dass er ihr Leben bestimmte. Gott mochte diese Menschen bestimmt, dachte er, mit ihnen kommt man gut aus, sie sind naiver als Menschen ohne Träume, und die Naivität adelt sie.

Ella stellte das Tablett auf dem Tisch ab, auf den er seinen Ellbogen stützte.

Beiden war die Begegnung unbehaglich. Sie wusste nicht, ob Don Serafim ihrem Mann verraten hatte, dass sie ihn gerufen hatte. Er wusste nicht, wie er sie grüßen sollte, mit welchen Worten, wie gute Bekannte? Oder war sie für ihn nicht mehr als die Enkelin von Frau Slava?

Schöne Teekanne, sagte er.

Ja, Silvije lächelte. Chinesisches Porzellan aus Tschechien. Ist das nicht seltsam, dass in Tschechien chinesisches Porzellan gebrannt wird?

Mir scheint, das ist wirklich wunderlich, stimmte Don Serafim zu und schlürfte laut seinen Tee.

Und du, mein Goldstück?

Ella antwortete nicht. Sie lächelte und vollführte eine abwehrende Handbewegung, als würde Silvije mit ihr flirten.

Don Serafim lag die Frage auf der Zunge. Aber immer noch hemmte ihn, warum Kranjčević durch nichts zu erkennen gab, dass er sich an ihn erinnerte. Hatte er sich ihm überhaupt mit seinem Nachnamen vorgestellt?

Serafim Urlić, das ist kein gewöhnlicher Name, sehr selten, er konnte ihn nicht vergessen haben, falls er Brief und Gedichte gelesen hatte. Falls. Falls der ehrenwerte Herr Hörmann den Inhalt des Briefes und die darin enthaltene Invektive nicht so beleidigend fand, dass er ihn in den Papierkorb warf.

Was, wenn er erwähnte, er komme auch von der Küste, aus Drašnice, dem uralten osmanischen Makarska, das wäre doch eine Möglichkeit, seinen Nachnamen noch einmal zu nennen – er verwarf den Gedanken sofort wieder. Es war erniedrigend, es gehörte sich nicht für einen, der Dichter sein wollte. Und schon gar nicht für einen Geistlichen, der einem Kranken die Beichte abnehmen sollte.

Wissen Sie, Hochwürden, der Erzbischof höchstpersönlich war hier zu Besuch. Hat mir einen Preis oder eine Anerkennung überreicht. Sie haben kaum ins Zimmer gepasst, so viele Leute waren das.

Das war hochverdient.

Denken Sie das wirklich? Warum, sagen Sie mir das. Vor gar nicht langer Zeit, vor Ostern, in der Fastenzeit, hat derselbe Erzbischof über meine Verse gepredigt, und er hat sich nicht sehr freundlich geäußert. Was hat sich seither geändert? Haben mich Seine Exzellenz und dessen Gefolge für meine Gedichte, meine Tätigkeit als Lehrer und die Mitarbeit in der *Nada* ausgezeichnet, wie sie sagten, oder belohnten sie mich fürs Sterben? Wenn dafür, dann kann ich nur sagen, dass ich dafür nichts kann.

Silvije, was auch immer gesagt wird, Sie sind ein großer Dichter, und jeder irrt sich mitunter, auch ein Erzbischof.

Da haben Sie recht. Ich glaube aber nicht, dass er sich geirrt hat, jedenfalls nicht mit seiner Predigt über meine Verse. Er irrte, als er es sich anders überlegte. Sie glauben, er habe Großmut bewiesen? O nein, mein Herr, Seine Exzellenz hat Angst vor dem Tod. Und vor wessen Tod! Kranjčevićs!

Don Serafim Urlić sah ihn erschrocken an und fand keine Erwiderung. Am liebsten wäre er hinausgerannt und dem Mann nie wieder unter die Augen getreten. Das ist meine Strafe, dachte er, weil ich ihn nach meinen Gedichten fragen wollte, statt ihm nur die Beichte abzunehmen. Der Beichtvater ist gefeit gegen alles, was ihm der Sterbende anvertraut, alles Elend, jede Not, ob Untaten, Perversionen oder Verbrechen, was immer sich in Worte fassen lässt wie kochender Stahl, der zu einer scharfen Klinge verarbeitet wird, nichts kann ihm etwas anhaben, denn er steht auf der anderen Seite, die eigentliche Rechnung wird Gott vorgelegt. Hier aber geht es um etwas anderes: das Gespräch zweier Dichter, ein richtiger und ein verkappter.

Vielleicht hatte ihn Kranjčević einfach nicht erkannt und redete deswegen so mit ihm? Don Serafim erschrak vor sich selbst und wollte plötzlich verstecken, woran ihm eben noch so viel gelegen hatte: dass er Gedichte schrieb, dass er sie in die Redaktion der *Nada* getragen hatte.

Nehmen Sie mir bitte nicht übel ...

Ich nehme Ihnen nichts übel, die Bitterkeit hat sich in mir angesammelt.

Das hätte sie in jedem, das hat sie, ja. In jedem.

Wenn ich keine Schmerzen habe, bin ich verbittert. Wenn ich Schmerzen habe, verlässt mich jede Bitterkeit. Dann habe ich nur noch Schmerzen. Keine Ahnung, was besser ist: Schmerzen haben oder keine Schmerzen haben.

Ich verstehe.

Ich wollte hier nicht bleiben. Seit ich nach Livno kam, habe ich geschaut, wie ich aus Bosnien wegkomme. Man hat mich hergejagt, und dann traf ich Ella, weil ich zusammen mit einem Freund Französisch lernen wollte. Sie war unsere Lehrerin. Geheiratet haben wir an meinem dreiunddreißigsten Geburtstag. Da hat es fürchterlich geschneit, der erste Schnee im Jahr, und das Mitte Februar. Wir haben uns nur mit Mühe zur Kathedrale durchgeschlagen. Hochwürden Josip sagte, der viele Schnee sei ein Glücksbringer, und es war ja auch mein Glück, obwohl mir solcher Aberglaube von einem Geistlichen und noch dazu vor dem Hochaltar ausgesprochen seltsam erscheint.

Er wollte Sie aufmuntern.

Das war nicht nötig, Kranjčević lachte, ich war munter genug.

So wie jetzt.

Ja, für kurze Zeit. Wenn ich mit jemandem rede, vergesse ich, oder wenn ich hier allein bin, in diesem alten Sessel, den überließ uns Herr Buchhändler Studnička, kennen Sie ihn?, und das Gewimmel auf der Straße beobachte. Dann denke ich, mir geht es besser als den Menschen da unten mit ihren Sorgen, und schon fühle ich mich wohl. Ich sehe Männer und Frauen und

Kinder und Pferde und die Straßenbahn und Hunde, und es sind kaum bekannte Gesichter darunter. Und dann freue ich mich, dass wir hiergeblieben sind, dass mir in Sarajevo zu sterben bestimmt ist. Hier ist das einfacher, man macht weniger Aufhebens um den Tod als bei mir zu Hause in Senj oder in Zagreb, wo man auf großem Fuße stirbt. Da fällt man vom hohen Ross direkt in die Grube. Aber wenn ich mich dann umdrehe und die Wand da anstarre, befällt mich wieder die alte Pein, oder die Schmerzen flammen wieder auf, und dann frage ich Gott, warum er mich in Bosnien gelassen hat, warum ich mein bosnisches Kreuz tragen muss, warum lässt er mich nicht nach Hause gehen, wo doch alle anderen schon zurückgekehrt sind?

Dann sollten Sie den Blick besser nicht von der Straße wenden. Don Serafim wollte geistreich sein. Der Dichter lachte höflich.

Noch letzten Mai bei meinem letzten Besuch in Wien, beim letzten Mal im Spital, träumte ich von der Rückkehr nach Zagreb. Doktor Jelovšek erwähnte eine hübsche Villa mit großem Garten im Pantovčak, die für sechstausend Forint zum Verkauf stand, schon länger, der Preis war günstig, trotzdem wollte sie keiner. Zu weit weg von der Oberstadt, dem Hauptplatz und den belebten Straßen, und dann auch noch am Berg. Im Zentrum wäre sie sofort für den dreifachen Preis weggegangen. Und wie er das erzählte, habe ich Abend für Abend gedacht, wie gut es wäre, wenn wir das Geld zusammenbrächten, Schulden machten und das Haus kaufen würden. Es würde mich augenblicklich gesund machen, dachte ich. Und je mehr ich mich mit dem Gedanken befasste, desto weniger erschien er mir als leerer Traum. Und je länger ich mich meinen Fantasien hingab, desto anziehender wirkte Zagreb. Jetzt sehe ich die Schulden, die ich nach meinem Tod hinterließe, so hoch wie die Villa im Pantovčak eben kostet. Kranksein ist teuer, es beschämt moralisch wie physisch.

Die Seele ist unsterblich, flüsterte Don Serafim.

Bitte?

Ich sagte, die Seele ist unsterblich, den Körper überlassen wir der Vergänglichkeit.

Silvije zog die Hand unter der Decke hervor und streckte sie Don Serafim zum Abschied hin. Die Hand war heiß, er hatte Fieber. Lange kann es nicht mehr dauern, dachte der Mönch und fragte den Dichter nicht mehr, ob er beichten wolle.

Ella brachte ihn zur Tür. Sie hatte verweinte Augen, aber ihr Gesicht war ruhig. Er wollte sie trösten, hielt ihr die Hand hin. Die ihre war ungewöhnlich klein, mit sehr langen Fingern.

Draußen strömte frische Luft brachial in seine Lungen. Saubere, herbstlich kalte Luft statt der schweren, chemischen Schwaden, die bei Kranjčevićs alle anderen Gerüche überdeckten.

Ihn sah er nicht mehr lebend, sie nur von Weitem bei der Beerdigung, zu der Tausende kamen. Lebend mochten sie Kranjčević nicht, tot himmelten sie ihn an. Und dabei blieb es.

Mit fünfundneunzig wanderte er nicht mehr in den Bergen. Er war fast taub, konnte den Gläubigen nicht mehr die Beichte abnehmen, und wenn sie noch so bettelten, weil sie seine jungen Nachfolger ablehnten. Aber er spazierte noch jeden Tag ans andere Ende von Pale, zu dem neu gebauten Hotel, setzte sich auf die Terrasse, wo sich der Blick weit öffnete.

So auch an jenem Morgen, ein Montag im Sommer 1932. Er saß da und ließ den Blick über die zerklüftete Horizontlinie zwischen den Berggipfeln und der Luft schweifen, die dunkelgrüne, fast schwarze Wälder vom hellblauen Augusthimmel mit vereinzelten, spinnwebartigen Nebelfetzen trennte, oder waren es Cirruswolken, Engel, die ihre Botschaft verkündeten und ins Nichts zurücktraten? Seine Augen glitten von ganz links nach ganz rechts, dann sprangen sie, wie der Wagen einer Schreibmaschine mit jeder neuen Zeile, zurück zum Anfang, und wieder nach rechts, Don Serafim achtete auf Unterschiede und Veränderungen, Dinge, die ihm beim vorigen Mal entgangen waren, Dinge, die neu hinzukamen, ein Wölkchen, ein Adler, der sich von den Aufwinden tragen lässt, die Horizontlinie stört, ihre unsichtbare Integrität missachtet, die Grenze zwischen Himmel und Erde verletzt.

Selbst wenn er bis zum Abend, bis tief in die Nacht hinein so gesessen hätte, die Horizontlinie wäre deutlich sichtbar geblieben, beleuchtet von den Sternen, nur die Farben wären verschwunden, aber er durfte nicht so lange bleiben, denn die Haushälterin wartete mit dem Mittagessen. Ruža war ganz Frau, sie duldete keine Verspätung, und mit ihm, dem Beichtvater und Hirten Gottes, war sie besonders streng, schalt ihn laut wie einen Rotzbengel und Lausejungen, und später tat es ihr dann leid, dann wollte sie wieder lieb zu ihm sein, wie eine Mutter, die dem Sohn eine Tracht Prügel verpasst hat, und er reagierte auch wie ein bockiges Kind. Ruža, obwohl ein halbes Jahrhundert jünger als er, war auf seine alten Tage so etwas wie seine zweite Mutter, natürlich war sie jünger, wie anders, wenn ein Greis noch einmal eine Mutter bekommt. Manchmal vergaß er sich, verlor sich in Gedanken, hatte dann plötzlich Lust auf ein Glas Milch.

Mama!, rief er, merkte dann, was er gesagt hatte, seufzte theatralisch und fügte an: O Mama mia!

Woraufhin sie in der Tür stand und sagte: Hochwürden, gut, dass die Ärmste nicht mehr lebt, sooft wie Sie nach ihr rufen!

Und ihm wurde ganz bang, was, wenn er sich irgendwann völlig vergaß und Ruža begriff, dass sie gemeint war?

Auch an diesem Morgen hatte er im Kopf, wie begrenzt die Zeit auf der Hotelterrasse war, um elf musste er bereits am Esstisch sitzen und zu Mittag essen. Ruža war stolz auf jedes seiner fünfundneunzig Jahre, schrieb sie ihrer guten, gesunden Küche zu.

Da hätte Ihnen kein Gebet geholfen, sagte sie, wenn Sie weiter für sich gekocht hätten. Gott hat keine Geduld mit Menschen, die keinen Wert darauf legen, den Leib ordentlich zu versorgen.

Noch zwei-, dreimal glitten seine Augen über den Horizont, ein eindringlicher Blick auf die Kleinstadt im Tal, einen Weiler,

Holzhütten weit oben an Hängen, die nur sein geübter Blick in den Grün-Braun-Tönen des Gebirges entdecken konnte, und schon war Zeit aufzubrechen.

Da hatte er den Geruch in der Nase.

Dieselben schweren chemischen Schwaden, die durch die Wohnung des Dichters gewabert waren, damals, als er ihn besuchte, um ihm die Beichte abzunehmen. Was Kranjčević gebeichtet hatte, ob er ihm überhaupt etwas anvertraut hatte, daran konnte er sich nicht erinnern. Darf man so etwas vergessen? Was steht dazu in den Büchern?

Er erinnerte sich nicht mehr, dass er ihn hatte fragen wollen, warum seine Verse nicht in der *Nada* gedruckt worden waren. Don Serafim hatte die Gedichte, die unangenehmen Gefühle vergessen oder vielmehr verdrängt und war glücklich.

Inzwischen handelte seine Poesie von Käfern und wilden Tieren und den Pflanzen im Walde. Von der Horizontlinie und dem lieben Gott.

Trotzdem bekam er plötzlich Angst, der Geruch jagte ihm den Gedanken an einen unmittelbar bevorstehenden Tod ein.

Aber dann die rettende Idee: Wenn es so riecht, ist ein Dichter an der Reihe. Da hatte er keine Angst mehr.

Jetzt erst fiel ihm auf, dass zwei Deutsche, ein junges Ehepaar, am Nachbartisch saßen. Der Mann las Zeitung, sie fuhr mit einem Wattebausch, den sie zuvor mit einer Flüssigkeit aus einer kleinen Glasflasche tränkte, über ihre knallrot lackierten Fingernägel. Die Farbe verschwand, nachdem sie mit dem Wattebausch darüber gewischt hatte.

Verzeihung, die Dame, was ist in der Flasche?

Aceton, antwortete sie höflich.

Don Serafim nickte bedächtig, er hatte das Wort noch nie gehört. Fünf Jahre grübelte er darüber nach, dann entschlief er sanft in Christus. Solange er keinen Namen für die Schwaden in Kranjčevićs Wohnung hatte, konnte er sie auf das Mysterium der Düfte schieben, aber jetzt gingen sie ihm nicht mehr aus dem Sinn. Am meisten quälte ihn, dass er sich nicht an Ellas

Fingernägel erinnern konnte, waren sie rot gewesen? Er vertraute sich, was das betraf, keinem an, seiner strengen Haushälterin nicht und auch nicht dem lieben Gott, der ohnehin alles weiß.

Was schreiben Sie da?, reißt mich eine Stimme mitten aus dem Satz. Ich bin noch nicht mal bei der Hälfte angelangt, und wenn ich die Geschichte von Kranjčevićs Tod und der Ankunft des Eisenbahnzuges aus Zagreb nicht jetzt fertig schreibe, dann bleibt sie Fragment.

Vor mir steht ein kleiner alter Mann mit weißem Bart und wachen blauen Augen. Er hat eine Tasche mit Zeitungen dabei, ein Zeitungsverkäufer also.

Etwas, das ich mir nicht bis morgen früh merken kann, sage ich knurrig, um wieder meine Ruhe zu haben, bleibe aber höflich, damit ich mir nichts vorzuwerfen habe.

Hm, ist noch lange hin bis zum Morgen, ist ja erst halb zwei. Und ist das wichtig, was Sie da schreiben?

Mir schon, sonst würde ich es nicht aufschreiben.

Worum geht es?

Um einen Dichter.

Sidran?

Nein, Silvije Strahimir Kranjčević.

Ach, der! Der war wirklich ein großer Dichter. Wenn ich mich morgens zum Schlafen hinlege und die Augen schließe, geht mir immer sein *Iza spuštenijeh trepavica*, Hinter gesenkten Wimpern, durch den Kopf, und schon bin ich eingeschlafen. Ist dieses *spuštenijeh* nicht wunderschön, mein Herr? Nicht *spuštenih*, nein, *spuštenijeh*. Und wenn er nur dieses Wort, nichts anderes geschrieben hätte, er wäre ein großer Dichter. Groß, was sag ich, der größte, den diese Stadt je gehabt hat. Dabei war der arme Kerl kränklich und hatte ständig Sorgen, den hat etwas innerlich gequält, das hat er nie aus sich herausgebracht. Ich habe ihm immer gesagt, Herr Silvije, regen Sie sich doch nicht auf. In dieser Stadt ist alles vergänglich, wir sind alle vergänglich. Nur Ihre Verse, die sind ewig. Alles wird verschwinden, in Katastrophen untergehen, Hunger, Seuchen, Krieg, dieses Haus hier wird dem Erdboden gleichgemacht, aber Ihre Gedichte, die bleiben. Also regen Sie sich nicht auf, mein lieber Herr Silvije!

Der Alte gestikuliert schwungvoll, während er redet, wie im Theater, ein alter Tänzer, Choreograf, der den Jungen zeigt, wie es geht, ihnen vorspielt, *foršpila*, wie man in hiesigen Theaterkellern und -kneipen sagt, seine Augen fliegen hin und her, rechts und links, als stünde er auf einem schwankenden Kahn, man weiß nicht, wo er hinschaut, ob er überhaupt etwas sieht oder nach innen schaut, die Augen eines Irren.

Es ist Herbst, Anfang November 2012, ich bin in Sarajevo, um meine kranke Mutter zu besuchen, sie, vermutlich zum letzten Mal, zu sehen.

Vor mir steht, auf den Zehen wippend, ein alter Kerl und will mir weismachen, er hätte Kranjčević Trost zugesprochen, Kranjčević ist 1908 gestorben, das weiß der Alte vielleicht nicht, der da vor mir steht wie eine Figur aus orientalisierenden Intarsien oder Veduten. Vielleicht ist er nicht verrückt, nur ein pathologischer Lügner, wäre gern Schriftsteller geworden, ein Stichwort genügt ihm, schon tischt er einem weit ausgefächerte Lügen auf. Soll bei kleinen Menschen öfter vorkommen, vor allem bei kleinen Männern, die ihre fehlende Körpergröße mit Lügenmärchen kompensieren, die nur eine Pointe kennen: den Erzähler ganz groß herauszubringen.

Darf ich mich setzen?, fragt er. Von Silvije kann ich Ihnen vieles aus erster Hand erzählen.

Ich weiß mir nicht zu helfen, deute mit einer vagen Geste auf den Stuhl mir gegenüber. So ist das in Sarajevo, selbst um diese Uhrzeit, die Stadt ist leer, die Leute sind zu Hause, Hunde beherrschen die Straßen, schlappt einer an deinem Tisch vorbei und vertreibt jeden vernünftigen Gedanken.

Er ruft die Kellnerin, bestellt sich einen Schnaps und mir Sahlep.

Jahja, Jahja, wie willst du das denn bezahlen? Will sie mich warnen, dass die Rechnung an mir hängen bleibt?

Lass das meine Sorge sein! Bin ich dir je etwas schuldig geblieben? Die Indiskretion stört ihn nicht weiter, er bleibt ruhig, verzieht keine Miene, nur die Augen zucken bei jeder Bewegung. Augen wie Libellen.

Er war ein lieber Mensch, Silvije, meine ich. Aber die Familie kam sicher nicht leicht mit ihm aus. Sie wissen ja, wie das ist mit lauter Frauen, und er hatte zwei, Frau Ella und die kleine Višnja, wenn sich einer dann aber nur mit Männersachen wie Politik, Nation und Revolution befasst, dann fängt er an und benimmt sich wie ein besoffener Familienvater, wie ein Verbrecher, der sich entweder mit einem Kater aufhängen will oder besoffen zu Hause alle verprügelt. Silvije hat keinen geschlagen, nie, hat nie die Hand gegen einen Menschen erhoben, schon gar nicht gegen seine zwei Frauen. Aber das wollte ich gar nicht erzählen, sondern Nation und Revolution unterdrücken und unterdrückten schon gar zu der Zeit gewaltsam jedwede Intimsphäre ...

Dieses Wort aus seinem Mund überrascht mich. Es passt nicht zu ihm, ist zu gewählt, zu vornehm für einen Zeitungsverkäufer. Vielleicht, wenn er täglich Zeitung liest, mag sein, da lernt man so Worte wie Intimsphäre. Und ein inneres, brachliegendes, rudimentäres Talent macht, dass er es richtig benutzt, besser als die anderen, besser als ein längst verstorbener Schriftsteller. Wirklich, gibt es in Sarajevo noch lebende Dichter, die wissen, wo das Wort Intimsphäre hingehört?

Daran ist Ella auch gestorben, redet der Alte weiter. Erst hat sie jahrelang Silvije gehegt und gepflegt, und auf dem Höhepunkt seiner Krankheit wird dann auch noch ihre Mutter krank, Frau Slava, eine wunderbare Frau mit weicher Seele, aber schwach im Glauben, sie hatte Angst vor dem Tod, und Ella musste, kaum dass sie ihren Mann zu Grabe getragen hatte, nach Zlatar im Zagorje und ihrer Mutter auf dem Sterbebett beistehen. Die Ärmste fürchtete sich entsetzlich vor dem

Nichts, das auf den letzten Atemzug folgt, und sie hat diese Angst an die arme Ella weitergegeben. Aus einem Todeskampf direkt in den nächsten, von Silvijes Sterben ins Sterben der Mutter, wie wenn sie mit einem neuen Gesprächspartner den Gedanken des anderen weitergeführt hätte. Bevor sie nach Zlatar abreiste, habe ich ihr gesagt, sie soll gut auf sich aufpassen und auf Distanz bleiben, auch wenn das bei der eigenen Mutter weiß Gott nicht leicht ist. Ella, mein Liebes, lass dich nicht von ihr mit ins Grab ziehen, habe ich zu ihr gesagt. Und sie zu mir: Ivan, reden Sie nicht so, seit Silvije nicht mehr ist, habe ich nur noch meine Mutter …

Ivan? Sie heißen gar nicht Jahja? Ertappt, dachte ich.

Jahja, Ivan, Johann, das ist doch alles ein und dasselbe!, lacht der Alte. Also was ich sagen wollte, damit ich meinen Erzählfaden nicht abschneide wie Sie den Ihren, als Sie mich zum Sitzen aufgefordert haben, also Ella hat nicht auf mich gehört, sondern hat sich von der Krankheit der Mutter auffressen lassen und ist nicht mehr ins Leben zurückgekommen. Galoppierende Schwindsucht, hieß es. TBC, die Krankheit jener Zeit, sie hat so viele dahingerafft, auch Ella Kranjčević, geborene Kašaj. Aber es war nicht die Schwindsucht, mein Herr, die junge Frau hatte sich an den Tod gewöhnt, sie hat die Angst vor ihm verloren, übrigens auch Silvije, ist widerstandslos gestorben, als wäre es das Natürlichste der Welt, als wäre nichts sinnvoller denn zu sterben! Frau Slava hat sie mit sich gerissen, sie wollte nicht allein sein, allein in ihrem dunklen Grab. Ich war bei Ellas Beerdigung …

Die war 1911, werfe ich böse ein.

Stimmt, Anfang April 1911, der Frühling war früh gekommen und mit ihm im Nachtzug aus Zagreb Ella in einem Sarg aus Kirschholz, schöner als jedes Möbelstück im Haushalt der Kranjčevićs. Den hatten die Zagreber Vaterlandsliebenden und Herren Schriftsteller der jungen Witwe für ihre letzte Reise gestiftet. Sie wollten sich im Tod als galant erweisen, das ist ihnen gelungen, die Kroaten sind echte Galane, das muss man ihnen lassen, das wissen Sie besser als ich, Sie leben schon lange in Zagreb …

Zwangsweise, bald sind es zwanzig Jahre …

Zwangsweise? So sollten Sie bitteschön nicht reden. Zagreb ist eine schöne Stadt mit freundlichen Menschen.

Sie haben mich also erkannt?

Hier kennt jeder jeden. Und Sie kennt sowieso jeder. Manche tun nur aus Jux so, als würden sie Sie nicht kennen. Wenn Sie jetzt denken, ich hätte Sie absichtlich im Schreiben unterbrochen, dann haben Sie recht. Wissen Sie, eine Erzählung über Kranjčević kann keine gute Geschichte sein. Schreiben Sie nie über Bitterkeit, das wird nichts. Wir sind alle auf dieselbe Weise verbittert, schon gar in dieser Stadt. Sie auch, das ist das Einzige, was Sie noch an Sarajevo bindet. Alles andere haben Sie längst über oder hassen es aus tiefster Seele, aber erst wenn Sie die Bitterkeit überwinden, sind Sie reich und können in aller Seelenruhe von hier wegfahren und nie wiederkommen.

Das stimmt nicht.

Gut, dann vergessen Sie, was ich gesagt habe. Im Unrecht sein ist für mich das Einfachste, da können wir zum nächsten Thema übergehen, oder ich nehme den vorigen Faden wieder auf. Wo war ich stehen geblieben?, beim 7. April 1911, das war ein Freitag, der Reisezug aus Zagreb fährt in den alten Bahnhof von Sarajevo ein, in Marijin Dvor, frühmorgens, sechs Uhr dreißig oder etwas später, falls der Zug Verspätung hatte, das weiß ich nicht mehr. Aber der Zug war voll, daran erinnere ich mich. Es war nach Palmsonntag, man erkannte die Katholiken an den Olivenzweigen, die man in Zagreb bekam und in Sarajevo nicht. Die Karwoche hatte angefangen, man fuhr zur Familie, um gemeinsam Ostern zu feiern. Studenten aus Wien und Graz kamen nach Hause, manche auch aus Zagreb, es herrschte Feiertagsstimmung, die kann man sich heute nicht mehr vorstellen. Schon gar nicht in Sarajevo. Wir haben etwas abseits gewartet, bis die Reisenden ausgestiegen waren und den Bahnsteig verlassen hatten, dann wurde der Güterwaggon geöffnet und Ella Kranjčević herausgeholt. Das macht man so mit Särgen, eine alte Vorschrift, so alt wie die Eisenbahn, und heute gilt sie auch im Flugverkehr. Särge werden erst entladen, wenn keiner zuschaut, denn die Leute grausen sich, wenn sie im Nachhinein merken, dass in ihrem Zug oder Flugzeug Tote mitgereist sind. Vielleicht wären sie auch gleichmütig, es ist nie untersucht worden, jedenfalls gibt es die Vorschrift und wir haben uns daran gehalten …

Haben Sie persönlich mit angepackt, um Ella Kranjčevićs Sarg zu tragen?

Nein, dafür fehlen mir ein paar Zentimeter, der Sarg muss ja in der Waagerechten bleiben. Nein, das waren vier junge Männer von der Napredak. Wenn Sie mir ein bisschen Zeit geben, fallen mir die Namen vielleicht wieder ein …

Ist nicht wichtig.

Nein, die sind heute wirklich nicht mehr wichtig. Sie haben sich auf der Vorbereitungsveranstaltung im Haus der Napredak gemeldet, als die Aufgaben für die Beerdigung verteilt wurden. Der Kroatische Kulturverein hat sie ausgerichtet.

Sind Sie auch so eingeteilt worden?

Nein, mein lieber Herr, der Alte lächelt wieder honigsüß, ich war aus anderen Gründen und Verpflichtungen dabei. Jedenfalls, um die Geschichte fortzusetzen, auf der Straße neben der Schiene stand schon ein Fuhrwerk des katholischen Beerdigungsinstituts Pokop bereit, mit einem sehr schönen Pferdegespann. Das eine war ein herrlicher Schimmel, der hatte keinen einzigen dunklen Fleck im Fell, ein Pferd wie geschaffen für einen General, wie sie wenige Jahre später in ganz Europa sehr gesucht waren. Das vergesse ich nie, ein herrlicher Lipizzaner, vor einen Totenkarren in Sarajevo gespannt. Das war noch die Belle Époque, mein Herr, das letzte schöne Zeitalter der Menschheit, das war das alte Sarajevo. Eine Stadt, in der die schönsten Pferde die Toten ziehen. Noch am selben Tag, Karfreitag, der 7. April, war die Beerdigung. Im Familiengrab der Kranjčevićs auf St. Joseph wurde Ella beigesetzt. Viele haben ihr nicht die letzte Ehre erwiesen. Offen gesagt, keiner. Ein paar Gestalten vom Kroatischen Kulturverein, ein paar Staatsbeamte, die Silvije gekannt hatten, kein Muslim, kein Serbe. Die hatten genug von katholischen Beerdigungen oder hatten den Termin vergessen. Von den Verwandten waren nur Ellas liebe Schwester Mila mit ihrem Dušan und natürlich Višnja dabei. Armes Kind, hat beide Eltern verloren, bevor sie in die Schule kam. Was für eine Tragödie, jault der Alte, so tragisch, und seine Augen zwinkern wie im Vaudeville oder als erlaubte er sich einen großen Spaß.

Ich werde den Eindruck nicht los, dass sich da mal wieder einer aus Sarajevo auf meine Kosten lustig macht. Er hat mich erkannt, ist mir gefolgt, weiß sicher, warum ich in der Stadt bin, Mutter war nicht eben diskret, hat ihre Krankheit hinausposaunt, wer wollte, wusste davon, wusste seit Langem davon, in naher Zukunft wird die Stadt mit ihr sterben, er hat nur auf den richtigen Moment gelauert, um über mich herzufallen. Wahrscheinlich hat er mir über die Schulter geschaut und Kranjčevićs Namen gelesen. Das war sein Stichwort. Dass ich eine Erzählung schrieb, war klar, was soll ich sonst schon schreiben.

Dann wieder scheint mir, als sei der Alte völlig durchgedreht und glaube selbst, was er da erzählt. Er hat kein Problem damit, dass seit Ellas Beerdigung hundertundein Jahr vergangen sind. Er war bei ihrer Beerdigung, hat einige Details vergessen, erinnert sich aber an das meiste, vor allem ans Wetter: ein wolkenloser Frühlingstag, so warm wie im Mai, nur an den noch verschneiten Gipfeln von Bjelašnica und Igman sah man, dass der Winter kaum vorbei war, er konnte durchaus noch einmal zurückkommen und das frische Grab mit Schnee zudecken. Er erinnert sich an den schweren Kohlenrauch, den Schwefelgestank, der authentische Geruch des Erdinnern hier, ab und an mischten sich edle Düfte dazwischen, Pinienholz, brennendes Harz, er erinnert sich an die bereits grüne Linde am Eingang zum Friedhof, die vier Verrückten, drei Männer und eine Frau, die aus dem Klinikum in Koševo ausgebüchst waren, sich zur

Trauergemeinde gesellt hatten und bitterlich weinten, weil uns die Verstorbene für immer verlassen hat, die einzigen Tränen, die in Sarajevo für Ella Kranjčević vergossen wurden ... In seinem Wahn erinnert sich der Alte an alles, Jahja oder Ivan, wie es grad passt, so war es in Sarajevo schon immer mit den Bettlern und Narren, deren Religion seit jeher von der Religion dessen abhing, dem sie einen Groschen oder auch zwei entlocken wollen.

Trotzdem ist er wahrscheinlich ein Betrüger und als solcher ein Meister seines Fachs, er nutzt die Gelegenheit, sich aufzuwärmen und ein, zwei Schnäpse auf meine Rechnung zu trinken ...

Noch einen Schnaps?

Nein, nein, für mich nicht, einer reicht mir ... Aber Sie, noch ein Sahlep? Bedienung, noch ein Glas Sahlep für den Herrn!, ruft er, und sie kommt missmutig angewatschelt. Inzwischen sieht sie mich genauso böse an wie ihn, ärgert sich wahrscheinlich, dass ich Jahja nicht davongejagt habe.

An dem Freitag, mein Herr, endete die Geschichte der Kranjčevićs in Sarajevo. Dušan Plavčić zog mit seiner Mila nach Zagreb, Višnja kam in die Obhut der beiden, waren vielleicht bessere Eltern als Silvije und Ella, wenn die Ärmsten länger gelebt hätten. Gegen Ende seines Lebens ging Dušan pleite, er war Bankier, wissen Sie. Višnja arbeitete als Sekretärin beim Kroatischen Nationaltheater. Die Intendanten kamen und gingen, sie blieb, und das über Jahrzehnte, wie ein gutes, teures Stück Bühnendekoration. Wenn sie schon dem Vater nicht halfen, dann wenigstens der Tochter. Außerdem gehörte ihnen Kranjčević nur über sie an, alles andere war in Sarajevo geblieben. Gräber, Gräber, Gräber, mein Herr, alles waren nur Gräber. Wenn man ein wenig nachdenkt, begreift man, dass einem nichts anderes bleibt. Jede Mühe war vergebens, alle Auseinandersetzungen und Erklärungen, umsonst habe ich denen gesagt, dass es ihnen einmal leidtun wird, dass der Dichter nicht lange lebt, dass es schön wäre, wenn sie ihn nach Zagreb holten, dass sie ihm ermöglichen sollen, dort zu sterben, wenn er schon nicht dort leben konnte, dass sie ihn in den Bogengängen vom Mirogoj beisetzen sollen, um das Grab eines Großen bei sich zu haben. Gräber, Gräber, Gräber, mein Herr, aber sie haben nicht auf mich gehört, es war ihnen egal, bis er dann tot war. Und nachdem er mit diesem ganzen verlogenen Pomp von Sarajevo begraben worden war, nachdem so viele falsche Tränen geflossen waren, wie der erste Abschnitt beim Schnapsbrennen, kamen aus Zagreb Briefe, Gesuche und Befehle, sie schickten ihre Repräsentanten, die forderten, Silvije aus seinem Grab zu reißen wie ein Auge aus dem lebenden Kopf und seinen Leichnam nach Zagreb zu bringen, auf den Mirogoj. Damals lebte Ella noch, sie kümmerte sich um ihre Mutter, aber sie wurde nicht gefragt. Die Witwe hat bei wichtigen Staatsfragen kein Mitspracherecht, Frauen geht es nichts an, in welchem Staat der faulende Leichnam eines kroatischen Barden sich endgültig zersetzt …

Noch so ein gehobenes Wort in seiner Rede: Barde! Und ein faulender Leichnam, der sich zersetzt. Muss er irgendwo gelesen haben, oder er hat wirklich Talent, zwischen Wörtern ungewöhnliche, paradoxe Beziehungen herzustellen, womit ich ihm kein literarisches Talent andichten will, wohl aber eines zur Phrasendrescherei.

Sie verkaufen Zeitungen?

Ja, was hat das jetzt damit zu tun? Zum ersten Mal fährt er zusammen, seine Augen werden unvermittelt ruhig. Konzentriert, aufmerksam sieht er mich an, wie ein Wissenschaftler den Glasträger, bevor er ihn unters Mikroskop schiebt, ein Blick, wie ihn nur Menschen haben, die vollkommen in sich ruhen. Der hat höhere Schulen besucht, denke ich, richtige Schulen und im Gefängnis …

Nichts, es interessiert mich einfach.

Ja, ich verkaufe Zeitungen, *Oslobođenje, Dnevni Avaz, Vesela Sveska …* Sind Sie interessiert? Vom *Dnevni Avaz* habe ich noch ein Exemplar, alles andere ist weg. Heute lesen mehr

Leute als früher. Früher bekam ich über den ganzen Tag in der ganzen Altstadt kaum ein Dutzend Exemplare von der wichtigsten, meistgelesenen Zeitung, der *Nada* los, es gab einfach nicht genug gebildete Menschen. Das glauben Sie mir nicht, wie die Leute der nächsten Ausgabe entgegengefiebert haben, weil sie wissen wollten, wessen Gedichte diesmal abgedruckt waren. Es gab einen Knopfmacher, Haim Albahari, sehr netter Mensch, Jude, und die Sarajever Juden waren von der *Nada* nicht so begeistert. Aber Haim war eine Ausnahme, er war für Gedichte und Geschichten geboren, nicht fürs Leben, kam aus einer armen Familie, und so musste er aus Tierknochen Knöpfe und Kämme schnitzen. Und das ist Schwerstarbeit. Schwerer als die Arbeit im Steinbruch. Man sieht es nicht, keiner weiß davon, aber nach den Bergleuten haben Knopfmacher die schwerste Arbeit. So sagen es die, die es wissen. Also Haim Albahari war der einzige Jude, der mir die *Nada* abkaufte. Es haben sie sicher noch andere gelesen, aber die hatten die Zeitschrift abonniert, das waren gebildete, vornehme Juden, die überwiegend im Staatsdienst arbeiteten und von den Hiesigen nicht als Juden erkannt, sondern für Deutsche gehalten wurden. Unter denen hat sicher der eine oder andere die *Nada* gelesen. Aber mein Haim hat das Blatt nicht nur gekauft, sondern mich um acht, halb neun abends, wenn er mit seiner Arbeit fertig war, zu sich bestellt, damit ich ihm die Gedichte vorlese. Mein Sohn, sagte er, ich sehe nichts, meine Augen sind schlecht! Der Herr Haim Albahari hat nicht die Wahrheit gesagt, das sah ich, ich dachte, er hört gern meine Stimme, genießt die Rezitation. Nach Jahren erst hat mir der Alte sehr beschämt eingestanden, dass er Analphabet ist. Kennt die Buchstaben nicht, liebt aber die Poesie. Sehen Sie, solche gab es bei uns auch, Leute wie Haim Albahari. Er hat hier gelebt und wurde hier begraben. Heute gibt es weder ihn noch sein Grab!

Das ist lang her, mehr als hundert Jahre, sagte ich.

Ja, ja, für den einen ist das lang, für den andern nicht.

Menschen leben im Schnitt fünfundsiebzig, achtzig Jahre …

Manche sind mit nicht einmal fünfzig schon Greise.

Und Sie haben schon vor hundert Jahren Zeitungen verkauft?

Ja, und weiter?

Wie alt bist du denn?, frage ich schließlich.

Glauben Sie mir, ich weiß es nicht. Bis zum Vierzigsten habe ich mitgezählt, dann gab ich es auf. Es hat keinen Sinn. Und warum sollte man die Zeit vor sich hertreiben, solange man es nicht furchtbar eilig hat? Ich hatte es nie eilig, ich hatte kein Ziel. Ich bin da, wo ich bin. So ist es auch mit der Zeit: Wenn du sie nicht scheuchst, geht sie nicht rum. Das Rad steht still, bewegt sich weder vorwärts noch rückwärts.

Seine Augen huschen wieder hin und her, wie Libellen übers Wasser, Irrlichter auf kabbeliger See. Der Alte ist nicht verrückt, sondern ein geübter Betrüger, das war früher in Sarajevo ein angesehener Beruf. Ich kannte früher, in den Siebzigern, welche in der Mejtaš. Sie haben auch mich übers Ohr gehauen, obwohl ich ein Kind war, aus pädagogischen Gründen, damit ich es lerne, und hatten ihren Spaß dran. Ich wusste, dass ich mich weder ärgern noch gedemütigt fühlen durfte, weil sie mich vorgeführt hatten. Es war ihr Beruf, wie meine Mutter die Buchhaltung leitete und mein Vater als Arzt arbeitete, so waren sie berufsmäßige Betrüger. Ein Beruf so gut wie jeder andere. Solange man anderen nicht wehtut, tut man ihnen nichts Böses. Wird man handwerklich solide betrogen, so tut es nicht weh, und eine Lehre erhält man obendrein, Betrug öffnet den Horizont, er fördert die Fantasie.

Deswegen erleichtert mich die Erkenntnis, dass der Alte nicht verrückt ist. Ich entspanne mich und versuche, ihm Fehler nachzuweisen, lauere auf einen falschen Satz, stelle Fragen, die er bereits beantwortet hat, achte auf Unstimmigkeiten, will die Geschichte auseinandernehmen, aber er gibt sich keine Blöße. Er merkt, dass ich ihn überführen will, wird aber nicht böse, anders als auf meine Frage hin, ob er als Zeitungsverkäufer arbeite. Geduldig beantwortet er mal direkt, mal durch die Hintertür gestellte Fragen, variiert das Thema Kranjčević ins Unendliche, zeigt weder Müdigkeit noch Ungeduld, hätte die Geschichte wohl bis zum Weltuntergang in tausend Varianten erzählt, ich hätte immer den Kürzeren gezogen, wäre eingeschlafen, verhungert, in Ohnmacht gefallen, hätte Sachen durcheinandergebracht und mich vertan. Er nicht. Er verliert auch nie den Faden. Und erzählt die Geschichte nie genau gleich.

Am Ende hat er genug: Werter Herr, ich bin müde, ich muss gehen, und Sie lassen die Geschichte über Kranjčević zum eigenen Besten bleiben. Die Erzählung taugt nichts. Silvije war viel sanftmütiger, als Sie ihn darstellen. Und die Wohnung hat nicht nach Aceton gestunken, denn es war kein Nierenversagen, sondern Nierentuberkulose, der Ärmste hat Eiter gepisst. Aber gut, das fällt unter künstlerische Freiheit, die ist Ihr gutes Recht. Aber Sie haben kein Recht auf seine Bitterkeit und schon gar nicht darauf, die eigene Bitterkeit durch seine Bitterkeit zu erklären. Nach dem Motto, ich bin in Zagreb so fremd wie er in Sarajevo. Auch wird Ihnen persönlich nichts Gutes aus Ihrer Bitterkeit erwachsen, wenn Sie sie in Ihre Erzählungen lassen. Alle Menschen sind auf die gleiche Weise verbittert, da gibt es keine Unterschiede und damit auch keine Kunst. Das musste ich Ihnen sagen, deswegen sitze ich hier. Und ich hätte Ihnen viel über Kranjčević erzählt, wie er eigentlich war, wie er roch, was für Zähne er hatte, ob er musikalisch war, ins Theater ging, alles Mögliche hätte ich Ihnen erzählen können, keiner stand ihm so nah wie ich, aber Sie interessieren sich ja nur für Trivialitäten. Auch das ist der Preis der Bitterkeit. Da habe ich was für Sie zum Betrachten, wenn ich draußen bin, behalten Sie es zum Andenken.

Sprach's und legt eine Fotografie mit dem Bild nach unten neben das Heft, in das ich, angeregt von den beiden Gedenktafeln mit fast identischem Wortlaut am früheren Wohnhaus Silvije Strahimir Kranjčevićs, die Erzählung »Teures Heimweh« hatte schreiben wollen.

Auf der vergilbten Rückseite steht mit verblasster, ursprünglich schwarzer Tinte in Schönschrift: Sarajevo, 31. Oktober 1908, Beisetzung von S. S. Kranjčević.

Verwirrt starre ich auf den gelben Karton mit Klebstoffspuren aus dem Fotoalbum, und statt das Foto direkt umzudrehen, warte ich, bis Jahja draußen ist, wie ein Kind, das sich widerspruchslos an die Spielregel hält.

Kaum war er durch die Tür, drehe ich es um.

Ich bin ein bisschen enttäuscht: Eine Schwarzweißfotografie im Format 15 x 12 Zentimeter, nicht sehr üblich damals, aufgenommen über die Köpfe und Rücken vieler Männer in dunklen Mänteln hinweg, barhäuptig oder mit Fes; ein grauhaariger Herr mit Halbzylinder steht mit einem Holzkreuz mit dem Namen des Dichters in schwarzen Lettern darauf über dem offenem Grab. Hinter seinem Rücken sieht man dort, wo zu meiner Zeit alte, vom Gras überwucherte und verfallene Grabsteine standen, eine leere Wiese und dahinter die neu gebaute Friedhofsmauer.

Fünf, sechs Sekunden dauert es, dann springt mich an, warum er mir das Foto hingelegt hat, entsetzt schüttele ich mich, mit einem Adrenalinschub springe ich auf und renne hinaus, um Jahja einzuholen.

Aber er ist weg, weder die Straße hinunter Richtung Straßenbahnhaltestelle und Sebilj noch den Berg hoch, wo es zu meinem Hotel geht, sehe ich ihn. So schnell kann er gar nicht verschwunden sein, wahrscheinlich hat er meine Reaktion vorhergesehen und hält sich in einem Hof, einem Torbogen versteckt.

Es ist drei Uhr morgens, keine Chance, selbst wenn ich gewusst hätte, in welcher Richtung ich suchen muss.

Ich kehre ins Erzurum zurück.

Die Kellnerin stützt sich schwergewichtig auf den Tresen, aus dem Ausschnitt, zwischen den verschwitzten Brüsten, ragen drei schwarze Haare. Mag sein, dass ich sie mir nur einbilde.

Ich habe Sie gewarnt! Jahja neppt jeden einmal auf die Art und kein zweites Mal.

Ich gehe an meinen Tisch, das Bild ist weg.

Entschuldigung, wo ist das Foto?, frage ich.

Welches Foto?, sie runzelt die Stirn, als hätte ich sie des Diebstahls bezichtigt.

Ich winke ab.

Stecke das Heft, das die ganze Zeit beim letzten Satz der Erzählung – »Teures Heimweh« – aufgeschlagen dalag, in den Rucksack, die Erzählung werde ich vermutlich nie zu Ende schreiben, bezahle und gehe.

Die Männer sitzen noch da, stecken die Köpfe zusammen, reden in ihrer unverständlichen Sprache, haben vielleicht nichts mitgekriegt.

Die Fotografie, die nicht mehr da war, zeigte den Moment, in dem der Sarg mit Kranjčevićs Leichnam mit zwei Seilen in die Grube abgelassen wurde. Der Totengräber, das Gesicht war gut zu sehen, er hat in dem Moment, bevor sich die Blende schloss, in die Kamera geblickt, ein kleinwüchsiger Mann mit weißem Bart, war der Alte. Kein Zweifel. Jahja, Ivan, am 31. Oktober 1908 so alt wie heute. Es war wohl auch seine Handschrift auf der Rückseite.

Falls nicht Beschriftung und Bild Produkt von etwas sind, das sich mir entzieht. Weil ich es nicht weiß. Jahja hat mich verhext, mir was in den Sahlep geschüttet, mich für einen Augenblick benommen gemacht, ich habe mir alles nur eingebildet.

Meine Mutter ist krank, seit neun langen Monaten, letzte Nacht konnte ich wegen der Hitze kaum schlafen. Die Nacht davor hatte ich nicht geschlafen, weil ich mich vor der Fahrt nach Sarajevo fürchtete. Diese Nacht werde ich wieder nicht schlafen, dabei bin ich hundemüde.

Das Gebell ist etwas leiser. Gegen Morgen beruhigen sie sich, ziehen sich zurück, halten sich gegenseitig warm, schlafen kurz. Viel kürzer als Menschen. Einige heulten noch wie Wölfe in der Ferne, ein langgezogenes Jaulen, dazwischen wütendes Gekläff, sie verfluchen einander in ihrer stummen Hundesprache oder wuffen verhalten, befangen von ihrer Hundeangst, von der Menschen nichts wissen, so wie Hunde nichts von der Todesangst der Menschen verstehen.

Wieder gehe ich am Taxistand vorbei. Wenn es der Reihe nach geht, fährt der nächste Kunde im schönen, neuen Mercedes, in dem ein dicker Mann wartet, ein ehemaliger Gastarbeiter mit seiner Rolex am Arm, er ist wach, seine Hand liegt auf dem Lenkrad. Den Hemdsärmel hat er aufgekrempelt, als sollte er beim Doktor Blut abgenommen bekommen. Hinter ihm vier weitere Wagen mit vier schlummernden Fahrern. Entweder haben sie die Hoffnung auf Kundschaft aufgegeben oder sind vom Schlaf übermannt worden. Wenn ab halb zwei Uhr nachts die ersten Hähne krähen, beginnt der mystische Teil des Tages, der in Geist und Körper der Menschen etwas verändert und durcheinanderbringt, vielleicht, weil sich Gott, wenn es ihn gibt, um die Menschen und die Hunde kümmert. Den einen suchen Träume heim, den anderen der Tod. Die Kranken, sie ersticken, röcheln, ihr Herz bleibt stehen, schlägt dann vielleicht wieder, oder sie sinken immer tiefer ins Koma, verschwinden, verscheiden ohne Vorwarnung, leicht, still, als striche Erzengel Gabriel ihnen mit dem Flügel übers Gesicht. Zwischen halb zwei und sechs sterben Menschen in Krankenhäusern und daheim, im Ehebett, der Druck von oben wächst, die Verlockung zu gehen wächst, der Kampf zwischen Atmen und nicht mehr Atmen zieht sich hin, die Seele löst sich vom Leib, die Welt bricht entzwei, jede Nacht aufs Neue, jede Nacht zwischen halb zwei und sechs, und dann setzt der normale Rhythmus des Tages wieder ein, wer die Nacht überlebt hat, dem geht es scheinbar besser, die Wangen bekommen wieder ein wenig Farbe, sie atmen ruhiger, scheinen zu schlafen, kommen gegen Mittag kurz zu sich, dann, je näher der Abend rückt, zerrt der Tod wieder an ihnen, und mit dem ersten Hahnenschrei bricht wieder die Zeit des Sterbens an. Kein Lebewesen, kein Vogel, kein Säugetier, kein Käfer, ruft den Tod so wie die Hähne aus, und doch ist der Hahn in keiner Religion ein Symbol des Todes. In Sarajevo hört man keine Hähne, aus keiner Richtung kräht es, nur die Hunde bellen, dann quietscht eine Weiche und die erste Straßenbahn klingelt, dann die erste Kirchenglocke, der Ruf des Muezzin vom Tonband … Aber da sind alle schon tot, denen zu sterben beschieden war, und wer morgen stirbt, ist fürs Erste sicher.

Die zwanzig Schritte von der früheren Kneipe Drina zur alten orthodoxen Kirche sind das letzte Stück Sarajevo, auf dem mich stets dasselbe Gefühl und derselbe Gedanke ergreifen. Ich bin in Sarajevo, weil sie krank ist, und mir gefällt die Vorstellung, die Stadt nie mehr zu sehen, nicht mehr daran zu denken, wie damals, als ich hier aufwuchs, als Nonna mich noch bei der Hand führte, und später, als meine Sexualität erwachte, als ich mir den Augenblick ausmalte, in dem meine Augen von der Dunkelheit befreit würden, so nannte man es damals, wenn man zum ersten Mal mit einer Frau zusammenlag, in sie eindrang, seine Männlichkeit lebte, die höchste, vielbesungene und -beschworene körperliche Befriedigung erlebte, die allerdings nie so groß und erfüllend war, wie ich sie mir vorstellte, während ich die zwanzig, vielleicht auch fünfzig Schritt von der Kneipentür zu den hölzernen Türflügeln der Kirche ging.

Das Drina war keine gewöhnliche Kneipe. Ich weiß nicht, seit wann ich das weiß. Mir kommt es so vor, als wüsste ich, seit ich mir meiner selbst bewusst wurde, dass im Drina eine Nutte anschafft, Šuhra drinnen auf Freier wartet, eine Prostituierte, so alt wie die Stadt, der unbekannte, unsichtbare Männer beiwohnen. Unsichtbar, weil die sichtbaren das Drina und die alte Prostituierte bedrohen und weil sich keiner in ein derart dreckiges Bett legen würde. Das war meine erste Begegnung mit Sex – das Drina und Šuhra –, mit der bin ich, scheint mir, schon zur Welt gekommen, alles andere kam, wie es eben kommt, seit Sigmund Freud bis zum heutigen Tag, für alle Knaben dieser Welt, als Überbau zu dem, womit alles anfängt. Der Schoß, in den ich gedanklich zurückkehre, jenseits des Bewusstseins, jenseits des Lebens, jenseits des Traums, ist nicht der Schoß der Kranken, deren Sterben noch ein Weilchen auf sich warten lässt, es ist der Schoß von Sarajevo, die zwanzig Meter vom Drina zur alten orthodoxen Kirche, der Schoß ist zwischen Šuhras alten Beinen, in dem Dreck und Schmutz, über den auf dem Weg zur finalen Befriedigung meine gesamte bewusste und unbewusste Welt durchmarschierte.

Ich habe Šuhra nie gesehen. Weder in echt noch als Abbildung. Ich weiß nicht, wie sie aussah. Ich weiß, wie ich sie mir heute vorstelle, erinnere mich aber nicht, wie ich sie mir vor zwanzig Jahren vorstellte, als die Belagerung der Stadt begann, oder früher als Gymnasiast, oder noch früher, als mich Nonna an der Hand führte, vorbei am Drina und der alten orthodoxen Kirche. Aber ich weiß sehr gut, dass ich sie mir immer vorgestellt habe und mit Šuhra groß geworden bin, ruhiger und älter wurde, ohne je meinen Fuß ins Drina zu setzen und mir die Kneipe von innen anzuschauen. Ich hätte mich nicht gesetzt, keinen was gefragt, nur geschaut und wäre dann hinausgerannt. Aber nicht einmal das habe ich mich getraut, ich habe mir die Inneneinrichtung nur vorgestellt, so wie ich mir Šuhra nur vorgestellt habe und wie ich mir über Jahre diese höchste aller Befriedigungen vorstellte, wenn man wieder wo eindringt, wo man einst herausgekommen ist.

Ich weiß nicht, wie ich sie mir vorstellte, denn in jeder neuen Phase meiner Entwicklung musste ich die Šuhra aus der vorherigen vergessen. So wird man erwachsen. Ich vergaß die vorherige Šuhra wegen der neuen Šuhra. Ich weiß nur noch, dass mich als kleiner Junge, Grundschüler und Heranwachsender die Vorstellung grauste, man könnte Genuss dabei empfinden, wenn man in die alte, schmutzige Frau hineingleitet. Das war eine Strafe, ein Fluch, man musste was Scheußliches verbrochen haben, um sich zu Šuhra zu legen. Später verschwand die Vorstellung – des Fünfjährigen, des Zwölfjährigen –, dass Sex sauber sein soll, schlug in finsterste Männerfantasien von der alten vollgepissten Nutte um, der Schoß als Höllentor, in der man schwelgt, wenn die Illusion vom Paradies schwindet und Sauberkeit einen nicht mehr erregt.

Sie sagten: Ich habe Šuhra getroffen, o Mann, ist die eklig,

Šuhra hat mir gesagt, mein Alter war bei Šuhra, deswegen hat sich die Alte von ihm getrennt, einer hat es ihr gesteckt; sie sagten: Šuhra war vor Kurzem hier, ging vorbei, kam rein, ging raus, stand am Tresen, kippte einen Schnaps und ging weg, ohne was zu sagen; sie sagten: mir ist grad danach, mich bei Šuhra zu erleichtern, ach, das ist Sarajevo, da kann ich Šuhra besuchen, oh, ich hab mir bei Šuhra den Tripper geholt ... Von Anfang an, schon bei meiner Einschulung kannten alle Klassenkameraden Šuhra und trafen sie regelmäßig, später, im Gymnasium, wohnten ihr manche bei, nur ich habe Šuhra nie gesehen.

Šuhra war kein Oberbegriff für mehrere Frauen, wie ein slowenischer Journalist ein paar Monate vor dem Krieg schrieb, der Artikel erschien in *Delo* unter dem Titel »Die Stadt, in der es keinen Krieg geben wird, weil jeder jeden kennt«. Er irrte sich, nicht nur in diesem Punkt, die ganze Reisebeschreibung war falsch, wenn auch gut gemeint. Šuhra war eine Person, die Nutte vom Drina. Im Drina die Einzige. Das einzige Bordell des Orients, in der eine einzige alte Nutte empfing, von der jeder redete, spätestens, wenn er in die Schule kam. Vielleicht schon im Kindergarten, das kann ich nicht beurteilen, weil ich nicht im Kindergarten war. Und bis zur Rente, im Schachklub, im Pensionistenheim am Trebević, aus Dalmatien zugezogene Männer beim Bocciaspiel, auf den Bänken vorm Gemüsehändler und dem Schuster, vorm Sebilj, während sie Tauben mit Brotkrümeln und Maiskörnern fütterten, sprachen die alten Männer über Šuhra. Die redeten ansonsten höchstens noch über Genosse Tito. Pioniere wie Pensionisten.

Jeder hatte sie gesehen, gerade stand sie doch noch auf der Straße. Nur ich nicht. Ich habe sie nie gesehen.

Jedes Mal, wenn ich am Drina vorbeikam, schaute ich, ohne den Kopf zu drehen, zur Eingangstür, die meistens offenstand, vor allem an warmen Tagen, und sah immer das Gleiche: die dunkle Bauchhöhle der Kneipe, einige Tische, an denen keiner saß, dreckige, hässliche Fliesen wie in öffentlichen Toiletten, den Tresen, eine weiße Vitrine, in der hartgekochte Eier lagen.

Alles andere ist mir entgangen, weil ich mich nicht traute, stehen zu bleiben und in Ruhe zu schauen, ich beschleunigte vielmehr, während sich meine Augäpfel bewegten, ich aus dem Augenwinkel hinüberschielte, zur Eingangstür hin, bis das Drina im toten Winkel verschwand, sich irgendwo im Hinterkopf, präzise eingeschrieben, unvergesslich, in ein Gefühl der Zugehörigkeit verwandelte, in das, was man heute modern Identität nennt, und sie sollte alle anderen meiner Sarajever Identitäten überleben. In dieser Stadt, die mir ferner ist als die entfernteste Ferne, in der mich jeder Gegenstand darauf stößt, dass ich nicht von hier bin, in der mich jahrelang, bei jedem Besuch, einige ehemals lebende Menschen darauf stießen, dass ich nicht von hier bin und den Untermietern gleiche, die nach dem Zweiten Weltkrieg auf dem Weg zum Gemeinschaftsklo durch ihr Wohnzimmer laufen mussten, bleiben mir als einziges eigenes Bruchstück der Stadt die zwanzig Schritte, vielleicht auch fünfzig, vom Drina zur alten orthodoxen Kirche, die ich gerade gehe, und obwohl ich nicht besonders langsam gehe, ganz normal gehe, dauert es, scheint mir, eine ganze Weile; was mir von Sarajevo bleibt, ist wohl doch nicht so wenig.

Wo früher die Kneipe war, das Drina, ist heute eine mit Brettern vernagelte Tür, ein staubiges, leeres Schaufenster, und unter den Fenstern im ersten Stock, wo früher das Gastzimmer lag, zieht sich ein Schild mit der Aufschrift »Comics & Co.« über die gesamte Fassade. Hundertprozentig sicher bin ich nicht, aber über dem ehemaligen Drina werden heute wohl Comics verkauft, genau in dem Zimmer, in dem Šuhra ihre unsichtbaren Kunden bediente. Wenn da wirklich Comics verkauft werden, hat die Geschichte die Form einer vollkommenen Ellipse. Die Legende von Šuhra (so es eine Legende ist), von der einzigen bekannten Prostituierten im einzigen bekannten Bordell im einst bekanntlich sozialistischen Sarajevo (so es diese Prostituierte gab, sie nicht wie Grozdana in Hamža Humos poetischem Roman erfunden ist), kann nur im Comic erzählt werden. In einem langen, epischen Comic oder einer Graphic Novel von der orientalischen Stadt, der letzten Bastion von Brüderlichkeit und Einheit, dem Stützpunkt der eisernsten Kommunisten vor Taschkent, Buchara, Tbilissi, die mit Šuhra zwei Bedürfnisse befriedigen würde: das nach erfundenen Traditionen und das nach Sex, ebenfalls zusammenfantasiert.

Und so gehe ich an der alten orthodoxen Kirche, an der von der Zeit, saurem Regen, Männer- und Hundepisse angefressenen Hofmauer aus Kalksinter genau wie früher vorbei: in Gedanken bei der Kneipe und der Hure, beim Drina und bei Šuhra, mit der keiner über Nacht zusammenblieb, bei der unzählige Freier oben im Gastzimmer lagen, den kleinen Tod erlebten und danach schnell die Kurve kratzten, Gedanken, die auszulüften überfällig wäre. Gott hat mich nie auf seine Gegenwart hingewiesen, er war für mich von Anfang an Illusion, Traumbild und lyrisches Fantasma, eine literarische Figur außerhalb der Literatur, trotzdem schäme ich mich wie jedes Mal vor der alten orthodoxen Kirche für die Hure Šuhra und meine Gedanken an sie. Meine Großmutter führte mich noch bei der Hand, da biss mich vor den hohen Holztüren, in dem ewigen Uringestank, mit dem Bogenfries hoch über mir, den Kuppeln hoch über den Köpfen der Passanten, schon das Gewissen wegen dem Drina und der Hure Šuhra und meiner Gedanken an sie. Die alte orthodoxe Kirche ist mein erster und letzter Tempel, falls Gewissensbisse das Maß des christlichen Glaubens sind, und das sind sie, denn damals wie heute ist mir die Vorstellung unbehaglich, Gott sei Mitwisser meiner sündigen Gedanken an Šuhra und das Drina, die mich seit zwanzig oder fünfzig Schritten verfolgen. Wer weiß, wie mein Leben und mein Verhältnis zu Gott gewesen wäre, stünde kurz nach dem Drina ein anderes Haus: eine Bank, eine Bibliothek, ein Selbstbedienungsladen. Hätte mich dann auch mein Gewissen geplagt? Wenn ja, hätten sich diese Gewissensbisse länger hingezogen, hätten sie mich durch die ganze Stadt begleitet, überallhin? So blieben sie auf diese Strecke von zwanzig, fünfzig Schritten beschränkt und bilden das letzte Stückchen Sarajevo, das mir geblieben ist.

Ich stehe vor der Kirchentür und meine, von drinnen Stimmen zu hören. Ein orthodoxer Priester vielleicht, das Frühgebet, zu dem sich die Mönche – die zwei, drei hier in der Stadt – versammeln, vielleicht ist es Einbildung.

Wenn ich jetzt mit der Hand zwei-, dreimal kräftig an die Tür schlagen würde, hätten sie dann Angst vor einem gewalttätigen Ungläubigen oder gingen sie davon aus, einer der Ihren stünde draußen, und öffneten mir die Tür? Wahrscheinlich Ersteres. In der Stadt ist kaum ein Orthodoxer geblieben. Deswegen sind sie mir so nah. Sie sind wenige, ich einer. Fast ein Verwandter.

Wenn ich dreimal an die Tür klopfte, wenn sie mir vertrauten und öffneten, das wäre ein gutes Zeichen, denke ich. Dann geschieht ein Wunder und Mutter wird gesund. Die Idee gefällt mir, aber nicht so sehr, dass ich anklopfe.

So lasse ich es wie jedes Mal sein. Was wird geschehen, wenn ich es einmal nicht sein lasse?

Die ehemalige Titova, die heute anders heißt, ist leer und still. Keiner zu hören, in der Ferne heult nur ein Hund, zwei andere antworten mit kurzem Bellen, vom anderen Ufer der Miljacka, wahrscheinlich aus Bistrik, dringt ein Jaulen, auf das einer aus Vratnik oder Kovači antwortet. Dann wieder von vorn: Weit weg heult einer, als hätte er Gift gefressen, das seine Eingeweide zersetzt, zweie antworten mit scharfem, mitleidlosem Bellen, und vom anderen Ufer der Miljacka, von der Umgehungsstraße oder aus Soukbunar ein Jaulen, worauf einer von Bjelave oder Mejtaš reagiert, der muss unter dem Fenster meiner Mutter hocken, die schläft und Albträume hat oder um Hilfe ruft, weil sie zur Toilette muss.

Beginnt das Sterben, wenn es der Kranke nicht mehr allein zur Toilette schafft? Oder wenn ihm die Kraft fehlt, sich abzuputzen? Oder wenn ihm nicht mehr bewusst wird, dass er aufs Klo muss? Wann beginnt das Sterben?

Ich überquere die Titova und biege in ein Sträßchen ab, das Prota Baković heißt. Keine Ahnung, wer das war, aber ein Dutzend Schritte die Straße hinein liegt ein kleiner Hof mit einem kleinen Lokal, in dem ich ein einziges Mal war: im September 1999 mit einem hiesigen Schriftsteller, dessen Namen ich seit Jahren vergessen will, das beste Lokal in ganz Sarajevo, sagte er. Ein bescheidener Gastraum, ich saß eingeklemmt zwischen Wand und Tisch, über allem der schwere Geruch von Gebratenem und Öl, in dem seit Tagen panierte Schnitzel schmurgeln, die Wirtin eine dicke Frau mit schmutziger Schürze, die alle Gäste wie Kinder behandelte. Sie kochte und servierte das Essen an den drei, vier in den Raum gequetschten Tischen selbst, kassierte am Ausgang mit nur flüchtig abgewischten Händen, sodass am Rückgeld einzelne Schinkenfasern, verbrannte Semmelbrösel und Palmöl hingen, was den Gästen nicht auffiel, sie stopften die zerknautschten, fleckigen Banknoten mit dem Konterfei bosnisch-herzegowinischer Dichter und deren überraschten Mienen, deren für die Ausstellung amtlicher Papiere eingefangenen Züge, die dann ungefragt für die Zwecke der Ewigkeit verwendet wurden, achtlos in ihre Hosen- und Sakkotaschen, zwischen Krümel, Fädchen und ausgefallene Haare, Hautschuppen und Schweißgeruch. 1999 verendete die bosnisch-herzegowinische Poesie in den Hosentaschen der verfressenen Nachkriegsarmut. Kurz danach wurde alles bosniakisch, und was nicht bosniakisch werden konnte, weil es keinen muslimischen Vor- und Nachnamen trug, wurde zwischen Serben und Kroaten aufgeteilt …

Das Lokal hieß Zum Tantchen, und so wollte die Wirtin auch gerufen werden. Ihren Namen verriet sie nicht und verschwieg damit zugleich, welchem Glauben sie anhing. Da das Resto in der Prota-Baković-Straße lag, kann man davon ausgehen, dass sie orthodox war. Andernfalls hätte sie aus ihrem Namen kaum einen Hehl gemacht.

Der Teller wird leergegessen und anschließend mit Brot sauber gewischt! Es war wohl eine Art Reklamespruch. Auch wir bekamen ihn zu hören, als sie zwei randvolle Teller Bohneneintopf (»Tantchens hausgemachter Bohneneintopf mit Rindswurst« stand auf der Karte) vor uns hinstellte: Der Teller wird leergegessen und anschließend mit Brot sauber gewischt!

Woraufhin mein Kumpan, ein Schriftsteller aus Sarajevo, freundlich grinste. Offenbar war das hier so. Wer einen Teller vorgesetzt und den Zauberspruch gesagt bekam, grinste. Manche der Männer aßen hier sicher täglich, weil sie in der Nähe arbeiteten, aber sie ermahnte jeden Einzelnen jedes Mal in demselben strengen Tonfall wie beim ersten Mal, und das wahrscheinlich seit Monaten und Jahren schon, ein Scherz, der sich nur in unbedeutenden Details politischen Veränderungen und historischen Umbrüchen beugt. Über die Jahrhunderte wird sich mit etwas Glück und Gottes Hilfe in der Stadt und diesem Lokal mit dem besten Essen der Stadt nichts ändern …

Wenig konfrontiert einen so brutal mit der eigenen Begrenztheit, ja, Sterblichkeit wie ein überschwappender Teller hellbrauner Bohneneintopf. Der Anblick war eine Prüfung, mir der Appetit vergangen, noch bevor ich den Löffel in die dickflüssige Masse tauchte, hektisch überlegte ich, wie ich aus der Nummer wieder herauskam, wie ich den hiesigen übergriffig-zudringlichen Humor wegsteckte, der unfehlbar auf mir niedergehen würde, sobald ich aufstand, in dem aussichtslosen Versuch einer Befreiung.

Mein Literaturkollege, dessen Name ich mit ebenso wenig Aussicht auf Erfolg zu vergessen versuche, weil mich ständig irgendwas an ihn erinnert, bemerkte meinen ohnmächtigen Schreck vor derart schweren Fällen bosnischer Gastfreundlichkeit nicht und löffelte heldenhaft seine Suppe, als säße er 1915 am Isonzo, vielleicht bei Karfreit oder Caporetto oder Kobarid, und verschlinge emotionslos seine Ration, unfähig, sich die nächste Szene vorzustellen, in der ihm der Feind mit Bajonetten den Bauch aufschlitzt und seine vom Bohneneintopf wie ein Zeppelin geblähten Därme dampfend in den Schnee gleiten.

Er schaufelte den Eintopf in sich hinein, tunkte die Brühe mit Brot auf, das zwischen seinen Fingern krümelte, sang aber zwischen jedem Bissen ein Loblied auf die Köchin und warf mir sogar noch je eine Frage zu, bevor der nächste Löffel im Mund landete: Wie mir die Bohnen schmeckten, der beste Bohneneintopf seit dem Militärdienst, nicht wahr? Ob *Sarajevo Marlboro* inzwischen ins Englische übersetzt sei? Ach, schade! Was macht Zagreb, gibt's gute Konzerte? Wie lange ich in Sarajevo bliebe? Warum so kurz?

Ich antwortete kurz angebunden und unkonzentriert und spürte, wie seine Stimmung entsprechend meiner Antworten jäh wechselte. Vielleicht hätte ich es genießen können, hätte mich der Teller vor mir nicht derart beunruhigt.

Mein Kollege, der einen guten Roman über die Belagerung und mehrere schwache Romane über Scheidungen geschrieben hat, hatte seinen Teller zur Hälfte geleert, bevor ich mich an den ersten Löffel wagte.

Die Suppe war noch heiß, die mit Mehlschwitze angedickte Brühe kühlte nur langsam ab, also blies ich ausgiebig auf den Löffel, und jedes Mal, wenn ich Luft holte, stieg mir der undefinierbar schwere Geruch von in Öl angebratenem Mehl stärker in die Nase, bis er alles andere überdeckte, auch den süßlich-gemütlichen Duft der Trešnjevac-Bohnen, die leckerste Sorte vom Balkan, die seit Jahrhunderten Millionen einfach gestrickter, fauler und bösartiger Menschen, die alles hassen, was schwächer oder klüger ist als sie, vor dem Hungertod rettet, aber auch davon abhält, etwas aus ihrem Leben zu machen. Die kulturelle Rückständigkeit, intellektuelle Inferiorität und emotionale Misere, die die Mehrheit der Balkanesen auszeichnet, die zwischen dem südlichen Ende des Tunnels durch die österreichischen Alpen und der Südostgrenze des ehemaligen Habsburgerreichs leben, erklären sich zum ganz überwiegenden Teil aus dem verderblichen Einfluss der Trešnjevac-Bohnen.

Das ging mir durch den Kopf, während ich auf den ersten Löffel Bohneneintopf blies. Der Magen drehte sich mir von dem Geruch der Mehlschwitze um, der Geruch einer unschönen österreichisch-ungarischen Kindheit, eingeschrieben in persönliche und familiäre Erinnerungen, der Geruch Stubler'scher Küchen in Notzeiten, wenn ein Sohn fiel, musste ein großer Topf Bohnen für Verwandte und Freunde, die Eisenbahner,

Bergleute, Arbeiter und deren Frauen, die aus ihren Industriestädtchen zu Beerdigung, langen Beileidsbekundungen und Leichenschmaus anreisten, gekocht werden. Das ist in mir drin, auch wenn ich nicht bewusst daran denke, mir war Beim Tantchen nicht bewusst, dass ich an die Stublers dachte, weil die Mehlschwitze so typisch, *das* Zeichen ihrer Identität war. Die Mehlschwitze, später das dumpfe Bauchweh, das sich durch Darm und Adern wälzt, Herz, Lungen und Hirn erreicht, schließlich den ganzen Menschen durchdringt, sich, besonders sonntags, in nachmittäglicher Schwermut äußert. Alle Stublers, Männer wie Frauen, hatten Listen mit unbekömmlichen Speisen im Kopf. Es waren unterschiedliche Speisen, die sie gern vor Gästen, in Wartezimmern oder an Bushaltestellen aufzählten, selbst wildfremden Menschen. Oder insbesondere wildfremden Menschen. Menschen, die sie nicht kannten, die ihnen widerwärtig oder verhasst waren, die sie zu Recht oder Unrecht als Polizeispitzel betrachteten, als Zuträger von Gestapo und UDBA, die Volksfeinde oder versteckte Juden suchten, denen erzählten sie, dass Germknödel oder Einbrenne schlecht vertragen werden, auch grüne Bohnen, wenn die Schoten nicht gründlichst geputzt und von den Fäden befreit sind, oder eben diese elenden braun gefleckten Bohnen, die wie ein Stein im Magen liegen und die Verdauung in Aufruhr versetzen … Wie andere übers Wetter und dessen Auswirkungen auf die Knochen reden, so plauderten Stublers über unbekömmliche Speisen. Sie gaben Knödeln oder Đuveč-Reis die Schuld, aber in Wirklichkeit lag ihnen die Einbrenne im Magen, diese unerträgliche, in Österreich übliche Machart von Soßen und Suppen, die vielleicht den Untergang des Reichs mit verursacht hat. Seine Verteidiger bekamen vom Mittagessen Bauchweh.

Ich schluckte den ersten Löffel hinunter, dann den zweiten, dritten und etliche weitere, bis der Teller an jenem quälenden Mittag 1999 nicht mehr ganz so gut gefüllt war und ich mit der heiklen Operation beginnen konnte, ohne allzu viel Aufsehen das Lokal zu verlassen und so schnell wie möglich zu vergessen, dass ich je hier gewesen war. Zuerst musste ich das Problem mit dem Schriftstellerkollegen lösen, dann das mit Tantchen, die aus ihrer Maxime – Der Teller wird leergegessen und anschließend mit Brot sauber gewischt! – höchstwahrscheinlich ein Dramolett improvisieren würde.

Bingo. Tantchen gab eine Vorstellung für alle Gäste.

Zuerst befahl sie gespielt streng, keiner dürfe aufstehen, bis ich aufgegessen hätte. Nicht nur ich nicht, keiner, Tantchen drohte allen Anwesenden, ob sie zurück zur Arbeit mussten oder nach Hause zu Frau und Kindern wollten, Sippenhaft an und fischte den Schlüssel zur Eingangstür aus der Schürzentasche.

Natürlich fielen alle mit einschlägigen Witzen über mich her.

Und alle kannten mich ganz persönlich. Es war das Sarajevo, dessen Geist und Unverblümtheit auch die Jahre der Belagerung nicht zerstören konnten, das Sarajevo, das die Ausländer so sehr lieben und das härteste Herz erweicht.

Leider kann ich in dieser Stadt kein Ausländer sein, und wenn ich mich noch so sehr von ihr entferne und ihr fremder bin als jeder Amerikaner oder Iraner, den der Sarajli mit offenen Armen empfängt …

Nach dem ersten Schwall pädagogischer Ermahnungen – Sie werden den Teller aufessen, so wahr ich hier koche, das werden Sie, sonst lasse ich Sie nicht weg! – sagte sie: Zagreb hat Sie verdorben, Sie sind die heimische Küche nicht mehr gewöhnt, Sie essen den lieben langen Tag nichts als Sushi, Kaviar und Steaks! Die letzten drei Worte spuckte sie mir mit vorgestrecktem Kopf förmlich ins Gesicht, wiegte dazu ihre gewaltigen Hüften und klimperte mit den Wimpern, womit sie die geballte Heiterkeit der Gäste hervorrief, einschließlich meines Schriftstellerkollegen. Er war stolz darauf, mich hierher gebracht zu haben. Später erzählte er mir von Schriftstellern, die über Sarajevo schrieben, ohne die Stadt zu kennen, und ließ dabei durchblicken, dass niemand die Stadt kenne, der nicht Beim Tantchen gewesen war.

Ich weiß nicht, ob sie den Zagreber Slang oder Schwule nachäffte, die anderen Gäste verstanden das offenbar besser, sie lachten nicht nur, sondern fielen mit ein – Mein Gott, ob ich hier lebend rauskomme? –, und meine sämtlichen Versuche, es ihnen gleichzutun, um mich aus der Affäre zu ziehen, scheiterten kläglich. Ich riss meinerseits Witze, äffte ein bisschen den Zagreber Tonfall und Schwule nach, machte mich über die kroatische Hauptstadt lustig, alles umsonst, weder Tantchen noch überhaupt einer der Anwesenden akzeptierte mich als einen der Ihren. Ich wechselte Betonung und Akzent, redete, was ich sonst nie tun würde, wie die Penner in Sarajevo, wie schlechte Schauspieler in banalen Fernsehserien, ein Sarajli, der eine Zagreberin mit seinem Sarajevertum beeindrucken will, alles vergebens.

Ich gehörte nicht dazu, an mir stellten sie vielmehr ihre Gastfreundlichkeit unter Beweis. Sie taten es viel herzlicher und entschlossener, als sie es bei echten Zagrebern getan hätten.

Am Ende wurde sie schrecklich traurig, was für eine schreckliche Beleidigung, dass ich von ihrer unvergesslichen Bohnensuppe höchstens zehn Löffel aß! Der Chor griff auch das pflichtschuldigst auf, zerriss sich das Maul, unisono mit diversen Soli, redete mir höhnisch gut zu, ich soll brav meine Bohnensuppe auslöffeln und die Köchin nicht beleidigen, wenigstens einen halben Teller essen, was sie beleidigt zurückwies, meinen Teller mit einer hysterischen Bewegung schnappte und über mir auskippte. Auch das löste Lachsalven aus, gelacht hat auch mein Kollege, der Sarajever Schriftsteller, und ich hätte noch weit schlimmere Strafen erduldet, sie hätte mich in ihrer fetten Rindsbrühe sieden, mich mit ihrer Moussaka teeren, mit Püree einschmieren und federn können, Hauptsache, sie ließ mich möglichst schnell gehen.

Jahrelang mied ich diese Seite der Titova, mied das nach Prota Baković benannte Sträßchen, aus Angst, ich könnte ihr begegnen oder die Gerüche aus ihren Töpfen, vor allem der Geruch ihrer unvergesslichen Einbrenne, könnten mir um die Nase wehen.

Dann musste ich doch einmal hier entlanggehen, ich war mit Freunden, mit dem Regisseur Goran Rušinović und seiner Olga unterwegs, die wie ich beim Sarajever Filmfestival zu tun hatten, und hätte schwerlich begründen können, warum ich da nicht durchwollte, und dann erwiesen sich meine Ängste als unbegründet. Beim Tantchen hatte dichtgemacht, es hatte sich auch kein neuer Pächter für das Lokal gefunden. Die staubige Tür war mit einer Kette und Vorhängeschloss gesichert, eine von zwei Glasscheiben in der Tür waren offensichtlich schon vor längerer Zeit eingeschlagen worden, an der Hauswand verriet ein helleres Rechteck, wo einst das Ladenschild hing.

Mit dem Schriftsteller, den ich im Sommer 1999 – damals habe ich überlegt, in meine Geburtsstadt zurückzukehren – bei einem Kurzbesuch in Sarajevo traf, rede ich schon lange nicht mehr. Seit wann und warum nicht, weiß ich schon gar nicht mehr. In der Zeitschrift, bei der er arbeitete, erschienen beleidigende Artikel über mich und meine Bücher, seine Studenten – denn der Schriftsteller war auch Professor – zogen in Internetforen und einer obskuren Studentenzeitschrift über mich her, die im Namen der Toleranz finanziell von einem amerikanischen Philanthropen unterstützt wurde, einem Ex-Banker, der als jüdischer Junge aus dem faschistischen Europa geflohen war und deshalb lebenslang Jungs förderte. Der Sarajever Schriftsteller selbst hat nie etwas gegen mich geschrieben oder gesagt, sonst würde ich die Sache leichter wegstecken und müsste mich nicht anstrengen, seinen Namen zu vergessen. Er hätte zum Beispiel die Geschichte mit der gemeinsamen Bohnensuppe Beim Tantchen beschreiben und zum Schluss, als Pointe, erwähnen können, dass er die Rechnung zahlte, obwohl meine monatlichen Zagreber Einkünfte sein Sarajever Professorengehalt bei Weitem überstiegen haben dürften.

Aber das sind Sarajever Reisebagatellen, Erinnerungen und Rückblenden mit dem einzigen Ziel, mich im zunehmend frostigeren Rest der Nacht daran zu wärmen und mir die Zeit zu vertreiben auf meinem Streifzug durch die Stadt, weil ich nicht ins Hotelzimmer kann. Dort ist es höllisch heiß, dort überfallen mich scheußliche Gedanken und die Angst vor den nächsten Tagen und Monaten, wenn Mutter anfängt zu sterben, dort könnte ich an nichts anderes denken, deswegen streune ich herum und denke an etwas anderes und warte auf den Morgen, da werde ich sie noch einmal besuchen, mich dann ins Auto setzen und nach Zagreb fahren.

Zagreb ist so weit weg und schön, so still und angenehm fremd, wenn man im nach Prota Baković benannten Sträßchen kurz vor Tagesanbruch daran denkt, inzwischen ist schon der 9. November 2012. Zagreb ist so weit weg, vielleicht schaffe ich es nicht zurück, das macht mir Angst, macht mich vor allem traurig. Ich bin in der Stadt, in der Gasse, im Talkessel gefangen, fühle mich eingezwängt wie zwischen Tisch und Wand Beim Tantchen – Sarajevo gibt mich nie mehr frei.

Ich schreie, es verhallt ungehört. Nur die zwei, drei noch wachen Hunde bellen, das Gejaul aus Mejtaš ertönt, die Antwort von Bistrik. Ich schreie noch einmal, keiner da, als würde ich im Traum schreien und könnte nicht aufwachen.

Es ärgert mich, dass ich Jahja oder Ivan ziehen ließ. Und dass sie mir das Foto von Kranjčevićs Beerdigung geklaut hatten. Wenn ich ihn noch mal treffe, kann ich es ihm nicht zeigen. Am Ende denkt er, ich hätte es weggeworfen, und wird böse auf mich. Dabei könnte er – und plötzlich kriege ich fürchterliche Kopfschmerzen – der Einzige sein, der mir helfen kann. Hätte ich auf ihn gehört, hätte ich alles aufgeschrieben, was er mir über das Leben des Dichters erzählen wollte, hätte ich ihm versprochen, daraus eine Erzählung zu machen – wie ihm etwas versprechen, wo Jahja doch weiß, wann man lügt und wann man die Wahrheit sagt? –, er hätte mir geholfen, aus der Stadt zu kommen, mich zu retten, wenn es noch Rettung gibt.

Ich werde noch einmal schreien, mal sehen, was passiert: Und ich schreie seinen Namen, rufe ihn: Jachjaaaaa! Jachjahaaa! Jaaachjaaa!!, wie ein osmanischer Sternenkundiger, der in der Nacht ausharrt, während sich im Basar das Gerücht verbreitet, stumm von Auge zu Auge geht, der Sultan habe heute Nacht seine beiden einzigen Söhne vergiftet, um länger an der Macht zu bleiben, und wieder schreie ich: Jahja!, Jahja!, Jahja!, und plötzlich biegen zwei Polizisten, ein dicker und ein dünner, aus der Sarači in die Prota-Baković-Straße. Als hätte ich sie gerufen. Die ersten Menschen, denen ich heute Nacht auf der Straße begegne.

Mir wird bang, sie beschleunigen ihre Schritte, als sie die Quelle der Schreie sehen, einer greift automatisch zum Gummiknüppel. Ob Einschüchterung oder Déformation professionelle: Sobald du mitten in der Nacht auf der Straße eine Person antriffst, die noch dazu grundlos herumbrüllt, greifst du nach dem Gummiknüppel, zeigst ihr, wer hier das Sagen hat.

Ausweis, mein Herr, sagt er, die Hand am Gummiknüppel.

Aus der Innentasche des Mantels zücke ich den kroatischen Reisepass. Ich hätte auch den bosnisch-herzegowinischen Personalausweis dabeigehabt, aber der Pass ist besser.

Miljenko, Name des Vaters!

Dobroslav.

Mein Herr, wissen Sie, wie spät es ist?

Meine Uhr ist stehen geblieben, Moment, wo ist mein Handy ...

Es ist drei Uhr vorbei, und Sie schreien. Die Leute schlafen, mein Herr, und Sie schreien. Das ist nicht in Ordnung.

Ich weiß.

Warum tun Sie es dann? Warum liegen Sie nicht wie jeder ehrliche Mensch im Bett und schlafen?

Ich bin verwirrt, mir fällt keine Antwort ein. Was immer ich ihm vorlügen würde, es klänge glaubwürdiger als die Wahrheit. Aber, wie gesagt, mir fällt keine Lüge ein.

Also schweige ich.

Er schaut mir direkt in die Augen, das hat er wahrscheinlich beigebracht bekommen, in den Augen sieht man am ehesten, ob einer lügt. Und es ist nicht leicht zu lügen, wenn dich einer derart fixiert.

Im Zimmer war es mir zu heiß.

Bitte?

Ich sagte, im Zimmer ist es so warm, dass ich nicht schlafen kann.

Dann macht man das Fenster auf, Blödmann, wirft sein Kollege ein, der älter und deutlich schlanker ist, woraufhin ihn der Dicke mit seinem Blick durchbohrt.

Was ist das denn für ein Müll?

Die Heizung lässt sich nicht ausschalten, und wenn ich das Fenster öffne, wird es eiskalt. An der Rezeption arbeitet eine Aushilfe, die keine Ahnung vom Job hat, sondern Psychologie studiert.

Sie schlafen im Hotel?! Der Dicke war ehrlich erstaunt. Warum nicht zu Hause? Sie sind doch aus Sarajevo, der Schriftsteller, oder?

Ja, meine Mutter liegt im Sterben, es gibt keinen Platz in der Wohnung.

Ach du je, sagt er traurig, wie alt ist sie denn?

Siebzig.

Das ist kein Alter, also wirklich, das tut mir sehr leid. Und jetzt bist du im Hotel?

Ja.

Das ist aber nicht gut, allein im Hotel, du hättest bei Freunden übernachten sollen, Alleinsein ist nicht gut …

Ich zucke mit den Achseln, weiß wieder nicht, was ich zusammenlügen soll. Und selbst wenn ich dem unbekannten Mann die Wahrheit hätte sagen wollen, ich hätte nicht mal die Wahrheit gewusst. Vor meinem geistigen Auge steht eine Wohnung in Alipašino Polje, sechster Stock, Kinderzimmer mit Stockbett, in dem kann ich mich nicht ganz ausstrecken, weil zu kurz für mich, aber ich fühle mich wohl, weil bei Freunden. Auf dem Teppichboden, bedruckt mit einer Puppenstadt und Straßen für Spielzeugautos, stehen karierte Männerschlappen, die riechen nach fremden Füßen, Füßen von einem Mann, der nicht mehr lebt oder nach Kanada oder in die USA gezogen ist, auch das liegt jenseits des Grabes, und das Einzige, was von ihm blieb, ist der durchdringende Gestank nach Fußschweiß. Der Ärmste hat sich vergeblich drei Mal täglich die Füße gewaschen und jeden Morgen frische Baumwollsocken angezogen, der Gestank blieb. Der Gestank hat ihn womöglich überlebt. Ich stelle mir vor, wie ich in diesem Kinderbett liege und vor Tagesanbruch darüber nachdenke, ob ich mir von einem, der unter der Erde liegt, Fußpilz holen kann, nach dem meine Füße für den Rest meines Lebens stinken werden. Irgendwie wäre es literarisch nur konsequent gewesen, mir in Sarajevo so etwas einzufangen und als Zeichen, Andenken und Erinnerung mitzunehmen …

Aber während ich vor den beiden Kantonalpolizisten stehe, fällt mir beim besten Willen kein Freund ein, bei dem ich hätte übernachten können.

Das Schweigen dauert zu lange oder der Polizist schämt sich für sein Mitgefühl, jedenfalls wird er wieder amtlich, reicht mir den Reisepass und sagt: Gut, mein Herr, das Leben ist, wie wir alle wissen, ein Jammertal, aber schreien Sie bitte nicht herum, mein Herr, sodass die Leute aufwachen. Das ist, mein Herr, nicht in Ordnung! Grüßend tippt er mit dem Zeigefinger an die Kappe. Vorkriegsschule, denke ich unwillkürlich.

Gute Nacht, sage ich.

Gute Nacht, antwortet der Schmale.

Und keine weitere Ruhestörung, mein Herr! Die Phrase mein Herr wiederholt der Dicke, wie ein Kind ein eben gelerntes Wort wiederholt. Ich will noch etwas sagen, mich in ein besseres Licht rücken, und lasse es dann doch bleiben. Parallel arbeitet es in meinem Hirn weiter, an wessen Wohnung im sechsten Stock in Alipašino Polje habe ich eben gedacht?, und wo sind die Kinder, in deren Stockbett ich einzuschlafen versuche …

Ich biege in die Sarači Richtung Süßes Eck. Der Brunnen an der Haremsmauer der Gazi-Huzrev-Beg-Moschee plätschert, ununterbrochen rinnt das Wasser. So kalt, dass sie es abstellen, ist es nicht. Ich habe es, glaube ich, noch nie erlebt, dass hier kein Wasser floss. Selbst mitten im Winter, wenn sich am Abfluss dicke Eisschichten bilden, fließt das Wasser. Wahrscheinlich stellen sie es ab, wenn die Temperatur unter minus zehn Grad fällt, ohne es groß bekannt zu machen, ohne Pressemitteilung und Notiz in *Oslobođenje* oder *Večernje Novine,* in der Hoffnung, es fällt keinem auf. Für die Leute hier fließt das Wasser immer, sie hören es, auch wenn es wegen eisiger Temperaturen abgestellt ist. Sie haben das Geräusch im Ohr, auch wenn es nicht da ist, ihre Augen sehen, was es nicht gibt: einen Wasserstrahl, der nie versiegt. Niemandem würde es auffallen, wenn die für die Gazi-Huzrev-Beg-Moschee Verantwortlichen das Wasser abstellen, damit die Wasserleitungen nicht platzen, weder die aus Blei noch die aus Stein, tief unter der Erde, unter der Moschee, um die Sarajevo über die Jahrhunderte gewachsen und immer größer geworden ist. Ausländer und Touristen, von denen zu jeder Jahreszeit viele in der Stadt sind, merken, dass das Wasser abgestellt wurde, weil sie nicht wissen, dass es ununterbrochen läuft, sie haben nicht Jahre und Jahrzehnte mit dem ständigen Plätschern gelebt, sind – gemäß dem Pathos eines Reiseführers – nicht damit großgeworden; wenn das Wasser wieder angestellt wird, fällt ihnen das Plätschern auf, aber die Zeit reicht nicht, sich daran zu gewöhnen.

Die Einzigen, die Tag und Stunde, zu der das Wasser am Brunnen der Gazi-Huzrev-Beg-Moschee abgestellt wird, registrieren könnten, wären Sarajlis, ehemalige Sarajlis, die weggezogen, übers Meer ausgewandert sind und nicht mehr zurückkommen oder nur wiederkommen, wenn eine Generalsanierung der Zähne ansteht, denn Zahnbehandlungen sind in Sarajevo viel billiger als in den USA. Aber die kommen in der Regel im Sommer, und da wird das Wasser nie abgestellt. Sie müssten mitten im Winter kommen, im Dezember oder Januar, dann ist es in Bosnien am kältesten, im Talkessel drücken Nebel und Smog auf die Stadt, und keiner besucht sie ohne Not, jedenfalls nicht wegen Karies, keramischen Inlays oder Brücken. Im Winter fährt man nur dann nach Sarajevo, wenn jemand im Sterben liegt und du ihn noch einmal sehen willst. Dann wirst du vielleicht der einzige Mensch sein, dem auffällt, der sieht und hört, dass das Wasser am Brunnen neben der Gazi-Huzrev-Beg-Moschee abgestellt wurde.

Ich stehe vor einem Schaufenster, in dem seidene Frauenschläppchen ausgestellt sind, verziert mit falschem Silber und Plastik-Edelsteinen. In den letzten zehn Jahren sind sie modern geworden, am Abreisetag kaufen sie verkaterte Filmschaffende als Mitbringsel für ihre in Zagreb, Ljubljana oder Belgrad gebliebenen Frauen und Töchter. Die Sitte wurde von den Ausländern übernommen, in dem Glauben, die Sache habe gute Gründe und tiefe Wurzeln. Etwa, dass solche Puschen in Sarajevo hergestellt werden, seit die Osmanen Bosnien eroberten und ausgerechnet hier die Fundamente einer Stadt legten. Der Geschäftsinhaber – ein korpulenter Sechzigjähriger mit glattrasiertem Schädel und dem typisch orientalischen Bedürfnis, Ausländern zu schmeicheln, indem er schlagende Ähnlichkeiten zwischen dem Land oder der Stadt, aus der sie kommen, und Sarajevo herstellt – bestätigt sie in diesem Glauben. Das war vermutlich schon immer so, mir fiel es aber erst auf, als ich für die Menschen hier zum Ausländer wurde. Früher waren sie wortkarg und grantig: Wenn sie redeten, dann erzählten sie von Želja und Sarajevo, von Börek und Joghurt, heute reden sie wahrscheinlich im gleichen Tonfall vom Genozid in der Republika Srpska, dem friedfertigen Islam und der israelischen Aggression, sodass ich, wäre ich nicht aus Sarajevo weggezogen, nie erfahren hätte, es hätte sich mir nie erschlossen, wie gut der Pantoffelmachermeister Zagreb kennt und wie sehr er es liebt, dass er den halben Stadtplan von Zagreb im Kopf hat, dazu die ganzen Daten und Fakten, die nur ein Reisegruppenleiter, aber kaum ein Einheimischer auswendig weiß, etwa, in welchem Jahr das Steinerne Tor erbaut wurde oder dass die Ilica die längste Straße Jugoslawiens war. Er kennt die Gepflogenheiten der Zagreber, ihre Ranküne, und lobt das eine wie das andere, selbst wenn Sitten und Weltanschauung im diametralen

Gegensatz zu dem stehen, woran er selbst glaubt. Natürlich bevor ein Ausländer, zum Beispiel ein Zagreber, seinen Laden betritt. Der Mann erzählt das Blaue vom Himmel herunter, nur um zum Preis von 25 konvertiblen Mark ein Paar Seidenschläppchen zu verkaufen, die mich an die bunt eingewickelten Bonbons erinnern, die es vor vierzig Jahren in der jugoslawischen Provinz zu kaufen gab.

Für die Schläppchen hat sich ein Name eingebürgert: Aladins. Ob die Bezeichnung in Sarajevo aufkam oder auf die zurückgeht, die sie ins ehemalige Jugoslawien und die ganze Welt mitnahmen, ist unklar und längst nicht mehr wichtig.

Im Schaufenster die Reklame: Aladins in allen Größen und Farben.

Im Halbdunkel des Geschäfts hängt an der Wand über dem Platz des Inhabers ein gerahmtes Koranzitat in arabischer Kalligrafie. An der gegenüberliegenden Wand ein gerahmtes Foto: Der Inhaber schüttelt Präsident Clinton bei dessen Sarajevo-Besuch in seinem Geschäft die Hand. Garantiert hat er ihm zwei Paar Aladins geschenkt: für Frau und Tochter.

Jeder kann sich beim Betreten des Geschäfts eine Wand aussuchen, um hinzuschauen, ganz nach Belieben. Der Inhaber, braungebrannt und devot lächelnd, verkauft jedem Seidenschläppchen und erzählt ihm das, von dem er annimmt, dass er es hören will.

Mich packte er am Arm und sagte mir ins Gesicht, was ich seiner Meinung nach hören wollte. Seitdem verschwinde ich eilig in dem Durchgang neben seinem Geschäft, damit er mich nicht sieht und hereinlocken will.

Am Süßen Eck liegen sich zwei Konditoreien direkt gegenüber: Ramis hat schon immer die schöneren Kuchen und Torten und stellt sie in modernen Vitrinen und Kühlvorrichtungen aus. Dort kehren Touristen ein und solche, die sich nicht auskennen. Auf der anderen Ecke der Gasse, die die Sarači quert, befindet sich ein bescheidener Laden, dessen Name mit jedem neuen Besitzer wechselte, aber am längsten hieß er Süßes Eck.

Hier habe ich Anfang der siebziger Jahre zum ersten Mal Boza getrunken.

Die beiden Konditoreien, am Ende des orientalischen Geschäftsviertels, bevor die Sarači in die Vase Miskina, die heutige Ferhadija, mündet, halten eine Kultur im Gleichgewicht, die sich, solange sie existierte und noch nicht Stoff für Geschichtsschreibung und Romane war, ihrer selbst, ihrer Existenz nicht bewusst war. Ich schaue durchs Fenster in Ramis' Laden: Tischchen aus Edelstahl und falschem Marmor, blitzblanke Glasvitrinen, in denen ab dem frühen Morgen bunte, mit Lebensmittelfarben gefärbte Torten stehen werden, verziert mit Schlagsahne und kandierten Früchten. Die ganze Wand ist verspiegelt, damit der Raum größer wirkt, und in den Spiegeln sehe ich trotz der schummrigen Straßenbeleuchtung die altersschwachen Kaffeehaustische und -stühle des Konkurrenten gegenüber, seine total verkratzte Kuchenvitrine, die vermutlich die Bombardierung im Krieg überstanden hat, und die beiden bauchigen Glasbehälter obendrauf, eine für Boza, die andere für Limonade. Bei Ramis ist der Andrang größer, Einheimische wie Touristen drängeln sich dort, trotzdem hat man gegenüber im Widerspruch zur lehrbuchgemäßen kapitalistischen Wirtschaftsweise nie versucht, sich den Kundenwünschen anzupassen. Man hat weniger Gäste, aber die bessere Boza. Das wusste jeder: Gegenüber ist die Boza besser. Auch die Kuchen? Das bleibt im Dunkeln, denn außer Touristen ging niemand ins Süße Eck, um Kuchen zu essen. Selbst wenn man bei Ramis durchaus Kuchen bestellt hätte. Ins Süße Eck ging man, weil es so üblich war. Und wegen der Boza. Die Boza gegenüber war schon immer besser gewesen. Vielleicht war sie wirklich besser – gute Boza muss leicht prickeln, kurz bevor sich Alkohol bildet, weswegen Ismet K., Metallurgieingenieur und Kollege meines Onkels Dragan Rejc, Boza ablehnte, denn Alkohol trinken ist Sünde –, vielleicht aber war es die abgewrackte Einrichtung, die den Kunden Vertrauen einflößte. Boza ist altertümlich, kommt aus einer alten, baufälligen Konditorei, die sicher bald für immer ihre Tore schließt. Boza trinkt man jedes Mal zum letzten Mal.

Wenn eine oder beide Konditoreien verschwänden oder die armselige umgebaut und der glitzernden Konkurrenz machen würde, wäre es vorbei mit dem Gleichgewicht, an dem das Fortbestehen der orientalischen Stadt hängt, die so finster wie Kars in Pamuks Roman *Schnee* und so bildmächtig wie eine kitschige Vedute von einem Franzosen ist, der Bosnien im 19. Jahrhundert bereiste.

Ganimed Troyanovsky kam auf Einladung von Omer-Pascha Latas nach Bosnien. Man schrieb das Jahr 1851, es war Frühling. Die Reise von Paris nach Sarajevo dauerte siebenunddreißig Tage. Bei Reiseantritt hatte er Fieber, das ihn bereits einige Zeit quälte, sodass er physisch wie psychisch geschwächt war. Ohnehin war er nicht sonderlich charakterfest, überlegte es sich schnell anders und war nie sicher, ob der eingeschlagene Weg der richtige und die getroffene Entscheidung sinnvoll seien, Paris war, wenn er sich zurückwandte, noch zu sehen, da bereute er schon bitter, dass er die Einladung des bosnischen Serasker angenommen hatte. Aber es gab kein Zurück, Latas hatte zwei Männer nach ihm gesandt, sehr gebildete Venezianer, den Brückenbaumeister und Erzähler Sarchione und einen gewissen Botta, von dem man überhaupt nichts wusste, außer dass er bei aller Freundlichkeit ihn, Ganimed, keinen Augenblick aus den Augen ließ. Gekommen waren sie mit einem Tross von zwölf Männern, Trägern, Pferdeknechten, Kutschern und Bewaffneten, handverlesene Burschen, mit denen zu jener Zeit wertvolle Fracht durch unsichere Länder und Provinzen zum Wesir oder der Hohen Pforte gebracht wurden.

In diesem Fall galt das Geleit allein Ganimed Troyanovsky, der damals dreiundzwanzig Jahre alt war, und so wird es wahrscheinlich für alle Zeiten nicht aufgedeckt werden, wie und von wem Omer-Pascha Latas von ihm gehört und beschlossen hatte, ausgerechnet ihn in Sarajevo mit einer delikaten, ernsten

Arbeit zu beauftragen, für die in der Regel ausgewiesene Baumeister und Künstler auf der Höhe ihrer Schaffenskraft oder gar am Ende ihrer Laufbahn ausgewählt werden, um einen Punkt hinter eine große Karriere zu setzen und das Reich mit diesem Punkt für immer in ihrer Schuld zu wissen. Statt, wenn er schon westlichen Einflüssen gegenüber aufgeschlossen war, ganz in der Tradition großer Imperien aus Paris oder Wien einen vierzigjährigen oder noch älteren Meister zu holen, rief er einen, der fast noch ein Kind war. Dass er über ihn, den melancholischen Tausendsassa, Bescheid wusste, von seinem leichtfüßigen Temperament gehört hatte, davon zeugt, dass er eine so vielköpfige und erfahrene Mannschaft nach ihm geschickt hatte, mit Sarchione, der ihn bei Laune halten sollte, mit dem er sich, wenn ihm danach war, unterhalten, die langen Stunden der Reise mit Gesprächen über Kunst, Dichtung und Architektur verkürzen konnte, und Botta, der stets ein wachsames Auge auf den jungen Mann hatte, an der Spitze.

Kaum saß er in der Kutsche, kaum hatte ihm der Bediente eine Wolldecke auf die Beine gelegt und einen Kamillenaufguss angeboten, der, wie er sagte, seine Unpässlichkeit beheben werde, begriff Ganimed, dass er keinen Einfluss mehr auf den Lauf der Dinge hatte und sich das möglicherweise auch nicht mehr ändern würde. Er weinte tagelang – was den Geleitzug zunächst verwirrte, dann ängstigte und zuletzt amüsierte – und mochte sich nicht unterhalten, weder über Brücken im Osten und Brücken im Westen noch über Giovanni Battista Tiepolo und dessen rätselhafte Scherzi noch über den geplanten Bau eines Theaters in Wien noch über das gewaltige, unabsehbar große Russland, aus dem Ganimeds Vater Iwan Wassilijewitsch im Auftrag des Zaren nach Paris gekommen war, dort Ganimeds Mutter Elise traf und nie mehr nach Petersburg zurückkehrte ... Die Geschichte kannte Sarchione also auch, und wenn er sie kannte, kannte sie auch Omer-Pascha Latas.

Über gar nichts mochte Ganimed reden. Nichts interessierte ihn, er wollte nur zurück, nach Hause, bereute bitter, dass er die

Einladung des unbekannten osmanischen Paschas angenommen hatte. Geschmeichelt hatte er sich gefühlt, besser: eingelullt war er gewesen in seiner unendlichen Eitelkeit, dass sein Ruf bis Istanbul gedrungen war, bis an die östlichste Grenze der ihm bekannten Welt, er hatte keine Wahl gehabt, er hatte zustimmen müssen. Wer in seiner Lage hätte eine solche Einladung abgelehnt? Als er die Einladung des Paschas annahm, blieben sechs Monate bis zur Reise nach Sarajevo. Ein langes halbes Jahr, in dem Ganimed in der ihm erwiesenen Ehre schwelgte. Aber die Zeit verflog, und als die Abreise näherrückte, bereute er es schon und überlegte, wie er sie hinauszögern könne. Dabei kam ihm das komische Fieber zupass, morgens ging es ihm gut, abends hatte er abwechselnd Fieber und Schüttelfrost, und das jeden Tag, wenn das kein guter Grund war, die Expedition zu verschieben, aber selbst wenn Ganimed Troyanovsky einen Brief geschrieben hätte, was er nicht tat, oder einen Boten nach Sarajevo geschickt hätte, was er ebenfalls nicht tat, Omer-Pascha Latas hätten weder Schriftstück noch ein lebendiger Mann erreicht. An den Serasker kam keiner heran. Nicht einmal große, wichtige Männer, Gesandte oder Konsuln, geschweige denn der junge, verzweifelte Ganimed. Der Pascha entschied, wann er sich der Welt zeigte, und danach verschwand er und blieb verschwunden, bis er entschied, sich neuerlich zu zeigen. Nachdem er einmal zugestimmt hatte, die lange, ungewisse Reise anzutreten, hatte Ganimed keine Gelegenheit mehr, an dieser Sachlage etwas zu ändern. Er hätte nicht zustimmen müssen, keiner hätte ihn dazu gezwungen, am wenigsten der bosnische Pascha. Wahrscheinlich hätte er es bedauert, aber er hätte gewiss kein zweites Mal gefragt. In dem Fall wäre die Sache gegessen gewesen und Ganimed hätte nicht in seiner Eitelkeit schwelgen können.

Nachdem er sich ausgeheult hatte, wurde das Fieber schlimmer (bosnischen Wunderheilern und Mönchen zum Trotz, für die Tränen nur Gutes bewirken, dumm nur, dass ein Mann, der weint, kein richtiger Mann ist …).

Wegen des Fiebers konnten sie immer nur einen Tag reisen – und auch das nur sehr langsam und von ständig neuen Wünschen des Kranken unterbrochen – und saßen dann zwei Tage in einer Herberge fest, bevor er wieder reisefähig war.

Das brachte sogar den unerschütterlichen Botta erst zur Verzweiflung und dann in Rage, deren Hitze er mit Ringkämpfen kühlte, in denen er Kraft und Geschick mit Mula maß, einem kräftigen Türken, dem Kommandanten der bewaffneten Eskorte der Reisegesellschaft, dessen kahl rasierten Schädel nur noch ein geflochtenes Tartarenzöpfchen zierte. Mit nacktem Oberkörper, Rumpf und Arme mit Öl eingerieben, kämpften sie auf dem freien Feld, und da sich der Winter selbst auf den der Sonne zugewandten Hängen noch nicht vollständig zurückgezogen hatte – der Winter 1850/51 war, wenn man zeitgenössischen Tagebüchern, Chroniken und Aufzeichnungen glauben darf, einer der schneereichsten in einem der schneereichsten aller Jahrhunderte; schon aus dem Grund war es merkwürdig, dass Latas Ganimed Troyanovskys Reise nach Bosnien nicht etwas später angesetzt hatte –, kämpften Botta und Mula im Schnee, der gewöhnlich bereits verharscht war, unter ihnen knackte und ihnen die Haut am Rücken aufscheuerte. In der Hitze des Kampfes spürten sie es nicht, sondern rangen volle zwei Stunden miteinander, bis schließlich Mula gewann.

Botta hatte den Ringkampf zusammen mit anderen Kampfkünsten erlernt: Messerwerfen, die Handhabung damaszenischer Säbel und Degen, das Erdrosseln von Delinquenten mit Seidenbändern oder bloßen Händen, langes Luftanhalten beim Tauchen, die Verlangsamung des Herzschlags, Herstellung von Wald-, Straßen- und Wüstenfallen, Zubereitung von Giften und das Präparieren mit Gift von Gegenständen wie Hemden, Büchern und Matratzen, aber auch subtilere Techniken wie die Überredung von Menschenmassen, Menschen allein mit Blicken von diesem oder jenem zu überzeugen, zum Beispiel, dass er, Botta, einem Dutzend Männer überlegen und ihr Anführer sei und allen das Beste wünsche, vornehme Fähigkeiten wie über Bücher zu reden, die er nicht gelesen hatte, oder die ungewöhnlichste Täuschung von allen: Er hatte gelernt, Menschen davon zu überzeugen, sie hörten die schönste Singstimme aller Zeiten, während er nur den Mund bewegte. All diese Fähigkeiten und einige weitere, die man lieber nicht erwähnt, weil sie – wie Singen und Bücherlesen – im Widerspruch zu Bottas eigentlichem Naturell standen, sodass er diese Kenntnisse nie einsetzte, obwohl er über sie verfügte, hatte der Venezianer auf Reisen durch den Osten erlernt. Zwischen Thessaloniki, Istanbul und Samarkand, Buchara und Bagdad hatte er Selbstbeherrschung und kühles Auftreten gelernt, was aus ihm einen der gefährlichsten und zuverlässigsten Scharfrichter aller Zeiten machte, wovon unfehlbar zeugt, dass er der Historikerzunft gänzlich unbekannt blieb, weil sein Name in keinem Spitzelbericht, Jahr- oder Tagebuch erwähnt wird. Nicht einmal Omer-Pascha Latas, der ihn mehr als jeden anderen aus seinem Gefolge schätzte, kannte seinen vollen Namen. Für ihn war er wie für alle anderen einfach Botta aus Venedig. Alles darüber hinaus wäre zu viel gewesen und hätte die Künste und Kenntnisse zerstört, die der eiskalte Mann beherrschte.

Trotzdem schaffte er es nicht, Mula niederzuringen und auf den Rücken zu werfen. Er war physisch stärker als der Türke, war beweglicher (und zwar wesentlich beweglicher, wozu Bottas sonstige Fähigkeiten und Kenntnisse beitrugen) und verschlagener (und zwar unvergleichlich verschlagener, denn Verschlagenheit lernt man im Leben und aus Büchern, Mula jedoch war Analphabet), war in jeder Hinsicht prädestiniert dazu, den korpulenten, schwerfälligen Mula auf den Rücken in den Schnee zu werfen, aber er schaffte es nie. Und brauchte lange, bis er verstand, worin ihm der andere überlegen war. Wenn ein Kämpfer das verstanden hat, schwindet der Vorteil des anderen. Doch von dieser Regel gibt es eine Ausnahme: Anders als Botta, der alles über das Ringen gelernt hatte und längst besser rang als seine Lehrer, hatte Mula diese orientalische Kunst – eine der Säulen, auf denen das Osmanische Reich ruhte – nie gelernt. Er war damit aufgewachsen, rang, seit er laufen konnte, rang so selbstverständlich, wie er ging, ohne darüber nachzudenken, ohne eine Idee, eine Vorstellung davon zu haben, ohne darin eine Methode zu sehen, um andere zu besiegen oder gar zu demütigen. Eins begriff Botta schnell: Das Ringen war für Mula ein Spiel, das er zum Leben brauchte wie die Luft zum Atmen. Wäre Botta nicht da gewesen, hätte er mit einem anderen gerungen. Hätte er keinen ebenbürtigen Gegner gefunden, hätte er mit jemandem gerungen, der kein Ringer war. Hätte er keinen Erwachsenen gefunden, hätte er mit einem Kind gerungen und es genauso besiegt wie er Botta besiegte, wobei der Sieg für Mula nicht mehr bedeutete, als dass ein Spiel zu Ende war und man ein neues anfangen konnte. Siegen hatte für Mula nichts mit Überlegensein zu tun.

Und genau deshalb war er unbesiegbar. Um ihn zu besiegen, begriff Botta, müsste er sich jeden Funken Überlegenheitsgefühl austreiben, müsste mit Mula ringen wie mit seinem eigen Fleisch und Blut. Er bedauerte, dass kein Junge in der Reisegesellschaft war, zu gern hätte er ihn zum Ringkampf mit Mula überredet, und so sah er sich um, ob sich nicht ein kleiner Franzose oder Zigeuner dafür fand. Die Franzosen nahmen Reißaus vor dem verrückten Türken und versteckten ihre Kinder in Ställen und Schweinekoben. Sie hielten Botta für einen Türken, nicht ganz zu Unrecht. Botta war in allem ein Türke – denn er hatte nie darüber nachgedacht, was er war und welchen Rock sein Gott trug – und unterschied sich nur darin von ihnen, dass er sich alles mit viel Mühe angeeignet hatte sowie durch die schiere Anzahl von dreißig oder vierzig Fähigkeiten: Kein osmanischer Scharfrichter oder Gelehrter beherrschte so viele verschiedene Dinge, obwohl sie in die Welt, aus der sie stammten, hineingeboren waren. Ein echter Türke beherrschte eine oder zwei von Bottas Fähigkeiten und Künsten und hatte auch keinerlei Bedürfnis und Notwendigkeit, mehr zu erlernen.

Mula konnte ringen, einem Ochsen mit einem Säbelhieb den

Kopf abschlagen und die Peitsche in der Luft knallen lassen. Das war im Wesentlichen alles, was er konnte.

Die Franzosen versteckten ihre Kinder, weil sie den Türken für abartig hielten, warum sonst sollte er einen Ringkampf mit einem Siebenjährigen vorschlagen. Es gab Gerüchte, die im Osten und Orientalen liebten seit jeher Knaben. Erwachsenen Männern hauen sie den Kopf ab, aber Knaben lieben sie aufrichtig, überzeugt, durch ihre Liebe würden die Knaben zu blendend schönen Frauen heranwachsen. So ungefähr sah man das in Frankreich Mitte des 19. Jahrhunderts, zur Zeit von Ganimed Troyanovskys Reise nach Bosnien.

Die Zigeuner versteckten ihre Kinder nicht, sondern boten sie Botta zum Kauf an, soll er sie mitnehmen in die Türkei, dort würden sie es gut haben und Pascha oder Großwesir werden. Umsonst bot er ihnen Geld für einen Ringkampf an, um sie danach zurückzuschicken. Das machte sie jedes Mal tieftraurig, um kein Geld der Welt hätten die französischen Zigeuner ihre Söhne mit dem Türken ringen lassen. Als er einen der Väter schließlich fragte, warum er dem Sohn nicht erlauben wolle, für das Doppelte des Kaufpreises nur mit ihm zu ringen, antwortete der, das sei unmenschlich, erst in dem Jungen Hoffnungen zu wecken und ihn dann im Stich zu lassen, und das sei der einzige Grund, kein Zigeuner würde ihm den Sohn leihen. Entweder er kauft ihn oder er bleibt ihnen möglichst vom Hals …

Botta verstand es nicht, unternahm aber auch keine weiteren Versuche.

Die Geschichte von Bottas Ringkämpfen mit Mula wäre nicht erzählt worden und wäre auch nicht wichtig, wäre nicht am elften Tag der Reise in einem der deutschen Staaten Ganimed Troyanovsky abgehauen.

Es war früher Nachmittag, die Karawane hatte zum Mittagessen Rast gemacht, Mula und Botta waren zum Ringen verschwunden. Wie stets beauftragte Botta zwei junge Männer aus dem Geleitzug, Ganimed Troyanovsky nicht aus den Augen zu lassen, was sie wie jedes Mal hochheilig versprachen, aber offenbar war ihnen die Gefahr nicht bewusst – denn warum sollte der junge Herr fliehen, welcher Herr flieht schon vor seinem Herrscher? – oder der Rheinwein, der krugweise zum Hammelbraten gereicht wurde, hatte sie benommen gemacht, jedenfalls war Ganimed nach dem Mittagessen weg.

Porzellanteller, Silberbesteck und Muranoglas standen noch auf dem Tisch.

(So war es angeordnet worden: Alle anderen aßen aus den Blechnäpfen der Soldaten mit Holzlöffeln, nur Sarchione und Ganimed von Porzellantellern und Muranogläsern. Es gab zwar ein weiteres Gedeck, für Botta, der es jedoch nie benutzte, sondern wie die anderen soldatisch aß.)

Sie mussten nicht lange suchen. Er hatte sich im Stall des nächstbesten Gutshofs versteckt, lag im Heu und heulte. Aber schon dass er entwischt war, war für Botta eine gewaltige Schlappe. Seine Eitelkeit hatte ihn unvorsichtig werden lassen, er hatte seine Pflichten vernachlässigt, weil er es nicht ertrug, Mula unterlegen zu sein, und weil er dachte, ihm fehle nicht mehr viel, um den Türken endlich aufs Kreuz zu legen und ihm ebenbürtig zu sein. Ganimeds Flucht zeigte ihm, wie weit er davon entfernt war.

Nach dem Vorfall waren die Ringkämpfe beendet. Botta ließ Ganimed Troyanovsky nicht mehr aus den Augen, nicht einmal, wenn der junge Mann schlief. Er legte sich nicht hin, sondern setzte sich mit vor lauter Anstrengung und Schlafdefizit blutunterlaufenen Augen etwas abseits und beobachtete ihn, aber das nahm ihm nicht die tief empfundene Schmach der Niederlage, über die er mit niemandem redete, aber jeder, der sehen konnte, sah, dass er endgültig und unwiderruflich besiegt war und nichts daran etwas ändern konnte.

Er hatte im Orient so viele körperliche wie geistige Fertigkeiten erworben, genoss hohes Ansehen als erster Scharfrichter des großen Omer-Pascha Latas, Serasker eines im Niedergang begriffenen Imperiums, niemand konnte ihm das Wasser reichen, kein Historiker, kein Chronist sollte seinen Namen erwähnen (sein Werk hingegen schon), und er war über etwas zu Fall gekommen, das auf den ersten Blick wie eine Lappalie wirkte. Die Eitelkeit hatte ihn blind gemacht, er hatte zugelassen, dass einer türmte, der ihm vom Serasker anvertraut worden war, den er wohlbehalten in Sarajevo abliefern sollte. Dass sie ihn mühelos in kürzester Zeit wiedergefunden hatten, dass Omer-Pascha nie davon erfahren und selbst wenn nur müde abwinken würde, zählte für Botta nicht, denn seine Niederlage hatte wie die Mehrheit der echten, großen menschlichen Niederlagen nicht vor aller Welt oder wegen der Welt stattgefunden, sie betraf ihn allein, ihn und den lieben Gott, falls es den noch gab. Auch darin war sich Botta nicht sicher.

Die Reise war weiterhin beschwerlich und langsam. Ganimeds Fieber ließ nicht nach, Abend für Abend wirkte er todkrank, als hätte sein letztes Stündlein geschlagen, und die ganze Reisegesellschaft überlegte bekümmert, wie dem Pascha unter die Augen treten, wenn der junge Herr sterben sollte, und am nächsten Morgen war er wieder putzmunter, sobald er sich ausgeweint hatte. Es blieb dabei: Nach jedem Tag, den sie vorwärtskamen, mussten sie zwei Tage abwarten, ob Ganimed genas oder im schlimmsten Fall richtig krank wurde.

Die Mannschaft schlief in oder unter den Fuhrwerken, wobei Ringer Mula stets ohne Decke im freien Feld nächtigte, sodass er morgens mit Raureif überzogen aufwachte und zwei-, dreimal fast unter dem über Nacht gefallenen Schnee erstickt wäre. Ganimed Troyanovsky wurde, wenn möglich, in Herbergen und Gasthäusern untergebracht, musste aber häufig auch mit der Kutsche vorliebnehmen, denn im unwegsamen Bayern waren die Unterkünfte selten, anrüchig und oft lebensgefährlich; im Umkreis lauerte Diebsgesindel einsamen Reisenden auf, die nicht selten ihrerseits Räuber waren, die ihr Raubgut in Sicherheit bringen wollten. Zwei, drei Tage nach ihrem Raubmord wurden sie selbst Opfer eines Raubmords, und ihre Mörder kamen oft auch nur zwei, drei Herbergen weit, bevor sie beraubt und erstochen wurden. So gelangten Goldstücke, türkische Taschenuhren, Safran, Zimt und Muskatnüsse mit einer Art Staffellauf vom Osten in den Westen Europas, im Schnitt alle fünfzig Meter rollte dafür ein Kopf, und bald wusste keiner mehr, woher die Goldstücke kamen und welcher zu Tode gekommene Abenteurer ursprünglich im fernen Orient Einheimischen für kleines Geld Safran, Zimt und Muskat abgekauft hatte. Deswegen verzeichnet die Geschichtswissenschaft solche Reisen nicht, mit Ach und Krach bekannt ist mal eben die Route, der die Karawanen folgten und auf der Richtung Westen der Tod stets mitreiste und Europa Gold und Gewürze, Fortschritt und ein besseres Leben brachte.

Trotz seiner sicheren Faust untersagte Botta Ganimed Troyanovsky häufig die Übernachtung in solchen Herbergen. Natürlich konnte er ihn vor jedem Räuber und allen Kerlen beschützen, die sie unterwegs antrafen, ihn schreckte, ob er ihn vor dem Schicksal schützen konnte, das Menschen in solchen Absteigen auflauerte und in jene teilte, auf deren Mut und Fähigkeit das künftige Europa ruhte, reich, glanzvoll, mächtig, und jene, deren Opfer der Preis des großen Fortschritts war. Das war zu viel für einen Mann, und sei er der beste Scharfrichter eines im Niedergang begriffenen Imperiums. Botta wusste es, und insofern er nicht im Stil seiner Zeit an Gott und Gottes Gegenwart glaubte, war er doch demütig vor den Gesetzen der historischen Notwendigkeit. Sarchione stichelte, er habe wohl Angst vor Räubern oder das Selbstbewusstsein verloren, weil der Jüngling ihm entwischt war, während er den wer weiß wievielten Kampf gegen Mula verlor, aber das ärgerte oder beleidigte Botta nicht. Sarchiones Zynismus kam ihm gerade recht, der Wermutstropfen in der Fischsoße, er wies ihn nie in die Schranken.

Eustachio Millas Sarchione war in allem begabt, was zur Zierde gereicht, eine Dreingabe, die der Welt Würze verlieh, vor allem Staatsreichen und Herrscherhäusern. Der Musiker, Scharlatan und Porträtist hatte seine Karriere als Hofnarr eines heute vergessenen Dogen in Venedig begonnen. Dokumentiert ist, dass er einer armen, vielleicht sogar bettelarmen Familie entstammte, die am Rand der Lagune hauste und von einer Choleraepidemie ausgelöscht wurde. Von rund zwanzig männlichen und weiblichen Familienmitgliedern überlebte einzig der dreijährige Eustachio. Man fand ihn in einem Müllhaufen und dem eigenen Kot, seit Tagen hatte er nur überlebt, weil er am Fleisch der verstorbenen Verwandten nagte. Die Geschichte sorgte in ganz Venedig für helles Entsetzen und ein volles Jahr für Gesprächsstoff; bis zum nächsten Herbst hinderte es die Einwohner daran, über die Stadtverwaltung nachzudenken, was regelmäßig Unruhen nach sich zieht. Die venezianische Regierung achtete wie jede Regierung dieser Welt darauf, bei den Regierten jede Kritik im Keim zu ersticken, indem sie deren Aufmerksamkeit von der Politik weg und auf Ausländer, absonderliche Männer oder Frauen, die Kirche, ja, den lieben Gott lenkte, damit die Leute nur ja nicht über die Regierenden und deren Charakter redeten. Naturkatastrophen, Erschütterungen und Seuchen kamen ihnen da nur recht, sie hielten die Menschen besonders lange von falschen, gefährlichen Gedanken ab. Seit Venedig seine Eroberungen verloren hatte und wieder auf eine stinkende Lagune und die unmittelbare Umgebung beschränkt war, es also weder Kriege noch Kriegsgefahren gab, retteten allein Cholera, Pocken, Malaria und Pest die herrschende Klasse, vorausgesetzt, Matrosen und Kaufleute schleppten die Erreger aus fernen Ländern ein.

Der Choleraausbruch, der den kleinen Sarchione zum Waisenkind machte, war eine der größten Katastrophen. Oder war in seiner Fantasie dazu geworden, im Nacherzählen, in literarischen Mystifikationen, zu denen er neigte, vor allem auf Reisen, wenn sich jeden Abend um ihn eine Zuhörerschaft scharte und er jedes Mal aufs Neue seine Lebensgeschichte erzählte. Jeder hörte ihm zu, denn darin, in diesen Erzählungen, war Sarchione unübertroffener Meister.

Ein reicher Witwer, ein kinderloser Patrizier hatte ihn adoptiert, wenn man seiner Erzählung glauben darf. Der Mann hatte ein weiches Herz, vielleicht brachte ihn auch die Nähe des Todes dazu. Er war alt, zutiefst melancholisch, er lachte niemals, nichts konnte ihn erfreuen, er lebte nur, um seinen Selbstmord zu planen, der Mann, den Sarchione mal Muscha, mal Herrn Pio, mal Silvester, Doge, Elias, meistens jedoch meinen lieben Papa nannte. Der alte Herr hatte eine ganze Sammlung von Dolchen, er bestellte in der ganzen Welt Gifte, besaß eine Sammlung mit mehreren hundert Fläschchen, sie lagerten in einem Glasschrank im Weinkeller. Als ihm ein ragusischer Matrose 1803 die Gifte neuseeländischer Ureinwohner brachte, zu denen Captain Robert Cook nur zwanzig Jahre zuvor als erster Europäer gesegelt war, hatte der Alte, ohne es zu wissen, in seinen über vierhundert Fläschchen (oder, um es konkret zu machen: in 429 Glasphiolen unterschiedlicher Farbe und Größe) alle sechs Kontinente (gerechnet ohne den, der unter ewigem Eis liegt und kein eigenes Gift hervorgebracht hat) der künftigen Erde beisammen, ein einmaliger Atlas, der vermutlich erste in Venedig, vielleicht in Europa. So begann die Geschichte der Moderne ohne weiße Flecken und noch nie befahrene Meere auf der Landkarte mit einem Giftatlas. Falls sich das Sarchione nicht ausgedacht hat, um seine Erzählung spannender zu machen.

Der Greis beschaffte aus zwei Leidenschaften Gifte und bezahlte viel Geld dafür: als Sammler und als Selbstmörder. Die Sammelleidenschaft war typisch für das Venedig seiner Zeit, jeder sammelte etwas, während das Reich zerfiel. Und die Geistlichen begannen Reichtümer anzuhäufen, als sie nicht mehr an Gott glaubten.

Der kleine Junge indes wusste um die zweite Leidenschaft und unternahm alles, um den Alten aufzuheitern, auch wenn er sich dessen nicht bewusst war, ebensowenig wusste, dass er einem der ältesten Gewerbe unserer Kultur nachging – bereits der Fünfjährige war ein kleiner Hofnarr. Er kleidete sich wie einer, er trat jeden Morgen vor dem Alten als solcher auf. Papa, Muscha, Herr Pio, Doge und Elias lächelte nie, aber der Knirps hielt ihn auf Trab. Im entsprechenden Alter schickte er ihn zu den Dominikanern in die Schule, dann zu armenischen Mönchen, die ihn in den Zauber des Orients einführten oder allgemeiner mit der Tatsache bekannt machten, dass es neben der linken auch eine rechte Hälfte der Welt gibt, dass außer dem Westen der Osten existiert. Und während der Westen flach ist und rasch im Atlantik versinkt, ist der Osten hoch und erstreckt sich bis an die äußerste Grenze des menschlichen Verstandes und Wissens. Der Osten, lehrten ihn die armenischen Gelehrten, ist tiefer als das Weltall mit sämtlichen Sternen, so tief, dass noch keiner bis auf den Grund gelangt ist. Sie weckten in dem Knaben den Wunsch, nach Papas Tod in den Osten zu reisen. Zugegeben, bis zum Ararat oder nach Eriwan ist er nie gekommen, weil ihn mit Istanbul eine wunderbare Stadt erwartete, in der er all seine Talente vervollkommnen konnte: Erzählen, westliche Sonette und östliche Ghaselen schreiben. Beim Schreiben der Ghaselen, Distichen, in denen alles stand, was menschlicher Aufmerksamkeit und Gesänge wert war, wetteiferte er mit Mirza Ghalib. Er traf den Dichter nie persönlich, aber jahrelang trugen Boten auf Pferden und Kamelen zwischen Istanbul und Samarkand Bündel hin und her, die neben den neuesten Versen eine kurze Nachricht enthielten, Erkundigungen nach dem wechselseitigen Befinden oder die Frage, ob uns allen Feinde auf den Fersen sind.

In Istanbul lernte Sarchione Kalligrafie und Malerei, er beherrschte die Darbuka, aber auch Geige und Klavier. Schließlich lernte er über das Klavier einen charmanten Serben aus der Lika kennen, den eleganten, gebildeten und geistreichen Omer, der sich allerdings fürchterlich für seine eigene überschäumende Fantasie schämte wie eine Frau für ihre Nacktheit. Er konnte stunden- und tagelang Sarchiones Geschichten lauschen, insbesondere dessen reich ausgeschmückter Lebensgeschichte. Damit nahm er Omer vollständig für sich ein.

In einem der seltenen Momente der Schwäche seufzte Omer Latas: Ach, wenn ich das auch könnte!

Doch als der Venezianer auf ihn einredete, jeder könne das,

jedem stehe offen, das eigene Leben auszuschmücken, aus der Fantasie zu ergänzen, was im Leben nicht sein konnte, da wurde Omer ganz traurig, runzelte die Stirn, zog sich in sein Schneckenhaus zurück und verschwand von der Bildfläche. Wochenlang ward er nicht gesehen, und als er sich endlich wieder bei dem Freund meldete, sagte er nur: So nicht.

Sarchione wusste, was Omer meinte. Er stellte keine Fragen und erwähnte die Sache nie mehr. Es ist nicht jedem gegeben, fremde Schicksale zu erfinden und auszuschmücken, geschweige denn das eigene. Manche haben kein Talent dazu, denen ist es gleichgültig. Andere schämen sich für ihre Einfälle, als wären sie nackt. Das sind in der Regel unglückliche Menschen. Die auch andere ins Unglück stürzen.

Das ist die einzige Erklärung für den ungewöhnlichen Charakter und die unbarmherzige Kriegsführung von Omer-Pascha Latas. Ruhig, ohne Bedenkzeit tötete er und befahl zu töten, ließ nicht zu, dass ihm seine Fantasie einen Strich durch die Rechnung machte und Gefühle entzündete. Gleichzeitig war er sehr empfänglich und interessiert an jeder Kunst. Als junger Soldat stellte ihn der Vidiner Festungskommandant als Zeichenlehrer für seine Kinder an und sorgte dafür, dass er nach Istanbul wechselte. Dort kam Omer mit westlicher Literatur und arabischer Poesie in Berührung und lernte ein wenig Klavier.

Er glaubte mehr an die Kunst als an den Krieg. Wie Sarchione war ihm schmerzlich bewusst, dass sein Reich im Niedergang war, aber das bestärkte ihn nur in der Überzeugung, sich so weit wie möglich allem Türkischen anzupassen, und so wurde aus Mićo Omer. Das Ende ist gut und berauschend, im Rückblick erkennt man jede menschliche Eigenschaft, jeden Charakter und die Stimmung im Volk so klar, dass man genau weiß, was man hätte tun müssen, um im Recht zu sein. Auf der einen Seite war Sarchione, der Freund, den er bewunderte, und auf der anderen Seite fand sich eines Tages Botta ein, der Scharfrichter, den er ebenfalls als Freund schätzte, denn wo Sarchione für das Schöne und Außergewöhnliche begabt war und auf eine Art lügen konnte, dass die Lügen klar als solche kenntlich waren, aber schöner, menschlicher und menschlichen Bedürfnissen gemäßer als die Wahrheit, da war Botta unfehlbar für das Richtige und Rechtmäßige begabt.

Eustachio Millas Sarchione und Omer Latas lernten sich Mitte der dreißiger Jahre des 19. Jahrhunderts in Istanbul kennen, wo der künftige Pascha als Zeichenlehrer des künftigen Sultans Abdülmecid weilte. Omer war noch keine siebenundzwanzig, das Alter, in dem Männer in die Zeit ihrer Reife eintreten, Sarchione ein paar Jahre älter. Zwei Ausländer in einer großen Stadt, aber nicht das brachte sie einander näher, sondern ihre künstlerischen Neigungen und der Rausch, der von Konstantinopel und seiner schieren Größe ausging.

Bald danach trennte sich Latas von dem Thronanwärter, vielleicht konnte er ihn nichts mehr lehren, und auf der Flucht vor seiner Scham und den Lastern der Großstadt widmete er sich wieder seinem ursprünglichen Beruf als Soldat. In jungen Jahren, noch als Mićo aus Janja Gora bei Plaški in Kordun, absolvierte er die hervorragende Kadettenschule in Gospić, was ihm in Istanbul sehr nützte. Willensstark, mit einer guten Stimme ausgestattet – wenn er wollte, hörte man ihn, sogar flüsternd, von einem Berg zum anderen – und noch dazu ein Freund von Abdülmecid, wurde er 1838 zum Oberst befördert. Kurz darauf wurde Abdülmecid Sultan und ernannte Latas zum Pascha, der Auftakt zu einer großen militärischen Laufbahn. Das Reich bröckelte an den Rändern, Omer glaubte zwar nicht an die Rettung, rettete es aber wieder und wieder schnell wie ein Blitz. Aufstände in Syrien und Albanien, im äußersten Südosten, in Kurdistan schlug er blutig nieder, rächte sich bitterböse an den lokalen Eliten, die im Schwange europäischer Modeströme eigene Nationen gründen wollten. Konstantinopel war ihnen zu weit weg, das Osmanische Reich galt jedem Gebildeten als überholt und verschlissen, und nichts weckt mehr Begehrlichkeit nach Freiheit als der seltsame Eindruck, ein Reich sei überholt, also rechneten sie sich Chancen aus, vom Vaterland abzufallen. Latas ließ sie allesamt hinrichten, und dabei war durchaus nicht nur kühle Berechnung im Spiel. Er hasste die Vorstellung, dass Menschen wie Ratten das sinkende Schiff verließen. Wenn Menschen nur Ratten waren, hatte Kunst keinen Sinn.

Die beiden sahen sich mehrere Jahre nicht. Sarchione hörte gerüchteweise von den Heldentaten des Freundes, von seinen gewagten Überfällen auf feindliche Heerlager und Festungen, die Omer als Mann erwiesen, den die Aussicht auf den Tod nicht schrecken kann. Später fragte er ihn einmal: Warum? Anders wäre es nicht gegangen, antwortete Latas vernünftig. Es wäre zu teuer und wahrscheinlich unmöglich, die Grenzen des Reichs zu schützen, wenn der Feind nicht die Überzeugung gewann, dass seine Beschützer blutrünstige Verrückte sein mussten, die, wenn sie einmal losschlugen, nicht mehr aufhörten. Angst? Jeder Mensch hat Angst, den meisten sieht es jeder sofort an, einige wenige nur verschließen sie tief in sich, weil sie sich schämen, wenn sie etwas nach außen dringen lassen. Denen fällt der Schutz des Reiches zu.

Weißt du, ich schäme mich eben, ich kann nicht anders, sagte Omer, als täte es ihm ein wenig leid, nicht anders zu können.

Als er 1850 den Aufstand der bosnischen Begs niederschlagen sollte, lud Omer Sarchione ein, ihm zur Hand zu gehen, aber der mochte nicht. Sarchione hatte sich, während Omer seine militärische Laufbahn verfolgte, mit dem Bau von Brücken beschäftigt, eine alte Leidenschaft von Konstantinopler Künstlern und Architekten, von der inzwischen alle die Finger ließen, wobei der Bedarf an Brücken auch stark nachgelassen hatte, weil die jenseitigen Ufer abtrünnig und nicht zurückerobert wurden. Nun verlangte der Freund, er solle das aufgeben und mit ihm nach Bosnien ziehen. Sarchione war klar, dass er, wenn er jetzt aufgab, nie die Brücke bauen würde, die zu planen und bauen er sich erträumte: Dünn wie ein Fingernagel, schmaler als die Brücke in Mostar, so schmal, dass sie nur sah, wer zu sehen verstand; aber ihm war auch klar, dass er den Freund verlieren würde, wenn er dessen Ruf nicht folgte.

Latas zog nichts nach Bosnien. Zum ersten Mal erschrak er, und es war nicht die gewohnte Angst, die in ihm hochkroch. Ihn erschreckte die unerklärliche Heiterkeit, die in ihm aufflammte, als ihm der Großwesir den Feldzug anvertraute. Vor seinem inneren Auge standen die dichten Nadelwälder, durchschnitten von tosenden Gebirgsbächen, er hatte den schweren Geruch frisch gepflügter Erde in der Nase, er hätte sie an ihrer Farbe von allen Böden der Welt unterscheiden können ... Ihn ängstigte, dass er das Land so gut kannte, sich im Vorhinein alles genau vorstellen konnte, aber da war noch etwas, etwas weit Schlimmeres: Er dachte mit diebischer Freude an die aufständischen bosnischen Begs, in deren Kopf er gucken konnte, deren Gründe und Motive er ausnahmslos nachvollziehen konnte. Anders als alle Heerführer, Offiziere und Unteroffiziere des Osmanischen Reiches, anders als der Pascha und jeder, der noch Pascha werden sollte, schaute Omer-Pascha Latas in die Seele der Bosnier, die sich gegen den Sultan erhoben, für ihre Rechte kämpften, für ihr urtümliches, primitives Gottesbild, ihre Religion und ihre nationalen Besonderheiten.

Und er dachte: Die sollten sich schämen!

Und bei dem Gedanken schoss ihm das Blut in den Kopf, und er war bereit, jeden einzelnen zu massakrieren.

Sie taten, was er getan hätte, hätte er sich in ihrer Lage befunden, hätte ihn Gott, an den Omer nicht so richtig glaubte, nicht in Kordun und der Lika als Serben auf die Welt gesetzt, sondern als bosnischen Beg, hätte er mit angesehen, wie Konstantinopel die Zügel entgleiten und das Reich, das für die Ewigkeit geschaffen worden war, von den Rändern her zerfällt, zerbröselt wie krümeliges Brot. Ja, er hätte ganz genauso gehandelt, als bosnischer Beg, der er zum Glück nicht war. Und dann fiel ihm etwas ein, was seinen Zorn nur noch mehr anfachte: Als Serben, der im Wiener Cordon Sanitaire geboren war, als begabtem, fleißigem Schüler der Kadettenschule in Gospić, war es ihm möglich, nach Konstantinopel zu ziehen, Türke zu werden, es im Osmanischen Reich bis zum Marschall zu bringen, es wäre ihm niemals möglich gewesen, wäre er, der aus Janja Gora bei Plaški kam, eines Morgens als bosnischer Beg aufgewacht.

Sie hielten sich wohl für überlegen.

Das hätte ihn nicht gestört.

Sie hielten sich wohl für überlegen und empfanden nicht die geringste Scham bei ihrem Tun und für ihre Absichten.

Das störte Omer, und in dem Augenblick sah er die bosnischen Begs nicht mit den Augen eines osmanischen Paschas, er sah sie wie früher, als er noch Mićo hieß.

Das machte ihm Angst. Für Augenblicke war er nicht mehr Pascha. Er wurde zum Schlächter und Brandstifter, zu einem, der Lust am Töten hat. Seine Angst, er könnte so werden, saß tief. Deswegen lud er Sarchione ein, mit ihm nach Bosnien zu ziehen.

Den Venezianer beeindruckte das arme, rückständige Land nicht besonders, weder im ersten Moment noch nachdem er einige Monate in Sarajevo und Bosnien verbracht hatte. Wenn ihn an Bosnien etwas aufregte, dann nur der Fakt, dass ein so kluger Mann wie sein Freund Latas, einer der klügsten, begabtesten Männer im ganzen Osmanischen Reich, imstande war, wegen Bosnien seine Seele zu verlieren und durchzudrehen. Und er war damit nicht der Einzige. Schon während der Reisevorbereitungen in Konstantinopel und dann unterwegs, aber auch in Sarajevo hatte er viele kluge, beherrschte und begabte Ausländer aus unterschiedlichen Religionen und Regionen kennengelernt, die wie Omer imstande waren, wegen Bosnien alles aufs Spiel zu setzen. Das änderte nichts an seiner Überzeugung, dass es ein armes, rückständiges Land war, seiner Aufmerksamkeit nicht wert, man erblickte dort kein einziges wirklich schönes Gebäude, man hörte von seinen Bewohnern nichts Vernünftiges oder Großes, sie beklagten nur in einem fort, dass sie nicht anderswo lebten, in Istanbul oder Wien, er fasste es so auf, dass Bosnien etwas an sich hatte, das Ausländern den Verstand trübte. Etwas wie Morphium oder Opium, der Betroffene kann sich dessen kaum erwehren und geht nach einiger Zeit daran ein.

Er folgte Omer nach Bosnien, damit der nicht den Kopf verlor, damit der bei Verstand blieb, damit dessen Seele rein blieb.

Denn für Eustachio Millas Sarchione war, egal, was andere davon halten mochten, Omer-Pascha Latas ein Mann mit kindlich reiner Seele. Deswegen ließ er seinen Traum von der vollkommenen, unsichtbaren Brücke fahren und folgte dem Pascha nach Sarajevo.

Blitzschnell und eiskalt erledigte Omer-Pascha Latas den Auftrag, erstickte den Aufstand schnell und leicht, viel leichter als den in Syrien, denn es erwies sich, dass es für den Aufstand keinen großen Grund gab. Die Begs hatten sich Bosnien nicht als zweites Frankreich, Preußen, Venedig oder Ungarn vorgestellt. An Bosnien dachten die Begs nie, wie so oft war es ihnen nur um ihre eigene Stellung zu tun. Wurde diese angegriffen, zogen sie sich in ihre vier Wände zurück und überließen das Land und seine Menschen ihrem Schicksal. Aber die Unterwerfung genügte Omer nicht, er pickte sich die angesehensten heraus, jene, die besonders viel Wert auf ihren guten Ruf legten, von deren Herrlichkeit, Würde und Bedeutung auch unter ihren christlichen Knechten Legenden erzählt wurden, und erniedrigte sie in schlimmster Weise, zog mit Soldaten los, um ihre Güter zu plündern und zu zerstören, prügelte sie wie Hunde zu Tode, führte sie den Leuten in einem Zustand vor, der für jedes Geschöpf Gottes demütigend gewesen wäre, und wie musste es erst ein angesehener, hochgestellter Mann empfinden, ein Patrizier, Vorreiter eines Volkes, das aufgewacht war. Auch das sollte in Legenden und Volksmärchen Eingang finden, in Lieder, die man jahrhundertelang sang, so wie in früheren Jahrhunderten andere Lieder gesungen worden waren. Dieses Volk sollte seine Führer bedauern, und der Kummer, so glaubte Omer, würde ihn überleben, vielleicht auch sein geliebtes Reich, und ihnen, diesem Volk, würde es nie mehr einfallen, sich anderen Völkern ebenbürtig zu sehen. Es war ihnen nicht ebenbürtig, würde es nie sein, weil er, Omer-Pascha Latas, es so beschlossen hatte.

Sarchione staunte über diesen Zorn, was war nur in seinen Freund gefahren? Kam er in die Jahre? Zweiundvierzig war er geworden, sein Bart wurde grau, seine Haltung schlaff, er sackte in sich zusammen – da fällt Sarchione auf, dass er Omer um fast einen Kopf überragt, noch vor ein, zwei Jahren waren sie doch gleich groß gewesen –, alterte er etwa vorzeitig, erklärte das sein Wüten?

Nur wenn sich in einem Menschen alles im Gleichgewicht befindet, besagen die uralten Lehren aus dem antiken Griechenland und dem Osten, ist er ganz und glücklich. In Latas war alles im Ungleichgewicht. Er hatte großes dichterisches und künstlerisches Talent, aber die Scham, etwas zu erfinden, das nicht der Wirklichkeit und Wahrheit entsprach, war größer. Er, der Marschall von Bosnien, befehligte eine große Armee, genoss in Konstantinopel und Wien hohes Ansehen – wie schmerzlich für Österreich, einen solchen Mann verloren zu haben! –, doch bei sich, im Herzen: Wüste! Er hat weder Weib noch Kinder, kein Heim, kein Zuhause, der arme Latas. Zugegeben, er selbst, Sarchione, hat auch nie geheiratet, aber das ist etwas anderes. Wenn er ehrlich ist, Frauen haben ihn nie gereizt, er wollte weder eine Familie noch Kinder haben. Wäre sein Leben anders verlaufen, er wäre in Venedig Mönch geworden und hätte nie gegen das Zölibat verstoßen, gegen jede andere Regel, Vorschrift und Verfügung mindestens einmal, aber das Zölibat hätte er vorbildlich erfüllt. Doch was ihn abstieß, wogegen er Widerwillen empfand – der Leib einer Frau, ihre Sinnlichkeit –, Latas verzehrte sich danach. Noch ein Ungleichgewicht der Seele, das viele Männer quält, ihn brachte es offenbar in Rage.

So erklärte sich Eustachio Millas Sarchione, der beste Freund und geheimnisvolle Berater – über den Latas' Biografen wohl aus moralischen, konspirativen Gründen Stillschweigen bewahren; wenn überhaupt erwähnen sie den ersten Konzertflügel, der die Stadt erreichte, weil ihn Sarchione während Latas' Feldzug mitbrachte –, Omer-Pascha Latas' tiefen Fall in Bosnien.

Die Geschichte mit dem Konzertflügel stimmt: Einige Wochen, nachdem sie Ganimed Troyanovsky zum Glück heil in Sarajevo abgeliefert hatten, fuhr Sarchione nach Wien, um das Instrument zu erwerben. Die Reise war weniger beschwerlich und gefahrvoll.

Während wir lang und breit die Geschichte von Sarchione und Latas erzählt haben, war die Karawane ohne Zwischenfälle in Bayern unterwegs. Ganimed hielt den Tross mehr mit seinem hysterischen Benehmen und Geheule auf als mit seinen allabendlichen Fieberschüben.

Er zeigte keinerlei Interesse an Sarchiones Geschichten (die viel länger waren als die, die wir in die Geschichte von Ganimed Troyanovskys Reise im Frühjahr 1851 nach Bosnien einstreuen), schien unempfänglich für Musik, Lyrik und die Wunder der arabischen Kalligrafie. Vergeblich wiederholte der Venezianer seine Lebensgeschichte vor den Männern im Geleitzug so, dass ihn Ganimed hörte, vergeblich flocht er aberwitzige Details ein, wie er sie selbst in Istanbul nicht benötigt hatte, um die Aufmerksamkeit der Haremsschönheiten und Hofdamen zu erregen, kluge, gebildete Frauen, die Liebesgeschichten und schreckliche Menschenschicksale satthatten, weil sie ihr Leben lang nichts anderes hörten, selbst diese Hörerschaft hatte er leichter und schneller in seine Geschichte hineingezogen als den schönen Ganimed Troyanovsky, der entweder heulte oder sich im Fieber wälzte, meist aber beides zugleich, nicht einmal die Vorstellung, die selbst einer blasierten Hofdame das Herz vor Entsetzen hatte stillstehen lassen, wie der kleine Sarchione die Knochen seiner toten Brüder und Schwestern abnagt.

Erfinden ist keine Schande!, sagte Sarchione pikiert mitten in einer Geschichte, die den jungen Mann nicht fesselte. Der schaute aus dem Fenster der Kutsche bei klarer Sicht auf die verschneiten Berggipfel in der Ferne und seufzte in einem fort.

Aber es ist eine Schande, wenn man sich etwas einfallen lassen muss, um nicht auf dem Scheiterhaufen verbrannt oder aufs Rad geflochten zu werden.

Da wandte sich der junge Mann ihm zu und sah ihm zum ersten Mal in die Augen: Das denken Sie?

Ja, genau das denke ich.

Was ist in Ihren Geschichten erfunden und was ist wahr?

Woher soll ich das wissen?, sagte Sarchione erstaunt. Ich erzähle seit dreißig Jahren, seit dreiundzwanzig Jahren schreibe ich auf, was ich erzähle, erst in der lateinischen, inzwischen in arabischer Schrift. Wenn ich je gewusst haben sollte, was wahr ist, also was sich wirklich zugetragen hat, denn ich nehme an, dass Sie mit Wahrheit meinen, was sich wirklich zugetragen hat, und ich bezweifle stark, dass ich das je wusste, es hat sich längst verloren und mit dem vermischt, was Sie als erfunden und unwahr bezeichnen würden.

Herr Sarchione, reden Sie sich gerade um Kopf und Kragen?

Nein, ich will nur sagen, dass wir unsere Erinnerungen erfinden. Selbst der ehrwürdige Serasker erfindet das eine oder andere und schämt sich hinterher dafür.

Und was ist wirklich geschehen?

Nichts. Und selbst wenn, ist es vollkommen belanglos und nicht der Rede wert.

Und das hier, das geschieht nicht? Wir sitzen nicht in einer fahrenden Kutsche?

Sarchione zuckte mit den Achseln, lachte: Es ist nicht an mir, Ihnen das zu sagen, wirklich nicht. Es wäre vermessen.

Am folgenden Tag hielten sie auf dem Marktplatz des letzten Örtchens im Tal. Danach ging es in die Berge, zur beschwerlichsten, unsichersten Etappe, die sie mit einem Umweg über Ungarn hätten vermeiden können. Aber das hätte die Reise noch mehr in die Länge gezogen, was sowohl Botta als auch Sarchione keinesfalls wollten. Außerdem fürchtete sich keiner der beiden vor Abenteuern in den Bergen. (Und falls doch, wollte es keiner vor dem anderen zugeben …)

Ganimed Troyanovsky war unerwartet gut gelaunt.

Er hakte sich bei Sarchione ein und schwatzte drauflos, kam vom Hölzchen aufs Stöckchen, vom Geigenbauer aus Cremona und den Unterschieden zwischen Ahorn- und Walnussholz über Goethe, Dante und Shakespeare zu den künftig verschwindenden Unterschieden zwischen dem König und seinen Untertanen, von den heilbaren Merkmalen der Melancholie und dass in spätestens einem halben Jahrhundert mitten in den Karpaten der Sohn eines orthodoxen Priesters geboren werde, der folgenden Satz schreiben sollte: Ohne Melancholie könnten wir Nachtigallen auf den Grill legen, schade nur, dass wir es nicht mehr erleben werden, da sind wir schon lange tot. Dann schwatzte er über die Daguerreotypie, die neueste Pariser Erfindung, welche die Zeit anhielt und die ganze sich dem Auge darbietende Wirklichkeit auf eine versilberte Kupferplatte bannte, in Zukunft könnten die Gedanken und auch die Persönlichkeit eines Menschen auf solchen Platten festgehalten werden, wenn jemand sein Leben langweilt, wenn er in einem anderen Leben sein möchte, wird er in einer fernen Zukunft dieses Leben einfach erfinden und auf eine Re-Daguerreotypie bannen, welche des Menschen Körper und Geist, gefangen in der Zweidimensionalität, wieder in die gottgegebene Dreidimensionalität zurückführt, und die Russen seien eine blutrünstige, sentimentale Gesellschaft, das wisse er von seinem Vater, in beidem seien sie jedem anderen Volk überlegen, besonders den leichtsinnigen, leiblichen Genüssen ergebenen Franzosen, das sei auch der Grund, warum sich die Russen oder vielmehr Fürst Igor persönlich zwischen Katholizismus und Orthodoxie für die Orthodoxie entschieden hätten, die ästhetischere, süßere, sangesfreudigere Variante des Christentums, die sie um ihre mystische Blutrünstigkeit erweiterten, dann erzählte er von einem gewissen Jean Marais, der in Lyon siebenundzwanzig junge Frauen ermordete, bevor sie ihn gefangen nahmen und in Paris unter der Guillotine den Kopf abschnitten, und da sagte Jean Marais, damit sei er zufrieden, dafür habe er die Ärmsten ermordet, um endlich Paris zu sehen und zu sterben …

Um sie herum roch es nach Heilkräutern, die auf Holztischen verkauft wurden, eimerweise wartete Kuh- und Schafsmilch auf Kundschaft, Kinder versuchten aus Langeweile riesige Käseräder zu umgreifen, wetteiferten, wer es zuerst schaffen würde: In diesem Städtchen am Ende der Welt galt als erwachsener Mann, wer die Arme um ein Käserad schlingen konnte, sodass sich die Kuppen der Mittelfinger berührten. Dann hatte die Langeweile ein Ende und man umarmte nie wieder Käse.

Greise mit der typischen Kopfbedeckung der Alpenbewohner verfolgten mit ihren Blicken neugierig die fremde Reisegesellschaft. Die Frauen wischten sich die Hände an der Schürze ab, ihre Wangen röteten sich, während sie deren Aufmerksamkeit auf ihre Waren zu lenken versuchten. Ausländer verirrten sich selten in die Gegend, Reise- und Handelskarawanen mieden die Alpen, die meisten Wege Richtung Osten verliefen durch Mähren, die Slowakei und durch die endlose ungarische Ebene, und solche Ausländer, bärtige Türken mit Prachtgewehren und Turbanen, sah man sonst nur auf Illustrationen von Abenteuerromanen. Sollen sie doch wenigstens einen Blick auf unseren Käse werfen, das kostet sie nichts, und den Frauen hätte es viel bedeutet …

In einer Welt, die niemand besucht, vergeht die Zeit langsam und wirkt viel länger. Dort ist jeder Blick wichtig, ein Blick genügt als Stoff für eine Legende.

Botta hatte bei einem Trödlerstand seinen Posten bezogen und ließ den jungen Mann nicht aus den Augen. Auch wenn dieser sich nicht mehr von Sarchione löste, der ihn unter seine Fittiche genommen hatte, Botta tat seine Arbeit. Er war einen Augenblick unaufmerksam gewesen, was ihm in seinen eigenen Augen eine demütigende Niederlage eintrug, seither versuchte er die Scharte auszuwetzen, mit einem Übermaß an Pflichteifer das Versäumnis wiedergutzumachen. Er tat, was alle schlechten Spitzel dieser Welt tun, es sollten noch Tage auf dieser Reise vergehen, bevor Botta in dieser Geschichte und in der Lebensbeschreibung von Omer-Pascha Latas wieder das ist, was er wirklich war: der größte Scharfrichter eines im Niedergang begriffenen Reichs.

Deswegen hatte Sarchione auch auf diesem scheinbar sinnlosen Spaziergang bestanden. Er paradierte vor Bottas Augen mit dem bei ihm eingehakten Ganimed, hätte es bis zum Abend getan, bis der Markt schloss, bis die irritierten Greise und Frauen nach Hause gingen und grübelten, was besser wäre: Wenn jede Woche Türken vorbeikämen oder wenn sie niemals aufgekreuzt wären. Weder ihnen noch dem Gros der Reisegesellschaft war klar, wozu das Zeremoniell diente, warum Sarchione mit dem Jüngling herumging, der auf einmal redete wie ein Wasserfall, wie wenn er nach der ganzen Heulerei den Verstand verloren hätte, auch nicht, warum Botta die ganze Zeit wie angewurzelt dastand, mit keinem redete und den beiden nachglotzte, sich mit eigenen Augen davon überzeugen musste, dass alles in Ordnung war, ob Ganimed drei oder alle sieben Knöpfe am Hemd zugemacht, wie viele Falten Sarchione um den Mund hatte, wie viele davon Sorgen- und wie viele Lachfalten waren.

Es war ein Zeremoniell zur Seelenheilung.

Es galt vor allem der Seele des Scharfrichters Botta, der den, den er begleiten sollte, nicht aus den Augen ließ.

Dann auch der Seele des jungen Ganimed Troyanovsky, der nach Tagen und Wochen der Übellaunigkeit wie ein Wasserfall redete, gleich wird aus ihm der Wunsch herausbrechen, nach Paris zurückzukehren, heimzufahren, statt begleitet von den süßen, aber sehr männlichen Komplimenten eines türkischen Heerführers nach Bosnien zu reisen.

Und nicht zuletzt einer dritten Seele: Sarchione konnte endlich schweigen, musste nichts erfinden und zum Besten geben, weil die Dinge auch so ihren Gang gingen.

Nachdem sie zwei Stunden über den kleinen Platz zwischen den Marktständen gekreist waren, gingen Ganimed die Themen aus oder er hatte sich heiser geredet.

Fahren wir weiter?, fragte Botta.

Sie antworteten nicht, liefen nur folgsam zu den Kutschen.

Der junge Mann schlief ein, kaum dass er im Polster saß, Sarchione betrachtete ihn noch eine Weile, dann zog er ein Büchlein aus der Manteltasche und vertiefte sich in einen spannenden Abenteuerroman, *Robinson Crusoe,* geschrieben von dem Engländer Daniel Defoe. Normalerweise packte er für seine Reisen philosophische Romane ein, Montaigne, Dante, Goethe, aber jetzt verlangte ihn nach Zerstreuung und einem Jungbrunnen. Warum ihm die Geschichte von einem Mann, der als Einziger einen Schiffbruch überlebt und sich auf einer einsamen Insel wie in der Steinzeit von Jagd und Fischfang ernährt, geeignet erschien, sich in Ganimeds Alter zurückzuversetzen, konnte er selbst nicht sagen.

Als die Wagenkolonne auf den ersten Anstieg zurollte, kam Sarchione an die Stelle, wo Freitag die Insel erreicht.

Und an der Stelle hört der Roman auf, ein Kinder- und Jugendbuch zu sein. Den Leser überschwemmten in diesem Augenblick Latas' Schamgefühle. Ihm fiel wieder ein, warum er den *Robinson Crusoe* mitgenommen hatte. Sein Blick fiel auf Ganimed mit seinem bleichen Ephebengesicht, und er klappte das Buch mit einem dumpfen Knall zu. Es war, als bekräftige der gebundene, bedruckte Papierstoß ein Urteil über die bekannte und unbekannte Welt.

Er schlug das Buch zu, ohne ein Lesezeichen hineinzulegen, er hatte nicht die Absicht, es je wieder aufzuschlagen.

Die Etappen durch die Alpen waren gefährlicher und schwieriger als gedacht, die Wege vereist, Schneeverwehungen verzögerten die Fahrt, aus breiten Reichsstraßen wurden schmale Wege und noch schmalere Saumpfade, und dann hörte der Weg auf, und vor ihnen lag eine Berglandschaft, die Pferde und Menschen erschreckte. Erstere wieherten, Letztere beteten, falls sie an Gott glaubten. Die Landkarte half jedenfalls an diesem Ort und zu dieser Jahreszeit weniger als Gebete.

Ganimed jedoch war ruhig. Erstaunlich ruhig. Wenn einer der anderen getröstet und beruhigt werden musste, er tat es. Einem schlichten Träger aus Anatolien, Jusuf, der außer Türkisch kein Wort einer anderen Sprache kannte, sagte er, er habe nichts zu befürchten, er, Ganimed, habe in einem Pariser Antiquariat ein Buch gefunden, in dem von jedem Menschen geschrieben stünde, wer wann und wo stürbe, und er wolle ihm nicht das Datum verraten, das wäre zu intim, aber der Ort sei auf der Straße, die erst noch gebaut werden müsste, exakt 543 Kilometer entfernt. Wenn er, Jusuf, Angst habe zu sterben, solle er sich an ihn halten, dann sei er sicher.

Er verlangte von Botta, dem vor Angst schlotternden Mann alles Wort für Wort zu übersetzen, betonte, das Antiquariat heiße Minerva, befinde sich in der und der Straße in Montparnasse und das Buch stehe, vom Eingang gesehen, auf der rechten Seite auf dem siebten Regalbrett von unten, das sei ziemlich hoch, manche Kunden bäten den Buchhändler, Joseph Levy, um eine Leiter, wenn er wolle, könne er es dort selbst nachlesen, auf Seite achtundsiebzig in der zwölftletzten Zeile stünden Todestag und -ort von Ganimed Troyanovsky, so wie er es ihm eben gesagt habe.

Der arme Jusuf war Analphabet, aber er glaubte dem jungen Mann aufs Wort und wich nicht mehr von seiner Seite, bis sie mit Gottes Hilfe und dank vieler Wunder und Zufälle die südlichen Alpen erreichten und wieder in die Ebene abstiegen.

Dass ein Jusuf aus Anatolien dem vornehmen jungen Herrn glaubte, verwundert nicht weiter, wie sollte er in seiner Niedrigkeit und Armseligkeit dem jungen Herrn nicht glauben, dem sogar der berühmte Serasker so sehr vertraute, dass er ihn zu sich nach Sarajevo einlud, erstaunlich ist nur, dass auch Botta, der ja beruflich dazu gehalten war, nichts zu glauben, die aberwitzige Geschichte von dem Buch im Antiquariat Minerva schluckte.

Warum haben Sie das Buch wieder zurückgestellt, warum haben Sie es nicht gekauft, wenn etwas für Sie so Wichtiges darin steht?

Warum sollte ich es kaufen?, fragte Ganimed erstaunt zurück. Die zwei Angaben werde ich mir doch wohl noch merken können, Datum und Ort meines Todes, und alles andere hat mich nicht interessiert, das Buch hätte nur Staub in meiner Bibliothek angesammelt.

Schließlich trug er Botta auf, Jusuf Folgendes auf einen Zettel zu schreiben: Rechtes Regal, siebtes Brett von unten, unbeschrifteter roter Ledereinband, auf Titelseite mit lateinischen Buchstaben *Die Hunde von Sarajevo*, Seite einhundertfünfundsiebzig, viertletzte Zeile.

Wenn er das nächste Mal nach Paris fahre, und das werde er im Auftrag des Paschas sicherlich, möge er sich davon überzeugen, dass der Herr nicht gelogen habe. Es störte Ganimed nicht im Geringsten, dass Jusuf sein Todesdatum erfahren konnte und den Ort dazu. Aus solchem Wissen erwächst nichts Böses, es ist eher Anlass, sich zu verbrüdern.

Jusuf nahm das Stück Papier entgegen wie ein Amulett zur Abwehr böser Geister; es war das Wertvollste, was er je im Leben geschenkt bekommen hatte. Ganimeds Zettel bewahrte ihn vor dem Tod, und im Gegenzug half er dem jungen Herrn, wo er nur konnte, sodass dessen Nutzen realiter weit größer war. Er trug ihn huckepack, hielt ihn bei Eis und Schnee warm, zog und schob die festgefahrene Kutsche aus Verwehungen, nichts war ihm zu schwer. Jusuf glaubte an Ganimed Troyanovskys Unsterblichkeit – oder vielmehr daran, er würde erst in ferner Zukunft sterben – und ging ihm in allem zur Hand, der Stärkere soll schließlich dem Klügeren und noch dazu Vornehmeren dienen. So dachte Jusuf, der anders als Ganimed schreckliche Angst vor dem Tod hatte und, wiederum anders als Ganimed, an Gott glaubte.

Nicht nur der ungebildete junge Kerl aus Anatolien glaubte an die Existenz des Buchs *Die Hunde von Sarajevo* auf dem siebten Brett von unten im rechten Regal, in dem Ganimed Troyanovskys Todestag und -ort geschrieben stehe, sondern auch Botta. Mit seinem für die Geheimdienste Venedigs und Istanbuls, wo man den kleinsten Fehler mit dem Leben bezahlte, geschulten Gedächtnis holte er den *Don Quijote* von Cervantes aus der Kutsche – das Buch hatte er stets bei sich, er glaubte, es bringe ihm Glück, obwohl er es nie zu Ende gelesen hatte – und notierte auf der letzten Seite noch einmal: Rechtes Regal, siebtes Brett von unten, unbeschrifteter roter Ledereinband, auf Titelseite mit lateinischen Buchstaben *Die Hunde von Sarajevo,* Seite einhundertfünfundsiebzig, viertletzte Zeile.

Nach kurzer Bedenkpause fügte er hinzu: Vielleicht erfunden? Falls ja, warum?

Anders als Latas, der seine künstlerische Begabung nie ausgelebt, nie seinen Grenzlandroman über die Lika, seine hochfliegende Istanbul-Saga, seinen Bildungsroman über den Sohn eines Vidiner Hauptmanns und seinen jungen Kalligrafieschüler Abdülmecid geschrieben hatte, weil er sich jeder Erfindung schämte, sich mehr dafür schämte als für Nacktheit, Gott es den Menschen aber nicht gegeben hat, sich an irgendetwas zu erinnern, ohne etwas hinzuzuerfinden, konnte Botta nicht verstehen, wieso Menschen überhaupt das Bedürfnis haben, etwas zu erfinden. Was für seinen Herrn Quelle künstlerischen Schaffens und der Grund war, warum er selbst kein Künstler sein konnte, war für Botta höchstens potenzielle Quelle gegnerischer Spionage oder Symptom einer schwerwiegenden Geisteskrankheit. Ganimed war entweder französischer Spion oder hatte den Verstand verloren.

Von da an beobachtete er ihn noch aufmerksamer.

Und der Jüngling, der in den Alpen plötzlich so gut gelaunt war, den auch keine Fieberschübe mehr heimsuchten, log und erfand immer tollere Geschichten. Allen, selbst seinem getreuen Jusuf, war klar warum: Er konnte nichts tun, war körperlich zu schwach, um sich nützlich zu machen, zu ungeschickt auch für die leichteren Arbeiten, und selbst was er hätte übernehmen können, nahm man ihm ab, um nichts zu riskieren, und so wollte er sie wenigstens zum Lachen bringen. Selbst Sarchione, der Meister der Erzählkunst, amüsierte sich prächtig, steckte doch zu seiner Überraschung in Ganimeds Geschichten nicht das kleinste Körnchen Wahrheit. Sie waren von vorn bis hinten erlogen und nichts darin konnte so gewesen sein. Das war für Sarchione neu, er hätte nie so erzählen können, noch seine größte Schnurre nahm ihren Ausgang von einem realen Ereignis und hätte sich in allen Einzelheiten genau so zugetragen haben können. Seine Zuhörer wussten nie, wo die Lüge anfing und die Wahrheit endete. Bei Ganimed hingegen gingen ständig Schiffe bei Sturm im Meer unter, um in der Donau oder der Ostsee mit vollzähliger Besatzung wieder aufzutauchen, und wie sie dahingekommen waren, blieb unerklärt. Bibliotheken steckten voller Geheimnisse, fantastischer Vorhersagen und unmöglicher Erklärungen für Vorfälle aus der Vergangenheit. Da war Ganimeds wahnwitzige Geschichte von Jesus Christus, dem sie die rechte Hand schlampig ans Kreuz genagelt hatten, entweder war der Nagel krumm geworden oder das Holz angefault, jedenfalls hing der junge Mann aus Judäa auf einmal an nur einer Hand und brüllte vor Schmerzen, rief in Todesangst den Vater um Hilfe an, schließlich war er zugleich Mensch und Gott und wusste alles im Voraus, er sah Hunderte und Tausende von Jahren in die Zukunft, Kreuze an Kirchenwänden mit Holzfiguren daran, die keinerlei Ähnlichkeit mit dem hatten, den er im Spiegel sah, eine Metapher, die Stilisierung seiner Leiden. Wie konnte das geschehen, warum konnte er mit seiner Rechten den Nagel herausreißen, wie ging das nun weiter? War er wirklich der Gekreuzigte, der Gottmensch, oder handelte es sich um eine ungeheuerliche Verwechslung? Dann wären seine Qualen ganz umsonst, dann wäre nicht er Vorbild und Vorlage für Millionen künftiger Kruzifixe mit hölzernen, goldenen, silbernen, wächsernen, eisernen, bronzenen, steinernen, zinnernen, papierenen, diamantenen, tönernen Gekreuzigten, sondern ein anderer, und er wäre nur ein armer Kerl aus Nazareth, das Bankert eines gefallenen Mädchens, das sie einem gutmütigen, leichtgläubigen Zimmermann untergeschoben hat, und er würde einfach nur quälend langsam und elend krepieren wie so viele vor ihm.

So dachte Jesus Christus und brüllte vor Schmerzen und Entsetzen, seine Linke tat inzwischen unerträglich weh …

Wie er ihn so hörte, kamen Botta noch einmal Zweifel. Die Türken in der Mannschaft lachten, der Franzose hatte wirklich eine Art zu erzählen, dass man sich kringelte, er wedelte mit den Armen wie wenn die Frauen den Strudelteig beim Kneten durch die Luft werfen, Sarchione stand der Mund vor Begeisterung offen, er lachte Tränen, die auf halbem Weg die Wange hinunter gefroren und mit einem kristallhellen Pling auf die Schulter rollten.

Wieder dachte Botta, das ist wohl doch wahr. Der Junge wirkt überspannt, aber er hat das nicht erfunden. Wer kann sich so was ausdenken, dass Jesus am Kreuz brüllt, weil ein Nagel nicht gehalten hat und die eine Hand nun herabhängt, oder schwenkt er sie, um seinen Vater im Himmel auf sich aufmerksam zu machen?

Heimlich zog er einen Zettel aus seiner Rocktasche und las: Rechtes Regal, siebtes Brett von unten, unbeschrifteter roter Ledereinband, auf Titelseite mit lateinischen Buchstaben *Die Hunde von Sarajevo,* Seite einhundertfünfundsiebzig, viertletzte Zeile.

Im Weiterziehen – sie kämpften sich Schritt für Schritt durch den Schnee, bis sie auf der anderen Seite des Gebirgszuges herauskamen und den Abstieg in die slawischen Länder begannen – wiederholte Botta aus dem Gedächtnis, das, wie gesagt, für die Geheimdienste von Venedig und Istanbul geschult worden war, wo man den kleinsten Fehler mit dem Leben bezahlte, jede einzelne von Ganimeds Geschichten und murmelte dabei: Unmöglich, unmöglich, unmöglich …

Aber die andere Seite in ihm war stärker: Es ist wahr, die Wahrheit, die reine Wahrheit …

Botta beleuchtet die Geschichte von allen Seiten, er kann nicht begreifen, wo sie herkommt. Erfand Ganimed sie oder sagte er die Wahrheit? Und wenn er die Wahrheit sagte, wie konnte es sein, dass Jesus nur mit einer Hand am Kreuz festgenagelt wurde und vor Schmerzen brüllte?

Es ist dunkel geworden, fährt Ganimed fort, die Nacht ist

über Golgatha hereingebrochen, in der die Wächter einschlafen, und wenn sie wieder wach werden, hängt er nicht mehr am Kreuz. Aber wie sollten sie bei den Schmerzensschreien einschlafen, der Kerl wurde und wurde nicht ohnmächtig, er gönnte ihnen keine Ruhe.

Wenn sie eine Leiter gehabt hätten, hätte einer hochklettern und die Hand wieder ordentlich annageln können, aber wo soll man mitten in der Nacht auf dem Golgatha eine Leiter herkriegen?

So schilderte Ganimed die Gedanken eines römischen Legionärs.

Botta rann, bei zweiundzwanzig Grad unter Null und eisigem Nordwind, in seiner Not der Schweiß, die Türken bogen sich vor Lachen, genossen die Geschichte und dachten nicht an den Propheten Isa, einen der Gesandten vor Mohammed, als den ihn ein Idealist oder Anhänger des heiligen Franziskus gesehen hätte, für sie war der Gekreuzigte ein Ungläubiger, der leidet, dem Schreckliches widerfährt, etwas, das die Geschichte der europäischen Zivilisation – wobei sie das nie so ausgedrückt hätten – zuverlässig verändern wird, und letztlich ist es auch für den Islam, den einzigen echten und wahren Glauben, und für Konstantinopel und das ruhmreiche Reich gut, dass der Heidengott kein Gott mehr ist, sondern der da oben, der am Kreuz wimmert und hadert. Ein Lump ist er, denen ihr Gott, Mann, ein Lump kann doch kein Gott sein. Allah ist in allem das genaue Gegenteil eines Lumps, Lumpen findet man nur unter den Menschen, nicht bei allen Menschen, nur bei denen, die nicht aufrichtig an den einen und wahren Gott, an Allah den Allmächtigen glauben …

Was die türkische Mannschaft als pure Komödie auffasste, setzte die beiden Venezianer in Erstaunen.

Nicht weil sie sich durch Religion, Geburtsort, Lebensauffassung und Weltanschauung unterschieden, sondern weil sie anders als die Mannschaft Schreiben und Lesen gelernt hatten. Die Türken vom Geleitschutz konnten höchstens ein paar arabische Schriftzeichen aufmalen, aber unter ihrer harten Hand verwandelten sich die schlängelnden Linien in das knorrige Geäst von Ölbäumen. Sie fanden alles lustig, weil sie vor den Toren zu Ganimeds Geschichten blieben. Sarchione konnten sie verstehen, den jungen Franzosen nicht.

Hört, das Haus eines Fiumers ist über Nacht auf die andere Seite des Meeres geflogen! Was für ein Haus kann das sein, fragten sie sich, und wenn Menschen sich über etwas wundern, was sie nicht verstehen, lachen sie, weil das am einfachsten ist.

So verging die Zeit des Abstiegs hinunter in die Täler slowenischer Flüsse. Die Überquerung der Alpen erschien ihnen wegen Ganimeds fantastischen Erzählungen leichter, als sie es gewesen war. Wegen Erfrierungen hatten die Männer insgesamt zwölf Zehen verloren. Ringer Mula hackte sie fachmännisch ab, mit einem Hieb seiner schweren Gibraltar-Axt. Der Betroffene stöhnte, der schwarz gewordene Zeh flog in hohem Bogen weg, die Wunde wurde mit glühendem Eisen ausgebrannt, es war eine Sache von wenigen Minuten.

Hätte er nicht die ganze Zeit erzählt, wer weiß, wie viele Zehen noch erfroren und ob nicht ein paar tödlich verunglückt wären. So aber überlebten alle.

Der Anblick war erhebend: Sonnenbeschienene Hügel – es war so warm, dass sie nackt bis zur Hüfte neben den Kutschen herliefen – und auf jedem erhob sich ein bescheidenes Kirchlein oder eine Festung aus längst vergangenen Zeiten. Viel Volk war unterwegs, ein Gewimmel; ringsum ratterten und quietschten Fuhrwerke, Markttag, alle paar Meter ein Markt, und so mancher hatte es eilig hinzukommen, andere wollten schnell wieder nach Hause, in Gedanken versunken, weil sie nicht sicher waren, ob sie sich über den Tisch hatten ziehen lassen, oder fröhlich und betrunken überzeugt, dass sie unter Preis gekauft und zu überteuertem Preis verkauft hatten.

Die Reisegesellschaft, die seit Paris überall Neugier und Angst ausgelöst hatte, fiel hier kaum auf. Die Einheimischen, die sich untereinander in verschiedenen slawischen, germanischen und romanischen Sprachen verständigten, schienen an türkische Karawanen gewöhnt zu sein, oder die orientalischen Gestalten ließen sie an Markttagen kalt, da war alles andere interessanter.

Sarchione fragte herum, kaufte ein Huhn, ein Körbchen Pilze, einen Sack verhutzelter Äpfel, die in einem Erdloch über den Winter gebracht worden waren, ein Käserad, oder pries lautstark im lokalen Idiom, das er sehr gut beherrschte, das Pferd oder den Ochsen, den einer anbot.

Ob er es für sich tat, weil ihm die Unterhaltung mit wildfremden Menschen fehlte, waren sie doch tagelang niemandem begegnet, oder weil er die Bewohner überzeugen wollte, dass sie vielleicht wie die Vorhut östlicher Horden aussahen, die ihre Raubzüge bis Wien ausdehnen wollten, tatsächlich aber anständige, kultivierte Menschen seien, die das hiesige Essen kaufen und bereitwillig die Herrlichkeit des Landes loben, durch das sie ziehen?

Sarchione wollte seine Ängste abschütteln, aber es gelang ihm nicht, die Aufmerksamkeit der Einheimischen mit seiner aggressiven Liebenswürdigkeit und dem durchtriebenen Bedürfnis, jedem etwas abzukaufen, auf sich zu lenken. Sie gafften ihn nicht an, lächelten nur geistesabwesend und sahen mit ihren rotwangigen Gesichtern und Haaren von der Farbe von Maiskolben aus wie die Helden russischer Volksmärchen. Er kannte sie von früher, schon in Venedig hatte er Kontakt zu Slowenen gehabt, später in Triest Handel mit ihnen getrieben und kannte in Istanbul einen Lederhändler, der gebürtig aus Maribor kam, aber durch die anstrengende, langwierige Alpenüberquerung sah er sie jetzt mit anderen Augen und konnte sich nicht an sie gewöhnen.

Für Ganimed Troyanovsky war alles neu, diesen Menschenschlag kannte er überhaupt nicht. Arabern und Türken war er in Paris schon begegnet, er hatte sie in Buchillustrationen, Gemälden und Zeichnungen gesehen, aber Slowenen und insgesamt Südslawen noch nie.

Sie wirkten auf ihn wie entfernte Verwandte, er verlangte, man möge ihm Zeichenblock, ein Dutzend Fässchen mit verschiedenfarbigen Tuschen und Federn aus den Reisetruhen holen.

Was er unterwegs von Maribor bis Varaždin und Zagreb zeichnete, fünf Stadt- und Landschaftsveduten, die er während einer Rast, in Bierschwemmen, Kneipen und Gasthöfen entlang der Landstraße zeichnete, sowie sieben virtuose Zeichnungen, ebenfalls mehrfarbig getuscht, während die Kutsche dahinrollte, liegt heute in der Grafischen Sammlung der Universitätsbibliothek von Zagreb. Man hat sie ganz zufällig Ende August 1992 im Sperrmüll gefunden, bevor der Haufen abgefahren wurde. Sie befanden sich in einer grauen, 90 x 75 Zentimeter großen Mappe, die auf einer alten Obodin-Waschmaschine lag, aus der jemand bereits die Trommel herausgeschraubt hatte. Die Mappe erregte die Aufmerksamkeit von Anastas Popović, damals fünfundachtzig, Lithograf im Ruhestand, weil er auf der Vorderseite eine mit wenigen Strichen hingeworfene Skizze der Arslanagić-Brücke in Trebinje erkannte. Selbst aus Trebinje, sprang Popović eins der Wahrzeichen seiner Heimatstadt förmlich an, er klemmte die Mappe untern Arm, während es anfing zu regnen. Wäre er zehn Minuten später gekommen, die Tusche wäre zerlaufen und zwölf Zeichnungen eines französischen Reisenden durch unsere Lande, des Balletttänzers und Architekten Ganimed Troyanovsky, für immer verloren.

Popović legte die Zeichnungen dem Kunsthistoriker und Lyriker Y. R. zur Begutachtung vor, der den kroatischen Präsidenten Tuđman in Kulturfragen beriet. Y. R. bot ihm zuerst dreihundert Deutsche Mark für die zwölf Blätter an und zog dann sein Angebot zurück. Als Anastas Popović sie zurückforderte, soll ihm Y. R. laut eines Artikels in der Wochenschrift *Globus* gesagt haben, die Zeichnungen gehörten zum kroatischen Kulturerbe und er als Serbe könnte Probleme bekommen, wenn man sie bei ihm fände. Auf jeden Fall werde er der Polizei erklären müssen, wie er in ihren Besitz gelangt sei und wer sie ihm gegeben habe.

Ich habe sie auf dem Sperrmüll gefunden!, soll der Greis erbost gerufen haben.

Das nimmt Ihnen niemand ab, antwortete der studierte Herr Y. R. kalt.

Die graue Mappe mit der Skizze der Arslanagić-Brücke in Trebinje blieb bei Popović. Er hat sich angeblich für den hässlichen grauen Karton geschämt. Das sagt wenigstens sein Sohn. Bis zum Tod des Alten im Januar 1994 stand die Mappe im Wohnzimmer neben dem Fernseher der Marke Gorenje, sodass er die Umrisse der Brücke dauernd vor Augen hatte. 2001 wanderte sein Sohn, Ingenieur Miodrag Popović, nach Kanada aus und überließ den Karton, in dem sich einst Ganimed Troyanovskys berühmte Zeichnungen befanden, dem Autor dieser Geschichte in der Geschichte, der sie seitdem sein Eigentum nennt.

Die Ausstellung »Zwölf Zeichnungen von Ganimed Troyanovsky« wurde im Kunstpavillon noch zu Popovićs Lebzeiten im Oktober 1993 abgehalten. Bei der Eröffnung in Anwesenheit des Staatspräsidenten hielt Y. R. eine Rede und enthüllte der kroatischen Öffentlichkeit, wie die bislang unbekannten Arbeiten des berühmten Pariser Architekten aufgetaucht waren. Die Geschichte ähnelte einem spannenden Spionagethriller, eines kroatischen Le Carré würdig, in dem neben Y. R. himself eine junge, hübsche Frau, ein kroatischer Marineoberst, der früher bei der JNA im Geheimdienst tätig war, ein Kunsthistoriker aus Belgrad und ein orthodoxer Bischof eine Rolle spielten. Die Geschichte gilt in Kroatien bis heute als amtliche Version der Ereignisse: Y. R. will die Zeichnungen gegen drei minderwertige orthodoxe Kultbilder, 17. Jahrhundert, griechische Schule, getauscht haben, indem er die Gegenseite davon überzeugte, die Ikonen seien während des Zweiten Weltkriegs aus der Nikolaikirche in Zemun entwendet worden.

Nach Zagreb wurden Ganimeds Zeichnungen in Wien gezeigt und in Berlin anlässlich der kroatischen Kulturtage. Y. R. verfasste ein Buch über sie unter dem Titel *Blick aus der Kut-*

sche. Tuschmeditationen eines Europäers, über das die Kunstkritikerin des *Vjesnik* begeistert schreibt, er habe jede einzelne Zeichnung dekonstruiert, jeden Zug der Hand des genialen Architekten rekonstruiert, jeden Strich auf seine Gründe befragt, um danach die Zeichnung in ihrer Gänze wieder zusammenzusetzen wie eine Schweizer Uhr, die jetzt, dank dem Auge des Kenners, viel besser gehe.

Der Verfasser dieser Geschichte in der Geschichte, geschrieben in einer kalten Sarajever Winternacht, bevor der 9. November 2012 heraufdämmerte, fragte Anastas' Sohn Miodrag, ob sein Vater gern dementiert hätte, was Y. R. bei der Ausstellungseröffnung im Kunstpavillon gesagt hatte. Miodrag erwiderte, sein Vater habe nur gesagt, in den Augen des bekannten Kunsthistorikers hätte er, als er sich wegen der dreihundert Deutschen Mark erkundigte, den eigenen Tod gesehen. Dem Mann sei es offensichtlich nur um die Zeichnungen gegangen und was er über sie erzählen konnte, nicht um ihn, Anastas. Heutzutage gehörten Geschichten dem, der für sie zu morden bereit sei, und dazu sei er noch nie bereit gewesen, habe sein Vater gesagt, erzählte der Sohn dem Verfasser dieser Geschichte in der Geschichte am Zagreber Flughafen vor dem Abflug nach Kanada.

In Zagreb hatten sie über einen Tag Aufenthalt.

Sie trafen am späten Samstagnachmittag ein und stiegen im Zur blinden Marica in der Oberstadt ab, an der heutigen Tkalčićeva. Die Reise sollte gleich am nächsten Morgen fortgesetzt werden, der Plan wurde jedoch geändert, weil Sarchione sehr erschöpft war, kleinmütig wurde und lustlos. Er redete von Stichen in der Brust, was allein schon ausreichte, um die Fahrt zu unterbrechen, aber ihn quälte noch etwas anderes, schlimmer als ein Herzanfall – das ist wie wenn euch eine Marmorplatte auf die Brust fällt, erklärte er ihnen –, er mochte einfach nicht weiter. Nicht nur heute nicht, nein, er hatte einen Widerwillen gegen jedwede Fortbewegung, egal wann. Er würde am liebsten für immer hier, in der Herberge Zur blinden Marica, auf dem Sack voll faulem Stroh liegen bleiben. Er kannte keinen in Zagreb, obwohl er rund zwanzig Mal durch die Stadt am Rande der pannonischen Tiefebene gereist war, eine germanische Insel umringt von slawischen Stämmen, und er hatte auch nicht die geringste Lust, jemanden kennenzulernen. Er wollte nur hier bleiben, sich nicht mehr vom Fleck rühren, endlich aufgehalten in seinem Fliehen.

Das Leben ist eine einzige lange Flucht, seufzte er.

Botta sah ihn besorgt an, sagte aber nichts. Er verließ das Zimmer und ging von der Herberge hinaus in die frische Nachtluft. Von weiter weg roch die Kanalisation, die als offener Bach floss, die Gerüche einer westlichen Kleinstadt, die eine Großstadt werden will. Wenn die großen Reiche dereinst untergehen, und dass sie untergehen werden, das sieht Botta an Konstantinopel, er sieht es und würde es am liebsten nicht sehen, es ist ihm, als würde seine rechte Hand am Wundbrand absterben, wenn dereinst Wien und Rom und Konstantinopel untergehen, werden diese Kleinstädte aufsteigen und sich zu Metropolen mausern, aber das Erste, woran man ihre Größe bemerkt, ist dieser Geruch der offenen Abwässerkanäle, durch den sich westliche Hauptstädte von denen des Ostens unterscheiden. Der Osten stinkt anders. Die Städte dort stinken anders. Nach glimmender Kohle und menschlichem Schweiß, nach dem Schwefel in Millionen verdorbenen Eiern, nach Pulver, nach Hammelfett und den sich zersetzenden Eingeweiden toter Tiere, nach faulen Zwiebeln und Kartoffeln, nach übergekochter Milch, nach dem Fleisch, das auf unzähligen Rosten brät, nach menschlicher und viehischer Scheiße und natürlich nach der Kanalisation, aber all diese Gerüche vermischen, übertrumpfen, überbieten sich gegenseitig, mal herrscht der eine, mal der andere Gestank vor, sie wechseln sich ab, je nachdem, wie der Wind dreht oder in welchem Teil der Stadt man sich gerade befindet. So ist es im Osten. Im Westen stinkt es immer nur nach Kanalisation, selbst die empfindlichste Nase wird nie etwas anderes riechen als die Kanalisation, auch Botta nicht, der geübt ist, den Feind oder eine Gefahr so früh wie möglich zu riechen. Als ließe sich die gesamte westliche Zivilisation, die herrliche Hauptstadt Italiens, aus der aller Segen und Fluch des römisch-katholischen Christentums kommt, auf die Kloake reduzieren, als würde sie einen homogenen, alles durchdringenden Gestank verströmen, in dem sich sämtliche schlechten Gerüche ununterscheidbar vereinigen, alle Gerüche von allen Einwohnern, Rechtgläubigen wie Ungläubigen, Gehenkten wie Henkern, Seelenfängern, geistigen Hirten, Bischöfen und trunkenen Familienvätern, Volkstribunen, Tyrannen und allen namenlosen, unscheinbaren Gottesgeschöpfen, Reisenden, Trebegängern, Bedrängten und vor welchem und wessen Gesetz auch immer Geflüchteten, die sich in die römische Kanalisation erleichtern und damit ihren Teil zu dem großen, unüberwindlichen, gleichmachenden Gestank der westlichen Welt beitragen.

Deswegen wird der Westen eines Tages siegen, dachte Botta, der fähigste Scharfrichter, Spitzel und Henker des im Niedergang begriffenen Ostreichs verzweifelt, unsichtbar für seine Gegner und die Geschichtsschreibung, die sich über ihn ausschweigen wird, abwesend selbst für den berühmtesten bosnischen Erzähler, den Belgrader Ivo Andrić, der im letzten Lebensjahrzehnt nostalgisch in vergangenen Zeiten schwelgt und seinen großen Roman über Omer-Pascha Latas schreibt, aber kein Wort über den Freund und Begleiter des Paschas verliert. Sosehr der große Schriftsteller nachgeforscht hat, der Henker blieb für ihn unsichtbar und namenlos. Andrić spürte die Lücke in seiner Erzählung, sie machte ihm zu schaffen, er versuchte sie mit anderen Figuren zu füllen, Menschen, die einmal gelebt haben, und erfundenen Gestalten, jedoch vergebens, diese ganzen Figuren, so lebendig sie beschrieben sein mögen, rauschen durch die Erzählung und verschwinden aus ihr, als wären sie in eine Kaverne im Karst gefallen. Krankheit und Tod, nicht das Alter, holten ihn mitten in der Arbeit ein, waren der wahre Grund, warum Ivo Andrić seinen Roman über Latas, über Sarajevo nicht vollendete.

Und dann fragte Botta sich plötzlich: Was hat Sarchione mit

dem Leben als einziger Flucht eigentlich gemeint? Wovor flieht der?

Und sobald er darüber nachgrübelte, sobald er nicht mehr über die Unterschiede zwischen den Städten des Westens und des Ostens und ihrer Kanalisation nachdachte, ging es Botta wieder gut.

Am nächsten Morgen, einem Sonntag – Sarchione wollte immer noch nicht weiter, er wollte im Bett liegen bleiben, weil ihm eine schwere Marmorplatte auf die Brust gefallen sei –, begab sich der Rest der Karawane auf einen Streifzug durch Zagreb.

Die Türken aus der Mannschaft hatten sich, anders als sonst, jeder ein weißes Tuch um den Fes gewickelt sowie Pistole und Dolch in einen bunten Gürtel gesteckt, der auch nicht zu ihrem üblichen Aufzug gehörte, weil sie wussten, von Informanten oder früheren Besuchen, dass man sie in dieser Stadt so und nicht anders sehen wollte. Entweder wollten sie die dicken, molligen Hausfrauen, die durch die Gardinen linsten und den Kindern die Augen zuhielten, damit die nicht Dinge sahen, die nichts für Kinder sind, und ihre stolzen, kleinen, aufgeblasenen, stets kampfbereiten Männer mit ihren Husarenbärtchen nicht enttäuschen, oder sie hatten ihren Spaß daran, sich ab und zu genau so zu geben, wie die Leute sich Türken vorstellten: schrecklich, unbarmherzig, zu allen Schandtaten bereit. In Paris oder Deutschland hatte das längst seinen Sinn verloren: Dort hatte man schon Türken zu Gesicht bekommen, wenn auch eher auf Bildern als lebende Exemplare, Turban und Yatagan weckten kein Erstaunen, aber hier, in Zagreb, kamen sie aus dem Staunen einfach nicht heraus. Als sähen sie es jeden Morgen wie zum ersten Mal.

Ganimed Troyanovsky hatte sich den Zeichenblock unter den Arm geklemmt, drei Schritt hinter ihm ging der getreue Jusuf und trug das Köfferchen mit den Fläschchen voll farbiger Tusche und Silber- und Goldfedern.

Den ganzen Tag, vom morgendlichen Kirchgang der Einheimischen bis zum abendlichen Zapfenstreich, als das Städtchen ohne Straßenbeleuchtung in Dunkelheit sank, zeichnete der junge Mann fleißig. Sarchiones nicht immer zuverlässigem Tagebuch zufolge und nach den Schätzungen von Fachleuten, die ausgerechnet haben wollen, wie lange Ganimed für eine Zeichnung brauchte, müssen an diesem Tag zwischen sechs und zwölf Zeichnungen und Veduten entstanden sein. Keine hat sich erhalten. Entweder wurden sie zerstört oder gingen im Chaos von Pariser Archiven und Bibliotheken verloren, aus dem seit über hundert Jahren fast schon regelmäßig Zeichnungen des Balletttänzers und Architekten Ganimed Troyanovsky von dessen Reisen in den Osten bis nach Bagdad und Samarkand auftauchen. Es kann sein, dass sich einige der Zeichnungen im Fundus der National- und Universitätsbibliothek Sarajevos befanden, die durch serbische Geschosse im August 1992 ausbrannte. Diesem Brand fiel auch die kleine, aber kostbare Grafische Sammlung zum Opfer. Soweit sich der letzte Vorkriegsdirektor Borivoj Pištalo erinnert, besaß sie zwei kleinere Zeichnungen von Ganimed, eine Skizze aus dem Viertel von Kovači und eine sehr detailreiche, präzise Studie aus einer Sarajever Bäckerei, aber Pištalo sagt, er habe sich nie persönlich mit der Grafischen Sammlung und ihrem Inventarverzeichnis befasst, das sei weder seine Aufgabe noch sein Fachgebiet gewesen, es sei also durchaus denkbar, dass dort sehr viel mehr Arbeiten von Ganimed lagen. Der für die Sammlung verantwortliche Kustos, der seit fünfundzwanzig Jahren, seit 1967, im Rathaus arbeitete, floh in den ersten Kriegstagen nach Belgrad, wo er Anfang 1994 in einem Altenheim starb, bevor sich eine Möglichkeit ergab, ihn wegen der versuchten Rekonstruktion der ehemaligen Bestände zu befragen. Heute kann man nur raten, was die Grafische Sammlung enthielt, und aus dem Raten, das ist bekannt, werden in Bosnien und auf dem Balkan Mythen gestrickt, die dann unglaubliche Ausmaße annehmen, sodass die Zeiten nicht fern sind, in denen die verbrannte Grafische Sammlung als bosnischer Louvre erinnert wird. Deswegen sollte man die Möglichkeit, einige von Ganimed Troyanovskys verlorenen Zagreb-Zeichnungen könnten sich dort befunden haben, besser nicht erwähnen.

Sarchione blieb den ganzen Tag im Bett liegen.

Sie brachten ihm die Mahlzeiten aufs Zimmer. Er aß ein paar Löffel Gerschel, ein schwer verdauliches Gerstengericht, das Krleža rund siebzig Jahre später als Metapher der serbisch-kroatischen Beziehungen auffassen sollte, aber Sarchione wusste naturgemäß nichts von Krleža und hätte sich gewiss auch nicht für ihn interessiert, hätten sie zeitgleich gelebt. Der Zustand, in dem er sich befand, sollte eines Tages akute Depression genannt werden, wie aus heiterem Himmel über ihn gekommen, Folge langjähriger Heimatlosigkeit, fehlender Verwurzelung und des ständigen Umherziehens von Stadt zu Stadt, mit dem er vor sich selbst das quälende Gefühl versteckte, nirgends dazuzugehören, keinen zu haben, ein Niemand zu sein. Für alle, die er kannte und mit denen er sich angefreundet hatte, auch der Serasker selbst, war Sarchione eine Geschichte. Nicht einmal Geschichtenerzähler ist er, das wäre wenigstens noch eine Art Beruf und Fachkenntnis. Er ist eine Geschichte, dessen letzter Sinn es ist, den Zuhörer einzulullen und zu verzaubern, ohne eine Spur zu hinterlassen. Sarchione existierte so lange, wie seine Geschichte andauerte, und wenn die Geschichte beendet war, verwandelte er sich in einen Taugenichts, Faulpelz und Landstreicher. Keiner brauchte ihn, keiner erwartete was von ihm (auch nichts Schlechtes), man duldete ihn, gab ihm Essen und Trinken allein deshalb, weil man auf seine Wiedergeburt mit einer von vorn erzählten Geschichte hoffte. Ihn packte die Angst, dass seine Geschichten irgendwann uninteressant, überflüssig, nicht mehr gebraucht würden, so wie heute keiner mehr die Brücken braucht, die er einst baute. Dass er verstummt wie Jusuf und Mula, die keinen einzigen Witz wiedergeben konnten, den sie in der Kindheit gehört hatten, oder die einfachsten Dinge von sich nicht erzählen konnten: Wie es ihnen geht, was ihnen wehtut, was sie sich wünschen und wovon sie träumen. Oder hatten sie keine Träume?

Plötzlich glaubte er von sich selbst, keine Träume mehr zu haben. Das Einzige, was er sich wünschte: Für immer im Zur blinden Marica bleiben und jeden Tag eine Portion Gerschel, Gerschel, bis sie ihn Gerschel rufen, Gerschel sein Heim und seine Heimat ist. Und dass er dann endlich hier stirbt und begraben wird, in dieser Stadt am östlichsten Punkt des Westens. Sein ganzes Leben war eine einzige Flucht – das Leben ist eine große Flucht –, aber er erinnerte sich nicht daran, wovor er floh, wann das alles begonnen hatte, warum er Venedig verlassen und bis Istanbul geflohen war.

Später an diesem Sonntag kam Botta vom Rundgang durch die Stadt zurück, die einmal Hauptstadt werden sollte und in der er außer dem Abwassergestank nichts entdeckt hat, trat ins Zimmer und sah ihn wortlos an. In seinem Blick erkannte Sarchione den berufsmäßigen Zweifler, weil er keine Antwort bekam auf die wichtige Frage, warum Sarchione das Leben als große Flucht bezeichnete und vor wem er floh, und da wurde es für ihn einfacher, alles hatte wieder Sinn.

Als Botta missmutig aus dem Zimmer trat, fing ihn eine ältliche Matrone ab, die Chefin der Herberge, vielleicht die blinde Marica höchstpersönlich.

Liegt der Herr im Sterben? Sollen wir Hochwürden rufen, dass er ihm die Beichte abnimmt?

Nein, antwortete Botta kurz angebunden. Er ist Türke!

Sie ging zurück in die Küche und wackelte dabei die ganze Zeit mit dem Kopf, hoch, runter, rechts, links, und konnte es nicht begreifen, warum die Türken Hochwürden abwiesen, wenn ihnen Hochwürden doch helfen konnte, Türke hin oder her. Dann fiel es ihr ein, und sie lief zurück: Sollen wir ihm Hühnersuppe kochen?

Ganimed schlief wie abgestochen, tief ins dicke Plumeau versunken, das speziell für ihn herbeigeschafft worden war. Die anderen einschließlich Botta und Sarchione schliefen auf gewöhnlichen Strohsäcken für die Soldaten, aber für den Herrn hatten sie als besonderen Gast das Federbettzeug, das sie für die eventuelle Durchreise von Wiener Prinzen oder ungarischen Grafen bereithielten, aufgeschüttelt und gründlich gelüftet. Da sich bereits seit Jahrzehnten kein Wiener Prinz nach Zagreb, geschweige denn in die Blinde Marica verirrt hatte, nutzten sie die Gelegenheit, einem Gast, der ihnen dieser Ehre würdig schien, das Federbett anzudienen. Und Ganimed sah wie ein würdiger Gast aus: schön und schlank mit der stolzen Haltung russischer Prinzen. Zugegeben, weder die Matrone noch ihr junger Hausdiener, der ein Bärtchen nach Art der Postboten trug, taten es für den Gast, sie taten es für sich und wegen der Geschichte, die man sich noch lange danach erzählen sollte und von der sie bis zum Eintreffen eines Prinzen zehren konnten, der Geschichte von dem jungen Mann, der so schön war, dass man ihn kaum ansehen konnte.

Und er schlief wirklich wie abgestochen. Die seltsame lokal übliche Redewendung hatte er von dem Hausdiener gelernt, der ihm damit die Daunendecke anpries. Botta hatte es wortwörtlich übersetzt, Ganimed fuhr der Schreck in die Glieder, aber dann regte es ihn zu seinem berühmten Selbstporträt an, sicher die bekannteste der erhaltenen Zeichnungen von Ganimed Troyanovsky, über das an diesem Punkt zu reden ist, denn später bleibt keine Zeit mehr.

Das Bild *Selbstporträt mit durchtrennter Kehle* befand sich bis zum Krieg in der ständigen Ausstellung der Galerie bosnisch-herzegowinischer Kunst. Aus finanziellen Gründen und infolge mangelnden öffentlichen Kunstinteresses war sie nach Kriegsende nicht mehr vollständig zugänglich und wurde 2012 endgültig geschlossen. Das *Selbstporträt mit durchtrennter Kehle* lag im Depot und wurde der Öffentlichkeit in den letzten zwanzig Jahren nur zwei Mal gezeigt. Das erste Mal direkt nach dem Krieg, 1996, in der Ausstellung *Freihandzeichnungen – Bildwerke bekannter Architekten* im Pariser Architekturmuseum, das zweite Mal 2005 in einer kleinen Werkschau Ganimed Troyanovskys im Foyer der Wiener Oper anlässlich eines Jahrestages.

Das *Selbstporträt mit durchtrennter Kehle* gehört mit seinem Detailreichtum zu Ganimeds am stärksten ausgearbeiteten Federzeichnungen, ist in fünf Farben gehalten und verfügt über eine geringfügige Ergänzung in Aquarelltechnik. Man sieht einen Innenraum, wahrscheinlich das Zimmer im Zur blinden Marica, ein Bett aus grob gezimmertem Holz, hoch aufgebaut, mit reichem Bettzeug und einem gewaltigen, etwas überdimensionierten Kopfkissen. Unter dem Bett steht der irdene, mit floralen Motiven bemalte Nachttopf, über dem Bett hängt ein Bildchen der Gottesmutter mit Kind an der Wand. In der Zimmerecke ein Spinnennetz mit Spinne, die einen neuen Faden spinnt. Die Zimmertür wirkt mit ihrer schweren, rostigen Klinke und dem Schlüssel im Schloss schäbig. Gut getroffen ist auch der in der Zimmermitte durchhängende Dielenboden mit abgetretenen Stellen.

Architekten haben manchmal in ihren Amateurbildwerken Probleme mit der nicht vorhandenen Perspektive, sie ist beim Zeichnen nicht nötig. Ganimed Troyanovsky ist hier die Ausnahme, und das sieht man vielleicht am *Selbstporträt mit durchtrennter Kehle* besonders gut: Der Raum, die Entfernung der Gegenstände voneinander, die Tiefe sind handwerklich meisterhaft, fast hyperrealistisch wiedergegeben. Es ist wirklich eine Freihandzeichnung, die französischen Ausstellungsmacher planten das *Selbstporträt mit durchtrennter Kehle* daher bereits zu Zeiten in ihre Schau ein, als wegen der Belagerung Sarajevos noch nicht einmal klar war, ob es den Krieg überstanden hatte. Ganimeds Zeichnung zierte schließlich auch das Plakat, mit dem für die Ausstellung geworben wurde.

Auf dem Bett, den Kopf mit geschlossenen Lidern auf dem Kopfkissen, liegt eine zur Hälfte vom Federbett zugedeckte Figur, bekleidet mit einem gestreiften Schlafanzug aus Seide. Sanfter, verhalten lächelnder Gesichtsausdruck, geradezu verträumt, die Kehle durchtrennt. Es ist Ganimed. Sein Gesicht hat er sehr sorgfältig und präzise gezeichnet, wenn auch ein wenig selbstverliebt. Es ist dasselbe Gesicht wie auf den beiden von ihm erhaltenen Daguerreotypien, zeichnerisch fast schon virtuos dargestellt, aber mit einem erschreckenden Fehler. Als hätte sich der Zeichner als Frau gesehen. Besonders schöne Männer haben, vor allem in jungen Jahren, gar nicht so selten ein Gesicht wie ein Mädchen. Aber das ist eigentlich nicht der Fall: Auf den Daguerreotypien ist Ganimed ausgesprochen schön, aber auf eine sehr männliche Art. Sich selbst hat er offenbar anders gesehen.

Die durchtrennte Kehle ist fachmännisch dargestellt, wie nach Anatomielehrbuch oder heutigen Fotos von derartigen Verbrechen. Ganimed Troyanovsky hat es sich nicht ausgedacht, er hat etwas dargestellt, was er zuvor gesehen haben muss. Er wusste offenbar aus eigener Anschauung, wie ein Schnitt durch die Kehle aussieht. Zu der Zeit, als er das Blatt zeichnete, kann er so etwas weder auf Bildern noch in einer Prosektur gesehen haben. Auf dem Weg nach Sarajevo gab es keine Prosektur und keine Bücher mit Bildern von abgestochenen Menschen.

Besonders auffällig und rätselhaft wird das Bild durch etwas, was es abstoßend und anziehend zugleich, fast erotisch macht: Man sieht keinen Tropfen Blut. Alles ist vollkommen sauber. Der Betrachter wundert sich anfangs nur: Wo mag das ganze Blut geblieben sein? Und dann dämmert ihm, was Marko Čelebonović in seinem Essay über Ganimed Troyanovskys *Selbstporträt mit durchtrennter Kehle* genial im Plauderton erklärt hat: Es sei die satirische Darstellung der serbischen oder serbokroatischen Redewendung wie abgestochen schlafen. Ganimed Troyanovsky muss sie auf dem Weg nach Sarajevo gehört haben, und sie hat ihn so beeindruckt, dass er sie in sein Selbstporträt integrierte. Čelebonović schrieb das in finsteren Zeiten, 1948 in Jugoslawien, niemand nahm ihn für voll, aber als Jude und rechtgläubiger Revolutionär konnte er sich alles erlauben. Nach Čelebonovićs Tod wurden in Paris Ganimeds Tagebücher gefunden, und in denen steht die Redewendung – wie abgestochen schlafen – und so wurde Čelebonović post mortem der wenn auch flüchtige Ruhm eines Propheten oder vielmehr eines Mannes, der in das innerste Wesen des Kunstwerks oder künstlerischer Absichten vordrang, zuteil.

Wie und wo das *Selbstporträt mit durchtrennter Kehle* entstand, lässt sich nur schwer rekonstruieren. Es kann nur in den Ruhepausen während der Reise gewesen sein, irgendwo zwischen Zagreb und Gradiška, wo die Karawane mit Gottes Hilfe über die Save setzte. Ab dem Zeitpunkt, wo er bosnischen Boden betrat, war Ganimed Troyanovsky mit ganz anderen Themen befasst.

Es ist das einzige Selbstporträt von seiner Hand. Er hatte es bei sich, als er in Sarajevo eintraf, dann versteckten sie es, bevor er dem Pascha seine Reisebilder zeigte. Sie wussten zwar nicht, wie Omer Latas reagieren würde, konnten es auch nicht absehen, aber Sarchione fand, so etwas solle man ihm lieber nicht zeigen, und Botta war ganz seiner Meinung. Er hielt das *Selbstporträt mit durchtrennter Kehle* für ein abartiges Bild, den Beweis, dass Ganimed Troyanovsky in ein Irrenhaus gehörte, bevor er jemanden umbrachte. Wahrscheinlich sich selbst.

Als die Karawane Zagreb verließ, überwand Sarchione seine schwarzen Gedanken und die Unlust, und als die Stadt hinter ihnen in der Ebene verschwand und ihr Hausberg nicht mehr zu sehen war, den die Einwohner, wie um die eher mickrige Erhebung zu trösten, Medved, Bär, nannten, da war Sarchione wie neugeboren, schwatzte über alles und jedes, erfand neue Geschichten und ergänzte die alten.

Bald schon, bei Gradiška, wo sie mit der Fähre über die Save setzten, grünte und blühte es ringsum, die Nächte waren lau, der morgendliche Nebel hörte auf. Die Natur war wiedergeboren, erwartete die Reisenden aus dem Westen, unterwegs wechselten Örtchen mit Minaretten in der Mitte mit solchen ab, die nach den Kirchtürmen der orthodoxen oder katholischen Konfession angehörten, und dann gab es noch ganz sonderbare Orte, Dörfer und Städte, von denen man nicht sagen konnte, ob sie nun muslimisch oder christlich waren, weil in ihnen Kirchtürme und Minarette standen und die Bevölkerung in den Straßen und Gassen durchmischt war, als seien sie gar keine Feinde. Nirgends hatte der Aufstand, wegen dem Omer-Pascha Latas nach Bosnien geschickt worden war, sichtbare Spuren hinterlassen, als habe es seit Jahrhunderten keinen Krieg mehr gegeben, als sei alles so handzahm, naiv und liebreizend, wie es sich ein europäischer Reisender, der in den Orient aufbricht, nur wünschen kann.

Obwohl die Einheimischen augenscheinlich von Natur aus misstrauisch waren, war ihnen doch sehr daran gelegen, Reisende von ihrer Friedfertigkeit zu überzeugen. Vor allem die einheimischen Türken, Muslime, so blond und blauäugig wie ihre christlichen Nachbarn, wollen ihre Gastfreundlichkeit und Verbundenheit mit westlichen Sitten und Gebräuchen unter Beweis stellen. Ihnen wurde offenbar gesagt, das sei notwendig.

Und die Christen, vor allem die Orthodoxen, die sich Krainer oder Serben nannten, waren ebenso herzlich, wollten dem Ausländer aber zeigen, dass das Land nicht so friedlich war, wie es schien. Es gibt keine Freiheit, sagten sie und ballten die Fäuste. Und wenn man sie fragte, was Freiheit sei, was sie unter Freiheit verstünden, wussten sie keine Antwort oder sagten, Freiheit ist, wenn es keine Türken gibt. Sie waren offensichtlich bereit, für diese Freiheit zu sterben, aber der Aufstand in Bosnien ging nicht von ihnen aus, ja, er richtete sich auch gegen sie, denn die Regierung in Konstantinopel hatte den Christen unter dem Druck der Modernisierung und innerer Reformen Rechte zugestehen wollen, die sie zuvor nicht gehabt hatten …

Ganimed Troyanovsky lauschte Sarchione, der ihm davon erzählte, er schüttelte, wo immer sich die Gelegenheit ergab, einheimischen Muslimen wie Christen die Hand. Sein Heimweh, die Pein, die ihm diese Reise lange bereitet hatte, und das quälende Fieber hatte er völlig vergessen.

Binnen weniger Tage, vielleicht in noch kürzerer Zeit, verliebte er sich in das Land. Aber das sollte man vielleicht nicht erwähnen. Es soll auch anderen Reisenden passiert sein, oder ist das eine Erfindung mittelmäßiger Schriftsteller und lautstarker Sentimentshändler?, jedenfalls ist es fast ein Allgemeinplatz, dass sich in Bosnien verliebt, wer seinen Fuß über die Save setzt. Aber das stimmt nicht. Die meisten haben die Flucht ergriffen und wollten nie wieder etwas von dem Land hören. Zu denen gehörte Ganimed nicht. Diese Feststellung muss genügen.

Sei es wegen Sarchiones Unterweisungen in bosnischer Geschichte und seiner Geschichten über die Einwohner des Landes, sei es wegen der Begegnungen mit diesen Einwohnern inklusive Pflaumenbrand-Saufgelage, sei es wegen des guten makedonischen Opiums und diversen Besäufnissen in Gasthäusern und Kneipen am Wegesrand – bis Sarajevo fertigte Ganimed nur drei Zeichnungen an, das berühmte *Vrbas-Triptychon,* heute im Besitz der Albertina in Wien: Markttag in Banja Luka, Wasserfall bei Jajce und das Kirchlein in Podmilačje. Italo Svevo hat kurz vor seinem Tod einen Essay darüber geschrieben, *Was der junge Mann sah, der ins Wasser blickte.* Literaturwissenschaftler halten ihn für eine Art Einführung in die nicht geschriebene Fortsetzung von *Zenos Gewissen.* Svevo beschreibt die drei Zeichnungen sehr genau, sieht sie wie einen Comic, als erzählerische Einheit, aber er erwähnt nirgends den Namen des Urhebers und erklärt auch nicht, um welche Arbeiten es sich handelt, und so dachte man lange, es handele sich um einen fiktiven Text, also dass Svevo sich Zeichnungen und Künstler ausgedacht hätte, ein junger Mann von unwiderstehlichem Äußeren, zerbrechlich und geschmeidig wie eine Raubkatze, deren Schönheit dem Geschlecht gehört, in dessen Augen es sich sieht. Erst 1962 enthüllte der französische Kunsthistoriker Claude Bassani in einem Aufsatz, der zuerst in dem Belgrader Periodikum *Welt der Kunst* publiziert wurde, dass Svevo faktisch drei Zeichnungen von Ganimed Troyanovsky beschreibt. Auf Bassani geht auch die Bezeichnung *Vrbas-Triptychon* zurück. Die Beschreibung entspricht nicht nur sehr genau dem, was auf Ganimeds Arbeiten zu sehen ist, Svevo schreibt auch über die künstlerische Entdeckung des Weges durch Bosnien, einem primitiven orientalischen Land, in dem menschliche Begierden üppig gedeihen, jeder sein wahres Naturell und seine Herkunft vertuscht und man Andersartigkeit mit dem Leben bezahlt, auf den Scheiterhaufen der Inquisition oder am mit Rindertalg eingeriebenen, hölzernen Bratspieß der Osmanen. Auf dieser Reise habe der Künstler, schreibt Svevo, die Schönheit der Frauen als hohl wie Walnussschalen erkannt, mehr hätten ihn junge Epheben, dreckige römische oder türkische Jungs interessiert. Die Unterstellung, Ganimed sei homosexuell gewesen, geht vermutlich auf die Leidenschaft des Autors für die Psychoanalyse zurück, sie lässt sich nicht mit Quellen erhärten, man muss sie im Rahmen einer literarischen Umwertung verstehen, schon gar, wenn man *Was der junge Mann sah, der ins Wasser blickte* als geplante Fortsetzung des psychoanalytischen Mehrteilers ansieht, dessen erster Band *Zenos Gewissen* war.

Ganimed Troyanovsky traf Ende April 1851 in Sarajevo ein. Omer-Pascha Latas war nicht in der Stadt, er war zu einer Strafexpedition durch die Provinz aufgebrochen und traf den jungen Architekten wohl erst am 1. oder 2. Mai, einem Donnerstag oder Freitag.

Sarchione begleitete Ganimed zu Latas und zog sich nach dem kurzen offiziellen Empfang unter dem Vorwand dringender, unaufschiebbarer Geschäfte aus den Gemächern des Paschas zurück. Die beiden sollten sich ohne ihn beschnuppern und abklopfen können. Umsonst versuchte Latas ihn zum Bleiben zu überreden: Sarchione mochte nicht die Verantwortung für das Kennenlernen der beiden tragen, konnte schlecht einschätzen, wie sie miteinander auskämen, zumal er nicht wusste, welches seiner vielen Gesichter Ganimed dem Serasker zeigen würde. Dem Pascha war ich lediglich schuldig, Ganimed Troyanovsky heil aus Paris nach Bosnien zu bringen. Das habe ich getan und mich anschließend herausgehalten, schrieb Sarchione in seinen *Erinnerungen an Bosnien*, die nach der Handschrift übersetzt und, herausgegeben von Miroslav Krleža, von der

Jugoslawischen Akademie der Wissenschaften und Künste 1951 veröffentlicht wurden.

Um die erste Begegnung von Omer-Pascha Latas mit dem Architekten, der das Sarajever Opernhaus plante, rankt sich eine undurchsichtige Intrige. Sie fand nach Sarchiones Zeugnis zur Mittagsstunde im Rahmen einer kurzen, offiziellen Zeremonie mit allen militärischen wie zivilen Adjutanten und Adlaten des Paschas statt, die streng nach Hierarchie Aufstellung nahmen. Der junge Künstler wurde also als Gast der Hohen Pforte und mit allen staatlichen und herrscherlichen Ehren empfangen.

Wenn Troyanovsky Latas am 1. Mai, dem Donnerstag, zur Mittagsstunde traf, bewegt sich der Vorfall im Rahmen der Mitte des 19. Jahrhunderts üblichen Prozeduren im Osmanischen Reich. Latas war nicht nur ein grobschlächtiger Soldat, ein furioser Grenzwächter, ein von der Verstocktheit und dem Wankelmut der bosnischen Begs angewiderter Konvertit, er hatte auch aufklärerische und künstlerische Ambitionen, wollte in Paris wie Istanbul dafür gerühmt werden, den ersten Konzertflügel für Sarajevo bestellt zu haben, und überzeugte Sultan Abdülmecid davon, dort das erste Opernhaus des Osmanischen Reichs zu bauen, als Symbol für Modernität und die Akzeptanz westlicher Kultur, die, in ihren Gepflogenheiten dem orientalischen Temperament angepasst, dem Bedeutungsverlust Konstantinopels und der Verdrängung der Osmanen vom Balkan vorbeugen sollte. Ein Jahrhundert später wird man von einem verzweifelten Versuch sprechen, den Vormarsch der Habsburger Richtung Osten und die Annektion Bosnien-Herzegowinas aufzuhalten, wobei es sehr die Frage ist, inwieweit Verzweiflung im Spiel war oder inwieweit es von Latas' Genie zeugt.

Wenn das Treffen am Donnerstag, dem 1. Mai 1851, stattfand, war es weder erstaunlich noch skandalträchtig.

Sollte Latas Ganimed hingegen am Freitag, dem 2. Mai, zur Mittagsstunde empfangen haben, dann wäre das, milde ausgedrückt, äußerst ungewöhnlich: Eine Reichszeremonie während des wichtigsten Freitagsgebets, das kein gläubiger Muslim ohne guten Vorwand versäumt. Und ein französischer Architekt in Sarajevo ist alles, nur kein guter Vorwand, die Moschee zu schwänzen. Jeder aus seiner Verwaltung, der bei dem Empfang eine Rolle spielte, hätte die Dschuma verpasst, nicht nur der Serasker, von dem nicht bekannt ist, ob er das Freitagsgebet regelmäßig besuchte oder sich mit militärischen Pflichten entschuldigte.

Auf den ersten Blick kann die Zeremonie nur am 1. Mai, am Donnerstag stattgefunden haben. Aber warum ist das Datum dann uneindeutig, während alle anderen Daten von Latas' Aufenthalt in Bosnien zweifelsfrei schriftlich belegt sind? Wie ist es möglich, dass bereits Ende 1851 in Chroniken und Regierungsdokumenten, Sendschreiben und den Unterlagen in Istanbul der 1. oder 2. Mai als Datum genannt werden, zu dem Omer-Pascha Latas den Pariser Architekten Ganimed Troyanovsky empfing? Weil man das Datum tatsächlich nicht mehr wusste oder weil man vertuschen wollte, dass Latas eine Reichszeremonie auf die Zeit der Dschuma gelegt hatte?

Es ist wohl doch wahrscheinlicher, dass sich Omer-Pascha Latas und Ganimed Troyanovsky am Freitag, dem 2. Mai 1851, zur Mittagsstunde kennenlernten und die Chronisten und Biografen diesen Umstand nicht verschweigen wollten, sondern so formulierten, dass ihn weder religiöse noch weltliche Zensur, menschliche Rücksichtnahme oder Anstand umgehen und unterdrücken konnten.

Worüber sie nach dem offiziellen Empfang unter vier Augen sprachen, werden wir nicht erfahren. Ganimed schwieg sich darüber aus, äußerte sich weder in seinen Tagebüchern noch in den nachträglichen Erinnerungen dazu, und auch in dem umfangreichen Briefwechsel, den er als hochbetagter Mann nach der Jahrhundertwende mit dem amerikanischen Kollegen Frank Lloyd Wright führte, findet sich kein Hinweis.

Sarchione hatte beide befragt und ein wenig herumspioniert,

aber nichts herausgefunden. Die Freundschaft zwischen dem jungen französischen Architekten und Balletttänzer und dem bosnischen Serasker, angeknüpft im Palast des Paschas, wurde nie entdeckt oder erzählt. Man weiß nicht, worüber sie sprachen. Viele Themen kommen infrage, am wahrscheinlichsten ist das Zeichnen, die Kunst, in der Latas am weitesten fortgeschritten war. Durch das Zeichnen war er nach Istanbul, zu seiner militärischen Laufbahn und in den Rang eines Marschalls gekommen, dennoch blieb es laut Sarchione sein einziger nie erfüllter Wunsch. Er wollte weder Militär noch Politiker sein, es war nicht sein Wunsch, bosnische Begs zu unterwerfen, ein Reich zu retten, für das jede Rettung zu spät kam, er blieb ungern als einer, der nie lacht, in Erinnerung, einer, der vor Fantasie überschäumt, aber sich dafür schämt, er wäre gern Kalligraf und Zeichner geworden, hätte dafür gern ein bescheidenes Leben in der Anonymität in Kauf genommen. Aber da er nun einmal für die klugen christlichen Bauern an der Grenze zu Österreich Marschall des Osmanischen Reichs geworden war, einer der letzten großen Krieger alten Schlages, war es auf absehbare Zeit unmöglich, als armer Maler in Paris, als Kalligraf in Istanbul oder wenigstens als Schildermaler zu leben.

Ganimed Troyanovsky blieb ein halbes Jahr in Sarajevo, Mitte Oktober verließ er Bosnien. Die Karawane, die ihn nach Paris zurückbrachte, zählte einen Mann weniger: Sarchione fehlte. Botta sorgte wiederum für die Sicherheit des jungen Herrn. Die Reise in die Gegenrichtung zog sich halb so lange hin. So ist das meistens: Rückzugs geht's schneller. Unbekannt ist allerdings, ob Botta das Antiquariat Minerva in Montparnasse aufsuchte und das in rotes Leder gebundene Buch aus dem Regal holte, in dem hätte stehen sollen, dass Ganimed ein Lügner, Betrüger, gefährlicher Spion und ausländischer Agent sei. Sollte Botta dort gewesen sein, so hat er nie darüber gesprochen. Heute ist jedwede Überprüfung ausgeschlossen, denn Botta hat nichts hinterlassen, woraus man auch nur auf seine Existenz schließen könnte.

In den sechs Monaten in Sarajevo arbeitete Ganimed von früh bis spät. Er lachte nicht mehr, quasselte nicht mehr, trank keinen Tropfen Alkohol und unterließ das Opiumrauchen, er vermaß mit einer Gruppe Zeichner und bosnischer Soldaten, die ihm Latas zugeteilt hatte, den Bauplatz in Bistrik, ließ Probegrabungen durchführen und überprüfte mehrfach, an Regentagen und wenn es trocken blieb, im Frühjahr, Sommer und Herbst, die Tragkraft des Untergrunds, um Erdrutsche und Grundwassereinbrüche auszuschließen und zu berechnen, wie tief man graben musste, damit das Bauwerk sicher stand.

Wer den Bauplatz für das erste und einzige Opernhaus des Osmanischen Reichs ausgesucht hatte, ist unklar, ob Omer-Pascha Latas oder Ganimed Troyanovsky, jedenfalls war die Stelle so gewählt, dass man es von jedem Punkt der Stadt aus sah. Sarajevo musste fast hundertzwanzig Jahre lang wachsen, bevor Viertel entstanden, von denen aus die Oper nicht zu sehen ist. Der architektonische Grundgedanke, der einige Monate nach Troyanovskys Abreise auf Papier festgehalten und per Boten (wiederum mit Bottas Geleitschar) nach Sarajevo geschickt wurde, war: Von der Bühne aus sollte der Blick bei geöffneten Toren über die ganze Stadt schweifen können. Diesen Grundgedanken respektierten auch die neuen Herren, die Habsburger, und bauten das dem heiligen Anton geweihte Franziskanerkloster und die Brauerei nicht in die Blickachse von der Oper. Obwohl das Osmanische Reich kleiner geworden und Omer-Pascha Latas tot war und man sich nur Böses über ihn erzählte, es blieb dabei: Durch die geöffneten Tore sah man von der Bühne aus die Stadt.

Ganimed beaufsichtigte den Bau nicht, und der Eröffnung im Mai 1870 wohnten weder er noch Latas bei. Das Leben des Paschas neigte sich dem Ende zu, er lag krank in Istanbul darnieder, seit seiner Rückkehr aus Paris, wo er sich mit Ganimed Troyanovsky an öffentlichen Orten, in Theatern und Kaffeehäusern, getroffen hatte, gekleidet à la turque, und den Parisern wegen seiner vollendeten Manieren und exzellenten Französischkenntnisse in Erinnerung blieb. Und der Architekt begründete sein Fernbleiben damit, dass er in Sarajevo niemanden kenne und sich unter Fremden unsicher fühle.

Das Sarajever Opernhaus wurde mit Mozarts *Così fan tutte* von einem Wiener Tourneemusiktheater eröffnet. Keinerlei Details sind von der Aufführung überliefert, weder der Klang noch der Anblick noch die Namen der Sängerinnen und Sänger, man weiß nur, dass die Handlung türkischer Sitte und Moral angepasst wurde, um keinen Skandal zu riskieren. Alle dreihundertzweiundvierzig Plätze im Parkett, der erste wie zweite Rang und die sogenannte Sultansloge waren ausverkauft, und es dürften nur wenige unter den Zuschauern zuvor schon einmal eine Opernaufführung gesehen haben.

Es war die erste und letzte Opernaufführung im osmanischen Sarajevo, bis zur nächsten Vorstellung verstrichen zehn Jahre, zehn Jahre, in denen das Reich wankte. Die Türken zogen sich vom Balkan zurück, und das großartige Bauwerk von Ganimed Troyanovsky rottete vor sich hin. Die Bevölkerung, überwiegend Muslime, die sich einheimische Türken nannten, war stolz auf ihre Oper, pries ihre Herrlichkeit und Symbolträchtigkeit, wohl in der Hoffnung, dass ein Reich, das eine solche Oper baute, nicht untergehen kann, andererseits war ihr nicht recht klar, wozu so ein Haus gut ist und warum man aus Wien Männer, rund wie Sauerkrautfässer, und ihre wohlgenährten Hanumas rufen muss, damit sie am Abend zu Posaune, Geige und Pauke wie die Esel schrien und wie Vögelchen piepsten.

Am 27. Juli 1880 ging die nächste Vorstellung über die Bühne der Sarajever Oper, *Die Fledermaus* von Johann Strauß Sohn. Alle Zeitungen der Monarchie berichteten darüber, sie titelten »Strauß in der Stadt der hundert Moscheen«, bis Paris und London eilte die Kunde. Die New Yorker *Manhattan Tribune* veröffentlichte unter der Überschrift »Mohammed in der Oper« eine nicht namentlich unterschriebene Reportage – wahrscheinlich zusammengeschrieben aus einem längeren Artikel in einem Wiener Blatt, der Paul Auster ein Jahrhundert später zu einem Kurzroman inspirierte, den er nicht veröffentlicht hat.

Die Premiere rief in der Auslandspresse ein größeres Echo hervor als im Inland, war für die europäische Wahrnehmung des bosnischen Orients offenbar wichtiger als für den Orient selbst: In Sarajevo verhallte die *Fledermaus* ungehört. Die Stadt stand zu sehr unter dem Schock der Ereignisse vom Sommer 1878, als die Truppen des Baron Filipović in Bosnien einmarschierten und Sarajevo einnahmen. Die lokale Bevölkerung stand den neuen Herren unversöhnlich gegenüber, erlebte die Österreicher als Besatzer, Eindringlinge und Ungläubige, es wird noch einige Zeit dauern, bis sich Sarajevo mit ihnen versöhnt und ihre Rituale, Bräuche und Opern übernimmt.

Die Opernaufführung wurde aus einem zweiten Grund als Beleidigung aufgefasst: Die kommen hier einfach her und benehmen sich, als gehörte ihnen alles, singen und tanzen in unserem Opernhaus, als hätten sie es gebaut, als wär's ihres und würde es bis ans Ende der Tage bleiben. Was sind das nur für Zeiten, dass man sich an fremder Leuts' Sachen vergreift …

Die Fledermaus wurde dreimal, am 27., 28. und 30. Juli 1880 gespielt. Alle drei Vorstellungen waren ausverkauft, einer der wenigen einheimischen Besucher und von diesen vermutlich der Einzige, der hier nicht seine erste Oper erlebte, war Vjekoslav Sunarić, der damals in Wien Jura studierte und später in Belgrad als Rechtsanwalt arbeitete. Er schrieb in *Erinnerungen an Menschen und Ereignisse,* erschienen 1927 bei Geca Kon in Belgrad, über die Aufführung: Der Abend war eine traurige Vorstellung für die österreichischen Offiziere und ihre Damen; es wurde applaudiert, gelacht und gejohlt wie auf einer Dorfhochzeit. Das Orchester spielte jämmerlich, die Musiker waren müde von der Reise, Frau Rosie Felbinger als Rosalinde von Eisenstein und Herr Markus Spitz von Marburg in der Rolle des Gabriel sangen mit belegter Stimme, vermutlich aufgrund einer Erkältung. Die Dame nieste, wenn ich mich recht ersinne, in den Singpausen. Eine Katastrophe, zum Fürchten, ein verlorener Abend während der kurzen Ferien in der Heimat.

Nachdem Opern in Sarajevo und im Orient offensichtlich nicht besonders gut ankamen, nicht einmal in ihrer leichtesten Variante, der Operette, wurde das Haus für Offiziersbälle und ähnliche Festivitäten genutzt, als Tanzsaal oder für Vorträge.

Noch einmal versuchte die österreichische Obrigkeit, die Sarajever für Opern zu begeistern und Ganimed Troyanovskys Bauwerk seiner ursprünglichen Bestimmung zuzuführen. Zunächst mit einem Gastspiel der Mailänder Scala, die an fünf Abenden in der zweiten Oktoberwoche 1908, also nur Tage nach der Bekanntgabe der Annektion, Verdis *Aida* aufführte, im Frühjahr darauf mit dem Versuch, in Sarajevo ein eigenes Ensemble zu gründen, welches das Haus ab der Spielzeit 1909/10 bespielen sollte.

Das eine wie das andere wurde ausführlich in Geschichtsbüchern, Artikeln und wissenschaftlichen Arbeiten beschrieben und belegt. Am gründlichsten hat sich der Sarajever Historiker Risto Besarović damit befasst, dem wir für seine ungewöhnlich akribische Behandlung des Themas, aber auch für das Zusammentragen von Artefakten wie Eintrittskarten, Plakaten, Einladungen, der Speisekarte des an die Vorstellung anschließenden Empfangs oder dem Fächer von Frau Elisabeth Marinelli, die die Hauptrolle sang und ihn einer Garderobenfrau schenkte, zu Dank verpflichtet sind. Besarović hat alles gesammelt und dem Stadtmuseum vermacht, zwei mit »*Aida* in Sarajevo, Oktober 1908« beschriftete Schachteln, die vermutlich heute noch im Museumsdepot liegen. Falls sie die Belagerung überlebten.

In Besarovićs Aufsätzen sowie seinem Buch *Alltagskultur in Sarajevo 1878-1914* stehen Namen und Kurzbiografien aller an Organisation und Aufführung der *Aida* beteiligten Personen. Da Risto Besarović weder von Berufs wegen noch von der Begabung her Schriftsteller war, seine Forschungsergebnisse auch keineswegs literarisierte, sondern lediglich mit Beleg festhielt, steht die populärwissenschaftliche Aufarbeitung insbesondere der *Aida*-Aufführung noch aus, ebenso die künstlerische Darstellung in Romanen, Erzählungen und Spielfilmen. Hoffen wir, dass der emsige, uneitle Erforscher des kulturellen Lebens Sarajevos in längst vergangenen Zeiten nicht vergessen wird.

Das Sarajever Opernensemble wurde per Erlass gegründet, den der Landeschef von Bosnien-Herzegowina, Freiherr Anton von Winzor, am 14. Februar 1909, also gegen Ende seiner Amtszeit, in Sarajevo unterschrieb. Der erste und letzte Intendant wurde aus Zagreb geholt, Emil Albori, ehemals Bariton an der Wiener Oper, ebenso die drei Sänger: Frau Nadica Stefan, Sopranistin, sowie die Tenöre Dimitri Pop Nikolić und Ferdinand Schupf. Beide Tenöre sind nachweislich auf Wiener, Budapester und Zagreber Bühnen aufgetreten; sie haben sich nirgends länger gehalten, wurden wohl auch nirgends frenetisch gefeiert, aber sie waren nicht total unbekannt. Den Namen Nadica Stefan hingegen findet man in keiner Opern- oder Theaterchronik der Monarchie, keine Engagements, keine einzige Erwähnung, nichts.

Die Frau ist alten Sarajlis – die Besarović noch befragen konnte – in Erinnerung, wie sie untergehakt mit Herrn Albori an der Miljacka spazieren geht, wie verliebte alte Leutchen. Dabei war er um die fünfzig und sie rund zwanzig Jahre jünger. Aber der Haltung nach wirkten sie ältlich, ältlich durch die Verzweiflung, die sie in diese Stadt verschlagen hatte, in der sie ein Musik- und Bühnenleben anstoßen sollten. Zwei Verzweifelte, zwei Betrüger – wer weiß, ob Frau Nadica Stefan überhaupt musikalisch war –, gingen an der Uferpromenade spazieren, traurig, ziellos, melancholisch wie die Hunde von Sarajevo.

Im Sommer reisten aus Belgrad Frau Milica Lukács Bogdan, Sopranistin, und Herr Svetolik Sveta Bogdan, Bass-Bariton, an. Albori hatte sie eingeladen und engagiert, wobei es ziemlich unwahrscheinlich ist, dass er zuvor nach Belgrad fuhr und sich von ihren stimmlichen Qualitäten überzeugte.

Milica Lukácz und Sveta Bogdan blieben die paar Monate, bis sich die Idee von einem Opernensemble in Sarajevo in Wohlgefallen auflöste, kehrten dann nach Belgrad zurück und flohen bei Kriegsausbruch nach Paris, später in die Vereinigten Staaten von Amerika. Dort legte Milica Lukács bekanntermaßen eine große Karriere als einer der größten Wagner-Sängerinnen außerhalb Deutschlands hin, Svetolik Sveta Bogdan unterrichtete in Princeton und verfasste *Eine kurze Geschichte der Musik in hundert Takten.* Es ist schon seltsam, dass zwei berühmte Künstler an dem fehlgeschlagenen Versuch, ein Opernensemble in Sarajevo zu gründen, beteiligt waren. Der Belgrader Journalist Miroslav Radojčić, gebürtiger Sarajever, traf Milica Lukács 1977 in London. Sie war fast neunzig, hatte sich gut gehalten, eine Dame alten Schlages, sehr redselig, und äußerte sich ausführlich zu allen Themen, nur als sie Radojčić zu der Sarajever Episode befragte, wollte sie sich an nichts erinnern, außer dass es sehr kalt gewesen sei und die ganze Nacht Hunde gebellt hätten. Es sei so kalt gewesen, dass sie Anfang Oktober 1909 nach Belgrad zurückgekehrt seien.

Waren Sie danach noch einmal in Sarajevo?, fragte Radojčić.

Nein, nie mehr, gibt es Sarajevo überhaupt?, lachte die alte Dame.

Natürlich, es ist eine große, schöne, moderne Stadt. Sie müssen sie besuchen!

Zwei Jahre später starb Milica Lukács Bogdan in Santa Monica, Kalifornien. Beigesetzt hat man sie in einer Gruft aus Bračer Marmor neben ihrem Sveta und der einzigen Tochter der beiden, Svetlana, die bereits 1941, keine zwanzig Jahre alt, verstorben war.

Das Opernprojekt stand vor dem Aus, als Emil Albori am 29. August 1909 tot in seinem Hotelzimmer aufgefunden wurde. Er lag auf einer Hälfte des Doppelbetts, die andere war leer. Das Zimmer hatte er als Einzelperson gemietet, aber unter dem Bett lagen Damenstrümpfe und auf dem Nachttisch stand eine Flasche bulgarisches Rosenparfum. Es fand sich keine Adresse, an die man ein Beileidstelegramm vom tragischen Hinscheiden unseres berühmten Sängers hätte schicken können, weder in Zagreb noch in Wien oder Triest: Emil Albori hatte keine Verwandten mehr, das Telegramm wurde nie verschickt und der erste und letzte Intendant der Sarajever Oper auf dem Katholischen Friedhof in Koševo beerdigt, nicht weit von der letzten Ruhestätte Silvije Strahimir Kranjčevićs, über der sich die Erde noch nicht gesetzt hatte. Auf Staatskosten bekam er einen hübschen Grabstein mit Versen von Petar Preradović, denen zufolge Emil Albori Vaterland und das kroatische Volk über alles liebte.

Man weiß nicht, ob Frau Nadica Stefan der Beerdigung beiwohnte, ob sie ihre Seidenstrümpfe zurückbekam und ihr bulgarisches Rosenparfum, ein Mitbringsel aus Wien, das ihr der liebe Emil geschenkt hatte. Man weiß überhaupt nichts von Frau Nadica Stefan. Sie verschwand an dem Sommermorgen, an dem er plötzlich an einer geplatzten Ader im Gehirn starb, aus unserer Geschichte.

Ganimed Troyanovsky wurde mehrmals als verdienter Architekt und Baumeister nach Sarajevo eingeladen, auf dass er sein Werk mit eigenen Augen sehe. Er lehnte ab, schützte das Alter und gesundheitliche Gründe vor, teilte resigniert mit, er kenne in dieser Stadt keine Menschenseele, sagte zu, überlegte es sich wieder anders, bis er hochbetagt Neujahr 1920 in Paris starb, womit auch diese frühmorgendliche Erzählung endet, und nur das merkwürdigste aller Bauwerke Sarajevos, das praktisch nie seiner eigentlichen Bestimmung diente, bleibt zurück.

Der Tag ist immer noch fern, im November wird es sehr spät hell, das Licht klettert nur langsam über die hohen Berge, die die Stadt von allen Seiten einschließen, aber die ersten Menschen kommen aus ihren Häusern, grau und verquollen im Gesicht, misslaunig prüfen sie erst, ob Gefahr droht, ob es regnen könnte, dann laufen sie los, zünden sich im Gehen eine Zigarette an, dann husten sie fürchterlich, spucken aus, was sich über Nacht in den Bronchien angesammelt hat, und setzen den eingeschlagenen Weg bedächtig, ohne große Eile fort. Sie drehen sich nicht um, heben den Blick nicht, schauen einen Meter vor sich auf den Boden, sie wollen nicht in ein Schlagloch oder in einen Schacht treten, dessen Abdeckung in der Nacht von Zigeunern aus den Vororten geklaut wurde, um ihn als Eisenschrott zu verkaufen. Dann husten sie erneut, bleiben stehen, spucken aus. Das Gehuste bestimmt den morgendlichen Klang der Stadt, das war schon vor dem Krieg so, in den guten Zeiten, als die Verzweiflung geringer und Hass unanständig war und gesetzlich unter Strafe stand.

Husten ist das Gebell der Menschen, denke ich, und das gefällt mir. Das könnte ich einmal verwenden, in einem Zeitungsbeitrag. Oder in einer Erzählung. Das müsste allerdings eine finstere Erzählung sein, damit der Satz – Husten ist das Gebell der Menschen – passt. Oder ist es eine Verszeile? Aber wie düster muss erst so ein Gedicht sein, in das die Zeile – Husten ist das Gebell der Menschen – passt?!

Das geht mir durch den Kopf, während ich zur Uferstraße laufe, die früher nach Stepan Stepanović benannt war. Der jetzige Name fällt mir nicht ein. Das ärgert mich seit drei Tagen, jedes Mal vergesse ich nachzuschauen, aber ich mag auch keinen fragen. Man würde merken, dass ich hier geboren bin, und mir mit sanftem Tadel, so typisch für die, die dich in einer Stadt erkennen, in der du am liebsten keinen mehr kennen würdest und das so offen wie Ganimed Troyanovsky sagen wolltest, den neuen Vojvoden verraten, nach dem die Uferstraße heute benannt ist. Die Zeiten früher waren schlimm, die Straßen nach Feinden benannt, die jetzigen sind richtig, unsere. So ist das. Es gibt die bösen Namen früherer und die guten Namen heutiger Heerführer und Helden.

Husten ist das Gebell der Menschen, wiederhole ich, versuche es mir einzuprägen, habe nichts zum Schreiben zur Hand, keinen Stift in den Taschen, um es zu notieren. Ich weiß aus Erfahrung, ich vergesse, was mir vor dem Hellwerden einfällt. Ich vergesse es, es ist weg und kommt nie wieder. Vor allem nach so einer Nacht und dem nächsten Tag. Am Morgen besuche ich Mutter am Sepetarevac, um sie noch einmal zu sehen, mit ihr zu reden, mir von ihrer Kindheit und Jugend erzählen zu lassen, Geschichten, die ich, denkt sie, literarisch verwerten werde, dann zum Parkplatz am Hotel zurückgehen, das Auto holen und nach Zagreb fahren. Kann ich nach zwei fast durchwachten Nächten noch fahren? Wie soll ich mir da etwas merken: Husten ist das Gebell der Menschen?

Ich nehme die Kaiserbrücke, laufe Richtung Bistrik.

Der Fluss ist trüb und laut und immer noch seicht, die großen Regenfälle in September und Oktober sind dieses Jahr ausgeblieben. Kein Geruch hängt in der Luft, nur der nach Kohleöfen, und die Feuchtigkeit erinnert an ein städtisches Leichenhaus. Auf der anderen Seite des Flusses Reste eines Parks, große, kranke Bäume, die unter Österreich-Ungarn gepflanzt wurden, Müllhaufen, feuchte Pappen, auf denen, solange sie noch trocken waren, Obdachlose geschlafen haben; die haben sich jetzt neue Kartons gesucht …

Der sanfte Anstieg zur ehemaligen Kommandantur und der Festung, bei der die Residenz von Omer-Pascha Latas lag, vorbei an St.-Anton-Kloster und -Kirche, der bröckelnde Straßenbelag, weiter oben die Treppen, das alles ist mir vertraut, ich war oft mit Nonna hier. Damals hörte man noch die Dampfloks pfeifen, wenn sie aus dem Bistriker Bahnhof fuhren, mit dem die Schmalspurstrecke nach Višegrad beginnt, und Nonna sagte immer dasselbe, wenn ein Pfiff erklang: Das mit der Oper konnte nichts werden, wie soll das gehen, wenn man mitten in *Turandot* eine Lok pfeifen hört?

Es kam mit einem siegesgewissen Unterton heraus, eine große, endgültige Entdeckung und Erklärung, warum Sarajevo seit einhundertzwanzig Jahren ein Gebäude hat, auf dem in lateinischer und arabischer Schrift »Sarajevska Opera« prangt, richtige, das heißt gesungene Opern jedoch in dem kleinen, grauen, beengten Nationaltheater aufgeführt wurden, ein halbes Jahrhundert jünger als der von Omer-Pascha Latas initiierte

Bau. Sie zeigte mir das Haus, größer als alle großen, alten Sarajever Häuser, fast so groß wie das Rathaus, ein Haus, von dem man Hunger bekommt, wenn man es von weiter weg betrachtet, weil es wie eine Torte aussieht, vor allem wenn das große Holztor, seinerzeit das größte Holztor im Königreich Jugoslawien, geschlossen ist. Wir gingen hin, um es zu besichtigen und zu verspotten. Nonna sagte etwas über die Oper, ich lachte darüber, weil es zum Lachen war, weil sie es mochte, wenn ich über etwas lachte, was sie sagte. Aber nur wenn wir dort waren und sie über die Oper lästerte. Sonst mochte sie es gar nicht, wenn ich über etwas lachte, was sie sagte.

Mit der Zeit lernte ich, etwas über das Bauwerk zu sagen, über das sie lachte. Ich weiß nicht, ob sie es wirklich witzig fand oder lachte, weil sie mich im Erfinden fördern wollte. Aber sie hat bestimmt gewusst, dass ich mich freue, wenn sie über etwas lacht, was ich über die Oper von Sarajevo sage.

Damals habe ich angefangen, mir Sachen auszudenken. Es waren die ersten Metaphern, ohne dass ich gewusst hätte, dass man das so nennt, Hyperbeln, Parabeln, Metonyme, Vergleiche, Spottverse, Scherze und Anekdoten. So hat es angefangen, in Bistrik, an schönen Tagen im Frühling, Sommer und Herbst. Mama war arbeiten, Nonno ging seinen Geschäften nach, lernte eine neue Fremdsprache, las Handbücher zur Imkerei (obwohl er keine Stöcke mehr hatte) oder spielte mit seinen Kumpels Karten, und Nonna ging mit mir nach Bistrik zur Oper. Damit wir über sie lästern, sie beschreiben und erfinden. Jeder aus seinem eigenen Antrieb heraus. Sie, weil sie nach allem, was sie erlebt hatte, sagen können wollte: Das mit der Oper konnte hier nichts werden, wie soll das gehen, wenn man mitten in *Turandot* eine Lok pfeifen hört?

Und ich kannte meinen Antrieb damals noch nicht, wusste nur, dass es ihn gibt. Ich kenne ihn bis heute nicht, aber ich weiß, dass ich damals anfing, mich mit Literatur zu beschäftigen. Meine erste literarische Übung war, mir etwas auszudenken, über das Nonna lachte, während wir beide mit verrenkten

Hälsen am Holztor der Sarajever Oper in den Himmel schauten und ein Bauwerk betrachteten, von dem wir beide so hungrig wurden, dass wir auf dem Rückweg regelmäßig in der Konditorei Egipat Kuchen aßen, Nonna eine helle Cremeschnitte, ich einen mit Schokolade.

Wir sind jedes Mal ins Egipat eingekehrt, und dann war das Egipat einmal, es war Sonntag, geschlossen, und wir gingen in eine andere Konditorei. Dort aß ich einen Kuchen, der mir für alle Zeiten Schokolade verleidete. Viele Jahre später erfuhr ich, dass es nicht an der Schokolade, sondern an Salmonellen gelegen hatte, aber das half nichts, ich ekele mich bis heute vor Schokolade, obwohl der Sonntag fast vierzig Jahre her ist. Mit der Salomonellenschokolade mag mein Zerwürfnis mit der Welt und den Menschen angefangen haben, meine Ungeselligkeit, das Asoziale, vielleicht bin ich seitdem ein Soziopath. Der Ekel vor Schokolade dürfte den Gedanken hervorgebracht haben, dass alles besser sein könnte, wenn ich nur allein wäre. Wenn es niemanden außer mir gäbe, wenn alle tot wären, vor denen ich mich fürchtete, dass das Leben allein leichter wäre, ich dann nur noch mich zu ertragen hätte, was keine so arge Belastung ist. Dann stünde ich nicht mit der Schokolade auf Kriegsfuß, jeder würde sie so sehen wie ich, keiner sich wundern, warum das Kind keine Schokolade mag. Wieso denn das nicht? Wie kann das sein? Probier doch mal ein kleines Stück, magst du wirklich keine Schokolade? Dann würde mir keiner zum Geburtstag Schokolade schenken, große Tafeln Milchschokolade, belgische Pralinen und Schweizer Milka mit Kühen und Alpenpanorama, ich müsste nicht mehr wegen der Schokolade Kühe und Alpenpanoramen hassen – dass ich keine Schokolade mag, dass mich Schokolade ekelt, war das Hervorstechendste, was sich über mich sagen ließ.

Das Kind, das keine Schokolade mag!

Der Kuchen war ein ganz normaler Schokokuchen. Ich kann mich nicht daran erinnern, aber es muss so gewesen sein. Am Montagnachmittag hatte ich Schule. Ich wurde um acht wach, als Hausaufgabe musste ich ein Gedicht von Dobriša Cesarić auswendig lernen, »Wasserfall«, ein kurzes, leichtes Gedicht, aber ich quälte mich damit ab. Meine Augen tränten, trotzdem bimste ich den Text, bis er saß. Erste und zweite Stunde hatten wir Mathe, in der dritten Kunst – vom Geruch der Wasserfarben rebellierte mein Magen – und in der vierten dann Serbokroatisch. Einer nach dem anderen, alphabetisch nach unseren Nachnamen, sagten wir das Gedicht auf. Ich war Nummer siebzehn. Mit jeder Wiederholung wurde mir schlechter. Ich schob es auf das Gedicht. Auch wenn ich es nicht am Morgen gelernt gehabt hätte, ich hätte es mir dank der monotonen, wiederkehrenden Rezitation der Klassenkameraden gemerkt. Mir drehte sich alles im Kopf von ihren Stimmen. Als Adnan Jakubović, die Nummer fünfzehn im Klassenbuch, an der Reihe war und das Gedicht herunterstotterte, kotzte ich auf die Schulbank.

Ich wusste nicht, was mit mir los war, sie riefen Nonna, sie solle mich abholen, wollten den Notarzt rufen, das sei nicht nötig, meinte sie, ich hatte neununddreißig Komma fünf Grad Fieber, lag im Bett, das Bettzeug nassgeschwitzt und kalt, mir liefen die Tränen, ich wusste nicht, was ich hatte, erbrach noch einmal, Nonna gab mir Wasser zu trinken, das brach ich wieder aus, Papa kam mit einer Krankenschwester, die mir eine Spritze gab, worauf ich mich wieder erbrach. Drei Tage schwebte ich mit hohem Fieber zwischen Leben und Tod, erzählte mir Nonna später, und dann war es von jetzt auf gleich vorbei. So etwas habe ich dann nur noch nach Alkoholexzessen erlebt.

Geblieben ist der Widerwille vor Schokolade. Für immer. Weil es Sonntag und das Egipat geschlossen war, gingen wir in eine andere Konditorei, Nonna aß eine helle Cremeschnitte, ich einen mit Schokolade, mehr nicht. Wir sind auch später noch nach Bistrik spaziert, über den knirschenden Kies vor der Sarajever Oper gelaufen, haben uns was einfallen lassen, wie wir uns über das Bauwerk lustig machen konnten, und ernste Gespräche über Leben und Sterben geführt, aber wir sind nicht mehr

Kuchen essen gewesen. Bis heute. Fast alle sind tot, und ich ekele mich immer noch vor Schokolade.

Der Weg zur Sarajever Oper ist wie früher, er führt durch enge Gassen, über Treppen voller Pfützen, durch Schlamm und über Holzbohlen und Schächte ohne Deckel. Damals, mit Nonna, hätte ich mit verbundenen Augen zur Oper gefunden. Heute nicht mehr. Es ist finster, meine Füße kennen den Boden nicht mehr, haben nicht mehr die Tiefe der Stufen im Gefühl, die durch die reißenden Regenfälle im Frühjahr und Herbst stärker ausgewaschen sind. Ich wollte den Weg vergessen, Sarajevo vergessen, Name und Ort bereiten mir nur noch Pein, die Mutter vergessen, die jetzt wohl schon wach ist, Schmerzen hat, ihren sterbenden Körper, der lebendig zu verfaulen beginnt, aber ich habe nichts vergessen, nur meine Füße haben die hiesigen Wege verlernt, meine Hand die Höhe der Klinke vergessen, die Breite der Straßenbahnschienen überrascht mich, viel breiter als in Zagreb, die Höhe der Verkaufstresen im Trafik, die Tiefe des Abgrunds, der unter mir klafft. Zagreb ist seicht und leicht, Zagreb ist Ausland, Lästerland, ein gottverlassener Ort, Zagreb ist der Staub auf dem spiegelnden Furnier, ich hätte es vergessen, kaum dass ich es für immer verlassen hätte …

Ich rede mit mir, schicke Gedanken in den Wind, um den Anstieg zu schaffen. Schweiß rinnt mir den Rücken hinunter, das ist das Schlimmste an Sarajevo. Die Stadt ist so steil, dass man gleichzeitig schwitzt und friert, wenn man durch die krummen, steilen Gassen läuft. Gegen die Schwitzerei hilft nur eins: Beharrlich an etwas anderes denken, nicht übers Gehen, über den Anstieg nachdenken, keinen Gedanken an den Anstieg verschwenden.

Umsonst, ich bin aufgeregt, wie jedes Mal, wenn ich zur Oper hinaufgehe. Das war schon immer so, im Augenblick bin ich versucht zu vergessen, dass mein Platz nicht mehr hier ist, dass mich die Stadt ausgespuckt hat – wegen meinem Namen? meiner Art? oder einfach weil man mit der Meute heulen muss und rausfliegt, wer nicht mitheult? –, und plötzlich ist nichts mehr wichtig, weil ich wieder in Bistrik bin und den Berg hochlaufe. Ich war so oft hier, öfter, als ich je irgendwo sonst war und sein werde, bis in alle Zukunft (ausgenommen mein Bett), und jetzt gehe ich wieder hin, um mich dem großartigen, sinnlosen Werk von Ganimed Troyanovsky und seinem großen Freund und Gönner Omer-Pascha Latas zu weihen. Ich schwinge pathetische Reden, brabbele vor mich hin, rede totalen Quatsch, mir käme nie in den Sinn, mich irgendwem oder irgendwas zu weihen, ich wüsste gar nicht, wie ich das anstellen sollte. Wie man ein Weiheritual durchführt.

Plötzlich bin ich glücklich, kurzfristig, wenigstens bis zum Hellwerden ergreift mich etwas, das größer ist als Mutters Krankheit, als Mutters bald einsetzendes Sterben, das vielleicht schon begonnen hat. Jetzt kann ich darüber nachdenken, ohne dass es mich auffrisst, beinahe gefasst stehe ich vor ihrem sicheren Tod, denn ich bin nicht mehr allein, als hätte ich einen Bruder oder eine Schwester, die sich um mich kümmern, als hätte ich Freunde in Sarajevo, als wäre die Stadt mein Freund, der sie, wenn sie stirbt, mit Hunderten Herzen in ebenso vielen Gräbern bestattet, damit sie mir nicht ungeteilt und schwerer, als sie es im Leben je war, auf der Seele liegt, mir Kopf und innere Organe beschwert, Milz und Leber, mein Ich, weil die Ärmste keinen hat, keinen gefunden hat und sich deshalb an mich klammert, weil sie mich zur Welt brachte und ich am Ende einer langen Verkettung unglücklicher Umstände stehe, weil ich den Stammbaum der Familie endgültig zum Aussterben verdamme, die Tür zu ausgeräumten Zimmern hinter mir zuziehen werde, in denen helle Flecken an der Wand verraten, wo die Bilder hingen. Jetzt kann ich darüber reden, locker-flockig wie in einem Musical, denn ich gehe hoch zur Oper in Bistrik.

Mit meiner Mutter war ich meiner Erinnerung nach nie dort. Vermutlich doch, vermutlich waren wir mindestens einmal zu viert dort: Nonna, Nonno, Mutter und ich. Und nach Nonnos Tod im Oktober 1972 zu dritt: Mutter, Nonna und ich. Bestimmt waren wir das, ich erinnere mich nur nicht daran. Ich habe es vergessen, weil Mutter nicht hierhergehört. Sie hat sich bestimmt nicht über das Bauwerk lustig gemacht und gelacht, dass ihr die Tränen liefen. Ich kann mich nicht erinnern, dass sie je über etwas gelacht hätte, was ich gesagt habe. Für sie habe ich mir nie etwas Lustiges ausgedacht. Wenn, dann nur einmal. Sie hat es überhört, war schlecht gelaunt, hatte Kopfweh, war mit sich selbst beschäftigt … Danach habe ich es nicht mehr probiert, wenn ich es denn einmal versucht haben sollte.

Nonna lachte, bis ihr die Tränen über die Wangen liefen.

Über das Opernhaus von Sarajevo, dieses wunderliche, sinnlose Bauwerk, das trotz der ursprünglich angeblich perfekten Akustik nie bespielt wurde, und über mich, der ich mir den witzigsten Spruch der Welt einfallen lassen konnte, einen Satz, über den sie lachte, bis die Tränen liefen.

So hat sie gelacht, Herbstanfang 1943, als der Militärbote ihr ein Schreiben aushändigte und sagte: Mein Beileid!

Ihr liefen Tränen über die Wangen wie einer Madonna, einem Marienstandbild auf dem Friedhof Tränen über die steinernen Wangen laufen, es wäre ein Wunder gewesen, hätte sie einer gesehen, aber vielleicht sind damals vielen Frauen Tränen über die versteinerten Wangen gelaufen.

Auch jetzt laufen die Tränen, aber vor Lachen. Nonna lacht so doll, dass ihr Herz bald nicht mehr mitmacht. Sie presst die Hand auf die Brust, vor der Oper, zum Glück ist niemand in der Nähe, zum Glück ist nie jemand vor der Oper, wenn wir hinkommen, sonst würde man sich in ganz Sarajevo erzählen, dass Frau Rejc den Verstand verloren hat. Was nicht stimmt! Meine Nonna hat nicht den Verstand verloren, ich erzähle etwas, das ist so lustig.

Und da nutzt sie es, um in Ruhe weinen zu können, ohne dass jemand Fragen stellt und sie etwas erklären muss. Erklären muss, warum sie weint, wo es doch so lange her ist, was so lange her ist, warum sie mit niemandem darüber hat reden können.

Auf dem kleinen Platz vor der Oper liegt kein Kies mehr, nur die nackte Erde, auf die bald Schnee fällt, der bis zum Frühjahr nicht wegschmelzen wird. Das Gebäude wird von rund zwanzig Strahlern angeleuchtet, auch nachts soll man seine ganze Pracht sehen können. Die Renovierung wurde 1998 von der französischen Regierung finanziert, ein Geschenk an die angegriffene Stadt, die Installation der Beleuchtung hat der berühmte Héctor da Silva Jiménez persönlich überwacht, und seither sieht das Opernhaus selbst wie ein Bühnenbild aus. Die Franzosen haben sie zu einem Konzertsaal umgebaut, den sie Saal der Verständigung und Freundschaft tauften. Vielleicht hängt die Plakette noch im Foyer, der Name wurde nie benutzt, und Konzerte wurden hier auch keine gegeben. Bei der feierlichen Eröffnung Ende August 1998 spielten Gidon Kremer und die Kremerata Baltica, und dabei blieb es. In den letzten vierzehn Jahren wurden hier einige Gedenkveranstaltungen abgehalten zu Ehren verdienter Bürger, multikultureller Toter, 2007 auch ein dreitägiges Symposium über Susan Sontag. Ansonsten steht die Oper leer, die Franzosen kümmern sich um die Instandhaltung, reiben Klinken und Metallverzierungen mit etwas ein, das den Rost fernhält, die Stuhlreihen sind mit weißen Tüchern verhängt, die Bühne in Plastikbahnen verpackt, im Winter wird das Haus auf fünf Grad Celsius geheizt. Frau Fatima, die Reinigungskraft, und Hausmeister Ljupko Huterer, vor dem Krieg Maschinenbau-Ingenieur, während des Krieges als Flüchtling in Paris, achten darauf, dass alles in Ordnung ist. Der Film über Fatima und Ljupko, der für Arte produziert wurde, lief vor einigen Jahren mit viel Resonanz im Fernsehen und wurde auch in Amerika gezeigt. Eindrückliche Bilder aus Sarajevo, fünfzehn Jahre nach dem Krieg, einmal gesehen, sofort wieder vergessen. *Die stumme Oper, oder die Geschichte von Fatima und Ljupko* hatte nur zur Folge, dass Journalisten und Drehteams den Ort entdeckten und den beiden mehr Arbeit machen: Klinken von der Schutzschicht befreien, Laken von den Stuhlreihen ziehen, Plastikbahnen auf der Bühne zusammenfalten und hinterher, wenn die Journalisten wieder weg und die Kameras abgeschaltet sind, alles zurückräumen, Klinken einschmieren, Bestuhlung zudecken, Räume abschließen, verkleben.

Es dämmert, bald beginnt Fatimas Arbeitstag. So zeigt es der Film jedenfalls. Ljupko fängt kurz vor Mittag an, trifft vorher Freunde in der Innenstadt, trinkt mit ihnen Kaffee und erzählt von der guten alten Zeit, als sich die Menschen noch achteten und Sarajlis einander zu Weinhachten und am Zuckerfest besuchten. Und was haben die Sarajlis an den dreihundertdreiundsechzig Tagen im Jahr gemacht, an denen keine Feiertage anstanden, weder Weihnachten noch Zuckerfest? Wenn man den Dokumentarfilmen und den Geschichten der Leute lauscht, war hier jeden Tag Weihnachten oder Zuckerfest.

Die Strahler sind noch einige Stunden an, dann werden sie nach Héctor da Silva Jiménez' Vorgaben einer nach dem anderen abgeschaltet, damit die Bewohner nicht merken, wann die letzte Lampe erlischt. Er hat einen Grund dafür genannt, ich habe ihn vergessen.

Ich will um das Gebäude herumgehen, so wie Nonna und ich es früher gemacht haben, bevor wir uns etwas ausdachten, über das wir lachen konnten, aber das geht nicht mehr. An der Rückseite, ungefähr in der Mitte, wurde ein bereits verrosteter schwerer Zaun montiert. Der Rost ist in dünnen Nasen an der Fassade heruntergelaufen, hat die weiße Fläche angeschmutzt. Merkwürdig, dass es Ljupko nicht aufgefallen ist. Im Film und in dem Buch, das ein bekannter französischer Autor und Kunsthistoriker schreiben wird, wäre es Ljupko aufgefallen, er hätte sich aufgeregt, wäre spornstreichs Farbe und Pinsel kaufen gegangen, hätte die mannshohen Streifen übermalt und das rostige Ungetüm abgerissen.

Zurück am Haupteingang stehe ich noch ein wenig vor der Oper. Laufe ein paar Schritte zurück, so weit, bis das Gebäude zwischen beide Mittelfinger passt, wenn ich die Arme ganz weit ausbreite. Der Platz vor der Oper ist klein, erst als Erwachsener reichte meine Spannweite dafür. Da lebte meine Nonna noch, aber wir sind nicht mehr gemeinsam zur Oper spaziert. Ich war groß genug, um allein herumzulaufen, und sie fühlte sich alt, hatte Angst um ihr Herz, verließ das Haus kaum noch, und Bistrik ist weit weg, auf der anderen Seite der Miljacka, einmal den Berg runter und wieder rauf. Die Oper konnte sie aus dem Küchen- oder Schlafzimmerfenster sehen. Ob sie das getan hat, weiß ich nicht. Ich konnte sie nicht mehr fragen, sie hätte allerdings auch auf Nachfrage nicht darüber geredet. Sie hätte sich geärgert, mit irgendetwas beschäftigt, etwas vor sich hingebrummelt, was nichts mit der Frage zu tun hatte, und für den Rest des Tages schlechte Laune gehabt.

Am Tag nach dem Attentat wurden die Leichname von Erzherzog Franz Ferdinand und Gräfin Sophie auf der Bühne der Oper aufgebahrt, Tür und Tor sperrangelweit geöffnet, ein sonniger, wunderschöner Tag, nicht zu heiß, ein kühles Lüftchen wehte von den Bergen herunter. Sie lagen auf dem Rücken, die Augen unter den geschlossenen Lidern zur Decke gerichtet, die mit drallen, verschmitzten Putten verziert war (eine Arbeit des Stukkateurs Harald Bitz anlässlich der ersten Renovierung der Sarajever Oper 1880). Hätte man ihnen ein Kissen unter den Kopf gelegt, sie hätten, tot und durch geschlossene Lider hindurch, ein vor Angst erstarrtes Sarajevo gesehen, das vor der Zukunft zitterte. Sie hätten sie nicht gespürt, die gruselige Angst, hätten nicht gesehen, wie der Nachbar dem Nachbarn die Schaufenster einschlug, wie aus Wut und Verzweiflung oder um sich bei den Habsburgern einzuschmeicheln serbische Geschäfte geplündert wurden, sie hätten nichts von den Schrecken Sarajevos erfahren durch ihre toten Augen, sondern auf die ewig schöne Stadt geblickt. So wie sie Franz und Sophie gesehen hätten, hätte man ihre Köpfe auf Kissen gebettet, so sah ich damals die Stadt, ohne die Schrecken und das Grauen, die mich ihr entfremden sollten, auch nur zu ahnen.

Ach, dieses Selbstmitleid!

Ich gehe Schritt für Schritt rückwärts, am Rand des Platzes fehlen immer noch mindestens zwei Handbreit, bevor die Oper zwischen meine Mittelfinger passt.

Ein paar Schritte nach links ist es auch nicht besser.

Ein paar Schritte rechts.

Wieder dasselbe.

Es fehlen nur Zentimeter, drei, vier Meter schmaler, und ich könnte die Oper umfassen. Sind meine Arme etwa in den letzten Jahren kürzer geworden? 2000 führte ich meine damalige Freundin hierher, wollte ihr das größte Wunder Sarajevos zeigen, ein Hauptwerk europäischer Architektur des 19. Jahrhunderts, die ungewöhnliche Schöpfung eines berühmten Zeichners und Planers und noch dazu Balletttänzers, aber es ließ sie kalt. Sie hatte schon größere Wunder gesehen. Stumpfen größere Wunder für die kleineren ab? Dann hätte Jesus, als er Zehntausend mit einem einzigen Fisch speiste, die Menschheit für immer für Wunder verdorben.

Aus Enttäuschung habe ich die Oper umarmt. Was ich da tat, warum ich die Arme ausbreitete, verriet ich ihr nicht. Zurück in Zagreb, haben wir uns kurz darauf getrennt. Sie fand zum Glück einen anderen, ein guter Grund, nicht zusammenzubleiben.

Damals nahm ich die Oper zum letzten Mal zwischen die Mittelfinger, es war kein Problem. Irgendwas ist in der Zwischenzeit passiert. Aber was?

Zunächst war ein Kondolenzzug am aufgebahrten Thronfolgerpaar vorbei vorgesehen, aber der Plan wurde aufgegeben, warum, ist nicht bekannt. Vladimir Dedijer nennt in seinem Standardwerk, *Die Zeitbombe: Sarajewo 1914*, den Aufruhr in der Stadt, die Gewalt gegen serbische Geschäfte, vereinzelte Fälle von Lynchjustiz. Wer allerdings je hier heraufgestiegen ist, kennt den wahren Grund. 1914 war die Oper auch nicht einfacher als heute zu erreichen. Es geht durch enge Gassen, in denen sich der Gestank von Urin und Schwindsucht mit in Pflanzenfett gedünstetem Kohl mischt, es geht durch Armenviertel, Hinterhöfe und Sommerküchen bergan, spricht dem habsburgischem Stadtordnungswillen Hohn, man hat das herrliche Gebäude ständig vor Augen und kommt einfach nie an. Das ist kein Weg, um sich feierlich von einem zu verabschieden, dem es nicht vergönnt war, auf den österreichischen Thron zu steigen, sondern der dummen Jungs aus Sarajevo zum Opfer fiel.

Das Opernhaus gilt als höchst gelungen, man hat hochwertiges Material verbaut, es gut geplant, die Grundmauern sind solide. Nur ein Aspekt verrät, dass es in aller Eile, einer historischen Zwangslage und, was Omer-Pascha Latas betrifft, im Affekt errichtet wurde: Man hat keine Zufahrt eingeplant, die der Größe und Bedeutung des Bauwerks entsprochen hätte. Genaugenommen hat man diesen Punkt vergessen, von Anfang an führte der Weg zur Oper durch enge Gassen, die für Kevrins Pflaumengarten, auf dessen Grund sie gebaut wurde, ausgereicht hatten.

Zwei Mal wurden Pläne für einen Durchbruch von der Brauerei und dem St.-Anton-Kloster zur Oper vorgelegt: der erste nach der Annektion 1908, der zweite im Königreich Jugoslawien 1934. Dem hätte ein Elendsviertel in Bistrik weichen müssen, die Stadtverwaltung schickte Onkel Mato Karivan, dessen Haus genau auf der geplanten Trasse stand, mit Brief und Siegel vorab ein Kaufangebot, und er nahm es an, von dem Geld wollten er und seine Frau ein schöneres Haus im Zagreber Tuškanac kaufen, die Straße wurde trotzdem nicht gebaut. Wieder warf die sich überschlagende politische Entwicklung alle Pläne der Stadtverwaltung über den Haufen und verschob sie auf unbestimmte Zeit: War es beim ersten Anlauf die Annektionskrise gewesen, in der dem Land ein Krieg drohte, kam beim zweiten Anlauf das Attentat auf den König in Marseille dazwischen. Man hatte andere Sorgen.

Später verfiel niemand mehr auf die Idee, für die Zugangsstraße ein ganzes Viertel abzureißen. Bistrik war inzwischen gewachsen, und die Sarajlis hatten sich damit abgefunden, eines der schönsten Opernhäuser Europas und das einzige Jugoslawiens zu besitzen, in dem allerdings keine Opern aufgeführt werden. Wahrscheinlich war die fehlende Zufahrt nicht der Hauptgrund, warum die Sarajever Oper nie eine Oper war, sie hat das Gebäude jedoch vor Umwidmungen bewahrt, die Ganimed Troyanovskys architektonisches Meisterwerk mit Sicherheit zerstört hätten. Von den fünfziger bis Anfang der siebziger Jahre wurde das Gebäude von Volkstanzgruppen, Briefmarkenfreunden und Numismatikern sowie dem Blindenverband genutzt. Eineinhalb Jahre, 1966/67, residierte der Schriftstellerverband hier. Aber weil man nur zu Fuß den steilen Berg hinaufkam, sahen sich alle möglichst rasch nach günstiger gelegenen Räumlichkeiten um. Und noch etwas schreckte ab: Dank der Initiative des Malers und Denkmalpflegers Đoka Mazalić wurde die Oper Anfang der Fünfziger zum Kulturerbe erklärt, durfte also nicht mehr umgebaut und neuen Nutzungen angepasst werden. So erklärt sich der einigermaßen tragikomische Eindruck auf einer der wenigen Sarajevo-Fotografien von Tošo Dabac: Unter den Barockputten sitzen auf der einen Seite Rentner und spielen Schach, auf der anderen sortieren Philatelisten und Numismatiker ihre Schätze, auf der Bühne probt die Volkstanzgruppe, und in den Rängen sitzen, auf die einzelnen Logen verteilt, Bürokraten an mechanischen Schreibmaschinen und tippen fleißig vor sich hin. Als einzige Konzession an die neue Nutzung wurde die Bestuhlung abmontiert und hinter der Bühne eingemottet.

Schließlich kletterte an jenem gespenstischen 29. Juni 1914, am Morgen nach dem Attentat, während am anderen Ende der Stadt der Zug bereitgestellt wurde, mit dem die beiden Toten nach Wien überführt werden sollten, eine handverlesene Schar von Figuren aus dem politischen und gesellschaftlichen Leben, der eine oder andere hohe Offizier und japsende Beamte den Berg zur Oper hinauf, um dem Thronfolgerpaar zu huldigen, deren tote Augen, hätte man ihnen Kissen unter den Kopf geschoben, ganz Sarajevo gesehen hätten.

Kurz vor sechs, Zeit, sich zu verabschieden.

Sich verabschieden, wie wenn die Oper ein lebendiges Wesen oder ich ein Haus wäre, ein Haus auf Beinen. Die gescheiterte Umarmung war kein gutes Zeichen. Ich mag darüber nicht mehr nachdenken, weiß aber, es ist für immer, mein letzter Besuch der Sarajever Oper, es sei denn, man brächte mich mit Gewalt her. Nach Sarajevo werde ich wieder fahren, das ist klar, aber es wird mir mit jedem Besuch schwerer fallen. Ich werde es als Fluch und Nötigung empfinden, durch das Schicksal der Stublers verurteilt zu der Stadt; der Tag, an dem es keinerlei administrative oder private Anlässe geben wird, die einen Besuch erfordern, ist nicht absehbar. Sollte der Fall eintreten, sieht man mich hier nicht mehr, nichts zieht mich in meine Geburtsstadt, ich würde mich nicht von ihr verabschieden, wie ich mich soeben von der Sarajever Oper verabschiedet habe, ich wäre froh, wenn alle Erinnerungen an die Stadt aus mir herausgepustet würden. Die scheußlichen, abstoßenden überwiegen die schönen und guten bei Weitem.

Zum letzten Mal schaue ich nicht zurück.

Jedes Mal, wenn ich Sarajevo verlasse, versuche ich nicht zurückzuschauen. Ich versuche es unbeschadet der aus allen Stadtführern, Baedekern und literarischen Beschreibungen von Stadt und Umgebung bekannten Tatsache, dass man das weiße, geisterhafte Haus, das Gespenst einer Pariser Schönheit, der Latas bei seiner sechsmonatigen Militärmission verfallen war, so Ivo Andrićs Version, von jedem Punkt der Stadt aus sieht, sobald man den Blick hebt. Und weiter: Ganimeds Bau erinnert die Sarajlis, ob jung oder alt, arm oder reich, aus jedem Glauben und jeder Konfession, was sie sein könnten, aber nie sein werden. Er ist das Denkmal ihrer Unzufriedenheit und Jammerei, nicht andernorts zu leben, näher am Meer, näher am Zentrum des Reichs, es ist, als ließe ein einziger Blick darauf die Menschen trübsinnig werden, es ist, als rührten Melancholie und schwarze Galle, der Dauerzustand der bosnischen Seele, von denen man nicht ohne Stolz Reisenden und Besuchern der Stadt erzählt, von ebendiesem Gebäude her. Wenn sie wüssten, wie viel grundlose Trauer ihnen ihre Oper ohne Opern einflößt, die Sarajlis würden sich gemeinsam mit Spitzhacke und Vorschlaghammer aufmachen und den Bau dem Erdboden gleichmachen.

Drei Stunden muss ich noch totschlagen. Am Sepetarevac, bei der Mutter, werde ich nicht vor halb zehn erwartet. Sollte sie noch schlafen, setzen mir die Pflegerinnen Kaffee und Saft vor und mich auf Nonnas Couch im Wohnzimmer, bis Mutter aufwacht. Das würde ich nicht ertragen. Aber um zehn Uhr muss sie wach sein. Da bekommt sie ihre tägliche Behandlung, die Wundermedizin gegen ihre Krankheit, die pro Monat fünfzigtausend Dollar kosten würde, wenn die Medikamente die klinische Erprobung bestanden hätten. Ein Glück, habe ich ihr gesagt, was für ein Riesenglück, dass gerade die Klinik in Sarajevo mit dem deutschen Pharmahersteller einen Vertrag geschlossen hat. Sonst gäbe es diese Wundermittel nicht oder wir müssten jeden Monat fünfzigtausend Dollar dafür berappen. Aber woher nehmen?

Ins Hotel gehen hat keinen Sinn, was soll ich in dem überheizten Zimmer zwischen kahlen, weißen Wänden (in Bosnien gibt es offenbar kein Gesetz, das die Zahl der Bilder pro Raum vorschreibt)? Könnte dort höchstens schon mal Jahjas Geschichte über Silvije Strahimir Kranjčević in den Laptop tippen, oder was ich erlebt habe. Dafür ist die Zeit wiederum zu kurz, drei Stunden reichen mir nicht für eine lange, verschachtelte Erzählung, die zudem noch meine psychische Verfassung betrifft. Wenn nötig, wenn sinnvoll, wird die Erzählung zu gegebener Zeit entstehen oder vergessen, wie jeder andere Albtraum im Wachen oder Schlafen, den man überlebt hat.

Ich gehe ins renovierte Hotel Europa, in dem ein Wiener Kaffeehaus untergebracht ist.

Zwei Putzfrauen mit zwei schweren Staubsaugern, grauen Tönnchen auf in alle Richtungen beweglichen Rädern, befreien den roten Teppich mit den geübten Bewegungen buddhistischer Mönche von Staub- und Schmutzpartikeln. Rhythmisch ziehen sie die Tönnchen zu sich heran, bevor sie den nächsten Schritt tun, es wäre unhöflich, lange hinzuschauen, wäre, als würde man sich an den Hotelmitarbeiterinnen aufgeilen.

Am Tresen stehen schlecht gelaunte Kellner. Auf den Ellbogen gestützt, kämpfen sie in ihren ordentlichen Uniformen und gestärkten weißen Hemden mit einem Kater und bereiten sich auf den Arbeitstag vor. Hinter ihnen liegen lange Wege von den Vororten ins Zentrum, Missmut über Arbeitsbedingungen und Bezahlung, Familienkräche ... Oder gehört es sich für einen Sarajever Kellner einfach, schlecht gelaunt zu bedienen? Andernorts geht man ins Kaffeehaus, um Leute zu treffen und die Zeit zu vertrödeln, hier steht man vor dem Kellner wie vorm heiligen Petrus oder dem antiken Fährmann, der die Toten ans andere Ufer bringt. Das strahlen sie aus: Du Gast bist schon halb über den Jordan, wir werden streng über deine sündige Seele richten.

Ich setze mich ans Fenster, alle vier schauen in meine Richtung, taxieren mich, dann rafft sich ein stämmiger, feister Kerl auf und kommt zu meinem Tisch. Ganz langsam.

Bitte?

Einen Doppelmokka und Mineralwasser.

Einen Doppelten und Sprudel, wiederholt er, scheinbar, um es sich einzuprägen. In Wirklichkeit hat er mich erkannt und korrigiert meine Sprache, findet es nicht in Ordnung, dass ich in Sarajevo geboren bin, aber *kava* und *mineralna* sage statt *kafa* und *kisela*. In Mejtaš heißt das eben so, basta. Hier im Viertel sagt man *kafa* und *kisela,* so denkt dieser Kellner, so denkt jeder, der mich hier erkennt, und hält mich für einen affektierten Lackel oder gar für nationalistisch, weil ich *kava* und *mineralna* sage. Bosnien wurde von denen zerrissen und zerstückelt, die mit *kava* und *mineralna* großgeworden sind, und deswegen besteht der Kellner auf *kafa* und *kisela.* Alle finden anderswo Zuflucht, denkt er, die Serben in Serbien, die Kroaten in Kroatien, da sagen sie dann *kava* und *mineralna.* Nur die muslimischen Bosniaken können nirgends hin, sie müssen bei *kafa* und *kisela* bleiben. So denkt der Kellner, so denken die, die mich erkennen, so denken Bosniaken, die seit zwanzig Jahren und mehr in Rom, Wien oder Berlin leben, ich treffe sie in diesen Städten, und zu meinem Entsetzen erkennen sie mich auch dort und sagen dasselbe: Alle können weggehen, die Kroaten nach Kroatien, die Serben nach Serbien, allein die muslimischen Bosniaken haben nur Bosnien. Diese Leute, die heute noch kompromisslos *kafa* und *kisela* sagen, merken nicht, dass sie in Rom, Wien und Berlin reden, als säßen sie in Bosnien in der Falle, dabei sind sie vor über zwanzig Jahren weggegangen.

Ich runzele die Stirn, senke den Blick auf das Display meines Handys, ziehe das Notizbuch aus meinem Rucksack, schlage es auf, auf der ersten Seite das Datum 8. November 2012, das war gestern, und die halbe Erzählung von Silvije Strahimir Kranjčević. Die zweite Hälfte werde ich nie schreiben, weil mich Jahja unterbrochen hat und noch dazu erklärte, dass die Geschichte keinen Sinn hätte, so wenig wie meine ganze Verbitterung: Ich missbrauche den Dichter für eine Abrechnung mit meiner Heimatstadt.

Um nicht zum Tresen zu schauen, bearbeite ich den Text:

Er war lange krank, Ella hoffte bis zuletzt, er würde wieder gesund, dann holte sie Don Serafim Urlić, den alten Popen aus Makarska, der seit einigen Jahren in Pale bei Sarajevo wohnte, dort den Gläubigen die Beichte abnahm und in der Umgebung wanderte, überzeugt, die Gebirgsluft verlängere sein Leben …

Da stellte er mit zitternder Hand vor mir Kaffee, Glas und Mineralwasser ab, er hat sich von hinten angeschlichen, die Tasse ist randvoll, obwohl ich keinen Verlängerten bestellt habe: Seine Rache, weil ich auf das Spiel nicht einsteige, abweisend reagiere, finster wie der Himmel über Sarajevo, die Tür habe ich ihm vor der Nase zugeschlagen, die Schlinge übergeworfen und zugezogen wie den Artilleriering um die Stadt, ich denke nicht daran, linguistische Streitfragen zu diskutieren und das Ganze als Scherz aufzufassen, dem berühmten bosnischen Sinn für Humor zuzuschreiben, *kava* oder *kafa*, *mineralna* oder *kisela*. Vor einigen Monaten, einem Jahr, zwei, drei Jahren hätte ich bereitwillig mitgespielt, seine Argumente akzeptiert, alles getan, um seine Sympathie zu gewinnen, die Absolution von ihm zu erhalten. Denn Sarajevo ist, um mich der Kellnersprache zu bedienen, meine Stadt und ich bin Sarajli, wo immer ich hinging, hatte ich die Stadt im Gepäck, schleppte sie auf meinem Buckel herum. Ich ging gebückt und krumm, weil Sarajevo so schwer ist, all die Jahre, die ich in Zagreb lebe, habe ich bedauert, nicht die Kraft des heiligen Vlaho zu haben, der Dubrovnik mühelos auf der flach ausgestreckten Hand hält. Könnte ich Sarajevo mit einer Hand tragen, habe ich gejammert, statt auf dem Rücken, das wäre schön. Aber dann ist etwas passiert, was jedem anderen an meiner Stelle vermutlich gleichgültig gewesen wäre, mir aber die Lust nahm am Smalltalk mit Sarajever Kellnern. Ich bleibe nicht länger als nötig in der Stadt, keinen Tag länger, keine Stunde, und so sind mir Peter und Haroun, die Stadtheiligen in Kellnergewand und blütenweißem Hemd, piepegal.

Vorletzten Sommer warf ich die Last definitiv ab, Ende Juli 2011. Spätnachmittags, ein Gewitter tobte über der Stadt, für einen Studenten vor der Prüfung wäre es ein Glücksbringer gewesen, es goss wie aus Kübeln, mit zwei anderen, die auch wegen des Filmfestivals gekommen waren, rannte ich über die Čobanija, die eiserne Fußgängerbrücke, wir hatten nur zwei Regenschirme mit, und da grölte einer aus dem Dva Ribara, einem traditionsreichen Intellektuellen- und Künstlerlokal, das auf unserem Weg zur Skenderija am Otokar-Krešovani-Ufer lag: Jergović, du hast hier nix verloren, ich fick deine Alte in ihre Faschistenfresse.

Der Schreihals, ein junger Lyriker und Prosaautor, Kriegsveteran aus dem Hinterland, nach dem Krieg in die Stadt gezogen, wiederholte die sorgfältig einstudierten Worte mehrmals. Er war offensichtlich sturzbesoffen, trunken wie das Erdreich über Massengräbern, die Worte muss er sich aber in langen Nächten zurechtgelegt haben, über Jahre waren diese Worte und die Nächte in ihm herangereift, bis sie zu dem lyrischen Schlachtruf geronnen, die programmatische Verszeile des Sarajever Majakowski: Jergović, du hast hier nix verloren, ich fick deine Alte in ihre Faschistenfresse.

Er feixte hinter mir her, baute Varianten ein, suchte Streit, wollte, alkoholisiert wie er war, sich mit mir prügeln, wollte, dass ich in seiner Biografie stehe.

Ich drehte mich um und sah an dem Tisch einen zweiten der hiesigen Dichterfürsten, von ihm hatte ich seinerzeit einige Poeme in die Anthologie junger bosnischer Lyrik *Ovdje živi Conan* (Hier wohnt Conan) aufgenommen. Er sagte keinen Ton, saß peinlich berührt mit unbeschreiblich dämlichem Gesichtsausdruck daneben, und ich hörte ihn schon herumerzählen, dass er mit diesem Ausfall nichts zu schaffen hätte.

Tatsächlich war die Geschichte anderntags im Umlauf, kam schließlich meiner Mutter zu Ohren, der gestörte junge Dichter habe mir hackedicht nachgerufen: Jergović, du hast hier nix verloren, ich fick deine Alte in ihre Monarchistenfresse.

Die unauffällige Verschiebung hat mir den Spaß am Geplänkel mit Sarajever Kellnern verdorben, die Zensur, die aus der (faschistischen) Ustascha-Mutter eine (monarchistische) Tschetnik-Anhängerin machte und die Verszeile um eventuelle nationalistische Anspielungen bereinigte. Da wusste ich, warum ich froh bin, nicht in Sarajevo und weit weg von der neuen Sarajever Lyrik zu leben.

Andertags sind wir frühmorgens abgereist.

Das war so geplant, aber selbst wenn nicht hätte ich fahren müssen, jeder weitere Aufenthalt in der Stadt war mir vergällt. Mir war klar, dass Conan der Barbar seine Parole von meiner Ustascha-Mutter herumerzählte – wobei ich in meinen wildesten Fantasien nicht auf die Idee verfallen wäre, dass daraus eine Tschetnik-Mutter würde – und mich Kollegen, Zaungäste und alte Kumpel auf der Straße anhalten und scheinbar betroffen zu dem Vorfall ausfragen würden. Als wäre was Schlimmes passiert, als hätte ich selbst dem muslimischen Lyriker empfohlen, meine Mutter in den Dreck zu ziehen und als Faschistin oder

Monarchistin, Ustascha oder Tschnetnik zu verunglimpfen. Kellner können mich mal.

Ich zerrte unseren roten Koffer durch den Flur, den Rucksack auf den Schultern, Büchertasche an der Hand, ich kam so beladen kaum durch die Tür. Wir liefen die Treppe hinunter, Mutter stand oben, winkte uns zum Abschied zu. Ich kann mir denken, wie sie mich sah, unten am Tor im Morgenlicht. Du bist schon ganz grau, und ich habe keine einzige weiße Strähne!, sagte sie stolz.

Das letzte Mal, das ich sie gesund erlebte.

Monatelang fuhr ich nicht nach Sarajevo. Beim nächsten Besuch lag sie im dreizehnten Stock des früheren Militärkrankenhauses im Bett, der Tumor hatte früh gestreut und eroberte nach und nach alles, was von ihr übrig war. Keiner wird von Verleumdungen krank, Ende Juli 2011 wucherte der Krebs schon in ihr, trieb Knospen, forcierte ihren Tod, mir aber bleibt sie als gesund in Erinnerung einen Tag, nachdem ein bosniakisch-muslimischer Lyriker, Kriegsveteran aus dem Hinterland, meine Mutter als Ustascha diffamierte. Er hat Sarajevo von mir befreit und mich von Sarajevo. Inschallah, so Gott will, für immer.

Ich insistiere nicht auf meiner Bestellung, trinke in aller Gemütsruhe die Pissbrühe – *pišoka,* Pipi, so hat meine Nonna dünnen Kaffee genannt, *pišaka,* Pisse, hätte unanständig geklungen, solche Wörter nahm sie nicht in den Mund, *pišalina* klang zusammengestoppelt, das widerstrebte ihr, Harn war zu hart, Urin zu medizinisch, erinnerte zu sehr an Krankenhaus –, als hätte ich es nicht anders bestellt.

Sein Blick ruht auf mir, wartet auf etwas, meinen Blick, irgendwas, aber ich beuge mich über meine Erzählung, die ich nie zu Ende schreiben werde:

Noch letzten Mai bei meinem letzten Besuch in Wien, beim letzten Mal im Spital, träumte ich von der Rückkehr nach Zagreb. Doktor Jelovšek erwähnte eine hübsche Villa mit großem Garten im Pantovčak, die für sechstausend Forint zum Verkauf stand, schon länger, der Preis war günstig, trotzdem wollte sie keiner. Zu weit weg von der Oberstadt, dem Hauptplatz und den belebten Straßen, und dann auch noch am Berg. Im Zentrum wäre sie sofort für den dreifachen Preis weggegangen. Und wie er das erzählte, habe ich Abend für Abend gedacht, wie gut es wäre, wenn wir das Geld zusammenbrächten, Schulden machten und das Haus kaufen würden. Es würde mich augenblicklich gesund machen, dachte ich. Und je mehr ich mich mit dem Gedanken befasste, desto weniger erschien er mir als leerer Traum. Und je länger ich mich meinen Fantasien hingab, desto anziehender wirkte Zagreb. Jetzt sehe ich den Berg von Schulden, die ich nach meinem Tod hinterließe, so hoch, wie die Villa im Pantovčak eben kostet. Kranksein ist teuer, es beschämt moralisch wie physisch.

Den letzten Satz streiche ich durch und schreibe ihn wieder hin:

Kranksein ist teuer, es beschämt moralisch wie physisch.

Es soll so aussehen, als arbeitete ich. Der Satz stimmt, er wäre mir aber nie eingefallen, sein Sinn hätte sich mir nicht erschlossen, wäre meine Mutter nicht seit Ende letzten Jahres krank, immer näher am Grab, immer teurer und immer beschämender. In einem höheren, metaphyischen Sinn hatte die Krankheit keinen Sinn. Was geboren wird, muss sterben. Aber man kann einen leichteren, menschlicheren Tod sterben. Ihre Krankheit, ihr absehbares Sterben – war es schon so weit? –, ist unmenschlich. Als hätte sie Gott, an den sie immer noch nicht glaubt, etwas Schlimmes verheimlicht. Oder manifestierte sich darin der letzte Sinn der Vertreibung der Stublers aus Dubrovnik, ihr Umzug ins hässliche, dreckige Bosnien? War sie, diese Krankheit, der Schlussakkord, der Punkt hinter unserer Familiengeschichte in Sarajevo? Zur Strafe für die Unterstützung der streikenden Eisenbahner? Die Stublers hinterlassen keine Spuren, keine schriftlichen Zeugnisse, weder feste Häuser noch Verdienste, mit denen sie sich in die neuere Geschichte der Stadt eingeschrieben hätten. Nur der Satz, Kranksein sei teuer und moralisch wie physisch beschämend.

Ich fische eine Handvoll Münzen aus der Hosentasche, finde zwischen Kuna und Euro exakt dreieinhalb Mark, der Betrag, der auf der Rechnung steht, und knalle das Geld unüberhörbar auf den Tisch. Dann streife ich den Mantel über und gehe zum Ausgang.

Zahlen?, ruft er hinter mir her.

Ohne ihn anzusehen weise ich mit einer halben Drehung des Oberkörpers auf den Tisch.

Beim Hinausgehen höre ich sie reden. Das Wortgeraschel und -geklapper in meiner Sprache erinnert mich an eine Kinderfantasie. Es wäre toll, wenn man durch Willensbeschluss aufhören könnte, eine Sprache zu verstehen. Die Muttersprache bewusst so wenig versteht wie Chinesisch, Japanisch oder Deutsch.

Das habe ich als Kind gespielt: Ich saß unterm Tisch, an dem sich die Erwachsenen lebhaft unterhielten, und strengte mich an, sie nicht zu verstehen, ihre Worte und Sätze in Kaskaden unbekannter Laute zu verwandeln, die sich zu Lautfolgen ohne Bedeutung verbanden. Meiner Erinnerung nach ist es mir manchmal gelungen: Sie sprachen, ich verstand sie nicht. Es wäre gut, eine Sprache nicht zu verstehen, wenn andere sprechen und man seine Ruhe haben will. Ob das der Sinn des Kinderspiels war, habe ich vergessen. Heute hätte ich gern, es wäre so gewesen.

Die Luft ist schwer, es stinkt, ein Novembermorgen in Sarajevo mit den Ausdünstungen von Kohleöfen, Schimmel und Moder, der Nebel, alles riecht danach, wie Bettzeug, das lange nicht gelüftet wurde. Im Nebel steckt die Erinnerung der Stadt, der Nebel Sarajevos erinnert jeden Geruch der letzten sechshundert Jahre, also seit der angeblichen Stadtgründung. Im Nebel memoriert der Ort seine Vergangenheit, der Nebel ist Denkmal und Grabmal sämtlicher Menschen, die hier lebten. Auch von mir zeugt der Nebel, von mir auf dem Schulweg, dreißig, vierzig Jahre zuvor, von mir, der in der Ambulanz an der Skerlićeva gegen Pocken geimpft wird. Wenn ich mich aus den ganzen anderen Gerüchen herausriechen könnte, würde sich die Zeit in verschiedene Stränge auffächern, ich könnte mich auf der Straße treffen.

Und wenn ich mir in die Augen schaute, wären wir beide weg. Einer würde den anderen verschlucken, eine Zeitebene in die andere stürzen, das Bild sich ins Unendliche vervielfachen, wie die Spiegel beim Friseur gegenüber vom Hotel Europa, in denen ich meinen Hinterkopf und Rücken im Spiegel sehe, in dem ich einen Spiegel mit meinem Hinterkopf und Rücken im Spiegel sehe, und Spiegel, Hinterkopf und Rücken werden immer kleiner, bis ich nur noch immer kleinere Spiegel sehe, die alles darin Gespiegelte verschluckt haben, und dann gar nichts mehr, weil die Spiegel sich selbst verschlucken …

Ich will die Zeit verlangsamen, die Zeit wegschieben, die Zeit für den Besuch am Sepetarevac. Ich habe Angst vor dem, was mich dort erwartet. Angst vor dem Abschied. Wahrscheinlich sehe ich sie zum letzten Mal lebend. Es wäre nicht schlimm, wenn ich nicht wüsste, dass sie auch denkt, dass sie mich wahrscheinlich zum letzten Mal sieht.

Ich gehe zu dem Bäcker beim Uhrturm.

Der kleine, enge Börekladen im Mali Čurčiluk besteht seit mindestens dreißig Jahren. Dreißig Jahre ist es her, seit ich mir zum ersten Mal am Uhrturm Börek gekauft habe. Der Laden war zu keinem Zeitpunkt für seine diversen Pitas berühmt, war aber lange der einzige, der Pita mit Hackfleisch, also Börek, anbot, kleine Röllchen, übergossen mit süßer Sahne, in der kleingehackter Knoblauch schwamm; so kenne ich Börek nur aus Sarajevo, nirgendwo sonst. Vor einigen Jahren, sie war kerngesund, wollte siebenundneunzig werden, hat Mutter einer Bekannten, einer Frau aus dem Sandžak, einen Gefallen getan, eine Kleinigkeit, etwas Geld geliehen oder etwas noch Geringfügigeres, jedenfalls wollte sich die Frau erkenntlich zeigen. Und wenn sich arme Mäuse erkenntlich zeigen wollen, artet das in Sarajevo meistens aus.

Es wurde Bajram, die Frau machte sich auf die Socken, einmal quer durch Sarajevo, Berg runter und wieder rauf, im Gepäck Bajramgeschenke. Zufällig war ich gerade zu Besuch und fand unter den Festtagsgaben von verschiedenen Leuten, die sich dazu verpflichtet fühlten, Börekröllchen, die nicht von einem Börekbäcker stammten. Der Unterschied zwischen diesen Röllchen und Imbiss-Börek versetzte mich in eine andere Welt, katapultierte mich in eine andere Zeit.

Wenn man große Romane liest – was zwei, drei Mal im Leben vorkommt, denn große Romane sind rar, und ebenso die Zeiten, in denen man sie lesen kann – oder für die Dauer einer großen Musik, einer Mahler-Symphonie, den Goldberg-Variationen in der Interpretation von Glenn Gould, oder in einem leeren, eiskalten Raum mit Bildern von Boris Bućan spürt man, wie man von einer Kultur in die andere gleitet, plötzlich tausend Kilometer weit weg ist und dem, was man zurücklässt, kein bisschen hinterhertrauert. Man gleitet leichten Herzens, solange Mahlers Fünfte donnert, denn der Donner kommt aus einer Richtung, wo alles schöner und besser ist, nicht nur schöner, auch menschlicher, passender, angemessener. Und so streift man, wenigstens für Augenblicke, Welten und Überzeugungen ab, die einem Heimat sind und morgens mit einem erwachen. Erfüllt von der Musik und ihrem Gehalt, der von ihr eingefangenen Vergangenheit und Kultur einer anderen Welt, wird man leicht selbst ein anderer, ersetzt eigene Gefühle, Erinnerungen, die eigene Jugend samt Erinnerungen an die Jugend ohne Bedauern durch die Musik, die genug Gefühle und Erinnerungen enthält, ein ganzes Leben, eine ganze Kindheit ist darin.

Das war es, was ich empfand, als ich zum ersten Mal Mantijas aß. Mutter nannte sie so: Sandžaker Mantijas. Sie hatte den Ausdruck vorher auch noch nie gehört, und der Geschmack war ihr ebenfalls neu.

Ab da bis zu Mutters Erkrankung zahlte die Frau, die ich nie kennenlernte, ihre Schulden zurück. Wann immer ich nach Sarajevo kam, rief Mutter sie an, sie solle mir Mantijas backen. Vor meinem Eintreffen brachte sie ein Blech voll, sodass ich sie nie antraf. Ich lerne Leute nicht gern kennen, ich mag mich nicht gern laut bedanken für etwas, was man mir zuliebe tut. Weil ich glaube, dass in einem solchen Dank immer ein Körnchen Lüge steckt. Es wäre gut, wenn sich alles Gute von selbst verstünde, wenn man es nicht sagen müsste, wenn es ohne Worte zu sehen und auszudrücken wäre. Manche Menschen verstehen das, sie bleiben unsichtbar, geben einem nicht die Chance, sich mit einigen Floskeln dankbar zu zeigen. Sie geben sich regelrecht Mühe, unseren Weg nicht zu kreuzen.

Ich denke: Ich werde die Frau nicht mehr treffen, sie wird mir nie mehr Mantijas backen. Meine Mutter stirbt. Nie mehr, nie mehr …

Nach einiger Zeit gab sie ihr das Geld, um das Fleisch für die Füllung der Teigblätter zu kaufen. Sie wollte es nicht annehmen, weigerte sich, aber Mutter sagte, anders ginge es nicht, und mir bedeuteten ihre Mantijas viel mehr als das darin verbackene Mehl, Öl und Hackfleisch wert seien. Das gefiel der Frau, erfüllte sie vielleicht mit Stolz, zog sie in eine Mystik und Metaphysik hinein, die bestimmt nicht weit weg war von Mahlers Fünfter und Bachs Goldberg-Variationen, sie nahm das Geld für die materiellen Ausgaben an. Als ließe man sich Pinsel, Farben und Leinwand bezahlen. Nicht ehrenrührig, wenn es um Kunst geht.

Wird es ihr fehlen? Nicht meiner Mutter, die stirbt bald, ihr wird nichts mehr fehlen, nein, der Frau, die keine Mantijas mehr über den Fluss auf den gegenüberliegenden Berg tragen wird, für einen, den sie nicht kennt.

Ich sitze am Uhrturm und esse Spinatpita. Es ist früh, noch nicht einmal acht Uhr, Börek gibt es erst ab zehn, sagt die Verkäuferin. Die junge Frau schaut mich verstohlen an, den kenn ich doch von irgendwoher, denkt sie bestimmt, aber woher? Ich werde ihr nicht auf die Sprünge helfen, konzentriere mich auf die Pita, die ich mit den Fingern esse, Joghurt dazu trinke, und wenn ich alles aufgegessen habe, spiegelt sich mein Gesicht im Teller.

Ich halte mich mit einer Geschichte bei Laune, von einem

Mann, der am frühen Morgen vor dem Besuch bei der sterbenden Mutter in eine Börek-Bäckerei einkehrt, um die Zeit anzuhalten. Der Mann frühstückt nie, um die Uhrzeit hat er keinen Hunger, ihm ist morgens so schlecht wie einer Schwangeren, das war schon früher so, als er noch rauchte, aber jetzt gab es keine Alternative, er musste etwas tun, was jeder tut. Die einen frühstücken, weil sie zur Arbeit gehen, andere, weil Pita ein probates Mittel gegen Kater ist, wieder andere, weil ihre Mutter stirbt, ernst und gefasst, wie Menschen sind, deren Mutter stirbt, sie gehen Pita essen, bevor sie an ihr Sterbebett eilen. So auch dieser Mann, den ich erfinde, er isst Spinatpita, zwingt sie sich hinein, würgt sie hinunter – frei nach dem Motto: Wer frisst hier wen? – und als er es endlich geschafft hat, fährt ihm der Schreck in die Glieder, weil er im Blechteller einen anderen sieht. Das war nicht er, ein gutgebauter Vierzigjähriger, sportlich, täglich geht er schwimmen und in die Sauna, spielt Tennis nach einem anstrengenden Bürotag, das war ein Greis, fünfundsechzig, weiße Haare, grau im Gesicht, und auch das ähnelte nicht dem seinen. Der Mann hatte blaue, der Alte im Spiegel schwarze, erloschene Augen.

Es unterhält mich, mir die Geschichte auszudenken, schreiben werde ich sie nie.

Was geht dem Mann, der frühmorgens beim Bäcker Pita isst, um sich zu sammeln, weil seine Mutter stirbt, durch den Kopf, wenn er im spiegelnden Teller einen anderen, viel älteren, dem Gesichtsausdruck nach auch unglücklicheren und ärmeren Mann sieht?

Halb verrückt, das Herz schlägt im Hals, am Gaumen, gefühlt am Schädeldach, im Rachen der Geschmack von Adrenalin, er kann sich nicht vorstellen, wie sein Leben wird, wenn er nicht mehr der ist, der er zu sein glaubte, wenn er schon der ist, den er im Spiegel des Blechtellers sieht, aber er denkt an die Mutter, die bestimmt schon wach ist, auf ihn wartet, aber er wird nicht kommen, weil er ihr als Fremder, der noch dazu älter ist als sie, nicht unter die Augen treten darf.

Was macht der Mann, der nach Sarajevo kam, um die Mutter auf dem Sterbebett zu besuchen, und sich in einen anderen verwandelt? Eigentlich ist er derselbe, nur in einem fremden Körper. Das ist ihm passiert, weil er gegen die Regel frühstückte, obwohl er sonst nie frühstückt. Er hat Spinatpita gegessen und die Spinatpita ihn, sie hat wie im Märchen seine Physiognomie verändert. Wahrscheinlich hat er jetzt die Gestalt eines armen Mannes, der gern frühstücken würde, aber nicht das Geld dafür hat.

Das könnte eine sehr lange Geschichte, vielleicht sogar ein ganzer Roman sein: Von der Mutter, zu der ein fremder Mann kommt, der behauptet, er sei ihr Sohn, und der wahre Sohn ist spurlos verschwunden; von Frau und Kindern, einer wohlhabenden Belgierin, die er vor langer Zeit ehelichte und damit alle finanziellen Sorgen löste, und zurück kommt er als verbrauchter, alter Sarajli mit grauen Haaren und grauem Gesicht, mit geplatzten Äderchen auf den Wangen und den großen Ohren von Menschen, die bald der Tod holt. Es heißt, auf dem Sterbebett würden die Ohren größer, als würden sie wachsen, zu groß werden für den kleinen, sterbenden Kopf.

(Die Idee wird mich verfolgen: Die ganze Zeit werde ich gegen meinen Willen ihre Ohren anschauen …)

Er wird die Mutter bitten, ihn anzuhören.

Später wird er seine Frau bitten, ihn anzuhören.

Der Mutter wird er etwas erzählen, was er nicht wissen könnte, wäre er nicht ihr Sohn. Dass sie sich 1971 im Gästezimmer von Tante Lola in Dubrovnik ganz nackt vor ihm ausgezogen hat, weil sie in einem Erziehungsratgeber – *Sie und Ihr Kind,* erschienen beim Vuk-Karadžić-Verlag in Belgrad – gelesen hat, das sei notwendig, um gefährliche Tabuisierungen zu unterlaufen, vor allem der Mütter gegenüber Söhnen … Sie hatte sich ausgezogen und damit sehr unwohl gefühlt.

Das wird er der kranken Mutter erzählen, sodass sie weiß, dass er ihr Sohn ist.

Und unglücklich ist.

Seine Frau wird versuchen, ihm die Tür vor der Nase zuzuschlagen, kaum dass er sagt, er sei ihr Mann und der Vater ihrer Kinder. Das würde jede Frau überall auf der Welt tun, wenn ein Bettler an der Tür steht und behauptet, er hätte etwas mit ihr, Kinder und Lebensabend. Weil er sich das denken kann, stellt er den Fuß in den Spalt und redet sehr schnell, bevor sie anfängt zu schreien und mit der Polizei zu drohen.

Er erzählt von der alten, längst verstorbenen Tante Josephine, mit der sie 1996 direkt nach Kriegsende in Kroatien ans Meer gefahren sind. Die fünfundachtzigjährige Witwe hatte so gern noch einmal Dalmatien sehen wollen, wo sie Ende der Fünfziger, Anfang der Sechziger mit ihrem Mann die Urlaube verbracht hatte. Du kannst dich an Onkel Frank nicht mehr erinnern, wird er seiner Frau sagen, er ist in dem Jahr gestorben, in dem du geboren bist …

So wird die reiche Belgierin wissen, dass er ihr Mann ist.

Und unglücklich sein.

Sie öffnet ihm die Tür, aber beide wissen, es ist vorbei. Sie müssen sich trennen. Die Kinder dürfen ihn nicht sehen. Es wäre psychologisch nicht zu verantworten, laut *Sie und Ihr Kind,* das bestimmt auch ins Französische übersetzt wurde, könnten sie ein solches Trauma nicht verkraften, zerbrächen daran, dass ihr Vater ganz anders aussieht, weil er gegen die Regel, die ihm sein Körper gab, gefrühstückt hat …

Und so würde die Geschichte von dem wohlhabenden Mann mit belgischem Pass enden, der nach Sarajevo kam, um seine sterbende Mutter noch einmal zu sehen. Schade, dass sie nicht geschrieben wird, schon wegen der Abenteuer, die er erlebt, weil er seinen Pass fälschen lassen muss, das Bild stimmt ja nicht mehr. In diesen Abschnitten würde die Atmosphäre der kafkaesken Prosa Paul Austers ähneln: Selbst wenn er noch Bekannte in Sarajevo hätte, ihn erkennt keiner, weil er anders aussieht. Gleichzeitig hat er Angst, jemand könnte den Mann erkennen, dessen Gestalt er jetzt hat. Vielleicht ist der nicht aus Sarajevo, ist vielleicht Pole, Isländer, Finne. Die sehen so aus, wenn der Alkohol sie fertiggemacht hat …

Im schmierigen Teller sieht man nur die Umrisse: ein blasses, ausdrucksloses Gesicht, eingerahmt von Bart und Haaren. Das bin definitiv ich. Gesichtslos, unsichtbar, als wären die letzten beiden Tage gleich vergessen, wie wenn unvermittelt zu tilgen wäre, was mir in den letzten neun Monaten passiert war. Es täte gut, wenn ich mich, sobald die Sache erledigt ist, an nichts mehr erinnere.

Zahlen, sage ich, ohne sie anzusehen.

Dreieinhalb Mark, ihre Stimme ist heiser.

Hoffentlich steckt sie mich nicht an, denke ich. Beim Hinausgehen stelle ich mir den weißlichgelben Eiter auf ihren Mandeln vor, der Magen dreht sich mir bei der Vorstellung um, oder ist es die Spinatpita?

Es ist neun Uhr, die Straßen sind voller Leute. Sie wuseln trotz der Kälte herum, ballen sich in der Vaso Miskin, husten sich gegenseitig an, umarmen und grüßen sich, sprechen ihre religiösen Grüße, die einen ironisch, die anderen aus Überzeugung, sie schaffen sich damit die Illusion, arabisch zu sprechen. Das Wort Allah sprechen sie an diesem frostigen Morgen in einer besonderen Art aus, wie einen Seufzer, als wäre Gott ein Seufzer, als würde man mit der Erwähnung Gottes eine schwere Last absetzen. Sie sagen ihr Allahimanet zueinander, sehr laut, man soll es hören, und es wirkt, als würde die ganze Vaso Miskin seufzen. Doch die Last schleppen sie weiterhin auf den Schultern, trotz aller Seufzer.

Wieder haste ich durch die Menschenmenge, als hätte ich ein Ziel und hätte es eilig, und ich habe tatsächlich ein Ziel, ich gehe zu ihr, in den Sepetarevac. Nur dass das nicht der Grund für meine Eile ist: Ich will nicht erkannt, nicht angesprochen werden, will nicht hören, ob einer meinen Namen hinter mir herruft, ich will unter- und erst ganz weit weg wieder auftauchen.

Und wie ich die Dalmatinska hinaufgehe, wird klar, dass es kein Zurück gibt. Und dass ich nicht mehr mit unliebsamen Begegnungen rechnen muss. Man geht nicht bergauf, um Leute zu treffen, und die den Berg herunterkommen, haben etwas vor. In dieser Stadt trifft man sich seit jeher auf ebenem Terrain.

Ich trete ins Haus, die Tür ist nicht abgeschlossen, keine Angst vor Dieben. Im Flur riecht es nach Kohl. Kohl riecht nach menschlicher Verdauung, nach sich zersetzenden Verdauungsorganen. Man sollte Kranken keine Kohlgerichte servieren. Sonst denkt jeder, der zu Besuch kommt, sie würden sterben.

Sechs Schritte bis zum Zimmer, dann rechts. Die Tür ist offen. Sie liegt, den Kopf auf einem flachen Kissen, und stöhnt leise. Ich frage: Wie geht's?, aber die Frage ist sinnlos. Beschissen, sagt sie seit Monaten am Telefon. Immer noch besser, als wenn sie schlecht sagt. Zwischen diesen beiden Worten, beschissen und schlecht, geht das Leben meiner Mutter zu Ende. Am 9. Mai wurde sie siebzig. Mit klarem Kopf, selbstbezogen wie immer, ihre Stimme hat sich lange nicht verändert, eine jugendliche Stimme. Erst in den letzten Wochen ist sie dünn geworden, mit tief eingefallenem Brustkorb. Nur wenn sie schreit, starke Schmerzen hat, ist die Stimme wieder jung. Sie war sehr musikalisch, hätte Sängerin werden können. Ein reiner Sopran, etwas dunkler in der Klangfarbe, großer Tonumfang. Manchmal schrie sie hysterisch. Wenn sie mit Nonna stritt, ihrer Mutter, die ihr Leben zerstört hatte, Jahre nach der Zerstörung, wenn sie mit mir stritt. Einmal habe ich bei so einem Streit mit der Faust das Glas in der Wohnzimmertür eingeschlagen. Siehst du, brüllte ich, während mir das Blut über die Hand lief. Sie schrie unbeeindruckt weiter. Bis heute habe ich eine V-förmige Narbe auf der rechten Hand, die erinnert mich an sie. Jahrelang habe ich die Narbe voll Zorn angeschaut, verzweifelt, weil wir nicht ganz normal Mutter und Sohn sein konnten. Später, in Zagreb, betrachtete ich sie mit einer Art Liebe. Während der Krieg in Sarajevo andauerte, sah ich sie an und überlegte, ob sie noch lebte oder gerade von einer Granate getroffen wurde. Sie lebte, und ich freute mich darüber, obwohl sie immer mehr nur für sich lebte. Das heliozentrische System meiner Mutter:

Sie strahlte als Sonne nur sich selbst an. Ich schreibe das ohne Zorn. Ich bin nie wütend. Vielleicht war ich es mit fünfzehn, sechzehn, siebzehn, als ich noch dachte, es könnte anders sein. Aber es konnte nicht anders sein. Sie hätte Sängerin werden können, sage ich, sie war sehr musikalisch, sage ich, sie schrie, dass sie Wände zum Einsturz brachte und unser Haus ohne Dach in den Himmel schaute, wenn Mutter schrie. Aber wenn sie gut gelaunt war und sich weder mit mir noch mit Nonna stritt, wusch sie im Badezimmer Wäsche und sang: *U tem Somboru, Sejdefu majka buđaše, Lepe ti je Zagorje zelene* und *Tamo daleko* – oh, wenn das kroatische Literatengeschmeiß gewusst hätte, dass meine Mutter in den siebziger Jahren beim Wäschewaschen *Tamo daleko* gesungen hat: Dort weit weg, weit weg vom Meer, da ist mein Dorf, da ist Serbien, was hätten sie sich zusammen mit dem muslimischen Dichterchen, dem Kriegsveteränchen, über meine Tschetnikmutter das Maul zerrissen, aber jetzt ist es zu spät, sie ist bettlägerig und wird nicht mehr aufstehen, und ich suche einen Weg, sie zum Schreien zu bringen, sie in Rage zu bringen, ich will ihre jugendliche Stimme, ihren Sopran hören. Musikalisch, sage ich, war meine Mutter.

Tut dir was weh?

Alles!

Das geht vorbei.

Nein!

Mann, hundert Mal habe ich dir gesagt, du musst Geduld haben. Das ist von den Medikamenten.

Dankbar schaut sie mich an, und ich weiß, es ist gut. Wenn es gut ist, ist sie dankbar, wenn ich ihre ganzen Qualen und Schmerzen, ihre Haut, die offensichtlich vom Tod kündet, ihre Knochen, die bei jeder Berührung schmerzen, wenn ich all das der Therapie mit intelligenten Medikamenten zuschreibe. Sie glaubt mir dann wie sonst nie, davon lebt sie, wie sie von Gebeten gelebt hätte, wenn sich Gott ihrer erbarmt und ihr den Glauben geschenkt hätte. Wenn es schlecht ist und ich dasselbe sage, wird sie böse, ich lüge sie an, sagt sie und behandelt mich wie einen Schuft, weil sie weiß, und das Wissen ist bitter, dass ihr der nahende Tod Schmerzen schickt, nicht die Medikamente. Dann macht sie mir ein schlechtes Gewissen, das Einzige, was sie dann noch vom Grab trennt. Meine Mutter nimmt wahrscheinlich an, dass sie in dem Moment stirbt – und der Tod ist für sie eine schreckliche Leere, das schlimmste Leid nicht so schlimm wie der Tod –, wenn ich sie nicht mehr auf dem Gewissen habe. Wenn mein Gewissen aushaucht, greift sie wie eine Ertrinkende ins Leere und fällt in die dunkle Gruft. Und mit dieser Überzeugung legt sie sich auf mein Gewissen, die Last ist ungeheuer …

Heute Morgen ganz früh war ich in Bistrik vor der Oper, erzähle ich ihr, will wissen, ob sie sich erinnert.

Wo warst du? Sie runzelt die Stirn.

Vor der Oper in Bistrik, da bin ich mit Nonna immer hin.

Sie weiß nicht, was sie sagen soll. Welche Oper, Sarajevo hat keine Oper! Sie ist traurig, will weinen, sie weiß, dass ich ihre Erinnerung prüfe, wissen will, ob sie bei sich ist. Sie weiß, dass ich wissen will, wie nah sie dem Tod schon ist. Das heißt, eben habe ich sie hinters Licht führen wollen, das mit den Schmerzen von den Medikamenten war gelogen. Das ganze Leben ist eine hundsgewöhnliche Lüge, Atmen ist Lüge, indem man atmet, täuscht man seine Mitmenschen, mit jedem Ausatmen, jedem Einatmen, und alles ist gut, solange die Lüge nicht auffliegt, solange sie nicht auf diese schreckliche Weise ausgesprochen wird. Wenn ich wissen will, wie nah sie dem Tod ist, dann heißt das, ich glaube nicht, dass sie überlebt. Dass ich, wie es die Pflicht eines Sohnes ist, mich für immer von ihr verabschiede, ihr Lebewohl sage, bevor sie ins Jenseits geht, so wie sie Nonna und Nonno ins Jenseits begleitete. Notfalls mit Notlügen, wenn es der Zustand des Kranken verlangte.

Sie liegt auf der rechten Hälfte des Ehebettes; die Schlafzimmermöbel haben Nonna und Nonno zur Hochzeit 1923 in Doboj geschenkt bekommen: Ehebett, zwei Schränke, zwei Nachtschränke, ein Frisiertisch mit dreigeteiltem Spiegel. Das größte, mittlere Spiegelglas wurde im Krieg von einem Splitter getroffen, ein Einschlag mit strahlenförmig abgehenden Rissen, es sieht aus, wie ein Kind eine Sonne malen würde. Vor neunzig Jahren, im Herbst, wurde das Hochzeitsgeschenk im Güterwaggon von Zagreb angeliefert und zum ersten Mal im Schlafzimmer der für den Zugabfertiger vorgesehenen Wohnung ausgepackt. Bald darauf wurde Nonno zum Bahnhofsvorsteher befördert. Das Schlafzimmer reiste durch Bosnien, folgte ihm bei jeder Versetzung. Als Eisenbahner stand ihm eine sogenannte Regiekarte zu und bei Umzügen ein kompletter Güterwaggon. Auch wenn er nicht so aussieht, in einen Güterwaggon passt die komplette Familiengeschichte mitsamt Möbeln, Hausrat und Büchern. Obwohl Möbel unter dem Ein- und Auspacken und dem Transport leiden, abgestoßen und wackelig werden und nach zwei Umzügen weggeworfen müssen, hat Nonnas und Nonnos Schlafzimmer fünf Versetzungen überstanden, bis sie in Sarajevo blieben und Nonno zum höchsten Rang in der Eisenbahnerhierarchie aufstieg: Fahrplankonstrukteur. Einmal noch zog das Schlafzimmer mit um: 1969 vom Haus der Frau Emilia Heim neben dem Theater in der Straße der Jugoslawischen Volksarmee in den Sepetarevac. Damals wollte es Mutter loswerden, es war altertümlich, aus der Mode gekommen, passte nicht zum modernen Leben und der neuen sozialistischen Einrichtung. Aber sie hatte schon zwei Kredite aufgenommen, ein dritter ging nicht, sie hatte also kein Geld für ein neues Schlafzimmer. Sie mochte das Ehebett nicht, es erinnerte sie an die angespannte Ehe ihrer Eltern, an deren Ehegewissensbisse. Vielleicht auch daran, dass sie selbst mit gerade einmal siebenundzwanzig zwei gescheiterte Ehen hinter sich hatte. Das Schlafzimmer wurde im nördlichen Zimmer aufgestellt, in dem sie die ersten Jahre schlief. Im südlichen Zimmer mit dem neuen sozialistischen Mobiliar – das längst entsorgt, kleingehackt, verfeuert, recycelt wurde – starb Nonno im Herbst 1972. Achtunddreißig Jahre später, im Sommer 2010, bei der Renovierung der Wohnung, zog das Schlafzimmer vom nördlichen ins südliche Zimmer. Sie ließ sogar einen Möbelrestaurator kommen – wie Schreiner heute genannt werden –, der sich die Stücke ansehen, gegen Holzwürmer behandeln und neu lackieren sollte. Der Mann sagte ihr, es handele sich um sehr hochwertiges Eschenholz. Sie war ganz stolz und gab nicht zu, dass sie es vor vierzig Jahren hatte wegwerfen wollen.

Jetzt liegt sie in dem Zimmer, in dem ihr Vater, mein Nonno, starb, auf seiner Betthälfte. Nonnas Hälfte ist leer.

Ich habe die ganze Nacht nicht geschlafen! Ich versuche, sie abzulenken.

Warum?, fragt sie, aber ich spüre, es interessiert sie nicht.

Es war heiß im Zimmer.

Du hättest das Fenster aufmachen sollen.

Das ließ sich nicht öffnen, lüge ich.

Was ist denn das für ein Fenster, sagt sie.

Das linke Bein, von dem die Krankheit ausging, ist dick, wie aufgeblasen. Seit zwei Tagen hat sie offene Wunden. Unter dem Knie ist Gaze mit Pflaster befestigt. Knapp über dem Knie zeigt sich ein heller Blutfleck im Pyjama, der während unseres Gesprächs wächst. Von Streichholzspitze zu fingernagelgroß.

Den linken Arm kann sie nicht bewegen, er ist geschwollen und tut weh. Als ich ihn berühre, schreit sie: Aua, au, au …

Als ich den anderen Arm berühre, ein neues Ritual gleichsam, schreit sie etwas leiser: Aua, au, au …

Als gäbe es kein Gliedmaß, kein Körperteil, das nicht schmerzt. Darin liegt ein glücklicher Umstand. Sie war seit jeher schmerzempfindlich, obwohl sie das Gegenteil behauptete, wenn sie von ihren übermenschlichen Schmerzen bei der Geburt oder ihrer Migräne sprach, bei der ihr die Augen aus dem Kopf sprangen wie bei den Delinquenten auf dem elektrischen Stuhl. Aber auch wenn ihr rein gar nichts wehtat, fand sie Gründe, um zu jammern. In Drvenik ist sie einmal auf einen Igel getreten. Sie schrie, während ihr mein Vater mit einer Nadel die Stacheln aus dem großen Zeh holte. Sie waren gemeinsam gekommen, um dem Kind das Gefühl zu geben, beide Eltern zu haben, es war 1971, ein Jahr vor Nonnos Tod, und sie schrie wie am Spieß, während er geduldig die Stacheln aus dem Zeh holte. Jahre später begriff ich, dass das gar nicht wehgetan haben kann, warum sie schrie, werde ich wahrscheinlich nie begreifen. Aber das macht mir die Sache jetzt leichter. Ihr geht es nicht gut, sie quält sich, ihre Qual ist unaussprechlich, trotzdem tröstet es mich, dass sie auch dann schrie, wenn es nicht wehtat. Ich mache mir weis, dass sie grundlos schreit, keine Schmerzen hat, ich könnte es sonst nicht ertragen. Tag für Tag höre ich mir morgens oder mittags für mindestens eine halbe Stunde an, dass sie Schmerzen hat. Schmerz ist authentisch, ich leide mit, er fällt auf mich, bricht auf mich hernieder, wie Bücher beim Erdbeben aus dem Regal fallen, wird zu meiner Schuld. Ihr Schmerz ist aus unerfindlichen Gründen meine Schuld. So erlebe ich Mutters Schmerzen. Sobald ich mir einrede, dass sie nur so tut, bin ich nicht mehr schuld.

Du fährst heute nach Zagreb?, fragt sie, obwohl sie es weiß.

Ja, ich muss dringend arbeiten. Da hat sich einiges angesammelt.

Sie fragt nicht, was. Wahrscheinlich weiß sie, dass ich lüge, und ich weiß, dass sie lügt. Unsere Egoismen stützen sich wechselseitig. Als sie vor einigen Wochen mitleidig gefragt wurde: Wo bleibt Miljenko? Warum kommt er nicht aus Zagreb?, antwortete sie geistesgegenwärtig: Einer muss arbeiten, die Krankheit ist teuer!

Ich weiß nicht, ob sie mich schützen wollte oder die eigene Illusion, einen Sohn zu haben, etwas zu haben, woran sie sich halten konnte, wenn bis zum traurigen Finale neben dem Kohlgeruch und dem metallischen Geschmack der intelligenten Medikamente die Gravitation an ihr zerrt. Die Gravitation des Grabes. Aber was immer es ist, sie weiß sich zu wehren. Selbst jetzt, wo sie nur noch Schmerz und Dulden ist, ist ihr alles, was man mit Worten verteidigen kann, wichtiger als das, was man tun müsste. So war es immer gewesen. Obwohl sie nur ein Gedicht geschrieben hat, und das erst vor ein paar Monaten, gewidmet ihrem Leid und Schmerz, den Ärzten, die nicht so gut zu ihr waren wie Tierärzte zu unseren Katzen und Hunden, hielt sich Mutter seit jeher eher an Worte als an die Wirklichkeit und das wahre Leben. Sie war imstande, alles den Bach runtergehen zu lassen: das Familienerbe, ungelebte Liebe, Geld und Möglichkeiten, an Geld zu kommen, Freundschaften, aber Sätze ließ sie sich nie entgehen. Worte hat sie immer ausgesprochen. Wenn sie jemandem am Zeug flicken, jemanden beleidigen wollte, tat sie es, und wenn es sie noch so teuer zu stehen kam. Für das Wort war nichts zu teuer. Für das Wort konnte man Nerven und Gesundheit verlieren, denn alles, was im Leben zählt, hat in ein, zwei Worten Platz. Wenn sie jemanden verbal abbürstete, rettete es ihre Selbstachtung, ihr Ansehen. Woraus bestand Mutters Ansehen? Aus Worten, aus dem, was sich sagen ließ. Alles andere zählte nicht. Weder Geld noch Wohnung noch Auto noch materielle Sicherheit, nichts war so wichtig wie Worte. Nichts im Leben beleidigte sie so sehr wie das, was man ihr sagte. Und gesagt bekam sie vieles, sie war jederzeit bereit, darüber zu reden. Selbst als Kranke. Wenn sie an Beleidigungen denkt, wird sie wütend, kocht vor Zorn, und die Worte sprudeln aus ihr heraus, Worte, mit denen sie sich gegen den Verbalangriff verteidigt hatte, die Worte, die nicht gesagt worden waren, die ihr erst hinterher eingefallen waren, die erzählt sie dann mir.

Doch ich habe keine Zeit, habe es eilig, nach Zagreb zu kommen, und sie würde gern erzählen. Solange sie erzählt, denkt sie nicht an die Krankheit. Oder: Solange sie erzählt, ist sie nicht krank. Wenn sie dauernd reden könnte, wenn ich ununterbrochen bei ihr wäre, wenn wir vierundzwanzig Stunden täglich telefonieren könnten, wäre Mutter vierundzwanzig Stunden täglich jenseits ihrer Krankheit. Sie wäre gesund. Sie würde die Krankheit mit Erzählen besiegen, die Krankheit würde ihren Körper verlassen, bräuchte ihn nicht mehr, weil sich alles in Erzählen verwandelt hätte.

Ich weiß, ihr tut es leid, dass ich fahre. Ich denke, sie weiß, dass sie mich nicht mehr sehen wird. Nie mehr. Aber nicht das fällt ihr schwer, sondern dass sie nicht mit mir reden kann. Dabei hätte sie gerade heute Morgen so viel zu erzählen. Das sagt sie mir, und ich wiederhole, als hätte sie mich nicht gehört: Ich muss nach Zagreb, ich muss arbeiten, da hat sich einiges angesammelt!, obwohl es nicht stimmt, ich will nur raus, raus aus dem Zimmer, raus aus Sarajevo. Ich bin mir bewusst, in dem Augenblick bewusst, dass ich sie nicht mehr sehen werde, wenn ich wiederkomme, liegt sie tot im Leichenhaus, was sie mir heute Morgen erzählen will, wird sie mir nie erzählen.

Krieg ich einen Kuss?, fragt sie.

Und ich küsse sie auf die entferntere, rechte Wange.

Auch das ist weder pathetisch noch sentimental. Sie besteht wie bei jedem Besuch auf ihrem Abschiedskuss. Manchmal versuchte ich mich zu drücken, hasste das Ritual, das unser Verhältnis wenigstens für einen kurzen Moment zu einer normalen Mutter-Sohn-Beziehung machen sollte. Es ist ein Kuss, den weder ich noch sie braucht, es ist ein Kuss für die versteckte Kamera, die ihn für die Ewigkeit filmt. Es ist ein Kuss für die Erzählung, in der sie mich todsicher an einer Stelle fragt: Kriege ich einen Kuss?, und ich küsse sie wortlos auf die entferntere, rechte Wange. Die Erzählung erzählt ein anderer, aber das glaubt sie nicht. Sie glaubt, dass sie die selbst erzählt. Wenn sie wieder gesund ist.

An der Tür drehe ich mich noch einmal um und winke. Mechanisch. Sie verzieht keine Miene. Ich auch nicht. Die Pflegerin bringt mich zur Wohnungstür, ich rechtfertige mich, bin in Eile, wenig Zeit, knüppeldick zu tun. Leere Zeitungsseiten wollen gefüllt sein, das ist viel Arbeit, wichtige Arbeit. Wenn am Kiosk leere Zeitungen ausliegen, Packen weißen Papiers, geht die Welt zugrunde.

Zurück im Hotel klappt das Mädchen an der Rezeption ihr Buch zu, ihr Lehrbuch der Psychologie. Sie hat ein neues Lesezeichen. Ich begleiche die Rechnung, packe meine Sachen, ein dickes, schweres Buch, Péter Nádas, *Parallelgeschichten*, kommt zuoberst in die Tasche.

Auf dem Weg zum Parkplatz überlege ich, ob sie mir wieder eine Scheibe eingeschlagen und was geklaut haben. Am Taxistand regen sich zwei Fahrer auf:

Wegen der Rolex haben sie ihn abgestochen!, schimpft der ältere. Beschissener geht's doch gar nicht.

Der andere schüttelt sich bloß.

Am insolventen Kiosk hängt eine gerahmte Schwarzweißfotografie mit Trauerflor, davor steht eine Vase voll welker Friedhofsblumen. Auf die Glasscheibe, hinter der früher die Verkäuferin saß, ist eine grüne Todesanzeige mit Tesafilm angeklebt. Ich kenne das Gesicht.

Ich steige ins Auto, höre meinen Namen, jemand ruft hinter mir her. Ich sitze am Steuer, drehe den Zündschlüssel um, lege den Gang ein, lasse den Wagen über den holprigen, nicht asphaltierten Parkplatz rollen. Kies knirscht unter den Reifen. Das Geräusch erstirbt, es verfolgt mich noch lange.

DIE GESCHICHTE, FOTOGRAFIEN

Schlafzimmer aus Eschenholz, Mitte März 1923 in Sarajevo als Hochzeitsgeschenk bestellt. Zwei Betten, zwei Nachtschränkchen, zwei Kleiderschränke und ein Frisiertisch, hergestellt von einem Tischler in der Altstadt nach der Mode der Zeit. Die Möbel standen zunächst in Doboj und zogen mit Olga und Franjo von Bahnhof zu Bahnhof, je nachdem, wohin er versetzt wurde. Insgesamt fünf Umzüge haben sie unbeschadet überstanden, meist in Güterwaggons der Jugoslawischen Staatseisenbahn, den letzten im Sommer 1969 vom Mietshaus der Frau Heim an den Sepetarevac mit einem LKW, was für eine handwerklich hervorragende Verarbeitung spricht. Vierzig Jahre standen die Eschenholzmöbel im größten Raum der Wohnung, der aus unerfindlichen Gründen Frauenzimmer genannt wurde. Im Sommer 2010 unterhielt sich Javorka mit einem Tischler, einer Zufallsbekanntschaft, erfuhr von ihm, was für ein edles Holz Esche ist, und ließ die Möbel daraufhin fachgerecht und ziemlich kostengünstig aufarbeiten. Der Handwerker war von dem Holz so begeistert, dass er ihr aus lauter Spaß an der Arbeit einen sehr guten Preis machte. Die aufgearbeiteten Möbel stellte sie in das kleinere, weniger schöne Zimmer, in dem 1972 Franjo gestorben war und später ihr Sohn gewohnt hatte. Das Bild ist mit dem Smartphone aufgenommen, man spürt die Enge. Im (vom Betrachter aus gesehen) rechten Bett sollte Javorka zwei Jahre später sterben. Das weiß der Fotograf nicht, er will nur das ganze Zimmer vor die Linse bekommen, vergeblich.

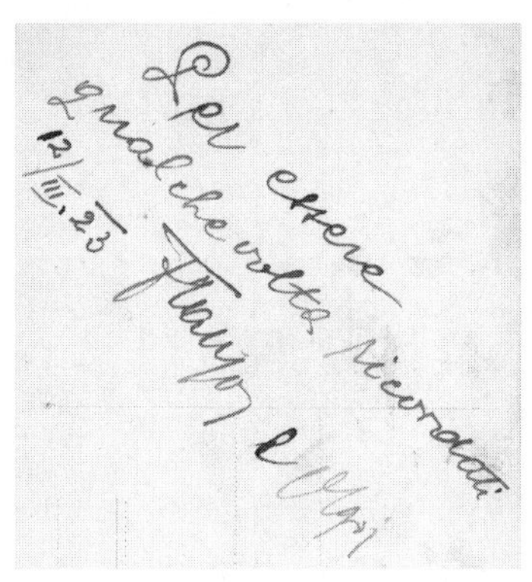

Das erste gemeinsame Foto, am Hochzeitstag aufgenommen in einem Lichtbildatelier. Franjo im dunklen Anzug mit Einstecktuch und Fliege. Sie mit tief ausgeschnittener Bluse und kurzen Ärmeln, dabei ist es Winter. Arrangiert hat das Bild der Fotograf, der seinen Namen anders als üblich nicht irgendwo an den Rand schrieb und auch keinen Firmenstempel daraufsetzte; man müsste recherchieren, wer damals in Doboj ein Fotoatelier betrieb (falls es nicht, wie damals keineswegs selten, zwei Meister gab, die sich gegenseitig Konkurrenz machten). Von dem Bild existieren mindestens drei Abzüge. Dieser wurde Olgas Eltern geschenkt. Beide haben unterzeichnet, die Nachricht schrieb Franjo, aber warum auf Italienisch, nicht auf Deutsch? Weil die Stublers vor zwei Jahren aus Dubrovnik nach Bosnien gezogen waren und er sich in der an der Küste geläufigen Sprache an sie wandte? Er selbst war nicht lange vor ihnen aus italienischer Kriegsgefangenschaft nach Bosnien zurückgekehrt. Olga und Franjo sind jung, aber ihre Handschriften sind ausgereift, ändern sich bis ins Alter nicht mehr. Nur der Buchstabe P in *Per* wirkt jugendlich-extravagant.

Dieses Bild wurde wegen des Trägers geschossen, der ihr von der Schulter gerutscht ist. Olga hat es gespürt, hätte ihn hochziehen können, bevor der Fotograf den Anblick einfror. Aber sie drehte nur den Kopf weg und schaute über die nackte Schulter den Jungen an. Auf der Haut zeichnet sich eine weiße Linie ab, ein schönes Symbol für den Lauf der Jahreszeiten. Es ist Sommer 1929, sie ist vierundzwanzig Jahre alt.

Olga, Franjo, Dragan, Mladen und ein Hund, dessen Name keiner mehr weiß. Er ist zufällig auf dem Bild; in ihrem Leben war kein Raum für einen Hund. In Dienstwohnungen von Bahnhofsvorstehern waren Haustiere verboten. Das Bild entstand 1933 im letzten Sommer vor dem Umzug nach Sarajevo auf einer Wiese bei Kakanj. Jeder Gitarrist erkennt an ihren Fingern auf dem Griffbrett, welchen Akkord sie spielte, als der Fotograf auf den Auslöser drückte. Der jüngere Sohn lauscht gebannt dem Klang, die Aufmerksamkeit des älteren und seines Vaters gelten der Aufnahme. Ein Augenblick familiären Glücks, eine schöne Erinnerung, darauf hat der Fotograf, der vom Frühjahr bis in den Herbst freitags und samstags durch die Umgebung von Kakanj streifte, gerechnet. Später wird das Bild zum Dokument des Scheiterns. Olga vernichtete jedes Bild, das ihr in der Wohnung, in Schubladen und Alben in die Hände fiel. Das Unglück lässt sich nicht vernichten. Es haust nicht in den abgebildeten Personen, auch nicht in dem Widerspruch, dass sie auf dem Bild leben und im Leben tot sind, sondern in der Hand, die den Hals der Gitarre umklammert, in dem Akkord, der über den Tod hinaus aus der Fotografie tönt und den jeder erkennt, der Gitarre spielt. Auf der Rückseite der Stempel Foto: Kohn, Zenica.

Sarajevo 1938. Sie sehen wie die Helden eines amerikanischen Spielfilms über eine New Yorker Familie nach überstandener Weltwirtschaftskrise aus, vor denen eine glänzende Zukunft in der großen Stadt liegt, eine Familie voller Optimismus und Vertrauen in die eigene Stärke. Was verleiht diesem Bild eine Strahlkraft, wie sie kein zweites aus unserer Vergangenheit hat? Wie in jedem großen Drama, ob in der Kunst oder im Leben, wissen die Protagonisten nicht, was sie erwartet, sowenig wie der Fotograf, der sie vor der Kamera arrangierte, ihnen Rollen zuwies und dann ihrem Schicksal überließ. Ein typisches Familienbild, wie sie erst verschwanden, seit jeder eine eigene Kamera hat und man nicht mehr zum Fotografen geht, aber von der Komposition her fällt auf, dass die Eltern in der Mitte stehen und die Söhne sie von rechts und von links beschützen, den Eltern zugewandt, die keine Notiz von ihnen nehmen, sondern aufeinander und das Objektiv bezogen sind. Olga trägt einen edlen Strickpulli aus Wien, erstanden in einer französischen Boutique, die von einem russischen Emigranten geführt wurde, der behauptete, er habe die Prinzessinnen der Romanows eingekleidet, schlecht Deutsch und hervorragend Italienisch sprach, jedoch lallend, wie ein sterbendes Kind. Das waren ihre Worte, mit denen sie vor sich die hohe Ausgabe rechtfertigte, das teuerste Kleidungsstück, das sie je gekauft hat. Fünfzig Jahre später, im Sommer 1986, war unter den Sachen, die wir zum Roten Kreuz brachten, wie man das mit den Kleidern von Verstorbenen macht, dieses gestrickte Oberteil aus Wien, erstanden in einer französischen Boutique, geführt von einem russischen Emigranten.

Das Bild aufgenommen hat Ivica Lisac, ein in Sarajevo berühmter Fotograf und Franjos Freund. Auf der Rückseite ist sein Stempel, aber auch ohne den erkennt man Lisacs Handschrift auf Anhieb, sie sticht heraus wie der Satz eines guten Schriftstellers zwischen den Sätzen anderer Autoren. Lisac hat das Drama fotografiert, das den vieren bevorstand.

Karlo Stubler, das einzige Bild, auf dem er keinen Bart trägt. Es entstand 1938 oder 1939, ein Passbild, vermutlich für den Reisepass. Er wollte nach Bosowitsch fahren, aber der Weltkrieg kam dazwischen. Nach 1945 erwähnte er weder seinen Geburtsort noch Bruder, Schwestern oder Cousins, er erkundigte sich nicht nach ihrem Schicksal. Einen schweren Ausschlag im Gesicht bekämpfte er, indem er Morgen für Morgen ein Barthaar nach dem anderen mit der Pinzette ausriss. Ganz früh, wenn alle anderen noch schliefen, saß Uropa im Morgengrauen auf der Veranda, auf dem Tisch vor sich ein Spiegel, und zupfte seine Barthaare, und ihm liefen dabei Tränen über die Wangen. Hinter dem Spiegel standen Blumentöpfe mit Kakteen unterschiedlicher Größe, die er hegte und pflegte, seit er nach Bosnien gekommen war. Zwanzig Jahre nach seinem Tod. Der Tisch mit den Kakteen steht immer noch auf der Veranda. Ich bin fünf. In den Kakteen lebt, so scheint mir, Urgroßvaters Geist weiter. Ich habe Angst vor Geistern, gehe nicht auf die Veranda. Den Grund verrate ich keinem.

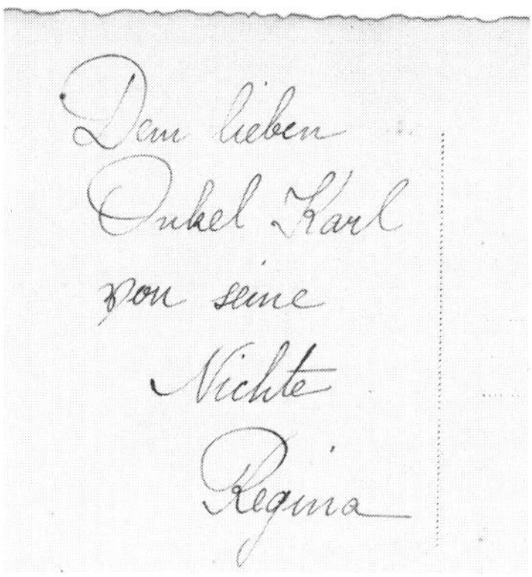

Das angestrahlte, runde Gesicht einer christlichen Märtyrerin, die Heilige vom Bildchen an der Glasscheibe der Küchenkredenz. Bosnische Meister haben ihre Modelle anders stilisiert. Das Foto wurde in Temeswar oder Budapest aufgenommen und Onkel Karl in Bosnien als Geschenk und Andenken geschickt. Auf dem Bild ist Karls Nichte Regina. Damals waren Fotos etwas sehr Persönliches und Kostbares: Wir sehen uns so selten, anbei ein Foto zur Erinnerung. Regina war Ärztin, heiratete einen Bulgaren und stand bis zum Krieg mit Karlos Kindern im Briefwechsel; nach der Befreiung war sie wie vom Erdboden verschluckt. Nichts ließ sich über sie herausfinden. Rudi hat alles probiert, schrieb nach Sofia, suchte sie über das Rote Kreuz. Im Radio fiel ihr Name in Bulgarisch, Serbokroatisch, Rumänisch, Deutsch. Haben sie Regina Dragnev getroffen? Haben sie nicht. Erhalten blieb das Bild und die befremdliche Erkenntnis, dass die Fotografie als Technik alt genug ist, um Gesichter festgehalten zu haben, die kein noch lebendes Auge je erblickte.

Den Unterkiefer, die Lippen, den Gesichtsausdruck hatte ihre Enkelin im Tod. Das ist merkwürdig, früher ist die Ähnlichkeit keinem aufgefallen. Sie blieb bis zum Spätherbst 2012 verborgen, als das Bild dieser Frau auf dem Gesicht der Enkelin – infolge anatomischer Degeneration oder der Schatten des Todes? – ein letztes Mal lebendig wurde. Johanna Stubler ließ sich ungern fotografieren. Wegen eines Herzfehlers, den die Ärzte nach der Geburt ihres letzten, vierten Kindes entdeckten, rechnete sie jederzeit mit dem Tod, ihre Hoffnung war eine Art fünfte Jahreszeit, die den übrigen vier vollkommen glich. Jeder Frühling war für Urgroßmutter der letzte Frühling, jeder Sommer, jeder Herbst der letzte Sommer, der letzte Herbst. Dann der letzte Winter und wieder ein letzter Frühling. Sie überlebte ihren Mann und starb hochbetagt, erlosch wie eine Kerze, deren Docht heruntergebrannt ist. Sie ließ sich ungern fotografieren, aus Angst, das Bild, das ausgerechnet jetzt aufgenommen werden musste, würde für die Todesanzeige verwendet. Andere freuten sich aufs Fotografiertwerden, waren neugierig, wie sie auf dem Bild ausschauen würden, aber ihr schien, man würde sie für den Tod fotografieren. Sie mied Familienfotos, verdrückte sich still und heimlich; sobald ein Fotograf im Haus weilte, war Johanna unauffindbar. Vielleicht hat es ihr Leben ins Endlose verlängert. Der Tod blättert regelmäßig Familienalben durch, und sie war nicht drin. Olga, Johannas Tochter, wollte kein Bild von sich auf ihrer Todesanzeige haben. Das hat sie uns aufgetragen. Ein Erbe ihrer Mutter.

Johannas und Karls Kinder: Olga, Regina (Rika), Karla (Lola) und Rudolf (Rudi, Nano). Das Bild entstand kurz vor Karlos Vertreibung wahrscheinlich in Dubrovnik. Die Schwestern sind noch brav, waren noch nicht beim Frisör – damals kamen verrückte, extravagante Frisuren in Mode –, der Große Krieg ist vorbei, die Spanische Grippe wütet in Europa, eine neue Epoche hat begonnen. Sie stehen an deren Anfang, bald, kaum dass sie Karlo Stublers strengem Regiment entronnen sind, sieht man das ihren Köpfen an. Die Schwestern Stubler sind Kinder des Art déco. Ihre Jugend ist kurz, zwischen zwei Kriegen, das Ende der Kunst nah. Rudi wird bald schon ohne seine dünnen Strähnen dasitzen, die er von der mütterlichen, der Škedelj-Linie geerbt hat. Mit einundzwanzig gehen ihm die Haare aus, den letzten Kranz lässt er nicht schulterlang wachsen, sondern rasiert ihn ab und trägt bis zuletzt eine Glatze. Die bedeckt er mit einem Hut, im Winter einem grauen aus Hasenfell, im Sommer einem weißen Panamahut. Im Sarajevo der zwanziger und dreißiger Jahre war er als Glatzkopf bekannt, damals galten Haare als Ausdruck männlicher Würde. Kahl waren nur Rekruten und Häftlinge. Und Rudi Stubler, der bei Kinosoiréen mit seiner Geige aufspielte.

Maria Brana und Wassilj Nikolajewitsch in ihrer Sarajever Wohnung. An der Wand hinter ihnen hängen Teppiche, die sie aus Russland mitgebracht haben. In Russland hatten sie einen Sohn gehabt, den es nicht mehr gab. Wassilj Nikolajewitsch war unter dem Zaren ein hoher Offizier gewesen und besaß Offiziersstiefel, eine Uhr sowie einen Orden, den ihm sein Zar verliehen hatte. In der Wohnung dieser Menschen war es eiskalt. Deswegen hatten sie die Wandteppiche aus Russland mitgebracht. Damit die Wände es schön warm hatten. Karlo Stubler verstand sich gut mit Wassilj Nikolajewitsch. Sie redeten wenig. Noch Jahre nach Karlos Tod, Jahre nach Marias Tod, kam Wassilj Nikolajewitsch in die Kasindolska. Setzte sich und schwieg.

Berner
DUBROVNIK

Ovako smo izgledale
prvi dan rata, tako
da je i fotograf na-
šao za vrijedno
da nas snimi

So wie wir am ersten Kriegstag aussahen, hat sich sogar ein Fotograf gefunden, um uns aufzunehmen.

Bis in die achtziger Jahre drehten Fotografen entlang der Stadtmauer, an Hafen und Porporela ihre Runden und fotografierten Passanten, Väter mit Kindern, Ausländer und Touristen, jeden, von dem sie annahmen, er hätte gern ein Bild von sich. Sie forschten in den Gesichtern, achteten auf gutmütige Gesten, zählten auf den unerklärlichen Wunsch der Menschen, die Zeit anzuhalten und den eigenen Tod auf lichtempfindlichem Papier zu inszenieren. Jede Fotografie ist ein Tod. Die Aufnahme im Kasten, gingen sie zu den potenziellen Kunden und boten ihnen Abzüge an. Gab es welche, die nicht wissen wollten, was im Dunkel des Fotoapparats festgehalten war? Wahrscheinlich, aber die Geschichte hat sie vergessen. 6. April 1941, ein Sonntag, in Dubrovnik ein regnerischer Tag. Der Jugo schlägt in die Bora um. Lola geht mit Minna Jelavić an der Stadtmauer spazieren und sagt etwas zu ihr. In dem Augenblick bemerkt Minna Herrn Berner mit seiner Kamera. Er drückt auf den Auslöser, das Radio meldet die Bombardierung Belgrads.

FOTO
WINTERFELD
BIJELJINA

Die Verheerungen des Krieges im Gesicht von Heimatwehr-Oberleutnant Rudolf Stubler. Ewiger Student der Polytechnik in Graz und Wien, Freund von Musik, Lyrik und Mathematik, Imker, der seine Bienen liebte wie eine Frau und selbst dann nicht gestochen wurde, wenn die Arbeiterinnen wütend waren. Taugenichts mit edler Seele, ein guter, kluger Mensch, der, als die Aufnahme im Fotoatelier Winterfeld entstand, mit seinen vierzig Jahren keinen einzigen Tag angestellt gearbeitet hat. Das Bild hat er den Seinen in die Kasindolska geschickt. Damit sie ihn nicht vergessen, damit sie ihn vor Augen haben. Schmal ist er geworden vor Angst. Als hätte er nach Zapfenstreich seinen schlafenden Männern den Rücken zugedreht, die Barackenwand angestarrt und dem Tod ins Auge geblickt. Und zu verstehen gegeben: Untersteh dich!

Die Gesichter der Gefallenen sehen auf Fotos lachend, heiter, voller Optimismus in die Zukunft. Stolze Söhne in den Uniformen der Krieg führenden Heere, bevor sich klärte, in welcher Uniform die Sieger stecken. Von ihnen blieben Fotos in Familienalben. Rudi überlebte, weil sich in seinem Gesicht die Schrecken des europäischen Krieges abzeichnen. Er lacht nicht, er setzt nicht auf den Sieg. Das hat ihm den Kopf gerettet. Als einziger Stubler eignete er sich die Regeln der 1941 eingeführten morphophonemischen Orthografie an. Der Rest der Familie interessierte sich nicht für die neue kroatische Rechtschreibung. Rudi fand sie unterhaltsam, assoziierte Rechtschreiberegeln mit dem Gesetzmäßigen der Mathematik. Rudis Worte sind harmlos wie die Mathematik. Und sentimental.

Brauner
Zagreb 925
Svojoj baki i djedu prilikom prvog rođendana
poklanja
Željko

Tante Lola lernte Dundo Andrija kennen, nachdem sie sich halsstarrig geweigert hatte, dem Vater in die bosnische Verbannung zu folgen. Sie blieb allein in Dubrovnik, eine Zwanzigjährige mit Handelsschulabschluss. Andrija Ćurlin war zwanzig Jahre älter, gut situiert, Sekretär der Handelskammer. Er hat sie aus Liebe, sie ihn aus schierer Not geheiratet. Als er Lola erblickte, wusste er, warum er so lange gewartet hatte. Und nahm hin, dass seine Liebe aus Demütigungen, Schmerzen und Erdulden bestand und im Großen und Ganzen nicht erwidert wurde. Hat Andrija Ćurlin bußfertig akzeptiert, was kein anderer ertragen hätte, oder war er so genügsam, dass er Lola lieben konnte, ohne wiedergeliebt zu werden? Thema eines großen Liebesromans. Würde er geschrieben, dürfte dieses Bild als authentisches Dokument einer glühenden, einseitigen Liebe darin nicht fehlen. 1924 wurde Željko geboren, sechs Jahre später Branka. Er ist, unter seinem Namen, der Pilot in meinem Roman *Gloria in excelsis.* Namen soll man nicht ändern. Man muss sie lassen und dann seine literarischen Helden über den schmalen Grat zwischen Wirklichkeit und Text, zwischen gelebtem Leben und erzähltem Leben führen. Und zwar so, dass die Erzählung wahrhaftiger als die Wirklichkeit wirkt und die Biografie des Erzählers durchschimmert. Alles ist wahr, nichts muss stimmen. In Wirklichkeit wollte Željko als Kriegsheld der Royal Air Force, der für die Partisanen flog und damit zur jugoslawischen Luftwaffe zurückkehrte, Medizin studieren, durfte aber nicht, weil er dem Vaterland im Cockpit nützlicher war denn als Arzt. Das hat er nicht verwunden, ist irgendwann buchstäblich sturzbesoffen von Borongaj gestartet und mit dem Flugzeug verunglückt. Branka studierte in Zagreb Medizin, zog nach Deutschland und arbeitete als Anästhesistin. Im

Herbst 1979 erlag sie, nicht einmal fünfzigjährig, einem Aneurysma.

Dundo Andrija hat seinen Sohn um vier Jahre überlebt. Er starb im Spätsommer 1955, Željko im September 1951, Karlo Stubler im April 1951, Johanna zehn Jahre später, und Lola im Sommer 1974, ebenfalls im Schlaf.

Im Dachgeschoss der Bunićeva poljana 1 (oder vielmehr Iza Gospe 1) wohnten fremde Menschen Tür an Tür mit den Ćurlins. Wir kannten sie nicht, aber per E-Mail, gesendet am 6. August 2013, schreibt mir die damals zweieinhalbjährige, inzwischen über sechzigjährigen Tochter, die nach Branka Ćurlin ebenfalls auf den Vornamen Branka getauft wurde, dass sie sich an Tante Lola erinnert, wie sie 1955 im schwach beleuchteten Flur stand und um ein Paar Strümpfe bat, das sie dem toten Dundo Andrija anziehen konnte. Die kleine Branka war vier, als die Familie nach Prijeko zog. Ihre frühe Erinnerung ist kostbar für die Erzählung von den Stublers, aber auch für den Liebesroman von Lola und Andrija. Falls er nicht geschrieben werden sollte, endet er jetzt mit der frühesten Erinnerung einer Zweijährigen: Lola bittet die Nachbarn um Totenstrümpfe für den verstorbenen Andrija.

Es war eine leichte Geburt. Das Mädchen ploppte, den Worten der Mutter zufolge, wie ein Sektkorken auf die Welt. Es weinte zunächst nicht, sie hatten schon Angst, es wäre tot. Die große, dicke Hebamme belebte sie mit einigen professionellen Handgriffen. Als würde sie tanzen, Marionetten vorführen, Strudelteig kneten. Alles gleichzeitig. Den Namen der Hebamme haben sie vergessen, wussten nur noch, dass sie Serbin war. Auf der Geburtsstation rührte man sie nicht an, keine war besser als sie, und die Kinder mussten zur Welt gebracht werden. Einmal kam sie nach der Nachtschicht heim und traf keinen mehr an. Ustascha hatten ihren Mann und die drei Söhne abgeholt. Die Frau erhängte sich im Dachboden, bevor die Ustascha alle vier wieder freiließ, weil jemand interveniert hatte. Ihr werdet doch nicht Mann und Söhne der besten Hebamme im Krankenhaus umbringen? Sie fanden sie einen halben Meter über dem Unabhängigen Staat Kroatien schwebend. Die Hebamme, die meine Mutter zur Welt gebracht hat. Der Fotograf lauerte ihnen wie üblich vor dem Krankenhaus auf. Kam eine Mutter mit Kind heraus, bot er ihnen an, den Augenblick zu verewigen. Olga blieb nicht lange in der Geburtsstation, nur eine Nacht. Es war der 12. Mai 1942. Der Urheberstempel lautet: Foto Šeher, Sarajevo.

Zwölf Jahre ist sie alt, hockt im Vorzeigegarten der Stublers in Ilidža. August 1954, Uropa ist seit drei Jahren tot, aber sie säen nach seinen Vorgaben in einem Teilstück Mais. Ist der Boden nach einem knappen Dutzend Ernten erschöpft, kommt eine andere Feldfrucht dran. Das hat Uropa in einer ostdeutschen Zeitschrift für moderne Landwirtschaft gelesen. Obwohl am Ende, redete er begeistert über das, was nach dem Mais angebaut wird. Ungläubig wie er war, glaubte er wohl an den Mais, schließlich konnte er nicht sterben, bevor er miterlebt hat, wie eine Kultur die andere ablöst. Der unbekannte Fotograf hat wohl gesagt, sie soll sich verstecken. Das ist schon das Gesicht der erwachsenen Frau, so lächelt sie bis kurz vor ihrem fünfzigsten Geburtstag, dann wird dieses Lächeln von ihren Erfahrungen, der geschiedenen Ehe, Ängsten und der Unzufriedenheit verzerrt. Am Ende wird das ihre sämtlichen Charakterzüge überlagern und zerstören. Im Alter war Javorka ein lachendes, unzufriedenes Kind. Sterben zu müssen empfand sie als schreckliches Unrecht. Das Gefühl hat sie mir vermacht.

Im elften, zwölften Schuljahr. Da war sie für Männer am attraktivsten. Zu Hause herrschen Schweigen und schwelender Hass. Olga und Franjo hören nie auf, sich gegenseitig den Tod des Ältesten vorzuwerfen. Entweder haben sie sich nie wirklich geliebt oder nur kurze Zeit, ein, zwei Nächte lang, 1923 in Doboj. Javorka war zur jungen Frau herangewachsen, das weckte den Zorn der Mutter. Zorn wecken auch die Ambitionen der Tochter: Diese beteiligte sich an Arbeitseinsätzen, trat dem Bund der Kommunisten Jugoslawiens und dem städtischen Jugendkomitee bei, wollte Medizin studieren ... Nichts davon passte Olga. Sie wollte, dass die Tochter still in der Ecke sitzt und Ruhe gibt. Javorka war siebzehn, als die Mutter sie zum ersten Mal eine Nutte nannte. War das vor oder nach dem Bild? Man sieht es ihm nicht an. Es entstand jedenfalls um die Zeit herum, sie posierte für einen künstlerisch ambitionierten Fotografen, hier vor den Stelen am Landesmuseum. Sie hat mir den Namen genannt, aber ich habe ihn vergessen.

БХ-10640

Der erste Privatwagen in der Geschichte der Stublers war ein 1953er Opel Olympia, den Dragan von einer Dienstreise nach Deutschland mitbrachte. Er hat ihn 1959 als junger, bereits verheirateter Metallurgie-Ingenieur und zweifacher Familienvater gekauft und nicht lange gefahren, nur zwei bosnische Winter. 1960 haben sie Javorka damit bei einem Jugendarbeitseinsatz in Serbien besucht, wo der Autoput der Brüderlichkeit und Einheit gebaut wurde. Dragan schoss das Foto, zu sehen sind Olga, Javorka und Viola. Olga hält in der rechten Hand eine Zigarette. Der Opel hat ein kyrillisches Kennzeichen: BH 10640. Auf den Nummernschildern prangt damals noch das Wappen der jeweiligen Republik. Familien lassen sich neben ihrem Auto ablichten. Faltenröcke sind in Mode. Ein wichtiges Detail der Geschichte vom Familienausflug ins südserbische Džep zum Besuch bei der Brigadierin. Was sie ihr mitgebracht haben und die wahrscheinlichste Route von Sarajevo nach Džep muss man sich zusammenreimen, jedenfalls gehörte eine Karte mit einer krummen roten Linie, die bei Foča die Drina quert, unbedingt in die Erzählung.

Sie hasste ihn mit dem innigen Hass einer exzessiven Hassliebe, die sich aus großer Nähe und intimer Kenntnis voneinander speist. Er hat sie hängen gelassen, der Verräter, Fiesling, gemeine Hund, und ihr ein Kind gemacht, das ihm auch noch ähnelt; auf diesem Bild könnte es der achtunddreißigjährige Dobro sein, der seine sechzehn Jahre jüngere Geliebte im Arm hält, oder ich, der die eigene Mutter an sich drückt, bevor sie mich gebar. Vater hat meinen Kopf, mein Gesicht, meinen Gesichtsausdruck, meine Denke und das zaghafte Lächeln, das sein Unbehagen verrät, er hat den Arm um sie gelegt und ist ganz auf sein Knie konzentriert, auf die Innenseite seines Knies, wo ihre Hand liegt. Wenn ich das Bild betrachte, das ein zufälliger Passant aufgenommen hat – Dobro hat ihm den Apparat in die Hand gedrückt, den Auslöser gezeigt –, spüre ich ihre Hand auf meinem rechten Knie. Die Hand meiner schönen, jungen toten Mutter auf dem Knie meines toten Vaters, der mir frappierend ähnlich sieht. Vom Strand, zufällig mit aufs Bild geraten, schaut jemand herauf, Mann oder Frau? Wer war das?

Ende des Sommers fuhr Olga mit dem Enkel nach Drvenik, Franjo lag im Krankenhaus. Der Junge kam in die erste Klasse – Mitte Juni haben ihn Opa und Oma, ohne dass die Eltern davon wussten, zu Tests gebracht, ob er schon schulfähig sei –, und Nonna musste dabei sein. Sie waren überzeugt, dass er ein kluger Junge war, und schickten ihn ein Jahr früher zur Schule. Zwei Wochen später, um den 22. September herum, kehrte Nonna nach Sarajevo zurück. Nonno lag immer noch im Krankenhaus, wurde nach Hause entlassen, kam wieder ins Krankenhaus. Im EKG hatte sich seine Lebenslinie gewendet, war so stark abgefallen, dass jeder Herzschlag wie der letzte klang. Sonst ging es ihm gut, er war klar im Kopf, atmete nur schwer. Keiner wollte es zugeben, die Ärzte nicht, Dobro nicht, aber sein Sterben hatte schon vor einer Weile begonnen. Seit Jahren wurde der Herzmuskel schwächer, zwanzig Jahre lang war er nicht stark genug, um das Blut in Franjos Lungen zu pumpen, aber noch im Frühjahr hatte es für lange Fußmärsche bis Zaostrog und Donja Vala gereicht. Im Juni war er mit dem Jungen zu den Tests vor der Einschulung gelaufen. Und bestellte danach in Maras Kneipe einen Schnaps auf dessen kluges Köpfchen. Er war stolz wie einer, der noch große Pläne hat. Der Junge kommt in die Schule, wird die Welt mit seiner Begabung blenden, das Gymnasium und die Universität besuchen und Architekt werden. Als sich Großvater langsam verabschiedete – das fällt in die Zeit der Einschulungstests –, schien es ausgemacht, dass der Enkel Architekt würde. Ganze Tage spielte er auf der Terrasse, bei Kälte oder Regen in dem Zimmer, das auf die Terrasse ging, und baute Häuser aus Legosteinen. Sehr fantasievolle, bunte Häuser mit vielen Fenstern. Oder ohne jedes Fenster. Baute, wenn er genug Legosteine hatte, dort auf der

Terrasse oder an Regentagen im Zimmer ganze Städte. Was also hätte er werden sollen, wenn nicht Architekt? Großvater konnte nichts von der Schlampigkeit des Jungen wissen, von seinem fehlenden Zeichentalent und seiner Dummheit – an der Grenze zur geistigen Behinderung – in Bezug auf jede noch so einfache mathematische Operation. Das stellt sich innerhalb der ersten Monate in der Schule heraus, aber da lebte Großvater nicht mehr. Wenn es ein ewiges Leben gäbe, sei es, wie es sich die Katholiken vorstellen, sei es auf andere Art, wenn es nach dem Tod Erinnerung gäbe, würde Franjo Rejc die Ewigkeit in der Überzeugung verbringen, sein Enkel sei ein berühmter Architekt.

Wie ging es nach dem Schnäpschen auf den Erfolg des Enkels weiter? Mit Wasser in den Beinen, erst wurden die Füße dick, dann die Fußgelenke, dann die Waden, immer höher stieg das Wasser und erstickte ihn schließlich. Wenn es das Herz erreicht, ist es vorbei. Franjo säuft im eigenen Körper ab. Dobro verschrieb dem Patienten Diuretika. Mit Diuretika muss man vorsichtig sein, der Organismus wird von überschüssigem Wasser befreit, aber das Herz leidet. Ein dehydriertes Herz wird schwach und hört auf zu schlagen. Man muss die Dosis aufs Milligramm genau bestimmen. Aber wie, wenn das Herz im wassergefüllten Körper fast schon abgesoffen ist?

Nonno hat sich die Seele ausgepisst, sagte Javorka, und gab Dobro die Schuld an seinem Tod. Noch waren sie frisch geschieden: Er hoffte, sie würde zu ihm zurückkehren und, wenigstens wegen des Kindes, mit ihm zusammenleben, sie war verbittert, nannte ihn einen Psychopathen, fühlte sich emotional erpresst, morgens sei er lieb und sanft, abends böse und grob. Und dann warf sie ihm vor, Nonnos Tod mit einer zu starken Dosis Diuretika verursacht zu haben. Die Wahrheit ist, dass Nonnos Herz sehr schwach war; der Muskel, auf den sich seine Existenz reduzierte, winzig wie eine Ameise und gleichzeitig riesig wie Nation und Zivilisation nebst sämtlichen sieben Mutter- und Fremdsprachen, die Franjo beherrschte, bewältigte jeden Schlag nur mit äußerster Anstrengung. Sein Herz leistete in diesem Herbst Großartiges. Mein Großvater starb, wie ein Jahrhundert stirbt, wenn das neunundneunzigste Jahr endet.

Im September schickte Dobro Franjo ins Invalidenheim auf den Trebević, in eins der sozialistischen Gesundheitshotels, in denen man den Sommerurlaub als Tourist verbringen konnte, aber die meisten Gäste hatten eine ärztliche Überweisung. Der Kurort oberhalb von Sarajevo mit seiner schneidenden Luft und dem Duft von Kiefernharz, Gras und einem nahen Himmel, sollte sein Blut mit Hämoglobin anreichern, denn das Herz schlägt leichter, wenn das Blut gesund ist und dünn wie die Suppe im Krankenhaus. Es war ein verzweifelter Versuch, in den die Beziehung zwischen Arzt und Patient eingeschrieben war. Gegen Ende, wenn es keine Rettung mehr gibt, verschreiben Ärzte oft Wundertherapien. Sie glauben nicht an Wunder, sie tun es für die Familien, die auf ein Wunder hoffen. Dobro war in diesem Fall Arzt und Familienmitglied. Er schickte Franjo in der verzweifelten Hoffnung zur Kur, es könnte helfen.

Er bekam ein Einzelzimmer mit Waschbecken und Spiegel darüber; das Bett war aus Holz (statt der üblichen Metallgestelle) und hatte eine moderne Federkernmatratze. Daneben stand ein Topf für das, was er nachts aushustete. Drei Bücher nahm Nonno mit ins Invalidenheim: *Wörterbuch des Englischen mit Grammatik*, *Fahrplan der Jugoslawischen Eisenbahn für das Jahr 1972* und den Band aus Dmitri Mereschkowskis Romantrilogie *Christ und Antichrist* über Peter den Großen und dessen Sohn Alexej. Das Buch hat er lange mit sich herumgeschleppt, aber nie ganz gelesen. Er trug seinen braunen Anzug, im Koffer mehrere weiße Hemden und zwei Krawatten. Plus Trainingsanzug, Schlafanzug, Pantoffeln, Armbanduhr, Pelikan-Füllfederhalter, Terminkalender, in den er Telefonate, Briefe, Neujahrs-, Post- und Ansichtskarten notierte, aber auch die Medikamente, die er schluckte, Ausflüge zu dem Aussichtspunkt in der Nähe des Invalidenheims, Wetterumschwünge, die morgendliche Außentemperatur ... Was fing er mit diesen

Notizen an? Hat er den Tod weggeschoben, indem er sich an jeden wachen Augenblick des Vortags zu erinnern versuchte?

Am achten Tag seines Kuraufenthalts, einem Samstag, besuchten ihn Olga und Dragan, der mit dem Flugzeug aus Moskau gekommen war, um den Vater zu sehen. Dragan erzählte, er habe in Zenica zu tun: ein Großauftrag, Stahl für Sibirien. Man müsste sich einen Terminkalender zulegen, in dem man alle Lügen notiert, die Kranken aufgetischt werden. In Nonnos Fall machte man nicht ihm, sondern sich selbst etwas vor. Er hat sich über Dragans Besuch gefreut und ihm kein Wort geglaubt.

Dragan hatte eine neue Kamera dabei, eine Yashica, die er für viel Geld in Deutschland gekauft hatte. Auf dem Trebević benutzte er sie zum ersten Mal, kam mit der Belichtung nicht klar, deswegen sind die Fotos zu dunkel. Es war kalt, wie es in den Bergen um Sarajevo zu Herbstbeginn oft der Fall ist. Olga hält den Schal, den sie zwei Jahr zuvor in Russland bei ihrem Besuch von Sohn und Schwiegertochter kaufte, über den Mund, will sich nicht erkälten und außerdem ihren Gesichtsausdruck verbergen. Franjo empfing Frau und Sohn im Anzug mit weißem Hemd und Krawatte. Drei Wochen später war er tot. Er lacht in die Kamera, lacht Dragan zu, der die Blende falsch einstellt. Trotz der Unterbelichtung sind die Farben natürlich, wie in der Dämmerung aufgenommen. Es ist das letzte Bild der beiden.

Der Besuch dauerte keine zwei Stunden, dann fuhren sie zurück nach Sarajevo. Am Dienstag kam Dobro, hörte ihn ab und sah sich den Ausdruck des letzten EKGs an. Das Blut mochte voll Hämoglobin sein, aber das spielte keine Rolle mehr. Mit dem Krankenwagen fuhren sie hinunter nach Sarajevo, er brachte ihn nicht nach Hause, sondern bei sich auf der Abteilung unter, ohne Hoffnung auf Besserung.

Fünf Tage vor seinem Tod wollte Franjo nach Hause, lag dort im Bett gegenüber des Fensters mit Blick auf den Trebević, die Siedlungen den Hang hinunter und Teile der Altstadt, wenn abends die Lichter angingen. Er hörte die Dampflokomotiven pfeifen, wenn der Zug nach Višegrad abfuhr, bis zuletzt klar im

Kopf. In der letzten Nacht brach Olga vor Müdigkeit zusammen und musste sich schlafen legen. Javorka wachte bei ihm. Er sagte ihr: Wir sind die Letzten hier. Alle anderen sind Verbrecher. Er starb, bevor es hell wurde. Das Herz hatte nicht die Kraft, über den Augenblick hinaus zu schlagen, an dem die Nacht wieder dem Tag weicht. Als sie das Zimmer zum ersten Mal wieder betrat, nachdem man ihn hinausgetragen hatte, hatte sie das Gefühl, dass jemand drin war. Das hat sie gern erzählt, ich habe es nie geglaubt: Ammenmärchen. Sie öffnete das Fenster, hörte plötzlich Flügel schlagen, sah aber nirgends einen Vogel. Und im Zimmer war keiner mehr. Das hat sie gern erzählt, ohne zu wissen, dass sie in demselben Zimmer sterben würde.

Es gibt noch eine Geschichte, die ist so unwahrscheinlich, dass sie selbst in den abergläubischsten Momenten kaum darüber redeten. Auch ich habe sie nie verwendet, weil sie literarisch unglaubwürdig wirkt. Fast alles, was in der Wirklichkeit fantastisch ist, wirkt in der Literatur unglaubwürdig. Glaubwürdig sind nur sehr gewöhnliche Dinge. Alltägliche Kleinigkeiten verwandeln sich in Wunder. Aber sie gehört zu diesem Bild, also sei sie ein für alle Mal erzählt. Als Franjo ging, war Dragan auf Dienstreise nach Leningrad. Dort erhielt er die Todesnachricht und tauschte das Ticket nach Moskau gegen eins nach Belgrad. Die Tupolev aus Leningrad nach Moskau stürzte beim Start ab, sämtliche Passagiere und Besatzungsmitglieder kamen ums Leben. Wäre Franjo vierundzwanzig Stunden später gestorben, hätte sein Sohn in dieser Maschine gesessen.

Darüber kann man nicht reden. Den Lebenden läuft es kalt den Rücken hinunter, selbst wenn sie schon tot sind.

DEŽURNI MARKETI

Die Fassade des Hauses, das früher Frau Emilia Heim gehörte, aufgenommen am 2. November 2012. Wenige Stunden später sah ich Mutter zum letzten Mal. Das Haus habe ich im Vorbeigehen geknipst, es sollte mich an das erinnern, was ich in dem Augenblick fühlte. Ein Bild wie die Notizen in Nonnos Termin- und Tischkalendern. Ich hätte zurückkommen und es ordentlich fotografieren können. Oder einen befreundeten Fotografen darum bitten können. Aber das wäre sinnlos gewesen, weil Mutter da schon tot war. Das Bild hätte nicht das Gefühl wiedergegeben, an das es mich erinnern sollte. Im Erdgeschoss waren früher Wohnungen und die Eingangstür, heute ist dort ein Supermarkt in den rot-grünen Farben einer bekannten Einzelhandelskette. Nach der Aufnahme bin ich in die Filiale und kaufte ein Paket Waschmittel der Marke Plavi Radion, der, wie mir schien, einzige Artikel im Sortiment, der noch genauso aussah wie damals, als wir dort wohnten. Ich war zwischen den Regalen umhergelaufen, wollte mir die Wohnung vorstellen, die Lage von Wohnzimmer oder Flur unserer hilflosen jüdischen Nachbarin, deren Bitten und Flehen durchs Treppenhaus gellten, als sie 1941 abgeholt wurde. Um keinen Verdacht zu erregen, kaufte ich Plavi Radion, nahm es mit in den Sepetarevac und stellte die Schachtel unbemerkt ins Badezimmer. Mutter hat, absorbiert vom Sterben, nie davon erfahren.

Inhaltsverzeichnis

Zitatnachweis

Das Zitat auf Seite 6 stammt aus:

Thomas Mann: *Doktor Faustus. Roman*. Frankfurt am Main: S. Fischer Verlag 1947.

Das Zitat auf Seite 409 f. stammt aus:

David Albahari: *Cink. Roman*. Belgrad: Filip Višnjić 1988.

Die Texte erschienen unter dem Originaltitel »Rod« 2013
bei Fraktura, Zagreb.

Die Übersetzung wurde freundlicherweise gefördert vom Deutschen Literaturfonds e.V. und vom Ministerium für Kultur der Republik Kroatien.

Verlagsgruppe Random House FSC® N001967

1. Auflage
Genehmigte Taschenbuchausgabe Juni 2019
by btb Verlag in der Verlagsgruppe Random House GmbH,
Neumarkter Str. 28, 81673 München

Covergestaltung: semper smile, München
nach einem Entwurf von Schöffling & Co. unter Verwendung
eines Motivs von © Miljenko Jergović
Druck und Einband: GGP Media GmbH, Pößneck
mr · Herstellung: sc
Printed in Germany
ISBN 978-3-442-71740-8

www.btb-verlag.de
www.facebook.com/btbverlag

Rafael Chirbes

Am Ufer

Roman

432 Seiten, btb 74910
Übersetzt von Dagmar Ploetz

»Das wichtigste Buch der letzten Jahre.«
El País

Esteban hatte sich als junger Mann ein anderes Leben erträumt, ist aber in der Familienschreinerei hängengeblieben. Anders als sein sozialistisch strenger Vater will er wie alle anderen auch sein Stückchen vom großen Immobilienkuchen. Und als sein Vater alt und nicht mehr handlungsfähig ist, investiert er das im Familienbetrieb erarbeitete Geld in eine Baufirma. Doch die Firma geht pleite und mit ihr die Schreinerei. Insolvenz, die Mitarbeiter stehen auf der Straße, selbst die kolumbianische Pflegerin des alten Vaters kann nicht mehr bezahlt werden. Doch Esteban ist auch mit siebzig noch ein vitaler Mann. Und er ist Realist. Eine Perspektive für die Zukunft sieht er nicht – und zieht die Konsequenzen.

»Ein Tag genügt Chirbes, um in gewaltigen inneren Monologen Zeit und Vergangenheit seiner Figuren heraufzubeschwören.«
Süddeutsche Zeitung

btb

Volker Weidermann

Ostende.

1936, Sommer der Freundschaft

160 Seiten, btb 74891

Ein belgischer Badeort mit Geschichte und Glanz: Hier kommen sie alle noch einmal zusammen, die im Deutschland der Nationalsozialisten keine Heimat mehr haben. Stefan Zweig, Joseph Roth, Irmgard Keun, Kisch und Toller, Koestler und Kesten, die verbotenen Dichter. Sonne, Meer, Getränke – es könnte ein Urlaub unter Freunden sein. Wenn sich die politische Lage nicht täglich zuspitzte, wenn sie nicht alle verfolgt würden, ihre Bücher nicht verboten wären, wenn sie nicht ihre Heimat verloren hätten. Es sind Dichter auf der Flucht, Schriftsteller im Exil. Volker Weidermann erzählt von ihrer Hoffnung, ihrer Liebe, ihrer Verzweiflung – und davon, wie ihr Leben weiterging.

»Liebevoll und vorsichtig malt Weidermann sich und uns aus, wie es gewesen sein könnte in diesem Sommer des Abschiednehmens.«

Elke Heidenreich